ROBERT LUDLUM

BOROWSKI

Der Borowski-Betrug
Die Borowski-Herrschaft

Zwei Romane in einem Band

WILHELM HEYNE VERLAG
MÜNCHEN

HEYNE ALLGEMEINE REIHE
Nr. 01/9710

Umwelthinweis:
Dieses Buch wurde auf
chlor- und säurefreiem Papier gedruckt.

2. Auflage

ISBN 3-453-09232-5

Inhalt

DER
BOROWSKI-BETRUG

Für Glynis
in Liebe und tiefer Verehrung

Vorwort

THE NEW YORK TIMES
Freitag, 11. Juli 1975 – Titelseite

VERBINDUNG ZWISCHEN DIPLOMATEN UND FLÜCHTIGEM TERRORISTEN CARLOS

Paris, 10. Juli – Frankreich hat heute drei hochrangige kubanische Diplomaten des Landes verwiesen. Unterrichtete Kreise sehen eine Verbindung zwischen dieser Maßnahme und der weltweiten Suche nach einem Mann namens Carlos, den man für die zentrale Figur innerhalb einer internationalen Terrororganisation hält.

Der Verdächtige, dessen richtiger Name vermutlich Iljitsch Ramirez Sanchez lautet, wird im Zusammenhang mit der Ermordung von zwei französischen Abwehragenten und einem libanesischen Informanten in einer Wohnung im Quartier Latin am 27. Juni gesucht.

Die drei Morde haben die hiesige Polizei und Scotland Yard in London vermutlich auf die Spur eines internationalen Terroristennetzes geführt. Bei der Fahndung nach Carlos entdeckten französische und britische Polizisten größere Waffenlager, die darauf schließen lassen, daß Carlos mit Terroristen in Westdeutschland zusammenarbeitet und die zahlreichen Terroranschläge in ganz Europa auf koordinierte Absprachen zurückzuführen sind. Seit seiner Flucht soll Carlos in London und Beirut gesichtet worden sein.

ASSOCIATED PRESS
Montag, 7. Juli 1975 – Agenturmeldung

ZIELFAHNDUNG NACH MEUCHELMÖRDER

London (AP) – Waffen und Mädchen, Handgranaten und Maßanzüge, eine dicke Brieftasche, Flugtickets zu Traumzielen und Luxuswohnungen in einem halben Dutzend Hauptstädten der Welt – so lebt ein professioneller Killer des Düsenzeitalters, der von den internationalen Polizeibehörden gesucht wird.

Die Fahndung begann, nachdem der Mann in Paris vor seiner Wohnungstür zwei französische Abwehragenten und einen libanesischen Informanten erschossen hatte. Inzwischen sind in zwei Hauptstädten vier Frauen verhaftet worden, denen man eine Beteiligung an Verbrechen nachsagt, die mit ihm in Verbindung stehen. Der Mörder selbst ist verschwunden und nach Ansicht der französischen Polizei im Libanon untergetaucht.

In den vergangenen Tagen haben ihn Londoner Bekannte der Presse als gutaussehend, höflich, gebildet, wohlhabend und modisch gekleidet geschildert.

Aber zu seinen Komplizen zählen Männer und Frauen, die hemmungslos von der Waffe Gebrauch machen. Er soll gemeinsam mit der Roten Armee Japans, der El Fatah, der westdeutschen Baader-Meinhof-Bande, der Quebec-Befreiungsfront, der Türkischen Volksbefreiungsfront, den Separatisten in Frankreich und Spanien und dem provisorischen Flügel der Irisch-Republikanischen Armee operieren.

Wenn der Gesuchte sich auf Reisen begab – nach Paris, Den Haag, Westberlin –, explodierten Bomben, fielen Schüsse und wurden Menschen entführt.

Die Pariser Polizei hatte die große Chance, ihn zu fassen, als ein libanesischer Terrorist beim Verhör weich wurde und zwei Abwehrbeamte am 27. Juni zum Unterschlupf des Mörders führte. Doch der war schneller: Er erschoß alle drei und entkam. Die Polizei fand in seiner Wohnung Waffen und Notizbücher mit ›Todeslisten‹ prominenter Persönlichkeiten.

Gestern schrieb der Londoner *Observer*, die Polizei fahnde nach dem Sohn eines kommunistischen Anwalts aus Venezuela, um ihn in Verbindung mit dem dreifachen Mord zu verhören. Scotland Yard erklärte: »Wir dementieren den Bericht nicht«, fügte aber hinzu, daß gegen ihn keine Anklage vorläge und er nur zur Beantwortung von Fragen gebraucht werde.

Der *Observer* identifizierte den Betreffenden als Iljitsch Ramirez Sanchez aus Caracas. Dieser Name, so hieß es in dem Artikel, stehe in einem der vier Pässe, die die Polizei bei der Durchsuchung der Pariser Wohnung gefunden hatte.

Die Zeitung berichtete ferner, daß Iljitsch nach Wladimir Iljitsch Lenin, dem Gründer des Sowjetstaates, benannt sei, in Moskau die Schule besucht habe und Russisch perfekt beherrsche.

In Caracas erklärte ein Sprecher der Venezolanischen Kommunistischen Partei, Iljitsch sei der Sohn eines siebzigjährigen marxistischen Rechtsanwalts, der 800 Kilometer westlich von Caracas wohne, betonte aber gleichzeitig: »Weder Vater noch Sohn sind Mitglied unserer Partei.« Er erklärte den Reportern, er wisse nicht, wo Iljitsch sich augenblicklich aufhalte.

Buch I

1

Wie ein schwerfälliges Tier, das sich verzweifelt aus einem tiefen Sumpf zu befreien versucht, schlingerte der Trawler in den feindlichen Wellen der finsteren, tobenden See. Die Brecher türmten sich zu gigantischen Höhen auf und krachten mit der vollen Wucht ihrer Wassermassen gegen den Rumpf; weiße Gischt, die der Nachthimmel erhellte, ging in Kaskaden unter der Wut des nächtlichen Windes über das Deck nieder. Überall waren Laute seelenlosen Schmerzes zu hören: Holz, das sich gegen Holz bäumte, Taue, die sich verdrehten, bis zum Zerreißen angespannt. Das Tier lag im Todeskampf.

Da übertönten zwei Explosionen die Laute der See und des Windes und des Schmerzes, den das Schiff empfand. Sie drangen aus der schwach erleuchteten Kabine. Ein Mann stürzte aus der Tür, klammerte sich mit einer Hand an die Reling und hielt sich mit der anderen den Bauch.

Ein zweiter Mann folgte ihm. Er stützte sich an der Kabinentür ab, bevor er seine Pistole hob und erneut feuerte. Und dann noch einmal.

Der Mann an der Reling riß beide Hände an den Kopf, als die vierte Kugel ihn nach hinten warf. Der Bug des Trawlers tauchte plötzlich in das Tal zwischen zwei mächtigen Wogen und hob den Verwundeten hoch; der drehte sich nach links, außerstande, die Hände vom Kopf wegzunehmen. Wieder bäumte sich das Boot auf, so daß Bug und Mittschiff fast gänzlich aus dem Wasser ragten und die Gestalt in der Tür in die Kabine zurückfiel. Ein fünfter Schuß peitschte. Der Verwundete schrie auf. Seine Arme schlugen jetzt wild um sich, die Augen von Blut und Gischt geblendet. Seine Hände griffen ins Leere. Da war nichts, was er greifen konnte. Die Beine knickten ein, als sein Körper nach vorne taumelte. Das Boot stampfte wild leewärts, und der Mann, dessen Schädel aufgerissen war, wurde über die Reling geschleudert, hinab in den Wahnsinn der Finsternis unter ihm.

Er spürte, wie das wilde, kalte Wasser ihn umhüllte, ihn in die Tiefe zog, ihn herumwirbelte und wieder nach oben trieb. Ein einziger Atemzug, und erneut zog es ihn in die Fluten.

Plötzlich spürte er eine Hitze, eine feuchte Hitze an seiner Schläfe, die stärker war als das eisige Wasser, das fortfuhr, ihn zu verschlingen. Ein Feuer brannte, wo kein Feuer brennen durfte; und ein eisiges Pulsieren strömte durch seinen Leib, seine Beine, seine Brust, seltsam von der kalten See gewärmt, die ihn umgab. Er konnte verfolgen, wie sein eigener

Körper sich drehte, sich verkrampfte, wie Arme und Füße sich verzweifelt aus dem Strudel befreien wollten. Er konnte fühlen und denken, Panik und Kampf wahrnehmen – und doch war da Frieden in ihm. Es war die Ruhe des unbeteiligten Betrachters, der, losgelöst von den Ereignissen, zwar von ihnen weiß, aber nicht von ihnen betroffen ist.

Dann durchfuhr ihn eine andere Art von Panik, wallte auf durch die Hitze und das Eis, verdrängte die Distanz. Er konnte sich nicht einfach dem Frieden hingeben! Noch nicht! Jeden Augenblick würde es geschehen; er war nicht sicher, was es war, aber es würde geschehen. Wie wild kämpfte er gegen die tonnenschweren Wasserwände über ihm an, und in seiner Brust brannte es. Schließlich brach er durch die Wasseroberfläche, ruderte wild mit Armen und Beinen, um sich auf der schwarzen Woge zu halten. Steig höher! Höher!

Eine mächtige Welle half ihm; er trieb auf ihrem Kamm, umgeben von Schaum und Finsternis. Nichts. Umdrehen! Umdrehen!

Da geschah es. Die Explosion war gewaltig; er konnte sie durch das Krachen der Wellen und das Brüllen des Windes hören, und irgendwie war der Anblick und das, was an sein Ohr drang, seine Tür zum Frieden. Der Himmel leuchtete auf wie ein feuriges Diadem, und in der aufstiebenden Feuerkrone wurden Gegenstände aller Formen und Größen durch das Licht in die äußere Welt der Schatten geschleudert.

Er hatte gewonnen! Was auch immer es war, er hatte gewonnen.

Plötzlich stürzte er wieder in die Tiefe, in den Abgrund. Er spürte, wie die Wellen über seinen Schultern zusammenschlugen und die glühende Hitze an seinen Schläfen kühlten.

Seine Brust schmerzte. Etwas hatte ihn getroffen: der Schlag, der plötzliche Aufprall. Es war wieder geschehen! *Laßt mich allein! Gebt mir Frieden!*

Und er schlug erneut um sich, trat zu . . . bis er ihn spürte, den dicken, öligen Gegenstand, der sich nur mit den Bewegungen der See bewegte. Er konnte nicht sagen, was das für ein Gegenstand war, aber er war da, und er konnte ihn fühlen, ihn festhalten. *Ihn festhalten! Er wird dich in den Frieden führen . . . in das Schweigen der Finsternis . . .*

Die Strahlen der frühen Morgensonne durchbrachen im Osten den dunstigen Schleier am Himmel und ließen die ruhigen Wasser des Mittelmeers glitzern. Der Kapitän des kleinen Fischerboots saß mit blutunterlaufenen Augen am Heck, die Hände rissig von den Tauen. Er rauchte eine Gauloise und war froh, daß die See so ruhig war. Er sah zu dem offenen Steuerhäuschen hinüber; sein jüngerer Bruder schob den Gashebel vor, um die Fahrt zu beschleunigen, während der einzige andere Angehörige seiner Crew ein paar Meter von ihm entfernt ein Netz prüfte. Sie lachten über irgend etwas, und das war gut so; denn letzte Nacht hatten sie wahrhaftig nichts zu lachen gehabt. Wo war der Sturm bloß

hergekommen? Die Wetterberichte aus Marseille hatten ihn nicht ange-
kündigt; sonst wären sie im Schutz der Küste geblieben. Er wollte bis
Tagesanbruch die Fischgründe achtzig Kilometer südlich von La
Seyne-sur-Mer erreichen, aber nicht um den Preis kostspieliger Reparaturen, und welche Reparaturen waren heutzutage nicht kostspielig?

Auch nicht um den Preis seines Lebens, und während der vergangenen Nacht hatte es Augenblicke gegeben, wo solche Befürchtungen
durchaus gerechtfertigt waren.

»Du bist müde, nicht wahr?« rief sein Bruder und grinste ihm zu.
»Geh jetzt schlafen. Laß mich weitermachen.«

»Okay«, antwortete der Bruder und warf die Zigarette über Bord.
»Ein wenig Schlaf schadet bestimmt nicht.«

Es war gut, einen Bruder am Steuer zu wissen. Am besten sollte immer einer aus der Familie das Schiff lenken; der paßt wirklich auf.
Selbst ein Bruder, der die gewandte Sprache eines Gebildeten sprach,
im Gegensatz zu seinen eigenen grobschlächtigen Worten. Verrückt!
Ein Jahr auf der Universität – und schon wollte sein Bruder eine Gesellschaft gründen. Mit einem einzigen Boot, das vor vielen Jahren bereits bessere Tage gesehen hatte. Verrückt. Was hatten ihm denn seine
geschiten Bücher letzte Nacht genützt, als seine *Compagnie* beinahe ge-
kentert wäre?

Er schloß die Augen und kühlte seine Hände in den Wasserpfützen
auf Deck. Das Salz der See würde gut für die Verbrennungen sein, die
er sich zugezogen hatte, als er Geräte festzurrte, die im Sturm nicht an
ihrem Platz bleiben wollten.

»Schau! Dort drüben!« Sein Bruder wollte ihm offenbar mit seinen
scharfen Augen den Schlaf neiden.

»Was ist denn?« schrie er.

»Dort treibt ein Mann im Wasser! Er hält sich an etwas fest. An einer
Planke oder etwas Ähnlichem.«

Der Skipper nahm das Steuer und lenkte das Boot rechts neben die
Gestalt im Wasser und drosselte die Motoren, um die Kielwelle zu verringern. Der Mann sah aus, als würde ihn die geringste Erschütterung
von dem Stück Holz rutschen lassen, an das er sich klammerte. Seine
Hände waren weiß. Wie Klauen hatten sich seine Finger um die Planke
gelegt; aber aus seinem übrigen Körper war alle Energie gewichen, wie
bei einem Ertrunkenen, wie bei jemandem, der von dieser Welt bereits
Abschied genommen hat.

»Macht eine Schlinge in die Taue!« schrie der Skipper seinem Bruder
und dem Matrosen zu. »Legt sie um seine Beine. Ganz vorsichtig! Jetzt
zieht sie hoch bis zu seinen Hüften. Vorsichtig! hab' ich gesagt.«

»Seine Hände lassen die Planke nicht los!«

»Ihr müßt sie öffnen! Vielleicht ist das die Totenstarre.«

»Nein. Er lebt noch, wie mir scheint. Seine Lippen bewegen sich, doch es kommt kein Ton heraus. Seine Augen auch; aber ich bezweifle, daß er uns sieht.«

»Die Hände sind frei!«

»Hebt ihn hoch. Packt seine Schultern und zieht ihn herüber. Vorsichtig!«

»Mutter Gottes, seht nur seinen Kopf!« schrie der Matrose. »Er ist aufgeplatzt.«

»Er muß im Sturm gegen die Planke geschlagen sein«, sagte der Bruder.

»Nein«, widersprach der Skipper und starrte die Wunde an. »Das ist ein sauberer Schnitt, wie von einer Rasierklinge. Eine Kugel hat ihn getroffen; man hat auf ihn geschossen.«

»Das kannst du nicht sicher sagen.«

»Er hat noch mehr Schußwunden«, fügte der Skipper hinzu, dessen Augen den Körper absuchten. »Wir fahren zur Ile de Port Noir; das ist die nächste Insel. Dort gibt es einen Arzt.«

»Den Engländer?«

»Er wird ihn versorgen.«

»Wenn er kann«, sagte der Bruder des Skippers, »falls er nicht besoffen ist. Mit den Tieren seiner Patienten hat er jedenfalls mehr Erfolg als mit Kranken.«

»Das macht nichts. Bis wir da sind, ist der hier ohnehin eine Leiche. Sollte er zufällig doch überleben, stelle ich ihm das zusätzliche Benzin und den Fang, der uns entgeht, in Rechnung. Hol den Sanitätskasten; wir verbinden ihm den Kopf, auch wenn es nichts nützt.«

»Schau!« rief der Matrose. »Seine Augen!«

»Was ist mit ihnen?« fragte der Bruder.

»Gerade noch waren sie grau – grau wie Stahlkabel. Jetzt sind sie blau!«

»Die Sonne ist heller geworden«, sagte der Skipper und zuckte die Schultern. »Oder du hast dich getäuscht. Aber das ist egal, im Grab gibt's ohnehin keine Farben.«

Das gleichmäßige Tuckern der Fischerboote mischte sich in das unablässige Kreischen der Möwen; gemeinsam bildeten sie die typischen Geräusche an der Küste. Es war später Nachmittag, die Sonne stand wie ein Feuerball im Westen, die Luft war still, feucht und heiß. Über den Piers am Hafen verlief eine Straße mit Kopfsteinpflaster, an ein paar heruntergekommenen weißen Häusern vorbei, zwischen denen Unkraut aus ausgetrockneter Erde in die Höhe schoß. Das hölzerne Gitterwerk der Veranden war beschädigt, und die zerbröckelnden Stuckdecken wurden von hastig eingefügten Stützen getragen. Die Villen hatten vor ein paar Jahrzehnten bessere Tage gesehen, damals, als die Bewohner irrtümlich glaubten, Ile de Port Noir könnte ein weiteres Eldorado des Mittelmeeres werden. Doch das wurde es nie.

Von allen Häusern führten schmale Wege zur Straße, aber der Pfad des letzten Hauses in der Reihe wurde offensichtlich häufiger begangen als die anderen. Dort lebte ein Engländer, der vor acht Jahren nach Port Noir gekommen war, unter Umständen, die niemand begriff oder begreifen wollte; er war Arzt, und das Dorf brauchte einen, Nadel und Skalpell waren ebenso Werkzeuge, die dem Lebensunterhalt dienten, wie Instrumente, an denen man sich verletzen konnte. Wenn le docteur seinen guten Tag hatte, waren seine Nähte gar nicht übel. Wenn allerdings der Gestank von Wein oder Whisky zu penetrant war, ging man als Patient eben ein Risiko ein.

Aber besser er als gar kein Arzt.

Heute jedoch hatte noch niemand den Pfad benutzt. Es war Sonntag, und jeder wußte, daß der Doktor sich jeden Samstagabend im Dorf betrank und die Nacht dann mit irgendeiner Hure verbrachte. Natürlich war auch bekannt, daß sich an den letzten paar Samstagen die Gewohnheit des Arztes geändert hatte; er hatte sich nicht mehr im Dorf blicken lassen. Aber so groß war die Änderung nicht; Flaschen mit Scotch wurden regelmäßig in sein Haus geschickt. Er blieb einfach daheim; das tat er, seit das Fischerboot aus La Ciotat den unbekannten Mann gebracht hatte, der dem Tod näher gewesen war als dem Lehen.

Dr. Geoffrey Washburn erwachte und zuckte zusammen, das Kinn gegen das Schlüsselbein gedrückt, so daß ihm der eigene Mundgeruch in die Nase strömte; das war nicht angenehm. Er rieb sich die Augen, orientierte sich und blickte zur offenen Schlafzimmertür. Hatte ihn wieder ein zusammenhangloser Monolog seines Patienten aus dem Schlaf gerissen? Nein, nebenan war Stille. Selbst die Möwen draußen waren ruhig. Es war der heilige Tag von Ile de Port Noir. Heute würden keine Fischerboote in den Hafen tuckern und die Vögel mit ihrem Fang locken.

Washburn sah auf das leere Glas und die halbleere Flasche Whisky auf dem Tisch neben seinem Sessel. Man merkte den Fortschritt. An einem normalen Sonntag würde sie jetzt längst ausgetrunken sein und der Scotch den Schmerz der vergangenen Nacht ertränkt haben. Er lächelte und dachte an seine ältere Schwester in Coventry, die den Scotch mit ihrer monatlichen Zuwendung möglich machte. Bess war ein gutes Mädchen, und sie hätte ihm weiß Gott viel mehr schicken können, aber trotzdem war er ihr dankbar für die Unterstützung. Und eines Tages würde sie aufhören, ihm Geld zu überweisen, und dann würde er mit dem billigsten Wein seine Erinnerung betäuben, bis überhaupt kein Schmerz mehr da war.

Er hatte sich schon lange mit diesem Leben abgefunden . . . bis ein paar Fischer, die sich nicht zu erkennen geben wollten, vor drei Wochen und fünf Tagen den halbtoten Fremden an seine Tür geschleppt hatten. Aus ihrer Sicht war das reine Barmherzigkeit, sie hatten mit dem Mann

nichts weiter zu tun. Gott würde verstehen, warum der Mann angeschossen worden war.

Der Doktor stemmte seinen hageren Körper aus dem Sessel und trat
schwankend ans Fenster, von wo aus er den Hafen überblicken konnte.
Er zog die Gardinen zu, um das helle Sonnenlicht auszusperren, und
spähte zwischen den Falten des Vorhangs hinaus, um zu sehen, was sich
weiter unten auf der Straße tat, insbesondere, woher das Klappern kam.
Es war ein Pferdewagen, eine Fischerfamilie auf Sonntagsausfahrt. Wo
zum Teufel konnte man so etwas sonst noch erleben? Und dann erinnerte er sich an die Kutschen und die gestriegelten Wallache, die sich in
den Sommermonaten mit Touristen durch den Londoner Regent Park
bewegten; er mußte bei dem Vergleich laut lachen. Aber sein Lachen
dauerte nur kurz, denn es wurde rasch von einem Gedanken verdrängt,
der ihm noch vor drei Wochen undenkbar gewesen wäre. Er hatte alle
Hoffnung aufgegeben, England je wiederzusehen. Doch jetzt war es bereits durchaus möglich, daß sich das ändern würde – durch den Fremden.

Wenn seine Prognose nicht falsch war, konnte es jeden Tag geschehen,
jede Stunde, jede Minute. Die Wunden an den Beinen und auf der Brust
waren tief und wären möglicherweise sogar tödlich gewesen, wenn die
Kugeln nicht da geblieben wären, wo sie sich eingenistet hatten, vom
salzigen Meerwasser gesäubert. Sie herauszuholen war bei weitem nicht
so gefährlich, wie es hätte sein können, denn das Gewebe darum herum
war aufgeweicht und ohne Infekt. Das eigentliche Problem war die
Kopfwunde; nicht nur, weil die Kugel in den Schädel gedrungen war,
sondern weil sie allem Anschein nach den Thalamus und das Ammons-
horn des Gehirns verletzt hatte. Wäre das Projektil auch nur wenige Millimeter weiter links oder rechts eingedrungen, hätte das den sofortigen
Tod bedeutet. So aber waren alle wichtigen Lebensfunktionen unversehrt geblieben. Washburn hatte seine Entscheidung getroffen. Er blieb
sechsunddreißig Stunden trocken, aß so viel Stärke und trank so viel
Wasser, wie nur menschenmöglich war. Dann wagte er sich an den heikelsten Eingriff, den er seit seiner Entlassung aus dem Macleans Hospi-
tal in London durchgeführt hatte. Millimeter für Millimeter wusch er mit
einem Pinsel die Gewebepartien aus, spannte dann die Haut und nähte
sie über der Kopfwunde zusammen. Dabei war er sich bewußt, daß der
geringste Fehler, sei es nun mit dem Pinsel, der Nadel oder der Klam-
mer, den Tod des Patienten verursachen würde.

Er hatte aus den verschiedensten Gründen nicht gewollt, daß dieser
Unbekannte starb, besonders aus einem nicht.

Als nach dem Eingriff die Lebenszeichen konstant blieben, widmete
sich Dr. Geoffrey Washburn wieder seiner chemischen und psychischen
Lebensstütze, dem Alkohol. Er hatte sich vollaufen lassen und soff auch
weiterhin, hatte aber vor dem absoluten Blackout haltgemacht. Er wußte

die ganze Zeit genau, wo er war und was er tat. Das war ganz entschieden ein Fortschritt.

Jeden Tag, jede Stunde konnten die Augen des Fremden wieder klar werden und verständliche Worte über seine Lippen kommen.

Jeden Augenblick vielleicht.

Die Worte kamen zuerst. Sie schwebten in der Luft, als die frühe Morgenbrise, die von der See hereinwehte, das Zimmer abkühlte.

»Wer ist da? Wer ist in diesem Zimmer?«

Washburn setzte sich auf, schwang die Beine lautlos über den Bettrand und erhob sich langsam. Es war jetzt wichtig, den Patienten nicht zu erschrecken, kein plötzliches Geräusch zu erzeugen oder eine Bewegung, die den Patienten verängstigen könnte. Die nächsten paar Minuten würden ebenso delikat sein wie vorher der chirurgische Eingriff. Der Arzt in ihm war auf diesen Augenblick vorbereitet.

»Ein Freund«, sagte er mit weicher Stimme.

»Freund?«

»Sie sprechen englisch. Das hatte ich angenommen. Amerikaner oder Kanadier, hatte ich vermutet. Die Technik Ihrer Zahnversorgung kommt nicht aus England oder Paris. Wie fühlen Sie sich?«

»Ich weiß nicht genau.«

»Das wird eine Weile dauern. Müssen Sie Ihren Darm erleichtern?«

»Was?«

»Ich habe gefragt, ob Sie kacken müssen, alter Junge. Dafür ist die Schüssel neben Ihnen. Die weiße, links von Ihnen. Wenn wir es rechtzeitig schaffen, natürlich.«

»Tut mir leid.«

»Nicht nötig. Eine ganz normale Funktion. Ich bin Arzt, *Ihr* Arzt. Ich heiße Geoffrey Washburn. Und Sie?«

»Was?«

»Ich habe Sie gefragt, wie Sie heißen.«

Der Fremde bewegte den Kopf und starrte die weiße Wand an, auf der sich Strahlen des Morgenlichts abzeichneten. Dann wandte er sich wieder um, und seine blauen Augen blickten den Arzt an. »Ich weiß nicht.«

»O mein Gott!«

»Ich habe es Ihnen immer wieder gesagt. Es dauert eine Weile. Je mehr Sie dagegen ankämpfen, desto schwerer machen Sie es sich, desto schlimmer wird es.«

»Sie sind betrunken.«

»Ja, im allgemeinen schon. Aber das tut hier nichts zur Sache. Nur wenn Sie mir zuhören, kann ich Ihnen Ratschläge geben.«

»Ich habe zugehört.«

»Nein, das tun Sie nicht; Sie wenden sich ab. Sie liegen in Ihrem Kokon da und kapseln sich ab.«

»Also, ich höre.«

»Während Ihres langen Komas redeten Sie in drei verschiedenen Sprachen: in Englisch, Französisch und in irgendeiner gottverdammten Singsangsprache, die ich für orientalisch halte. Das bedeutet, daß Sie in verschiedenen Teilen der Welt zu Hause sind. Welche Sprache fällt Ihnen am leichtesten?«

»Offensichtlich Englisch.«

»Darauf haben wir uns ja geeinigt. Und welche ist demnach die schwierigste für Sie?«

»Ich weiß nicht.«

»Ihre Augen sind rund, nicht oval. Ich würde also sagen, die orientalische Sprache.«

»Offensichtlich.«

»Warum sprechen Sie sie dann? Versuchen Sie jetzt einmal bei folgenden Worten zu assoziieren. Ich werde sie phonetisch aussprechen: *Makwa, Tam-kwan, Kee-sah*. Sagen Sie das erste, was Ihnen in den Sinn kommt.«

»Nichts.«

»Eine gute Show.«

»Was zum Teufel wollen Sie?«

»Irgend etwas.«

»Sie sind betrunken.«

»Das hatten wir bereits festgestellt. Das bin ich immer. Ich hab' Ihnen auch Ihr verdammtes Leben gerettet. Betrunken oder nicht – ich *bin* Arzt. Früher war ich sogar ein sehr guter.«

»Was ist passiert?«

»Der Patient befragt den Arzt?«

»Warum nicht?«

Washburn hielt inne, überlegte und blickte zum Fenster hinaus aufs Meer. »Man hat mich beschuldigt«, sagte er schließlich, »ich hätte zwei Patienten auf dem Operationstisch getötet, weil ich betrunken war. Mit einem hätte ich durchkommen können. Nicht mit zweien. Die schließen sehr schnell von einem Fall auf den anderen. Gott sei ihnen gnädig. Geben Sie einem Mann wie mir nie ein Messer.«

»Mußte das sein?«

»Was?«

»Die Flasche.«

»Ja, verdammt«, sagte Washburn leise und wandte sich vom Fenster ab. »So war es und so ist es. Und der Patient ist nicht befugt, über den Arzt ein Urteil abzugeben.«

»Verzeihung.«

»Sie haben auch eine penetrante Art, sich zu entschuldigen. In Wirklichkeit ist das nur überdrehter Protest und keineswegs natürlich. Ich glaube keinen Augenblick, daß Sie der Typ sind, der sich für irgend etwas entschuldigt.«

»Dann wissen Sie mehr, als ich weiß.«

»Über Sie, ja. Eine ganze Menge sogar. Und nur sehr wenig davon reimt sich zusammen.«

Der Mann im Stuhl rutschte nach vorn. Sein offenes Hemd löste sich, und man konnte die Bandagen auf der Brust sehen. Er faltete die Hände, und die Venen an seinen schlanken, muskulösen Armen traten hervor. »Meinen Sie Dinge, über die wir noch nicht gesprochen haben?«

»Ja.«

»Dinge, die ich sagte, als ich im Koma lag?«

»Nein, eigentlich nicht. Den größten Teil von dem Quatsch haben wir schon erörtert: die verschiedenen Sprachen, Ihre geographischen Kenntnisse – Städte, die ich nicht kenne; von manchen habe ich kaum je gehört –, Ihre fixe Idee, keine Namen zu nennen; Namen, die Sie sagen möchten, aber dann doch nicht aussprechen; Ihre Neigung zur Konfrontation: Angriff, Rückzug, Flucht – alles ziemlich gewalttätig, darf ich vielleicht hinzufügen. Ich habe Ihnen die Arme häufig festgeschnallt, um die Wunden zu schützen. Aber all das haben wir ja beredet. Es gibt da andere Dinge.«

»Welche anderen Dinge? Warum haben Sie nichts davon erwähnt?«

»Weil sie physischer Natur sind. Die äußere Schale sozusagen. Ich war nicht sicher, ob Sie schon soweit waren, sich das anzuhören. Ich habe auch jetzt noch Zweifel.«

Der Mann lehnte sich im Stuhl zurück. Die dunklen Augenbrauen unter dem dunkelbraunen Haar schoben sich in der Mitte zusammen. »Jetzt ist das Urteil des Arztes nicht gefragt. Ich bin bereit. Wovon sprechen Sie?«

»Wollen wir mit diesem ziemlich akzeptabel aussehenden Kopf anfangen, den Sie haben? Insbesondere Ihrem Gesicht?«

»Was ist damit?«

»Es ist nicht das Gesicht, mit dem Sie auf die Welt gekommen sind.«

»Was soll das heißen?«

»Gesichtschirurgische Operationen hinterlassen immer Spuren. Man hat Sie verändert, alter Junge.«

»Verändert?«

»Sie haben ein ausgeprägtes Kinn; ich würde sagen, daß es einmal gespalten war. Man hat das Grübchen entfernt. Ihr linker oberer Backenknochen – Ihre Backenknochen sind auch ausgeprägt, wahrscheinlich slawischen Ursprungs – hat winzige Spuren einer chirurgischen Narbe. Vermutlich hat man dort einen Leberfleck entfernt. Ihre Nase war früher einmal länger als heute. Und dann hat man sie schlanker gemacht und Ihre scharfen Gesichtszüge weicher. So hat man Ihren Ausdruck völlig verändert. Verstehen Sie, was ich sage?«

»Nein.«

»Sie sind ein einigermaßen attraktiver Mann, aber Ihr Gesicht wird durch die Kategorie, in die es fällt, mehr hervorgehoben als durch seine Eigenarten selbst.«

»Kategorie?«

»Ja. Sie sind der Prototyp des weißen Angelsachsen, den die Leute jeden Tag beim Kricket oder auf dem Tennisplatz beobachten können. Diese Gesichter lassen sich kaum voneinander unterscheiden, nicht wahr? Die Zähne sind gerade, die Ohren liegen flach am Kopf an. Nichts ist aus dem Gleichgewicht, alles ist am richtigen Platz, und die Züge sind weich.«

»Weich?«

»Nun, ›verwöhnt‹ wäre vielleicht ein besseres Wort. Jedenfalls verraten sie Selbstbewußtsein, sogar Arroganz. Wer so aussieht, ist gewohnt, daß alles so läuft, wie er es wünscht.«

»Ich glaube, ich weiß immer noch nicht, worauf Sie hinauswollen.«

»Dann wollen wir es anders herum versuchen. Wenn Sie Ihr Haar färben, verändern Sie damit das Gesicht. Eine Brille oder ein Bart bewirkt das gleiche. Ich schätze, daß Sie Mitte bis Ende Dreißig sind, aber Sie könnten auch zehn Jahre älter oder fünf jünger sein.« Washburn hielt inne und beobachtete die Reaktionen des Mannes, so als überlegte er, ob er fortfahren solle. »Und weil wir gerade von der Brille sprechen, erinnern Sie sich an die Übungen, die Proben, die wir vor einer Woche machten?«

»Natürlich.«

»Ihre Sehkraft ist völlig normal, sie brauchen keine Brille.«

»Das hatte ich auch nicht angenommen.«

»Warum geben dann Ihre Netzhaut und Ihre Lider Hinweise darauf, daß Sie längere Zeit Kontaktlinsen getragen haben?«

»Keine Ahnung. Mir leuchtet das nicht ein.«

»Darf ich eine mögliche Erklärung vorschlagen?«

»Ich würde sie gerne hören.«

»Vielleicht auch nicht.« Der Arzt ging zum Fenster und blickte hinaus. »Bestimmte Kontaktlinsen sind so beschaffen, daß sie die Augenfarbe verändern. Und gewisse Arten von Augen eignen sich besser als andere dafür: gewöhnlich solche von grauer oder bläulicher Farbe. Die Ihren liegen dazwischen. Einmal sind sie braungrau, ein anderes Mal wirken sie blaugrau. Die Natur hat Sie in dieser Hinsicht begünstigt; es war weder möglich noch notwendig, eine Änderung vorzunehmen.«

»Wofür notwendig?«

»Um Ihr Aussehen zu verändern. Sehr professionell, würde ich sagen. Visum, Paß, Führerschein – alles beliebig austauschbar. Haar: braun, blond, brünett. Augen – an denen kann man nichts ändern – grün, grau, blau. Ziemlich weitreichende Möglichkeiten, finden Sie nicht auch? Und alles innerhalb jener erkennbaren Kategorie, in der die Gesichter sich so häufig wiederholen.«

Der Mann erhob sich mit einiger Mühe aus dem Stuhl, er mußte sich dazu mit den Armen auf die Stuhllehne stützen und hielt beim Aufstehen den Atem an. »Es ist auch möglich, daß Sie sich da etwas einbilden. Sie könnten sich irren.«

»Die Spuren sind da, die Narben. Das reicht als Beweis.«

»Von Ihnen so gedeutet, und zwar mit ziemlich viel Zynismus. Angenommen, ich hätte einen Unfall gehabt und wäre zusammengeflickt worden – das würde es auch erklären.«

»Nicht die Art der Behandlung, die Sie hinter sich haben. Dazu braucht man weder das Haar zu färben noch Leberflecken oder Grübchen im Kinn zu entfernen.«

»Das *wissen* Sie doch nicht«, sagte der Mann ärgerlich. »Es gibt verschiedene Arten von Unfällen, verschiedene Behandlungsmethoden. Sie waren nicht dabei, Sie können das nicht mit Sicherheit behaupten.«

»Gut! Werden Sie ruhig wütend auf mich. Sie tun das ohnehin nicht oft genug. Und während Sie wütend sind, *denken* Sie. Was *waren* Sie? Was *sind* Sie?«

»Handelsvertreter . . . Leitender Angestellter einer internationalen Firma, der sich auf den Fernen Osten spezialisiert hatte. Das könnte es sein. Oder Lehrer . . . Sprachen. Irgendwo an einer Universität. Das ist auch möglich.«

»Schön. Wählen Sie. Jetzt!«

»Ich . . . das kann ich nicht.« Die Augen des Mannes wirkten hilflos.

»Weil Sie es selbst nicht glauben.«

Der Mann schüttelte den Kopf. »Nein. Glauben Sie es?«

»Auch nicht«, sagte Washburn. »Aus einem ganz bestimmten Grund. Diese Berufe sind in der Regel an einen festen Standort gebunden. Sie aber haben den Körper eines Mannes, den man physischem Streß ausgesetzt hat. Oh, ich meine nicht einen trainierten Athleten oder so etwas; das sind Sie nicht. Aber Ihre Arme und Hände sind Anstrengung gewöhnt und recht kräftig. Unter anderen Gegebenheiten würde ich Sie für einen Arbeiter halten, der schwere Gegenstände zu tragen hat, oder für einen Fischer, der Tag für Tag Netze einzieht. Aber Ihre Bildung und Ihr Intellekt schließen das mit Sicherheit aus.«

»Warum denke ich, daß Sie auf etwas anderes hinauswollen?«

»Weil wir unter gewissem Druck eng miteinander gearbeitet haben, und das seit einigen Wochen. Sie haben meine Methode erkannt.«

»Dann habe ich also recht?«

»Ja. Ich mußte sehen, wie Sie das, was ich Ihnen gerade gesagt habe, aufnehmen würden: die chirurgische Behandlung, das Haar, die Kontaktlinsen.«

»Und habe ich Ihren Test bestanden?«

»Mit einem Gleichmut, der einen wahnsinnig machen kann. Die Zeit ist jetzt da; es hat keinen Sinn, es länger hinauszuschieben. Offen gestanden fehlt mir dazu auch die Geduld. Kommen Sie mit.« Washburn ging voraus durchs Wohnzimmer, zu der Tür an der hinteren Wand, die in seinen Praxisraum führte. Dort holte er aus einer Ecke einen uralten Projektor heraus, dessen Objektivfassung verrostet und zerbeult war. »Ich habe mir den Apparat mit den Lebensmitteln aus Marseille bringen lassen«, sagte er, während er das Gerät auf den kleinen Tisch stellte und es anschloß. »Nicht gerade der beste Apparat, aber seinen Zweck erfüllt er. Ziehen Sie bitte die Vorhänge zu.«

Der Mann ohne Namen und ohne Gedächtnis trat ans Fenster und zog die Gardinen zu. Jetzt war es dunkel im Raum. Washburn knipste die Lampe des Projektors an; an der weißen Wand erschien ein helles Quadrat. Dann schob er ein kleines Stück Zelluloid hinter die Linse.

Plötzlich tauchten in dem beleuchteten Quadrat Buchstaben auf.

GEMEINSCHAFTSBANK BAHNHOFSTRASSE ZÜRICH.
NULL-SIEBEN-SIEBZEHN-ZWÖLF-NULL-
VIERZEHN-SECHSUNDZWANZIG-NULL.

»Was ist das?« fragte der namenlose Mann.

»Sehen Sie es sich genau an. *Denken* Sie.«

»Das ist irgendein Bankkonto.«

»Genau. Der gedruckte Briefkopf und die Adresse – das ist die Bank; die handgeschriebenen Ziffern stehen hier anstelle eines Namens, aber da sie ausgeschrieben sind, stellen sie die Unterschrift des Kontobesitzers dar. Die übliche Vorgehensweise.«

»Woher haben Sie das?«

»Von Ihnen. Das ist ein sehr kleines Negativ. Es war unter der Haut über Ihrer rechten Hüfte eingesetzt – chirurgisch implantiert. Die Nummern sind in Ihrer Handschrift geschrieben; das ist Ihre Unterschrift. Damit können Sie einen Safe in Zürich öffnen.«

2

Sie wählten den Namen Jean-Pierre. Er war so geläufig in Port Noir wie jeder andere.

Und dann wurden Bücher aus Marseille ins Haus geschickt, sechs an der Zahl, die sich in der Größe unterschieden. Vier waren in englischer Sprache, zwei in französischer. Es handelte sich um medizinische Fachbücher, die sich mit Kopf- und Hirnverletzungen befaßten und mit Querschnitten durch das menschliche Gehirn illustriert waren. Hunderte von unbekannten Fachausdrücken mußten aufgenommen und in ihrer Bedeutung verstanden werden. Die Bände enthielten auch psychologische Studien von emotionellen Streßsituationen, die zu Hysterie und zum Verlust der Sprechfähigkeit führen, Zustände, die auch partiellen oder völligen Gedächtnisschwund zur Folge haben können, medizinisch *Amnesie* genannt.

»Es gibt keine Regeln«, sagte der dunkelhaarige Mann und rieb sich die Augen in dem zu schwachen Licht der Tischlampe. »Das ist wie ein geometrisches Puzzle; Amnesie kann in einer Vielzahl von Kombinationen entstehen, mit physischen oder psychischen Reaktionen – oder ein klein wenig von beidem. Sie tritt permanent oder temporär in Erscheinung. Wie gesagt, man kann keine festen Regeln aufstellen.«

»Richtig!« sagte Washburn und nippte an seinem Whisky. »Ich glaube, wir kommen der Sache jetzt langsam näher. So wie *ich* denke, daß sie sich abgespielt hat.«

»Nämlich wie?« fragte der Mann interessiert.

»Sie sagten es gerade selbst: ›ein klein wenig von beidem‹. Nur sollte die Formulierung ›ein klein wenig‹ besser in ›massiv‹ geändert werden. Durch massive Schocks.«

»Massive Schocks?«

»In physischer *und* psychischer Hinsicht. Die Schocks hatten einen direkten Zusammenhang, waren ineinander verwoben – zwei Erlebnisketten oder Stimuli, die zusammenschmolzen.«

»Wieviel haben Sie getrunken?«

»Weniger als Sie glauben; unbedeutend.« Der Arzt griff nach einem Block. »Das hier ist Ihre Geschichte – Ihre neue Geschichte –, angefangen mit dem Tag, an dem man Sie hierhergebracht hat. Lassen Sie mich zusammenfassen: Die physischen Wunden lassen erkennen, daß die Situation, in der Sie sich befanden, mit größtem Streß für Sie verbunden war. Die Hysterie, die sich dann entwickelte, wurde dadurch verursacht, daß Sie mindestens neun Stunden im Wasser trieben, was natürlich die psychische Belastung verstärkte. Die Finsternis, die heftigen Bewegungen, wobei die Lungen kaum genug Luft bekamen – all dies hat die Hysterie gefördert. Was ihr vorausging, mußte aus der Erinnerung gelöscht werden, damit Sie mit dem Trauma fertig werden und überleben konnten. Sind Sie in der Lage, mir zu folgen?«

»Ich glaube schon. Der Kopf hat sich geschützt.«

»Nicht der Kopf, das Bewußtsein! Die Unterscheidung ist wichtig. Wir kommen später auf den Kopf zurück, aber nennen wir ihn lieber ›das Gehirn‹.«

Washburn blätterte in seinen Papieren. »Ich habe hier ein paar hundert Beobachtungen festgehalten, unter anderem die üblichen medizinischen Anmerkungen – Medikamente, Dosis, Zeitpunkt, Reaktion –, aber im wesentlichen befassen sich diese Aufzeichnungen mit *Ihnen*, dem Menschen selbst. Hier sind die Worte notiert, die Sie benutzen; die Worte, auf die Sie reagieren; die Sätze, die Sie gebrauchen, sowohl im Schlaf als auch während Sie im Koma lagen. Selbst die Art und Weise, wie Sie gehen, wie Sie sprechen, wie Sie Ihren Körper anspannen, wenn Sie erschreckt werden oder etwas sehen, das Sie interessiert, habe ich beschrieben. Sie scheinen ein einziger Widerspruch zu sein. Unter der Oberfläche brodelt etwas Gewalttätiges, das Sie meistens unter Kontrolle haben, sich aber nicht zur Ruhe bringen läßt. Und dann ist da eine Nachdenklichkeit, die schmerzhaft für Sie zu sein scheint, und doch geben Sie dem Ärger, den jener Schmerz provozieren muß, nur selten freien Lauf.«

»Sie provozieren ihn jetzt«, sagte der Mann. »Wir sind die Worte und Sätze immer wieder durchgegangen.«

»Und wir werden damit fortfahren«, unterbrach ihn Washburn, »solange wir Fortschritte dabei erzielen.«

»Mir war nicht bewußt, daß irgendwelche Fortschritte zu verzeichnen sind.«

»Nicht in bezug auf Ihre Identität oder Ihren Beruf. Aber wir sind im Begriff herauszufinden, was für Sie am bequemsten ist, womit Sie am besten zurechtkommen. Das ist fast etwas beängstigend.«

»In welcher Hinsicht?«

»Lassen Sie mich ein Beispiel nennen.« Der Arzt legte den Block weg und erhob sich. Er trat an einen Schrank, öffnete eine Schublade und entnahm ihr eine große Automatikpistole. Der Mann ohne Erinnerung erstarrte in seinem Stuhl; Washburn bemerkte die Reaktion. »Ich habe sie noch nie benutzt und bin nicht einmal sicher, ob ich dazu imstande wäre, aber immerhin lebe ich hier am Wasser.« Er lächelte und warf die Waffe dem Mann plötzlich und ohne Vorwarnung zu. Er fing sie geschickt in der Luft auf, ohne einen Moment gezögert zu haben. »Zerlegen Sie sie; so nennt man das doch, glaube ich.«

»Was?«

»Zerlegen sollen Sie das Ding. *Jetzt.*«

Der Mann sah die Pistole prüfend an. Und dann huschten seine Hände und Finger lautlos und fachmännisch über die Waffe. In weniger als dreißig Sekunden war sie in ihre Bestandteile zerlegt. Er blickte auf.

»Verstehen Sie, was ich meine?« sagte Washburn. »Zu Ihren Fertigkeiten gehört eine ungewöhnliche Kenntnis von Feuerwaffen.«

»Durchs Militär?« fragte der Mann mit eindringlicher Stimme.

»Höchst unwahrscheinlich«, erwiderte der Arzt. »Als Sie zum erstenmal aus dem Koma erwachten, erwähnte ich Ihre Zähne. Ich kann Ihnen versichern, daß Ihre Zahnreparaturen nicht von Militärärzten vorgenommen wurden. Und dann natürlich die chirurgische Behandlung; die schließt praktisch jede Beziehung zum Militär mit größter Wahrscheinlichkeit aus.«

»Was dann?«

»Wir wollen uns jetzt nicht damit beschäftigen; kümmern wir uns lieber um das, was geschehen ist. Wir waren mit dem Bewußtsein befaßt, erinnern Sie sich? Mit dem Streß, der Hysterie. Drücke ich mich klar genug aus?«

»Weiter.«

»In dem Maße, wie der Schock nachläßt, tut das auch der psychische Druck, bis kein fundamentales Bedürfnis mehr besteht, die Psyche zu schützen. Und während dieses Prozesses werden Ihnen Ihre Fertigkeiten und Talente wieder zurückfließen. Sie werden sich an gewisse Verhaltensmuster erinnern; es kann sein, daß Sie sie auf ganz natürlichem Wege erleben und instinktiv reagieren. Aber es gibt da eine Lücke, und alles, was auf diesen Seiten hier steht, bestätigt mir, daß diese Lücke nie mehr zu schließen sein wird.« Washburn hielt inne und ging zu seinem Stuhl zurück.

»Weiter!« flüsterte der Mann.

Der Arzt sah seinem Patienten fest in die Augen. »Kommen wir zurück zum Kopf, den wir mit dem Etikett ›Gehirn‹ versehen haben. Das *physische* Gehirn besitzt Millionen und Abermillionen von Zellen. Sie haben die Fachbücher gelesen. Der geringste Eingriff kann dramatische Folgen mit sich bringen. Und das ist Ihnen widerfahren. Der Schaden war *physischer* Natur. Es ist gerade so, als wären Blöcke neu angeordnet worden, als wäre die *physische* Struktur verändert worden.« Wieder hielt Washburn inne.

»Und?« drängte der Mann.

»Der geringer werdende psychische Druck wird zulassen – läßt bereits zu –, daß Ihnen Ihre Fertigkeiten und Talente zurückgegeben werden. Aber ich glaube nicht, daß Sie jemals imstande sein werden, sie mit irgend etwas in Ihrer Vergangenheit in Verbindung zu bringen.«

»Warum nicht?«

»Weil die Zellen im Gehirn, die jene Erinnerungen ermöglichen, verändert worden sind. Sie sind jetzt in dem Maße neu angeordnet, daß sie nicht mehr so funktionieren können, wie sie das einmal taten. Sie sind praktisch zerstört worden.«

Der Mann saß wie gelähmt da. »Die Antwort liegt in Zürich«, sagte er.

»Noch nicht. Sie sind noch nicht soweit. Noch sind Sie nicht stark genug.«

»Das werde ich aber sein.«

»Ja, das werden Sie.«

Die Wochen verstrichen; die Wortübungen dauerten an, die Zahl der beschriebenen Seiten auf dem Block des Arztes wurde immer größer, und schließlich kehrten die Kräfte des Mannes zurück. Es war an einem Morgen der neunzehnten Woche, der Tag war freundlich, und das Mittelmeer lag ruhig da und glänzte. Der Mann war die letzte Stunde, so wie er sich das angewöhnt hatte, am Wasser entlanggelaufen und dann die Hügel hinauf. Er hatte die Strecke inzwischen auf über zwölf Meilen pro

Tag ausgedehnt, sein Tempo täglich gesteigert und immer seltener Ruhepausen eingelegt. Jetzt saß er auf dem Stuhl am Schlafzimmerfenster und atmete schwer. Schweiß tränkte sein Unterhemd. Er war durch die Hintertür hereingekommen und durch den finsteren Gang, der am Wohnzimmer vorbeiführte, ins Schlafzimmer gelangt. Es war einfach bequemer so; das Wohnzimmer diente Washburn als Wartezimmer, und da saßen noch ein paar Patienten, die versorgt werden mußten. Sie wirkten verstört und dachten wohl darüber nach, wie der Zustand von *le docteur* an diesem Morgen sein mochte. Tatsächlich war es nicht so schlimm. Geoffrey Washburn trank zwar immer noch wie ein wilder Kosak, aber in diesen Tagen hatte er sich immerhin einigermaßen unter Kontrolle. Es war, als hätte sich in den Tiefen seines eigenen zerstörerischen Fatalismus ein Rest an Hoffnung gefunden. Und der Mann ohne Gedächtnis begriff: Jene Hoffnung hing mit einer Bank in der Züricher Bahnhofstraße zusammen. Warum erinnerte er sich eigentlich so leicht an diese Straße?

Die Schlafzimmertür öffnete sich, und der Arzt platzte herein, sein weißer Kittel mit Blut beschmiert.

»Ich hab' es geschafft!« sagte er grinsend, und in seinen Worten klang Triumph. »Ich sollte eine Agentur für Arbeitsvermittlung aufmachen und von den Provisionen leben. Das wäre ein regelmäßigeres Einkommen.«

»Wovon reden Sie eigentlich?«

»Wir waren uns doch einig; es ist genau das, was Sie brauchen. Sie *müssen* nach außen hin in Erscheinung treten, und seit zwei Minuten ist Monsieur Jean-Pierre Namenlos gegen Bezahlung angestellt! Zumindest auf eine Woche.«

»Wie haben Sie das fertiggebracht? Ich dachte, es gäbe keine freien Stellen.«

»Als ich gerade eben Lamouches infiziertes Bein behandelte, erklärte ich ihm, daß mein Vorrat an lokalen Betäubungsmitteln verdammt gering sei. Wir feilschten; Sie waren das Handelsobjekt.«

»Eine Woche?«

»Wenn Sie gut sind, behält er Sie vielleicht.« Washburn hielt inne. »Obwohl das eigentlich gar nicht so schrecklich wichtig ist, oder?«

»Ich bezweifle, ob überhaupt irgend etwas davon wichtig ist. Vor einem Monat vielleicht, aber jetzt nicht mehr. Ich habe Ihnen ja gesagt, daß ich bereit bin, von hier wegzugehen. Ich hätte gedacht, daß Sie das auch wollen. Ich habe eine Verabredung in Zürich.«

»Und ich würde es vorziehen, wenn Sie bei dieser Verabredung so fit wären wie nur irgend möglich. Meine Interessen sind höchst egoistisch. Ich kann nicht zulassen, daß Sie einen Rückfall erleiden.«

»Ich bin bereit.«

»Oberflächlich vielleicht. Aber glauben Sie mir, es ist für Sie lebenswichtig, daß Sie längere Zeit auf dem Wasser verbringen, auch nachts. Nicht unter komfortablen Umständen wie ein Passagier, sondern harten Bedingungen ausgesetzt – je härter, desto besser.«

»Wieder ein Test?«

»Jeder Test, den ich in Port Noir arrangieren kann, ist mir recht. Wenn ich hier einen Sturm und einen kleinen Schiffbruch heraufbeschwören könnte, würde ich das für Sie tun. Andererseits ist Lamouche selbst so etwas wie ein Sturm; er ist ein schwieriger Mann. Sobald die Schwellung an seinem Bein zurückgegangen ist, wird er über Ihre Anwesenheit verärgert sein. Andere werden auch so reagieren. Sie müssen für jemanden einspringen.«

»Danke für Ihre Bemühung.«

»Gern geschehen. Wir kombinieren hier zwei Streß-Situationen. Wenigstens ein oder zwei Nächte auf dem Wasser, wenn Lamouche seinen Zeitplan einhält – das ist die feindliche Umgebung, die zu Ihrer Hysterie beigetragen hat –, und schließlich werden Sie der Ablehnung und dem Argwohn Ihrer Umgebung ausgesetzt sein – symbolisch für die ursprüngliche Streß-Situation.«

»Noch einmal vielen Dank. Angenommen, die beschließen, mich über Bord zu werfen?«

»Oh, dazu wird es nicht kommen«, sagte Washburn und runzelte die Stirn.

»Ich bin froh, daß Sie so zuversichtlich sind. Ich wünschte, ich wäre es auch.«

»Das können Sie sein. Sie genießen den Schutz meiner Anwesenheit. Ich bin zwar weder Christiaan Barnard noch Michael De Bakey, aber diese Leute brauchen mich; die riskieren nicht, mich zu verlieren.«

»Sie wollen doch hier weg, denke ich, und ich bin Ihr Reisepaß.«

»Auf eine Art und Weise, die niemand durchschaut, mein lieber Patient. Los jetzt! Lamouche möchte, daß Sie zum Hafen hinuntergehen, damit Sie sich mit seinen Geräten vertraut machen können. Sie beginnen morgen früh um vier Uhr. Denken Sie immer daran, wie nützlich eine Woche auf See sein wird. Betrachten Sie es als Kreuzfahrt.«

Eine Kreuzfahrt wie diese hatte es noch nie gegeben. Der Skipper des schmutzigen, öldurchtränkten Fischerboots war die übellaunige Kopie eines unbedeutenden Captain Bligh; die Mannschaft ein Quartett von Tunichtguten – ohne Zweifel die einzigen Männer in ganz Port Noir, die bereit waren, Claude Lamouche zu ertragen. Eigentlich gehörte noch ein fünftes Mitglied zur Mannschaft, der Bruder des zweiten Mannes an Bord. Diese Tatsache wurde dem Mann, den man Jean-Pierre nannte, binnen weniger Minuten nach Verlassen des Hafens um vier Uhr morgens klargemacht.

»Du nimmst meinem Bruder die Arbeit weg!« fauchte der Fischer ärgerlich, während er an seiner Zigarette paffte, die unbeweglich in seinem Mundwinkel hing.

»Es ist ja nur für eine Woche«, entgegnete Jean-Pierre. Es wäre leichter gewesen – viel leichter – anzubieten, den jetzt arbeitslos gewordenen Bruder mit Washburns monatlichem Taschengeld zu entschädigen, aber der Arzt und sein Patient waren übereingekommen, solche Kompromisse zu unterlassen.

»Hoffentlich kannst du wenigstens mit den Netzen umgehen.«

Er verstand nichts davon.

In den nächsten 72 Stunden gab es Augenblicke, in denen der Mann namens Jean-Pierre dachte, er müsse doch auf die letzte Alternative zurückgreifen und sich mit Geld Ruhe verschaffen. Unablässig hackte man auf ihm herum, selbst während der Nacht – besonders dann. Als er an Deck auf der schmutzigen Matratze lag, hatte er das Gefühl, als wären Augen auf ihn gerichtet, die nur darauf warteten, daß er einschlief.

»Du! Übernimm die Wache! Der Maat ist krank. Du mußt ihn vertreten.«

»Steh auf! Philippe schreibt seine Memoiren. Er darf nicht gestört werden.«

»Aufstehen! Du hast heute nachmittag ein Netz zerrissen. Wir zahlen nicht für deine Dummheit. Darüber sind wir uns einig. Flicke es jetzt.«

Die Netze: Wenn für eine Seite zwei Männer benötigt wurden, so nahmen seine zwei Arme die Stelle von vier ein. Wenn er neben einem Mann arbeitete, dann ließ der die Last plötzlich los, und das ganze Gewicht ruhte auf ihm. Oder jemand stieß ihn mit der Schulter so an, daß er gegen die Schiffswand prallte und beinahe über Bord gefallen wäre.

Und Lamouche: ein hinkender Wahnsinniger, der jede Seemeile an der Zahl der Fische maß, die er verloren hatte. Seine Stimme klang wie ein schnarrendes Nebelhorn. Er sprach nie jemanden an, ohne irgendeinen obszönen Ausdruck vor den Namen zu setzen, eine Angewohnheit, die den Patienten in zunehmendem Maße wütender machte. Aber Lamouche rührte Washburns Patienten nicht an; er schickte dem Arzt nur auf seine Weise seine Botschaft: *Tu mir das nie wieder an. Nicht, wenn es um mein Boot und meinen Fang geht.* Lamouche wollte bei Sonnenuntergang des dritten Tages zurück in Port Noir sein. Nach dem Ausladen der Fische sollte die Mannschaft bis vier Uhr am nächsten Morgen Zeit bekommen, um auszuschlafen, herumzuhuren, sich zu betrinken oder mit etwas Glück die drei Beschäftigungen gleichzeitig auszuüben. Als sie Land sichteten, geschah es. Die Netze wurden vom Netzmann und seinem ersten Helfer mittschiffs eingezogen und zusammengefaltet. Das unwillkommene Mannschaftsmitglied, das sie

»Jean-Pierre Sangsue« (»Blutsauger«) beschimpften, scheuerte das Deck mit einem langstieligen Schrubber. Die zwei übrigen Crewmitglieder schwappten Eimer mit Seewasser vor den Schrubber, wobei sie häufiger den Blutsauger als die Deckplanken trafen.

Ein voller Eimer wurde hochgeworfen und blendete Washburns Patienten einen Augenblick lang, so daß er das Gleichgewicht verlor. Der schwere Schrubber mit den metallähnlichen Borsten rutschte ihm aus der Hand und traf mit seinen scharfen Borsten den Schenkel des knienden Netzmannes.

»Verdammte Scheiße!«

»Tut mir leid«, sagte der Übeltäter und wischte sich das Wasser aus den Augen.

»Der Teufel soll dich holen!« schrie der andere.

»Ich habe gesagt, daß es mir leid tut«, erwiderte der Mann namens Jean-Pierre. »Sag deinen Freunden, sie sollen das Deck naß machen, nicht mich.«

Der Netzmann stand auf, packte den Schrubberstiel und hielt ihn wie ein Bajonett vor sich. »Willst du spielen, Blutsauger?«

»Komm, gib her.«

»Mit Vergnügen, Blutsauger. Hier!« Der Netzmann stieß mit dem Schrubber zu, so daß die Borsten über Brust und Bauch des Patienten fuhren und sein Hemd durchdrangen.

Ob es nun die Berührung mit den Narben war, die seine Wunden bedeckten, oder die Wut nach drei Tagen Quälerei, würde der Mann nie erfahren. Er wußte nur, daß er reagieren mußte. Und seine Reaktion erschreckte ihn mehr, als er sich hätte vorstellen können.

Er packte den Schrubberstiel mit der rechten Hand und trieb ihn dem Mann in den Leib. In dem Augenblick, da der andere nach vorne taumelte, trat er mit dem linken Fuß zu und traf den Mann an der Kehle.

»*Tao!*« Der gutturale Laut kam unwillkürlich über seine Lippen; er wußte nicht, was er bedeutete.

Und ehe er begriff, war er herumgewirbelt, und jetzt schoß sein rechter Fuß vor und bohrte sich in die linke Niere des Seemanns.

»*Che-sah!*« keuchte er.

Sein Gegner fuhr zurück und warf sich, von Schmerz und Wut getrieben, nach vorne, die Hände wie Klauen ausgestreckt. »Du Schwein!«

Der Patient duckte sich; seine rechte Hand packte den anderen am linken Unterarm und riß ihn herunter. Dann schoß er in die Höhe und drückte dabei den Arm seines Opfers nach oben und drehte ihn herum. Als er ihn losließ, jagte er ihm den Absatz ins Kreuz. Der Franzose brach über dem Netz zusammen, sein Kopf prallte gegen die Reling.

»*Mee-sah!*« Wieder wußte er nicht, was sein halblauter Schrei bedeutete.

Ein Matrose umklammerte von hinten seinen Hals, worauf der Patient seinen rechten Ellbogen in den Leib seines Angreifers rammte. Jean-Pierre beugte sich vor, packte den Ellbogen rechts von seiner Kehle und duckte sich. Der Angreifer wurde in die Höhe gehoben; seine Beine strampelten in der Luft, als er über das Deck geschleudert wurde. Schließlich blieb sein Kopf neben den Zahnrädern einer Winde liegen.

Jetzt waren die zwei übriggebliebenen Männer über ihm. Fäuste trommelten auf ihn ein. Der Patient griff nach dem Handgelenk eines Mannes, bog es nach unten und drehte es mit einer ruckartigen Bewegung nach links. Der Mann schrie auf – das Handgelenk war gebrochen.

Washburns Patient verschränkte die Finger beider Hände ineinander, schwang die Arme wie einen Vorschlaghammer in die Höhe und traf den Matrosen mit dem gebrochenen Handgelenk am Kinn. Der Mann wurde nach hinten geschleudert und brach auf dem Deck zusammen.

»Kwa-sah!« Das Flüstern hallte in den Ohren des Patienten nach.

Der vierte Mann schlich sich nach rückwärts davon.

Es war vorbei. Drei Angehörige von Lamouches Mannschaft waren besinnungslos, schwer für das bestraft, was sie getan hatten. Es war zweifelhaft, daß auch nur einer von ihnen um vier Uhr früh imstande sein würde, ans Dock zu kommen.

Als Lamouche jetzt sprach, klang gleichermaßen Erstaunen und Verachtung in seinen Worten. »Ich weiß nicht, woher Sie kommen, aber Sie werden dieses Boot verlassen.«

Der Mann ohne Gedächtnis begriff die ungewollte Ironie in den Worten des Kapitäns. *Ich weiß auch nicht, woher ich komme.*

»Sie können nicht länger hier bleiben«, sagte Geoffrey Washburn, als er in das abgedunkelte Schlafzimmer trat. »Ich hatte ehrlich geglaubt, ich könnte verhindern, daß Sie ernsthaft angegriffen werden. Aber jetzt, wo Sie den Schaden angerichtet haben, bin ich nicht mehr in der Lage, Sie zu schützen.«

»Man hat mich provoziert.«

»In dem Maße? Ein Mann hat ein gebrochenes Handgelenk und Platzwunden am Hals und im Gesicht, die ich nähen muß. Ein anderer hat Platzwunden am Kopf, dazu eine schwere Gehirnerschütterung und eine Nierenverletzung, deren Ausmaß ich noch nicht kenne. Ganz zu schweigen von einem Tritt in den Unterleib, von dem die Hoden angeschwollen sind! Ich glaube, man nennt das Overkill.«

»Wenn es anders gelaufen wäre, dann wäre es nur ein ›Kill‹ gewesen und ich ein toter Mann.« Der Patient hielt inne, fuhr aber fort, ehe der Arzt das Wort ergreifen konnte. »Ich glaube, wir sollten miteinander reden. Es sind einige Dinge geschehen; mir sind andere Worte in den Sinn gekommen. Darüber sollten wir sprechen.«

»Das sollten wir, aber das können wir jetzt nicht. Es ist keine Zeit. Sie müssen sofort gehen. Ich habe Vorbereitungen getroffen.«

»Gleich?«

»Ja. Ich habe denen gesagt, daß Sie ins Dorf gegangen sind, wahrscheinlich um sich zu betrinken. Die Familien werden Sie jetzt suchen – jeder Bruder, Vetter und Schwager. Sie werden Messer mitbringen und Bootshaken, vielleicht auch Pistolen. Und wenn sie Sie nicht finden, werden sie hierher zurückkommen. Die werden nicht eher ruhen, bis sie Sie aufgespürt haben.«

»Wegen eines Kampfes, den ich nicht angefangen habe?«

»Weil Sie drei Männer verletzt haben, die zusammen wenigstens einen Monat Lohn verlieren werden. Und dann noch aus einem anderen Grund, der viel wichtiger ist.«

»Und welcher ist das?«

»Die Demütigung. Ein Fremder hat sich nicht nur einem, sondern gleich drei hochgeachteten Fischern von Port Noir überlegen gezeigt.«

»Hochgeachteten?«

»Was ihre körperliche Kraft anbetrifft. Lamouches Mannschaft gilt als die schlagkräftigste im ganzen Dorf.«

»Das ist lächerlich.«

»Für die nicht. Das ist ihr Ehrgefühl . . . Jetzt beeilen Sie sich! Packen Sie Ihre Sachen. Ein Boot aus Marseille liegt im Hafen; der Kapitän hat sich bereit erklärt, Sie mitzunehmen und Sie eine halbe Meile nördlich von La Ciotat abzusetzen.«

Der Mann ohne Gedächtnis hielt den Atem an. »Dann ist es Zeit«, sagte er leise.

»Allerdings«, erwiderte Washburn. »Ich ahne, was Sie jetzt verspüren: Ein Gefühl der Hilflosigkeit, ein Gefühl, im Meer zu treiben, ohne Ruder, das Sie auf Kurs bringt. Ich war Ihr Ruder, und ich werde nicht bei Ihnen sein; daran kann ich nichts ändern. Aber glauben Sie mir, wenn ich Ihnen sage, daß Sie *nicht* hilflos sind. Sie *werden* Ihren Weg finden.«

»Nach Zürich«, fügte der Patient hinzu.

»Nach Zürich«, pflichtete der Arzt ihm bei. »Hier, ich habe Ihnen in diesem Öltuch ein paar Dinge eingewickelt. Schnallen Sie es sich um die Hüfte.«

»Was ist da drin?«

»Sämtliches Geld, das ich habe; etwa zweitausend Franc. Es ist nicht viel, aber immerhin können Sie damit was anfangen. Und mein Paß, falls er Ihnen nützt. Wir haben etwa das gleiche Alter. Er ist bereits vor acht Jahren ausgestellt worden. Lassen Sie ihn von niemandem genau ansehen. Es ist nur ein offizielles Papier.«

»Und was werden Sie tun?«

»Falls ich nichts mehr von Ihnen hören sollte, werde ich ihn schon nicht mehr brauchen.«

»Sie sind ein anständiger Mann.«

»Ich glaube, das sind Sie auch . . . so wie ich Sie kennengelernt habe, aber ich habe Sie natürlich vorher nicht gekannt. Für jenen Mann kann ich mich also nicht verbürgen. Ich wünschte, ich könnte das, aber es geht einfach nicht.«

Der Mann lehnte an der Reling und verfolgte, wie die Lichter von Ile de Port Noir in der Ferne verblaßten. Das Fischerboot steuerte in die Dunkelheit hinein, so wie er vor fast fünf Monaten in die Finsternis gestürzt war . . . und jetzt in eine neue Finsternis fiel.

3

An der Küste Frankreichs waren keine Lichter zu sehen. Der fahle Schein des sterbenden Mondes beleuchtete das felsige Ufer nur in seinen Umrissen. Sie waren zweihundert Meter vom Land entfernt, und das Boot tanzte leicht in der schwachen Strömung der Bucht. Der Kapitän deutete über die Reling.

»Dort, zwischen den beiden Felsvorsprüngen, ist ein kleiner Uferstreifen. Nicht sehr breit. Sie erreichen ihn, wenn Sie rechts hinüberschwimmen. Wir können nur noch ein Stückchen weiter landeinwärts treiben, nicht mehr. In ein, zwei Minuten haben wir die Stelle erreicht.«

»Sie tun mehr, als ich erwarten durfte. Dafür danke ich Ihnen.«

»Nicht nötig. Ich bezahle meine Schulden.«

»Und dazu diene ich Ihnen?«

»Ja. Der Arzt in Port Noir hat nach diesem wahnsinnigen Sturm vor fünf Monaten drei von meiner Mannschaft zusammengeflickt. Sie waren nicht der einzige, den man damals hereingebracht hat, wissen Sie.«

»Sie kennen mich?«

»Sie lagen kalkweiß auf dem Tisch, aber ich kenne Sie nicht und will Sie auch nicht kennen. Ich hatte damals kein Geld, keinen Fang; der Arzt meinte, ich könnte bezahlen, wenn die Umstände besser wären. Mit Ihnen begleiche ich nur meine Schulden.«

»Ich brauche Papiere«, sagte der Mann, der eine Chance auf Hilfe witterte, »eine Änderung in einem Paß.«

»Warum erzählen Sie das mir?« fragte der Kapitän. »Ich habe versprochen, nördlich von La Ciotat ein Paket abzuladen. Nicht mehr.«

»Das hätten Sie nicht gesagt, wenn Sie nicht auch zu anderen Dingen imstande wären.«

»Ich werde Sie *nicht* nach Marseille bringen. Das Risiko, von einem Streifenboot erwischt zu werden, werde ich nicht eingehen. Die Sûreté hat überall im Hafen ihre Leute; die Rauschgiftfahnder sind wie die Wilden. Entweder besticht man sie, oder man verbringt zwanzig Jahre in einer Zelle.«

»Das bedeutet, daß ich in Marseille Papiere bekommen kann. Und Sie können mir helfen.«

»Das habe ich nicht gesagt.«

»Doch, das haben Sie. Ich brauche Hilfe, und die finde ich an einem Ort, an den Sie mich nicht bringen wollen – aber es gibt dort jemanden, der helfen kann. Das haben Sie angedeutet.«

»Was?«

»Daß Sie in Marseille mit mir reden würden, wenn ich ohne Sie dorthin komme. Nennen Sie mir den Ort.«

Der Kapitän des Fischerboots studierte das Gesicht des Patienten; die Entscheidung fiel ihm nicht leicht, aber er traf sie. »Es gibt ein Café an der Rue Sarrasin, südlich des alten Hafens: ›Le Bouc de Mer‹. Ich werde heute abend zwischen neun und elf dort sein. Sie werden Geld benötigen. Einen Teil der geforderten Summe wird man im voraus verlangen.«

»Wieviel?«

»Das liegt bei Ihnen und dem Mann, mit dem Sie verhandeln.«

»Ich brauche einen Anhaltspunkt.«

»Es ist billiger, wenn Sie einen Paß haben, den man fälschen kann; andernfalls muß man einen stehlen.«

»Ich sagte Ihnen, daß ich einen habe.«

Der Kapitän zuckte die Achseln. »Fünfzehnhundert, zweitausend Franc.«

Der Patient dachte an das in Öltuch gewickelte Päckchen, das er bei sich trug. In Marseille wurde er womöglich von der Polizei aufgegriffen, dafür hatte er aber auch die Chance, einen geänderten Paß zu bekommen, mit dem er nach Zürich reisen konnte. »Wird gemacht«, sagte er, ohne zu wissen, weshalb es so zuversichtlich klang. »Heute abend also.«

Der Kapitän spähte zu dem schwach beleuchteten Küstenstreifen hinüber. »So, weiter können wir jetzt nicht mehr ans Ufer treiben. Sie sind jetzt auf sich gestellt. Vergessen Sie nicht: Sollten wir uns nicht in Marseille treffen, sind wir uns niemals begegnet, klar? Und aus meiner Mannschaft hat Sie auch keiner gesehen.«

»Ich werde dort sein. ›Le Bouc de Mer‹, Rue Sarrasin, südlich vom alten Hafen.«

»ln Gottes Hand«, sagte der Skipper und gab dem Matrosen am Steuer ein Zeichen. Die Maschinen unter den Bootsplanken heulten kurz auf. »Übrigens, die Kunden im ›Le Bouc‹ sind den Pariser Dialekt nicht gewöhnt. Ich würde an Ihrer Stelle daran denken.«

»Danke für den Rat«, sagte der Patient, als er die Beine über die Bordwand schwang und sich ins Wasser hinabließ. Er hielt den Beutel in die Höhe und strampelte mit den Beinen, um nicht abzusinken. »Bis heute abend«, fügte er mit lauterer Stimme hinzu und blickte an dem schwarzen Rumpf des Fischerboots hinauf.

Aber da war niemand mehr; der Kapitän hatte die Reling verlassen.

Nur das Klatschen der Wellen gegen das Holz und das gedämpfte Brummen der Motoren waren zu hören.

Sie sind jetzt auf sich gestellt.

Er schauderte und drehte sich in dem kalten Wasser herum. Er nahm Kurs auf das Ufer, auf eine Gruppe von Felsen zu. Wenn der Kapitän ihn richtig beraten hatte, würde die Strömung ihn zu dem noch unsichtbaren Uferstreifen tragen.

Das tat sie; er spürte, wie der Sog seine nackten Füße in den Sand zog, was die letzten dreißig Meter nicht gerade erleichterte. Aber der Segeltuchsack war relativ trocken geblieben.

Minuten später saß er auf einer Düne, die mit wildem Gras bewachsen war; die langen Halme beugten sich in der Brise, und das erste Licht der Morgendämmerung drang in den Nachthimmel ein. In einer Stunde würde die Sonne aufgehen; dann mußte er weiter.

Er öffnete den Sack und entnahm ihm ein Paar Stiefel und Socken sowie eine zusammengerollte Hose und ein grobgewebtes Baumwollhemd. Irgendwann in seiner Vergangenheit hatte er gelernt, wie man platzsparend packte; der Sack enthielt viel mehr, als man vermutete. Woher hatte er diese Fertigkeit? Die Fragen hörten nie auf.

Er erhob sich, zog die Shorts aus, die Washburn ihm gegeben hatte, und legte sie zum Trocknen aus; er durfte hier nichts liegenlassen. Dann schlüpfte er aus seinem Unterhemd und breitete es ebenfalls aus.

Nackt auf der Düne stehend, empfand er ein seltsames Glücksgefühl, in das sich ein hoher Schmerz in der Magengrube mischte. Dieser Schmerz war Angst, das wußte er. Und den Grund für sein Glücksgefühl begriff er auch:

Er hatte seine erste Prüfung bestanden. Er hatte einem Instinkt vertraut, der ihm genau gesagt hatte, wie er sich verhalten mußte. Vor einer Stunde hatte er kein unmittelbares Ziel gehabt, nur den Drang verspürt, nach Zürich zu gelangen. Gleichzeitig aber war ihm auch klar, daß er dazu Grenzen überqueren und prüfende Blicke über sich ergehen lassen mußte. Der acht Jahre alte Paß war so offensichtlich nicht der seine, daß sogar der dümmste Zollbeamte das feststellen würde. Und selbst wenn es ihm gelang, damit die Schweiz zu betreten, irgendwann wollte er sie auch wieder verlassen; und bei jedem Schritt wuchs die Gefahr, daß man ihn entdeckte und verhaftete. Das durfte er nicht zulassen. Jetzt nicht, solange er nicht mehr wußte. Die Antworten auf die vielen Fragen lagen in Zürich. An sie zu gelangen war nur möglich, wenn er sich frei bewegen konnte. Und jetzt hatte er den Kapitän eines Fischerbootes dazu veranlaßt, ihm dabei zu helfen.

Sie sind nicht hilflos. Sie werden schon einen Weg finden.

Ehe der Tag vorüber war, würde er dafür gesorgt haben, daß Washburns Paß von einem Profi geändert wurde. Das war der erste konkrete Schritt, aber zuvor war da noch das Geldproblem zu lösen. Die zweitausend Franc, die der Arzt ihm gegeben hatte, reichten nicht; vielleicht würden sie nicht einmal genügen, um damit den Paß fälschen zu lassen. Was nützte ihm aber ein brauchbarer Paß, wenn er die finanziellen Mittel zum Reisen nicht besaß? Er mußte sich also Geld beschaffen. Nur wie?

Er schüttelte die Kleider aus, die er dem Sack entnommen hatte, zog sie an und stieg in die Stiefel. Dann legte er sich auf den Sand und starrte zum Himmel empor, der immer heller wurde.

Er schlenderte durch die engen, gepflasterten Straßen von La Ciotat, ging in Läden und redete mit den Verkäufern. Es war ein seltsames Gefühl, wieder unter Menschen zu sein, nicht mehr ein körperliches Wrack, das man aus dem Meer gefischt hatte. Er erinnerte sich an den Rat, den der Kapitän ihm gegeben hatte, und vermied den Pariser Dialekt. So war er ein nicht besonders auffälliger Fremder, der zufällig durch die Stadt kam.

Geld!

Es gab ein Viertel in La Ciotat, wo offenbar eine etwas wohlhabendere Kundschaft einkaufte. Die Geschäfte waren sauberer, die Waren teurer und die Fische frischer; das Fleisch sah abgehangen aus, und das Gemüse glänzte; darunter viele exotische Sorten, die aus Nordafrika und dem Mittleren Osten importiert waren. Ein wenig wirkte die Gegend wie ein Stück Paris oder Nizza, das man an den Rand einer Küstenstadt verpflanzt hatte. Ein kleines Café, zu dessen Eingang ein schmaler gepflasterter Weg führte, war zu beiden Seiten von gepflegten Rasenflächen umsäumt.

Geld!

Er betrat einen Fleischerladen und bemerkte, daß der Besitzer ihn unfreundlich musterte, so als wäre er nicht willkommen. Der Mann bediente gerade ein Ehepaar in mittleren Jahren, die ihrer Sprache und ihrem Auftreten nach Hausangestellte eines Landsitzes außerhalb der Stadt waren.

»Das Kalbfleisch letzte Woche war kaum zu genießen«, sagte die Frau. »Ich will diesmal besseres Fleisch haben, sonst muß ich in Zukunft in Marseille bestellen.«

»Und neulich«, fügte der Mann hinzu, »äußerte der Marquis mir gegenüber, daß die Lammkoteletts viel zu dünn waren. Ich wiederhole: drei Zentimeter.«

Der Schlachter seufzte und zuckte die Achseln. Höflich murmelte er eine Entschuldigung und versprach zugleich, sich heute mehr Mühe zu geben. Die Frau wandte sich ihrem Begleiter zu, wobei ihre Stimme keine Spur weniger befehlsgewohnt klang als bei ihrem Dialog mit dem Fleischer.

»Warte auf die Pakete und leg sie in den Wagen. Ich gehe inzwischen zum Lebensmittelhändler, wir treffen uns dort.«

»Natürlich, meine Liebe.«

Die Frau ging hinaus wie eine Taube, die neue Körner suchte, auf denen sie herumpicken konnte. Kaum hatte sie die Tür hinter sich geschlossen, als der Mann sich dem Ladenbesitzer zuwandte, wobei sich sein Verhalten völlig änderte. Die Arroganz war wie weggewischt, und er grinste.

»Der übliche Tag für dich, nicht wahr, Marcel?« sagte er und holte ein Päckchen Zigaretten aus der Tasche.

»Es geht. Waren die Koteletts wirklich zu dünn?«

»Mein Gott, nein. Wann hat *der* das schon unterscheiden können? Aber sie fühlt sich wohler, wenn ich mich beklage, das weißt du ja.«

»Wo ist der Marquis, dieser Mistkerl, jetzt?«

»Betrunken nebenan; er wartet auf die Hure aus Toulon. Ich hole ihn heute nachmittag wieder ab und schmuggle ihn an der Marquise vorbei in den Stall. Er benutzt Jean-Pierres Zimmer über der Küche, wie dir bekannt ist.«

»Ich habe es gehört.«

Als Washburns Patient den Namen Jean-Pierre hörte, wandte er sich von dem Schaukasten mit Geflügel ab. Das war ein automatischer Reflex, aber die Bewegung erinnerte den Fleischer an seine Anwesenheit.

»Was ist? Was wollen Sie?«

Das war der Augenblick, den gutturalen Akzent abzulegen. »Freunde in Nizza haben Sie mir empfohlen«, sagte der Patient im Pariser Französisch.

»Oh?« Der Ladenbesitzer schien seine Haltung sofort zu ändern. Unter seiner Kundschaft, besonders unter den jüngeren Leuten, gab es welche, die es vorzogen, sich nicht statusgemäß zu kleiden. Heutzutage galt das gewöhnliche Baskenhemd sogar als modisch. »Sind Sie neu hier, mein Herr?«

»Mein Boot wird gerade repariert; wir schaffen es heute nachmittag nicht mehr bis Marseille.«

»Kann ich etwas für Sie tun?«

Der Patient lachte. »Für meinen Koch vielleicht; ich möchte ihm aber nichts vorschreiben. Er kommt später vorbei. Ich habe schon einigen Einfluß auf ihn.«

Der Fleischer und sein Freund lachten. »Das kann ich mir denken, mein Herr«, sagte der Ladenbesitzer.

»Ich brauche ein Dutzend Enten und . . . achtzehn Chateaubriands.«

»Wird erledigt.«

»Gut. Ich werde den großen Meister der Kombüse direkt zu Ihnen schicken.« Der Patient wandte sich dem Mann in mittleren Jahren zu. »Übrigens, ich habe unwillkürlich mit zugehört . . . Nein, bitte, seien Sie unbesorgt. Der Marquis ist doch nicht etwa dieser Esel d'Ambois, oder? Ich glaube, jemand hat erwähnt, daß er hier lebt.«

»O nein, mein Herr«, erwiderte der Angestellte. »Ich kenne den Marquis d'Ambois nicht. Ich meinte den Marquis de Chamford. Ein sehr feiner Herr, aber er hat Probleme: eine schwierige Ehe, mein Herr – eine sehr schwierige; das ist allgemein bekannt.«

»Chamford? Ja, ich glaube, wir sind uns schon begegnet. Ziemlich klein, nicht wahr?«

»Nein, Sir. Eigentlich sogar recht groß. Etwa Ihre Größe, würde ich sagen.«

»Wirklich?«

Mit den verschiedenen Eingängen und Innentreppen des zweistöckigen Cafés machte der Patient sich schnell vertraut – als Lebensmittellieferant aus Roquevaire, der seine neue Tour noch nicht richtig kannte. Es gab zwei Treppen, die ins Obergeschoß führten, eine von der Küche aus, die andere gleich hinter dem Eingang von dem kleinen Vorraum; das war die Treppe, die von den Gästen benutzt wurde, die zur Toilette in der obersten Etage wollten. Diese Treppe konnte man durch ein Fenster von außen beobachten, und der Patient war sicher, daß er, wenn er nur lange genug wartete, zwei Leute beim Gang nach oben sehen würde. Sie würden ohne Zweifel getrennt hinaufgehen, und zwar keiner von beiden zur Toilette, sondern zu einem Schlafzimmer über der Küche. Der Patient fragte sich, welches der teuren Autos, die auf der stillen Straße parkten, dem Marquis de Chamford gehörte. Aber welches auch immer es sein mochte, der Bedienstete in dem Fleischerladen brauchte sich keine Sorgen zu machen; sein Brotgeber würde es bestimmt nicht steuern.

Geld!

Die Frau traf kurz vor ein Uhr ein. Es war eine vom Wind zerzauste Blondine, deren großen Brüste die blaue Seide der Bluse spannten. Sie hatte lange, gebräunte Beine und einen eleganten Gang. Ihre Schuhe hatten hohe Absätze. Unter dem eng anliegenden weißen Rock zeichneten sich ihre Schenkel und Hüften deutlich ab. Chamford mochte Probleme haben, aber jedenfalls hatte er Geschmack.

Zwanzig Minuten später konnte der Patient den weißen Rock durch das Fenster sehen; das Mädchen ging nach oben. Kaum sechzig Sekunden danach füllte eine andere Gestalt den Fensterrahmen aus; sie trug dunkle Hosen und einen Blazer und tappte vorsichtig die Treppe hinauf. Er zählte die Minuten; hoffentlich besaß der Marquis de Chamford eine Uhr.

Seinen Seesack so unauffällig wie möglich an den Gurten tragend, betrat der Patient über den gepflasterten Weg das Restaurant. Drinnen bog er im Vorraum nach links, schob sich an einem älteren Mann vorbei, der mit ihm die Treppe hinaufging, erreichte das Obergeschoß und bog wieder nach links. Er lief einen langen Korridor hinunter, der zum hinteren Teil des Gebäudes führte, der über der Küche lag, passierte die Waschräume und stieß schließlich am Ende des schmalen Flurs eine geschlossene Tür auf. Dort blieb er reglos stehen, den Rücken gegen die Wand gedrückt. Er drehte den Kopf und wartete darauf, bis der ältere Mann die Toilette erreicht hatte und die Tür öffnete, während er sich den Reißverschluß an der Hose aufzog.

Der Patient nahm seinen Seesack und legte ihn – instinktiv, ohne darüber nachzudenken – gegen die Türfüllung. Er hielt ihn mit ausgestreckten Armen fest und schmetterte mit einer einzigen schnellen Bewegung die linke Schulter dagegen. Die Tür sprang auf. Niemand unten im Restaurant konnte etwas gehört haben.

»O Gott, wer ist da?«

»Ruhe!«

Der Marquis de Chamford löste sich von dem nackten Körper der blonden Frau und taumelte über den Bettrand auf den Boden. Er wirkte wie ein Bild aus einer Operette: Immer noch trug er sein gestärktes Hemd, eine gutsitzende Krawatte und seidene, bis zum Knie reichende schwarze Socken; aber das war alles. Die Frau griff nach der Decke und bemühte sich, dem Augenblick die Peinlichkeit zu nehmen.

Der Patient erteilte rasch seine Befehle: »Keinen Laut! Wenn Sie genau tun, was ich sage, passiert niemandem etwas.«

»Meine Frau hat Sie angestellt!« schrie Chamford mit lallender Stimme und wirrem Blick. »Ich bezahle Ihnen mehr.«

»Das fängt gut an«, antwortete Dr. Washburns Patient. »Ziehen Sie Ihr Hemd und die Krawatte aus. Die Socken auch.« Da sah er das glänzende Goldband am Handgelenk des Marquis. »Und die Uhr.«

Ein paar Minuten später war die Verwandlung perfekt. Die Kleider des Marquis paßten zwar nicht nach Maß, aber niemand würde leugnen können, daß es sich um erstklassiges Tuch und einen hervorragenden Schnitt handelte. Die Uhr war im übrigen eine Girard Perregaux, und Chamfords Brieftasche enthielt über dreizehntausend Franc. Auch die Wagenschlüssel waren eindrucksvoll: Sie hatten Anhänger aus Sterling-Silber, die sein Monogramm trugen.

»Um Himmels willen, geben Sie mir meine Kleider!« sagte der Marquis, bei dem die Lächerlichkeit seiner Situation langsam den Alkoholdunst hatte durchdringen können.

»Tut mir leid, aber das kann ich nicht«, erwiderte der Eindringling und sammelte seine eigenen Kleider und die der Blondine auf.

»Aber meine können Sie doch nicht nehmen!« schrie sie.

»Ich hab' Ihnen gesagt, daß Sie ruhig sein sollen.«

»Schon gut, schon gut«, fuhr sie fort, »aber Sie können nicht . . .«

»Doch, ich kann.« Der Patient sah sich im Zimmer um; auf einem niedrigen Tisch am Fenster stand ein Telefon. Er ging darauf zu und riß das

Kabel aus der Wand. »Jetzt wird Sie niemand stören«, sagte er und griff nach seinem Sack.

»Damit kommen Sie nicht durch, das wissen Sie doch«, herrschte Chamford ihn an. »Die Polizei wird Sie finden!«

»Die Polizei?« fragte er. »Glauben Sie wirklich, daß Sie die Polizei rufen sollten? Dann wird ein ausführlicher Bericht geschrieben, und Sie werden alle Einzelheiten schildern müssen. Ich bin nicht so sicher, daß das eine besonders gute Idee ist. Sie wären wohl besser dran, wenn Sie auf den Burschen warteten, der Sie heute nachmittag abholen soll. Ich hörte, daß er Sie an der Marquise vorbei in den Stall schmuggeln will. Wenn man alles bedenkt, finde ich, wäre dies das beste für Sie. Ich bin überzeugt, daß Ihnen eine gute Geschichte für das einfällt, was Ihnen passiert ist. Ich werde Ihnen nicht widersprechen.«

Der unbekannte Dieb verließ das Zimmer und schloß die beschädigte Tür hinter sich.

Sie sind nicht hilflos. Sie werden schon einen Weg finden.
Bis jetzt hatte er es geschafft, und das machte ihm fast ein wenig angst. Was hatte Washburn gesagt? Daß seine Fertigkeiten und Talente zurückkehren würden ... *aber ich glaube nicht, daß Sie jemals imstande sein werden, sie mit irgend etwas in Ihrer Vergangenheit in Verbindung zu bringen.*

Was für eine Art von Vergangenheit war es, in der er sich die Fertigkeiten angeeignet hatte, die er in den letzten vierundzwanzig Stunden an den Tag gelegt hatte? Wo hatte er gelernt, seinen Gegner mit gezielten Fußtritten zum Krüppel zu schlagen? Woher kannte er genau die Körperstellen, die seine Hiebe treffen mußten? Wer hatte ihm beigebracht, wie man mit Leuten auf der anderen Seite des Gesetzes umging und sie dazu provozierte, etwas Illegales zu tun? Wie kam es; daß er so schnell auf bloße Andeutungen reagieren konnte und doch zweifelsfrei überzeugt war, daß seine Instinkte richtig waren? Woher hatte er das Gespür, in einem beiläufigen Gespräch, das er zufällig in einem Fleischerladen mit anhörte, die Chance zur Erpressung zu wittern? Aber noch viel bedeutender war vermutlich die einfache Entscheidung, das Verbrechen durchzuführen. Mein Gott, wie *konnte* er nur?

Je mehr Sie dagegen ankämpfen, desto mehr quälen Sie sich, desto schlimmer wird es sein.

Als er im Jaguar des Marquis de Chamford saß, konzentrierte er sich auf den Verkehr und das mahagonigetäfelte Armaturenbrett vor sich. Die Instrumentenanordnung war ihm nicht vertraut; in seiner Vergangenheit war er also offenbar nicht in solchen Wagen gefahren. Wahrscheinlich sagte ihm das etwas.

In weniger als einer Stunde überquerte er eine Brücke über einem breiten Kanal und wußte, daß er Marseille erreicht hatte. Kleine rechteckige

Häuser, die wie Bausteine die Straßen vom Wasser heraufsäumten; schmale Gassen und überall Mauern – die Randbezirke des alten Hafens. Er kannte das alles und kannte es doch nicht. In der Ferne zeichnete sich auf einem der umliegenden Hügel die Silhouette einer Kathedrale ab, auf dem Dach konnte man ganz deutlich eine Statue der Jungfrau Maria erkennen. Notre-Dame-de-la-Garde – der Name drängte sich ihm auf; er hatte die Kirche schon einmal gesehen – und doch wiederum nicht.

Herrgott! *Hör auf!*

Binnen weniger Minuten befand er sich im pulsierenden Stadtzentrum und fuhr über die überfüllte Canebière mit ihren teuren Geschäften. Die Strahlen der Nachmittagssonne spiegelten sich zu beiden Seiten im eingefärbten Glas der Schaufenster. Er bog nach links auf den Hafen zu, vorbei an Lagerhäusern und kleinen Fabriken und umzäunten Freiflächen, auf denen Autos parkten, die für den Transport nach Norden in die Verkaufsräume von Saint-Etienne, Lyon und Paris bestimmt waren. Und für Bestimmungsorte auf der anderen Seite des Mittelmeers.

Instinkt. Du mußt deinem Instinkt folgen. Er durfte nichts außer acht lassen. All seine Fähigkeiten hatten einen unmittelbaren Nutzen; ein Stein war wertvoll, wenn man ihn werfen konnte, ein Fahrzeug, wenn jemand es kaufen wollte. Vor einem Platz, wo sowohl neue als auch gebrauchte Luxuslimousinen aufgereiht waren, parkte er am Randstein und stieg aus. Auf der anderen Seite des Zauns stand eine kleine Garage, Mechaniker in Overalls liefen mit Werkzeugen herum. Er schlenderte über das Gelände, bis er einen Mann in einem Nadelstreifenanzug entdeckte, bei dem ihm sein Instinkt sagte, daß er der richtige Verhandlungspartner war.

Es dauerte weniger als zehn Minuten, und seine Erklärungen beschränkten sich auf das Notwendigste, dann war das Verschwinden des Jaguar nach Nordafrika durch Abfeilen der Motornummer garantiert, und die mit Silbermonogramm versehenen Autoschlüssel wechselten für sechstausend Franc die Besitzer, was etwa einem Fünftel des Wertes von Chamfords Auto entsprach.

Daraufhin ließ sich Dr. Washburns Patient mit einem Taxi zu einem Pfandleiher bringen, der nicht zu viele Fragen stellte. Eine halbe Stunde später zierte die goldene Girard Perregaux nicht länger sein Handgelenk; er hatte sie gegen eine Seiko-Uhr und achthundert Franc eingetauscht. Alles hatte seinen Wert in Beziehung zu seinem praktischen Nutzen: Der Chronograph war stoßfest.

Die nächste Station war ein mittelgroßes Warenhaus an der Canebière. Er wählte Kleider von der Stange, bezahlte sie und ließ einen schlechtsitzenden dunklen Blazer und Hosen in der Kabine zurück.

Im Erdgeschoß kaufte er sich einen weichen Lederkoffer und etwas Unterwäsche, die er gemeinsam mit dem Seesack im Koffer verstaute. Der Patient sah auf seine neue Uhr; es war beinahe fünf Uhr, Zeit, sich ein komfortables Hotel zu suchen. Er hatte ein paar Tage nicht geschlafen und brauchte Ruhe vor seiner Verabredung in der Rue Sarrasin, in einem Café, das sich ›Le Bouc de Mer‹ nannte. Dort würden die Arrangements für eine wichtigere Verabredung in Zürich getroffen werden.

Er lag auf dem Bett und starrte zur Decke; der Lichtschein der Straßenlampen ließ unregelmäßige Reflexe über die weißen Wände tanzen. Die Nacht hatte sich schnell über Marseille gesenkt, und mit ihr hatte den Patienten ein Gefühl der Freiheit erfaßt. Es war, als hätte die Dunkelheit den grellen Schein des Tageslichts verschluckt, das ihm zu viel Eindrücke zu schnell offenbart hatte. Er war dabei, wieder etwas Neues über sich zu lernen: Er fühlte sich nachts sicherer. Wie eine halbverhungerte Katze konnte er in der Finsternis besser auf Raubzug gehen. Und doch regte sich in ihm ein Widerstand, und er spürte ihn auch. Während der Monate in Ile de Port Noir hatte er sich nach dem Sonnenlicht gesehnt, jeden Morgen darauf gewartet und sich nichts sehnlicher gewünscht, als daß die Finsternis sich löse. Dinge widerfuhren ihm. Er war dabei, sich zu ändern.

Dinge *waren* ihm widerfahren. Ereignisse, die die Vorstellung, des Nachts erfolgreiche Streifzüge machen zu können, Lügen straften. Vor zwölf Stunden hatte er sich noch auf einem Fischerboot im Mittelmeer befunden, hatte ein Ziel vor Augen und zweitausend Franc in einem Päckchen an der Hüfte gehabt. Zweitausend Franc – das war nach dem augenblicklichen Wechselkurs etwas weniger als fünfhundert amerikanische Dollar. Jetzt verfügte er über akzeptable Kleidung, hatte sich in einem teuren Hotel eingemietet und besaß knapp über dreiundzwanzigtausend Franc, die er in einer Louis-Vuitton-Brieftasche aus dem Besitz des Marquis de Chamford aufbewahrte. Dreiundzwanzigtausend Franc . . . beinähe sechstausend amerikanische Dollar!

Woher kam er, daß er zu solchen Dingen imstande war?

Hör auf!

Die Häuser in der Rue Sarrasin waren so alt, daß sie in einer anderen Stadt vielleicht unter Denkmalschutz gestanden hätten. Die breite Gasse verband Straßen, die erst Jahrhunderte später entstanden sind. Aber dies war typisch für Marseille; Architektonik berührte sich hier mit mittelalterlichen Bauwerken, und beide arrangierten sich nur auf höchst unbequeme Weise mit der Neuzeit.

Die Rue Sarrasin war insgesamt höchstens sechzig Meter lang und schien mit der Zeit zwischen den Steinmauern der Gebäude erstarrt zu sein. Keine Straßenlaternen erhellten das gespenstische Dunkel, wenn die Nebel vom Hafen heraufwallten – der ideale Ort für Männer, die keinen Wert darauf legten, daß man sie beobachtete oder ihre Gespräche belauschte.

Das einzige Licht und die einzigen Geräusche drangen aus dem ›Le Bouc de Mer‹. Das Café lag ziemlich genau in der Mitte der breiten Gasse; im 19. Jahrhundert waren in dem Haus Büros untergebracht. Später hatte man mehrere Zwischenwände niedergerissen, um eine große Bar und Platz für Tische zu schaffen, die zum Teil in Nischen standen, um den Gästen, die das wünschten, einen ungestörten Aufenthalt zu bieten. Das war das Äquivalent des Hafenviertels für jene Privaträume in Restaurants an der Canebière, und ihrem Status entsprechend gab es Vorhänge, aber keine Türen.

Der Patient bahnte sich einen Weg zwischen den überfüllten Tischen hindurch, wobei er sich entschuldigte, wenn er Fischer und betrunkene Soldaten beiseite schieben mußte oder grell geschminkte Huren, die nach Kundschaft Ausschau hielten. Er spähte in etliche Nischen, bis er schließlich den Kapitän des Fischerboots fand. Ein weiterer Mann saß bei ihm am Tisch. Er war hager und bleichgesichtig, und seine eng nebeneinander liegenden Augen musterten ihn wie die eines neugierigen Frettchens.

»Setzen Sie sich«, sagte der Skipper mürrisch. »Ich hatte Sie früher erwartet.«

»Sie sagten, zwischen neun und elf. Jetzt ist es Viertel vor elf.«

»Wenn Sie es so lange hinziehen, können Sie auch den Whisky bezahlen.«

»Gerne. Bestellen Sie etwas Anständiges, wenn die hier so was haben.«

Der bleichgesichtige Mann lächelte. Die Dinge werden sich richtig entwickeln, dachte der Patient.

Das taten sie auch. Der Paß gehörte ausgerechnet zu der Sorte, die am allerschwierigsten zu fälschen war, aber wenn man sich große Mühe gab, über die richtigen Hilfsmittel verfügte und ein Meister seines Faches war, würde es gehen.

»Wieviel?«

»Nun, die Sache ist mit viel Arbeit verbunden, die dazu verdammt knifflig sein wird. Das kostet natürlich sein Geld. Also zweitausendfünfhundert Franc.«

»Wann kann ich ihn haben?«

»Nicht vor drei oder vier Tagen. Bei der Frist muß ich den Künstler mächtig unter Druck setzen; er wird wütend sein.«

»Wenn ich ihn schon morgen bekomme, zahle ich tausend Franc mehr.«

»Um zehn Uhr früh«, sagte der hagere Mann schnell. »Dann wird er mich eben beschimpfen, das nehme ich in Kauf.«

»Und den Tausender mehr«, unterbrach ihn der Kapitän mit mürrischer Miene. »Was haben Sie aus Port Noir mitgenommen? Diamanten?«

»Talent«, antwortete der Patient.

»Ich brauche ein Foto«, sagte der Mann im Nadelstreifenanzug.

»Ich hab' mir eines machen lassen«, erwiderte der Patient und holte ein kleines rechteckiges Foto aus der Hemdtasche.

»Guter Anzug«, sagte der Kapitän und schob die Aufnahme dem bleichgesichtigen Mann hin.

»Gut geschnitten«, ergänzte der Patient.

Man vereinbarte den Ort für das Zusammentreffen am nächsten Morgen. Die Getränke wurden bezahlt und dem Kapitän fünfhundert Franc unter dem Tisch hingeschoben. Die Konferenz war beendet; der ›Kunde‹ verließ die Nische und drängte sich durch den überfüllten, lärmenden, mit Rauch gefüllten Raum zum Ausgang.

Es geschah so schnell, so plötzlich, so völlig unerwartet, daß keine Zeit zum Denken war. Nur zum Reagieren.

Zwei Augen starrten ihn an, schienen förmlich aus ihren Höhlen zu treten, weiteten sich ungläubig, am Rande der Hysterie.

»Nein! O mein Gott, nein! Das *kann nicht sein!*« Der Mann wirbelte herum. Der Patient trat einen Schritt vor und packte ihn an der Schulter. »Augenblick!«

Der Mann schob mit gespreiztem Daumen und Zeigefinger die Hand des Patienten weg. »*Sie!* Sie sind *tot!* Sie können unmöglich überlebt haben!«

»Habe ich aber. Was *wissen* Sie?«

Das Gesicht war jetzt verzerrt, wuterfüllt, die Augen zusammengekniffen, der Mund offen, er sog die Luft ein und zeigte dabei seine gelben Zähne, die wie die eines Tieres wirkten. Plötzlich zog der Mann ein Klappmesser hervor. Das Schnappen der Klinge hallte laut durch den herrschenden Lärm. Der Arm schoß vor. Die Klinge war wie eine Verlängerung der Hand, die das Heft des Messers umklammert hielt, und beide schossen auf den Körper des Patienten zu. »Das wird Ihr Ende sein!« raunte der Mann ihm zu.

Der rechte Arm des Patienten fuhr herum wie ein Pendel, das alle Gegenstände, die ihm im Wege sind, beiseite fegte. Blitzschnell drehte er sich auf dem Absatz herum, sein linker Fuß schoß in die Höhe, und seine Ferse bohrte sich dem Angreifer in den Unterleib.

»*Che-sah*«! Das Echo in seinen Ohren war betäubend.

Der Mann taumelte zurück, prallte gegen drei Gäste, und das Messer entglitt seiner Hand. Man sah die Waffe; Rufe ertönten, Menschen liefen zusammen, Fäuste und Hände trennten die Kämpfenden.

»Hinaus!«

»Streitet euch woanders!«

»Wir wollen hier keine Polizei, ihr betrunkenen Schweine!«

Der Patient sah sich umringt; er verfolgte, wie der Mann, der ihn angegriffen hatte, sich seinen Weg durch die Menge bahnte, wobei er sich den

Bauch hielt. Die schwere Eingangstür öffnete sich, und der Mann rannte in die Finsternis der Rue Sarrasin hinaus.

Jemand, der geglaubt hatte, ja gewünscht hatte, er wäre tot, wußte nun, daß er am Leben war.

4

Die Touristenklasse der Air-France-Maschine nach Zürich war völlig ausgebucht, und die Turbulenzen, die das Flugzeug durchschüttelten, machten die schmalen Sitze noch unbequemer. Ein Baby schrie in den Armen seiner Mutter, andere Kinder jammerten und verschluckten Schreie der Angst, während ihre Eltern sie zu beruhigen versuchten, obwohl ihnen selbst der Schreck in den Gliedern saß. Die meisten übrigen Passagiere verhielten sich gefaßt; einige tranken ihren Whisky schneller, als sie es offenbar gewohnt waren. Eine noch kleinere Zahl zwang sich zu gespielter Heiterkeit, was ihre Unsicherheit eher betonte, als sie verbarg. Niemand vermag den Gefühlen der Angst zu entkommen. Wenn der Mensch 8000 Meter über der Erde in eine Röhre aus Aluminium eingesperrt ist, reagiert er besonders anfällig. Ein heulender Sturz in die Tiefe ist für jeden das Ende. Welche Gedanken würden einem in einem solchen Augenblick wohl durch den Kopf gehen? Wie würde man sich verhalten?

Der Patient versuchte das herauszufinden; es war wichtig für ihn. Er saß am Fenster, die Augen auf die Tragfläche der Maschine gerichtet, und beobachtete, wie der breite Flügel unter dem brutalen Aufprall der Winde vibrierte und sich bog. Die Luftströmungen wirbelten ineinander und prügelten die von Menschenhand gefertigte Röhre. Sie schienen seine Insassen warnen zu wollen, daß ihre Maschine unberechenbaren Gewalten der Natur nicht gewachsen war. Ein paar Gramm Druck über die Toleranzen hinaus – und die Tragflächen würden aus ihrer Verankerung gerissen, von den Winden zerfetzt werden. Wenn eine Reihe von Nieten sich löste, würde es eine Explosion geben, würde der heulende Sturz in die Tiefe folgen.

Wie würde er reagieren? Würde, abgesehen von der unkontrollierbaren Angst vor dem Tode, da noch etwas sein? Das war es, worauf er sich konzentrieren mußte; das war die *Projektion*, auf die Washburn ihn in Port Noir immer wieder hingewiesen hatte. Er erinnerte sich jetzt der Worte, die der Arzt gesprochen hatte:

»Immer wenn Sie eine Streßsituation beobachten – und Zeit dazu haben –, bemühen Sie sich so gut Sie können, sich in den Zustand zu versetzen. Und dann lassen Sie zu, daß Ihr Bewußtsein sich mit Worten und Bildern füllt. Vielleicht finden Sie darin Hinweise.«

Der Patient fuhr fort, durchs Fenster hinauszustarren, und strengte sich bewußt an, zu seinem Unterbewußtsein vorzustoßen. Er fixierte die Augen auf die Naturgewalt auf der anderen Seite des Glases und ließ seinen Assoziationen freien Lauf – langsam drängten Worte und Bilder in sein Bewußtsein.

Da war wieder die Finsternis und das Rauschen des Windes, ohrenbetäubend, andauernd, an Lautstärke zunehmend, bis er glaubte, sein Kopf müsse zerplatzen. Sein Kopf . . . Die Winde peitschten seine linke Gesichtshälfte, brannten auf der Haut, zwangen ihn, die linke Schulter zu heben, um sich zu schützen. Er hatte den Arm hochgehoben, die behandschuhten Finger seiner linken Hand hatten sich an einer Metallkante festgeklammert, seine rechte hielt einen . . . einen Riemen; er hielt sich an einem Riemen fest, wartete auf etwas. Ein Signal . . . ein blitzendes Licht oder ein Klopfen auf die Schulter oder beides. Das Signal! Er sprang. In die Finsternis, in den Abgrund. Sein Körper überschlug sich, taumelte, wurde in den Nachthimmel hinausgeschleudert. Er . . . mit dem Fallschirm abgesprungen!

»Fühlen Sie sich nicht gut?«

Sein wahnsinniger Traum wurde unterbrochen; der nervöse Passagier neben ihm hatte ihn am linken Arm berührt – dem Arm, den er in die Höhe hielt, die Finger gespreizt, als wehrten sie einen Angriff ab. Sein rechter Unterarm lag über seiner Brust und preßte sich gegen seine Jacke, seine rechte Hand hielt das Revers gepackt, knüllte den Stoff zusammen. Und auf seiner Stirn standen dicke Schweißtropfen; es war geschehen. Das *andere* war kurz – in seinem Wahnsinn – aufgetaucht und hatte sich verdichtet.

»Pardon«, sagte er und ließ die Arme sinken. »Ich hatte einen schlechten Traum.«

Das Wetter klarte auf, der Flug der Caravelle wurde ruhiger. Das Lächeln in den gehetzten Gesichtern der Stewardessen wurde wieder natürlich.

Der Patient schloß die Augen. Die Bilder und Geräusche, die sich in seiner Phantasie so klar abgezeichnet hatten, verzehrten ihn. Er hatte sich aus einem Flugzeug gestürzt . . . nachts . . . Er *war* mit dem Fallschirm abgesprungen.

Wo? Warum?

Hören Sie auf, sich ans Kreuz zu schlagen!

Er griff, wenn auch zu keinem anderen Zweck, als seine Gedanken von dem Wahnsinn loszureißen, in die Brusttasche, holte den gefälschten Paß heraus und schlug ihn auf. Wie nicht anders zu erwarten, war der Name *Washburn* beibehalten worden; er war nicht ungewöhnlich, und sein Besitzer hatte erklärt, daß er nicht gesucht würde. Das *Geoffrey R.* freilich war in *George P.* geändert worden, so fachmännisch, daß man bei bloßem Augenschein die Fälschung nicht erkennen konnte. Auch das Foto war mit aller Sorgfalt eingeklebt worden.

Die Registriernummer war natürlich vollständig geändert. Das bot die Gewähr, daß sie nicht im Computer einer Grenzpolizei Alarm auslösen würde. Man zahlte ebensoviel für diese Garantie wie für die handwerkliche Kunst; denn sie erforderte Beziehungen zu Interpol und den Einwanderungsbehörden.

Überall an den Grenzen Europas wurden Zollbeamte regelmäßig dafür bestochen; sie machten nur selten Fehler. Wenn das doch einmal passierte, war es durchaus nicht ungewöhnlich, daß der Betreffende ein Auge oder einen Arm verlor – so arbeiteten die Makler für falsche Papiere.

George P. Washburn – er fühlte sich mit dem Namen nicht unwohl; George P. war ein anderer als Geoffrey R., als der Mann, der unter dem Zwang stand, dauernd auf der Flucht vor seiner Identität zu sein. Das war das letzte, was der Patient sich wünschte; alles drängte ihn danach zu erfahren, wer er war.

Aber wollte er das wirklich wissen?

Gleichgültig. Die Antwort lag in Zürich.

»Meine Damen und Herren, wir landen in wenigen Minuten in Zürich.«

Er kannte den Namen des Hotels: ›Carillon du Lac‹. Er hatte es dem Taxifahrer ohne nachzudenken genannt. Hatte er ihn irgendwo gelesen? War dieses Hotel vielleicht im ›Willkommen in Zürich‹-Prospekt verzeichnet, der in der Sitztasche im Flugzeug gesteckt hatte?

Nein. Die Hotelhalle mit ihrer dunklen, polierten Holztäfelung war ihm vertraut. Irgendwie. Ebenso die dicken Glasfenster, die einen Ausblick über den Zürichsee boten. Er war schon einmal hier gewesen. Irgendwann hatte er schon einmal vor dem Tresen mit der Marmorabdeckung gestanden – aber das lag lange zurück.

Die Worte des Angestellten am Empfang wirkten wie eine Explosion auf ihn.

»Schön, Sie wiederzusehen, Sir. Ist eine ganze Weile her, daß Sie das letzte Mal hier waren.«

Ja? Wie lange? Warum sprechen Sie mich nicht mit Namen an? Um Gottes willen! Ich kenne Sie nicht! Ich kenne mich nicht! Helft mir doch! Bitte, helft mir!

»Ja, das denke ich auch«, sagte er. »Tun Sie mir einen Gefallen? Ich habe mir die Hand verstaucht; das Schreiben fällt mir schwer. Könnten Sie für mich das Anmeldeformular ausfüllen? Dann versuche ich, es zu unterschreiben!« Der Patient hielt den Atem an. Wenn der höfliche Mann hinter dem Tresen ihn jetzt aufforderte, seinen Namen zu wiederholen oder fragte, wie er geschrieben würde?

»Natürlich.« Der Angestellte drehte das Formular herum und schrieb. »Sollen wir einen Arzt rufen?«

»Später vielleicht. Nicht jetzt.« Sekunden später hielt ihm der Mann das ausgefüllte Formular zur Unterschrift hin.

Mr. Borowski. New York, N. Y., USA.

Er starrte gebannt auf den Namen, von den Buchstaben förmlich hypnotisiert. Er hatte einen Namen, wenigstens den Teil eines Namens. Und ein Land und eine Stadt als Wohnsitz.

J. Borowski – Was hatte die Abkürzung J. zu bedeuten? *John? James? Joseph?*

»Ist etwas nicht in Ordnung, Herr Borowski?« fragte der Angestellte.

»Nicht in Ordnung? Nein, schon gut.« Er griff nach dem Kugelschreiber. Ob man von ihm erwartete, daß er einen Vornamen hinschrieb? Nein: Er würde wiederholen, was der Angestellte in Blockbuchstaben eingetragen hatte.

Mr. J. Borowski.

Er schrieb den Namen, so natürlich er konnte, ließ dabei seinen Assoziationen freien Lauf und war darauf bedacht, daß alle Bilder und Gedanken, die vielleicht ausgelöst wurden, ins Bewußtsein drangen. Aber nichts rührte sich. Er unterzeichnete mit einem Namen, der ihm fremd war. Er empfand nichts.

»Einen Augenblick lang war ich beunruhigt, mein Herr«, sagte der Angestellte. »Ich dachte schon, ich hätte vielleicht einen Fehler gemacht. Es war viel zu tun, diese Woche, besonders heute. Aber dann war ich mir ganz sicher.«

Und wenn er sich nun geirrt hatte? Mr. J. Borowski aus New York City wollte über diese Möglichkeit gar nicht erst nachdenken. »Es ist mir nie in den Sinn gekommen, an Ihrem Gedächtnis zu zweifeln . . . Herr Stössel«, erwiderte der Patient und blickte auf das Namensschild links von der Theke. Der Mann hinter dem Tresen war der stellvertretende Empfangschef des ›Carillon du Lac‹.

»Sie sind sehr freundlich.« Der Mann beugte sich vor. »Ich nehme an, Sie möchten, daß Ihr Aufenthalt hier bei uns wie üblich geregelt wird?«

»Einiges könnte sich geändert haben«, sagte J. Borowski. »Wie hatten Sie das früher notiert?«

»Wenn jemand anruft oder sich hier nach Ihnen erkundigt, wird ihm gesagt, daß Sie nicht im Hotel sind, und anschließend sind Sie sofort zu informieren. Die einzige Ausnahme ist Ihre Firma in New York. Die *Treadstone Seventy-One Corporation*, wenn ich mich richtig erinnere.«

Wieder ein Name! Einer, den er mit einem Überseegespräch leicht überprüfen konnte. Fragmentarische Umrisse begannen sich abzuzeichnen. Das Hochgefühl kehrte wieder zurück.

»Ja, das ist gut so. Sie sind hier wirklich sehr tüchtig.«

»Das ist Zürich«, erwiderte der höfliche Mann und zuckte die Achseln. »Sie sind immer außergewöhnlich großzügig gewesen, Herr Borowski. Page – hierher bitte!«

Als der Patient dem Pagen in die Liftkabine folgte, wurden ihm einige Dinge klarer. Er hatte einen Namen und begriff auch, warum dieser Name dem stellvertretenden Empfangschef des ›Carillon du Lac‹ so schnell eingefallen war. Er hatte ein Land und eine Stadt und eine Firma, die ihn beschäftigte – die ihn zumindest beschäftigt hatte. Und jedesmal, wenn er nach Zürich kam, wurden gewisse Vorsichtsmaßregeln getroffen, um ihn vor unerwarteten oder unerwünschten Besuchern zu schützen. Aber warum nur? Man schützte sich entweder gründlich oder versuchte gar nicht erst, sich zu schützen. Welchen echten Vorteil bot denn eine Maßnahme, die derart leicht zu umgehen war? Sie kam ihm so sinnlos vor wie die Geste eines kleinen Kindes, das sich die Hände vor die Augen hält und ruft: »Wo bin ich? Versucht mich zu finden. Ich zähle laut bis zehn.«

Das war geradezu dilettantisch, und wenn er in den letzten 48 Stunden etwas über sich selbst gelernt hatte, dann die Tatsache, daß er ein Profi war. Nur auf welchem Gebiet, wußte er nicht.

Die Stimme der Frau der Vermittlung in New York erstarb immer wieder, aber ihre Auskunft war unmißverständlich und definitiv.

»Eine solche Firma ist hier nicht eingetragen, Sir. Ich habe die letzten Telefonbücher und auch die Geheimnummern überprüft. Es gibt keine ›Treadstone Corporation‹.«

»Vielleicht hat man den Eintrag gelöscht, um . . .«

»Wir haben keine Firma oder Gesellschaft mit diesem Namen, Sir. Ich wiederhole, wenn Sie mir einen Zusatznamen oder die Branche nennen, in der dieses Unternehmen tätig ist, könnte ich Ihnen vielleicht weiterhelfen.«

»Bedaure, nichts dergleichen. *Treadstone Seventy-One*, New York City – mehr ist mir nicht bekannt.«

»Das ist ein seltsamer Name, Sir. Ich bin sicher, wenn es eine solche Eintragung gäbe, hätte ich sie leicht gefunden. Es tut mir wirklich leid.«

»Vielen Dank für Ihre Mühe«, sagte J. Borowski und legte den Hörer auf die Gabel. Es war sinnlos, weiterzubohren; der Name war irgendein Code. Die Worte verschafften Zugang zu einem Hotelgast, der sich sonst verleugnen ließ. Und jeder konnte diese Worte benutzen, gleichgültig, von wo aus er anrief; deshalb war es durchaus möglich, daß die Ortsangabe New York völlig bedeutungslos war.

Der Patient ging zu dem Sekretär, auf den er die Louis-Vuitton-Brieftasche und die Seiko-Uhr gelegt hatte. Er steckte die Geldbörse ein und streifte sich die Armbanduhr über; dann sah er in den Spiegel und sagte mit leiser Stimme: »Du bist J. Borowski, Bürger der Vereinigten Staaten, Bewohner von New York City, und es ist durchaus möglich, daß die Zahlen ›Null – Sieben – Siebzehn – Zwölf – Null – Vierzehn – Sechsundzwanzig – Null‹ das Wichtigste in deinem Leben sind.«

Die Sonne schien hell, und ihre Strahlen wurden vom Laub der Bäume entlang der eleganten Bahnhofstraße gefiltert. Sie spiegelten sich in den Schaufenstern der Geschäfte und warfen breite Schattenflächen, wo die mächtigen Paläste der Banken standen. Es war eine Straße, in der Solidität und Sicherheit, Arroganz und ein Hauch von Frivolität gemeinsam das Fluidum prägten. Und Dr. Washburns Patient durchlief sie nicht das erste Mal.

Er schlenderte zum Bürkliplatz, von wo aus man den Zürichsee mit seinen Landungsstegen und den herrlichen Parks, deren Blütenpracht alle Sinne gefangennahm, überblicken konnte. Er vermochte sich die Anlagen vor seinem geistigen Auge gut vorzustellen; Bilder tauchten auf. Aber keine Gedanken, keine Erinnerungen.

Er kehrte zur Bahnhofstraße zurück und wußte instinktiv, daß die Gemeinschaftsbank ein ganz in der Nähe liegendes Gebäude aus Steinen in gebrochenem Weiß war; sie lag auf der gegenüberliegenden Straßenseite. Er war bereits an ihr vorbeigegangen; das hatte er absichtlich getan. Er trat auf die schweren Glastüren zu, zog sie auf und schritt auf braunem Marmorboden durch das Foyer. Das war nicht das erste Mal, aber das Bild war nicht so kräftig wie andere. Er hatte das unangenehme Gefühl, daß er die Gemeinschaftsbank meiden mußte.

Aber jetzt wollte er nicht mehr zurück.

»Bonjour, Monsieur. Was wünschen Sie?« Der Mann, der die Frage gestellt hatte, trug einen Cutaway. Daß er französisch sprach, lag an der Kleidung seines Klienten; selbst die subalternen Gnome von Zürich hatten dafür einen Blick.

»Ich habe über persönliche und vertrauliche Geschäfte zu sprechen«, erwiderte J. Borowski auf englisch und staunte leicht über die Worte, die ihm so natürlich über die Lippen kamen. Daß er englisch redete, hatte zwei Gründe: Einmal wollte er den Gesichtsausdruck des Gnoms beobachten, wenn dieser seinen Fehler bemerkte, zum anderen wollte er vermeiden, daß ihm irgendein Wort während der nächsten Stunde falsch ausgelegt werden könnte.

»Entschuldigen Sie, Sir«, sagte der Mann in englischer Sprache und zog die Augenbrauen etwas zusammen, während er den Mantel des Besuchers musterte. »Der Lift ist links, man wird Ihnen behilflich sein.«

›Man‹ war ein Mann in mittleren Jahren mit kurzgestutztem Haar und einer Schildpattbrille; sein Ausdruck wirkte undurchdringlich, die Augen fixierten Borowski starr und wißbegierig. »Haben Sie denn im Augenblick persönliche und vertrauliche Geschäfte mit uns, Sir?« fragte er und wiederholte damit die Worte des Besuchers.

»Ja.«

»Ihre Unterschrift, bitte«, sagte der Bankangestellte und hielt ihm ein bedrucktes Blatt mit zwei gepunkteten Zeilen in der Mitte hin.

Der Kunde begriff; ein Name war nicht nötig. *Die handgeschriebenen*

Ziffern gelten anstelle eines Namens . . . sie stellen die Unterschrift des Konto-besitzers dar.

Der Patient entspannte seine Hand, um frei schreiben zu können, und schrieb die Ziffern hin. Er reichte dem Angestellten das Blatt, worauf dieser sich nach einem prüfenden Blick erhob und auf eine Reihe schmaler Türen mit Milchglasscheiben wies. »Wenn Sie bitte im vierten Zimmer warten wollen; es wird gleich jemand zu Ihnen kommen.«

»Das vierte Zimmer?«

»Die vierte Tür von links. Sie schließt automatisch.«

»Ist das notwendig?«

Der Angestellte sah ihn verblüfft an. »Das entspricht Ihrem eigenen Wunsch, Sir«, sagte er mit einem leichten Unterton der Überraschung. »Es handelt sich um ein Drei-Null-Konto. Bei unserem Institut ist es üblich, daß die Besitzer solcher Konten vorher anrufen, damit sie durch den Sondereingang hereingelassen werden.«

»Das weiß ich«, log Washburns Patient mit einer Leichtigkeit, die er nicht spürte. »Ich habe es nur eilig.«

»Ich werde das überprüfen lassen, Sir.«

»Überprüfen?« Mr. J. Borowski aus New York City konnte nicht umhin, leichte Unruhe zu empfinden.

»Ihre Unterschrift, Sir.« Der Mann schob sich die Brille zurecht; damit kaschierte er den Schritt, den er auf seinen Schreibtisch zutat. Seine Hand war nur wenige Zoll von einer Konsole entfernt. »Ich schlage vor, daß Sie in Zimmer vier warten, Sir.« Das war keine Bitte, sondern ein Befehl.

»Warum nicht? Sagen Sie denen nur, daß sie sich beeilen sollen, ja?« Der Patient ging auf die vierte Tür zu, öffnete sie und trat ein. Die Tür schloß sich automatisch; man konnte das Klicken des Schlosses hören. J. Borowski sah die Milchglasscheibe an; es war keine gewöhnliche Glasscheibe, denn unter der Oberfläche war deutlich ein Netz dünner Drähte zu erkennen. Ohne Zweifel würde ein Alarm ausgelöst werden, wenn man die Scheibe einschlug; er befand sich in einer Zelle und wartete darauf, gerufen zu werden.

Das kleine Zimmer war vertäfelt und geschmackvoll möbliert mit zwei Ledersesseln und einem kleinen Sofa, das zu beiden Seiten von antiken Tischchen eingerahmt war. Auf der anderen Schmalseite des Raumes war eine zweite Tür eingelassen, die in verblüffendem Kontrast zur Einrichtung des Zimmers stand; sie war aus grauem Stahl. Auf den Tischchen lagen Magazine und Zeitungen in drei verschiedenen Sprachen. Der Patient setzte sich und griff nach der Pariser Ausgabe der *Herald Tribune*. Er las einen Artikel, ohne den Inhalt in sich aufzunehmen. Man würde ihn jetzt jeden Augenblick rufen. In Gedanken war er voll und ganz damit beschäftigt, welcher Schritt als nächster zu ergreifen war.

Schließlich öffnete sich die Stahltür, und ein hochgewachsener schlanker Mann mit scharfgeschnittenen Zügen und sorgfältig gepflegtem grauem Haar trat ein. Er hatte das Gesicht eines Adligen, und man sah ihm an, daß er bereit war, einem Gleichgestellten zu dienen, der seine Erfahrung benötigte. Er streckte ihm die Hand hin.

»Freut mich sehr, Ihre Bekanntschaft zu machen.« Sein Englisch hatte einen kaum merkbaren Schweizer Akzent und klang sehr gepflegt. »Entschuldigen Sie die Verzögerung. Eigentlich war das sogar sehr spaßig.«

»In welcher Hinsicht?«

»Ich fürchte, Sie haben Herrn Koenig ziemlich erschreckt. Es passiert nicht oft, daß ein Drei-Null-Konto unangekündigt eintrifft. Er ist da ziemlich unbeweglich, müssen Sie wissen. Ungewöhnliches bringt ihn rasch aus der Fassung. Mir hingegen ist so etwas angenehm. Übrigens, heiße Walther Apfel.« Der Bankbeamte deutete auf die Stahltür. »Treten Sie ein.« Der Raum dahinter war eine V-förmige Verlängerung der Zelle. Dunkle Wandvertäfelung, schweres, bequemes Mobiliar und ein breiter Schreibtisch vor einem noch breiteren Fenster mit Blick auf die Bahnhofstraße.

»Es tut mir leid, wenn ich Ihren Kollegen erschreckt habe«, sagte J. Borowski. »Ich habe nur sehr wenig Zeit.«

»Ja, das hat er mir mitgeteilt«, erwiderte Apfel und schloß die Stahltür hinter sich. Dann ging er um den Schreibtisch herum und deutete mit einer Kopfbewegung auf den Ledersessel davor. »Setzen Sie sich doch, bitte. Nur noch ein oder zwei Formalitäten, dann können wir zur Sache kommen.«

Die beiden Männer setzten sich. Der Bankbeamte griff nach einer Mappe, lehnte sich über den Schreibtisch und reichte sie dem Kunden.

Als der Patient sie aufschlug, sah er wieder ein Blatt Papier, aber statt zwei gepunkteter Zeilen waren es diesmal zehn. Sie fingen unter dem gedruckten Firmennamen an und führten fast bis zum unteren Ende des Blattes. »Ihre Unterschrift bitte. Fünf genügen.«

»Ich verstehe nicht. Das habe ich doch gerade gemacht.«

»Ja, die Prüfung hat die Echtheit auch bestätigt.«

»Warum dann noch einmal?«

»Man kann eine Unterschrift so gut einüben, daß sie akzeptabel ist. Aber einige Wiederholungen führen unweigerlich zu Fehlern, wenn sie nicht authentisch ist. Ein graphologisches Gutachten entdeckt das sofort; aber ich bin ganz sicher, daß das Sie nicht betrifft.« Apfel lächelte und reichte seinem Besucher einen Kugelschreiber. »Ich hätte darauf verzichtet, um es ganz offen zu sagen, aber Koenig besteht darauf.«

»Er ist ein vorsichtiger Mann«, sagte der Patient, griff nach dem Kugelschreiber und fing an zu schreiben. Er hatte gerade mit der vierten Zeilenreihe begonnen, als der Bankier ihn bremste.

»Das genügt; mehr wäre wirklich Zeitvergeudung.« Apfel streckte die Hand nach der Mappe aus. »Die Prüfung hat mir gezeigt, daß Sie nicht einmal ein Grenzfall sind. Sofort nach Übergabe dieses Blattes wird die Kontoakte geliefert.« Er schob das Blatt in den Schlitz eines kleinen Kästchens auf der rechten Seite seines Schreibtisches und drückte einen Knopf; ein greller Lichtstrahl flammte kurz auf. »Damit wird die Unterschrift direkt an das Prüfgerät weitergeleitet«, fuhr der Bankier fort. »Offen gestanden ist das alles etwas albern. Niemand, der über unsere Vorsichtsmaßregeln informiert ist, würde sich auf die zusätzlichen Unterschriften einlassen, wenn er ein Betrüger wäre.«

»Warum nicht? Wenn er schon so weit gegangen ist, warum sollte er dann nicht auch dieses Risiko in Kauf nehmen.«

»Es gibt nur einen Eingang für dieses Büro und dementsprechend auch nur einen Ausgang. Ich bin sicher, Sie haben gehört, wie das Schloß im Warteraum eingerastet ist.«

»Ich habe auch das Drahtgitter im Türglas gesehen«, fügte der Patient hinzu.

»Dann verstehen Sie. Ein Betrüger würde in der Falle sitzen.«

»Und wenn er eine Waffe hätte?«

»Sie haben keine.«

»Niemand hat mich durchsucht.«

»Das hat der Lift getan. Aus vier unterschiedlichen Winkeln. Wenn Sie bewaffnet gewesen wären, wäre die Kabine zwischen dem Erdgeschoß und dem ersten Stock zum Stillstand gekommen.«

»Sie sind alle sehr vorsichtig.«

»Wir versuchen, unserer Kundschaft zu dienen.« Das Telefon klingelte. Apfel nahm den Hörer ab. »Ja? . . . Bitte treten Sie ein.« Der Bankier sah seinen Klienten an. »Ihre Kontoakte ist hier.«

»Das ist aber schnell gegangen.«

»Herr Koenig hat seine Unterschrift schon vor einigen Minuten geleistet; er wartete nur auf die Freigabe.« Apfel zog eine Schublade auf und entnahm ihr einen Schlüsselring. »Ich bin sicher, daß er enttäuscht ist. Er war überzeugt, daß irgend etwas nicht stimmte.«

Die Stahltür öffnete sich, und Koenig trat ein. Er trug einen schwarzen Behälter aus Metall, den er neben ein Tablett mit einer Flasche Perrier und zwei Gläsern auf den Tisch stellte.

»Haben Sie einen angenehmen Aufenthalt in Zürich?« fragte der Bankier, um das Schweigen zu durchbrechen.

»Ja, sehr. Ich habe ein Hotelzimmer mit Blick auf den See. Eine wunderschöne Aussicht, und das Hotel liegt ruhig.«

»Ausgezeichnet«, sagte Apfel und schenkte seinem Klienten ein Glas Perrier ein. Herr Koenig ging; die Tür wurde geschlossen, und der Bankier wandte sich wieder den Geschäften zu.

»Ihr Konto, Sir«, sagte er und wählte einen Schlüssel von dem Ring.

»Darf ich den Kasten aufschließen, oder würden Sie das lieber selbst tun?«

»Nur zu. Öffnen Sie.«

Der Bankier sah auf. »Ich sagte, aufsperren, nicht öffnen. Dazu bin ich nicht berechtigt, und ich möchte auch die Verantwortung dafür nicht tragen.«

»Warum nicht?«

»Falls Ihr Name darin verzeichnet ist, steht es mir nicht zu, ihn zu kennen.«

»Und wenn ich nur eine geschäftliche Transaktion wünschte? Eine Geldüberweisung an jemand anderen?«

»Dann würde das mit Ihrer Nummerunterschrift auf einem Auszahlungsformular geschehen.«

»Was ist, wenn ich einen Betrag auf ein anderes Bankkonto von mir außerhalb der Schweiz transferieren will?«

»Dazu wäre ein Name erforderlich. Unter solchen Umständen würde ich eine Identität benötigen.«

»Öffnen Sie.«

Das tat der Bankbeamte. Dr. Washburns Patient hielt den Atem an; er empfand einen stechenden Schmerz in der Magengrube. Apfel entnahm der Kassette einen Stapel Kontoauszüge, die von einer überdimensionalen Büroklammer zusammengehalten wurden. Während sein Blick zur rechten Seite auf der obersten Spalte wanderte, blieb seine Miene beinahe unverändert. Seine Unterlippe streckte sich leicht, seine Mundwinkel verzogen sich; er beugte sich vor und reichte die Papiere ihrem Besitzer.

Unter dem Briefkopf der Gemeinschaftsbank standen in Schreibmaschinenschrift Worte in englischer Sprache:

Konto: Null – Sieben – Siebzehn – Zwölf – Null – Vierzehn – Sechsundzwanzig – Null
Art des Kontos: nur den Anweisungen des Kontoinhabers und den gesetzlichen Bestimmungen unterworfen
Kontozugang: siehe beiliegenden versiegelten Umschlag Augenblickliches Gut-haben: 7.500.000 Franc

Der Patient atmete langsam aus und starrte die Zahlen an. Worauf auch immer er sich vorbereitet zu haben glaubte, damit hätte er nicht im Traum gerechnet. Es war ebenso beängstigend wie alles andere, was er in den letzten fünf Monaten erlebt hatte. Grob gerechnet waren das über fünf Millionen US-Dollar!

Wie? Warum?

Er spürte, daß seine Hand zu zittern anfing, bekam sie aber wieder unter Kontrolle und durchblätterte die Kontoauszüge. Die gebuchten Summen waren ungewöhnlich hoch, kein Betrag lag unter 300.000 Franken. Die Einzahlungen waren in Abständen von fünf bis acht Wochen eingetragen, die erste vor knapp zwei Jahren. Schließlich erreichte er das unterste Kontoblatt, das erste. Darauf war eine Überweisung von einer Bank in Singapur gutgeschrieben. Es handelte sich zugleich um die größte Einzeleinzahlung: 2.700.000 malaysische Dollar; das waren umgerechnet 5.175.000 Schweizer Franken.

Unter dem Kontoauszug lag ein schwarz umrandeter Umschlag. Er trug die Aufschrift:

Identität: Eigentümerlegitimation
Zugang: registrierter Bevollmächtigter der Treadstone Seventy-One Corporation; Überbringer liefert schriftliche Instruktionen des Besitzers; vorbehaltlich einer Beglaubigung

»Ich würde das gerne überprüfen«, sagte der Klient.

»Es gehört Ihnen«, erwiderte Apfel. »Ich kann Ihnen versichern, daß niemand das Kuvert geöffnet hat.«

Der Patient nahm den Umschlag und drehte ihn herum. Das Siegel der Gemeinschaftsbank war auf der Rückseite angebracht. Es war unbeschädigt. Er riß den Umschlag auf, entnahm ihm die Karte und las:

Besitzer: Jason Charles Borowski
Adresse: Nicht angegeben
Staatsbürgerschaft: USA

Jason Charles Borowski.

Jason.

Das J stand für Jason! Sein Name war *Jason Borowski*. Das *Borowski* hatte nichts weiter bedeutet, aber die Worte Jason *und* Borowski verzahnten sich auf rätselhafte Weise ineinander. Er konnte es akzeptieren: er war Jason Charles Borowski, Amerikaner. Und doch spürte er, wie es in seiner Brust pochte; das Vibrieren in seinen Ohren war betäubend, der Schmerz in der Magengegend noch heftiger. Was war das? Warum hatte er das Gefühl, wieder in die Finsternis zu stürzen, wieder ins schwarze Wasser zu sinken?

»Stimmt etwas nicht?« fragte Walther Apfel.

Stimmt etwas nicht, Herr Borowski?

»Nein. Alles in Ordnung. Mein Name ist Borowski. Jason Borowski.«

Schrie er? Flüsterte er? Er konnte es nicht sagen.

»Eine Ehre, Ihre Bekanntschaft zu machen, Mr. Borowski. Ihre Identität wird vertraulich bleiben. Sie haben das Wort eines Bevollmächtigten der Gemeinschaftsbank.«

»Danke. Jetzt muß ich, fürchte ich, einen großen Teil dieses Geldes überweisen und brauche dazu Ihre Hilfe.«

»Gerne. Ich freue mich, Ihnen mit Rat und Tat zur Seite stehen zu können.«

Borowski griff nach dem Glas Perrier.

Die Stahltür von Apfels Büro schloß sich; binnen weniger Sekunden würde der Patient die geschmackvoll eingerichtete Zelle, die das Vorzimmer war, verlassen, in die Empfangshalle hinaustreten und zu den Lifts hinübergehen. Binnen Minuten würde er wieder auf der Bahnhofstraße stehen, mit einem Namen, einem riesigen Batzen Geld, immer noch ein wenig ängstlich und verwirrt sein.

Er hatte es getan. Dr. Geoffrey Washburn hatte eine Summe erhalten, die weit über den Wert des Lebens hinausging, das er gerettet hatte. Eine Telexüberweisung in Höhe von 1.500.000 Schweizer Franken war an eine Bank in Marseille adressiert worden, zugunsten eines Kennwort-Kontos. Und schließlich würde das Geld in die Hände des Arztes von Ile de Port Noir gelangen, ohne daß Washburns Name auch nur ein einziges Mal benutzt wurde. Washburn brauchte nur nach Marseille zu reisen, das Kennwort zu nennen, und das Guthaben würde ihm gehören. Borowski lächelte und versuchte sich Washburns Gesichtsausdruck auszumalen, wenn ihm das Kontoblatt übergeben wurde. Der exzentrische Alkoholiker wäre schon mit zehn- oder fünfzehntausend Pfund überglücklich gewesen; nun erhielt er fast eine Million Dollar. Das würde entweder seine Heilung oder seine Vernichtung garantieren; aber das war seine Entscheidung, sein Problem.

Eine zweite Überweisung in Höhe von 4.500.000 Franc wurde an eine Bank in Paris an der Rue Madeleine vorgenommen und dort für Jason C. Borowski gutgeschrieben. Der Betrag würde von dem Kurier der Gemeinschaftsbank, der zweimal die Woche nach Frankreich reiste, überbracht werden, dazu mehrere Unterschriftsproben des Kunden. Herr Koenig hatte seinen Vorgesetzten und dem Klienten versichert, daß die Papiere in drei Tagen in Paris sein würden.

Die letzte Transaktion war vergleichsweise bescheiden. Apfel ließ einhunderttausend Franc in großen Scheinen in sein Büro bringen. Der Auszahlungsbeleg wurde mit der Nummernunterschrift des Kontobesitzers quittiert.

Auf dem Konto bei der Gemeinschaftsbank blieben 1.400.000 Schweizer Franken, keineswegs eine geringe Summe.

Der ganze Vorgang hatte eine Stunde und zwanzig Minuten in Anspruch genommen, und die ansonsten reibungslose Prozedur war nur von einem Mißklang beeinträchtigt worden, den Koenig verursacht hatte. Er hatte Apfel angerufen, war eingelassen worden und hatte seinem Vorgesetzten einen kleinen, schwarz geränderten Umschlag gebracht.

»Une fiche« hatte er in französischer Sprache gesagt.

Der Bankier hatte den Umschlag geöffnet, ihm eine Karte entnommen, den lnhalt studiert und beides Koenig mit dem Kommentar zurückgegeben: »Wird vorschriftsmäßig erledigt.«

Daraufhin war Koenig hinausgegangen.

»Betraf das mich?« hatte Borowski gefragt.

»Nur wenn so große Beträge freigegeben werden. Vorschrift unseres Hauses.« Der Bankier hatte beruhigend gelächelt.

Das Schloß klickte. Borowski öffnete die Tür mit der Milchglasscheibe und trat in Herrn Koenigs persönliches Reich hinaus. Zwei weitere Männer waren eingetroffen; sie saßen auf gegenüberstehenden Sesseln in der Empfangshalle. Da sie sich nicht in separaten Zellen hinter Milchglasfenstern befanden, vermutete Borowski, daß keiner der beiden Männer ein Drei-Null-Konto besaß. Er fragte sich, ob sie wohl Namen geschrieben oder Nummernreihen angegeben hatten, hörte aber auf, darüber nachzudenken, als er den Lift erreichte und den Knopf drückte.

Aus dem Augenwinkel bemerkte er eine Bewegung. Koenig hatte den Kopf etwas zur Seite gelegt und beiden Männern zugenickt. Sie erhoben sich, als die Lifttür sich öffnete. Borowski drehte sich herum; der Mann zur Rechten hatte ein kleines Sprechfunkgerät aus der Manteltasche genommen und murmelte kurze Sätze in das eingebaute Mikrophon.

Der Mann zur Linken hielt die rechte Hand unter dem Stoff seines Trenchcoats verborgen. Als er sie herauszog, hatte sie eine schwarze Automatikpistole umklammert, auf deren Lauf ein durchlöcherter Zylinder gesteckt war: ein Schalldämpfer.

Die beiden Männer gingen auf Borowski zu, als er sich rückwärts in den Lift schob.

Der Wahnsinn begann.

5

Der Mann mit dem tragbaren Sprechfunkgerät befand sich bereits in der Kabine, als sich sein bewaffneter Begleiter mit den Schultern zwischen die sich schließenden Lifttüren zwängte, wobei die Waffe auf Borowskis Kopf zielte. Jason duckte sich nach rechts und schleuderte ohne Vorwarnung den linken Fuß vom Boden hoch, drehte sich gleichzeitig blitzschnell, so daß sein Absatz gegen die Hand des Schützen prallte. Die Pistole schoß in die Höhe, und der Mann fiel zurück in den Flur. Zwei gedämpfte Schüsse fielen, bevor sich die Lifttüren zusammenschoben. Die Kugeln bohrten sich in das dicke Holz der Kabinendecke. Borowski vollendete seine Kreiselbewegung und trieb dem zweiten Mann die Schulter in den Leib. Er quetschte den Mann brutal gegen die Wand. Das Funkgerät flog polternd zu Boden. Worte drangen aus dem Lautsprechergitter: »Henri? Was ist passiert?«

Plötzlich kam Jason das Bild eines anderen Franzosen in den Sinn: Ein Mann am Rande der Hysterie, die Augen vor Entsetzen geweitet, ein verhinderter Killer, der vor weniger als vierundzwanzig Stunden aus dem ›Le Bouc de Mer‹ hinausgerannt war, in die Dunkelheit der Rue Sarrasin. Jener Mann hatte keine Zeit vergeudet, seine Nachricht nach Zürich zu schicken: Der von ihnen Totgeglaubte lebte! Und wie er lebte. *Tötet ihn!*

Borowski packte den Franzosen und drückte den linken Arm gegen die Kehle des Mannes, während seine rechte Hand an dessen linkem Ohr zerrte. »Wie viele?« fragte er auf französisch. »Wie viele sind dort unten? Wo sind sie?«

»Schau doch nach, du Schwein!«

Die Liftkabine befand sich auf halbem Weg zur Empfangshalle im Erdgeschoß.

Jason drückte das Gesicht des Mannes nach unten, riß ihm dabei fast das Ohr ab und schmetterte seinen Kopf gegen die Wand. Der Franzose schrie auf und sank zu Boden. Borowski rammte ihm das Knie gegen die Brust; er konnte das Halfter fühlen. Er riß den Mantel auf, griff hinein und holte einen kurzläufigen Revolver heraus. Der Besitz der Waffe gab ihm das Gefühl der Sicherheit. Kurz überlegte er: *Koenig*. Er würde sich erinnern; soweit es Herrn Koenig betraf, gab es für ihn keine Amnesie. Er rammte dem Franzosen den Lauf der Waffe in den offenen Mund.

»Raus damit, oder ich blase dir den Schädel weg!« Der Mann stieß ein halbersticktes Geräusch aus; Borowski zog die Waffe zurück und richtete den Lauf auf die Wange.

»Zwei. Einer bei den Lifts, einer draußen auf dem Bürgersteig beim Wagen.«

»Was für ein Auto?«

»Peugeot.«

Die Liftkabine verlangsamte jetzt ihre Fahrt.

»Farbe?«

»Braun .«

»Der Mann in der Halle, was trägt er?«

»Ich weiß nicht . . .«

Jason hieb dem Mann den Revolver gegen die Schläfe. »Sie sollten sich erinnern!«

»Einen schwarzen Mantel.«

Die Liftkabine kam zum Stillstand. Borowski zog den Franzosen in die Höhe; die Türen öffneten sich. Zur Linken trat ein Mann in einem dunklen Regenmantel nach vorne auf sie zu, der eine seltsame, goldgeränderte Brille trug. Die Augen hinter den Brillengläsern begriffen; dem Franzosen tropfte Blut von der Wange. Er hob die unsichtbare Hand, die die Tasche seines Regenmantels verbarg, und eine Automatikpistole mit Schalldämpfer richtete sich auf Borowski.

Jason stieß den Franzosen vor sich her durch die Tür. Drei schnelle, spuckende Laute waren zu hören; der Franzose schrie, die Arme erhoben. Dann krümmte sich sein Rücken, und er fiel auf den Marmorboden.

Eine Frau schrie, und dann riefen ein paar Männerstimmen: »Hilfe« – »Polizei!«

Borowski wußte, daß er den Revolver, den er dem Franzosen abgenommen hatte, nicht benutzen konnte. Er besaß keinen Schalldämpfer; ein Schuß würde ihn verraten. Er schob die Waffe in die Manteltasche, trat seitlich an der schreienden Frau vorbei und packte den Uniformierten, der die Liftanlage überwachte, an der Schulter. Er riß den verwirrten Mann herum und stieß ihn gegen den Killer in dem dunklen Regenmantel.

Die Panik in der Halle nahm zu, während Jason auf die Glastüren des Eingangsportals zurannte. Der Empfangschef, der ihn vor eineinhalb Stunden begrüßt hatte, schrie in ein Wandtelefon. Er hatte einen uniformierten Wächter neben sich. Der Mann hatte die Waffe gezogen und verbarrikadierte den Ausgang, die Augen wie gebannt auf ihn gerichtet. Plötzlich war es ein Problem, hier rauszukommen. Borowski wich den Augen des Wachmanns aus und rief dem Empfangschef zu: »Der Mann mit der goldgeränderten Brille, der ist es! Ich habe es gesehen.«

»Was? Wer sind Sie?«

»Ich bin ein Freund von Walther Apfel. Hören Sie mir zu! Der Mann mit der goldgeränderten Brille im schwarzen Regenmantel. Dort drüben?«

Die Erwähnung eines Vorgesetzten wirkte Wunder.

»Herr Apfel!« Der Mann vom Empfang wandte sich dem Uniformierten zu. »Los, der Mann mit der Brille, einer goldgeränderten Brille!«

»Jawohl!« Der Wachmann rannte los.

Jason lief auf die Glastür zu. Er öffnete den rechten Flügel, sah sich um und zögerte; denn er wußte nicht, ob der Mann, der draußen neben einem braunen Peugeot wartete, ihn erkennen und eine Kugel auf ihn abfeuern würde.

Der Wachposten war an einem Mann im schwarzen Regenmantel vorbeigerannt, der langsamer ging als die von Panik erfüllten Gestalten rings um ihn und keine Brille trug. Kurz vor dem Ausgang beschleunigte er sein Tempo und strebte auf Borowski zu.

Das zunehmende Chaos auf dem Bürgersteig war Jasons Schutz. Irgend jemand hatte Alarm geschlagen; mit heulenden Sirenen rasten die Polizeiautos die Bahnhofstraße herauf. Er ging ein paar Meter nach rechts, von Fußgängern flankiert, und rannte plötzlich los, zwängte sich in eine neugierige Menschenmenge, suchte in einer Ladennische Schutz, von wo aus er die Wagen am Straßenrand beobachtete. Er sah den Peugeot, sah den Mann, der neben dem Peugeot stand, die rechte Hand in der Manteltasche. In weniger als fünfzehn Sekunden hatte der Mann im schwarzen Regenmantel den Fahrer des Wagens erreicht. Die beiden besprachen sich schnell und suchten dann die Bahnhofstraße ab.

Borowski begriff ihre Verwirrung. Er war ohne jede Panik aus dem

Eingangsportal der Gemeinschaftsbank gekommen und in der Menge untergetaucht. Er war auf alle Fälle darauf vorbereitet gewesen zu rennen, aber er war dann doch *nicht* gerannt, einfach aus Angst, sonst den Verdacht auf sich zu lenken. So hatte der Fahrer des Peugeot die Verbindung nicht herstellen können. Er hatte die Zielperson nicht erkannt, die man in Marseille identifiziert und zur Exekution freigegeben hatte.

Der erste Polizeiwagen hielt vor der Bank, als der Mann mit der goldgeränderten Brille gerade den Mantel auszog und ihn durch das offene Fenster des Peugeot schob. Er nickte dem Fahrer zu, der sich hinter das Lenkrad setzte und den Motor anließ. Und dann tat der Mann etwas, womit Jason am allerwenigsten gerechnet hatte. Er eilte auf die Glastüren der Bank zu und schloß sich den Polizeibeamten an, die hineinrannten.

Borowski verfolgte, wie der Peugeot vom Randstein wegschoß und die Bahnhofstraße hinunterjagte. Menschentrauben umlagerten das gläserne Eingangsportal der Bank. Schaulustige streckten die Hälse und spähten hinein. Ein Polizeibeamter kam heraus und winkte die Neugierigen zurück. Jetzt jagte ein Krankenwagen um die Ecke, die Sirene heulte, warnte alle, Platz zu machen; der Fahrer stoppte sein Fahrzeug an der Stelle, wo der Peugeot geparkt hatte. Jason konnte nicht länger zusehen. Er mußte zurück zum ›Carillon du Lac‹, seine Sachen packen und schleunigst aus der Schweiz verschwinden. Sein Ziel hieß Paris.

Weshalb Paris? Warum hatte er darauf bestanden, daß das Geld ausgerechnet nach Paris überwiesen wurde? Die Idee war ihm erst in den Sinn gekommen, als er in Apfels Büro saß, von den gigantischen Summen wie benommen. Sie hatten alles weit überstiegen, was er sich ausgemalt hatte. Es war so viel, daß er nur instinktiv reagieren konnte. Und sein Instinkt hatte ihn nach Paris gewiesen, so als ob das irgendwie lebenswichtig wäre. Aber weshalb?

Doch darüber nachzugrübeln war jetzt nicht die Zeit. Er sah, wie zwei Sanitäter mit einer Bahre aus der Bank kamen. Eine reglose Gestalt lag darauf. Man hatte ihr den Kopf bedeckt; das bedeutete, daß es sich um einen Toten handelte. Borowski begriff sehr wohl, daß er, wenn er nicht gewisse Fertigkeiten besessen hätte, der tote Mann auf der Bahre gewesen wäre.

Er sah ein leeres Taxi an der Straßenecke und rannte darauf zu. Er mußte Zürich sofort verlassen; eine Nachricht war aus Marseille eingegangen, aber der tote Mann lebte. Jason Borowski lebte! Tötet ihn! Tötet Jason Borowski!

Um Himmels willen, *warum?*

Er hoffte, den stellvertretenden Empfangschef des ›Carillon du Lac‹ hinter dem Tresen vorzufinden, aber er war nicht da. Dann fiel ihm ein, daß eine kurze schriftliche Nachricht an den Mann – wie hieß er doch? Stössel? Ja, Stössel – ausreichen würde. Eine Erklärung für seine plötzliche Abreise war nicht mehr erforderlich, und fünfhundert Franken würden spielend für ein paar Stunden ausreichen – und für die Gefälligkeit, die er von Herrn Stössel erbitten würde.

In seinem Zimmer warf er sein Rasierzeug in den Koffer, überprüfte die Pistole, die er dem Franzosen abgenommen hatte, schob sie wieder in die Manteltasche und setzte sich an den Sekretär, um die Notiz für Herrn Stössel zu schreiben. Er fügte einen Satz hinzu, der ihm leicht aus der Feder floß – fast zu leicht: »Ich werde mich vielleicht mit Ihnen bezüglich der Post in Verbindung setzen, die man mir wahrscheinlich ins Hotel geschickt hat. Ich hoffe, es ist Ihnen möglich, darauf zu achten und die Briefe für mich in Empfang zu nehmen.«

Sollte irgendeine Mitteilung von der geheimnisvollen *Treadstone Seventy-One* kommen, wollte er davon erfahren. Bei einem Schweizer Hotel konnte er sicher sein, daß das Personal zuverlässig war.

Er legte eine Fünfhundert-Franken-Note mit der Notiz in den Umschlag und klebte ihn zu. Dann nahm er seinen Koffer, verließ das Zimmer und ging den Korridor hinunter auf die Fahrstühle zu. Es waren vier an der Zahl; er drückte einen Knopf und blickte sich um. Niemand war zu sehen; eine Glocke ertönte, und das rote Licht über dem dritten Liftschacht leuchtete auf. Die beiden Metalltüren schoben sich zur Seite. Zwei Männer standen neben einer Frau mit kastanienbraunem Haar; sie unterbrachen ihre Unterhaltung, nickten Borowski zu und machten Platz, als sie den Koffer bemerkten. Als die Türen sich schlossen, setzten sie ihr Gespräch fort. Sie sprachen französisch, schnell und mit weichem Akzent. Die Frau sah zwischen den beiden Männern hin und her, lächelte und blickte dann wieder nachdenklich. »Sie reisen also morgen nach der Schlußsitzung ab?« fragte der Mann zur Linken.

»Ich weiß noch nicht. Ich warte auf Bescheid aus Ottawa«, erwiderte die Frau. »Ich habe Verwandte in Lyon, die ich gerne besuchen würde.«

»Der Exekutivausschuß findet unmöglich zehn Leute, die bereit sind, das Schlußergebnis dieser gottverdammten Konferenz in einem Tag zu formulieren«, sagte der Mann zur Rechten. »Wir werden alle noch eine Woche hier sein.«

»Brüssel wird nicht damit einverstanden sein«, sagte der erste und grinste. »Das Hotel ist zu teuer.«

»Dann ziehen Sie doch in ein anderes«, sagte der zweite und kniff ein Auge zu. »Wir warten ja schon die ganze Zeit darauf, daß Sie das tun, oder?«

»Sie sind verrückt«, sagte die Frau. »Sie sind beide verrückt – das ist *mein* Schlußergebnis.«

»Sie sind das nicht, Marie«, warf der erste ein. »Verrückt, meine ich. Ihr Vortrag gestern war brillant.«

»Das war er keineswegs«, sagte sie. »Das war reine Routine und furchtbar langweilig.«

»Nein, nein!« wandte der zweite ein. »Er war erstklassig; das muß er gewesen sein; denn ich habe kein Wort verstanden. Aber dafür habe ich andere Talente.«

»Verrückt . . .«

Die Liftkabine kam zum Stillstand; jetzt redete wieder der erste Mann. »Setzen wir uns doch in die letzte Reihe. Wir kommen ohnehin zu spät, und Bertinelli spricht. Ich glaube nicht, daß er uns was Neues erzählen wird. Seine Theorie von erzwungenen zyklischen Fluktuationen ist längst überholt.«

»Seit Cäsar«, meinte die Frau mit dem kastanienfarbenen Haar und lachte. Sie hielt inne und fügte hinzu: »Wenn nicht schon seit den Punischen Kriegen.«

»Also in die letzte Reihe«, sagte der zweite Mann und bot der Frau den Arm. »Da können wir ungestört schlafen. Er hat einen Diaprojektor; es wird dunkel sein.«

»Nein, gehen Sie nur voraus. Ich komme in ein paar Minuten nach. Ich muß erst ein paar Telegramme absenden, und zur Telefonvermittlung habe ich kein Vertrauen, daß die sie richtig durchgibt.«

Die Türen öffneten sich, und die drei verließen die Liftkabine. Die beiden Männer durchquerten gemeinsam die Hotelhalle, während die Frau auf den Empfangstresen zustrebte. Borowski folgte ihr und las geistesabwesend die Ankündigungen auf einer Hinweistafel, die ein paar Meter von ihm entfernt auf einem kleinen Sockel stand.

Willkommen:
Mitglieder der sechsten Weltwirtschaftskonferenz
Sitzungskalender:
13.00 Uhr: The Hon. James Frazier, M. P., Großbritannien
Saal 12
18.00 Uhr: Dr. Eugenio Bertinelli, Universität Mailand, Italien
Saal 7
21.00 Uhr: Abschiedsessen des Vorsitzenden; Grüner Salon

»Zimmer 507. Die Vermittlung hat gesagt, für mich wäre ein Telegramm angekommen.«

Die Frau mit dem kastanienfarbenen Haar, die jetzt neben ihm am Tresen stand, sprach englisch. Sie hatte gesagt, sie erwarte Nachricht aus Ottawa: eine Kanadierin also.

Der Angestellte sah im Fach nach und brachte das Telegramm. »Doktor St. Jacques?« fragte er und hielt ihr den Umschlag hin.

»Ja, vielen Dank.«

Die Frau drehte sich um und riß das Kuvert auf, während der Angestellte auf Borowski zuging. »Bitte, Sir?«

»Ich möchte das für Herrn Stössel hinterlegen.« Er legte den Umschlag mit dem Geld und der Notiz auf den Tresen.

»Herr Stössel wird erst morgen früh um sechs Uhr zurückkommen, Sir. Kann ich Ihnen behilflich sein?«

»Nein, danke. Sorgen Sie nur dafür, daß er es bekommt. Es ist nichts Dringendes«, fügte er hinzu, »aber ich benötige Antwort. Ich werde mich morgen telefonisch an ihn wenden.«

»Selbstverständlich, Sir .«

Borowski griff nach seinem Koffer und trat durch eine breite Glastür, die zu einer kreisförmigen Auffahrt führte. Unter den Tiefstrahlern des Vordaches warteten einige Taxis. Die Sonne war untergegangen; es war Nacht in Zürich.

Er blieb stehen und hielt den Atem an. Eine Art Lähmung hatte ihn befallen. Seine Augen wollten nicht wahrhaben, was er draußen sah. Ein brauner Peugeot hielt vor dem ersten Taxi an. Die Beifahrertür öffnete sich, und ein Mann entstieg dem Wagen – ein Killer in einem schwarzen Regenmantel mit einer dünnen, goldgeränderten Brille. Kurz darauf stieg eine weitere Gestalt aus dem Auto; aber das war nicht der Fahrer, der an der Bahnhofstraße gestanden und ihn nicht erkannt hatte. Statt dessen war es ein anderer Killer mit einem anderen Regenmantel, in dessen weiten Taschen man Waffen gut verbergen konnte. Es war derselbe Kerl, der in der Empfangshalle im ersten Stock der Gemeinschaftsbank gesessen hatte und eine Pistole mit Schalldämpfer gezogen hatte.

Wie hatten sie ihn gefunden? . . . Dann erinnerte er sich, und ihm wurde übel. Eine beiläufige Bemerkung von ihm hatte ihnen den Hinweis auf sein Hotel geliefert.

»Haben Sie einen angenehmen Aufenthalt in Zürich?« hatte Walther Apfel gefragt, während sie darauf warteten, daß sie wieder alleine im Zimmer waren.

»Ja, sehr. Ich habe ein Zimmer mit Blick auf den See. Die Aussicht ist wunderschön. Das Hotel liegt sehr ruhig.«

Koenig! Koenig war dabei, wie er das sagte. Die Hotels am See, zumal die, die von Leuten mit Drei-Null-Konten frequentiert wurden, waren schnell genannt und abzuzählen. ›Carillon du Lac‹ ›Baur au Lac‹, ›Eden au Lac‹. Ihre Namen fielen ihm rasch ein. Doch woher kannte er sie? Wie leicht war es also für seine Verfolger gewesen, ihn aufzustöbern!

Zu spät! Der zweite Mann hatte ihn nach einem suchenden Blick durch die Glastür entdeckt. Worte wurden über die Motorhaube des Peugeot gewechselt, Hände tauchten in übergroße Tasche, griffen nach unsichtbaren Waffen. Die beiden Männer strebten auf den Eingang zu, trennten sich im letzten Augenblick und postierten sich links und rechts vom Eingang. Die Flanken waren gesichert, er saß in der Falle.

Glaubten sie, sie konnten in eine überfüllte Hotelhalle eindringen und einfach einen Menschen töten?

Natürlich! Die vielen Menschen und der Lärm waren ihr Schutz. Zwei, drei gedämpfte Schüsse, aus kurzer Distanz abgefeuert, würden ebenso wirksam sein wie ein Überfall auf einem überfüllten öffentlichen Platz bei hellichtem Tag; und in dem anschließenden Chaos würde die Flucht spielend leicht gelingen.

Empörung mischte sich in seine Gedanken. Wie konnten sie es wagen? Was brachte sie auf die Idee, daß er nicht davonrennen, Schutz suchen, nach der Polizei schreien würde? Und dann war die Antwort ebenso klar und niederschmetternd. Die Killer wußten mit Sicherheit den Grund, der ihn davon abhielt. Er konnte nicht zur Polizei gehen. Jason Borowski mußte sämtliche Behörden meiden ... Warum? Suchten sie *ihn?*

Herrgott, warum?

Die beiden gegenüberliegenden Türen wurden von zwei ausgestreckten Händen aufgestoßen, die anderen blieben verborgen, umklammerten Waffen. Borowski drehte sich um; da waren Aufzüge, Gänge, Korridore. Es mußte ein Dutzend Wege geben, die aus dem Hotel herausführten.

Aber womöglich kannten die Killer, die sich jetzt durch die Menge drängten, die örtlichen Verhältnisse besser als er. Vielleicht hatte das ›Carillon du Lac‹ nur zwei oder drei Ausgänge, die leicht von draußen bewacht werden konnten.

Ein einzelner Mann war ein auffälliges Ziel. Aber wenn er nicht allein wäre? Wenn jemand bei ihm wäre, der ihm als Deckung und Tarnung zugleich dienen konnte? Entschlossene Killer vermieden es, die falsche Person zu töten, nicht aus Mitgefühl, sondern weil die Gefahr bestand, daß das eigentliche Opfer entkam, wenn nach den tödlichen Schüssen eine Panik ausbrach.

Er spürte den Revolver in der Tasche, aber die Tatsache, daß er bewaffnet war, beruhigte ihn keineswegs. Ebenso wie in der Bank würde er sich verraten, wenn er sie benutzte, ja, sie nur zeigte. Aber sie war da. Er ging auf die Mitte der Hotelhalle zu und bog dann nach rechts, wo mehr Leute standen. Es war die frühe Abendstunde während einer internationalen Konferenz. Tausend Pläne für den Abend und die Nacht wurden geschmiedet, werbende Blicke wanderten zwischen hochrangigen Gästen und Kurtisanen hin und her. Gruppen bildeten sich.

Vor einer Wand hinter einem Marmortresen war ein Angestellter damit beschäftigt, gelbe Blätter mit einem Bleistift zu markieren, den er wie einen Pinsel hielt. *Telegramme.* Vor dem Tresen standen zwei Leute, ein beleibter älterer Mann und eine Frau in einem dunkelroten Seidenkleid. Ihr langes Haar war kastanienbraun. Es war die Frau aus dem Fahrstuhl, die sich vorhin nach dem Telegramm erkundigt hatte, das für sie bereitlag.

Borowski sah sich um. Die Killer arbeiteten sich langsam auf ihn zu, der eine rechts, der andere links, in einer Zangenbewegung. Solange sie ihn im Blick behielten, konnten sie ihn zwingen fortzurennen – ziellos, ohne zu wissen, ob der Fluchtweg, den er einschlug, in eine Sackgasse führte. Und dann würden gedämpfte Schüsse fallen, und ihre Manteltaschen würden vom Pulver geschwärzt werden.

Ihn im Auge behalten? Die letzte Reihe also . . . Da können wir ungestört schlafen. Er benutzt einen Diaprojektor; es wird dunkel sein.

Jason drehte sich wieder um und blickte zu der Frau mit dem kastanienfarbenen Haar hinüber. Sie hatte jetzt ihr Telegramm aufgegeben, nahm ihre Brille mit den getönten Gläsern ab und steckte sie in die Handtasche. Sie war höchstens drei Meter von ihm entfernt.

Bertinelli spricht. Ich glaube nicht, daß er was Neues zu sagen hat.

Borowski nahm den Koffer in die linke Hand, ging schnell auf die Frau an dem Marmortresen zu und tippte sie am Ellbogen an, ganz leicht, um sie nicht zu erschrecken. »Doktor?«

»Wie bitte?«

»Sie *sind* doch Doktor? . . .« Er ließ sie los, gab sich den Anschein der Verwirrung.

»St. Jacques«, sagte sie und sprach das St. französisch aus.

»Sie sind der Mann aus dem Lift, oui?«

»Mir war nicht klar, daß Sie es sind«, sagte er. »Sie wissen sicherlich, wo dieser Bertinelli spricht.«

»Das steht auf der Hinweistafel. Suite sieben.«

»Ich fürchte, ich weiß nicht, wo das ist. Würde es Ihnen etwas ausmachen, es mir zu zeigen? Ich habe mich verspätet, und ich muß mir Notizen über seine Rede machen.«

»Über Bertinelli? Warum? Arbeiten Sie für eine marxistische Zeitung?«

»Für eine neutrale Gruppe«, sagte Jason und fragte sich, woher die Sätze wohl kommen mochten. »Ich bin für eine Anzahl Leute tätig. Die sind nicht der Ansicht, daß er es wert ist, erwähnt zu werden.«

»Wahrscheinlich nicht, aber man sollte ihn sich anhören. In dem, was er sagt, sind ein paar brutale Wahrheiten.«

»Also muß ich ihn finden. Vielleicht können Sie ihn mir zeigen.«

»Ich fürchte, das geht nicht. Ich zeige Ihnen den Saal, aber dann muß ich ein Telefonat führen.« Sie klappte ihre Handtasche zu.

»Bitte. Schnell!«

»Was?« Sie sah ihn unfreundlich an.

»Tut mir leid, aber ich habe es eilig.« Er blickte nach rechts; die beiden Männer waren höchstens noch sechs Meter entfernt.

»Sie sind ziemlich unhöflich«, sagte Dr. St. Jacques kühl.

»*Bitte!*« Er unterdrückte seine Regung, sie einfach vor sich her zu stoßen, weg von der Falle, die im Begriffe war, zuzuschnappen.

»Diese Richtung.« Sie ging durch die Halle auf einen breiten Korridor zu, wo weniger Menschen standen. Bald erreichten sie einen mit Samt ausgeschlagenen Gang, den zu beiden Seiten rote Türen säumten.

Leuchttafeln wiesen auf die Konferenzräume eins und zwei hin. Am Ende des Flurs war eine Doppeltür, und eine goldene Schrift zur Rechten verkündete, daß es sich um den Eingang zum Saal sieben handelte.

»Da wären wir«, sagte Marie St. Jacques. »Seien Sie vorsichtig, wenn Sie hineingehen. Drinnen ist es dunkel. Bertinelli hält seinen Vortrag mit Dias.«

»Wie im Kino«, meinte Borowski und sah sich um. Am anderen Ende des Korridors tauchte der Mann mit der goldgeränderten Brille auf, dicht gefolgt von seinem Begleiter.

»Gibt es hier einen Ausgang? Eine weitere Tür?« fragte Borowski hastig.

»Ich habe keine Ahnung. Jetzt muß ich wirklich telefonieren. Viel Spaß beim Professor.« Sie wandte sich ab.

Er stellte den Koffer ab und ergriff ihren Arm. Sie funkelte ihn zornig an. »Nehmen Sie die Hand weg, bitte.«

»Ich will Sie nicht erschrecken, aber ich habe keine Wahl.« Er sprach ganz leise. Die Killer gingen jetzt langsamer, gleich würde sich die Falle schließen.

»Sie müssen mitkommen.«

»Machen Sie sich nicht lächerlich!«

Er verstärkte den Griff um ihren Arm und schob sie vor sich her. Dann zog er die Pistole aus der Tasche und hielt sie so, daß ihr Körper sie vor den Männern verbarg. »Ich will das nicht benutzen. Ich will Ihnen nicht weh tun, aber wenn ich muß, tue ich es.«

»Mein Gott . . .«

»Seien Sie still! Wenn Sie tun, was ich sage, wird Ihnen nichts passieren. Ich muß aus diesem Hotel heraus, und Sie werden mir dabei helfen. Sobald ich draußen bin, lasse ich Sie frei. Aber vorher nicht. Kommen Sie. Wir gehen da hinein.«

»Sie können nicht . . .«

»Doch, ich kann.« Er drückte ihr den Lauf der Pistole in den Leib. Sie war so verängstigt, daß sie keinen Laut hervorbrachte, sich in das Unvermeidliche schickte. »Gehen wir.«

Er trat an ihre linke Seite, wobei er immer noch ihren Arm festhielt, die Pistole in der Hand, wenige Zentimeter von ihrer Brust entfernt. Ihre Augen starrten wie gebannt auf die Waffe, ihr Mund stand offen, ihr Atem ging unregelmäßig, Borowski öffnete die Saaltür und schob sie vor sich hinein. Er hörte, wie draußen im Flur jemand ein einzelnes Wort schrie.

»*Schnell!*«

Sie befanden sich jetzt in völliger Dunkelheit, aber das dauerte nur kurze Zeit. Ein weißer Lichtstrahl schoß durch den Raum über die Stuhlreihen, beleuchtete die Köpfe der Zuhörer. Auf die Leinwand, die die ganze Bühne einnahm, wurde eine Grafik projiziert; die einzelnen Balken waren numeriert. Eine dicke schwarze Linie bewegte sich von links oben auf einem zackigen Weg über die einzelnen Balken hinweg nach rechts. Eine Männerstimme mit einem ausgeprägten Akzent war zu hören, verstärkt von einem Lautsprecher.

»Sie werden feststellen, daß in den Jahren siebzig und einundsiebzig die wirtschaftliche Rezession viel weniger ausgeprägt war. Das nächste Bild bitte.« Der Projektor schien einen Defekt zu haben; diesmal zuckte kein Lichtbalken durch den Raum.

»Bild zwölf, bitte!«

Jason dirigierte die Frau hinter die letzte Stuhlreihe. Er versuchte, die Größe des Vortragsraumes abzuschätzen, und hielt nach einem roten Licht Ausschau, das den Fluchtweg markieren würde. Da sah er es. Ein schwaches rötliches Glühen in der Ferne, auf der Bühne hinter der Leinwand. Er mußte den Ausgang erreichen. Mit ihr.

»Marie – hierher!« Das Flüstern kam von links, von einem Stuhl in der letzten Reihe.

»Nein, Chérie. Bleib bei mir.« Das war die Stimme eines Mannes, der unmittelbar vor Marie St. Jacques stand. Er hatte sich von der Wand gelöst und hielt sie auf. »Man hat uns getrennt. Es gibt keine Stühle mehr.«

Borowski drückte der Frau die Waffe in den Rücken, eine Botschaft, die nicht mißzuverstehen war. Sie flüsterte, ohne zu atmen, und Jason war froh, daß man ihr Gesicht nicht deutlich erkennen konnte. »Bitte, lassen Sie uns vorbei«, sagte sie in französischer Sprache. »Bitte!«

»Was ist? Ist er Ihr Telegramm, meine Liebe?«

»Ein alter Freund«, raunte Borowski.

Ein Ruf übertönte das immer lauter werdende Zischen aus der Zuhörerschaft. »Darf ich endlich Bild zwölf haben. *Per favore!*«

»Wir müssen jemanden am Ende der Reihe sehen«, fuhr Jason fort und sah sich um. Der rechte Türflügel des Eingangs öffnete sich; inmitten eines von Schatten bedeckten Gesichts reflektierte eine goldgeränderte Brille das schwache Licht des Korridors. Borowski schob die Frau an ihrem verwirrten Freund vorbei und flüsterte eine Entschuldigung.

»Pardon, aber wir haben es eilig.«

»Schlechte Manieren haben Sie auch!«

»Ja, ich weiß.«

»Bild zwölf! *Ma che infamia!*«

Der Lichtstrahl schoß aus dem Projektor; er vibrierte unter der nervösen Hand des Vorführers. Eine weitere Grafik erschien auf der Leinwand, als Jason und die Frau die andere Wand erreichten, dort, wo der schmale Gang nach unten zur Bühne führte. Er drückte sie in die Ecke und preßte sich ganz dicht an sie.

»Ich schreie!« flüsterte sie.

»Dann schieße ich«, war seine Antwort. Er spähte um die Gestalten herum, die an der Wand lehnten; die Killer waren jetzt beide im Saal,

kniffen die Augen zusammen, drehten die Köpfe wie erschreckte Nage-
tiere und versuchten, ihr Opfer zwischen all den Gesichtern zu entdek-
ken.

Die Stimme des Redners klang jetzt scharf und eindringlich.

»Für die Skeptiker, zu denen ich heute abend hier spreche – und das
sind die meisten von Ihnen –, habe ich hier statistische Beweise! In der
Substanz sind sie mit hundert anderen Analysen, die ich vorbereitet
habe, identisch. Man soll den Markt denen überlassen, die sich in ihm
auskennen. Kleinere Exzesse wird es immer geben. Sie sind nur ein geringer Preis für den allgemeinen Wohlstand.«

Einige klatschten. Bertinelli deutete mit seinem langen Zeigestab auf
die Leinwand, hob das Offensichtliche hervor – das für ihn Offensichtliche. Jason lehnte sich wieder zurück; die goldgeränderte Brille glänzte
im gleißenden Schein des Projektors. Der Killer mit der Brille berührte
den Arm seines Begleiters, deutete mit einer Kopfbewegung nach links
und befahl seinem Untergebenen, die Suche auf der linken Saalseite fortzusetzen; er würde die rechte übernehmen. Das vergoldete Brillengestell
blitzte auf, als er sich seitlich an den stehenden Zuhörern vorbeischob
und jedes Gesicht studierte. In wenigen Sekunden würde er die Ecke erreichen, sie erreichen. Ihm blieb nur noch, den Killer mit einem Schuß
aufzuhalten: Wenn aber jemand in der Reihe vor ihm sich bewegte oder
die Frau, die er gegen die Wand gedrückt hatte, in Panik geriet und ihn
anstieß, so daß die Kugel den Killer verfehlte, dann steckte er in der
Falle. Und selbst wenn er den Mann traf, lauerte noch ein Killer auf der
anderen Saalseite, ohne Zweifel ein geübter Schütze.

»Bild dreizehn, bitte.«

Das war der Augenblick.

Das Licht verlosch. Borowski zerrte die Frau von der Wand weg,
drehte sie herum und flüsterte ihr zu: »Wenn Sie einen Laut von sich
geben, töte ich Sie!«

»Ich glaube Ihnen«, erwiderte sie erschreckt. »Sie sind wahnsinnig!«

»Los!« Er drängte sie den schmalen Gang hinunter, der zu der zwölf
Meter entfernten Bühne führte. Das Licht des Projektors leuchtete wieder auf. Er packte die Frau am Hals, drückte sie auf die Knie und kauerte
sich neben ihr nieder. Die Reihe der Sitzenden verbarg sie vor den Verfolgern. Er stieß sie an; das war sein Signal für sie, sich weiterzubewe-
gen, zu kriechen . . . Langsam, geduckt. Sie begriff; sie rutschte zitternd
auf Knien weiter.

»Die daraus zu ziehenden Schlüsse sind eindeutig«, rief Bertinelli.
»Das Gewinnmotiv läßt sich nicht von den Produktivitätsanreizen trennen, aber die Rollen können nie gleich sein. Schon Sokrates hat erkannt,
daß die Ungleichheit der Werte ein unumstößliches Faktum ist. Gold ist
eben nicht Messing oder Eisen. Wer unter Ihnen könnte das leugnen?
Bild vierzehn, bitte!«

Wieder Dunkelheit. Jetzt!

Er riß die Frau in die Höhe, stieß sie nach vorn auf die Bühne zu. Sie waren noch einen Meter vom Rand entfernt.

»Was ist los, bitte? Bild vierzehn!«

Das Diagerät klemmte erneut. Wieder herrschte Dunkelheit. Und dort auf der Bühne vor ihnen leuchtete rot die Schrift NOTAUSGANG. Jason umklammerte den Arm der Frau. »Auf die Bühne hinauf und zum Ausgang! Ich bin dicht hinter Ihnen; wenn Sie stehenbleiben oder schreien, schieße ich.«

»Um Gottes willen, lassen Sie mich los!«

»Noch nicht. Los!«

Das blendende Licht des Projektors flammte auf, überflutete die Leinwand und die Bühne. Aus dem Saal ertönten überraschte und spöttische Rufe, als die beiden Gestalten sichtbar wurden, und über alles erhob sich die Stimme des verärgerten Bertinelli.

Und dann waren noch andere Geräusche zu hören – das dumpfe Krachen von schallgedämpften Waffen. Holz splitterte. Jason drückte die Frau hinunter und sprang mit einem Satz auf den schützenden Schatten des Seitenflügels zu, zog sie hinter sich her.

»Da ist er! Da oben!«

»Schnell! Der Projektor!«

Ein Schrei hallte aus dem Mittelgang, als das Licht des Projektors nach rechts schoß und den Rand der Bühne erfaßte – aber nicht ganz. Der Kegel wurde von den Brettern teilweise abgedeckt, die den Seitengang verdeckten. Am hinteren Ende der Bühne war der Notausgang: eine hohe, breite Türe aus Metall mit einer Stange davor.

Glas splitterte; die rote Leuchttafel erlosch. Die Kugel eines Meisterschützen hatte sie getroffen.

In dem Vortragssaal war der Teufel los. Borowski packte die Frau an der Bluse und zerrte sie an den Brettern vorbei auf die Tür zu. Einen Augenblick lang leistete sie Widerstand; er ohrfeigte sie und zog sie neben sich, bis die Stange über ihren Köpfen war.

Kugeln klatschten rechts von ihnen gegen die Wand; die Killer rannten die Gänge herunter, um besser zielen zu können. Binnen Sekunden würden sie sie eingeholt haben, und dann würden andere Kugeln – eine einzige vielleicht nur – ihr Ziel finden. Sie hatten noch genügend Patronen das wußte er. Er hatte keine Ahnung, wie es kam, daß er das wußte, aber er *wußte es*. Er konnte sich nach dem Geräusch die Waffen vorstellen, ihre Magazine und wieviel Schuß sie hatten.

Er löste die Stange und schlug mit dem Arm die Klinke nach unten. Die Türe flog auf, und er warf sich hinaus, zerrte die um sich schlagende Frau mit sich.

»Hören Sie auf!« schrie sie. »Ich komme nicht weiter mit! Sie sind verrückt! Das waren Schüsse!«

Jason stieß die Metalltür mit dem Fuß zu.

»Stehen Sie auf!«

»Nein!«

Er schlug ihr mit dem Handrücken ins Gesicht. »Tut mir leid, aber Sie kommen mit. Sobald wir draußen sind, haben Sie mein Wort, daß ich Sie gehen lasse.«

Die Türe! Er mußte die Tür blockieren! Im Halbdunkel entdeckte er Ziegelsteine. Mit der linken Hand hielt er Marie St. Jacques fest, mit der rechten türmte er hastig Stein auf Stein. Sein Ziel war es, die Türklinke zu blockieren. Wenn man sie von der Saalseite aus nicht niederdrücken konnte, war die Tür nicht zu öffnen.

Er hatte Glück; der oberste Stein paßte genau unter die Klinke.

Plötzlich wirbelte die Frau herum und versuchte sich seinem Griff zu entwinden; er glitt mit der Hand an ihrem Arm herunter, packte ihr Handgelenk und bog es nach innen. Sie schrie, Tränen standen in ihren Augen, ihre Lippen zitterten. Er zog sie neben sich und fing zu rennen an, schlug die Richtung ein, von der er glaubte, daß sie zum hinteren Ende des ›Carillon du Lac‹ führte. Dort würde er die Frau vielleicht brauchen; ein paar Sekunden nur, in denen ein Paar das Hotel verließ, kein einzelner Mann, der auffällig davonlief.

Ein lautes Krachen ertönte, dann noch einmal; die Killer versuchten, die Bühnentür zu öffnen, aber die Steine hielten, und das Metall war nicht zu durchbrechen.

Die Frau versuchte erneut, sich loszureißen. Sie war am Rande der Hysterie. Er hatte keine andere Wahl; er packte ihren Ellbogen und drückte mit dem Daumen, so hart er nur konnte, gegen die Innenseite. Sie stöhnte auf, der Schmerz durchfuhr sie ganz plötzlich und war unerträglich. Schluchzend ließ sie sich von ihm mitreißen.

Schließlich erreichten sie eine Betontreppe, die zu einer Metalltür hinunterführte. Dahinter war der rückwärtige Parkplatz des ›Carillon du Lac‹. Er war fast da, wo er sein wollte. Jetzt kam es nur darauf an, daß sie sich unauffällig verhielten. »Hören Sie mir zu«, sagte er zu der vor Angst erstarrten Frau. »Wollen Sie, daß ich Sie frei lasse?«

»O Gott, ja! Bitte!«

»Dann tun Sie genau, was ich Ihnen sage. Wir werden jetzt diese Stufen hinuntergehen und zur Tür hinaustreten – wie zwei völlig normale Leute am Ende eines ganz gewöhnlichen Arbeitstages. Sie hängen sich bei mir ein, und wir werden draußen leise miteinander sprechen. Wir werden beide lachen, so als redeten wir über komische Dinge, die während des Tages passiert sind. Haben Sie das verstanden?«

»In den letzten fünfzehn Minuten ist überhaupt nichts Komisches geschehen«, antwortete sie mit kaum hörbarer monotoner Stimme.

»Dann stellen Sie sich eben was Lustiges vor. Also, reißen Sie sich jetzt zusammen.«

»Ich glaube, mein Handgelenk ist gebrochen.«

»Nein, bestimmt nicht.«

»Mein linker Arm, meine Schulter – ich kann sie nicht bewegen.«

»Ich habe nur auf einen Nerv gedrückt; das geht in ein paar Minuten vorbei. Alles ist in Ordnung. Kommen Sie. Denken Sie daran: Wenn ich die Tür öffne, sehen Sie mich an und lächeln.«

Sie schob die verletzte Hand unter seinen Arm, und sie stiegen die kurze Treppe zur Tür hinunter. Er öffnete sie, und sie traten hinaus. Seine Hand in der Manteltasche hielt die Pistole des Franzosen umklammert, während seine Augen die Laderampe suchten. Über der Tür brannte eine einzelne Glühbirne hinter einem Schutzgitter. Ihr Licht beleuchtete die Betonstufen zur Linken, die aufs Pflaster hinunterführten. Als sie die Treppen hinuntergingen, war ihr Gesicht dem seinen zugewandt, ihre verängstigten Züge von dem fahlen Lichtschein erhellt. Ihre vollen Lippen hatten sich zu einem starren Lächeln über den weißen Zähnen gespannt; ihre großen Augen waren zwei dunkle Höhlen und spiegelten elementare Angst. Die von Tränen benetzten Wangen waren blaß, mit roten Flecken, wo seine Hand sie getroffen hatte. Er betrachtete eine Maske, eingerahmt von dunkelrotem, schulterlangem Haar, in dem die Nachtbrise spielte – das einzig Lebende der Maske.

Ein ersticktes Lachen kam aus ihrer Kehle, die Adern an ihrem langen Hals traten wie Stränge hervor. Sie war kurz vor dem Zusammenbruch, aber daran durfte er jetzt nicht denken. Er mußte sich auf die Umgebung konzentrieren, auf jede geringste Bewegung. Es war offensichtlich, daß dieser dunkle, unbeleuchtete Parkplatz von den Angestellten des ›Carillon du Lac‹ benutzt wurde; es war fast halb sieben, die Nachtschicht hatte ihren Dienst bereits angetreten. Alles war still. Die aufgereihten Fahrzeuge wirkten wie riesige Insekten, die ins Nichts starrten. Da, ein kratzendes Geräusch! Metall, das auf Metall scharrte. Es kam von rechts, aus einem der Wagen. Er drehte den Kopf etwas zur Seite, als reagierte er auf eine witzige Bemerkung seiner Begleiterin. Dabei ließ er seinen Blick über die Fenster der Autos gleiten. Nichts.

War da etwas? Es war kaum sichtbar . . . ein winziger grüner Kreis, ein schwaches Glühen von grünem Licht. Es bewegte sich . . . während sie sich bewegten.

Grün. Klein . . . *Licht?* Plötzlich drängte sich ihm aus irgendeiner vergessenen Vergangenheit das Bild eines Fadenkreuzes auf. Seine Augen blickten in zwei dünne gekreuzte Linien! *Fadenkreuz!* Ein Teleskop . . . das Infrarotteleskop eines Karabiners!

Wie waren die Killer auf sie aufmerksam geworden? Darauf gab es eine ganze Anzahl von Antworten. Das tragbare Funkgerät in der Gemeinschaftsbank; vielleicht war jetzt auch eines im Einsatz. Er trug einen Mantel; seine Geisel nur ein dünnes Seidenkleid, und die Nacht war kühl. Keine Frau würde so ins Freie gehen.

Er beugte sich nach links, duckte sich und stieß Marie St. Jacques seine Schulter in den Leib. Sie taumelte zur Treppe zurück. Das gedämpfte Knacken wiederholte sich in immer wilderem Stakkato. Steine und Asphalt explodierten rings um sie. Er warf sich in Deckung. Hinter einem Mauervorsprung zog er die Pistole aus der Manteltasche. Er stützte das rechte Handgelenk mit der linken Hand und zielte mit der Waffe auf das Autofenster, hinter dem jemand einen Karabiner auf ihn richtete. Er feuerte drei Schüsse ab. Das alles geschah in Sekundenschnelle.

Aus der finsteren Silhouette der parkenden Limousine drang ein Schrei; er ging in ein Jammern, dann in ein Stöhnen über, bis er schließlich verstummte. Borowski lag reglos da, wartete, lauschte, beobachtete und war bereit, wieder zu schießen. Stille. Als er sich erheben wollte, konnte er sich kaum bewegen. Der Schmerz breitete sich in seiner Brust aus, das Pochen war jetzt so heftig, daß er sich nach vorne beugen mußte. Er versuchte klar zu sehen, den Schmerz abzuschütteln. Er hatte sich beim Hinwerfen seine linke Schulter verletzt, Sehnen und Muskeln überdehnt, die noch nicht ganz geheilt waren. Aber er mußte aufstehen, den Wagen des Killers erreichen, den Mann herausziehen und mit dem Auto entkommen.

Er blickte zu Marie St. Jacques hinüber. Sie arbeitete sich langsam in die Höhe, kniete und stützte sich an der Außenwand des Hotels ab. Im nächsten Augenblick würde sie stehen und weglaufen.

Er durfte sie nicht fortlassen! Sie würde schreiend ins ›Carillon du Lac‹ rennen; Männer würden kommen: einige, um ihn festzunehmen, andere, um ihn zu töten. Er mußte sie aufhalten!

Er rollte sich auf sie zu, bis er nur noch einen Meter von ihr entfernt war. Dann hob er die Waffe und zielte auf ihren Kopf.

»Helfen Sie mir hoch«, sagte er und hörte, wie nervös seine Stimme klang.

»Was?«

»Sie sollen mir auf die Beine helfen.«

»Sie haben gesagt, ich könnte gehen. Ihr Wort haben Sie mir gegeben!«

»Das muß ich zurücknehmen.«

»Nein, bitte!«

»Diese Waffe zielt genau auf Ihr Gesicht. Sie kommen jetzt her, oder ich schieße.«

Er zog den Toten aus dem Wagen und befahl ihr, sich hinter das Steuer zu setzen. Dann öffnete er die hintere Tür und kroch auf die Sitzbank, so daß man ihn von draußen nicht sehen konnte.

»Los!« sagte er. »Fahren Sie, wohin ich sage.«

6

Immer wenn Sie selbst in einer Streßsituation sind – vorausgesetzt natürlich, Sie haben Zeit dazu –, verhalten Sie sich genauso, wie Sie reagieren würden, wenn Sie sich in eine Situation hineinversetzen, die Sie als Beobachter erleben. Lassen Sie Ihren Assoziationen freien Lauf, geben Sie den Gedanken und Bildern, die ins Bewußtsein drängen, so viel Raum wie möglich. Versuchen Sie nicht, irgendeine geistige Disziplin auszuüben. Konzentrieren Sie sich auf alles und nichts. Vielleicht kommen Ihnen dann Erkenntnisse über gewisse Dinge, zu denen Sie bislang keinen Zugang haben.

Borowski dachte an Washburns Worte, als er sich auf die Sitzbank zwängte und versuchte, seinen Körper wieder unter Kontrolle zu bringen. Er massierte seine Brust und die geprellten Muskeln. Der Schmerz war noch da, aber nicht mehr so stechend wie zuvor.

Jason hatte der Frau gesagt, sie solle langsam die Bellerive-Straße entlangfahren; es war dunkel, und er brauchte Zeit zum Nachdenken.

»Die Leute werden mich suchen«, rief sie aus.

»Mich auch«, erwiderte er.

»Sie haben mich gegen meinen Willen entführt. Sie haben mich wiederholt geschlagen.« Sie sprach jetzt mit weicherer Stimme, gefaßter. »Das ist Entführung, Körperverletzung . . . Sie sind jetzt aus dem Hotel heraus; Sie haben erreicht, was Sie wollten. Wenn Sie mich gehen lassen, sage ich nichts. Das verspreche ich Ihnen.«

»Sie geben mir Ihr Wort?«

»Ja.«

»Sie wissen, ich habe meines zurückgenommen. Das könnten Sie auch.«

»Sie sind anders. *Ich* tue das nicht. Niemand versucht, mich zu töten! O Gott! *Bitte!*«

»Fahren Sie weiter.«

Eines war ihm klar: Die Killer hatten gesehen, wie er seinen Koffer hatte fallen lassen. Sein Gepäck würde ihnen verraten, daß er im Begriff war, die Schweiz zu verlassen. Der Flughafen und der Bahnhof würden beobachtet werden. Und das Verschwinden des Wagens, in dem er saß, würde eine Suchaktion auslösen. Er mußte also das Auto loswerden und ein anderes finden. Aber er war nicht mittellos. Er trug 100.000 Schweizer Franken und mehr als 16.000 französische Franc bei sich. Das war mehr als genug, um unerkannt nach Paris zu gelangen.

Warum Paris? Es war, als hätte die Stadt geradezu eine magnetische Anziehung auf ihn.

Sie sind nicht hilflos. Sie werden sich zurechtfinden . . . Folgen Sie Ihren Instinkten, besonnen natürlich.

Nach Paris.

»Waren Sie vorher schon einmal in Zürich?« fragte er seine Geisel.

»Nein.«

»Sie belügen mich doch nicht etwa, oder?«

»Warum sollte ich das? Bitte, lassen Sie mich anhalten! Lassen Sie mich gehen.«

»Seit wann sind Sie hier?«

»Seit einer Woche.«

»Dann haben Sie Zeit gehabt, sich die Sehenswürdigkeiten der Stadt anzusehen.«

»Ich habe kaum das Hotel verlassen. Dazu war keine Zeit.«

»Der Tagungsplan, den ich auf der Tafel sah, schien mir nicht gedrängt zu sein. Nur zwei Vorträge für den ganzen Tag.«

»Das waren Gastredner. Der größte Teil unserer Arbeit erfolgte in kleinen Konferenzen, bei denen zehn bis fünfzehn Leute aus verschiedenen Ländern debattierten.«

»Sie sind aus Kanada?«

»Ich arbeite für das Schatzministerium der kanadischen Regierung, in der Finanzverwaltung.«

»Ihr ›Doktor‹ hat also nichts mit Medizin zu tun.«

»Nein, ich habe Volkswirtschaft studiert.«

»Ich bin beeindruckt.«

Plötzlich fügte sie mit eindringlicher Stimme hinzu: »Meine Vorgesetzten erwarten, daß ich mit ihnen Verbindung aufnehme, heute abend. Wenn sie nicht von mir hören, werden sie beunruhigt sein. Sie werden Nachforschungen anstellen und die Züricher Polizei verständigen.«

»Ich verstehe«, sagte er. »Darüber muß man nachdenken, nicht wahr?« Borowski fiel plötzlich auf, daß die Frau während des Schocks, den sie erlitten hatte, und all der Gewalttätigkeiten der letzten halben Stunde nie die Tasche losgelassen hatte. Er lehnte sich vor und zuckte zusammen, als der Schmerz in seiner Brust sich plötzlich wieder regte.

»Geben Sie mir Ihre Tasche.«

»Was?« Sie nahm die Hand vom Steuer und griff nach ihr.

Aber er war schneller. Seine Finger umkrallten bereits das Leder. »Fahren Sie nur weiter, Doktor«, sagte er, nahm die Tasche vom Sitz und lehnte sich wieder zurück.

»Sie haben kein Recht . . .« Sie hielt inne, als ihr bewußt wurde, wie überflüssig ihre Bemerkung war.

»Das weiß ich«, erwiderte er und knipste die Leselampe des Wagens an, öffnete die Tasche und hielt sie so, daß man den Inhalt sehen konnte. Wie es ihrer adretten Besitzerin entsprach, war sie sehr gut aufgeräumt. Paß, Brieftasche, Geldbörse, Schlüssel und ein paar Zettel steckten in den Seitentaschen. Er suchte eine spezielle Nachricht; sie befand sich in einem gelben Umschlag, den ihr der Angestellte im ›Carillon du Lac‹ gegeben hatte. Schließlich fand er das Kuvert, öffnete es und zog das zusammengefaltete Papier heraus. Es war ein Telegramm aus Ottawa.

TAGESBERICHTE ERSTKLASSIG! URLAUB GENEHMIGT. HOLE DICH MITTWOCH, DEN 26. AM FLUGHAFEN AB. KABLE FLUG-NUMMER! IN LYON UNTER KEINEN UMSTÄNDEN MISS BELLE NEUNIERE VERPASSEN. KÜCHE HERVORRAGEND! ALLES LIEBE, PETER.

Als Jason das Telegramm in die Handtasche zurücklegte, fiel ihm ein kleines Zündholzbriefchen in glänzendem Weiß auf. Er nahm das Brief-chen und las die Anschrift ›Kronenhalle‹. Ein Restaurant . . . Irgend et-was irritierte ihn; aber er wußte nicht, was es war. Er behielt die Streich-hölzer, klappte die Tasche zu, beugte sich vor und ließ sie auf den Beifahrersitz fallen. »Das ist alles, was ich sehen wollte«, sagte er, lehnte sich wieder zurück und starrte die Streichhölzer an. »Ich glaube mich zu erinnern, daß Sie etwas über ›Nachrichten aus Ottawa‹ sagten. Die ha-ben Sie bekommen; bis zum sechsundzwanzigsten ist es noch über eine Woche.«

»Bitte . . .«

Das war ein Hilferuf; er begriff sehr wohl, konnte aber nicht reagieren. Er brauchte diese Frau in der nächsten Stunde, so wie ein Lahmer eine Krücke braucht, oder richtiger: wie jemand, der nicht steuern konnte, einen Fahrer benötigt.

»Drehen Sie um«, befahl er. »Fahren Sie zurück zum ›Carillon‹.«

»Zum . . . Hotel?«

»Ja«, sagte er und blickte dabei die Streichhölzer an, drehte sie im Licht der Leselampe in den Fingern hin und her. »Wir brauchen einen anderen Wagen.«

»Wir? Nein, das können Sie nicht! Ich weigere mich . . .« Sie hielt inne, ehe sie den Satz zu Ende gesprochen hatte. Ihr war offensichtlich ein an-derer Gedanke gekommen; sie war plötzlich stumm, bog links in eine Seitenstraße ein und fuhr dann auf die Seefeld-Straße. Schon waren sie in Gegenrichtung. Plötzlich drückte die Frau das Gaspedal so abrupt nieder, daß das Fahrzeug einen Satz machte und die Reifen durchdreh-ten. Sofort nahm sie den Fuß vom Gaspedal, packte das Steuer fester und versuchte, sich wieder in den Griff zu bekommen.

Borowski blickte von den Streichhölzern auf und sah auf ihren Hinter-kopf. Das lange dunkelrote Haar glänzte im Licht. Er zog die Pistole aus der Tasche und lehnte sich wieder nach vorn. Er hob die Waffe, schob die Hand über ihre Schulter und drehte den Lauf herum, so daß die Mündung auf ihre Wange wies.

»Hören Sie genau zu! Sie werden jetzt genau das tun, was ich Ihnen sage. Sie werden dicht neben mir sein, und diese Waffe wird in meiner Tasche stecken. Sie wird auf Ihren Bauch gerichtet sein, so wie sie im

Augenblick auf Ihren Kopf zielt. Wie Sie wohl inzwischen bemerkt haben, geht es um mein Leben, und ich werde nicht zögern abzudrücken. Ich möchte, daß Sie das kapieren.«

»Ich habe verstanden.« Ihre Antwort war nur ein Flüstern. Sie atmete durch halbgeöffnete Lippen, so verängstigt war sie. Jason zog die Pistole zurück; er war zufrieden und angewidert.

Lassen Sie Ihren Gedanken freien Lauf . . . Die Streichhölzer. Was war nur mit ihnen? Aber es waren nicht die Streichhölzer, es war das Restaurant – nicht die ›Kronenhalle‹, sondern irgendein anderes. Schwere Balken, Kerzenlicht, schwarze . . . Dreiecke draußen. Weißer Stein und schwarze Dreiecke. Drei? . . . Drei schwarze Dreiecke.

Jemand war dort . . . in einem Restaurant mit drei Dreiecken vor dem Eingang. Das Bild war so klar, so deutlich . . . so beunruhigend. Warum nur? Gab es überhaupt einen solchen Ort?

Die Lichter des ›Carillon du Lac‹ tauchten einige hundert Meter vor ihnen auf. Er hatte sich seine nächsten Schritte noch nicht genau überlegt, ging aber davon aus, daß seine Verfolger nicht mehr auf dem Hotelgelände waren. Aber er kannte nur zwei der Killer; falls andere zurückgeblieben waren, würde er sie nicht erkennen.

Der Hauptparkplatz lag hinter der kreisförmigen Auffahrt, an der linken Seite des Hotels. »Langsamer«, befahl Jason. »Biegen Sie nach links ein.«

»Das ist eine Ausfahrt«, protestierte die Frau, und ihre Stimme klang nervös. »Wir fahren in die falsche Richtung.«

»Es kommt niemand heraus. Weiter!«

Die Szene vor dem überdachten Eingang des Hotels erklärte, weshalb niemand auf sie achtete. Dort standen hintereinander vier Polizeifahrzeuge mit kreisenden Blaulichtern. Jason sah uniformierte Polizeibeamte und neben ihnen befrackte Hotelangestellte inmitten der aufgeregten Hotelgäste. Marie St. Jacques fuhr quer über den Parkplatz an den Tiefstrahlern vorbei auf einen freien Platz. Sie schaltete den Motor ab und saß regungslos da, den Blick nach vorne gerichtet.

»Seien Sie sehr vorsichtig«, sagte Borowski und kurbelte seine Scheibe herunter, »und bewegen Sie sich langsam. Öffnen Sie Ihre Tür und steigen Sie aus. Dann helfen Sie mir, herauszukommen. Denken Sie daran, daß das Fenster geöffnet ist und ich die Pistole in der Hand halte. Sie sind nur einen Meter von mir entfernt. Sollte ich schießen müssen, werde ich Sie bestimmt nicht verfehlen.«

Völlig verschreckt tat sie, wie er befohlen hatte. Jason stützte sich auf den Fensterrahmen und zog sich hinaus. Er verlagerte sein Gewicht von einem Fuß auf den anderen; langsam konnte er sich wieder fortbewegen – nur hinkend zwar, aber immerhin ein Fortschritt.

»Was werden Sie tun?« fragte die Frau, als hätte sie Angst davor, seine Antwort zu hören.

»Warten. Über kurz oder lang wird jemand sein Auto hier abstellen.«

»Und wenn ein Wagen kommt, wie werden Sie ihn stehlen?« Sie hielt inne und beantwortete sich dann die Frage selbst. »O mein Gott, Sie werden den Fahrer töten!«

Er packte ihren Arm. Ihr kalkweißes Gesicht war nur wenige Zoll von dem seinen entfernt. Er mußte sie durch Furcht unter Kontrolle halten, aber die Furcht durfte nicht in Hysterie umschlagen. »Wenn mir nichts anderes übrigbleibt, werde ich das tun, aber ich glaube nicht, daß es notwendig sein wird. Die Fahrzeuge werden von Hoteldienern hierhergebracht. Die Schlüssel läßt man gewöhnlich stecken oder legt sie unter die Sitze. Das ist einfacher.«

Da erleuchteten zwei Autoscheinwerfer den Parkplatz; ein kleines Coupé näherte sich ihnen, beschleunigte dabei scharf – typisch für einen Pagen. Der Zweisitzer schoß direkt auf sie zu und erschreckte Borowski. Sie waren von den Lichtstrahlen erfaßt worden; man hatte sie gesehen.

Eine Reservierung für den Speisesaal . . . Ein Restaurant. Jason traf seine Entscheidung; er würde den Augenblick nutzen.

Ein junger Mann stieg aus dem Wagen und legte die Schlüssel unter den Sitz. Als er an ihnen vorbeilief, nickte er ihnen zu. Borowski sprach ihn in französischer Sprache an.

»He, junger Mann! Vielleicht können Sie uns behilflich sein.«

»Monsieur?« Der Page kam zögernd auf sie zu. Offenbar dachte er an die Ereignisse im Hotel.

»Ich fühle mich nicht besonders gut, hab zu viel von Ihrem ausgezeichneten ›Schweizer Wein‹ getrunken.«

»Das passiert, Monsieur.« Der junge Mann lächelte, er war erleichtert.

»Meine Frau meinte, es wäre gut, etwas frische Luft zu schnappen, ehe wir in die Stadt zurückfahren.«

»Eine gute Idee.«

»Spielen die da drinnen immer noch verrückt? Ich dachte schon, der Polizeibeamte würde uns überhaupt nicht mehr hinauslassen, bis er sah, daß mir vielleicht übel werden würde . . . und ich seine Uniform . . .«

»Verrückt! Sie sind überall . . . Man hat uns gesagt, wir sollten nicht darüber sprechen.«

»Natürlich. Aber wir haben ein Problem. Ein Bekannter ist heute nachmittag mit dem Flugzeug angekommen, und wir wollten uns in einem Restaurant treffen. Nun habe ich leider den Namen vergessen. Ich war schon einmal dort, aber ich kann mich nicht erinnern, wo es ist und wie es heißt. Ich erinnere mich nur, daß drei seltsame Gebilde davor waren . . . irgendein Muster, denke ich. Dreiecke vielleicht.«

»Das sind die ›Drei Alpenhäuser‹. Das Lokal liegt in der Nähe der Falkenstraße.«

»Ja, natürlich, das ist es! Wie war bloß noch der Weg dahin?«

»Biegen Sie bei der Hotelausfahrt nach links ab. Nach der Brücke dann wieder links auf den Uto-Quai. Etwa 300 Meter geradeaus, links geht dann die Falkenstraße ab. An der nächsten Seitenstraße finden Sie ein Hinweisschild. Sie können das Restaurant also nicht verfehlen.«

»Vielen Dank. Sind Sie in ein paar Stunden noch hier, wenn wir zurückkommen?«

»Ich habe bis zwei Uhr morgens Dienst, Monsieur.«

»Gut. Ich werde mich nach Ihnen umsehen und meinen Dank etwas konkreter ausdrücken.«

»Vielen Dank, Monsieur. Kann ich Ihnen Ihren Wagen holen?«

»Sie haben schon genug getan. Ich muß noch ein paar Schritte zu Fuß gehen.« Der Page machte eine Verbeugung und ging zum Hotel zurück. Jason führte Marie St. Jacques zu dem Coupé. »Schnell! Die Schlüssel sind unter dem Sitz.«

»Wenn sie uns aufhalten, was tun Sie dann? Der junge Mann wird das Auto hinausfahren sehen; er wird wissen, daß Sie ihn gestohlen haben.«

»Wir warten, bis er sich wieder unter die Menge gemischt hat.«

»Und wenn er uns doch bemerkt?«

»Dann hoffe ich, daß Sie eine flotte Fahrerin sind«, entgegnete Borowski und zeigte auf die Tür. »Steigen Sie ein.« Der Page beschleunigte plötzlich seine Schritte, bevor er um die Ecke bog. Jason zog die Waffe aus der Tasche und hinkte schnell um die Motorhaube des Coupés herum, stützte sich darauf, während er die Pistole auf die Windschutzscheibe gerichtet hielt. Er öffnete die Beifahrertür und stieg ein. »Verdammt, ich habe gesagt, Sie sollen die Schlüssel hervorholen!«

»Schon gut . . . ich kann nicht denken.«

»Dann geben Sie sich Mühe!«

»O Gott! . . .« Sie griff unter den Sitz, tastete auf dem Boden herum, bis sie das kleine Lederetui fand.

»Lassen Sie den Motor an, aber warten Sie, bis ich sage, daß Sie losfahren sollen.« Er sah sich um, ob irgendwo Scheinwerfer von der Einfahrt in den Parkplatz hereinleuchteten; das wäre eine Erklärung dafür gewesen, warum der Page plötzlich zu laufen begonnen hatte, nämlich um einen Wagen zu parken. Aber da war nichts; es mußte also einen anderen Grund gegeben haben. Zwei unbekannte Leute auf dem Parkplatz.

»Fahren Sie jetzt, schnell. Ich will hier weg.«

Sie legte den Rückwärtsgang ein, und Sekunden später näherten sie sich der Ausfahrt zum General-Guisan-Quai.

»Langsam!« befahl er. Ein Taxi bog vor ihnen in die Einfahrt.

Borowski hielt den Atem an und blickte durch das gegenüberliegende Fenster auf den Eingang des ›Carillon du Lac‹; die Szene unter dem Vordach erklärte, weshalb der Page sich plötzlich beeilt hatte. Zwischen der Polizei und einer Gruppe von Hotelgästen war es zu einer Auseinandersetzung gekommen. Eine Schlange hatte sich gebildet, die Namen der Leute, die das Hotel verließen, wurden notiert, was natürlich zu Verzögerungen führte, die nicht jedem paßten.

»Weiter«, sagte Jason und zuckte wieder zusammen, als erneut ein stechender Schmerz durch seine Brust schoß.

Es war ein eigenartiges Gefühl, gespenstisch und unheimlich. Die drei Dreiecke waren so, wie er sie sich ausgemalt hatte: dickes dunkles Holz im Halbrelief vor weißem Stein. Drei gleichgroße Dreiecke: abstrakte Nachbildungen von Chaletdächern in einem Tal, das so tief mit Schnee bedeckt war, daß die unteren Geschosse verdeckt waren. Über den drei Spitzen war der Name des Restaurants in gotischen Buchstaben zu lesen: ›DreiAlpenhäuser‹. Unter der Grundlinie des mittleren Dreiecks war der Eingang. Die Doppeltüren bildeten gemeinsam den Bogen einer Kathedrale. Anstelle von Türklinken waren massive eiserne Ringe angebracht.

Die umliegenden Gebäude zu beiden Seiten der Gasse waren restaurierte Bauten aus längst vergangenen Zeiten. Alte Gaslampen verbreiteten schummriges Licht. Man konnte sich prunkvolle Kaleschen vorstellen, die hier von Pferden übers Pflaster gezogen wurden, die Kutscher eingehüllt in Schals, mit Zylindern auf dem Kopf. Gaslampen. Eine Straße, angefüllt mit Bildern und Geräuschen vergessener Erinnerungen, dachte der Mann, der keine Erinnerung besaß, die er vergessen konnte.

Und doch hatte er eine besessen, deutlich und beunruhigend. Drei dunkle Dreiecke, schwere Balken und Kerzenlicht . . . Er hatte recht gehabt; es war eine Erinnerung an Zürich. Aber in einem anderen Leben.

»Wir sind da«, sagte die Frau.

»Ich weiß.«

»Sagen Sie mir, was ich tun soll.«

»An der nächsten Ecke biegen Sie nach links. Fahren Sie um den Block herum und dann noch einmal hier durch.«

»Warum?«

»Wenn ich das wüßte . . .«

»Was?«

»Weil ich es gesagt habe.« *Jemand war dort . . . in jenem Restaurant. Warum kamen jetzt keine anderen Bilder? Ein anderes Bild. Ein Gesicht.*

Sie fuhren noch zweimal an dem Restaurant vorbei. Zwei Paare und eine Gruppe von vier Leuten gingen hinein; ein einzelner Mann kam heraus und lief in Richtung Falkenstraße. Den Autos nach zu schließen, die am Randstein parkten, war das Lokal gut besetzt. In den nächsten zwei Stunden würden noch mehr Gäste kommen, da man in Zürich das Abendessen etwas später einzunehmen pflegte. Es hatte keinen Sinn, länger zu warten; Borowski fiel nichts mehr ein. Er konnte nur dasitzen und das Restaurant beobachten und hoffen, daß irgend etwas passierte.

Ein Streichholzbriefchen hatte ein Bild der Wirklichkeit in ihm hervorgerufen. Und in jener Wirklichkeit gab es eine Wahrheit, die er aufspüren mußte.

»Fahren Sie rechts ran, vor den letzten Wagen. Wir gehen zu Fuß zurück.«

Die Frau gehorchte ohne Widerrede. Jason sah sie prüfend an; ihre Reaktion war zu gehorsam, paßte nicht zu ihrem Verhalten vorher. Er begriff. Jetzt mußte eine Lektion erteilt werden. Unabhängig von dem, was im ›Drei Alpenhäuser‹ geschehen würde, brauchte er sie noch ein letztes Mal. Sie mußte ihn aus Zürich hinausfahren.

Der Wagen kam zum Stillstand, die Reifen rieben sich am Randstein. Sie schaltete den Motor ab und begann die Schlüssel aus dem Zündschloß zu ziehen. Ihre Bewegungen waren langsam, zu langsam. Er griff hinüber und hielt ihr Handgelenk, sie starrte ihn an, ohne zu atmen. Er schob die Finger über ihre Hand, bis er das Schlüsseletui spürte.

»Die nehme ich«, sagte er.

»Natürlich«, erwiderte sie.

»Jetzt steigen Sie aus und stellen sich neben die Motorhaube«, fuhr er fort. »Machen Sie keine Dummheiten!«

»Warum sollte ich? Sie würden mich töten.«

»Gut.« Betont ungeschickt bemühte er sich, seine Tür zu öffnen, wobei er ihr den Hinterkopf zuwandte.

Das Rascheln von Stoff kam plötzlich und noch plötzlicher der Luftzug; ihre Tür flog auf, die Frau stieß sich vom Sitz ab und schwang ihre Beine nach draußen. Aber Borowski war bereit. Er fuhr herum. Sein linker Arm war wie eine gespannte Feder, die plötzlich freigegeben wird, seine Hand wie eine Klaue. Die Finger krallten sich in den Seidenstoff ihres Kleides zwischen den Schulterblättern und zerrten sie auf den Sitz zurück. Im nächsten Moment packte er sie am Haar und zog ihr den Kopf nach hinten, bis ihr Hals gespannt war.

»Ich tue es nicht wieder!« rief sie. Tränen traten ihr in die Augen. »Ich schwöre es!«

Er beugte sich über sie hinweg und zog die Tür zu. Dann musterte er sie scharf und versuchte, etwas in sich selbst zu verstehen. Vor dreißig Minuten hatte er in einem anderen Wagen so etwas wie Übelkeit empfunden, als er den Lauf seiner Pistole gegen ihre Wange gepreßt und gedroht hatte, sie zu erschießen, wenn sie seine Anweisungen nicht befolgen würde. Diesmal empfand er diesen Ekel nicht mehr. Sie war zum Feind geworden, eine Bedrohung für ihn. Er konnte sie umbringen, wenn er mußte, sie ohne Gefühl töten, weil es praktisch war.

»Sagen Sie etwas!« flüsterte er.

Ihr Körper spannte sich plötzlich krampfhaft, ihre Brüste drückten gegen den dunklen Seidenstoff, hoben und senkten sich. Als sie wieder sprach, war ihre Stimme monoton. »Ich habe gesagt, daß ich es nicht mehr tun werde, und ich werde mein Wort halten.«

»Sie werden es wieder probieren«, erwiderte er leise. »Es wird der Augenblick kommen, wo Sie glauben, Sie könnten es schaffen, und dann werden Sie es riskieren. Glauben Sie mir, wenn ich Ihnen versichere, daß Sie es nicht schaffen. Beim nächsten Mal werde ich Sie töten müssen. Das will ich nicht. Es gibt keinen Anlaß dafür. Es sei denn, Sie werden mir gefährlich. Und wenn Sie wegrennen, bevor ich Sie gehen lasse, ist das äußerst bedrohlich für mich. Deshalb kann ich so etwas nicht dulden.«

Er hatte die Wahrheit gesprochen, so wie er die Wahrheit begriff. Die Einfachheit seiner Entscheidung erstaunte ihn ebenso wie die Entscheidung selbst. Töten war eine praktische Sache, sonst nichts.

»Sie sagten, Sie werden mich freilassen«, sagte sie. »Wann?«

»Sobald ich in Sicherheit bin«, antwortete er. »Wenn das, was Sie sagen oder tun, mir nichts mehr anhaben kann.«

»Und wann wird das sein?«

»Etwa in einer Stunde. Wenn wir Zürich verlassen haben und ich nach anderswo unterwegs bin.«

»Warum sollte ich Ihnen glauben?«

»Es ist mir gleichgültig, ob Sie mir vertrauen oder nicht.« Er ließ sie los. »Reißen Sie sich zusammen. Trocknen Sie sich die Augen und kämmen Sie sich das Haar. Wir gehen jetzt ins Lokal.«

»Was ist dort drinnen?«

»Ich wollte, ich wüßte das«, sagte er und blickte durch das hintere Fenster auf den Eingang des Restaurants.

»Das haben Sie schon einmal gesagt.«

Er sah ihre großen braunen Augen, die ihn voll Angst und Verwirrung anblickten. »Ich weiß. Beeilen Sie sich.«

Dicke Balken führten unter der Decke entlang. Überall waren Tische und Stühle aus schwerem Holz, tiefe Nischen, und Kerzen verbreiteten gedämpftes Licht. Ein Akkordeonspieler schlenderte durch das Lokal und entlockte seinem Instrument alpenländische Volksweisen.

Er hatte den großen Saal schon einmal gesehen, die Balken und das Kerzenlicht waren irgendwo in sein Bewußtsein eingeprägt, ebenso wie die Geräusche. Er war in einem anderen Leben schon einmal hier gewesen. Sie standen in dem engen Foyer vor dem Pult des Saalkellners. Der befrackte Mann begrüßte sie.

»Haben Sie reserviert, mein Herr?«

»Leider nicht. Aber man hat Sie uns sehr empfohlen. Ich hoffe, Sie haben noch Platz für uns. Eine Nische, wenn es geht.«

»Ganz bestimmt, Sir. Wenn Sie mir bitte folgen wollen.«

Sie wurden zu einer Nische geführt. Auf dem Tisch stand eine flackernde Kerze. Borowskis mühsames Hinken und die Tatsache, daß er sich auf die Frau stützte, ließen dem Oberkellner den nächsten passenden Ort geeignet erscheinen. Jason nickte Marie St. Jacques zu; sie setzte sich, und er schob sich ihr gegenüber in die Nische.

»Rutschen Sie zur Wand«, sagte er, nachdem der Angestellte gegangen war. »Denken Sie daran, ich habe die Pistole in der Tasche und brauche bloß den Fuß zu heben, dann sitzen Sie in der Falle.«

»Ich habe gesagt, daß ich es nicht versuchen werde.«

»Hoffentlich stimmt das. Bestellen Sie sich etwas zu trinken; zum Essen ist keine Zeit.«

»Ich könnte ohnehin nichts runterkriegen.« Ihre Hände zitterten sichtbar. »Warum ist keine Zeit? Worauf warten Sie?«

»Ich weiß nicht.«

»Warum sagen Sie die ganze Zeit ›Ich weiß nicht‹? Ich wünschte, ich wüßte es.‹ Warum sind Sie hierhergekommen?«

»Weil ich hier schon einmal war.«

»Das ist keine Antwort!«

»Ich habe keinen Anlaß, Ihnen Antwort zu geben.«

Ein Kellner trat an den Tisch. Die Frau bat um Wein; Borowski bestellte sich einen Scotch, er brauchte etwas Kräftiges. Er sah sich im Restaurant um und versuchte, sich auf *alles und nichts* zu konzentrieren. Aber da war nur nichts. Keine Bilder, keine Gedanken, die sich in sein Bewußtsein drängten. Nichts!

Und dann sah er das Gesicht auf der anderen Seite des Raums. Es war ein breites Gesicht über einem massigen Körper, der sich neben einer geschlossenen Tür in eine Nische gezwängt hatte. Der fettleibige Mann blieb im Schatten seines Beobachtungspunkts, als wäre sein unbeleuchteter Platz ein Zufluchtsort für ihn. Seine Augen hingen an Jason fest, und in seinem starren Blick mischten sich Furcht und Ungläubigkeit. Borowski kannte das Gesicht nicht, aber das Gesicht kannte ihn. Der Mann führte die Finger zu den Lippen und wischte sich die Mundwinkel, dann wanderten seine Augen, schienen jeden Gast an jedem Tisch abzutasten. Erst darauf erhob er sich und nahm einen ihm offenbar schmerzhaften Weg durch den Saal auf Borowskis Nische zu.

»Ein Mann kommt auf uns zu«, sagte Jason über die Kerzenflamme hinweg, »ein dicker Mann, und er hat Angst. Gleichgültig, was er sagt, bleiben Sie stumm. Und schauen Sie ihn nicht an; heben Sie die Hand, stützen Sie den Kopf auf den Ellbogen. Sehen Sie die Wand an, nicht ihn.«

Die Frau runzelte die Stirn und hob die rechte Hand ans Kinn, ihre Finger zitterten. Ihre Lippen formten eine Frage, aber es kamen keine Worte. Jason antwortete ihr trotzdem.

»Zu Ihrem eigenen Nutzen«, sagte er. »Es bringt nichts, wenn er Sie identifizieren kann.«

Der fette Mann schob sich um den Nischenrand herum. Borowski blies die Kerze aus, so daß ziemliche Dunkelheit herrschte. Der Mann starrte ihn an und sagte dann mit leiser, bebender Stimme:

»Du lieber Gott! Warum sind Sie hierhergekommen? Was habe ich verbrochen, daß Sie mir das antun?«

»Das Essen hier schmeckt mir, wie Sie wissen.«

»Haben Sie denn gar kein Gefühl? Ich habe eine Familie, eine Frau und Kinder. Ich habe nur getan, was man von mir verlangt hat. Ich habe Ihnen den Umschlag gegeben; ich habe nicht hineingesehen. Ich weiß nichts.«

»Aber man hat Sie bezahlt, nicht wahr?« fragte Jason instinktiv.

»Ja, aber ich habe nichts gesagt. Wir sind uns nie begegnet, ich habe Sie nie beschrieben; mit niemandem habe ich gesprochen.«

»Warum haben Sie dann Angst? Ich bin nur ein ganz gewöhnlicher Gast, der sich sein Abendessen bestellen will.«

»Ich bitte Sie, gehen Sie.«

»Jetzt bin ich verärgert. Sie sollten mir besser sagen, warum.«

Der dickleibige Mann fuhr mit der Hand übers Gesicht und wischte sich den Schweiß aus den Mundwinkeln. Er drehte den Kopf halb herum, blickte zum Ausgang und wandte sich dann wieder Borowski zu. »Vielleicht haben andere geredet, vielleicht wissen andere, wer Sie sind. Ich habe schon genügend Ärger mit der Polizei gehabt. Die kommen bestimmt direkt zu mir.«

Da verlor die Frau die Kontrolle über sich; sie sah Jason an, und die Worte entkamen ihr: »Die Polizei . . . Das war Polizei!«

Borowski funkelte sie an und wandte sich wieder dem nervösen dicken Mann zu. »Wollen Sie sagen, daß die Polizei Ihrer Frau und Ihren Kindern etwas zuleide tun würde?«

»Nicht sie selbst, wie Sie wohl wissen. Aber ihr Interesse würde andere zu mir führen, zu meiner Familie. Wie viele gibt es denn, die Sie suchen, mein Herr? Und was müssen Sie tun? Sie brauchen keine Antwort von mir; die machen vor nichts halt. Der Tod einer Frau oder eines Kindes ist für die belanglos. Bitte, ich schwöre es bei meinem Leben, ich habe nichts gesagt. Gehen Sie!«

»Sie übertreiben.« Jason führte sein Glas an die Lippen, er wollte, daß der Dicke verschwand.

»In Christi Namen, tun Sie das nicht!« Der Mann beugte sich vor und klammerte sich an den Tischrand. »Sie wollen einen Beweis meines Schweigens? Den will ich Ihnen liefern. In der Unterwelt hat sich herumgesprochen, daß jeder, der irgend etwas weiß, eine Nummer anrufen soll, die die Züricher Polizei eingerichtet hat. Jeder Hinweis soll streng vertraulich behandelt werden, darauf kann man sich verlassen. Die Belohnung ist großzügig. Die Polizeibehörden in einigen Ländern und Interpol stehen dahinter.« Der Komplize richtete sich auf, wischte sich wieder den Mund. »Ein Mann wie ich könnte Nutzen aus einer besseren Beziehung zur Polizei ziehen. Und doch habe ich nichts unternommen.«

»Hat sonst jemand gepfiffen? Sagen Sie die Wahrheit; ich merke es, wenn Sie lügen.«

»Ich kenne nur Chernak. Er ist der einzige, mit dem ich je gesprochen habe, der zugibt, daß er Sie einmal gesehen hat, aber das wissen Sie ja. Der Umschlag ist über ihn zu mir gelangt. Er würde nie etwas verraten.«

»Wo ist Chernak jetzt?«

»Wo er immer ist. In seiner Wohnung in der Löwenstraße.«

»Ich bin nie dort gewesen. Welche Hausnummer?«

»Sie sind nie . . .?« Der Dicke hielt inne, die Lippen zusammengepreßt, die Augen starr auf ihn gerichtet. »Prüfen Sie mich?«

»Beantworten Sie meine Frage.«

»Nummer siebenunddreißig. Das wissen Sie genausogut wie ich.«

»Dann prüfe ich Sie eben. Wer hat Chernak den Umschlag gegeben?«

Der Mann stand reglos da. »Keine Ahnung. Ich würde so etwas nie fragen.«

»Sie waren nicht einmal neugierig?«

»Natürlich nicht. Eine Ziege betritt niemals freiwillig die Höhle des Wolfes.«

»Ziegen haben einen sicheren Gang, einen scharfen Geruchssinn.«

»Und Zicklein sind vorsichtig, mein Herr. Weil der Wolf schneller ist und viel aggressiver. Es würde nur eine einzige Jagd geben – und die wäre für die Ziege die letzte.«

»Was war in dem Umschlag?«

»Ich sagte Ihnen doch, daß ich ihn nicht geöffnet habe.«

»Aber Sie wissen, was in ihm war.«

»Geld, vermute ich.«

»Sie *vermuten?*«

»Also gut. Geld, viel Geld. Wenn es da einen Fehlbetrag gab, hat das nichts mit mir zu tun. Und jetzt – ich flehe Sie an – gehen Sie!«

»Eine letzte Frage. Wofür war das Geld?«

Der fettleibige Mann starrte auf Borowski hinunter, sein Atem ging jetzt hörbar, Schweiß glänzte auf seinem Kinn. »Sie quälen mich, mein Herr, aber ich werde mich nicht von Ihnen abwenden. Nennen Sie es den Mut einer unbedeutenden Ziege, die überlebt hat. Ich lese jeden Tag die Zeitungen. In drei verschiedenen Sprachen. Vor sechs Monaten ist ein Mann getötet worden. Über seinen Tod hat jede dieser Zeitungen auf der Titelseite berichtet.«

7

Sie fuhren um den Block herum, kamen auf die Falkenstraße und fuhren über die Theaterstraße auf den Limmat-Quai. Die Löwenstraße lag auf der anderen Flußseite. Ein Paar, das gerade im Begriff gewesen war, das ›Drei Alpenhäuser‹ zu betreten, hatte ihnen erklärt, sie sollten am besten über die Bahnhofbrücke fahren und vom Bahnhofplatz in die Löwenstraße einbiegen.

Marie St. Jacques war stumm und hatte das Lenkrad umklammert, wie sie ihre Handtasche während des Wahnsinns im ›Carillon‹ festgehalten hatte, als wäre sie ihre Verbindung zu allem, was normal und vernünftig war. Borowski blickte zu ihr hinüber und begriff.

. . . ein Mann ist getötet worden, und jede dieser Zeitungen hat seinen Tod auf der Titelseite gemeldet.

Jason Borowski war bezahlt worden, um zu töten, und die Polizei hatte Geldsummen ausgesetzt, um Informanten aus der Unterwelt zur Mitarbeit zu bewegen und ihn auf diese Weise leichter dingfest machen zu können. Und das wiederum bedeutete, daß andere Männer getötet worden waren.

Wie viele gibt es denn, die nach Ihnen Ausschau halten, mein Herr? . . . Die schrecken vor nichts zurück. Der Tod einer Frau oder eines Kindes ist für die belanglos.

Die zwei Türme des Großmünsters stachen in den nächtlichen Himmel; die Scheinwerfer, die sie beleuchteten, erzeugten gespenstische Schatten. Jason starrte den alten Bau an; ebenso wie so vieles andere erkannte er ihn wieder: Er hatte ihn schon früher gesehen, und doch sah er ihn jetzt das erste Mal.

Ich kenne nur Chernak . . . Der Umschlag ist über ihn zu mir gekommen . . . Löwenstraße. Nummer 37. Das wissen Sie ebensogut wie ich.

Sie fuhren über die Brücke, die Frau versuchte, sich auf den richtigen Weg zu konzentrieren. Es herrschte noch lebhafter Verkehr. Die roten und grünen Ampelsignale verwirrten Borowski. Er versuchte, sich auf nichts und auf alles zu konzentrieren. Immer deutlicher zeichneten sich die Umrisse der Wahrheit ab. Was er nach und nach erfuhr, verblüffte ihn jedesmal mehr.

»Halt! Die Dame da! Sie fahren ohne Licht, und Sie haben links geblinkt. Das ist eine Einbahnstraße.«

Jason blickte auf, sein Magen verkrampfte sich. Ein Streifenwagen stand neben ihnen, und ein Polizist rief durch das heruntergelassene Fenster. Alles war plötzlich klar . . . erschreckend klar. Die Frau hatte das Polizeiauto im Rückspiegel gesehen und daraufhin die Scheinwerfer ausgeschaltet und den Richtungsweiser nach links betätigt, und das an einer Kreuzung, an der Richtungspfeile deutlich anzeigten, daß nur Geradeausfahren und Rechtsabbiegen zulässig waren. Ganz klar: Die Frau wollte auf sich aufmerksam machen und womöglich mit dem Streifenwagen einen Zusammenstoß inszenieren.

Borowski schaltete die Scheinwerfer ein und schob mit einer Hand den Hebel des Richtungsanzeigers zurück. Mit der anderen packte er ihren Arm, genau an der Stelle, wo er sie schon einmal höchst unsanft berührt hatte.

»Ich bringe Sie um, Doktor!« sagte er leise und rief dann durch das Fenster dem Polizeibeamten zu: »Entschuldigen Sie, wir sind ein wenig durcheinander. Touristen!«

Der Polizeibeamte war höchstens einen halben Meter von Marie St. Jacques entfernt. Seine Augen musterten sie, ihre stumme Reaktion schien ihn zu verwirren.

Die Ampel wechselte auf Grün. »Fahren Sie langsam weiter. Keine Dummheiten«, sagte Jason. Er winkte dem Polizeibeamten durch das Fenster zu. »Tut mir leid!« schrie er. Der Polizist zuckte die Achseln und wandte sich einem Kollegen zu, um das unterbrochene Gespräch fortzusetzen.

»Ich war durcheinander«, sagte die Frau, und ihre weiche Stimme zitterte. »Hier ist so viel Verkehr . . . O Gott, Sie haben mir den Arm gebrochen! . . . Sie Bastard!«

Borowski ließ sie los. Ihr Ärger beunruhigte ihn; ihre Angst war ihm lieber gewesen. »Sie erwarten doch nicht etwa, daß ich das glaube, oder?«

»Das mit meinem Arm?«

»Daß Sie durcheinander waren.«

»Sie sagten, wir würden bald nach links abbiegen; das war alles, woran ich dachte.«

»Passen Sie das nächste Mal auf den Verkehr auf.« Er rutschte von ihr weg, wandte aber den Blick nicht von ihrem Gesicht.

»Sie sind ein Tier«, flüsterte sie und schloß dabei für einen Moment die Augen. Als sie sie wieder öffnete, waren sie voller Angst.

Sie erreichten die Löwenstraße, eine Hauptverkehrsstraße, die sehr gut ausgeleuchtet war. Ein Geschäftshaus reihte sich an das andere. Fast nicht vorstellbar, daß hier auch noch Menschen wohnen sollten. Jason verfolgte die Hausnummern und versuchte, Bilder aus seiner Vergangenheit zurückzuholen. Er mußte ja schon einmal hier gewesen sein. Der Dicke in den ›Drei Alpenhäusern‹ hatte es deutlich zu erkennen gegeben. Doch so sehr er sich auch das Gehirn zermarterte, keine Einzelheit kam zurück. Wie sah Chernak aus? In welcher Beziehung hatten sie beide zueinander gestanden?

Da tauchte vor seinem geistigen Auge eine andere Häuserzeile auf. Verschmutzte, verkommen wirkende Gebäude. Gebrochene Treppenstufen, verrostete Geländer, zerschlissene Vorhänge hinter ungeputzten Fenstern. »Brauerstraße«, sagte er zu sich selbst und konzentrierte sich sofort auf das Bild, das seine Erinnerung ihm zeigte. Er konnte eine Tür sehen, deren Farbe ein verblaßtes Rot war, so dunkel wie das rote Seidenkleid, das die Frau neben ihm trug. »Eine Pension in der Brauerstraße.«

»Was?« Marie St. Jacques war erschrocken. Seine Worte hatten sie beunruhigt; sie hatte sie offenbar auf sich bezogen und hatte Angst.

»Nichts.« Er löste seinen Blick von ihrem Kleid und sah zum Fenster hinaus. »Da ist Nummer siebenunddreißig«, sagte er und wies auf ein ganz in der Nähe stehendes Haus. »Halten Sie an.«

Er stieg als erster aus und befahl ihr, über den Sitz zu rutschen und ihm auf seiner Seite zu folgen. Er erprobte seine Beine und nahm ihr die Schlüssel weg.

»Sie können wieder laufen«, sagte sie. »Dann können Sie auch Auto fahren.«

»Ja, wahrscheinlich.«

»Dann lassen Sie mich endlich gehen! Ich habe alles getan, was Sie wollten.«

»Und noch einiges mehr«, fügte er hinzu.

»Ich werde nichts sagen, begreifen Sie das denn nicht? Sie sind der letzte Mensch auf der Welt, den ich je wiedersehen möchte . . . oder mit dem ich noch einmal irgend etwas zu tun haben möchte. Ich renne bestimmt nicht zur Polizei. Ich habe Todesängste . . . Das ist Ihr Schutz, verstehen Sie denn nicht? *Bitte* lassen Sie mich frei.«

»Das kann ich nicht.«

»Sie glauben mir nicht.«

»Das hat nichts zu sagen. Ich brauche Sie.«

»Warum noch?«

»Aus einem banalen Grund: Ich habe keinen Führerschein. Ohne Führerschein kann man keinen Wagen mieten. Ich brauche aber unbedingt ein anderes Fahrzeug.«

»Sie haben doch *dieses* Auto.«

»Das kann ich vielleicht noch eine Stunde benutzen. Der Besitzer wird aus dem ›Carillon du Lac‹ kommen und ihn haben wollen. Die Beschreibung wird an alle Streifenwagen weitergeleitet werden.«

Sie sah ihn an, ihre Augen weiteten sich vor Todesangst. »Ich will nicht mit Ihnen dort hinaufgehen. Ich habe gehört, was dieser Mann im Restaurant gesagt hat. Wenn ich noch mehr erfahre, werden sie mich töten.«

»Was Sie gehört haben, sagt mir genausowenig wie Ihnen. Vielleicht noch weniger. Kommen Sie.« Er nahm ihren Arm und ging auf den Hauseingang zu.

Sie starrte ihn an. In ihrem Blick mischten sich Furcht und Bestürzung.

Unter einem der Briefkastenschlitze stand der Name M. Chernak, darunter war ein Klingelknopf. Doch statt ihn zu drücken, betätigte er die vier Knöpfe daneben. Ein Stimmengewirr hallte ihm aus dem kleinen Lautsprecher entgegen, mehrere fragten ihn auf schweizerdeutsch, wer da wäre. Aber jemand sagte nichts, sondern löste nur den Summer aus, der das Schloß freigab. Jason öffnete die Tür und schob Marie St. Jacques vor sich hinein. Er preßte sie gegen die Wand und wartete. Von unten konnte man hören, wie oben Türen geöffnet wurden, Schritte, die auf die Treppe zugingen.

»Wer ist da?«

»Johann?«

»Wo bist du denn?«

Schweigen. Dann verärgerte Stimmen, Schritte, Türen, die sich schlossen.

M. Chernak wohnte im ersten Stock, Wohnung 2 C. Borowski nahm den Arm der Frau, hinkte mit ihr zur Treppe und fing an hinaufzusteigen. Sie hatte natürlich recht. Es wäre viel besser, wenn er alleine wäre, aber er konnte nichts daran ändern; er brauchte sie.

In den Wochen, die er in Port Noir verbracht hatte, hatte er Straßenkarten studiert. Luzern war höchstens eine Stunde entfernt, Bern nicht mehr als eineinhalb. Er konnte in eine der beiden Städte fahren und sie unterwegs in irgendeinem verlassenen Ort absetzen und dann verschwinden. Es war einfach eine Frage der Zeit; er hatte genügend Geld, um sich hundert Verbindungen zu kaufen. Er brauchte nur jemanden, der ihn aus Zürich herausbrachte, und das war sie.

Aber ehe er Zürich verließ, mußte er mehr wissen; er mußte mit einem Mann sprechen, der . . .

M. Chernak. Der Name stand rechts von der Türklingel. Er trat neben die Tür und zog die Frau zu sich.

»Sprechen Sie Deutsch?« fragte Jason.

»Nein.«

»Lügen Sie nicht.«

»Ich lüge nicht.«

Borowski überlegte und sah sich in dem Gang um. Dann befahl er: »Klingeln Sie. Wenn die Tür aufgemacht wird und jemand von drinnen fragt, was Sie wollen, sagen Sie, Sie hätten eine dringende Nachricht – von einem Freund im ›Drei Alpenhäuser‹.«

»Wenn er – oder sie – sagt, ich soll sie unter der Tür durchschieben?«

Jason sah sie an. »Sehr gut.«

»Ich will einfach keine Gewalttätigkeit mehr. Ich will nichts *wissen* oder *sehen*. Ich will einfach . . .«

»Ich weiß«, unterbrach er. »Damit wären wir wieder bei Cäsars Steuern und den Punischen Kriegen. Sollte er – oder sie – etwas dergleichen sagen, dann erklären Sie mit ein paar Worten, daß es sich um eine mündliche Nachricht handelt und nur dem Mann übermittelt werden darf, den man Ihnen beschrieben hat.«

»Und falls er die Beschreibung hören will?« fragte Marie St. Jacques eisig. Ihr analytisches Denkvermögen hatte einen Augenblick lang die Furcht in den Hintergrund gedrängt.

»Sie haben einen klaren Verstand, Doktor«, sagte er.

»Ich habe Angst; das wissen Sie. Was soll ich tun?«

»Dann sagen Sie ihm, zum Teufel mit denen, soll doch jemand anders die Nachricht überbringen, und gehen weg.«

Sie trat an die Tür und klingelte. Von drinnen war ein seltsames Geräusch zu hören. Ein Kratzen, das immer lauter wurde. Plötzlich verstummte es, und man konnte eine tiefe Stimme durch das Holz hören.

»Ja?«

»Ich spreche leider nicht Deutsch.«

»Reden Sie englisch weiter. Was ist? Wer sind Sie?«

»Ich habe eine dringende Nachricht von einem Freund im ›Drei Alpenhäuser‹.«

»Schieben Sie sie unter der Tür durch.«

»Das geht nicht. Sie ist nicht aufgeschrieben. Ich muß sie persönlich dem Mann übermitteln, den man mir beschrieben hat.«

»Nun, das sollte nicht schwierig sein«, sagte die Stimme. Das Schloß klickte, und die Tür wurde geöffnet.

Borowski löste sich von der Wand und trat vor den Eingang.

»Sie sind wahnsinnig!« schrie ein Mann mit zwei Stummeln statt Beinen, der in einem Rollstuhl saß. »Hinaus! Verschwinden Sie hier!«

»Ich bin es müde, das zu hören«, sagte Jason, zog die Frau hinein und schloß die Tür hinter sich.

Es bedurfte keines besonderen Nachdrucks, um Marie St. Jacques davon zu überzeugen, daß es besser war, sich in einem kleinen, noch abgedunkelten Schlafzimmer aufzuhalten, während sie redeten. Der beinlose Chernak war der Panik nahe, sein verwüstetes Gesicht war kalkweiß, und das ungekämmte graue Haar klebte ihm an Hals und Stirn.

»Was wollen Sie von mir?« fragte er. »Sie haben geschworen, daß die letzte Transaktion die allerletzte sein würde. Ich kann nicht mehr tun, ich kann das Risiko nicht eingehen. Boten sind hier gewesen. Gleichgültig, wie vorsichtig die auch waren, wie weit von den Quellen entfernt – sie kennen meine Anschrift. Wenn jemand eine Adresse in der falschen Umgebung hinterläßt, bin ich ein toter Mann!«

»Für die Risiken sind Sie gut bezahlt worden«, sagte Borowski, der vor dem Rollstuhl stand und sich fragte, ob es ein Wort oder einen Satz gab, der bei Chernak einen Redefluß auslösen würde. Dann erinnerte er sich an den Umschlag. *Wenn da eine Diskrepanz war, hatte das nichts mit mir zu tun.* Ein übergewichtiger Mann im ›Drei Alpenhäuser‹.

»Nicht wenn ich die Größe des Risikos bedenke.« Chernak schüttelte den Kopf; seine Brust hob und senkte sich; die Beinstummel, die über den Stuhlrand hingen, rutschten hin und her, die Bewegung wirkte seltsam obszön. »Ehe Sie in mein Leben traten, mein Herr, war ich zufrieden, denn ich war unbedeutend – ein ehemaliger Soldat, der sich nach Zürich durchgeschlagen hat –, ein wertloser Krüppel, sah man von gewissen Fakten ab, die er sich angeeignet hatte und den ehemalige Kameraden kärglich dafür bezahlten, damit diese Fakten niemand erfuhr. Es war ein anständiges Leben, nicht üppig, aber ich hatte mein Auskommen. Dann fanden Sie mich ...«

»Ich bin gerührt«, unterbrach ihn Jason. »Was ist mit dem Umschlag, den Sie unserem gemeinsamen Freund im ›Drei Alpenhäuser‹ überreicht, haben. Wer hat ihn Ihnen gegeben?«

»Ein Bote. Wer sonst?«

»Woher kam der Brief?«

»Woher soll *ich* das wissen? Er wurde mir in einer Schachtel zugesandt, wie die anderen. Ich habe die Schachtel ausgepackt und den Inhalt weitergeschickt. *Sie* wünschten es so. Sie sagten, Sie könnten nicht mehr hierherkommen.«

»Aber Sie haben das Kuvert geöffnet.«

»Niemals!«

»Angenommen, ich würde sagen, daß Geld gefehlt hat.«

»Dann ist es nicht bezahlt worden; es war nicht in dem Umschlag.« Die Stimme des beinlosen Mannes wurde lauter. »Aber das glaube ich Ihnen nicht. Wenn das so gewesen wäre, hätten Sie den Auftrag nicht angenommen. Aber Sie haben den Auftrag akzeptiert. Warum sind Sie also hier?«

Weil ich es wissen muß. Weil ich sonst den Verstand verliere. Ich sehe und höre Dinge, die ich nicht begreife. Ich bin ein erfahrener, ausgebildeter ... geistiger Krüppel! Helfen Sie mir!

Borowski entfernte sich von dem Rollstuhl; er ging, ohne ein besonderes Ziel zu haben, auf einen Bücherschrank zu, auf dem ein paar Fotos standen. Sie erklärten die Vergangenheit des Mannes, der hinter ihm saß. Auf ihnen waren deutsche Soldaten zu sehen, einige mit Schäferhunden, vor Baracken und Zäunen ... und vor einem hohen Gittertor. Kein Zweifel. Die Fotos stammten aus einem der großen deutschen Vernichtungslager.

Auschwitz ... Dachau ...? Und auf zwei Aufnahmen war deutlich Chernak zu erkennen.

Der Mann hinter ihm bewegte sich. Jason drehte sich herum; der beinlose Chernak hatte die Hand in dem Segeltuchbeutel, der an seinem Stuhl hing; seine Augen brannten, sein verwüstetes Gesicht war verzerrt. Die Hand schnellte hervor und hielt einen kurzläufigen Revolver, und ehe Borowski die eigene Waffe ziehen konnte, feuerte Chernak. Die Schüsse kamen schnell hintereinander. Ein stechender Schmerz durchzuckte seine linke Schulter, dann seinen Kopf. Er warf sich zu Boden, rollte über den Teppich und stieß eine schwere Stehlampe um, so daß sie auf den Krüppel fiel. Dann machte er einen Satz nach vorne und schmetterte die rechte Schulter gegen Chernaks Rücken. Der beinlose Mann wurde aus dem Stuhl geschleudert. Im selben Moment griff Jason in die Tasche, um den Revolver herauszuholen.

»Die werden für Ihre Leiche zahlen!« schrie der Krüppel, während er sich auf dem Boden wand und versuchte, seine Waffe auf Borowski zu richten. »Sie bringen mich nicht in den Sarg! Sie nicht! Carlos wird bezahlen! Bei Gott, er wird bezahlen!«

Jason sprang nach links und feuerte. Chernaks Kopf zuckte nach hinten, Blut schoß aus seinem Hals. Er war tot!

Da drang ein langgezogener Schrei aus dem Schlafzimmer. Der schrille Ton verriet Angst und Ekel. Der Schrei der Frau – seine Geisel! Er konnte nicht klar sehen. Seine Schläfen pochten.

Er weigerte sich, den Schmerz wahrzunehmen, und eilte hinaus in den kleinen Korridor. Die Tür zum Badezimmer stand offen. Als er den Spiegelschrank sah, rannte er hinein und riß die Spiegeltür mit solcher Gewalt auf, daß sie aus den Scharnieren sprang, auf den Boden krachte und zersplitterte. In den Regalen lagen Mullbinden und Heftpflaster. Er raffte alles zusammen. Da fielen Schüsse; Schüsse bedeuteten Alarm. Er mußte hier weg, seine Geisel nehmen und verschwinden! Das Schlafzimmer – wo war es?

Er folgte dem Schrei, erreichte die Tür und trat sie auf. Die Frau – wie zum Teufel hieß sie? – drückte sich gegen die Wand, Tränen strömten ihr über das Gesicht. Ihr Mund stand offen. Er rannte hinein, packte sie am Handgelenk und zerrte sie heraus.

»Mein Gott, Sie haben ihn getötet!« schrie sie. »Einen alten Mann ohne . . .«

»Mund halten!« Er zog sie zur Korridortür, öffnete diese und schob die Frau in den Treppenflur hinaus. Er konnte verschwommene Gestalten am Geländer stehen sehen. Sie begannen zu rennen, er hörte, wie Türen zugeknallt wurden, wie Leute schrien. Er nahm den Arm der Frau mit der linken Hand; der Schmerz schoß ihm in die Schulter. Er stieß sie zur Treppe und zwang sie, mit ihm hinunterzugehen. Dabei stützte er sich auf sie, und die ganze Zeit hielt er mit der rechten Hand die Waffe.

Sie erreichten den Hauseingang. Dort ließ er sie kurz los, spähte auf die Straße hinaus, lauschte nach Polizeisirenen. »Kommen Sie!« sagte er und drängte sie auf die Straße. Als er in die Tasche griff, um die Autoschlüssel hervorzuholen, zuckte er zusammen. »Steigen Sie ein!«

Im Wagen rollte er die Mullbinde aus und drückte sie sich gegen den Kopf, um die Blutung zu stillen. Es handelte sich nur um einen Streifschuß; die Tatsache, daß sein Kopf getroffen war, hatte ihn in Panik versetzt, aber die Kugel war nicht in den Schädel eingedrungen. Die Agonie von Port Noir würde ihn nicht wieder befallen.

»Verdammt, lassen Sie den Wagen an! Weg hier!«

»Wohin?« Die Frau schrie nicht, sie war ganz ruhig, erstaunlich ruhig. Sie sah ihn an . . . Sah sie ihn wirklich an?

Er fühlte sich benommen, spürte, wie sein Blick sich verschleierte. »Brauerstraße . . .« Er hörte das Wort, als er es aussprach, war aber nicht sicher, daß das seine Stimme war. Aber er konnte sich die Tür ausmalen. Verblaßte, dunkelrote Farbe . . . zersprungenes Glas . . . verrostetes Eisen. »Brauerstraße«, wiederholte er.

Was stimmte nicht? Warum konnte er den Motor nicht hören? Warum stand der Wagen und bewegte sich nicht. Hörte sie ihn vielleicht nicht?

Seine Augen waren geschlossen; er schlug sie auf. Die Pistole! Sie lag auf seinem Schoß, er hatte sie hingelegt, um den Verband gegen seine Kopfwunde zu pressen. Sie schlug danach! Die Waffe fiel zu Boden. Als er sich bückte, stieß sie seinen Kopf gegen die Windschutzscheibe. Ihre Tür öffnete sich, sie sprang auf die Straße hinaus und begann zu rennen. Sie lief weg! Seine Geisel, seine Garantie für eine erfolgreiche Flucht aus Zürich hastete die Löwenstraße hinauf.

Er konnte nicht im Auto bleiben. Der Wagen war eine stählerne Falle. Er steckte die Waffe mit der Rolle Heftpflaster in die Tasche und hielt die Binde mit der linken Hand umklammert, bereit, sie sofort gegen die Schläfe zu pressen, wenn wieder Blut aus der Wunde quoll. Er stieg aus und hinkte so schnell er konnte davon. Spätestens vorne am Bahnhof würde er ein Taxi finden. Brauerstraße.

Marie St. Jacques rannte die breite Straße entlang und winkte mit beiden Armen den vorbeifahrenden Autos zu. Sie drehte sich um, hob die Hände, um auf sich aufmerksam zu machen; aber statt anzuhalten, beschleunigten die Wagen ihre Fahrt und schossen an ihr vorbei. Die Fahrer erkannten, daß hier etwas passiert war, und wollten sich Schwierigkeiten ersparen.

Die beiden Männer in einem blauen Peugeot freilich nahmen sofort Notiz von ihr. Die Scheinwerfer hatten sie ausgeschaltet, seitdem sie die Frau auf der gegenüberliegenden Straßenseite gesehen hatten. Der Fahrer sagte auf schwyzerdütsch zu seinem Begleiter: »Das könnte sie sein. Dieser Chernak wohnt ein Stückchen weiter unten.«

»Halt an und laß sie näher kommen. Sie soll ein rotes Seidenkleid . . . das ist sie!«

»Wir wollen uns vergewissern, ehe wir die anderen verständigen.«

Beide Männer stiegen aus dem Wagen. Sie trugen konservative Straßenanzüge. Ihre Gesichter wirkten freundlich, aber ernst, geschäftsmäßig. Die erschreckte Frau kam auf sie zu; sie traten schnell in die Straßenmitte. Der Fahrer rief:

»Was ist passiert, Fräulein?«

»Helfen Sie mir!« rief sie. »Ich . . . ich spreche nicht Deutsch. Rufen Sie die Polizei!«

Der Begleiter des Fahrers wirkte ganz ruhig, von seiner tiefen Stimme ging Autorität aus. »Wir gehören zur Polizei«, sagte er in englischer Sprache, »zur Zürcher Sicherheitspolizei. Wir waren nicht sicher, Miß. Sie *sind* doch die Frau aus dem ›Carillon du Lac‹?«

»*Ja!*« schrie sie. »Er ließ mich nicht gehen! Er schlug mich immer wieder, bedrohte mich ständig mit seiner Pistole! Es war einfach schrecklich!«

»Wo ist er jetzt?«

»Er ist verwundet. Er ist angeschossen worden. Ich bin weggerannt. Er war im Wagen, als ich weglief.« Sie deutete die Löwenstraße hinunter. »Dort drüben, in der Mitte des Häuserblocks, denke ich. Es ist ein graues Coupé. Er ist bewaffnet.«

»Wir auch, Miß«, sagte der Fahrer. »Kommen Sie, steigen Sie hinten ein. Dort sind Sie in Sicherheit; wir werden sehr vorsichtig sein. Schnell jetzt.«

Mit ausgeschalteten Scheinwerfern rollten sie auf das graue Coupé zu. In ihm saß niemand. Aber da standen Leute auf dem Bürgersteig, die aufgeregt miteinander redeten, auch vor dem Eingang zu Nr. 37. Der Beifahrer wandte sich an die verängstigte Frau, die sich hinten auf der Sitzbank in die Ecke gedrückt hatte.

»Dies ist die Wohnung eines Mannes namens Chernak. Hat er ihn erwähnt? Hat er gesagt, daß er zu ihm wolle?«

»Er war bei ihm, er hat mich gezwungen, ihn zu begleiten. Er hat ihn getötet! Er hat diesen verkrüppelten alten Mann umgebracht!«

»Der Sender – schnell!« sagte der Mann zu dem Fahrer und schnappte sich das Mikrophon vom Armaturenbrett. Der Wagen schoß nach vorn, die Frau hielt sich am Vordersitz fest.

»Was machen Sie?«

»Wir müssen den Mörder finden«, sagte der Fahrer. »Sie sagten ja, daß er verwundet worden ist; vielleicht ist er noch in der Nähe. Wir warten natürlich, um sicherzustellen, daß die Kollegen von der Mordkommission auch eintreffen; aber wir haben andere Aufgaben.« Der Peugeot verlangsamte seine Fahrt und rollte einige hundert Meter von Löwenstraße Nr. 37 entfernt an den Bürgersteig.

Der Begleiter hatte inzwischen in das Mikrophon gesprochen, während der Fahrer der Frau ihren Auftrag erklärt hatte. Aus dem Lautsprecher war ein Knacken zu hören, dann die Worte: »Wir sind in zwanzig Minuten da. Wartet.«

»Unser Vorgesetzter wird gleich hier sein«, sagte der Begleiter. »Er möchte mit Ihnen sprechen.«

Marie St. Jacques lehnte sich zurück, schloß die Augen und atmete tief aus. »O Gott, wenn ich nur einen Drink bekommen könnte!«

Der Fahrer lachte und nickte seinem Begleiter zu. Der holte eine kleine Flasche aus dem Handschuhkasten und hielt sie der Frau hin. »Wir können Ihnen kein Glas bieten, Miß, aber Brandy haben wir. Nur für Notfälle natürlich. Ich glaube, dies ist jetzt ein solcher Notfall. Bitte, wenn wir Sie einladen dürfen.«

»Sie sind beide sehr nett. Sie können sich gar nicht vorstellen, wie dankbar ich Ihnen bin. Wenn Sie je nach Kanada kommen sollten, koche ich Ihnen das beste französische Essen, das Sie in der ganzen Provinz Ontario kriegen.«

»Vielen Dank, Miß«, sagte der Fahrer.

Borowski prüfte den Verband an seiner Schulter und kniff die Augen zusammen, um sich an das schwache Licht in dem verwahrlosten Raum zu gewöhnen. Mit seiner Vorstellung von der Brauerstraße hatte er recht gehabt, in allen Einzelheiten. Die Tür mit der verblaßten roten Farbe gab es tatsächlich. Auch das Bild von den zersprungenen Fensterscheiben und dem verrosteten Geländer war zutreffend gewesen. Man hatte ihm keine Fragen gestellt, als er das Zimmer mietete, und dies trotz der Tatsache, daß er offensichtlich verletzt war. Aber als Borowski den Pensionsinhaber bezahlt hatte, hatte der gemeint: »Für eine etwas größere Summe ließe sich ein Arzt finden, der den Mund hält.«

»Ich sage Ihnen Bescheid«, hatte Jason zurückhaltend geantwortet.

Die Wunde war nicht besonders schlimm; der Verband würde halten, bis er einen Arzt fand, der etwas verläßlicher war als einer, der in der Brauerstraße praktizierte.

Führt eine Streßsituation zu Verletzungen, sollten Sie sich bewußt sein, daß der Schaden ebenso psychischer wie physischer Natur sein kann. Gehen Sie keine Risiken ein, aber wenn Zeit ist, geben Sie sich die Chance, sich den Umständen anzupassen. Geraten Sie nicht in Panik . . .

Er war in Panik geraten. Obwohl die Verletzungen an seiner Schulter und seiner Schläfe Schmerzen bereiteten, war keine ernsthaft genug, um ihn völlig außer Gefecht zu setzen. Er konnte sich nur nicht so schnell bewegen, wie er sich das vielleicht wünschte.

Wenn er ausgeruht war, würde es noch besser gehen. Er hatte jetzt niemanden mehr, der ihn aus Zürich herausbringen würde; jetzt mußte er lange vor Tagesanbruch aufstehen und einen anderen Weg finden. Der Hauswirt im Erdgeschoß tat für Geld alles.

Er ließ sich auf das durchgelegene Bett sinken und starrte die nackte Glühbirne an der Decke an. Er versuchte, die Worte nicht zu hören, die in seinem Kopf hämmerten. Aber sie waren stärker, füllten seine Ohren wie das Dröhnen einer Kesselpauke. *Ein Mann ist getötet worden.*

Aber Sie haben den Auftrag angenommen . . .

Er drehte sich zur Wand, schloß die Augen, verdrängte die Worte. Dann kamen andere. Als er sich aufsetzte, war er schweißgebadet.

Die zahlen für Ihre Leiche! . . . Carlos wird bezahlen! Bei Gott, er wird bezahlen.

Carlos!

Eine große Limousine rollte vor das Coupé und parkte am Bürgersteig. Vor dem Haus Löwenstraße 37 waren die Streifenwagen vor einer Viertelstunde eingetroffen; zehn Minuten später war die Ambulanz vorgefahren. Menschen aus den umliegenden Wohnungen und vorbeikommende Passanten drängten sich auf dem Bürgersteig, aber die Aufregung hatte sich inzwischen etwas gelegt. Ein Mann war ermordet worden, nachts, in einer Wohnung der Löwenstraße. Sie hatten Angst; denn das Verbrechen, das sich in ihrer Nachbarschaft ereignet hatte, konnte ebensogut ihnen widerfahren.

»Unser Vorgesetzter ist jetzt da, Miß. Dürfen wir Sie bitte zu ihm bringen?« Der Begleiter stieg aus dem Wagen und hielt Marie St. Jacques die Türe auf.

»Natürlich.« Sie trat hinaus und spürte die Hand des Mannes auf ihrem Arm; sie war viel weicher als der harte Griff des Tieres, das ihr einen Pistolenlauf gegen die Wange gehalten hatte. Sie schauderte bei der Erinnerung.

Sie näherten sich der Limousine von hinten, und sie stieg ein. Als sie sich im Sitz zurücklehnte, blickte sie den Mann an, der neben ihr saß. Sie stöhnte, war plötzlich wie gelähmt, konnte nicht atmen. Der Mann neben ihr erweckte Erinnerungen an Schreckliches.

Das Licht der Straßenlampen spiegelte sich im dünnen Goldrand seiner Brille.

»Sie . . . Sie waren in dem Hotel! Sie waren einer von ihnen!«

Der Mann nickte müde; seine Erschöpfung war offensichtlich. »Richtig. Wir gehören zu einer Sonderabteilung der Züricher Polizei. Und ehe wir weitersprechen, muß ich Ihnen erklären, daß Sie während der Ereignisse im ›Carillon du Lac‹ zu keiner Zeit in Gefahr waren, von uns verletzt zu werden. Wir sind ausgebildete Scharfschützen; es ist kein Schuß abgefeuert worden, der Sie hätte treffen können. Einige Male haben wir nicht geschossen, weil Sie zu nahe bei dem Mann waren, auf den wir zielten.«

Ihr Schock schwächte sich ab. Die Ruhe, die von dem Mann ausging, griff auf sie über. »Vielen Dank dafür.«

»Das ist eine Fertigkeit, die wir besitzen«, sagte der Beamte. »Wie man mir berichtet hat, haben Sie ihn zuletzt auf dem Vordersitz des Coupés hinter uns gesehen.«

»Ja. Er war verwundet.«

»Wie ernsthaft?«

»Genug, um verwirrt zu sein. Er hielt sich einen Verband an den Kopf, und an seiner Schulter war Blut – auf seiner Jacke, meine ich. Wer ist er?«

94

»Namen sind ohne Bedeutung; er hat viele. Aber wie Sie gesehen haben, ist er ein Mörder, ein brutaler Mörder, und wir müssen ihn finden, ehe er wieder jemanden umbringt. Wir sind schon seit einigen Jahren hinter ihm her – nicht nur wir, sondern Polizeibehörden vieler Länder. Wir haben jetzt eine Chance, wie sie bisher noch keiner hatte. Wir wissen, daß er in Zürich ist, und wir wissen, daß er verwundet ist. Er wird sicher nicht in dieser Gegend bleiben, aber wie weit kann er mit seiner Verwundung schon kommen? Hat er eigentlich irgendwann erwähnt, auf welchem Wege er die Stadt verlassen will?«

»Er wollte einen Wagen mieten. Auf meinen Namen, vermute ich. Er hat keinen Führerschein.«

»Da hat er gelogen. Er reist mit einer Vielfalt von falschen Papieren. Sie waren für ihn eine entbehrliche Geisel. So, und jetzt erzählen Sie mir alles, was er zu Ihnen gesagt hat, von Anfang an. Wohin Sie gefahren sind, wen er traf, alles, was Ihnen einfällt. Jede Kleinigkeit könnte wichtig sein.«

»Da ist ein Restaurant, ›Drei Alpenhäuser‹, und ein fetter Mann, der schreckliche Angst hatte . . .« Marie St. Jacques berichtete alles, woran sie sich erinnern konnte. Von Zeit zu Zeit unterbrach sie der Polizeibeamte und fragte nach näheren Details. Hin und wieder nahm er die goldgeränderte Brille ab, wischte geistesabwesend über die Gläser oder spielte nervös mit dem Gestell, als könne er damit seine Gereiztheit unter Kontrolle bringen. Das Verhör dauerte fast eine halbe Stunde, dann traf der Beamte plötzlich entschlossen seine Entscheidung.

»›Drei Alpenhäuser‹. Schnell!« sagte er zu seinem Fahrer. Er wandte sich wieder zu Marie St. Jacques. »Wir werden diesen Mann mit seinen eigenen Worten konfrontieren. Er hat absichtlich so zusammenhanglos geredet. Er weiß viel mehr, als er vor Ihnen gesagt hat.«

»Zusammenhanglos . . .« Sie sprach das Wort ganz leise. *Zusammenhanglos!* Woran wurde sie dadurch erinnert?

»Was?«

»Eine Pension in der Brauerstraße – das hat er wörtlich gesagt. Und ehe ich aus dem Wagen sprang, sagte er noch einmal ›Brauerstraße‹.«

Der Fahrer mischte sich ein. »Ich kenne die Straße. Sie ist in der Nähe des Güterbahnhofs. Keine gute Adresse.«

»Ich verstehe nicht«, sagte Marie St. Jacques, weil der Mann deutsch gesprochen hatte.

»Das ist ein heruntergekommenes Viertel«, erwiderte der Beamte, »ein Zufluchtsort für weniger Wohlhabende . . . und andere. *Los!*« befahl er.

Sie brausten davon.

8

Plötzlich hörte Borowski einen Knall vor seinem Zimmer. In seinen Ohren klang es wie ein Peitschenschlag; ein kurzes Echo folgte, das sich in der Ferne verlor. Borowski schlug die Augen auf.

Die Holztreppe in dem schmutzigen Gang vor seinem Zimmer – jemand war die Stufen heraufgegangen und war stehengeblieben, als ihm der Lärm bewußt wurde, den sein Gewicht auf den ausgetretenen Bohlen verursachte. Ein normaler Logiergast in der Pension an der Steppdeckstraße hätte sich keine solchen Gedanken gemacht.

Da knackte es wieder. Jetzt war das Geräusch näher. Jason sprang vom Bett und ergriff die Pistole, die am Kopfende lag. Mit einem Satz war er an der Wand neben der Tür. Er duckte sich, hörte die Schritte – ein Mann. Jetzt schien ihm der Lärm nichts mehr auszumachen, er wollte nur noch sein Ziel erreichen.

Die Tür flog auf; Borowski schleuderte sie zurück und warf sich mit seinem ganzen Gewicht gegen das Holz. Der Eindringling war zwischen Tür und Wandnische eingeklemmt. Blitzschnell zog Jason die Tür zurück und jagte dem Eindringling die rechte Fußspitze in den Hals. Der Kerl sank röchelnd zu Boden. Jason packte mit der linken Hand das blonde Haar des Mannes und zerrte ihn ins Zimmer. Die Hand des Mannes wurde schlaff, die Waffe entglitt ihm, ein langläufiger Revolver mit aufgeschraubtem Schalldämpfer. Jason schloß die Tür und lauschte ins Treppenhaus hinaus. Nichts war zu hören. Er blickte auf den bewußtlosen Fremden hinunter. Ein Dieb? Ein Mörder? Was war er?

Polizei? Hatte der Geschäftsführer der Pension beschlossen, das ungeschriebene Gesetz der Brauerstraße zu übertreten, um sich eine Belohnung einzuhandeln? Borowski drehte den Eindringling auf den Rücken und holte seine Brieftasche hervor. Ein angeborener Instinkt ließ ihn das Geld herausnehmen, obwohl er wußte, daß dies eigentlich lächerlich war; schließlich hatte er ein kleines Vermögen bei sich. Er sah sich die verschiedenen Kreditkarten und den Führerschein an und lächelte. Aber dann verschwand sein Lächeln. Was er da gerade festgestellt hatte, war keineswegs komisch: Auf den Kreditkarten standen verschiedene Namen, und der auf dem Führerschein war wieder ein anderer. Der bewußtlose Mann war ganz sicher kein Polizeibeamter, sondern ein professioneller Killer, der gekommen war, um einen verwundeten Mann in der Brauerstraße zu töten. Jemand hatte ihn dafür bezahlt. Wer? Wer konnte wissen, daß er hier war?

Die Frau? Hatte er die Brauerstraße erwähnt, als er die Reihe der Geschäftshäuser gesehen und nach Nummer 37 Ausschau gehalten hatte? Nein, sie konnte es nicht sein; vielleicht hatte er etwas gesagt, aber sie würde die Bemerkung nicht verstanden haben. Und wenn doch, dann wäre jetzt die Pension von Polizei umstellt.

Plötzlich drängte sich Borowski das Bild eines großen, fettleibigen Mannes auf, der schwitzend über einen Tisch gebeugt dastand. Dieser Mann hatte sich den Schweiß von den wulstigen Lippen gewischt und vom Mut einer unbedeutenden Ziege gesprochen – einer Ziege, die überlebt hatte. War dies ein Beispiel, mit welcher Methode er für sein Überleben sorgte? Hatte er von der Brauerstraße gewußt? Kannte er die Gewohnheiten des Bewohners, dessen Anblick ihn erschreckte? War er etwa in der schmutzigen Pension gewesen, um dort einen Umschlag abzugeben?

Jason preßte die Hand gegen seine Stirn und schloß die Augen. *Warum kann ich mich nicht erinnern? Wann wird sich der Nebel endlich lösen? Wird er das überhaupt je tun?*

Sie dürfen sich nicht selbst ans Kreuz nageln . . .

Borowski schlug die Augen auf und musterte den blonden Mann. Einen Augenblick lang hätte er am liebsten laut aufgelacht; da lieferte man ihm sein Ausreisevisum aus Zürich, und statt das zu begreifen, vergeudete er Zeit damit, sich selbst zu quälen. Er steckte sich die Brieftasche ein, hob die Waffe auf und schob sie sich in den Gürtel. Dann zerrte er die reglose Gestalt zum Bett hinüber.

Wenige Augenblicke später war der Mann am Bettpfosten festgebunden und mit einem Lakenfetzen geknebelt. So würde er für eine ganze Weile liegenbleiben, und in wenigen Stunden würde Jason Zürich verlassen haben – dafür hatte er einem schwitzenden, fettleibigen Mann zu danken.

Er hatte in seinen Kleidern geschlafen. Außer seinem Mantel gab es nichts mitzunehmen. Er zog ihn an und verlegte versuchsweise sein Gewicht auf das andere Bein – etwas spät, überlegte er. In der Hitze der letzten paar Minuten hatte er den Schmerz nicht bemerkt; aber er war noch vorhanden. Aber wenigstens konnte er sich hinkend fortbewegen. Die Schulter war in viel schlechterem Zustand. Von ihr ging eine langsame Lähmung aus, er mußte einen Arzt aufsuchen. Sein Kopf . . . an seinen Kopf dachte er lieber gar nicht.

Er trat in den schwach beleuchteten Korridor hinaus und zog die Tür hinter sich zu. Für einen Moment stand er regungslos und lauschte. Aus dem Stockwerk über ihm war ein Lachen zu hören; er drückte den Rükken gegen die Wand, die Waffe schußbereit. Das Lachen verstummte.

Er hinkte zur Treppe, hielt sich am Geländer fest und begann hinunterzuhumpeln. Er befand sich in der zweiten Etage des dreistöckigen Gebäudes, hatte darauf bestanden, ein Zimmer möglichst weit oben zu erhalten, weil ihm instinktiv der Begriff *Übersicht* in den Sinn gekommen war. *Warum? Was bedeutete das, wo er sich doch nur ein schmutziges Zimmer für eine einzige Nacht gemietet hatte? Suche nach Schutz?*

Hör auf!

Er erreichte den Treppenabsatz im ersten Stock, und bei jedem Schritt, den er tat, war das Ächzen der hölzernen Stufen zu hören. Wenn der Hausmeister jetzt unten herauskam, um seine Neugierde zu befriedigen, würde das für einige Stunden das letzte sein, was er befriedigte.

Da vernahm er ein Geräusch, ein Kratzen, als würde ein weicher Stoff kurz über eine rauhe Fläche gestrichen. Stoff auf Holz. Jemand hielt sich in dem kurzen Flurstück der Etage unter ihm verborgen. Ohne den Rhythmus seiner Schritte zu verändern, spähte er um sich. In der rechten Wand waren drei Türen eingelassen, genauso wie im Stockwerk darüber. Hinter einer dieser Türen .

Er trat einen Schritt näher. Der erste Raum war leer. Die letzte Tür konnte es auch nicht sein, denn ein Wandvorsprung bildete dort so etwas wie eine Sackgasse. Die zweite mußte es sein. Aus ihr konnte jemand herausrennen, nach links oder rechts, oder ein argloses Opfer anspringen, es über das Geländer schleudern, hinunter in die Tiefe.

Borowski schob sich nach rechts, nahm seine Waffe in die linke Hand und griff in den Gürtel, in den er den Revolver mit dem Schalldämpfer gesteckt hatte. Einen halben Meter von dem Eingang entfernt streckte er seinen Arm, der die Automatikpistole hielt, und preßte sich in die Nische.

»Was ist . . .?« Ein Arm tauchte auf. Jason feuerte einmal, zerschmetterte die Hand. »Ah!« Die Gestalt taumelte nach vorn, außerstande, die eigene Waffe abzufeuern. Borowski schoß erneut, diesmal traf er den Mann am Schenkel, worauf der auf dem Boden zusammenbrach, sich wand und jammerte. Jason trat einen Schritt vor und kniete nieder. Er drückte dem Mann das Knie in die Brust und hielt ihm die Pistole an den Kopf. »Ist noch jemand unten?«

»Nein«, sagte der Mann und zuckte vor Schmerz zusammen. »Wir sind nur zwei. Man hat uns bezahlt.«

»Wer?«

»Das wissen Sie selbst.«

»Ein Mann namens Carlos?«

»Das beantworte ich nicht. Lieber töten Sie mich.«

»Woher wußten Sie, daß ich hier bin?«

»Von Chernak.«

»Er ist tot.«

»Jetzt schon. Nicht gestern. Wir erhielten Nachricht, daß Sie leben. Daraufhin haben wir jeden überprüft . . . überall. Chernak wußte es.«

Borowski setzte alles auf eine Karte. »Sie lügen!« Er stieß dem Mann den Lauf seiner Waffe gegen den Hals. »Ich habe Chernak nie etwas von der Brauerstraße gesagt.«

Wieder zuckte der Mann zusammen, sein Hals krümmte sich. »Das mußten Sie vielleicht gar nicht. Das Nazischwein hatte überall seine Informanten. Warum nicht auch in der Brauerstraße? Er konnte Sie beschreiben. Wer konnte das sonst noch?«

»Ein Mann im ›Drei Alpenhäuser‹.«

»Wir haben nie von einem solchen Mann gehört.«

»Wer ist *wir?*«

Der Mann schluckte, die Lippen vor Schmerz verzerrt. »Geschäftsleute . . . nur Geschäftsleute.«

»Und Ihr Geschäft ist das Töten.«

»Sie sind ein seltsamer Mann. Aber nein, so ist es nicht. Sie sollten irgendwo hingebracht werden. Ich sollte Sie nicht umbringen.«

»Wohin?«

»Das sollten wir über Autofunk erfahren.«

»Großartig!« sagte Jason ausdruckslos. »Sie sind ja richtig hilfsbereit. Wo steht Ihr Wagen?«

»Vor dem Eingang.«

»Die Schlüssel.« Er würde ihn durch das Funkgerät identifizieren.

Der Mann versuchte Widerstand zu leisten; er drückte Borowskis Knie weg und fing an, sich zur Wand zu wälzen. »Nein!«

»Sie haben keine Wahl.« Jason schmetterte ihm den Pistolenkolben an den Kopf.

Der Mann brach zusammen.

Borowski fand die Schlüssel – es waren drei in einem ledernen Etui –, nahm dem Mann die Waffe weg und steckte sie sich in die Tasche. Sie war kleiner als die, die er in der Hand hielt, und hatte keinen Schalldämpfer, was die Behauptung bestätigte, daß er verschleppt, nicht getötet werden sollte. Der blonde Mann im Obergeschoß hatte als Vorhut gearbeitet und brauchte daher eine schallgedämpfte Waffe, um – falls nötig – die Zielperson zu verwunden. Aber ein ungedämpfter Schuß hätte zu Komplikationen geführt. Der Schweizer im ersten Stock sollte dem anderen Hilfe leisten und seine Waffe als sichtbare Drohung eingesetzt werden.

Warum befand er sich dann aber im ersten Stock? Warum war er seinem Kollegen nicht gefolgt? Irgend etwas war hier seltsam, aber jetzt war einfach nicht die Zeit, über irgendwelche Taktiken nachzudenken. Draußen auf der Straße stand ein Auto, und er besaß die Schlüssel dafür.

Er durfte nichts außer acht lassen. Die dritte Waffe.

Er erhob sich unter Schmerzen und griff nach dem Revolver, den er dem Franzosen in dem Lift der Gemeinschaftsbank abgenommen hatte. Er zog sein linkes Hosenbein hoch und schob ihn in den elastischen Strumpf. Dort war die Waffe sicher.

Er hielt inne, um Atem zu schöpfen. Dann ging er zur Treppe, wobei ihm sehr wohl bewußt war, daß der Schmerz an seiner linken Schulter plötzlich viel ausgeprägter war und die Lähmung sich schnell ausbreitete. Hoffentlich würde er fahren können.

Als er die fünfte Stufe erreichte, blieb er plötzlich stehen und lauschte. Da war nichts; der Verwundete mochte sich ungeschickt verhalten haben, aber er hatte die Wahrheit gesprochen. Jason eilte die Treppe hinunter. Er würde – irgendwie – Zürich verlassen und – irgendwo – einen Arzt finden.

Er hatte keine Schwierigkeiten, den Wagen zu entdecken. Die große, sehr gepflegte Limousine unterschied sich deutlich von den anderen schäbigen Fahrzeugen, und er konnte auch deutlich den mit dem Kofferraumdeckel verschraubten Antennensockel erkennen. Er trat an die Fahrerseite und fuhr mit der Hand unter den Kotflügel – da war keine Alarmanlage.

Er schloß die Tür auf, bereit, jeden Augenblick davonzurennen. Vielleicht war die Alarmanlage unter der Motorhaube installiert; aber das war nicht der Fall. Er stieg ein, setzte sich hinter das Steuer und rückte sich den Sitz zurecht, bis er so bequem wie möglich saß. Zum Glück war das Auto mit automatischem Getriebe ausgestattet. Die große Waffe, die in seinem Gürtel steckte, behinderte ihn. Er legte sie neben sich auf den Sitz und steckte den Schlüssel, mit dem er die Tür geöffnet hatte, ins Zündschloß. Er paßte nicht, ebensowenig der zweite. Schließlich probierte er den dritten Schlüssel aus. Aber der ließ sich gar nicht erst ins Schloß schieben. Noch einmal versuchte er es mit dem zweiten. Wieder vergeblich. Keiner der Schlüssel wollte passen. Oder waren die Befehle, die von seinem Gehirn zu den Fingern wanderten, unklar? Er wurde nervös. Verdammt noch mal! Er mußte es noch einmal versuchen.

Links von ihm flammte ein kräftiger Scheinwerfer auf, leuchtete ihm in die Augen und blendete ihn. Er griff nach der Waffe, aber jetzt schoß ein zweites Lichtbündel von rechts herüber. Die Tür wurde aufgerissen, und eine schwere Taschenlampe krachte auf seine Hand herunter, während eine zweite die Waffe vom Sitz an sich nahm.

»Aussteigen!« Jemand preßte ihm den Lauf einer Waffe gegen seinen Hals.

Er stieg aus, und in seinen Augen flimmerten tausend weiße Punkte. Als er langsam wieder sehen konnte, erkannte er als erstes die Umrisse von zwei Kreisen – goldenen Kreisen. Es war die Brille des Killers, der ihn schon die ganze Nacht jagte.

Der Mann sagte: »Die Physik lehrt, daß jede Aktion eine gleiche und eine entgegengerichtete Reaktion zur Folge hat. Das Verhalten gewisser Männer unter gewissen Umständen ist in ähnlicher Weise vorhersagbar. Für einen Typen wie Sie baut man so etwas wie Spießruten auf, und jeder unserer Leute bekommt eingeprägt, was er im Falle eines Versagens zu sagen hat. Arbeitet er erfolgreich, hat es Sie erwischt. Und sollte er scheitern, werden Sie in die Irre geführt und wiegen sich in einem falschen Gefühl von Sicherheit.«

»Das ist ein sehr hohes Risiko für Ihre Leute«, sagte Jason.

»Sie werden gut bezahlt. Und dann ist da noch etwas: Der rätselhafte Borowski tötet nicht willkürlich. Nicht aus Mitgefühl natürlich, sondern aus einem ganz praktischen Grunde. Menschen merken es sich, wenn man sie verschont, so infiltriert er die Armeen seiner Feinde. Das erinnert an subtile Guerillataktiken, die auf einem unübersichtlichen Schlachtfeld eingesetzt werden. Ich muß Sie bewundern.«

»Sie sind ein Arschloch!« Etwas anderes konnte Jason dazu nicht sagen. »Aber Ihre beiden Männer leben, wenn es das ist, was Sie wissen wollen.«

Eine weitere Gestalt tauchte auf. Sie wurde von einem kleinen, breit gebauten Mann aus den Schatten des Gebäudes geführt. Es war Marie St. Jacques.

»Das ist er«, sagte sie leise, ohne den Blick von ihm zu wenden.

»O mein Gott!« Borowski schüttelte ungläubig den Kopf.

»Wie haben Sie das fertiggebracht, Doktor?« fragte er sie und hob dabei die Stimme. »Hat jemand mein Zimmer im ›Carillon‹ beobachtet? Oder war der Lift präpariert, die anderen abgeschaltet? Sie erstaunen mich. Und ich dachte, Sie wollten mit einem Polizeiwagen kollidieren.«

»Das war gar nicht nötig«, erwiderte sie. »Das hier ist die Polizei.«

Jason sah den Killer an, der vor ihm stand; der Mann schob sich die goldgeränderte Brille zurecht. »Ich bewundere Sie«, sagte er.

»Zu Ihrer Festnahme hat nicht viel Talent gehört«, antwortete der Killer. »Die Bedingungen waren ideal – und Sie haben sie geliefert.«

»Was geschieht jetzt? Der Mann drinnen hat gesagt, man würde mich an einen anderen Ort bringen, nicht töten.«

»Sie vergessen etwas. Er hatte Auftrag, genau das zu sagen.« Der Schweizer hielt inne. »So sehen Sie also aus. Viele von uns haben sich darüber in den letzten zwei, drei Jahren den Kopf zerbrochen. All die Spekulationen! Und so viele Widersprüche! Er ist sehr groß, wissen Sie; nein, eher von mittlerer Statur. Er ist blond; nein, er hat dunkles, fast schwarzes Haar. Seine Augen sind hellblau; nein, sie sind eindeutig braun. Seine Züge sind scharf; nein, eigentlich hat er ein ganz normales Gesicht, es fällt einem in einer Menge gar nicht auf. Aber gewöhnlich war nichts. Alles war außergewöhnlich.«

Man hat Ihre Züge weicher gemacht und so Ihre ursprüngliche Ausstrahlung beseitigt. Wenn Sie Ihr Haar anders schneiden lassen, bekommt Ihr Gesicht einen ganz anderen Charakter . . . Es gibt bestimmte Kontaktlinsen, mit denen Sie Ihre Augenfarbe ändern können . . . Und wenn Sie dann noch eine Brille tragen, haben Sie sich total verwandelt . . .

Da war der Plan wieder. Alles paßte. Nicht auf alles hatte er eine Antwort bekommen, aber immerhin hatte er mehr von der Wahrheit erfahren, als er hören wollte.

»Ich würde das gerne hinter mich bringen«, sagte Marie St. Jacques und trat vor. »Ich unterschreibe, was Sie mir vorlegen, in Ihrem Büro, vermute ich. Aber dann muß ich wirklich ins Hotel zurück. Ich brauche Ihnen wohl nicht zu sagen, was ich am letzten Abend alles durchgemacht habe.«

Der Schweizer sah sie durch seine goldgeränderte Brille an. Der breitschultrige kleine Mann, der sie zu ihnen geführt hatte, griff nach ihrem Arm. Sie starrte beide Männer an und dann die Hand, die sie hielt.

Schließlich Borowski. Ihr Atem stockte, plötzlich drängte sich ihr eine schreckliche Erkenntnis auf.

Ihre Augen weiteten sich.

»Lassen Sie sie gehen«, sagte Jason. »Sie befindet sich schon auf dem Rückweg nach Kanada. Sie werden sie nie wiedersehen.«

»Seien Sie doch vernünftig, Borowski. Sie hat *uns* gesehen. Wir zwei sind Profis; es gibt Regeln.« Der Mann schob seine Waffe unter Jasons Kinn und fuhr mit seiner linken Hand über die Kleider seines Opfers. Sofort spürte er die Waffe in Jasons Tasche und nahm sie heraus. »Hab' ich mir doch gedacht«, sagte er und wandte sich seinem Begleiter zu. »Nimm sie im anderen Wagen mit. Zum Strandbad.«

Borowski erstarrte. Marie St. Jacques sollte getötet werden, und anschließend würde man ihre Leiche wohl in den See werfen.

»Augenblick!« Als Jason vortrat, bohrte sich die Waffe in seinen Nakken. »Sie sind dumm!« fuhr er fort. »Sie arbeitet für die kanadische Regierung. Die werden ganz Zürich auf den Kopf stellen.«

»Was kümmert Sie das? Sie werden nicht mehr dasein.«

»Weil es Verschwendung ist!« rief Borowski. »Wir sind Profis, vergessen Sie das nicht.«

»Sie langweilen mich.« Der Killer drehte sich zu dem breitschultrigen Mann herum. »Geh! Schnell! *Mythen-Quai!*«

»Schreien Sie, so laut Sie können!« rief Jason. »Los! Und hören Sie nicht auf!«

Sie versuchte es, aber ein lähmender Schlag gegen ihren Hals ließ sie jäh verstummen. Sie fiel aufs Pflaster, und ihr künftiger Henker zerrte sie auf einen kleinen, unauffälligen schwarzen Wagen zu.

»Das war dumm von Ihnen«, sagte der Killer und blickte Borowski durch seine goldgeränderte Brille an. »Sie beschleunigen nur das Unvermeidliche. Andererseits wird es jetzt einfacher sein. Ich kann einen Mann freistellen, der sich um unsere Verwundeten kümmert. Alles ist so militärisch, nicht wahr? In der Tat ein einziges Schlachtfeld.« Er wandte sich zu dem Mann mit der Taschenlampe. »Gib Johann das Signal; er soll hineingehen. Wir kommen dann nachher und holen sie ab.«

Die Taschenlampe wurde zweimal an- und ausgeknipst. Ein vierter Mann, der die Tür des kleinen Wagens für die zum Tode verurteilte Frau geöffnet hatte, nickte. Marie St. Jacques wurde auf den Rücksitz geworfen, dann knallte die Tür ins Schloß. Der Mann namens Johann ging auf die Betonstufen zu und nickte dem Henker zu.

Jason spürte, wie Übelkeit in ihm aufstieg, als der Motor der kleinen

Limousine aufheulte und sie in die Brauerstraße hineinschoß. Im nächsten Augenblick war die verchromte Stoßstange von den Schatten der Straße verschluckt. Im Inneren jenes Wagens saß eine Frau, die er sein ganzes Leben noch nicht gesehen hatte . . . bis vor drei Stunden. Und er hatte sie getötet. »Sie haben genug Soldaten«, sagte er.

»Wenn es hundert Männer gäbe, denen ich vertrauen könnte, würde ich sie gerne bezahlen. Wie gesagt, Ihr Ruf geht Ihnen voraus.«

»Angenommen, *ich* würde Sie bezahlen. Sie waren auf der Bank; Sie wissen, daß ich Geld zur Verfügung habe.«

»Wahrscheinlich Millionen, aber ich würde keinen Franc davon anrühren.«

»Warum? Haben Sie Angst?«

»Richtig. Reichtum ist etwas Relatives – er hängt von der Zeit ab, die einem zur Verfügung steht, um ihn zu genießen. Ich hätte keine fünf Minuten übrig.« Der Killer wandte sich seinem Untergebenen zu. »Setz ihn hinein. Zieh ihn aus. Ich möchte Fotos, die ihn nackt zeigen – ehe er uns verläßt, und nachher. Du wirst eine Menge Geld bei ihm finden: Ich möchte, daß er es in der Hand hält. Ich fahre.« Er sah wieder Borowski an. »Carlos bekommt den ersten Abzug. Und ich habe keinen Zweifel, daß ich die anderen Abzüge recht gut verkaufen kann. Die Illustrierten zahlen Wahnsinnspreise.«

»Warum sollte Carlos Ihnen glauben oder irgend jemand sonst? Sie haben es ja selbst gesagt: Niemand weiß, wie ich aussehe.«

»Zwei Züricher Bankiers werden Sie als einen gewissen Jason Borowski identifizieren, als eben den Jason Borowski, der den äußerst strengen Vorschriften entsprach, die die Schweizer Gesetze für die Herausgabe eines Nummernkontos vorgesehen haben. Das wird genügen.« Er wandte sich an den Mann mit der Waffe. »Schnell! Ich muß einige Telegramme absenden. Schulden eintreiben.«

Ein kräftiger Arm schlang sich um Borowskis Hals und drückte seine Kehle zu. Der Lauf einer Pistole bohrte sich in seinen Rücken. Ein fast unerträglicher Schmerz breitete sich in seiner Brust ans, als man ihn ins Innere des Wagens zerrte. Der Mann, der ihn festhielt, war ein Fachmann auf seinem Gebiet; selbst ohne seine Verletzungen wäre es Jason nicht gelungen, sich aus der Umklammerung zu befreien. Aber dem bebrillten Anführer der Aktion genügte das rabiate Vorgehen des Mannes noch nicht. Er setzte sich hinter das Steuer und erteilte einen weiteren Befehl.

»Brich ihm die Finger«, sagte er.

Einen Augenblick lang drohte der Arm des anderen, Jason zu ersticken, als der Knauf der Waffe mehrere Male auf seine Hand niedersauste. Borowski hatte instinktiv die linke Hand über die rechte gehalten und sie geschützt. Als das Blut aus dem oberen Handrücken schoß, krümmte er die Finger, so daß es zwischen ihnen durchfloß und auch die untere besudelte. Als der Griff sich für einen Moment lockerte, schrie er:

»Meine Hände! Sie sind gebrochen!«

»Gut so.«

Aber sie waren nicht gebrochen; die Linke war so beschädigt, daß sie nicht zu gebrauchen war; nicht aber die Rechte. Er bewegte die Finger; seine Hand war intakt.

Der Wagen raste die Brauerstraße in südlicher Richtung hinunter und bog in eine Seitenstraße. Jason sackte stöhnend in seinem Sitz zusammen. Der Mann mit der Waffe zerrte an seinen Kleidern und riß ihm das Hemd auf. Binnen weniger Sekunden würde sein Oberkörper entblößt sein. Man würde ihm den Paß, die Papiere, die Kreditkarten und das Geld wegnehmen, das nicht ihm gehörte. Alle Dinge, die für seine Flucht aus Zürich notwendig waren, würden ihm abgenommen werden. Jetzt war seine letzte Chance zu handeln.

»*Mein Bein*! Mein verdammtes Bein!« schrie er und beugte sich nach vorn, während seine rechte Hand in der Dunkelheit fieberhaft nach der Pistole am Hosenbein tastete. Jetzt spürte er sie.

»Nein!« brüllte der Killer auf dem Vordersitz. »Paß auf ihn auf!« Er ahnte die Gefahr instinktiv.

Aber es war schon zu spät. Borowski hielt die Pistole auf den Boden gerichtet. Als der kräftige Soldat ihn zurückstieß, fiel er zurück, und die Waffe, die jetzt an seiner Hüfte lag, wies direkt auf die Brust des Angreifers.

Er feuerte zweimal; der Mann bäumte sich nach hinten. Wieder schoß Jason – er zielte genau – und sein Schuß durchbohrte das Herz des Mannes. Er sackte auf dem Sitz zusammen. »Fallen lassen!« schrie Borowski, schwang die Pistole über den abgerundeten Rand des Vordersitzes und preßte den Lauf gegen den Schädel des Fahrers.

Der Atem des Mannes ging unregelmäßig; er ließ die Waffe fallen. »Wir werden reden«, sagte er und hielt das Steuer fest umklammert. »Wir sind beide Profis.« Der schwere Wagen schoß nach vorn, wurde schneller, als der Fahrer kräftiger auf den Gashebel drückte.

»Langsamer!«

»Ihre Antwort?« Der Wagen fuhr mit hohem Tempo. Vor ihnen zuckten die Lichter des nächtlichen Verkehrs; sie verließen das Viertel, in dem die Brauerstraße lag, und rollten auf die belebtere Innenstadt zu. »Sie wollen aus Zürich heraus; ich kann Sie hinausschaffen. Ohne mich gelingt Ihnen das nicht. Ich brauche bloß das Steuer herumzureißen und den Wagen gegen eine Mauer zu fahren. Ich habe überhaupt nichts zu verlieren, Herr Borowski. Überall vor uns ist Polizei. Ich glaube nicht, daß Sie mit der zu tun haben wollen.«

»Gut, wir werden reden«, log Jason. Jetzt kam alles auf den richtigen Zeitpunkt an. Und den würde er schon nicht versäumen.

»Bremsen Sie«, sagte Borowski.

»Lassen Sie Ihre Kanone auf den Sitz neben mir fallen.«

Jason ließ die Waffe los. Sie fiel direkt auf die des Killers.

Der Fahrer nahm den Fuß vom Gaspedal und trat auf die Bremse. Erst drückte er sie ganz langsam nieder und dann mehrere Male ruckartig, so daß der schwere Wagen vor und zurück schwankte. Borowski begriff, was sein Rivale vorhatte.

Die Tachometernadel senkte sich nach links: dreißig Stundenkilometer, achtzehn, neun. Sie waren fast zum Stillstand gekommen; das war der Augenblick, auf den er gelauert hatte.

Jason packte den Mann am Hals, hob die blutige linke Hand und verschmierte ihm die Augen. Er ließ die Kehle des Killers los, und seine rechte Hand griff blitzschnell nach den Waffen, die auf dem Sitz lagen. Borowski bekam einen Kolben zu fassen, stieß die Hand des Killers weg; der Mann schrie, er konnte nichts sehen, die Waffe nicht erreichen. Jason warf sich über den Mann, drückte ihn gegen die Tür und faßte das Lenkrad mit seiner blutigen Rechten. Dann blickte er durch die Windschutzscheibe und riß das Steuer nach rechts, um den Wagen in einen Haufen Abfall auf dem Pflaster rollen zu lassen.

Der Kerl unter ihm bäumte sich auf. Borowski hielt die Pistole in der Hand, seine Finger suchten den Abzug. Sekunden später drückte er ab.

Der Mann, der ihn hatte töten wollen, wurde plötzlich schlaff; er hatte ein dunkelrotes Loch in der Stirn.

Auf der Straße kamen Menschen angerannt. Jason zog die Leiche über den Sitz, kletterte nach vorne und setzte sich hinter das Steuer. Er legte den Rückwärtsgang ein, worauf sich der Wagen aus dem Abfallhaufen löste und wieder auf die Straße rollte. Bereits im Wegfahren kurbelte er sein Fenster herunter und rief den Passanten zu, die sich näherten: »Tut mir leid! Alles in Ordnung! Nur ein wenig zu viel getrunken.« Borowski atmete tief durch und versuchte, das Zittern unter Kontrolle zu bringen, das seinen ganzen Körper erfaßt hatte. Wenigstens wußte er ungefähr, wo er war – eine alte Erinnerung –, und was noch wichtiger war, er hatte ein ziemlich genaues Bild davon, wo sich am Mythen-Quai das Strandbad befand.

Schnell! Mythen-Quai!

Marie St. Jacques sollte in dem zu dieser Zeit verlassenen Strandbad getötet und ihre Leiche anschließend in den See geworfen werden. Niemand würde etwas bemerken. Es gäbe keine Zeugen. Der kleine, breitschultrige Mann bräuchte mit Marie St. Jacques nur in eine der vielen Kabinen zu gehen. Wer könnte dann die Hinrichtung beobachten? Vielleicht hatte er seine Pistole inzwischen schon abgefeuert oder ein Messer ins Opfer gebohrt. Was auch geschehen war, Jason wollte es unbedingt herausfinden. Wer auch immer er sein mochte, er konnte von hier nicht einfach verschwinden, ohne zu wissen, was mit der Frau geschah. Aber erst einmal mußte er die zwei Toten im Wagen loswerden. An der nächsten Kreuzung bog er in eine dunkle menschenleere Gasse.

Er hatte weniger als zwei Minuten gebraucht, um die Leichen aus dem Auto zu zerren. Er sah sie noch einmal an, als er um die Motorhaube herum zur Tür hinkte. Fast obszön wirkte es, wie die beiden eng aneinandergeschmiegt an einer schmutzigen Steinmauer lehnten.

9

Er erreichte eine Kreuzung, die Verkehrsampel stand auf Rot. Im Osten konnte er Lichter sehen, die in sanftem Bogen zum Nachthimmel anstiegen – eine Brücke. Die Limmat! Die Ampel schaltete auf Grün, und er fuhr kreischend an.

Er war wieder am Bürkliplatz; der General-Guisan-Quai schloß sich unmittelbar an. Die breite ausgebaute Straße zog sich am Ufer entlang. Borowski kam gut voran. Die Züricher schliefen noch; es waren kaum Autos auf der Straße. Schnell erreichte er den Mythen-Quai – und dann sah er bald auch im Dunkel das große Strandbad liegen. So bevölkert und überfüllt es an sonnigen, warmen Sommertagen war – jetzt wirkte es in seiner Verlassenheit fast trostlos. Oder gefährlich? Vorsichtig fuhr Borowski an dem Gelände vorbei, die Taschenlampe, die er dem Mann mit der goldgeränderten Brille weggenommen hatte, in der linken Hand und damit die Seitenränder ableuchtend. Zu seiner Rechten erblickte er Tennisplätze.

Doch er konnte nichts Verdächtiges bemerken. Aber er hatte es bestimmt gehört: *Nimm sie in dem Wagen mit. Zum Strandbad.* Kurz nach der Tennisanlage wendete Borowski und fuhr noch langsamer zurück, jeden Zentimeter links und rechts in den starken Strahl der Taschenlampe tauchend. Da – in einem links abgehenden kleinen Seitenweg sah er die Chromteile eines geparkten Wagens aufleuchten. Dieses Modell hätte er unter Tausenden sofort wiedererkannt.

Er fuhr noch etwa zwanzig Meter und ließ dann den Wagen ausrollen. Sofort schaltete er die Taschenlampe aus und ließ sie auf den Sitz fallen. Der Schmerz in seiner zerschlagenen linken Hand verschmolz plötzlich mit der Agonie in seiner Schulter und seinem Arm; er mußte allen Schmerz aus seinem Bewußtsein verdrängen, die Blutung, so gut er konnte, zum Stillstand bringen. Er griff unter sein Jackett und zerriß sein ohnehin zerfetztes Hemd noch weiter. Schließlich zog er einen Streifen Stoff heraus, den er sich um die linke Hand wickelte und anschließend mit Zähnen und Fingern verknotete. Jetzt war er bereit.

Er nahm die Waffe, die ihm den Tod hätte bringen sollen, und überprüfte das Magazin: Es war geladen. Er wartete, bis zwei Autos an ihm vorbeigefahren waren. Dann schaltete er die Scheinwerfer aus.

Borowski stieg lautlos aus dem Wagen, die Pistole in der rechten

Hand, die Taschenlampe etwas ungeschickt in den blutigen Fingern seiner linken, und schlich auf den Seitenweg zu, in dem er den Wagen entdeckt hatte.

Nur der Wind, der vom See her wehte, war im Moment zu hören – und plötzlich ein Schrei, voller Angst ausgestoßen. Ein hartes Klatschen folgte, dann noch einmal. Und nach einer kurzen Pause drang erneut ein schriller Schrei an sein Ohr, der nach wenigen Sekunden abrupt abbrach.

Er humpelte schneller. Zuallererst sah er das schimmernde Metall der verchromten Stoßstange, die im nächtlichen Licht glänzte. Jetzt vernahm er deutlich vier Schläge, die schnell hintereinander ausgeteilt wurden; Fleisch prallte auf Fleisch. Halb erstickte Schreckensschreie kamen aus dem Innern des Wagens. Dann verstummten sie, und statt dessen war ein Stöhnen zu hören.

Jason duckte sich und schob sich um den Kofferraum herum auf das rechte Hinterfenster zu.

Langsam erhob er sich und schrie plötzlich laut los, während er die Taschenlampe einschaltete.

»Eine Bewegung – und Sie sind tot!«

Was er im Wageninneren sah, erfüllte ihn mit Ekel und Wut: Marie St. Jacques' Kleider waren zerrissen; Hände klammerten sich wie Klauen an ihrem halbnackten Körper fest, kneteten ihre Brüste, zwängten ihr die Beine auseinander. Der Penis des Killers stach aus dem Stoff seiner Hose hervor.

»Raus, du Schweinehund!«

Glas zersplitterte; der Mann, der Marie St. Jacques vergewaltigte, hatte erkannt, daß Borowski die Pistole nicht abfeuern konnte, weil er Gefahr lief, dabei die Frau zu töten. Der Kerl löste sich von ihr und trat mit dem Schuhabsatz gegen das Seitenfenster des kleinen Wagens. Die Scheibe zersplitterte, Glasscherben flogen heraus, einige davon Jason ins Gesicht. Er schloß die Augen und hinkte rückwärts.

Die Tür wurde aufgerissen, ein greller Lichtblitz begleitete den Knall. Ein heißer, brennender Schmerz breitete sich in Borowskis rechter Körperhälfte aus. Der Stoff seines Jacketts wurde zerfetzt, Blut durchtränkte sein zerrissenes Hemd. Als er undeutlich eine Gestalt sah, die über den Boden robbte, betätigte er den Abzug. Er feuerte erneut, und die Kugel sprengte den Boden auf. Der Killer war hinter das Auto gekrochen und davongerannt, in das Dunkel einer Parkanlage hinein.

Jason wußte, daß er nicht da bleiben konnte, wo er war; das hätte sein sicheres Todesurteil bedeutet. Sein Bein hinter sich herschleppend, humpelte er zur offenen Wagentür.

»Bleiben Sie drin!« herrschte er Marie St. Jacques an; die Frau hatte in ihrer Panik versucht, aus dem Fahrzeug zu gelangen. »Verdammt! Zurück!«

Ein Schuß; die Kugel bohrte sich in den Kotflügel. Offensichtlich war der Verbrecher zurückgekommen und kauerte nun im Schutz der Bäume. Borowski feuerte zweimal in der Richtung, in der er den Killer vermutete. Danach blieb es still. Jason hatte also nicht getroffen – war sein Gegner überhaupt noch da?

Borowski versuchte, sich langsam aufzurichten. Die Schmerzen, die ihm das bereitete, ließen ihn einen Augenblick unvorsichtig werden. Zwei Schüsse hallten aus der Dunkelheit, eine Kugel prallte von der Fenstereinfassung des Wagens ab. Stahl bohrte sich in seinen Hals; Blut spritzte.

Borowski hatte die Waffe über die Motorhaube gerichtet. Er war hilflos, die Kräfte verließen ihn.

Ein letzter Schuß ertönte, dann hörte Borowski, wie der Mann weglief, konnte ihm aber nicht folgen; der bohrende Schmerz hatte ihn endgültig außer Gefecht gesetzt. Er ließ sich resignierend auf den Boden sinken und war nun bereit aufzugeben.

Was auch immer er sein mochte, es sollte sein.

Die Frau kroch aus dem Wagen. Sie starrte Jason an, und in ihrem Blick mischten sich Unglauben, Furcht und Verwirrung.

»Gehen Sie«, flüsterte er und hoffte, daß sie ihn verstehen konnte. »Dort hinten ist ein Wagen, die Schlüssel stecken. Verschwinden Sie hier. Vielleicht holt er andere, ich weiß nicht.«

»Sie sind meinetwegen gekommen«, sagte sie.

»Hauen Sie ab! Nehmen Sie das Auto, Doktor. Wenn jemand versucht, Sie aufzuhalten, überfahren Sie ihn. Sie müssen zur Polizei . . . zu der echten, wo man Uniformen trägt. Sie Närrin.« Seine Kehle brannte, sein Magen war eisig kalt. Feuer und Eis – das war nicht das erste Mal, daß er sie gleichzeitig fühlte. Wo war es nur gewesen?

»Meinetwegen sind Sie zurückgekommen und haben . . . mir das Leben gerettet«, fuhr sie mit der gleichen hohlen Stimme fort, und die Worte, die sie sprach, schwebten in der Luft.

»Sie irren sich.« Ein Reflex, ein Instinkt aus vergessenen Erinnerungen hat mich gesteuert. Sie sehen, ich weiß die Worte . . . mir ist inzwischen alles egal. Diese Schmerzen, o mein Gott, diese verdammten Schmerzen!

»Sie waren frei. Sie hätten Ihre Flucht fortsetzen können, aber Sie sind umgekehrt – meinetwegen.«

Er hörte ihre Stimme durch Nebelschwaden des Schmerzes. Sie kniete neben ihm, berührte sein Gesicht, seinen Kopf. *Hören Sie auf! Fassen Sie meinen Kopf nicht an! Lassen Sie mich alleine.*

»Warum haben Sie das getan?« Das war ihre Stimme. Sie stellte ihm eine Frage. Begriff sie nicht? Er konnte ihr nicht antworten.

Was machte sie? Sie hatte ein Stück Stoff abgerissen und schlang es um seinen Hals . . . und jetzt noch eines, diesmal größer, ein Stück von ihrem Kleid. Sie hatte seinen Gürtel gelockert und schob das weiche Tuch auf die glühendheiße Haut an seiner rechten Hüfte.

»Das waren nicht *Sie*.« Er fand wieder Worte und gebrauchte sie schnell. Er wollte den Frieden der Dunkelheit – so wie er ihn schon einmal gewollt hatte, aber er konnte sich nicht erinnern, wann.

»Dieser Mann . . . er hatte mich gesehen. Er konnte mich identifizieren. *Ihn* wollte ich. Und jetzt verschwinden Sie!«

»Das hätten ein halbes Dutzend andere auch gekonnt«, erwiderte sie, und ihre Stimme klang verändert. »Ich glaube Ihnen nicht.«

»Glauben Sie mir!«

Sie stand jetzt über ihm. Dann war sie plötzlich nicht mehr da. Sie war verschwunden. Sie hatte ihn verlassen. Der Friede würde nun schnell kommen; die dunklen, tosenden Wellen würden ihn verschlingen und den Schmerz wegspülen, und ihn schließlich alles vergessen lassen.

Motorengeräusch durchdrang die Stille. Er wollte den Lärm nicht hören, denn er störte seine sehnsüchtigen Phantasien. Dann legte sich eine Hand auf seinen Arm. Dann noch eine. Jemand zog ihn sachte in die Höhe.

»Kommen Sie«, sagte die Stimme, »helfen Sie mir.«

»Lassen Sie mich los!« schrie er. Das war ein Befehl; aber man gehorchte ihm nicht. Das ärgerte ihn. Schließlich waren Befehle dazu da, daß man sie befolgte. Aber nicht immer; irgend etwas sagte ihm das. Da war wieder der Wind, ein Wind an einem anderen Ort, hoch am Nachthimmel. Ein Signal ertönte, ein Licht flammte auf, und er schreckte zusammen.

»Schon gut. Alles in Ordnung«, sagte die Stimme, die nicht auf seine Befehle hören wollte. »Heben Sie den Fuß. Heben Sie ihn . . .! So ist es gut. Jetzt haben Sie's geschafft. Und jetzt in den Wagen. Lehnen Sie sich zurück . . . ganz langsam. Fein so.«

Er fiel . . . fiel in einen pechschwarzen Himmel. Und als der Fall aufhörte, herrschte völlige Stille; er konnte seinen eigenen Atem hören. Und Schritte. Und das Geräusch einer sich schließenden Tür, gefolgt von einem rollenden, mahlenden Geräusch unter ihm, vor ihm, irgendwo.

Als plötzlich ein Lufthauch sein brennendes Gesicht kühlte, verlor er das Gleichgewicht und stürzte wieder, wurde erneut aufgefangen, von einem Körper, der sich gegen ihn stemmte.

Ferne Stimmen drangen an sein Ohr. Langsam zeichneten sich Umrisse ab, das Licht einer Tischlampe erhellte sie. Er befand sich in einem großen Raum und lag zugedeckt auf einem schmalen Bett. In dem Zimmer waren zwei Leute: ein Mann in einem Mantel und eine Frau . . . Sie trug eine weiße Bluse und einen dunkelroten Rock. Rot war auch ihr Haar.

Marie St. Jacques! Sie stand an der Tür und sprach mit einem Mann, der in der linken Hand eine lederne Tasche hielt. Sie sprachen französisch miteinander.

»In erster Linie braucht er Ruhe«, sagte der Mann. »Falls Sie mich nicht erreichen können, soll jemand anders die Fäden ziehen. In einer Woche kann man sie entfernen, denke ich.«

»Vielen Dank, Doktor.«

»Ich danke Ihnen. Sie sind sehr großzügig gewesen. Ich gehe jetzt. Vielleicht höre ich von Ihnen, vielleicht auch nicht.«

Als der Arzt die Tür hinter sich geschlossen hatte, schob die Frau einen Riegel vor. Sie drehte sich um und sah, daß Borowski sie musterte. Langsam trat sie an sein Bett.

»Können Sie mich hören?« fragte sie.

Er nickte.

»Sie sind verletzt, ziemlich schlimm sogar. Aber wenn Sie sich ruhig verhalten, brauchen Sie nicht in ein Krankenhaus zu gehen. Der Mann, der gerade gegangen ist, war der Arzt. Ich habe ihn mit dem Geld bezahlt, das ich bei Ihnen gefunden habe; wesentlich mehr, als vielleicht üblich ist, aber man hat mir gesagt, daß man ihm vertrauen kann. Das war übrigens Ihre Idee. Während wir hierherfuhren, redeten Sie immer wieder davon, daß Sie einen Arzt finden mußten, einen, dessen Stillschweigen man sich erkaufen könne. Sie hatten recht, es war nicht schwer.«

»Wo sind wir?« fragte er mit matter Stimme.

»In einem Dorf namens Lenzburg, etwa dreißig Kilometer von Zürich entfernt. Der Arzt ist aus Wohlen, das ist eine Stadt in der Nähe. Er wird in einer Woche wiederkommen, wenn Sie dann noch da sind.«

»Wie?« Er versuchte, sich aufzurichten, aber seine Kräfte reichten dazu nicht aus.

»Ich will Ihnen sagen, was geschehen ist; das beantwortet vielleicht Ihre Fragen.« Sie stand reglos da und blickte auf ihn hinunter. Ihre Stimme war kontrolliert, als sie fortfuhr. »Eine Bestie hat mich vergewaltigt. Sie hatte Anweisung, mich zu töten. Ich durfte nicht am Leben bleiben. In der Brauerstraße hatten Sie versucht, die Kerle aufzuhalten, und als Ihnen das nicht gelang, riefen Sie mir zu, ich solle schreien, immer wieder schreien. Damit haben Sie riskiert, in diesem Augenblick selbst getötet zu werden. Später kamen Sie irgendwie frei; ich weiß nicht, wie, aber ich weiß, daß Sie dabei sehr schwer verletzt wurden – und dann haben Sie mich gesucht.«

»Ihn«, unterbrach sie Jason, »*ihn* wollte ich.«

»Das haben Sie mir bereits gesagt, aber ich glaube Ihnen nicht. Nicht etwa, weil Sie ein schlechter Lügner sind, sondern weil die Tatsachen dagegen sprechen. Zum Beispiel könnte Sie auch der Besitzer des ›Drei Alpenhäuser‹ identifizieren. Dies sind die Fakten. Nein, Sie sind gekommen, um mich zu finden, und haben mir das Leben gerettet.«

»Weiter«, sagte er, und seine Stimme begann langsam kräftiger zu werden. »Was geschah dann?«

»Ich traf eine Entscheidung, die schwierigste, die ich in meinem ganzen Leben zu fällen hatte. Ich glaube, zu solch einer Entscheidung ist man nur fähig, wenn man beinahe gewaltsam sein Leben *verloren* hat und jemand anderer dieses Leben gerettet hat. Ich entschied mich, Ihnen zu helfen.«

»Warum sind Sie nicht zur Polizei gegangen?«

»Das hätte ich beinahe getan, und ich bin nicht sicher, ob ich Ihnen erklären kann, warum ich es nicht tat. Vielleicht weil man mich vergewaltigt hatte, ich weiß es nicht. Ich bin ehrlich zu Ihnen. Man hat mir immer gesagt, es sei das Schrecklichste, was einer Frau zustoßen kann. Jetzt glaube ich es. Und ich habe die Wut, den Ekel in Ihrer Stimme gehört, als Sie ihn anschrien. Ich werde diesen Augenblick nie mehr vergessen, solange ich lebe.«

»Die Polizei?« wiederholte er.

»Dieser Mann im ›Drei Alpenhäuser‹ hat gesagt, daß die Polizei Sie sucht.« Sie hielt inne. »Ich konnte Sie nicht an die Polizei ausliefern. Nicht nach dem, was Sie für mich getan haben.«

»Obwohl Sie wissen, was ich bin?« fragte er.

»Ich weiß nur, was ich gehört habe, und das paßt nicht zu dem verletzten Mann, der meinetwegen zurückkam und sein Leben aufs Spiel setzte, um mich zu retten.«

»Das ist nicht sehr klug.«

»Das ist das einzige, was ich bin, Mr. Borowski. Ich nehme an, Borowski ist richtig. So hat er Sie genannt. *Sehr* klug.«

»Ich habe Sie geschlagen. Ich habe gedroht, Sie zu töten.«

»Wenn ich Sie gewesen wäre und man versucht hätte, mich zu töten, hätte ich wahrscheinlich genauso gehandelt – wenn ich dazu imstande gewesen wäre.«

»Also sind Sie aus Zürich herausgefahren?«

»Nicht gleich. Erst mußte ich ruhig werden, mir die nächsten Schritte überlegen. Ich bin sehr methodisch.«

»Langsam merke ich das.«

»Ich war ein Wrack, völlig durcheinander. Ich brauchte neue Kleider, eine Haarbürste, Make-up. Aus einer Telefonzelle am Fluß rief ich jemanden im Hotel an . . .«

»Den Franzosen? Den Belgier?« unterbrach Jason.

»Nein. Die waren bei dem Bertinelli-Vortrag gewesen. Wenn sie mich auf der Bühne mit Ihnen erkannt hatten, hatten sie vermutlich der Polizei meinen Namen genannt. Nein, ich rief eine Frau an, die unserer Delegation angehörte; sie haßt Bertinelli und war in ihrem Zimmer. Wir haben ein paar Jahre zusammengearbeitet und sind befreundet. Ich habe ihr gesagt, falls sie irgend etwas über mich gehört haben sollte, es fehlte mir nichts. Und falls sich jemand nach mir erkundigte, sollte sie sagen, ich hätte den Bertinelli-Vortrag vorzeitig verlassen und sei den Abend über bei einem Freund. Womöglich bleibe ich über Nacht.«

»Methodisch«, sagte Borowski.

»Ja.« Marie lächelte leicht. »Ich bat sie, auf mein Zimmer zu gehen – wir sind nur zwei Türen voneinander entfernt, und das Zimmermädchen weiß, daß wir befreundet sind, und wenn niemand dort wäre, Kleider und Make-up in meinen Koffer zu packen und wieder in ihr Zimmer zurückzukehren. Ich würde in fünf Minuten noch einmal anrufen.«

»Sie hat das einfach akzeptiert?«

»Ich sagte Ihnen doch, wir sind befreundet.« Marie hielt erneut inne. »Wahrscheinlich dachte sie, ich hätte die Wahrheit gesagt.«

»Weiter.«

»Als ich wieder anrief, hatte sie meine Sachen gepackt bei sich.«

»Was bedeutet, daß die beiden anderen Delegierten der Polizei Ihren Namen nicht genannt haben; sonst hätte man Ihr Zimmer beobachtet.«

»Ich weiß nicht, ob sie das inzwischen getan haben. Wenn ja, hat man meine Freundin sicher verhört. Dann hat sie bestimmt gesagt, was ich ihr aufgetragen habe.«

»Sie war im ›Carillon‹, und Sie waren unten am Fluß? Wie bekamen Sie Ihre Sachen?«

»Das war ganz einfach, nur ein wenig seltsam vielleicht. Sie sprach mit dem Zimmermädchen und sagte ihr, ich ginge einem Mann im Hotel aus dem Wege und hätte mich mit einem anderen draußen getroffen. Nun würde ich meinen Koffer brauchen, und ob sie vielleicht wüßte, wie man ihn zu mir bringen könnte. Zu einem Wagen . . . unten am Fluß. Ein Dienstbote hat ihn mir gebracht.«

»War er nicht überrascht darüber, wie Sie aussahen?«

»Er hatte nicht viel Gelegenheit, etwas zu sehen. Bevor er erschien, hatte ich den Kofferraum geöffnet und eine Zehnfrankennote auf das Reserverad gelegt. Ich blieb im Wagen und sagte ihm, er solle den Koffer hinten hineinlegen.«

»Sie sind nicht methodisch, Sie sind bemerkenswert!«

»Methodisch genügt.«

»Wie fanden Sie den Arzt?«

»Hier. Durch den *Concierge*, oder wie man das in der Schweiz nennt. Ich hatte Sie ja, so gut ich konnte, verbunden und die Blutung gestillt. Ich verstehe ein wenig von Erster Hilfe. Da ich Sie teilweise entkleiden mußte, fand ich das Geld. Und dann begriff ich, was Sie meinten, als Sie sagten, ich solle einen Arzt finden, der für Geld schweigt. Sie haben viele Tausende von Dollars bei sich. Ich kenne die Wechselkurse.«

»Das ist nur der Anfang.«

»Was?«

»Schon gut.« Wieder versuchte er, sich zu erheben; es war zu schwierig. »Haben Sie keine Angst vor mir? Angst vor dem, was Sie getan haben?«

»Natürlich habe ich Angst. Aber ich weiß auch, was Sie für mich getan haben.«

»Sie sind vertrauensvoller, als ich das unter den gegebenen Umständen wäre.«

»Dann kennen Sie vielleicht die Umstände nicht. Sie sind noch sehr schwach, und ich habe die Pistole. Außerdem haben Sie keine Kleider.«

»Keine?«

»Nicht einmal eine Unterhose. Ich habe alles weggeworfen. Sie würden ziemlich komisch aussehen, wenn Sie mit einem Geldgurt aus Plastik bekleidet über die Straße liefen.«

Borowski lachte trotz seiner Schmerzen und mußte an La Ciotat und den Marquis de Chamford denken. »Methodisch«, sagte er.

»Sehr.«

»Und was passiert jetzt?«

»Ich habe den Namen des Arztes aufgeschrieben und eine Wochenmiete für das Zimmer bezahlt. Der *Concierge* bringt Ihnen heute mittag ein warmes Essen. Ich bleibe bis zum späten Vormittag hier. Es ist fast sechs Uhr, es sollte bald hell werden. Dann fahre ich ins Hotel zurück, hole mir meine restlichen Sachen und meine Flugtickets und werde mir große Mühe geben, Sie nicht zu erwähnen.«

»Und wenn Sie das nicht können? Wenn man Sie im Vortragssaal erkannt hat?«

»Dann werde ich es ableugnen. Es war finster. Das ganze Hotel war in Panik.«

»Jetzt sind Sie *nicht* methodisch. Zumindest nicht so methodisch, wie das die Züricher Polizei wäre. Ich weiß einen besseren Weg. Rufen Sie Ihre Freundin an, und sagen Sie, sie soll Ihre restlichen Kleider einpacken und Ihre Rechnung bezahlen. Nehmen Sie sich von mir soviel Geld Sie wollen und fliegen Sie mit der nächsten Maschine zurück nach Kanada. Aus der Entfernung lügt es sich besser.«

Sie sah ihn eine Weile schweigend an und nickte dann. »Das klingt sehr verlockend.«

»Das ist sehr logisch.«

Sie ließ ihren Blick nicht von ihm, und ihre Augen verrieten, wie die Spannung in ihr wuchs. Schließlich wandte sie sich ab, trat ans Fenster und schaute hinaus auf die ersten Strahlen der Morgensonne. Er beobachtete, wie sich ihr Gesicht im bleichen, rosafarbenen Schein der Morgendämmerung immer mehr versteinerte. Er kannte den tieferen Grund: Sie hatte getan, was sie geglaubt hatte, tun zu müssen, weil er sie vor Schrecklichem bewahrt hatte. Aber etwas in ihr hatte gegen diesen Entschluß rebelliert. Ihr Kopf fuhr zu ihm herum, und ihre Augen funkelten.

»Wer *sind* Sie?«

»Sie haben gehört, was die gesagt haben.«

»Ich weiß, was ich gesehen habe, was ich *spüre*!«

»Versuchen Sie nicht, Ihr Verhalten zu rechtfertigen. Sie haben es einfach getan, das ist alles. Lassen Sie es sein.«

Lassen Sie es sein! O Gott, hätten Sie mich nur in Ruhe gelassen! Dann wäre Frieden gewesen. Aber jetzt haben Sie mir einen Teil meines Lebens zurückgegeben, und ich muß erneut kämpfen, mich wieder der Welt stellen.

Plötzlich stand sie am Fußende des Bettes, die Waffe in der Hand. Sie richtete sie auf ihn, und ihre Stimme zitterte. »Soll ich es also ungeschehen machen? Soll ich die Polizei anrufen, damit sie kommen und Sie holen?«

»Vor ein paar Stunden hätte ich gesagt: Nur zu, tun Sie es. Jetzt bringe ich es nicht mehr über mich.«

»Wer sind Sie dann?«

»Man sagt, mein Name wäre Borowski, Jason Charles Borowski.«

»Was soll das heißen? ›Man sagt?‹«

Er starrte die Pistole an, den dunklen Kreis ihrer Mündung. Ihm blieb nichts als die Wahrheit – so wie er die Wahrheit kannte.

»Was das bedeutet?« wiederholte er. »Sie wissen fast genausoviel wie ich, Doktor.«

»Was?«

»Sie sollen es hören. Vielleicht fühlen Sie sich dann besser – oder schlimmer. Aber meinetwegen, ich weiß ohnehin nicht, was ich Ihnen sonst sagen sollte.«

Sie ließ die Waffe sinken.

»Mein Leben begann vor fünf Monaten auf einer kleinen Insel im Mittelmeer, die Ile de Port Noir heißt . . .«

Die aufgehende Sonne hatte die Höhe der Baumwipfel vor dem Haus erklommen. Ihre Strahlen wurden von den windzerzausten Ästen gefiltert, drangen durch die Fenster und besprenkelten die Wände mit unregelmäßigen Lichtflecken. Borowski lag erschöpft auf dem Kissen. Er hatte seine Erzählung beendet.

Marie saß auf der anderen Seite des Zimmers in einem Ledersessel, Zigaretten und Pistole auf einem Tischchen zu ihrer Linken. Sie hatte sich kaum bewegt, sein Gesicht nicht aus den Augen gelassen; selbst wenn sie rauchte, behielt sie den Blick auf ihn gerichtet.

»Zwei Sätze haben Sie auffallend häufig gesprochen«, sagte sie mit weicher Stimme und ließ dann lange Pausen zwischen den Worten: »›Ich weiß nicht‹ . . . ›Ich wollte, ich wüßte das.‹ Und als Sie längere Zeit etwas Imaginäres anstarrten, habe ich gefragt: Was ist denn? Was tun Sie jetzt? Und dann haben Sie es wieder gesagt: ›Ich wollte, ich wüßte es.‹ Mein Gott, was Sie durchgemacht haben . . . Was Sie jetzt noch durchmachen.«

»Nach all dem, was ich Ihnen angetan habe, wie können Sie da überhaupt an das denken, was mir widerfahren ist?«

»Wundern Sie sich nur«, sagte sie geistesabwesend und runzelte die Stirn. Nach einer Weile fuhr sie fort: »Auf der Löwenstraße, ehe wir zu Chernaks Wohnung hinaufgingen, habe ich Sie gebeten, mich nicht zu zwingen mitzukommen. Ich war überzeugt, daß Sie mich töten würden, wenn ich noch mehr erfahre. Und da haben Sie etwas sehr Seltsames gesagt: ›Was Sie gehört haben, gibt für mich ebensowenig Sinn ab wie für Sie. Vielleicht noch weniger . . .‹ Da dachte ich, Sie wären verrückt.«

»Was ich habe, ist auch eine Art der Verrücktheit. Eine geistig gesunde Person kann sich erinnern – ich nicht.«

»Warum haben Sie mir nicht erzählt, daß Chernak versucht hat, Sie zu töten?«

»Dafür war keine Zeit. Außerdem hielt ich es nicht für wichtig.«

»Das war es in diesem Augenblick für Sie auch nicht. Für mich aber schon.«

»Warum?«

»Weil ich mich an der unsinnigen Hoffnung festklammerte, daß Sie nur auf jemanden schießen würden, der bereits versucht hatte, Sie zu töten.«

»Aber das hat er doch. Ich bin verwundet worden.«

»Ich kannte die Reihenfolge nicht; das hatten Sie mir nicht gesagt.«

»Das verstehe ich nicht.«

Marie zündete sich eine Zigarette an. »Das ist schwer zu erklären. In der ganzen Zeit, in der Sie mich als Geisel festhielten, selbst als Sie mich schlugen und mich gewaltsam mitzerrten und mir die Pistole an den Kopf hielten – weiß Gott, ich hatte Angst –, dachte ich immer, ich sähe etwas in Ihren Augen. Nennen Sie es Widerwillen; mir fällt nichts Besseres ein.«

»Das reicht schon. Worauf wollen Sie hinaus?«

»Ich weiß nicht genau. Vielleicht bezieht es sich auf etwas, was Sie in der Nische im ›Drei Alpenhäuser‹ sagten. Als der dicke Mann zu uns herüberkam, gaben Sie mir den Rat, ich solle mich an die Wand lehnen und mein Gesicht beschirmen. ›Zu Ihrem Nutzen‹, sagten Sie. ›Er braucht Sie nicht unbedingt wiederzuerkennen.‹«

»Das brauchte er auch nicht.«

»›Zu Ihrem Nutzen‹ – so denkt kein skrupelloser Mörder. Ich glaube, an dieser Vorstellung hielt ich mich fest – vielleicht um den Verstand zu behalten – und an dem Ausdruck Ihrer Augen.«

»Ich begreife immer noch nicht.«

»Der Mann mit der goldgeränderten Brille, der mich überzeugt hat, daß er Polizist wäre, sagte, Sie wären ein brutaler Mörder, den man fassen müsse, ehe er wieder mordete. Wenn Chernak nicht gewesen wäre, hätte ich ihm kein Wort geglaubt. Die Polizei, die ich bisher gekannt hatte, verhält sich nicht so; sie hätte sicher nicht so hemmungslos herumgeballert. Und Sie waren ein Mann, der um sein Leben rannte, der immer noch um sein Leben rennt – aber Sie sind kein Mörder.«

Borowski hob die Hand. »Entschuldigen Sie, das kommt mir wie ein

Urteil vor, das auf falscher Dankbarkeit basiert. Sie sagen, Sie würden sich an Fakten halten – dann schauen Sie sich sie auch an. Ich wiederhole: Sie haben gehört, was die gesagt haben – unabhängig von dem, was Sie glauben gefühlt oder gesehen zu haben. Man hat Umschläge mit Geld gefüllt und sie mir ausgehändigt, damit ich gewisse Pflichten erfülle. Ich würde sagen, daß diese Pflichten ziemlich klar waren und ich sie angenommen habe. Ich hatte ein Nummernkonto bei der Gemeinschaftsbank, auf dem etwa fünf Millionen Dollar gutgeschrieben waren. Woher habe ich sie? Woher bekommt ein Mann wie ich – mit meinen Talenten – so viel Geld?« Jason starrte zur Decke. Jetzt kam der Schmerz wieder und gleichzeitig das Gefühl der Nutzlosigkeit. »Das sind die Fakten, Doktor St. Jacques. Es ist Zeit, daß Sie gehen.«

Marie erhob sich aus ihrem Stuhl und drückte die Zigarette aus. Dann nahm sie die Pistole und trat an das Bett. »Sie sind sehr darauf erpicht, sich selbst zu verurteilen, nicht wahr?«

»Ich respektiere Fakten.«

»Wenn das stimmt, was Sie sagen, habe *ich* auch eine Verpflichtung. Als gesetzestreues Mitglied unserer Gesellschaft muß ich die Züricher Polizei anrufen und ihr sagen, wo Sie sind.«

Borowski sah sie an. »Ich dachte . . .«

»Warum nicht?« unterbrach sie ihn. »Sie sind ein verurteilter Mann, der es hinter sich bringen will, nicht wahr? Sie sprechen mit solcher Endgültigkeit und, verzeihen Sie mir, mit einer hübschen Portion Selbstmitleid, mit der Sie wahrscheinlich an meine – wie haben Sie das genannt? – falsche Dankbarkeit appellieren wollen. Nun, ich glaube, Sie sollten besser begreifen, daß ich nicht dumm bin. Wenn ich nur einen Augenblick überzeugt wäre, Sie wären ein abgefeimter Killer, dann wäre ich nicht hier und Sie auch nicht. Tatsachen, die nicht belegt werden können, sind keine Tatsachen. Sie aber haben keine Fakten genannt, sondern Sie haben *Schlüsse* gezogen, die auf Aussagen von Männern beruhen, von denen Sie wissen, daß sie nichts taugen.«

»Und ein ominöses Bankkonto mit fünf Millionen Dollar. Vergessen Sie das nicht.«

»Wie könnte ich? Geld ist schließlich mein Beruf. Vielleicht läßt sich dieses Konto nicht auf für Sie angenehme Art erklären, aber immerhin ist mit dem Konto eine Vorschrift verbunden, die es einigermaßen legitim erscheinen läßt. Jedermann, der sich als Direktor einer Firma ausweisen kann, die Soundso Seventy-One heißt, hat das Recht, Einsicht zu nehmen und Geld abzuheben. Das läßt noch lange nicht auf einen gedungenen Mörder schließen.«

»Erst muß die Firma genannt werden; sie ist aber nirgendwo verzeichnet.«

»In einem Telefonbuch? Sie sind naiv. Kommen wir nun schnell zum Ausgangspunkt. Soll ich wirklich die Polizei anrufen?«

»Sie kennen meine Antwort. Ich kann Sie nicht hindern, aber ich will nicht, daß Sie das tun.«

Marie senkte die Waffe. »Keine Angst, ich habe es mir längst anders überlegt: Aus dem gleichen Grund, aus dem Sie es nicht wollen. Ich glaube Ihren Worten nämlich ebensowenig wie Sie.«

»Und wenn Sie unrecht haben?«

»Dann mache ich einen schrecklichen Fehler.«

»Danke. Wo ist das Geld?«

»Auf der Kommode. In Ihrem Paß und in Ihrer Brieftasche. Dort liegt auch der Zettel mit dem Namen des Arztes und die Quittung für das Zimmer.«

»Kann ich bitte den Paß haben? Da hatte ich die Schweizer Banknoten reingelegt.«

»Ich weiß.« Marie holte den Paß. »Ich habe dem *Concierge* dreihundert Franken für das Zimmer und zweihundert für die Adresse des Arztes gegeben. Der Arzt hat vierhundertfünfzig Franken verlangt, und ich habe dann noch hundertfünfzig daraufgelegt. Insgesamt habe ich elfhundert Franken ausgegeben.«

»Sie brauchen nicht abzurechnen«, sagte er.

»Sie sollten es aber wissen. Was werden Sie tun?«

»Ihnen Geld geben, damit Sie nach Kanada zurückfliegen können.«

»Ich meine, nachher.«

»Sehen, wie ich mich fühle. Vielleicht bezahle ich den *Concierge* dafür, daß er mir Kleider kauft. Ich komme schon zurecht.« Er holte ein paar große Scheine heraus und hielt sie ihr hin.

»Das sind mehr als fünfzigtausend Franken. Sie haben meinetwegen eine Menge durchgemacht.«

Marie St. Jacques sah das Geld an, dann die Pistole, die sie in der linken Hand hielt. »Ich will Ihr Geld nicht«, sagte sie und legte die Waffe auf das Tischchen neben dem Bett.

»Was soll das heißen?«

Sie wandte sich ab und ging zu dem Sessel zurück, drehte sich um und sah ihn an, während sie sich setzte.

»Daß ich Ihnen helfen will.«

»Jetzt warten Sie . . .«

»Bitte«, unterbrach sie ihn. »Bitte, stellen Sie mir keine Fragen. Sagen Sie eine Weile gar nichts.«

Buch II

10

Keiner von beiden wußte, wann es geschehen war. Anfänglich hatte jeder noch seine Zweifel, ob er seinen Gefühlen trauen sollte. Es gab keine Konflikte, die zu überwinden, keine Barrieren, die zu übersteigen waren. Stumme Blicke und Gesten genügten oft, um sich zu verständigen.

Im Zimmer des Dorfgasthofes wurde Borowski von Marie ebenso intensiv gepflegt und betreut, wie das im Krankenhaus der Fall gewesen wäre. Untertags kümmerte sie sich um verschiedene praktische Dinge wie Kleider, Mahlzeiten, Landkarten und Zeitungen. Den gestohlenen Wagen hatte sie zu dem 15 Kilometer entfernten Städtchen Reinach gefahren, wo sie ihn einfach abgestellt hatte, und war dann mit einem Taxi nach Lenzburg zurückgefahren. Wenn sie nicht bei ihm war, konzentrierte Borowski sich darauf, auszuruhen und wieder zu Kräften zu kommen. Irgend etwas in seiner vergessenen Vergangenheit lehrte ihn, daß seine Genesung von seiner Disziplin abhing. Es war nicht das erste Mal, daß er sich in einer solchen Lage befand . . . schon vor Port Noir hatte er ähnliches erlebt.

Wenn sie zusammen waren, redeten sie miteinander, zuerst verlegen. Zwei Fremde, die das Schicksal zusammengeworfen hatte, tasteten sich vorsichtig ab. Zu Anfang kreiste das Gespräch fast immer um die schrecklichen Ereignisse, die sie gemeinsam erlebt hatten.

Doch allmählich erfuhr Jason mehr über die Frau, die sein Leben gerettet hatte. Er wollte nicht, daß sie ebensoviel über ihn wußte wie er selbst, er aber nichts über sie. Woher stammte sie? Warum gab eine attraktive Frau mit dunkelrotem Haar und einer Haut, die ganz offensichtlich häufig Wind und Wetter ausgesetzt gewesen war, vor, Doktor der Wirtschaftskunde zu sein?

»Weil sie das Leben auf der Farm leid war«, erwiderte Marie.

»Ohne Spaß? Sind Sie wirklich auf einer Farm groß geworden?«

»Nun, man muß wohl eher von einer kleinen Ranch sprechen; klein im Vergleich mit den wirklich großen Farmen in Alberta.«

»Ihr Vater war also Rancher?«

Marie lachte. »Nein, eigentlich war er Buchhalter. Erst nach dem Krieg ist er Rancher geworden. Er war Pilot in der Royal Canadian Air Force. Wahrscheinlich kam ihm die Arbeit eines Buchhalters ein wenig langweilig vor, nachdem er so viel Himmel gesehen hatte.«

»Zu dem Schritt gehört aber ganz schön viel Mumm.«

»Mehr, als Sie ahnen. Zuerst hat er fremdes Vieh auf Land, das ihm nicht gehörte, verkauft, ehe er die Ranch erwarb.«

»Ich glaube, ich könnte ihn mögen.«

»Das würden Sie auch.«

Sie hatte mit ihren Eltern und zwei Brüdern bis zu ihrem achtzehnten Lebensjahr in Calgary gelebt und war dann auf die McGill-Universität in Montreal gegangen. Dort hatte sich ihr Leben in eine Richtung entwickelt, wie sie es nie vorher geplant hatte. Sie, die vorher lieber hoch zu Roß über die Felder galoppierte und an Schule und Paukerei keinerlei Interesse hatte, entdeckte plötzlich, wie aufregend es sein konnte, seinen Verstand zu gebrauchen.

»Früher hatte ich die Bücher als meine natürlichen Feinde angesehen, und plötzlich befand ich mich an einem Ort, umgeben von Leuten, die von ihnen besessen waren, und hatte selber mächtigen Spaß. Die ganze Zeit wurde geredet, Tag und Nacht, in den Seminaren, in überfüllten Lokalen beim Bier. Ich glaube, das viele Reden war es, das mich anzog. Klingt das einleuchtend für Sie?«

»Ich kann mich nicht an meine Studienzeit erinnern, aber ich kann es verstehen«, sagte Borowski. »Mir fällt das College nicht ein, aber ich bin ziemlich sicher, daß ich eines besucht habe.« Er lächelte. »Gespräche beim Bier hinterlassen ziemlich starke Eindrücke.«

Sie erwiderte sein Lächeln. »Was den Bierkonsum anbelangte, konnte ich gleich mit beeindruckenden Leistungen aufwarten. Ein junges Mädchen aus Calgary, das mit zwei älteren Brüdern aufgewachsen und dauernd mit ihnen im Wettbewerb gelegen hatte, vertrug mehr Bier als viele Jungs auf der Universität von Montreal.«

»Man muß Ihnen das übelgenommen haben.«

»Nein, man hat mich nur beneidet.«

Marie St. Jacques war fasziniert von der neuen Welt. Bald reiste sie nur noch selten zu ihren Eltern. Anfänglich galt ihr Interesse der Geschichte, bis sie erkannte, daß historische Prozesse meist von wirtschaftlichen Kräften gesteuert werden. Sie sattelte um auf Volkswirtschaft, und nach fünfjährigem Studium absolvierte sie ihr Examen mit so hervorragenden Noten, daß sie ein Stipendium der kanadischen Regierung nach Oxford erhielt.

»Das war ein Tag, kann ich Ihnen sagen. Ich dachte, meinen Vater würde der Schlag treffen. Ob Sie es glauben oder nicht, er überließ sein wertvolles Vieh meinen Brüdern, um nach Osten zu fliegen und mir das Ganze auszureden.«

»Warum? Er war doch Buchhalter; und Sie wollten Ihren Doktor in Volkswirtschaft machen.«

»Machen Sie ja nicht *den* Fehler«, rief Marie aus. »Buchhalter und Volkswirtschaftler sind von Natur aus verfeindet. Die einen sehen die Bäume, die anderen den Wald. Und die Schlüsse, die sie aus ihren Beobachtungen ziehen, sind in der Regel grundverschieden. Außerdem ist mein Vater nicht einfach Kanadier, er ist Frankokanadier. Ich glaube, er sah in mir eine Verräterin an Versailles. Als ich ihm dann erklärte, daß das Stipendium mich dazu verpflichte, mindestens drei Jahre für die Regierung zu arbeiten, besänftigte ihn das ein wenig. Er meinte, ich könne ›der Sache von innen heraus besser dienen‹. *Vive Québec libre! Vive la France!«*

Sie lachten beide.

Die dreijährige Verpflichtung für Ottawa wurde immer wieder verlängert: Jedesmal, wenn sie sich mit dem Gedanken trug zu kündigen, wurde sie um eine Rangstufe befördert, bis sie schließlich ein großes Büro und eine Anzahl Mitarbeiter hatte.

»Macht korrumpiert natürlich« – sie lächelte –, »und niemand weiß das besser als eine hohe Beamtin, die von Banken und Firmen um Rat gefragt wird. Aber ich glaube, Napoleon hat das besser ausgedrückt: ›Man stelle mir genügend Orden zur Verfügung – und ich gewinne jeden Krieg.‹ Also blieb ich. Meine Arbeit macht mir ungeheuren Spaß, weil ich von der Sache was verstehe.«

Jason beobachtete sie, während sie sprach. Unter ihrer kühlen, kontrolliert wirkenden Fassade war da etwas Überschwengliches, Kindliches an ihr. Sie konnte sich schnell begeistern, zügelte aber ihren Enthusiasmus immer dann, wenn sie das Gefühl hatte, zu überschwenglich zu werden. Wahrscheinlich tut sie nie etwas, ohne mit Leib und Seele dabei zu sein, dachte er. »Ich bin sicher, daß Sie beruflich erfolgreich sind; aber das läßt Ihnen nicht viel Zeit für andere Dinge, oder?«

»Was für andere Dinge?«

»Oh, das Übliche. Einen Mann, die Kinder, ein Haus mit Garten.«

»Vielleicht kommt das eines Tages noch; ich schließe es nicht aus.«

»Aber bis jetzt hat es sich noch nicht ergeben.«

»Nein. Einige Male war ich nahe davor, aber bis zur Heirat kam es nie.«

»Wer ist Peter?«

Das Lächeln verschwand. »Das hätte ich beinahe vergessen. Sie haben das Telegramm gelesen.«

»Es tut mir leid.«

»Das braucht es nicht. Das haben wir doch hinter uns . . . Peter? Ich bete ihn an. Wir haben fast zwei Jahre zusammengelebt, aber es hat nicht funktioniert.«

»Offenbar nimmt er Ihnen das nicht übel.«

»Das würde ich ihm auch nicht raten!« sie lachte wieder. »Er ist Abteilungsdirektor und hofft, bald ins Kabinett berufen zu werden. Wenn er nicht brav ist, erzähle ich dem Schatzministerium etwas, was er nicht weiß, und dann ist er wieder ein kleines Licht.«

»Er schrieb, er würde Sie irgendwann in den nächsten Tagen am Flughafen abholen. Sie sollten ihm besser telegrafieren.«

»Ja, ich weiß.«

Über ihre Abreise hatten sie bewußt nicht gesprochen, als wollten sie sich glauben machen, daß die Trennung in weiter Ferne läge. Marie hatte gesagt, sie wolle ihm helfen; er hatte akzeptiert, in der Annahme, sie würde von falscher Dankbarkeit dazu getrieben, ein oder zwei Tage bei ihm zu bleiben. Mehr erwartete er nicht. Alles andere war undenkbar.

Je länger sie miteinander sprachen oder sich schweigend anblickten, desto wohler begannen sie sich zu fühlen. Gelegentlich verspürten sie das Verlangen, den anderen zu berühren, und sie begriffen beide und zogen sich zurück. Alles andere war undenkbar.

Und so redeten sie immer wieder über die Ereignisse der Vergangenheit, die voller Brutalität und Schrecken gewesen waren und Marie St. Jacques aus ihrer heilen, geordneten Welt gerissen hatten. Das war zugleich aber auch eine Herausforderung für ihren ordnenden, analytischen Geist, der danach drängte, die Rätsel dieses Mannes, der sein Gedächtnis verloren hatte, zu ergründen. Ihr Suchen und Tasten wurde immer unnachgiebiger, ebenso eindringlich, wie Geoffrey Washburn auf der Ile de Port Noir seinen Patienten befragt hatte. Sie hatte jedoch nicht die Geduld des Arztes; denn sie hatte dafür keine Zeit; das wußte sie, und das trieb sie an den Rand der Hysterie.

»Wenn Sie die Zeitungen lesen, was fällt Ihnen dann auf?«

»Das Durcheinander, das Chaos. Aber das scheint überall das gleiche zu sein.«

»Seien Sie ernst. Was ist Ihnen vertraut?«

»Fast alles, aber ich kann Ihnen nicht sagen, weshalb.«

»Nennen Sie ein Beispiel.«

»Heute morgen habe ich eine Meldung über amerikanische Waffenlieferungen an Griechenland gelesen und von der anschließenden Debatte in den Vereinten Nationen; die Sowjets legten Protest ein. Ich verstehe, was das bedeutet, die machtpolitische Auseinandersetzung im Mittelmeer, die Folgen der Ereignisse im Mittleren Osten.«

»Noch ein Beispiel.«

»In einem anderen Artikel wurde davon berichtet, daß die Bonner Regierung in Ostberlin Protest eingelegt hat, weil die DDR den Interzonenverkehr behindert hat. Ostblock – westliche Allianz: Ich begriff erneut.«

»Sie verstehen die politischen Zusammenhänge, nicht wahr?«

»Oder ich bin ganz einfach über die gegenwärtige Weltlage gut informiert. Ich glaube nicht, daß ich jemals Diplomat war. Das hohe Guthaben auf der Gemeinschaftsbank schließt eigentlich eine Beamtentätigkeit aus.«

»Das ist allerdings richtig. Immerhin sind Sie politisch auf dem laufenden. Wie ist es mit den Landkarten, die ich Ihnen auf Ihren Wunsch hin besorgt habe? Was kommt Ihnen in den Sinn, wenn Sie sie sich anschauen?«

»In manchen Fällen lösen Namen von Hotels oder Straßen Bilder aus, so wie in Zürich. Manchmal tauchen auch Gesichter auf, aber nie Namen. Die Gesichter haben keine Namen.«

»Sie sind weit gereist.«

»Ja, ich denke schon.«

»Ich *weiß*, daß Sie viel gereist sind.«

»Also gut, dann bin ich eben gereist.«

»Wie sind Sie gereist? Mit dem Flugzeug oder per Auto? Genauer: Haben Sie Taxis benutzt, oder sind Sie selbst gefahren?«

»Beides, denke ich. Warum fragen Sie danach?«

»Nun, Flugzeuge würden bedeuten, daß Sie größere Entfernungen zurückgelegt haben. Hat man Sie abgeholt? Gibt es Gesichter auf Flughäfen oder in Hotels?«

»Straßen«, antwortete er unwillkürlich.

»Warum Straßen?«

»Ich weiß nicht. Gesichter sind mir in den Straßen begegnet . . . und an ruhigen Orten, finsteren Orten.«

»Waren das Restaurants oder Cafés?«

»Ja. Und Zimmer.«

»Hotelzimmer?«

»Ja.«

»Nicht Büros von irgendwelchen Firmen?«

»Manchmal. Aber eigentlich nur selten.«

»Also gut. Leute sind Ihnen begegnet. Männer? Frauen?«

»Hauptsächlich Männer. Einige Frauen.«

»Worüber haben Sie geredet?«

»Keine Ahnung.«

»Versuchen Sie, sich zu erinnern.«

»Das kann ich nicht. Da sind keine Stimmen, keine Worte.«

»Sie trafen sich mit Leuten; das bedeutet, daß Sie Verabredungen hatten. Wer hat die Termine für diese Treffen festgelegt? Jemand mußte das doch tun.«

»Telegramme. Telefongespräche.«

»Von wem? Von wo?«

»Ich weiß es nicht. Sie erreichten mich einfach.«

»In Hotels?«

»Ja. Meistens, denke ich.«

»Sie erzählten mir, der Empfangschef im ›Carillon‹ hätte gesagt, Sie *hätten* Mitteilungen erhalten.«

»Dann wurden sie mir also ins Hotel geschickt.«

»Was verbinden Sie mit Seventy-One?«

»Treadstone.«

»Treadstone – das ist Ihre Firma, nicht wahr?«

»Das Wort hat keine weitere Bedeutung. Ich konnte den Namen nirgendwo finden.«

»Konzentrieren Sie sich!«

»Tue ich ja. Er stand nicht im Telefonbuch. Ich habe in New York angerufen.«

»Sie halten den Namen für ungewöhnlich. Das ist er nicht.«

»Warum nicht?«

»Es könnte eine Abteilung sein oder eine Tochtergesellschaft, eine Firma, die man nur gegründet hat, um Einkäufe für eine Muttergesellschaft zu tätigen, deren Name den Preis in die Höhe treiben würde. So etwas geschieht jeden Tag.«

»Wen wollen Sie eigentlich überzeugen?«

»Sie. Es ist durchaus möglich, daß Sie der Beauftragte amerikanischer Geschäftsleute sind. Alles deutet darauf hin: die bereitgestellten Mittel, die vertrauliche Behandlung, die Ermächtigung durch einen Firmenbeauftragten, zu der es nie kam. Diese Fakten und Ihr offensichtliches Gespür für politische Veränderungen deuten darauf hin, daß Sie mit hoher Wahrscheinlichkeit für einen Großaktionär oder Gesellschafter der Mutterfirma gearbeitet haben.«

»Sie reden schrecklich schnell.«

»Ich habe nichts gesagt, was nicht logisch ist.«

»Ihre Theorie kann nicht ganz stimmen.«

»Warum nicht?«

»Auf dem Konto sind keinerlei Entnahmen verbucht, nur Zugänge. Ich habe demnach nichts gekauft, sondern verkauft.«

»Das wissen Sie nicht; Sie können sich nicht erinnern. Man kann auch mit Termingeldern zahlen.«

»Ich weiß nicht einmal, was das bedeutet.«

»Ein Finanzexperte, der sich im Steuerrecht auskennt, würde das wohl wissen. Und wo ist der andere Widerspruch?«

»Man versucht jemanden nicht zu töten, nur weil er etwas zu einem billigeren Preis einkauft.«

»Das passiert, wenn der Betreffende einen folgenschweren Fehler gemacht hat. Was ich Ihnen zu erklären versuche, ist, daß Sie nicht sein können, was Sie nicht sind!«

»Sie sind sich aber Ihrer Sache verdammt sicher.«

»Allerdings. Ich habe drei Tage mit Ihnen verbracht. Sie haben mir viel erzählt, und ich habe Ihnen aufmerksam zugehört. Ein schrecklicher Fehler ist begangen worden. Oder es handelt sich um irgendeine Verschwörung.«

»Was für eine Verschwörung? Und gegen wen oder was?«

»Das ist es, was Sie herausfinden müssen.«

»Danke.«

»Sagen Sie mir, was kommt Ihnen in den Sinn, wenn Sie an Geld denken?«

Hören Sie auf! Tun Sie das nicht! Verstehen Sie denn nicht? Wenn ich an Geld denke, denke ich an Töten.

»Ich weiß nicht«, sagte er. »Ich bin müde und möchte jetzt schlafen. Schicken Sie morgen Ihr Telegramm ab. Schreiben Sie Peter, daß Sie zurückkommen.«

Es war nach Mitternacht, am Anfang des vierten Tages, und der Schlaf wollte sich immer noch nicht einstellen. Borowski starrte zur Decke, auf das dunkle, glasierte Holz, das das Licht der Tischlampe auf der anderen Seite des Zimmers reflektierte. Das Licht blieb nachts eingeschaltet; Marie ließ es einfach brennen, ohne ihm weiter zu erklären, warum sie das tat.

Am Morgen würde sie nicht mehr dasein, und seine eigenen Pläne würden Gestalt annehmen müssen. Er würde noch ein paar Tage in dem Gasthof bleiben, den Arzt in Wohlen anrufen, damit er ihm die Fäden entfernte. Anschließend wollte er nach Paris. Das Geld war dort und auch noch etwas anderes; das wußte er, fühlte er. Eine endgültige Antwort auf seine Fragen würde er nur dort finden. Paris wartete auf ihn.

Sie sind nicht hilflos. Sie werden Ihren Weg finden.

Was würde er finden? Einen Mann namens Carlos? Wer war Carlos, und welche Beziehung hatte er zu Jason Borowski?

Er hörte, wie auf der Couch an der Wand Stoff raschelte. Er blickte hinüber und stellte überrascht fest, daß Marie nicht schlief. Vielmehr starrte sie ihn an.

»Sie haben unrecht«, sagte sie.

»Worin?«

»Mit dem, was Sie denken.«

»Sie wissen nicht, was ich denke.«

»Doch, das weiß ich. Ich habe diesen Blick in Ihren Augen gemerkt, wenn Sie Dinge sehen, bei denen Sie nicht sicher sind, ob sie überhaupt existieren, und Angst haben, daß sie existieren könnten.«

»Sie waren doch da«, erwiderte er. »Ich habe sie gesehen. Wie erklären Sie sich sonst die Ereignisse in der Brauerstraße oder im ›Drei Alpenhäuser‹?«

»Dann finden Sie heraus, warum das alles passierte. Sie können nicht sein, was Sie nicht sind, Jason. Finden Sie es heraus.«

»In Paris«, sagte er.

»Ja, in Paris.« Marie erhob sich von der Couch. Sie trug ein gelbes Nachthemd mit Perlmuttknöpfen am Hals; es floß weich an ihrem Körper herunter, als sie barfuß auf sein Bett zuging. Als sie neben ihm stand, hob sie beide Hände und begann das Nachthemd aufzuknöpfen. Sie ließ es herunterfallen und setzte sich auf das Bett. Langsam beugte sie sich zu ihm herab, tastete nach seinem Gesicht, umschloß es mit beiden Händen, hielt ihn fast zärtlich fest, und ihre Augen suchten die seinen und ließen sie nicht mehr los. »Danke für mein Leben«, flüsterte sie.

»Danke für meines«, antwortete er und empfand dasselbe Verlangen wie sie. Er fragte sich, ob auch sie hinter ihrer Leidenschaft einen Schmerz verspürte. Er erinnerte sich an keine Frau, und vielleicht bedeutete sie deshalb alles für ihn, alles und mehr, viel mehr. Sie vertrieb die Finsternis für ihn. Sie ließ den Schmerz aufhören.

Für den Rest der Nacht gab sie ihm eine Erinnerung, weil auch sie sich nach Zärtlichkeit gesehnt hatte. Diese Stunde gehörte nur ihnen. Das war alles, was er wollte – dabei brauchte er sie mehr denn je.

Er griff nach ihrer Brust und zog ihren Kopf zu sich herunter. Das Feuchte ihrer Lippen erregte ihn, wischte alle Zweifel weg.

Sie hob die Decke und kam zu ihm.

Sie lag in seinen Armen, den Kopf auf seiner Brust, immer darauf bedacht, die Wunde an seiner Schulter nicht zu berühren. Sie glitt vorsichtig zurück, stützte sich auf ihre Ellbogen. Er sah sie an; ihre Augen verschmolzen ineinander, und beide lächelten. Sie hob die linke Hand und legte den Zeigefinger auf seine Lippen.

»Ich habe dir etwas zu sagen«, sprach sie mit leiser Stimme, »und ich möchte nicht, daß du mich unterbrichst. Ich schicke das Telegramm an Peter nicht ab. Noch nicht.«

»Einen Augenblick.« Er nahm ihre Hand von seinem Gesicht.

»Sei ruhig. Ich habe gesagt: ›noch nicht‹. Das heißt nicht, daß ich es nie abschicken werde, aber eine Weile werde ich damit noch warten. Ich bleibe bei dir. Ich werde mit dir nach Paris reisen.«

Er zwang sich, die Worte zu sprechen. »Und wenn ich nicht will, daß du das tust?«

Sie beugte sich vor, und ihre Lippen strichen über seine Wange. »Das glaube ich nicht.«

»Ich wäre an deiner Stelle nicht so sicher.«

»Aber du bist nicht ich. Ich bin ich, und ich weiß, wie du mich festgehalten hast und versucht hast, so viele Dinge zu sagen, die du nicht sagen konntest. Ich kann nicht erklären, was geschehen ist. Oh, wahrscheinlich gibt es da irgendwo eine psychologische Theorie, was geschieht, wenn zwei einigermaßen intelligente Leute gemeinsam in die Hölle gestürzt werden und wieder herauskriechen . . . gemeinsam. Vielleicht ist das wirklich alles. Aber im Augenblick ist da das Gefühl, bei dir bleiben zu müssen, und ich kann nicht davor weglaufen. Ich kann nicht vor dir weglaufen, weil du mich brauchst, weil du mir mein Leben zurückgegeben hast.«

»Was bringt dich auf den Gedanken, daß ich dich brauche?«

»Ich kann dir bei Dingen behilflich sein, die du nicht allein bewältigen kannst. Ich habe die letzten zwei Stunden über nichts anderes nachgedacht.« Sie richtete sich noch höher auf. »Irgendwie hast du mit einer Menge Geld zu tun, trotzdem glaube ich nicht, daß du Soll und Haben unterscheiden kannst. Vielleicht konntest du das früher einmal. Aber ich kann es. Und da ist noch etwas: Ich habe einen hohen Posten bei der kanadischen Regierung und habe daher Zugang zu geheimen Akten. Die internationale Finanzwelt hat sich in Kanada auf für uns unerfreuliche Weise eingenistet. Wir haben jetzt unsere eigenen Abwehrmaßnahmen ergriffen. Ich war eigentlich in Zürich, um herauszubekommen, wer sich mit wem zu gemeinsamen Aktionen verbündet, nicht um über abstrakte Theorien zu diskutieren.«

»Und die Tatsache, daß du Zugang zu wichtigen Akten hast, kann mir helfen?«

»Ja, ich glaube schon. Und der diplomatische Schutz durch unsere Botschaft ist vielleicht sogar das Wichtigste. Aber ich gebe dir mein Wort, daß ich das Telegramm beim ersten Anzeichen von Gewalt absende und verschwinde. Abgesehen von meinen eigenen Ängsten, will ich dir unter diesen Umständen keine Last sein.«

»Auf das erste Anzeichen hin«, wiederholte Borowski und musterte sie. »Und wann und wo das ist, entscheide ich?«

»Wenn du magst. Meine Erfahrung in diesen Dingen ist beschränkt. Ich werde mich nicht mit dir streiten.«

Er ließ ihre Augen nicht los. Schließlich sagte er: »Warum tust du das? Du hast doch gerade selbst gesagt, daß wir zwei einigermaßen intelligente Leute sind, die der Hölle entkommen sind. Das ist wohl alles.«

Sie saß da, ohne sich zu bewegen. »Ich habe noch etwas gesagt; vielleicht hast du das vergessen. Vor vier Tagen hat mir ein Mann das Leben gerettet und dabei riskiert, selber getötet zu werden. Ich glaube an diesen Mann – mehr als er an sich selbst, denke ich.«

»Einverstanden«, sagte er und griff nach ihr: »Ich sollte es nicht sein, aber ich bin es. Ich brauche diesen Glauben an mich.«

»Jetzt darfst du mich unterbrechen«, sagte sie und kam zu ihm. »Liebe mich, es gibt auch Dinge, die ich brauche.«

Drei weitere Tage und Nächte verstrichen, erfüllt von wärmender Liebe und erregender Zärtlichkeit. Sie lebten mit der Intensität zweier Menschen, die wußten, daß sie schon bald nicht mehr so ausgiebig Zeit füreinander haben würden.

Der Rauch ihrer Zigaretten kräuselte sich über dem Tisch, vermischte sich mit dem Dampf des heißen, bitteren Kaffees. Der *Concierge*, ein munterer Schweizer, dessen Augen mehr registrierten, als seine Lippen von sich geben würden, war vor einigen Minuten gegangen, nachdem er das *petit déjeuner* und die Zürcher Zeitungen in Englisch und Französisch gebracht hatte. Jason und Marie saßen einander gegenüber; beide hatten die Nachrichten überflogen.

»Steht in deiner etwas?« fragte Borowski.

»Chernak ist vorgestern begraben worden. Die Polizei hat immer noch keine konkrete Spur. ›Ermittlungen dauern an‹, heißt es hier.«

»Hier wird davon etwas ausführlicher berichtet«, sagte Jason und schob sich die Zeitung unbeholfen mit der bandagierten linken Hand zurecht.

»Was macht die Hand denn?« fragte Marie und betrachtete sie.

»Besser. Ich kann die Finger jetzt schon ein bißchen bewegen.«

»Ich weiß.«

»Du hast eine schmutzige Phantasie.« Er legte die Zeitung zusammen. »Hier schreiben sie, daß Patronenhülsen und die Blutspuren untersucht werden.« Borowski blickte auf. »Dann werden da noch Kleiderreste erwähnt.«

»Ist das ein Problem?«

»Für mich nicht. Ich habe meine Sachen in Marseille von der Stange gekauft. Wie steht es mit deinem Kleid? Hast du es anfertigen lassen oder im Laden gekauft?«

»Jetzt machst du mich verlegen. Alle meine Kleider werden von einer Frau in Ottawa geschneidert.«

»Dann kann man also den Hersteller und den Ort nicht feststellen.«

»Ich wüßte nicht, wie. Die Seide stammt von einem Ballen, den ein Beamter unserer Abteilung aus Hongkong einmal mitgebracht hat.«

»Hast du in den Geschäften im Hotel irgend etwas gekauft, das du vielleicht an dir hattest? Ein Halstuch vielleicht?«

»Nein. Ich mache selten solche Einkäufe.«

»Gut. Und man hat deiner Freundin keine Fragen gestellt, als sie auszog?«

»Nicht an der Rezeption, das habe ich dir bereits gesagt. Nur die zwei Männer, die du mit mir im Lift gesehen hast, haben sie angesprochen.«

»Die Männer von der französischen und der belgischen Delegation?«

»Ja. Alles lief bestens.«

»Wir wollen lieber noch einmal überlegen.«

»Da gibt es nichts zu überlegen. Paul – das war der aus Brüssel – hat nichts gesehen. Er wurde von seinem Stuhl zu Boden gestoßen und blieb dort liegen. Claude – er versuchte uns aufzuhalten, erinnerst du dich? – dachte zuerst, ich wäre das auf der Bühne im Scheinwerferlicht gewesen; aber ehe er zur Polizei gehen konnte, hatte er sich in dem Gedränge verletzt und wurde zu einem Arzt gebracht.«

»Und bis er etwas hätte sagen können«, unterbrach Jason sie, »war er nicht mehr sicher.«

»Ja. Aber ich habe so das Gefühl, daß er erkannt hat, weshalb ich bei der Konferenz zugegen war; meine Anwesenheit konnte ihn eigentlich nicht täuschen. Und wenn das so war, so hat ihn das sicherlich in seiner Entscheidung bestärkt, sich herauszuhalten.«

Borowski griff nach seiner Tasse.

»Laß mich das noch einmal wiederholen«, sagte er. »Du warst in Zürich, um . . .«

»Nun ja, eher Andeutungen solcher Bündnisse. Niemand wird sich hinstellen und offen eingestehen, daß es potente Finanzkreise in seinem Land gibt, die sich den Zugang zu den kanadischen Rohstoffen oder irgendwelchen anderen Märkten erkaufen wollen. Aber man sieht, wer mit wem in der Bar sitzt, wer mit wem zu Abend ißt. Manchmal hilft einem auch der pure Zufall, wenn zum Beispiel ein Delegierter aus, sagen wir, Rom – von dem man weiß, daß der Fiat-Chef Agnelli ihn bezahlt – auf einen zukommt und fragt, wie ernst es Ottawa mit seinen Deklarationsgesetzen nimmt.«

»Ich glaube, das verstehe ich noch nicht ganz.«

»Du solltest das eigentlich. Dein eigenes Land ist in diesem Punkt sehr empfindlich. Wer besetzt was? Wie viele amerikanische Banken werden von OPEC-Geldern kontrolliert? Wie groß ist der Anteil der Industrie, der sich im Besitz europäischer und japanischer Konsortien befindet? In Kanada sind Hunderttausende von Hektar Land mit Kapital erworben worden, das aus England, Italien und Frankreich abgezogen worden ist. Darüber machen wir uns große Sorgen.«

»Tun wir das?«

Marie lachte. »Natürlich. Nichts macht einen Menschen patriotischer als die Vorstellung, daß sein Land sich im Besitz von Ausländern befindet. Er kann sich nach einiger Zeit daran gewöhnen, einen Krieg verloren zu haben – das bedeutet nur, daß der Feind stärker war –, aber die eigene Wirtschaft zu verlieren bedeutet, daß der Feind klüger war.«

»Du hast viel über diese Dinge nachgedacht, nicht wahr?«

Einen kurzen Augenblick lang blickten Maries Augen ernst, und dann antwortete sie mit fester Stimme: »Ja, das habe ich. Ich glaube, diese Dinge sind wichtig.«

»Hast du in Zürich etwas erfahren können?«

»Nichts Aufregendes«, sagte sie. »Geld kursiert überall. Mächtige Finanzgruppen suchen ständig nach neuen Anlagemöglichkeiten.«

»In dem Telegramm von Peter stand, deine Tagesberichte wären ausgezeichnet. Was meinte er damit?«

»Ich habe in Zürich gewisse Personen kennengelernt, von denen ich annehme, daß sie Kanadier als Strohmänner benutzen, um kanadischen Besitz aufzukaufen. Ich versuche nicht, dir etwas vorzuenthalten, ich glaube nur, daß die Namen dir nichts sagen werden.«

»Ich versuche nicht, mich in etwas einzumischen, was mich nichts angeht«, entgegnete Jason, »aber ich glaube, du siehst in mir ebenfalls einen Mann, der womöglich in seiner Vergangenheit einen einflußreichen Posten irgendwo in der Wirtschaft gehabt hat.«

»Ich schließe das nicht aus. Du könntest für ein Unternehmen gearbeitet haben, das alle möglichen illegalen Kaufmöglichkeiten sucht. Ich könnte das unauffällig überprüfen lassen, aber ich möchte das telefonisch veranlassen, nicht per Telegramm.«

»Jetzt werde ich neugierig. Was meinst du genau?«

»Sollte es in irgendeinem multinationalen Konzern eine Gesellschaft mit dem Namen Treadstone Seventy-One geben, werde ich Mittel und Wege finden, um herauszubekommen, um welche Firma es sich handelt. Ich möchte Peter von einer öffentlichen Telefonzelle in Paris anrufen. Ich werde ihm sagen, daß ich in Zürich auf den Namen Treadstone Seventy-One gestoßen bin, und ihn bitten, eine vertrauliche Untersuchung durchzuführen.«

»Und wenn er etwas findet?«

»Wenn tatsächlich eine Firma Treadstone Seventy-One existiert, wird er Näheres über sie erfahren.«

»Dann nehme ich mit den ›autorisierten Direktoren‹ Verbindung auf.«

»Sehr vorsichtig«, fügte Marie hinzu. »Über Mittelsmänner. Über mich, wenn du willst.«

»Warum nicht direkt?«

»Sie – wer auch immer das sein mag – haben fast sechs Monate lang nicht versucht, dich zu erreichen.«

»Das weißt du noch nicht; ich ebensowenig.«

»Die Bank weiß es. Millionen von Dollar liegen unangetastet auf dem Konto, ohne daß jemand sich darum kümmert, und niemand hat sich die Mühe gemacht, die Gründe dafür herauszufinden. Das ist es, was ich nicht verstehen kann. Es ist gerade so, als hätte man dich aufgegeben. Dort ist vielleicht der Fehler begangen worden.«

Borowski lehnte sich im Sessel zurück. Als er auf seine bandagierte linke Hand blickte, fiel ihm die Waffe ein, die ein paarmal hintereinander in einem dahinrasenden Wagen in der Steppdeckstraße auf die Hand niedergesaust war.

»Vielleicht denken die Direktoren von Treadstone«, überlegte Marie weiter, »daß du sie in illegale Transaktionen hineingezogen hast – mit kriminellen Elementen –, die sie Millionen mehr kosten können und womöglich die Enteignung ganzer Firmen zur Folge haben. Oder sie vermuten, daß du dich einem internationalen Verbrechersyndikat angeschlossen hast, vielleicht ohne es zu wissen. Alles ist möglich. Das würde erklären, warum sie so lange nicht an die Bank herangetreten sind. Sie möchten nicht zu Mitschuldigen gemacht werden.«

»Ich stehe also – egal, was dein Freund Peter in Erfahrung bringt – immer noch am Anfang. Tatsache ist, daß man mich töten will, und ich weiß nicht, weshalb. Andere könnten sie daran hindern, aber das werden sie nicht tun. Der Mann im ›Drei Alpenhäuser‹ hat gesagt, Interpol würde nach mir fahnden. Sollte man mich fassen und vor Gericht stellen, wäre ich schuldig im Sinne der Anklage, obwohl ich nicht weiß, wessen ich schuldig bin. Daß ich mich nicht erinnern kann, taugt als Verteidigung nicht viel.«

»Ich weigere mich, mir so etwas vorzustellen, und das mußt du auch.«

»Danke.«

»Ich meine das ernst, Jason. Hör auf!«

Hör auf – wie oft sage ich mir das? Du bist meine Liebe, die einzige Frau, die ich je gekannt habe, und du glaubst an mich. Warum kann ich nicht an mich glauben?

Borowski erhob sich und trat mehrere Male mit den Beinen auf. Langsam gewann er seine alte Beweglichkeit zurück, seine Wunden waren weniger schwer, als seine Phantasie ihm eingeredet hatte. Er war für heute abend mit dem Arzt in Wohlen verabredet, der ihm die Fäden ziehen sollte. Morgen würde einfach alles anders sein. »Paris«, sagte Jason, »die Antwort liegt in Paris. Ich weiß nur nicht, wo ich anfangen soll. Es ist verrückt. Ich warte auf ein Bild, ein Wort, das mir sagt, wohin ich gehen soll.«

»Warum willst du nicht warten, bis ich von Peter gehört habe? Wir können morgen in Paris sein. Von dort werde ich ihn anrufen.«

»Weil es nichts ändern würde, verstehst du nicht? Gleichgültig, worauf er auch stößt, das, was ich wissen muß, wird nicht dabei sein. Ich muß wissen, warum gewisse Männer mich töten wollen, warum jemand namens Carlos . . . wie war das doch . . . ein Vermögen für meine Leiche bezahlen will.«

Weiter kam er nicht, das Krachen auf dem Tisch unterbrach ihn. Marie hatte die Tasse fallen lassen und starrte ihn mit bleichem Gesicht an.

»Was hast du gerade gesagt?«

»Was? Ich sagte, daß ich wissen muß . . .«

»Du hast gerade den Namen Carlos genannt.«

»Das stimmt.«

»In all den Stunden, die wir geredet haben, in all den Tagen, die wir jetzt zusammen sind, hast du ihn nie erwähnt.«

Borowski sah sie an, versuchte sich zu erinnern. Es stimmte; er hatte ihr alles gesagt, das ihm in den Sinn gekommen war, aber aus irgendeinem Grund hatte er Carlos nicht erwähnt, so als hätte er den Namen verdrängt.

»Ja, da hast du wahrscheinlich recht«, sagte er. »Du scheinst zu wissen, wer Carlos ist.«

»Machst du Witze?«

»Keineswegs. Also, wer ist Carlos?«

»Mein Gott – du weißt es wirklich nicht!« rief sie aus und schaute ihm prüfend in die Augen.

»Wer ist Carlos?«

»Ein Mörder! Ein Mann, der seit zwanzig Jahren von der Polizei gejagt wird. Man nimmt an, daß er an die sechzig Politiker und Militärs getötet hat. Niemand weiß genau, wie er aussieht ... Man vermutet, daß er von Paris aus agiert.«

Borowski spürte, wie ihn ein kalter Schauer durchlief.

Der Schwiegersohn des *Concierge* hatte sie nach Wohlen gefahren. Auf der Rückfahrt saßen Jason und Marie hinten im Auto. Die dunkle Landschaft zog schnell an den Fenstern vorbei. Der Arzt hatte ihm die Fäden gezogen und an ihrer Stelle weiche Bandagen angebracht, die er mit Heftpflaster befestigt hatte.

»Fahr zurück nach Kanada«, sagte Jason leise.

»Das werde ich auch, in ein paar Tagen. Erst möchte ich Paris sehen.«

»Ich will dich nicht in Paris haben. Ich rufe dich in Ottawa an. Du kannst selbst nach Treadstone suchen und mir die Information telefonisch durchgeben.«

»Ich dachte, du hättest gesagt, das änderte nichts. Du müßtest das *Warum* erfahren; das *Wer* sei bedeutungslos, solange du nicht die Hintergründe begreifst!«

»Ich brauche nur einen einzigen Mann aufzuspüren, und ich werde ihn finden.«

»Aber du weißt nicht, wo du beginnen sollst. Du wartest auf ein Bild, einen Satz, der dir den entscheidenden Hinweis gibt. Vielleicht sind sie gar nicht dort.«

»Etwas wird da sein.«

»Etwas *ist* da, aber du siehst es nicht. Ich schon. Deshalb brauchst du mich. Ich weiß, wie wir vorzugehen haben – du nicht.«

Borowski sah sie an. »Ich glaube, du solltest dich deutlicher ausdrükken.«

»Die Banken. Treadstones Verbindungen sind bei den Banken zu suchen, aber nicht so, wie du vielleicht denkst.«

In der Dorfkirche von Arpajon, zehn Meilen südlich von Paris, ging ein gebeugter alter Mann in einem zerschlissenen Mantel, die schwarze Baskenmütze in seiner Rechten, den Mittelgang hinunter. Die Glocken hallten durch das Mittelschiff. In Höhe der fünften Stuhlreihe blieb der Mann stehen und wartete, bis sie verstummten. Das war sein Signal. Während des Glockengeläutes hatte sich ein junger Mann, der so skrupellos war, wie ein Mensch nur sein konnte, in dem kleinen Gotteshaus umgesehen und jeden gemustert, den er drinnen oder draußen erspähen konnte. Hätte der Mann bei irgend jemandem Gefahr gewittert, hätte er sofort kurzen Prozeß gemacht und den Betreffenden umgelegt.

Das war Carlos' Art, und nur Leute, die selbst verfolgt wurden, deren Leben keinen Pfifferling mehr wert war, arbeiteten als seine Helfershelfer.

Carlos vermied jegliches Risiko. Wenn man in seinen Diensten – oder von seiner Hand – starb, bestand der einzige Trost darin, daß dann ein nicht unerheblicher Geldbetrag seinen Weg zu trauernden Witwen und ihren Kindern finden würde – gewiß eine sehr eigenwillige Art, Mitleid zu zeigen.

Der Alte umklammerte seine Baskenmütze und lief weiter an den Stuhlreihen entlang, zu den Beichtstühlen an der linken Wand. Er ging zum fünften, schob den Vorhang auseinander und trat ein. Hinter dem hölzernen Trenngitter brannte eine einzelne Kerze. Er setzte sich auf die kleine Bank, und als sich seine Augen an die Dunkelheit gewöhnt hatten, erkannte er den Mann in der Mönchskutte, der die Kapuze tief in sein Gesicht gezogen hatte. Der Bote versuchte sich nicht auszumalen, wie jener Mann aussah; es war besser so.

»Angelus Domini«, sagte er.

»Angelus Domini, Kind Gottes«, flüsterte die kapuzenbedeckte Silhouette. »Sind deine Tage angenehm?«

»Sie neigen sich dem Ende zu«, erwiderte der alte Mann und hatte damit das Codewort genannt, »aber ich bin versorgt.«

»Gut. Es ist wichtig, wenn man in Ihrem Alter ein Gefühl der Sicherheit hat«, sagte Carlos. »Nun zur Sache. Haben Sie die Informationen aus Zürich bekommen?«

»Die Eule ist tot; zwei andere auch, vielleicht sogar ein Dritter. Einem anderen ist die Hand schwer verletzt worden; er kann nicht arbeiten. Cain ist verschwunden. Man vermutet, daß die Frau bei ihm ist.«

»Eine seltsame Wendung der Ereignisse«, sagte Carlos.

»Ich habe noch mehr Neuigkeiten: Man hat von dem, der die Anweisung hatte, die Frau zu töten, nichts mehr gehört. Er sollte sie zum Mythen-Quai bringen; niemand weiß, was dort geschehen ist.«

»Es ist möglich, daß sie nie eine Geisel war, sondern der Köder für eine Falle, die hinter Cain selbst zugeschnappt ist. Darüber will ich nachdenken. Hier sind meine weiteren Instruktionen. Sind Sie bereit?«

Der alte Mann griff in die Tasche und holte einen Bleistiftstummel und einen Fetzen Papier heraus. »Ja.«

»Rufen Sie Zürich an. Ich möchte, daß morgen ein Mann nach Paris kommt, der Cain gesehen hat und ihn wiedererkennt. Außerdem soll ›Zürich‹ sich bei Koenig in der Gemeinschaftsbank melden und ihm sagen, daß er das Tonband nach New York schicken soll, an das Postfach im Village Station.«

»Bitte etwas langsamer«, unterbrach der alte Bote, »meine Hand schreibt nicht mehr so schnell wie früher.«

»Verzeihen Sie«, flüsterte Carlos. »Ich war in Gedanken und daher unhöflich. Entschuldigen Sie.«

»Keine Ursache. Bitte weiter.«

»Schließlich soll unser Team sich Zimmer in der Nähe der Bank an der Rue Madeleine nehmen. Diesmal wird die Bank Cains Untergang sein.«

11

Borowski beobachtete aus einiger Entfernung, wie Marie im Berner Bahnhof auf die Bahnsteige zuging. Es war fünf Uhr nachmittags. Zu dieser Zeit herrschte in dem Bahnhofsgelände mit seinen Geschäften und Restaurants ein unübersehbares Gedränge. Menschen eilten an Borowski vorbei, ohne von ihm Notiz zu nehmen. Damit hatte er gerechnet. Und er hatte aufgepaßt. Niemand war ihnen von Lenzburg hierher gefolgt. Getrennt hatten sie den Bahnhof betreten.

Marie blickte noch einmal kurz zurück, bevor sie um die Ecke bog; nur für sie bemerkbar nickte er ihr ein letztes Mal zu, ein glückliches Lächeln spielte dabei um seinen Mund. In zwei Stunden etwa würde sie von Zürich aus nach Paris fliegen.

Nachdem Marie seinem Blickfeld entschwunden war, wartete er noch einige Minuten. Er wollte sicher sein, daß niemand ihr folgte. Dann begab er sich gemächlich zum Schalter und löste eine Fahrkarte nach Frankfurt. Von dort aus wollte er eine Maschine in die französische Hauptstadt nehmen.

Er würde Marie später in dem Café treffen, an das sie sich aus ihrer Oxford-Zeit erinnerte. Es nannte sich ›Au Coin de Cluny‹ und lag am Boulevard Saint-Michel, einige Häuserblocks von der Sorbonne entfernt. Falls es das Café nicht mehr geben sollte, würde Jason sie gegen neun am Eingang zum Cluny-Museum finden.

Borowski würde sich verspäten, er würde in der Nähe sein, aber zu spät kommen. Die Sorbonne verfügte über eine der umfangreichsten Bibliotheken von ganz Europa, und irgendwo in dieser Bibliothek waren alte Zeitungen archiviert. Die Universitätsbibliothek war auch in den Abendstunden geöffnet. Sobald er nach Paris kam, wollte er sie aufsuchen. Es gab etwas, was er in Erfahrung bringen mußte.

Ich lese jeden Tag die Zeitungen. In drei Sprachen. Vor sechs Monaten ist ein Mann getötet worden; jede der drei Zeitungen meldete seinen Tod auf dem Titelblatt. Das hatte ein dicklicher Mann in Zürich gesagt.

Er gab seinen Koffer in der Garderobe der Bibliothek ab und ging ins Obergeschoß, wo sich der große Lesesaal befand. Nach längerem Suchen fand er die Regale, in denen die Zeitungen aufbewahrt wurden. Die Ausgaben reichten genau ein Jahr zurück.

Er konzentrierte sich auf die Nummern, die vor mehr als einem halben

Jahr erschienen waren. Von diesem Zeitpunkt an verfolgte er sie zehn Wochen zurück. Er setzte sich an den nächsten freien Tisch und durchblätterte jede Zeitung von Anfang bis Ende.

Der Dollar war gefallen, der Goldpreis gestiegen; Streiks hatten die Wirtschaft einiger Länder fast zum Erliegen gebracht. Aber in dieser Zeitspanne war kein Mann ermordet worden, der Schlagzeilen verdient hätte. Nirgendwo fand er eine Meldung dieser Art.

Jason setzte seine Suche fort und nahm sich auch die noch älteren Ausgaben vor. Wieder nichts. Schließlich holte er sich die Zeitungen, die vor vier und fünf Monaten gedruckt worden waren. Aber erneut war die Mühe umsonst. Hatte ein schwitzender, fetter Mann in Zürich gelogen? War alles eine Lüge? Erlebte er einen Alptraum, der verschwinden würde, sobald . . .

Sein Blick fiel auf die Titelseite der letzten Nummer.

BOTSCHAFTER LELAND IN MARSEILLE ERMORDET!

Die riesigen Blockbuchstaben der Schlagzeile sprangen ihm förmlich ins Gesicht, taten seinen Augen weh. Das war kein eingebildeter Schmerz, sondern ein scharfes Stechen, das durch seine Augenhöhlen in seinen Kopf drang. Sein Atem stockte, seine Augen hafteten unverwandt an dem Wort LELAND. Er kannte diesen Namen, er konnte sich das Gesicht des Mannes genau vorstellen: buschige Brauen unter einer hohen Stirn, eine kräftige Nase zwischen hohen Backenknochen und über auffallend schmalen Lippen ein säuberlich gestutzter grauer Schnurrbart. Er kannte das Gesicht, kannte den Mann, der durch einen einzigen Schuß getötet worden war. Der Schütze hatte ihn aus einem Fenster irgendwo im Hafengebiet abgefeuert. Botschafter Howard Leland war um fünf Uhr nachmittags an einem Pier in Marseille entlanggegangen, als ihn die Kugel traf.

Borowski brauchte den zweiten Absatz gar nicht zu lesen, um zu wissen, daß Howard Leland Admiral der US-Marine gewesen war, ehe er zum Chef der Marineabwehr und schließlich zum Militärattaché in Paris ernannt wurde. Er brauchte den Artikel nicht weiter zu lesen, um die Hintergründe des Mordes zu erfahren – er kannte sie bereits. Lelands wichtigste Funktion in Paris war es, der französischen Regierung die Genehmigung umfangreicher Waffenverkäufe auszureden – insbesondere die Lieferung ganzer Geschwader von Mirage-Düsenjägern, die für Afrika und den Mittleren Osten bestimmt waren. Er hatte in erstaunlichem Maße Erfolg gehabt, damit aber gleichzeitig den Zorn der Abnehmer erregt. Man vermutete, daß der Täter in ihrem Auftrag gehandelt hatte. Der Mord an Leland sollte zugleich als Warnung für andere dienen.

Und der Mann, der ihn getötet hatte, hatte ohne Zweifel für seine Dienste eine stattliche Geldsumme kassiert, weit weg vom Schauplatz des Verbrechens, und alle Spuren waren beseitigt worden. In Zürich hatte ein Bote einen Mann ohne Beine aufgesucht: ein zweiter hatte einen fettleibigen Mann in einem überfüllten Restaurant alarmiert.

Zürich.

Marseille.

Jason schloß die Augen, der Schmerz war jetzt unerträglich. Er war vor fünf Monaten aus dem Meer gefischt worden, und man vermutete, daß er sich in Marseille eingeschifft hatte. Und wenn es Marseille war, hatte er mit einem gemieteten Boot die Flucht ergriffen. Alles paßte zu gut, jedes einzelne Stück des Gedankenpuzzles paßte zum nächsten. Wie konnte er all die Dinge wissen, wenn er nicht der Mörder von Howard Leland war?

Er schlug die Augen auf, der Schmerz hinderte ihn am Denken, aber nicht völlig. Eine Entscheidung war so klar wie nur irgend etwas: Es würde in Paris kein Zusammentreffen mit Marie St. Jacques geben.

Vielleicht würde er ihr eines Tages einen Brief schreiben und die Dinge aussprechen, die er jetzt nicht sagen konnte. Erst mußte er Distanz zwischen ihnen schaffen, sie durfte nicht mit einem bezahlten Killer in Verbindung gebracht werden. Sie hatte unrecht gehabt, seine schlimmsten Ängste hatten sich bestätigt.

Die Titelseite mit der schrecklichen Schlagzeile, die so viel in ihm ausgelöst, so viele Dinge bestätigt hatte, trug das Datum *Donnerstag, 26. August.* An diesen Tag würde er sich erinnern können, solange er lebte.

Donnerstag, 26. August.

Etwas stimmte nicht. Was war es? Der Tag? Donnerstag bedeutete ihm nichts. Der 26. August? . . . Der Sechsundzwanzigste? Das konnte nicht stimmen. Wie oft hatte Washburn, der ausführlich Tagebuch über seinen Patienten geführt hatte, jede einzelne Tatsache wiederholt, jeden Satz, den Jason geäußert hatte.

Man hat Sie am vierundzwanzigsten August, einem Dienstagmorgen, zu meiner Tür gebracht; es war genau acht Uhr zwanzig. Ihr Zustand war . . .

Dienstag, 24. August.

24. August.

Er war also am 26. August nicht in Marseille gewesen! Er konnte kein Gewehr aus einem Fenster im Hafenviertel abgefeuert haben. Er hatte Howard Leland nicht getötet!

Vor sechs Monaten ist ein Mann getötet worden . . . Aber es waren nicht sechs Monate; das konnte nur ungefähr richtig sein. An jenem Tage hatte er halb tot im Haus eines Alkoholikers auf der Ile de Port Noir gelegen.

Die Nebel lichteten sich, der Schmerz wich zurück. Ein Hochgefühl erfüllte ihn; er hatte eine konkrete, nachweisbare Lüge gefunden! Und wenn es eine gab, würden da auch noch andere sein! Borowski sah auf die Uhr; es war Viertel nach neun. Marie hatte bestimmt inzwischen das Café verlassen und wartete jetzt vor dem Eingang des Cluny-Museums auf ihn.

Er verließ eilig die Bibliothek und lief den Boulevard Saint-Michel hinunter. Bei jedem Schritt wurde er schneller. Er hatte das Gefühl zu wissen, wie es war, wenn man zum Tode verurteilt war und begnadigt wurde. Für eine Weile hatte er die von Gewalt erfüllte Finsternis hinter sich gelassen, befand sich jenseits der grollenden Wogen. Plötzlich hatte er den Wunsch, seine Euphorie mit ihr zu teilen. Er mußte zu ihr, sie an sich drücken und ihr sagen, daß Hoffnung war.

Er sah Marie auf den Stufen stehen, die Arme auf der Brust verschränkt, um sich gegen den eisigen Wind zu schützen, der vom Boulevard herüberfegte. Zuerst bemerkte sie ihn nicht, ihre Augen suchten die von Bäumen gesäumte Straße ab. Sie war unruhig, besorgt um ihn.

Da entdeckte sie ihn. Ihr Gesicht begann zu leuchten, plötzlich war es von Leben erfüllt. Sie rannte auf ihn zu, als er die Treppen hinaufeilte. Sie umarmten sich, und einen Augenblick lang schwiegen beide und spürten die Wärme des anderen.

»Ich habe gewartet und gewartet«, hauchte sie schließlich. »Ich hatte solche Angst, solche Sorge um dich. Ist etwas passiert? Ist bei dir alles in Ordnung?«

»Mir geht es gut, so wohl habe ich mich lange nicht mehr gefühlt.«

»Was?«

Er hielt sie an den Schultern fest. »Vor sechs Monaten ist ein Mann getötet worden . . . Erinnerst du dich?«

Ihr Blick verfinsterte sich. »Ja, ich erinnere mich.«

»Ich habe ihn nicht getötet«, sagte Borowski. »Ich kann ihn nicht getötet haben.«

Sie fanden ein kleines Hotel etwas abseits von dem lärmerfüllten Boulevard Montparnasse. Die Zimmer sahen heruntergekommen aus, aber trotzdem war ein Hauch von Eleganz geblieben, der dem Hotel ein Flair von Zeitlosigkeit verlieh.

Jason schloß die Tür und nickte dem weißhaarigen Pagen zu, dessen anfängliche Gleichgültigkeit sich nach Erhalt einer Zwanzigfrancnote in Nachsicht verwandelt hatte.

»Er hält dich für einen Geistlichen, der von der Vorfreude auf eine sündige Nacht erfüllt ist«, sagte Marie. »Ich hoffe, es ist dir aufgefallen, daß ich gleich zum Bett gegangen bin.«

»Er heißt Hervé und wird sehr um unsere Bedürfnisse besorgt sein.« Er ging auf sie zu und nahm sie in die Arme. »Danke für mein Leben«, sagte er.

»Jederzeit, mein Freund.« Sie hielt sein Gesicht mit beiden Händen fest. »Aber laß mich nicht wieder so lange warten. Ich bin fast verrückt geworden; ich habe ständig denken müssen, daß dich jemand erkannt hatte . . . daß etwas Schreckliches passiert war.«

»Du vergißt, daß niemand weiß, wie ich aussehe.«

»Verlaß dich nicht darauf; das ist nicht wahr. In der Steppdeckstraße waren vier Männer, diesen Bastard am Guisan-Quai eingeschlossen. Sie leben, Jason. Sie erkennen dich bestimmt wieder.«

»Sie sahen einen dunkelhaarigen Mann, der hinkte und der am Kopf und am Hals verbunden war. Nur zwei waren in meiner Nähe: der Mann im Obergeschoß und dieses Schwein im Park. Der erste wird Zürich eine Weile nicht verlassen; er kann nicht gehen, und von seiner Hand ist nicht mehr viel übrig. Der zweite war von einer Taschenlampe geblendet.«

Sie ließ ihn los und runzelte die Stirn. »Du kannst trotzdem nicht sicher sein.«

Wenn Sie Ihr Haar ändern . . . dann verändert sich auch Ihr Gesicht.

»Ich wiederhole, sie haben einen dunkelhaarigen Mann in Erinnerung. Ich werde mir die Haare färben lassen, ganz einfach. Morgen werde ich zu einem Friseur gehen.«

Sie studierte sein Gesicht. »Ich versuche mir vorzustellen, wie du mit blonden Haaren aussehen wirst.«

»Anders. Nicht viel, aber es wird reichen.«

»Vielleicht hast du recht.« Sie küßte ihn auf die Wange. »Jetzt sag mir, was geschehen ist. Was hast du von diesem . . . Vorfall vor sechs Monaten erfahren?«

»Es war nicht vor sechs Monaten, und deshalb kann ich ihn nicht getötet haben.« Er erzählte ihr alles, abgesehen von den kurzen paar Augenblicken, in denen er geglaubt hätte, es wäre besser, sie nie wiederzusehen.

»Wenn du dich nicht so deutlich an das Datum hättest erinnern können, wärst du nicht zu mir gekommen, nicht wahr?«

Er schüttelte den Kopf. »Wahrscheinlich nicht.«

»Ich wußte es. Ich habe es gefühlt. Eine Minute lang, während ich vom Café zum Museum ging, konnte ich kaum atmen. Es war so, als erstickte ich.«

Sie saß auf dem Bett, er in dem Sessel daneben. Er griff nach ihrer Hand. »Ich bin immer noch nicht sicher, ob es richtig ist, daß wir wieder zusammen sind. Ich habe jenen Mann gekannt, ich habe sein Gesicht gesehen. Zwei Tage bevor er erschossen wurde, war ich in Marseille!«

»Aber du hast ihn nicht umgebracht.«

»Warum war ich dann dort? Warum glauben Leute, daß ich ihn getötet habe? Herrgott, das ist verrückt!« Er sprang auf, und in seinen Augen stand wieder der Schmerz. »Aber jetzt habe ich etwas vergessen: Ich bin ja nicht normal, oder? Ich habe Jahre, ein Leben vergessen.«

Marie sprach ganz sachlich, ohne Mitgefühl in der Stimme. »Die Antworten werden schon kommen. Du mußt Geduld haben. Schließlich wirst du sie dir selbst geben können.«

»Das ist vielleicht gar nicht möglich. Washburn sagte, es sei, wie wenn man Bausteine neu anordnet.« Jason ging ans Fenster und blickte auf die

Lichter von Montparnasse hinunter. »Die Bilder sind nicht dieselben; sie werden es nie wieder sein. Irgendwo dort draußen sind Leute, die ich kenne, die mich kennen. Ein paar tausend Meilen entfernt sind andere Leute, die mir wichtig sind . . . o Gott, vielleicht eine Frau und Kinder; ich weiß es nicht. Ich drehe mich im Wind, werde hin und her geschleudert und kann nicht auf den Boden gelangen. Jedesmal, wenn ich es versuche, werde ich wieder in die Höhe gerissen.«

»In den Himmel?« fragte Marie.

»Ja.«

»Du bist aus einem Flugzeug gesprungen«, sagte sie, und es klang wie eine Feststellung.

Borowski drehte sich um. »Das habe ich dir nie gesagt.«

»Du hast neulich im Schlaf gesprochen. Du hast geschwitzt, dein Gesicht war gerötet.«

»Warum hast du nichts gesagt?«

»Ich habe dich gefragt, ob du ein Pilot wärst oder ob das Fliegen dich stört, besonders nachts.«

»Ich wußte nicht, wovon du geredet hattest. Warum hast du nicht weiter gefragt?«

»Davor hatte ich Angst. Du warst dicht vor einem hysterischen Anfall. Ich kann dir dabei helfen, daß du dich an weitere Einzelheiten erinnerst, aber mit deinem Unterbewußtsein setze ich mich besser nicht auseinander. Ich glaube, nur ein Arzt sollte dies versuchen.«

»Ein Arzt? Ich war fast sechs Monate mit einem zusammen.«

»Nach dem, was du über ihn erzählt hast, glaube ich, daß wir noch eine andere Ansicht brauchen.«

»Ich nicht!« erwiderte er, von seinem eigenen Ärger verwirrt.

»Warum nicht?« Marie erhob sich vom Bett. »Du brauchst Hilfe, mein Liebster. Ein Psychiater könnte . . .«

»Nein!« Er schrie es hinaus, ohne es zu wollen, wütend auf sich selbst. »Das tu' ich nicht. Das kann ich nicht.«

»Bitte sag mir, warum«, fuhr sie ruhig fort. Sie stand jetzt direkt vor ihm.

»Ich . . . ich . . . kann das nicht.«

»Sag mir nur, warum, sonst nichts.«

Borowski starrte sie an, dann drehte er sich um und blickte wieder zum Fenster hinaus.

»Weil ich Angst habe. Jemand hat gelogen, und ich war dafür dankbarer, als ich dir sagen kann. Aber nimm einmal an, sonst seien da keine Lügen mehr, der Rest sei wahr. Was tue ich dann?«

»Willst du damit ausdrücken, daß du die Wahrheit gar nicht erfahren willst?«

»Nicht so.« Er hatte die Augen immer noch auf die Lichter in der Tiefe gerichtet. »Versuche, mich zu verstehen«, sagte er. »Ich muß bestimmte

Dinge wissen, um eine Entscheidung treffen zu können . . . aber vielleicht nicht alles. Ich muß zu mir selbst sagen können, daß das, was einmal war, nicht länger ist, und die Möglichkeit besteht, daß es *niemals* war, weil ich keine Erinnerung daran besitze. Woran ein Mensch sich nicht erinnern kann, das existiert auch nicht für ihn.« Er wandte sich ihr wieder zu. »Was ich dir klarzumachen versuche, ist, daß es so vielleicht besser ist.«

»Du willst Hinweise, aber keinen Beweis; ist das richtig?«

»Ich suche Pfeile, die in die eine oder die andere Richtung weisen und mir sagen, ob ich fliehen soll oder nicht.«

»*Dir* sagen. Was ist mit *uns*?«

»Das wird schon mit den Pfeilen kommen. Das weißt du doch.«

»Dann laß sie uns finden«, erwiderte sie.

»Sei vorsichtig. Vielleicht kannst du mit dem, was dort draußen uns erwartet, nicht leben. Ich meine das ernst.«

»Ich kann mit dir leben. Das meine ich ebenso ernst.« Sie berührte sein Gesicht. »Komm jetzt, in Ontario ist es noch nicht einmal fünf Uhr nachmittags. Ich werde Peter noch in seinem Büro erreichen. Er soll gleich mit der Treadstone-Suche beginnen . . . und uns den Namen von jemandem in der Botschaft geben, der uns helfen wird.«

»Wirst du Peter sagen, daß du in Paris bist?«

»Er wird es ohnehin von der Vermittlung erfahren. Aber keine Sorge, ich werde alles ganz unauffällig machen. Ich bin auf ein paar Tage nach Paris gekommen, weil meine Verwandten in Lyon einfach zu langweilig sind. Das wird er akzeptieren.«

»Meinst du, er kennt jemanden hier in der Botschaft?«

»Peter sorgt dafür, daß er überall seine Beziehungen hat. Das ist eine seiner nützlicheren, aber weniger attraktiven Eigenschaften.«

»Wir werden ja sehen.« Borowski holte ihre Mäntel. »Ich glaube, nach deinem Anruf können wir beide ein warmes Essen und einen Schluck zu trinken gebrauchen.«

»Laß uns vorher an der Bank in der Rue Madeleine vorbeigehen. Ich möchte sehen, ob dort gleich in der Nähe eine Telefonzelle ist.«

Sie fanden eine. Sie befand sich auf der anderen Straßenseite, schräg gegenüber vom Eingang der Bank.

Der hochgewachsene, blonde Mann mit der Schildpattbrille, der in der Nachmittagssonne auf der Rue Madeleine stand, blickte auf seine Armbanduhr. Auf den Bürgersteigen herrschte dichtes Gedränge, der Autoverkehr war chaotisch, wie immer in Paris zu dieser Tageszeit. Er trat in die Telefonzelle und löste den Knoten in der Schnur, an der der Hörer frei heruntergehangen hatte. Das war ein freundliches Signal für den nächsten Benutzer, daß der Apparat außer Betrieb sei; das verringerte die Chance, daß die Zelle besetzt sein würde. Die kleine List hatte funktioniert.

Er schaute wieder auf die Uhr; die Zeit lief. Marie war in der Bank. Sie würde ihn in den nächsten paar Minuten in der Zelle anrufen. Er holte ein paar Münzen aus der Tasche, legte sie vor sich auf das Telefonbuch und blickte zur Bank auf der anderen Straßenseite hinüber. Eine Wolke dämpfte das Sonnenlicht, und er konnte sein Spiegelbild in der Glaswand sehen. Der Anblick befriedigte ihn, und er erinnerte sich an die verdutzte Reaktion eines Friseurs in Montparnasse, der ihn in eine von einem Vorhang abgeschirmte Nische komplimentiert hatte, um dort Jasons Haar zu blondieren. Die Wolke zog vorbei, die Sonne schien wieder, als das Telefon klingelte.

»Bist du's?« fragte Marie St. Jacques.

»Ja, ich bin's«, sagte Borowski.

»Paß auf, daß du den Namen und die genaue Adresse des Büros bekommst. Und rede mit starkem Akzent. Du mußt ein paar Worte falsch aussprechen, damit er merkt, daß du Amerikaner bist. Sag ihm, daß du die Telefone in Paris nicht gewöhnt bist. Und dann mußt du alles in der richtigen Reihenfolge tun, wie ich dir gesagt habe. Ich rufe dich in genau fünf Minuten wieder an.«

»Zeit läuft.«

»Zeit läuft . . . Viel Glück.«

»Danke.« Jason drückte den Hebel herunter und wählte die Nummer, die er sich gemerkt hatte.

»La Banque de Valois. *Bonjour.*«

»Ich habe kürzlich eine beträchtliche Geldsumme aus der Schweiz per Kurier an Ihre Bank überwiesen«, begann Borowski. »Nun möchte ich wissen, ob der Betrag eingegangen ist.«

»Ich verbinde Sie mit unserer Außenhandelsabteilung, Monsieur. Einen Augenblick.«

Ein Klicken, dann eine andere Frauenstimme. »Außenhandel.« Jason wiederholte sein Anliegen.

»Darf ich Sie um Ihren Namen bitten?«

»Ich würde gerne mit einem Mitglied Ihrer Geschäftsleitung sprechen, ehe ich meinen Namen nenne.«

Ein paar Augenblicke war es still. »Wie Sie wünschen, Monsieur. Ich verbinde Sie mit dem Büro von Direktor d'Amacourt.« Die Sekretärin des Direktors war weniger entgegenkommend. »Ich beziehe mich auf eine Überweisung aus Zürich von der Gemeinschaftsbank. Es geht um eine siebenstellige Summe. Monsieur d'Amacourt, wenn ich bitten darf, ich habe sehr wenig Zeit.«

Sein forsches Auftreten hatte Erfolg. Ein etwas verwirrter Direktor kam ans Telefon. »Kann ich ihnen behilflich sein?«

»Sind Sie d'Amacourt?« fragte Jason.

»Ich bin Antoine d'Amacourt. Darf ich fragen, mit wem ich spreche?«

»Gut! Man hätte mir in Zürich Ihren Namen geben sollen. Das nächste

Mal werde ich dafür sorgen, daß das geschieht«, sagte er mit betont amerikanischem Akzent.

»Wie bitte? Wäre es Ihnen angenehmer, wenn wir englisch sprechen, Monsieur?«

»Ja«, erwiderte Jason und fuhr dann in Englisch fort: »Ich habe mit diesem verdammten Telefon schon genügend Schwierigkeiten.« Er schaute auf die Uhr; er hatte weniger als zwei Minuten zur Verfügung. »Mein Name ist Borowski, Jason Borowski. Vor acht Tagen habe ich viereinhalb Millionen Franc von der Gemeinschaftsbank in Zürich überwiesen. Man hat mir versichert, daß die Transaktion vertraulich abgewickelt würde.«

»Alle Transaktionen sind vertraulich, Sir.«

»Schön. Was ich wissen möchte, ist, ob alles glattgegangen ist.«

»Ich sollte Ihnen vielleicht erklären«, fuhr der Bankdirektor fort, »daß diese vertrauliche Behandlung auch die Bestätigung solcher Transaktionen gegenüber unbekannten Anrufern umfaßt.«

Mit diesem Augenblick hatte Jason gerechnet.

»Das hoffe ich. Aber wie ich schon Ihrer Sekretärin sagte, habe ich es wirklich sehr eilig. In ein paar Stunden verlasse ich Paris. Es ist sehr dringend.«

»Dann empfehle ich, daß Sie zur Bank kommen.«

»Das hatte ich ohnehin vor«, sagte Borowski, den es befriedigte, daß das Gespräch genau die Richtung nahm, die Marie vorhergesehen hatte. »Ich wollte nur, daß alles bereit ist, wenn ich komme. Wo ist Ihr Büro?«

»Im Flur im Erdgeschoß, Monsieur. Ganz hinten, hinter der Flügeltür. Eine Empfangssekretärin sitzt dort.«

»Und ich werde nur mit Ihnen zu tun haben?«

»Wenn Sie es wünschen, obwohl jeder andere leitende . . .«

»Hören Sie, Mister«, rief der Amerikaner aus, »wir reden hier von über vier Millionen Franc!«

»Also, nur mit mir, Monsieur Borowski.«

»Fein.« Jason legte die Finger auf die Gabel. Er hatte noch fünfzehn Sekunden Zeit. »Hören Sie, es ist jetzt vierzehn Uhr und fünfunddreißig Minuten . . . Hallo? Hallo?«

»Ich bin hier, Monsieur.«

»Verdammtes Telefon! Hören Sie mich? Hallo? Hallo?«

»Monsieur, bitte, wenn Sie mir Ihre Telefonnummer geben würden . . .«

»Ich kann Sie nicht verstehen!« *Vier Sekunden, drei Sekunden, zwei Sekunden.* »Warten Sie eine Minute, ich rufe Sie zurück.« Er drückte die Gabel herunter, so daß die Verbindung unterbrochen wurde. Drei weitere Sekunden verstrichen, dann klingelte das Telefon. Er nahm den Hörer ab. »Er heißt d'Amacourt, sein Büro ist im Erdgeschoß hinter der Flügeltür.«

»Verstanden«, sagte Marie und legte auf.

Borowski wählte erneut die Nummer der Bank.

»Ich sprach mit Monsieur d'Amacourt, als ich unterbrochen wurde.«

»Pardon, Monsieur.«

»Monsieur Borowski?«

»D'Amacourt?«

»Ja. Es tut mir schrecklich leid, daß Sie solche Schwierigkeiten mit dem Telefon haben.«

»Jetzt funktioniert es ja wieder. Es ist kurz nach halb drei. Ich bin bis drei Uhr bei Ihnen.«

»Ich freue mich darauf, dann Ihre Bekanntschaft zu machen, Monsieur.«

Jason verknotete die Telefonschnur wieder und ließ den Hörer frei herunterhängen, bevor er die Zelle verließ und schnell in den Schatten einer Markise vor einem Geschäft trat. Er drehte sich um und wartete, die Augen auf die Bank auf der anderen Straßenseite gerichtet. Eine andere Bank in der Züricher Bahnhofstraße fiel ihm ein, und er erinnerte sich an den Klang von Sirenen. Die nächsten zwanzig Minuten würden ihm sagen, ob Marie recht hatte oder nicht. Wenn ihre Vermutung richtig war, würde es in der Rue Madeleine keine Sirenen geben.

Die schlanke Frau mit dem breitkrempigen Hut, der die eine Gesichtshälfte teilweise verdeckte, legte den Hörer des öffentlichen Telefons an der rechten Seite des Bankeingangs auf die Gabel. Sie öffnete ihre Handtasche, entnahm ihr eine Puderdose, klappte sie auf und überprüfte scheinbar ihr Make-up, drehte den kleinen Spiegel zuerst nach links, dann nach rechts. Zufrieden klappte sie die Dose wieder zu, schob sie in die Handtasche und ging an den Kassenschaltern vorbei zum hinteren Ende des Erdgeschosses. An einem Tresen in der Mitte blieb sie stehen, nahm einen Kugelschreiber, der an einer Kette hing, und begann, ziellos Zahlen auf einem Überweisungsformular zu schreiben. Weniger als vier Meter von ihr entfernt war eine kleine Tür in einer niedrigen hölzernen Balustrade eingelassen, welche quer durch die ganze Schalterhalle lief. Dahinter standen die Schreibtische der Sekretärinnen. Die rückwärtige Wand hatte fünf Türen. Marie las den Namen, der in goldenen Lettern auf der mittleren Tür stand.

M.A.R. D'AMACOURT
DIRECTEUR
COMPTES À L'ÉTRANGER ET DE DEVISES

Jetzt mußte sie in Erfahrung bringen, wie Monsieur A. R. d'Amacourt aussah; er würde der Mann sein, den Jason erreichen und mit dem er reden konnte, aber nicht in der Bank.

Plötzlich rannte eine Sekretärin mit ihrem Stenoblock in d'Amacourts Büro, kam dreißig Sekunden später wieder zum Vorschein und griff sofort zum Telefon. Sie wählte drei Zahlen – ein internes Gespräch – und wiederholte leise das, was sie sich notiert hatte.

Zwei Minuten vergingen; die Tür von d'Amacourts Büro öffnete sich, und der Direktor persönlich trat heraus. Er war ein Mann in mittleren Jahren. Sein lichter werdendes schwarzes Haar hatte er so gekämmt, daß die kahlen Stellen verdeckt wurden; seine Augen waren von dicken Tränensäcken umgeben und ließen erkennen, daß er viele Stunden in der Gesellschaft guten Weines verbracht hatte. Aber dieselben Augen waren auch kalt und unruhig. Sie gehörten einem Mann, der seine Umgebung voller Mißtrauen beobachtet. In bellendem Ton stellte er seiner Sekretärin eine Frage; die drehte sich im Stuhl herum und gab sich redlich Mühe, ihre Fassung zu bewahren.

D'Amacourt ging in sein Büro zurück, ohne die Tür zu schließen. Eine weitere Minute verstrich; nervös blickte die Sekretärin immer wieder nach rechts, wartete offensichtlich ungeduldig auf etwas.

Da leuchtete an der linken Wand ein grünes Licht über zwei Holzpaneelen auf; ein Lift war in Betrieb. Sekunden später öffnete sich die Tür, und ein älterer, elegant gekleideter Mann kam heraus, der ein schwarzes Etui trug, das nicht viel größer als seine Hand war. Marie starrte es an und empfand gleichzeitig Befriedigung und Furcht; sie hatte richtig vermutet. Das schwarze Etui war aus einer Registratur in einem bewachten Raum geholt worden.

Die Sekretärin erhob sich aus ihrem Stuhl, begrüßte den würdigen Herrn und führte ihn in d'Amacourts Büro. Gleich darauf kam sie wieder heraus und schloß die Tür hinter sich.

Marie sah auf die Uhr, die Augen auf dem Sekundenzeiger. Sie wollte noch ein einziges Beweisstück haben. Dazu mußte es ihr gelingen, durch die niedrige Tür in der Balustrade zu gelangen und einen Blick auf den Schreibtisch der Sekretärin zu werfen.

Sie ging an der Empfangssekretärin vorbei, die gerade telefonierte, lächelte ihr zu und sagte nur »d'Amacourt«. Entschlossen beugte sie sich vor, öffnete die Tür und trat schnell ein.

»*Pardon, Madame . . .*« Die Empfangssekretärin hielt die Hand über die Sprechmuschel und redete schnell auf französisch auf die Kundin ein. »Kann ich Ihnen behilflich sein?«

»Ich möchte zu Monsieur d'Amacourt. Ich habe mich leider verspätet. Ich gehe gleich zu seiner Sekretärin«, erwiderte sie und lief weiter.

»Bitte, Madame«, rief die Empfangsdame, »ich muß Sie melden . . .«

Das Summen der elektrischen Schreibmaschinen und die gedämpften Gespräche übertönten ihre Worte. Marie trat auf die Sekretärin des Direktors zu, die ebenso verwirrt wie die Empfangsdame aufblickte.

»Ja? Kann ich Ihnen behilflich sein?«

»Monsieur d'Amacourt, bitte.«

»Er hat leider gerade eine Besprechung, Madame. Sind Sie mit ihm verabredet?«

»Natürlich«, sagte Marie und klappte ihre Handtasche auf.

Die Sekretärin blickte auf den Terminkalender, der vor ihr auf dem Schreibtisch lag. »Für diese Uhrzeit habe ich niemanden eingetragen. Das muß ein Irrtum sein.«

»Oh, richtig!« rief die verwirrte Kundin der Valois-Bank aus. »Ich habe mich im Tag geirrt. Erst morgen ist ja die Verabredung. Es tut mir schrecklich leid!«

Sie machte kehrt und ging schnell wieder zurück in den Korridor. Sie hatte gesehen, was sie sehen wollte. Auf d'Amacourts Telefon leuchtete ein einziger Knopf; ohne sich von seiner Sekretärin verbinden zu lassen, hatte er direkt eine auswärtige Nummer angewählt. Das Konto, das Jason Borowski gehörte, war mit ganz speziellen, vertraulichen Instruktionen versehen, die dem Kontoinhaber nicht mitgeteilt werden durften.

Im Schatten der Markise sah Borowski auf die Uhr; es war zehn vor drei. Marie würde jetzt wieder vor dem Münzapparat im Foyer der Bank warten. Die nächsten paar Minuten würden ihnen die Antwort liefern; vielleicht kannte sie sie bereits.

Von seinem Platz aus hatte er den Eingang der Bank im Blick. Er holte ein Päckchen Zigaretten heraus, zündete sich eine an und schaute erneut auf die Uhr: Acht Minuten vor drei.

Und dann sah er sie, die drei gutgekleideten Männer, die schnell die Rue Madeleine heraufkamen und dabei miteinander sprachen, die Augen aber geradewegs nach vorn gerichtet. Sie überholten die langsameren Fußgänger vor ihnen, entschuldigten sich mit einer Höflichkeit, die eigentlich nicht nach Paris paßte. Jason konzentrierte sich auf den Mann in der Mitte. Das war er. Ein Mann namens Johann.

Sagen Sie Johann, daß er hineingehen soll. Wir kommen dann zurück. Ein hochgewachsener, hagerer Mann mit einer goldgeränderten Brille hatte diese Worte in der Brauerstraße gesprochen. *Johann* – sie hatten ihn aus Zürich hierhergeschickt; er hatte Jason Borowski gesehen und könnte ihn wiedererkennen. Daraus schloß er, daß es keine Fotografien von ihm gab.

Die drei Männer erreichten den Eingang der Bank. Johann und der Mann zu seiner Rechten gingen hinein; der dritte Mann blieb draußen stehen. Borowski eilte zu der Telefonzelle zurück; er würde vier Minuten warten und dann Antoine d'Amacourt ein letztes Mal anrufen.

»La Banque de Valois. Bonjour.«

Zehn Sekunden später war d'Amacourt am Apparat. Seine Stimme klang gequält. »Sind Sie es, Monsieur Borowski? Ich dachte, Sie hätten gesagt, Sie wären zu meinem Büro unterwegs.«

»Ich habe meine Pläne geändert, tut mir leid. Ich muß Sie morgen anrufen.« Jason beobachtete durch die Glastür, wie ein Wagen vor der Bank hielt. Der dritte Mann, der sich neben dem Eingang postiert hatte, nickte dem Fahrer zu.

». . . ich tun kann?« D'Amacourt hatte eine Frage gestellt.

»Wie bitte?«

»Ich habe gefragt, ob ich Ihnen irgendwie behilflich sein kann? Ich habe Ihr Konto; alles ist hier für Sie bereit.«

Sicher ist es das, dachte Borowski.

»Hören Sie, ich muß heute nachmittag nach London fliegen, morgen bin ich wieder zurück. Dann werde ich Sie sofort aufsuchen.«

»Nach London, Monsieur?«

»Ich rufe Sie morgen an. Ich muß rasch ein Taxi nach Orly finden.«

Er legte auf und beobachtete den Eingang der Bank. Weniger als eine Minute später kamen Johann und sein Begleiter herausgerannt; sie sprachen mit dem dritten Mann, dann stiegen alle drei in die wartende Limousine. Ihr Ziel war klar: Flughafen Orly. Jason merkte sich die Nummer auf dem Zulassungsschild und wählte dann sein nächstes Gespräch. Wenn der Telefonautomat in der Bank nicht benutzt wurde, würde Marie sofort beim ersten Klingeln abnehmen.

Das tat sie auch.

»Ja?«

»Hast du etwas gesehen?«

»Eine ganze Menge. D'Amacourt ist dein Mann.«

12

Sie gingen im Laden herum, von einem Tresen zum anderen. Marie blieb in der Nähe des breiten Schaufensters und behielt den Eingang der Bank auf der anderen Seite der Rue Madeleine im Auge.

»Ich habe zwei Halstücher für dich ausgesucht«, sagte Borowski.

»Das solltest du nicht. Die Preise sind viel zu hoch.«

»Es ist fast vier Uhr. Wenn er bis jetzt noch nicht herausgekommen ist, dann verläßt er die Bank bestimmt nicht vor Büroschluß.«

»Wahrscheinlich nicht. Wenn er vorzeitig hätte weggehen wollen, um sich mit irgend jemandem zu treffen, hätte er das inzwischen getan.«

»Du kannst es mir glauben, seine Freunde sind jetzt in Orly und rennen von einer London-Maschine zur anderen. Sie können unmöglich feststellen, mit welcher ich fliege, weil sie nicht wissen, welchen Namen ich verwende.«

»Sie werden sich darauf verlassen, daß der Mann aus Zürich dich erkennt.«

»Aber der sucht nach einem dunkelhaarigen, hinkenden Mann.«

Marie packte Jason am Arm und sah zu der Bank hinüber. »Da ist er! Der in dem Mantel mit dem Samtkragen ist d'Amacourt.«

»Der gerade an seinen Ärmeln zieht?«

»Ja.«

»Ich habe ihn. Wir sehen uns später im Hotel.«

»Sei vorsichtig! Sehr vorsichtig!«

Jason verließ den Laden und eilte dem Bankdirektor hinterher. D'Amacourt war in eine Seitenstraße gebogen und schlenderte gemächlich dahin; das war kein Mann, der es eilig hatte, sich mit jemandem zu treffen. Er wirkte eher wie ein promenierender Pfau.

Als er ein Café mit dunklen Fenstern passierte, dessen schwere hölzerne Eingangstür mit massiven Messingbeschlägen geziert war, lief Borowski auf gleicher Höhe mit ihm und sprach ihn auf französisch an, wobei er seinen amerikanischen Akzent besonders betonte.

»Bonjour, Monsieur. Sie heißen d'Amacourt, nicht wahr?«

Der Bankier blieb stehen. Seine kalten Augen bekamen einen verschreckten Ausdruck. Der Pfau schrumpfte noch weiter in seinen maßgeschneiderten Mantel. »Borowski?« flüsterte er.

»Ihre Freunde sind jetzt bestimmt sehr verwirrt. Ich stelle mir vor, wie sie am Flughafen vergeblich nach mir Ausschau halten und sich fragen, ob Sie ihnen vielleicht eine falsche Information gegeben haben – womöglich absichtlich.«

»Was?« Seine verängstigten Augen traten aus ihren Höhlen.

»Ich glaube, wir sollten miteinander reden«, sagte Jason und hielt d'Amacourt am Arm fest.

»Ich weiß absolut nichts! Ich habe nur die Vorschriften befolgt, die mit dem Konto verbunden waren.«

»Wohl doch nicht. Als ich das erstemal mit Ihnen sprach, erklärten Sie mir, über ein Konto dieser Art dürften Sie telefonisch keine Auskunft geben. Aber zwanzig Minuten später sagten Sie, alles läge für mich bereit. Also kommen Sie, gehen wir in das Café hier.«

Sie setzten sich in eine Nische, abgeschirmt von den Blicken der übrigen Gäste.

»Trinken Sie einen Schluck«, sagte Jason. »Sie werden es brauchen können.«

»Sie werden anmaßend«, erwiderte der Bankier kühl. »Ich nehme einen Whisky.«

»Ich auch.«

Als der Kellner mit den Getränken kam, nutzte d'Amacourt die kurze Pause, um ein Päckchen Zigaretten unter seinem eng anliegenden Mantel hervorzuholen. Borowski riß ein Streichholz an und hielt es dem Bankier dicht vor das Gesicht.

»*Merci.*« D'Amacourt inhalierte, legte die Zigarette weg und kippte den Whisky zur Hälfte hinunter. »Ich bin nicht der Mann, mit dem Sie sprechen sollten«, sagte er.

»Und wer wäre das Ihrer Ansicht nach?«

»Einer der Eigentümer der Bank vielleicht. Ich weiß es nicht. Aber ganz sicher nicht ich.«

»Erklären Sie das.«

»Es sind Arrangements getroffen worden. Eine Privatbank ist viel flexibler als ein öffentliches Institut mit Aktionären.«

»Wieso?«

»Weil sie größeren Spielraum hat, wenn es um die Wünsche gewisser Klienten geht. Außerdem wird eine Privatbank weniger kontrolliert als eine Gesellschaft, die an der Börse notiert ist. Die Gemeinschaftsbank in Zürich ist auch ein Privatinstitut.«

»Die Forderungen wurden von der Gemeinschaftsbank gestellt?«

»Forderungen . . . Bitten . . . ja.«

»Wer sind die Eigentümer der Valois?«

»Wer? Ein Konsortium. Zehn oder zwölf Männer und ihre Familien.«

»Dann sind Sie ja doch der Richtige, oder nicht? Ich meine, es wäre ein wenig albern, wenn ich in ganz Paris herumlaufen würde, um sie ausfindig zu machen.«

»Ich bin nur ein Angestellter.« D'Amacourt leerte sein Glas, drückte die halbaufgerauchte Zigarette aus und zog mit leicht zitternden Fingern die nächste aus der Schachtel.

»Und welcher Art sind diese Arrangements, die Sie vorhin angedeutet haben?«

»Ich könnte meine Stellung verlieren, Monsieur!«

»Sie könnten Ihr Leben verlieren«, erwiderte Jason, den es beunruhigte, daß ihm diese Worte so leicht über die Lippen kamen.

»Ich bin nicht so einflußreich, wie Sie denken.«

»Und nicht so unwissend, wie Sie mir einreden wollen«, fügte Borowski hinzu, dessen Augen den Bankier auf der anderen Tischseite nicht losließen. »Typen wie Sie gibt es überall, d'Amacourt. Man merkt das an Ihren Kleidern, an der Art und Weise, wie Sie Ihr Haar tragen, selbst an Ihrem Gang. Sie stolzieren wie ein Pfau. Ein Mann wie Sie wird nicht Direktor der Valois-Bank, ohne Fragen zu stellen; Sie haben sich ganz bestimmt abgesichert. Sie lassen sich nur auf illegale Machenschaften ein, wenn Sie überzeugt sind, daß Sie Ihre eigene Haut retten können. Jetzt sagen Sie mir, was das für Arrangements waren. Ihre Person interessiert mich nicht weiter, drücke ich mich klar genug aus?«

D'Amacourt riß ein Streichholz an und hielt es an seine Zigarette, während er Jason anstarrte. »Sie brauchen mir nicht zu drohen, Monsieur. Sie sind ein sehr reicher Mann. Weshalb bezahlen Sie mich nicht?«

Der Bankier lächelte nervös. »Sie haben übrigens ganz recht. Ich habe ein oder zwei Fragen gestellt. Paris ist nicht Zürich. Ein Mann in meiner Position muß sich in der Tat absichern.«

Borowski lehnte sich zurück und drehte sein Glas zwischen den Fingern. Das Klirren der Eiswürfel war d'Amacourt sichtlich unangenehm. »Nennen Sie einen vernünftigen Preis«, sagte er schließlich, »dann können wir darüber diskutieren.«

»Ich bin ein vernünftiger Mann. Wollen wir doch die Entscheidung vom Wert meiner Information für Sie abhängig machen. Den Preis sollten Sie bestimmen. Bankiers auf der ganzen Welt werden von dankbaren Klienten, die von ihnen gut beraten worden sind, für ihren Service entschädigt. Ich würde in Ihnen gerne einen Klienten sehen.«

»Sicher würden Sie das«, lächelte Borowski und schüttelte den Kopf über den Nerv des Mannes. »Ihnen ist es offensichtlich angenehmer, von einem Trinkgeld für persönliche Dienste zu reden als von Bestechung.«

D'Amacourt zuckte die Achseln. »Ich bin mit der Definition einverstanden und würde, wenn man mich je fragen sollte, Ihre Worte wiederholen.«

»Um welche Arrangements handelt es sich nun?«

»Die Überweisung aus Zürich begleitete *une fiche confidentielle . . .*«

»*Une fiche?*« unterbrach Jason und erinnerte sich an den Augenblick in Apfels Büro in der Gemeinschaftsbank, als Koenig hereingekommen war und diese Worte ausgesprochen hatte. »Das habe ich schon einmal gehört. Was ist das?«

»Eigentlich ein altmodischer Ausdruck. Er stammt aus der Mitte des neunzehnten Jahrhunderts, als die großen Bankhäuser – in erster Linie die Rothschilds – die internationalen Geldströme überwachten.«

»Und worum handelt es sich genau?«

»Um versiegelte Instruktionen, die geöffnet und befolgt werden müssen, wenn das fragliche Konto abgerufen wird.«

»Abgerufen?«

»Wenn die Gelder abgehoben werden oder eingehen.«

»Angenommen, ich wäre einfach an einen Schalter gegangen, hätte dort ein Sparbuch vorgelegt und Geld verlangt?«

»Dann wären auf einem Bildschirm zwei Sternchen erschienen, und man hätte Sie zu mir gesandt.«

»Ihre Telefonvermittlung hat mich gleich mit Ihrem Büro verbunden.«

»Das war Zufall. Die Außenhandelsabteilung hat noch zwei Direktoren. Hätte man Sie zu einem meiner Kollegen durchgestellt, hätte die *fiche* trotzdem vorgeschrieben, daß man Sie zu mir schickt. Ich bin der Leiter dieser Filiale.«

»Ich verstehe.« Dabei war Borowski keineswegs sicher, daß er die

Zusammenhänge begriffen hatte. Es gab da eine Lücke im Ablauf. »Warten Sie einen Augenblick. Sie wußten doch überhaupt nichts von einem *fiche*, als Sie sich die Kontounterlagen in Ihr Zimmer bringen ließen.«

»Warum ich es trotzdem verlangt habe?« unterbrach ihn d'Amacourt, der die Frage vorhergesehen hatte. »Seien Sie doch vernünftig, Monsieur. Versetzen Sie sich in meine Lage. Ein Mann ruft an, nennt seinen Namen und sagt dann, er ›spräche von über vier Millionen Franc‹. Vier Millionen! Wären Sie da nicht auch äußerst hilfsbereit und geneigt, die eine oder andere Vorschrift außer acht zu lassen?«

Jason sah den eleganten Bankier an und begriff, daß er ganz und gar nichts Ungewöhnliches gesagt hatte.

»Wie lauteten die Instruktionen?«

»Zunächst sollte eine Telefonnummer angerufen werden – eine nicht registrierte natürlich – und alle Informationen an sie weitergegeben werden.«

»Erinnern Sie sich an die Nummer?«

»Ich mache es mir zur Gewohnheit, mir solche Dinge zu merken.«

»Das kann ich mir vorstellen. Und wie lautet die Nummer?«

»Ich muß mich schützen, Monsieur. Wie hätten Sie sie sonst bekommen können? Ich stelle diese Frage . . . wie sagt man? . . . rhetorisch.«

»Was bedeutet, daß Sie die Antwort bereits kennen. Wie habe ich die Nummer also erfahren?«

»In Zürich. Sie haben einen sehr hohen Preis dafür bezahlt, daß jemand nicht nur die äußerst strengen Vorschriften des Schweizer Bankgewerbes, sondern auch die Gesetze des Landes brach.«

»Jetzt habe ich den Mann«, sagte Borowski, vor dessen geistigen Augen plötzlich das Gesicht Koenigs auftauchte. »Er hat das Verbrechen bereits begangen.«

»In der Gemeinschaftsbank? Machen Sie Witze?«

»Keineswegs. Sein Name ist Koenig. Sein Schreibtisch steht im ersten Stock.«

»Das werde ich mir merken.«

»Sicher werden Sie das. Die Nummer?« D'Amacourt gab sie ihm. Jason schrieb sie auf eine Papierserviette. »Woher weiß ich, daß diese Nummer richtig ist?«

»Sie können einigermaßen sicher sein; ich bin noch nicht bezahlt worden.«

»Das genügt.«

D'Amacourt beugte sich vor. »Eine Fotokopie der Original-*fiche* traf mit dem Kontenkurier ein. Sie war in ein schwarzes Etui eingeschlossen und wurde vom Leiter der Registratur in Empfang genommen und quittiert. Die Karte in dem Etui war von einem Partner der Gemeinschaftsbank unterschrieben und von einem Schweizer Notar gegengezeichnet; die Instruktionen waren unmißverständlich: In allen Angelegenheiten,

die das Konto von Jason C. Borowski betrafen, sollte sofort ein Telefonanruf in die Vereinigten Staaten erfolgen. Die Nummer in New York
war unkenntlich gemacht worden, und statt dessen hatte man einen
Anschluß in Paris eingetragen und abgezeichnet.«

»Woher wußten Sie, daß es eine New Yorker Nummer war?« fragte
Borowski erstaunt.

»Die Vorwahlnummer war in Klammern vermerkt, sie war nicht
ausgestrichen worden. Sie lautete 212. Als geschäftsführender Direktor
der Auslandsabteilung führe ich fast täglich Gespräche mit New
York.«

»Die Korrektur war also ziemlich oberflächlich.«

»Richtig. Vielleicht ist sie in Eile erfolgt, oder man hat sie falsch ausgeführt. Andererseits gab es keine Möglichkeit, die Instruktionen ganz
zu tilgen, ohne die Karte erneut notariell beglaubigen zu lassen. Die
Vorwahlnummer stehenzulassen bedeutete kein besonders großes Risiko, wenn man bedenkt, wie viele Anschlüsse es in New York gibt.
Jedenfalls sah ich mich infolge der Änderung dazu veranlaßt, ein oder
zwei Fragen zu stellen. Bankiers reagieren allergisch auf solche Art von
Änderungen.« D'Amacourt trank die letzten Tropfen aus seinem Glas.

»Noch einen Whisky?« fragte Jason.

»Nein, vielen Dank. Das würde unser Gespräch nur verlängern.«

»Sie haben es selbst unterbrochen.«

»Ich denke nach, Monsieur. Vielleicht sollten Sie eine ungefähre
Summe nennen, ehe ich fortfahre.«

Borowski studierte den Mann. »Es könnte eine fünfstellige sein«,
sagte er.

»Na gut, ich werde fortfahren. Ich sprach mit einer Frau . . .«

»Einer Frau? Was haben Sie zu Anfang gesagt?«

»Die Wahrheit. Ich sei geschäftsführender Direktor der Valois und
befolge Instruktionen der Gemeinschaftsbank in Zürich. Was hätte ich
sonst sagen sollen?«

»Weiter.«

»Ich sagte, ich hätte mit einem Mann am Telefon geredet, der behauptete, Jason Borowski zu sein. Sie fragte mich, wann das gewesen
wäre, worauf ich erwiderte, vor wenigen Minuten. Dann wollte sie den
genauen Inhalt unseres Gesprächs wissen. An diesem Punkt erklärte
ich ihr meine Bedenken gegen solche Auskunft.

Auf der *fiche* stand ausdrücklich, daß New York, nicht Paris, angerufen werden sollte. Sie sagte natürlich, das sei nicht meine Angelegenheit, die Änderung sei durch Unterschrift autorisiert und ob ich etwa
wolle, daß Zürich informiert werde, daß ein Mitglied der Geschäftsleitung der Valois-Bank sich weigere, den Instruktionen der Gemeinschaftsbank nachzukommen?«

»Augenblick«, unterbrach Jason. »Wer war sie?«

»Ich habe keine Ahnung.«

»Sie meinen, Sie redeten die ganze Zeit mir ihr, ohne zu wissen, wer sie war?«

»Das ist die Eigenart einer *fiche*. Wenn ein Name genannt wird, dann gut. Wenn nicht, stellt man keine Fragen.«

»Sie zögerten aber nicht, nach der Telefonnummer zu fragen.«

»Ein reines Manöver; ich wollte Informationen. Sie haben viereinhalb Millionen Franc überwiesen – einen sehr hohen Betrag – und waren daher ein wichtiger Klient mit vielleicht wichtigeren Verbindungen ... Erst sträubt man sich, dann willigt man ein, sträubt sich wieder, um erneut einzuwilligen; auf diese Weise erfährt man etwas. Besonders dann, wenn der Gesprächspartner hörbar Angst hat. Und ich kann Ihnen versichern, daß sie verängstigt war.«

»Und was erfuhren Sie von der Frau?«

»Daß Sie ein gefährlicher Mann seien.«

»In welcher Hinsicht?«

»Das ließ sie offen. Aber allein die Tatsache, daß der Begriff benutzt wurde, genügte mir, um zu fragen, weshalb die Sûreté nicht eingeschaltet sei. Ihre Antwort war äußerst interessant: Sein Fall geht über die Sûreté und über Interpol hinaus, erklärte sie.

»Was hat Ihnen das gesagt?«

»Daß alles höchst kompliziert war, und zwar aus vielen Gründen, die man am besten nicht näher untersucht. Aber seit Beginn unseres Gespräches weiß ich noch etwas.«

»Was?«

»Daß Sie mich wirklich gut bezahlen sollten, denn ich muß äußerst vorsichtig sein. Diejenigen, die Sie suchen, haben vielleicht ebensowenig mit der Sûreté oder mit Interpol zu tun.«

»Darauf kommen wir noch. Sie sagten also dieser Frau, ich sei auf dem Wege zu Ihnen ins Büro?«

»Ja, ich sagte, Sie würden etwa in einer Viertelstunde da sein. Sie bat mich, ein paar Augenblicke am Telefon zu warten, sie würde gleich wieder zurück sein. Offensichtlich hat sie mit jemand anderem telefoniert. Dann gab sie mir die endgültigen Anweisungen durch. Sie sollten in meinem Büro festgehalten werden, bis ein Mann zu meiner Sekretärin käme, der sich nach einer Angelegenheit aus Zürich erkundigen würde. Wenn Sie dann mein Zimmer verließen, sollte ich Sie durch ein Kopfnikken oder eine Handbewegung identifizieren; ein Fehler müsse ausgeschlossen sein. Der Mann erschien natürlich, aber Sie tauchten nicht auf. Also wartete er mit einem Begleiter am Schalter. Als Sie schließlich anriefen und sagten, Sie wären nach Orly unterwegs, um ein Flugzeug nach London zu nehmen, verließ ich mein Büro, um den Mann zu finden. Meine Sekretärin zeigte ihn mir, und ich erzählte ihm, was ich wußte. Der Rest ist Ihnen ja hinreichend bekannt.«

»Kam es Ihnen nicht eigenartig vor, daß ich identifiziert werden mußte?«

»Weniger eigenartig als maßlos übertrieben. Eine *fiche* ist eine Sache – Telefonanrufe, anonyme Informationen –, aber direkt involviert zu sein, sozusagen in aller Öffentlichkeit, ist etwas völlig anderes. Das sagte ich auch der Frau.«

»Und was hat sie geantwortet?«

D'Amacourt räusperte sich. »Sie machte mir klar, daß die Gruppe, die sie vertrat – deren Status tatsächlich durch *fiche* selbst bestätigt wurde –, sich an meine Unterstützung erinnern würde. Sie sehen, ich halte nichts zurück . . . Anscheinend wissen die nicht, wie Sie aussehen.«

»Ein Mann war in der Bank, der mich in Zürich gesehen hat.«

»Dann haben seine Kollegen seiner Schilderung mißtraut.«

»Warum sagen Sie das?«

»Das ist nur eine Beobachtung, Monsieur; die Frau ließ sich nicht davon abbringen. Sie müssen verstehen, daß ich mich hartnäckig jeder direkten Beteiligung widersetzte; das ist *nicht* die Natur einer *fiche*. Sie sagte, es gäbe keine Fotografie von Ihnen. Eine offensichtliche Lüge natürlich.«

»Ist es das?«

»Natürlich. Alle Pässe tragen Fotos. Wo gibt es denn einen Grenzbeamten, den man nicht bestechen oder hinters Licht führen kann? So was läßt sich doch immer arrangieren. Nein, sie haben etwas sehr Wichtiges übersehen.«

»Ja, das haben sie wohl.«

»Und Sie«, fuhr d'Amacourt fort, »haben mir gerade etwas Wichtiges verraten. Sie müssen mich wirklich sehr gut bezahlen.«

»Was habe ich Ihnen gerade verraten?«

»Daß Sie in Ihrem Paß nicht unter dem Namen Jason Borowski eingetragen sind. Wer sind Sie, Monsieur?«

Jason antwortete nicht gleich, er drehte wieder sein Glas zwischen den Fingern. »Jemand, von dem Sie vielleicht eine Menge Geld bekommen werden«, sagte er.

»Das reicht völlig. Sie sind einfach ein Klient namens Borowski. Und ich muß vorsichtig sein.«

»Ich will diese Telefonnummer in New York haben. Können Sie mir die beschaffen? Das würde Ihnen eine beträchtliche Prämie eintragen.«

»Ich wünschte, ich könnte das, aber ich sehe keine Möglichkeit.«

»Man könnte sie unter einem Mikroskop auf der *fiche*-Karte erkennen.«

»Als ich sagte, man hat die Nummer unkenntlich gemacht, Monsieur, meinte ich nicht, ausgestrichen. Sie war ausgeschnitten worden.«

»Dann hat sie jemand in Zürich.«

»Oder man hat das Stück Papier vernichtet.«

»Letzte Frage«, sagte Jason, der gehen wollte. »Die betrifft übrigens Sie. Das ist die einzige Möglichkeit, daß Sie bezahlt werden.«

»Ich lasse die Frage natürlich zu. Wie lautet sie?«

»Wenn ich in der Valois-Bank auftauchte, ohne Ihnen vorher mein Erscheinen anzukündigen, würde man dann von Ihnen erwarten, daß Sie auch telefonieren?«

»Ja. Man setzt sich nicht über eine *fiche* hinweg; es kommt von ganz oben. Man würde mich entlassen.«

»Wie bekommen *wir* dann *unser* Geld?«

D'Amacourt schürzte die Lippen. »Es gibt eine Möglichkeit. Abhebung *in absentia*. Würden Sie mir briefliche Instruktionen mit Ihrer notariell beglaubigten Unterschrift schicken, hätte ich nicht die Möglichkeit, die Auszahlung zu verhindern.«

»Man würde aber trotzdem erwarten, daß Sie telefonieren.«

»Das ist eine Frage des richtigen Zeitpunkts. Wenn mich ein Anwalt, mit dem die Valois häufig Geschäftsverbindungen hat, anrufen würde und verlangte, daß ich, sagen wir, eine Anzahl Barschecks auf eine Auslandseinzahlung ausstellen solle, deren Ausführung er mir bestätigt, würde ich das tun. Er würde erklären, daß er die ausgefüllten Anweisungsformulare an meine Bank schicken würde, und die Schecks wären natürlich als Überweisungsschecks kenntlich gemacht, um die Steuern zu umgehen. Ein Bote würde mit dem Brief zur Hauptgeschäftszeit erscheinen und meine Sekretärin – eine vertrauenswürdige, langjährige Angestellte – würde die Formulare zur Gegenzeichnung und den Brief zum Abzeichnen zu mir hereinbringen.«

»Ohne Zweifel mit mehreren anderen Papieren«, unterbrach ihn Borowski, »die Sie ebenfalls unterschreiben müssen.«

»Genau. Erst würde ich anrufen und wahrscheinlich dabei dem Boten zusehen, wie er mein Büro mit seiner Aktentasche verläßt.«

»Sie denken nicht zufällig an einen bestimmten Anwalt in Paris?«

»Mir ist tatsächlich gerade einer eingefallen.«

»Wieviel wird er kosten?«

»Zehntausend Franc.«

»Das ist teuer.«

»Ganz und gar nicht. Er war einmal Richter, eine honorige Persönlichkeit.«

»Und Sie? Wir wollen das doch genau festlegen.«

»Ich sagte ja, ich bin ein vernünftiger Mensch, und die Entscheidung liegt bei Ihnen. Da Sie eine fünfstellige Summe erwähnten, sollten wir, finde ich, dabei bleiben. Also fünfzigtausend Franc.«

»Das ist unerhört!«

»Das ist das, was Sie getan haben, bestimmt auch, Monsieur Borowski.«

»*Une fiche confidentielle*«, sagte Marie, die in dem Sessel am Fenster saß und auf die Dächer des Boulevard Montparnasse hinausblickte. »So sind die also vorgegangen. Ich weiß auch, woher die Bezeichnung kommt.« Jason füllte ein Glas aus der Weinflasche, die auf der Kommode stand, und trug es zum Bett; dann setzte er sich ihr gegenüber und sah sie an. »Willst du es hören?«

»Das ist mir bekannt«, antwortete sie und schaute in Gedanken versunken zum Fenster hinaus. »Aber ich bin irgendwie schockiert.«

»Warum? Ich dachte, du hättest so etwas erwartet.«

»Die Ergebnisse ja, nicht die Methode. Eine *fiche* ist etwas so Archaisches; sie wird fast nur noch von Privatbanken auf dem Kontinent benutzt. Die amerikanischen, kanadischen und britischen Gesetze verbieten so etwas.«

Borowski erinnerte sich an d'Amacourts Worte und wiederholte sie. »›Es kommt von ganz oben‹ – das hat er gesagt.«

»Da hatte er recht.« Marie sah zu ihm hinüber. »Ich vermutete, jemand sei bestochen worden, um Informationen weiterzuleiten. Das ist nicht ungewöhnlich; Bankiers sind nicht gerade Heilige. Aber das hier ist etwas anderes. Jenes Konto in Zürich ist mit der *fiche* eingerichtet worden. Vermutlich mit deinem Wissen.«

»Treadstone Seventy-One«, sagte Jason.

»Ja. Die Eigentümer der Bank mußten im Einvernehmen mit Treadstone arbeiten. Und wenn man bedenkt, wie leicht man dir den Zugang machte, dann ist durchaus möglich, daß du darüber Bescheid wußtest.«

»Aber jemand ist bestochen worden. Wahrscheinlich Koenig. Er hat eine Telefonnummer gegen eine andere ausgetauscht.«

»Er ist bestens honoriert worden, das kann ich dir versichern. In der Schweiz müßte er mit zehn Jahren Gefängnis rechnen.«

»Zehn? Das ist aber ziemlich hart.«

»So sind die Schweizer Gesetze eben . . . Man muß ihm ein kleines Vermögen bezahlt haben.«

»Carlos«, sagte Borowski, »Carlos . . . Was bin ich für ihn? Das frage ich mich immer wieder. Ständig wiederhole ich den Namen! Aber ich komme nicht weiter.«

»Aber da ist doch etwas, nicht wahr?« Marie beugte sich vor. »Was ist es, Jason? Woran denkst du?«

»An nichts.«

»Dann fühlst du etwas. Was?«

»Angst vielleicht . . . Zorn. Ich weiß es nicht.«

»Konzentriere dich!«

»Verdammt noch mal, das tue ich schon die ganze Zeit!« Borowski ärgerte sich über seinen Ausbruch. »Tut mir leid.«

»Du brauchst dich nicht zu entschuldigen. Dies sind die versteckten Hinweise, nach denen du suchen mußt – nach denen *wir* suchen müssen.

Dein Freund, der Arzt in Port Noir, hatte recht: Bruchstückhaft kommen alte Erinnerungen zurück, die durch Worte oder visuelle Reize ausgelöst werden, durch ein Gesicht zum Beispiel oder durch die Fassade eines Restaurants. Wir haben selbst gesehen, wie das vor sich geht. Jetzt ist es ein Name, den auszusprechen du fast eine Woche lang vermieden hast, während du mir alles andere, das dir in den letzten fünf Monaten passiert ist, bis ins kleinste Detail erzählt hast. Nur Carlos hast du mit keinem Wort erwähnt. Das bedeutet dir etwas, verstehst du? Dieser Name regt Dinge in dir an, Dinge, die herausbrechen wollen.«

»Ich weiß«, sagte Jason und nahm einen Schluck Wein.

»Darling, am Boulevard Saint-Germain gibt es einen berühmten Buchladen, der vollgestopft ist mit Tausenden von alten Magazinen. Der Inhaber hat sogar Stichwortregister angelegt, wie es sonst eine Bibliothek zu bieten hat. Ich würde gerne herausfinden, ob Carlos in diesem Register enthalten ist. Was hältst du davon?«

Borowski durchzuckte ein stechender Schmerz in der Brust. Das hatte nichts mit seinen Wunden zu tun, das war Angst. Sie spürte es und begriff irgendwie – er fühlte es und konnte nicht begreifen. »Im Lesesaal der Sorbonne liegen alte Zeitungsausgaben aus«, sagte er und blickte zu ihr auf. »Eine davon hat mich eine Weile in Hochstimmung versetzt – bis ich gründlicher darüber nachdachte.«

»Eine Lüge wurde aufgedeckt. Das war das Wichtige. Und jetzt suchen wir die Wahrheit. Du darfst dich nicht vor ihr fürchten, Darling. Ich fürchte mich auch nicht.«

Jason stand auf. »Okay. Dann ist Saint-Germain eingeplant. Unterdessen kannst du den Mann in der Botschaft anrufen.« Borowski griff in die Tasche und holte die Papierserviette mit der Telefonnummer heraus; er hatte die Zulassungsnummer des Wagens hinzugefügt, der von der Bank an der Rue Madeleine weggerast war. »Hier ist die Nummer, die d'Amacourt mir gegeben hat, und die Zulassungsnummer dieses Autos. Sieh mal, was er machen kann.«

Marie nahm die Serviette und ging ans Telefon. Daneben lag ein kleines Notizbuch mit einem Spiralrücken; sie blätterte darin. »Hier: Er heißt Dennis Corbelier. Peter hat gesagt, er wollte ihn bis heute mittag nach Pariser Zeit angerufen haben. Ich könnte mich auf ihn verlassen; als Attaché sei er einer der bestinformierten Leute in der Botschaft.«

»Peter kennt ihn näher?«

»Sie waren Studienkollegen an der Universität von Toronto. Ich kann ihn doch von hier aus anrufen, oder?«

»Sicher. Aber sag ihm nicht, wo du bist.«

Marie nahm den Hörer ab, ließ sich ein Amt geben und wählte die Nummer der kanadischen Botschaft an der Avenue Montaigne. Fünfzehn Sekunden später hatte sie Dennis Corbelier am Apparat.

Marie kam sofort zur Sache. »Ich nehme an, Peter hat Ihnen erzählt, daß ich Hilfe brauche.«

»Mehr als das«, erwiderte Corbelier, »er hat mir auch erklärt, daß Sie in Zürich seien. Ich habe zwar nicht alles begriffen, was er sagte, aber ungefähr habe ich ihm folgen können. Anscheinend geht es in der Welt der Hochfinanz heutzutage hoch her.«

»Das kann man wohl behaupten. Die Schwierigkeit ist nur, daß niemand einem sagen will, wer wen manipuliert. Das ist ja mein Problem.«

»Und wie kann ich Ihnen behilflich sein?«

»Ich habe eine Autonummer und eine Telefonnummer. Beide sind hier in Paris registriert. Der Anschluß ist nicht im Telefonbuch verzeichnet; es könnte peinlich sein, wenn ich anrufe.«

»Geben Sie mir die Nummer.« Das tat sie. »Wir haben ein paar Freunde an wichtigen Stellen, die uns gelegentlich behilflich sind oder wir ihnen. Haben Sie Lust, morgen mit mir zu Mittag zu essen? Ich versuche inzwischen was rauszukriegen.«

»Das würde ich gerne tun, aber morgen habe ich keine Zeit. Ich bin schon mit einem alten Freund verabredet. Vielleicht ein anderes Mal.«

»Peter hat gemeint, ich wäre verrückt, wenn ich es nicht probieren würde. Sie seien nämlich eine umwerfende Frau.«

»Er ist sehr lieb, und das sind Sie auch. Ich rufe Sie morgen nachmittag wieder an.«

»Fein.«

»Bis morgen dann und vielen Dank.« Marie legte auf und sah auf die Uhr. »Ich soll Peter in drei Stunden anrufen. Erinnere mich daran.«

»Glaubst du wirklich, daß er so bald etwas haben wird?«

»Er ganz bestimmt; er hat noch gestern nacht in Washington angerufen. Corbelier hat gerade gesagt, wir alle tauschen Gefälligkeiten aus: Für eine Information revanchiert man sich durch eine andere.«

»Das klingt aber verdächtig nach Verrat.«

»Im Gegenteil: Wir beschäftigen uns mit Geld, nicht mit Raketen. Mit Geld, das durch illegale Kanäle fließt, unter Ausschaltung von Gesetzen, die unser aller Interessen dienen. Es sei denn, du willst, daß die Scheichs aus Arabien plötzlich Eigentümer von Grumman Aircraft sind. *Dann* sprechen wir von Raketen . . . nachdem sie abgeschossen worden sind.«

»Ich ziehe meine Kritik zurück.«

»Wir müssen d'Amacourts Mann gleich morgen früh aufsuchen. Überleg dir, wieviel du abheben willst.«

»Alles .«

»Alles?«

»Richtig. Wenn du Vorstandsmitglied von Treadstone wärest, was würdest du tun, wenn du erfahren hättest, daß sechs Millionen Franc auf einem Firmenkonto fehlen?«

»Ich verstehe.«

»D'Amacourt hat eine Reihe von Barschecks vorgeschlagen, die auf den Überbringer ausgestellt sind.«

»Hat er wirklich von Schecks geredet?«

»Ja. Stimmt etwas nicht?«

»Allerdings. Die Nummern dieser Schecks könnten notiert und an sämtliche Banken geschickt werden. Du müßtest zu einer Bank, um sie einzulösen; dann würden die Zahlungen gestoppt werden.«

»Ein schlauer Bengel, was? Er läßt sich von beiden Seiten bezahlen. Was tun wir?«

»Nimm nur die Obligationen mit verschiedenen Laufzeiten. Die lassen sich viel leichter zu Geld machen.«

»Du hast dir gerade dein Abendessen verdient«, sagte Jason und strich ihr zärtlich über die Stirn.

»Ich versuche, mir meinen Unterhalt zu verdienen«, erwiderte sie und hielt seine Hand fest. »Zuerst Dinner, dann Peter . . . und danach der Buchladen auf der Rue Saint-Germain.«

»Ein Buchladen in Saint-Germain«, wiederholte Borowski; und plötzlich schoß ihm wieder der Schmerz durch die Brust. *Was war das nur? Warum hatte er solche Angst?*

Sie verließen das Restaurant am Boulevard Raspail und gingen zum Telegrafenamt an der Rue Vaugirard. In der Mitte der Halle stand ein riesiger, kreisförmiger Tresen, wo Angestellte die Kunden bedienten und ihnen eine der gläsernen Zellen zuwiesen, die in den Wänden eingelassen waren.

»Wir haben augenblicklich sehr wenig Überseegespräche, Madame«, sagte die junge Frau hinter dem Schalter zu Marie. »Ihr Gespräch sollte in wenigen Minuten durchgeschaltet sein. Nummer zwölf, bitte.«

»Danke.«

Während sie zur Zelle gingen, hielt Jason ihren Arm. »Ich weiß, warum die Leute hierherkommen«, sagte er. »Die Verbindung klappt hundertmal schneller als in einem Hotel.«

»Das ist nur einer der Gründe.«

Als sie drinnen zweimal die Glocke anschlagen hörten, öffnete Marie die Tür und trat ein, das Notizbuch mit dem Spiralrücken und einem Bleistift in der Hand. Sie nahm den Hörer ab.

Sechzig Sekunden später sah Borowski mit Erstaunen, wie sie die Wand anstarrte und ihr Gesicht plötzlich kalkweiß wurde. Sie fing zu schreien an, ließ die Handtasche fallen, so daß ihr Inhalt sich über den Boden der kleinen Zelle verteilte; das Notizbuch blieb auf dem Sims liegen, der Bleistift zerbrach zwischen ihren Fingern. Er rannte hinein, sie war dem Zusammenbruch nahe.

»Hier ist Marie St. Jacques in Paris, Lisa. Peter erwartet meinen Anruf.«

»Marie? O mein Gott . . .« Die Stimme der Sekretärin wurde von anderen Stimmen im Hintergrund übertönt. Jemand legte die Hand über den Hörer. Dann raschelte es am anderen Ende der Leitung, als der Hörer aufgenommen wurde.

»Marie, hier ist Alan«, sagte der stellvertretende Abteilungsdirektor. »Wir sind alle in Peters Büro.«

»Was ist denn, Alan? Ich habe nicht viel Zeit; kann ich ihn bitte sprechen.«

Einen Augenblick lang herrschte Schweigen. »Ich wünschte, ich könnte dir das leichter machen, aber ich weiß nicht, wie. Er ist tot, Marie!«

»Er ist . . . was?«

»Die Polizei hat vor ein paar Minuten angerufen; sie sind hierher unterwegs.«

»Die Polizei? Was ist passiert?«

»Wir versuchen das mit Hilfe seiner Telefonnotizen herauszufinden; aber man hat uns gesagt, wir sollen nichts auf seinem Schreibtisch anrühren.«

»Alan, sag mir endlich, was geschehen ist!«

»Das ist es ja gerade, wir wissen es nicht. Er hat keinem von uns gesagt, was er macht. Uns war nur bekannt, daß er heute morgen zwei Anrufe aus den Staaten bekam: einen aus Washington, den anderen aus New York. Gegen Mittag sagte er Lisa, er würde zum Flughafen fahren, um jemanden abzuholen; er sagte nicht, wen. Die Polizei fand ihn vor einer Stunde in einer Frachthalle. Es war schrecklich; man hat ihn erschossen. Durch eine Kugel in den Hals . . . Marie? Marie?«

Der alte Mann mit den tiefliegenden Augen und den weißen Bartstoppeln humpelte in den dunklen Beichtstuhl, blinzelte ein paarmal und bemühte sich, die kapuzenbedeckte Gestalt auf der anderen Seite des Trenngitters zu erkennen. Die Augen des Achtzigjährigen waren nicht mehr besonders scharf; aber sein Verstand war klar; das war alles, worauf es ankam.

»Angelus Domini«, sagte er.

»Angelus Domini, Kind Gottes«, flüsterte die Gestalt in der Mönchskutte. »Sind deine Tage angenehm?«

»Sie neigen dem Ende zu; doch man gestaltet sie mir angenehm.«

»Gut . . . Zürich?«

»Man hat den Mann vom Guisan-Quai gefunden. Er war verwundet; man hat ihn über einen Arzt ausfindig gemacht, der in der Unterwelt für seine prompten Dienste bekannt ist. Unter scharfem Verhör gab er zu, die Frau attackiert zu haben. Cain ist zurückgekommen zu ihr; Cain hat auf ihn geschossen.«

»Der Mann vom Guisan-Quai glaubt das nicht. Er war einer der beiden, die sie auf der Löwenstraße aufgegriffen haben.«

»Und ein Narr ist er auch. Warum verging er sich auch an der Frau?«

»Er sieht seinen Fehler ein.«

»Ist er noch im Besitz seiner Pistole?«

»Ihre Leute haben sie.«

»Gut. Bei der Züricher Polizei gibt es einen Präfekten. Man muß ihm die Waffe geben. Cain ist sehr geschickt und versteht es, immer wieder zu entwischen. Die Frau ist viel harmloser. Sie hat Verbindungsleute in Ottawa, mit denen sie ständig Kontakt hat. Wir werden die Frau in die Falle locken und ihn aufstöbern. Hast du einen Bleistift bereit?«

»Ja, Carlos.«

13

Borowski hielt sie in der engen Telefonzelle fest und ließ sie vorsichtig auf den Sitz heruntersinken, der aus der schmalen Wand hervorragte. Sie zitterte, ihr Atem ging unregelmäßig, ihre Augen waren glasig.

»Die haben ihn getötet. Getötet! Mein Gott, was hab ich getan? Peter!«

»Du bist nicht schuld. Wenn jemand schuld ist an seinem Tod, ich – nicht du. Begreif das doch.«

»Jason, ich habe Angst. Eine halbe Welt von mir entfernt . . . und die haben ihn getötet!«

»Treadstone?«

»Wer sonst? Da waren zwei Telefonanrufe, Washington . . . New York. Er fuhr zum Flughafen, um jemanden abzuholen, und wurde getötet.«

»Wie?«

»Du großer Gott . . .« Tränen traten in Maries Augen. »Erschossen! In den Hals!« flüsterte sie.

Borowski spürte plötzlich einen stumpfen Schmerz; er konnte ihn nicht lokalisieren, aber er war da, schnitt ihm die Luft ab. »Carlos«, sagte er, ohne zu wissen, warum er den Namen aussprach.

»Was?« Marie starrte zu ihm hinauf. »Was hast du gesagt?«

»Carlos«, wiederholte er mit weicher Stimme. »Eine Kugel in den Hals. Carlos.«

»Was willst du damit ausdrücken?«

»Ich weiß nicht.« Er nahm ihren Arm. »Gehen wir hinaus. Bist du wieder in Ordnung?«

Sie nickte, schloß kurz die Augen, atmete tief. »Ja.«

»Wir nehmen irgendwo unterwegs einen Drink, den brauchen wir beide. Und dann werden wir ihn finden.«

»Was finden?«

»Den Buchladen in Saint-Germain.«

Unter dem Stichwort ›Carlos‹ waren drei antiquarische Ausgaben von Zeitschriften vermerkt: ein drei Jahre altes Magazin von *Potomac Quarterly* und zwei französische Ausgaben von *Le Globe*. Sie kauften alle drei Hefte und fuhren mit einem Taxi zum Hotel zurück. Dort begannen sie zu lesen, Marie auf dem Bett, Jason in dem Sessel am Fenster. Nach einigen Minuten schoß Marie in die Höhe.

»Hier ist es«, sagte sie, und ihre Stimme wie ihr Gesicht verrieten Furcht.

»Lies vor.«

»›Carlos und seine Gruppe sollen eine besonders brutale Form der Bestrafung anwenden. Sie töten ihre Opfer durch einen Schuß in den Hals und lassen sie häufig unter schrecklichen Schmerzen sterben. Diese Todesart ist jenen vorbehalten, die nicht schweigen können oder die Loyalität brechen . . .‹« Marie hielt inne, sie konnte nicht weiterlesen. Sie legte sich zurück und schloß die Augen. »Er war nicht bereit, es ihnen zu sagen, und ist dafür getötet worden. O mein Gott!«

»Er konnte ihnen nicht sagen, was er nicht wußte«, sagte Borowski.

»Aber *du* hast es gewußt!« Marie setzte sich erneut auf, die Augen weit aufgerissen. »Du hast das von dem Schuß in den Hals gewußt!«

»Ja, das stimmt. Mehr kann ich dir dazu nicht sagen.«

»Wie?«

»Ich wünschte, ich könnte das näher beantworten.«

»Gibst du mir einen Schluck zu trinken?«

»Sicher.« Jason erhob sich und ging zur Kommode. Er schenkte Whisky in zwei Gläser und sah zu ihr hinüber. »Willst du Eis haben?«

»Nein.« Sie warf die Zeitschrift aufs Bett und drehte sich zu ihm herum. »Ich werde verrückt!«

»Dann sind wir zwei Verrückte.«

»Ich will dir glauben; aber ich . . . ich . . .«

»Du bist nicht sicher«, sprach Borowski den Satz für sie zu Ende. »Ebensowenig wie ich.« Er brachte ihr das Glas. »Was soll ich denn sagen? Bin ich womöglich einer von Carlos' Soldaten? Habe ich etwa den Schwur gebrochen? Habe ich deshalb die Tötungsmethode gekannt?«

»Hör auf!«

»Das sage ich auch oft zu mir: ›Hör auf.‹ Du darfst nicht denken, du mußt versuchen, dich zu erinnern; aber gehe behutsam vor. Es könnte sein, daß eine Lüge aufgedeckt wird, die zu zehn weiteren Fragen führt. Vielleicht ist es so, wie wenn man betrunken war und dann aufwacht und nicht mehr weiß, mit wem man sich gestritten hat oder . . . verdammt . . . wen man erschossen hat.«

»Nein . . .« Marie zog das Wort in die Länge. »Du bist *du*; du darfst mir den Glauben daran nicht rauben.«

»Das will ich nicht. Ich will ihn mir auch selbst nicht nehmen.« Jason ging zum Sessel zurück und setzte sich, das Gesicht zum Fenster gewandt. »Du bist auf den Artikel gestoßen, in dem geschildert wird, wie Carlos seine Leute liquidiert. Ich habe einen anderen entdeckt. Was darin steht, habe ich ebenso gewußt wie die Meldung über Howard Lelands Ermordung. Ich brauchte den Bericht nicht einmal zu Ende zu lesen.«

Borowski hob das drei Jahre alte Heft von *Potomac Quarterly* vom Boden auf und deutete auf das Porträt eines bärtigen Mannes. Es war in groben Strichen gehalten, irgendwie unfertig, so als wäre es nach einer vagen Beschreibung entstanden. Er hielt ihr die aufgeschlagene Seite hin.

»Da, lies«, sagte er. »Der Artikel beginnt oben links und hat die Überschrift ›Mythos oder Monstrum‹. Anschließend möchte ich ein Spiel mit dir spielen.«

»Ein Spiel?«

»Ja. Ich habe nur die ersten zwei Absätze gelesen.«

»Also gut.« Marie musterte ihn verwirrt. Sie griff nach der Zeitschrift und las.

MYTHOS ODER MONSTRUM

Ein Jahrzehnt lang ist der Name ›Carlos‹ in den finsteren Vierteln so unterschiedlicher Städte wie Paris, Teheran, Beirut, London, Kairo und Amsterdam nur im Flüsterton ausgesprochen worden. Es gibt konkrete Beweise, daß er Exekutionen für extrem radikale Gruppen wie die PLO und die Baader-Meinhof-Bande durchgeführt hat.

Hört man von seinen Taten, so denkt man an eine Welt, die von Gewalt und Verschwörung beherrscht wird, in der schnelle Wagen und ebenso schöne wie kühne Frauen eine wichtige Rolle spielen. ›Carlos‹ wird in diesen Darstellungen als blutrünstiges Monstrum beschrieben, das die Ware Tod mit der Nüchternheit eines Marktanalytikers verkauft und dabei ein klares Bild von Löhnen, Kosten und einer straffen Organisation besitzt.

Der Mann, der dieses komplizierte Geschäft meisterhaft beherrscht, heißt Iljitsch Ramirez Sanchez. Man vermutet, daß er Venezolaner ist, der Sohn eines fanatischen, aber nicht sehr prominenten marxistischen Anwalts (der Vorname Iljitsch ist der Tribut des Vaters an Wladimir Iljitsch Lenin). Sein Vater soll ihn in jungen Jahren nach Rußland geschickt haben, um ihn dort für eine Agententätigkeit ausbilden zu lassen. Angeblich hat ›Carlos‹ das sowjetische Ausbildungslager in Nowgorod besucht. Was dann weiter mit ihm geschah, ist relativ unklar. Gerüchten zufolge erkannte einer der Ausschüsse des Kreml, die regelmäßig ausländische Studenten daraufhin überprüfen, welche man für künftige Spionageaufgaben einsetzen könnte, welchen Charakter dieser Iljitsch Sanchez hatte. Für sie war er ein Paranoiker, der die wohlplazierte Kugel oder Bombe als einzige Lösung aller Probleme ansah. Die Empfehlung wurde ausgesprochen, den Jungen nach Caracas zurückzuschicken und sämtliche Verbindungen mit seiner Familie abzubrechen. Von Moskau abgelehnt und der westlichen Gesellschaft zutiefst abgeneigt, begann Sanchez, sich seine eigene Welt aufzubauen, eine Welt, in der er der absolute Herrscher war. So wurde er schließlich zum professionellen

Killer, der seine Dienste allen möglichen politischen und weltanschaulichen Randgruppen zur Verfügung stellt.

Jetzt wird das Bild wieder klarer. Sanchez, der zahlreiche Sprachen fließend beherrscht, darunter seine Muttersprache Spanisch, dazu Russisch, Französisch und Englisch, benutzt nun seine in Rußland genossene Ausbildung als Sprungbrett dafür, seine Techniken zu verfeinern. In Kuba lernte er, mit allen Arten von Waffen und Explosivstoffen umzugehen. Es gibt keine Schußwaffe, die er nicht mit verbundenen Augen zerlegen und wieder zusammenmontieren kann; keinen Sprengstoff, den er nicht durch Geruch und Berühren identifizieren und auf die verschiedensten Arten zur Detonation bringen kann. Nun ist er bereit; er wählt sich Paris als Operationsbasis und sorgt dafür, daß man auf ihn aufmerksam wurde. Er stellte sein Killertalent zur Verfügung, wo andere das Risiko scheuten.

Viele Fragen bleiben offen: Wie alt ist ›Carlos‹? Wie viele Morde kann man ihm zuschreiben, und wie viele sind nur Mythos? Korrespondenten in Venezuela waren außerstande, irgendwo im Lande eine Geburtsurkunde für einen Iljitsch Ramirez Sanchez ausfindig zu machen. Andererseits gibt es dort Tausende und Abertausende von Leuten mit dem Namen Sanchez und Hunderte, die zusätzlich Ramirez heißen, aber niemand trägt den Vornamen Iljitsch. Hat man ihn später hinzugefügt, oder ist das Ganze nur ein Beweis für die Gründlichkeit von ›Carlos‹? Man kann nur vermuten, daß er zwischen fünfunddreißig und vierzig Jahre alt ist. Niemand weiß es mit Bestimmtheit.

Sicher ist jedoch, daß Sanchez mit dem ›Honorar‹ für seine ersten Morde eine Organisation aufgebaut hat, um deren Schlagkräftigkeit ihn mancher General beneiden würde. Loyalität und Mitarbeit werden gleichermaßen durch Angst und Belohnung erzwungen. Abtrünnige werden kurzerhand liquidiert; folgsame Mitglieder seiner Terrorgruppe hingegen werden für treue Dienste großzügig belohnt. Das führt zu einer naheliegenden Frage. Woher kamen die Profite ursprünglich? Wer waren die ersten Opfer?

Der Mord, über den die häufigsten Spekulationen angestellt werden, ereignete sich vor dreizehn Jahren in Dallas. Sooft man auch den Mord an John F. Kennedy versucht hat zu rekonstruieren – bis jetzt ist es noch niemandem gelungen, zufriedenstellend ein Rauchwölkchen zu erklären, das von einem grasbedeckten, dreihundert Meter von der Wagenkolonne entfernten Hügel aufgestiegen war. Kameras erfaßten die Rauchwolke. Und doch wurden an der Stelle weder Patronenhülsen noch Fußabdrücke gefunden. Tatsächlich wurde der einzige Hinweis auf die Rauchwolke in jenem Augenblick für so unwichtig gehalten, daß er bei den polizeilichen Ermittlungen des FBI unterging und im Bericht der Warren-Kommission nicht berücksichtigt wurde. Die Information stammt von einem zufälligen Beobachter des Geschehens, K. M. Wright aus Dallas, der bei seinem Verhör die folgende Aussage machte: »Verdammt, der einzige, der weit und breit zu sehen war, war der alte Lumpen-Billy, und der war ein paar hundert Meter entfernt.«

Mit ›Billy‹ meinte er einen alten Penner in Dallas, den man häufig vor touristischen Sehenswürdigkeiten beim Betteln ertappt hatte; das Wort Lumpen bezog sich auf seine Angewohnheit, seine Schuhe mit Stoffetzen zu umwickeln, um damit das Mitleid der Passanten zu erwecken. Nach Aussage unserer Korrespondenten wurde Wrights Erklärung nie veröffentlicht.

Vor sechs Wochen brach ein inhaftierter libanesischer Terrorist in Tel Aviv beim Verhör zusammen. Um sich vor der drohenden Hinrichtung zu schützen, behauptete er, neue Informationen über den Meuchelmörder ›Carlos‹ zu besitzen. Die israelische Abwehr gab das Protokoll seiner Aussage nach Washington weiter; unsere Korrespondenten in der amerikanischen Hauptstadt konnten sich eine Abschrift beschaffen.

Aussage: »Carlos war im November 1963 in Dallas. Er gab sich als Kubaner aus und lenkte Oswalds Mordeinsatz. Er war der Hintermann. Es war seine Operation.«

Frage: »Welche Beweise haben Sie?«

Aussage: »Ich habe selbst gehört, wie er es sagte. Er befand sich auf einem kleinen Grashügel. Sein Karabiner war mit einem Drahtgebilde versehen, das die Hülsen auffing.«

Frage: »Davon gibt es keinerlei Augenzeugenberichte; warum hat ihn niemand beobachtet?«

Aussage: »Man hat ihn vielleicht bemerkt; doch niemand hätte ihn erkennen können. Er war als alter Mann verkleidet, trug einen schäbigen Mantel und hatte sich Stoffetzen um die Schuhe gewickelt, um keine Schuhabdrücke zu hinterlassen.«

Zweifellos kann die Aussage eines Terroristen nicht als verbindlicher Beweis betrachtet werden, aber man sollte sie auch nicht einfach abtun – zumal sie einen Meister der Täuschung und Tarnung betrifft. Darüber hinaus wird diese Aussage in so erstaunlicher Weise von einem nicht veröffentlichten Zeugen bestätigt, dem die Ermittlungsbehörde nie nachgegangen ist. Wie so viele andere, die – und sei es noch so entfernt – mit den tragischen Ereignissen von Dallas irgendwie in Verbindung standen, fand man ›Rupfen-Billy‹ einige Tage später tot auf, gestorben an einer Überdosis Heroin. Man wußte, daß der alte Mann sich häufig mit billigem Fuselwein betrank, aber daß er Rauschgift benutzt hatte, war bisher unbekannt. Das Geld dazu hatte er gar nicht gehabt.

War ›Carlos‹ der Mann auf dem Grashügel? Was für ein außergewöhnlicher Beginn einer außergewöhnlichen Karriere! Wenn der Präsidentenmord in Dallas tatsächlich seine ›Operation‹ war, wie viele Millionen Dollar muß sie ihm dann eingetragen haben? Sicher mehr als genug, um ein Netz von Informanten aufzubauen, ein internationales Terrorunternehmen.

Der Mythos hat zuviel Substanz; Carlos kann sehr wohl ein Monstrum aus Fleisch und Blut sein.

Marie legte die Zeitschrift beiseite. »Was für ein Spiel hast du jetzt vor?«

»Bist du fertig?« Jason wandte sich vom Fenster ab.

»Ja.«

»Ich vermute, daß der Artikel eine Menge Theorien und Hypothesen enthält. Wenn etwas hier geschah und die Wirkung sich dort zeigte, gab es eine Beziehung.«

»Du meinst Verbindungen«, sagte Marie.

»Gut, dann eben Verbindungen. So ist es doch, oder?«

»Ja, das könnte man in gewissem Maße sagen. Der Bericht ist voll von Spekulationen, Gerüchten und Informationen aus zweiter Hand.«

»Da sind auch Fakten genannt.«

»Daten.«

»Von mir aus Daten.«

»Was für ein Spiel willst du spielen?« wiederholte Marie.

»Es hat einen ganz einfachen Namen. Es nennt sich ›Falle‹.«

»Und wer soll in die Falle gehen?«

»Ich.« Borowski beugte sich vor. »Ich möchte, daß du mir Fragen stellst. Über irgendwelche Dinge in dem Artikel. Über den Namen einer Stadt, über Daten. Irgend etwas. Wir wollen hören, wie ich darauf reagiere – blind reagiere.«

»Darling, das ist kein Beweis für . . .«

»*Tu* es!« befahl Jason.

»Also gut.« Marie griff wieder nach der Zeitschrift.

»Beirut«, sagte sie.

»Botschaft«, antwortete er. »Stationsleiter des CIA, als Attaché getarnt. Auf der Straße erschossen. Dreihunderttausend Dollar.«

Marie sah ihn an. »Ich erinnere mich . . .«, begann sie.

»Ich nicht!« unterbrach Jason sie. »Weiter.«

Sie erwiderte seinen Blick und wandte sich dann wieder dem Magazin zu. »Baader-Meinhof.«

»Stuttgart. Regensburg. München. Zwei Morde und eine Entführung. Gelder aus . . .« Borowski hielt inne und flüsterte dann erstaunt: ». . . den USA: Detroit . . . Welmington, Delaware.«

»Jason, was . . .«

»Weiter. Bitte!«

»Der Name, Sanchez.«

»Der Name ist Iljitsch Ramirez Sanchez«, erwiderte er. »Er ist . . . Carlos.«

»Warum Iljitsch?«

Borowski hielt inne. Seine Augen wanderten im Zimmer herum.

»Ich weiß nicht.«

»Das ist russisch, nicht spanisch. War seine Mutter Russin?«

»Nein . . . ja, seine Mutter. Es muß seine Mutter gewesen sein . . . das glaube ich, wenigstens.«

»Nowgorod.«

»Spionageausbildung, Kommunikation, Chiffren, Frequenzen. Sanchez hat die Schule absolviert.«

»Jason, das hast du hier gelesen.«

»Das habe ich nicht gelesen! Bitte weiter.«

Maries Blick wanderte zu dem Blatt zurück. »Teheran.«

»Acht Morde. Unterschiedliche Auftraggeber: Khomeini und PLO. Honorar: zwei Millionen Dollar. Ursprung: südwestliche Sowjetunion.«

»Paris«, sagte Marie schnell.

»Alle Kontrakte werden über Paris bearbeitet.«

»*Was für Kontrakte?*«

»*Die* Kontrakte . . . Morde.«

»Wessen Morde? Wessen Kontrakte?«

»Sanchez . . . Carlos.«

»Carlos? Dann sind es Carlos' Kontrakte, *seine* Morde. Sie haben nichts mir dir zu tun.«

»Carlos' Kontrakte«, sagte Borowski wie in Trance. »Nichts zu tun mit . . . mir«, wiederholte er ganz leise, fast im Flüsterton.

»Du hast es gerade gesagt, Jason. Nichts von all dem hat etwas mit dir zu tun!«

»Nein! Das ist nicht wahr!« schrie Borowski und sprang vom Sessel auf, hielt sich an der Lehne fest, starrte auf sie herunter. »*Unsere* Kontrakte«, fügte er dann mit leiser Stimme hinzu.

»Du weißt nicht, was du redest!«

»Ich reagiere! Blind! Deshalb mußte ich nach Paris kommen!« Er fuhr herum und ging ans Fenster, klammerte sich am Rahmen fest. »Wir suchen keine Lüge, wir suchen die Wahrheit«, fuhr er fort. »Erinnerst du dich? Vielleicht haben wir sie gefunden; vielleicht hat das Fragespiel sie aufgedeckt.«

»Das ist kein richtiger Test! Das ist eine schmerzhafte Übung, die zufällige Erinnerungen wachruft. Wenn eine Zeitschrift wie der *Potomac Quarterly* den Bericht veröffentlicht hat, ist es durchaus möglich, daß ein Dutzend Zeitungen in der ganzen Welt den Artikel nachgedruckt haben. Du kannst ihn irgendwo gelesen haben.«

»Entscheidend ist, daß ich die Fakten behalten habe.«

»Nicht ganz. Du wußtest nicht, wo das Iljitsch herkommt, daß Carlos' Vater ein kommunistischer Rechtsanwalt in Venezuela war. Das ist wichtig, denke ich. Du hast nichts von den Kubanern erwähnt. Wenn du das getan hättest, hätte das zu der Spekulation geführt, die mich am meisten schockiert hat. Davon hast du kein Wort gesagt.«

»Wovon redest du?«

»Dallas«, sagte sie. »November 1963.«

»Kennedy«, erwiderte Borowski.

»Fällt dir nur Kennedy ein?«

»Seine Ermordung ist damals passiert.« Jason stand reglos da.

»Ja, aber das ist es nicht, wonach ich suche.«

»Ich weiß«, entgegnete Borowski, und seine Stimme war wieder ausdruckslos. »Ein grasbedeckter Hügel . . . Lumpen-Billy.«

»Das hast du gelesen!«

»Nein.«

»Dann hast du es einmal gehört, es früher gelesen.«

»Das ist möglich, aber nicht von Bedeutung, oder?«

»Hör auf, Jason!«

»Wieder diese Worte. Ich wünschte, ich könnte das.«

»Was versuchst du mir klarzumachen? Daß du Carlos bist?«

»Herrgott, nein! Carlos will mich töten, und ich spreche nicht russisch, das weiß ich.«

»Was dann?«

»Was ich am Anfang sagte. Das Spiel. Das Spiel heißt ›Dem-Soldaten-eine-Falle-stellen‹.«

»Ein Soldat?«

»Ja. Einer, der Carlos abtrünnig geworden ist. Das ist die einzige Erklärung dafür, warum ich all diese Details kenne.«

»Warum sagst du: ›abtrünnig geworden‹?«

»Weil er mich töten will. Das muß er; er glaubt, daß ich mehr als jeder andere Mensch über ihn weiß.«

Marie, die bis jetzt auf dem Bett gekauert hatte, schwang ihre Beine über den Bettrand. »Wenn das, was du sagst, stimmt, dann hast du es getan, dann bist . . . bist . . .« Sie hielt inne.

»Wenn man alles betrachtet, ist es ein wenig spät, um einen moralischen Standpunkt einzunehmen«, sagte Borowski und sah den Schmerz im Gesicht der Frau, die er liebte. »Ich könnte mir einige Gründe vorstellen, warum es zum Krach mit Carlos gekommen sein mag: zum Beispiel wegen irgendwelcher Meinungsverschiedenheiten.«

»Sinnlos!« rief Marie. »Es gibt keinen einzigen Beweis dafür.«

»Massenhaft gibt es die, und das weißt du auch. Vielleicht habe ich von jemand anderem mehr bekommen können oder Honorare unterschlagen. Beides würde das Konto in Zürich erklären.« Er hielt kurz inne und starrte die Wand über dem Bett an. »Beides würde Howard Leland erklären und Marseille, Stuttgart . . . München. Die Fakten, an die ich mich nicht erinnere und die nach und nach an die Oberfläche drängen; und besonders eine Tatsache: Warum ich bisher vermieden habe, seinen Namen auszusprechen. Ich habe Angst.«

Sie nickte. »Ich bin sicher, daß du an deine Erklärungen glaubst«, sagte sie, »und in gewisser Weise wünsche ich mir, daß sie wahr wären. Aber ich zweifle an ihnen. Du willst daran festhalten, weil es dir eine Antwort . . . eine Identität gibt. Vielleicht nicht die Identität, die du dir wünschst, aber immerhin eine, die besser ist, als blind durch das schreckliche Labyrinth zu gehen, das du jeden Tag erlebst. Alles wäre besser als das, denke ich. Doch du kannst nicht recht haben. Wenn du der Mann wärst, wie du ihn schilderst, und vor Carlos Angst hättest – und die solltest du weiß Gott haben –, wäre Paris der letzte Ort auf der Welt, zu dem du dich hingezogen fühlen würdest. Wir würden irgendwo anders sein; das hast du selbst gesagt. Du würdest weglaufen, würdest das Geld auf der Bank in Zürich nehmen und untertauchen. Statt dessen aber strebst du auf geradem Wege auf Carlos zu. Ein Mann, der sich vor ihm fürchtet oder sich schuldig fühlt, würde das niemals tun.«

»Es gibt keine andere Erklärung: Ich bin nach Paris gekommen, um mich selbst zu finden; so einfach ist das.«

»Dann verschwinde jetzt. Morgen haben wir das Geld; es gibt nichts, was dich – was uns – noch aufhält. Auch das ist einfach.«

Marie beobachtete ihn scharf.

Jason sah sie an und wandte sich dann ab. Er ging an die Kommode und füllte sein Glas. »Da wäre noch Treadstone zu bedenken«, sagte er, wie um sich zu verteidigen.

»Da hast du die eigentliche Gleichung: Carlos und Treadstone. Ein Mann, den ich einmal sehr geliebt habe, ist von Treadstone getötet worden. Ein Grund mehr für uns zu fliehen.«

»Ich hätte gedacht, du wärst daran interessiert, daß seine Mörder bestraft werden«, sagte Borowski.

»Das will ich auch. Sehr sogar. Aber andere können sie finden. Für mich gibt es Prioritäten, unser Schicksal ist mir weit wichtiger. Oder ist das nur meine Ansicht?«

»Das weißt du selbst besser.« Er hielt das Glas fest in der Hand, so fest, daß seine Finger fast weiß wirkten, und sah zu ihr hinüber. »Ich liebe dich«, flüsterte er.

»Dann laß uns fliehen!« sagte sie mit erhobener Stimme und ging einen Schritt auf ihn zu. »Laß uns alles vergessen, wirklich vergessen und verschwinden, so schnell wir können!«

»Ich . . . ich«, stammelte Jason, als ein dunkler Schleier seine Gedanken verdüsterte. »Es gibt . . . Dinge.«

»Was für Dinge? Wir lieben uns. Wir können irgendwohin gehen. Es gibt nichts, das uns aufhält, oder?«

»Nur du und ich«, wiederholte er leise, und die Nebel zogen jetzt näher, drohten ihn zu ersticken. »Ich weiß. Ich weiß. Aber ich muß denken. Es gibt so viel zu lernen, so viel, das herauskommen muß.«

»Warum ist es so wichtig?«

»Es . . . ist es eben.«

»Weißt du es nicht?«

»Ja . . . nein, ich bin nicht sicher. Frag mich jetzt nicht.«

»Wenn nicht jetzt, wann dann? Wann darf ich dich fragen? Wann wird es vorüber sein? Und – wird es das je?!«

»Hör auf!« schrie er plötzlich und setzte das Glas krachend auf das Tablett. »Ich kann nicht weglaufen! Ich werde es nicht tun! Ich muß hierbleiben! Ich muß es wissen!«

Marie rannte auf ihn zu, legte die Hände zuerst auf seine Schultern, dann an seine Wangen, wischte ihm den Schweiß von der Stirn. »Jetzt hast du es gesagt. Hörst du dich, Liebster? Du kannst nicht weglaufen, weil es, je näher du kommst, desto quälender für dich wird. Und wenn du fliehen würdest, würde es nur schlimmer werden. Du würdest in einem ständigen Alptraum leben müssen. Das weiß ich sicher.«

Er griff nach ihrem Gesicht, berührte es, sah sie an. »Wirklich?«

»Natürlich. Aber *du* mußtest es aussprechen, nicht ich.« Sie hielt ihn fest, legte den Kopf an seine Brust. »Ich mußte dich zwingen. Das Komische ist, daß ich sofort bereit wäre, heute abend in ein Flugzeug zu steigen und irgendwohin zu fliegen, wohin du willst, und ich wäre glücklicher, als ich je zuvor in meinem Leben war. Aber du wärst nicht fähig dazu. Das, was hier in Paris ist – oder nicht ist –, würde an dir nagen, bis du es nicht mehr ertragen könntest. Das ist die verrückte Ironie, mein Liebling. Ich könnte damit leben, aber du nicht.«

»Du würdest einfach untertauchen?« fragte Jason. »Und was ist mit deiner Familie, deinem Beruf?«

»Ich bin kein Kind und auch kein Narr«, beteuerte sie schnell. »Ich würde mich beruflich absichern und unbezahlten Urlaub nehmen, aus gesundheitlichen Gründen etwa oder aus einem persönlichen Grund. Ich könnte immer zurückkommen, meine Behörde würde das verstehen.«

»Peter?«

»Ja.« Einen Augenblick war sie stumm. »Die Beziehung, die wir zum Schluß miteinander hatten, war uns beiden wichtig, denke ich. Er war wie ein unvollkommener Bruder, für den man sich wünschte, daß er trotz seiner Fehler Erfolg hat, weil er tief in seinem Inneren so anständig war.«

»Es tut mir leid. Es tut mir wirklich leid.«

Sie blickte zu ihm auf. »An dir ist derselbe Anstand. Bei der Art von Tätigkeit ist Aufrichtigkeit unentbehrlich. Nicht die bescheidenen Menschen regieren die Welt, Jason, sondern die korrupten. Und ich habe das Gefühl, daß die Distanz zwischen Korruption und Mord nicht sehr groß ist.«

»Treadstone Seventy-One?«

»Ja. Wir hatten beide recht: Ich will, daß man seine Mörder findet, damit sie für ihr Verbrechen bestraft werden. Und du kannst nicht weglaufen.«

Seine Lippen strichen über ihre Wange und ihr Haar. Er hielt sie fest. »Ich sollte dich hinauswerfen«, sagte er. »Ich sollte von dir verlangen, daß du aus meinem Leben verschwindest. Ich kann es nicht tun, aber ich weiß verdammt genau, daß es besser wäre.«

»Es würde nichts ändern. Ich würde nicht gehen.«

Das Anwaltsbüro lag am Boulevard de la Chapelle. Das von Bücherregalen gesäumte Besprechungszimmer wirkte eher wie eine Bühnenkulisse als ein Büro. In diesem Raum wurden krumme Geschäfte abgewickelt, keine legalen Verträge geschlossen; das war schnell spürbar. Was den Anwalt selbst anging, so vermochten weder der würdevolle weiße Kinnbart noch der silberne Zwicker über seiner Adlernase zu verbergen, daß der Mann seinem Wesen nach käuflich war. Er bestand sogar darauf, das Gespräch in seinem gebrochenen Englisch führen zu dürfen, um später behaupten zu können, etwas nicht verstanden zu haben.

Marie bestritt den größten Teil des Gesprächs, und Borowski ließ sie gewähren. Sie brachte ihre Wünsche vor, änderte die Barschecks in Obligationen, zahlbar in Dollar, in Beträgen von maximal zwanzigtausend Dollar. Sie wies den Anwalt an, die Bank zu instruieren, daß keine fortlaufenden Seriennummern ausgegeben werden dürften und die internationalen Garantieträger für die Zertifikate möglichst viele sein mußten. Der Anwalt begriff ihre Absicht sehr wohl; auf diese Weise komplizierte sie die Ausgabe der Obligationen, so daß Banken oder Makler kaum die Möglichkeit hatten, ihre Herkunft ausfindig zu machen. Außerdem würden sie sich in der Regel die zusätzliche Mühe oder gar die Kosten ohnehin nicht aufladen; schließlich waren die Zahlungen garantiert.

Als der Anwalt schließlich gereizt sein Telefongespräch mit Antoine d'Amacourt beendet hatte, hob Marie die Hand.

»Entschuldigen Sie, Monsieur Borowski verlangt zusätzlich, daß Monsieur d'Amacourt weitere zweihunderttausend Franc in bar hinzufügt; einhunderttausend soll er zu den Obligationen legen, die andere Hälfte persönlich überbringen. Er schlägt vor, daß dieser Betrag folgendermaßen aufgeteilt wird: fünfundsiebzigtausend Franc für Monsieur d'Amacourt und fünfundzwanzigtausend für Sie. Er ist sich darüber im klaren, daß er für Ihren Rat und die zusätzliche Mühe, die er Ihnen bereitet hat, tief in Ihrer beider Schuld steht. Es erübrigt sich wohl, darauf hinzuweisen, daß der zweite Betrag nirgendwo erwähnt zu werden braucht.«

Ärger und Verstimmung des Anwalts verschwanden bei ihren Worten und wichen einer Unterwürfigkeit, wie man sie seit den Tagen des Hofes von Versailles nicht mehr gesehen hatte. Alle Arrangements wurden gemäß den ungewöhnlichen – aber völlig verständlichen – Wünschen des Monsieur Borowski und seiner hochgeschätzten Beraterin durchgeführt.

Monsieur Borowski stellte einen ledernen Aktenkoffer für die Obligationen und das Geld zur Verfügung; er würde von einem bewaffneten Kurier getragen werden, der die Bank um 14.30 Uhr verlassen und sich mit Monsieur Borowski eine halbe Stunde später auf dem Pont Neuf treffen würde. Der geschätzte Klient würde sich mit einem kleinen Stück

Leder aus der Verkleidung des Koffers ausweisen und dabei die Worte sprechen: »Herr Koenig läßt aus Zürich grüßen.«

So viel zu den Einzelheiten. Kurz vor Aufbruch erklärte Marie St. Jacques: »Es ist uns bewußt, daß die Vorschriften des *fiche* auf den Buchstaben genau erfüllt werden müssen, und wir gehen davon aus, daß Monsieur d'Amacourt entsprechend verfahren wird. Ebenso klar ist uns, daß der richtige Zeitablauf für Monsieur Borowski günstig sein muß. Darauf legen wir allergrößten Wert. Sollte ihm dieser Vorteil nicht gewährt werden, so fürchte ich, daß ich als bekanntes – wenn auch für den Augenblick anonymes – Mitglied der Internationalen Bankenkommission mich gezwungen sähe, gewisse Abweichungen von den üblichen Usancen des Bankwesens und ebenso von den juristischen Gepflogenheiten zu melden. Ich bin überzeugt, daß das nicht notwendig sein wird; schließlich sind Sie gut bezahlt worden, nicht wahr, Monsieur?«

»Selbstverständlich, Madame! Sie haben nichts zu befürchten.«

»Ich weiß«, sagte Marie.

Borowski untersuchte den Schalldämpfer, um sich zu vergewissern, daß er alle Staubfusseln entfernt hatte, die sich angesammelt hatten. Dann drehte er ihn mit einer ruckartigen Bewegung des Handgelenks am Lauf fest und drückte den Knopf, der das Magazin freigab; es war gefüllt. Zufrieden schob er sich die Waffe in den Gürtel und knöpfte die Jacke zu.

Marie hatte die Waffe nicht gesehen. Sie saß auf dem Bett, mit dem Rücken zu ihm, und telefonierte mit dem Attaché der kanadischen Botschaft, Dennis Corbelier. Der Rauch einer Zigarette kräuselte vom Aschenbecher neben ihrem Notizbuch empor. Sie notierte sich, was Corbelier ihr mitteilte. Als sie das Gespräch beendet hatte, blieb sie zwei oder drei Sekunden reglos sitzen, den Bleistift noch in der Hand haltend. »Er weiß das von Peter nicht«, sagte sie und wandte sich Jason zu. »Das ist seltsam.«

»Allerdings«, pflichtete Borowski ihr bei. »Ich hätte gedacht, daß er es als einer der ersten erfahren würde. Du sagtest doch, die hätten sich Peters Telefonliste angesehen; er hatte Paris angerufen, Corbelier. Man würde meinen, daß jemand dem nachgegangen ist.«

»Daran hatte ich noch gar nicht gedacht. Ich meinte die Zeitungen, die Nachrichtenagenturen. Peter ist ... vor achtzehn Stunden gefunden worden. Er war ein wichtiger Mann in der kanadischen Regierung, wenn ich das auch nicht besonders hervorgehoben habe. Sein Tod an sich ist bereits eine Meldung wert, und die Tatsache, daß er ermordet wurde, noch viel mehr ... aber es ist nichts darüber berichtet worden.«

»Rufe heute abend in Ottawa an. Vielleicht kannst du den Grund erfahren.«

»Das werde ich tun.«

»Was hat Corbelier dir gesagt?«

Maries Blick wanderte zu ihrem Notizbuch. »Die Zulassungsnummer des Wagens vor der Bank in der Rue Madeleine hat nichts gebracht; das Auto ist am Flughafen Charles de Gaulle an einen Jean-Pierre Larousse vermietet worden. Bei der Telefonnummer, die d'Amacourt dir gegeben hat, handelt es sich um die Geheimnummer eines Modehauses an der Rue Saint-Honoré: ›Les Classiques‹. Das ist ein sehr elegantes Geschäft. Es verkauft Haute-Couture-Modelle. Corbelier sagt, in Fachkreisen würde man es das Haus von René nennen.«

»René?«

»René Bergeron, ein Designer. Seit Jahren rechnet man mit seinem großen Durchbruch. Ich kenne ihn, weil meine Schneiderin zu Hause seine Entwürfe kopiert.«

»Hast du die Adresse bekommen?«

Marie nickte. »Warum hat Corbelier das von Peter nicht gewußt? Warum ist in der Presse über seine Ermordung nichts berichtet worden?«

»Vielleicht erfährst du das, wenn du anrufst. Könnte sein, daß es nur an der Zeitverschiebung liegt; die Nachricht kam zu spät für die Frühausgaben hier in Paris.« Als Borowski an den Schrank trat, um seinen Mantel herauszuholen, spürte er das zusätzliche Gewicht in seinem Gürtel. »Ich gehe zur Bank zurück und werde von dort dem Kurier bis zum Pont Neuf folgen.« Er zog den Mantel an und merkte, daß Marie ihm nicht zuhörte. »Das wollte ich noch fragen – tragen diese Leute Uniform?«

»Wer?«

»Geldboten.«

»Der Zeitunterschied würde erklären, warum die Zeitungen noch nichts gebracht haben, aber über die Agenturen müßte die Meldung gelaufen sein. Und Botschaften haben Fernschreiber. Es ist also nichts darüber verlautet worden, Jason.«

»Du kannst heute abend anrufen«, sagte er. »Ich gehe jetzt.«

»Du hast gefragt, ob Geldboten Uniformen tragen. Meistens ja. Sie fahren auch gepanzerte Lieferwagen, aber für den Fall habe ich klare Anweisungen erteilt: Der Transporter soll einen Häuserblock von der Brücke entfernt abgestellt werden. Der Bote muß die letzten paar hundert Meter zu Fuß gehen.«

»Warum hast du das unbedingt so gewollt?«

»Ein uniformierter Kurier ist schon schlimm genug. Aber das ist notwendig; das verlangen die Versicherungen. Ein gepanzerter Lieferwagen ist einfach zu auffällig; dem könnte man zu leicht folgen. Du willst es dir nicht noch einmal anders überlegen und mich doch mitnehmen?«

»Nein.«

»Glaube mir, nichts wird schiefgehen; das würden diese beiden Diebe nicht zulassen.«

»Dann gibt es auch keinen Anlaß für dich, mich zu begleiten. Ich habe es eilig.«

»Ich weiß. Und ohne mich kommst du schneller voran.« Marie stand auf und ging auf ihn zu. »Ich verstehe.« Sie küßte ihn auf die Lippen und bemerkte plötzlich die Waffe, die er im Gürtel trug. Sie sah ihm in die Augen. »Du machst dir Sorgen, nicht wahr?«

»Nein, ich bin nur vorsichtig.« Er lächelte, tippte sie an. »Es ist wirklich viel Geld. Kann sein, daß wir lange Zeit damit auskommen müssen.«

»Das höre ich gern.«

»Was? Daß es eine Menge Geld ist?«

»Nein. Daß du ›wir‹ sagtest.«

»Du redest in Rätseln.«

»Du kannst nicht Obligationen im Wert von mehr als einer Million Dollar in einem Hotelzimmer aufbewahren. Du brauchst einen Safe.«

»Das können wir morgen erledigen.« Er ließ sie los und wandte sich zur Tür. »Während ich weg bin, kannst du ja ›Les Classiques‹ im Telefonbuch suchen und die normale Nummer anrufen. Stelle fest, wie lange sie geöffnet haben.«

Borowski saß auf dem Hintersitz eines geparkten Taxis und beobachtete den Eingang der Bank durch die Windschutzscheibe. Der Fahrer summte eine Melodie und las Zeitung, zufrieden über den Fünfzigfrancschein, den er im voraus bekommen hatte. Der Motor des Wagens lief; darauf hatte der Fahrgast bestanden.

Der gepanzerte Lieferwagen war unmittelbar vor Jasons Taxi auf einem für die Bank reservierten Platz abgestellt. Zwei kleine rote Lichter leuchteten plötzlich über dem kreisförmigen kugelsicheren Fenster der Hecktür auf. Das Alarmsystem war eingeschaltet.

Borowski beugte sich vor und beobachtete den uniformierten Mann, der jetzt zur Seitentür herauskletterte und sich durch die zahlreichen Fußgänger auf den Eingang der Bank zubewegte. Er verspürte ein Gefühl der Erleichterung; es war keiner der drei gutgekleideten Herren, die gestern zur Valois-Bank geeilt waren.

Fünfzehn Minuten später kam der Kurier wieder heraus, den ledernen Aktenkoffer in der linken Hand, die rechte auf ein aufgeknöpftes Pistolenhalfter gestützt. Man konnte deutlich den ausgefransten Riß am Kofferdeckel erkennen. Jason fühlte das Lederstück in der Hemdtasche; damit würde er sich ein Leben weit weg von Carlos ermöglichen, wenn es ein solches Leben überhaupt gab und er es ohne des schrecklichen Labyrinths akzeptieren konnte, aus dem er bis jetzt nicht zu entrinnen vermochte.

Aber selbst dieses Labyrinth, in dem er ständig mit der Umwelt kollidierte, war eine Art Fortschritt für ihn. Denn sein persönliches Labyrinth hatte keine Wände, keine Gänge, durch die er rennen konnte. Wenn er nachts die Augen öffnete, sah er nur wirbelnde Nebelschwaden in der Finsternis.

Warum bloß wurde er immer wieder von Winden emporgeschleudert? Warum stürzte er immer wieder durch die Luft? Warum? Und dann kamen andere Worte zu ihm; er hatte keine Ahnung, woher sie stammten, aber sie waren da, und er hörte sie.

Was bleibt denn übrig, wenn Ihre Erinnerung weg ist? Und Ihre Identität, Mr. Smith?

Hör auf!

Der gepanzerte Lieferwagen bog in die Rue Madeleine ein. Borowski tippte den Fahrer an die Schulter. »Folgen Sie dem Wagen vor uns; lassen Sie wenigstens zwei andere Fahrzeuge zwischen uns«, sagte er auf französisch.

Der Fahrer drehte sich erschreckt um. »Ich glaube, Sie haben das falsche Taxi, Monsieur. Nehmen Sie Ihr Geld zurück.«

»Ich arbeite für eine Geldtransportfirma, Sie Idiot. Das ist ein Sonderauftrag.«

»Entschuldigen Sie, Monsieur. Wir werden ihn nicht aus den Augen verlieren«, sagte der Fahrer und gab zügig Gas.

Der Lieferwagen schlug den schnellsten Weg zur Seine ein. Drei oder vier Blocks von der Brücke entfernt verlangsamte er seine Fahrt, hielt sich dicht am Bürgersteig, so als hätte der Kurier entschieden, daß er zu früh dran war. Dabei fand Borowski eher, daß er bereits im Begriff war, sich zu verspäten. Es war sechs Minuten vor drei, kaum genug Zeit für den Mann, den Wagen zu parken und den einen Häuserblock bis zur Brücke zu Fuß zu gehen. Warum aber hatte der Panzerwagen seine Fahrt verlangsamt? Verlangsamt? Nein, er hatte angehalten! Warum?

Der Verkehr! . . . Großer Gott, natürlich – der Verkehr!

»Halten Sie hier«, sagte Borowski zu seinem Chauffeur. »Fahren Sie an den Rand. Schnell!«

»Was ist denn, Monsieur?«

»Sie haben Glück«, erwiderte Jason. »Meine Firma ist bereit, Ihnen zusätzliche einhundert Franc zu bezahlen, wenn Sie einfach zu diesem Wagen gehen und ein paar Worte zu dem Fahrer sagen.«

»Was, Monsieur?«

»Wissen Sie, wir überprüfen ihn. Er ist neu bei uns. Wollen Sie nun die hundert Franc?«

»Ich brauche bloß ein paar Worte zu dem Mann zu sagen?«

»Das ist alles. Das dauert höchstens fünf Sekunden, dann können Sie in Ihr Taxi steigen und wegfahren.«

»Es gibt keinen Ärger?«

»Meine Firma gehört zu den angesehensten in ganz Frankreich.«

»Ich weiß nicht . . .«

174

»Dann lassen Sie es!« Borowski griff nach der Türklinke.

»Was muß ich sagen?«

Jason hielt ihm die hundert Franc hin. »Nur dies: ›Herr Koenig. Grüße aus Zürich.‹ Können Sie sich das merken?«

»›Koenig. Grüße aus Zürich.‹«

»Richtig.«

Sie gingen schnell auf den Panzerwagen zu, drückten sich auf die rechte Seite der engen Straße, während links von ihnen der Verkehr vorbeirollte. Der Panzerwagen ist Carlos' Falle, dachte Borowski. Er hatte einen der bewaffneten Kuriere gekauft. Ein einziger Name und ein Treffpunkt, beide über eine überwachte Radiofrequenz durchgegeben, wurden einem unterbezahlten Boten einen großen Batzen Geld einbringen. *Borowski Pont Neuf.* So einfach war das. Dieser Kurier legte weniger großen Wert darauf, pünktlich zu sein, als sicherzustellen, daß die Soldaten von Carlos die Pont Neuf rechtzeitig erreichten. Jason hielt den Taxifahrer an, vier zusätzliche Zweihundertfrancnoten in der Hand; die Augen des Mannes saugten sich förmlich an den Scheinen fest.

»Monsieur?«

»Meine Firma wird sehr großzügig sein. Dieser Mann wird wegen Verletzung seiner Dienstpflicht von uns belangt werden.«

»Was soll ich tun, Monsieur?«

»Nachdem Sie gesagt haben, ›Herr Koenig. Grüße aus Zürich‹, fügen Sie noch hinzu: ›Der Plan ist geändert worden. Ich habe einen Fahrgast in meinem Taxi, der Sie sprechen muß.‹ Behalten Sie das?«

Die Augen des Fahrers kehrten zu den Francsnoten zurück. »Was ist schwierig daran?« Er nahm das Geld.

Sie schoben sich an dem gepanzerten Lieferwagen entlang, Jasons Rücken gegen die Wagenwand gepreßt, die rechte Hand unter dem Mantel am Kolben der Pistole. Der Fahrer trat an das Fenster und klopfte gegen die Scheibe.

»Sie dort drinnen! Herr Koenig! Grüße aus Zürich!« schrie er.

Das Fenster wurde einen Spaltbreit heruntergekurbelt. »Was soll das?« schrie eine Stimme zurück. »Sie sollen doch am Pont Neuf sein, Monsieur!«

Der Taxifahrer war nicht dumm; er wollte aber auch so schnell wie möglich weg. »Nicht ich, Sie Esel!« schrie er, um sich in dem Verkehrslärm Gehör zu verschaffen. »Ich sage Ihnen nur, was man mir aufgetragen hat! Der Plan ist geändert. Ich habe einen Mann in meinem Auto sitzen, der Sie sprechen muß.«

»Sagen Sie ihm, er soll sich beeilen«, sagte Jason und hielt eine Fünfzigfrancnote in die Höhe.

Der Fahrer blickte auf das Geld und dann wieder auf den Kurier. »Beeilen Sie sich! Wenn Sie nicht sofort zu ihm gehen, verlieren Sie Ihren Job!«

»Und jetzt verschwinden Sie hier!« rief Borowski ihm zu. Der Fahrer machte kehrt, riß Jason im Vorbeirennen den Geldschein aus der Hand und raste zu seinem Taxi.

Borowski blieb stehen, wo er war. Was er trotz des Verkehrslärms aus dem Inneren des Geldtransporters dringen hörte, versetzte ihm einen gehörigen Schrecken. Der Kurier war nicht allein; da war noch ein zweiter Mann.

»Es waren die richtigen Worte. Sie haben es gehört.«

»Er sollte auf Sie zukommen. Er sollte sich selbst zeigen.«

»Das wird er auch tun. Und das Stück Leder präsentieren, das genau passen muß. Erwarten Sie von ihm, daß er das inmitten einer mit Autos vollgestopften Straße tut?«

»Mir gefällt das Ganze nicht.«

»Sie haben mich dafür bezahlt, daß ich Ihnen und Ihren Leuten helfe, jemanden zu finden. Nicht, damit ich meinen Job verliere. Ich gehe!«

»Vereinbart ist der Pont Neuf!«

»Sie können mich mal!«

Auf den Trittbrettern waren schwere Schritte zu hören. »Ich komme mit.«

Die Tür öffnete sich; Jason fuhr zurück, die Hand immer noch unter dem Mantel. Er sah, wie sich ein Kindergesicht gegen das Glas eines Wagenfensters drückte, die Augen zusammengekniffen, die jungen Gesichtszüge zu einer häßlichen Maske verzerrt. Das anschwellende Geräusch plärrender Hupen erfüllte die Straße; der Verkehr war zum Stillstand gekommen.

Der Kurier stieg vom Trittbrett, den Aktenkoffer in der linken Hand. Borowski war bereit; in dem Augenblick, in dem der Kurier den Fuß auf die Straße gesetzt hatte, warf er die Tür gegen den zweiten Mann, so daß sie gegen seine Kniescheibe und die ausgestreckte Hand prallte. Der Mann schrie, taumelte zurück in den Wagen. Jason schrie den Kurier an und hielt das Stück Leder in der Hand.

»Ich bin Jason Borowski. Lassen Sie ja die Pistole stecken, sonst verlieren Sie nicht nur Ihren Job, sondern auch Ihr Leben, Sie Schweinehund!«

»Ich hab es nicht böse gemeint. Monsieur. Die wollten Sie finden! Die interessiert Ihr Geld nicht, darauf haben Sie mein Wort.«

Da flog die Tür auf, und der Lauf einer Pistole wurde auf Borowski gerichtet. Er sprang zur Seite. Dem Schuß folgte ein schrilles Klingeln, das plötzlich aus dem Panzerwagen hallte. Der Alarm war ausgelöst worden.

Wieder schmetterte Jason die Tür zu. Er hörte Metall auf Metall prallen; diesmal hatte er die Waffe getroffen. Er griff nach seinem Revolver, duckte sich und zog blitzschnell die Tür auf.

Er erkannte das Gesicht aus Zürich, den Killer, den sie Johann genannt hatten. Borowski feuerte zweimal; der Mann bäumte sich auf; Blut breitete sich auf seiner Stirn aus.

Der Bote hatte sich mit gezückter Waffe hinter dem Transporter ver-
schanzt und schrie um Hilfe. Borowski sprang auf und warf sich mit
einem Satz auf die ausgestreckte Waffe, bekam sie am Lauf zu fassen und
riß sie dem Kurier aus der Hand. Dann packte er den Koffer und schrie.

»Nichts Böses, wie? Her damit, du Schwein!«

Er warf die Waffe des Mannes unter den Wagen, sprang auf und
stürzte sich in die hysterische Menschenmenge auf dem Bürgersteig.

14

»Alles ist weisungsgemäß ausgeführt worden«, sagte Marie. Sie hatte die
Obligationen nach Beträgen geordnet und einige Stapel Banknoten auf
dem Tisch ausgebreitet. »Ich war mir ohnehin sicher.«

»Beinahe hätte es nicht geklappt.«

»Was?«

»Der Mann, den sie Johann nannten, der aus Zürich – er ist tot. Ich habe
ihn getötet!«

»Jason, was ist passiert?«

Er erzählte es ihr. »Ich vermute, daß der zweite Wagen im Verkehr
steckengeblieben ist und über Funk den Kurier aufgefordert hat, die
Fahrt zu verlangsamen. Ich bin sicher, daß es so war.«

»O Gott, die sind überall!«

»Aber sie wissen nicht, wo *ich* bin«, sagte Borowski und blickte in den
Spiegel über der Kommode und musterte sein blondes Haar, während er
die Schildpattbrille aufsetzte. »Und zuallerletzt würden sie mich in diesem Augenblick – selbst wenn sie ahnten, daß ich davon weiß – in einem
Modehaus an der Rue Saint-Honoré vermuten.«

»›Les Classiques‹?« fragte Marie erstaunt.

»Richtig. Hast du angerufen?«

»Ja, aber das ist doch Wahnsinn!«

»Warum?« Jason wandte sich vom Spiegel ab. »Überleg doch. Vor
einer halben Stunde ist ihr Plan geplatzt. Jetzt herrscht Verwirrung; einer
wird dem anderen Vorwürfe machen. In diesem Moment sind sie mehr
miteinander beschäftigt als mit mir; keiner will eine Kugel in den Hals. Es
wird nicht lange dauern, bis sie sich wieder neu formiert haben; dafür
wird Carlos sorgen. Aber während der nächsten Stunde, während sie
versuchen, sich zusammenzureimen, was geschehen ist, werden sie nicht
an einem Ort nach mir suchen, wo sich, geschickt getarnt, ihre Informationszentrale befindet. Sie haben nicht die leiseste Ahnung, daß ich von
dem Modegeschäft weiß.«

»Jemand wird dich erkennen!«

»Wer? Sie haben einen Mann von Zürich kommen lassen, um mich zu identifizieren, und der ist tot. Sie können sich kein klares Bild von meinem Äußeren machen.«

»Der Geldbote hat dich gesehen.«

»Die nächsten paar Stunden wird der mit der Polizei beschäftigt sein.«

»D'Amacourt. Der Anwalt!«

»Ich vermute, beide haben inzwischen schon das Land verlassen.«

»Angenommen, man hat sie erwischt?«

»Und? Glaubst du, Carlos würde einen Laden auffliegen lassen, der ihm als Informationszentrale dient? Ganz bestimmt nicht.«

»Jason, ich habe Angst.«

»Ich auch. Aber nicht die Angst, daß man mich erkennt.« Borowski kehrte zum Spiegel zurück und starrte sein Gesicht an. »Welche Farbe haben meine Augen?«

»Was?«

»Nein, sieh mich nicht an. Sag mir, welche Augenfarbe ich habe. Deine sind braun mit grünen Flecken; welche Farbe haben meine?«

»Blau . . . bläulich . . . oder grau . . . wirklich, ich . . . .« Marie hielt inne. »Ich weiß nicht genau. Ist das nicht schrecklich von mir?«

»Das ist völlig normal. Eigentlich sind sie hellbraun, aber nicht immer. Selbst mir ist das aufgefallen. Wenn ich ein blaues Hemd oder eine blaue Krawatte trage, wirken sie blau; in Verbindung mit einem braunen Jakkett oder einem braunen Mantel sind sie grau.«

»Das ist gar nichts Ungewöhnliches.«

»Schon möglich. Aber wie viele Menschen tragen Kontaktlinsen, wenn sie ganz normal sehen können?«

»Kontaktlinsen?«

»Ja, das habe ich gesagt«, bestätigte Jason. »Ich meine eine bestimmte Art von Kontaktlinsen, die man trägt, um die Augenfarbe zu verändern. Sie sind besonders wirksam bei hellbraunen Augen. Als Washburn mich das erstemal untersuchte, stellte er fest, daß ich längere Zeit solche Linsen getragen haben muß. Das ist einer der Hinweise, nicht wahr?«

»Du kannst daraus machen, was du willst«, entgegnete Marie – »wenn es stimmt.«

»Warum sollte Washburn sich geirrt haben?«

»Weil er öfter betrunken als nüchtern war, wie du mir erzählt hast. Er hat von einer Vermutung auf die nächste geschlossen. Weiß der Himmel, wie sehr ihn der Alkohol dabei beeinflußt hat. Er hat sich nie eindeutig ausgedrückt. Das konnte er gar nicht.«

»In einem Punkt schon. Ich bin ein Chamäleon, wie dafür geschaffen, in eine flexible Form zu passen. Ich möchte herausfinden, wessen Form das ist; vielleicht kann ich das jetzt. Dank deiner Hilfe habe ich eine Adresse, vielleicht weiß dort jemand die Wahrheit über mich.«

»Ich kann dich nicht aufhalten, aber sei um Gottes willen vorsichtig! Wenn sie dich erkennen, werden sie dich töten!«

»Nein. Dort nicht; das wäre fatal für ihr Geschäft.«

»Ich finde das gar nicht komisch, Jason.«

»Ich auch nicht. Ich verlasse mich sehr ernsthaft darauf.«

»Was wirst du tun? Ich meine, wie wirst du vorgehen?«

»Das werde ich entscheiden, wenn ich dort bin. Ich werde sehen, ob jemand herumläuft und nervös oder verängstigt aussieht oder auf einen Telefonanruf wartet, als hinge sein Leben davon ab.«

»Und dann?«

»Dann werde ich mich wie bei d'Amacourt verhalten: vor dem Eingang warten und dem Betreffenden folgen. Ich werde ihm ganz nahe sein; er kann mir nicht entkommen. Und ich werde höllisch aufpassen.«

»Wirst du mich anrufen?«

»Ich werde es versuchen.«

»Das Warten wird mich verrückt machen.«

»Dann warte nicht. Du könntest inzwischen die Wertpapiere irgendwo deponieren.«

»Die Banken sind geschlossen.«

»Ein großes Hotel hat auch einen Safe.«

»Man muß dort ein Zimmer haben.«

»Dann nimm eines. Im ›Meurice‹ zum Beispiel oder im ›George Cinq‹. Laß den Koffer an der Rezeption, aber komme wieder hierher zurück.«

Marie nickte. »Auf die Weise habe ich wenigstens etwas zu tun.«

»Anschließend rufst du Ottawa an. Versuche herauszufinden, was mit Peter geschehen ist.«

»Das werde ich.«

Borowski trat an den Nachttisch und steckte sich ein Bündel Geldscheine in die Jackentasche. »Bestechung wäre einfacher«, sagte er. »Ich glaube nicht, daß es dazu kommen wird, aber es könnte ja sein.«

»Ja, durchaus«, pflichtete Marie ihm bei und fuhr im gleichen Atemzug fort: »Hast du dich gerade gehört? Du hast soeben die Namen von zwei Hotels genannt.«

»Ja, das habe ich.« Er drehte sich herum und sah sie an. »Ich bin schon hier gewesen. Viele Male. Ich habe hier gewohnt, aber nicht in diesen Hotels. In Nebenstraßen, denke ich. In solchen, die sich nicht sehr leicht finden lassen.«

Sie schwiegen. Die Angst, die sich im Raum ausgebreitet hatte, war fast körperlich zu spüren.

»Ich liebe dich, Jason.«

»Ich liebe dich auch«, sagte Borowski.

»Komm zu mir zurück. Gleichgültig, was geschieht, komm zu mir zurück.«

Die Spotlights, die an der dunkelbraunen Decke angebracht waren, tauchten die teuer gekleideten Kunden in ein warmes, schmeichelhaftes

Licht. Die Vitrinen für Schmuck und Accessoires waren mit schwarzem Samt ausgeschlagen und mit einer raffinierten indirekten Beleuchtung versehen. Die Gänge wanden sich im Halbkreis und vermittelten die Illusion von räumlicher Großzügigkeit, die in Wirklichkeit gar nicht gegeben war, denn ›Les Classiques‹ war zwar nicht klein, aber keineswegs ein großes Haus. Es war vielmehr ein elegant ausgestattetes Geschäft an einer der teuersten Straßen von Paris. Im hinteren Teil befanden sich die Umkleidekabinen mit Türen aus gefärbtem Glas. Auf der Empore darüber, über eine Freitreppe erreichbar, lagen die Büros der Geschäftsleitung. Am Fuße der Treppe war die Telefonzentrale eingerichtet, die von einem seltsam deplaziert wirkenden Mann in einem konservativen Straßenanzug besetzt war.

Das Bedienungspersonal bestand vorwiegend aus Frauen, deren schmale Gesichter und schlanke Figuren darauf hindeuteten, daß sie zuvor als Mannequins gearbeitet hatten. Die wenigen Männer waren ebenfalls schlank und trugen eng anliegende Anzüge. Mit tänzerischer Geschmeidigkeit bewegten sie sich durch die Verkaufsräume.

Romantische Musik ergoß sich aus versteckten Lautsprechern. Jason schlenderte durch die Gänge, schaute sich die ausgestellten Kleider an und befühlte ihre Stoffe. Das half ihm, seine Verblüffung zu verbergen. Wo war die Verwirrung, die Angst, die er im Herzen von Carlos' Informationszentrum zu finden erwartet hatte? Er blickte nach oben auf die Empore. Dort liefen Männer und Frauen über den Flur, manche blieben stehen und wechselten ein paar Sätze mit einem Kollegen. Nirgends war die geringste Andeutung von Nervosität zu verspüren; überhaupt keine Spur davon, daß ihr Plan gescheitert war, daß ein Killer – Carlos' einziger Mann in Paris, der ihre Zielperson hätte identifizieren können – von einer Kugel in den Kopf getötet worden war.

Es war unglaublich, und sei es nur, weil die ganze Atmosphäre das genaue Gegenteil von dem war, was er erwartet hatte. In diesem Laden bemerkte er Gesichter, keine huschenden Augen, keine abrupten Bewegungen, die Alarm bedeuteten; nichts war ungewöhnlich.

Und doch – irgendwo mußte es hier eine Person geben, die nicht nur Carlos' Vertrauen besaß, sondern auch autorisiert war, drei Killer einzusetzen. Eine Frau . . .

Da sah er sie; sie mußte es sein. Sie kam die teppichbelegte Freitreppe herunter, eine hochgewachsene, eindrucksvolle Frau mit einem Gesicht, das sich durch eine dicke Schicht Make-up in eine starre Maske verwandelt hatte. Sie wurde von einem gertenschlanken Angestellten aufgehalten, der ihr einen Verkaufsbeleg hinhielt; sie warf einen Blick darauf und sah dann hinunter auf den Verkaufstresen für Schmuck, vor dem ein nervöser Mann in mittleren Jahren stand. Der Blick war kurz, aber eindeutig. Was er ausdrückte, war ebenso klar: Also gut, mon ami, nimm die Klunker mit, aber bezahle deine Rechnung bald, sonst könnte es das nächste Mal peinlich für dich werden. Oder noch schlimmer: ich könnte deine Frau anrufen. Im Bruchteil einer Sekunde war der Tadel verflogen; ein Lächeln, so falsch wie es breit war, brach die Maske auf, und die Frau nahm mit einem Kopfnicken den Stift, den der Angestellte ihr hinhielt, und zeichnete schwungvoll den Beleg ab. Dann setzte sie ihren Weg die Treppe herunter fort, gefolgt von dem Angestellten, der sich im Gespräch zu ihr neigte. Es war offensichtlich, daß er ihr schmeichelte; sie blieb auf der untersten Stufe stehen, drehte sich herum, griff sich in das von hellen Strähnen durchzogene dunkle Haar und tippte, wie um sich für das Kompliment zu bedanken, mit dem Zeigefinger auf sein Handgelenk.

In den Augen der Frau war wenig Gelassenheit. Sie waren so wach wie das Paar Augen, das Borowski hinter goldgeränderten Brillengläsern in Zürich gesehen hatte.

Instinktiv fühlte er, daß sein Ziel sie war; blieb nur noch die Frage, wie er den Kontakt mit ihr finden sollte! Die ersten Schritte durften weder zu auffällig noch zu zaghaft sein. Geschickt mußte er ihre Aufmerksamkeit auf sich lenken. Sie mußte zu ihm kommen.

Die nächsten paar Minuten erstaunten Jason, das heißt, er staunte über sich selbst. Ihn verblüffte die Leichtigkeit, mit der er in eine Rolle hineinschlüpfte, die ganz anders war als er selbst – so wie er sich kannte. Wo er noch vor Minuten nur Beschauer gewesen war, fing er jetzt an, den kritischen Kunden zu spielen. Er zog Blusen aus den Regalen, hielt die Stoffe ans Licht, musterte die Nähte, untersuchte Knöpfe und Knopflöcher, fuhr mit den Fingern über Krägen und hob sie hoch. Er war ein Kenner guter Kleidung, ein versierter Käufer, der wußte, was er wollte, und schnell das abtat, was nicht seinem Geschmack entsprach. Das einzige, worauf er nicht achtete, waren die Preisschilder – sie waren offensichtlich völlig nebensächlich für ihn.

Eben diese Tatsache erweckte das Interesse der stattlichen Frau, die immer wieder in seine Richtung schaute. Eine Verkäuferin tänzelte mit ihrem konkav geformten Körper auf ihn zu, um ihm behilflich zu sein. Er lächelte höflich und sagte, er zöge es vor, selbst herumzustöbern. Weniger als eine halbe Minute später stand er hinter drei Verkaufspuppen, die mit den teuersten Modellen drapiert waren, die im ›Les Classiques‹ ausgestellt wurden. Er hob die Brauen, schob dann billigend die Lippen vor und spähte zwischen den Plastikfiguren zu der Frau hinter dem Tresen hinüber. Sie flüsterte der Verkäuferin, die ihn angesprochen hatte, etwas zu; das ehemalige Mannequin schüttelte den Kopf und zuckte die Schultern.

Borowski stand mit verschränkten Armen da, blies die Backen auf und ließ langsam den Atem zwischen den Lippen entweichen, während sein Blick zwischen den drei Puppen hin und her wanderte; er war unsicher, ein Mann, der im Begriffe war, seine Entscheidung zu treffen. Und ein potentieller Kunde in dieser Lage, dazu einer, der nicht auf Preisschilder achtete, brauchte Hilfe von der cleversten Person in seiner Umgebung. Die arrogant wirkende Frau schob sich die Frisur zurecht und kam mit wiegendem Schritt auf ihn zu.

»Ich sehe, Sie sind bei den besseren Stücken angelangt, Monsieur«, sagte die Frau auf englisch, was auf einen geschulten Blick schließen ließ.

»Das hoffe ich«, erwiderte Jason. »Sie haben eine interessante Kollektion, aber man muß ja wählerisch sein, nicht wahr?«

»Das zeichnet immer den aus, der das Besondere sucht, Monsieur. Alle unsere Modelle sind exklusiv.«

»Das sagt gar nichts, Madame.«

»Ah, Sie sprechen Französisch?«

»Ein wenig.«

»Sind Sie Amerikaner?«

»Ich bin selten hier«, sagte Borowski. »Die Kleider werden nur für Sie angefertigt?«

»O ja. Entworfen hat sie der Modeschöpfer René Bergeron. Ich bin sicher, daß Sie schon von ihm gehört haben.«

Jason runzelte die Stirn. »Ja, das habe ich. Er genießt hohen Respekt, aber der große Durchbruch ist ihm bisher noch nicht gelungen, oder?«

»Das kommt noch, Monsieur. Sein Ruf wächst von Kollektion zu Kollektion. Vor einigen Jahren hat er für St. Laurent gearbeitet, danach für Givenchy. Manche sagen, daß er viel mehr getan hat als nur die Schnitte angefertigt, wenn Sie verstehen, was ich meine.«

»Das ist nicht schwer.«

»Und wie die miese Konkurrenz versuchte, ihn in den Hintergrund zu drängen! Richtig übel ist das! Er betet Frauen an; er schmeichelt ihnen mit seiner Mode und macht keine kleinen Jungen aus ihnen. Sie wissen, was ich meine?«

»Absolut.«

»Eines Tages, in nicht allzu ferner Zukunft, wird er in der ganzen Welt berühmt sein.«

»Sie sprechen sehr überzeugt. Ich nehme diese drei. Die haben doch etwa Größe zwölf?«

»Vierzehn, Monsieur. Wir ändern sie natürlich.«

»Ich fürchte, die Zeit habe ich nicht, aber in Cap-Ferrat gibt es doch sicher gute Schneider.«

»*Naturellement*«, räumte die Frau schnell ein.

»Und dann . . .« Borowski zögerte und runzelte wieder die Stirn. »Weil ich schon mal hier bin, könnten Sie mir, um mir Zeit zu sparen, noch ein paar andere Sachen in einem ähnlichen Stil aussuchen?«

»Sehr gern, Monsieur.«

»Danke, das ist sehr liebenswürdig. Ich hatte einen langen Flug von den Bahamas und bin sehr erschöpft.«

»Würden Monsieur sich gerne setzen?«

»Offen gestanden, ich würde gerne einen Drink nehmen.«

»Das läßt sich natürlich arrangieren. Die Rechnung, Monsieur . . .«

»Ich zahle in bar, denke ich«, sagte Jason, wohl wissend, daß diese Zahlungsweise der Geschäftsführerin von ›Les Classiques‹ am sympathischsten sein würde. »Mit Schecks ist das immer so eine Sache, nicht wahr?«

»Sie sind so klug, wie Sie wählerisch sind.« Das starre Lächeln ließ die Maske wieder aufspringen, ohne daß die Augen sich dabei veränderten. »Was den Drink angeht, warum nehmen Sie ihn nicht in meinem Büro? Dort sind Sie ganz für sich; Sie können sich entspannen, und ich bringe Ihnen eine Auswahl.«

»Ausgezeichnet!«

»Welche Preislage, Monsieur?«

»Suchen Sie das Beste aus, Madame.«

»Natürlich!« Eine schmale weiße Hand streckte sich ihm entgegen. »Ich bin Jacqueline Lavier, Mitinhaberin von ›Les Classiques‹.«

Borowski nahm die Hand, ohne einen Namen zu nennen. Vielleicht folgte der in weniger öffentlicher Umgebung, schien sein Gesicht auszudrücken, aber nicht im Augenblick. »Ihr Büro? Meines ist ein paar tausend Meilen von hier entfernt.«

»Wenn Sie mir bitte folgen wollen, Monsieur.« Erneut flackerte das starre Lächeln auf. Madame Lavier wies zur Treppe.

Jason war überzeugt, daß die Frau neben ihm die Befehle zum Mord, die ein gesichtsloser Mann erteilt hatte, der absoluten Gehorsam forderte, weitergeleitet hatte. Und doch gab es nicht den geringsten Hinweis, daß auch nur eine Strähne ihres perfekt frisierten Haares von nervösen Fingern in Unordnung gebracht worden war, keine Blässe auf der gemeißelten Maske, die auf Angst schließen ließe. Ein Teil einer Gleichung fehlte . . . dafür war eine andere bestätigt worden, was ihn sehr beunruhigte.

Er selbst war ein Chamäleon. Die Scharade hatte ihren Zweck erfüllt; er befand sich im Lager des Feindes, überzeugt, daß man ihn nicht erkannt hatte. Dies war nicht das erstemal, daß er solche Dinge tat. Er war ein Mann, der durch einen ihm unbekannten Dschungel rannte – und trotzdem fand er instinktiv seinen Weg, wußte, wo die Fallen lagen und wie man ihnen auswich. Das Chamäleon war ein Experte.

Während sie die Treppe hinaufgingen, sprach der konservativ gekleidete Mann in mittleren Jahren, der die Telefonanlage bediente, leise in ein Mikrophon und nickte fast müde mit dem grauhaarigen Kopf, als wolle er den Gesprächspartner am anderen Ende der Leitung davon überzeugen, daß *ihre* Welt so beschaulich und ruhig war, wie sie sein sollte.

Borowski blieb auf der siebten Stufe stehen, er tat es unwillkürlich.

Der Kopf des Mannes, die Form seiner Backenknochen, das lichter werdende graue Haar, die Art und Weise, wie es sich über das Ohr legte – all das verriet ihm, daß er diesen Mann schon einmal gesehen hatte. Irgendwo. In jener Vergangenheit, an die er sich nicht erinnerte, die jetzt aber schemenhaft Gestalt annahm, mit Dunkelheit . . . mit Blitzen von Licht; Explosionen; Nebel; Sturmböen, gefolgt von Stille. Was war das? Wo war es passiert? Warum war da jetzt wieder der Schmerz in seinen Augen? Der grauhaarige Mann drehte sich langsam in seinem Drehsessel herum. Jason blickte weg, ehe der andere sein Gesicht sehen konnte.

»Monsieur scheint unsere ungewöhnliche Telefonzentrale zu gefallen«, sagte Madame Lavier. »Das hebt ›Les Classiques‹ von den anderen Geschäften auf der Rue Saint-Honore' ab.«

»Wieso?« fragte Borowski, während sie weiter die Stufen hinaufgingen.

»Wenn eine Kundin ›Les Classiques‹ anruft, meldet sich nicht eine nichtssagende Frauenstimme, sondern ein kultivierter Herr, der über sämtliche Informationen verfügt.«

»Eine nette Geste.«

»Andere Herren finden das auch«, fügte sie hinzu. »Besonders, wenn sie telefonisch Käufe tätigen, bei denen sie auf Vertraulichkeit Wert legen.«

Sie erreichten Jacqueline Laviers geräumiges Büro. Es war der Arbeitsplatz einer effizienten Führungspersönlichkeit. Auf dem Schreibtisch lagen Dutzende von Papieren, die zu verschiedenen Haufen gestapelt waren. An ein Brett waren Aquarellskizzen gepinnt, die in kräftigen Farben gemalt waren und ihre Initialen trugen. Die Wände waren bedeckt mit gerahmten Fotos der *Beautiful People*, wobei ihre Schönheit nur zu oft von aufgerissenen Mündern oder einem Lächeln entstellt wurde. Die parfümierte Luft drängte ihm den Gedanken auf, daß dies die Höhle einer älter werdenden, auf und ab schreitenden Tigerin war, jederzeit bereit, jeden anzugreifen, der ihren Besitz oder die Erfüllung ihrer Wünsche gefährdete. Aber sie war diszipliniert, und wenn man alles bedachte, eine sehr nützliche Verbindungsperson für Carlos.

Wer war der Mann an der Telefonvermittlung? Wo hatte er ihn gesehen?

Sie wies auf eine Anzahl von Flaschen und bot ihm einen Drink an; er wählte Brandy.

»Setzen Sie sich doch, Monsieur. Ich werde René bitten, uns behilflich zu sein, wenn ich ihn finden kann.«

»Das ist sehr liebenswürdig, aber ich bin sicher, daß alles, was Sie wählen, zufriedenstellend sein wird. Ihr besonderer Geschmack ist hier in diesem Büro zu verspüren. Ich fühle mich wohl damit.«

»Sie sind zu großzügig.«

»Nur wenn es angebracht ist«, sagte Jason, der sich immer noch nicht gesetzt hatte. »Ich würde mir gerne die Fotos ansehen. Ich erkenne da eine ganze Anzahl Bekannte, wenn nicht gar Freunde. Viele dieser Gesichter sind auf den Bahamas nicht unbekannt.«

»Bestimmt nicht«, pflichtete Madame Lavier mit einem Tonfall bei, der erkennen ließ, daß ihr die Reiseziele ihrer reichen Kunden bestens vertraut waren. »Es dauert nicht lange, Monsieur.«

Gewiß nicht, dachte Borowski, als die Teilhaberin von ›Les Classiques‹ aus dem Büro schwebte. Madame Lavier würde nicht zulassen, daß ein müdes, wohlhabendes Opfer sich zu viel Zeit zum Nachdenken ließ. Sie würde mit den teuersten Modellen zurückkommen, die sie so schnell wie möglich zusammenraffte. Wenn es daher in dem Raum etwas gab, das ein Licht auf die Agentin von Carlos – oder auf den Mörder selbst – werfen konnte, mußte er es schnell finden.

Jason warf einen konzentrierten Blick auf die Papiere, die auf dem Schreibtisch lagen: Rechnungen, Quittungen, unbezahlte Lieferantenrechnungen und Mahnbriefe an Kunden. Ein Adreßbuch war aufgeschlagen, so daß man vier Namen lesen konnte; er trat näher, um mehr erkennen zu können. Bei jeder Eintragung handelte es sich um eine Firma, und ihre Repräsentanten standen in Klammern dahinter, wobei die Positionen der Betreffenden unterstrichen waren. Er überlegte, ob er sich die Firmen und die Personen einprägen sollte. Er war gerade im Begriff, das zu tun, als sein Blick auf den Rand einer Karteikarte fiel, die von dem Telefon fast verdeckt wurde. Und da war noch etwas – kaum zu erkennen: ein Streifen durchsichtiges Klebeband, das am Rand der Karte entlangführte und sie auf der Tischplatte festhielt. Das Klebeband selbst war relativ neu, erst vor kurzem über das Papier geklebt; es war ganz sauber, ohne jegliche Schmutz- oder Staubspuren, die darauf hingedeutet hätten, daß es sich schon lange dort befand.

Instinkt.

Borowski griff nach dem Telefon, um es zur Seite zu schieben. In dem Moment klingelte es. Der schrille Klang ließ ihn zusammenzukken. Kaum hatte er den Apparat auf den Tisch zurückgestellt und einen Schritt gemacht, als ein Mann ohne Jackett durch die offene Tür vom Korridor hereinrannte. Er blieb stehen, starrte Borowski an; sein Blick wirkte verblüfft, aber ohne Argwohn. Das Telefon klingelte erneut, und der Mann trat schnell an den Schreibtisch und nahm den Hörer ab.

»*Allô?*« Dann herrschte Schweigen, denn der Mann lauschte mit gesenktem Kopf. Er war braungebrannt und hatte eine muskulöse Figur. Auffallend waren die schmalen Lippen in seinem straffen Gesicht. Das kurzgestutzte Haar war dunkelbraun und sehr gepflegt. Die Muskeln seiner nackten Arme bewegten sich unter der Haut, als er den Hörer von einer Hand in die andere wechselte und mit harter Stimme sagte: »*Nicht hier . . . Weiß nicht . . . Ruf später an.*« Er legte auf und sah Jason an. »Wo ist Jacqueline?«

»Etwas langsamer, bitte«, sagte Borowski in Englisch und tat, als hätte er nicht verstanden. »Mein Französisch ist nicht so gut.«

»Entschuldigung«, erwiderte der smarte Mann. »Ich habe Madame Lavier gesucht. Wo ist sie?«

»Damit beschäftigt, mein Konto zu plündern.« Jason lächelte und hob das Glas an die Lippen.

»Oh? Und wer sind Sie, Monsieur?

»Wer sind *Sie?*«

Der Mann studierte Borowski. »René Bergeron.«

»O Gott!« rief Jason aus. »Sie sucht Sie.« Borowski lächelte wieder. »Sollte ich mir von den Bahamas telegrafisch Geld schicken lassen müssen, sind Sie der Grund dafür.«

»Sie sind sehr liebenswürdig, Monsieur. Ich muß um Entschuldigung bitten, daß ich so hereingeplatzt bin.«

»Es war schon besser, daß Sie das Telefon abgenommen haben – bei meinem dürftigen Französisch.«

»Mit wem, Monsieur, habe ich die Ehre zu sprechen?«

»Briggs«, sagte Jason, der keine Ahnung hatte, woher der Name kam und erstaunt war, daß er sich so schnell einstellte, so natürlich. »Charles Briggs.«

»Ein Vergnügen, Ihre Bekanntschaft zu machen.« Bergeron streckte ihm die Hand hin; sein Griff war fest. »Sie sagen, Jacqueline sucht mich?«

»Meinetwegen, fürchte ich.«

»Ich werde sie finden.« Der Mann ging hinaus.

Borowski trat an den Schreibtisch, die Augen auf die Tür gerichtet, die Hand am Telefon. Er schob es beiseite. Er sah zwei Telefonnummern auf der Karteikarte: Die erste war ein Anschluß in Zürich, durch die Vorwahlnummer erkennbar, die zweite gehörte offensichtlich einem Teilnehmer in Paris.

Instinkt. Er hatte recht gehabt, dabei war ein Streifen durchsichtiges Klebeband die einzige Spur gewesen, die er gebraucht hatte. Er starrte die Nummern an, merkte sie sich und stellte das Telefon wieder zurück.

Er war gerade um den Schreibtisch herumgelaufen, als Madame Lavier mit einem halben Dutzend Kleidern über dem Arm ins Zimmer schwebte. »Ich bin René auf der Treppe begegnet. Er ist von meiner Wahl begeistert. Er hat mir auch gesagt, daß Ihr Name Briggs ist, Monsieur.«

»Ich hätte mich selbst vorstellen sollen«, meinte Borowski und erwiderte ihr Lächeln. »Aber ich glaube nicht, daß Sie mich gefragt haben.«

»Schon gut, Monsieur.« Sie legte die Kleider vorsichtig über einige Stühle. »Ich glaube wirklich, daß das, was ich hier habe, zu den schönsten Kreationen gehört, die René uns je gebracht hat.«

»Ihnen gebracht hat? Er arbeitet also nicht hier?«

»Eine Redensart; sein Atelier ist am Ende des Korridors, aber es ist wie ein Heiligtum. Selbst ich zittere, wenn ich es betrete.«

»Die Modelle sind wirklich wunderschön«, schmeichelte Borowski der Frau und schritt von einem Kleid zum anderen. »Die nehme ich«, fügte er hinzu und deutete auf drei Kleider.

»Eine hervorragende Wahl, Monsieur Briggs!«

»Packen Sie sie mit den anderen ein, wenn Sie so liebenswürdig wären.«

»Natürlich. Die Dame ist zu beglückwünschen.«

»Sie ist ein guter Kamerad, aber ein verzogenes Kind, fürchte ich. Ich bin viel weggewesen und habe mich nur sehr selten um sie gekümmert; also denke ich, sollte ich Frieden machen. Das ist einer der Gründe, warum ich sie nach Cap-Ferrat geschickt habe.« Er lächelte und nahm seine Louis-Vuitton-Brieftasche heraus. »Würden Sie mir die Rechnung zusammenstellen?«

»Ich werde veranlassen, daß eines der Mädchen alles fertig macht.« Madame Lavier drückte einen Knopf an der Sprechanlage neben dem Telefon. Jason beobachtete sie scharf. Er war darauf vorbereitet, das Gespräch zu erwähnen, das Bergeron entgegengenommen hatte, falls der Frau auffiel, daß das Telefon nicht genau am gewohnten Platz stand. »Faites venir Janine – avec les robes. La facture aussi.« Sie stand auf. »Noch einen Brandy, Monsieur Briggs?«

»Merci bien.« Borowski hielt ihr sein Glas hin; sie nahm es und trat an die Bar. Jason wußte, daß die Zeit für das, was er vorhatte, noch nicht gekommen war. Erst mußte er sich von seinem Geld getrennt haben. Aber er konnte sich weiter bemühen, die Mitinhaberin von ›Les Classiques‹ für sich einzunehmen. »Dieser Bergeron«, sagte er, »arbeitet er ausschließlich für Ihr Geschäft?«

Madame Lavier drehte das Glas in der Hand. »Ja. Wir sind hier eine kleine Familie.«

Borowski nahm den Brandy entgegen, nickte dankend und setzte sich in den Lehnstuhl vor dem Schreibtisch.

Die hochgewachsene, hagere Angestellte, die ihn unten im Laden angesprochen hatte, kam mit einem Quittungsblock ins Zimmer. Schnelle Anweisungen wurden erteilt, Beträge eingetragen, die Kleider der Reihe nach auf einen Stuhl gelegt, während der Quittungsblock von einer Hand zur anderen wanderte. Schließlich hielt Madame Lavier Jason die komplette Rechnung hin. »Bitte, Monsieur«, sagte sie, »überprüfen Sie.«

Borowski schüttelte den Kopf. »Schon gut. Wie hoch ist der Betrag?« fragte er.

»Zwanzigtausendeinhundert Franc, Monsieur«, antwortete die Partnerin von ›Les Classiques‹ und wartete auf seine Reaktion.

Jason zog ungerührt die Geldscheine aus der Brieftasche und reichte sie ihr. Sie nickte und gab sie der schlanken Verkäuferin, die mit den Kleidern aus dem Büro stelzte.

»Alles wird eingepackt und mit Ihrem Wechselgeld hierher gebracht werden.« Sie trat an ihren Schreibtisch und setzte sich. »Sie reisen also jetzt nach Ferrat. Dort ist es bestimmt sehr schön.«

Er hatte bezahlt; die Zeit war jetzt da. »Ich habe noch eine Nacht in Paris, ehe ich in den Kindergarten zurückkehre«, sagte Jason und hob sein Glas, wie um sich selbst zu verspotten.

»Ja, Sie erwähnten, daß Ihre Freundin sehr jung ist.«

»Ein Kind, habe ich gesagt, und das ist sie. Sie ist eine gute Gefährtin, aber ich glaube, daß ich die Gesellschaft reiferer Frauen vorziehe.«

»Sie müssen sie sehr gerne mögen«, wandte die Frau ein, von seinen Worten geschmeichelt, und betastete ihr perfekt frisiertes Haar. »Sie kaufen ihr so reizende und offen gestanden sehr teure Dinge.«

»Ein geringer Preis, wenn man bedenkt, was sie tun könnte.«

»Wirklich?«

»Sie ist meine Frau, meine dritte, um genau zu sein, und auf den Bahamas ist es sehr wichtig, daß man den Schein wahrt. Aber das ist wohl überall das gleiche. Mein Leben ist ganz in Ordnung.«

»Sicher ist es das, Monsieur.«

»Weil wir gerade von den Bahamas sprechen, da ist mir vor ein paar Minuten etwas in den Sinn gekommen, deshalb habe ich sie wegen Bergeron gefragt.«

»Was denn?«

»Sie halten mich vielleicht für ungestüm; aber ich versichere Ihnen, daß ich das nicht bin. Wenn mir etwas in den Sinn kommt, muß ich das gleich untersuchen. Da Bergeron exklusiv für Sie arbeitet – haben Sie eigentlich je daran gedacht, eine Filiale auf den Inseln zu eröffnen?«

»Auf den Bahamas?«

»Ja, und auf anderen Inseln in der Karibik.«

»Monsieur, der Laden allein hier ist oft schon mehr, als wir schaffen können.«

»Nicht in Eigenregie, meinte ich. Ich dachte an Konzession für exclusive Modelle, an eine Zusammenarbeit mit Geschäftsleuten auf Provisionsbasis.«

»Dazu gehört beträchtliches Kapital, Monsieur Briggs.«

»Nur für den Anfang, um ins Geschäft zu kommen. In den besseren Hotels und Clubs hängt es normalerweise davon ab, wie gut man die Direktion kennt.«

»Und zu denen haben Sie gute Beziehungen?«

»Sehr gute sogar. Wie gesagt, das war nur so eine Idee, aber ich glaube, es lohnt sich, darüber nachzudenken. Ihre Etiketts würden viel Prestige haben. ›Les Classiques‹ – Paris, Bahamas . . . Caneel Bay, vielleicht.« Borowski leerte sein Glas. »Aber wahrscheinlich halten Sie mich

für verrückt. Betrachten Sie es nur so als dahingeredet . . . obwohl ich
schon manchmal ein paar Dollar mit spontanen Einfällen verdient habe,
die auch nicht ohne Risiken waren.«

»Risiken?« Jacqueline Lavier griff sich wieder ins Haar.

»Ich verschenke Ideen nicht, Madame. Gewöhnlich verwirkliche ich
sie selber.«

»Ich verstehe. Die Idee klingt schon verlockend.«

»Das denke ich auch. In dem Zusammenhang würde mich natürlich
Ihre schriftliche Vereinbarung mit Bergeron interessieren.«

»Die könnte ich Ihnen zeigen, Monsieur.«

»Fein. Wenn Sie Zeit haben, könnten wir uns ja beim Dinner weiter
darüber unterhalten. Heute ist mein einziger Abend in Paris.«

»Und Sie ziehen die Gesellschaft reiferer Frauen vor«, meinte Jacqueline Lavier, und die Maske verzog sich wieder zu einem Lächeln.

»Das ist wahr, Madame.«

»Das läßt sich arrangieren«, sagte sie und griff nach dem Hörer.

Das Telefon! Carlos!

Er würde sie töten, wenn er das wüßte. Er würde die Wahrheit erfahren.

Marie drängte sich durch die Menge, die den Telefonkomplex an der
Rue Vaugirard bevölkerte, auf eine freie Kabine zu, die man ihr zugewiesen hatte. Sie hatte ein Zimmer im ›Meurice‹ genommen, den Aktenkoffer an der Rezeption abgegeben und war fast eine halbe Stunde allein
in dem Zimmer geblieben – bis sie es nicht mehr ertragen konnte. Sie
hatte eine leere Wand angestarrt und über Jason nachgedacht, über den
Wahnsinn der letzten acht Tage, der sie in eine Welt geschleudert hatte,
die ihr Vorstellungsvermögen überstieg. Jason: rücksichtsvoll, beängstigend, verwirrend. Jason Borowski: ein Mann, der soviel Gewalttätigkeit
in sich hatte und doch soviel Mitgefühl; der sich auf so schreckliche
Weise darauf verstand, sich mit einer Welt auseinanderzusetzen, mit der
der gewöhnliche Mensch nie in Berührung kommt. Woher kam er? Wer
hatte ihn gelehrt, sich in den dunklen Nebenstraßen von Paris, Marseille
und Zürich zurechtzufinden? Was war der Ferne Osten für ihn? Waren
ihm die Sprachen dort vertraut? Was für Sprachen?

Tao.

Che-sah.

Tam Quan.

Eine andere Welt, und sie war ihr völlig fremd. Aber sie kannte Jason
Borowski, oder besser, den Mann, der sich Jason Borowski nannte, und
hielt sich an dem Anstand in ihm fest, von dem sie wußte, daß er da war.
Sie liebte ihn!

Iljitsch Ramirez Sanchez, genannt Carlos: Was war er für Jason Borowski?

Hör auf! hatte sie sich angeschrien, während sie alleine im Hotelzimmer saß. Und dann hatte sie das getan, was sie Jason so viele Male hatte tun sehen: Sie war vom Stuhl aufgesprungen, als würde die abrupte Bewegung die Nebel verjagen oder es ihr gestatten, sie zu durchbrechen.

Kanada. Sie mußte Ottawa telefonisch erreichen und herausfinden, weshalb der Mord an Peter auf so obskure Weise vertuscht wurde. Sein Tod gab keinen Sinn; denn auch Peter war ein anständiger Mann, und er war von Gangstern umgebracht worden. Man würde ihr entweder sagen, weshalb man seinen Tod geheimhielt – oder sie würde dafür sorgen, daß dieser Mord an die Öffentlichkeit kam.

Mit wütender Entschlossenheit hatte sie das ›Meurice‹ verlassen, sich ein Taxi in die Rue Vaugirard genommen und das Gespräch nach Ottawa angemeldet. Jetzt wartete sie vor der Kabine, und ihr Ärger wuchs.

Endlich schlug die Glocke an. Sie öffnete die Glastür und trat in die Zelle.

»Bist du's, Alan?«

»Ja«, war die knappe Antwort.

»Alan, was zum Teufel geht hier vor? Peter ist ermordet worden – und in keiner Zeitung, keiner Nachrichtensendung wird auch nur ein einziges Wort davon erwähnt. Ich glaube nicht einmal, daß es die Botschaft weiß. Es ist gerade so, als wäre sein Tod allen gleichgültig! Was tut ihr denn?«

»Was man uns gesagt hat. Und das wirst du auch.«

»Was? Peter war dein Freund! Hör mir zu, Alan . . .«

»Nein! Hör du zu. Du mußt Paris verlassen. Jetzt! Nimm die nächste Direktmaschine nach Ottawa. Wenn du Schwierigkeiten hast, wird die Botschaft dir helfen – aber du darfst nur mit dem Botschafter sprechen, hast du verstanden?«

»Nein!« schrie Marie St. Jacques. »Ich habe nicht verstanden! Peter ist getötet worden, und das scheint alle völlig kaltzulassen. Du redest nur Bockmist! Bloß sich in nichts einlassen, um Himmels willen!«

»Halt dich heraus, Marie!«

»Aus *was* heraushalten? Das ist es ja, was du mir vorenthältst, nicht wahr? Du solltest . . .«

»Ich kann nicht!« Alans Stimme war leiser geworden. »Ich sage dir nur das, was man mir aufgetragen hat, dir mitzuteilen.«

»Wer?«

»Das darfst du mich nicht fragen.«

»Ich frage dich aber!«

»Hör mir zu, Marie. Ich bin die letzten vierundzwanzig Stunden nicht nach Hause gegangen. Ich habe die letzten zwölf Stunden hier im Büro darauf gewartet, daß du anrufst. Versuche, mich zu verstehen – ich empfehle dir nicht zurückzukommen, sondern das ist ein Befehl deiner Regierung.«

»Befehl? Ohne Erklärung?«

»So ist es. Eines will ich dir sagen. Sie wollen dich dort herausholen; sie wollen, daß er isoliert ist . . . So liegen die Dinge.«

»Tut mir leid, Alan, so liegen sie *nicht*. Wiedersehn.« Sie knallte den Hörer auf die Gabel und verschränkte die zitternden Hände ineinander. *O mein Gott, ich liebe ihn so . . . und die versuchen, ihn zu töten. Jason, mein Jason, die alle wollen deinen Tod! Warum?*

Der konservativ gekleidete Mann in der Telefonvermittlung legte den roten Schalter um, der sämtliche Leitungen von draußen blockierte, so daß alle Anrufer nur das Besetztzeichen hörten. Er tat das ein- oder zweimal die Stunde, und zwar nur, um wieder Klarheit in seine Gedanken zu bekommen, wenn er pausenlos belangloses Zeug mit irgendwelchen eitlen Kundinnen schwatzen mußte, die diesen oder jenen Extrawunsch erfüllt haben wollten.

An die Ironie seines Schicksals hatte er oft denken müssen. Es lag nämlich gar nicht so viele Jahre zurück, da hatten andere für ihn in einer Telefonzentrale gearbeitet: in seinen Firmen in Saigon und in der Verwaltung seiner riesigen Plantage im Mekong-Delta.

Er hörte Lachen auf der Treppe und blickte auf. Jacqueline verließ früh den Laden, begleitet wohl von einem ihrer prominenten und reichen Bekannten. Er konnte das Gesicht des Mannes an ihrer Seite nicht sehen; denn er hatte den Kopf seltsam abgewandt.

Dann sah er ihn einen Augenblick lang; ihre Blicke trafen sich. Der Kontakt war kurz und explosiv. Plötzlich stockte dem grauhaarigen Mann der Atem; er schwebte in einem Augenblick der Ungläubigkeit, starrte ein Gesicht an, das er seit Jahren nicht mehr gesehen hatte und damals fast nur in der Dunkelheit, denn sie hatten nachts gearbeitet .

O mein Gott – er war es!

Der Mann erhob sich wie in Trance von seinem Stuhl. Er zog den Kopfhörer herunter und ließ ihn zu Boden fallen. Auf der Schalttafel leuchteten ankommende Gespräche auf, die keine Verbindung bekamen. Er stieg von der Plattform herunter und ging schnell auf den Mittelgang zu, um Madame Laviers Begleiter besser erkennen zu können, den Geist, der ein Killer war – skrupelloser als alle anderen Männer, die er je gekannt hatte. Sie hatten gesagt, daß es geschehen könnte, aber er hatte ihnen nie geglaubt.

Jetzt sah er ihn deutlich. Sie liefen durch den Mittelgang auf den Eingang zu. Er mußte sie aufhalten. Aber jetzt hinauszurennen und zu schreien würde den Tod bedeuten. Eine Kugel in den Kopf.

Sie erreichten die Tür; *er* zog sie auf, ließ ihr den Vortritt. Der grauhaarige Mann schoß quer über den Gang zum Schaufenster. Draußen auf der Straße hatte *er* ein Taxi herbeigewinkt. Er öffnete die Tür und ließ Jacqueline einsteigen.

Der grauhaarige Mann drehte sich um und rannte, so schnell er konnte, zur Freitreppe, hastete die Stufen hinauf, raste den Korridor hinunter zu der offenen Ateliertür.

»René! René!« schrie er.

Bergeron blickte erstaunt von seinem Zeichentisch auf. »Was ist denn?«

»Der Mann, der mit Jacqueline zusammen ist, wer ist er? Wie lange war er hier?«

»Oh. Sie meinen wahrscheinlich den Amerikaner«, sagte der Designer. »Er heißt Briggs. Ein gemästetes Kalb; gut für unseren Umsatz.«

»Wohin sind sie?«

»Ich wußte nicht, daß sie weggegangen sind.«

»Sie ist gerade mit ihm in ein Taxi gestiegen.«

»Unsere Jacqueline weiß schon, was sie tut.«

»Sie müssen sie finden!«

»Warum?«

»Er weiß es! Er wird sie töten!«

»Was?«

»Das ist er! Das schwöre ich! Dieser Mann ist Cain!«

15

»Der Mann ist Cain«, sagte Colonel Jack Manning herausfordernd, als hätte er erwartet, daß ihm wenigstens drei der Männer in Zivil widersprächen, die mit ihm an einem Konferenztisch im Pentagon saßen. Jeder von ihnen war älter als er, und jeder hielt sich für erfahrener. Keiner war bereit zuzugeben, daß die Army Informationen beschafft hatte, die seine eigene Organisation nicht hatte beibringen können. Den Ausführungen des Colonels lauschte noch ein weiterer Zivilist, aber seine Ansicht zählte nicht. Er war Mitglied eines Kongreßausschusses, der sich mit den Pannen ihrer Organisationen befaßte, und wurde daher sehr entgegenkommend behandelt, aber nicht ernstgenommen. »Wenn wir nicht etwas unternehmen«, fuhr Manning fort, »selbst auf das Risiko hin, alles preiszugeben, was wir erfahren haben, könnte er uns erneut durchs Netz schlüpfen. Vor elf Tagen war er in Zürich. Wir sind überzeugt, daß er sich immer noch dort aufhält. Kein Zweifel, Gentlemen, er *ist* Cain.«

»Das ist eine mutige Behauptung«, sagte der fast kahlköpfige Akademiker mit dem Vogelgesicht, der Mitglied im Nationalen Sicherheitsrat war, und überflog erneut das fotokopierte Blatt mit der Zusammenfassung der Vorgänge in Zürich, das jeder Delegierte am Tisch bekommen hatte. Sein Name war Alfred Gillette, er war Experte für Personalbeurteilung und -auswahl. Das Pentagon schätzte seine hohe Intelligenz. Außerdem hatte er Freunde, die einflußreiche Posten bekleideten.

»Ich finde das sehr merkwürdig«, fügte Peter Knowlton, stellvertretender Direktor des CIA, hinzu. Der Mittfünfziger war betont korrekt gekleidet. Fast bieder wirkte sein Äußeres. »Nach unseren Informationen hat sich Cain zum gleichen Zeitpunkt, nämlich vor elf Tagen, in Brüssel, nicht in Zürich aufgehalten. Und unsere Gewährsleute irren sich selten.«

»Hört, hört!« sagte der dritte Zivilist, der einzige Mann am Tisch, den Manning wirklich respektierte. Er war der älteste von ihnen und hieß David Abbott. Der ehemalige Olympiateilnehmer im Schwimmen besaß einen Intellekt, der seinen athletischen Fähigkeiten in nichts nachstand. Er war jetzt Ende Sechzig und noch aufrecht, sein Geist war so scharf wie eh und je. Nur die vielen Falten in seinem Gesicht verrieten sein Alter und deuteten auf ein Leben hin, das von vielen Spannungen geprägt worden war. Er weiß, wovon er redet, dachte der Colonel. Obwohl Abbott im Augenblick Mitglied des allmächtigen Vierziger-Ausschusses war, hatte er dem CIA von Beginn an angehört. ›Der schweigende Mönch des Geheimdienstes‹ hatten ihn seine Kollegen genannt. »Zu meiner Zeit beim CIA«, fuhr Abbott fort und lächelte, »waren Informationen der Gewährsleute oft genug widersprüchlich.«

»Wir haben andere Methoden der Überprüfung«, entgegnete der stellvertretende Direktor. »Ich will nicht respektlos sein, Mr. Abbott, aber unsere Sendeeinrichtungen arbeiten praktisch ohne Zeitverlust.«

»Das sind Geräte, keine Bestätigung. Nun gut. Wie es scheint, ist nicht klar, ob der Mann sich zu dem fraglichen Zeitpunkt in Brüssel oder Zürich aufgehalten hat.«

»Die Beweise für Brüssel sind einwandfrei«, beharrte Knowlton entschieden.

»Wir wollen sie hören«, sagte Gillette und schob sich die Brille zurecht. »Wir sollten uns die Zusammenfassung noch einmal vornehmen; sie liegt ja vor uns. Auch *wir* haben eine neue Erkenntnis gewonnen. Die Sache geschah vor ungefähr sechs Monaten.«

Der silberhaarige Abbott sah zu Gillette hinüber. »Vor sechs Monaten? Ich kann mich nicht erinnern, daß der Nationale Sicherheitsrat vor einem halben Jahr irgend etwas geliefert hätte, was Cain betrifft.«

»Unsere Information war nicht in allen Einzelheiten bestätigt«, erwiderte Gillette. »Wir versuchen, den Ausschuß nicht mit unbestätigten Daten zu belasten.«

»Mr. Walters«, sagte der Colonel und sah zum Mitglied des Kongreßausschusses hinüber, »haben Sie irgendwelche Fragen?«

»Verdammt, ja«, meinte der Politiker aus dem Staate Tennessee gedehnt, und seine intelligenten Augen musterten die Gesichter der anderen drei Teilnehmer. »Aber da ich hier neu bin, sollten Sie ruhig weitermachen, damit ich weiß, wo ich meine Fragen ansetzen muß.«

»Sehr gut, Sir«, sagte Manning und nickte Knowlton vom CIA zu. »Was haben Sie da in bezug auf Brüssel vor elf Tagen?«

»Ein Mann ist in der Place Fontainas getötet worden, der im Diaman-
tenhandel zwischen Moskau und dem Westen tätig war, im Untergrund
natürlich. Er wickelte seine Geschäfte über ein Zweigbüro der sowjeti-
schen Firma Russolmaz in Genf ab, die als Makler für solche Geschäfte
tätig ist. Wir wissen, daß das eine der Methoden ist, mit der Cain sich
seine Mittel beschafft.«

»Welche Verbindung besteht zwischen dem Mord und Cain?« fragte
der mißtrauische Gillette.

»Eine direkte. Die Waffe war eine lange Nadel, die um die Mittagszeit
auf einem überfüllten Platz mit chirurgischer Präzision dem Opfer ins
Herz gestochen wurde. Das ist nicht das erste Mal, daß Cain sich dieser
Methode bedient.«

»Stimmt«, sagte Abbott. »Auf die gleiche Weise sind in London vor
einem Jahr zwei Rumänen getötet worden, im Abstand von nur ein paar
Wochen. Beide Morde ließen sich auf Cain zurückführen.«

»Zurückführen, aber nicht bestätigen«, wandte Colonel Manning ein.
»Es waren hochrangige Politiker, die übergelaufen waren; es ist ebensogut möglich, daß der KGB hinter den Morden steht.«

»Oder Cain, was für die Sowjets wesentlich weniger riskant wäre«,
meinte Knowlton.

»Oder Carlos«, fügte Gillette hinzu, und seine Stimme wurde lauter.
»Weder Carlos noch Cain machen sich Gedanken über ideologische
Dinge; sie sind beide käuflich. Wie kommt es eigentlich, daß jedesmal,
wenn ein Mord von einiger Bedeutung geschieht, wir ihn Cain zuschreiben?«

»Jedesmal, wenn wir das tun«, erwiderte Knowlton, und sein Tonfall
ließ keinen Zweifel daran, was er von dem Fragenden hielt, »geschieht
das, weil unterschiedliche Quellen dieselbe Information geliefert haben.
Da die Informanten nichts voneinander wissen, kann es sich schwerlich
um Fälschungen handeln.«

»Das ist alles so vordergründig«, sagte Gillette unbefriedigt.

»Zurück nach Brüssel«, unterbrach der Colonel. »Wenn es Cain war,
warum sollte er dann einen Makler von Russolmaz töten? Er hat ihn
doch benutzt.«

»Es handelte sich um einen heimlichen Makler«, verbesserte der CIA-
Direktor. »Der Mann war ein Dieb, warum auch nicht? Die meisten seiner Klienten waren das auch; sie konnten nicht gut Anzeige gegen ihn
erstatten. Vielleicht hatte er Cain betrogen. Oder er war so dumm, Spekulationen über Cains Identität anzustellen. Selbst die leiseste Andeutung in dieser Richtung würde die Nadel erklären. Möglicherweise
wollte Cain einfach nur seine Spuren verwischen. Doch wie dem auch
sei, die näheren Umstände lassen nur wenig Zweifel daran, daß es Cain
war.«

»Einen Augenblick, bitte«, sagte David Abbott und zündete sich dabei seine Pfeife an. »Ich glaube, unser Kollege vom Sicherheitsrat erwähnte eine Cain betreffende Episode, die sich vor sechs Monaten zutrug. Ich finde, wir sollten mehr darüber erfahren.«

»Warum?« fragte Gillette, und seine Augen blickten eulenhaft unter seiner randlosen Brille hervor. »Allein der Zeitpunkt läßt schon erkennen, daß das nichts mit Brüssel oder Zürich zu tun hat. Das erwähnte ich doch.«

»Ja, das taten Sie«, räumte der früher einmal gefährliche ›Mönch des Geheimdienstes‹ ein. »Ich dachte mir, daß alles, was den Hintergrund aufklärt, hilfreich sein könnte. Auf jeden Fall sollten wir ausführlich über die Vorgänge in Zürich reden.«

»Danke, Mr. Abbott«, sagte der Oberst. »Fest steht, daß vor elf Tagen vier Männer in Zürich getötet wurden. Einer von ihnen war ein Wärter auf einem Parkplatz an der Limmat; man kann annehmen, daß er ein zufälliges Opfer ist. Die beiden Toten, die in einer Seitengasse am Westufer der Stadt gefunden wurden, sind Angehörige der Unterwelt von Zürich und München. Das vierte Opfer hatte ohne Zweifel Kontakt zu Cain.«

»Das ist Chernak«, sagte Gillette, der die Zusammenfassung in der Hand hielt. »Zumindest vermute ich das. Ich erkenne den Namen wieder und bringe ihn irgendwo mit der Akte Cain in nähere Verbindung.«

»Das sollten Sie auch«, erwiderte Manning. »Er tauchte zum erstenmal vor achtzehn Monaten in einem Bericht von G-Zwo auf und wurde ein Jahr später erneut erwähnt.«

»Also vor sechs Monaten«, warf Abbott mit leiser Stimme ein und sah zu Gillette hinüber.

»Ja, Sir«, fuhr der Oberst fort. »Wenn es je ein typisches Beispiel für das gegeben hat, was man den Abschaum der Erde nennt, dann war das Chernak. Während des Krieges war der gebürtige Tscheche als Bewacher ins Konzentrationslager von Dachau abkommandiert. Dort hat er mit brutalen Methoden verhört, von Polen, Slowaken und Juden ›Geständnisse‹ erpreßt. Er war zu allen Grausamkeiten fähig, wenn es galt, sich bei seinen Vorgesetzten ins gute Licht zu rücken – und selbst die sadistischsten Folterknechte hatten einige Mühe, es ihm gleichzutun. Sie wußten allerdings nicht, daß *er* ein Heft angelegt hatte, in dem er alle Schandtaten verzeichnete. Nach dem Krieg entkam er. Auf der Flucht verlor er beide Beine, als er auf eine Mine trat. Später konnte er mit Erpressungen, die auf das Material aus seiner Dachauer Zeit zurückgingen, ganz gut leben. Cain ließ sich über ihn die Honorare für seine Morde aushändigen.«

»Augenblick!« warf Knowlton ein. »Wir haben schon einmal über diesen Chernak gesprochen. Wenn Sie sich erinnern, war es der CIA, der ihn ursprünglich aufgespürt hatte. Sie vermuten, daß Cain Chernak benutzt hat, sie wissen ebensowenig wie wir, ob das stimmt.«

»Jetzt wissen wir es«, sagte Manning. »Vor siebeneinhalb Monaten erhielten wir einen Hinweis auf einen Mann, der ein Restaurant betrieb, das ›Drei Alpenhäuser‹ heißt; man meldete uns, daß er Kontaktperson zwischen Cain und Chernak sei. Wir beobachteten ihn einige Wochen, aber es kam nichts dabei heraus; er war eine unbedeutende Figur in der Züricher Unterwelt, sonst nichts. Wir setzten die Beobachtung nicht lange genug fort.« Der Colonel hielt inne und vergewisserte sich, daß alle ihm zuhörten. »Als wir von dem Mord an Chernak erfuhren, versteckten sich zwei unserer Männer nach Restaurantschluß im ›Drei Alpenhäuser‹. Sie knöpften sich den Besitzer vor und beschuldigten ihn, mit Chernak zusammenzuarbeiten und auch für Cain tätig zu sein; sie zogen eine erstklassige Schau ab. Sie können sich ihre freudige Überraschung vorstellen, als der Mann weich wurde, buchstäblich auf die Knie fiel und darum bettelte, geschützt zu werden. Er gab zu, daß Cain in der Nacht, in der Chernak ermordet wurde, in Zürich gewesen war. Er hätte Cain tatsächlich vorher gesehen, und Chernak sei in ihrem Gespräch erwähnt worden – sehr negativ.«

Der Offizier hielt erneut inne. »Das ist wirklich ein Wort«, sagte David Abbott leise.

»Warum ist der CIA nicht vor sieben Monaten über diesen Hinweis informiert worden?« fragte Knowlton mit schneidender Stimme.

»Weil er unbewiesen blieb.«

»Solange Sie nur davon wußten; wir hätten damit vielleicht mehr anfangen können.«

»Das ist möglich. Ich habe ja zugegeben, daß wir ihn nicht lange genug beobachtet haben. Unsere personellen Mittel sind beschränkt. Wer von uns kann es sich schon leisten, eine unproduktive Überwachung endlos lange fortzuführen?«

»Wenn Sie uns eingeweiht hätten, hätten wir uns die Arbeit ja teilen können.«

»Und wir hätten Ihnen die Mühe sparen können, die Akte Brüssel anzulegen, wenn Sie uns davon verständigt hätten.«

»Woher kam der Tip?« fragte Gillette ungeduldig, ohne Manning aus den Augen zu lassen.

»Er war anonym.«

»Wollen Sie etwa sagen, daß Sie nicht weiter nachgeforscht haben?«

»Natürlich haben wir das getan«, antwortete der Colonel gereizt.

»Offensichtlich ohne sehr großen Eifer«, fuhr Gillette verärgert fort. »Ist es Ihnen denn nicht in den Sinn gekommen, daß irgend jemand beim CIA oder im Sicherheitsrat vielleicht hätte helfen können, eine der Lükken zu füllen? Ich bin ganz Knowltons Meinung. Wir hätten informiert werden müssen.«

»Es gibt einen Grund dafür, warum das nicht geschehen ist.« Manning atmete tief. »Der Informant hat uns eindeutig erklärt, wenn wir eine andere Abteilung ins Spiel brächten, würde er den Kontakt mit uns abbrechen. Wir waren der Ansicht, uns dem fügen zu müssen; schließlich ist das nicht das erste Mal, daß wir so etwas getan haben.«

»Was haben Sie gesagt?« Knowlton starrte den Pentagon-Beamten fassungslos an.

»Das ist doch nichts Neues, Peter. Jeder von uns schafft sich seine eigenen Quellen und schützt sie.«

»Das weiß ich. Das ist auch der Grund, weshalb Sie nichts von Brüssel erfahren haben. Beide Informanten verlangten, daß das Militär nicht eingeschaltet werden dürfe.«

Nach einem kurzen Schweigen ertönte die schneidende Stimme von Alfred Gillette vom Sicherheitsrat. »Wie oft haben wir das schon getan, Colonel?«

»Was?« Manning sah Gillette an und spürte, daß David Abbott sie beide scharf beobachtete.

»Ich hätte gerne gewußt, wie oft man von Ihnen verlangt hat, daß Sie Ihre Gewährsleute für sich behalten sollen. Ich beziehe mich damit natürlich auf Cain.«

»Recht häufig, denke ich.«

»Sie denken?«

»Meistens.«

»Und Sie, Peter? Was ist mit dem CIA?«

»Wir waren in puncto Tiefenverbreitung sehr eingeschränkt.«

»Um Himmels willen, was soll *das* denn bedeuten?« Die Unterbrechung kam von dem Gesprächsteilnehmer, von dem man sie am wenigsten erwartet hätte: vom Kongreßabgeordneten.

»Verstehen Sie mich nicht falsch, ich habe noch gar nicht mit meinen Fragen angefangen. Ich möchte nur verstehen, was ich höre.« Er wandte sich dem CIA-Mann zu. »Was zum Teufel haben Sie gerade gesagt? Tiefen- was?«

»Verbreitung, Mr. Walters. Wir hätten riskiert, Informationen zu verlieren, wenn wir sie anderen Abwehreinheiten zur Kenntnis gebracht hätten. Ich kann Ihnen versichern, daß das üblich ist.«

»Ich bin nicht sicher, ob ich Sie verstanden habe.«

»Ich würde sagen, es ist verdammt klar, was Peter meint«, erwiderte Gillette und sah Colonel Manning und Peter Knowlton an. »Die beiden aktivsten Abwehrbehörden des Landes haben Informationen über Cain gesammelt und dabei nicht durch gegenseitige Konsultation überprüft, ob irgendwelche gezielten Falschmeldungen darunter sind. Wir haben einfach sämtliche Informationen als verläßliche Daten registriert.«

»Nun, ich bin ja schon ziemlich lang beim Fach – zugegeben, vielleicht zu lange –, aber hier habe ich eigentlich bis jetzt noch nichts Neues gehört«, sagte der ›Mönch‹. »Gewährsmänner sind normalerweise schlaue und vorsichtige Leute; sie hüten ihre Kontakte eifersüchtig. Keiner von ihnen betreibt sein Geschäft als Wohltätigkeitsverein, ihn interessiert allein der Profit – und sein Überleben.«

»Ich fürchte, Sie übersehen da etwas.« Gillette nahm die Brille ab. »Ich sagte schon vorher, daß es mich beunruhigte, daß man so viele Morde der letzten Zeit Cain zugeschrieben hat – *hier* Cain zugeschrieben hat. Mir scheint, daß dabei dem raffiniertesten Mörder unserer Zeit – vielleicht der ganzen Geschichte – eine vergleichsweise unbedeutende Rolle zugedacht wird. Vielmehr ist Carlos der Mann, auf den wir uns konzentrieren sollten. Was ist aus Carlos geworden?«

»Da bin ich anderer Meinung, Alfred«, sagte der ›Mönch‹. »Die Zeiten von Carlos sind vorbei. Cain ist an seine Stelle getreten. Die alte Ordnung ändert sich; jetzt gibt es einen neuen und, wie ich vermute, viel gefährlicheren Hai in diesen Gewässern.«

»Dem kann ich nicht zustimmen«, sagte der Mann vom Sicherheitsrat, und seine Eulenaugen fixierten sein Gegenüber. »Sie müssen mir verzeihen, David, aber auf mich wirkt es so, als würde Carlos selbst diesen Ausschuß manipulieren. Er lenkt die Aufmerksamkeit von sich selbst auf eine Person von viel geringerer Wichtigkeit. Wir vergeuden unsere ganzen Energien damit, einen zahnlosen Sandhai zu jagen, während ein viel gefährlicheres Exemplar sich frei bewegen kann.«

»Niemand hat Carlos vergessen«, wandte Manning ein. »Er ist einfach nicht so aktiv, wie Cain das gewesen ist.«

»Vielleicht«, sagte Gillette mit eisiger Stimme, »ist es genau das, was Carlos uns glauben machen will. Und wir fallen auch noch darauf herein!«

»Die Liste von Cains Aktivitäten ist atemberaubend.«

»Ob ich daran zweifeln kann?« wiederholte Gillette. »Das ist eben die Frage, nicht wahr? Wir stellen jetzt fest, daß das Pentagon und der CIA praktisch unabhängig voneinander tätig waren, ohne sich über die Vertrauenswürdigkeit ihrer Gewährsleute abzustimmen.«

»Was wollen Sie damit sagen, Mr. Gillette?«

»Ich würde gerne mehr Informationen über die Aktivitäten eines gewissen Iljitsch Ramirez Sanchez haben. Das ist . . .«

»Carlos«, ergänzte der Kongreßabgeordnete. »Ich erinnere mich daran, von ihm gelesen zu haben. Ich verstehe. Danke. Bitte, fahren Sie fort, Gentlemen.«

Manning sagte schnell: »Kommen wir wieder auf Zürich zurück. Unsere Empfehlung ist, jetzt die Jagd auf Cain fortzusetzen. Wir sollten die Unterwelt auf ihn ansetzen, jeden Informanten, den wir besitzen, und verlangen, daß die Züricher Polizei uns unterstützt. Wir können es uns nicht leisten, auch nur noch einen Tag zu verlieren. Der Mann in Zürich *ist* Cain.«

»Was war dann in Brüssel?« Knowlton stellte die Frage ebenso sich wie den anderen am Tisch.

»Man hat Ihnen offensichtlich Falschmeldungen zugespielt«, sagte Gillette. »Und ehe wir irgendwelche dramatischen Schritte in Zürich unternehmen, empfehle ich, daß jeder von Ihnen die Cain-Akten gründlich studiert und jede einzelne Information überprüft. Veranlassen Sie Ihre Leute in Europa, sie sollen jeden Informanten gründlich unter die Lupe nehmen. Ich habe das Gefühl, daß Sie dann etwas feststellen werden, womit Sie nicht gerechnet haben: daß Ramirez Sanchez hinter all dem steckt und uns auf eine falsche Fährte gelockt hat.«

»Da Sie so auf Klärung erpicht sind, Alfred«, sagte Abbott, »warum erzählen Sie uns dann eigentlich nichts über den unbestätigten Zwischenfall, der sich vor sechs Monaten ereignet hat? Vielleicht hilft das uns weiter.«

Zum erstenmal während der ganzen Konferenz schien der Delegierte des Nationalen Sicherheitsrates nur zögernd Auskunft geben zu wollen. »Mitte August erhielten wir aus verläßlicher Quelle in Aix-en-Provence die Nachricht, daß Cain nach Marseille unterwegs sei.«

»Im August?« rief der Oberst aus. »Marseille? Das war Leland! Botschafter Leland ist im August in Marseille erschossen worden.«

»Aber Cain hat diesen Schuß nicht abgegeben, sondern Carlos. Ballistische Untersuchungen, die man mit denen früherer Morde verglichen hat, haben das eindeutig bestätigt. Drei Zeugen haben einen dunkelhaarigen Mann im zweiten Stock der Lagerhalle im Hafen gesehen, der eine Tasche bei sich trug. Ihren Beschreibungen nach muß es sich um Carlos handeln. Es hat nie Zweifel daran gegeben, daß Leland von Carlos ermordet worden ist.«

»Herrgott!« schrie der Offizier. »Das ist nach der Tat! Gleichgültig, wer sie verübt hat, auf Leland war ein Kopfgeld ausgesetzt. War Ihnen das nicht in den Sinn gekommen? Hätten wir über Cain Bescheid gewußt, dann hätten wir Leland schützen können. Verdammt noch mal, er könnte heute noch am Leben sein!«

»Unwahrscheinlich«, erwiderte Gillette ruhig. »Leland war nicht der Typ Mann, der sich in einen Bunker verkriecht. Und wenn man bedenkt, welchen Lebensstil er pflegte, wäre eine Warnung ohnehin zwecklos gewesen. Auch mit einer abgestimmten Strategie hätten wir Leland nicht vor seinen Verfolgern abschirmen können.«

»In welcher Hinsicht?« fragte der ›Mönch‹ mit harter Stimme.

»Überlegen Sie doch. Unser Gewährsmann sollte am dreiundzwanzigsten August zwischen Mitternacht und drei Uhr morgens in der Rue Sarrasin mit Cain Verbindung aufnehmen. Leland sollte erst am fünfundzwanzigsten eintreffen. Wie gesagt, wenn alles geklappt hätte und Cain aufgetaucht wäre, hätten wir ihn erwischt. Aber er erschien nicht.«

»Und Ihr Gewährsmann bestand darauf, ausschließlich mit Ihnen zusammenzuarbeiten«, sagte Abbott. »Alle anderen lehnte er ab.«

»Ja«, erwiderte Gillette, der sich redliche Mühe gab, seine Verlegenheit zu verbergen, was freilich nicht gelang. »Nach unserer Einschätzung der Lage war die Gefahr für Leland beseitigt – was sich in bezug auf Cain auch als richtig erwies – und die Chancen, ihn festzunehmen, waren größer als je zuvor. Endlich hatten wir jemanden gefunden, der bereit war, Cain zu identifizieren. Hätte irgend jemand von Ihnen anders gehandelt?«

Die Vertreter der anderen Sicherheitsorgane reagierten mit Schweigen. Da wurde es dem Kongreßabgeordneten aus Tennessee zu bunt.

»Allmächtiger Jesus! . . . Hier lügt doch einer mehr als der andere!«

Die Männer schauten sich irritiert an. David Abbott fand als erster die Sprache wieder.

»Erlauben Sie mir, Sir, daß ich Ihnen ein Lob ausspreche: Sie sind der erste aufrichtige Mann, den man uns bisher aus dem Kongreß geschickt hat. Die Tatsache, daß die ein wenig beklemmende Atmosphäre dieser von höchst sorgfältigen Sicherheitsvorkehrungen geprägten Umgebung Sie nicht einschüchtert, haben wir wohl bemerkt. Das ist sehr erfrischend.«

»Ich glaube nicht, daß Mr. Walters in vollem Umfang erkennt, wie empfindlich . . .«

»Schweigen Sie jetzt, Peter«, unterbrach ihn der ›Mönch‹. »Der Kongreßabgeordnete möchte etwas sagen.«

»Nur eine Kleinigkeit«, ergänzte Walters. »Ich dachte, Sie wären alle erwachsene Menschen. Sie sehen wenigstens alle so aus. In Ihrem Alter sollte man eigentlich ein wenig besser Bescheid wissen. Man erwartet von Ihnen, daß Sie intelligente Gespräche führen und Informationen austauschen, ohne die nötige Vertraulichkeit zu brechen, und schließlich, daß Sie gemeinsam nach Lösungen suchen. Statt dessen gebärden Sie sich hier wie ein paar Halbstarke, die miteinander auf ein Karussell springen und sich streiten, wer die Freifahrt bekommt. Es ist wirklich eine Schande, wie das Geld der Steuerzahler vergeudet wird.«

»Sie stellen die Dinge zu einfach dar«, meinte Gillette. »Sie sprechen von einem utopischen Geheimdienstapparat.«

»Ich rede nur von vernünftigen Männern, Sir. Ich bin Anwalt, und ehe ich in diesen von Gott verlassenen Zirkus geriet, habe ich jeden Tag meines Lebens mit vertraulichen Dingen zu tun gehabt.«

»Worauf wollen Sie hinaus?« frage der ›Mönch‹.

»Eine Erklärung möchte ich. Achtzehn Monate lang habe ich in dem Unterausschuß gesessen, der sich mit den Mordanschlägen befaßte. Ich habe mich durch Tausende von Seiten hindurchgewühlt, die mit Hunderten von Namen und doppelt so vielen Theorien angefüllt waren. Ich kann mir nicht vorstellen, daß es eine Verschwörung oder einen mutmaßlichen Massenmörder gibt, von dem ich nicht weiß. Fast zwei Jahre habe ich mit diesen Namen und mit diesen Theorien gelebt, bis ich überzeugt war, ein fundiertes Bild von der Lage zu haben.«

»Ich würde sagen, das ist höchst beeindruckend«, unterbrach ihn Abbott.

»Schließlich habe ich auch den Vorsitz in diesem Ausschuß übernommen, weil ich dachte, ich könnte einen vernünftigen Beitrag leisten; aber jetzt bin ich nicht mehr so sicher. Plötzlich beginne ich mich zu fragen, was ich jetzt tun soll.«

»Warum?« fragte Manning gespannt.

»Ich habe Ihnen zugehört, wie Sie vier eine Operation beschreiben, die seit drei Jahren in ganz Europa mit großem personellem Aufwand läuft. Alles dreht sich um einen Mörder, dessen ›Erfolgsliste‹ atemberaubend ist. Stimmt das im wesentlichen?«

»Nur weiter«, erwiderte Abbott leise und hielt seine Pfeife fest. »Wie lautet Ihre Frage?«

»Wer ist er? Wer zum Teufel ist dieser Cain?«

16

Das Schweigen dauerte exakt fünf Sekunden, und während dieser Zeit musterten Augenpaare andere Augenpaare. Einige räusperten sich, und niemand bewegte sich auf seinem Stuhl. Es war, als sollte eine Entscheidung ohne Diskussion getroffen werden. Der Kongreßabgeordnete Efrem Walters, aus dem US-Staat Tennessee, Absolvent der Yale-Universität, ließ sich jedoch nicht mit allgemeinen Umschreibungen abspeisen. Mit schönen Worten war bei ihm nichts zu erreichen.

David Abbott legte seine Pfeife auf den Tisch, und das leise Klappern klang wie eine Ouvertüre zu seinen Worten. »Je weniger ein Mann wie Cain in den Blickpunkt der Öffentlichkeit gerät, desto besser ist es für alle.«

»Das ist keine Antwort«, sagte Walters. »Aber ich vermute, Sie wollen noch fortfahren.«

»Richtig. Er ist ein berufsmäßiger Killer, der alle Mordmethoden beherrscht, und politische oder persönliche Motive sind für ihn ohne Belang. Er ist ein Geschäftsmann, der ausschließlich ein Ziel verfolgt: Geld zu machen. Und je größer sein Ruf ist, desto mehr kann er für seine Dienste kassieren.«

Der Kongreßabgeordnete nickte. »Sie wollen also diesen Ruf nicht an die Öffentlichkeit dringen lassen, damit er möglichst wenig Propaganda bekommt.«

»Richtig. Es gibt auf dieser Welt zu viele Irre mit zu vielen echten oder eingebildeten Feinden, die leicht Kunden von Cain werden könnten, wenn sie von ihm wüßten. Unglücklicherweise sind das ohnehin schon mehr geworden, als uns lieb ist; bis zur Stunde kann man achtunddrei-

ßig Morde unmittelbar Cain zuschreiben und weitere zwölf bis fünfzehn mit einiger Wahrscheinlichkeit.«

»Und das ist seine ›Referenzliste‹?«

»Ja. Und wir sind dabei, die Schlacht zu verlieren. Mit jedem neuen
Mord wird sein Ruf weiter verbreitet.«

»Eine Weile war es still um ihn«, sagte Knowlton vom CIA. »Ein
paar Monate lang dachten wir, es hätte ihn erwischt. Es gab ein paar
Fälle, wo die Mörder selbst eliminiert wurden; wir nahmen an, er wäre
einer davon gewesen.«

»Beispiele«, forderte Walters.

»Ein Bankier in Madrid, der Bestechungsgelder für die Europolitan
Corporation für Regierungsgeschäfte in Afrika abzweigte. Er wurde
aus einem fahrenden Auto auf dem Paseo de la Castellana erschossen.
Sein Chauffeur und Leibwächter mähte den Fahrer und den Schützen
um; eine Zeitlang glaubten wir, bei dem Schützen handle es sich um
Cain.«

»Ich erinnere mich an den Zwischenfall. Wer könnte den Auftrag
erteilt haben?«

»Eine beliebige Anzahl von Firmen«, antwortete Gillette, »die vergoldete Autos und Toilettensitze an Diktatoren verkaufen wollten.«

»Wer noch?«

»Scheich Mustafa Kalig in Oman«, sagte Colonel Manning.

»Es hieß doch, er sei bei einem gescheiterten Putschversuch getötet
worden.«

»Stimmt nicht«, fuhr der Offizier fort. »Es gab gar keinen Putschversuch. G-Zwo-Informanten haben das bestätigt. Kalig war unpopulär.
Mit dem angeblichen Putschversuch sollte seine Ermordung getarnt
werden. Mitglieder des Offizierskorps wurden hingerichtet, um die
Lüge glaubhaft erscheinen zu lassen. Eine Weile dachten wir, einer von
ihnen sei Cain; der Zeitpunkt hätte gepaßt.«

»Wer würde Cain für die Ermordung Kaligs bezahlen?«

»Die Frage haben wir uns auch immer wieder gestellt«, sagte Manning. »Auf die einzig mögliche Antwort brachte uns ein Informant, der
behauptete, Cain hätte die Tat begangen, einfach um zu beweisen, daß
sie möglich war. Ihm möglich. Wenn Ölscheichs auf Reisen gehen, sind
sie besser bewacht als sonst jemand auf der ganzen Welt.«

»Es gibt noch einige Dutzend weiterer Beispiele«, fügte Knowlton
hinzu. »Darunter solche, bei denen in höchstem Grad geschützte Persönlichkeiten getötet wurden und bei denen unsere Gewährsleute Cain
als Täter nannten.«

»Ich verstehe.« Der Kongreßabgeordnete nahm das Blatt, das sich
mit den Vorgängen in Zürich befaßte, in die Hand. »Aber nach dem,
was ich bisher gehört habe, wissen Sie nicht, wer er ist.«

»Keine zwei Beschreibungen gleichen einander«, warf Abbott ein.

»Cain versteht es offensichtlich meisterhaft, sich immer wieder ein neues Gesicht zu geben.«

»Und doch haben Ihre Gewährsleute, die Informanten, ihn gesehen, mit ihm gesprochen. Sie haben sie doch bestimmt verhört und nach ihren Angaben eine Phantomzeichnung angefertigt – irgend etwas.«

»Eine ganze Menge haben wir«, erwiderte Abbott, »aber dazu gehört keine detaillierte Beschreibung. Zunächst einmal läßt sich Cain nie bei Tageslicht blicken. Er hält seine Besprechungen in der Nacht ab, in abgedunkelten Räumen oder in finsteren Gassen. Wenn er je mit mehr als einer Person gleichzeitig gesprochen hat – als Cain –, wissen wir davon nichts. Man hat uns gesagt, er würde bei der Unterhaltung nie stehen, immer sitzen – und das nur in schwach beleuchteten Restaurants oder auf einem Stuhl in einer Ecke oder in einem geparkten Wagen. Manchmal trägt er eine dunkle Brille, manchmal keine; bei einem Treffen hat er dunkles Haar, bei einem anderen weißes oder rotes oder trägt einen Hut.«

»Sprache?«

»Jetzt kommen wir der Sache näher«, sagte der CIA-Direktor, der offenbar großen Wert darauf legte, die gute Arbeit seiner Organisation ins rechte Licht zu rücken. »Englisch und Französisch beherrscht er fließend und ein paar orientalische Dialekte.«

»Was für Dialekte? Wäre da nicht zuerst eine Sprache zu erwähnen?«

»Natürlich. Vietnamesisch.«

»Vietnamesisch«, wiederholte Walters gedehnt und beugte sich vor. »Warum habe ich jetzt das Gefühl, daß ich damit auf etwas gestoßen bin, das Sie mir besser nicht gesagt hätten?«

»Weil Sie sich wahrscheinlich recht gut auf die Kunst des Kreuzverhörs verstehen.«

»Nun, passabel, würde ich sagen.«

»Wir wissen, woher Cain ursprünglich kam«, meldete sich Gillette zu Wort, und seine Augen musterten David Abbott kurze Zeit ganz seltsam.

»Woher?«

»Aus Südostasien«, antwortete Manning. »Soweit wir in Erfahrung bringen konnten, hat er sich die Dialekte, die man im Bergland an der kambodschanischen und laotischen Grenze spricht, hinreichend angeeignet, um sich verständigen zu können. Ebenso auch die von Nordvietnam. Wir nehmen das zunächst nur als Fakten auf – aber es paßt.«

»Paßt wozu?«

»Zur Operation Medusa.« Der Oberst griff nach einem schmalen Koffer, der links von ihm lag. Er öffnete ihn, entnahm ihm einen Ordner und legte ihn vor sich auf den Tisch. »Das ist die Akte Cain«, sagte er. »Die anderen Unterlagen im Koffer betreffen die Operation Medusa, genauer gesagt, diejenigen Aspekte, die in irgendeiner Weise Bezug zu Cain haben könnten.«

Der Mann aus Tennessee lehnte sich in seinem Sessel zurück, wobei sich seine Lippen zu einem zynischen Lächeln formten. »Wissen Sie, meine Herren, eigentlich machen Sie mir mit diesen hochtrabenden Namen richtig Spaß. Übrigens, Medusa klingt wirklich gut; ein wenig geheimnisvoll und höchst gefährlich. Ich kann mir vorstellen, daß Sie in Ihrer Branche einen Kurs in solchen Dingen absolvieren müssen. Weiter, Colonel. Was ist mit der Bezeichnung Medusa gemeint?«

Manning warf einen kurzen Blick zu David Abbott hinüber und sagte dann: »Während des Vietnam-Krieges, Ende der sechziger und Anfang der siebziger Jahre, bildete man aus amerikanischen, französischen, britischen, australischen und eingeborenen Freiwilligen Einsatzkommandos, die in Gebieten operieren sollten, die von den Nordvietnamesen besetzt waren. Ihr Auftrag bestand in erster Linie darin, die feindlichen Verbindungs- und Versorgungslinien zu stören, Gefangenenlager ausfindig zu machen und nicht zuletzt auch die Dorfältesten zu töten, von denen man wußte, daß sie mit den Kommunisten kooperierten.«

»Es war ein Krieg im Krieg«, erläuterte Knowlton weiter. »Unglücklicherweise machte die rassische Eigenart und das Sprachproblem diese Operation so gefährlich, daß man überhaupt froh war, Freiwillige zu bekommen. Deshalb war die Wahl unter den Angehörigen westlicher Nationen nicht immer so sorgsam, wie es vielleicht hätte sein können.«

»Diesen Teams«, fuhr der Oberst fort, »gehörten Marineveteranen an, die die Küstenbereiche kannten, oder französische Plantagenbesitzer, die nur bei einem amerikanischen Sieg hoffen konnten, ihr Land zu behalten. Darunter waren auch ehrgeizige amerikanische Offiziere aus der Armee und den zivilen Abwehrorganisationen. Außerdem gab es natürlich, was in solchen Fällen immer unvermeidbar ist, unter ihnen eine erhebliche Anzahl von Kriminellen. Männer, die mit Waffenschmuggel, Drogenhandel, Gold und Diamanten ihr Geld verdienten und ihre Waren im ganzen Südchinesischen Meer vertrieben. Sie wußten, wo man nachts unbehelligt mit dem Hubschrauber landen konnte, welche Dschungelpfade am Feind vorbeiführten.«

»Ein ganz schön bunter Haufen«, meinte Walters. »Wie zum Teufel haben Sie es fertiggebracht, daß die miteinander auskamen?«

»Da gab es keine nennenswerten Schwierigkeiten«, erläuterte der Oberst. »Wir haben ihnen verlockende Versprechungen gemacht: Beförderungen, Begnadigungen, Geldprämien, je nachdem. Sehen Sie, die mußten alle ein wenig verrückt sein; das begriffen wir. Wir bildeten sie heimlich zu Einzelkämpfern aus. Wie Peter schon erwähnte, war das Risiko unglaublich groß – eine Gefangennahme führte gewöhnlich zu Folterung und Hinrichtung; der Preis war hoch, und sie bezahlten ihn. Die meisten Leute hätten Sie als Paranoide bezeichnet, aber wenn es um Störung der feindlichen Nachschublinien oder Tötungskommandos ging, waren sie genial. Besonders wenn es ums Töten ging.«

»Und wie hoch waren die Verluste?«

»Die Operation Medusa hatte mehr als neunzig Prozent Ausfälle zu beklagen. Unter denjenigen, die nicht zurückkamen, gab es allerdings einige, die das gar nicht beabsichtigten.«

»Sicherlich die Kriminellen.«

»Ja. Einige sind mit beträchtlichen Geldbeträgen untergetaucht, die für die Operation Medusa bereitgestellt waren. Wir glauben, daß Cain einer dieser Männer ist.«

»Warum?«

»Er hat später Codes, Finten und Tötungsmethoden benutzt, die beim Medusa-Training entwickelt worden sind.«

»Um Himmels willen«, unterbrach ihn Walters, »dann haben Sie ja einen direkten Draht zu seiner Identität!«

»Leider nicht. Wir haben alle Akten studiert, die wir über die Operation Medusa angelegt haben – ohne Erfolg. Wir sind nicht schlauer als zuvor.«

»Das ist unglaublich«, sagte der Kongreßabgeordnete. »Oder es zeugt von totaler Unfähigkeit.«

»Nein, keinesfalls«, wandte Manning ein. »Sehen Sie sich den Mann an. Nach dem Kriege agierte Cain überall in Ostasien: auf den Philippinen, in Malaysia, Japan, Kambodscha und Laos. Vor etwa zweieinhalb Jahren erfuhren wir über unsere asiatischen Agenten und Gesandtschaften von Cain, der gegen Geld professionell und rücksichtslos jeden Mordauftrag ausführte. Die Berichte nahmen mit erschreckender Häufigkeit zu. Es schien, als hätte Cain bei praktisch jedem Mord von einiger Bedeutung die Hand im Spiel. Cain war überall. Und doch war niemand in der Lage, uns den entscheidenden Wink zu geben. Wo sollten wir da mit der Suche beginnen?«

»Hatten Sie unterdessen nicht schon festgestellt, daß er bei der Operation Medusa dabeigewesen war?« fragte der Mann aus Tennessee.

»Ja. Das ist eindeutig.« Der Oberst klappte den Aktendeckel auf. »Hier sind die Verlustlisten. Während der Operation Medusa sind dreiundsiebzig Amerikaner, sechsundvierzig Franzosen, neununddreißig Australier und vierundzwanzig Briten spurlos verschwunden. Darüber hinaus sind aber noch etwa fünfzig Weiße als vermißt gemeldet, die von neutralen Kräften in Hanoi angeheuert worden sind. Die meisten von *ihnen* kannten wir überhaupt nicht. Wer von diesen Männern lebt? Wer ist tot? Selbst wenn wir die Namen aller Überlebenden erführen, wüßten wir nicht, wo sie sich jetzt aufhalten. Wir sind uns nicht einmal in bezug auf Cains Staatsangehörigkeit sicher. Vermutlich ist er Amerikaner. Aber es gibt keine Beweise dafür.«

Walters hob die Hand. »Darf ich?« sagte er und wies mit einer Kopfbewegung auf die zusammengehefteten Seiten.

»Sicher.« Der Offizier sah den Kongreßabgeordneten an. »Sie sind sich

natürlich darüber im klaren, daß alle Namen immer noch als Verschluß-
sache gelten, ebenso wie Operation Medusa selbst.«

»Wer hat diese Entscheidung getroffen?«

»Es handelt sich dabei um eine Anweisung aus dem Weißen Haus, die
auf den Empfehlungen der Vereinigten Stabschefs beruht. Sie ist auch
vom Militärausschuß des Senates unterstützt worden.«

»Ziemlich aufwendig, nicht wahr?«

»Man war der Ansicht, es läge im nationalen Interesse«, sagte der
CIA-Mann.

»Dann will ich nichts sagen«, meinte Walters. »Wir würden uns nicht
gerade mit Ruhm bekleckern, wenn die Sache herauskäme. Die Vereinigten Staaten bilden offiziell keine Killer aus, geschweige denn, daß sie
sie für militärische Zwecke einsetzen.« Er blätterte in der Akte. »Und irgendwo gibt es einen Mörder, den wir ausgebildet haben und nicht
mehr finden können.«

»So ist es«, bestätigte der Oberst.

»Sie sagen, er hätte sich seinen Ruf in Asien erworben und sei dann in
Europa aktiv geworden. Wann war das?«

»Vor etwa einem Jahr.«

»Warum? Haben Sie eine Vorstellung?«

»Das liegt ja wohl auf der Hand«, meinte Peter Knowlton. »Er hat sich
zu weit vorgewagt. Irgend etwas ist schiefgegangen, und er fühlte sich
bedroht.«

David Abbott räusperte sich. »Ich möchte noch eine andere Möglichkeit zur Diskussion stellen. Eine Bemerkung von Alfred hat mich auf
den Gedanken gebracht.« ›Der Mönch‹ hielt inne und nickte Gillette
freundlich zu. »Er sagte vorhin, wir würden uns auf einen ›zahnlosen
Hai‹ konzentrieren, während ein viel gefährlicheres Exemplar unbehindert zuschlagen kann. Ich glaube, so hatten Sie sich ausgedrückt, nicht
wahr?«

»Ja«, sagte Gillette. »Damit meinte ich natürlich Carlos. Wir sollten
nicht Jagd auf Cain machen – Carlos ist der entscheidende Mann.«

»Natürlich. Carlos ist der raffinierteste Killer in der modernen Geschichte, auf dessen Konto unzählige Morde gehen. Sie hatten ganz
recht, Alfred, wir können uns nicht leisten, Carlos zu vergessen. Ich habe
mir überlegt, welche Versuchung Europa für einen Mann wie Cain bedeutet haben muß, der in einem Gebiet operierte, das mit Flüchtlingen
überschwemmt ist, in dem korrupte Regimes die politische Macht inne-
haben. Wie muß er Carlos beneidet haben, wie eifersüchtig muß er auf
das reiche, verlockende Europa geblickt haben! Wie oft mag er sich gesagt haben: Ich bin besser als Carlos! Ganz gleich, wie kaltblütig diese
Burschen auch sind, ihr Ego ist ungeheuer groß. Ich behaupte, er ging
nach Europa, um jene bessere Welt zu finden . . . und um Carlos zu ent-
thronen.«

Gillette starrte den ›Mönch‹ an. »Eine interessante Theorie.«

»Wenn ich Sie richtig verstehe«, warf der Kongreßabgeordnete ein, »könnten wir schließlich Carlos finden, indem wir Cain jagen.«

»Genau das meine ich.«

»Ich bin nicht sicher, daß *ich* Ihnen folgen kann«, sagte der CIA-Direktor verärgert.

»Zwei Hengste in einer Koppel geraten aneinander«, drückte Walters es bildlich aus.

»Ein Champion gibt seinen Titel nie freiwillig ab.« Abbott griff nach seiner Pfeife. »Er kämpft mit allen Mitteln darum, ihn zu behalten. Wir bleiben Cain weiter auf den Fersen und halten gleichzeitig nach anderen Spuren Ausschau. Und wenn wir Cain gefunden haben, sollten wir uns so lange zurückhalten, bis auch Carlos ihn aufgespürt hat.«

»Und dann beide schnappen«, fügte der Colonel hinzu.

Die Besprechung war vorüber, die Teilnehmer brachen auf. David Abbott stellte sich neben den Oberst, während der die einzelnen Blätter der Medusa-Akte einsammelte; er wollte gerade die Liste mit den Opfern auf den Haufen legen, als Abbott ihn fragte: »Darf ich mal sehen? Bei uns haben wir keine Kopie davon erhalten.«

»Das waren unsere Instruktionen«, erwiderte der Offizier und reichte dem älteren Mann die zusammengehefteten Blätter. »Ich dachte, die wären von Ihnen gekommen. Nur das Pentagon, der CIA und der Nationale Sicherheitsrat besitzen ein Exemplar.«

Der Oberst wandte sich ab, um eine Frage zu beantworten, die der Kongreßabgeordnete aus Tennessee gestellt hatte. David Abbott hörte nicht zu; seine Augen huschten über die Namensliste; er war beunruhigt. Einige waren ausgestrichen worden, um woanders registriert zu werden. Und das war etwas, das nicht hätte geschehen dürfen. Nie. Wo stand der Name? Er war der einzige Mann im Raum, der ihn kannte, und er spürte das Pochen in seiner Brust, als er die letzte Seite erreichte. Da fand er ihn.

Borowski, Jason C. – Letzter bekannter Aufenthaltsort: Tam Quan. Was um Himmels willen war passiert?

René Bergeron knallte wütend den Telefonhörer auf die Gabel. »Wir haben jedes Café, jedes Restaurant und jedes Bistro abgesucht, in dem sie je war.«

»In ganz Paris gibt es kein Hotel, in dem er eingetragen ist«, sagte der grauhaarige Telefonist, der an einem zweiten Telefon vor einem Zeichentisch saß. »Jetzt sind es schon mehr als zwei Stunden; sie könnte längst tot sein. Wenn nicht, dann wünscht sie vielleicht, daß sie es wäre.«

»Viel kann sie ihm nicht sagen«, sinnierte Bergeron. »Sie weiß nichts von den alten Männern.«

»Sie weiß genug; sie hat Parc Monceau angerufen.«

»Sie hat Nachrichten weitergegeben; an wen, weiß sie nicht.«

»Aber die Gründe kennt sie.«

»Die kennt Cain auch, davon bin ich überzeugt. Und mit Parc Monceau würde er einen grotesken Irrtum begehen.« Bergeron beugte sich vor, und seine kräftigen Unterarme spannten sich, als er die Hände ineinander verschränkte, ohne dabei den grauhaarigen Mann aus den Augen zu lassen. »Sagen Sie mir noch einmal alles, woran Sie sich erinnern. Warum sind Sie so sicher, daß er Borowski ist?«

»Das weiß ich nicht. Ich sagte, daß er Cain sei. Wenn Sie seine Methoden richtig beschrieben haben, ist er der Mann.«

»Borowski *ist* Cain. Wir haben ihn über die Medusa-Akten gefunden. Deshalb sind Sie ja eingestellt worden.«

»Dann ist er Borowski; aber das ist nicht der Name, den er benutzt hat. Natürlich, bei *Medusa* gab es eine ganze Anzahl von Leuten mit Vorstrafen, die nicht gestatteten, daß man ihre echten Namen gebrauchte. Für sie wurden neue Namen gefunden. Vielleicht war er einer von diesen Männern.«

»Warum gerade er? Andere sind auch verschwunden. Sie etwa.«

»Ich habe ihn in Aktion beobachtet. Ich war bei einem Einsatz dabei, den er leitete. Was da passierte, werde ich nie mehr vergessen. Dieser Mann könnte Ihr Cain sein, ist es wahrscheinlich auch.«

»Erzählen Sie.«

»Wir sprangen eines Nachts in einem Sektor, der Tam Quan hieß, mit dem Fallschirm ab. Unsere Aufgabe war es, einen Amerikaner namens Webb herauszuholen, der von den Vietcong festgehalten wurde. Wir wußten das vorher nicht. Die Chance, lebend davonzukommen, war minimal. Als wir unser Ziel erreichten, wurde der Hubschrauber in der Luft von Orkanböen erfaßt. Trotzdem befahl er uns abzuspringen.«

»Und Sie haben gehorcht?«

»Er bedrohte uns mit der Pistole. Er zielte auf jeden einzelnen von uns, als wir an die Luke traten.«

»Wie viele waren Sie denn?«

»Zehn.«

»Sie hätten ihn überwältigen können.«

»Sie kannten ihn nicht.«

»Weiter«, sagte Bergeron, der an seinem Schreibtisch saß und gespannt zuhörte.

»Acht von uns gruppierten sich auf dem Boden neu. Zwei hatten, wie wir annahmen, den Sprung nicht überlebt. Es überraschte mich selbst, daß ich heil runtergekommen bin. Ich war der Älteste und nicht gerade ein Bulle von Mann, aber ich kannte die Gegend sehr gut; deshalb hatte man mich mitgeschickt.« Er hielt inne und schüttelte den Kopf. »Kaum eine Stunde später erkannten wir, daß wir in eine Falle geraten waren.

Wir rannten wie die Eidechsen durch den Dschungel. Und während der Nacht wagte er sich alleine hinaus, um zu töten, und kam immer wieder vor der Morgendämmerung zurück, um uns näher und näher an das Stützpunktlager zu scheuchen. Ich hielt das damals für reinen Selbstmord.«

»Warum haben Sie das getan? Er mußte ihnen doch einen Grund nennen; Sie arbeiteten für *Medusa*, Sie waren keine regulären Soldaten.«

»Er sagte, es sei die einzige Möglichkeit, lebend herauszukommen, und darin lag eine gewisse Logik. Wir befanden uns weit hinter den Linien; wir brauchten die Vorräte, die wir in dem Lager finden konnten. Er sagte, wenn sich jemand widersetze, würde er ihm eine Kugel in den Kopf jagen. In der dritten Nacht nahmen wir das Lager ein und fanden den Mann namens Webb mehr tot als lebendig, aber er atmete noch. In dem Camp waren auch die zwei fehlenden Mitglieder unseres Teams: ein Weißer und ein Vietnamese. Die Vietcong hatten sie bezahlt, um uns in die Falle zu locken – ihn in die Falle zu locken, vermute ich.«

»Cain?«

»Ja. Der Vietnamese sah uns zuerst und entkam. Dem weißen Mann schoß Cain in den Kopf. So wie man mir erzählt hat, ging er einfach auf ihn zu und schoß.«

»Hat er Sie zurückgebracht? Durch die Linien?«

»Ja. Vier von uns und den schwerverwundeten Webb. Fünf Männer wurden getötet. Während jener schrecklichen Flucht zurück glaubte ich zu begreifen, warum die Gerüchte vielleicht zutreffen könnten, daß er der höchstbezahlte Söldner von *Medusa* wäre.«

»In welchem Sinne?«

»Er war der skrupelloseste Mann, den ich je gesehen habe, gefährlicher und unberechenbarer als alle anderen. Alle Menschen waren seine Feinde, die mächtigen ganz besonders.« Wieder hielt der grauhaarige Mann inne, den Blick auf den Zeichentisch gewandt, die Gedanken offensichtlich Tausende von Meilen entfernt. »Bedenken Sie, *Medusa* bestand aus höchst unterschiedlichen, verzweifelten Männern. Gemein war ihnen der Haß auf die Kommunisten. Einigen – so wie mir – hatten die Vietminh ein Vermögen gestohlen. Die einzige Chance, es wiederzugewinnen, bestand darin, daß die Amerikaner den Krieg gewannen. Frankreich hatte uns in Dien Bien Phu im Stich gelassen. Aber es gab Dutzende, die sahen, daß man mit *Medusa* ein Vermögen verdienen konnte. Die Kuriertaschen enthielten oft bis zu fünfundsiebzigtausend amerikanische Dollar. Ein Kurier, der bei zehn, fünfzehn Einsätzen jeweils die Hälfte davon wegnahm, konnte sich in Singapur oder Kuala Lumpur zur Ruhe setzen oder einen Rauschgifthandel im Dreieck auftauen. Abgesehen von der exorbitanten Bezahlung oder der Begnadigung für ehemalige Verbrechen waren die Möglichkeiten unbeschreiblich. Cain war ein moderner Pirat.«

Bergeron löste die Hände voneinander. »Warten Sie einen Augenblick. Sie verwendeten die Formulierung: ›einen Einsatz, den er befehligte‹. Sind Sie wirklich sicher, daß er kein amerikanischer Offizier war?«

»Sicher Amerikaner, aber kein Berufssoldat.«

»Warum?«

»Er haßte alles Militärische. Der Abscheu, den er für das Kommando in Saigon empfand, war aus jeder Entscheidung zu entnehmen, die er traf; er hielt die Militärs für Narren und für unfähig. Einmal erhielten wir über Funk in Tam Quan Befehle. Er unterbrach die Leitung und erklärte einem Brigadegeneral, er könne ihn mal – er würde den Anweisungen nicht folgen. Ein Offizier hätte so etwas nie getan.«

»Es sei denn, er war im Begriff, seinen Beruf aufzugeben«, sagte Bergeron. »So wie Paris Sie im Stich gelassen hat, und Sie haben sich größte Mühe gegeben, so viel Geld wie möglich von *Medusa* zu stehlen und ihre eigenen, nicht gerade patriotischen Aktivitäten vorzubereiten – wo immer Sie das konnten.«

»Mein Land hat mich verraten, ehe ich es verraten habe, René.«

»Zurück zu Cain. Sie sagen, Borowski sei nicht der Name gewesen, den er benutzte. Welchen dann?«

»Ich erinnere mich nicht. Wie gesagt, für viele waren Familiennamen nicht wesentlich. Für mich war er einfach ›Delta‹.«

»Abgeleitet vom Mekongdelta?«

»Nein, aus dem Alphabet, denke ich.«

»Alpha, Bravo, Charlie . . . Delta«, sagte Bergeron nachdenklich in englischer Sprache. »Aber in vielen Operationen wurde das Codewort ›Charlie‹ durch ›Cain‹ ersetzt, weil ›Charlie‹ ein Synonym für die Vietcong geworden war. Aus ›Charlie‹ wurde ›Cain‹.«

»Ganz richtig. Ebensogut hätte er ›Echo‹ oder ›Foxtrott‹ oder ›Zulu‹ auswählen können. Worauf wollen Sie hinaus?«

»Er hat Cain ganz bewußt gewählt. Es war symbolisch. Er wollte es von Anfang an klarstellen.«

»Was klarstellen?«

»Daß Cain Carlos ersetzen würde. Überlegen Sie doch: ›Carlos‹ ist das spanische Wort für Charles oder Charlie. Das Codewort ›Cain‹ wurde für ›Charlie‹-Carlos eingesetzt. Das war von Anfang an seine Absicht. Cain würde Carlos verdrängen, und er wollte, daß Carlos es wußte.«

»Und weiß es Carlos?«

»Natürlich. In allen westeuropäischen Hauptstädten ist das bekannt. Cain bietet seine Dienste an. Sein Preis ist niedriger als das Honorar, das Carlos verlangt. Damit zerstört er konstant Carlos' Prestige.«

»Zwei Matadore im selben Ring. Einer muß weichen.«

»Das wird Cain sein. Wir haben diesem aufgeblasenen Spatzen eine Falle gestellt. Er befindet sich irgendwo in Paris.«

»Aber wo?«

»Schwer zu sagen. Wir werden ihn schon finden. Schließlich hat er uns gefunden. Er wird zurückkommen, und dann wird der Adler herunterstoßen und den Sperling greifen. Carlos wird ihn töten.«

Der alte Mann schob sich die Krücke unter dem linken Arm zurecht, zog den schwarzen Vorhang zur Seite und trat in den Beichtstuhl. Er fühlte sich nicht wohl; die Blässe des Todes stand ihm ins Gesicht geschrieben, und er war froh, daß die Gestalt im Priestertalar jenseits der Gitterwand ihn nicht klar sehen konnte. Der Mörder würde ihm vielleicht keine weitere Arbeit geben, wenn er zu erschöpft wirkte, um sie durchzuführen; aber er brauchte jetzt Arbeit. Es blieben ihm nur noch Wochen, und er trug Verantwortung.

»Angelus Domini«, sagte er.

»Angelus Domini, Kind Gottes«, flüsterte die Stimme. »Sind deine Tage angenehm?«

»Sie neigen dem Ende zu, aber sie werden mir angenehm gemacht.«

»Ja. Ich glaube, daß das Ihre letzte Aufgabe für mich sein wird. Sie ist jedoch von solcher Wichtigkeit, daß Ihr Lohn das Fünffache des Normalen betragen wird. Ich hoffe, das hilft Ihnen.«

»Danke, Carlos. Sie wissen es also.«

»Ja. Sie müssen folgendes dafür tun, und die Information muß diese Welt mit Ihnen verlassen. Für Irrtum ist jetzt kein Platz.«

»Ich bin immer genau gewesen. Ich werde auch jetzt sorgfältig ausführen, was Sie verlangen.«

»Sterben Sie in Frieden, alter Freund. So ist es leichter . . . Sie werden zur vietnamesischen Botschaft gehen und sich nach einem Attaché namens Phan Loc erkundigen. Wenn Sie alleine mit ihm sind, sprechen Sie die folgenden Worte zu ihm: Ende März 1968; *Medusa*; der Tam-Quan-Sektor. Cain war dort. Und noch ein anderer. Wiederholen Sie.«

»Ende März 1968; *Medusa*; der Tam-Quan-Sektor. Cain war dort. Und noch jemand.«

»Er wird Ihnen sagen, wann Sie zurückkehren sollen. Es kann sich nur um Stunden handeln.«

17

»Ich denke, jetzt ist die Zeit gekommen, daß wir uns über eine *fiche confidentielle* aus Zürich unterhalten.«

»Mein Gott!«

»Ich bin nicht der Mann, den Sie suchen.«

Borowski packte die Hand der Frau und hielt sie fest, um sie zu hindern, aus dem eleganten Restaurant in Argenteuil, ein paar Meilen außerhalb von Paris, zu rennen. Sie waren alleine in der Nische.

»Wer sind Sie?« Jacqueline Lavier versuchte ihre Hand wegzuziehen. Die Adern an ihrem gepflegten Hals traten hervor.

»Ein reicher Amerikaner, der auf den Bahamas lebt. Glauben Sie das nicht?«

»Ich hätte es wissen müssen«, sagte sie. »Keine Kreditkarten, kein Scheck – nur Bargeld. Sie haben die Rechnung nicht einmal angesehen.«

»Die Preisschilder auch nicht. Das war es ja, was Sie zu mir geführt hat.«

»Ich war eine Närrin. Die Reichen sehen sich die Preise immer an, und sei es nur, weil sie es genießen, eigentlich nicht auf sie achten zu müssen.« Während die Frau redete, sah sie sich um. Sie suchte nach einem Fluchtweg, nach einem Kellner, den sie herbeirufen konnte.

»Nicht!« sagte Jason, der ihre Augen beobachtete. »Das wäre unsinnig. Es ist besser für uns beide, wenn wir uns unterhalten.«

Die Frau starrte ihn an. Das Summen in dem großen, von Kandelabern dezent erleuchteten Raum und das gelegentliche Aufflackern von leisem Gelächter an den umliegenden Tischen betonte das feindselige Schweigen noch, das sich zwischen ihnen ausgebreitet hatte.

»Ich frage Sie noch einmal«, sagte sie. »Wer sind Sie?«

»Mein Name ist nicht wichtig. Belassen wir es bei dem, den ich Ihnen genannt habe.«

»Briggs? Der ist falsch.«

»Das ist Larousse auch, der auf dem Mietvertrag des Wagens steht, mit dem drei Killer von der Valois-Bank weggefahren sind. Dort haben sie mich verpaßt. Und heute nachmittag am Pont Neuf auch.«

»O Gott!« rief sie und versuchte, sich aus seinem Griff zu lösen.

»*Nicht*, habe ich gesagt!« Borowski hielt sie fest, zog sie zurück.

»Und wenn ich schreie, Monsieur?« In der gepuderten Maske waren jetzt Risse sichtbar, und ihr böser, giftiger Blick, dazu die grellroten Lippen, verstärkten den Eindruck eines in die Enge getriebenen Tieres.

»Dann schrei ich noch lauter«, erwiderte Jason. »Man würde uns beide hinauswerfen, und sobald wir einmal draußen sind, bin ich sicher, daß ich mit Ihnen fertig werden würde. Warum wollen Sie denn nicht reden? Wir könnten etwas voneinander erfahren. Schließlich sind wir Angestellte, keine Arbeitgeber.«

»Ich habe Ihnen nichts zu sagen.«

»Dann will ich anfangen. Vielleicht ändern Sie noch Ihre Meinung.« Er lockerte vorsichtig seinen Griff. Die Spannung blieb in ihrem weißen gepuderten Gesicht. »Sie haben in Zürich einen Preis bezahlt. Wir auch. Offensichtlich mehr als Sie. Wir sind hinter demselben Mann her; wir wissen, warum *wir* ihn haben wollen.« Er ließ sie los. »Und warum wollen Sie ihn?«

Die Frau musterte ihn stumm mit verärgerten und doch zugleich verängstigten Augen. Borowski merkte, daß er die Frage richtig formuliert hatte; es wäre ein gefährlicher Fehler von Jacqueline Lavier, weiter zu schweigen.

»Wer ist ›wir‹?« fragte sie.

»Eine Firma, die ihr Geld will. Eine stattliche Summe. Er hat es.«

»Dann hat er sie sich nicht verdient?«

Jason mußte vorsichtig sein. Man rechnete damit, daß er wesentlich mehr wußte, als ihm tatsächlich bekannt war. »Nun, darüber gibt es unterschiedliche Meinungen.«

»Wie ist das möglich? Entweder hat er sich das Geld verdient oder nicht. Eine dritte Möglichkeit gibt es nicht.«

»Jetzt bin ich an der Reihe«, sagte Borowski. »Sie haben meine Frage mit einer Gegenfrage beantwortet, und ich bin Ihnen nicht ausgewichen. Jetzt wollen wir den Spieß umdrehen: Warum wollen Sie ihn haben? Warum steht die Geheimnummer eines der besseren Geschäfte von Saint-Honoré auf einer *fiche* in Zürich?«

»Das war eine Gefälligkeit, Monsieur.«

»Für wen?«

»Sind Sie wahnsinnig?«

»Also gut, lassen wir das für den Augenblick. Wir glauben ohnehin, daß wir es wissen.«

»Unmöglich!«

»Vielleicht, vielleicht auch nicht. Es war also eine Gefälligkeit . . . vielleicht einen Menschen zu töten?«

»Ich habe nichts zu sagen.«

»Und doch versuchten Sie vor zwei Minuten wegzulaufen, als ich den Wagen erwähnte. Das sagt ja auch etwas.«

»Eine völlig natürliche Reaktion.« Jacqueline Lavier berührte den Stiel ihres Weinglases. »Ich habe den Mietvertrag veranlaßt. Es macht mir nichts aus, Ihnen das zu erzählen, weil es keine Beweise dafür gibt. Sonst weiß ich von nichts.« Plötzlich packte sie das Glas fester, und ihr maskenhaftes Gesicht verriet Wut und Angst. »Wer sind Sie eigentlich, Sie und die Leute, die hinter Ihnen stehen?«

»Das sagte ich Ihnen bereits: eine Firma, die ihr Geld zurück haben möchte.«

»Sie stören! Verschwinden Sie aus Paris! Lassen Sie die Finger davon!«

»Warum sollten wir das tun? Schließlich sind wir diejenigen, die einen finanziellen Schaden erlitten haben; wir wollen nur, daß die Bilanz ausgeglichen wird, darauf haben wir ein Recht.«

»Auf gar nichts haben Sie ein Recht!« fuhr die Frau ihn an. »Sie haben den Irrtum begangen, und Sie werden dafür zahlen!«

»Irrtum?« Er mußte *sehr* vorsichtig sein. Er war dem Ziel nahe.

»Hören Sie doch auf! Es gibt keinen Irrtum, den das Opfer begehen kann.«

»Der Irrtum lag in Ihrer Wahl, Monsieur. Sie haben den falschen Mann gewählt.«

»Er hat Millionenbeträge gestohlen«, sagte Jason. »Das ist Ihnen bekannt. Und wenn Sie glauben, daß Sie es ihm wegnehmen können – was das gleiche wäre, als wenn Sie es uns wegnehmen –, dann machen Sie einen großen Fehler.«

»Wir wollen kein Geld!«

»Das freut mich zu wissen. Wer ist ›wir‹?«

»Ich dachte, Sie hätten gesagt, Sie wüßten das.«

»Ich sagte, wir hätten eine Ahnung. Unsere Informationen reichen aus, um einen Mann namens Koenig in Zürich und d'Amacourt hier in Paris auffliegen zu lassen. Wenn wir uns entscheiden, das zu tun, könnte sich das als ziemlich peinlich erweisen, nicht wahr?«

»Peinlich? Das ist völlig unwichtig. Sie verzehren sich förmlich vor Dummheit, Sie alle! Ich sage es Ihnen noch einmal: Verlassen Sie Paris! Lassen Sie die Finger davon! Das betrifft Sie nicht mehr.«

»Und wir sind nicht der Meinung, daß es Sie betrifft. Offen gestanden, wir glauben nicht, daß Sie die Kompetenz dazu besitzen.«

»Kompetenz?« wiederholte sie, als könnte sie das, was sie gehört hatte, nicht glauben.

»Ja, richtig.«

»Haben Sie denn eine Ahnung, was Sie da sagen? Über wen Sie hier reden?«

»Wenn Sie sich jetzt nicht zurückziehen, werde ich empfehlen, alles auffliegen zu lassen. Wir brauchen bloß die Machenschaften der Valois-Bank den richtigen Leuten zukommen zu lassen, um eine großangelegte Fahndung auszulösen.«

»Sie sind wirklich wahnsinnig und ein Narr obendrein.«

»Ganz und gar nicht. Wir haben Freunde an sehr wichtigen Positionen; wir bekommen die Informationen immer als erste. Wir werden zur richtigen Zeit am richtigen Ort warten. Dann schnappen wir ihn uns.«

»Das werden Sie nicht! Er wird wieder verschwinden. Können Sie das denn nicht verstehen? Er ist in Paris, und ein ganzes Netz von Leuten, die er unmöglich kennen kann, macht Jagd auf ihn. Er mag einmal entkommen sein, zweimal meinetwegen, aber ein drittes Mal wird das nicht passieren! Er sitzt jetzt in der Falle. Wir haben ihn umzingelt.«

»Wir wollen nicht, daß Sie ihm eine Falle stellen. Das liegt nicht in unserem Interesse.« Das war jetzt fast der richtige Augenblick, dachte Borowski – fast, aber nicht ganz. Ihre Angst mußte die gleiche Intensität erreichen wie ihr Ärger. »Hier ist unser Ultimatum, und wir machen Sie dafür verantwortlich, daß Sie es übermitteln – andernfalls geht es Ihnen wie Koenig und d'Amacourt. Blasen Sie die Jagd für heute abend ab. Wenn nicht, schlagen wir morgen in aller Frühe zu. ›Les Classiques‹ wird plötzlich ganz neue Kunden bekommen. Ich glaube allerdings nicht, daß Sie sich über diese Art von Popularität freuen werden.«

»Das würden Sie nicht wagen! Wer sind Sie, daß sie mir damit drohen?«

Er wartete einen Augenblick und schlug dann zu. »Ich gehöre zu einer Gruppe von Leuten, die nicht viel von Ihrem Carlos halten.«

Ihr gepudertes Gesicht erstarrte; ihre Augen waren geweitet. »Sie wissen es also«, flüsterte sie. »Und Sie glauben, Sie können sich gegen ihn stellen? Sie meinen wirklich, daß Sie Carlos gewachsen sind?«

»Ja.«

»Sie sind wahnsinnig! Einem Carlos kann man kein Ultimatum stellen.«

»Das habe ich aber gerade getan.«

»Dann sind Sie demnächst ein toter Mann. Sie brauchen bloß zu irgend jemandem ein Wort zu sagen – und Sie überleben den Tag nicht mehr. Er hat überall seine Leute; die werden Sie auf der Straße erschießen.«

»Das könnte durchaus sein. Dazu müßten sie aber wissen, wen sie umlegen sollen«, sagte Jason. »Doch mich kennt niemand. Aber wer Sie sind, wissen sie. Und Koenig. Und d'Amacourt. Wir brauchen Sie bloß auffliegen zu lassen, und schon würden die Sie erledigen. Carlos könnte Sie sich nicht mehr leisten.«

»Jetzt vergessen Sie etwas, Monsieur: Ich kenne Sie.«

»Das ist meine geringste Sorge. Sie halten schon den Mund, weil Sie Ihre eigene Haut retten wollen.«

»Das ist totaler Irrsinn! Sie tauchen aus dem Nichts auf und sprechen wie ein Irrer. Sie können das nicht tun.«

»Schlagen Sie einen Kompromiß vor?«

»Das wäre vorstellbar«, sagte Jacqueline Lavier. »Alles ist möglich.«

»Sind Sie in der Position, darüber zu verhandeln?«

»Ich bin in der Position, etwas weiterzuleiten ... Andere werden es jemandem übermitteln, der dann die Entscheidung trifft.«

»Sehen Sie, wir können also doch miteinander reden.«

»Sicher, Monsieur«, pflichtete sie bei, und in ihren Augen flackerte die Angst.

»Dann wollen wir mit dem anfangen, was auf der Hand liegt.«

»Und das wäre?«

Jetzt! Die Wahrheit!

»Was bedeutet Borowski für Carlos? Warum will er ihn?«

»Was Borowski . . .« Die Frau hielt inne. Der Schock hatte ihr die Sprache verschlagen. »*Sie* können *das* fragen?«

»Ich werde die Frage sogar wiederholen«, sagte Jason und hörte das Echo in seiner Brust. »Was bedeutet Borowski für Carlos?«

»Er ist Cain! Das wissen Sie ebensogut wie wir. Er war Ihre Wahl! Sie haben den falschen Mann gewählt!«

Cain. Er hörte den Namen, und das Echo zerbarst in betäubendem Donner. Und bei jedem Donnerschlag durchzuckte ihn ein stechender Schmerz. Da waren wieder die Nebel. Die Dunkelheit, der Wind, die Explosionen.

Alpha, Bravo, Cain, Delta, Echo, Foxtrott . . . Cain, Delta.

Delta, Cain. Delta . . . Cain.

Cain ist Charlie.

Delta ist Cain!

»Was ist los? Was haben Sie denn?«

»Nichts.« Borowski hatte mit der Rechten sein linkes Handgelenk erfaßt, hielt es krampfhaft umklammert. Er mußte erreichen, daß das Zittern aufhörte, der Lärm geringer wurde, mußte den Schmerz zurückdrängen. Er mußte jetzt *klar denken.* »Weiter«, sagte er und zwang seiner Stimme eine Selbstbeherrschung auf, die zu einem Flüstern führte; er konnte nicht anders.

»Ist Ihnen nicht gut? Sie sind kalkweiß und . . .«

»Schon gut«, unterbrach er sie. »Weiter, habe ich gesagt.«

»Was soll ich Ihnen denn erzählen?«

»Alles! Ich will es von Ihnen hören.«

»Warum? Es gibt nichts, das Sie nicht bereits wissen. Sie haben Cain gewählt. Sie glauben, daß Sie Carlos ausschalten können. Damit haben Sie einen folgenschweren Irrtum begangen, dem Sie auch jetzt noch unterlegen sind.«

Ich werde Sie töten. Ich werde Sie am Hals packen und den Atem aus ihnen herauswürgen. Reden Sie! Um Himmels willen, reden Sie! Ich muß es wissen.

»Das hat nichts zu sagen«, meinte er. »Wenn Sie ein Arrangement mit mir suchen – und wäre es nur, um Ihr Leben zu retten –, dann erzählen Sie mir, warum wir zuhören sollten. Warum ist Carlos, was Borowski betrifft, so hartnäckig . . . geradezu paranoid? Sie müssen mir das so erklären, als ob ich es noch nie gehört hätte. Wenn Sie sich weigern, werde ich dafür sorgen, daß jene Namen, die besser nicht erwähnt werden sollten, in ganz Paris verbreitet werden. Dann erleben Sie den morgigen Abend nicht mehr.«

Die Frau war wie erstarrt. »Carlos wird Cain bis ans Ende der Welt folgen und ihn töten.«

»Das wissen wir. Den Grund wollen wir erfahren.«

»Weil er es muß. Sehen Sie doch sich an, Leute wie Sie.«

»Das sagt mir nichts. Sie wissen nicht, wer wir sind.«

»Das brauche ich auch nicht zu wissen. Ich weiß, was Sie getan haben.«

»Dann sprechen Sie es aus!«

»Das habe ich bereits. Sie haben Cain Carlos vorgezogen – das war Ihr Fehler. Sie haben den falschen Mann gewählt, den Mörder bezahlt.«

»Den falschen . . . Mörder.«

»Sie waren nicht der erste, aber Sie werden der letzte sein. Der dreiste Herausforderer wird hier in Paris getötet werden, ob es nun einen Kompromiß gibt oder nicht.«

»Wir haben den falschen Mörder gewählt . . .« Die Worte schwebten durch die parfümierte Atmosphäre des Restaurants. Der alles betäubende Donner wurde schwächer, wich zurück, klang immer noch grollend, war aber weit entfernt, rollte hinter den Sturmwolken; die Nebel lösten sich. Er begann zu sehen, und das, was er sah, waren die Umrisse eines Ungeheuers. Keine Legende, kein Mythos, sondern ein Ungeheuer. Noch ein Ungeheuer! Es gab zwei.

»Können Sie daran zweifeln?« fragte die Frau. »Stören Sie Carlos nicht. Lassen Sie ihm Cain, hindern Sie ihn nicht daran, Rache zu nehmen.« Sie hielt inne und hielt beide Hände abwehrend über dem Tisch. Sie erinnerte Borowski in diesem Augenblick an nichts so sehr wie an eine miese Ratte. »Ich verspreche nichts, aber ich werde für Sie sprechen und mich darum bemühen, daß der Verlust, den Ihre Leute erlitten haben, wenigstens zum Teil ersetzt wird. Es ist möglich . . . nur möglich, verstehen Sie mich richtig . . . daß der, den Sie von vornherein hätten auswählen sollen, Ihren Kontrakt honoriert.«

»Der, den wir hätten auswählen sollen . . . weil wir den Falschen gewählt haben.«

»Das verstehen Sie doch, oder nicht, Monsieur? Man muß Carlos sagen, daß Sie es einsehen. Vielleicht – nur vielleicht – könnte er Verständnis für Ihre Lage empfinden, wenn er überzeugt wäre, daß Sie Ihren Fehler erkannt haben.«

»Und das ist Ihr Angebot?« fragte Borowski mit ausdrucksloser Stimme und bemühte sich noch immer, seine Gedanken zu ordnen.

»Alles ist möglich. Aus Ihren Drohungen kann nichts Gutes erwachsen, das kann ich Ihnen gleich sagen. Für keinen von uns. Ich will offen zugeben, daß das mich einschließt. Es würde nur zu nutzlosen Morden führen, und Cain würde sich im Hintergrund halten und sich ins Fäustchen lachen. Sie würden der Verlierer sein, nicht nur einmal, sondern gleich zweimal.«

»Wenn das stimmt . . .« – Jason schluckte und spürte seine ausgetrocknete Kehle –, »dann muß ich meinen Leuten erklären, warum wir . . . den . . . falschen Mann . . . gewählt haben.« *Sprich den Satz zu Ende! Reiß dich zusammen!* »Sagen Sie mir alles, was Sie über Cain wissen.«

»Wozu?«

»Wenn wir den falschen Mann gewählt haben, dann nur, weil wir die falschen Informationen hatten.«

»Sie haben gehört, daß er Carlos ebenbürtig sei. Nein? Daß sein Honorar günstiger war, sein Apparat überschaubarer. Hat Sie das zu Ihrer Entscheidung bewogen?«

»Vielleicht .«

»Natürlich war es das. Das hat man allen gesagt, und es ist eine Lüge. Carlos' Stärke liegt in seinen weit verstreuten Informationsquellen, die *absolut* zuverlässig sind. In seinem ausgeklügelten System ist die richtige Person genau im richtigen Augenblick im Einsatz.«

»Mir klingt das nach zu vielen Leuten. In Zürich waren zu viele und hier in Paris auch.«

»Die sind alle blind, Monsieur. Jeder einzelne.«

»Blind?«

»Um es ganz deutlich zu sagen: Ich arbeite schon seit einigen Jahren für die Organisation und habe auf verschiedene Weise Dutzende kennengelernt, die ihre kleinen Rollen spielten. Dabei habe ich bis jetzt noch niemanden getroffen, der je mit Carlos gesprochen hat, geschweige denn auch nur die leiseste Ahnung hat, wer er ist.«

»Das ist Carlos. Ich möchte mehr über Cain wissen. Was wissen *Sie* über Cain?« *Du mußt beherrscht bleiben! Du darfst dich nicht abwenden! Sieh sie an!*

»Wo soll ich beginnen?«

»Mit dem, was Ihnen als erstes einfällt. Woher kommt er?« *Den Blick nicht abwenden!*

»Aus Südostasien natürlich.«

»Natürlich . . .« *O Gott!*

»Bei *Medusa* war er . . .«

Medusa! Die Winde, die Finsternis, die Blitze, der Schmerz – Er war jetzt eine Welt weit entfernt. Der Schmerz. O Gott! Der Schmerz.

Tao!

Che-sah!

Tam Quan!

Alpha, Bravo, Cain . . . Delta.

Delta . . . Cain!

Cain ersetzt Charlie.

Delta ist Cain.

»Was ist denn?« Die Frau wirkte verstört; sie musterte sein Gesicht. »Sie transpirieren, Ihre Hände zittern.«

»Das geht gleich vorbei.« Jason zog die Hand von seinem Handgelenk und griff nach einer Serviette, um sich die Stirn abzuwischen.

»Weiter! Es ist nicht viel Zeit; man muß Leute verständigen, Entscheidungen treffen. Eine davon betrifft wahrscheinlich Ihr Leben. Zurück zu Cain. Sie sagten, er komme von . . . *Medusa*.«

»Die Söldner des Teufels haben die Kolonialherren in Indochina die Männer genannt, die bei *Medusa* dabeiwaren. Ziemlich treffend, finden Sie nicht?«

»Was ich finde oder was ich weiß, ist hier ohne Belang. Ich möchte hören, was *Sie* denken, was *Sie* über Cain wissen.«

»Jetzt werden Sie unhöflich.«

»Nein, ungeduldig. Sie sagen, wir hätten den falschen Mann gewählt; wenn das so ist, hatten wir die falsche Information. Wollen Sie mit dem Hinweis auf *Medusa* ausdrücken, daß Cain Franzose ist?«

»Ganz und gar nicht. Ich habe das nur erwähnt, um anzudeuten, wie viele Leute von uns in Indochina gekämpft haben.«

»Wenn Cain nicht Franzose ist, was ist er dann?«

»Ohne Zweifel Amerikaner.«

O Gott! »Warum?«

»Alle seine Aktionen tragen den Stempel amerikanischer Vordergründigkeit. Er agiert ohne jedes Raffinement, gibt Operationen als die seinen aus, wenn er überhaupt nichts mit ihnen zu tun hatte. Er hat die Methoden und Verbindungen von Carlos wie kein anderer studiert. Man sagt uns, er würde sie potentiellen Kunden lückenlos vortragen und dabei häufig den Platz von Carlos einnehmen und Leichtgläubige davon überzeugen, daß *er*, nicht Carlos, es war, der die Aufträge ausgeführt hat.« Die Lavier hielt inne. »Er hat es mit Ihnen und Ihren Leuten genauso gemacht, nicht wahr?«

»Vielleicht.« Jason umklammerte wieder sein linkes Handgelenk und erinnerte sich an das, was er bereits vorher erfahren hatte.

Stuttgart. Regensburg. München. Zwei Morde und eine Entführung. Verbindung mit Baader. Honorare von amerikanischen Quellen . . .

Teheran? Acht Morde. Unterschiedliche Verbindungen: Khomeini und PLO. Honorar: zwei Millionen Dollar.

Paris? . . . Alle Kontrakte werden durch Paris bearbeitet.

Wessen Kontrakte? Sanchez . . . Carlos.

»Er hat dieselbe Taktik bei Ihnen benutzt. So holt er sich seine Aufträge.«

»Aufträge?« Borowski spürte den bohrenden Schmerz in seiner Brust. »Er bekommt also Aufträge«, sagte er ziellos.

»Und führt sie mit beachtlichem Geschick aus; das leugnet niemand. Seine Mordliste ist eindrucksvoll. Er steht zwar nicht auf gleicher Stufe wie Carlos, trotzdem ist er ein Mann mit außergewöhnlichen Gaben und höchst erfinderisch: eine tödliche Waffe von höchster Präzision. Aber seine Arroganz, seine Lügen auf Kosten von Carlos werden sein Untergang sein.«

»Und das macht ihn zum Amerikaner? Oder ist das nur Ihr Vorurteil? Ich habe das Gefühl, daß Sie amerikanische Dollars mögen, aber weiter geht Ihre Zuneigung zu Amerika nicht.« *Ungemein geschickt; höchst erfinderisch; eine tödliche Waffe von größter Präzision ... Port Noir. La Ciotat, Marseille, Zürich Paris.*

»Sie irren sich, Monsieur. Seine Nationalität steht zweifelsfrei fest.«

»Wieso?«

Die Frau berührte den Stiel ihres Weinglases, und ihr Zeigefinger mit der roten Spitze krümmte sich um das Glas. »Ein unzufriedener Mann in Washington ist gekauft worden.«

»Washington?«

»Die Amerikaner suchen Cain auch – mit einer Intensität, die auch nicht geringer ist als die von Carlos, nehme ich an. *Medusa* ist der Öffentlichkeit nie zur Kenntnis gebracht worden, und wenn über Cain etwas an die Öffentlichkeit gelangte, könnte das höchst peinlich werden. Dieser unzufriedene Mann war in der Lage, uns viele Informationen zu liefern, darunter auch die *Medusa*-Akten. Es war ganz einfach, die Namen mit denen in Zürich zu vergleichen – einfach für Carlos, sonst für niemanden.«

Zu einfach, dachte Jason, ohne zu wissen, weshalb ihm der Gedanke gekommen war. »Ich verstehe«, sagte er.

»Und Sie? Wie haben Sie Borowski gefunden?«

Durch die Nebel der Angst erinnerte sich Jason an etwas anderes, was er gehört hatte. Marie hatte es gesagt. »Viel einfacher«, sagte er. »Wir haben das Honorar nur zum Teil auf ein Konto überwiesen und den Restbetrag blind auf ein anderes. Auf diese Weise konnten wir den Kontoinhaber ermitteln.«

»Und Cain?«

»Er wußte nichts davon. Wir haben ein paar Leute in der Bank bezahlt ... wie Sie für verschiedene Telefonnummern auf einer *fiche* bezahlt haben.«

»Ich muß Sie loben.«

»Erzählen Sie mir lieber, was Sie über Cain wissen.«

Du mußt vorsichtig sein und darauf achten, daß deine Stimme nicht nervös klingt. Du bist nur damit beschäftigt, Daten auszuwerten. Marie, das hast du gesagt. Liebe, liebe Marie! Gott sei Dank, daß du nicht hier bist.

»Unsere Informationen über ihn sind lückenhaft. Er hat es fertiggebracht, den größten Teil der wichtigen Akten zu entfernen, etwas, das er ohne Zweifel von Carlos gelernt hat. Aber nicht alle; wir haben uns aus dem Rest ein skizzenhaftes Bild zusammenfügen können. Ehe *Medusa* ihn rekrutiert hat, war er vermutlich ein französisch sprechender Geschäftsmann, der in Singapur lebte und eine Gruppe amerikanischer Importeure vertrat, bis die ihn beschuldigten, sich um Hunderttausende von Dollars bereichert zu haben. Nun versuchten sie, ihn in die Staaten ausliefern zu lassen, um ihn vor Gericht stellen zu können. In Singapur galt er als Einzelgänger, der im blühenden Schleichhandel aktiv war und vor brutalen Methoden nicht zurückschreckte.«

»Und vorher?« unterbrach Jason sie und spürte wieder, wie ihm Schweißtropfen auf die Stirne traten. »Vor Singapur. Woher kam er?« *Vorsichtig! Die Bilder! Er konnte die Straßen von Singapur sehen: die Prince Edward Road, Kim Chuan, Boon Tat Street, Maxwell, Cuscaden.*

»Das muß in den Akten stehen, die niemand finden konnte. Es gibt nur Gerüchte, und die sind bedeutungslos. So hieß es zum Beispiel, er sei ein ausgestoßener Jesuit, der verrückt geworden sei. Eine andere Spekulation besagt, er sei ein junger, aggressiver Anlagenberater gewesen, den man überführt hat, Kundengelder veruntreut zu haben. Vor Singapur gibt es keine konkrete Spur, nichts, das man überprüfen kann.«

Sie haben unrecht, da war eine ganze Menge. Aber nichts, das damit zu tun hat . . . Da ist eine Leere, und sie muß ausgefüllt werden, und Sie können mir nicht helfen. Vielleicht kann das niemand; vielleicht sollte das niemand!

»Bis jetzt haben Sie mir noch nichts gesagt, was sensationell gewesen wäre; nichts, was mit den Informationen in Zusammenhang steht, die mich interessieren.«

»Dann weiß ich nicht, was Sie wollen! Sie verlangen Einzelheiten, und wenn ich Details liefere, sagen Sie, die seien unwichtig.«

»Was wissen Sie über Cains . . . Arbeit? Sie sollten mir schon einen Grund dafür liefern, Sie schonend zu behandeln. Also wann fiel er Ihnen zum erstenmal auf? Wann wurde Carlos auf ihn aufmerksam?«

»Vor zwei Jahren«, begann Jacqueline Lavier, die Jasons Ungeduld beunruhigte und verängstigte, »erfuhr man von einem Weißen in Asien, der Mord auf Bestellung lieferte – wie Carlos. Und sein Name wurde schnell zu einem Markenbegriff für präzises Töten. Ein Botschafter wurde in Moulmein ermordet; zwei Tage später wurde ein japanischer Politiker in Tokio getötet. Eine Woche darauf kam ein Zeitungsredakteur in Hongkong ums Leben, als sein Wagen in die Luft gesprengt wurde. Und knapp achtundvierzig Stunden später erschoß man einen Bankier in einer Straße in Kalkutta. Jeden dieser Morde hat Cain begangen.« Die Frau hielt inne und versuchte, Borowskis Reaktion richtig einzuschätzen. Doch der reagierte nicht. »Verstehen Sie denn nicht? Er war überall! Bald hatte er sich einen Ruf erworben, der selbst die abgebrühtesten Killer beeindruckte. Keiner zweifelte daran, daß da ein ausgekochter Profi am Werk war, am allerwenigsten Carlos. Hellhörig geworden, wies er seine Leute an, soviel Einzelheiten wie möglich über diesen Mann zu erfahren. Carlos ahnte die Gefahr, die von diesem Mann eines Tages auch für ihn ausgehen konnte. Binnen eines Jahres sollte sich seine Vermutung bestätigen. Aus verläßlichen Quellen erfuhr er, Cain käme nach Europa und wolle Paris zu seiner Operationsbasis machen. Die Herausforderung war offensichtlich. Cain war im Begriff, Carlos zu vernichten. Er hatte den Ehrgeiz, der *neue* Carlos zu werden. *Ihn* sollte man aufsuchen, wenn man die Dienste in Anspruch nehmen wollte, die er bieten konnte. So wie *Sie* ihn aufgesucht haben, Monsieur.«

»Moulmein, Tokio, Kalkutta . . .« Jason hörte, wie die Namen von seinen Lippen kamen, wie er sie flüsterte. »Manila, Hongkong . . .« Er hielt inne, versuchte, die Nebel zu durchdringen, spähte nach den Umrissen seltsamer Gebilde, die vor seinem geistigen Auge vorüberzogen.

»In diesen Orten und vielen anderen war er aktiv«, fuhr die Frau fort. »Carlos mag viele Feinde haben, aber unter all jenen, die aus seinem Vertrauen und seiner Großzügigkeit Nutzen gezogen haben, herrscht Loyalität. Seine Informanten und Helfershelfer sind nicht so leicht käuflich, wie Cain sich das gern gewünscht hätte. Es heißt, Carlos würde schnell harte Urteile fällen, aber es heißt auch, besser ein Satan, den man kennt, als ein Nachfolger, den man nicht kennt. Cain begreift immer noch nicht, daß das Netz, das Carlos sich aufgebaut hat, ungeheuer weitgespannt ist. Als Cain nach Europa kam, wußte er nicht, daß seine Aktivitäten in Berlin, Lissabon und Amsterdam . . . sogar in Oman erkannt worden sind.«

»Oman«, sagte Borowski unwillkürlich. »Scheich Mustafa Kalig«, flüsterte er wie im Selbstgespräch.

»Daß Cain der Mörder gewesen war, ist nie bewiesen worden«, warf die Frau ein. »Der Auftrag selbst ist eine pure Erfindung. Den rein internen Mord hat er einfach auf sein Konto gebucht; dabei hätte kein Fremder zu dem schwer bewachten Scheich vordringen können. Das Ganze ist eine Lüge!«

»Eine Lüge«, wiederholte Jason.

»Er hat viele solcher Lügen verbreitet«, fügte Jaqueline Lavier verächtlich hinzu. »Geschickt läßt er hier und dort eine Andeutung fallen, die andere begierig aufgreifen und als wahre Geschichte weitererzählen. Er provoziert Carlos, indem er sich auf dessen Kosten groß herausstellt. Aber er ist Carlos nicht gewachsen; er nimmt Aufträge an, die er nicht erfüllen kann. Davon hat es schon einige gegeben. Es heißt, dies sei der Grund, weshalb er Monate im Hintergrund geblieben sei und Leuten wie uns ausgewichen ist.«

»Leuten ausgewichen ist . . .« Jason griff nach seinem Handgelenk; das Zittern hatte wieder angefangen, das Grollen fernen Donners vibrierte in seinem Kopf. »Sind Sie . . . dessen sicher?«

»Vollkommen! Er war nicht tot; er hat sich versteckt gehalten. Cain hat mehr als einen Auftrag nicht bewältigen können. Das war unvermeidlich, weil er zu viele innerhalb kurzer Zeit annahm. Und nach jedem gescheiterten Mord führte er einen spektakulären aus, um seinen Ruf zu wahren. Er pflegte sich dafür stets eine prominente Persönlichkeit auszuwählen. Der Botschafter in Moulmein war ein Beispiel dafür. Niemand hatte seinen Tod verlangt. Das gleiche gilt für zwei andere Fälle:

Ebenso willkürlich hat er einen russischen Kommissar in Shanghai und erst kürzlich einen Bankier in Madrid umgebracht.«

Die Worte kamen von den hellroten Lippen, die sich in der gepuderten Maske bewegten. Er hörte sie nicht das erste Mal. Er hatte sie schon *gelebt*. Sie lösten keine Schatten mehr aus, sondern Erinnerungen an jene vergessene Vergangenheit. Sie begann keinen Satz, den er nicht hätte zu Ende führen können, noch konnte sie irgendeinen Namen oder eine Stadt oder ein Ereignis nennen, mit dem er nicht instinktiv vertraut war.

Sie redete von ihm!

Alpha, Bravo, Cain. Delta . . .

Cain ersetzt Charlie, und Delta ist Cain.

Jason Borowski war der Mörder namens Cain!

Es gab noch eine letzte Frage: »Was geschah in Marseille?«

»Marseille?« Die Frau fuhr zurück. »Wie *konnten* Sie? Was für Lügen hat man Ihnen erzählt? Was für Lügen *sonst* noch?«

»Sagen Sie mir nur, was damals passierte.«

»Sie meinen natürlich Leland. Carlos hatte den Mordauftrag angenommen.«

»Und wenn ich Ihnen jetzt sage, daß es Leute gibt, die Cain dahinter vermuten?«

»Das ist es, was er *alle* glauben machen wollte! Das war die höchste Beleidigung für Carlos – *ihm* den Mord zu stehlen. Das Geld war Cain unwichtig; er wollte nur der Welt – unserer Welt – beweisen, daß er den Auftrag selbst erledigen konnte, für den man Carlos bezahlt hatte. Aber er hat es nicht getan, müssen Sie wissen. Er hatte nichts mit Leland zu tun.«

»Er war dort.«

»Er ist in eine Falle gegangen, zumindest ist er nie aufgetaucht. Einige meinten, er sei getötet worden, aber da es keine Leiche gab, hat Carlos das nie geglaubt.«

»Wie ist Cain nur getötet worden?«

Madame Lavier lehnte sich zurück und schüttelte den Kopf. »Zwei Männer im Hafen versuchten, sich dafür bezahlen zu lassen. Einer von ihnen ist seitdem spurlos verschwunden; man kann annehmen, daß Cain ihn getötet hat, *wenn* es Cain war.«

»Was war das für eine Falle?«

»Eine *angebliche* Falle, Monsieur. Sie behaupteten, sie hätten erfahren, Cain wolle sich mit jemandem ein oder zwei Nächte vor der Tat in der Rue Sarrasin treffen. Sie sagten, sie hätten entsprechende Gerüchte ausgestreut und den Mann, den sie für Cain hielten, zu den Piers zu einem Fischerboot hinuntergelockt. Weder der Trawler noch der Skipper wurden je wieder gesehen. Also kann es sein, daß sie recht hatten – aber ich sage, daß es keine Beweise gab, nicht einmal eine hinreichende

Beschreibung von Cain, die auf den Mann gepaßt hätte, den man von der Rue Sarrasin weggeführt hat. Jedenfalls endet dort alles.«

Sie haben unrecht. Dort fing es für mich an.

»Ich verstehe«, sagte Borowski und gab sich wieder Mühe, natürlich zu sprechen. »Unsere Information ist hier natürlich unterschiedlich. Wir haben nach dem, was wir zu wissen glaubten, eine Wahl getroffen.«

»*Die falsche* Wahl, Monsieur. Was ich Ihnen jetzt erzählt habe, ist die Wahrheit.«

»Ja, ich weiß.«

»Sind wir beide uns also einig?«

»Warum nicht?«

»Fein!« Erleichtert hob die Frau das Weinglas an die Lippen. »Sie werden sehen, es wird für alle Beteiligten das beste sein.«

»Das . . . ist jetzt eigentlich gar nicht wichtig.« Er sprach so leise, daß sie ihn kaum hören konnte. Was hatte er gerade gesagt? Warum hatte er es gesagt? . . . Die Nebel begannen ihn wieder einzuhüllen, der Donner wurde lauter. In seinen Schläfen bohrte wieder der Schmerz. »Ja, Sie haben recht.« Er spürte, wie die Frau ihn mit skeptischem Blick musterte. »Es ist eine vernünftige Lösung.«

»Natürlich ist es das. Fühlen Sie sich nicht wohl?«

»Ich sagte doch, es ist nicht weiter schlimm.«

»Da bin ich erleichtert. Würden Sie mich jetzt einen Augenblick entschuldigen?«

»Nein.« Jason packte sie am Arm.

»Ich will zur Toilette, das ist alles. Wenn Sie wollen, können Sie vor der Tür stehenbleiben.«

»Wir brechen jetzt auf. Sie können beim Hinausgehen auf die Toilette gehen.« Borowski winkte den Ober herbei.

Er stand in dem schwach beleuchteten Korridor. Auf der anderen Seite war der Eingang zur Damentoilette. Elegante Frauen und gepflegte Männer liefen an ihm vorbei. Das Ambiente des Lokals glich dem von ›Les Classiques‹. Jaqueline Lavier war hier zu Hause.

Nun war sie schon fast zehn Minuten in der Damentoilette. Eine Tatsache, die Jason sicherlich beunruhigt hätte, wenn er sich auf die Zeit hätte konzentrieren können. Aber der Lärm und der Schmerz in seinem Kopf betäubten ihn. Er starrte vor sich hin und wußte hinter sich eine Folge toter Männer. *Cain . . . Cain.*

Er schüttelte den Kopf und blickte zu der schwarzen Decke auf. Er mußte funktionieren, er konnte nicht zulassen, daß er fiel, daß er in den finsteren, windumtosten Abgrund stürzte. Es galt, Entscheidungen zu treffen . . . Nein, sie waren schon getroffen; jetzt kam es nur noch darauf an, sie auszuführen.

Marie! O Gott, meine Liebe, alles war falsch!

Er atmete tief und schaute auf die Uhr, die er für ein dünnes Schmuckstück eingetauscht hatte, das einem Marquis in Südfrankreich gehört hatte. *Er ist ein ungeheuer geschickter Mann, höchst erfinderisch . . .*

Wo war Jacqueline Lavier? Warum kam sie nicht heraus? Was konnte sie sich davon erhoffen, wenn sie drinnen blieb? Er war so geistesgegenwärtig gewesen, den Geschäftsführer zu fragen, ob es dort ein Telefon gäbe; das hatte der Mann verneint und auf eine Kabine am Eingang gedeutet.

Plötzlich blendete ihn ein greller Lichtblitz. Er taumelte rückwärts, stieß gegen die Wand, hielt sich die Hände vor die Augen. Der Schmerz! Seine Augen brannten!

Und dann hörte er die Worte, die das höfliche Lachen und die leise Konversation der gutgekleideten Männer und Frauen übertönte, die durch den Flur schlenderten.

»Zur Erinnerung an Ihr Diner bei ›Roget's‹, Monsieur«, sagte eine Hostess und hielt ihre Kamera an der Schiene des Blitzgeräts fest. »Das Foto ist in ein paar Minuten fertig. Eine Aufmerksamkeit des Hauses.«

Borowski blieb wie erstarrt stehen, er wußte daß er die Kamera nicht zerschlagen konnte, und die Angst vor der nächsten Erkenntnis überflutete ihn. »Warum gerade ich?« fragte er.

»Ihre Verlobte hat darum gebeten, Monsieur«, erwiderte das Mädchen und deutete mit einer Kopfbewegung auf die Toilettentür. »Wir haben drinnen miteinander gesprochen. Sie können sich glücklich preisen; sie ist eine reizende Dame. Sie hat mich gebeten, Ihnen das zu geben.« Die Hostess hielt ihm ein zusammengefaltetes Blatt Papier hin; Jason nahm es ihr ab, worauf sie sich sofort entfernte.

Ihre Krankheit beunruhigt mich, so wie sie ganz bestimmt auch Sie beunruhigt, mein neuer Freund. Mag sein, daß Sie sind, was Sie behaupten. Vielleicht haben Sie mich aber auch getäuscht. In einer halben Stunde werde ich die Antwort kennen. Eine Dame mit Mitgefühl hat einen Telefonanruf für mich erledigt, und das Foto ist nach Paris unterwegs. Sie können das jetzt ebensowenig verhindern wie die Ankunft der Leute, die jetzt schon nach Argenteuil unterwegs sind. Sollten wir wirklich zu unserem Arrangement kommen, wird keines von beiden Sie so sehr in Panik versetzen, wie Ihre Krankheit mich beunruhigt – und wir werden wieder miteinander sprechen, wenn meine Kollegen eintreffen.

Es heißt, Cain trete in verschiedenen Masken auf und dies höchst überzeugend. Man erzählt sich weiter, daß er zu Gewalttätigkeit neigt und gelegentlich zu Temperamentsausbrüchen. Das ist auch eine Krankheit, nicht wahr?

Als er aus dem Lokal rannte, sah er gerade noch ein Taxi um die nächste Ecke biegen. Er blieb stehen, atmete schwer, sah sich nach allen Seiten nach einem anderen um. Es dauerte einige Minuten, bis wieder ein Taxi auftauchte. Er lief hinterher. Er mußte es aufhalten; er mußte nach Paris zurück, zu Marie.

Er war wieder in das Labyrinth zurückgekehrt und wußte, daß es kein Entrinnen gab. Aber er würde weiter nach seiner wahren Identität forschen – ohne Marie. Die Entscheidung war unumstößlich. Es würde keine Diskussionen, keine Debatte geben, keine Vorwürfe. Er wußte, wer er war . . . was er gewesen war; er war schuldig im Sinne der Anklage – wie er das vermutet hatte.

Eine Stunde oder zwei würde er sie nur ansehen. Ganz ruhig würden sie über alles mögliche reden, nicht von der Wahrheit. Sich lieben. Und irgendwann würde er weggehen; sie würde nie wissen, wann, und er konnte ihr nie sagen, warum. Das war er ihr schuldig. Eine Weile würde sie darunter leiden, aber der Schmerz würde weit geringer sein als der, den das Stigma von Cain verursachen würde.

Cain!

Marie. Marie! Was habe ich getan?

»Taxi! Taxi!«

18

Du mußt Paris verlassen! Jetzt! Was auch immer du gerade tust, hör auf und verlaß die Stadt! Das sind Anweisungen deiner Regierung.

Marie drückte ihre Zigarette im Aschenbecher auf dem Nachttisch aus, dabei fiel ihr Blick auf das drei Jahre alte Heft von *Potomac Quarterly*. Ihre Gedanken befaßten sich kurz mit dem schrecklichen Spiel, das Jason sie zu spielen gezwungen hatte.

»Ich will nicht zuhören!« sagte sie laut und erschrak über den Klang ihrer Stimme in dem leeren Hotelzimmer. Sie ging ans Fenster, das gleiche Fenster, zu dem er hinausgesehen hatte, verängstigt, verzweifelt, in dem Versuch, sie zu erreichen.

Ich muß gewisse Dinge wissen . . . Genug davon, um eine Entscheidung zu treffen. Aber vielleicht nicht alles. Ein Stück von mir muß imstande sein . . . einfach zu verschwinden. Ich bin ein Mensch ohne Erinnerungsvermögen; das bedeutet, ich habe nie existiert . . .

»Mein Liebling, mein Liebling. Paß auf, daß sie dir nichts tun!« Jetzt erschreckten sie ihre Worte nicht mehr, denn es war so, als befände er sich mit ihr im Zimmer und wäre bereit, wegzulaufen, zu verschwinden . . . mit ihr. Aber im Inneren fühlte sie, daß es unmöglich war; er durfte sich nicht mit einer halben Wahrheit und einer halben Lüge zufriedengeben.

In bezug auf Paris hatte Jason recht; des Rätsels Kern lag hier. Er war der Sündenbock, und sein Tod sollte einen anderen vor dem Tode bewahren. Wenn er das nur *sehen* könnte; wenn sie ihn nur überzeugen könnte. So drohte die Gefahr, ihn zu verlieren. Sie würden ihn ihr weg-nehmen; ihn töten.

Sie.

»Wer *bist* du?« schrie sie das Fenster an und die Lichter von Paris. »*Wo* bist du?«

Sie konnte den kalten Wind im Gesicht spüren, als wären die Glas-scheiben zerschmolzen, als wehte die Nachtluft herein. Und es war ihr plötzlich, als verengte sich ihre Kehle, und einen Augenblick lang konnte sie nicht schlucken ... nicht atmen. Doch es ging vorüber, und sie atmete wieder: Sie hatte Angst; das war ihr schon einmal passiert, nach ihrer ersten Nacht in Paris, als sie das Café verlassen und ihn auf den Stufen des Cluny gefunden hatte. Sie war schnell den Boulevard Saint-Michel hinuntergegangen, als es geschehen war: der kalte Wind, das Anschwellen in ihrer Kehle ... in jenem Augenblick hatte sie auch nicht atmen können. Später glaubte sie zu wissen, weshalb; in jenem Augenblick war Jason auf eine Entscheidung zugerast, die er binnen weniger Minuten umstoßen würde – aber da hatte er sie getroffen. Er hatte sich entschlossen, nicht zu ihr zurückzukommen.

»Hör auf!« schrie sie. »Das ist verrückt«, fügte sie hinzu, schüttelte den Kopf und sah auf die Uhr. Er war jetzt mehr als fünf Stunden weg. *Wo war er nur?*

Borowski stieg vor dem verblichen-eleganten Hotel in Montparnasse aus dem Taxi. Die nächste Stunde würde die schwierigste in seinem kurzen, neuen Leben sein – einem Leben, das vor Port Noir leer war und seitdem ein Alptraum. Der Alptraum würde bleiben, und er würde alleine mit ihm leben müssen; er liebte sie viel zu sehr, als daß er sie bitten könnte, diesen Alptraum mit ihm zu leben. Er würde schon eine Möglichkeit finden, um zu verschwinden. Sie mußte aus all dem Dreck herausgehalten werden. Er würde einfach weggehen zu einem nicht existierenden Rendezvous und nicht zurückkehren. Und irgendwann im Lauf der nächsten Stunde würde er ihr schreiben:

Es ist vorbei. Ich habe meine Pfeile gefunden. Geh zurück nach Kanada und sag um unser beider willen nichts. Ich weiß, wo ich dich erreichen kann.

Der letzte Satz war unfair – er würde sie nie erreichen –, aber die kleine, gefiederte Hoffnung mußte da sein, und wäre es nur, um dafür zu sorgen, daß sie tatsächlich das Flugzeug nach Ottawa bestieg. Mit der Zeit würden ihre gemeinsamen Wochen zu einem dunkel gehüte-ten Geheimnis verblassen, so wie eine kostbare Kette von Juwelen, die man in stillen Augenblicken herausholte und berührte. Irgendwann würde es vorbei sein, denn man lebte das Leben in aktiven Erinnerungen; die schlafenden verloren ihre Bedeutung. Niemand wußte das besser als er.

Er ging durch das Vestibül, nickte dem *Portier* zu, der hinter der Marmortheke auf seinem Hocker saß und eine Zeitung las. Der Mann blickte kaum auf, registrierte nur, daß der Eindringling hierher gehörte.

Die Liftkabine polterte und ächzte ins fünfte Stockwerk. Jason atmete tief und griff nach der schmiedeeisernen Lifttüre; in allererster Linie mußte vermieden werden, die Szene zu dramatisieren – weder durch Worte noch durch Blicke. Er wußte, was er sagen mußte; er hatte sorgfältig darüber nachgedacht, ebenso sorgfältig wie über den Brief, den er schreiben würde.

»Den größten Teil der Nacht herumgelaufen«, sagte er und hielt sie an sich gedrückt. Er strich über ihr dunkelrotes Haar, spürte ihren Kopf an seiner Schulter . . . . und litt, »hinter fahlgesichtigen Angestellten hergelaufen, mir Unsinn angehört und Kaffee getrunken, der wie Spülwasser schmeckte. *Les Classiques* war Zeitvergeudung; das ist der reinste Zoo. Die Affen und die Pfauen haben eine grandiose Schau abgezogen, aber ich glaube nicht, daß irgend jemand dort etwas weiß. Die Möglichkeit besteht natürlich. Es gibt dort einen Mann, der an der Telefonzelle sitzt, aber ebensogut ein cleverer Franzose sein kann, der sich einfach einen Amerikaner, den er ausnehmen kann, als Opfer sucht. Ich will mich mit ihm gegen Mitternacht am Bastringue an der Rue Hautefeuille treffen.«

»Was hat er gesagt?«

»Sehr wenig, aber genug, um mein Interesse zu wecken. Ich sah, daß er mich beobachtete, während ich Fragen stellte. Der Laden war ziemlich voll, und ich konnte mich daher einigermaßen frei bewegen und mit den Angestellten sprechen.«

»Fragen? Was für Fragen hast du denn gestellt?«

»Alles, was mir in den Sinn kam. Hauptsächlich über die Geschäftsführerin oder wie man sie nennt. In Anbetracht dessen, was heute nachmittag geschah, hätte sie – wenn sie eine Verbindungsperson zu Carlos ist – fast hysterisch sein müssen. Ich habe sie gesehen. Sie war keineswegs hysterisch; sie verhielt sich völlig normal.«

»Aber d'Amacourt glaubt, daß sie eine Verbindungsperson ist, wie du das nennst.«

»Indirekt. Sie bekommt einen Anruf, wo sie Instruktionen erhält.« Tatsächlich, dachte Jason, beruhte die von ihm erfundene Einschätzung der Situation auf Wirklichkeit. Jacqueline Lavier war eine indirekte Verbindungsperson.

»Du konntest doch nicht einfach herumgehen und Fragen stellen, ohne Argwohn zu erwecken«, wandte Marie ein.

»Doch das kann man«, antwortete Borowski, »wenn man amerikanischer Journalist ist und für ein bekanntes Magazin einen Artikel über die Geschäfte an der Rue Saint-Honoré schreibt.«

»Das ist raffiniert, Jason.«

»Es hat funktioniert. Alle waren ganz wild darauf.«

»Was hast du erfahren?«

»Nun, *Les Classiques* hat wie die meisten Geschäfte dieser Art seinen eigenen Kundenkreis, alles wohlhabende Leute, die sich untereinander meistens kennen. Da gibt es natürlich auch die üblichen Intrigen und Heimlichkeiten, die in dieser Szene auf der Tagesordnung stehen. Hauptsächlich dieser Bergeron und die Geschäftsführerin scheinen Schlüsselfiguren zu sein. Nach allem, was ich erfahren habe, ist sie geradezu eine Fundgrube für gesellschaftliche Informationen.«

»Warum gehst du eigentlich heute nacht nach Bastringue?«

»Als ich hinausgehen wollte, kam Bergeron auf mich zu und sagte etwas sehr Seltsames.« Diesen Teil der Lüge brauchte Jason nicht zu erfinden. Er hatte die Worte vor nicht einmal einer Stunde in einem eleganten Restaurant in Argenteuil auf einem Zettel gelesen. »Er hat gesagt, ›mag sein, daß Sie sind, was Sie vorgeben, vielleicht aber auch nicht‹. Und dann schlug er mir vor, später gemeinsam einen Drink zu nehmen, aber nicht in der Rue Saint-Honoré.« Borowski sah, wie ihre Zweifel zerstreut wurden. Er hatte es geschafft; sie akzeptierte sein Lügengeflecht. Und warum auch nicht? Er war ein Mann *von außergewöhnlicher Geschicklichkeit und höchst erfinderisch*. Schließlich hieß er ja Cain.

»Vielleicht ist er es, Jason. Du hast doch gesagt, du brauchtest nur einen; er könnte es sein!«

»Wir werden sehen.« Borowski sah auf die Uhr. Der Countdown für seinen Abgang hatte begonnen; er konnte jetzt nicht mehr zurück. »Wir haben fast zwei Stunden Zeit. Wo hast du den Aktenkoffer hingebracht?«

»Ins ›Meurice‹! Ich bin dort eingetragen.«

»Holen wir ihn uns und gehen wir essen. Du hast doch Hunger?«

»Nein . . .« Marie sah ihn verwirrt an. »Warum lassen wir den Koffer nicht, wo er ist? Dort ist er doch in Sicherheit.«

»Und was ist, wenn wir schnell verschwinden müssen«, sagte er beinahe brüsk und ging zu der Kommode. *Er durfte nicht die Gewalt über sich verlieren. Die Spuren von Gereiztheit, die sich langsam in seine Worte einschlichen, mußte er sich abgewöhnen. Sie würde später genug Zeit haben, alles zu begreifen, wenn sie seine Worte las.* »Es ist vorbei, ich habe meine Pfeile gefunden . . .«

»Was ist denn, Darling?«

»Nichts.« Das Chamäleon lächelte. »Ich bin nur müde und vielleicht ein wenig enttäuscht.«

»Du lieber Gott, warum denn? Ein Mann will sich mitten in der Nacht vertraulich mit dir treffen. Ein Mann, der eine Telefonzentrale bedient. Er könnte dich weiterbringen. Du bist doch überzeugt, daß diese Frau eine Kontaktperson von Carlos ist; sie muß dir doch *irgend etwas* sagen können, ob sie nun will oder nicht. Ich hätte gedacht, daß du auf eine makabre Weise glücklich sein müßtest.«

»Ich bin nicht sicher, ob ich das erklären kann«, sagte Jason und sah ihr Bild im Spiegel. »Du müßtest als Frau verstehen, was ich dort gefunden habe.«

»Was du gefunden hast?«

»Was ich gefunden habe. Es ist eine andere Welt«, fuhr Borowski fort und griff nach der Scotchflasche und einem Glas, »andere Leute. Diese Welt ist weich und schön und frivol, mit unzähligen winzigen Scheinwerfern und dunklem Samt. Nichts wird dort ernst genommen, nur Klatsch und Wohlleben. Jeder einzelne dieser unwirklichen Leute – jene Frau eingeschlossen – könnte eine Kontaktperson für Carlos sein, ohne es überhaupt zu wissen, ja es auch nur zu vermuten. Ein Mann wie Carlos könnte solche Leute benutzen; das würde wahrscheinlich jeder tun, *ich* eingeschlossen . . . Es ist deprimierend.«

»Nein, es ist unvernünftig. Solche Leute treffen im allgemeinen sehr überlegte Entscheidungen. Das ist der Preis für den Wohlstand, von dem du sprichst. Aber ich glaube, daß du wirklich müde bist und hungrig und einen Drink brauchst.« Sie ging auf das Badezimmer zu. »Ich mach' mich ein wenig frisch, dann können wir gehen. Trink einen Schluck, Darling. Es tut dir gut.«

»Marie?«

»Ja?«

»Du mußt versuchen, das zu verstehen. Was ich dort fand, hat mich beunruhigt. Ich dachte nicht, daß es so schwierig sein würde.«

»Während du unterwegs warst, habe ich gewartet, Jason. Ich wußte nicht, wo du steckst. Das war auch nicht schön.«

»Ich dachte, du rufst in Kanada an. Hast du das nicht getan?«

Sie blieb stehen. »Nein«, sagte sie. »Es war schon zu spät.«

Dann schloß sich die Badezimmertür hinter ihr; Borowski ging zum Schreibtisch. Er zog die Schublade auf, entnahm ihr ein Blatt Hotelbriefpapier, griff nach dem Kugelschreiber und schrieb:

Es ist vorbei. Ich habe meine Pfeile gefunden. Geh zurück nach Kanada und sag um unser beider willen nichts. Ich weiß, wo ich dich erreichen kann.

Er faltete den Bogen zusammen, schob ihn in einen Umschlag und griff nach seiner Brieftasche. Er entnahm ihr die französischen und die Schweizer Banknoten, schob sie hinter das Blatt und verklebte den Umschlag. Dann schrieb er vorne MARIE darauf.

Er hätte so gerne *meine Liebe, meine große Liebe* hinzugefügt.

Aber das tat er nicht. Das konnte er nicht.

Die Badezimmertüre öffnete sich. Er schob den Umschlag in die Jakkentasche. »Das ist aber schnell gegangen.«

»Ja wirklich? Das fand ich nicht. Was hast du denn gemacht?«

»Ich habe einen Kugelschreiber gesucht«, antwortete er und griff danach. »Wenn mir dieser Bursche etwas sagen kann, möchte ich es mir aufschreiben.«

Marie stand jetzt an der Kommode und blickte auf das trockene, leere Glas. »Du hast ja fast nichts getrunken.«

»Doch, ich habe nur das Glas nicht benutzt.«

»Ach so. Gehen wir?«

Sie warteten im Korridor auf den polternden Lift, und das Schweigen, das zwischen ihnen stand, war unerträglich. Er griff nach ihrer Hand. Als seine Finger die ihren berührten, hielt sie sie fest, blickte ihn an, und ihre Augen verrieten ihm, daß sie schon ahnte, was er nun vorhatte.

O Gott, wie ich dich liebe. Du stehst neben mir, wir berühren uns, und ich sterbe. Aber du kannst nicht mit mir sterben. Das darfst du nicht. Ich bin Cain.

»Alles wird gut«, sagte er.

Die schmiedeeiserne Liftkabine kam vibrierend zum Stillstand. Jason zog das Gitter auf und stieß dann plötzlich einen halblauten Fluch aus. »Mein Gott, jetzt habe ich es vergessen!«

»Was denn?«

»Meine Brieftasche. Ich habe sie heute nachmittag in der Schublade gelassen, falls es in Saint-Honoré Ärger geben sollte. Warte in der Halle auf mich.«

Er schob sie mit leichtem Druck in die Liftkabine und drückte mit der freien Hand den Knopf. »Ich komme gleich nach.« Er schob das Gitter zu und konnte daher ihre verstörten Augen nicht mehr sehen. Er wandte sich ab und ging schnell zu ihrem Zimmer zurück.

Drinnen holte er den Umschlag aus der Tasche und legte ihn vor die Stehlampe auf dem Nachttisch. Er starrte ihn an, und der Schmerz war unerträglich.

»Leb wohl, meine Liebe«, flüsterte er.

Borowski wartete in dem leichten Nieselregen vor dem Hotel ›Meurice‹ auf der Rue de Rivoli und blickte Marie durch die Glastüre nach. Sie stand an der Rezeption und hatte soeben den Aktenkoffer in Empfang genommen. Im Augenblick bat sie offenbar einen etwas verblüfften Empfangschef nach der Rechnung. Sie war im Begriff, ein Zimmer zu bezahlen, das weniger als sechs Stunden in Benutzung gewesen war. Zwei Minuten verstrichen, ehe man ihr die Rechnung gab. Widerstrebend; man schätzte es nicht, wenn Gäste im ›Meurice‹ sich so benahmen.

Marie kam wieder heraus, trat neben ihn und gab ihm den Koffer, ein gezwungenes Lächeln um die Lippen, die Stimme etwas außer Atem.

»Dieser Mann war gar nicht mit mir einverstanden. Ich bin sicher, daß er jetzt überzeugt ist, daß ich das Zimmer mit ein paar Freiern mißbraucht habe.«

»Was hast du ihm gesagt?« fragte Borowski.

»Daß ich es mir anders überlegt hätte, sonst nichts.«

»Gut, je weniger man sagt, desto besser. Dein Name steht auf der Meldekarte. Überleg dir einen Grund, weshalb du fort warst.«

»Überleg dir? . . . *Ich* soll mir das überlegen?« Sie sah ihm in die Augen, ihr Lächeln war verflogen.

»Ich meine, wir werden uns etwas überlegen. Natürlich.«

»Natürlich.«

»Gehen wir.« Sie gingen auf die Ecke zu, neben ihnen hallte der Verkehr auf der Straße. Der Nieselregen hatte sich verstärkt, der Nebel war dichter geworden. Er nahm ihren Arm – nicht, um sie zu führen, nicht einmal aus Höflichkeit – nur um sie zu berühren, um ein Stück von ihr zu halten. Es blieb ihnen nur noch so wenig Zeit.

Ich bin Cain. Ich bin der Tod.

»Können wir nicht langsamer gehen?« fragte Marie gereizt. Sie war ganz außer Atem.

»Was?« Jetzt erst bemerkte Jason, daß er gerannt war; ein paar Sekunden lang war er wieder in dem Labyrinth gewesen, das von ihm Besitz ergriffen hatte. Er blickte nach vorne. An der Ecke war ein leeres Taxi neben einem grellbunten Zeitungskiosk zum Stillstand gekommen, und der Fahrer schrie dem Händler durch sein offenes Fenster etwas zu. »Ich will dieses Taxi erwischen«, sagte Borowski, ohne seine Schritte zu verlangsamen. »Es wird gleich scheußlich regnen.«

Sie erreichten die Ecke, beide außer Atem, während das leere Taxi davonrollte und nach links in die Rue de Rivoli einbog. Jason sah Marie im grellen Licht des Zeitungskiosks an; sie zuckte unter dem plötzlichen Wolkenbruch zusammen. Nein. Sie zuckte nicht zusammen; sie starrte etwas an . . . ungläubig, erschreckt. Und dann schrie sie ohne Warnung auf, das Gesicht verzerrt, die Finger ihrer rechten Hand gegen den Mund gepreßt. Borowski packte sie, zog ihren Kopf an seine Mantelbrust; aber sie hörte nicht auf zu schreien.

Er drehte sich herum und versuchte, die Ursache ihrer Hysterie zu erkennen. Dann sah er es und wußte in jener unglaublichen halben Sekunde, daß der Countdown abgebrochen werden mußte. Er hatte das letzte Verbrechen begangen; er konnte sie nicht verlassen, nicht jetzt, noch nicht.

Ganz oben an dem Zeitungskiosk hing eine Morgenzeitung, deren schwarze Schlagzeilen im grellen Licht herausplärrten:

MÖRDER
FRAU WEGEN MORD IN ZÜRICH GESUCHT
VERDÄCHTIG DES MILLIONENDIEBSTAHLS

Unter den Balkenlettern war ein Foto von Marie St. Jacques abgebildet.

»Hör auf!« flüsterte Jason und schob sich so vor sie, daß der neugierige Zeitungshändler sie nicht sehen konnte, griff nach Münzen in die Tasche. Er warf das Geld auf den Zahlteller, packte sich zwei Zeitungen und schob sie in die finstere, vom Regen gepeitschte Straße.

Jetzt hatte das Labyrinth sie beide.

Borowski öffnete die Tür und führte Marie hinein. Sie stand bewegungslos da, sah ihn an, das Gesicht bleich und erschreckt, ihr Atem unregelmäßig, eine hörbare Mischung aus Furcht und Wut.

»Ich hol dir was zu trinken«, sagte Jason und ging an die Kommode. Während er einschenkte, wanderten seine Augen zum Spiegel und er empfand den übermächtigen Drang, das Glas zu zerschmettern, so verabscheuungswürdig war ihm sein eigenes Abbild. Was, zum Teufel, hatte er *getan*? O Gott!

Ich bin Cain. Ich bin der Tod.

Er hörte sie aufstöhnen und fuhr herum, zu spät, um sie aufzuhalten, zu weit entfernt, um einen Satz zu machen und ihr das schreckliche Ding aus der Hand zu reißen. Herrgott, das hatte er vergessen! Sie hatte den Umschlag auf dem Nachttisch gefunden und las jetzt seinen Brief. Der Schrei, den sie ausstieß, war ein durchdringender, schrecklicher Schmerzensschrei.

»Jasonnnn! . . .«

»Bitte! Nein!« Er rannte zu ihr, packte sie. »Das bedeutet jetzt nichts mehr! Nichts!« Er schrie sie hilflos an, sah die Tränen aus ihren Augen strömen, über ihre Wangen laufen. »Hör mir zu! Das stimmt jetzt nicht mehr.«

»Du wolltest mich verlassen! Mein Gott, du wolltest mich *verlassen!*« Ihre Augen wurden glasig, zwei blinde Kreise der Panik. »Ich habe es gewußt. Gespürt!«

»Ich *wollte*, daß du es spürst!« sagte er und zwang sie, ihn anzusehen. »Aber das ist jetzt vorbei. Ich werde dich nicht verlassen. Hör mir zu. Ich werde dich nicht verlassen!«

Wieder schrie sie. »Ich konnte nicht atmen . . . es war so kalt!«

Er zog sie an sich, nahm sie in die Arme. »Wir müssen ganz von vorne beginnen. Versuch zu begreifen. Die Situation ist jetzt ganz anders – und ich kann nicht ungeschehen machen, was war – aber ich werde dich nicht verlassen.«

Sie drückte die Hände gegen seine Brust, versuchte, ihn von sich zu schieben. Und ihr von Tränen überströmtes Gesicht bettelte: »Warum, Jason? Warum?«

»Später. Nicht jetzt. Sag gar nichts. Halt mich nur fest; laß mich dich festhalten.«

Die Minuten verstrichen, ihre Hysterie verging, und sie beide konnten wieder klare Gedanken fassen. Borowski führte sie zum Stuhl; ihr Ärmel verfing sich in den Spitzen. Dann lächelten sie beide, und er kniete neben ihr nieder und hielt schweigend ihre Hand.

»Wie wär's mit einem Drink?« sagte er schließlich.

»Ja, bitte«, erwiderte sie, und der Druck ihrer Hand auf der seinen verstärkte sich, als er aufstand. »Du hast ihn schon vor einer Weile eingeschenkt.«

»Das macht nichts.« Er ging zu der Kommode und kam mit zwei Gläsern zurück, die zur Hälfte mit Whisky gefüllt waren. Sie nahm das ihre. »Fühlst du dich jetzt besser?« fragte er.

»Ruhiger. Zwar immer noch verwirrt ... und verängstigt natürlich. Vielleicht auch ärgerlich, ich weiß nicht genau. Ich habe zuviel Angst, um darüber nachzudenken.« Sie trank, schloß die Augen, legte den Kopf gegen die Stuhllehne. »Warum hast du das getan, Jason?«

»Um dich zu schützen.«

»Schützen –«

Er hob die Hand, unterbrach sie. »Das kommt später. Alles, wenn du willst. Aber zuerst müssen wir wissen, was geschehen ist – nicht mir – sondern dir. Dort müssen wir beginnen. Kannst du das?«

»Die Zeitung.«

»Ja.«

»Hier.« Jason ging zu dem Bett, auf das er die beiden Zeitungen hatte fallen lassen.

Sie lasen den langen Artikel schweigend. Hie und da stöhnte Marie auf, schockiert von dem, was sie las; dann schüttelte sie wieder ungläubig den Kopf. Borowski sagte nichts. Er sah die Hand von Iljitsch Ramirez Sanchez. *Carlos wird Cain bis zum Ende der Welt folgen. Carlos wird ihn töten.* Marie St. Jacques war überflüssig, ein Köder, der in der Falle sterben würde, die Cain fing.

Ich bin Cain. Ich bin der Tod.

Der Artikel bestand in Wirklichkeit aus zwei Artikeln – ein seltsames Gemisch aus Fakten und Vermutungen, das mit Spekulationen aufwartete, wo greifbare Beweise fehlten. Zuerst wurde eine Angestellte der kanadischen Regierung vorgestellt, eine Volkswirtschaftlerin namens Marie St. Jacques. Sie war am Schauplatz zweier Morde gewesen, die kanadische Regierung bestätigte ihre Fingerabdrücke. Ferner fand die Polizei einen Hotelschlüssel des ›Carillon du Lac‹, der offensichtlich während des Geschehens am Mythen-Quai verlorengegangen war. Es war der Schlüssel zum Zimmer von Marie St. Jacques, den der Hotelangestellte ihr gegeben hatte, ein Angestellter, der sich gut an sie erinnerte – an einen Gast in einem Zustand höchster Verwirrung und Angst. Das letzte Beweisstück war eine Pistole, die man unweit der Brauerstraße gefunden hatte, in einer Seitengasse nahe dem Schauplatz zweier weiterer

Morde. Die Ballistikfachleute hielten sie für die Mordwaffe. Sie trug die Fingerabdrücke von Marie St. Jacques. An diesem Punkt wich der Artikel von den Tatsachen ab. Er berichtete von Gerüchten in der Bahnhofstraße, daß viele Millionen Dollar gestohlen worden wären, und zwar ein Computerverbrechen, ein vertrauliches Nummernkonto, das einer amerikanischen Firma gehörte, die sich Treadstone Seventy-One nannte. Auch die Bank wurde genannt; natürlich die Gemeinschaftsbank. Aber alles andere war nebulös, obskur, eher Spekulation als Tatsachen.

Nach ›namentlich nicht bekannten Gewährsleuten‹ hatte ein Amerikaner, der im Besitze der entsprechenden Codes auftrat, Millionen an eine Bank in Paris überwiesen und das neue Konto Personen zugänglich gemacht, die bereits in Paris warteten und die Millionen sofort nach Eintreffen abhoben und verschwanden. Der Erfolg der Operation ging darauf zurück, daß der Amerikaner sich die richtigen Codes für das Konto in Zürich beschafft hatte, etwas, das ihm nur dadurch möglich war, daß er die Nummernsequenz der Bank ausfindig machte, die Jahr, Monat und Tag der Einzahlung ausdrückte – die übliche Vorgehensweise für geheime Konten. Eine solche Analyse war nur durch Einsatz komplizierter Computertechniken und gründliches Wissen um Schweizer Bankpraktiken möglich. Auf Befragen bestätigte ein leitender Angestellter der Bank, Herr Walther Apfel, daß Nachforschungen über die amerikanische Firma eingeleitet worden seien, aber gemäß Schweizer Gesetz ›würde die Bank keine weiteren Kommentare abgeben‹.

An dieser Stelle wurde die Verbindung zu Marie St. Jacques offensichtlich. Sie wurde als Volkswirtschaftlerin in Regierungsdiensten geschildert, die man in den internationalen Bankgepflogenheiten ausgebildet hatte und die darüber hinaus Erfahrung als Computerprogrammiererin hatte. Man argwöhnte, daß sie eine Komplizin des Täters wäre, deren spezielle Erfahrung für den Coup notwendig gewesen sei. Einen männlichen Verdächtigen, hieß es, hätte man in ihrer Gesellschaft im ›Carillon du Lac‹ gesehen.

Marie hatte den Artikel zu Ende gelesen und ließ die Zeitung zu Boden fallen. Auf das Geräusch hin blickte Borowski auf. Sie starrte die Wand an und wirkte plötzlich seltsam ruhig. Er war über ihre Reaktion erstaunt und las schnell zu Ende. Einen Augenblick lang war er sprachlos. Dann fand er seine Stimme wieder und sagte:

»Lügen, die man meinetwegen verbreitet hat. Die wollen dich ausräuchern, um mich zu finden. Es tut mir leid. Ich bin schuld.«

Marie wandte den Blick von der Wand und sah ihn an. »Die Gründe gehen tiefer, Jason«, sagte sie. »Alles enthält ein Quentchen Wahrheit, das bewußt verdreht wurde.«

»Wahrheit? Das einzige, das stimmt, ist, daß du in Zürich warst. Du hast nie eine Pistole berührt, du warst nie in einer Seitengasse in der Nähe der Brauerstraße. Du hast keinen Hotelschlüssel verloren, du warst nie in der Gemeinschaftsbank.«

»Richtig, aber das ist nicht die Wahrheit, von der ich spreche.«

»Was ist es dann?«

»Die Gemeinschaftsbank, Treadstone Seventy-One, Apfel. Das ist die Wahrheit, und die Tatsache, daß man das erwähnt – insbesondere die Aussage Apfels – ist unglaublich. Schweizer Bankiers sind vorsichtige Leute. Sie machen sich nicht über die Gesetze lustig, nicht auf diese Art; dazu sind die Gefängnisstrafen zu streng. Die Statuten, die die Vertraulichkeit der Bankgeschäfte schützen, sind heilig in der Schweiz. Apfel könnte auf Jahre ins Gefängnis wandern, für das, was hier steht, auch nur die Andeutung, daß es ein solches Konto gibt, geschweige denn, daß er Namen nennt, ist strafbar. Es sei denn, eine Autorität, die stark genug war, um die Gesetze zu umgehen, hat ihn dazu gezwungen.« Sie hielt inne, und ihre Augen wanderten wieder zur Wand. »Warum? Warum hat man die Gemeinschaftsbank, Treadstone oder Apfel in die Geschichte hineingezogen?«

»Das habe ich dir doch gesagt. Sie wollen mich, und sie wissen, daß wir zusammen sind. Carlos weiß, daß wir zusammen sind. Wenn er dich findet, hat er auch mich gefunden.«

»Nein, Jason, das hat mit Carlos nichts mehr zu tun. Du kennst die Gesetze in der Schweiz wirklich nicht. Nicht einmal ein Carlos könnte erreichen, daß man sich so über sie hinwegsetzt.« Sie sah ihn an, aber ihre Augen sahen nicht ihn, sie blickte jetzt in ihre eigenen Nebel. »Das ist nicht nur eine Geschichte, das sind zwei. Beide sind aus Lügen aufgebaut, und die erste ist durch nebulöse Spekulation mit der zweiten verbunden – einer Spekulation über eine Bankkrise, die nie das Licht der Öffentlichkeit erblickte, solange nicht eine gründliche und sorgfältige Untersuchung die Fakten bewiesen hätte. Und die andere Geschichte – jene offenkundig falsche Aussage, daß der Gemeinschaftsbank Millionen gestohlen worden waren – ist an die ebenso falsche Geschichte angehängt, daß man mich wegen Mordes an drei Männern in Zürich sucht. Man hat sie hinzugefügt, absichtlich.«

»Das mußt du bitte erklären.«

»Das steht hier, Jason. Glaube mir, wenn ich dir das sage; das steht hier vor unseren Augen.«

»Was denn?«

»Jemand versucht, uns eine Nachricht zukommen zu lassen.«

19

Die Militärlimousine jagte in südlicher Richtung auf dem East River
Drive von Manhattan dahin, und ihre Scheinwerfer beleuchteten die
durcheinander wirbelnden Flocken eines spätwinterlichen Schneefalles.
Der Major auf dem Rücksitz döste, hatte sich in seiner ganzen Länge in
die Ecke gezwängt, die Beine schräg im Fond ausgestreckt. Auf seinem
Schoß lag eine Aktentasche, an deren Handgriff vermittels eines Metall-
hakens eine dünne Nylonschnur befestigt war. Die Schnur führte durch
seinen rechten Ärmel und unter dem Uniformrock bis zu seinem Gürtel.
In den letzten neun Stunden war die Sicherheitsschnur nur zweimal abgenommen worden. Einmal während des Abflugs des Majors in Zürich
und dann, als er am Kennedy-Airport eintraf. An beiden Orten hatten
Beamte der US-Regierung die Zollangestellten beobachtet – genauer gesagt, die Aktentasche beobachtet. Sie kannten nicht die Gründe; sie hatten einfach Anweisung, die Untersuchung zu beobachten; bei der geringsten Abweichung von der üblichen Vorgehensweise – also auffälligem Interesse an der Aktentasche – sollten sie einschreiten. Wenn nötig,
mit Waffengewalt.

Plötzlich war ein leises Summen zu hören; der Major riß die Augen
auf und hob die linke Hand vors Gesicht. Das Geräusch kam aus seiner
Armbanduhr; er drückte den Knopf und sah mit zusammengekniffenen
Augen auf das zweite Zifferblatt des auf zwei Zeitzonen ausgelegten
Chronometers. Das erste Zeigerpaar war auf Züricher Zeit eingestellt,
das zweite auf New Yorker; der Alarm war vor vierundzwanzig Stunden eingestellt worden, als der Offizier seine telegrafischen Anweisungen erhalten hatte. Die Sendung würde innerhalb der nächsten drei Minuten kommen. Das heißt, dachte der Major, sie würde dann kommen,
wenn Eisenarsch ebenso präzise war, wie er das von seinen Untergebenen erwartete. Der Offizier streckte sich, balancierte dabei die Aktentasche auf den Knien und beugte sich nach vorne, um zu dem Fahrer etwas zu sagen.

»Sergeant, schalten Sie den Zerhacker auf 1430 Megahertz, bitte.«

»Yes, Sir.« Der Sergeant legte zwei Schalter unter dem Armaturenbrett
um und drehte die Skala dann auf die Frequenz 1430. »Eingestellt, Major.«

»Danke. Reicht das Mikrophon bis nach hinten?«

»Das weiß ich nicht. Habe ich nie versucht, Sir.« Der Fahrer nahm das
kleine Plastikmikrophon vom Haken und streckte die Spiralschnur über
den Sitz. »Müßte gehen«, meinte er dann.

Ein Knacken kam aus dem Lautsprecher, während der Zerhacker
elektronisch die Frequenz abtastete und in ihre Bestandteile zerlegte. Die
Nachricht würde binnen weniger Sekunden eintreffen. Das tat sie.

»Treadstone? Treadstone, bitte melden.«

»Treadstone auf Empfang«, sagte Major Gordon Webb. »Empfang klar. Sprechen, bitte.«

»Melden Sie Ihre Position!«

»Etwa eine Meile südlich der Triborough, East River Drive«, sagte der Major.

»Ihr Timing ist akzeptabel«, sagte die Stimme aus dem Lautsprecher.

»Das freut mich zu hören. Macht mich glücklich . . . Sir.«

Eine kurze Pause, offenbar wußte die Stimme auf der anderen Seite mit der Bemerkung des Majors nichts anzufangen. »Fahren Sie nach 139 East Seventy-first. Bestätigen Sie.«

»Eins-drei-neun East Seventy-first .«

»Lassen Sie Ihr Fahrzeug außerhalb. Gehen Sie zu Fuß.«

»Verstanden.«

»Ende.«

»Ende.« Webb schob den Sendeknopf zurück und reichte das Mikrophon wieder dem Fahrer. »Vergessen Sie die Adresse, Sergeant. Ihr Name ist jetzt registriert.«

»Kapiert, Major. Ich kriege über den Kasten ohnehin bloß Störungen rein. Aber, da ich nicht weiß, wo es ist, und diese Kiste auch nicht dahin soll – wo soll ich Sie denn rauslassen?«

Webb lächelte. »Höchstens zwei Blocks entfernt. Ich würde im Rinnstein einschlafen, wenn ich weiter gehen müßte.«

»Wie wär's mit der Lex und der Einundsiebzigsten?«

»Sind das zwei Blocks?«

»Höchstens drei.«

»Wenn es drei Blocks sind, sind Sie wieder gewöhnlicher Schütze.«

»Dann könnte ich Sie nachher nicht abholen, Major. Gewöhnliche Schützen sind für diesen Dienst nicht freigegeben.«

»Wie Sie meinen, Captain.« Webb schloß die Augen. Nach zwei Jahren sollte er Treadstone Seventy-One zum erstenmal persönlich zu Gesicht bekommen. Er wußte, daß das eigentlich ein Gefühl der Erwartung in ihm auslösen sollte; aber das tat es nicht. Es löste nur Müdigkeit und ein Gefühl der Sinnlosigkeit in ihm aus. *Was war los?*

Das beständige Dröhnen der Reifen auf dem Straßenpflaster wirkte hypnotisch, aber es kam immer wieder zu kurzen Stößen, wenn der Wagen über ein Schlagloch rollte. Diese Geräusche erweckten Erinnerungen an die Vergangenheit in ihm, Erinnerungen an kreischende Dschungelgeräusche, die in eine einzige Melodie verwoben waren. Und dann die Nacht – jene Nacht – in der rings um ihn blendende Lichter und ein Stakkato von Explosionen war, um ihn und unter ihm und ihm meldeten, daß er gleich sterben würde. Aber er starb nicht; ein Wunder in Gestalt eines Mannes hatte ihm sein Leben zurückgegeben . . . und die Jahre gingen weiter seit jener Nacht, aber er würde jene Tage nie vergessen. *Was zum Teufel war los mit ihm?*

238

»Hier sind wir, Major.«

Webb schlug die Augen auf und wischte sich den Schweiß von der Stirn. Er sah auf die Uhr, griff nach seiner Aktentasche und mit der anderen Hand nach der Türklinke.

»Ich werde zwischen dreiundzwanzig Uhr und dreiundzwanzig Uhr dreißig hier sein, Sergant. Wenn Sie nicht parken können, fahren Sie einfach ein paarmal um den Block, dann finde ich Sie schon.«

»Yes, Sir.« Der Fahrer drehte sich in seinem Sitz herum. »Könnten Herr Major mir sagen, ob wir noch eine größere Strecke fahren?«

»Warum? Haben Sie noch eine Fahrt zu machen?«

»Ach kommen Sie, Sir. Ich bin Ihnen zugewiesen, bis Sie sagen, daß Sie mich nicht mehr brauchen. Das wissen Sie doch. Aber diese gepanzerten Kästen brauchen genausoviel Benzin wie die alten Shermans. Wenn wir weit fahren müssen, sollte ich tanken.«

»Entschuldigung.« Der Major hielt inne. »Okay. Sie müssen ohnehin ausfindig machen, wo es ist, weil ich es nämlich nicht weiß. Wir fahren zu einem Privatflugplatz in Madison, New Jersey. Ich muß spätestens um ein Uhr dort sein.«

»Ich kann es mir ungefähr vorstellen«, sagte der Fahrer. »Wenn Sie erst um halb zwölf Uhr kommen, wird das ziemlich knapp, Sir.«

»Okay – also elf Uhr. Und vielen Dank.« Webb stieg aus, schloß die Tür und wartete, bis die braune Limousine sich in den Verkehrsfluß der Zweiundsiebzigsten Straße eingereiht hatte. Dann ging er in südlicher Richtung auf die Einundsiebzigste zu.

Vier Minuten später stand er vor einem gepflegten Backsteinbau, dessen eleganter Stil sich dem der anderen Häuser in der von Bäumen gesäumten Straße anpaßte. Es war eine stille Straße, eine, die nach Geld roch – altem Geld. Wahrscheinlich gab es in ganz Manhatten keinen Ort, an dem man weniger eine der empfindlichsten Abwehrorganisationen im ganzen Land vermutet hätte. Und bis vor zwanzig Minuten war Major Gordon Webb einer unter acht oder zehn Leuten im ganzen Land gewesen, die von ihrer Existenz wußten.

Treadstone Seventy-One.

Er ging die Treppe hinauf und wußte, daß der Druck, den sein Gewicht auf die Eisengitter ausübte, die in den Stein eingelassen waren, elektronische Geräte ansprechen ließ, die ihrerseits Kameras einschalteten, die auf Bildschirmen im Haus sein Bild wiedergaben. Darüber hinaus wußte er wenig, nur daß Treadstone Seventy-One nie schloß; es arbeitete vierundzwanzig Stunden am Tage und wurde während der vierundzwanzig Stunden von einigen wenigen überwacht, deren Identität unbekannt war.

Er erreichte die oberste Stufe und klingelte, drückte eine ganz gewöhnliche Klingel; die Tür allerdings war nicht so ganz gewöhnlich, das konnte der Major sehen. Das massive Holz war mit einer Stahlplatte vernietet, und die schmiedeeiserne Dekoration diente in Wirklichkeit dazu, die Nieten zu verbergen, während der große Bronzeknopf eine Platte tarnte, die dafür sorgte, daß eine Reihe stählerner Bolzen durch Berührung einer menschlichen Hand in stählerne Fassungen schossen, wenn Alarm ausgelöst wurde. Webb blickte zum Fenster empor. Er wußte, daß jede Glasscheibe einen Zoll dick war und so selbst direktem Beschuß mit .30-Kaliber Widerstand leisten konnte. Treadstone Seventy-One war eine Festung.

Die Tür öffnete sich, und der Major lächelte unwillkürlich, als er die Gestalt sah, die hier so völlig unpassend wirkte. Eine pagenhaft schlanke, elegant aussehende, grauhaarige Frau mit weichen, aristokratischen Zügen und einer Haltung, die auf alten Geldadel schließen ließ. Ihre Stimme entsprach dem ersten Eindruck; sie sprach jenes elegante ›mid-Atlantic‹, ein Amerikanisch, das eher in Boston als in New York zu Hause war und selbst in den besten Kreisen Londons akzeptiert wurde. Diese Art zu sprechen wurde auf vornehmen Colleges und bei Polospielen gepflegt.

»Wie schön, daß Sie gekommen sind, Major. Jeremy hat Sie schon angemeldet. Kommen Sie doch bitte herein. Es ist wirklich eine Freude, Sie wiederzusehen.«

»Ganz meinerseits«, erwiderte Webb und trat in das geschmackvoll ausgestattete Foyer. Er beendete den Satz erst, als die Tür sich hinter ihm geschlossen hatte. »Aber ich bin nicht sicher, wo wir uns schon einmal begegnet sind.«

Die Frau lachte. »Oh, wir haben manchmal miteinander zu Abend gegessen.«

»Mit Jeremy?«

»Natürlich.«

»Wer ist Jeremy?«

»Ein sehr ergebener Neffe, der auch ein guter Freund von Ihnen ist. Wirklich ein reizender junger Mann; wie schade, daß es ihn nicht gibt.« Sie griff nach seinem Ellbogen, als sie den langen Korridor hinuntergingen. »Das ist alles nur wegen der Nachbarn, die vielleicht zuhören könnten. Kommen Sie jetzt bitte, man wartet.«

Sie gingen an einem Bogen vorbei, der in ein großes Wohnzimmer führte; der Major blickte hinein. Am Fenster stand ein Flügel und daneben eine Harfe, und überall – auf dem Flügel und auf polierten Tischen, die sich im gedämpften Licht spiegelten – standen silbergerahmte Fotografien, Erinnerungen an eine Vergangenheit, die mit Wohlstand und Eleganz verbunden war. Segelboote, Männer und Frauen auf den Decks von Ozeandampfern, einige Militärporträts. Und tatsächlich zwei Schnappschüsse von einem Polospieler im Sattel. Es war ein Raum, wie er in ein geschmackvolles Backsteingebäude an dieser Straße paßte.

Sie erreichten das Ende des Korridors; es gab dort eine mächtige Mahagonitür mit Halbreliefschnitzereien und schmiedeeisernen Dekorationsteilen, die ebenfalls wieder ihrem Schutz dienten. Wenn es hier irgendwo eine Infrarotkamera gab, konnte Webb das Objektiv nicht entdecken. Die grauhaarige Frau drückte einen unsichtbaren Klingelknopf, und der Major konnte ein leises Summen hören.

»Ihr Freund ist hier, Gentlemen. Hören Sie auf, Poker zu spielen und machen Sie sich an die Arbeit. Reißen Sie sich zusammmen, Jesuit.«

»Jesuit?« fragte Webb verblüfft.

»Ein alter Witz«, erwiderte die Frau. »Er reicht in die Zeit zurück, in der Sie wahrscheinlich mit Murmeln spielten und kleine Mädchen anfauchten.«

Die Tür öffnete sich und gab den Blick auf die alte, aber immer noch kerzengerade Gestalt von David Abbott frei. »Freut mich, Sie zu sehen, Major«, sagte der ehemalige stumme ›Mönch‹ der Geheimdienste und streckte ihm die Hand hin.

»Freut mich, hier zu sein, Sir.« Webb schüttelte ihm die Hand. Ein weiterer älterer, imposant wirkender Mann trat neben Abbott.

»Ein Freund von Jeremy, ohne Zweifel«, sagte der Mann mit einem Lächeln in der Stimme. »Tut mir schrecklich leid, daß die Zeit keine richtige Vorstellung zuläßt, junger Freund. Kommen Sie, Margaret. Oben brennt ein wärmendes Feuer im Kamin.« Er wandte sich Abbott zu. »Sie sagen mir doch Bescheid, wenn Sie gehen, David?«

»Um meine übliche Zeit, vermute ich«, erwiderte der ›Mönch‹. »Ich werde diesen beiden zeigen, wie man Ihnen klingelt.«

Erst jetzt merkte Webb, daß noch ein dritter Mann im Raum war; er stand am anderen Ende im Schatten, der Major erkannte ihn sofort. Es war Elliot Stevens, der Seniorberater des Präsidenten der Vereinigten Staaten – einige sagten, sein zweites Ich. Er war ein Mann um die Vierzig, schlank, Brillenträger, von seiner Körperhaltung ging eine Aura unauffälliger Autorität aus.

» . . . schon gut.« Der eindrucksvolle ältere Mann, der keine Zeit gehabt hatte, sich vorzustellen, hatte etwas gesagt. Webb hatte ihn nicht verstanden, weil er auf den Mann aus dem Weißen Haus geachtet hatte. »Ich warte dann.«

»Bis zum nächsten Mal«, fuhr Abbott fort und musterte die grauhaarige Frau freundlich. »Danke, Schwester Meg. Und daß Sie mir Ihr Ordenskleid gut gebügelt halten. Passen Sie auf.«

»Sie sind ein böser, alter Mann, Jesuit.«

Die beiden verließen den Raum und schlossen die Türe hinter sich. Webb stand einen Augenblick da und schüttelte lächelnd den Kopf. Der Mann und die Frau von 139 East Seventy-first gehörten in den Raum am Ende des Korridors, ebenso wie jener Raum in das Backsteingebäude gehörte und wie das Ganze ein Teil der stillen, wohlhabenden, von Bäumen gesäumten Straße war. »Sie kennen die beiden schon lange Zeit, nicht wahr?«

»Ein Leben lang, könnte man sagen«, erwiderte Abbott. »Er war Yachtsegler, und wir konnten ihn in der Adria gut für Donovans Operationen in Jugoslawien einsetzen. Michailowitsch hat einmal gesagt, keiner hätte sich bei schlechtem Wetter so wie er aufs Wasser gewagt. Und lassen Sie sich ja nicht von Schwester Megs gepflegter Eleganz täuschen. Sie war eines der Mädchen von Intrepids, ein Piranha mit scharfen Zähnen.«

»Legendär.«

»Aber eine Legende, die nie erzählt werden wird«, sagte Abbott und schloß das Thema damit ab. »Ich möchte Sie mit Elliot Stevens bekannt machen. Ich brauche Ihnen, glaube ich, nicht zu sagen, wer er ist. Webb, Stevens. Stevens, Webb.«

»Klingt ja wie ein Anwaltsbüro«, sagte Stevens liebenswürdig und ging mit ausgestreckter Hand durchs Zimmer auf Webb zu. »Nett, Sie kennenzulernen, Webb. Gute Reise gehabt?«

»Ich hätte eine Militärmaschine vorgezogen. Ich hasse diese verdammten Fluggesellschaften. Ich dachte schon, ein Zollbeamter im Kennedy wollte mir das Kofferfutter aufschneiden.«

»Sie wirken in dieser Uniform zu ehrfurchtgebietend«, lachte der ›Mönch‹. »Sie sind ganz offensichtlich ein Schmuggler.«

»Ich bin immer noch nicht sicher, ob ich die Uniform verstehe«, sagte der Major und trug seine Aktentasche zu einem langen Klapptisch an der Wand und löste die Nylonschnur von seinem Gürtel.

»Ich brauche Ihnen wahrscheinlich nicht zu sagen, daß die schärfsten Sicherheitsvorkehrungen manchmal höchst auffällig wirken«, antwortete Abbott. »Ein Offizier der Militärischen Abwehr, der sich inkognito in Zürich herumtreibt, würde im Augenblick ganz bestimmt Unruhe auslösen.«

»Dann verstehe ich überhaupt nichts mehr«, sagte der Mann aus dem Weißen Haus und trat neben Webb und sah ihm zu, wie er sein Schloß betätigte. »Würde denn das offene Auftreten eines solchen Mannes nicht einen noch schrilleren Alarm auslösen? Ich dachte, die Geheimoperation sei deshalb durchgeführt worden, weil man annahm, daß die Gefahr der Entdeckung geringer wäre.«

»Webbs Reise nach Zürich war eine Routineüberprüfung des Konsulats und bereits auf den beiden Zeitplänen von G-Zwo eingetragen. Niemand macht irgend jemand in bezug auf diese Reisen etwas vor; sie sind das, was sie sind und sonst nichts. Die Versicherung neuer Gewährsleute und die Zahlung von Informanten. Die Sowjets tun das die ganze Zeit; sie machen sich nicht einmal die Mühe, es zu verbergen. Wir tun das, offen gestanden, auch nicht.«

»Aber welchen Zweck hatte denn diese Reise *nicht?*« sagte Stevens, der zu begreifen begann. »Das Offensichtliche verbirgt also das Nicht-Offensichtliche.«

»So ist es.«

»Kann ich Ihnen behilflich sein?« Der Präsidentenberater schien von der Aktentasche fasziniert.

»Danke«, sagte Webb, »ziehen Sie einfach die Schnur durch.«

Das tat Stevens. »Ich dachte immer, das wären Ketten ums Handgelenk«, sagte er.

»Dabei würden zu viele Hände abgeschnitten«, erklärte der Major und lächelte, als er die Reaktion des anderen bemerkte. »In der Nylonschnur ist ein Stahldraht.« Er hatte jetzt die Aktentasche von der Schnur gelöst und öffnete sie auf dem Tisch. Kurz sah er sich in der elegant ausgestatteten Bibliothek um. Am Ende des Raums gab es Türen, die offenbar in einen Garten führten. Durch die dicken Glasscheiben konnte man die Umrisse einer hohen Steinmauer erkennen. »Das also ist Treadstone Seventy-One. Ich hatte mir das ganz anders vorgestellt.«

»Ziehen Sie wieder die Vorhänge zu, bitte, Elliot«, sagte Abbott. Der Mann aus dem persönlichen Stab des Präsidenten ging zu der Terrassentüre und tat, worum man ihn gebeten hatte. Abbott trat an einen Bücherschrank, öffnete das Kästchen darunter und griff hinein. Ein leises Summen war zu hören; dann löste sich der ganze Bücherschrank aus der Wand und drehte sich langsam nach links. Auf der anderen Seite war eine elektronische Radiokonsole zu sehen, Gordon Webb hatte selten eine ähnlich komplizierte Anlage gesehen. »Kommt das dem, was Sie sich vorgestellt hatten, näher?« fragte der ›Mönch‹.

»Herrgott . . .« Der Major pfiff leise durch die Zähne, während er die Skalen, Register, Steckerverbindungen und sonstigen Geräte studierte. Die Kriegsräume des Pentagon waren besser ausgestattet, aber man konnte ohne Übertreibung sagen, daß das hier etwa der Einrichtung einer mittleren Abwehrstation gleichkam.

»Da würde ich auch pfeifen«, sagte Stevens, der vor dem dichten Vorhang stand. »Aber Mr. Abbott hat mir bereits meine persönliche Show geliefert. Das ist erst der Anfang. Noch fünf weitere Knöpfe, und das hier sieht aus wie ein Stützpunkt des strategischen Luftkommandos in Omaha.«

»Dieselben Knöpfe verwandeln diesen Raum aber auch in eine elegante Bibliothek an der East-Side.« Der alte Mann griff in das Schränkchen, und binnen weniger Sekunden war die riesige Konsole wieder durch Bücherregale ersetzt. Dann trat er an den Bücherschrank daneben, öffnete wieder das Schränkchen darunter und schob erneut die Hand hinein. Wieder summte es; der Bücherschrank schob sich heraus, und kurz darauf standen an seiner Stelle drei hohe Ablagekästen. Der ›Mönch‹ holte einen Schlüssel aus der Tasche und zog eine Schublade heraus. »Ich will ja hier nicht angeben, Gordon. Wenn wir fertig sind, möchte ich, daß Sie sich das hier ansehen. Ich zeige Ihnen den Schalter, wie man sie wieder zurückschiebt. Wenn Sie irgendwelche Probleme haben, wird unser Gastgeber sich um alles kümmern.«

»Wonach soll ich denn suchen?«

»Darauf kommen wir; im Augenblick interessiert mich Zürich. Was haben Sie erfahren?«

»Entschuldigen Sie, Mr. Abbott«, unterbrach Stevens. »Wenn ich ein wenig langsam bin, dann weil mir das alles so neu ist. Aber ich habe über etwas nachgedacht, was Sie vor ein oder zwei Minuten über Major Webbs Reise sagten.«

»Was denn?«

»Sie sagten, die Reise sei in die Zeitpläne von G-Zwo eingetragen gewesen.«

»Richtig.«

»Warum? Der Aufenthalt des Majors in Zürich diente doch dazu, die Leute dort zu verwirren, nicht Washington. Oder nicht?«

Der ›Mönch‹ lächelte. »Ich begreife schon, daß der Präsident nicht auf Sie verzichten will. Wir hatten nie angezweifelt, daß Carlos sich hier in Washington in den einen oder anderen Kreis eingekauft hat. Er findet unzufriedene Männer und lockt sie mit etwas, das sie nicht besitzen. Ein Carlos könnte ohne solche Leute nicht existieren. Sie dürfen nicht vergessen, daß er nicht nur den Tod verkauft, er verkauft auch die Geheimnisse einer Nation. Viel zu häufig an die Sowjets, und sei es auch nur, um ihnen zu beweisen, wie vorschnell es war, ihn aus der Organisation hinauszuwerfen.«

»Der Präsident würde das gerne wissen«, sagte der Assistent, »um einige Dinge zu klären.«

»Deshalb sind Sie ja hier, oder nicht?« meinte Abbott.

»Ja, ich denke schon.«

»Das ist ein guter Ausgangspunkt«, sagte Webb und trug seine Aktentasche zu einem Armsessel vor den Aktenschränken. Er setzte sich, klappte seine Tasche auf und entnahm ihr einige Blätter. »Mag sein, daß Sie es schon wissen, aber ich kann bestätigen, daß Carlos in Washington ist.«

»Wo? Bei Treadstone?«

»Dafür gibt es keine klaren Beweise, aber ausschließen kann man es auch nicht. Er hat den Hinweis entdeckt und verändert.«

»Du großer Gott, wie?«

»Dazu kann ich nur Vermutungen anstellen; wer es getan hat, weiß ich.«

»Wer?«

»Ein Mann namens Koenig. Bis vor drei Tagen war er für Überprüfungen in der Gemeinschaftsbank zuständig.«

»Wo ist er jetzt?«

»Tot. Ein verrückter Autounfall auf einer Straße, die er wie seine Westentasche kannte. Hier ist der Polizeibericht; ich habe ihn übersetzen lassen.« Abbott griff nach den Papieren und setzte sich auf einen Sessel, der in der Nähe stand. Elliot Stevens blieb stehen. Webb fuhr fort: »Interessanterweise sagt er uns zwar nichts Neues, aber es gibt hier einen Hinweis, dem ich gerne nachgehen würde.«

»Was denn?« fragte der ›Mönch‹, ohne mit Lesen aufzuhören. »Der Unfall wird genau beschrieben: Die Geschwindigkeit des Fahrzeugs und wie es aus der Kurve kam; ein Ausweichmanöver.«

»Das steht ganz am Ende. Der Mord in der Gemeinschaftsbank wird erwähnt und die schnelle Flucht.«

»Aha!« Abbott blätterte um.

»Lesen Sie doch selbst die letzten paar Sätze. Verstehen Sie dann?«

»Nicht ganz«, erwiderte Abbott und runzelte die Stirn. »Hier steht nur, daß Koenig ein Angestellter der Gemeinschaftsbank war, wo vor kurzem ein Mord stattgefunden hatte . . . Und er war Augenzeuge dieses Schußwechsels. Das ist alles.«

»Ich glaube nicht, daß das ›alles‹ ist«, sagte Webb. »Jemand fing an, Fragen zu stellen: Fragen jedoch wurden im Keim erstickt. Ich würde gerne erfahren, wer bei den Züricher Polizeiberichten den Rotstift ansetzt. Das kann nur einer von Carlos' Leuten sein!«

Der ›Mönch‹ lehnte sich im Sessel zurück und hatte immer noch die Stirn gerunzelt. »Angenommen, Sie haben recht, warum ist dann der ganze Hinweis nicht einfach gelöscht worden?«

»Weil das zu auffällig wäre. Der Mord *hat ja stattgefunden*; Koenig war *tatsächlich* Zeuge; der Beamte, der die Untersuchungen durchführte und den Bericht schrieb, tat nur seine Pflicht. Im Schweizer Bankwesen sind gewisse Bereiche offiziell unverletzbar, sofern nicht Beweise vorgelegt werden.«

»Wie ich höre, hatten Sie mit den Zeitungen großen Erfolg.«

»*Inoffiziell*. Ich habe an den Sensationshunger der Journalisten appelliert und Walther Apfel – wenn es ihn auch beinahe das Leben gekostet hätte – dazu gebracht, es halbwegs zu bestätigen.«

»Da muß ich unterbrechen«, sagte Elliot Stevens. »Ich glaube, das ist jetzt der Punkt, wo sich das Oval Office einschalten muß. Ich vermute, daß Sie, wenn Sie Zeitung sagen, die kanadische Frau meinen.«

»Eigentlich nicht. Die Story war bereits draußen; wir konnten das nicht verhindern. Carlos hat Verbindung zur Züricher Polizei; die hat jenen Bericht ausgegeben. Wir sind nur noch ein Stück weiter gegangen und haben sie mit einer ebenfalls falschen Geschichte in Verbindung gebracht, wonach Millionen von der Gemeinschaftsbank gestohlen worden seien.« Webb hielt inne und sah Abbott an. »Darüber müssen wir übrigens sprechen; vielleicht ist das gar nicht falsch.«

»Das kann ich nicht glauben«, sagte der ›Mönch‹.

»Würde es Ihnen etwas ausmachen, das alles noch mal zu wiederholen?« fragte der Mann aus dem Weißen Haus und nahm gegenüber dem Major Platz.

»Lassen Sie mich erklären«, unterbrach Abbott, der die Verwirrung in Webbs Gesicht sah. »Elliot ist auf Anweisung des Präsidenten hier. Es geht um den Mord am Flughafen in Ottawa.«

»Eine scheußliche Angelegenheit«, sagte Stevens. »Der Premierminister war nahe dran, dem Präsidenten zu sagen, er solle unsere Stationen aus Nova Scotia herausholen.«

»Wie ist das denn passiert?« fragte Webb.

»Wir wissen nur, daß jemand im Schatzamt diskrete Nachforschungen nach einer nicht im Telefonbuch stehenden amerikanischen Firma angestellt hat und dafür umgebracht wurde. Um die Dinge noch schlimmer zu machen, sagte man der kanadischen Abwehr, sie solle sich heraushalten, es handle sich um eine US-Operation von hohem Vertraulichkeitsgrad.«

»Und was, zum Teufel, hat *das* bewirkt?«

»Ich glaube, ich habe hier und dort schon den Namen Eisenarsch gehört«, sagte der ›Mönch‹.

»General Crawford? Ein blöder Hund – ein wirklich blöder Hund mit einem eisernen Arsch!«

»Können Sie sich das vorstellen?« warf Stevens ein. »*Ihr* Mann wird umgebracht, und *wir* besitzen die Frechheit, ihnen Vorschriften zu machen.«

»Er hatte natürlich recht«, verbesserte Abbott. »Es mußte schnell etwas geschehen. Für Mißverständnisse blieb keine Zeit. Ich habe sofort versucht, MacKenzie Hawkins zu erreichen – Mac und ich waren zusammen in Burma; er ist bereits pensioniert, aber immer noch einflußreich. Jetzt fängt die Sache immerhin an zu laufen.«

Stevens wandte sich wieder an Webb. »So, bitte, und jetzt noch einmal. Genau, was haben Sie getan und warum? Welche Rolle spielt diese Kanadierin in unseren Überlegungen?«

»Ursprünglich überhaupt keine; Carlos kam auf die Idee. Jemand, der in der Züricher Polizei ziemlich weit oben sitzt, wird von Carlos bestochen. Die Züricher Polizei hat das sogenannte Beweismaterial, das die Frau mit den Morden in Verbindung bringt, getürkt. Die Kanadierin ist keine Mörderin.«

»Schon gut, schon gut«, sagte der Mann aus dem Stab des Präsidenten ungeduldig. »Das war Carlos. Warum hat er es getan?«

»Um Borowski aufzuscheuchen. Marie St. Jacques und Borowski stecken zusammen.«

»Und Borowski ist dieser bezahlte Killer, der sich Cain nennt, stimmt das?«

»Ja«, sagte Webb. »Carlos hat geschworen, ihn umzubringen. Cain hat sich in ganz Europa und im Mittleren Osten in Carlos' Revier gedrängt;

aber es gibt keine Fotografie von Cain, niemand weiß genau, wie er aussieht. Indem man also ein Bild der Frau in Umlauf bringt – und ich kann Ihnen versichern, das finden Sie im Augenblick dort drüben in jeder verdammten Zeitung –, könnte jemand sie entdecken. Und wenn man sie findet, besteht die Chance, daß Cain – Borowski – ebenfalls gefunden wird. Carlos wird sie beide töten.«

»Gut. Da sind wir wieder bei Carlos. Aber was haben *Sie* getan?«

»Genau was ich sagte. Ich ging zur Gemeinschaftsbank, um die Angestellten dort auf die Spur der Frau zu hetzen und ihnen einzubleuen, daß die Frau möglicherweise – wohlgemerkt, möglicherweise – in Verbindung mit einem umfangreichen Diebstahl stehen könnte. Das war nicht leicht, aber schließlich hat man ihren Mitarbeiter Koenig bestochen. Dann rief ich die Zeitungen an und hetzte sie Walther Apfel auf den Hals. Geheimnisvolle Frau, Mord, Millionendiebstahl – die haben sich förmlich darauf gestürzt.«

»Um Himmels willen, warum?« schrie Stevens. »Sie haben den Bürger eines anderen Landes für eine Maßnahme der amerikanischen Abwehr eingesetzt! Die Angestellte einer eng befreundeten Regierung. Sind Sie denn alle wahnsinnig?«

»Da irren Sie«, sagte Webb. »Wir versuchen, ihr Leben zu retten. Wir haben Carlos' Waffe gegen ihn selbst gerichtet.«

»In welcher Hinsicht?«

Der ›Mönch‹ hob die Hand. »Etwas anderes. Vor wenigen Augenblicken habe ich den Major gefragt, wie Carlos' Komplize Borowski gefunden haben konnte. – Bitte, Major!«

Webb beugte sich vor. »Die *Medusa*-Akten«, sagte er leise und widerstrebend.

»*Medusa* . . .?« Stevens' Gesichtsausdruck ließ erkennen, daß *Medusa* Gegenstand vertraulicher Gespräche im Weißen Hause gewesen war. »Die sind doch vergraben«, sagte er.

Abbott schaltete sich ein. »Es gibt ein Original und zwei Kopien, und die liegen in den Safes im Pentagon, dem CIA und dem Nationalen Sicherheitsrat. Der Zugang zu ihnen beschränkt sich auf eine auserwählte Gruppe, von denen jeder einzelne dieser Einheit angehört. Borowski kommt von *Medusa* . . . Carlos jedenfalls kennt seinen Namen . . .«

Stevens starrte den ›Mönch‹ an. »Wollen Sie damit sagen, daß Carlos . . . mit solchen Männern . . . in Verbindung steht? Das ist eine schwere Anschuldigung.«

»Aber die einzige Erklärung«, sagte Webb.

»Warum sollte Borowski denn seinen eigenen Namen gebrauchen?«

»Aus Gründen der Authentizität«, erwiderte Abbott.

»Wieso?«

»Vielleicht verstehen Sie jetzt«, fuhr der Major fort. »Indem wir die St. Jacques mit den Millionen, die angeblich aus der Gemeinschaftsbank gestohlen wurden, in Verbindung bringen, sagen wir Borowski, daß er ans Licht treten soll. Er weiß ja, daß das nicht stimmt.«

»Borowski soll *ans Licht treten?*«

»Der Mann, der sich Jason Borowski nennt«, sagte Abbott, stand auf und ging langsam auf die Vorhänge zu, »ist ein amerikanischer Abwehrbeamter. Es gibt keinen Cain, nicht den Cain, an den Carlos glaubt. Er ist ein Köder, eine Falle für Carlos.«

Kurzes Schweigen. Dann meldete sich der Mann aus dem Weißen Haus wieder zu Wort. »Ich glaube, Sie sollten uns das besser erklären. Der Präsident muß das wissen.«

»Ja, wahrscheinlich«, sinnierte Abbott, schob die Vorhänge auseinander und blickte geistesabwesend nach draußen.

»Vor drei Jahren haben wir eine Anleihe bei den Briten aufgenommen. Wir schufen einen Mann, den es nie gab. Vielleicht erinnern Sie sich noch: Vor der Invasion in der Normandie ließ die britische Abwehr eine Leiche an der Küste Portugals antreiben und hoffte, daß die bei der Leiche verborgenen Dokumente ihren Weg zur deutschen Botschaft in Lissabon finden würden. Ein Leben wurde für jene Leiche geschaffen; ein Name, ein Rang als Marineoffizier; Schulen, Ausbildung, Reisebefehle, Führerschein, Mitgliedskarten in exklusiven Londoner Clubs und ein halbes Dutzend persönlicher Briefe, die voller Andeutungen steckten und auch ein paar exakte Informationen enthielten. Alles wies darauf hin, daß die Invasion hundert Meilen von dem eigentlichen Zielgebiet in der Normandie entfernt stattfinden sollte, und zwar sechs Wochen später als tatsächlich geplant war. In panischer Angst überprüften deutsche Agenten in England die Angaben – während sie übrigens von MI Fünf beobachtet wurden –, dann handelte das Oberkommando in Berlin dementsprechend und verlegte einen großen Teil seiner Defensivtruppen. So viele Opfer die Invasion auch kostete, Tausende und Abertausende wurden von jenem Mann, der nie existierte, gerettet.« Abbott ließ den Vorhang herunterfallen und ging müde zu seinem Sessel zurück.

»Ich habe die Geschichte gehört«, sagte der Mann aus dem Weißen Haus. »Und?«

»Die unsere ist eine Abwandlung jenes Themas«, sagte der ›Mönch‹ und setzte sich müde. »Man schuf einen lebenden Mann, fast eine Legende, einen Mann, der sich scheinbar gleichzeitig überall befand, ganz Südostasien unsicher machte. Jedesmal, wenn es einen Mord gab oder einen unerklärten Todesfall, oder wenn eine prominente Persönlichkeit in einen Unfall verwickelt wurde, war auch Cain zur Stelle. Verläßlichen Quellen – bezahlte Informanten, die für ihre Diskretion bekannt waren – wurde sein Name zugesteckt; Botschaften, Lauschposten, ganze Geheimdienstorganisationen erhielten wiederholt Berichte, die sich mit Cains Aktivitäten befaßten. Von Monat zu Monat wurde er gefährlicher. Er war überall . . . und nirgends, löste sich schier in Luft auf.«

»Sie meinen diesen Borowski?«

»Ja. Er verbrachte Monate damit, alles über Carlos in Erfahrung zu bringen, studierte jede Akte, die wir besaßen, jeden Mordfall, in den Carlos verwickelt war. Er studierte Carlos' Taktik, seine Methoden, alles. Ein großer Teil jenes Materials hatte nie das Licht des Tages erblickt und wird das auch wahrscheinlich nie. Das ist hochexplosiver Zündstoff – Regierungen und internationale Firmen würden sich gegenseitig an die Kehle gehen. Es gab buchstäblich nichts, das Borowski nicht über Carlos erfuhr. Er wechselte immer wieder sein Aussehen. Er sprach einige Sprachen und hatte Zugang zu Verbrecherkreisen. Wenn er verschwand, hinterließ er verwirrte und verstörte Männer und Frauen. Sie hatten Cain gesehen; er existierte und er war rücksichtslos. Das war das Bild, das Borowski sich aufbaute.«

»Und so hat er *drei Jahre* im Untergrund gelebt?« fragte Stevens.

»Ja. Dann ging er nach Europa, ein Profikiller, Berufskiller, Absolvent der berüchtigten *Medusa*, und forderte Carlos in seinem eigenen Revier heraus. Dabei rettete er vier Männer, die Carlos sich als Opfer ausersehen hatte, beanspruchte andere Morde für sich, die Carlos begangen hatte, und verspottete ihn bei jeder Gelegenheit . . . Versuchte dabei die ganze Zeit, ihn ans Licht zu locken. Er verbrachte beinahe drei Jahre damit, die gefährlichste Lüge zu leben, die ein Mann leben kann. Die meisten wären daran zerbrochen, eine Gefahr, die man nie ausschließen kann.«

»Was für ein Mensch ist er?«

»Ein Profi«, antwortete Gordon Webb. »Jemand, der begriff, daß man Carlos finden und aufhalten mußte.«

»Aber *drei Jahre* . . .?«

»Wenn Ihnen das unglaublich erscheint«, sagte Abbott, »sollten Sie wissen, daß er sich chirurgisch behandeln ließ. Es war wie ein letzter Bruch mit der Vergangenheit, mit dem Mann, der er einmal war. – Ich glaube nicht, daß man einen Mann wie Borowski je für das entschädigen kann, was er getan hat. Man kann ihm eigentlich nur helfen, wenn man ihm die Chance zum Erfolg gibt – und das habe ich, weiß Gott, vor.« Der ›Mönch‹ hielt exakt zwei Sekunden inne und fügte dann hinzu: »Wenn es Borowski *ist.* «

Es war, als hätte ein unsichtbarer Hammer Elliot Stevens getroffen. »Was sagen Sie da?« fragte er.

»Ich muß gestehen, daß ich mir das für den Schluß aufbewahrt habe. Ich wollte, daß Sie Bescheid wissen, bevor ich zu diesem dunklen Punkt komme. Vielleicht gibt es ihn auch gar nicht – wir wissen es nicht. Wir können nicht ohne weiteres einen Mann verurteilen, einen Mann, der viel mehr gegeben hat als irgendeiner von uns. Später, wenn alles vorüber ist, kann er wieder in sein eigenes Leben zurückkehren, anonym, seine Identität darf nie bekannt werden.«

»Ich fürchte, Sie müssen das näher erklären«, sagte der erstaunte Mann aus dem Weißen Haus.

»Carlos hat sich eine Armee von Männern und Frauen aufgebaut, die ihm ergeben sind. Wenn er Carlos erledigen kann – oder ihn in die Falle locken, damit wir ihn erledigen können – und dann verschwindet, dann hat er es geschafft.«

»Aber Sie sagen, daß er *nicht* Borowski ist!«

»Ich sagte, daß wir es nicht wissen. Das in der Bank *war* Borowski, die Unterschriften waren authentisch. Aber ist es jetzt Borowski? Wir werden es in den nächsten Tagen erfahren.«

»Wenn er an die Oberfläche tritt«, fügte Webb hinzu.

»Das ist höchst kompliziert«, fuhr der alte Mann fort. »Es gibt so viele Möglichkeiten. Wenn es nicht Borowski ist – oder wenn man ihn ›umgedreht‹ hat – dann könnte das den Anruf in Ottawa erklären und den Mord am Flughafen. Nach allem, was wir in Erfahrung bringen können, wurden die Erfahrung und das Fachwissen der Frau dazu eingesetzt, das Geld in Paris abzuheben. Carlos brauchte nur ein paar Erkundigungen beim kanadischen Finanzministerium anzustellen. Der Rest wäre für ihn ein Kinderspiel.«

»Könnten Sie ihr eine Nachricht zukommen lassen?« fragte der Major.

»Ich habe es versucht, aber es ist mir nicht gelungen. Ich ließ Mac Hawkins einen Mann anrufen, der eng mit Marie St. Jacques zusammengearbeitet hat. Ein Mann namens Alan Soundso. Er wies sie an, sofort nach Kanada zurückzukehren. Sie hat aufgelegt.«

»*Verdammt!*« platzte Webb heraus.

»Sie sagen es. Wenn wir es geschafft hätten, sie zurückzuholen, hätten wir viel erfahren können. Sie ist der Schlüssel. Warum ist sie bei ihm? Warum ist er bei ihr? Das leuchtet einfach nicht ein.«

»Mir noch viel weniger!« sagte Stevens, dessen Verblüffung langsam in Ärger überging. »Wenn Sie die Unterstützung des Präsidenten haben wollen, müssen Sie sich schon deutlicher ausdrücken.«

Abbott wandte sich zu ihm. »Vor etwa sechs Monaten verschwand Borowski«, sagte er. »Etwas ist geschehen; wir sind nicht sicher, was. Aber wir können uns einiges zusammenreimen. Er ließ in Zürich wissen, daß er nach Marseille unterwegs sei. Später – zu spät – begriffen wir. Er hatte erfahren, daß Carlos einen Kontrakt gegen Howard Leland akzeptiert hatte, und Borowski versuchte, das zu verhindern. Und dann – plötzlich – verschwand er. Hatte man ihn getötet? War er unter der Anspannung zerbrochen? Hatte er . . . aufgegeben?«

»Das kann und will ich nicht akzeptieren«, unterbrach Webb ärgerlich.

»Deshalb möchte ich ja, daß Sie sich diese Akte ansehen. Sie kennen seine Codes. Schauen Sie, ob Sie irgendwelche Abweichungen in Zürich feststellen können.«

»Bitte!« unterbrach Stevens. »Was *denken* Sie denn? Sie müssen doch etwas Konkretes gefunden haben, etwas, worauf man ein Urteil aufbauen kann. Ich brauche das, Mr. Abbott. Der Präsident braucht es.«

»Ich wünschte, ich hätte es«, erwiderte der ›Mönch‹. »Was haben wir gefunden? Alles und nichts. Fast drei Jahre lang klappte alles vorzüglich. Die Akten geben Aufschluß über alle Informanten, Kontaktpersonen, Quellen. Wir haben ihre Gesichter, ihre Stimmen, ihre Geschichten. Und jeden Monat, jede Woche kommt Cain etwas näher an Carlos heran. Und dann plötzlich, nichts. Schweigen. Sechs Monate Vakuum.«

»Aber jetzt«, widersprach der Mann aus dem Stab des Präsidenten, »ist das Schweigen doch gebrochen worden. Von wem?«

»Das ist eben die grundlegende Frage«, sagte der alte Mann und seine Stimme klang müde. »Monate des Schweigens und dann plötzlich eine solche Geschichte. Ein Millionenbetrug. Ein Mord. Mehrere Morde. Warum nur?« Der Mönch schüttelte müde den Kopf. »Wer *ist* der Mann draußen?«

20

Die Limousine parkte zwischen zwei Straßenlampem, schräg gegenüber der schweren, mit Schmiedeeisen verzierten Türe der Backsteinvilla. Auf dem Vordersitz saß ein uniformierter Chauffeur; keineswegs ein ungewöhnlicher Anblick auf der von Bäumen gesäumten Straße. Ungewöhnlich war aber die Tatsache, daß sich im Fond zwei weitere Männer aufhielten und keinerlei Anstalten machten, den Wagen zu verlassen. Sie ließen vielmehr den Eingang zu der Backsteinvilla nicht aus den Augen.

Einer der Männer schob sich die Brille zurecht, er hatte Augen, die von Argwohn geprägt schienen, und sah aus wie eine Eule. Alfred Gillette, Leiter der Personalbewertung für den Nationalen Sicherheitsrat, sagte: »Es tut gut, dabei zu sein, wenn Hochmut vor dem Fall kommt. Und noch viel schöner ist es, dabei mitzumischen.«

»Sie können ihn nicht leiden, was?« sagte Gillettes Begleiter, ein breitschultriger Mann in einem schwarzen Regenmantel, dessen schwerer Akzent darauf hindeutete, daß seine Muttersprache der slawischen Sprachenfamilie angehört haben mußte.

»Ich verabscheue ihn. Er verkörpert für mich alles, was ich in Washington hasse. Die richtigen Schulen, Häuser in Georgetown, Farmen in Virginia, stille Zusammenkünfte in den richtigen Clubs. Die haben ihre kleine, abgeschlossene Welt, und man bekommt keinen Zugang dazu – es ist ihre Welt. Diese *Schweine*. Die überlegene, aufgeblähte *Elite* von Washington. Sie nutzen den Intellekt und die Arbeit anderer Menschen aus, um davon zu profitieren und die Nase über sie zu rümpfen.«

»Sie übertreiben«, sagte der Europäer, ohne den Blick von der Villa zu wenden. »Sie haben es ja auch zu etwas gebracht. Sonst hätten wir nie Kontakt mit Ihnen aufgenommen.«

Gillette blickte finster. »Ich habe es zu etwas gebracht, weil ich vielen Leuten wie David Abbott unersetzlich geworden bin. Ich trage tausend Fakten im Kopf, an die die sich unmöglich erinnern können. Für die ist es einfach bequemer, mich an der Stelle unterzubringen, wo die Fragen gestellt werden, wo die Probleme Lösungen brauchen. Leiter der Personalbewertung! Diesen Titel, diesen Posten haben die für mich geschaffen. Wissen Sie, warum?«

»Nein, Alfred«, erwiderte der Europäer und sah auf die Uhr.

»Weil die nicht die Geduld haben, Stunden damit zu verbringen, sich Tausende von Lebensläufen und Akten anzusehen. Die dinieren lieber im ›Sans Souci‹ oder protzen vor Senatsausschüssen, indem sie Berichte verlesen, die andere vorbereitet haben – jene Unsichtbaren, Unbekannten, die für sie die Dreckarbeit machen.«

»Sie sind verbittert«, sagte der Europäer.

»Ja, und zwar mehr als Sie ahnen. Ein ganzes Leben lang haben mich diese Schweine ausgenützt. Und wofür? Für einen Titel und gelegentlich ein Mittagessen, bei dem man versucht hat, mich während der Vorspeise und dem Hauptgang auszufragen! Kerle wie dieser arrogante David Abbott, die ohne jemand wie mich überhaupt nichts sind.«

»Sie sollten den ›Mönch‹ nicht unterschätzen, Carlos tut das auch nicht.«

»Wie könnte er das auch? Er weiß nicht, wie der Hase läuft. Alles, was Abbott tut, wird streng geheimgehalten; niemand weiß, wie viele Fehler er gemacht hat. Und kommt einer ans Licht, gibt man Männern wie mir die Schuld dafür.«

Der Europäer wandte den Blick vom Fenster zu Gillette. »Sie sind sehr emotional, Alfred«, sagte er kühl. »Sie sollten da vorsichtiger sein.«

Der Bürokrat lächelte. »Bis jetzt hat das noch nie gestört. Ich glaube, meine Arbeit beweist das. Wie sieht das denn mit Ihnen aus?«

»Meine Motive sind keine komplizierten. Ich komme aus einem Land, wo gebildete Menschen nach den willkürlichen Ansichten von Schwachköpfen befördert werden, die nichts anderes können, als die marxistische Litanei auswendig herunterbeten. Carlos wußte auch, was er suchen mußte.«

Gillette lachte, und seine ausdruckslosen Augen leuchteten beinahe. »Wir sind doch gar nicht so verschieden. Sie brauchen bloß anstelle unseres Establishments Marx zu nehmen, und schon haben Sie eine Parallele.«

»Mag sein«, nickte der Europäer und sah wieder auf die Uhr. »Jetzt müßte er gleich kommen. Abbott nimmt immer die Mitternachtsmaschine; schließlich hat er in Washington einen vollen Terminkalender.«

»Sie sind sicher, daß er alleine ist?«

»Das ist er immer, mit Elliot Stevens läßt er sich bestimmt nicht sehen. Webb und Stevens werden ebenfalls getrennt weggehen; meistens im Abstand von zwanzig Minuten.«

»Wie haben Sie Treadstone gefunden?«

»Das war gar nicht so schwierig.« Der Mann lachte, ohne den Blick von der Villa zu wenden. »Cain hatte *Medusa* verlassen, das haben Sie uns gesagt, und wenn Carlos' Verdacht zutrifft, deutete das auf den ›Mönch‹, *das* wußten wir, das war die Verbindung zwischen ihm und Borowski. Carlos hat uns instruiert, Abbott rund um die Uhr zu überwachen; irgend etwas war schiefgelaufen. Nach der Sache in Zürich wurde Abbott unvorsichtig. Wir folgten ihm hierher. Es war einzig und allein eine Frage der Hartnäckigkeit.«

»Und die hat Sie auch nach Kanada geführt? Zu dem Mann in Ottawa?«

»Der Mann in Ottawa hat sich dadurch verraten, daß er Treadstone suchte. Als wir erfuhren, wer die Frau war, ließen wir das Finanzministerium überwachen, ihre Abteilung. In einem Anruf aus Paris forderte sie ihn auf, Untersuchungen anzustellen. Wir wissen nicht, warum, aber wir vermuten jedenfalls, daß Borowski versuchen will, Treadstone zu sprengen. Wenn er eine Kehrtwendung vollzogen hat, ist das eine Möglichkeit, auszusteigen und das Geld zu behalten. Plötzlich wurde diesem Abteilungsleiter, von dem niemand außerhalb der kanadischen Regierung je gehört hatte, zu einem Problem von höchster Priorität. Überall gingen Communique's über die Drähte. Das bedeutete, daß Carlos recht hatte; daß *Sie* recht hatten, Alfred. Es gibt keinen Cain. Er ist eine Erfindung, eine Falle.«

»Das habe ich Ihnen von Anfang an gesagt«, nickte Gillette.

»Ohne Zweifel die genialste Schöpfung des ›Mönchs‹,« sinnierte der Europäer. »Bis etwas passierte, und die Schöpfung eine Kehrtwendung vollzog. Jetzt wird ihnen die Sache brenzlig.«

»In Ottawa wurde nämlich der Verdacht geäußert, daß ein Abteilungsleiter im Schatzamt von der amerikanischen Abwehr getötet worden wäre.«

Zwei Scheinwerferbalken stachen plötzlich durch die Windschutzscheibe. »Abbotts Taxi ist hier. Ich kümmere mich um den Fahrer.« Der Europäer griff nach rechts und legte einen Schalter unter der Armstütze um. »Ich werde auf der anderen Straßenseite in meinem Wagen sitzen und zuhören.« Er wandte sich an den Chauffeur. »Abbott kommt jetzt jeden Augenblick heraus. Sie wissen, was Sie zu tun haben.«

Der Chauffeur nickte. Beide Männer stiegen gleichzeitig aus der Limousine. Der Fahrer ging um die Motorhaube herum, als wolle er seinen Chef auf die andere Straßenseite geleiten. Gillette blickte durchs Rückfenster hinaus; die beiden Männer blieben noch ein paar Sekunden beisammen, dann trennten sie sich, und der Europäer ging auf das herannahende Taxi zu, die Hand erhoben, einen Geldschein zwischen den Fingern. Das Taxi würde weggeschickt werden, man brauchte es nicht mehr. Der Chauffeur war inzwischen auf die andere Straßenseite gerannt und hielt sich jetzt im Schatten einer Treppe verborgen.

Dreißig Sekunden später wanderte Gillettes Blick zur Tür der Backsteinvilla. Licht drang ins Freie, als ein ungeduldiger David Abbott herauskam und die Straße hinauf- und hinunterblickte, auf die Uhr sah, offensichtlich verärgert. Das Taxi verspätete sich, und er mußte ein Flugzeug erreichen; mußte präzise Terminpläne einhalten. Abbott ging die Stufen hinunter, bog auf dem Pflaster nach links, hielt Ausschau nach dem Taxi. Binnen Sekunden würde er an dem Chauffeur vorbeikommen. Als er das tat, waren beide Männer außerhalb des Sichtwinkels der Kamera.

Es ging ganz schnell, und binnen weniger Sekunden stieg ein etwas verwirrter David Abbott in die Limousine, während der Chauffeur sich im Schatten entfernte.

»Sie!« sagte der ›Mönch‹, und aus seiner Stimme klang Ärger und eine Spur von Ekel. »Ausgerechnet *Sie*.«

»Ihr arrogantes Gehabe, Sie Narr, wird Ihnen gleich vergehen . . .«, drohte der andere.

»Wie können Sie es *wagen*. Zürich. Die *Medusa-Akte*. Sie waren das!«

»Die *Medusa-Akten*, ja. Zürich, ja. Aber es kommt nicht auf das an, was *ich* getan habe, es geht um das, was Sie getan haben. Wir haben unsere eigenen Leute nach Zürich geschickt und ihnen gesagt, wonach sie Ausschau halten sollen. Und es hat geklappt, Borowski heißt er, nicht wahr? Er ist der Mann, den Sie Cain nennen. Der Mann, den Sie erfunden haben.«

Abbott zuckte zusammen. »Wie haben Sie das herausgefunden?«

»Mit etwas Hartnäckigkeit. Ich habe Sie beschatten lassen.«

»Sie haben *mich* beschatten lassen? Was zum Teufel haben Sie sich dabei gedacht?«

»Ich habe versucht, etwas klarzustellen. Etwas, was Sie verdreht haben, indem Sie uns anderen die Wahrheit vorenthielten. Und was haben *Sie* sich denn dabei gedacht?«

»O mein Gott!« Abbott atmete tief. »Warum haben Sie das getan? Warum sind Sie nicht selbst zu mir gekommen?«

»Weil es nichts genützt hätte. Sie haben die ganze Abwehr manipuliert, indem sie uns allen Lügen über einen Killer erzählt haben, den es nie gab. Oh, ich erinnere mich an Ihre Worte – was für eine Herausforderung für Carlos, was für eine unwiderstehliche *Falle* das sei! Sie haben uns als Marionetten und Schachfiguren benutzt. Als verantwortliches Mitglied des Sicherheitsrates lehne ich dies aus tiefstem Herzen ab. Sie sind alle gleich. Wer hat Sie zum Herrgott gewählt und Ihnen das Recht gegeben, die Regeln zu brechen – nein, nicht nur die Regeln, auch die Gesetze – und uns wie Narren hinzustellen?«

»Es gab keine andere Möglichkeit«, sagte der alte Mann müde, und sein Gesicht war in dem düsteren Licht von tiefen Falten durchzogen. »Wie viele wissen es? Sagen Sie mir die Wahrheit!«

»Ich habe dafür gesorgt, daß es im engsten Kreis bleibt. So viel habe ich für Sie getan.«

»Das reicht vielleicht nicht. O Gott!«

»Ich will wissen, was geschehen ist!« sagte der Beamte eindringlich.

»Was geschehen ist?«

»Was aus Ihrer großen Strategie geworden ist. Sie scheint . . . aus allen Nähten zu platzen.«

»Warum sagen Sie das?«

»Das liegt doch auf der Hand. Sie haben Borowski verloren; Sie können ihn nicht finden. Ihr Cain ist verschwunden und hat ein Vermögen mitgenommen, das man für ihn in Zürich bereitgelegt hat.«

Abbott schwieg einen Augenblick lang. »Moment mal. Was bringt Sie darauf?«

»Sie«, sagte Gillette schnell und unvorsichtig und schluckte den Köder, den der andere ihm hingelegt hatte. »Ich muß sagen, daß ich Ihre Haltung bewunderte, als dieser Esel aus dem Pentagon so wissend von der Operation *Medusa* sprach . . . und dem Mann, der sie schuf, direkt gegenüber saß.«

»Das ist doch ein alter Hut.« Die Stimme des ›Mönchs‹ klang jetzt wieder kräftig. »Daraus konnten Sie doch nichts entnehmen.«

»Sie sagten kein Wort, und das machte mich nachdenklich. Also widersetzte ich mich all der Aufmerksamkeit, die man diesem Märchen namens Cain widmete. Sie konnten nicht widerstehen, David. Sie mußten einen plausiblen Grund liefern, um die Suche nach Cain fortzusetzen. Sie brachten Carlos ins Spiel.«

»Das war die Wahrheit«, unterbrach Abbott.

»Sicher war es das; Sie wußten, wann Sie sie benutzen mußten, und ich wußte, wann ich sie entdecken mußte. Genial. Eine Schlange, die man aus dem Haupt der Medusa zog. Der Herausforderer springt in den Ring des Champions, um den Champion aus seiner Ecke zu locken.«

»Es war von Anfang an perfekt.«

»Sicher! Ich gebe zu, daß es genial war, bis zu den Maßnahmen, die ich vorhin schon erwähnte. Wer eignete sich denn besser dazu, alle Aktionen an Cain weiterzuleiten, als der eine Mann im Vierziger-Ausschuß, der über jede Besprechung Berichte geliefert hatte? Uns alle haben Sie einfach benutzt!«

Der ›Mönch‹ nickte. »Also gut. Bis zu einem gewissen Grad haben Sie vielleicht recht. Es hat einen gewissen Mißbrauch gegeben, aber nicht so, wie Sie glauben. Treadstone besteht aus einer kleinen Gruppe von Männern, die zu den vertrauenswürdigsten der Regierung gehören. Sie reichen vom G-Zwo bis zum Senat, vom CIA bis zur Marineabwehr, und jetzt, offen gestanden, sogar dem Weißen Haus. Wenn es einen wirklichen Mißbrauch geben sollte, wäre kein einziger unter ihnen, der zögern würde, die ganze Operation auffliegen zu lassen. Keiner hat das bis jetzt für notwendig gehalten, und ich bitte Sie inständig, es ebenfalls nicht zu tun.«

»Würde man mich in Treadstone aufnehmen?«

»Sie sind jetzt schon ein Teil davon.«

»Ich verstehe. Was ist geschehen. Wo ist Borowski?«

»Ich wünschte, wir wüßten das. Wir sind nicht einmal sicher, daß es Borowski *ist*.«

»Sie sind nicht einmal sicher . . .?«

Ich verstehe. Was ist geschehen. Wo ist Borowski?

Ich wünschte, wir wüßten das. Wir sind nicht einmal sicher, daß es Borowski ist.

Sie sind nicht einmal sicher?

Der Europäer griff nach dem Schalter am Armaturenbrett und legte ihn um. »Das ist es«, sagte er. »Das ist es, was wir wissen mußten.« Er wandte sich zu dem Chauffeur, der neben ihm saß, »So, schnell jetzt. Gehen Sie neben die Treppe. Denken Sie daran, wenn einer von denen herauskommt, haben Sie genau drei Sekunden, ehe die Türe geschlossen wird. Sie müssen schnell arbeiten.«

Der uniformierte Mann stieg aus und ging über das Pflaster auf Treadstone Seventy-One zu. Vor einer der naheliegenden Backsteinvillen verabschiedete sich ein Ehepaar in mittleren Jahren mit lauter Stimme bei seinen Gastgebern. Der Chauffeur verlangsamte seine Schritte, griff in die Tasche, um sich eine Zigarette herauszuholen und blieb stehen, um sie anzuzünden. Er war jetzt ganz der gelangweilte Fahrer, der sich die lange Wartezeit vertrieb. Der Europäer beobachtete ihn, dann knöpfte er seinen Regenmantel auf und holte einen langen, dünnen Revolver heraus, auf dessen Lauf ein Schalldämpfer steckte. Er legte den Sicherungshebel um, schob die Waffe ins Halfter zurück, stieg aus dem Wagen und ging quer über die Straße auf die Limousine zu. Die Spiegel waren vorher richtig gedreht worden; indem er sich im toten Winkel hielt, konnten die beiden Männer im Wagen ihn nicht herankommen sehen. Der Europäer blieb kurz am Kofferraum stehen und warf sich dann schnell mit ausgestreckter Hand zur rechten Vordertüre, öffnete sie, sprang hinein und richtete seine Waffe nach hinten.

Alfred Gillette stöhnte auf und seine linke Hand schoß zum Türgriff; der Europäer drückte den Knopf der Zentralverriegelung nieder. David Abbott blieb reglos sitzen und starrte den Eindringling an.

»Guten Abend, ›Mönch‹«, sagte der Europäer. »Ein anderer, von dem ich gehört habe, daß er oft ein religiöses Kleid anlegt, schickt Ihnen seine Gratulation. Nicht nur für Cain, sondern auch für Ihr Personal in Treadstone. Den Yachtsegler beispielsweise. Er war einmal ein erstklassiger Agent.«

Gillette fand jetzt seine Stimme wieder; es war eine Mischung aus einem Schrei und einem Flüstern. »Was *soll* das? Wer *sind* Sie?« schrie er und gab sich unwissend.

»Ach, kommen Sie, alter Freund. Das ist nicht nötig«, sagte der Mann mit der Waffe. »Mr. Abbotts Gesichtsausdruck sagt mir, daß er bereits erkannt hat, daß seine ursprünglichen Zweifel in bezug auf Ihre Person berechtigt waren. Man sollte immer seinen ersten Instinkten vertrauen, nicht wahr, ›Mönch‹? Sie hatten natürlich recht. Wir haben wieder einen unzufriedenen Mann gefunden; Ihr System liefert die uns mit erschreckender Geschwindigkeit. Er hat uns in der Tat die *Medusa*-Akten geliefert, und die haben uns in der Tat zu Borowski geführt.«

»Was fällt Ihnen ein?!« schrie Gillette. »Was reden Sie für ein Zeug!«

»Sie langweilen mich, Alfred. Aber Sie haben immer zu den verdammt guten Leuten gehört. Es ist nur ein Jammer, daß Sie nicht wußten, bei welchen Leuten Sie bleiben sollten; aber Ihresgleichen weiß das nie.«

»Sie!« Gillette bäumte sich auf dem Rücksitz auf, sein Gesicht war verzerrt.

Der Europäer feuerte seine Waffe ab, das leise Husten, das aus dem Lauf kam, hallte nur kurz durch das Innere der Limousine. Der Bürokrat sackte zusammen und rutschte auf den Boden, die Eulenaugen im Tode geweitet.

»Ich glaube nicht, daß Sie ihn beklagen«, sagte der Europäer.

»Nein«, sagte der ›Mönch‹.

»Dort draußen ist *wirklich* Borowski, wissen Sie. Cain hat kehrtgemacht; er ist zerbrochen. Die lange Periode des Schweigens ist vorbei. Die Schlange aus dem Medusenhaupt hat beschlossen, sich selbständig zu machen. Vielleicht hat man ihn auch gekauft, auch das ist möglich, nicht wahr? Carlos kauft viele Männer, den, der jetzt im Wagen liegt, beispielsweise.«

»Von mir werden Sie nichts erfahren. Versuchen Sie es nicht.«

»Es gibt nichts zu erfahren. Wir wissen alles. Delta, Charlie . . . Cain. Aber die Namen sind jetzt nicht mehr wichtig; eigentlich waren sie das nie. Was uns noch bleibt, ist die Beseitigung des ›Mönches‹, der die Entscheidungen trifft. Borowski ist in der Falle. Er ist erledigt.«

»Er wird andere finden, die Entscheidungen treffen.«

»Wenn er das tut, werden sie ihn töten. Es gibt nichts Verabscheuungswürdigeres als einen Mann, der seine Loyalität vertauscht hat, aber um das zu tun, muß es unwiderlegbare Beweise geben, daß er am Anfang auf Ihrer Seite stand. Carlos besitzt diesen Beweis; er *war* Ihr Mann, und sein Ursprung ist ebenso delikat wie alles andere, was in der *Medusa*-Akte steht.«

Der alte Mann runzelte die Stirn; er hatte Angst, nicht um sein Leben, sondern etwas unendlich Wichtigeres. »Sie sind nicht bei Sinnen«, sagte er. »Es gibt keine Beweise.«

»Sie haben einen Fehler begangen. Carlos ist gründlich; seine Verbindungen reichen überall hin. Sie brauchten einen Mann von *Medusa*, jemanden, der gelebt hatte und dann verschwunden war. Sie wählten einen Mann namens Borowski, weil die Umstände seines Verschwindens im dunkeln lagen. Aber an Hanois Leute, die *Medusa* infiltriert hatten, dachten Sie nicht; es existierten Akten darüber. Am 25. März 1968 wurde Jason Borowski von einem Offizier der amerikanischen Abwehr im Dschungel von Tam Quan exekutiert.«

Der ›Mönch‹ warf sich nach vorne; ihm blieb nichts mehr als eine letzte Geste, ein letztes Sichaufbäumen. Der Europäer schoß.

Die Tür der Backsteinvilla öffnete sich. Im Schatten unter der Treppe lächelte der Chauffeur. Der Mann aus dem Weißen Haus wurde von dem alten Mann, der hier wohnte, hinausgeführt, dem, den sie den Yachtsegler nannten. Der Killer wußte, daß die Alarmanlage abgeschaltet war.

»Nett, daß Sie vorbeigekommen sind«, sagte der Yachtsegler und schüttelte ihm die Hand.

»Vielen Dank, Sir.«

Das waren die letzten Worte der beiden Männer. Der Chauffeur zielte über die Ziegelmauer und drückte zweimal ab. Der Yachtsegler fiel zurück; der Mann aus dem Weißen Haus griff sich an die Brust und stürzte gegen den Türrahmen. Der Chauffeur rannte um das Ziegelgeländer herum, eilte die Treppe hinauf und packte Stevens, der langsam zu Boden rutschte. Mit der Kraft eines Bullen hob der Killer Stevens hoch und schleuderte ihn durch die Tür ins Foyer an dem anderen vorbei. Dann wandte er seine Aufmerksamkeit der Innenseite der schweren, gepanzerten Türe zu. Er wußte, wonach er suchen mußte; er fand es auch. An der oberen Verkleidung führte ein dickes Kabel in die Wand, es war von der gleichen Farbe wie der Türrahmen. Er schloß die Türe teilweise, hob die Waffe und schoß auf das Kabel, um die Sicherheitskameras außer Funktion zu setzen.

Als er die Tür öffnete, kam der Europäer bereits mit schnellen Schritten über die stille Straße. Binnen Sekunden war er die Treppe hinaufgeeilt und im Hause, sah sich im Foyer und im Korridor um. Beide Männer hoben einen Teppich vom Boden, und der Europäer schloß die Türe am Ende des Korridors so, daß der Teppich eingezwängt war und die Türe somit zwei Zoll breit offenstand, mit vorgeschobenem Riegel. So war kein Alarm möglich.

Da öffnete sich oben eine Tür, es waren Schritte zu hören und Worte, eine gepflegte Frauenstimme sprach: »Darling! Ich habe gerade bemerkt, daß die verdammte Kamera ausgefallen ist. Würdest du bitte nachsehen?« Eine kurze Pause – dann: »Oder besser, sollten wir es nicht David sagen?« Wieder die Pause, wieder das exakte Timing. »Du solltest den Jesuiten nicht damit belästigen. Sag es David.«

Zwei Schritte. Schweigen. Das Rascheln von Tuch. Der Europäer musterte das Treppenhaus. Ein Licht ging aus.

»Jetzt!« rief er dem Chauffeur zu und fuhr herum, die Waffe auf die Tür am Ende des Korridors gerichtet.

Der Mann mit der Uniform raste die Treppe hinauf; ein Schuß hallte; er kam aus einer schweren Waffe – ungedämpft. Der Europäer blickte nach oben; der Chauffeur hielt sich die Schulter, sein Uniformrock war blutgetränkt, er hielt die Pistole ausgestreckt und feuerte einige Schüsse ins Treppenhaus hinauf.

Die Tür am Ende des Korridors wurde aufgerissen, der Major stand erschreckt da, einen Aktendeckel in der Hand. Der Europäer feuerte zweimal; Gordon Webb wurde nach hinten geschleudert, die Kehle aufgerissen, die Papiere in dem Aktendeckel flogen herunter. Der Mann im Regenmantel rannte die Treppe zu dem Chauffeur hinauf; oben über dem Geländer lag die grauhaarige Frau, tot, Blut quoll ihr aus Kopf und Nacken. »Ist alles in Ordnung? Können Sie sich bewegen?« fragte der Europäer.

Der Chauffeur nickte. »Dieses Miststück hat mir die halbe Schulter zerfetzt, aber es geht schon.«

»Nehmen Sie meinen Mantel«, befahl sein Vorgesetzter und riß sich den Regenmantel herunter. »Ich will den ›Mönch‹ hier drinnen haben! Schnell!«

»Herrgott! . . .«

»*Carlos* will den ›Mönch‹ hier drinnen haben!«

Der Verwundete fuhr mühsam in den schwarzen Regenmantel und arbeitete sich die Treppe hinunter, vorbei an den Leichen des Yachtseglers und des Mannes aus dem Weißen Haus. Vorsichtig, mit vor Schmerz verzerrtem Gesicht ging er zur Türe hinaus und die Treppe hinunter.

Der Europäer beobachtete ihn, hielt ihm die Tür, vergewisserte sich, daß der Mann sich genügend bewegen konnte, um der Aufgabe gewachsen zu sein. Das war er; er war ein Bulle, und Carlos sorgte dafür, daß sein Appetit gestillt wurde. Der Chauffeur würde David Abbotts Leiche in die Villa bringen, würde sie stützen und so tun, als wäre er einem alten Betrunkenen behilflich, für den Fall, daß jemand ihn auf der Straße beobachtete, und nachdem er seine Blutung gestillt hatte, Alfred Gillettes Leiche über den Fluß fahren und im Sumpf begraben.

Der Europäer drehte sich um und ging den Korridor hinunter; es gab Arbeit für ihn. Der Mann, der Jason Borowski hieß, mußte endgültig vernichtet werden.

Die Akten waren ein Geschenk ungeahnten Ausmaßes. Sie enthielten Mappen mit jedem einzelnen Code und jeder Kommunikationsmethode, die der geheimnisvolle Cain je benutzt hatte. Die Szene war klassisch, vier Leichen in einer friedlichen, eleganten Bibliothek, lagen in Positur; David Abbot nach vorne zusammengesunken in einem Stuhl, die toten Augen verstört, Elliot Stevens zu seinen Füßen. Der Yachtsegler hing zusammengesunken über dem Klapptisch, eine umgekippte Whiskyflasche in der Hand, während Gordon Webb auf dem Boden lag und die Aktentasche umklammert hielt. Was auch immer hier geschehen war, die Szene ließ erkennen, daß es völlig unerwartet passierte, daß plötzliches Pistolenfeuer die Gespräche unterbrochen hatte.

Der Europäer ging mit Wildlederhandschuhen herum, prüfte seine Kunst, die wirklich perfekt war. Er hatte den Chauffeur entlassen, jeden Türgriff, jeden Knopf, jede Holzfläche abgewischt. Jetzt war die Zeit für den krönenden Abschluß. Er trat an einen Tisch, auf dem ein silbernes Tablett mit Brandygläsern stand, nahm eines, hielt es ans Licht; es war fleckenlos, wie er erwartet hatte. Er stellte es ab und holte ein kleines, flaches Plastiketui aus der Tasche. Er öffnete es, entnahm ihm einen durchsichtigen Streifen Band und hielt ihn ebenfalls ans Licht. Da waren sie, so klar wie Porträts – denn Porträts waren es, ebenso unwiderlegbar wie jede Fotografie.

Man hatte sie von einem Glas mit Perrierwasser abgenommen, aus einem Büro der Gemeinschaftsbank in Zürich entfernt. Es waren die Fingerabdrücke von Jason Borowskis rechter Hand.

Der Europäer nahm das Brandyglas und drückte das Band mit der Geduld des Künstlers, der er war, um das Glas herum und zog es dann vorsichtig wieder ab. Er hob das Glas. Die Abdrücke zeichneten sich vor dem Licht der Tischlampe perfekt ab.

Er trug das Glas in eine Ecke des Parkettbodens und ließ es fallen. Dann kniete er nieder und untersuchte die Scherben, einige entfernte er, den Rest fegte er unter den Vorhang. Sie würden reichen.

21

»Später«, sagte Borowski und warf ihr den Koffer aufs Bett. »Wir müssen hier weg.«

Marie saß im Sessel. Sie hatte den Artikel erneut gelesen; Satz für Satz sich eingeprägt. Sie konzentrierte sich völlig; war sich der Richtigkeit ihrer Analyse immer sicherer.

»Glaub mir, Jason. Jemand schickt uns eine Nachricht.«

»Wir können später darüber sprechen; wir sind hier schon viel zu lange geblieben. In einer Stunde liegt diese Zeitung überall im Hotel aus, und die Morgenzeitungen sind vielleicht noch schlimmer. Du fällst in jeder Hotelhalle auf, und in dem hier haben dich schon zu viele Leute gesehen. Hol deine Sachen.«

Marie erhob sich und blieb stehen. Sie zwang ihn, sie anzusehen. »Wir werden später über einige Dinge reden müssen«, sagte sie mit fester Stimme. »Du wolltest mich verlassen, und ich möchte den Grund wissen.«

»Ich hab dir doch gesagt, daß ich dir das erklären würde«, antwortete er und sah ihr in die Augen. »Ich möchte, daß du es weißt. Aber im Augenblick ist es am allerwichtigsten, daß wir hier herauskommen. Hol deine Sachen, verdammt!« Sie kniff die Augen zusammen, sah ihn voll an. Dann tat sein plötzlicher Ärger seine Wirkung.

»Ja, natürlich«, flüsterte sie.

Sie fuhren mit dem Lift in die Halle. Als sie unten ankamen, hatte Borowski das Gefühl, in einem Käfig zu stecken, für alle sichtbar und verletzbar. Auf der linken Seite befand sich die Rezeption, der Portier saß dahinter, einen Stapel Zeitungen vor sich liegen. Es war die Zeitung, die Jason in den Aktenkoffer gelegt hatte, den Marie jetzt trug. Der Portier las ganz vertieft, stocherte mit einem Zahnstocher zwischen den Zähnen. Und hatte für nichts Augen außer dem letzten Skandal.

»Geh einfach durch«, sagte Jason. »Bleib nicht stehen, geh einfach zur Türe. Wir treffen uns draußen.«

»O mein Gott«, flüsterte sie, als sie den Portier sah.

»Ich zahle sofort.«

Das Klicken von Maries Absätzen auf dem Marmorboden ließ den Portier von seiner Zeitung hochblicken.

»Ist sehr schade«, sagte er auf Französisch, »aber leider muß ich noch heute nacht nach Lyon fahren. Runden Sie einfach auf volle fünfhundert Franc auf. Der Rest ist für die Angestellten.«

Der Portier reichte die Rechnung über die Theke. Jason zahlte und bückte sich nach den Koffern, blickte auf, als er den überraschten Laut hörte, der sich dem aufgerissenen Mund des Portiers entrang. Der Mann starrte den Stapel Zeitungen zu seiner Rechten an, und seine Augen ruhten auf der Fotografie von Marie St. Jacques. Er blickte zu den Glastüren des Eingangsportals; Marie stand draußen auf dem Pflaster. Jetzt wanderte sein verblüffter Blick zu Borowski; der Groschen war gefallen, und plötzlich lähmte den Mann eine panische, tödliche Angst.

Jason ging schnell auf die Glastüren zu, schob die Schulter vor, um sie aufzustoßen, und sah zur Rezeption zurück. Der Portier griff nach einem Telefon.

»Schnell!« rief er Marie zu. »Such ein Taxi!«

Sie fanden eines auf der Rue Lecourbe, fünf Blocks vom Hotel weg.

Borowski spielte die Rolle eines unerfahrenen amerikanischen Touristen und benutzte das gebrochene Französisch, das ihm in der Valois-Bank so gute Dienste geleistet hatte. Er erklärte dem Fahrer, daß er und seine kleine Freundin auf ein oder zwei Tage Paris verlassen wollten, irgendwohin fahren, wo sie nicht gestört würden. Vielleicht wüßte der Fahrer ein paar Vorschläge, und sie würden sich dann einen auswählen. Das tat er bereitwillig. »Es gibt einen kleinen Gasthof außerhalb von Issy-les-Moulineaux, er nennt sich ›La Maison Carrée‹«, sagte er. »Und dann in Ivry sur Seine, das könnte Ihnen auch gefallen. Es ist sehr privat, Monsieur, oder vielleicht die ›Auberge du Coin‹ in Montrouge; die ist sehr diskret.«

»Nehmen wir das, was Ihnen als erstes eingefallen ist«, sagte Jason. »Wie lange dauert die Fahrt?«

»Höchstens fünfzehn, zwanzig Minuten, Monsieur.«

»Gut.« Borowski wandte sich zu Marie und sagte mit leiser Stimme: »Du mußt dein Haar verändern.«

»Was?«

»Dein Haar verändern. Es hochstecken, oder nach hinten kämmen, das ist mir egal, aber verändern mußt du es. Setz dich so, daß er dich im Spiegel nicht sehen kann. Schnell!«

Ein paar Augenblicke später war Maries langes kastanienbraunes Haar streng nach hinten gekämmt und mit Hilfe von ein paar Haarnadeln, die sie in der Handtasche trug, hinten zu einem Knoten zusammengesteckt. Ihr Gesicht und ihr Nacken lagen jetzt frei. Jason musterte sie im schwachen Licht.

»Wisch dir den Lippenstift weg. Ganz.«

Sie holte ein Papiertaschentuch heraus und entfernte den Rest des Stiftes auf ihren Lippen. »Gut so?«

»Ja. Hast du einen Augenbrauenstift? Mach deine Augenbrauen etwas dicker – nur ein wenig. Vielleicht etwas länger; und den Bogen nach unten auslaufend.«

Wieder befolgte sie seine Anweisungen. »So?« fragte sie.

»So ist's besser«, erwiderte er und musterte sie. Die Veränderungen waren geringfügig, aber wirkungsvoll. Auf subtile Art hatte sie sich von einer weichen, elegant wirkenden, auffälligen Frau in eine mit viel strengeren Zügen verwandelt. Zumindest war sie nicht auf den ersten Blick die Frau von dem Foto in der Zeitung, und das war alles, worauf es jetzt ankam.

»Wenn wir nach Moulineaux kommen«, flüsterte er, »mußt du ganz schnell aussteigen und dich aufrichten. Der Fahrer darf dich nicht sehen.«

»Dafür ist es ein wenig spät, nicht wahr?«

»Tu, was ich sage.«

Endlich erreichten sie den Gasthof. Zur Rechten gab es einen Parkplatz, der von einem Staketenzaun umgrenzt war; soeben kamen ein paar späte Gäste heraus. Borowski beugte sich im Sitz nach vorne.

»Lassen Sie uns auf dem Parkplatz aussteigen, wenn es Ihnen nichts ausmacht«, befahl er, ohne die seltsame Bitte zu erklären.

»Selbstverständlich, Monsieur«, sagte der Fahrer, nickte und zuckte dann die Achseln, wie um anzudeuten, daß seine Fahrgäste wirklich sehr vorsichtig wären. Es war jetzt ein leichter, nebelhafter Nieselregen. Das Taxi rollte davon. Borowski und Marie blieben im Schatten der Sträucher an der Seite des Gasthofs stehen, bis es verschwunden war. Jason stellte die Koffer ab. »Warte hier«, sagte er.

»Wo gehst du hin?«

»Ich will telefonisch ein Taxi bestellen.«

Das zweite Taxi brachte sie ins Montrouge-Viertel. Diesmal war der Fahrer von dem streng blickenden Paar unbeeindruckt. Es stammte offenbar aus der Provinz und suchte ein billigeres Quartier. Falls er später eine Zeitung in die Finger bekam und die Fotografie einer Frankokanadierin sah, die in einen Mordfall und in einen Bankdiebstahl in Zürich verwickelt war, würde ihm die Frau, die jetzt im Fond seines Wagens saß, nicht in den Sinn kommen.

Die ›Auberge du Coin‹ hielt nicht ganz das, was ihr Name versprach. Es war keine pittoreske Dorfgaststätte in einem verschwiegenen Winkel auf dem Land. Vielmehr war es ein großes, flaches, zweistöckiges Gebäude, etwa eine Viertelmeile von der Straße entfernt. Es erinnerte eher an unpersönliche Motels, die es inzwischen auf der ganzen Welt gab und die die Außenbezirke der Städte wie eine Krankheit zu befallen schienen.

So trugen sie sich unter falschen Namen ein und bekamen ein Zimmer, in dem jeder Einrichtungsgegenstand aus Kunststoff, dessen Wert zwanzig Franc überstieg, am Boden verschraubt oder mit kopflosen Schrauben an Kunststoffbauten befestigt war. Dafür verfügte das Etablissement über eine Eismaschine am Korridor, die zu funktionieren schien, weil sie selbst bei geschlossener Türe einen Heidenspektakel verursachte.

»Also gut. Wer wollte uns eine Nachricht schicken?« fragte Borowski, der dastand und das Whiskyglas zwischen den Fingern drehte.

»Wenn ich das wüßte, würde ich mit ihnen in Verbindung treten«, sagte sie. Sie saß an dem kleinen Schreibtisch und hatte den Stuhl herumgedreht, die Beine übereinandergeschlagen, und musterte ihn aufmerksam. »Es könnte mit deiner Flucht in Zusammenhang stehen.«

»Dann wäre es eine Falle.«

»Das glaube ich nicht. Ein Mann wie Walther Apfel stellt keine Fallen.«

»Da bin ich mir nicht so sicher.« Borowski ging zu dem einzigen plastikbezogenen Armsessel und setzte sich. »Koenig hat mich auch in dem Wartezimmer markiert.«

»Er war ein bestochener kleiner Angestellter, kein leitender Beamter der Bank. Er handelte alleine. Apfel konnte das nicht.«

Jason blickte auf. »Was willst du damit sagen?«

»Apfels Aussage mußte von seinen Vorgesetzten autorisiert werden. Sie erfolgte im Namen der Bank.«

»Bist du sicher? Dann können wir ja Zürich anrufen.«

»Das hat keinen Sinn. Apfels letzte Worte waren, daß sie keine weiteren Kommentare mehr abgeben wollten. Wir sollten mit jemand anderem Verbindung aufnehmen.«

Borowski trank; er brauchte den Alkohol, denn der Augenblick rückte näher, wo er beginnen würde, die Geschichte eines Killers namens Cain zu erzählen. »Und dann sind wir wieder so schlau wie vorher, nicht wahr?« sagte er. »Dann sitzen wir wieder in der Falle.«

»Du weißt, wer er ist?« Marie griff nach ihren Zigaretten, die auf dem Schreibtisch lagen. »Deshalb bist du doch geflohen, oder?«

»Ja.« *Der Augenblick war gekommen. Carlos hatte die Nachricht gesandt. Ich bin Cain, und du mußt mich verlassen. Ich muß dich verlieren. Aber zuerst ist Zürich, und du mußt verstehen.*

»Dieser Artikel ist darauf angelegt, mich zu finden.«

»Ich habe darüber nachgedacht und glaube, die wissen, daß das Beweismaterial so falsch ist wie nur möglich. Die Züricher Polizei erwartet jetzt von mir, daß ich Verbindung mit der kanadischen Botschaft aufnehme . . .« Marie hielt inne, die unangezündete Zigarette in der Hand. »Mein Gott, Jason, das ist es, was sie wollen!«

»Wer will das?«

»Derjenige, der uns die Nachricht schickt, der weiß, daß ich keine andere Wahl habe, als die Botschaft anzurufen und mir den Schutz der kanadischen Regierung zu beschaffen. Ich hatte ja gestern schon einmal mit diesem – wie heißt er, Dennis Corbelier – gesprochen; der weiß Bescheid.« Marie griff nach dem Telefon auf dem Nachttisch.

Borowski sprang aus dem Sessel hoch und hielt ihren Arm fest. »Nicht«, sagte er mit fester Stimme.

»Warum nicht?« Borowski stellte sich vor sie.

»Ich glaube, du solltest dir erst anhören, was ich zu sagen habe.«

»Nein!« schrie sie und überraschte ihn damit. »Ich will es nicht hören. Nicht jetzt!«

»Vor einer Stunde noch, in Paris, wolltest du es unbedingt hören. Also . . .«

»Nein! Vor einer Stunde bin ich gestorben. Du hattest dich zur Flucht entschlossen, ohne mich. Und ich weiß jetzt, daß es von nun an immer wieder geschehen wird. Du hörst Worte, du siehst Bilder, du erinnerst dich an Dinge, die du nicht verstehen kannst und die dir Angst einjagen. Das wird so lange weitergehen, bis dir jemand beweist, daß es andere sind, die dich mißbrauchen, die deinen Tod wollen. Aber irgend jemand will uns helfen. Das ist die Nachricht! Ich weiß, daß ich recht habe. *Laß* es mich dir beweisen!«

Borowski hielt ihre Arme schweigend fest und sah ihr ins Gesicht, ihr liebliches Gesicht, in dem Schmerz und gleichzeitig Hoffnung geschrieben standen; ihre Augen, die ihn anflehten. Verzweiflung packte ihn. Vielleicht hatte sie recht, es gab keine andere Möglichkeit.

»Also gut, ruf an!« Er ließ sie los und ging ans Telefon und wählte die Nummer der Rezeption. »Hier ist Zimmer 341. Ich habe gerade von Freunden in Paris gehört; sie wollen zu uns herauskommen. Haben Sie noch ein Zimmer auf dem gleichen Flur? Sehr schön. Ihr Name ist Briggs, ein amerikanisches Ehepaar. Ich komme hinunter und zahle im voraus, dann können Sie mir den Schlüssel geben. Danke.«

»Was machst du?«

»Ich beweise dir etwas«, sagte er. »Gib mir ein Kleid«, fuhr er dann fort. »Das längste, das du hast.«

»Was?«

»Wenn du dein Telefongespräch führen willst, mußt du tun, was ich dir sage.«

»Du bist verrückt.«

»Das bestreite ich ja gar nicht«, sagte er und holte Hosen und ein Hemd aus seinem Koffer. »Das Kleid bitte.«

Fünfzehn Minuten später war das Zimmer von Mr. und Mrs. Briggs, sechs Türen entfernt und auf der anderen Korridorseite von Zimmer 341, fertig. Die Kleider waren richtig placiert, einige Lampen eingeschaltet, andere funktionierten nicht, weil er die Glühbirnen herausgeschraubt hatte.

Jason kehrte in ihr Zimmer zurück; Marie stand am Telefon.

»Wir sind soweit. Du kannst jetzt anrufen.«

»Es ist schon sehr spät. Hoffentlich ist er noch da.«

»Ich glaube schon, daß er da sein wird. Wenn nicht, wird man dir seine Privatnummer geben.« Marie hob den Hörer ab und wählte. Sieben Sekunden später war Dennis Corbelier am Apparat. Es war fünfzehn Minuten nach ein Uhr.

»Du großer Gott, wo *sind* Sie?«

»Sie haben also meinen Anruf erwartet?«

»Das kann man wohl sagen! Hier ist alles in Aufruhr, ich warte schon seit fünf Uhr nachmittags hier.«

»Das hat Alan auch getan. In Ottawa.«

»Welcher Alan? Wovon sprechen Sie? Wo zum Teufel sind Sie?«

»Zuerst möchte ich wissen, was Sie mir sagen sollen.«

»Ihnen *sagen?*«

»Sie haben eine Nachricht für mich, Dennis. Wie lautet sie?«

»Wie lautet *was?* Welche Nachricht?«

Maries Gesicht wurde bleich. »Ich habe in Zürich niemanden getötet. Ich würde nie . . .«

»Dann kommen Sie doch um Himmels willen hierher«, unterbrach sie der Attaché. »Hier bekommen Sie allen Schutz, den wir Ihnen geben können. Niemand kann Sie hier behelligen!«

»Dennis, hören Sie mir zu! Sie haben doch auf meinen Anruf gewartet, oder?«

»Ja, natürlich.«

»Jemand hat Ihnen gesagt, daß Sie warten müssen, stimmt das?«
Pause. Als Corbelier wieder sprach, klang seine Stimme gedämpft. »Ja, das hat er. Das haben sie.«

»Was hat man Ihnen gesagt?«

»Daß Sie unsere Hilfe brauchen. Daß Sie sie sogar sehr dringend brauchen.«

Marie atmete jetzt wieder. »Und Sie wollen uns helfen?«

»Ja«, erwiderte Corbelier, »er ist doch bei Ihnen, oder?«
Borowskis Gesicht war dicht neben dem ihren, er hatte den Kopf etwas zur Seite gelegt, um Corbelier hören zu können. Er nickte.

»Ja«, antwortete sie, »wir sind zusammmen hier, er ist gerade auf ein paar Minuten weggegangen. Das was in der Zeitung steht, ist alles Lüge; das haben die Ihnen doch gesagt, oder?«

»Die haben nur gesagt, daß wir Sie finden und schützen müssen. Die wollen Ihnen *wirklich* helfen und Ihnen einen Wagen von uns schicken, ein Diplomatenfahrzeug.«

»Wer sind diese ›sie‹?«

»Ich kenne sie nicht namentlich; das brauche ich nicht. Ich kenne nur ihren Rang.«

»Rang?«

»Spezialisten, FS-Fünf. Höhere gibt es eigentlich nicht.«

»Sie vertrauen denen also?«

»Mein Gott, ja! Die haben über Ottawa mit mir Verbindung aufgenommen. Ihre Anweisungen kamen aus Ottawa.«

»Sind sie jetzt in der Botschaft?«

»Nein, auf einem Außenposten.« Corbelier hielt inne, offensichtlich strengte ihn das Gespräch an. »Herrgott, Marie, wo *sind* Sie?«
Borowski nickte wieder. Jetzt sprach sie.

»Wir sind in der ›Auberge du Coin‹, in Montrouge. Unter dem Namen Briggs.«

»Ich schicke Ihnen den Wagen jetzt gleich.«

»Nein, Dennis!« protestierte Marie und sah dabei Jason an, dessen Augen sie aufforderten, seinen Instruktionen zu folgen. »Schicken Sie am Morgen einen, gleich in der Früh – in vier Stunden, wenn Sie wollen.«

»Das kann ich nicht. Ihretwegen.«

»Sie müssen; Sie verstehen nicht. Man hat ihn in eine Falle gelockt und jetzt hat er Angst; er will fliehen. Geben Sie mir Zeit, ich kann ihn dazu überreden, sich zu stellen. Ich brauche nur noch ein paar Stunden. Er ist noch ganz durcheinander, tut aber alles, was ich sage.« Marie sprach die Worte aus und sah Borowski dabei an.

»Was für ein Schweinehund ist er denn?«

»Einer, der Angst hat«, antwortete sie. »Einer, den man fertiggemacht hat.«

»Marie . . .?« Corbelier hielt inne. »Also gut, gleich am Morgen. Sagen wir . . . sechs Uhr. Und, Marie, die wollen Ihnen wirklich helfen.«

»Ich weiß, gute Nacht.«

»Gute Nacht.« Marie legte auf.

»So, jetzt warten wir«, sagte Borowski.

»Ich weiß nicht, was du beweisen willst. Natürlich wird er die FS-Fünfer anrufen, und natürlich werden die hier erscheinen. Womit rechnest du denn? Er hat es ja zugegeben.«

»Und diese FS-Fünfer sind diejenigen, die uns die Nachricht schicken?«

»Ich vermute, daß sie uns zu demjenigen bringen, der sie geschickt hat. Oder dafür sorgen werden, daß wir Verbindung mit ihm bekommen.«

Borowski sah sie an. »Hoffentlich hast du recht. Wenn das Beweismaterial, das in Zürich gegen dich aufgebaut worden ist, nicht Teil einer Nachricht ist, um mich zu finden – dann bin ich tatsächlich jener seelisch Kranke, wie du ihn Corbelier geschildert hast. Es gibt niemanden auf der Welt, der sich mehr wünscht, daß du recht hast, als ich. Aber ich glaube es nicht.«

Um drei Minuten nach zwei Uhr flackerten die Lampen im Motelkorridor und verloschen. Die einzige Lichtquelle war jetzt die schwache Beleuchtung, die aus dem Treppenhaus kam. Borowski stand an der Zimmertür, die eine Handbreit geöffnet war, und beobachtete, die Pistole in der Hand, die Lichter ausgeschaltet, den Korridor durch die schmale Spalte. Marie stand hinter ihm und spähte über seine Schulter; keiner von beiden sagte ein Wort.

Die Schritte waren gedämpft, aber nicht zu überhören. Deutlich, auffällig, zwei Paar Schuhe, die vorsichtig die Treppe heraufkamen. Binnen Sekunden konnte man die Umrisse zweier Männer sehen, die aus dem Lichtschein traten. Marie stöhnte unwillkürlich; Jason griff über seine Schulter, und seine Hand legte sich über ihren Mund. Er begriff; sie hatte einen der beiden Männer erkannt, einen Mann, den sie schon einmal gesehen hatte. In der Steppdeckstraße in Zürich, wenige Minuten bevor ein anderer sie umbringen wollte. Es war der blonde Mann, den sie in Borowskis Zimmer hinaufgeschickt hatten, der Scout, den man jetzt nach Paris geholt hatte, um Borowski endlich zu erledigen. In der linken Hand hielt er eine dünne Taschenlampe, in der rechten eine Pistole, auf deren langem Lauf ein Schalldämpfer aufgeschraubt war.

Sein Begleiter war kleiner, kompakter; er bewegte sich wie ein Tier, Schultern und Hüften im Einklang mit den Beinen. Er hatte sein Revers hochgeklappt, und auf seinem Kopf saß ein schmalkrempiger Hut, der sein unsichtbares Gesicht in Schatten hüllte. Borowski starrte diesen Mann an; seine Gestalt, seine Art zu gehen, wie er den Kopf hielt, kam ihm irgendwie vertraut vor, wer *war* das? Er kannte ihn.

Aber jetzt war nicht die Zeit, darüber nachzudenken; die beiden Männer näherten sich der Tür des Raumes, der auf den Namen von Mr. und Mrs. Briggs reserviert war. Der blonde Mann richtete seine Taschenlampe auf die Zimmernummer und ließ den Lichtkegel dann zur Türklinke und zum Schloß hinunterwandern.

Was dann folgte, verschlug den Zuschauern den Atem. Der breitschultrige Mann hielt einen Schlüsselbund in der rechten Hand, hielt ihn in den Lichtkegel, suchte einen speziellen Schlüssel aus. In der linken Hand hielt er eine Waffe; im schwachen Licht konnte man den übergroßen Schalldämpfer für eine großkalibrige Automatik erkennen, ähnlich der Sternlichtluger, die die Gestapo im Zweiten Weltkrieg so gerne benutzt hatte. Sie konnte Wabenstahl und Beton durchschlagen, und ein Schuß würde nicht lauter als ein rheumatisches Husten klingen, die ideale Waffe, um in einer stillen Umgebung nachts Feinde zu erledigen, ohne daß die Bewohner in der Umgebung irgendeine Störung bemerkten, nur am Morgen das Verschwinden eines Nachbarn.

Der Kleinere schob den Schlüssel ins Schloß, drehte ihn lautlos und richtete dann den Lauf seiner Waffe auf das Schloß. Ein dreimaliges Husten, begleitet von drei Lichtblitzen; das Holz, das die Schrauben umgab, zersplitterte. Die Tür öffnete sich; die beiden Killer rannten hinein.

Zwei Sekunden lang herrschte Schweigen, dann gedämpftes Pistolenfeuer, hustende Laute und weiße Blitze aus der Dunkelheit. Die Türe flog zu; sie blieb nicht geschlossen, öffnete sich wieder, als lautere Geräusche aus dem Raum drangen. Schließlich fanden sie den Lichtschalter; die Beleuchtung wurde kurz angeknipst und dann die Lampe wütend ausgeschossen. Das Geräusch von zersplittertem Glas. Ein verärgerter Ausruf aus der Kehle eines wütenden Mannes.

Die zwei Killer rannten heraus, die Waffen schußbereit, damit rechnend, in eine Falle zu gehen, verblüfft, daß da keine war. Sie erreichten das Treppenhaus und rannten hinunter. Jetzt öffnete sich eine Türe rechts von dem Raum, in den sie eingedrungen waren. Ein Gast sah blinzelnd heraus, zuckte dann die Achseln und ging wieder hinein. Jetzt herrschte in dem verlassenen Korridor wieder Schweigen.

Borowski rührte sich nicht von der Stelle, hielt Marie St. Jacques im Arm. Sie zitterte, hatte den Kopf an seine Brust gelegt, schluchzte leise, hysterisch, ungläubig. Er ließ die Minuten verstreichen, bis ihr Zittern nachließ und anstelle des Schluchzens tiefe Atemzüge traten. Er konnte nicht länger warten; sie mußte es selbst sehen. Sie mußte es endlich begreifen. *Ich bin Cain. Ich bin der Tod.*

»Komm!« flüsterte er.

Er führte sie in den Korridor hinaus, auf das Zimmer zu, das sein letzter Beweis war. Er stieß die zerbrochene Türe auf, und sie gingen hinein.

Sie stand reglos da, von dem Anblick, der sich ihr bot, geschockt. Rechts von der offenen Tür war die undeutliche Silhouette einer Gestalt zu erkennen. Das Licht dahinter war so gedämpft, daß man nur die Umrisse sehen konnte. Das Auge mußte sich erst an die seltsame Mischung von Dunkelheit und Helligkeit gewöhnen. Es war die Gestalt einer Frau in einem langen Kleid, der Stoff raschelte leicht im Windzug, der vom offenen Fenster hereinkam.

Fenster. Genau vor ihnen bewegte sich eine zweite Gestalt, kaum sichtbar, aber vorhanden. Ihre Umrisse waren nur ein undeutlicher Fleck, den das Licht von der fernen Straße beleuchtete. Kurze, heftige Zuckungen ließen Marie erstarren.

»O Gott«, stammelte sie. »Schalte das Licht ein, Jason.«

»Nein, es funktioniert nicht«, erwiderte er. »Da sind nur zwei Tischlampen, eine haben sie gefunden.« Er ging vorsichtig durchs Zimmer und fand die Lampe, die er suchte; sie stand nahe bei der Wand auf dem Boden. Er kniete nieder und knipste sie an; Marie schauderte.

Vor der Badezimmertür hing ihr langes Kleid, von Fäden festgehalten, die er aus einem Vorhang gezogen hatte, flatterte es im Wind. Es war von Kugellöchern zerfetzt.

Am Fenster waren Borowskis Hemd und Hose mit Reißzwecken am Fensterrahmen befestigt, die Scheiben an beiden Ärmeln zerschlagen, so daß der Wind von draußen den Stoff bewegen konnte. Das weiße Tuch des Hemds war an einem halben Dutzend Stellen durchlöchert, und eine schräge Reihe von Einschußlöchern verlief quer über die Brust.

»Da hast du deine Nachricht«, sagte Jason. »Jetzt weißt du Bescheid. Und jetzt wirst du dir anhören, was ich zu sagen habe.«

Marie gab keine Antwort. Langsam ging sie auf ihr Kleid zu und musterte es, als könnte sie nicht glauben, was sie sah. Und dann fuhr sie ohne Warnung plötzlich herum, und ihre Augen funkelten, ihr Tränenfluß war zum Versiegen gekommen. »Nein! Da stimmt etwas nicht! Ich weiß es. Du mußt die Botschaft anrufen.«

»Was?«

»Tu, was ich sage. Jetzt!«

»Hör auf, Marie. Du mußt begreifen.«

»Nein, verdammt! *Du* mußt begreifen! Da stimmt etwas nicht.«

»Was soll da nicht stimmen?«

»Ruf die Botschaft an! Nimm das Telefon dort drüben und ruf sofort an! Du mußt Corbelier verlangen. *Schnell*, um Gottes willen! Wenn ich dir überhaupt etwas bedeute, dann tu, was ich sage!«

Borowski konnte sich ihrer Intensität nicht widersetzen. »Was soll ich sagen?« fragte er und ging ans Telefon.

»Ruf ihn zuerst an! *Das* ist es, wovor ich Angst habe . . . o Gott, habe ich Angst!«

»Welche Nummer?«

Sie gab sie ihm; er wählte und mußte eine Ewigkeit warten, bis die Zentrale sich meldete. Als sie das schließlich tat, war die Frau am anderen Ende völlig verwirrt, ihre Stimme schwankte und war teilweise unverständlich. Im Hintergrund konnte er Schreie hören, scharfe Kommandos, die schnell in Englisch und Französisch ausgestoßen wurden. Binnen Sekunden erfuhr er den Grund.

Dennis Corbelier, kanadischer Attaché, war um ein Uhr vierzig die Stufen der Gesandtschaft in der Avenue Montaigne hinuntergegangen und hatte einen Schuß in die Kehle bekommen. Er war tot.

»Das ist der andere Teil der Nachricht, Jason«, flüsterte Marie und starrte ihn an. »Und jetzt will ich mir alles anhören, was du zu sagen hast, weil dort draußen wirklich jemand ist, der versucht, dich zu erreichen, dir zu helfen. Jemand hat eine Nachricht ausgeschickt, aber nicht an uns, nicht an mich. Nur an dich, und nur du solltest sie verstehen.«

22

Die vier Männer trafen einer nach dem anderen im überfüllten Hilton-Hotel an der Sechzehnten Straße in Washington, D.C., ein. Jeder ging zu einem anderen Lift und fuhr damit zwei oder drei Stockwerke über oder unter sein Ziel und ging den restlichen Weg zur richtigen Etage zu Fuß. Es war keine Zeit mehr, sich außerhalb der Grenzen des District of Columbia zu treffen; es herrschte äußerste Alarmbereitschaft. Es waren dies alle die Männer von Treadstone Seventy-One; jene, die noch am Leben geblieben waren. Der Rest war tot. In einem Massaker an einer stillen, von Bäumen gesäumten Straße in New York hingeschlachtet.

Zwei der Gesichter waren der Öffentlichkeit vertraut. Das erste gehörte dem alternden Senator aus Colorado, das zweite Brigadegeneral I. A. Crawford – Irwin Arthur, frei übersetzt Iron Ass, Eisenarsch – der anerkannte Sprecher der Militärischen Abwehr und der Verteidiger der Datenbänke von G-2. Die anderen zwei Männer waren praktisch unbekannt, sah man einmal von den Korridoren ihrer eigenen Organisationen ab. Der eine war ein Marineoffizier in mittleren Jahren und ein Mitarbeiter von Information Control, 5th Naval District. Der vierte und letzte Mann war ein sechsundvierzigjähriger Veteran der Central Intelligence Agency, ein schlanker, elastisch wirkender Mann, dem man die aufgestaute Wut anmerkte. Er ging am Stock, weil ihm eine Granate in

Südostasien den Fuß weggefetzt hatte; er war damals Geheimagent der Operation *Medusa* gewesen. Sein Name: Alexander Conklin.

In dem Raum stand kein Konferenztisch; es war ein ganz gewöhnliches Doppelzimmer mit dem üblichen Bett, einer Couch, zwei Armsesseln und einem Beistelltisch. Ein höchst eigenartiger Ort, um an ihm eine Besprechung von solcher Bedeutung abzuhalten; da gab es keine kreisenden Computer, die dunkle Bildschirme mit grünen Buchstaben erfüllten, keine elektronischen Fernmeldeeinrichtungen, die die Verbindung zu ähnlichen Anlagen in London, Paris oder Istanbul herstellen konnten. Ein ganz gewöhnliches Hotelzimmer, in dem vier Köpfe saßen, die die Geheimnisse von Treadstone Seventy-One hüteten.

Der Senator saß am einen Ende der Couch, der Marineoffizier am anderen. Conklin ließ sich in einen Armsessel sinken und streckte das unbewegliche Bein weg, hielt den Stock zwischen den Beinen, während Brigadegeneral Crawford stehen blieb, das Gesicht gerötet, das Kinn vorgeschoben.

»Ich habe den Präsidenten erreicht«, sagte der Senator und rieb sich die Stirn. Man merkte, daß er nicht ausgeschlafen war. »Das mußte ich; wir treffen uns heute abend. Sagen Sie mir alles, was Sie können. Jeder von Ihnen. Fangen Sie an, General. Was in Gottes Namen ist passiert?«

»Major Webb hatte seinen Wagen um dreiundzwanzig Uhr an die Ecke Lexington- und Zweiundsiebzigste Straße bestellt. Der Zeitpunkt lag fest, aber er erschien nicht. Um dreiundzwanzig Uhr dreißig begann der Fahrer wegen der Entfernung bis zu dem Flugplatz in New Jersey unsicher zu werden. Der Sergeant erinnerte sich an die Adresse – in erster Linie, weil man ihm aufgetragen hatte, sie zu vergessen –, fuhr hin und ging an die Türe. Die Sicherheitsriegel waren beschädigt, und die Tür ließ sich öffnen; sämtliche Alarmanlagen waren kurzgeschlossen worden. Der Boden im Foyer war blutbespritzt, auf der Treppe lag die tote Frau. Er ging den Korridor hinunter und fand die Leichen.«

»Dieser Mann hat sich eine Beförderung verdient«, sagte der Marineoffizier.

»Warum sagen Sie das?« fragte der Senator.

Crawford beantwortete die Frage: »Er besaß die Geistesgegenwart, das Pentagon anzurufen, und bestand darauf, mit der geheimen Sendestelle Inland zu sprechen. Er nannte die Zerhackerfrequenz, den Zeitpunkt und den Ort des Empfangs und gab vor, mit dem Sender sprechen zu müssen. Er sagte zu niemandem ein Wort, bis er mich am Telefon hatte.«

»Stecken Sie ihn in die Militärakademie, Irwin«, sagte Conklin grimmig und klammerte sich an seinem Stock fest. »Er ist intelligenter als die meisten Clowns, die Sie dort drüben haben.«

»Das ist nicht nur unnötig, Conklin«, ermahnte der Senator, »sondern offenkundig aggressiv. Bitte, fahren Sie fort, General.«

Crawford wechselte Blicke mit dem Mann vom CIA. »Ich erreichte Colonel Paul McClaren in New York, befahl ihm, sich an den Schauplatz des Massakers zu begeben und absolut nichts zu tun, bis ich einträfe. Dann rief ich Conklin und George an, und dann sind wir gemeinsam hingeflogen.«

»Ich habe ein Abdrucksteam des Büros in Manhatten angerufen«, fügte Conklin hinzu. »Eines, das wir schon früher benutzt haben und dem wir vertrauen können. Ich verlangte, daß sie das ganze Haus durchsuchen und alles, was sie fanden, mir geben sollten.« Der CIA-Mann hielt inne, hob seinen Stock und richtete ihn auf den Marineoffizier. »Dann hat George Ihnen siebenunddreißig Namen durchgegeben, alles Männer, deren Abdrücke in den Akten des FBI sind. Sie fanden den Namen, den wir am allerwenigsten erwarteten . . .«

»Delta«, sagte der Senator.

»Ja«, nickte der Marineoffizier. »Die Namen, die ich lieferte, umfaßten jeden – gleichgültig wie entfernt – der möglicherweise die Adresse von Treadstone kennen konnte, inklusive übrigens alle hier im Raum Anwesenden. Der ganze Raum war saubergewischt worden; jede Fläche, jeder Knopf, jedes Glas – mit Ausnahme eines einzigen. Es war ein zerbrochenes Brandyglas, nur ein paar Scherben in der Ecke unter einem Vorhang, aber es reichte. Die Abdrücke waren da: Zeigefinger und Mittelfinger der rechten Hand.«

»Und Sie sind ganz sicher?« fragte der Senator langsam.

»Abdrücke können nicht lügen, Sir«, sagte der Offizier. »Sie waren da, und an den Glasscherben klebte noch feuchter Brandy. Außerhalb dieses Zimmers ist Delta der einzige, der die Einundsiebzigste Straße kennt.«

»Vielleicht haben die anderen etwas gesagt?«

»Unmöglich«, unterbrach der Brigadegeneral. »Abbott war schweigsam wie ein Grab, und Elliot Stevens hat die Adresse erst fünfzehn Minuten, ehe er hinkam, erfahren, und man hat ihn von einer Telefonzelle aus angerufen. Außerdem würde er, selbst wenn man ihm das Schlimmste unterstellt, wohl kaum seine eigene Exekution betreiben.«

»Was ist mit Major Webb?« drängte der Senator.

»Der Major«, erwiderte Crawford, »erhielt die Adresse über Funk von mir, nachdem er auf dem Kennedy-Flughafen gelandet war. Wie Sie wissen, habe ich eine G-Zwo-Frequenz benutzt und den Zerhacker eingeschaltet. Außerdem darf ich Sie erinnern, daß er ebenfalls sein Leben verloren hat.«

»Ja, natürlich.« Der alternde Senator schüttelte den Kopf. »Es ist unglaublich. *Warum?*«

»Da muß ich leider auf ein etwas schmerzliches Thema kommen«, sagte Brigadegeneral Crawford. »Ich war von Anfang an von dem Kandidaten nicht begeistert. Ich habe Davids Gründe begriffen und auch akzeptiert, daß er die Eignung besaß, aber, wenn Sie sich erinnern können, war er nicht der Mann meiner Wahl.«

»Ich wußte gar nicht, daß wir eine Wahl hatten«, sagte der Senator. »Wir hatten einen Mann – einen geeigneten Mann, wie auch Sie bestätigen –, der bereit war, auf unbestimmte Zeit unterzutauchen, jeden Tag sein Leben zu riskieren und sämtliche Verbindungen zu seiner Vergangenheit zu lösen. Wie viele solche Männer gibt es?«

»Wir hätten sicher auch einen ausgeglicheneren Mann finden können«, konterte der Brigadegeneral. »Darauf habe ich damals hingewiesen.«

»Es gab damals keinen ausgeglicheneren Mann«, wies ihn Conklin zurecht.

»Wir waren beide in *Medusa*, Conklin«, sagte Crawford verärgert, aber nicht unfreundlich. »Sie sind nicht der einzige, der da Einblick hatte. Deltas Verhalten im Einsatz war die ganze Zeit von offener Feindseligkeit gegenüber seinen Vorgesetzten geprägt. Ich befand mich damals in einer Position, wo ich das deutlicher als Sie beobachten konnte.«

»Die meiste Zeit hatte er dazu auch allen Anlaß. Wenn Sie mehr Zeit draußen im Feld und weniger in Saigon verbracht hätten, dann hätten Sie das begriffen. *Ich* habe es begriffen.«

»Es mag Sie vielleicht überraschen«, sagte der General und hob die Hand in einer Geste, die andeutete, daß er Waffenstillstand suchte, »aber ich will die vielen Dummheiten gar nicht verteidigen, die in Saigon begangen wurden – das könnte niemand. Ich versuche nur, die Gründe zu eruieren, die so etwas wie das Verbrechen vorgestern nacht an der Einundsiebzigsten Straße begreiflich machen können.«

Die Augen des CIA-Mannes ließen Crawford nicht los; dann nickte er langsam, und man spürte, daß seine Feindseligkeit nachließ. »Ja, das weiß ich. Tut mir leid. Das ist eben das Schwierige daran, nicht wahr? Für mich ist das nicht leicht; ich habe in einem halben Dutzend Sektoren mit Delta gearbeitet und war zusammen mit ihm in Phnom Penh stationiert, ehe der ›Mönch‹ auch nur an *Medusa* gedacht hat. Nach Phnom Penh war er nie mehr derselbe; deshalb hat er sich ja *Medusa* angeschlossen und war auch bereit, Cain zu werden.«

Der Senator lehnte sich auf der Couch vor. »Ich glaube, es schon einmal gehört zu haben, aber schildern Sie es noch einmal. Der Präsident muß alles wissen.«

»Seine Frau und seine beiden Kinder wurden auf einem Pier im Mekongfluß getötet, der von einem einzelnen Flugzeug bombardiert und im Tiefflug mit Bordkanonen beschossen wurde – niemand wußte, welcher Seite die Maschine angehörte, es kam auch nie heraus. Er haßte diesen Krieg, haßte jeden, der damit zu tun hatte. Und daran ist er zerbrochen.« Conklin hielt inne und sah den General an. »Und ich glaube auch, daß Sie recht haben, General, er ist wieder zerbrochen worden. Er ist nicht mehr Delta. Wir haben einen Mythos geschaffen, der Cain hieß. Nur daß es kein Mythos mehr ist. Das ist jetzt wirklich er.«

»Nach so vielen Monaten . . .« Der Senator lehnte sich zurück, und seine Stimme wurde leiser. »Warum ist er zurückgekommen? Von woher?«

»Aus Zürich«, antwortete Crawford. »Webb war in Zürich, und ich glaube, daß er der einzige ist, der ihn hätte zurückhalten können. Und was die Frage nach dem ›Warum‹ angeht, so werden wir das vielleicht nie erfahren, es sei denn, er hat erwartet, uns alle dort vorzufinden.«

»Er weiß nicht, wer wir sind«, protestierte der Senator. »Seine einzigen Kontakte waren der Yachtsegler, seine Frau und David Abbott.«

»Und Webb natürlich«, fügte der General hinzu.

»Natürlich«, nickte der Senator. »Aber nicht bei Treadstone, nicht einmal er.«

»Das hätte nichts ausgemacht«, sagte Conklin und stieß mit seinem Stock auf den Boden. »Er weiß, daß es einen Ausschuß gibt; Webb hat ihm vielleicht gesagt, daß wir alle dort sein würden, hat das angenommen. Eine Menge Fragen warteten auf ihn – über sechs Monate haben wir nichts von ihm gehört, ein paar Millionen Dollar sind verschwunden. Er könnte uns beseitigen und verschwinden. Ohne Spuren.«

»Warum sind Sie da so sicher?«

»Erstens, weil er *dort* war«, erwiderte der Mann von der Abwehr und hob die Stimme. »Wir haben seine Fingerabdrücke auf einem Brandyglas, das nicht einmal ausgetrunken wurde. Zweitens, es ist eine klassische Falle mit dreihundert Variationen.«

»Würden Sie das erklären?«

»Man bleibt selbst stumm«, unterbrach der General und musterte dabei Conklin, »bis der Feind das nicht mehr länger erträgt und selbst seine Deckung verläßt.«

»Und wir sind zum Feind für ihn geworden?«

»Daran besteht jetzt kein Zweifel mehr«, sagte der Marineoffizier. »Aus welchen Gründen auch immer – Delta hat eine Kehrtwendung vollzogen. Das wäre nicht das erste Mal, daß so etwas passiert – Gott sei Dank geschieht es nicht oft. Wir wissen, was zu tun ist.«

Wieder beugte sich der Senator auf der Couch vor. »Was *werden* Sie tun?«

»Seine Fotografie ist nie in Umlauf gebracht worden«, erklärte Crawford. »Das werden wir jetzt tun. Jede Station, jeder Lauschposten, jeder Gewährsmann und jeder Informant, den wir besitzen, erhält ein Foto. Irgendwohin muß er gehen, und er wird mit einem Ort beginnen, den er kennt, und wäre es nur, um sich eine neue Identität zu kaufen. Er wird Geld ausgeben; man wird ihn finden. Und wenn das geschehen ist, wird die Anweisung lauten . . .«

»Ihn sofort herzubringen?«

»Ihn zu töten«, sagte Conklin einfach. »Einen Mann wie Delta nimmt man nicht gefangen, und man geht auch nicht das Risiko ein, daß eine andere Regierung das tut. Nicht bei den Informationen, die er hat.«

»Das kann ich dem Präsidenten aber nicht sagen. Es gibt Gesetze.«

»Nicht für Delta«, sagte der Agent. »Er steht jenseits der Gesetze. Er ist nicht mehr zu retten.«

»Nicht . . .«

»Richtig, Senator«, unterbrach der General. »Nicht mehr zu retten. Ich glaube, Sie wissen, was dieser Satz bedeutet. Sie müssen selbst entscheiden, was Sie dem Präsidenten sagen wollen oder nicht. Es könnte besser sein . . .«

»Sie müssen *alles* untersuchen«, sagte der Senator und unterbrach damit den Offizier. »Ich habe letzte Woche mit Abbott gesprochen. Er sagte mir, Maßnahmen seien im Gange, um Delta zu erreichen. Zürich, die Bank, die Benennung von Treadstone; das hängt doch alles damit zusammen, nicht wahr?«

»Ja, und jetzt ist es vorbei«, sagte Crawford. »Wenn Ihnen das Beweismaterial von der Einundsiebzigsten Straße noch nicht reicht, sollte wenigstens das genügen. Delta hat ein klares Signal zur Rückkehr bekommen. Er hat es nicht befolgt. Was wollen Sie noch?«

»Ich will absolut sicher sein.«

»Und ich will, daß er stirbt.« Conklins Worte hatten, obwohl er sie ganz leise ausgesprochen hatte, die gleiche Wirkung wie ein plötzlicher eisiger Windhauch. »Er hat nicht nur sämtliche Regeln gebrochen, die wir uns je selbst gesetzt haben – gleichgültig, welcher Art – sondern er ist abgesunken. Er stinkt. Er *ist* Cain. Wir haben so oft den Namen Delta gebraucht – nicht einmal Borowski, sondern Delta –, und ich glaube, daß wir etwas vergessen haben. Gordon Webb war sein Bruder. Wir müssen ihn finden. Wir müssen ihn töten.«

Buch III

23

Es war zehn Minuten vor drei Uhr morgens, als Borowski an die Empfangstheke der ›Auberge du Coin‹ trat, während Marie direkt zum Eingang hinsteuerte. Zu Jasons Erleichterung lagen keine Zeitungen auf der
Theke, aber der Nachtpförtner, der dahinter saß, war derselbe wie der
andere in dem Hotel im Zentrum von Paris; ein untersetzter Mann mit
spärlichem Haarwuchs, der sich mit halbgeschlossenen Augen in seinen
Sessel zurücklehnte, die Arme über der Brust verschränkt, benommen
von der drückenden Schwere dieser endlos scheinenden Nacht. Aber an
diese Nacht, dachte Borowski, würde er sich wohl noch lange erinnern –
weit über den Schaden in dem Zimmer im Obergeschoß hinaus, den
man erst am Morgen entdecken würde.

»Ich habe gerade Rouen angerufen«, sagte Jason und stützte sich mit
beiden Händen auf die Theke. Er war verärgert und wütend darüber,
daß es in seiner persönlichen Welt Dinge gab, die er nicht unter Kontrolle hatte. »Ich muß hier sofort weg und mir einen Wagen mieten.«

»Warum nicht?« knurrte der Mann und erhob sich. »Was würden Sie
denn vorziehen, Monsieur? Einen goldenen Streitwagen oder einen flie-
genden Teppich?«

»Wie bitte?«

»Wir vermieten hier Zimmer, keine Automobile.«

»Ich *muß* in aller Herrgottsfrühe in Rouen sein.«

»Unmöglich. Es sei denn, Sie finden ein Taxi, das verrückt genug ist,
Sie um diese Stunde dorthin zu bringen.«

»Ich glaube, Sie verstehen mich nicht. Wenn ich bis acht Uhr nicht in
meinem Büro bin, gibt es eine Katastrophe, ich bin ruiniert. Ich zahle
gut . . .«

»Das ist Ihr Problem, Monsieur.«

»Aber es gibt doch sicherlich jemanden, der bereit wäre, mir seinen
Wagen für, sagen wir . . . tausend, fünfzehnhundert Franc zu leihen?«

»Tausend . . . *fünfzehnhundert*, Monsieur?« Die halbgeschlossenen
Augen des Mannes weiteten sich. Heiser fragte er: »In bar, Monsieur.«

»Natürlich. Meine Begleiterin würde ihn morgen abend zurückbringen.«

»Das pressiert nicht.«

»Wie bitte? Es gibt natürlich keinen Grund, nicht auch ein Taxi zu mieten. Diskretion muß schließlich bezahlt werden.«

»Ich wüßte nicht, wo ich eines *erreichen* sollte«, unterbrach ihn der

Mann erregt. Man sah ihm an, daß er bemüht war, ihn von dieser Absicht abzubringen. »Andererseits, mein Renault ist nicht gerade neu, und vielleicht auch nicht der schnellste, aber er fährt.«

Das Chamäleon hatte wieder seine Farben geändert und war als jemand akzeptiert worden, der es nicht war. Aber *er* wußte jetzt, wer er war, und er begriff.

Der Tag brach an. Aber da war kein warmes Zimmer in einem Dorfgasthof, keine Tapete, auf die das Licht der Morgensonne durchs Fenster seine Muster zeichnete, weich und von den Blättern draußen gefiltert. Vielmehr brachen die ersten Sonnenstrahlen aus dem noch verhangenen Himmel hervor und ließen die Felder und Hügel von Saint-Germain-en-Laye rosarot aufleuchten. Sie saßen in dem kleinen Wagen, den sie am Rand einer Seitenstraße abgestellt hatten, und der Rauch ihrer Zigaretten kräuselte sich durch die halbgeöffneten Fenster.

Er hatte jenen ersten Bericht in der Schweiz mit den Worten begonnen: *Mein Leben begann vor sechs Monaten auf einer kleinen Insel im Mittelmeer, die sich Ile de Port Noir nennt . . .*

Er hatte alles erzählt, nichts ausgelassen, woran er sich erinnern konnte, auch die schrecklichen Bilder nicht, die vor seinen Augen aufgezogen waren, als er die Worte hörte, die Jacqueline Lavier in dem von Kandelabern beleuchteten Restaurant in Argenteuil sprach. Namen, Ereignisse, Städte . . . Morde.

»Alles paßt. Es gab nichts, das ich nicht wußte, nichts, das nicht irgendwo in meinem Hirn lauerte und versuchte, Gestalt anzunehmen. Es war die Wahrheit.«

»Es *war* die Wahrheit«, wiederholte Marie.

Er sah sie scharf an. »Wir hatten unrecht, begreifst du nicht?«

»Mag sein. Aber wir hatten trotzdem recht. Du und ich.«

»Worin?«

»Was dich betrifft. Ich muß es noch einmal sagen, ruhig und logisch. Du hast mir dein Leben opfern wollen, ehe du mich kanntest; das war nicht die Entscheidung eines Mannes, so wie du ihn mir beschrieben hattest. Wenn es jenen Mann tatsächlich einmal gegeben hat, dann gibt es ihn jetzt nicht mehr.« Maries Augen flehten. Ihre Stimme jedoch blieb ruhig und kontrolliert. »Du hast es selbst gesagt, Jason. ›Das, woran ein Mann sich nicht erinnern kann, existiert nicht. Für ihn.‹ Vielleicht mußt du dem ins Auge sehen. Geh, bitte, geh weg.«

Borowski nickte; der Moment, den er befürchtet hatte, war eingetreten. »Ja«, sagte er. »Aber alleine. Nicht mit dir.«

Marie inhalierte den Rauch ihrer Zigarette und musterte ihn ängstlich. Ihre Hand zitterte. »Ich verstehe. Das ist dann also deine Entscheidung?«

»Das muß sie sein.«

»Du wirst verschwinden wie ein Held, damit ich nicht mit hineingezogen werde.«

»Das muß ich.«

»Vielen Dank. Und wer, zum Teufel, bildest du dir eigentlich ein, daß du bist?«

»Was?«

»Wer, zum *Teufel*, bildest du dir eigentlich ein, daß du *bist?*«

»Ich bin ein Mann, den sie Cain nennen. Ich werde von Regierungen – von der Polizei – von Asien bis Europa gesucht. Männer in Washington wollen mich töten aufgrund dessen, was sie glauben, das ich über dieses *Medusa* weiß; ein Terrorist namens Carlos möchte, daß ich eine Kugel in den Hals bekomme, als Rache für das, was ich ihm einmal angetan habe. Denk einen Augenblick darüber nach. Wie lange glaubst du eigentlich, daß ich meine Flucht fortsetzen kann, ehe mich jemand von diesen Jägern, die mich durch die ganze Welt hetzen, findet, mich in eine Falle lockt, mich *tötet?* Willst du, daß dein Leben so endet?«

»Du lieber Gott, nein!« schrie Marie. »Ich sehne mich danach, den Rest meines Lebens in einem Schweizer Gefängnis zu verbringen oder wegen Dingen gehängt zu werden, mit denen ich nicht das geringste zu tun habe, die ich nie tat!«

»Es gibt eine Möglichkeit, dir zu helfen.«

»Wie?« Sie drückte ihre Zigarette im Aschenbecher aus. »Um Himmels willen, was nützt das schon? Ein Geständnis. Vielleicht stelle ich mich auch, ich weiß noch nicht, aber ich kann es jedenfalls *tun!* Ich kann dein Leben wieder in Ordnung bringen. Ich *muß* es!«

»Aber nicht so.«

»Warum nicht?«

Marie streichelte sein Gesicht und ihre Stimme war weich. »Weil ich gerade wieder bewiesen habe, worauf ich hinauswill. Der Mann namens Cain würde nie das tun, was du gerade angeboten hast. Für niemanden.«

»Ich *bin* Cain!«

»Selbst wenn man mich zwingen würde, zuzugeben, daß du es warst, bist du es jetzt nicht.«

»Die allerletzte Rehabilitierung? Eine selbst zugefügte Lobotomie? Totaler Gedächtnisverlust? Das entspricht zufälligerweise der Wahrheit, wird aber niemanden aufhalten, der nach mir sucht. Und es wird ihn – oder sie – nicht daran hindern, einen Abzug zu betätigen.«

»Das ist eine Lösung, die ich ablehne.«

»Dann siehst du die Fakten nicht.«

»Ich sehe wohl Fakten, zwei, die du anscheinend außer acht gelassen hast und die mein Leben veränderten, weil ich schuld daran bin. Zwei Männer sind auf brutale Art getötet worden, weil sie zwischen dir und einer Botschaft standen, die jemand versuchte dir zukommen zu lassen. Durch mich.«

»Du hast ja Corbeliers Botschaft gesehen. Wie viele Kugellöcher waren es denn? Zehn, fünfzehn?«

»Dann hat man ihn mißbraucht! Du hast ihn am Telefon gehört und ich auch. Er hat nicht gelogen; er hat versucht, uns zu helfen. Wenn nicht dir, dann ganz sicher mir.«

»Das ist . . . möglich.«

»Alles ist möglich. Ich habe auch keine Antwort, Jason. Es sind Dinge, die sich nicht erklären lassen – die aber erklärt werden müssen. Du hast nie Sehnsucht verspürt nach demjenigen, wie du sagst, der du vielleicht einmal gewesen sein könntest. Und das paßt nicht in das Bild jenes Mannes. Oder du bist nicht *jener Mann*.«

»Ich bin es aber.«

»Hör mir zu. Du bist mir sehr lieb, mein Schatz, und das könnte mich blenden, das weiß ich. Aber ich kenne mich. Ich bin kein Blumenkind mit großen, verträumten Augen; ich habe ein Stück von dieser Welt gesehen, und ich schau mir die Leute, die mir gefallen, sehr genau an. Vielleicht, um mich immer wieder davon zu überzeugen, daß mein Instinkt mich nicht getrogen hat . . .« Sie hielt einen Augenblick inne und trat einen Schritt zurück. »Ich habe zugesehen, wie ein Mann gequält wurde – und sich selbst gequält hat – und nicht bereit war, sich aufzulehnen. Mag sein, daß du es in deinem Inneren tust, aber du läßt nicht zu, daß es jemanden gibt, der mit dir teilen möchte. Statt dessen bohrst und gräbst du in dir und versuchst zu begreifen. Und das, mein Freund, ist eben nicht das Wesen eines kaltblütigen Killers; ganz und gar nicht. Ich weiß nicht, was du vorher warst und welcher Verbrechen du dich damals schuldig gemacht hast, aber sie spielen jetzt keine Rolle. Ich kenne mich da genau. Ich könnte den Mann nicht lieben, von dem du sagst, daß du es bist. Ich liebe den Mann, von dem ich weiß, daß du es bist. Das hast du mir gerade wieder bestätigt. Ein Killer würde mir das Angebot nicht machen, das du gerade gemacht hast. Und dieses Angebot, Sir, ist mit allem Respekt abgelehnt.«

»Eine Närrin bist du, eine gottverdammte Närrin!« platzte Jason los. »Ich kann dir helfen, du kannst mir nicht helfen! Um Himmels willen, gib mir doch die Chance!«

»Nein! Nicht so . . .« Plötzlich verstummte Marie, nur ihre Lippen bewegten sich. »Ich glaube, ich habe sie uns gerade gegeben«, sagte sie im Flüsterton.

»Was uns gegeben?« fragte Borowski ärgerlich.

»Ich habe uns beiden die Chance gegeben.« Sie wandte sich ihm wieder zu. »Ich wollte es schon seit einiger Zeit.«

»Was, zum Teufel, soll das heißen? Ich versteh' dich diesmal wirklich nicht.«

»Deine Verbrechen . . . wir werden die anderen täuschen und so tun, als kämen sie tatsächlich auf dein Konto.«

»Es sind meine Verbrechen.«

»Moment mal. Angenommen, sie existieren, aber nicht du hast sie begangen? Angenommen, die Beweise sind fabriziert worden – ebenso raffiniert und professionell, wie man gegen mich in Zürich Beweise fabriziert hat – aber die Tat hat ein anderer begangen. Jason – du *weißt* nicht, wann du dein Gedächtnis verloren hast.«

»Port Noir.«

»Da war es nicht, im Gegenteil, da begannst du, dich bruchstückhaft zu erinnern. Es war *vor* Port Noir; da liegt das Geheimnis begraben. Es zu lüften bedeutet dir gerecht zu werden, den Widerspruch zwischen dir und dem Mann, für den die Leute dich halten, zu erklären.«

»Das stimmt nicht. Die Erinnerung hilft mir nicht weiter, es sind nur Bilder, die wie ein Film an mir vorüberziehen.«

»Vielleicht haben sie eine Gehirnwäsche mit dir gemacht«, meinte Marie. »So lange, bis da nichts anderes mehr war. Fotografien, Tonaufzeichnungen, visuelle und akustische Reize.«

»Du beschreibst da so etwas wie einen gut funktionierenden Roboter, der gehen kann und dem man ein Gedächtnis eingepflanzt hat. Das bin nicht ich.«

Sie sah ihn an, und ihre Stimme klang weich: »Ich beschreibe einen intelligenten, sehr kranken Mann, dessen Vergangenheit einigen Männern sehr gelegen kam. Weißt du, wo man einen solchen Mann mit Leichtigkeit finden kann? In Krankenhäusern, in Privatsanatorien, in militärischen Krankenstationen.« Sie hielt inne, um dann hastig weiterzusprechen. »Jener Zeitungsartikel hat noch etwas Wahres berichtet. Ich kenne mich einigermaßen gut mit Computern aus; wie jeder in meinem Beruf. Wenn ich ein Kurvenbeispiel suchen würde, das einzelne voneinander isolierte Faktoren verbindet, wüßte ich wie. Umgekehrt könnte jemand, der einen Menschen sucht, der sich wegen Amnesie im Krankenhaus befindet, einen Mann, der über gewisse Fähigkeiten, Sprachkenntnisse und äußerliche Merkmale verfügt, in den medizinischen Datenbanken geeignete Kandidaten finden. Weiß Gott, sicher nicht viele in deinem Fall; vielleicht nur ein paar. Vielleicht sogar nur einen.«

Borowski blickte auf die Landschaft hinaus und versuchte, das Labyrinth seiner Gedanken zu durchdringen, versuchte, sich an den Hoffnungsschimmer zu klammern, den sie in ihm verursachte. »Du behauptest also, ich sei eine reproduzierte Illusion.«

»Darauf läuft es hinaus, aber das meine ich nicht. Ich sage, daß es möglich ist, daß man dich einer Gehirnwäsche unterzogen hat. Das würde vieles erklären.« Sie berührte seine Hand. »Du sagst, es gibt Zeiten, wo die Vergangenheit aus dir herausplatzen – deinen Kopf sprengen will.«

»Worte – Namen – Orte – lösen Dinge aus.«

»Jason, ist es nicht möglich, daß sie die falschen Dinge auslösen? Die

Dinge, die man dir immer wieder eingetrichtert hat, die du aber nicht nachempfinden kannst, weil sie *nicht* du sind.«

»Das bezweifle ich. Ich habe gesehen, was ich tun kann. Und das war nicht das erste Mal.«

»Da gibt es andere Gründe! . . . *Verdammt*, ich kämpfe um mein Leben – um *unser* Leben! . . . Schön! Du kannst *denken*, du kannst *fühlen*. Dann denke *jetzt, fühle* jetzt! Sieh mich an und sag mir, daß du in dich hineingesehen hast, in deine Gedanken und Gefühle, und daß du weißt, daß du ein Mörder namens Cain bist. *Daß kein Zweifel darüber besteht!* Wenn du das tun kannst – *wirklich* tun kannst – dann bring mich nach Zürich zurück, nimm alle Schuld auf dich und verschwinde aus meinem Leben! Aber wenn du es nicht kannst, dann bleibe bei mir und laß mich dir helfen. Und liebe mich, um Gottes willen. *Liebe* mich, Jason.«

Borowski nahm ihre Hand, hielt sie fest, so wie man die Hand eines zitternden, verwirrten Kindes nimmt. »So einfach geht das nicht. Ich habe das Konto auf der Gemeinschaftsbank gesehen; die Eintragungen reichen weit zurück. Sie stimmen mit all den Dingen überein, die ich erfahren habe.«

»Aber dieses Konto, diese Eintragungen – die hätten gestern oder letzte Woche oder vor sechs Monaten geschehen können. Alles, was du über dich gehört oder gelesen hast, kann Teil eines teuflischen Plans sein, den die ausgeheckt haben. Die wollen, daß du Cains Platz einnimmst. Du bist *nicht* Cain, aber sie wollen, daß du das glaubst, wollen, daß andere glauben, daß du Cain bist. Aber es gibt jemanden, der weiß, daß du nicht Cain bist, und der versucht, dir das zu sagen. Ich habe auch meine Beweise, mein Geliebter lebt, aber zwei Freunde sind tot, weil sie sich zwischen dich und denjenigen stellten, der dir die Nachricht sandte, der versuchte, dein Leben zu retten. Sie sind von denselben Leuten getötet worden, die dich anstelle von Cain Carlos in die Hände treiben wollen. Du hast vorher gesagt, alles paßte zusammen. Das hat es nicht, Jason. Aber *das* jetzt paßt! Es erklärt *dich*.«

»Eine leere Schale, die sich an nichts erinnert? Die von Dämonen heimgesucht wird, Dämonen, die in seinem Inneren herumlaufen und gegen die Wände schlagen? Keine angenehme Aussicht.«

»Das sind keine Dämonen, Darling. Das bist du – Bruchstücke deiner Erinnerung, die wütend, ärgerlich sind, schreien und hinaus wollen, weil sie nicht in die Schale gehören, die du ihnen gegeben hast.«

»Und wenn ich diese Schale kaputtmache, was finde ich dann?«

»Wahrheit. Manches wird dir gut vorkommen, manches schlecht, und viele Wunden werden dich schmerzen. Aber Cain wird nicht da sein, das verspreche ich dir. Ich glaube an dich, Darling. Bitte, gib nicht auf.«

Er verlor nicht die Fassung. Zwischen ihnen war etwas wie eine gläserne Wand. »Und wenn wir uns irren? Endgültig! Was dann?«

»Dann verlaß mich sofort. Oder töte mich. Mir ist es gleichgültig.«

»Ich liebe dich.«

»Ich weiß. Deshalb habe ich keine Angst.«

»Ich habe im Büro der Lavier zwei Telefonnummern gefunden. Die erste in Zürich, die andere hier in Paris. Mit etwas Glück führen mich diese Nummern auf die richtige Spur.«

»New York? Treadstone?«

»Ja. Dort liegt die Antwort. Wenn ich nicht Cain bin, dann weiß derjenige, dem diese Nummer gehört, wer ich bin.«

Sie fuhren nach Paris zurück, weil sie der Meinung waren, innerhalb der Menschenmassen weniger aufzufallen als in einem einsam gelegenen Landgasthof. Ein blonder Mann mit einer Schildpattbrille und eine Frau, deren herbe, aparte Schönheit etwas streng wirkte und die das Haar wie eine Studentin der Sorbonne in einem Knoten im Nacken trug, würden in Montmartre nicht auffallen. Sie nahmen ein Zimmer im ›Terrasse‹ an der Rue de Maistre und trugen sich als Ehepaar aus Brüssel ein.

Als man ihnen ihr Zimmer zugewiesen hatte, verharrten sie eine Weile. Sie schwiegen, weil ihnen Worte überflüssig erschienen. Sie sahen sich an und umarmten sich. Die Welt, die ihnen keinen Frieden gönnte, die sie dazu zwang, sich außerhalb der menschlichen Gemeinschaft zu bewegen, versank um sie herum. In diesem Augenblick mußte Borowski Borowski sein. »Wir wollen schlafen«, sagte er. »Schlafen. Es wird ein langer Tag werden.«

Sie liebten sich, sanft und zärtlich. In der Geborgenheit des Bettes gaben sie sich einander vorbehaltlos hin. Plötzlich mußten sie beide kichern. Es war ein verlegenes Kichern, das bald einem hemmungslosen Lachen Platz machte. Es brach aus ihnen hervor wie eine Flut, der sie nicht Einhalt gebieten konnten. Es half ihnen, die schrecklichen Visionen einer entmenschlichten Welt zu vergessen. Blühende Gärten, Sonnenlicht und blaues Wasser ersetzte die Finsternis.

Erschöpft schliefen sie ein, wie Kinder hielten sie sich die Hände.

Borowski erwachte als erster, hörte das Hupen der Autos weit unten auf den Straßen. Er sah auf die Uhr; es war zehn Minuten nach ein Uhr nachmittags. Sie hatten fast fünf Stunden geschlafen. Der Tag versprach lang zu werden. Er wußte noch nicht, was sie tun würden; er wußte nur, daß es zwei Telefonnummern gab, die ihn zu einer dritten führen mußten. In New York.

Er wandte sich Marie zu, die tief atmend neben ihm lag, das Gesicht – ihr schönes, liebliches Gesicht – halb vom Kissen verdeckt, die Lippen geöffnet, nur wenige Zoll von den seinen. Er küßte sie, und sie legte mit immer noch geschlossenen Augen die Arme um seinen Hals.

»Du bist ein Frosch, und ich mache dich zum Prinzen«, sagte sie schlaftrunken. »Oder geht das anders herum?«

»Ich weiß es nicht, Liebes.«

»Dann wirst du ein Frosch bleiben müssen. Hüpf herum, kleiner Frosch, zeig, was du kannst.«

»Führe mich nicht in Versuchung. Ich hüpfe nur, wenn man mir Fliegen zu fressen gibt.«

»Frösche fressen Fliegen? Ja, das tun sie wahrscheinlich. Puh, das ist schrecklich.«

»Komm schon, mach die Augen auf. Wir müssen beide hüpfen. Wir müssen anfangen zu jagen.«

Sie blinzelte und sah ihn an. »Wonach jagen?«

»Nach mir«, sagte er.

Von einer Telefonzelle in der Rue Lafayette wurde von einem Mr. Briggs ein R-Gespräch mit einer Nummer in Zürich geführt. Borowski nahm an, daß Jacqueline Lavier keine Zeit verloren hatte, Alarm zu schlagen.

Als die Verbindung hergestellt war, gab Jason Marie den Hörer. Sie wußte, was sie sagen mußte.

Doch sie bekam keine Gelegenheit dazu. Die Vermittlung in Zürich schaltete sich ein.

»Die Nummer, die Sie rufen, ist leider nicht mehr in Betrieb.«

»Vor kurzem war sie das aber noch«, unterbrach Marie, »es ist sehr wichtig. Nennen Sie die neue Nummer.«

»Das Telefon ist nicht mehr in Betrieb, Madame. Es gibt keine neue Nummer.«

»Vielleicht hat man mir die falsche gegeben. Es ist wirklich sehr dringend. Könnten Sie mir den Namen des Teilnehmers sagen, der diese Nummer hatte?«

»Das ist leider nicht möglich.«

»Ich sagte Ihnen doch, es ist sehr wichtig! Kann ich bitte mit Ihrem Vorgesetzten sprechen?«

»Der kann Ihnen auch nicht helfen. Wir dürfen darüber keine Auskunft geben. Guten Tag, Madame.«

Die Verbindung wurde unterbrochen. »Aufgelegt«, sagte sie.

»Es wird Zeit«, drängte Borowski und blickte die Straße hinunter. »Laß uns hier verschwinden.«

»Du meinst, sie könnten das Gespräch belauscht haben? In Paris? In einer öffentlichen Telefonzelle?«

»Man kann binnen drei Minuten eine Vermittlung ausfindig machen und einen Bezirk eingrenzen.«

»Woher weißt du das?«

»Ich wollte, ich könnte dir das sagen. Gehen wir.«

»Jason. Warum verstecken wir uns nicht und warten?«

»Worauf? Daß sie uns schnappen? Die haben eine Fotografie und können überall Leute aufstellen.«

»Ich sehe ganz anders aus als in den Zeitungen.«

»Aber ich nicht. Gehen wir!«

Sie schoben sich durch die dichte Menschenmenge, bis sie zehn Blocks weiter den Boulevard Malesherbes und wieder eine Telefonzelle erreichten, die aber an ein anderes Amt angeschlossen war. Diesmal ging es ohne Vermittlung. Marie trat in die Zelle, Münzen in der Hand, und wählte.

Die Worte, die durch die Leitung kamen, versetzten sie allerdings in Erstaunen:

»Hier ist das Haus von General Villiers. Guten Tag . . . Hallo? Hallo?«

Einen Augenblick lang brachte Marie kein Wort heraus. Sie starrte bloß das Telefon an. »Pardon«, flüsterte sie. »Falsch verbunden.« Sie legte auf.

»Was ist denn?« fragte Borowski und öffnete die Glastür. »Was ist passiert? Wer war das?«

»Das gibt keinen Sinn«, sagte sie. »Ich sprach gerade mit dem Hauspersonal eines der geachtetsten und mächtigsten Männer von Frankreich.«

24

»André François Villiers«, wiederholte Marie und zündete sich eine Zigarette an. Sie waren ins Hotel ›Terrasse‹ zurückgekehrt, um Ordnung in ihre Gedanken zu bringen und die erstaunliche Information zu verarbeiten, die sie erhalten hatten. »Absolvent von Saint-Cyr, Held des Zweiten Weltkriegs, eine Legende in der Résistance und bis zu dem Bruch, der sie in der Algerienfrage entzweite, de Gaulles Kronprinz. Jason, einen solchen Mann mit Carlos in Verbindung zu bringen, ist einfach unglaublich.«

»Aber die Verbindung beweist es doch. Glaub mir.«

»Ich kann es nicht. Villiers ist so etwas wie die personifizierte Ehre Frankreichs. Er stammt aus einer Familie, die man bis ins siebzehnte Jahrhundert zurückverfolgen kann. Heute ist er einer der bedeutendsten Deputierten der Nationalversammlung – politisch steht er natürlich rechts von Karl dem Großen –, aber ein Mann, dem Gesetz und Ordnung aus allen Poren quellen. Es wäre genauso, als brächte man Douglas MacArthur mit einem bezahlten Killer der Mafia in Verbindung. Das gibt einfach keinen Sinn.«

»Dann wollen wir sehen, ob wir einen finden. Worüber kam es zu dem Bruch mit de Gaulle?«

»Algerien. Anfang der sechziger Jahre. Villiers gehörte der OAS an – einer der algerischen Oberste unter Salan. Sie standen in Opposition zu den Übereinkünften von Evian, in denen Algerien die Unabhängigkeit gewährt wurde, und waren der Ansicht, daß es rechtens zu Frankreich gehörte.«

»Die verrückten Colonels von Algier«, sagte Borowski und wußte wie bei so vielen Worten und Sätzen nicht, woher sie kamen oder weshalb er sie aussprach.

»Sagt dir das etwas?«

»Das muß es wohl, aber ich weiß nicht was.«

»Du mußt *nachdenken*«, sagte Marie. »Warum sollte dieser Begriff von den ›verrückten Colonels‹ dich an etwas erinnern? Was kommt dir in den Sinn? Schnell, sag!«

Jason sah sie hilflos an, dann kamen die Worte. »Bombenanschläge . . . Infiltration. *Provocateure*. Man studiert sie, studiert ihre Methoden.«

»*Warum?*«

»Ich weiß nicht.«

»Basieren Entscheidungen auf dem, was man lernt?«

»Ich denke schon.«

»Was für Entscheidungen? *Was* entscheidest du denn?«

»Unterbrechungen.«

»Was bedeutet das für dich? Unterbrechungen.«

»Ich weiß nicht! Ich kann nicht denken!«

»Schon gut . . . schon gut. Wir kommen ein andermal darauf zurück.«

»Dafür ist keine Zeit. Wir wollen auf Villiers zurückkommen. Was war nach Algerien?«

»Es gab eine Art Versöhnung mit de Gaulle; Villiers war nie direkt in irgendwelche terroristischen Aktionen verwickelt, und seine militärischen Leistungen erforderten das einfach. Er kehrte nach Frankreich zurück – wurde willkommen geheißen –, ein Kämpfer für eine verlorene, aber respektierliche Sache. Er übernahm wieder seine Kommandoposition und bekleidete den Rang eines Generals, ehe er in die Politik eintrat.«

»Dann ist er also Politiker?«

»Eher ein Sprecher. Ein ›Elder Statesman‹. Er ist immer noch ein fanatischer Militarist und immer noch darüber erbost, daß Frankreichs militärische Bedeutung geringer geworden ist.«

»Howard Leland«, sagte Jason. »Da hast du deine Verbindung mit Carlos.«

»Wie? Warum?«

»Leland ist ermordet worden, weil er sich gegen die Waffenexporte des Quai d'Orsay ausgesprochen hatte. Mehr brauchen wir nicht.«

»Es erscheint mir unglaublich, ein solcher Mann . . .« Marie verstummte; plötzlich überkam sie die Erinnerung. »Sein Sohn ist ermordet worden. Es waren politische Motive im Spiel, fünf oder sechs Jahre ist das jetzt her.«

»Sag mir mehr.«

»Sein Wagen wurde auf der Rue du Bac in die Luft gesprengt. Es stand damals überall in den Zeitungen. *Er* war ein Politiker mit Leib und Seele, ebenso wie sein Vater stockkonservativ, der bei jeder Gelegenheit gegen die Sozialisten und Kommunisten zu Felde zog. Ein junger Parlamentarier, der gegen jegliche Steuerverschwendung protestierte, der aber recht beliebt war. Ein charmanter junger Mann aus bester Familie.«

»Wer hat ihn getötet?«

»Man dachte damals, kommunistische Fanatiker. Er hatte es geschafft, irgendeine Gesetzgebung zu blockieren, die dem äußersten linken Flügel wichtig war. Nach seiner Ermordung fiel die Front auseinander, und das Gesetz wurde verabschiedet. Viele glauben, daß deshalb Villiers seinen Abschied nahm und sich für die Nationalversammlung aufstellen ließ. Deshalb ist das Ganze ja so unwahrscheinlich, so voller Widersprüche. Schließlich ist sein Sohn ermordet worden; man würde meinen, der allerletzte, mit dem er etwas zu tun haben wollte, wäre ein professioneller Meuchelmörder.«

»Da ist noch etwas. Du sagtest, er wäre in Paris willkommen gewesen, weil er nie *direkt* mit Terrorismus zu tun hatte.«

»Vielleicht gab es Hinweise in den Akten«, unterbrach Marie. »In solchen – pikanten Dingen ist man hier recht tolerant. Schließlich war er ja ein Held, das darfst du nicht vergessen.«

»Ein Terrorist bleibt ein Terrorist!«

»Leute können sich auch ändern.«

»Nur in manchen Dingen. Bei Terroristen ist die Sache komplexer. Wer einmal in dieser Maschinerie drin steckt, kommt nicht mehr raus. Aber was Villiers angeht, bin ich ganz sicher. Ich werde mit ihm Verbindung aufnehmen.« Borowski trat an das Nachtkästchen und nahm das Telefonbuch. »Wir wollen sehen, ob er hier im Telefonbuch steht, oder ob er eine Geheimnummer hat. Ich brauche seine Adresse.«

»Du wirst nie an ihn herankommen. Wenn er mit Carlos in Verbindung steht, wird er bewacht werden. Die töten dich sofort; sie haben doch dein Foto!«

»Das nützt ihnen nichts. Ich bin nicht der, den sie suchen. Hier steht es. Villiers, A. F., Parc Monceau.«

»Ich kann das immer noch nicht glauben. Für die Lavier muß das doch ein Schock gewesen sein.«

»Oder es hat ihr eine solche Angst eingejagt, daß sie alles tun würde.«

»Kommt es dir nicht seltsam vor, daß man ihr eine solche Nummer gibt?«

»Eigentlich nicht, Carlos will, daß seine Drohnen wissen, daß er es ernst meint. Er will Cain.«

Marie stand auf. »Jason? Was ist eine ›Drohne‹?«

Borowski blickte zu ihr auf. »Ich weiß nicht . . . Jemand, der blind für jemand anderen arbeitet.«

»Blind? Ohne zu sehen?«

»Ohne zu wissen. Jemand, der glaubt, eine Sache zu tun, und in Wirklichkeit etwas anderes tut.«

»Das verstehe ich nicht.«

»Ich gebe dir den Auftrag, an einer bestimmten Straßenecke nach einem Wagen Ausschau zu halten. Der Wagen erscheint dort nie. Aber die Tatsache, daß du dort bist, bedeutet für jemanden, der dich beobachtet, daß etwas anderes geschehen wird.«

»Im arithmetischen Sinne also eine Nachricht, die man nicht auf ihren Ursprung zurückverfolgen kann.«

»Ja, so könnte man es nennen.«

»So wie in Zürich. Walther Apfel war eine Drohne. Er hat diese Geschichte über den Bankeinbruch weitergegeben, ohne zu wissen, was er in Wirklichkeit damit sagte.«

»Und was hat er gesagt?«

»Nun, ich vermute, man wollte dir sagen, du solltest mit jemandem Verbindung aufnehmen, den du sehr gut kennst.«

»Treadstone Seventy-One«, sagte Jason. »Womit wir wieder bei Villiers angelangt wären. Carlos hat mich über die Gemeinschaftsbank in Zürich gefunden. Das bedeutet, daß er über Treadstone informiert sein mußte; wahrscheinlich trifft das auch für Villiers zu. Wenn nicht, können wir ihn vielleicht dazu bewegen, es für uns in Erfahrung zu bringen.«

»Wie?«

»Sein Name. Wenn er so ist, wie du sagst, läßt er seinen Namen nicht in den Schmutz ziehen. Die Ehre Frankreichs in Verbindung zu bringen mit einem Schwein wie Carlos könnte seine Wirkung haben. Ich werde drohen, zur Polizei zu gehen, die Presse zu informieren.«

»Er würde es einfach leugnen. Er würde sagen, das sei unerhört.«

»Macht nichts. Kommt es wirklich zu einem Dementi, dann steht das auf derselben Seite wie sein Nachruf.«

»Zuerst mußt du mit ihm Kontakt aufnehmen.«

»Das werde ich. Du weißt ja, ich bin ein halbes Chamäleon.«

Die von Bäumen gesäumte Straße im Parc Monceau kam ihm irgendwie vertraut vor, aber er wußte nicht, warum. Es war vielmehr die Atmosphäre. Zwei Reihen gepflegter Steinhäuser, deren Türen und Fenster glänzten, deren polierte Eisenbeschläge blitzten, Häuser mit sauber geschrubbten Treppen und beleuchteten Zimmern, Hängepflanzen vor den Fenstern. Eine wohlhabende Straße in einem wohlhabenden Stadtteil, und er wußte, daß er schon einmal eine Straße wie diese erlebt hatte und daß das von ausschlaggebender Bedeutung gewesen war.

19.35 Uhr, eine kalte Märznacht unter klarem Himmel, und das Chamäleon war dem Anlaß entsprechend gekleidet. Borowskis blondes Haar war von einer Kappe bedeckt, sein Hals vom Kragen einer Jacke geschützt, auf deren Rücken in großen Lettern der Name eines Botendienstes stand. Über seiner Schulter hing ein Segeltuchstreifen, an dem eine fast leere Tasche befestigt war; dieser Bote war ziemlich am Ende seiner Tour angelangt. Noch drei oder vier Stationen lagen vor ihm; gleich würde er es wissen. Bei den Umschlägen in seiner Tasche handelte es sich in Wirklichkeit gar nicht um Umschläge, sondern um Prospekte, die Seine-Rundfahrten mit den *Bateaux Mouche* anpriesen, Prospekte, die er sich in einer Hotelhalle geholt hatte. Er würde sich willkürlich ein paar Häuser in der Nähe der Wohnung des Generals Villiers aussuchen und die Broschüren in die Briefkasten-Schlitze stecken. Seine Augen würden alles in Sekundenschnelle registrieren. Was für Sicherheitsvorkehrungen hatte Villiers getroffen? Wer bewachte den General, und wie viele waren es?

Und weil er davon überzeugt gewesen war, entweder Männer in Wagen oder andere Männer zu Fuß vorzufinden, überraschte ihn die Erkenntnis, daß da niemand war. André François Villiers, Verbindungsoffizier zu Carlos, hatte keinerlei äußerlich sichtbare Sicherheitsvorkehrungen getroffen. Wenn er geschützt wurde, so beschränkte sich jener Schutz einzig und allein auf das Haus. In Anbetracht der Schwere seines Verbrechens war Villiers entweder so arrogant, daß das schon fast an Gleichgültigkeit grenzte, oder ein Narr.

Jason stieg die Treppe des Nachbarhauses hinauf; Villiers Türe war höchstens zwanzig Fuß entfernt. Er schob den Prospekt in den Schlitz und blickte zu den Fenstern von Villiers Haus auf, suchte ein Gesicht, eine Gestalt. Doch da war niemand.

Plötzlich öffnete sich die zwanzig Fuß entfernte Tür. Borowski duckte sich, fuhr mit der Hand unter die Jacke, griff nach der Waffe, verfluchte sich selbst als Narr; jemand, der aufmerksamer als er war, hatte ihn entdeckt. Aber die Worte, die er hörte, beruhigten ihn. Zwei Leute in mittleren Jahren – eine Hausangestellte in Uniform und ein Mann mit einer dunklen Jacke – unterhielten sich an der Türe.

»Achte darauf, daß die Aschenbecher leer sind«, sagte die Frau. »Du weißt, wie er überfüllte Aschenbecher haßt.«

»Er ist heute nachmittag gefahren«, antwortete der Mann. »Das bedeutet, daß sie jetzt voll sind.«

»Mach sie in der Garage sauber; du hast noch Zeit. Er kommt frühestens in zehn Minuten. Um halb neun muß er in Nanterre sein.«

Der Mann nickte und klappte die Revers seiner Jacke hoch, ehe er die Treppe hinunterging.

Die Türe schloß sich, und auf der Straße herrschte wieder Schweigen. Jason erhob sich und sah dem Mann nach, wie er den Bürgersteig hinuntereilte. Er wußte nicht genau, wo Nanterre lag, nur daß es ein Vorort von Paris war. Wenn Villiers selbst dort hinfuhr und er alleine war, war es am besten, sofort mit ihm zu sprechen.

Borowski nahm die Tasche von der Schulter und ging schnell die Treppe hinunter, bog unten auf dem Bürgersteig nach links. Zehn Minuten blieben ihm noch.

Jason sah durch die Windschutzscheibe, wie die Tür sich öffnete und General André François Villiers auftauchte. Er war ein Mann von mittlerer Größe, breitschultrig, Ende Sechzig, vielleicht auch Anfang Siebzig. Er trug keinen Hut, so daß man sein kurz gestutztes graues Haar und den makellos gepflegten weißen Kinnbart sehen konnte. Seine Haltung war unverkennbar soldatisch.

Borowski starrte ihn fasziniert an und fragte sich, was einen solchen Mann dazu bewegte, mit einem Verbrecher wie Carlos zusammenzuarbeiten.

Villiers drehte sich um, sagte etwas zu der Hausangestellten und sah auf die Armbanduhr. Die Frau nickte und schloß die Tür, als der General mit federnden Schritten die Stufen hinunter und um die Motorhaube einer großen Limousine herum zur Fahrerseite ging. Er öffnete die Tür und stieg ein, ließ dann den Motor an und rollte langsam in die Straßenmitte.

Jason wartete, bis die Limousine die nächste Kreuzung erreicht hatte und nach rechts gebogen war; dann startete er seinen Renault und erreichte die Kreuzung gerade noch rechtzeitig, um Villiers an der nächsten Kreuzung erneut nach rechts biegen zu sehen.

In dem Zusammentreffen der Umstände lag eine gewisse Ironie, ein Omen, wenn man an solche Dinge glauben konnte. Der Weg, den General Villiers zu dem Vorort Nanterre einschlug, ging ein kleines Stück auf einer Landstraße entlang, die Saint-Germain-en-Laye ähnelte, wo Marie vor zwölf Stunden Jason angefleht hatte, nicht aufzugeben. Es gab hier Streifen von Weideland, Felder, die unvermittelt in die sanft ansteigenden Hügel übergingen, aber anstatt vom Licht der frühen Morgensonne gekrönt zu sein, waren diese von den kalten, weißen Strahlen des Mondes eingehüllt. Borowski kam es in den Sinn, daß dieses isolierte Straßenstück sich ebensogut wie jedes andere dazu eignen würde, den General bei seiner Rückkehr aufzuhalten.

Es fiel Jason nicht schwer, sich in einer Viertelmeile Distanz zu halten, und deshalb überraschte ihn die Feststellung, als er den alten Soldaten plötzlich eingeholt hatte. Villiers hatte seine Fahrt verlangsamt und bog jetzt in einen kiesbedeckten Weg ein, der in den Wald führte. Dahinter lag ein Parkplatz, der von Tiefstrahlern beleuchtet war. Auf einem Schild, das an zwei Ketten von einem Pfosten hing und erleuchtet wurde, stand: L'ARBALÈTE. Der General traf sich in diesem abgelegenen Restaurant mit jemandem zum Abendessen, nicht *in* dem Vorort Nanterre, sondern außerhalb. Auf dem Lande.

Borowski fuhr an der Einfahrt vorbei und parkte am Straßenrand, wo die rechte Wagenseite vom Gebüsch verdeckt wurde. Er mußte sich zusammenreißen. Ein ungeheuerlicher Gedanke kam ihm plötzlich.

Angesichts der aufwühlenden Ereignisse – der Ungeheuerlichkeit der Niederlage, die Carlos letzte Nacht in dem Motel in Montrouge erlitten hatte – war es mehr als wahrscheinlich, daß man André Villiers in ein abgelegenes Restaurant bestellt hatte, weil eine dringende Besprechung erforderlich war. Vielleicht sogar mit Carlos *selbst*. Wenn das der Fall war, würde das Anwesen bewacht sein, und der Mann, dessen Foto jene Wachtposten so gut kannten, würde in dem Augenblick, in dem man ihn erkannte, niedergeschossen werden. Andererseits war die Chance, die Kerntruppe von Carlos' Leuten – oder gar Carlos selbst – zu beobachten, eine Gelegenheit, die sich vielleicht nie wieder bieten würde. Er mußte *L'Arbalète* betreten. Ein innerer Zwang trieb ihn, das Risiko einzugehen. Es war verrückt! Aber die Umstände zwangen ihn dazu. *Carlos. Er mußte Carlos finden!*

Er spürte die Waffe an seinem Gürtel. Er stieg aus und zog den Mantel an, nahm einen schmalkrempigen Hut vom Sitz, dessen weicher Filz ringsum nach unten gebogen war; der würde sein Haar bedecken. Dann versuchte er, sich zu erinnern, ob er die Brille mit dem Schildpattgestell getragen hatte, als in Argenteuil die Aufnahme von ihm gemacht worden war. Nein; er hatte sie bei Tisch abgenommen, als ein Schmerz nach dem anderen durch seinen Kopf zuckte, ausgelöst von Worten, die ihm von einer Vergangenheit berichteten, die zu vertraut, zu erschreckend war, als daß er ihr ins Auge sehen konnte. Er griff nach seiner Hemdtasche; da war die Brille gut aufgehoben für den Fall, daß er sie brauchte. Er drückte die Türe zu und machte sich auf den Weg in Richtung Wäldchen.

Das grelle Licht der Außenbeleuchtung des Restaurants sickerte durch die Bäume, wurde alle paar Meter heller, je weniger Blattwerk dem Licht den Weg versperrte. Borowski erreichte den Rand des kleinen Wäldchens, vor ihm lag der mit Kies bedeckte Parkplatz. Er stand jetzt neben dem rustikalen Restaurant und sah eine Reihe kleiner Fenster, die eine ganze Gebäudewand zierten, sah die flackernden Kerzen hinter dem Glas, die die Gestalten im Inneren beleuchteten. Dann wanderte sein Blick zum Obergeschoß – obwohl dieses nicht die ganze Länge des Gebäudes füllte, sondern nur etwa die Hälfte, weil hinten eine offene Terrasse angebracht war. Aber der Überbau glich dem Erdgeschoß. Er bestand aus einer Reihe von Fenstern, die, vielleicht etwas größer, ebenfalls von Kerzenschein beleuchtet wurden. Gestalten regten sich, aber das waren ganz andere Leute als die Gäste im Untergeschoß.

Es waren alles Männer. Sie standen, saßen nicht; bewegten sich beiläufig, hielten Gläser in der Hand, Zigaretten, der Rauch kräuselte sich über ihren Köpfen. Es war unmöglich zu sagen, wie viele es waren – mehr als zehn, weniger als zwanzig vielleicht.

Und da sah er ihn, er bewegte sich von einer Gruppe zur anderen. Sein weißer Kinnbart leuchtete. General Villiers war tatsächlich zu einer Zusammenkunft gefahren, und alle Wahrscheinlichkeit sprach dafür, daß dies eine Konferenz war, die sich mit den Fehlern der letzten achtundvierzig Stunden befaßte, Fehlern, die es einem Mann namens Cain gestatteten, am Leben zu bleiben.

Die Chancen. Wie standen die Chancen? Wo waren die Wachen? Wie viele und wo waren ihre Stationen? Im Schutze des Wäldchens arbeitete Borowski sich vorsichtig zum Vordereingang des Restaurants, bog die Zweige mit einem kaum wahrnehmbaren Knacken zur Seite und stand reglos da, hielt Ausschau nach Männern, die sich im Blattwerk oder in den Schatten des Gebäudes verbargen. Er sah niemanden und setzte seinen Weg fort, bis er schließlich den hinteren Teil des Restaurants erreichte.

Eine Tür öffnete sich. Ein Mann in einer weißen Jacke trat heraus. Er stand einen Augenblick da, die Hände vor dem Gesicht, zündete sich eine Zigarette an. Borowski blickte nach links, nach rechts, nach oben zur Terrasse, aber da tauchte niemand auf. Ein Wachtposten, der hier stationiert war, wäre von dem plötzlichen Licht zehn Fuß unter der Konferenz erschreckt worden. Um das Haus herum gab es keine Posten.

Ein weiterer Mann erschien unter der Türe; auch er trug eine weiße Jacke, aber dazu eine Kochmütze. Seine Stimme klang ärgerlich, und das Französisch, das er sprach, hatte die gutturalen Klänge des Gascogner Dialekts. »Wir schwitzen und ihr faulenzt hier! Der Dessertwagen ist halbleer. Füll ihn wieder auf. *Jetzt*, du Faulpelz!«

Der Kellner, der für den Nachtisch zuständig war, drehte sich um und zuckte die Achseln; er drückte seine Zigarette aus und ging wieder hinein, schloß die Türe hinter sich. Das Licht verschwand, nur ein schwacher Schein des Mondes blieb, aber es genügte, um die Terrasse zu beleuchten. Dort war niemand, kein Wächter, der die breiten Doppeltüren sicherte, die nach drinnen führten.

Carlos. Du mußt Carlos finden. Carlos in die Falle locken. Cain ist für Charlie, und Delta ist für Cain.

Borowski schätzte die Distanz und die Hindernisse ab. Er war höchstens vierzig Fuß vom hinteren Teil des Gebäudes entfernt, zehn oder zwölf Fuß unter dem Geländer, das die Terrasse umlief. In der Außenwand gab es zwei Lüftungsschlitze, aus denen jetzt Dampf strömte, und daneben ein Ablaufrohr, das von dem Geländer aus zu erreichen war. Wenn es ihm gelang, am Rohr nach oben zu klettern und sich dann irgendwie am unteren Lüftungsschlitz festzuhaltem, würde er das Geländer packen und sich zur Terrasse hinaufziehen können. Aber es ging nicht, solange er den Mantel trug. Er zog ihn aus, legte ihn auf den Boden, den weichkrempigen Hut darauf und bedeckte beides mit

Ästen und Zweigen. Dann ging er bis zum Rand des Wäldchens und rannte so leise wie möglich quer über die Kiesfläche auf das Abflußrohr zu.

Im Schatten zerrte er probeweise an dem gerippten Metall; es war fest im Boden verankert. Er streckte die Arme so hoch er konnte und sprang dann in die Höhe, packte das Rohr, drückte die Füße gegen die Wand, schob einen über den anderen, bis sein linker Fuß parallel zu der ersten Lüftungsöffnung stand. Er hielt sich fest, schob seinen Fuß in die Vertiefung und arbeitete sich ein Stück weiter an der Röhre nach oben. Jetzt war er noch achtzehn Zoll vom Geländer entfernt; wenn er sich kräftig von der Vertiefung in der Mauer abstieß, würde er die unterste Sprosse erreichen.

Eine Tür flog krachend unter ihm auf; weißes Licht ergoß sich über die Kiesfläche, reichte bis zu den Bäumen. Eine Gestalt torkelte heraus, hatte Mühe, ihr Gleichgewicht zu halten, und dicht hinter ihr kam der Koch mit seiner weißen Mütze und schrie:

»Verdammter Scheißkerl! Besoffen bist du, das sag ich dir! Die ganze Nacht warst du schon besoffen! Backwerk überall am Boden. Zum Kotzen sieht das aus. Hau ab, keinen *Sou* bekommst du!«

Die Türe wurde zugeschlagen, und das Geräusch des Riegels klang endgültig. Jason hielt sich an der Regenrinne fest, seine Arme und Gelenke schmerzten, und auf der Stirn brach ihm der Schweiß in Strömen aus. Der Mann unter ihm taumelte rückwärts, machte mit der rechten Hand eine obszöne Handbewegung für den Koch, der freilich bereits nicht mehr zu sehen war. Seine glasigen Augen wanderten an der Mauer nach oben, erreichten schließlich Borowskis Gesicht. Jason hielt den Atem an, als ihre Augen sich begegneten; der Mann starrte ihn an, blinzelte dann und starrte erneut. Er schüttelte den Kopf, schloß die Augen, öffnete sie dann wieder weit; ungläubiges Staunen lag in seinem Blick. Er ging rückwärts, torkelte, wäre beinahe ausgeglitten und beschleunigte dann seine Schritte, wandte sich um, war offensichtlich zu dem Schluß gelangt, daß er einer optischen Täuschung erlegen war, und torkelte um die Ecke. Ein Mann, der mit sich jetzt wieder im Gleichgewicht war, weil er das Verrückte, das seinen Blick verwirrt hatte, von sich gewiesen hatte.

Borowski atmete auf, ließ sich erleichtert gegen die Wand sinken. Aber nur einen Augenblick lang; der Schmerz an seinem Fußgelenk war zum Fuß hinuntergewandert, erzeugte dort jetzt einen Krampf. Er machte einen Satz nach oben, packte die Eisenstange, mit der das Geländer begann, mit der rechten Hand und ließ mit der Linken die Dachrinne los. Er drückte die Knie gegen die Schindeln und zog sich langsam an der Mauer nach oben, bis sein Kopf über den Terrassenrand blickte. Sie war verlassen. Jetzt schwang er das rechte Bein auf den Sims, und seine rechte Hand griff nach der Brüstung; er gewann sein Gleichgewicht und schwang sich darüber.

Er befand sich jetzt auf einer Terrasse, die in den Frühlings- und Sommermonaten zum Essen benutzt wurde, der mit Kacheln bedeckte Boden bot leicht zehn bis fünfzehn Tischen Platz. In der Mitte der Mauer, die den umbauten Teil von der Terrasse trennte, befand sich die breite Doppeltüre, die er von dem Wäldchen aus gesehen hatte. Die Leute drinnen waren jetzt reglos, standen still, und Jason fragte sich einen Augenblick lang, ob irgendwo ein Alarm ausgelöst worden war – und sie vielleicht auf ihn warteten. Er stand völlig reglos, die Hand an der Waffe; nichts geschah. Er ging auf die Mauer zu, hielt sich im Schatten. Dort angelangt, drückte er sich gegen die Holzvertäfelung und näherte sich der ersten Tür, bis seine Finger den Türrahmen berührten. Zentimeter für Zentimeter kam er der Glasscheibe näher und sah endlich hinein.

Was er drinnen sah, faszinierte ihn, wirkte fast erschreckend. Die Männer standen in Reihen da – drei Reihen von jeweils vier Männern – und sahen André Villiers an, der zu ihnen sprach. Insgesamt dreizehn Männer, von denen zwölf nicht nur standen, sondern Habtacht-Stellung eingenommen hatten. Es waren alte Männer, aber keine gewöhnlichen alten Männer; es waren alte Soldaten. Keiner trug eine Uniform, aber jeder hatte kleine Bänder am Revers, Regimentsfarben und Auszeichnungen für Tapferkeit. Und wenn es etwas gab, das alle gemeinsam hatten, so war auch das nicht zu verkennen. Dies waren Männer, die ein Kommando gewöhnt waren. Das stand in ihren Gesichtern, ihren Augen, zu lesen, in der Art, wie sie lauschten – voll Respekt, aber das war kein blinder Respekt, das war Achtung, die auf Überlegung und Urteilsvermögen beruhte. Ihre Körper waren alt, dennoch spürte man die Kraft, die in jenem Raum versammelt war. Ungeheuere Kraft. Das war es, was beängstigend wirkte. Wenn diese Männer Carlos angehörten, dann waren die Hilfstruppen dieses Terroristen nicht nur weitreichend, sondern außergewöhnlich gefährlich. Denn dies waren keine gewöhnlichen Männer; dies waren erfahrene Berufssoldaten, mutige Kämpfer.

Die verrückten Colonels von Algier – was war von ihnen geblieben? Männer, die die Erinnerung an ein Frankreich trieb, das es nicht mehr gab, eine Welt, die es nicht mehr gab, die die jetzige schwach und wirkungslos fanden. Solche Männer konnten einen Pakt mit Carlos schließen, und wäre es nur um der Macht willen, die ihnen das verlieh.

Der General hob jetzt die Stimme; Jason bemühte sich, die Worte durch das Glas zu hören. Er konnte jetzt deutlicher verstehen.

». . . unsere Gegenwart wird ihre Wirkung zeitigen, man wird unser Ziel verstehen. Wir stehen gemeinsam und unverrückbar; man wird uns hören! Im Gedenken all jener, die gefallen sind – unsere Brüder in Uniform – die ihr Leben für den Ruhm Frankreichs gegeben haben. Wir werden unser geliebtes Land vor schädlichen Einflüssen zu bewahren wissen; es wird herrschen. Jene, die sich gegen uns stellen, werden unseren Zorn kennenlernen. Auch darin sind wir uns einig. Wir beten zum allmächtigen Gott, daß jene, die vor uns hingegangen sind, den Frieden gefunden haben mögen, denn wir befinden uns immer noch im Konflikt . . . Meine Herren: auf unsere Dame – unser Frankreich!«

Ein Murmeln einstimmiger Billigung war zu vernehmen, und die alten Soldaten blieben starr und steif stehen, und dann erhob sich eine andere Stimme, die ersten fünf Worte nur von einer Stimme gesungen, beim letzten Wort schloß sich der Rest der Gruppe an.

Allons enfants de la patrie,
Le jour de gloire est arrivé . . .

Borowski wandte sich ab. Was er in dem Raum gesehen und gehört hatte, ekelte ihn an. Schafft Verwüstung im Namen des Ruhmes; der Tod der gefallenen Kameraden verlangt gewaltsam nach weiterem Sterben, selbst wenn es einen Pakt mit Carlos, dem Meuchelmörder, bedeutet.

Was störte ihn so? Was war es, das den Ekel auslöste? Er haßte Menschen wie André Villiers, verachtete die Männer in jenem Raum. Sie waren alles alte Männer, die Krieg führten . . . und den jungen das Leben stahlen.

Warum schlossen sich die Nebel wieder um ihn? Warum war der Schmerz plötzlich wieder so bohrend? Jetzt war nicht die Zeit für Fragen, nicht die Kraft, sie zu ertragen. Er mußte sich auf André François Villiers konzentrieren, Krieger und Kriegsherr, dessen Ziele ins Gestern gehörten, aber dessen Pakt mit einem Meuchelmörder heute den Tod verlangte.

Er würde den General in eine Falle locken, ihn zur Strecke bringen, um alles zu erfahren. Männer wie Villiers verdienten es nicht zu leben. *Ich bin wieder in meinem Labyrinth, und seine Mauern sind mit Dornen gespickt. O Gott, wie weh das tut.*

Jason kletterte in der Dunkelheit über das Geländer und klammerte sich an die Regenrinne, jeder Muskel in seinen Gliedern schmerzte. Schmerz – auch das mußte er auslöschen. Er mußte ein verlassenes Stück Straße im Mondlicht erreichen und dort einen Gesandten des Teufels in die Falle locken.

25

Borowski wartete in dem Renault, zweihundert Meter östlich vom Restauranteingang. Er ließ den Motor laufen und war bereit, in dem Augenblick loszufahren, in dem er Villiers herauskommen sah. Einige andere hatten das Haus bereits verlassen, jeder in seinem eigenen Wagen. Verschwörer hielten ihre Verbindungen geheim, und diese alten Männer waren Verschwörer im wahrsten Sinne des Wortes. Sie hatten allen Ruhm, den sie sich erworben hatten, für die Waffe und die Organisation eines Mörders eingetauscht. Alter und Vorurteil hatten sie ihrer Vernunft beraubt, so wie sie ihr Leben damit verbracht hatten, andere ihres Lebens zu berauben. Die Jungen und die sehr Jungen.

Was war das? Warum läßt es mich nicht los? Irgend etwas Schreckliches sitzt tief in mir, versucht herauszubrechen, versucht mich zu töten. Angst und Schuld peinigen mich . . . aber ich kenne den Grund. Warum sollten diese verkalkten, alten Militärschädel so viel Furcht und Schuld in mir hervorrufen . . . und so viel Abscheu?

Sie verkörperten den Krieg. Den Tod. Auf Erden und im Himmel. Im Himmel . . . Hilf mir, Marie. Um Gottes willen, hilf mir!

Das war er. Die Scheinwerferstrahlen schossen aus der Einfahrt, und das lange, schwarze Chassis spiegelte das Licht der Außenbeleuchtung der Häuser. Jason ließ die eigenen Scheinwerfer ausgeschaltet, als er sich aus dem Schatten löste. Er beschleunigte, jagte die Straße hinunter, bis er die erste Kurve erreichte, wo er die Scheinwerfer einschaltete und das Gaspedal bis zum Boden durchdrückte. Das isolierte Stück Straße war etwa zwei Meilen entfernt; er mußte schnell dort hinkommen.

Es war zehn nach elf, und ebenso wie vor drei Stunden gingen die Felder in die Hügel über, beide vom Licht des Märzmondes gebadet, der jetzt geradewegs im Zenit stand. Der Randstreifen war breit, grenzte an eine Wiese, und das bedeutete, daß man beide Fahrzeuge von der Straße holen konnte. Aber sein unmittelbares Ziel war es, Villiers zum Halten zu veranlassen. Der General war alt, aber nicht schwächlich. Alles kam auf die Wahl des richtigen Zeitpunkts an.

Borowski drehte den Renault herum und wartete, bis er in der Ferne die Scheinwerfer aufleuchten sah, dann beschleunigte er plötzlich und riß das Steuer ruckartig zurück. Der Wagen schoß über die Straße – ein Fahrer, dem das Fahrzeug aus der Kontrolle geraten war, der außerstande war, auf gerader Spur zu fahren, der aber dennoch schnell fuhr.

Villiers hatte keine Wahl; er bremste ab, als Jason wie ein Wahnsinniger auf ihn zugeschossen kam. Und dann, als die beiden Fahrzeuge noch höchstens zwanzig Fuß voneinander entfernt waren, unmittelbar vor dem Zusammenstoß, riß Borowski das Steuer nach links und bremste so scharf, daß die Reifen quietschten. Endlich kam der Wagen zum Stehen. Borowski hatte sein Fenster offen und stieß einen undefinierbaren Schrei aus, der wie das Stöhnen eines Kranken oder eines Betrunkenen klang, aber jedenfalls nicht drohend. Er schlug mit der Hand auf den Fensterrahmen und verstummte, zusammengekauert im Sitz, die Waffe im Schoß.

Er hörte, wie die Türe von Villiers' Limousine sich öffnete, und spähte sachte hinüber. Der alte Mann war nicht bewaffnet, wenigstens war keine Waffe zu sehen; er schien nichts zu argwöhnen, war nur erleichtert, daß es nicht zum Zusammenstoß gekommen war. Der General ging auf das linke Fenster des Renault zu, seine Stimme klang besorgt, hatte aber zugleich einen befehlsgewohnten Unterton.

»Was soll das? Was haben Sie sich eigentlich gedacht? Sind sie verletzt? Alles in Ordnung bei Ihnen?« Seine Hände griffen nach dem Fensterrahmen.

»Ja, aber bei Ihnen nicht«, erwiderte Borowski in englischer Sprache und hob die Waffe.

»Was . . .« Der alte Mann hielt die Luft an, stand plötzlich ganz aufrecht da. »Wer sind Sie und was soll das?«

Jason stieg aus dem Renault, die linke Hand über dem Lauf der Waffe. »Ich bin froh, daß Sie so fließend Englisch sprechen. Gehen Sie zu Ihrem Wagen zurück. Fahren Sie ihn von der Straße herunter.«

»Und wenn ich mich weigere?«

»Dann töte ich Sie sofort. Es gehört nicht viel dazu, mich zu reizen.«

»Stammen diese Worte von den Roten Brigaden? Oder vom Pariser Zweig der Baader-Meinhof-Gruppe?«

»Warum? Könnten Sie dann Gegenbefehl geben?«

»Ich pfeife auf sie! Und auf Sie auch!«

»Niemand hatte je Zweifel an Ihrem Mut, General. Gehen Sie zu Ihrem Wagen.«

»Das ist keine Frage des Mutes!« sagte Villiers ohne sich zu bewegen. »Das ist eine Frage der Logik. Wenn Sie mich töten, erreichen Sie gar nichts, und noch viel weniger, wenn Sie mich entführen. Meine Befehle stehen fest, und mein Stab und meine Familie werden sie befolgen. Die Israeli haben völlig recht. Es kann keine Verhandlungen mit Terroristen geben. Schießen Sie schon, Sie Abschaum! Oder verschwinden Sie!«

Jason studierte den alten Soldaten und war sich plötzlich zutiefst unsicher. Er wagte einen Vorstoß, er würde sich nicht täuschen lassen.

»Im Restaurant soeben sagten Sie, daß Frankreich niemandes Lakai sein sollte. Aber ein General von Frankreich hat sich zum Lakai degradieren lassen. General André Villiers ist der Bote für Carlos, ist der Kontaktmann von Carlos, ist der Soldat von Carlos, ist der Lakai von Carlos.«

Die wütenden Augen weiteten sich, aber nicht so, wie Jason das erwartet hatte. In die Wut mischte sich plötzlich Haß nicht Schock, nicht Hysterie, sondern tiefer, kompromißloser Abscheu. Villiers Handrücken schoß hoch, beschrieb einen Bogen, klatschte in Borowskis Gesicht, ein scharfer, schmerzhafter Laut. Und dann folgte ein weiterer Schlag mit der Handfläche, brutal, beleidigend, so kräftig, daß Jason zurückfuhr. Der alte Mann rückte nach, der Lauf der Waffe hielt ihn auf, aber er hatte keine Angst, sie bereitete ihm keinen Schrecken, ihn beherrschte nur der Drang, den anderen zu bestrafen. Die Schläge folgten dicht aufeinander, ein Besessener schlug hier zu.

»Schwein!« schrie Villiers. »Schmutziges, widerliches Schwein! Abschaum!«

»Ich schieße! Ich töte Sie! Aufhören!« Aber Borowski konnte den Abzug nicht betätigen. Er fühlte sich mit dem Rücken gegen den kleinen Wagen gedrängt, die Schultern gegen das Dach gepreßt. Und der alte Mann griff immer noch an, seine Hände flogen, schwangen, schmetterten ihm ins Gesicht.

»Töten Sie mich, wenn Sie es können – wenn Sie es *wagen! Dreckskerl!*«

Jason warf die Waffe weg und hob die Arme, um Villiers Angriff aufzuhalten. Seine linke Hand schoß vor, packte das rechte Handgelenk des alten Mannes, dann sein linkes, umklammerte den linken Unterarm, der wie ein Schwert herunterfuhr. Er drehte beide kräftig herum, zwang damit Villiers zu sich heran, zwang den alten Soldaten, reglos zu stehen, so daß ihre Gesichter nur ein paar Zoll voneinander entfernt waren und der Brustkasten des alten Mannes sich hob und senkte, vor Empörung.

»Wollen Sie mir vielleicht sagen, daß Sie *nicht* Carlos' Mann sind? Leugnen Sie es?«

Villiers warf sich vor, versuchte, Borowskis Griff zu brechen, und sein mächtiger Brustkasten stieß gegen Jason. »Ich verabscheue Sie! Sie Bestie!«

»*Verdammt* – ja oder nein?«

Der alte Mann spuckte Borowski ins Gesicht, und das Feuer in seinen Augen war jetzt erloschen, Tränen standen in ihnen. »Carlos hat meinen Sohn getötet«, sagte er im Flüsterton. »Meinen einzigen Sohn hat er in der Rue du Bac getötet. Fünf Stangen Dynamit haben das Leben meines Sohnes auf der Rue du Bac beendet!«

Jason lockerte langsam den Druck seiner Finger. Schwer atmend sprach er, so leise er das konnte.

»Fahren Sie Ihren Wagen ins Feld und bleiben Sie dort. Wir müssen miteinander reden, General. Etwas ist geschehen, wovon Sie nichts wissen. Wir sollten besser beide mehr darüber erfahren.«

»*Nie!* Unmöglich! Das kann es nicht geben!«

»Das gibt es«, sagte Borowski, der vorne neben Villiers saß.

»Dann ist ein schrecklicher Fehler begangen worden! Sie wissen nicht, was Sie sagen!«

»Kein Fehler – und ich weiß, was ich sage, weil ich die Nummer selbst gefunden habe. Es ist nicht nur die richtige Nummer, es ist auch eine ausgezeichnete Deckung. Niemand, der im Besitz seines Verstandes ist, würde Sie mit Carlos in Verbindung bringen. Besonders angesichts des Todes Ihres Sohnes. Ist es allgemein bekannt, daß er von Carlos getötet wurde?«

»Können Sie sich etwas deutlicher ausdrücken, Monsieur.«

»Entschuldigung. Bitte, beantworten Sie meine Frage.«

»Allgemein bekannt? Was die Sûreté angeht, eindeutig ja. Was die militärische Abwehr und Interpol betrifft, ganz bestimmt. Ich habe die Berichte gelesen.«

»Was stand in ihnen?«

»Man vermutete, daß Carlos seinen Freunden aus den Tagen der Radikalen einen Gefallen tat. Bis zu dem Punkt, da er insgeheim zuließ, daß sie die Verantwortung für die Tat auf sich nahmen. Sie hatten politische Motive, müssen Sie wissen. Mein Sohn war ein Opfer, ein Exempel für andere, die sich gegen die Fanatiker stellten.«

»Fanatiker?«

»Die Extremisten bildeten eine falsche Koalition mit den Sozialisten und machten Versprechungen, die sie nie zu halten beabsichtigten. Mein Sohn erkannte das, deckte es auf und forderte neue Gesetze, um das Bündnis zu blockieren. Dafür hat man ihn getötet.«

»Haben Sie deshalb Ihren Abschied aus der Armee genommen und sich zur Wahl gestellt?«

»Mit ganzem Herzen. Üblicherweise führt der Sohn das Werk des Vaters, fort . . .« Der alte Mann hielt inne, und das Mondlicht beleuchtete sein verhärmtes Gesicht. »In dieser Angelegenheit war es das Vermächtnis des Vaters, das Werk des Sohnes fortzuführen. Er war kein Soldat und ich kein Politiker, aber Waffen und Explosivstoffe sind mir nicht fremd. Sein Gedankengut war von mir geprägt. Seine Philosophie entsprach der meinen, und dafür hat man ihn getötet. Meine Entscheidung stand fest. Ich würde das, was wir für richtig hielten, in die politische Arena tragen und mich seinen Feinden stellen. Der Soldat war auf sie vorbereitet.«

»Mehr als ein Soldat, vermute ich.«

»Was meinen Sie damit?«

»Jene Männer in dem Restaurant. Sie sahen so aus, als hätten sie einmal die halbe französische Streitmacht angeführt.«

»Das haben sie, Monsieur. Es sind die legendären zornigen jungen Kommandeure von Saint-Cyr. Die Republik war korrupt, das Militär unfähig, die Maginotlinie ein Witz. Hätte man damals auf sie gehört, wäre Frankreich nicht gefallen. Sie wurden die Führer der Résistance. Sie kämpften in ganz Europa und Afrika gegen die Boches und Vichy.«

»Und was tun sie jetzt?«

»Die meisten leben von ihren Pensionen, und viele läßt die Vergangenheit nicht in Ruhe. Sie beten zur Heiligen Jungfrau, daß diese Vergangenheit endgültig begraben sein möge. Aber die Fakten sprechen dagegen. Das Militär ist zu einer Farce geworden, Kommunisten und Sozialisten in der Nationalversammlung sorgen dafür, daß die Macht der Streitkräfte ausgehöhlt wird. Nur Moskau bleibt sich treu, es ändert sich über all die Jahrzehnte nicht. Eine freie Gesellschaft verführt zur Infiltration, und sobald sie einmal infiltriert ist, schreiten die Veränderungen fort, bis jene Gesellschaft völlig pervertiert ist. Verschwörung ist überall; man muß sich gegen sie stellen.«

»Das alles klingt sehr extrem.«

»Wieso? Weil es ums Überleben geht? Weil es die Ehre anbelangt? Sind das Begriffe, die Ihnen anachronistisch erscheinen?«

»Ich glaube nicht. Aber ich kann mir vorstellen, daß man im Namen dieser Begriffe viel Schaden anrichten kann.«

»Da gehen unsere Ansichten auseinander, aber ich will nicht darüber streiten. Sie haben mich nach meinen Kameraden gefragt, und ich habe Ihnen Antwort gegeben. Aber jetzt bitte zu dieser unglaublichen Fehlinformation, die Sie haben. Ich bin fassungslos. Sie wissen nicht, wie es ist, wenn man einen Sohn verliert, wenn einem ein Kind getötet wird.«

Der Schmerz packt mich wieder, wenn ich wüßte, weshalb. Schmerz und Leere, ein Vakuum am Himmel. Vom Himmel. Tod am Himmel und vom Himmel. Herrgott, tut das weh. Es. Was ist es?

»Ich kann Ihnen das nachfühlen«, sagte Jason und verkrampfte die Hände ineinander, um das plötzliche Zittern besser verbergen zu können.

»Niemand, der im Vollbesitz seines Verstandes ist, würde mich mit Carlos in Verbindung bringen, geschweige denn dieses Schwein persönlich. Es wäre ein Risiko, das er nie eingehen würde. Undenkbar.«

»Genau. Deshalb sage ich ja, daß Sie mißbraucht werden; es ist undenkbar. Sie sind der perfekte Zwischenträger für definitive Anweisungen.

»Unmöglich! Wie sollte das gehen?«

»Jemand, der Zugang zu Ihrem Telefon hat, steht in direkter Verbindung mit Carlos. Man benutzt Codes, gewisse Worte, um jene Person ans Telefon zu locken. Wahrscheinlich, wenn Sie nicht da sind, möglicherweise aber sogar dann. Bedienen Sie Ihr Telefon selbst?«

Villiers runzelte die Stirn. »Um die Wahrheit zu sagen, nein. Nicht diese Nummer. Es gibt zu viele Leute, denen ich aus dem Wege gehe, deshalb habe ich eine Privatnummer.«

»Und wer bedient das Telefon dann?«

»Gewöhnlich die Haushälterin oder ihr Mann, der mir teilweise als Butler, teilweise als Chauffeur dient. Er war während meiner letzten Jahre beim Militär mein Fahrer. Und wenn keiner von ihnen beiden zur Stelle ist, natürlich meine Frau. Oder mein Assistent, der oft in meinem Büro zu Hause arbeitet; er war mein Adjutant.«

»Wer sonst?«

»Sonst gibt es niemanden.«

»Hausangestellte? Mädchen?«

»Wir haben keine feste Hausangestellte; wenn wir eine brauchen, stellen wir sie kurzfristig auf begrenzte Zeit ein. Der Reichtum der Villiers liegt mehr im Namen als auf den Banken.«

»Reinemachefrau?«

»Zwei. Sie kommen zweimal die Woche, und nicht immer dieselben zwei.«

»Sie sollten sich Ihren Chauffeur und den Adjutanten näher ansehen.«

»Lächerlich! Ihre Loyalität steht außer Frage.«

»Das hat man von Brutus auch gesagt, und Cäsar hatte einen höheren Rang als Sie.«

»Das kann nicht Ihr Ernst sein.«

»Doch, das ist mir bitter ernst. Und Sie sollten mir das auch glauben. Alles, was ich Ihnen gesagt habe, ist die Wahrheit.«

»Aber eigentlich haben Sie mir gar nicht sonderlich viel gesagt, oder? Ihren Namen, zum Beispiel.«

»Der ist nicht nötig. Wenn Sie ihn kennen würden, könnte das ein Nachteil für Sie sein.«

»In welcher Hinsicht?«

»In der zugegebenermaßen sehr geringen Möglichkeit, daß ich in bezug auf die Verbindungsperson unrecht habe – und diese Möglichkeit besteht eigentlich kaum.«

Der alte Mann nickte, so wie alte Männer das tun, wenn sie Worte wiederholen, die sie so verblüfft haben, daß sie sie nicht glauben können. Sein faltiges Gesicht bewegte sich im Mondlicht auf und ab. »Ein Mann ohne Namen hält mich nachts auf der Straße auf, richtet eine Pistole auf mich und erhebt eine geradezu ungeheuerliche Anklage – einen Vorwurf, der so entsetzlich ist, daß ich ihn am liebsten töten möchte – und erwartet dann von mir, daß ich sein Wort akzeptiere. Das Wort eines Mannes ohne Namen und mit einem Gesicht, das ich nicht erkenne, und keinerlei Beweismittel. Er behauptet nur, daß Carlos ihn jagt. Sagen Sie mir selbst, weshalb sollte ich diesem Mann Glauben schenken?«

»Weil«, antwortete Borowski, »er keinen Anlaß hätte, zu Ihnen zu kommen, wenn er nicht von der Wahrheit überzeugt wäre.«

Villiers starrte Jason an. »Nein, es gibt einen besseren Grund. Vor einer Weile haben Sie mir mein Leben gegeben. Sie warfen Ihre Pistole auf den Boden anstatt zu feuern. Das hätten Sie aber tun können. Leicht. Statt dessen zogen Sie dann eine Unterhaltung mit mir vor.«

Der alte Mann wies auf den Renault, der zehn Meter von ihnen entfernt auf dem Feld stand. »Fahren Sie hinter mir her nach Parc Monceau. Wir wollen uns in meinem Büro weiter unterhalten. Ich schwöre bei meinem Leben, daß Sie bezüglich beider Männer unrecht haben; aber schließlich haben Sie recht damit, daß Cäsar von falscher Ergebenheit getäuscht wurde. Und er hatte in der Tat einen höheren Rang als ich.«

»Wenn ich jenes Haus betrete und jemand mich erkennt, bin ich ein toter Mann. Ebenso wie Sie.«

»Mein Assistent ging heute nachmittag kurz nach fünf Uhr weg, und der Chauffeur, wie Sie ihn nennen, geht spätestens um zehn, um fernzu-

sehen. Sie können ja draußen warten, bis ich hineingehe und mich um-
sehe. Wenn alles normal ist, rufe ich Sie. Wenn nicht, komme ich wieder
heraus und fahre weg. Dann folgen Sie mir wieder. Ich halte irgendwo
dann an.«

Jason beobachtete Villiers beim Sprechen und fragte skeptisch.
»Warum wollen Sie, daß ich nach Parc Monceau zurückfahre?«

»Wohin denn sonst? Ich bin gespannt auf die Begegnung. Einer der
Männer liegt im Bett und glotzt in die Fernsehröhre. Ferner möchte ich,
daß meine Frau Bescheid weiß. Sie ist eine alte Soldatenfrau und hat ein
untrügliches Gespür für solche Dinge. Ich habe mir angewöhnt, mich auf
sie in dieser Hinsicht zu verlassen; sobald sie Ihre Stimme hört, ist es
möglich, daß ihr irgend etwas auffällt.«

Borowski mußte es einfach aussprechen: »Ich habe Sie in die Falle gelockt, indem ich Sie täuschte. Sie können nun mich in die Falle locken,
indem Sie mich täuschen. Woher soll ich wissen, daß Parc Monceau keine
Falle ist?«

Der alte Mann zuckte mit keiner Wimper. »Sie haben das Wort eines
Generals von Frankreich, und das ist alles, was ich Ihnen geben kann.
Wenn Ihnen das nicht genügt, dann nehmen Sie Ihre Waffe und ver-
schwinden Sie hier.«

»Es genügt«, sagt Borowski. »Nicht weil es das Wort eines Generals ist,
sondern weil es das Wort eines Mannes ist, dessen Sohn in der Rue du Bac
getötet wurde.«

Die Rückkehr nach Paris schien Jason viel länger als die Herfahrt. Er
kämpfte jetzt wieder gegen Bilder; Bilder, die ihm den Schweiß auf die
Stirn trieben. Der teuflische Schmerz begann an seinen Schläfen und zog
sich durch seine Brust, bis er einen Klumpen in seinem Magen bildete – er
war so unerträglich, daß er am liebsten geschrien hätte.

*Tod am Himmel . . . vom Himmel. Nicht Dunkelheit, sondern blendendes
Sonnenlicht. Keine Winde, die meinen Körper in tiefe Dunkelheit treiben, son-
dern statt dessen Schweigen und die Geräusche des Dschungels . . . an einem
Flußufer. Stille, gefolgt vom Kreischen der Vögel und dem Dröhnen der Maschi-
nen. Vögel . . . Maschinen . . . die im blendenden Sonnenlicht nach unten rasen.
Explosionen. Tod. Der Jungen und der sehr Jungen.*

*Aufhören! Das Rad anhalten! Du mußt dich jetzt auf die Straße konzentrie-
ren. Du darfst nicht denken. Denken ist zu schmerzhaft. Du weißt nicht weshalb.*

Sie erreichten die von Bäumen gesäumte Straße in Parc Monceau. Villiers fuhr hundert Meter vor ihm, mit einem Problem konfrontiert, das er
noch vor Stunden nicht gekannt hatte; jetzt waren viel mehr Fahrzeuge
auf der Straße. Einen Parkplatz zu finden würde schwierig sein.

Aber da gab es einen genügend großen Platz zur Linken, schräg gegenüber dem Haus des Generals. Villiers hielt die Hand zum Fenster hinaus
und winkte Jason zu, ihm zu folgen.

Und dann geschah es. Jasons Augen wurden von einem Lichtschein in einer Tür geblendet und erfaßte in Sekundenschnelle die Gestalten im schwachen Licht; Entsetzen packte ihn, und ganz automatisch, vom Instinkt geleitet, griff er nach der Pistole, die in seinem Gürtel steckte.

Hatte man ihn doch in eine Falle gelockt? War das Wort eines Generals von Frankreich wertlos gewesen?

Villiers manövrierte seine Limousine in die Parklücke. Borowski drehte sich in seinem Sitz herum und schätzte die Umgebung ab; aber niemand kam auf ihn zu, niemand näherte sich. Die Situation war so unwirklich und doch wieder so wirklich, daß der alte Haudegen nichts begreifen konnte.

Denn auf der anderen Straßenseite, auf den Stufen, die in Villiers Haus führten, stand eine junge, attraktive Frau unter der Türe. Sie redete schnell und mit kleinen, ängstlich wirkenden Gesten auf einen Mann ein, der auf der obersten Treppenstufe stand und die ganze Zeit nickte, als erhielte er Instruktionen. Und dieser Mann war der grauhaarige, distinguiert aussehende Telefonist vom Les Classiques. Der Mann, dessen Gesicht Jason irgendwie bekannt vorkam. Ein Gesicht, das andere Bilder ausgelöst hatte . . . Bilder, die gewalttätig und schmerzhaft waren, die ihn nicht in Ruhe ließen, wie jene letzte halbe Stunde in dem Renault gezeigt hatte . . .

Aber etwas war hier anders. Dieses Gesicht weckte Erinnerungen an Finsternis und stürmische Winde am nächtlichen Himmel, an Explosionen, die eine nach der anderen kamen, Geräusche von einem Stakkato-Gewehrfeuer, das durch die Myriaden-Tunnels eines Dschungels hallte.

Borowski wandte mit einiger Mühe den Blick von der Türe und sah Villiers durch die Windschutzscheibe an. Der General hatte seine Scheinwerfer abgeschaltet und war jetzt im Begriff, aus dem Wagen zu steigen. Jason ließ die Kupplung los und rollte nach vorne, bis er mit der hinteren Stoßstange der Limousine kollidierte. Villiers fuhr in seinem Sitz herum.

Borowski schaltete seine eigenen Scheinwerfer ab und knipste das kleine Dachlicht im Wageninneren an. Er hob die Hand – die Handfläche nach unten – und hob sie dann noch zweimal, sagte dem alten Soldaten, er solle bleiben, wo er war. Villiers nickte, und Jason schaltete die Lichter ab.

Er blickte wieder zu der Türe hinüber. Der Mann war einen Schritt nach unten gegangen, ein letzter Befehl der Frau hatte ihn aufgehalten. Borowski konnte sie jetzt ganz deutlich sehen. Sie war Mitte bis Ende Dreißig und hatte kurzes, dunkles Haar, das modisch geschnitten war und ein von der Sonne gebräuntes Gesicht einrahmte. Sie war eine hochgewachsene Frau, fast statuenhaft, und das eng anliegende Tuch eines langen, weißen Kleides, das ihre braune Hautfarbe vorteilhaft zur Geltung brachte, hob ihre schwellenden Brüste hervor. Wenn sie Teil des

Hauses war, hatte Villiers sie nicht erwähnt, und das bedeutete, daß sie das vermutlich nicht war. Sie schien eine Besucherin zu sein, die wußte, wann der richtige Zeitpunkt war, um zu dem Haus des alten Mannes zu kommen. Das bedeutete, daß es eine Kontaktperson in Villiers Haus gab, die mit ihr in Verbindung stand. Der alte Mann mußte sie eigentlich kennen!

Der grauhaarige Telefonist nickte ein letztes Mal, kam die Treppe herunter und ging schnell die Straße entlang. Die Türe schloß sich, und das Licht der Kutschenlampen beleuchtete die verlassene Treppe und die glänzende schwarze Tür mit den Bronzebeschlägen.

Warum bedeuteten jene Stufen und jene Türe etwas für ihn?

Waren es Bilder? Eine Realität, die nicht existierte?

Borowski stieg aus dem Renault, beobachtete die Fenster, hielt Ausschau nach der Bewegung eines Vorhangs; doch da war nichts. Er ging schnell zu Villiers Wagen; das vordere Seitenfenster wurde heruntergekurbelt, das Gesicht des Generals erschien, und seine dichten Augenbrauen hoben sich überrascht. »Was um Himmels willen tun Sie?« fragte er.

»Dort drüben bei Ihrem Haus«, sagte Jason und duckte sich ein wenig. »Sie haben es auch gesehen?«

»Ja, und?«

»Wer war die Frau? Kennen Sie sie?«

»Das will ich meinen! Sie ist meine Frau.«

»Ihre *Frau?*« Borowski war die Überraschung anzusehen.

»Ich dachte, Sie hätten gesagt . . . ich dachte, Sie hätten gesagt, sie sei eine *alte* Frau. Sie wollten, daß Sie mich anhört, weil Sie seit Jahren Ihrem Urteil blind vertrauen. Das haben Sie vorhin gesagt.«

»Nicht genau. Ich habe gesagt, sie sei eine *alte Soldatenfrau.* Und ich habe in der Tat großen Respekt vor ihrem Urteil. Aber sie ist meine zweite Frau – meine sehr viel jüngere zweite Frau – aber mir ebenso lieb wie meine erste, die vor acht Jahren starb.«

»O mein Gott . . .«

»Machen Sie sich keine Gedanken über den Altersunterschied. Sie ist stolz und glücklich, die zweite Madame Villiers zu sein. Sie war mir im Rat eine große Hilfe.«

»Es tut mir leid«, flüsterte Borowski. »Herrgott, es tut mir leid.«

»Was denn? Sie haben sie mit jemand anderem verwechselt? Das geschieht häufig; sie ist schließlich eine auffallende Schönheit. Ich bin sehr stolz auf sie.« Villiers öffnete die Tür, während Jason sich aufrichtete. »Warten Sie hier«, sagte der General, »ich gehe hinein und sehe nach; wenn alles in Ordnung ist, öffne ich die Tür und gebe Ihnen ein Zeichen. Wenn nicht, komme ich zum Wagen zurück, dann fahren wir weg.«

Borowski blieb reglos vor Villiers stehen und hinderte damit den alten Mann am Aussteigen. »General, ich muß Sie etwas fragen. Ich weiß nicht recht, wie ich es anstellen soll, aber ich muß. Ich sagte Ihnen ja, daß ich Ihre Telefonnummer in einer Verbindungsstation gefunden habe, die Carlos benutzt. Ich habe Ihnen nicht gesagt, wo. Nur, daß sie von einer Person bestätigt wurde, die zugab, Nachrichten zwischen Carlos und dessen Kontaktpersonen zu vermitteln.« Borowski atmete tief, und sein Blick wanderte kurz zu der Tür auf der anderen Straßenseite. »Jetzt muß ich Ihnen eine Frage stellen und Sie bitten, sorgfältig nachzudenken, ehe Sie antworten. Kauft Ihre Frau ihre Kleider in einem Geschäft, das sich *Les Classiques* nennt?«

»In Saint-Honoré?«

»Ja.«

»Ich weiß zufällig, daß sie das nicht tut.«

»Sind Sie sicher?«

»Ganz und gar. Nicht nur, daß ich nie eine Rechnung von diesem Geschäft gesehen habe, sondern sie hat mir auch gesagt, daß ihr die Stoffe dort nicht gefallen. Meine Frau kennt sich in Modedingen sehr gut aus.«

»Mein Gott.«

»Was?«

»General, ich kann dieses Haus nicht betreten. Ich kann dort nicht hineingehen.«

»Warum nicht? Was wollen Sie damit sagen?«

»Der Mann auf der Treppe, der mit Ihrer Frau sprach. Er kommt von der Verbindungsstelle; das ist *Les Classiques*. Er ist ein Kontaktmann für Carlos.«

Alles Blut wich aus André Villiers Gesicht. Er wandte sich um, starrte über die von Bäumen gesäumte Straße zu seinem Haus hinüber auf die glänzende schwarze Tür und die Bronzedekoration, die das Licht der Kutschenlampen spiegelte.

Der pockennarbige Bettler kratzte sich die Bartstoppeln, nahm seine fadenscheinige Mütze ab und zwängte sich durch das Bronzeportal der kleinen Kirche in Neuilly-sur-Seine.

Er ging unter den mißbilligenden Blicken zweier Priester den rechten Aufgang hinunter. Die beiden Kleriker ärgerten sich; das war eine wohlhabende Gemeinde, und allem biblischen Mitgefühl zum Trotz hatte der Wohlstand doch seine religiösen Privilegien. Eines dieser Privilegien bestand darin, daß man eine gewisse Klasse von Gläubigen bevorzugte – und dieses alte, heruntergekommene Wrack paßte eigentlich nicht hierher.

Der Bettler machte einen mißglückten Versuch einer Kniebeuge und setzte sich dann in einen Betstuhl in der zweiten Reihe, bekreuzigte sich und kniete nieder, den Kopf im Gebet versunken, schob mit der rechten Hand den linken Ärmel seines Mantels zurück. An seinem Handgelenk war eine Uhr zu sehen, die irgendwie nicht zu seiner sonstigen Kleidung paßte. Es war eine teure Digitaluhr mit großen, auffälligen Ziffern. Ein Besitzstück, von dem man sich nie trennen würde, denn es handelte sich um ein Geschenk von Carlos. Vor einiger Zeit war er einmal fünfundzwanzig Minuten zu spät zur Beichte gekommen und hatte damit seinen Wohltäter verärgert, und keine andere Entschuldigung vorbringen können, als daß er keine genaue Uhr besessen habe. Bei ihrer nächsten Verabredung hatte Carlos sie unter dem halbdurchsichtigen Vorhang durchgeschoben, der den Sünder vom heiligen Manne trennte.

Stunde und Minute stimmten. Der Bettler erhob sich und ging auf den zweiten Beichtstuhl zur Rechten zu. Er öffnete den Vorhang und trat ein.

»Angelus Domini.«

»Angelus Domini, Kind Gottes.« Das Flüstern hinter dem schwarzen Tuch klang hart. »Sind deine Tage angenehm?«

»Sie werden angenehm gemacht . .«

»Sehr gut«, unterbrach die Silhouette. »Was hast du mir gebracht? Meine Geduld geht zur Neige. Ich zahle Tausende – Hunderttausende – wofür? Für Unfähigkeit und Versagen. Was geschah in Montrouge? Wer war für die Lügen verantwortlich, die von der Botschaft in Montaigne kamen? Wer hatte damit zu tun?«

»Die ›Auberge du Coin‹ war eine Falle. Es ist schwierig herauszufinden, was eigentlich los war. Wenn der Attaché namens Corbelier nur Lügen wiederholte, sind unsere Leute zumindest überzeugt, daß er sich dessen nicht bewußt war. Er ist von der Frau getäuscht worden.«

»Von Cain ist er getäuscht worden! Borowski verfolgt die Spur jedes Gewährsmannes bis zu ihrem Ursprung. Er gibt falsche Informationen weiter und bringt uns dadurch in Gefahr, das gibt er unumwunden zu. Aber warum? Wir wissen jetzt, was und wer er ist, aber er läßt Washington zappeln. Er will im dunkeln bleiben.«

»Die Antwort«, sagte der Bettler, »liegt in der Vergangenheit begraben. Aber ich glaube, er will seine Ruhe haben. Die amerikanische Abwehr verfügt über genügend selbstherrliche Autokraten, die heute so und morgen so denken und selten miteinander in Verbindung stehen. In den Tagen des kalten Krieges konnte man viel Geld verdienen, wenn man denselben Stationen drei- oder viermal Informationen verkaufte. Vielleicht wartet Cain, bis er glaubt, daß es nur noch eine Möglichkeit gibt, die Dinge in Ordnung zu bringen.«

»Das Alter hat Ihren Verstand noch nicht getrübt, alter Freund. Deshalb habe ich auch Sie gerufen.«

»Oder«, fuhr der Bettler fort, »es könnte natürlich auch sein, daß er es sich überlegt und kehrtgemacht hat. Das wäre nicht das erstemal, daß so etwas passiert.«

»Das glaube ich nicht, aber darauf kommt es nicht an. Washington glaubt, daß er die Fronten gewechselt hat. Der ›Mönch‹ ist tot, alle sind sie tot in Treadstone. Cain steht als der Killer fest.«

»Der ›Mönch‹?« sagte der Bettler. »Ein Name aus der Vergangenheit; er war in Berlin tätig, in Wien. Wir kannten ihn gut und waren froh, wenn wir ihm nicht zu nahe kamen. Da haben Sie Ihre Antwort, Carlos. Es war stets der Stil des ›Mönchs‹, die Zahl der Leute, mit denen er zu tun hatte, so gering wie möglich zu halten. Er ging von der Theorie aus, daß seine Kreise infiltriert und nicht zuverlässig waren. Er muß Cain Anweisung gegeben haben, nur ihm zu berichten. Das würde die Verwirrung in Washington erklären, die Monate des Schweigens.«

»Aber was bedeutet es für uns? Nichts ist passiert.«

»Das kann viele Ursachen haben. Krankheit, Erschöpfung, zur Ausbildung zurückgerufen. Oder einfach nur das Ziel, Verwirrung unter den Feinden zu säen. Der ›Mönch‹ hatte immer einen ganzen Sack voller Tricks.«

»Und doch sagte er, ehe er starb, zu einem Kollegen, daß er *nicht* wüßte, was geschehen war. Daß er nicht einmal sicher sei, daß der Mann wirklich Cain *war*.«

»Wer war der Kollege?«

»Ein Mann namens Gillette. Er war unser Mann, aber das kann Abbott nicht gewußt haben.«

»Noch eine Möglichkeit: der ›Mönch‹ hatte für solche Männer einen Instinkt. In Wien hieß es immer, David Abbott würde selbst dem lieben Gott nicht über den Weg trauen.«

»Möglich. Was Sie sagen, beruhigt mich; Sie suchen Dinge, die andere nicht suchen.«

»Ich hab Erfahrung; ich war einmal ein wichtiger Mann. Unglücklicherweise habe ich keine Beziehung zum Geld.«

»Die haben Sie immer noch nicht.«

»Wir hätten einander in den alten Tagen kennen sollen.«

»Jetzt werden Sie anmaßend, Carlos.«

»So ist das immer. Sie wissen, daß ich weiß, daß Sie mein Leben jeden Augenblick auslöschen können, also muß ich einen Wert für Sie besitzen, der nicht nur mit Erfahrung zu erklären ist.«

»Was haben Sie mir noch mitzuteilen?«

»Es ist vielleicht nicht besonders wichtig, aber immerhin . . . . Ich habe ordentliche Kleider angezogen und den Tag in der ›Auberge du Coin‹ verbracht. Es gab dort einen Mann, einen korpulenten Mann – die Sûreté hat ihn verhört und entlassen – dessen gehetzter Blick mir auffiel. Er schwitzte auch zu viel. Jedenfalls kam er mir verdächtig vor. Ich habe mich mit ihm unterhalten und zeigte ihm ein offizielles NATO-Ausweispapier, das ich mir Anfang der fünfziger Jahre hatte machen lassen. Anscheinend hat er gestern früh um drei Uhr einen Wagen vermietet. An einen blonden Mann in Begleitung einer Frau. Die Beschreibung paßt zu der Fotografie aus Argenteuil.«

»Vermietet?«

»So hat er es mir dargestellt. In ein oder zwei Tagen sollte die Frau den Wagen zurückgeben.«

»Das wird nie geschehen.«

»Natürlich nicht, aber es läßt Rückschlüsse zu . . . Warum sollte Cain sich die Mühe machen, sich ausgerechnet auf die Weise ein solches Fahrzeug zu beschaffen?«

»Um so schnell wie möglich wegzukommen.«

»In diesem Falle ist die Information wertlos«, sagte der Bettler. »Andererseits gibt es so viele Möglichkeiten, auf weniger auffällige Art zu verreisen. Und Borowski muß jedem mißtrauen.«

»Worauf wollen Sie hinaus?«

»Ich gebe zu bedenken, daß Borowski sich diesen Wagen zu dem einzigen Zweck beschafft haben könnte, um jemanden hier in Paris zu verfolgen. Kein Herumlungern in der Öffentlichkeit, wo man ihn vielleicht entdecken könnte, keine Mietwagen, die Hinweise geben, keine hektische Suche nach Taxis. Statt dessen einfach nur ein Austausch von Zulassungsschildern und ein unauffälliger schwarzer Renault in den überfüllten Straßen. Wo sollte man da suchen?«

Die Silhouette wandte sich ihm zu. »Die Lavier«, sagte der Meuchelmörder im Beichtstuhl leise. »Und jeder andere in *Les Classiques*, den er verdächtigt. Das ist der Ort, wo man sie beobachten kann. Binnen Tagen – vielleicht binnen Stunden – wird man einen unauffälligen schwarzen Renault sehen und ihn finden. Haben Sie eine Beschreibung des Wagens?«

»Bis auf die letzte Beule am hinteren Kotflügel.«

»Gut. Sagen Sie den anderen alten Männern Bescheid. Durchkämmen Sie die Straßen, die Garagen und die Parkplätze. Derjenige, der den Renault findet, hat für alle Zeiten ausgesorgt.«

»Weil wir schon gerade bei dem Thema sind . .«

Ein Umschlag schob sich zwischen dem Vorhang und der Filzbespannung des Beichtstuhls durch. »Wenn sich Ihre Theorie als richtig erweist, können Sie das als eine rein symbolische Geste betrachten.«

»Ich *habe* recht, Carlos.«

»Warum sind Sie so überzeugt?«

»Weil Cain das tut, was Sie tun würden, was ich getan hätte – damals, in den alten Tagen. Man muß den Hut vor ihm ziehen.«

»Töten muß man ihn«, sagte der Meuchelmörder. »Im Zeitablauf ist Symmetrie. In ein paar Tagen ist der 25. März. Am 25. März 1968 wurde Jason Borowski im Dschungel von Tam Quan exekutiert. Jetzt, Jahre später – fast auf den Tag genau – wird ein anderer Jason Borowski gejagt, und die Amerikaner sind ebenso eifrig erpicht wie wir, daß er getötet wird. Ich frage mich, wer von uns diesmal den Abzug drücken wird.«

»Ist das wichtig?«

»*Ich* will ihn haben«, flüsterte die Silhouette. »Er war nie echt, und das war sein Fehler. Sagen Sie den alten Männern, sie sollen in Parc Monceau Bescheid sagen, wenn sie ihn finden. Sie sollen ihn nur im Auge behalten. Ich möchte, daß er am 25. März noch am Leben ist. Am 25. März werde ich ihn selbst töten und seine Leiche an die Amerikaner ausliefern.«

»Ich werde sofort Bescheid geben.«

»Angelus Domini, Kind Gottes.«

»Angelus Domini«, sagte der Bettler.

26

Der alte Soldat schritt schweigend neben dem jüngeren Mann den mondbeschienenen Weg im Bois de Boulogne hinab. Keiner von beiden sagte etwas, es war schon viel zuviel gesagt worden. Villiers mußte über das Gehörte nachdenken. Und er bezog Stellung.

Der junge Mann schien die Wahrheit zu sprechen. Seine Augen, seine Stimme, jede seiner Gesten ließen keine Zweifel zu. Der Mann ohne Namen log nicht. Die Zelle des Verrates befand sich in Villiers' Haus. Das erklärte viele Dinge, die er vorher nicht zu fragen gewagt hatte. Ein alter Mann wollte weinen.

Für den Mann ohne Erinnerung blieb alles beim alten. Seine Geschichte klang überzeugend, weil hier die Wahrheit war. Er mußte Carlos finden, mußte erfahren, was der Meuchelmörder wußte; wenn ihm das nicht gelang, würde es für ihn kein Leben geben. Er erwähnte Marie St. Jacques nicht, auch nicht die Ile de Port Noir, oder die Nachricht, die von einem oder mehreren Unbekannten geschickt wurde, oder das Mysterium seiner eigenen Person.

Statt dessen berichtete er alles, was er über den Killer wußte, den man Carlos nannte. Jenes Wissen war so profund, daß Villiers ihn verblüfft anstarrte und Informationen erkannte, von denen er wußte, daß sie streng geheim waren. Durch seinen Sohn hatte der General Zugang zu den geheimsten Akten seines Landes über Carlos gehabt, und manches in jenen Akten paßte zu dem, was ihm der Unbekannte hier erzählte.

»Diese Frau, mit der Sie in Argenteuil sprachen, die in telefonischer Verbindung zu meinem Haus steht, und die Ihnen gegenüber zugab, Kurier zu sein . . .«

»Ihr Name ist Lavier«, unterbrach Borowski.

Der General machte eine Pause. »Danke. Sie hat Sie durchschaut; sie hat Sie fotografieren lassen.«

»Ja.«

»Die hatten vorher also keine Fotografie?«

»Nein.«

»Also jagt Carlos Sie ebenso, wie Sie ihn jagen. Aber Sie besitzen keine Fotografie. Sie kennen nur zwei Kuriere, von denen einer in meinem Hause war.«

»Ja.«

»Und mit meiner Frau gesprochen hat.«

»Ja.«

Der alte Mann wandte sich ab. Schweigen lastete über ihnen.

Sie erreichten das Ende des Weges, wo sich ein kleiner See befand. Er war mit weißem Kies eingesäumt, und alle zehn oder fünfzehn Fuß standen Bänke und umgaben das Wasser, wie eine Ehrenwache ein Grabmonument aus schwarzem Marmor umgibt. Sie gingen zur zweiten Bank. Jetzt brach Villiers sein Schweigen.

»Ich würde mich gerne setzen«, sagte er. »Mit dem Alter lassen die Kräfte nach. Das ist mir oft peinlich.«

»Das sollte es nicht sein«, sagte Borowski und setzte sich neben ihn.

»Das sollte es nicht«, pflichtete der General ihm bei, »aber das tut es.« Er wartete einen Augenblick und fügte dann leise hinzu: »Häufig in Gesellschaft meiner Frau.«

»Das ist doch nicht so schlimm«, sagte Jason.

»Sie mißverstehen mich.« Der alte Mann wandte sich dem jüngeren zu. »Ich meine nicht das Bett. Es gibt einfach Zeiten, wo ich mich genötigt sehe, meine Aktivitäten einzuschränken – eine Abendveranstaltung früher zu verlassen, an einer Wochenendreise ans Meer nicht teilzunehmen, auf das Skifahren in Gstaad zu verzichten.«

»Ich weiß nicht, ob ich Sie verstehe.«

»Meine Frau und ich sind oft getrennt. In vieler Hinsicht lebt jeder von uns ein Leben für sich und erfreut sich an dem, was dem anderen Spaß macht.«

»Ich begreife immer noch nicht.«

»Machen Sie es mir nicht so schwer!« sagte Villiers.

»Wenn ein alter Mann eine junge, aufregende Frau findet, die darauf erpicht ist, sein Leben mit ihm zu teilen, versteht er gewisse Dinge ganz gut, andere nicht so ohne weiteres. Da ist natürlich die finanzielle Sicherheit ausschlaggebend, und in meinem Fall ein gewisses Maß an Zugang zum öffentlichen Leben. Luxus, gesellschaftliche Ereignisse, Freundschaft mit berühmten Leuten, alles das ist wunderbar. Für einen alternden Mann ist es ein berauschendes Gefühl, eine schöne junge Frau an seiner Seite zu wissen. Stolz präsentiert er sie der Welt. Aber dann gibt es Augenblicke quälender Eifersucht.« Der alte Soldat beugte sich ein wenig vor; das, was er sagen mußte, fiel ihm nicht leicht. »Wird sie sich einen Liebhaber nehmen?« fuhr er dann mit leiser Stimme fort. »Sehnt sie sich nach einem jüngeren, kräftigeren Körper? Einem, der mehr mit dem ihren im Einklang ist? Man kann nichts dagegen unternehmen –

nur hoffen, daß sie so vernünftig ist, diskret zu sein. Ein Staatsmann, den man zum Hahnrei macht, verliert seine Wählerschaft schneller als ein Quartalsäufer; es bedeutet einfach, daß er nicht mehr Herr seiner selbst ist. Und dann kommen noch andere Sorgen dazu. Wird sie seinen Namen mißbrauchen? Wird sie die Contenance bewahren, ihr jugendliches Temperament zu zügeln wissen? Das ist das Risiko, das man eingeht, das sind die Zweifel, die an einem nagen. Und deshalb frage ich mich, ob sie nicht Teil eines Planes ist, von Anfang an.«

»Sie haben es also gespürt?« fragte Jason leise.

»Gefühle sind nicht die Realität!« konterte der alte Soldat heftig. »Sie haben keinen Platz in den Beobachtungen.«

»Warum sagen Sie mir das dann?«

Villiers' Kopf lehnte sich nach hinten, fiel dann wieder nach vorne, so daß seine Augen den See erfaßten. »Ich bete dafür, daß es eine einfache Erklärung für das gibt, was wir beide heute abend gesehen haben, und ich werde ihr jede Gelegenheit bieten, mir diese Erklärung zu liefern.« Wieder hielt der alte Mann inne. »Aber in meinem Herzen weiß ich, daß es keine solche Erklärung gibt. Ich wußte es in dem Augenblick, in dem Sie mir von *Les Classiques* erzählten. Ich blickte über die Straße auf die Türe meines Hauses, und plötzlich wurden mir eine Anzahl Dinge schmerzhaft klar. Die letzten zwei Stunden habe ich den Teufelsadvokaten gespielt; es hat keinen Sinn, das fortzusetzen. Vor dieser Frau gab es meinen Sohn.«

»Aber Sie sagten doch, Sie hätten Vertrauen in ihre Urteilskraft. Sagten, sie wäre Ihnen eine große Hilfe.«

»Das stimmt, Sie müssen wissen, ich wollte ihr vertrauen, wünschte mir ganz verzweifelt, ihr vertrauen zu können. Es ist die einfachste Sache auf der Welt, sich selbst zu überzeugen, daß man recht hat. Und je älter man wird, desto leichter fällt einem das.«

»Und was haben Sie erkannt?«

»Genau die Hilfe, die sie mir war, das Vertrauen, das ich in sie setzte.« Villiers wandte sich um und sah Jason an. »Sie besitzen ein außergewöhnliches Wissen über Carlos. Ich habe jene Akten so genau studiert, wie das nur irgendein Mensch getan hat, denn ich würde mehr als jeder Mensch darum geben, daß man ihn faßt und hinrichtet und daß ich alleine das Erschießungspeloton wäre. Doch so dick sie auch sind, jene Akten kommen nicht entfernt an das heran, was Sie wissen. Dabei haben Sie sich einzig und allein auf seine Morde konzentriert, seine Methoden. Sie haben die andere Seite von Carlos übersehen. Er ist nicht nur Waffenhändler, er ist auch Agent.«

»Das weiß ich«, sagte Borowski. »Das ist es nicht, was –«

»Zum Beispiel«, fuhr der General fort, als hätte er Jason nicht gehört. »Ich habe Zugang zu Geheimdokumenten, die sich mit der nuklearen Sicherheitspolitik Frankreichs beschäftigen. Es gibt vielleicht fünf wei-

tere Männer – die alle über jeden Verdacht erhaben sind –, die ebenfalls Zugang dazu haben. Und doch stellen wir mit erschütternder Re-
gelmäßigkeit immer wieder fest, daß Moskau dies, Washington jenes
und Peking schließlich wieder etwas anderes erfahren hat.«

»Sie haben mit Ihrer Frau über diese Dinge gesprochen?« fragte Borowski überrascht.

»Natürlich nicht. Jedesmal, wenn ich solche Papiere mit nach Hause
bringe, verwahre ich sie in meinem Safe in meinem Büro. Niemand
darf den Raum betreten, wenn ich nicht zugegen bin. Es gibt nur eine
einzige Person, die einen Schlüssel besitzt, eine einzige Person, die den
Alarmschalter kennt. Meine Frau.«

»Ich hätte gedacht, das sei ebenso gefährlich, wie über die Akten zu
diskutieren. Man könnte sie zwingen –«

»Es gab einen Grund. Ich bin in einem Alter, in dem das Unerwartete zur Alltäglichkeit wird; ich darf Sie nur auf die Todesanzeigen ver-
weisen. Wenn mir etwas zustoßen sollte, hat sie Anweisung, den Conseiller Militaire anzurufen, in mein Büro zu gehen und bei dem Safe zu
bleiben, bis die Sicherheitsbeauftragten erscheinen.«

»Könnte sie nicht einfach an der Türe Wache halten?«

»Es ist schon vorgekommen, daß Männer meines Alters an ihrem
Schreibtisch gestorben sind.« Villiers schloß die Augen. »Sie war
es . . .«

»Sind Sie ganz sicher?«

»Mehr als ich mir selbst einzugestehen wage. Sie war es, die auf der
Heirat bestand. Ich wies sie mehrmals auf den Altersunterschied zwischen uns hin, aber das wollte sie nicht hören. Sie sagte immer wieder,
daß es auf die gemeinsamen Jahre ankäme, nicht auf jene, die unsere
Geburtsdaten trennten. Sie erbot sich, eine Erklärung zu unterzeichnen
und jeglichen Erbanspruch auf das Villierssche Erbe aufzugeben, und
ich wies das natürlich von mir, das bewies ja, wie ergeben sie mir war.
Das alte Sprichwort stimmt schon, ›der schlimmste Narr ist ein alter
Narr‹. Aber ich hatte immer Zweifel; fast jedesmal bei Reisen oder bei
unerwarteten Trennungen.«

»Unerwartet?«

»Sie hat viele Interessen, die häufig ihre Anwesenheit erfordern. Ein
französisch-schweizerisches Museum in Grenoble, eine Kunstgalerie in
Amsterdam, ein Denkmal für die Résistance in Boulogne-sur-Mer, eine
idiotische Ozeanografie-Konferenz in Marseille, darüber gab es eine
hitzige Auseinandersetzung. Ich brauchte sie dringend in Paris; wichtige diplomatische Veranstaltungen, an denen ich teilnehmen mußte
und bei denen ich sie bei mir haben sollte. Aber sie war nicht zum
Bleiben zu bewegen. So, als würde man ihr befehlen, zu einem bestimmten Zeitpunkt hier oder dort oder sonstwo zu sein.«

Grenoble – in der Nähe der Schweizer Grenze, eine Stunde von Zürich.

Amsterdam. Boulogne-sur-Mer – am Kanal, eine Stunde von London. Marseille . . . Carlos.

»Wann war die Konferenz in Marseille?« fragte Jason.

»Letzten August, glaube ich. Gegen Ende des Monats.«

»Am 26. August, um fünf Uhr nachmittags, wurde Botschafter Howard Leland in Marseille ermordet.«

»Ja, ich weiß«, sagte Villiers. »Sie erwähnten das schon vorher. Ich bedauere das Hinscheiden des Mannes . . .« Der alte Soldat blieb stehen; er sah Borowski an. »Mein *Gott*«, flüsterte er. »Sie mußte bei ihm sein. Carlos rief, und sie kam. Sie *gehorchte.*«

»So weit bin ich nie gegangen«, sagte Jason. »Ich schwöre Ihnen, ich sah sie nur als Verbindungsperson – ein blindes Relais, wie man in der Sprache der Agenten sagt. Ich bin nie so weit gegangen.«

Plötzlich entrang sich der Kehle des alten Mannes ein tiefer, haßerfüllter Schrei. Er schlug die Hände vor dem Gesicht zusammen, bäumte sich auf, legte den Kopf im Mondlicht in den Nacken und weinte.

Borowski bewegte sich nicht; da war nichts, was er tun konnte. »Es tut mir leid«, sagte er.

Der General gewann die Fassung über sich zurück. »Mir auch«, erwiderte er schließlich. »Ich bitte um Entschuldigung.«

»Nicht nötig.«

»Doch, ich glaube schon. Wir wollen nicht weiter darüber sprechen. Ich werde tun, was getan werden muß.«

»Und das wäre?«

Der Soldat saß aufrecht auf der Bank, das Kinn energisch vorgestreckt. »Da fragen Sie noch? Das, was sie getan hat, ist nichts anderes, als wenn sie mein Kind, das sie nicht trug, getötet hätte. Sie gab vor, die Erinnerung an ihn teuer zu halten, und doch war und ist sie eine Komplizin des Mordes, der an ihm begangen wurde. Und die ganze Zeit beging sie einen zweiten Verrat gegen die Nation, der ich mein ganzes Leben lang gedient habe.«

»Sie werden sie töten?«

»Ich werde sie töten. Sie wird mir die Wahrheit sagen und sterben.«

»Sie wird alles leugnen, was Sie sagen.«

»Das bezweifle ich.«

»Das ist verrückt!«

»Junger Mann, ich habe mehr als ein halbes Jahrhundert damit verbracht, die Feinde Frankreichs in die Falle zu locken und zu bekämpfen, selbst wenn es Franzosen waren. Die Wahrheit muß endlich ans Licht.«

»Was glauben Sie denn, daß sie tun wird? Dasitzen und Sie anhören und ruhig zugeben, daß sie schuldig ist?«

»Sie wird gar nichts ruhig tun. Aber sie wird es zugeben; hinausschreien wird sie es.«

»Warum sollte sie das?«

»Weil sie, wenn ich sie beschuldige, Gelegenheit haben wird, mich zu töten. Und wenn sie es versucht, handle ich in Notwehr, nicht wahr?«

»Das Risiko würden Sie eingehen?«

»Das muß ich eingehen.«

»Hören Sie mir zu«, beharrte Jason. »Sie sagen, zuerst käme Ihr Sohn. Denken Sie an ihn! Machen Sie Jagd auf den Mörder, nicht die Komplizin. Mag sein, daß sie für Sie eine ungeheure Wunde ist, aber es gibt eine größere Wunde. Sie müssen zuerst den Mann bekommen, der Ihren Sohn getötet hat! Am Ende werden Sie sie beide bekommen. Sprechen Sie noch nicht mir ihr! Benutzen Sie Ihr Wissen gegen Carlos. Jagen Sie ihn mit mir. Niemand ist je so dicht auf seiner Spur gewesen.«

»Sie verlangen von mir Unmenschliches«, sagte der alte Mann.

»Nicht, wenn Sie an Ihren Sohn denken. Nur wenn Sie an sich denken. Aber nicht, wenn Sie an die Rue du Bac denken.«

»Sie sind hart, Monsieur.«

»Ich habe recht, und Sie wissen es.«

Eine Wolke zog am Nachthimmel vorüber und verdunkelte kurz die Mondscheibe. Die Finsternis war vollkommen; Jason schauderte. Als der alte Soldat wieder sprach, klang seine Stimme resigniert.

»Ja, Sie haben recht«, sagte er. »Sie sind hart wie Stahl, und Sie haben recht. Den Mörder, nicht die Hure, muß man zur Strecke bringen. Werden wir es schaffen?«

Jason schloß kurz erleichtert die Augen. »Tun Sie nichts. Carlos muß mich in ganz Paris suchen. Ich habe seine Männer getötet, seine Codes entdeckt, einen Kontakt gefunden. Ich bin ihm auf der Spur. Wenn ich nicht falsch gewickelt bin, wird Ihr Telefon ab jetzt immer häufiger benutzt werden. Ich sorge dafür.«

»Wie?«

»Ich werde mich an ein halbes Dutzend Angestellte von *Les Classiques* heranmachen. Ein paar Verkäufer, die Lavier, vielleicht Bergeron, und ganz bestimmt den Mann an der Telefonzentrale. Sie werden sprechen. Und ich werde das auch. Die ganze Zeit wird Ihr Telefon klingeln.«

»Aber was ist mit mir? Was soll ich tun?«

»Bleiben Sie zu Hause. Sagen Sie, Sie fühlten sich nicht wohl. Und jedesmal, wenn das Telefon klingelt, bleiben Sie in seiner Nähe. Hören Sie sich die Gespräche an und versuchen Sie, Codes zu erkennen. Befragen Sie Ihre Angestellten. Horchen Sie ab! Vielleicht tut sich etwas. Derjenige, der an der Leitung hängt, wird wissen, daß Sie da sind. Trotzdem, Sie werden die Verbindungsperson irritieren. Und je nachdem, wo Ihre Frau –«

»Die Hure«, unterbrach der alte Soldat.

»– in Carlos' Hierarchie steht, könnte es sogar sein, daß wir ihn dazu zwingen können, ans Licht zu treten.«

»Noch einmal, wie?«

»Seine Kontakte werden gestört sein. Die absolut sichere, über jeden Verdacht erhabene Kontaktperson gerät in Schwierigkeiten. Er wird ein Zusammentreffen mit Ihrer Frau verlangen.«

»Er wird doch ganz bestimmt nicht sagen, wo er sich aufhält.«

»*Ihr* muß er es sagen.« Borowski hielt inne. Ein anderer Gedanke kam ihm in den Sinn. »Wenn die Störung ihm Sorgen bereitet, wird er anrufen, oder eine Person, die Sie nicht kennen, kommt ins Haus, und kurz darauf wird Ihre Frau sagen, daß sie irgendwo hingehen muß. Wenn es dazu kommt, bestehen Sie darauf, daß Sie Ihnen eine Telefonnummer hinterläßt, wo man sie erreichen kann. Sie müssen darauf bestehen; Sie versuchen nicht, sie am Gehen zu hindern, aber Sie *müssen* imstande sein, sie zu erreichen. Sagen Sie ihr, es handle sich um eine höchst wichtige militärische Angelegenheit, über die Sie nicht sprechen können, solange Sie keine Freigabe besitzen. Dann aber wollen Sie darüber mit ihr sprechen, ehe Sie Ihr eigenes Urteil bilden. Sie könnte anbeißen.«

»Und was bewirkt das?«

»Sie wird Ihnen sagen, wo sie ist. Vielleicht, wo Carlos ist. Wenn nicht Carlos, dann bestimmt andere, die ihm näher stehen. Und dann müssen Sie mit mir Verbindung aufnehmen. Ich nenne Ihnen ein Hotel und eine Zimmernummer. Der Name, unter dem ich eingetragen bin, ist bedeutungslos, machen Sie sich darüber keine Gedanken.«

»Warum nennen Sie mir Ihren Namen nicht?«

»Weil Sie, wenn Sie ihn je erwähnten – bewußt oder unbewußt – ein toter Mann wären.«

»Ich bin nicht senil.«

»Nein, das sind Sie nicht. Aber Sie sind ein Mann, der eine schwere Verletzung erlitten hat. Die schwerste Verletzung, die man erleiden kann, denke ich. *Sie* dürfen Ihr Leben riskieren; ich werde das nicht.«

»Sie sind ein seltsamer Mann, Monsieur.«

»Ja. Wenn ich nicht da bin, wenn Sie anrufen, wird sich eine Frau melden. Sie wird wissen, wo ich bin. Wir werden einen Zeitpunkt für Nachrichten vereinbaren.«

»Eine Frau?« Der General stutzte. »Sie haben nichts von einer Frau oder sonst jemandem gesagt.«

»Sonst ist auch niemand. Ohne diese Frau wäre ich nicht mehr am Leben. Carlos macht Jagd auf uns beide; er hat versucht, uns beide zu töten.«

»Weiß sie über mich Bescheid?«

»Ja. Sie war es, die mich über Sie aufgeklärt hat, die beim besten Willen Sie und Carlos nicht in Verbindung bringen konnte. Ich wollte es nicht glauben.«

»Vielleicht werde ich sie treffen.«

»Unwahrscheinlich. Solange sich Carlos nicht in unserer Macht befindet, dürfen wir uns nicht mit Ihnen sehen lassen. Unter keinen Umständen. Nachher – wenn es ein Nachher gibt – könnte es sein, daß Sie sich nicht mit uns sehen lassen wollen, beziehungsweise nicht mit mir. Ich bin ganz ehrlich zu Ihnen.«

»Das verstehe ich und respektiere es. Jedenfalls danken Sie dieser Frau in meinem Namen. Danken Sie ihr, daß sie wußte, ich könnte nichts mit Carlos zu tun haben.«

Borowski nickte. »Sind Sie ganz sicher, daß Ihre Privatleitung nicht angezapft ist?«

»Absolut. Sie wird regelmäßig überprüft; sämtliche Telefone, die unter der Aufsicht des Conseiller stehen, werden das.«

»Wenn Sie einen Anruf von mir erwarten, melden Sie sich und räuspern Sie sich dann einmal. Dann werde ich wissen, daß Sie es sind. Wenn Sie aus irgendeinem Grund nicht sprechen können, dann sagen Sie mir, ich solle Ihre Sekretärin am Morgen anrufen. Ich rufe dann in zehn Minuten zurück. Wie ist die Nummer?«

Villiers gab sie ihm. »Ihr Hotel?« fragte der General.

»Das ›Terrasse‹. Rue de Maistre. Montmartre. Zimmer vierhundertzwanzig.«

»Wann werden Sie beginnen?«

»Sobald wie möglich. Heute mittag.«

»Kämpfen Sie wie ein Rudel Wölfe«, sagte der alte Soldat und lehnte sich vor, ein Kommandant, der seinem Offizierscorps Instruktionen gibt. »Schlagen Sie zu.«

27

»Sie war *so* bezaubernd und charmant, ich *muß* einfach etwas für sie tun«, sprudelte Marie ins Telefon. »Und dann auch dieser *reizende* junge Mann; er war so hilfsbereit. Ich sage Ihnen, das Kleid war ein *voller Erfolg!* Ich bin *so* dankbar.«

»Ihrer Beschreibung nach, Madame«, erwiderte die kultivierte Männerstimme aus der Telefonzentrale von *Les Classiques*, »bin ich ganz sicher, daß Sie Janine und Claude meinen.«

»Ja natürlich. Janine und Claude, jetzt erinnere ich mich. Ich werde beiden ein kleines Briefchen mit einer Aufmerksamkeit schicken. Wissen Sie zufällig, wie die beiden mit Familiennamen heißen? Ich meine, es wirkt so herablassend, wenn ich die Umschläge einfach an ›Janine‹ und ›Claude‹ adressiere. So, wie man an Dienstboten schreibt, finden Sie nicht auch? Könnten Sie Jacqueline fragen?«

»Das ist nicht nötig, Madame. Ich kenne die Namen auch. Und gestatten Sie mir zu sagen, daß Madame ebenso feinfühlig wie großzügig ist. Janine Dolbert und Claude Oreale.«

»Janine Dolbert und Claude Oreale«, wiederholte Marie und sah Jason an. »Janine ist doch mit diesem reizenden Pianisten verheiratet, oder?«

»Ich glaube nicht, daß Mademoiselle Dolbert mit irgend jemand verheiratet ist.«

»Aber natürlich. Ich dachte an jemand anderen.«

»Wenn Sie gestatten, Madame, ich habe *Ihren* Namen nicht verstanden.«

»Wie dumm von mir!« Marie streckte den Telefonhörer von sich und hob die Stimme. »Darling, du bist ja zurück und schon so bald! Das ist ja großartig. Ich spreche mit diesen reizenden Leuten von *Les Classiques* . . . ja, sofort mein Lieber.« Sie zog den Hörer an die Lippen. »Vielen, vielen Dank, Sie waren *sehr* liebenswürdig.« Sie legte auf. »Nun, wie habe ich es gemacht?«

»Wenn du je auf die Idee kommen solltest, dem Wirtschaftsleben den Rücken zu kehren«, sagte Jason, ohne von dem Pariser Telefonbuch aufzublicken, »dann solltest du in den Verkauf gehen. Ich habe dir jedes Wort abgekauft.«

»Waren die Beschreibungen richtig?«

»Einmalig. Das mit dem Pianisten war übrigens gut.«

»Ich dachte, wenn sie verheiratet wäre, würde das Telefon sicher auf den Namen ihres Mannes eingetragen sein.«

»Nicht nötig«, unterbrach Borowski. »Hier steht es. Dolbert, Janine, Rue Losserand.« Jason schrieb sich die Adresse auf. »Oreale, das ist doch mit *O*, wie *oiseau**, nicht wahr?«

»Ich glaube schon.« Marie zündete sich eine Zigarette an. »Du willst wirklich zu ihnen nach Hause gehen?«

Borowski nickte. »Wenn ich mich in der Rue Saint-Honoré an sie heranmachte, würde das Carlos erfahren.«

»Und was ist mit den anderen? Lavier, Bergeron und der Mann von der Telefonzentrale.«

»Morgen. Heute reicht es erst einmal.«

»Aha?«

»Ich muß sie alle zum Reden bringen. Sonst verbreitet die Dolbert und der Oreale das im ganzen Laden. Ich werde heute abend noch zwei weitere erreichen – die werden dann die Lavier und den Mann von der Telefonzentrale anrufen. Zuerst die erste Attacke und dann auch noch die zweite. Das Telefon des Generals wird noch heute nachmittag zu klingeln beginnen. Bis morgen sollte schließlich die Panik vollständig sein.«

»Zwei Fragen«, sagte Marie und erhob sich vom Bettrand und kam auf ihn zu. »Wie willst du es anstellen, während der Geschäftszeit zwei

* Vogel

Angestellte aus *Les Classiques* herauszuholen? Und was für Leute willst du heute abend erreichen?«

Borowski sah auf die Uhr. »Es ist jetzt Viertel nach elf; ich werde gegen Mittag das Appartementhaus der Dolbert besuchen und veranlassen, daß der Hausmeister sie im Geschäft anruft. Er wird ihr sagen, daß sie sofort nach Hause kommen soll. Es gäbe ein dringendes, sehr persönliches Problem, um das sie sich kümmern muß.«

»Was für ein Problem?«

»Keine Ahnung. Aber wer hat heute keine Probleme?«

»Und mit Oreale willst du es genauso machen?«

»Für Oreale wird es mir ein besonderes Vergnügen sein.«

»Du bist wahnsinnig, Jason.«

»Ich bin stinknormal«, sagte Borowski, dessen Finger wieder an einer Reihe von Namen entlangfuhr. »Hier ist er. Oreale, Claude Giselle. Kein Kommentar. Rue Racine. Ich werde ihn gegen drei erreichen; wenn ich mit ihm fertig bin, wird er sofort umkehren, zur Rue Saint-Honoré zurückeilen und Krach schlagen.«

»Was ist mit den anderen zwei? Wer sind sie?«

»Ich werde entweder von Oreale oder der Dolbert Namen bekommen, vielleicht auch von beiden. Dann wird die zweite Attacke losgehen.«

Jason stand im Schatten der Türnische in der Rue Losserand. Er war fünfzehn Fuß vom Eingang zu Janine Dolberts kleinem Appartementhaus entfernt, wo vor wenigen Augenblicken ein mürrischer, aber dann mittels eines Geldscheines recht beflissen gewordener Hausmeister einem beredten Fremden gefällig gewesen war, indem er Mademoiselle Dolbert an ihrem Arbeitsplatz anrief und ihr sagte, ein Herr in einer Chauffeur-Limousine hätte schon zweimal nach ihr gefragt. Der Herr sei wieder da; was der Hausmeister tun solle?

Ein kleines schwarzes Taxi hielt am Randstein, und eine erregte, unnatürlich bleich wirkende Janine Dolbert sprang heraus. Jason eilte aus der Türnische und hielt sie wenige Fuß vor dem Eingang, noch auf dem Bürgersteig, auf.

»Das ging aber schnell«, sagte er und nahm ihren Ellbogen. »Wirklich reizend, Sie wiederzusehen. Sie waren neulich so hilfsbereit.«

Janine Dolbert starrte ihn an, die Lippen leicht geöffnet, eine Regung des Erkennens, dann Erstaunen. »*Sie.* Der Amerikaner«, sagte sie in englischer Sprache. »Monsieur Briggs, nicht wahr? Sind Sie das, der –«

»Ich habe meinem Chauffeur gesagt, er könne sich eine Stunde freinehmen. Ich wollte Sie alleine sprechen.«

»Mich? Weshalb sollten *Sie* denn *mich* sprechen wollen?«

»Wissen Sie das nicht? Weshalb sind Sie dann so schnell gekommen?«

Die großen Augen unter ihrem kurzen Haar fixierten ihn, und ihr bleiches Gesicht wirkte im Tageslicht noch bleicher. »Sie kommen also vom House of Azur?« fragte sie vorsichtig.

»Könnte sein.« Borowski verstärkte den Druck an ihrem Ellbogen. »Und?«

»Ich habe das geliefert, was ich versprochen habe. Mehr geht nicht, darüber waren wir uns einig.«

»Sind Sie sicher?«

»Seien Sie doch kein Idiot! Sie kennen die Pariser *Couture* nicht. Sie kennen nicht die Pläne und Intrigen, die in jedem Studio geschmiedet werden. – Und wenn dann die Herbstlinie herauskommt und Sie die Hälfte von Bergerons Entwürfen vor *ihm* vorführen, wie lange glauben Sie dann, daß ich noch in *Les Classiques* bleiben kann? Ich bin das zweite Mädchen der Lavier, eine der wenigen, die Zugang zu ihrem Büro haben. Es wäre besser, Sie würden sich um mich kümmern, wie Sie das versprochen haben. In einem Ihrer Geschäfte in Los Angeles.«

»Machen wir doch einen kleinen Spaziergang«, sagte Jason und schob sie sachte vor sich her. »Sie haben den falschen Mann, Janine. Ich habe nie vom *House of Azur* gehört und habe nicht das geringste Interesse an gestohlenen Entwürfen –«

»O mein Gott . . .«

»Gehen Sie weiter.« Borowski drückte ihren Arm. »Ich habe gesagt, daß ich mit Ihnen sprechen möchte.«

»Worüber? Was wollen Sie von mir? Woher haben Sie meinen Namen?« Sie redete jetzt schneller, und die einzelnen Sätze überschlugen sich. »Ich bin heute früher Mittag essen gegangen und muß deshalb sofort wieder zurück; wir haben heute sehr viel Arbeit. Bitte, Sie tun mir weh.«

»Entschuldigen Sie.«

»Wie ich schon sagte, es war unsinnig. Wir hatten Gerüchte gehört; ich wollte Sie auf die Probe stellen. *Das* war es, was ich getan habe; Sie auf die Probe stellen!«

»Das klingt sehr überzeugend. Ich akzeptiere das, was Sie sagen.«

»Ich bin eine loyale Mitarbeiterin von *Les Classiques*. Das bin ich immer gewesen.«

»Das ist eine sehr gute Eigenschaft, Janine. Ich bewundere Loyalität. Ich habe das neulich zu . . . wie hieß er doch? . . . diesem netten Mann an der Telefonvermittlung gesagt. Wie heißt er? Ich habe den Namen vergessen.«

»Philippe«, sagte die Verkäuferin verstört, unsicher. »Philippe d'Anjou.«

»Ja, richtig, vielen Dank.« Sie erreichten eine enge, kopfsteingepflasterte Gasse zwischen zwei Häusern. Jason führte sie hinein. »Gehen wir doch hier hinein, damit wir von der Straße wegkommen. Keine Sorge,

Sie kommen nicht zu spät. Ich will Sie nur noch um ein paar Minuten bitten.« Sie gingen zehn Schritte in der schmalen Gasse. Borowski blieb stehen; Janine Dolbert preßte den Rücken gegen die Ziegelwand. »Zigarette?« fragte er.

»Ja, danke.«

Er gab ihr Feuer und stellte fest, daß ihre Hand zitterte. »Sind Sie jetzt wieder ruhiger?«

»Ja. Nein, eigentlich nicht. Was wollen Sie, Monsieur Briggs?«

»Zunächst einmal heiße ich nicht Briggs, aber das sollten Sie ja wissen.«

»Das weiß ich nicht. Warum sollte ich?«

»Ich war sicher, daß das erste Mädchen der Lavier Ihnen das gesagt hätte.«

»Monique?«

»Bitte Nachnamen. Das muß alles ganz genau sein.«

»Brielle also«, sagte Janine und runzelte die Stirn. »Kennt sie Sie?«

»Fragen Sie sie doch.«

»Wie Sie wünschen. Also, was wollen Sie, Monsieur?«

Jason schüttelte den Kopf. »Sie wissen es also *wirklich* nicht, wie? Dreiviertel der Angestellten im *Les Classiques* arbeiten mit uns, und eine der intelligentesten ist nicht einmal kontaktiert worden. Es ist natürlich möglich, daß jemand Sie für ein Risiko hielt; das kommt vor.«

»*Was* kommt vor? Was für ein Risiko? Wer *sind* Sie?«

»Dafür ist jetzt keine Zeit. Das können Ihnen die anderen später erklären. Ich bin hier, weil wir noch nie einen Bericht von Ihnen bekommen haben, und doch sprechen Sie den ganzen Tag mit wichtigen Kunden.«

»Sie müssen sich schon klarer ausdrücken, Monsieur.«

»Wir wollen einmal sagen, daß ich der Sprecher für eine Gruppe von Leuten bin – Amerikaner, Franzosen, Engländer, Holländer – die hinter einem Killer her sind, der in jedem einzelnen unserer Länder politische und militärische Führungspersönlichkeiten ermordet hat.«

»*Ermordet?* Militärische und politische . . .« Janine riß den Mund auf, und die Asche ihrer Zigarette brach ab und fiel ihr auf die gleichsam erstarrte Hand. »Was soll das? Wovon reden Sie? Ich habe davon noch nie etwas gehört.«

»Da muß ich mich wohl entschuldigen«, sagte Borowski mit weicher Stimme. Er glaubte ihr aufs Wort. »Man hätte schon vor einigen Wochen mit Ihnen Verbindung aufnehmen sollen. Das war ein Irrtum seitens meines Vorgängers, und es tut mir leid. Für Sie muß das ein Schock sein.«

»Es ist ein Schock, Monsieur«, flüsterte die Verkäuferin, ihr Rücken spannte sich unter der Last des eben Gehörten, »Sie sprechen von Dingen, die mein Verständnis übersteigen.«

»Aber *ich* verstehe jetzt«, unterbrach Jason. »Kein Wort von Ihnen über irgend jemand. Jetzt ist es mir klar.«

»Aber mir nicht.«

»Wir arbeiten uns an Carlos heran. An den Terroristen, der als Carlos bekannt ist.«

»*Carlos?*« Die Zigarette entfiel ihrer Hand, jetzt war der Schock vollkommen.

»Er ist einer Ihrer treuesten Kunden, darauf deuten alle Beweise. Acht Männer stehen im Verdacht. Die Falle ist für einen Zeitpunkt im Laufe der nächsten paar Tage vorbereitet. Vorsichtsmaßnahmen sind getroffen.«

»Vorsichtsmaßnahmen . . .?«

»Es besteht immer die Gefahr einer Geiselnahme, das wissen wir alle. Wir rechnen mit einer Schießerei, aber das wird sich in engen Grenzen halten. Das eigentliche Problem wird Carlos selbst sein. Er hat geschworen, sich nie lebend fangen zu lassen, und läuft immer mit Explosivstoffen in den Taschen herum, die einer Tausend-Pfund-Bombe entsprechen. Aber damit werden wir fertig. Unsere Scharfschützen werden bereitstehen; ein sauberer Schuß in den Kopf, und alles ist vorbei.«

»Ein einziger Schuß . . .«

Plötzlich sah Borowski auf die Uhr. »Jetzt habe ich Ihre Zeit lange genug in Anspruch genommen. Sie müssen in Ihr Geschäft zurück, und ich muß wieder auf meinen Posten. Denken sie daran, wenn Sie mich draußen sehen, kennen Sie mich nicht. Wenn ich *Les Classiques* betrete, behandeln Sie mich so, wie Sie jeden reichen Kunden behandeln würden. *Außer*, wenn Sie einen Kunden entdeckt haben, von dem Sie annehmen, daß er unser Mann sein könnte; dann dürfen Sie keine Zeit vergeuden und müssen mich sofort informieren. Noch einmal, alles das tut mir furchtbar leid. Es war ein Kommunikationsproblem, sonst nichts. Das kommt vor.«

»Ein Kommunikationsproblem . . .?«

Jason nickte, machte auf dem Absatz kehrt und ging schnell die gepflasterte Gasse zurück. An der Straße angelangt, blieb er stehen und sah sich nach Janine Dolbert um. Sie lehnte benommen an der Wand; für sie war die elegante Welt der *Haute Couture* völlig aus dem Gleichgewicht geraten.

Philippe d'Anjou. Der Name sagte ihm nichts, aber Borowski stand unter einem inneren Zwang. Er wiederholte den Namen in Gedanken immer wieder und versuchte, ein Bild heraufzubeschwören . . . weil das Gesicht des grauhaarigen Mannes an der Telefonvermittlung in ihm so gewalttätige Bilder von Finsternis und Lichtblitzen hervorrief. *Philippe d'Anjou . . .* Da war doch etwas gewesen, etwas, wobei sich Jasons Magen verkrampfte, das seine Muskeln straffte . . . die Dunkelheit.

Er saß am Fenster gleich neben der Türe eines Cafés an der Rue Racine, bereit, aufzustehen und das Lokal zu verlassen, sobald er die Gestalt von Claude Oreale an der Türe des alten Gebäudes auf der anderen

Straßenseite auftauchen sah. Sein Zimmer befand sich im fünften Stock in einer Wohnung, die er mit zwei anderen Männern teilte und die man nur über eine ausgetretene Treppe erreichen konnte. Wenn er eintraf, würde er ganz bestimmt nicht im Schrittempo erscheinen, dessen war Borowski sicher.

Er wußte das deshalb so sicher, weil Claude Oreale, der auf einer anderen Treppe in Saint-Honoré so eindringlich auf Jacqueline Lavier eingeredet hatte, von seiner Zimmerwirtin per Telefon beschimpft worden war. Er solle dafür sorgen, zeterte sie, daß das Geschrei und das Zerschlagen von Möbeln aufhörte, das aus seiner Wohnung im fünften Stock zu hören war. Entweder sorgte er, daß das aufhörte, oder man würde die Polizei rufen; er hatte zwanzig Minuten Zeit.

Er brauchte nur fünfzehn. Seine schlanke Gestalt, in einen Pierre-Cardin-Anzug gehüllt – die Rockschöße im Wind flatternd – kam aus dem nächsten Metro-Ausgang gerannt. Er wich Kollisionen mit der Agilität eines abgemagerten Rugbyspielers aus, den das Bolschoi-Ballett ausgebildet hatte. Er hatte den dünnen Hals ein paar Zoll vor den mit einer Weste bedeckten Brustkasten ausgestreckt, und sein langes, dunkles Haar flog wie eine Mähne parallel zum Pflaster. Er erreichte den Eingang, packte das Treppengeländer und jagte die Stufen hinauf, warf sich förmlich in die finsteren Schatten des Vestibüls.

Jason eilte aus dem Café und lief über die Straße. Drinnen rannte er auf die alte Treppe zu und stieg dann die knarrenden Stufen hinauf. Vom vierten Stock konnte er hören, wie über ihm gegen die Türe gehämmert wurde.

»*Macht die Türe auf! Schnell, um Gottes willen!*« Oreale erstarrte plötzlich. Das Schweigen drinnen war vielleicht noch erschreckender als alles andere.

Borowski stieg die letzten paar Stufen hinauf, bis er Oreale zwischen dem Geländer und dem Boden sehen konnte. Der zerbrechliche Körper des Verkäufers war gegen die Türe gedrückt, die Hände zu beiden Seiten von ihm, die Finger gespreizt, das Ohr gegen die Türfüllung gepreßt, das Gesicht gerötet. Jason schrie mit gutturaler Stimme in bürokratischem Französisch während er weiterrannte: »Sûreté! Bleiben Sie genau wo Sie sind, junger Mann! Wir wollen doch keinen Ärger haben. Wir haben Sie und Ihre Freunde beobachtet. Wir wissen über die Dunkelkammer Bescheid.«

»Nein!« schrie Oreale. »Das hat nichts mit mir zu tun, das schwöre ich. *Dunkelkammer?*«

Borowski hob die Hand. »Seien Sie still, schreien Sie nicht so!« Er trat an das Geländer, beugte sich darüber und blickte nach unten.

»Sie können mich da nicht hineinziehen!« fuhr der Angestellte fort. »Ich habe nichts damit zu tun! Ich habe denen immer wieder gesagt, sie sollen das alles wegschaffen. Eines Tages bringen die sich noch um. Drogen sind doch für Idioten! Mein Gott, das ist so still, vielleicht sind die tot!«

Jason löste sich vom Geländer und kam mit erhobenen Handflächen auf Oreale zu. »Ich habe Ihnen doch gesagt, Sie sollen still sein«, flüsterte er heiser. »Gehen Sie hinein und seien Sie ruhig! Das war nur für diese alte Schachtel dort unten.«

Der Verkäufer war wie erstarrt, seine Panik ging in lautlose Hysterie über. »Was?«

»Sie haben doch einen Schlüssel«, sagte Borowski. »Machen Sie auf und gehen Sie hinein.«

»Da ist verriegelt«, erwiderte Oreale.

»Um diese Zeit ist es hier immer verriegelt.«

»Sie verdammter Narr, wir mußten Sie *erreichen!* Wir mußten Sie hierherholen, ohne daß jemand den Grund erfuhr. Öffnen Sie jetzt. Schnell!«

Wie das erschreckte Kaninchen, das er in Wirklichkeit war, fummelte Claude Oreale in der Tasche herum und fand den Schlüssel. Er schloß die Türe auf und spähte vorsichtig in den Raum, wie ein Mann, der eine Stahlkammer betritt, und annimmt, daß sie mit verstümmelten Leichen gefüllt ist. Borowski schob ihn durch die Tür, folgte ihm und schloß sie dann.

Was von der Wohnung zu sehen war, strafte den Rest des Gebäudes Lügen. Das geräumige Wohnzimmer war mit teurem, geschmackvollem Mobiliar gefüllt, Dutzende roter und gelber Samtkissen lagen auf Sesseln, Diwans und dem Boden herum. Es war ein erotischer Raum, ein luxuriöser Zufluchtsort inmitten von Unrat und Zerfall.

»Ich habe nur ein paar Minuten«, sagte Jason. »Jetzt ist nur Zeit für das Geschäftliche.«

»Geschäftlich?« fragte Oreale, dessen Gesicht zu einer Maske erstarrt war. »Diese . . . Dunkelkammer? Was für eine Dunkelkammer?«

»Das können Sie vergessen. Sie hatten da etwas viel Besseres.«

»Was für Geschäfte?«

»Wir haben Nachricht aus Zürich bekommen und wollen, daß Sie das an Ihre Freundin Lavier weitergeben.«

»Madame Jacqueline? Meine *Freundin?*«

»Wir vertrauen nicht auf das Telefon.«

»Was für ein Telefon? Was haben Sie erfahren?«

»Carlos hat recht.«

»Carlos? Carlos und wie noch?«

»Der Meuchelmörder.«

Claude Oreale schrie. Seine Hand fuhr an seinen Mund. Er biß auf den Knöchel seines Zeigefingers und schrie: »Was *sagen* Sie da?«

»Seien Sie still!«

»Warum sagen Sie das *mir?*«

»Sie sind Nummer Fünf. Wir rechnen auf Sie.«

»Fünf *was?* Wozu?«

»Daß Sie Carlos helfen, aus dem Netz zu entkommen. Die Widersacher rücken immer näher. Morgen, am Tag darauf, vielleicht noch einen Tag später. Er soll sich fernhalten; er *muß* sich fernhalten. Die werden den Laden umstellen, Scharfschützen alle zehn Fuß. Das Sperrfeuer wird mörderisch sein; wenn er drinnen ist, könnte es zu einem Massaker kommen. Und das würde keiner von Ihnen überleben.«

Wieder schrie Oreale, sein Fingerknöchel war rot. »Hören Sie doch endlich auf! Ich weiß nicht, wovon Sie reden! Sie sind verrückt, und ich will kein Wort mehr hören – ich habe *nichts* gehört. Carlos, Sperrfeuer . . . Massaker? Mein Gott, ich ersticke . . . ich brauche Luft!«

»Sie werden Geld bekommen. Eine ganze Menge, stelle ich mir vor. Die Lavier wird Ihnen danken. Und d'Anjou auch.«

»D'Anjou? Der verabscheut mich! Er nennt mich einen Pfau, beleidigt mich jedesmal, wenn er dazu Gelegenheit bekommt.«

»Natürlich, das ist seine Tarnung. Tatsächlich hat er Sie sehr gerne – vielleicht mehr als Sie ahnen. Er ist Nummer Sechs.«

»Was sind das für *Nummern?* Hören Sie auf, von Nummern zu sprechen!«

»Wie sollten wir denn sonst zwischen Ihnen unterscheiden, Ihnen Aufträge zuteilen? Wir können keine Namen gebrauchen.«

»Wer kann das nicht?«

»Wir alle, die wir für Carlos arbeiten.«

Der Schrei war ohrenbetäubend, und von Oreales Finger tropfte Blut. »Ich höre jetzt nicht mehr zu! Ich bin Couturier, *Künstler!*«

»Sie sind Nummer Fünf. Sie werden genau das tun, was wir sagen, oder Sie werden dieses Liebesnest hier nicht mehr zu sehen bekommen.«

»Auuuhhh!«

»Hören Sie zu schreien auf! Wir haben Verständnis für Sie. Wir wissen, daß Sie alle unter schrecklichem Druck stehen. Übrigens, wir vertrauen dem Buchhalter nicht.«

»Trignon?«

»Nur Vornamen. Es ist wichtig, daß alles geheim bleibt.«

»Also Pierre. Er ist widerlich. Er läßt sich die Telefonanrufe bezahlen.«

»Wir glauben, daß er für Interpol arbeitet.«

»Interpol?«

»Wenn das stimmt, könnten Sie alle zehn Jahre ins Gefängnis wandern. Die würden *Sie* bei lebendigem Leib auffressen, Claude.«

»*Auuuhh!*«

»Mund halten! Lassen Sie nur Bergeron wissen, was wir von dem Ganzen denken. Behalten Sie Trignon im Auge, besonders während der nächsten drei Tage. Wenn er das Geschäft aus irgendeinem Grund verläßt, passen Sie auf. Es könnte bedeuten, daß die Falle sich schließt.« Borowski ging zur Tür, die Hand in der Tasche. »Ich muß jetzt zurück, und

Sie auch. Sagen Sie den Nummern Eins bis Sechs das, was ich Ihnen gesagt habe. Es ist wichtig, daß alle Bescheid wissen.«

Wieder schrie Oreale hysterisch. »Nummern! Immer *Nummern*! Was für *Nummern*? Ich bin ein Künstler, keine Nummer!«

»Wenn Sie nicht ebenso schnell dorthin zurückgehen, wie Sie hergekommen sind, werden Sie kein Gesicht mehr haben. Sagen Sie der Lavier, d'Anjou und Bergeron Bescheid. So schnell Sie können. Und dann den anderen.«

»*Welchen* anderen?«

»Fragen Sie Nummer Zwei.«

»Zwei?«

»Dolbert. Janine Dolbert.«

»*Janine*. Die auch?«

»Richtig. Sie ist Nummer Zwei.«

Der Verkäufer warf in hilflosem Protest die Arme in die Höhe.

»Das ist Wahnsinn! Ich verstehe gar nichts mehr!«

»Doch, Ihr Leben, Claude«, sagte Jason. »Sie müssen es richtig bewerten. Ich warte auf der anderen Straßenseite. Gehen Sie hier in genau drei Minuten weg. Und benutzen Sie das Telefon nicht; gehen Sie einfach zu *Les Classiques* zurück. Wenn Sie nicht in drei Minuten hier raus sind, muß ich zurückkommen.« Er nahm die Hand aus der Tasche. Mit seiner Pistole.

Oreale stieß seine Lunge voll Luft aus. Sein Gesicht war aschfahl, als er die Waffe anstarrte.

Borowski schlüpfte durch die Türe hinaus und machte sie wieder hinter sich zu.

Das Telefon klingelte auf dem Nachttisch. Marie sah auf die Uhr; es war zwanzig Uhr fünfzehn, und einen Augenblick lang empfand sie Angst, es gab ihr einen Stich in der Brust. Jason hatte gesagt, daß er um einundzwanzig Uhr anrufen würde. Er hatte *La Terrasse* nach Einbruch der Dunkelheit gegen neunzehn Uhr verlassen, um eine Verkäuferin namens Monique Brielle aufzuhalten. Sein Zeitplan stimmte genau und sollte nur im Notfall geändert werden. War etwas passiert?

»Ist dort Zimmer vierhundertzwanzig?« fragte die tiefe Männerstimme am anderen Ende der Leitung.

Erleichterung überkam Marie; der Mann war André Villiers. Der General hatte am späten Nachmittag angerufen, um Jason zu sagen, daß sich in *Les Classiques* Panik ausgebreitet hatte; man hatte seine Frau im Laufe von eineinhalb Stunden nicht weniger als sechsmal ans Telefon gerufen. Aber er hatte kein einziges Mal irgend etwas von Bedeutung belauschen können; jedesmal, wenn er den Hörer abgenommen hatte, waren belanglose Plaudereien an die Stelle ernsthafter Konversation getreten.

»Ja«, sagte Marie. »Hier ist vierhundertzwanzig.«

»Verzeihen Sie mir, aber wir haben noch nicht miteinander gesprochen.«

»Ich weiß, wer Sie sind.«

»Ich bin auch über Sie informiert. Darf ich mir die Freiheit nehmen, Ihnen zu danken.«

»Ich verstehe. Gerne geschehen.«

»Um zur Sache zu kommen. Ich rufe aus meinem Büro an, es gibt natürlich keinen Nebenapparat für diese Leitung. Sagen Sie unserem gemeinsamen Freund, daß die Krise sich beschleunigt hat. Meine Frau hat sich in ihr Zimmer begeben und behauptet, es wäre ihr übel. Aber offensichtlich geht es ihr noch so gut, daß sie telefonieren kann. Ich habe einige Male abgehoben, mußte aber erkennen, daß sie auf Störungen vorbereitet war. Ich habe mich jedesmal ziemlich ruppig entschuldigt und gesagt, ich würde Anrufe erwarten. Ich bin, offen gestanden, gar nicht sicher, ob das meine Frau überzeugt hat, aber sie hat natürlich keine Möglichkeit, mich zu befragen. Ich will ganz offen sein, Mademoiselle. Zwischen uns besteht eine ungeheure Spannung, die mich ziemlich nervös macht. Möge Gott mir Kraft geben.«

»Ich kann Sie nur bitten, das Ziel im Auge zu behalten«, unterbrach ihn Marie. »Denken Sie an Ihren Sohn.«

»Ja«, sagte der alte Mann leise. »Mein Sohn. Und die Hure, die behauptet, die Erinnerung an ihn in Ehren zu halten. Es tut mir leid.«

»Schon gut. Ich werde unserem Freund übermitteln, was Sie mir gesagt haben. Er wird im Laufe der nächsten Stunde anrufen.«

»Bitte«, unterbrach Villiers. »Da ist noch mehr. Das ist auch der Grund meines Anrufs. Zweimal, während meine Frau telefonierte, kamen mir die Stimmen bekannt vor. Die zweite erkannte ich; mir ist dabei sofort ein Gesicht ins Gedächtnis zurückgerufen worden. Er sitzt an einer Telefonvermittlung in Saint-Honoré.«

»Wir kennen seinen Namen. Was ist mit der ersten Stimme?«

»Das war seltsam. Ich kannte die Stimme nicht; es gab kein Gesicht, das dazu gehörte. Aber ich begriff, weshalb sie dort war. Es war eine seltsame Stimme. Halb geflüstert, halb ein Befehlston, ein Echo ihrer selbst. Der Befehlston fiel mir auf. Sehen Sie, jene Stimme unterhielt sich nicht mit meiner Frau; sie hatte einen Befehl erteilt. In dem Augenblick, als ich in der Leitung war, wurde sie natürlich verändert; ein vorher vereinbartes Signal, um schnell zum Abschluß zu kommen, aber es blieb doch etwas hängen. Und das, was übrig blieb, selbst der Ton, ist jedem Soldaten bekannt; das ist für ihn die Art und Weise, wie einer Sache Nachdruck verliehen wird. Drücke ich mich klar aus?«

»Ich denke schon«, sagte Marie mit leiser Stimme. Wenn der Mann das andeutete, was sie glaubte, mußte der Druck, unter dem er stand, unerträglich sein, das spürte sie.

»Seien Sie versichert, Mademoiselle«, sagte der General, »das war das Killerschwein.« Villiers hielt inne, und nur sein Atem war über die Leitung zu hören. Die nächsten Worte waren langgedehnt und auseinandergezogen, die Stimme eines starken Mannes, der den Tränen nahe war. »Er . . . *instruierte . . . meine . . .* Frau.« Die Stimme des alten Soldaten brach. »Verzeihen Sie. Ich habe nicht das Recht, Sie zu belasten.«

»Doch, das haben Sie«, sagte Marie, die plötzlich beunruhigt war. »Das, was geschieht, muß für Sie schrecklich schmerzhaft sein, und dadurch noch schlimmer, daß Sie niemanden haben, mit dem sie sprechen können.«

»Ich spreche mit Ihnen, Mademoiselle. Ich sollte das nicht, aber ich tue es.«

»Ich wünschte, wir könnten weiter reden. Ich wünschte, einer von uns könnte bei Ihnen sein. Aber das ist nicht möglich, wie Sie verstehen. Bitte, versuchen Sie durchzuhalten. Es ist schrecklich wichtig, daß man keine Verbindung zwischen Ihnen und unserem Freund herstellt. Das könnte Sie Ihr Leben kosten.«

»Ich denke, daß ich es vielleicht schon verloren habe.«

»*Das ist absurd*«, sagte Marie scharf. Sie mußte dem alten Soldaten weh tun. »Sie sind schließlich Offizier. Reden Sie nicht so ein wirres Zeug!«

»Die Lehrerin weist den Schüler zurecht. Sie haben ja recht.«

»Es stimmt, Sie sind ein großer Mann.« Jetzt herrschte Schweigen in der Leitung; Marie hielt den Atem an. Als Villiers' Stimme wieder zu hören war, atmete sie auf.

»Unser gemeinsamer Freund muß ein sehr glücklicher Mann sein. Sie sind eine bemerkenswerte Frau.«

»Ganz und gar nicht. Ich möchte nur, daß mein Freund zu mir zurückkommt. Daran ist nichts Bemerkenswertes.«

»Vielleicht nicht. Aber ich würde auch gerne Ihr Freund sein. Sie haben einem sehr alten Mann bewußt gemacht, wer und was er einmal war und wieder zu sein versuchen muß. Ich danke Ihnen zum zweitenmal.«

»Keine Ursache . . . mein Freund.« Marie legte auf. Sie war tief bewegt und in gleichem Maße beunruhigt. Sie war nicht überzeugt, daß Villiers den nächsten vierundzwanzig Stunden gewachsen sein würde. Und dann würde der Meuchelmörder wissen, daß er in der Falle saß, und befehlen, im *Les Classiques* zu räumen und zu verschwinden. Oder es würde zu einem Blutbad in Saint-Honoré kommen.

Wenn das passierte, war es aus. Dann gab es keine Adresse in New York mehr, keine Botschaft mehr zu entziffern, keinen Sender zu finden. Der Mann, den sie liebte, würde in das Dunkel, aus dem er kam, zurückgestoßen werden. Und er würde sie verlassen.

28

Borowski sah sie an der Ecke, sie ging im Schein der Straßenlaterne auf
das kleine Hotel zu, in dem sie wohnte. Monique Brielle, Jacqueline Laviers rechte Hand, war eine härtere, sehnigere Ausgabe von Janine Dolbert; er erinnerte sich daran, sie im Laden gesehen zu haben. Ihr Schritt
war der einer selbstbewußten Frau, die wußte, was sie wollte. Jason
konnte gut verstehen, daß sie die rechte Hand der Lavier war. Ihre Begegnung würde kurz sein, seine Botschaft würde sie erschrecken und ihr
bedrohlich vorkommen. Er blieb reglos stehen und ließ sie an sich vorbeigehen. Ihre Absätze klapperten auf dem Pflaster. Auf der Straße befanden sich vielleicht ein halbes Dutzend Leute. Man mußte sie von hier
wegbringen. Höchstens dreißig Fuß vor dem Eingang des kleinen Hotels
holte er sie ein; er verlangsamte seinen Schritt auf ihr Tempo und hielt
sich an ihrer Seite.

»Sie müssen sofort mit der Lavier Verbindung aufnehmen«, sagte er in
französischer Sprache und blickte starr nach vorne.

»Pardon? Was haben Sie gesagt? Wer sind Sie, Monsieur?«

»Bleiben Sie nicht stehen! Gehen Sie weiter. Am Eingang vorbei.«

»Sie wissen, wo ich *wohne*?«

»Es gibt sehr wenig, das wir nicht wissen.«

»Und wenn ich hineingehe? Es gibt einen Portier –«

»Es gibt auch die Lavier«, unterbrach Borowski. »Sie werden Ihre Stellung verlieren und auf der ganzen Rue Saint-Honoré keine mehr finden.
Und ich fürchte sogar, daß das das geringste Ihrer Probleme sein wird.«

»Wer *sind* Sie?«

»Nicht ihr Feind.« Jason sah sie an. »Machen Sie mich nicht dazu.«

»*Sie*. Der Amerikaner! Janine . . . Claude Oreale!«

»Carlos«, ergänzte Borowski.

»Carlos? Was soll dieser *Wahnsinn*? Den ganzen Nachmittag nichts als
Carlos! Und *Nummern*! Jeder hat eine Nummer, von der noch nie jemand
gehört hat! Und all das Gerede von Fallen und von Männern mit Waffen!
Verrückt ist das!«

»Ist aber Realität. Gehen Sie weiter. Bitte. Um Ihrer selbst willen.«

Sie gehorchte, aber ihr Schritt war jetzt weniger sicher, ihr Körper
steif, eine starre Marionette, die ihrer Fäden unsicher war. »Jacqueline
hat mit uns gesprochen«, sagte sie mit eindringlicher Stimme. »Sie hat
uns gesagt, es sei alles Wahnsinn, daß – *Sie* – sich vorgenommen hätten,
Les Classiques zu ruinieren. Daß eines der anderen Häuser Sie dafür bezahlt haben muß, um uns zu ruinieren.«

»Was haben Sie denn erwartet, daß sie sagt?«

»Sie sind ein bezahlter Provokateur. Sie hat uns die Wahrheit gesagt.«

»Hat Sie Ihnen auch gesagt, daß Sie den Mund halten sollen? Daß Sie
zu niemandem etwas davon sagen dürfen?«

»Natürlich.«

»Und ganz besonders«, fuhr Jason fort, als hätte er sie nicht gehört, »dürfen Sie keine Verbindung mit der Polizei aufnehmen, was unter den gegebenen Umständen ja eigentlich das logischste wäre. In mancher Hinsicht sogar das *einzig* mögliche.«

»Ja, natürlich . . .«

»Nicht natürlich«, widersprach Borowski. »Hören Sie, ich bin nur ein Verbindungsmann, ich stehe wahrscheinlich nicht viel höher in der Hierarchie als Sie selbst. Ich bin nicht hier, um Sie zu überzeugen, ich bin hier, um eine Nachricht zu übermitteln. Wir haben mit der Dolbert einen Versuch gemacht; wir haben ihr falsche Informationen eingetrichtert.«

»Janine?« Monique Brielle war perplex, und dazu kam noch, daß ihr alles immer verwirrender vorkam. »Was sie gesagt hat, war unglaublich! Ebenso unglaublich wie Claudes hysterisches Geschrei. Aber jeder von ihnen sagte etwas anderes.«

»Das wissen wir; war auch unsere Absicht. Sie hat mit *Azur* gesprochen.«

»Dem *House of Azur?*«

»Das können Sie ja morgen überprüfen. Sie müssen sie einfach zur Rede stellen.«

»Sie zur Rede stellen?«

»Ja. Interpol einschalten.«

»Was? Das ist alles verrückt! Ich weiß nicht, wovon Sie reden!«

»Die Lavier weiß es, nehmen Sie sofort mit Ihr Verbindung auf.« Sie näherten sich dem Ende des Häuserblocks; Jason berührte ihren Arm. »Ich werde Sie hier an der Ecke verlassen. Gehen Sie zu Ihrem Hotel zurück und rufen Sie Jacqueline an. Sagen Sie ihr, die Sache hätte sich zugespitzt. Es droht Gefahr. Und am allerschlimmsten, jemand wäre abgesprungen. Nicht die Dolbert, keine der Verkäuferinnen, sondern jemand viel weiter oben. Jemand, der alles weiß.«

»Abgesprungen? Was bedeutet das?«

»Es gibt einen Verräter in *Les Classiques*. Sagen Sie ihr, sie soll vorsichtig sein. Allen gegenüber. Wenn sie das nicht ist, könnte das unser aller Ende bedeuten.« Borowski ließ ihren Arm los und verließ den Bürgersteig, überquerte die Straße. Auf der anderen Seite fand er eine etwas zurückliegende Türnische und stellte sich hinein.

Er schob sein Gesicht bis zum Rand und spähte hinaus, blickte zu der Straßenecke hinüber. Monique Brielle hatte bereits die Hälfte des Weges zurückgelegt, rannte auf den Eingang ihres Hotels zu. Die Jagd hatte begonnen; jetzt war es Zeit, Marie anzurufen.

»Ich mache mir um Villiers Sorgen, Jason. Er verliert fast den Verstand. Der Schock sitzt ihm noch zu sehr in den Knochen.«

»Er wird damit fertig werden«, sagte Borowski und beobachtete den

Verkehr auf den Champs-Élysées aus dem Inneren der verglasten Telefonzelle und wünschte, er könne in bezug auf André Villiers mehr Zuversicht empfinden. »Wenn nicht, habe ich ihn getötet. Ich will nicht mein Gewissen belasten, aber ich werde mich schuldig fühlen. Ich hätte meinen verdammten Mund halten und sie mir selbst vornehmen sollen.«

»Das hättest du nicht geschafft. Du hast ja d'Anjou auf der Treppe gesehen; du hättest nicht hineingehen können.«

»Ich hätte mir irgend etwas überlegen können.«

»Aber was du jetzt tust, ist besser! Du erzeugst Panik, zwingst die Leute, die Carlos' Befehle ausführen, dazu, sich zu zeigen. Bald wirst du es wissen, Jason. Du wirst ihn kriegen! Ganz bestimmt!«

»Hoffentlich! Ich weiß genau, was ich tue, aber dann werde ich immer wieder . . .« Borowski hielt inne. Er sagte das ungern, aber er mußte es – er mußte es zu ihr sagen. »Dann werde ich verwirrt. Es ist, als bestünde ich aus zwei Teilen, wobei ein Teil von mir sagt ›du mußt dich selbst retten‹, und der andere Teil . . . Gott helfe mir . . . sagt mir ›du mußt Carlos fertigmachen‹.«

»Das hast du doch von Anfang an getan, oder?« sagte Marie mit leiser Stimme.

»Carlos ist mir *gleichgültig!*« schrie Jason und wischte sich den Schweiß von der Stirn und merkte, daß es kalter Schweiß war. »Es macht mich wahnsinnig«, fügte er hinzu und war nicht sicher, ob er die Worte laut ausgesprochen oder nur gedacht hatte.

»Darling, komm zurück.«

»Was?« Borowski sah das Telefon an und wußte wieder nicht, ob er die Worte tatsächlich gehört hatte, oder ob sie nur in seinen Gedanken existierten. Jetzt geschah es wieder. *Die Realität löste sich auf. Der Himmel draußen vor einer Telefonzelle auf den Champs-Élysées war dunkel. Einmal war es hell gewesen, so hell, so blendend. Und heiß nicht kalt. Mit kreischenden Vögeln und pfeifenden Metallstücken . . .*

»Jason!«

»Was?«

»Komm zurück. Darling. *Bitte*, komm zurück.«

»Warum?«

»Du bist müde. Du brauchst Ruhe.«

»Ich muß Trignon erreichen. Pierre Trignon. Er ist der Buchhalter.«

»Tu es morgen. Es hat Zeit bis morgen.«

»Nein. Morgen kommen die Kapitäne dran.« *Was sagte er da? Kapitäne. Truppen, die in Panik kollidieren. Aber das war jetzt die einzige Möglichkeit. Die einzige Möglichkeit. Das Chamäleon war ein . . . Provokateur.*

»Hör mir zu«, sagte Marie mit eindringlicher Stimme. »Mit dir ist etwas nicht in Ordnung. Das ist mir schon früher aufgefallen; das wissen wir beide, mein Liebster. Und dann mußt du aufhören, das wissen wir auch. Komm zum Hotel zurück. Bitte.«

Borowski schloß die Augen, der Schweiß begann zu trocknen, die Geräusche des Verkehrs außerhalb der Telefonzelle verdrängten das Kreischen in seinen Ohren. Er konnte die Sterne am kalten Nachthimmel sehen. Kein blendendes Sonnenlicht mehr, keine unerträgliche Hitze. Es war vorübergegangen.

»Ich bin wieder in Ordnung. Wirklich, alles okay.«

»Jason?« Marie sprach ganz langsam, zwang ihn, ihr zuzuhören. »Was war los?«

»Ich weiß nicht.«

»Du hast gerade diese Brielle gesehen. Hat sie etwas zu dir gesagt? Etwas, das Erinnerungen in dir weckte?«

»Ich weiß nicht.«

»Denk nach, Liebster!«

Borowski schloß die Augen, versuchte sich zu erinnern. War da etwas gewesen? Etwas, das beiläufig ausgesprochen worden war, oder so schnell, daß es ihm im Augenblick gar nicht aufgefallen war. »Sie hat mich einen *Provokateur* genannt«, sagte Jason und begriff nicht, warum das Wort zu ihm zurückkam. »Aber das bin ich ja schließlich, nicht wahr? Das ist es doch, was ich tue.«

»Ja«, gab Marie ihm recht.

»Ich muß weiter«, fuhr Borowski fort. »Trignons Wohnung ist nur ein paar Häuserblocks von hier entfernt. Ich will vor zehn Uhr bei ihm sein.«

»Sei vorsichtig!« Marie sprach, als wären ihre Gedanken anderswo.

»Das bin ich. Ich liebe dich.«

»Ich glaube an dich«, sagte Marie St. Jacques.

Die Straße war still, der Block eine seltsame Mischung aus Geschäften und Wohnungen, typisch für das Zentrum von Paris; am Tag voller aufgeregter Geschäftigkeit, nachts verlassen.

Jason erreichte das kleine Appartementhaus, wo sich Pierre Trignons Wohnung befand. Er stieg die Treppe hinauf und betrat das saubere, schwach beleuchtete Foyer. Zur Rechten gab es eine Reihe von Bronzebriefkästen, jeder über einem kleinen, mit Speichen versehenen Kreis, der Sprechanlage. Jason fuhr mit dem Finger über die gedruckten Namen unter den Schlitzen: M. PIERRE TRIGNON – 42. Er drückte den kleinen schwarzen Knopf zweimal; zehn Sekunden später war ein knatterndes Geräusch zu hören, das die Stimme halb übertönte.

»Ja?«

»Monsieur Trignon?«

»Jawohl.«

»Telegramm, Monsieur. Ich bin in Eile und kann mein Fahrrad nicht im Stich lassen.«

»Ein Telegramm, für mich?«

Pierre Trignon war kein Mann, der häufig Telegramme erhielt; das war an seiner überraschten Stimme zu merken. Der Rest seiner Worte war kaum zu verstehen, aber eine Frauenstimme im Hintergrund wirkte geradezu verstört, vermutete schon allerlei mögliche Katastrophen.

Borowski wartete vor der Milchglastüre, die ins Innere des Appartementhauses führte. Binnen Sekunden hörte er das schnelle Klappern von Schritten immer lauter werden, als jemand – offensichtlich Trignon – die Treppe heruntergeeilt kam. Die Tür flog auf, verbarg Jason; ein kräftig gebauter Mann, dem schon die meisten Haare ausgegangen waren, mit Hosenträgern, die das Fleisch unter dem vorquellenden weißen Hemd einzwängten, ging auf die Briefkästen zu und blieb bei Nummer 42 stehen.

»Monsieur Trignon?«

Der kräftig gebaute Mann fuhr herum, sein joviales Gesicht wirkte völlig hilflos. »Haben Sie mir ein Telegramm gebracht?« rief er.

»Ich bitte um Entschuldigung für die kleine Lüge, Trignon, aber ich habe das Ihretwegen getan. Ich dachte, Sie würden nicht gerne vor Ihrer Frau und Ihrer Familie verhört werden.«

»Verhört?« rief der Buchhalter aus, und seine dicken, vorstehenden Lippen kräuselten sich verwundert, seine Augen blickten verängstigt. »Mich? Wozu? Was soll das? Warum sind Sie hier in meinem Haus? Ich bin ein anständiger Bürger und habe mir nie etwas zuschulden kommen lassen!«

»Sie arbeiten in der Rue Saint-Honoré? Für eine Firma, die sich Les Classiques nennt?«

»Ja. Wer sind Sie?«

»Wenn Sie es vorziehen, können wir in mein Büro gehen«, sagte Borowski.

»Wer sind Sie?«

»Ich führe eine Sonderuntersuchung für die Steuerbehörde durch, Abteilung für Betrugsfälle. Kommen Sie mit – mein Dienstwagen steht draußen.«

»Draußen? Mitkommen? Ich habe keine Jacke, keinen Mantel! Meine Frau. Sie ist oben und wartet auf mich, wartet, daß ich ein Telegramm bringe. Ein Telegramm!«

»Sie können ihr ja eines schicken, wenn Sie wollen. Kommen Sie jetzt mit. Ich war den ganzen Tag mit dieser Geschichte beschäftigt und möchte das jetzt abschließen.«

»Bitte, Monsieur«, protestierte Trignon. »Was fällt Ihnen ein? Sie sagten, Sie hätten Fragen zu stellen. Stellen Sie Ihre Fragen und lassen Sie mich wieder hinauf. Ich will nicht in Ihr Büro.«

»Es dauert nur ein paar Minuten«, sagte Jason.

»Ich werde meiner Frau erklären, daß es sich um einen Irrtum gehandelt hat. Das Telegramm ist für den alten Gravet; er wohnt hier im Erdgeschoß und kann kaum lesen. Das wird sie verstehen.«

Madame Trignon verstand das nicht, aber ihre schrillen Einwände wurden von einem noch schrilleren Monsieur Trignon zum Schweigen gebracht. »Da sehen Sie es«, sagte der Buchhalter und richtete sich von dem Briefschlitz auf. Borowski konnte sehen, daß die Haarsträhnen über seinem kahlen Schädel vom Schweiß naß waren. »Es gibt keinen Anlaß, irgendwohin zu gehen. Was sind schon ein paar Minuten im Leben eines Mannes? Die Fernsehshows werden in ein oder zwei Monaten ja ohnehin wiederholt. Also, was in Gottes Namen soll das alles, Monsieur? Meine Bücher sind in Ordnung. Da gibt es nichts! Natürlich bin ich nicht für die Arbeit des Buchhalters verantwortlich. Das ist eine separate Firma; *er* ist eine separate Firma. Offen gestanden, habe ich ihn nie gemocht; er flucht die ganze Zeit, wenn Sie wissen, was ich meine. Aber wer bin ich schon, um etwas dagegen zu sagen?« Trignon streckte seine Hände mit gespielter Verzweiflung aus, das Gesicht zu einem unterwürfigen Lächeln verzogen.

»Zunächst einmal«, sagte Borowski und tat die Proteste ab, als hätte er sie nicht gehört, »dürfen Sie die Stadtgrenzen von Paris nicht verlassen. Wenn Sie aus irgendeinem Grunde persönlich oder beruflich aufgefordert werden sollten, das zu tun, müssen Sie uns verständigen. Um es offen zu sagen, Sie werden keine Genehmigung bekommen.«

»Sie scherzen, Monsieur!«

»Das tue ich ganz bestimmt nicht.«

»Ich habe keinen Grund, Paris zu verlassen – und auch nicht das Geld dazu – aber es ist unglaublich, daß man zu mir so etwas sagt. Was habe ich getan?«

»Das Bureau wird Ihre Bücher morgen früh beschlagnahmen. Seien Sie darauf vorbereitet.«

»Beschlagnahmen? Aus welchem Grund? Worauf vorbereitet?«

»Zahlungen an sogenannte Lieferanten, deren Rechnungen betrügerisch sind. Die Ware ist nie entgegengenommen worden – war nie dazu bestimmt, entgegengenommen zu werden – und die Zahlungen sind statt dessen auf eine Bank in Zürich geleitet worden.«

»Zürich? Ich weiß nicht, wovon Sie reden! Ich habe nie Schecks für Zürich ausgestellt.«

»Nicht direkt, das wissen wir. Aber es war doch eine Kleinigkeit für Sie, diese Schecks für nicht existierende Firmen auszustellen, dann die Gelder auszuzahlen und nach Zürich zu kabeln.«

»Jede Rechnung wird von Madame Lavier abgezeichnet! Ich bezahle *nichts* auf eigene Veranlassung!«

Jason hielt inne und runzelte die Stirn. »Jetzt scherzen Sie«, sagte er.

»Auf mein Wort! Das ist Vorschrift. Sie können jeden fragen! *Les Classiques* bezahlt keinen Sou, der nicht von Madame angewiesen ist.«

»Sie behaupten also, daß Sie Ihre Anweisungen direkt von ihr bekommen.«

»Aber natürlich!«

»Und von wem bekommt sie ihre Anweisungen?«

Trignon grinste. »Es heißt immer, von Gott, wenn es nicht anders-
herum ist, aber das ist natürlich ein Scherz, Monsieur.«

»Ich hoffe, daß Sie auch ernst sein können. Wer sind die Eigentümer
von *Les Classiques?*«

»Das ist eine Partnerschaft, Monsieur. Madame Lavier hat viele wohlhabende Freunde; diese Freunde haben in ihre Fähigkeit investiert. Und
natürlich in die Talente von René Bergeron.«

»Treffen sich diese Geldgeber häufig? Machen sie Vorschläge in bezug
auf die Geschäftspolitik? Empfehlen sie vielleicht bestimmte Firmen, mit
denen Geschäfte gemacht werden sollen?«

»Das weiß ich nicht, Monsieur. Natürlich, jeder hat Freunde.«

»Wir haben uns vielleicht auf die falschen Leute konzentriert«, unterbrach Borowski. »Es ist durchaus möglich, daß Sie und Madame Lavier –
als die beiden, die direkt mit den täglichen Finanzen befaßt sind – benutzt werden.«

»Wozu benutzt?«

»Um Geld nach Zürich zu schaffen. Auf das Konto eines der gemein-
sten Killer von Europa.«

Trignon zuckte zusammen, sein dicker Bauch zitterte, als er sich gegen
die Wand stützte. »In Gottes Namen, was wollen Sie damit *sagen?*«

»Sie persönlich haben die Schecks vorbereitet, sonst niemand.«

»Nur auf Anweisung!«

»Haben Sie je die Ware mit den Rechnungen abgeglichen?«

»Das gehört nicht zu meinen Obliegenheiten!«

»Sie haben also Zahlungen für Lieferungen geleistet, die Sie nie gesehen haben.«

»Ich sehe nie etwas! Nur Rechnungen, die abgezeichnet worden sind.
Ich zahle nur auf solche Rechnungen!«

»Dann hoffe ich, daß Sie jede einzelne finden werden. Sie und Madame Lavier würden gut daran tun, Ihre Akten gründlich zu durchfor-
schen. Denn Sie beide – ganz besonders Sie – werden sich mit der Anklage auseinandersetzen müssen.«

»Anklage? Was für eine Anklage?«

»In Ermangelung einer besonderen Vorladung wollen wir es einmal
Mittäterschaft an mehrfachem Mord nennen.«

»Mehrfachem –«

»Meuchelmord. Das Konto in Zürich gehört dem Terroristen, der unter dem Namen Carlos bekannt ist. Sie, Pierre Trignon, und Ihre gegenwärtige Arbeitgeberin, Madame Jacqueline Lavier, sind direkt in die Fi-
nanzierung des meistgesuchten Mörders von Europa verwickelt. Iljitsch
Ramirez Sanchez. Alias Carlos.«

»Ohhh! . . .« Trignon mußte sich an der Wand festhalten, die Augen vor Entsetzen geweitet, die aufgedunsenen Züge verquollen. »Den ganzen Nachmittag lang . . .«, flüsterte er. »Leute, die herumliefen, hysterische Gespräche in den Gängen, und alle haben mich so seltsam angesehen, sind an meinem Büro vorübergegangen und haben die Köpfe abgewandt. O mein *Gott.*«

»An Ihrer Stelle würde ich keinen Augenblick vergeuden. Der morgige Tag ist nicht mehr weit, und er wird wahrscheinlich der schwierigste Tag Ihres Lebens sein.« Jason ging zur Haustüre und blieb mit der Hand auf dem Türknopf stehen. »Es kommt mir nicht zu, Ihnen Ratschläge zu erteilen, aber an Ihrer Stelle würde ich sofort mit Madame Lavier Verbindung aufnehmen. Sie sollten anfangen, Ihre gemeinsame Verteidigung vorzubereiten – das ist vielleicht alles, was Ihnen noch möglich ist. Es kann zu einem Skandal kommen.«

Das Chamäleon öffnete die Tür und trat ins Freie, die kalte Nachtluft schlug ihm ins Gesicht.

Du mußt Carlos finden. Carlos in die Falle locken. Cain ist für Charlie und Delta ist für Cain.

Falsch!

Du mußt eine Nummer in New York finden. Treadstone finden. Den Sinn einer Nachricht finden. Den Sender finden.

Jason Borowski finden.

Das Tageslicht leuchtete durch die Mosaikfenster, als der glattrasierte alte Mann in dem altmodischen Anzug durch den Mittelgang der Kirche in Neuilly-sur-Seine eilte. Der hochgewachsene Priester, der bei den Novenenkerzen stand, blickte ihm nach, hatte das Gefühl, den Mann irgendwie zu kennen. Einen Augenblick dachte der Priester, er habe den Mann schon einmal gesehen und wisse nur nicht, wo er ihn hintun müsse. Da war gestern ein heruntergekommener Bettler gewesen, etwa die gleiche Größe, der gleiche . . . Nein, die Schuhe dieses alten Mannes waren blank geputzt, sein weißes Haar sorgfältig gekämmt, und der Anzug, auch wenn er aus dem letzten Jahrzehnt stammte, war von guter Qualität.

»Angelus Domini«, sagte der alte Mann und schob die Vorhänge des Beichtstuhls auseinander.

»Genug!« flüsterte die nur silhouettenhaft sichtbare Gestalt im Inneren des Beichtstuhls. »Was haben Sie in Saint-Honoré erfahren?«

»Wenig Konkretes. Aber seine Schachzüge sind genial.«

»Steckt ein System dahinter?«

»Ich glaube nicht. Er wählt Leute aus, die absolut nichts wissen, und erzeugt durch sie Chaos. Ich würde vorschlagen, die Aktivitäten in *Les Classiques* einzustellen.«

»Natürlich«, gab ihm die Silhouette recht. »Aber welches Ziel verfolgt er?«

»Über das Chaos hinaus?« fragte der alte Mann. »Ich würde sagen, er will unter denjenigen, die etwas wissen, Mißtrauen verbreiten. Die Brielle hat diese Worte gebraucht. Sie hat gesagt, der Amerikaner hätte von ihr verlangt, sie solle der Lavier sagen, es gäbe ›einen Verräter‹ in ihrer Mitte, eine offenkundig falsche Aussage. Welcher von ihnen würde das schon wagen? Der Buchhalter, Trignon, ist verrückt geworden. Gestern abend hat er bis zwei Uhr früh vor dem Haus der Lavier gewartet und sie buchstäblich überfallen, als sie aus dem Hotel der Brielle zurückkehrte. Auf der Straße hat er herumgeschrien!«

»Die Lavier selbst hat sich auch nicht viel besser benommen. Sie hatte sich kaum noch im Griff, als sie in Parc Monceau anrief; man hat ihr gesagt, sie solle nicht wieder anrufen. Wir brechen die Verbindung dorthin ab!«

»Selbstverständlich. Die wenigen von uns, die die Nummer kennen, haben sie vergessen.«

»Ja, daran tun sie gut.« Die Silhouette bewegte sich plötzlich; der Vorhang raschelte. »*Natürlich* will er Mißtrauen verbreiten! Das folgt dem Chaos. Daran besteht kein Zweifel. Er wird sich die Kontaktpersonen herauspicken und versuchen, von ihnen Informationen zu bekommen. Und wenn ihm das bei einem nicht gelingt, wird er ihn den Amerikanern ausliefern und sich den nächsten packen. Aber er wird bei allem alleine operieren, das ist Teil seines Ego. Er ist ein Verrückter. Ein Besessener.«

»Mag sein, daß er beides ist«, konterte der alte Mann, »aber er versteht sich auf sein Geschäft. Er wird dafür sorgen, daß die Namen an seine Vorgesetzten weitergeleitet werden, für den Fall, daß sein Vorhaben mißlingt. Also wird man *sie* auf alle Fälle festnehmen, gleichgültig ob es Ihnen gelingt, ihn fertigzumachen, oder nicht.«

»Wir werden sie zwar töten«, sagte der Meuchelmörder. »Nur Bergeron nicht. Er ist zu wichtig. Sagen Sie ihm, er soll nach Athen gehen; er weiß schon wohin.«

»Soll ich daraus entnehmen, daß ich die Stelle von Parc Monceau einnehmen soll?«

»*Das* wäre unmöglich, aber für den Augenblick werden Sie meine endgültigen Entscheidungen an die jeweiligen Personen weiterleiten.«

»Und die erste Person ist Bergeron. Nach Athen!«

»Ja.«

»Also stehen Lavier und der Mann aus den Kolonien, d'Anjou, auf der Liste?«

»Ja, Köder überleben selten. Sie müssen noch eine weitere Nachricht weiterleiten an die beiden Teams, die die Lavier und d'Anjou überwachen. Sagen Sie ihnen, daß ich sie beobachten werde – die ganze Zeit. Es darf keine Fehler geben!«

Jetzt zögerte der alte Mann, verschaffte sich damit die Aufmerksamkeit des anderen. »Ich habe mir das Beste für den Schluß aufgehoben, Carlos. Man hat den Renault vor eineinhalb Stunden in einer Garage am Montmartre gefunden. Er ist letzte Nacht zurückgebracht worden.«

In der Stille konnte der alte Mann den langsamen Atem der Gestalt hinter dem Vorhang hören. »Ich nehme an, Sie haben Maßnahmen ergriffen, um ihn zu beobachten – selbst in diesem Augenblick – um ihm zu folgen – selbst in diesem Augenblick.«

Der Bettler lachte leise. »Entsprechend Ihrer letzten Instruktion habe ich mir die Freiheit genommen, einen Freund einzustellen, einen Freund mit einem einwandfreien Wagen. Er seinerseits hat drei Bekannte eingestellt, und die wechseln sich jetzt in vier Sechs-Stunden-Schichten auf der Straße vor der Garage ab. Sie wissen natürlich nichts, nur daß sie dem Renault zu jeder Tages- und Nachtstunde folgen müssen.«

»Sie enttäuschen mich nicht.«

»Das kann ich mir nicht leisten. Und nachdem Parc Monceau eliminiert worden ist, konnte ich ihnen keine andere Telefonnummer als die meine geben, die, wie Sie wissen, ein heruntergekommenes Café im Quartier ist. Der Besitzer und ich waren in den alten Tagen, den besseren Tagen, Freunde. Ich kann ihn alle fünf Minuten fragen, ob irgendwelche Mitteilungen für mich eingegangen sind, und er würde sich nie wundern. Ich weiß, woher er das Geld hat, mit dem er sich sein Geschäft aufgebaut hat, und wer dabei den kürzeren zog.«

»Sie haben hervorragende Arbeit geleistet.«

»Ich habe auch ein Problem, Carlos. Da keiner von uns Parc Monceau anrufen darf, wie kann ich da Sie erreichen? Falls ich das muß. Zum Beispiel wegen des Renault.«

»Ja, ich überlege gerade. Sind Sie sich eigentlich bewußt, was Sie da wagen?«

»Ich weiß es, aber ich muß. Meine einzige Hoffnung ist, daß Sie, wenn das vorbei ist und Cain tot ist, sich an meine vorzügliche Arbeit erinnern werden und die Nummer ändern, anstatt mich zu töten.«

»Sie stellen Vermutungen auf.«

»Früher war dies meine Überlebenschance.«

Der Meuchelmörder flüsterte sieben Ziffern. »Sie sind der einzige lebende Mensch, der diese Nummer besitzt. Sie kann natürlich nicht überprüft werden.«

»Natürlich. Wer würde erwarten, daß ein alter Bettler sie besitzt?«

»Jede Stunde bringt Sie einem besseren Lebensstandard näher. Das Netz beginnt sich zu schließen. Wir werden Cain schnappen und seine Leiche den genialen Strategen, die ihn zur Marionette gemacht haben, zurückgeben. Er kennt das Dunkel nicht, aus dem er kommt. Daran wird er zerbrechen.«

Borowski nahm den Hörer ab. »Ja?«

»Zimmer vierhundertzwanzig?«

»Sprechen Sie, General.«

»Die Telefonanrufe haben aufgehört. Man kontaktiert sie nicht mehr – zumindest nicht über das Telefon. Unsere zwei Angestellten waren weg, und das Telefon klingelte zweimal. Sie bat mich beide Male, den Hörer abzunehmen. Ihr war nicht nach Reden zumute.«

»Wer hat angerufen?«

»Die Apotheke wegen eines Rezepts und ein Journalist, der um ein Interview bat. Beides konnte sie nicht wissen.«

»Hatten Sie den Eindruck, daß sie versucht hat, abzulenken, indem sie Sie bat, die Anrufe entgegenzunehmen?«

Villiers überlegte. Als er antwortete, klang seine Stimme ärgerlich. »Ich denke schon. Sie erwähnte auch, daß sie vielleicht auswärts essen würde. Sie sagte, sie hätte einen Tisch im George V. bestellt, und ich könnte sie dort erreichen.«

»Wenn sie hingeht, möchte ich gerne vor ihr dort sein.«

»Ich gebe Ihnen Bescheid.«

»Sie sagten, sie würde ›zumindest nicht mehr per Telefon‹ kontaktiert. Was meinen Sie damit?«

»Vor dreißig Minuten kam eine Frau. Meine Frau zögerte, sie zu empfangen, hat es aber dann doch getan. Ich habe ihr Gesicht nur einen Augenblick lang im Korridor gesehen, aber das war genug. Die Frau wirkte total verstört.«

»Beschreiben Sie sie.«

Das tat Villiers.

»Jacqueline Lavier«, sagte Jason.

»Das hatte ich angenommen. Nach ihrem Aussehen zu urteilen, war das Wolfsrudel äußerst erfolgreich; sie sah übernächtigt aus. Ehe sie sie in die Bibliothek führte, sagte mir meine Frau, sie sei eine alte Freundin, die gerade eine Ehekrise durchmachte. Eine offenkundige Lüge; in ihrem Alter gibt es keine Krisen mehr in der Ehe, da geht es nur darum, gewisse Dinge zu akzeptieren oder den anderen zu erpressen.«

»Ich verstehe nicht, daß sie zu Ihrem Haus ging. Das ist viel zu riskant. Das leuchtet mir nicht ein. Es sei denn, sie hat es auf eigene Faust getan, im Wissen, daß keine weiteren Anrufe mehr erfolgen dürfen.«

»Das habe ich mir auch überlegt«, sagte der ehemalige Offizier. »Ich wollte ein wenig Luft schnappen und machte einen kleinen Spaziergang ums Haus. Mein Adjutant begleitete mich. Meine Augen waren wachsam. Jemand hat die Lavier verfolgt. Zwei Männer saßen vier Häuser entfernt in einem Wagen; das Automobil war mit einem Radio ausgestattet. Diese Männer gehörten nicht in unsere Straße. Das konnte man in ihren Gesichtern lesen und an der Art und Weise merken, wie sie mein Haus beobachteten.«

»Woher wissen Sie, daß die Lavier nicht mit diesen Männern gekommen ist?«

»Wir wohnen in einer ruhigen Straße. Als die Frau kam, saß ich im Wohnzimmer, trank Kaffee und hörte sie die Treppen herauflaufen. Als ich ans Fenster ging, sah ich gerade noch ein Taxi wegfahren. Sie kam in einem Taxi; man hat sie verfolgt.«

»Wann ist sie weggefahren?«

»Bis jetzt noch nicht. Und die Männer sind noch draußen.«

»Was für einen Wagen haben die Männer?«

»Einen grauen Citroën. Die ersten drei Buchstaben des Zulassungsschildes lauten NYR.«

»Vögel in der Luft, die einer Kontaktperson folgen. Woher kommen die Vögel?«

»Wie bitte? Was haben Sie gesagt?«

Jason schüttelte den Kopf. »Ich weiß nicht genau. Lassen Sie nur. Ich werde versuchen, dorthin zu kommen, ehe die Lavier wegfährt. Tun Sie, was in Ihrer Macht steht, um mir zu helfen. Unterbrechen Sie Ihre Frau. Sagen Sie ihr, Sie müßten sie ein paar Minuten sprechen. Bestehen Sie darauf, daß ihre ›alte Freundin‹ bleibt; sagen Sie irgend etwas; sorgen Sie einfach dafür, daß sie das Haus nicht verläßt.«

»Ich werde mir Mühe geben.«

Borowski legte auf und sah Marie an, die am Fenster stand. »Es funktioniert. Sie mißtrauen einander bereits. Die Lavier ist nach Parc Monceau gefahren, und man hat sie verfolgt. Sie fangen an, Argwohn gegen ihre eigenen Leute zu empfinden.«

»Vögel in der Luft«, sagte Marie. »Was hat das für eine Bedeutung?«

»Ich weiß nicht; es ist nicht wichtig. Wir haben keine Zeit zu verlieren.«

»Ich glaube schon, daß es wichtig ist, Jason.«

»Jetzt nicht«, erwiderte Jason bestimmt und trat an den Sessel, auf den er seinen Mantel und den Hut gelegt hatte. Er zog sich schnell an und ging zu dem Sekretär, zog die Schublade auf und entnahm ihr die Pistole. Er sah sie einen Augenblick an, erinnerte sich. Vor seinen Augen tauchte die Vergangenheit auf. Zürich. Die Bahnhofstraße und das ›Carillon du Lac‹; das ›Drei Alpenhäuser‹ und die Löwenstraße, eine schmutzige Pension an der Brauerstraße. Die Pistole erschien ihm jetzt als Symbol. Damals in Zürich hätte sie fast sein Leben beendet.

Aber dies war schließlich Paris. Und in Zürich hatte es einmal begonnen.

Du mußt Carlos finden. Carlos in die Falle locken. Cain ist für Charlie und Delta ist für Cain.

Falsch! Verdammt, falsch!

Du mußt Treadstone finden. Eine Nachricht finden. Einen Mann finden.

29

Jason machte sich auf dem Rücksitz ganz klein, als sich das Taxi dem Haus von Villiers in Parc Monceau näherte. Er musterte die Wagen, die die Bürgersteige säumten; da stand kein grauer Citroën mit dem Nummernschild, das die Anfangsbuchstaben NYR trug.

Aber da war Villiers. Der alte Soldat stand alleine an der Straße, vier Türen von seinem Haus entfernt.

Zwei Männer . . . in einem Wagen, vier Häuser von dem meinen entfernt.

Villiers stand jetzt dort, wo jener Wagen gestanden hatte; das war ein Signal. »Halten Sie bitte an«, sagte Borowski zu dem Fahrer. »Ich möchte mit dem alten Herrn da drüben sprechen.« Er kurbelte das Fenster herunter und lehnte sich nach vorne. »*Monsieur?*«

»Reden wir englisch«, erwiderte Villiers und ging auf das Taxi zu, ein alter Mann, den ein Fremder herbeigerufen hat.

»Was ist geschehen?« fragte Jason.

»Ich konnte alle beide nicht aufhalten.«

»Alle beide?«

»Meine Frau ist mit der Lavier weggefahren. Ich war allerdings hartnäckig. Ich habe ihr gesagt, sie solle im George V. auf meinen Anruf warten. Es sei eine Angelegenheit von höchster Wichtigkeit, und ich brauchte ihren Rat.«

»Was hat sie gesagt?«

»Sie wäre nicht sicher, ob sie im George V. sein würde. Ihre Freundin bestünde darauf, einen Priester in Neuilly-sur-Seine aufzusuchen, in der Kirche des Geheiligten Sakraments. Sie sagte, sie fühlte sich verpflichtet, sie zu begleiten.«

»Haben Sie Einwände vorgebracht?«

»Mit einer Heftigkeit, die ihr merkwürdig vorkam. Denn sie hat zum erstenmal in unserem gemeinsamen Leben die Gedanken ausgesprochen, die mich bewegten. Sie sagte: ›Wenn es dein Wunsch ist, mir nachzuspionieren, André, kannst du ja die Pfarrei anrufen. Ich bin sicher, daß jemand mich erkennt und zu einem Telefon führt.‹ Ob sie mich damit auf die Probe stellen wollte?«

Borowski versuchte nachzudenken. »Vielleicht. Sicher wird sie dafür sorgen, daß jemand sie dort sieht. Aber sie zu einem Telefon führen, ist wieder etwas ganz anderes. Wann sind die beiden weggefahren?«

»Vor weniger als fünf Minuten.«

»Mit Ihrem Wagen?«

»Nein. Meine Frau hat ein Taxi gerufen.«

»Die zwei Männer in dem Citroën sind ihnen gefolgt.«

»Ich fahre hin«, sagte Jason.

»Das habe ich schon vermutet«, sagte Villiers. »Ich habe die Adresse der Kirche nachgesehen.«

Borowski ließ eine Fünfzigfranc-Banknote über die Rücklehne des Vordersitzes fallen. Der Fahrer schnappte danach. »Es ist sehr wichtig für mich, daß ich so schnell wie möglich nach Neuilly-sur-Seine komme. Die Kirche des ›Geheiligten Sakraments‹. Wissen Sie, wo die ist?«

»Aber natürlich, Monsieur. Das ist die schönste Pfarrei in der ganzen Gegend.«

»Sehen Sie zu, daß wir schnell hinkommen, dann bekommen Sie noch einmal fünfzig Francs.«

»Wir werden auf den Flügeln von Engeln fliegen, Monsieur!«

Und sie flogen, wobei sie sich unterwegs eine Unzahl keineswegs heiliger Gedanken von Fahrern anderer Fahrzeuge zuzogen.

»Dort sind die Türme das ›Geheiligten Sakraments‹, Monsieur«, sagte der siegreiche Fahrer zwölf Minuten später und deutete durch die Windschutzscheibe auf drei hochragende Steintürme. »Eine Minute, zwei vielleicht, wenn diese Idioten, die man eigentlich von der Straße fernhalten müßte . . .«

»Nur langsam«, unterbrach Borowski, dessen Aufmerksamkeit nicht den Türmen der Kirche, sondern einem Wagen galt, der einige Wagenlängen vor ihnen fuhr. Sie waren um eine Ecke gerollt, und er hatte ihn dabei entdeckt; es war ein grauer Citroën, und auf dem Vordersitz saßen zwei Männer. Sie kamen an eine Verkehrsampel; die Fahrzeuge hielten an. Jason ließ die zweite Fünfzigfrancnote über den Sitz fallen und öffnete die Tür. »Ich bin gleich wieder da. Wenn die Ampel wechselt, fahren Sie langsam weiter, dann springe ich herein.«

Borowski stieg aus, rannte geduckt zwischen den Wagen nach vorne, bis er die Buchstaben sehen konnte. NYR; die Ziffern dahinter waren 768, aber für den Augenblick waren sie bedeutungslos. Der Taxifahrer hatte sich sein Geld verdient.

Die Ampel schaltete um, und die Reihe von Automobilen nickte nach vorne wie ein in die Länge gezogenes Insekt, das seine einzelnen Panzerteile in Bewegung setzt. Das Taxi kam; Jason öffnete die Tür und stieg ein. »Sie machen gute Arbeit«, sagte er zu dem Fahrer.

»Ich bin mir wirklich nicht sicher, daß ich die Arbeit auch kenne, die ich hier leiste.«

»Eine Angelegenheit des Herzens. Man muß den Betrüger auf frischer Tat ertappen.«

»In der *Kirche*, Monsieur? Die Welt dreht sich zu schnell für mich.«

»Aber nicht im Verkehr«, sagte Borowski. Sie näherten sich der letzten Straßenkreuzung vor der Kirche des ›Geheiligten Sakraments‹. Der Citroën bog ab, zwischen ihm und dem Taxi war noch ein einziger Wagen, dessen Passagiere nicht zu erkennen waren. Irgend etwas störte Jason. Die Überwachung seitens der zwei Männer war zu deutlich, viel zu offensichtlich. Es war gerade, als wollten die Soldaten Carlos', daß jemand in dem Taxi wußte, daß sie da waren.

Natürlich! Villiers' Frau war in dem Taxi. Mit Jacqueline Lavier. Und die beiden Männer in dem Citroën wollten, daß Villiers' Frau wußte, daß sie hinter ihr her waren.

»Wir sind da«, sagte der Fahrer und fuhr in die Straße, wo die Kirche sich in mittelalterlichem Prunk inmitten eines kurzgeschorenen Rasens erhob, der von plattenbelegten Wegen durchkreuzt und mit Statuen geschmückt war. »Was soll ich jetzt tun, Monsieur?«

»Halten Sie dort«, befahl Jason und deutete auf eine Lücke in der Reihe parkender Fahrzeuge. Das Taxi mit Villiers' Frau und der Lavier hielt vor einem Fußweg, der von einem Heiligen aus Beton bewacht wurde. Villiers' Frau stieg als erste aus und streckte Jacqueline Lavier die Hand hin, die aschfahl aus dem Wagen stieg. Sie trug eine große, orangegeränderte Sonnenbrille und eine weiße Handtasche, aber ihre ganze Eleganz war verflogen. Die Krone ihres mit silbernen Strähnen durchzogenen Haares fiel gerade und formlos über die kalkweiße Totenmaske ihres Gesichts. Ihre Strümpfe waren zerrissen. Sie war wenigstens dreihundert Fuß entfernt, aber Borowski hatte das Gefühl, ihren stockenden Atem hören zu können, der die zögernden Bewegungen ihrer einst königlichen Gestalt begleitete.

Der Citroën war ein Stück weitergefahren und näherte sich jetzt ebenfalls dem Randstein. Keiner der beiden Männer stieg aus, aber aus dem Kofferraum schob sich jetzt ein dünner Metallstab, der das Sonnenlicht reflektierte. Die Radioantenne wurde eingeschaltet, über eine Geheimfrequenz ging ein Codespruch hinaus. Jason war wie hypnotisiert, nicht von dem, was er sah und dem Wissen, was hier geschah, sondern von etwas anderem. Worte flogen ihm zu, er wußte nicht, woher, aber sie waren da.

Delta an Almanach, Delta an Almanach. Wir werden nicht antworten. Wiederhole, negativ, Bruder.

Almanach an Delta. Sie werden wie befohlen antworten. Aufgeben, aufgeben. Das ist endgültig.

Delta an Almanach. Du bist endgültig, Bruder. Geh und fick dich selber. Delta Ende, Gerät beschädigt.

Plötzlich umgab ihn wieder die Dunkelheit, das Licht der Sonne war verschwunden. Da waren keine hochragenden Türme einer Kirche mehr, die nach dem Himmel griffen; statt dessen waren da schwarze Umrisse von unregelmäßigem Blattwerk, das im Licht irisierender Wolken schauderte. Alles war in Bewegung, *alles war in Bewegung*; und er mußte sich der Bewegung anschließen. Reglos bleiben hieß sterben. Bewegen! Um Himmels willen, *beweg dich!*

Und hol sie *heraus*. Einen nach dem anderen. Du mußt näher herankriechen, die Angst überwinden – die schreckliche Angst – und ihre Zahl verringern. Das war alles, worum es ging. Die Zahl reduzieren. Der Mönch hatte das ganz klargemacht. Messer, Draht, Knie, Daumen; du kennst doch die Punkte, wo man Schaden anrichten kann.

Die Punkte, die den Tod bedeuten.

Der Tod ist für die Computer ein statistischer Begriff. Für dich bedeutet er das Überleben.

Der Mönch.

Der Mönch?

Und dann kam wieder das Licht, blendete ihn einen Augenblick lang, er hatte den Fuß auf dem Pflaster, den Blick auf den grauen Citroën gerichtet, der hundert Meter entfernt stand. Aber das Sehen bereitete ihm Schwierigkeiten; warum war es so schwierig? Dunst, Nebel ... Jetzt nicht Finsternis, sondern undurchdringlicher Nebel. Ihm war heiß; nein, ihm war kalt. Kalt! Sein Kopf fuhr ruckartig in die Höhe, plötzlich war ihm wieder bewußt, wo er war und was er tat. Er hatte das Gesicht gegen das Glas gepreßt; sein Atem hatte die Scheibe beschlagen.

»Ich steige gleich aus«, sagte Borowski. »Bleiben Sie hier.«

»Den ganzen Tag, wenn Sie wollen, Monsieur.«

Jason klappte sich den Mantelkragen hoch, schob sich den Hut in die Stirn und setzte die Schildpattbrille auf. Er ging an einem Ehepaar vorbei, auf einen Kiosk zu, stellte sich hinter eine Mutter, die mit ihrem Kind vor der Theke stand. Er konnte jetzt den Citroën gut sehen; das Taxi, das man zum Parc Monceau gerufen hatte, war nicht mehr da, Villiers' Frau hatte es weggeschickt. Wieso eigentlich, dachte Borowski; man fand hier nicht so leicht ein Taxi.

Drei Minuten später war ihm der Grund klar ... er beunruhigte ihn. Villiers' Frau kam aus der Kirche, sie ging schnell, und ihre hochgewachsene, statuenhafte Gestalt erregte bewundernde Blicke der Passanten. Sie ging direkt auf den Citroën zu, sagte etwas zu den Männern auf den Vordersitzen und öffnete dann die hintere Türe.

Eine Handtasche. Eine *weiße* Handtasche! Villiers' Frau trug jetzt die Tasche, die noch vor wenigen Minuten Jacqueline Laviers Hand umkrampft hatte. Sie stieg auf den Hintersitz des Citroën und zog die Türe zu. Der Motor wurde angelassen und heulte dann auf. Ein Vorspiel zu einer schnellen, plötzlichen Abfahrt. Als der Wagen davonrollte, wurde der glänzende Metallstab, der die Antenne des Wagens darstellte, kürzer und kürzer, zog sich in den Kofferraum zurück.

Wo war Jacqueline Lavier? Warum hatte sie ihre Handtasche Villiers' Frau gegeben? Borowski wollte sich schon in Bewegung setzen, blieb dann aber stehen, von einem Instinkt gewarnt. Eine Falle? Wenn man der Lavier folgte, war es durchaus möglich, daß diejenigen, die sie beobachteten, ihrerseits beobachtet wurden – und zwar nicht durch ihn.

Er blickte die Straße hinauf und hinunter, studierte die Fußgänger auf dem Bürgersteig, dann jeden Wagen, jeden Fahrer und jeden Passagier, und hielt Ausschau nach einem Gesicht, das nicht hierher gehörte, so wie Villiers gesagt hatte, daß die zwei Männer in dem Citroën nicht in den Parc Monceau gehört hatten.

Aber da war nichts, das die Parade störte, keine unsteten Augen, keine Hände, die sich in überdimensionierten Taschen versteckt hielten. Er übertrieb seine Vorsicht; Neuilly-sur-Seine war keine Falle für ihn. Er entfernte sich von der Theke und ging auf die Kirche zu.

Dann blieb er stehen, so, als wären seine Füße plötzlich im Pflaster verwurzelt. Ein Priester kam aus der Kirche, ein Priester in einem schwarzen Anzug mit gestärktem weißen Kragen und einem schwarzen Hut, der sein Gesicht teilweise verdeckte. Er hatte ihn schon einmal gesehen. Nicht vor langer Zeit, nicht in einer lang vergessenen Vergangenheit, sondern erst vor kurzem, vor ganz kurzer Zeit. Tage . . . Stunden vielleicht. Doch wo war das gewesen? *Wo?* Er kannte ihn! Alles an ihm war ihm vertraut, sein Gang, die Art, wie er den Kopf etwas zur Seite neigte, die breiten Schultern, die zu den fließenden Bewegungen seines Körpers paßten. Er war ein Mann mit einer Pistole! Doch wo war das gewesen?

Zürich? Das ›Carillon du Lac‹? Es waren zwei Männer, die sich den Weg durch die Menge bahnten. Einer trug eine goldgeränderte Brille; das war er nicht. Jener Mann war tot. War es jener andere Mann im ›Carillon du Lac‹? Oder am Mythen-Quai? Ein Tier, das unartikuliert stöhnte und dessen Augen von der wilden Leidenschaft verzerrt waren. War er es? Oder jemand anderer? Ein Mann in einem dunklen Mantel im Korridor der ›Auberge du Coin‹ , wo die Lichter plötzlich verloschen und der Lichtschein vom Treppenhaus die Falle beleuchtete. Eine umgekehrte Falle, wo jener Mann in der Dunkelheit seine Waffe auf Umrisse abgefeuert hatte, die er für menschlich hielt. War es *jener* Mann? Borowski wußte es nicht, er wußte nur, daß er den Priester schon einmal gesehen hatte, aber nicht als Priester. Als einen Mann mit einer Waffe.

Der Killer im Priesteranzug erreichte das Ende des Plattenweges und bog am Sockel des Betonheiligen nach rechts. Einen kurzen Augenblick lang fiel ein Sonnenstrahl auf sein Gesicht. Jason erstarrte; die *Haut.* Die Haut des Killers war dunkel, nicht von der Sonne gebräunt, sondern von Geburt an. Eine südländische Haut, deren Färbung über Generationen entstanden war, der Abkömmling von Leuten, die immer am Mittelmeer gelebt hatten. Vorfahren, die über den Erdball gewandert waren . . . über die Meere.

Borowski begriff plötzlich, er war vor Schreck wie erstarrt. Der dort vor ihm stand, war kein anderer als Iljitsch Ramirez Sanchez.

Carlos. Carlos in die Falle locken. Cain ist für Charlie und Delta ist für Cain.

Jason riß an seinem Jackett, seine rechte Hand umfaßte den Kolben der Pistole, die in seinem Gürtel steckte. Er fing an, aufs Pflaster hinauszurennen, stieß mit den Passanten zusammen, stieß mit der Schulter einen Straßenhändler zur Seite, taumelte an einem Bettler vorbei, der in einem Abfallkorb – der *Bettler!* Die Hand des Bettlers tauchte in seine Tasche; Jason wirbelte gerade noch rechtzeitig herum, um den Lauf einer Automatik unter dem abgewetzten Mantel hervorlugen zu sehen, die Sonnenstrahlen spiegelten sich in dem Metall. Der Bettler hatte eine Pistole! Seine hagere Hand hob sie, hielt die Waffe ganz gerade, sah ihn voll an. Jason warf sich auf die Straße, prallte von einem kleinen Wagen ab. Er hörte die Kugeleinschläge rings um ihn, jenes endgültige Geräusch. Schreie, schrill und schmerzerfüllt, kamen von unsichtbaren Leuten auf dem Bürgersteig. Borowski duckte sich zwischen zwei Wagen und rannte durch den Verkehr auf die andere Straßenseite. Der Bettler rannte weg; ein alter Mann mit Augen aus Stahl rannte in die Menge hinein, ins Vergessen.

Carlos. Carlos in die Falle locken. Cain ist . . .!

Wieder wirbelte Jason herum und taumelte erneut, warf sich nach vorne, schob alles weg, das sich ihm in den Weg stellte, um den Killer zu verfolgen. Er blieb atemlos stehen, verwirrt und irgendwie wütend. Plötzlich verspürte er einen bohrenden Schmerz an den Schläfen. Wo *war* er? Wo war *Carlos*! Und dann sah er ihn; der Killer hatte sich hinter das Steuer einer mächtigen schwarzen Limousine gesetzt. Borowski rannte wieder auf die Straße zurück, rempelte Fußgänger an, lädierte Kotflügel und Motorhauben. Plötzlich versperrten ihm zwei Wagen den Weg, die miteinander kollidiert waren. Seitwärts sprang er über die ineinander verkeilten Stoßstangen. Doch dann blieb er wieder stehen, und seine Augen füllten sich mit Tränen über das, was er sah; gleichzeitig wußte er, daß es sinnlos war, weiterzugehen. Er war zu spät gekommen. Die große schwarze Limousine hatte eine Lücke im Verkehr entdeckt, und Iljitsch Ramirez Sanchez jagte davon.

Die Lavier! Borowski fing wieder zu rennen an, auf die Kirche des Geheiligten Sakraments zu. Er erreichte den Plattenweg unter den Augen des Betonheiligen und bog nach links, rannte auf die mächtigen, mit Skulpturen versehenen Flügel und die marmorne Treppe zu. Er jagte hinauf, rannte in die gotische Kirche, sah sich ganzen Regalen mit flackernden Kerzen gegenüber, während sich aus den Mosaikglasfenstern hoch ober in den finsteren Steinmauern ineinander verschmolzene Strahlen farbigen Lichts ergossen. Er ging den Mittelgang hinunter und starrte die Gläubigen an, hielt Ausschau nach einem Kopf mit dunklem Haar, das von silbernen Strähnen durchzogen war und unter dem ein totenbleiches Gesicht zur Maske erstarrt schien.

Die Lavier war nirgends zu sehen, und doch hatte sie die Kirche noch nicht verlassen, mußte also noch hier irgendwo sein. Jason drehte sich um und blickte den Gang hinauf; da sah er einen hochgewachsenen Priester, der ganz beiläufig an den Kerzen vorbeiging. Borowski überholte ihn und stellte sich ihm in den Weg.

»Entschuldigen Sie bitte, Hochwürden«, sagte er. »Ich fürchte, ich habe jemanden verloren.«

»Niemand ist im Hause Gottes verloren, mein Herr«, erwiderte der Geistliche und lächelte.

»Vielleicht ist sie nicht im Geiste verloren, aber wenn ich nicht wenigstens den Rest finde, wird sie sehr ungehalten sein. In ihrem Geschäft hat es einige Probleme gegeben. Sind Sie schon lange hier, Hochwürden?«

»Ich begrüße jene Angehörige unserer Erde, die Hilfe suchen. Ja. Ich bin seit fast einer Stunde hier.«

»Vor ein paar Minuten kamen zwei Frauen herein. Die eine war außergewöhnlich groß und sehr attraktiv, sie trug eine helle Jacke und, wie ich meine, ein dunkles Tuch über dem Haar. Die andere war älter, nicht so hochgewachsen, und offensichtlich nicht ganz gesund. Haben Sie sie zufällig gesehen?«

Der Priester nickte. »Ja. Das Gesicht der älteren Frau wirkte verhärmt, sie war bleich, litt offensichtlich.«

»Wissen Sie, wo sie hingegangen ist? Ich glaube, ihre jüngere Freundin ist weggegangen.«

»Eine sehr ergebene Freundin, darf ich sagen. Sie hat die arme Dame zum Beichtstuhl geführt und ihr geholfen, in dem Beichtstuhl Platz zu nehmen. Die Reinigung der Seele gibt uns allen in schweren Zeiten Kraft.«

»Zur Beichte?«

»Ja – der zweite Beichtstuhl von rechts. Ich darf vielleicht hinzufügen, daß sie einen Beichtvater mit sehr viel Mitgefühl hat. Ein Priester, der aus der Erzdiözese Barcelona zu Besuch ist. Ein bemerkenswerter Mann übrigens; leider ist das sein letzter Tag. Er kehrt nach Spanien zurück . . .« Der hochgewachsene Priester runzelte die Stirn. »Ist das nicht eigenartig? Vor ein paar Augenblicken dachte ich, ich sähe Pater Manuel hinausgehen. Wahrscheinlich hat man ihn abgelöst. Aber wie dem auch sei, die liebe Dame ist in guten Händen.«

»Dessen bin ich sicher«, sagte Borowski. »Danke, Hochwürden. Ich werde auf sie warten.« Jason ging den Seitengang hinunter auf die Reihe von Beichtstühlen zu, die Augen auf den zweiten gerichtet, wo ein kleiner Streifen aus weißem Tuch zu erkennen gab, daß der Beichtstuhl besetzt war. Eine Seele wurde gerade gereinigt. Er setzte sich in die vorderste Reihe und kniete sich dann hin, drehte den Kopf langsam zur Seite, um den Kircheneingang im Auge behalten zu können. Der hochgewachsene Priester stand am Eingang und blickte auf das Geschehen auf der Straße hinaus. In der Ferne war das Heulen von schnell näherkommenden Sirenen zu hören.

Borowski stand auf und ging auf den zweiten Beichtstuhl zu. Er schob den Vorhang beiseite und sah hinein, sah dort, was er erwartet hatte. Nur die Methode war noch fraglich gewesen.

Jacqueline Lavier war tot, ihr Körper nach vorne gesunken, etwas zur Seite gerollt, von der Wand des Beichtstuhls gestützt, das maskenhafte Gesicht nach oben gewandt, die Augen geweitet, im Tod zur Decke starrend. Ihr Jackett war offen und das Tuch ihres Kleides von Blut getränkt. Die Waffe war ein langer, dünner Brieföffner, mit dem man sie über der linken Brust erstochen hatte. Ihre Finger hatten sich um den Griff verkrampft, und ihre lackierten Nägel hatten dieselbe Farbe wie das Blut.

Zu ihren Füßen lag eine Handtasche – nicht die weiße Handtasche, die sie vor zehn Minuten festgehalten hatte, sondern eine modische Tasche von Yves St. Laurent, dessen auffällige Initialen auf den Stoff gedruckt waren, ein Wappen der *Haute Couture*. Jason war der Grund dafür klar. In der Tasche lagen Papiere, die diesen tragischen Selbstmord erklärten, diese überarbeitete Frau war so von Leid beladen, daß sie sich selbst das Leben nahm, während sie vor den Augen Gottes Absolution suchte. Carlos war wirklich gründlich gewesen.

Borowski zog den Vorhang zu und entfernte sich von dem Beichtstuhl. Irgendwo hoch oben im Turm hallten die Glocken des morgendlichen ›Angelus‹.

Das Taxi rollte ziellos durch die Straßen von Neuilly-sur-Seine, Jason saß auf dem Rücksitz, seine Gedanken überschlugen sich.

Es war sinnlos zu warten, vielleicht sogar gefährlich. Strategien änderten sich, wenn die Umstände sich änderten. Und sie hatten eine tödliche Änderung erfahren. Jacqueline Lavier war verfolgt worden, ihr Tod unvermeidlich, aber zu früh; sie war immer noch wertvoll. Doch dann begriff Borowski. Sie war nicht getötet worden, weil sie Carlos die Treue gebrochen hatte, vielmehr, weil sie ihm nicht gehorcht hatte. Sie war nach Parc Monceau gefahren – das war der Fehler, für den es keine Nachsicht gab.

Es gab noch eine weitere bekannte Verbindungsperson im *Les Classiques*, einen grauhaarigen Telefonisten namens Philippe d'Anjou, dessen Gesicht in ihm Bilder von Gewalt und Finsternis hervorriefen. Bilder von grellen Lichtblitzen und Lärm. Er war ein Teil von Borowskis Vergangenheit gewesen, dessen war Jason sicher, und deswegen mußte der Gejagte vorsichtig sein; er konnte nicht wissen, was jener Mann für ihn bedeutete. Aber er war eine Verbindungsstelle, und auch er würde beobachtet werden, ebenso wie man die Lavier beobachtet hatte, ein weiterer Köder für eine zusätzliche Falle. Und sobald die Falle sich schloß, mußte schnell gehandelt werden.

Waren dies die einzigen zwei? Gab es andere? Ein obskurer, gesichtsloser Angestellter vielleicht, der gar kein einfacher Angestellter war, sondern etwas anderes? Ein Lieferant, der Stunden in der Rue Saint-Honoré verbrachte und ganz legitim die Wege der *Haute Couture* betrat, in Wirklichkeit aber ein ganz anderes Ziel verfolgte. Oder der muskulöse Designer, René Bergeron, dessen Bewegungen so schnell und so . . . *flüssig* waren.

Plötzlich erstarrte Borowski, ließ sich in den Sitz zurückfallen. Eine Erinnerung aus jüngster Vergangenheit drängte an die Oberfläche. *Bergeron*, die von der Sonne dunkelbraun gebrannte Haut, die breiten Schultern, die die hochgekrempelten Ärmel noch betonten . . . Schultern, die über einer schmalen Taille zu schweben schienen, und darunter kräftige Beine, die sich schnell und geschmeidig bewegten, wie die eines Tieres, einer Katze.

War es möglich? Waren die anderen Vermutungen bloße Phantome, Fragmente vertrauter Bilder, bei denen er selbst sich eingeredet hatte, daß sie Carlos darstellen konnten? War der Mörder – seinen Verbindungspersonen unbekannt – nur ein Phantom, das gar nicht wirklich existierte. War es *Bergeron*?

Er mußte sofort an ein Telefon. Jede Minute, die er verlor, war eine Minute mehr, die ihn von der Antwort trennte, und zu viele solcher Minuten bedeuteten, daß er überhaupt keine Antwort mehr bekommen würde. Aber er konnte nicht selbst anrufen; die Ereignisse waren zu schnell aufeinandergefolgt, er mußte sich zurückhalten, seine eigene Information nur registrieren.

»Wenn Sie irgendwo eine Telefonzelle sehen, halten Sie an«, sagte er zu dem Fahrer, den das Chaos bei der ›Kirche des Geheiligten Sakraments‹ offenbar immer noch erschütterte.

»Wie Sie wünschen, Monsieur. Aber, wenn Monsieur bitte verstehen wollen, die Zeit, um die ich mich in der Garage melden sollte, ist schon lange überfällig.«

»Ich verstehe.«

»Dort ist ein Telefon.«

»Gut. Halten Sie an.«

Die rote Telefonzelle, deren eigenartige Glasscheiben in der Sonne glitzerten, wirkte von außen wie ein großes Puppenhaus und roch innen nach Urin. Borowski wählte die Nummer des ›Terrasse‹, schob die Münzen ein und verlangte Zimmer 420. Marie meldete sich.

»Was ist geschehen?«

»Ich habe jetzt keine Zeit für Erklärungen. Ich möchte, daß du *Les Classiques* anrufst und René Bergeron verlangst. D'Anjou wird vermutlich an der Zentrale sein, laß dir einen Namen einfallen und sag ihm, du hättest schon eine Stunde lang versucht, Bergeron über die Sonderleitung der Lavier zu erreichen. Sag, daß es dringend ist, daß du mit ihm sprechen mußt.«

»Und wenn er kommt, was soll ich dann sagen?«

»Ich glaube nicht, daß er kommen wird, aber wenn ja, legst du einfach auf. Und wenn d'Anjou wieder am Apparat ist, dann frag ihn, wann man Bergeron erwartet. Ich rufe dich in etwa drei Minuten wieder an.«

»Darling, ist auch alles in Ordnung?«

»Ich hatte ein tiefschürfendes religiöses Erlebnis. Ich werde dir später davon erzählen.«

Jason wandte den Blick nicht vom Zifferblatt seiner Uhr, die winzigen Sprünge des dünnen, zarten Sekundenzeigers bereiteten ihm fast körperlichen Schmerz. Er begann seine eigene, persönliche Zählung bei dreißig Sekunden, kalkulierte den Herzschlag, der in seiner Kehle widerhallte, auf zirka zweieinhalb pro Sekunde. Bei zehn Sekunden fing er zu wählen an, schob die Münzen bei vier Sekunden ein und sprach um minus fünf mit der Vermittlung des ›Terrasse‹. Marie nahm den Hörer in dem Augenblick, da das Telefon zu klingeln begann. »Was ist geschehen?« fragte er. »Ich dachte, du würdest vielleicht noch sprechen.«

»Es war ein sehr kurzes Gespräch. Ich glaube, d'Anjou war gewarnt. Er hat vielleicht eine Namensliste jener Leute, denen man die Privatnummern gegeben hat – aber das weiß ich nicht. Aber er wirkte irgendwie zurückhaltend, unsicher.«

»Was hat er gesagt?«

»Monsieur Bergeron ist auf einer Geschäftsreise am Meer. Er ist heute morgen abgereist und wird erst wieder in einigen Wochen zurückkehren.«

»Möglicherweise habe ich ihn gerade ein paar hundert Meilen von seinem Reiseziel entfernt gesehen.«

»Wo?«

»In der Kirche. Wenn es Bergeron war, hat er mit der Spitze eines sehr scharfen Instruments die Absolution erteilt.«

»Wovon redest du?«

»Die Lavier ist tot.«

»O mein Gott! Was wirst du jetzt tun?«

»Mit einem Mann sprechen, den ich zu kennen glaube. Wenn er auch nur einen Funken Gehirn im Kopf hat, wird er mir zuhören. Sonst ist er dem Tod geweiht.«

30

»D'Anjou.«

»Delta? Ich habe mich schon gefragt, wann . . . ich glaube, ich würde Ihre Stimme überall erkennen.«

Er hatte es gesagt! Der Name war ausgesprochen. Der Name, der ihm nichts und doch irgendwie alles bedeutete. D'Anjou wußte es. Philippe d'Anjou war Teil der Vergangenheit, an die er sich nicht erinnerte. Delta. Cain ist für Charlie. Und Delta ist für Cain. Delta. Delta. Delta! Er hatte diesen Mann gekannt, und dieser Mann besaß die Antwort! Alpha, Bravo, Cain, Delta, Echo, Foxtrott . . . Medusa.

»*Medusa*«, sagte er leise und wiederholte den Namen, der ein stummer Schrei in seinen Ohren war.

»Paris ist nicht Tam Quan, Delta. Es gibt keine unbeglichenen Schulden mehr zwischen uns. Warten Sie nicht auf Zahlung. Wir arbeiten jetzt für verschiedene Auftraggeber.«

»Jacqueline Lavier ist tot. Carlos hat sie vor weniger als dreißig Minuten in Neuilly-sur-Seine getötet.«

»Versuchen Sie es gar nicht erst. Jacqueline ist seit zwei Stunden unterwegs. Sie hat mich vom Flughafen Orly aus angerufen. Sie trifft sich mit Bergeron – «

»Zum Stoffe-Einkaufen in Südfrankreich?« unterbrach Jason.

D'Anjou hielt inne. »Die Frau, die angerufen und sich nach René erkundigt hat. Ich habe es mir doch gedacht. Das ändert nichts. Ich habe mit ihr gesprochen; sie rief von Orly aus an.«

»Sie hatte Auftrag, Ihnen das zu sagen. Klang ihre Stimme so, als hätte sie sich unter Kontrolle?«

»Sie war erregt, und niemand weiß besser als Sie, warum. Sie haben hier Beachtliches geleistet, Delta. Oder Cain. Oder wie Sie sich sonst hier nennen mögen. Natürlich war sie außer sich, deshalb geht sie ja auf eine Weile weg.«

»Deshalb ist sie tot. Sie sind der nächste.«

»Die letzten vierundzwanzig Stunden waren Ihrer würdig. Das jetzt nicht.«

»Man hat sie verfolgt; man verfolgt auch Sie. Beobachtet Sie jeden Augenblick.«

»Wenn das geschieht, dann zu meinem eigenen Schutz.«

»Warum ist die Lavier dann tot?«

»Ich glaube nicht, daß sie tot ist.«

»Würde sie Selbstmord begehen?«

»Niemals.«

»Dann rufen Sie doch in der Kirche des Geheiligten Sakraments in Neuilly-sur-Seine an. Erkundigen Sie sich nach der Frau, die sich im Beichtstuhl getötet hat. Was haben Sie denn zu verlieren? Ich rufe Sie wieder an.«

Borowski legte auf und verließ die Telefonzelle. Er trat auf die Straße und sah sich nach einem Taxi um. Wenn er Philippe d'Anjou das nächste Mal anrief, würde er das wenigstens zehn Häuserblocks entfernt tun. Der Mann von *Medusa* würde sich nicht leicht überzeugen lassen, und bis dahin würde Jason kein Risiko eingehen.

Delta? Ich glaube, daß ich Ihre Stimme überall erkennen würde – Paris ist nicht Tam Quan. Tam Quan . . . Tam Quan, Tam Quan! Cain ist für Charlie und Delta für Cain. Medusa!

Hör auf damit! Du darfst nicht an Dinge denken, die . . . an die du nicht denken kannst. Konzentriere dich auf das, was *ist*, jetzt. *Du*. Nicht auf das, was andere sagen, das du bist – nicht einmal auf das, was du glaubst, das du bist. Nur das Jetzt. Und das ist ein Mann, der dir Antworten geben kann.

Wir arbeiten für unterschiedliche Auftraggeber.

Das war der Schlüssel.

Sag es mir! Um Himmels willen, sag es mir doch! Wer ist er? Wer ist mein Auftraggeber, d'Anjou?

Ein Taxi bremste gefährlich nahe seiner Kniescheibe. Jason öffnete die Tür und stieg ein. »Place Vendôme«, sagte er, weil er wußte, daß das nahe bei der Rue Saint-Honoré war. Es war von großer Wichtigkeit, daß er so nahe wie möglich am Ort des Geschehens war, um dort die Strategie in Gang zu setzen, die ihm immer klarer wurde. Der Vorteil lag auf seiner Seite; es kam jetzt darauf an, ihn zu einem doppelten Ziel einzusetzen. D'Anjou mußte überzeugt werden, daß jene, die ihn verfolgten, seine Henker waren. Aber was jene Männer nicht wissen konnten, war, daß ein anderer *sie* verfolgte.

Die Place Vendôme war wie immer überfüllt, der Verkehr wie immer mörderisch. Borowski sah die Telefonzelle an der Ecke und stieg aus dem Taxi. Er betrat die Zelle und wählte die Nummer von *Les Classiques*; seit seinem Anruf aus Neuilly-sur-Seine waren vierzehn Minuten verstrichen. »D'Anjou?«

»Eine Frau hat sich während der Beichte das Leben genommen, das ist alles, was ich weiß.«

»Kommen Sie schon, damit würden Sie sich niemals begnügen. *Medusa* würde sich damit nicht begnügen.«

»Lassen Sie mir einen Augenblick, bis ich hier auf einen anderen Apparat umschalte.«

Ein kurzes Knacken – dann nichts mehr.

Die Leitung war knapp vier Minuten tot. Dann kehrte d'Anjou zurück. »Eine Frau in mittleren Jahren mit silbernem und weißem Haar, teurer Kleidung und einer Yves St. Laurent-Handtasche. Das beschreibt zehntausend Frauen in Paris. Woher weiß ich denn, daß Sie sich nicht eine gesucht und sie getötet haben, um damit diesem Anruf eine Grundlage zu verschaffen?«

»O sicher. Wie eine Pietà habe ich sie in die Kirche getragen, und das Blut ist aus ihren offenen Stigmata auf den Gang zwischen den Stühlen getropft. Seien Sie doch vernünftig, d'Anjou. Wollen wir mit den konkreten Beweismitteln beginnen. Die Handtasche war nicht die ihre; sie trug eine weiße Ledertasche. Schließlich würde sie ja nicht Reklame für eine Konkurrenzfirma machen.«

»Das bestätigt ja nur meine Ansicht. Es war *nicht* Jacqueline Lavier.«

»Es bestätigt eher die meine. Die Papiere in jener Tasche haben sie als jemand anderen identifiziert. Man wird die Leiche schnell abholen; niemand kommt *Les Classiques* zu nahe.«

»Weil Sie das sagen?«

»Nein. Weil es die Methode ist, die Carlos bei fünf Morden benutzt hat, die ich nennen kann.« *Das konnte er. Das war das Beängstigende.* »Ein Mann wird getötet, und die Polizei hält ihn für eine bestimmte Person, den Tod für ein Rätsel, die Mörder bleiben unbekannt. Dann stellen sie fest, daß er jemand anderes ist, und bis dahin ist Carlos bereits in einem anderen Land und hat den nächsten Kontrakt erfüllt. Die Lavier war eine Variation dieser Methode, sonst nichts.«

»Worte, Delta. Sie haben nie viel gesagt, aber wenn Sie etwas sagten, wirkten Sie immer überzeugend.«

»Und wenn Sie heute in drei oder vier Wochen in der Rue Saint-Honoré wären – was Sie nicht sein werden –, würden Sie sehen, wie es endet. Ein Flugzeugabsturz, oder ein Schiff, das im Mittelmeer verschwindet. Leichen, die zur Unkenntlichkeit verbrannt oder einfach verschwunden sind. Aber bis jetzt ist nur eine tot – Madame Lavier. Monsieur Bergeron genießt Privilegien – mehr als Sie jemals wußten. Bergeron kommt wieder ins Geschäft. Und was Sie betrifft, enden Sie einfach als eine statistische Zahl in der Leichenhalle von Paris.«

»Und Sie?«

»Wenn es nach dem Plan geht, bin ich ebenfalls tot. Die rechnen damit, mich durch Sie zu bekommen.«

»Logisch. Wir kommen beide von *Medusa*, das wissen die – Carlos weiß das. Es ist anzunehmen, daß Sie mich erkannt haben.«

»Und Sie mich?«

D'Anjou hielt inne. »Ja«, sagte er. »Wie ich Ihnen schon sagte, wir arbeiten jetzt für unterschiedliche Auftraggeber.«

»Das ist es ja, worüber ich reden möchte.«

»Nicht reden, Delta. Aber um der alten Zeiten willen – für das, was sie in Tam Quan für uns alle getan haben –, hören Sie auf den Rat eines alten Kollegen. Verlassen Sie Paris, oder Sie sind dieser tote Mann, den Sie gerade erwähnten.«

»Das kann ich nicht.«

»Das sollten Sie aber. Wenn ich Gelegenheit bekomme, werde ich selbst abdrücken. Man würde mich dafür gut bezahlen.«

»Dann werde ich Ihnen diese Gelegenheit verschaffen.«

»Verzeihen Sie mir, wenn ich Ihnen sage, daß ich das lächerlich finde.«

»Sie wissen nicht, was ich vorhabe oder was ich riskieren will.«

»Was immer Sie wollen, Sie gehen das Risiko ein. Ich kenne Sie, Delta. Und ich muß jetzt wieder an meine Arbeit. Ich wünsche Ihnen eine gute Jagd, aber –«

Das war der Augenblick, um die einzige Waffe einzusetzen, die ihm geblieben war, die einzige Drohung, die vielleicht dafür sorgen würde, daß d'Anjou in der Leitung blieb. »Von wem holen Sie sich jetzt Instruktionen, seit Parc Monceau nicht mehr in Frage kommt?«

D'Anjou schwieg. Als er antwortete, war seine Stimme nur noch ein Flüstern. »*Was haben Sie gesagt?*«

»Das ist der Grund, weshalb sie getötet wurde. Wissen Sie, daß man auch Sie töten wird. Sie fuhr nach Parc Monceau und ist dafür gestorben. Sie sind in Parc Monceau gewesen und werden dafür ebenfalls sterben. Carlos kann sich Sie nicht mehr leisten; Sie wissen einfach zu viel. Warum sollte er ein solches Arrangement aufs Spiel setzen? Er wird Sie dazu benutzen, mich in die Falle zu locken, und Sie dann töten und ein anderes *Les Classiques* aufbauen. Als ein *Medusa*-Mann zum anderen – können Sie daran zweifeln?«

Das Schweigen dauerte diesmal länger, lastete schwerer zwischen ihnen. Der ältere Mann von *Medusa* stutzte, er begann zu überlegen. »Was wollen Sie von mir? Meine Person ist für Sie bedeutungslos. Und doch fordern Sie mich heraus, setzen mich mit dem, was Sie erfahren haben, in Erstaunen. Ich nütze Ihnen weder tot noch lebendig, was wollen Sie also?«

»Informationen. Wenn Sie sie haben, verlasse ich Paris noch heute abend, und weder Carlos noch Sie werden jemals wieder von mir hören.«

»Was für Informationen?«

»Wenn ich die Frage jetzt stelle, werden Sie mit Sicherheit lügen. Aber wenn ich Sie sehe, werden Sie die Wahrheit sprechen.«

»Mit einem Draht um die Kehle?«

»Inmitten einer Menschenmenge?«

»Einer Menschenmenge? Bei Tag?«

»In einer Stunde. Vor dem Louvre. In der Nähe der Stufen. Am Taxistand.«

»Der Louvre? Menschenmengen? Informationen, von denen Sie glauben, daß ich Sie besitze, und die Sie zur Abreise bringen? Sie können doch von mir nicht erwarten, daß ich mit Ihnen über meine Auftraggeber spreche.«

»Nicht über die Ihren. Die meinen.«

»Treadstone?«

Er wußte es. Philippe d'Anjou hatte die Antwort. Ruhig bleiben. Zeige nicht, wie beunruhigt du bist.

»Einundsiebzig«, setzte Jason hinzu. »Nur eine ganz einfache Frage, dann verschwinde ich. Und wenn Sie mir die Antwort geben – die Wahrheit –, dann gebe ich Ihnen etwas dafür.«

»Was gibt es denn, was ich von Ihnen wollen könnte? Abgesehen von Ihnen selbst?«

»Eine Information, mit der Sie weiterleben können. Keine Garantie, aber glauben Sie mir, wenn ich Ihnen sage, daß Sie ohne diese Information nicht leben werden. *Parc Monceau*, d'Anjou.«

Wieder Schweigen. Borowski konnte sich vorstellen, wie der grauhaarige ehemalige *Medusa*-Mann sein Schaltbrett anstarrte und wie der

Name des wohlhabenden Pariser Bezirks lauter und lauter in seinen Gedanken hallte. Von Parc Monceau ging der Tod aus, und d'Anjou wußte das ebenso sicher, wie er wußte, daß die tote Frau in Neuilly-sur-Seine Jacqueline Lavier war.

»Was könnte das für eine Information sein?« fragte d'Anjou.

»Die Identität Ihres Auftraggebers. Ein Name und hinreichende Beweise, die man in einen Umschlag stecken und versiegeln und einem Anwalt geben kann, mit dem Auftrag, den Umschlag so lange zu verwahren, als Sie am Leben sind. Sollte Ihr Leben auf unnatürliche Art und Weise enden, auch durch einen Unfall, kann man ihm Instruktionen geben, den Umschlag zu öffnen und seinen Inhalt bekanntzumachen. Das ist Schutz, d'Anjou.«

»Ich verstehe«, sagte der andere leise. »Aber Sie sagen doch, daß ich beobachtet werde, verfolgt.«

»Dann schützen Sie sich doch«, sagte Jason. »Sagen Sie ihnen die Wahrheit. Sie haben doch eine Nummer, die Sie anrufen können, oder?«

»Ja, eine solche Nummer gibt es, einen Mann.« Die Stimme des Älteren erhob sich erstaunt.

»Rufen Sie ihn an. Sagen Sie ihm genau, was ich Ihnen gesagt habe . . . außer dem Tausch natürlich. Sagen Sie ihm, daß ich Kontakt mit Ihnen aufgenommen habe, mich mit Ihnen treffen möchte. In einer Stunde, vor dem Louvre. Die Wahrheit.«

»Sie sind verrückt.«

»Ich weiß, was ich tue.«

»Ja, das wußten Sie immer. Sie schaffen sich da Ihre eigene Falle, bereiten die eigene Exekution vor.«

»In dem Fall würden Sie ja eine reichliche Belohnung bekommen.«

»Oder selbst exekutiert werden, wenn das, was Sie sagen, stimmt.«

»Das wollen wir auf alle Fälle herausfinden. Ich werde so oder so Kontakt aufnehmen, glauben Sie mir das. Die haben meine Fotografie; die werden es wissen, wenn ich es tue. Besser eine Situation, die man selbst kontrolliert und bestimmt, als eine, über die es keine Kontrolle gibt.«

»Jetzt höre ich Delta«, sagte d'Anjou. »Delta stellt sich nicht selbst eine Falle, er tritt nicht vor ein Erschießungspeleton und bittet um eine Augenbinde.«

»Nein, das tut er nicht«, pflichtete Borowski ihm bei. »Sie haben keine Wahl, d'Anjou. In einer Stunde. Vor dem Louvre.«

Der Vorteil einer jeden Falle liegt in ihrer fundamentalen Einfachheit. Eine umgekehrte Falle muß zufolge ihrer einzigen Komplikation noch einfacher und schneller sein.

Die Worte kamen ihm in den Sinn, als er in dem Taxi ein paar Häuser von *Les Classiques* entfernt in der Rue Saint-Honoré wartete. Er hatte den Fahrer gebeten, ihn zweimal um den Häuserblock zu fahren – ein amerikanischer Tourist, dessen Frau in diesem Viertel der *Haute Couture* mit Shopping beschäftigt war. Über kurz oder lang würde sie aus einem der Geschäfte kommen und er würde sie finden.

Was er gefunden hatte, waren die Überwacher, die Carlos aufgestellt hatte. Die mit Gummi überzogene Antenne auf der schwarzen Limousine war gleichzeitig Beweis und Gefahrensignal. Er würde sich viel sicherer fühlen, wenn dieser Radiosender funktionsunfähig gemacht werden könnte, aber es gab keine Möglichkeit, das zu bewirken. Die Alternative war Fehlinformation. Irgendwann im Laufe der nächsten fünfundvierzig Minuten würde Jason alles in seiner Macht Stehende tun, um sicherzustellen, daß über jenes Radio eine falsche Nachricht gesendet wurde. Von seinem Versteck auf dem Rücksitz des Wagens aus studierte er die beiden Männer in dem Wagen auf der anderen Straßenseite. Wenn es etwas gab, was sie von hundert ähnlichen Männern auf der Rue Saint-Honoré unterschied, war es die Tatsache, daß sie nicht redeten.

Philippe d'Anjou trat auf die Straße hinaus, das graue Haar mit einem grauen Homburg bedeckt. Seine Blicke suchten die Straße nach beiden Seiten ab und verrieten Borowski, daß der ehemalige *Medusa*-Mann sich gesichert hatte. Er hatte eine Nummer angerufen; hatte die überraschende Information weitergeleitet und wußte, daß es Männer in einem Wagen gab, die darauf vorbereitet waren, ihm zu folgen.

Ein Taxi, das offensichtlich telefonisch bestellt war, hielt am Randstein. D'Anjou sprach mit dem Fahrer und stieg ein. Auf der anderen Straßenseite schob sich eine Antenne drohend aus ihrer Halterung; die Jagd hatte begonnen.

Die Limousine schloß sich d'Anjous Taxi an; das war die Bestätigung, die Jason brauchte. Er beugte sich vor und sprach zu dem Fahrer. »Das habe ich vergessen«, sagte er gereizt. »Sie hat gesagt, heute morgen sei der Louvre dran und das Shopping am Nachmittag. Herrgott, jetzt habe ich mich um eine halbe Stunde verspätet! Fahren Sie mich bitte zum Louvre, ja?«

Während der kurzen Fahrt zu der monumentalen Fassade, die auf die Seine herunterblickte, überholte Jasons Taxi die schwarze Limousine und wurde dann ihrerseits wieder überholt. Die Nähe gab Borowski die Möglichkeit, genau das zu sehen, was er sehen wollte. Der Mann neben dem Fahrer sprach wiederholt in das Mikrophon des Funkgerätes. Carlos vergewisserte sich, daß kein Stachel in der Falle locker war; auch andere näherten sich dem Hinrichtungsplatz.

Sie erreichten den imposanten Eingang des Louvre. »Stellen Sie sich hinter diese anderen Taxis«, sagte Jason.

»Aber die warten auf Fahrgäste, Monsieur. Ich habe einen Fahrgast; *Sie*. Ich bringe Sie zum –«

»Tun Sie, was ich sage«, sagte Borowski und ließ eine Fünfzigfrancnote über die Rücklehne des Vordersitzes fallen.

Der Fahrer reihte sich ein. Die schwarze Limousine war rechts von ihnen zwölf Meter entfernt; der Mann am Radio hatte sich in seinem Sitz herumgedreht und blickte zum linken Hinterfenster hinaus.

Jason folgte seinem Blick und sah das, was er erwartet hatte. Ein paar hundert Fuß westlich war ein grauer Wagen auf dem riesigen Platz zu sehen, jener Wagen, der Jacqueline Lavier und Villiers' Frau zu der Kirche des Geheiligten Sakraments gefolgt war und letztere dann aus Neuilly-sur-Seine entfernt hatte, nachdem sie die Lavier zu ihrer letzten Beichte geführt hatte. Man konnte sehen, wie die Antenne gerade in die Halterung zurückfuhr. Rechts von ihm hielt Carlos' Soldat das Mikrophon nicht mehr. Auch die Antenne der schwarzen Limousine war eingezogen worden; der Kontakt war hergestellt, visuell bestätigt. Vier Männer. Das war das von Carlos beauftragte Kommando.

Borowski konzentrierte sich auf die Menschenmenge vor dem Louvre-Eingang. Er entdeckte den elegant gekleideten d'Anjou sofort. Langsam ging er vor dem großen weißen Granitblock, der die Mannortreppe zur Linken flankierte, auf und ab.

Jetzt. Jetzt war der Augenblick, um die Fehlinformation auszusenden.

»Verlassen Sie die Reihe«, befahl Jason.

»*Was*, Monsieur?«

»Zweihundert Francs, wenn Sie genau das tun, was ich Ihnen sage. Verlassen Sie die Reihe und stellen Sie sich davor, und dann biegen Sie zweimal nacheinander nach links, und dann in die nächste Bucht.«

»Das verstehe ich nicht, Monsieur.«

»Das brauchen Sie auch nicht. Dreihundert Francs.«

Der Fahrer bog nach rechts ab und schob sich an die Spitze der Reihe, wo er das Steuer drehte, so daß das Taxi nach links auf die Reihe geparkter Wagen zurollte. Borowski zog die Automatik aus dem Gürtel und hielt sie zwischen den Knien. Er überprüfte den Schalldämpfer und schraubte den Zylinder fest.

»Wohin wollen Sie, Monsieur?« fragte der verwirrte Fahrer, als sie in die Parkbucht fuhren, die auf den Eingang des Louvre zuführte.

»Langsam«, sagte Jason. »Dieser große graue Wagen vor uns, der, dessen Vorderseite auf den Seine-Ausgang gerichtet ist. Sehen Sie ihn?«

»Selbstverständlich.«

»Fahren Sie langsam nach rechts um den Wagen herum.« Borowski schob sich auf die linke Sitzseite und kurbelte das Fenster herunter, so daß sein Kopf und die Waffe verborgen waren. In wenigen Sekunden würde er beide zeigen.

Das Taxi näherte sich dem Kofferraum der Limousine, jetzt drehte der Fahrer erneut das Steuer. Sie standen jetzt parallel. Jason schob den Kopf und die Waffe zum Fenster hinaus. Er zielte auf das rechte Hinterfenster der grauen Limousine und feuerte, sechs trockene, spuckende Laute nacheinander, die das Glas zersplittern und die zwei Männer erschreckten, die einander anschrien und sich unter dem Fensterrahmen zu Boden warfen. Aber sie hatten ihn gesehen. Das war die Fehlinformation.

»Weg hier!« schrie Borowski den erschreckten Fahrer an und warf dreihundert Francs über den Sitz und preßte seinen weichen Filzhut gegen das Hinterfenster. Das Taxi schoß los, auf die steinernen Tore des Louvre zu.

Jetzt.

Jason schob sich über den Sitz zurück, öffnete die Tür und ließ sich auf das Kopfsteinpflaster hinausfallen, rief dem Fahrer seine letzten Instruktionen zu. »Wenn Sie am Leben bleiben wollen, dann verschwinden Sie hier!«

Das Taxi schoß mit einem Aufheulen seines Motors davon, und der Fahrer stieß einen Schrei aus. Borowski warf sich zwischen zwei geparkte Wagen, die ihm vor der grauen Limousine Schutz boten, und erhob sich langsam, spähte zwischen Fenstern durch. Carlos' Männer waren schnell, professionell, vergeudeten keinen Augenblick. Sie hatten das Taxi vor Augen, das natürlich der schweren Limousine in keiner Weise gewachsen war, und in jenem Taxi saß ihre Zielperson. Der Mann hinter dem Steuer legte den Gang ein und raste los, während sein Begleiter das Mikrophon zu sich riß und die Antenne sich aus ihrem Sockel schob. Befehle flogen zu einer weiteren Limousine hinüber, die näher bei den großen Steinstufen stand. Das Taxi schoß in die Seinestraße hinaus, der schwere graue Wagen unmittelbar dahinter. Als sie wenige Fuß entfernt an Jason vorbeizogen, sagte der Gesichtsausdruck der beiden Männer ihm alles. Sie hatten Cain vor dem Visier, die Falle war zugeklappt, und sie würden sich ihr Geld binnen weniger Minuten verdienen.

Die umgedrehte Falle muß zufolge ihrer einzigen Komplikation auch noch einfacher und schnell sein . . .

Eine Frage von Minuten . . . er hatte nur wenige Augenblicke zur Verfügung, wenn alles so war, wie er es annahm. D'Anjou! Die Kontaktperson hatte ihre Rolle gespielt – ihre unwesentliche Rolle – und war überflüssig – so wie Jacqueline Lavier das gewesen war.

Borowski rannte zwischen den beiden Wagen auf die schwarze Limousine zu – sie war höchstens fünfzig Meter von ihm entfernt. Er konnte die zwei Männer sehen; sie arbeiteten sich auf d'Anjou zu, der immer noch vor der Marmortreppe auf und ab ging. Ein einziger, gezielter Schuß eines der beiden Männer, und d'Anjou würde tot sein. Und Treadstone Seventy-One würde mit ihm zum Teufel gehen. Jason rannte schneller, und die Hand unter seiner Jacke umfaßte die schwere Automatik.

Carlos' Soldaten waren nur noch wenige Meter entfernt und beeilten sich jetzt ebenfalls, die Liquidierung rasch zu erledigen. Der Verurteilte sollte niedergeschossen werden, ehe er begriff, was vor sich ging.

»*Medusa!*« schrie Borowski, ohne zu wissen, weshalb er diesen Namen und nicht den d'Anjous rief. »*Medusa – Medusa!*«

D'Anjous Kopf fuhr in die Höhe, Schrecken überzog sein Gesicht. Der Fahrer der schwarzen Limousine war herumgefahren, die Waffe auf Jason gerichtet, während sein Begleiter sich auf d'Anjou zubewegte, die Pistole auf den ehemaligen *Medusa*-Mann gerichtet. Borowski warf sich nach rechts und streckte die Automatik aus, von der linken Hand gestützt. Er feuerte im Sprung, zielte genau, und der Mann, der d'Anjou bedrohte, bäumte sich nach rückwärts auf, als seine Beine plötzlich erlahmten; dann brach er auf dem Kopfsteinpflaster zusammen. Über Jasons Kopf sausten zwei Kugeln und prallten gegen das Metall hinter ihm. Er rollte sich nach links, stützte die Waffe erneut, zielte auf den zweiten Mann. Zweimal drückte er ab; der Fahrer schrie auf, und dann breitete sich eine Lache aus Blut über seinem Gesicht aus, ehe er zusammenbrach.

Hysterie erfaßte die Menge. Männer und Frauen schrien, Eltern warfen sich über ihre Kinder. Andere rannten die Treppen hinauf, durch die großen Tore des Louvre, während die Wachen von drinnen nach draußen stürzten. Borowski stand auf, sah sich nach d'Anjou um. Der Ältere hatte sich hinter den weißen Granitblock geworfen. Die hagere Gestalt kroch jetzt unsicher und verstört hervor. Jason rannte durch die von Panik erfüllte Menge, schob die Automatic in den Gürtel, drängte zwischen Menschen, zwischen hysterisch schreienden Menschen, die zwischen ihm und dem Mann standen, der Antworten liefern konnte. Treadstone. *Treadstone!*

Er erreichte den grauhaarigen *Medusa*-Mann. »Aufstehen!« befahl er. »Wir wollen hier weg!«

»Delta! . . . Das war Carlos' Mann! Ich kenne ihn, ich habe ihn *benutzt*! Er wollte mich töten!«

»Ich weiß. Kommen Sie jetzt! Schnell! Die anderen kommen gleich zurück; dann werden sie uns suchen. Kommen Sie schon!«

Etwas Schwarzes schob sich in Borowskis Gesichtskreis, genau über dem Augenwinkel sah er es. Er wirbelte herum und stieß instinktiv d'Anjou zu Boden, als vier Schüsse aus einer Waffe peitschten, die eine dunkle Gestalt hielt, die neben der Reihe von Taxis stand. Ringsum splitterten Granitbrocken ab. Das war *er*! Die breiten, kräftigen Schultern, die vor ihm auftauchten, die schmalen Hüften, von dem eng anliegenden schwarzen Anzug betont . . . Das dunkelhäutige Gesicht. Carlos!

Carlos! Du mußt Carlos in die Falle locken! Cain ist für Charlie und Delta ist für Cain!

Falsch!

Treadstone finden! Eine Nachricht finden; für einen Mann! Du mußt Jason Borowski finden!

Er glaubte wahnsinnig zu werden. Verschwommene Bilder aus der Vergangenheit vermischten sich mit der schrecklichen Realität und trieben ihn in ein Land, das er nicht mehr verstand. Es war, als hätte sein

Hirn Türen, die sich öffneten und sich schlossen, die aufflogen und wieder zukrachten. Licht, Dunkel – Licht. Ein Schmerz – diese scharfen, bohrenden Stiche in seinen Schläfen, Donner grollte, der ihn betäubte. Er lief hinter dem Mann in dem schwarzen Anzug mit dem weißen Seidentuch, das der sich vors Gesicht gebunden hatte, her. Dann sah er die Augen und den Lauf der Pistole, drei dunkle Kreise, die auf ihn gerichtet waren – wie schwarze Löcher. Bergeron? ... War es Bergeron? War er das? Oder Zürich ... oder ... Keine Zeit!

Er sprang nach links und rollte dann nach rechts aus der Feuerlinie. Kugeln peitschten gegen den Stein. Pfeifen der abprallenden Geschosse. Jason duckte sich hinter einem Wagen und sah zwischen den Rädern die schwarze Gestalt wegrennen. Der Schmerz blieb, aber der Donner hörte auf. Er kroch auf das Kopfsteinpflaster hinaus, erhob sich und rannte zu den Stufen des Louvre zurück.

Was hatte er getan? D'Anjou war verschwunden. Wie war es dazu gekommen? Seine Falle war gar keine Falle. Seine eigene Strategie war gegen ihn eingesetzt worden und hatte dem einzigen Mann, der ihm die Antworten liefern konnte, die Flucht gestattet. Er war Carlos' Soldaten gefolgt, aber Carlos war *ihm* gefolgt! Seit der Rue Saint-Honoré. Alles war umsonst; eine Übelkeit erregende Leere breitete sich in ihm aus.

Und dann hörte er die Worte, sie kamen hinter einem parkenden Wagen hervor, und jetzt tauchte Philippe d'Anjou vorsichtig auf.

»Tam Quan ist nie sehr weit entfernt, scheint es. Wo wollen wir hingehen, Delta? Hier können wir nicht bleiben.«

Sie saßen in einer von einem Vorhang verdeckten Nische in einem überfüllten Café an der Rue Pilon, einer kleinen Nebenstraße in Montmartre. D'Anjou nippte an seinem doppelten Brandy, und seine Stimme war leise, nachdenklich.

»Ich werde nach Asien zurückkehren«, sagte er. »Nach Singapur oder Hongkong, oder vielleicht sogar den Seychellen. Frankreich war nie besonders gut für mich, und jetzt ist es tödlich.«

»Das müssen Sie vielleicht nicht«, sagte Borowski und schluckte den Whisky hinunter, spürte, wie die warme Flüssigkeit sich schnell ausbreitete und ein wohliges Gefühl erzeugte. »Das, was ich vorhin gesagt habe, war mir ernst. Sie sagen mir, was ich wissen möchte. Und ich verrate Ihnen –« Er hielt inne, Zweifel überkamen ihn; nein, er würde es wagen. »Ich verrate Ihnen, wer Carlos ist.«

»Das interessiert mich nicht im entferntesten«, erwiderte der ehemalige *Medusa*-Mann und musterte Jason scharf. »Ich werde Ihnen sagen, was ich kann. Warum sollte ich irgend etwas verschweigen? Ich gehe ganz bestimmt nicht zur Polizei. Aber ich möchte nicht in die Sache hineingezogen werden.«

»Sie sind nicht einmal neugierig?«

»Das habe ich mir abgewöhnt. Also stellen Sie Ihre Fragen, und dann können Sie mich ja in Erstaunen versetzen.«

»Sie werden schockiert sein.«

Ohne Warnung sagte d'Anjou leise den Namen. »Bergeron?«

Jason machte keine Bewegung; er starrte den Älteren sprachlos an. D'Anjou fuhr fort:

»Ich habe immer wieder darüber nachgedacht. Jedesmal, wenn wir miteinander sprechen, sehe ich ihn an und frage mich. Aber dann komme ich immer wieder zu demselben negativen Schluß.«

»Warum?« unterbrach Borowski.

»Damit wir uns richtig verstehen, ich bin nicht sicher – ich habe nur einfach das Gefühl, daß es falsch ist. Vielleicht weil ich mehr von René Bergeron über Carlos erfahren habe als von sonst jemandem. Er ist von Carlos besessen; er hat jahrelang für ihn gearbeitet und ist ungeheuer stolz auf das Vertrauen, das er genießt. Was den Verdacht entkräftet, ist, daß er *zuviel* über ihn redet.«

»Das Ego, das durch den vorgeschobenen Zweiten spricht?«

»Wäre möglich, paßt aber nicht zu den außergewöhnlichen Vorsichtsmaßnahmen, die Carlos trifft. Die Mauer aus Geheimnissen, die er um sich herum errichtet hat, ist undurchdringlich. Ich weiß es natürlich nicht mit Bestimmtheit, aber ich glaube nicht, daß es Bergeron ist.«

D'Anjou lächelte. »Stellen Sie Ihre Fragen, Delta!«

Jason wußte nicht weshalb, aber das abgehärmte Gesicht André Villiers' schob sich plötzlich in sein Bewußtsein. Er hatte sich vorgenommen, für den alten Soldaten was er konnte in Erfahrung zu bringen. Die Gelegenheit würde sich nicht wieder bieten.

»Wie paßt eigentlich Villiers' Frau hinein?«

D'Anjou zog die Augenbrauen hoch. »Aber natürlich, Sie sagten ja Parc Monceau, nicht wahr? Wie – «

»Die Einzelheiten sind jetzt nicht wichtig.«

»Für mich ganz bestimmt nicht.«

»Was ist mit ihr?« drängte Borowski.

»Haben Sie sie genau angesehen? Die Haut?«

»Nahe genug war ich ihr. Sie ist gebräunt. Sehr groß und stark gebräunt.«

»Sie achtet darauf, daß ihre Haut immer gebräunt ist. Die Riviera, die griechischen Inseln, Costa del Sol, Gstaad; ihre Haut ist immer von der Sonne getränkt.«

»Das steht ihr sehr gut.«

»Das ist auch sehr nützlich. Das verdeckt, was sie ist. Denn da gibt es keine herbstliche oder winterliche Blässe in ihrem Gesicht, an ihren Armen und den langen Beinen. Sie ist von Natur aus so braun. Mit oder ohne Saint Tropez oder Costa Brava oder die Alpen.«

»Wovon sprechen Sie?«

»Obwohl man die aufregende Angélique Villiers allgemein für eine Pariserin hält, ist sie das nicht. Sie ist von spanischem Geblüt. Venezolanerin, um es genau zu sagen.«

»Sanchez«, flüsterte Borowski. »Iljitsch Ramirez Sanchez.«

»Ja. Manche behaupten ja, sie sei Carlos' erste Cousine, seine Geliebte seit ihrem vierzehnten Lebensjahr. Das Gerücht geht – bei jenen wenigen Leuten –, daß sie, abgesehen von ihm selbst, der einzige Mensch auf der Welt ist, der ihm etwas bedeutet.«

»Und Villiers weiß von all dem nichts?«

»Worte von *Medusa*, Delta?« D'Anjou nickte. »Ja, Villiers weiß nichts, er ist wie eine Drohne. Carlos' brillant geschaffener Draht zu den wichtigsten Abteilungen der französischen Regierung.«

»Brillant«, sagte Jason und nickte. »Weil es unvorstellbar ist.«

»Absolut.«

Borowski lehnte sich plötzlich vor. »Treadstone«, sagte er, und seine beiden Hände umklammerten das Glas, das vor ihm stand. »Sagen Sie mir, was Sie über Treadstone Seventy-One wissen.«

»Was soll ich Ihnen sagen?«

»Alles, was Sie wissen, alles, was Carlos weiß.«

»Ich weiß nicht, ob ich dazu imstande bin. Ich höre Dinge, mache mir ein Bild davon, aber abgesehen von den Dingen, die *Medusa* betreffen, bin ich kein Ratgeber, geschweige denn ein Vertrauter.«

Jason hatte alle Mühe, an sich zu halten, nicht nach *Medusa*, nach Delta und Tam Quan zu fragen; nach den Winden am Nachthimmel und der Finsternis, und den Lichtexplosionen, die ihn jedesmal blendeten, wenn er die Worte hörte. Er konnte das nicht; gewisse Dinge mußten unterstellt werden, er mußte über seinen eigenen Verlust hinweggehen, keinen Hinweis darauf geben. Die Prioritäten. Treadstone. Treadstone Seventy-One . . .

»Was haben Sie gehört? Was haben Sie sich zusammengereimt?«

»Was ich gehört und was ich mir zusammengereimt habe, paßte nicht immer zusammen. Dennoch waren mir gewisse Tatsachen klar.«

»Zum Beispiel?«

»Als ich Sie erkannte, wußte ich Bescheid. Delta hatte eine lukrative Übereinkunft mit den Amerikanern getroffen. Wieder eine lukrative Übereinkunft, vielleicht von anderer Art als vorher.«

»Würden Sie das bitte etwas deutlicher ausdrücken.«

»Vor elf Jahren ging in Saigon das Gerücht, daß der eiskalte Delta der höchstbezahlte *Medusa*-Mann wäre. Ohne Zweifel waren Sie der Fähigste, den *ich* kannte, also vermutete ich, daß Sie auf eigene Faust für sich abgeschlossen hatten. So, wie auch jetzt.«

»Was ist Ihnen zu Ohren gekommen?«

»Es ist in New York nicht dementiert worden. Der Mönch hat es sogar bestätigt, ehe er starb, sagt man. Es paßte auch zu den Vorgängen von Anfang an.«

Borowski hielt sein Glas und wich d'Anjous Blick aus. *Der Mönch. Der Mönch. Nicht fragen. Der Mönch ist tot, wer und was auch immer er gewesen sein mag. Auf ihn kommt es jetzt nicht an.* »Ich wiederhole«, sagte Jason, »was glauben die zu wissen, daß ich tue?«

»Kommen Sie, Delta. *Ich* bin derjenige, der hier weggeht. Es ist sinn-los –«

»*Bitte*«, unterbrach Borowski.

»Also gut. Sie haben sich einverstanden erklärt, Cain zu werden. Cain, der Mörder, der überall seine Hand im Spiel hat, ein Phantom, das nie tatsächlich existierte. Der große Gegenspieler Carlos'! Die Absicht ist klar zu erkennen; Carlos herausfordern – Carlos in die Enge treiben, ihm die Leute abspenstig machen, seine Organisation von innen heraus aus-zuhöhlen. Es ging darum, Carlos aus der Reserve zu locken und ihn un-schädlich zu machen. Das war die Übereinkunft, die Sie mit den Ameri-kanern geschlossen haben.«

Vor Jasons Augen begann es sich zu drehen. Erinnerungen kehrten bruchstückhaft in sein Bewußtsein.

»Dann sind die Amerikaner –« Borowski sprach den Satz nicht zu Ende und hoffte in diesem kurzen Augenblick der Qual, daß d'Anjou das für ihn tun würde.

»Ja«, sagte der andere. »Treadstone Seventy-One. Die am besten kon-trollierte Einheit der amerikanischen Abwehr seit den Consular Opera-tions des State Departments. Vom selben Mann geschaffen, der *Medusa* gebaut hat. David Abbott.«

»Der Mönch«, sagte Jason. Wie von selbst waren ihm diese Worte von den Lippen gekommen. Eine Türe tat sich in der Ferne auf, Helligkeit strömte herein.

»Natürlich. An wen sonst würde er herantreten, um die Rolle des Cain zu spielen, als an den Mann von *Medusa*, der als Delta bekannt war? Wie gesagt, ich wußte das im ersten Augenblick, als ich Sie sah.«

»Eine Rolle –« Borowski hielt inne, das Licht wurde heller, warm, aber nicht blendend.

D'Anjou lehnte sich nicht vor. »An diesem Punkt natürlich paßte das, was ich hörte, und das, was ich mir zusammenreimte, nicht mehr zu-sammen. Es hieß, daß Jason Borowski den Auftrag aus Gründen an-nahm, von denen ich wußte, daß sie nicht stimmen konnten. Ich war da-bei, die anderen nicht; sie konnten das nicht wissen.«

»Was haben diese anderen gesagt? Was haben Sie gehört?«

»Daß Sie ein amerikanischer Abwehroffizier wären, vermutlich aus dem Militär. Können Sie sich das vorstellen. Sie, Delta! Der Mann, der die Amerikaner verachtete. Ich sagte Bergeron, daß das unmöglich wäre, aber ich bin nicht sicher, ob er mir glaubte.«

»Was haben Sie ihm gesagt?«

»Was ich glaubte. Was ich immer noch glaube. Es war nicht Geld – kein Betrag hätte Sie dazu bringen können –, es mußte etwas anderes sein. Ich glaube, Sie taten es aus demselben Grund, aus dem vor elf Jahren so viele bei *Medusa* mitmachten. Um irgendwo eine Rechnung zu begleichen, um ein anderes Leben zu beginnen, glaube ich.«

»Wahrscheinlich haben Sie recht«, sagte Jason und hielt den Atem an. *Es leuchtete ein. Eine Botschaft wurde gesandt. Das könnte es sein. Du mußt die Botschaft finden. Den Sender. Treadstone!*

»Um zurück zu Delta zu kommen«, fuhr d'Anjou fort. »Wer war er? Dieser gebildete, seltsam stille Mann, der sich im Dschungel in eine tödliche Waffe verwandeln konnte. Der sich und andere zu Leistungen anstachelte, die das Menschenmögliche überstiegen, ohne daß es einen Grund dafür gab. Wir begriffen das nie.«

»Das war auch nie notwendig. Gibt es noch etwas, das Sie mir sagen können? Wissen sie den präzisen Aufenthalt von Treadstone?«

»Sicher. Ich habe es von Bergeron erfahren. Eine Wohnung in New York City, an der östlichen Einundsiebzigsten Straße.«

»Nummer hundertneununddreißig. Stimmt das nicht?«

»Möglich . . . noch etwas?«

»Nur etwas, das Sie offensichtlich wissen, etwas, dessen Strategie, wie ich zugebe, mir unverständlich ist.«

»Und das wäre?«

»Daß die Amerikaner glauben, Sie hätten die Seiten gewechselt. Besser gesagt, sie wollen Carlos weismachen, Sie hätten die Seiten gewechselt.«

»Warum?« *Langsam begann es ihm zu dämmern!*

»Sie haben lange Zeit nichts mehr von Cain gehört, wissen nicht, wo er sich aufhält, geschweige denn, was er tut. Ein obskurer Bankdiebstahl . . .«

Das war es. Die Nachricht. Das Schweigen. Die Monate in Port Noir. Der Wahnsinn in Zürich, das Massaker in Paris. Niemand konnte wissen, was geschehen war. Man ließ ihn wissen, daß er aus dem Untergrund hervorkommen solle. Du hast recht gehabt, Marie, meine Liebe, meine Allerliebste. Du hast von Anfang an recht gehabt.

»Sonst also nichts?« fragte Borowski und versuchte, die Ungeduld in seiner Stimme zu verbergen, weil ihn jetzt jede Faser seines Wesens danach drängte, zu Marie zurückzukehren.

»Das ist alles, was ich weiß – aber verstehen Sie bitte, man hat mir das alles nie gesagt. Man hat mich wegen meines Wissens um *Medusa* hereingeholt – und es stand fest, daß Cain von *Medusa* kam –, aber ich war nie ein Teil von Carlos' hartem Kern.«

»Nahe genug waren Sie. Danke.« Jason legte ein paar Geldscheine auf den Tisch und schickte sich an, die Nische zu verlassen.

»Da ist noch etwas«, sagte d'Anjou. »Ich weiß nicht, ob es etwas zu bedeuten hat, aber man weiß jedenfalls, daß Ihr Name nicht Jason Borowski ist.«

»Was?«

»25. März. Erinnern Sie sich nicht, Delta? Das ist in zwei Tagen, und das Datum ist für Carlos sehr wichtig. Er möchte Ihre Leiche am fünfundzwanzigsten. Er möchte sie an jenem Tag den Amerikanern ausliefern.«

»Was wollen Sie damit sagen?«

»Am 25. März 1968 wurde Jason Borowski in Tam Quan exekutiert. Sie haben ihn exekutiert.«

31

Sie öffnete die Tür, und einen Augenblick lang stand er da und sah sie nur an, sah die großen braunen Augen, die über sein Gesicht wanderten, Augen, die besorgt waren, aber in denen eine unausgesprochene Frage lag. Und er war zurückgekommen, um ihr diese Antwort zu überbringen. Er ging in das Zimmer, und sie schloß die Türe hinter ihm.

»Es ist passiert«, sagte sie.

»Es ist passiert.« Borowski drehte sich um und streckte seine Hände nach ihr aus. Sie kam zu ihm und sie hielten einander, und das Schweigen ihrer Umarmung sagte mehr als jedes gesprochene Wort. »Du hast recht gehabt«, flüsterte er schließlich, die Lippen an ihrem weichen Haar. »Es gibt viel, das ich nicht weiß – vielleicht nie wissen werde – aber du hast recht gehabt. Ich bin nicht Cain, weil es keinen Cain gibt, nie gegeben hat. Nicht den Cain, von dem alle reden. Er hat nie existiert. Er ist ein Mythos, den man erfunden hat, um Carlos herauszulocken. Ich bin dieser Mythos. Ein Mann von *Medusa*, den man Delta nannte, hat sich einverstanden erklärt, eine Lüge namens Cain zu werden. Dieser Mann bin ich.«

Sie trat einen Schritt zurück, ohne ihn loszulassen.

»Cain ist für Charlie . . .« Sie sagte das mit leiser Stimme.

»Und Delta ist für Cain«, vollendete Jason. »Du hast mich das sagen hören?«

Marie nickte. »Ja, eines Nachts, in dem Zimmer in der Schweiz, hast du es im Schlaf hinausgeschrien. Carlos hast du nie erwähnt, nur Cain . . . Delta. Ich habe am Morgen etwas darüber zu dir gesagt, aber du hast mir keine Antwort gegeben. Du hast nur zum Fenster hinausgeschaut.«

»Weil ich es nicht verstand. Ich verstehe es immer noch nicht, aber ich akzeptiere es. Es erklärt so viele Dinge.«

Wieder nickte sie. »Der *Provokateur*. Die Code-Worte, die du gebrauchst, die seltsamen Sätze, die Wahrnehmungen. Aber warum? Warum *du*?«

»›Um irgendwo eine Rechnung zu begleichen‹. Das hat er gesagt.«

»Wer gesagt?«

»D'Anjou.«

»Der Mann auf der Treppe in Parc Monceau? Der Mann von der Telefonvermittlung?«

»Der Mann von *Medusa*. Ich kannte ihn bei *Medusa*.«

»Was hat er gesagt?«

Borowski berichtete es ihr und spürte dieselbe Erleichterung, die auch er bei d'Anjous Worten empfunden hatte. In ihren Augen war ein Leuchten, ein leichtes Pochen an ihrem Hals, schiere Freude, die aus ihrer Kehle hervorbrach. Es war gerade, als könnte sie kaum erwarten, daß er den Bericht abschloß, damit sie ihn wieder umarmen konnte.

»Jason!« rief sie und nahm sein Gesicht in die Hände.

»Liebster, mein Liebster! Mein Freund ist zu mir zurückgekehrt! Es ist alles so, wie wir es wußten, wie wir es fühlten!«

»Nicht ganz«, sagte er und strich über ihre Wange. »Für dich bin ich Jason, für mich Borowski, weil das der Name ist, den man mir gegeben hat und den ich gebrauchen muß, weil ich keinen anderen habe. Aber es ist nicht der meine.«

»Eine Erfindung?«

»Nein, es gab ihn. Man behauptet, ich hätte Jason Borowski an einem Ort, der Tam Quan heißt, getötet.«

Sie nahm die Hände von seinem Gesicht, ließ sie auf seine Schultern gleiten, ließ ihn aber nicht los. »Es muß einen Grund dafür gegeben haben.«

»Das hoffe ich. Ich weiß es nicht. Vielleicht ist das die Rechnung, die ich begleichen will.«

»Meine Güte«, sagte sie und ließ ihn los. »Das liegt mehr als zehn Jahre zurück. Alles, worauf es jetzt ankommt, ist, daß du den Mann bei Treadstone erreichst, weil die versuchen, dich zu erreichen.«

»D'Anjou hat gesagt, die Amerikaner glaubten, ich wäre übergelaufen, da man seit sechs Monaten nichts von mir gehört hat und in Zürich Millionen verschwunden sind.«

»Du kannst ihnen erklären, was geschehen ist. Du hast deine Vereinbarung nicht wissentlich gebrochen; andererseits kannst du so nicht weitermachen, das ist unmöglich. Alle Instruktionen, die du erhalten hast, nützen dir nichts. Sie sind nur noch in Fragmenten vorhanden – in Bildern und Sätzen, die du mit nichts in Verbindung bringen kannst. Du kennst Leute nicht, die du kennen müßtest. Sie sind für dich Gesichter ohne Namen, ohne Bedeutung.«

Borowski zog das Jackett aus und nahm die Automatik aus dem Gurt. Er studierte den Zylinder – den häßlichen perforierten Ansatz an dem

Lauf, der garantierte, daß ein Pistolenschuß nicht lauter als ein leises Hüsteln war – widerwillig. Er trat an die Kommode, legte die Waffe hinein und schob die Schublade zu. Einen Augenblick lang hielt er die Knöpfe fest, und seine Augen wanderten zum Spiegel, zu dem Gesicht in dem Glas, das keinen Namen hatte.

»Was soll ich zu ihnen sagen?« fragte er. »Hier spricht Jason Borowski. Natürlich weiß ich, daß das nicht mein Name ist, weil ich den Mann namens Jason Borowski getötet habe. Aber es ist der Name, den Sie mir gegeben haben . . . Es tut mir leid, meine Herren, aber auf dem Weg nach Marseille ist mir etwas zugestoßen. Ich habe etwas verloren – nichts für Sie Wertvolles – nur mein Gedächtnis. Nun nehme ich an, daß wir eine Übereinkunft haben, aber ich weiß nicht was für eine. Ich kann mich nur an verrückte Sätze, wie ›Carlos finden!‹ und ›Carlos in die Falle locken!‹, und daß Delta Cain wäre und daß Cain angeblich Charlie ersetzen soll, der in Wirklichkeit Carlos ist, erinnern. Wenn sie mir nicht glauben und mich für einen Schwindler halten?« Borowski wandte sich vom Spiegel ab und sah Marie an. »Was soll ich dann sagen?«

»Die Wahrheit«, antwortete sie. »Die werden sie akzeptieren. Sie haben dir eine Nachricht geschickt; sie versuchen, dich zu erreichen. Was die sechs Monate angeht – telegrafiere doch Washburn in Port Noir. Er führt Akten – ausführliche, detaillierte Akten.«

»Vielleicht wird er nicht antworten. Wir hatten unsere eigene Übereinkunft. Dafür, daß er mich wieder zusammenflickte, sollte er ein Fünftel des Geldes aus Zürich bekommen, so, auf einem Nummernkonto. Ich habe ihm eine Million US-Dollars geschickt.«

»Glaubst du, das würde ihn vielleicht daran hindern, dir zu helfen?«

Jason überlegte. »Es kann sein, daß er sich selbst nicht helfen kann. Er ist schließlich Alkoholiker. Wie lange kommt er mit einer Million Dollar aus? Oder, um es genauer zu sagen, wie lange glaubst du, daß sie ihn noch am Leben lassen?«

»Trotzdem kannst du beweisen, daß du dort warst. Du warst krank, isoliert. Du warst mit niemandem in Kontakt.«

»Wie können die Männer in Treadstone dessen sicher sein? Von ihrem Standpunkt aus betrachtet, bin ich eine wandelnde Enzyklopädie offizieller Geheimnisse. Wie können sie sicher sein, daß ich nicht mit den falschen Leuten gesprochen habe?«

»Sag ihnen, sie sollen ein Team nach Port Noir schicken.«

»Die werden dort nur verständnislose Blicke und Schweigen vorfinden. Ich habe jene Insel mitten in der Nacht verlassen, und der halbe Hafen war hinter mir her. Wenn dort drunten jemand Geld aus Washburn herausgeholt hat, wird er die Verbindung sehen und verschwinden.«

»Jason, ich weiß nicht, worauf du hinauswillst. Du hast deine Antwort, die Antwort, die du gesucht hast, seit du an jenem Morgen in Port Noir aufgewacht bist. Was willst du noch mehr?«

»Vorsichtig will ich sein, das ist alles«, sagte Borowski mit schneidender Stimme. »Ich will mich umsehen, ehe ich etwas unternehme, und verdammt sicher sein, daß ich in keine Falle gerate. ›Vorsicht ist die Mutter der Porzellankiste‹ heißt es immer, und ich will auch nicht ›Aus dem Regen in die Traufe geraten‹. Was sagst du jetzt zu meinem *Gedächtnis?*« Er schrie förmlich; jetzt erschrak er und hielt inne.

Marie ging quer durch das Zimmer und stellte sich vor ihn hin. »Sehr gut ist das. Aber das ist es nicht, worauf es ankommt, nicht wahr. Das Vorsichtigsein meine ich.«

Jason schüttelte den Kopf. »Nein, das ist es nicht«, sagte er. »Bei jedem Schritt hatte ich Angst, Angst vor den Dingen, die ich erfahren habe. Jetzt, am Ende, ist meine Angst größer denn je. Wenn ich nicht Jason Borowski bin, wer bin ich dann in Wirklichkeit? Was ist mir denn noch übriggeblieben? Hast du darüber einmal nachgedacht?«

»Mit allen Konsequenzen, die es hat, Liebster. In gewisser Weise ist meine Angst größer als die deine, aber ich glaube nicht, daß uns das aufhalten kann. Ich wünschte bei Gott, das könnte es, aber ich weiß, daß es unmöglich ist.«

Der Attaché in der amerikanischen Gesandtschaft an der Avenue Gabriel betrat das Büro des Ersten Sekretärs und schloß die Tür. Der Mann am Schreibtisch blickte auf.

»Sind Sie sicher, daß er es ist?«

»Ich bin nur sicher, daß er die richtigen Worte gebraucht hat«, sagte der Attaché und trat an den Schreibtisch. Er hielt eine rotgeränderte Karteikarte in der Hand. »Da ist die Fahne«, sagte er und reichte sie dem Ersten Sekretär. »Ich habe die Worte überprüft, die er gesagt hat, und wenn diese Fahne stimmt, würde ich sagen, er ist es.«

Der Mann hinter dem Schreibtisch studierte die Karte. »Wann hat er den Namen Treadstone gebraucht?«

»Erst nachdem ich ihn überzeugt hatte, daß er mit niemandem in der US-Abwehrbehörde sprechen würde, solange er mir nicht einen verdammt guten Grund dafür geliefert hatte. Ich denke, er war der Meinung, ich würde einen Nervenzusammenbruch erleiden, wenn er sagte, daß er Jason Borowski wäre. Als ich ihn einfach fragte, was ich für ihn tun könnte, schien er wie benommen, gerade, als wollte er jeden Augenblick auflegen.«

»Hat er nicht ein Wort darüber gesagt, daß wir auf ihn warten?«

»Darauf habe ich gewartet, aber er hat es nicht gesagt. Nach dieser Skizze aus sechs Worten – ›Erfahrener Außendienstbeamter. Mögliche Fahnenflucht oder Feindübertritt‹ – hätte er einfach nur das Wort ›Fahne‹ zu sagen brauchen, und alles wäre klar gewesen. Aber das hat er nicht getan.«

»Dann ist er es vielleicht doch nicht.«

»Der andere Rest stimmt. Er *hat* gesagt, daß Washington ihn seit mehr als sechs Monaten sucht. Dabei hat er den Namen Treadstone gebraucht. Er käme von Treadstone; sagte er mir als Überraschungseffekt. Außerdem solle ich die Codeworte Delta, Cain und *Medusa* weitergeben. Die beiden ersten stehen auf der Fahne; die habe ich überprüft. Ich weiß nicht, was *Medusa* bedeutet.«

»Ich weiß überhaupt nicht, was *das alles* bedeutet«, sagte der Erste Sekretär. »Nur, daß ich Anweisung habe, sofort in die Nachrichtenzentrale zu rasen, sämtlichen Zerhackerverkehr nach Langley aus der Leitung zu fegen und eine sterile Verbindung zu einem Spuk namens Conklin zu besorgen. Von ihm habe ich allerhand gehört: soll ein ganz übler Schweinehund sein, dem vor zehn oder zwölf Jahren in Nam der Fuß abgeschossen worden ist. Er drückt ganz seltsame Knöpfe in der Firma. Außerdem hat er die Reinigungsaktionen überlebt, und das bringt mich auf die Idee, daß er ein Typ ist, den die nicht so gerne auf der Straße rumlaufen lassen, um sich einen Job zu suchen. Oder einen Verleger.«

»Wer glauben Sie denn, daß dieser Borowski ist?« fragte der Attaché.

»Ich habe in den ganzen acht Jahren, die ich jetzt im Ausland tätig bin, noch keine so konzentrierte und andererseits so schlaffe Jagd auf einen einzelnen Menschen erlebt.«

»Jemand, den sie dringend haben wollen.« Der Erste Sekretär erhob sich von seinem Schreibtisch. »Vielen Dank für das hier. Ich werde Washington sagen, wie gut Sie das erledigt haben. Wie ist denn der Zeitplan? Er wird Ihnen ja wahrscheinlich keine Telefonnummer gegeben haben.«

»Nein. Er wollte in fünfzehn Minuten wieder anrufen, aber ich spielte den gehetzten Bürokraten und sagte ihm, er solle sich etwa in einer Stunde wieder melden. Das wäre nach fünf Uhr, und wir könnten weitere ein oder zwei Stunden gewinnen, wenn ich um die Zeit gerade essen bin.«

»Ich weiß nicht. Ich will nicht riskieren, daß wir ihn verlieren. Ich werde das von Conklin arrangieren lassen. Er ist hier die oberste Instanz. Niemand unternimmt in bezug auf Borowski etwas, das nicht von ihm genehmigt ist.«

Alexander Conklin saß in Langley, Virginia, hinter dem Schreibtisch seines Büros mit den weißen Wänden und hörte sich den Mann von der Botschaft in Paris an. Er war überzeugt davon, daß es Delta *war*. Der Hinweis auf *Medusa* war der Beweis, denn es gab außer Delta niemand, der diesen Namen kennen konnte. Dieser Dreckskerl! Er spielte den gestrandeten Agenten, seine Kontaktleute in Treadstone reagierten nicht auf die richtigen Code-Worte – wie auch immer sie lauten mochten –, weil Tote nun mal nicht mehr sprechen können. Und das benutzte er dazu, um sich selbst aus der Schußlinie zu ziehen! Nerven hatte dieser Bastard, unglaublich! *Bastard*!

Er tötet zuerst die Kontrollpersonen, um die Jagd abzublasen. Wie viele Männer hatten das schon vor ihm getan, dachte Alexander Conklin. Er beispielsweise. In den Bergen von Huong Khe hatte es eine Sektorkontrollstelle gegeben, einen Verrückten, der verrückte Befehle erteilte, die den sicheren Tod für ein Dutzend *Medusa*-Teams auf einer Wahnsinnsjagd bedeuteten. Ein junger Abwehroffizier namens Conklin war mit einem nordvietnamesischen Karabiner – russisches Kaliber – in das Stützpunktlager Kilo zurückgekrochen und hatte zwei Kugeln auf den Kopf des Wahnsinnigen abgefeuert. Die Trauer war groß gewesen, und man hatte die Sicherheitsmaßnahmen verstärkt, aber die Jagd wurde abgeblasen.

Aber auf den Dschungelwegen von Stützpunktlager Kilo hatte man keine Glassplitter gefunden. Glassplitter mit Fingerabdrücken, die den Todesschützen unwiderlegbar als einen westlichen Rekruten von *Medusa* selbst identifizierten. Solche Glassplitter hatte man an der Einundsiebzigsten Straße gefunden, aber das wußte der Killer nicht – Delta wußte es nicht.

»Zuerst waren wir ernsthaft im Zweifel, ob er es auch ist«, sagte der Erste Sekretär der Gesandtschaft eifrig, als wäre er bemüht, das plötzliche Schweigen Washingtons mit Geschwätzigkeit zu überbrücken. »Ein erfahrener Außendienstmann hätte den Attaché aufgefordert, eine Fahne zu suchen, aber das hat der Kerl nicht getan.«

»Daran hat er nicht gedacht«, erwiderte Conklin und seine Gedanken kreisten um das Rätsel, das Delta-Cain hieß. »Was wurde veranlaßt?«

»Ursprünglich hat Borowski darauf bestanden, in fünfzehn Minuten wieder anzurufen, aber ich habe die unteren Chargen instruiert, daß sie ihn hinhalten sollen. Wir könnten zum Beispiel die Essenszeit . . .« Der Mann von der Gesandtschaft vergewisserte sich, ob sein Vorgesetzter in Washington erkannte, wie weise sein Beitrag war. Das würde jetzt eine gute Minute lang so weitergehen; Conklin hatte schon genug gehört.

Delta. Warum hatte er die Fronten gewechselt? Der Wahnsinn mußte ihm den Kopf weggefressen und nur die Überlebensinstinkte zurückgelassen haben. Er war schon zu lange im Geschäft; er wußte doch, daß sie ihn über kurz oder lang finden und töten würden. Es gab nie eine Alternative, das mußte ihm von dem Augenblick an klar sein, in dem er überlief – oder absprang – oder was auch immer. Es gab keinen Ort mehr, an dem er sich verbergen konnte; gleichgültig, auf welcher Seite der Welt er sich befand, er war immer ein Zielobjekt. Er würde nie wissen, wer plötzlich aus dem Schatten hervortreten und sein Leben beenden würde. Das war etwas, mit dem sie alle lebten, das einzige, dafür aber auch überzeugendste Argument gegen das Überlaufen. Also mußte er eine andere Lösung finden: das Überleben. Der biblische Cain (Cain = amerikanische Schreibweise für Kain, *Anmerkung des Übersetzers*) war der erste, der einen Brudermord beging. Hatte der biblische Name die Entscheidung ausgelöst? War es so einfach? Sie einfach alle töten, den Bruder töten.

Webb lebte nicht mehr, der Mönch, der Yachtsegler und seine Frau . . . Wer konnte denn die Instruktionen noch ableugnen, die Delta erhalten hatte, da nur diese vier Instruktionen an ihn weitergaben? Er hatte die Millionen entfernt und sie so verteilt, wie man es ihm befohlen hatte. Natürlich hatte er angenommen, es wäre ein Teil der Strategie des Mönches, daß er die Gelder an blinde Empfänger ausgegeben hatte. Wer war Delta schon, um Entscheidungen des Mönchs in Zweifel zu ziehen? Der Schöpfer von *Medusa*, das Genie, das ihn rekrutiert und geschaffen hatte. Cain.

Die perfekte Lösung. Um völlig überzeugend zu wirken, bedurfte es nur des Todes eines Bruders und der entsprechenden Trauer. Dann würde das offizielle Urteil ausgesprochen werden. Carlos war es gelungen, Treadstone zu infiltrieren und zu töten. Der bezahlte Killer hatte gesiegt, Treadstone wurde aufgegeben. Das hatte man alles diesem *Bastard* zu verdanken.

» . . . also war ich grundsätzlich der Ansicht, daß der weitere Plan von ihm kommen sollte.« Der Erste Sekretär in Paris hatte geendet. Er war ein Esel, aber Conklin brauchte ihn; man mußte die eine Melodie hören, während die andere gespielt wurde.

»Sie haben richtig gehandelt«, sagte ein jovialer Vorgesetzter in Langley. »Ich werde es unseren Leuten hier drüben sagen, wie gut Sie das alles erledigt haben. Sie hatten völlig recht; wir brauchen Zeit, aber das weiß Borowski nicht. Wir können es ihm auch nicht sagen; das macht es noch schwieriger. Wir haben hier eine sterile Leitung; darf ich mich dementsprechend ausdrücken?«

»Natürlich.«

»Borowski steht unter Druck. Er ist . . . ziemlich lange Zeit . . . festgehalten worden. Drücke ich mich klar aus?«

»Die Sowjets?«

»Stimmt genau. In der Lubjanka. Doppelbuchung. Sind Sie mit dem Ausdruck vertraut?«

»Ja. Moskau glaubt, daß er jetzt für sie arbeitet.«

»Das glauben die.« Conklin hielt inne. »Und wir sind nicht sicher. In der Lubjanka geschehen verrückte Dinge.«

Der Erste Sekretär pfiff leise durch die Zähne. »Üble Sache. Wie werden Sie das klären?«

»Mit Ihrer Hilfe. Aber die Klassifizierungspriorität ist so hoch, daß sie über dem Niveau einer Gesandtschaft liegt, sogar über dem eines Botschafters. Sie sind an Ort und Stelle; er ist an Sie herangetreten. Sie können jetzt einverstanden sein oder nicht, das liegt ganz bei Ihnen. Wenn ja, könnte ich mir vorstellen, daß Sie eine Belobigung aus dem Oval Office bekommen.«

Conklin konnte hören, wie dem anderen der Atem stockte.

»Ich tue natürlich, was in meiner Macht steht. Sie brauchen es bloß zu sagen.«

»Das haben Sie bereits. Wir wollen, daß er hingehalten wird. Wenn er wieder anruft, sprechen Sie selbst mit ihm.«

»Natürlich«, unterbrach der Mann aus der Botschaft.

»Sagen Sie ihm, Sie hätten die Codes weitergegeben. Sagen Sie ihm, Washington würde per Militärmaschine einen Direktor von Treadstone einfliegen. Sagen Sie, Washington möchte, daß er sich im Hintergrund hält und sich nicht in der Nähe der Botschaft zeigt; alle Straßen werden beobachtet. Dann fragen Sie ihn, ob er Schutz braucht, und wenn ja, bringen Sie in Erfahrung, wo er diesen Schutz haben möchte. Aber schicken Sie niemanden; wenn Sie wieder mit mir sprechen, werde ich inzwischen mit jemandem dort drüben telefoniert haben. Ich gebe Ihnen dann einen Namen und einen Augenpunkt, den Sie ihm geben können.«

»Augenpunkt?«

»Visuelle Identifizierung. Etwas oder jemand, den er erkennen kann.«

»Einen Ihrer Leute?«

»Ja, das halten wir für das beste. Darüber hinaus braucht die Botschaft nicht eingeschaltet zu werden. Machen Sie also keine Aufzeichnungen über irgendwelche Gespräche, die Sie führen.«

»Jawohl«, sagte der Erste Sekretär. »Aber wie kann Ihnen denn ein einziges Gespräch mit mir Aufschluß darüber geben, ob er ein Doppelagent ist?«

»Eins? Es werden eher zehn sein.«

»Zehn?«

»Ganz recht; Ihre Instruktionen an Borowski – von uns über Sie – lauten, daß er jede Stunde Ihren Apparat anrufen soll, um damit zu bestätigen, daß er sich in Sicherheit befindet. Bis zu dem letzten Gespräch, in dem Sie ihm sagen, daß der Mann von Treadstone in Paris eingetroffen ist und sich mit ihm treffen will.«

»Was erreichen Sie damit?« fragte der Erste Sekretär.

»Er wird nervös werden . . . wenn er nicht unser Mann ist. Es gibt in Paris ein halbes Dutzend bekannter Untergrundagenten der Sowjets, deren Telefone alle angezapft sind. Wenn er mit Moskau zusammenarbeitet, ist die Chance groß, daß er wenigstens eines dieser Telefone benutzt. Wir werden sie überwachen. Und wenn sich das herausstellt, werden Sie sich wahrscheinlich den Rest Ihres Lebens an den Tag erinnern, an dem Sie die ganze Nacht in der Botschaft geblieben sind. Belobigungen des Präsidenten verändern den Status von Laufbahnbeamten ganz erheblich. Natürlich können Sie gar nicht mehr so weit aufsteigen.«

»Es gibt schon noch Beförderungsmöglichkeiten, Mr. Conklin«, unterbrach der Erste Sekretär.

Das Gespräch war beendet; der Mann in der Botschaft würde zurückrufen, sobald er von Borowski gehört hatte. Conklin stand auf und hinkte quer durch das Zimmer zu einem grauen Aktenschrank, der an der Wand stand. Er sperrte die oberste Schublade auf. Sie enthielt einen Aktendeckel mit einem verschlossenen Umschlag mit den Namen und Adressen von Männern, an die man im Notfall herantreten konnte. Früher einmal waren es tüchtige, loyale Männer gewesen, die aus verschiedenen Gründen nicht mehr auf den offiziellen Listen in Washington standen. Unter dem Schutze einer neuen Identität tauchten sie anderswo unter – wobei diejenigen, die eine Fremdsprache fließend beherrschten, häufig von freundlich gesinnten ausländischen Regierungen eingebürgert wurden.

Das waren die Outsider der Organisation, Männer, die im Dienste ihres Landes die Gesetze übertraten, vielleicht im Interesse ihres Landes sogar getötet hatten. Offiziell konnten sie nicht mehr geduldet werden; sie stellten einen Risikofaktor dar. Trotzdem wurden sie oft noch gebraucht. Gelder wanderten auf Konten, die offiziell nicht überprüft wurden, alle Zahlungen honorierten durchgeführte geheime Aufträge.

Conklin trug den Umschlag zu seinem Schreibtisch zurück und riß das markierte Band ab; der Umschlag würde wieder verschlossen, das Band neu markiert werden. Es gab einen Mann in Paris, einen treu ergebenen Mann, der das Offizierscorps der Militärischen Abwehr durchlaufen hatte und schon mit fünfunddreißig Jahren Oberstleutnant war. Man konnte sich auf ihn verlassen; er hatte Verständnis für nationale Prioritäten. Vor zwölf Jahren hatte er in einem Dorf in der Nähe von Hue einen Kameramann, einen Kommunisten, getötet.

Drei Minuten später hatte er den Mann an der Leitung. Der ehemalige Offizier erfuhr einen Namen und erhielt Instruktionen, eine geheime Reise in die Vereinigten Staaten vorzubereiten. Es ging um besagten Fahnenflüchtigen, der im Sonderauftrag jene eliminiert hatte, die seine Strategie kontrollieren sollten.

»Ein Doppelagent also?« fragte der Mann in Paris. »Moskau?«

»Nein, nicht für die Sowjets«, erwiderte Conklin, der wohl wußte, daß Delta, wenn er Schutz erbat, mit dem anderen reden würde.

»Eine langfristige Untergrundstrategie, Carlos in die Falle zu locken.«

»Den Meuchelmörder?«

»Richtig.«

»Sie können zwar *sagen*, daß es nicht Moskau ist, aber *mich* überzeugen Sie nicht. Carlos ist in Nowgorod ausgebildet worden, für mich ist er immer noch eine schmutzige Kanone für den KGB.«

»Mag sein. Details sind hier nicht wichtig. Jedenfalls wir sind überzeugt, daß man unseren Mann gekauft hat; er hat ein paar Millionen eingesteckt und braucht jetzt einen Paß.«

»Wenn ich recht verstehe, hat er es so hingedreht, daß Carlos dafür verantwortlich gemacht wird, was zwar nichts bedeutet, aber immerhin wieder auf sein Konto geht.«

»Genau. Wir spielen mit und tun so, als glaubten wir ihm. Aber wir brauchen ein Geständnis, irgendeine Information, und deshalb komme ich nach Paris. Aber das ist jetzt nicht so wichtig, zuerst müssen wir ihn herausholen. Können Sie helfen? Es bringt einen fetten Bonus ein.«

»Mit Vergnügen. Und den Bonus können Sie behalten, ich hasse solche Drecksäcke wie ihn. Die lassen ganze Netze auffliegen.«

»Es muß aber einwandfrei klappen; er ist einer der Besten. Wenn Sie Unterstützung brauchen . . .«

»Ich habe einen Mann von Saint-Gervais, der fünf ersetzt. Er steht zur Verfügung.«

»Dann stellen Sie ihn ein. Jetzt die Einzelheiten. Der Kontrollmann in Paris ist ein Blinder in der Botschaft. Er weiß nichts, steht aber mit Borowski in Verbindung und wird möglicherweise Schutz für ihn erbitten.«

»Geht klar«, sagte der ehemalige Abwehrmann. »Und was weiter?«

»Für den Augenblick ist das alles. Ich nehme eine Maschine von Andrews und treffe zwischen elf und zwölf Uhr nachts in Paris ein. Ich will dann Borowski innerhalb von ein oder zwei Stunden sehen und bis morgen wieder in Washington zurück sein. Es ist knapp, aber es geht nicht anders.«

»Ich verstehe.«

»Der Blinde in der Botschaft ist der Erste Sekretär. Er heißt . . .«

Conklin lieferte noch ein paar Einzelheiten, dann überlegten sich die beiden Männer die Codes für ihren ersten Kontakt in Paris. Codeworte, die dem Mann von der Central Intelligence Agency, wenn sie das nächste Mal miteinander sprachen, verraten würden, ob es Probleme gab. Conklin legte auf. Alles verlief planmäßig, und zwar genauso, wie Delta es erwartete. Die Nachfolger Treadstones würden genau nach dem Buch vorgehen, und das Buch hatte seine exakten Vorschriften. Strategien, die zerbrochen, und Strategien, die gescheitert waren, mußten aus der Welt geschafft werden, ganz radikal. Washington verabscheute Skandale. Gescheiterte Agenten bildeten außerdem eine nicht zu unterschätzende Gefahrenquelle.

All das war Delta bekannt. Er selbst hatte Treadstone zerstört, deshalb würde er all die Vorsichtsmaßnahmen verstehen und mit ihnen rechnen. Er wäre höchst beunruhigt, wenn er sie nicht vorfände. Wenn er von dem Massaker hört, das in der Einundsiebzigsten Straße stattgefunden hatte, wird er mit Sicherheit den Wütenden und Trauernden mimen, und Alexander Conklin würde seine Ohren spitzen, um irgendeinen Unterton herauszuhören oder eine Erklärung zu erfahren. Aber er wußte sehr wohl, daß er das nicht zu hören bekommen würde. Die Glasscherben würden nicht über den Atlantik fliegen, um unter einem schweren

Vorhang in einer Ziegelvilla in Manhattan versteckt zu werden, und Fingerabdrücke waren ein verläßlicherer Beweis dafür, daß ein Mann sich an einem Ort befunden hatte, als jede Fotografie. Es gab keine Möglichkeit, hier etwas vorzutäuschen.

Conklin würde Delta genau zwei Minuten Zeit lassen, um seinen Verstand zu gebrauchen. Er würde zuhören und dann würde er ihn fertigmachen.

32

»Warum tun die das?« fragte Marie Jason in dem überfüllten Café. Er hatte gerade das fünfte Telefongespräch geführt, fünf Stunden nachdem er das erstemal mit der Botschaft gesprochen hatte.

»Die wollen mich auf Trab halten, mich nervös machen, ich weiß nicht, warum.«

»Da bist du selbst schuld daran«, sagte Marie. »Du hättest die Anrufe auch vom Zimmer aus machen können.«

»Nein, das hätte ich nicht gekonnt. Aus irgendeinem Grunde haben sie mir das klargemacht. Jedesmal, wenn ich anrufe, fragt mich dieses Schwein, von wo ich jetzt telefonierte, ob ich in ›sicherem Territorium‹ wäre. Eine verdammt blöde Formulierung, ›sicheres Territorium‹. Aber dann sagte er immer noch etwas, und zwar, jeder Kontakt müsse von einem anderen Ort aus erfolgen, damit mich niemand zu einem bestimmten Telefon oder einer bestimmten Adresse zurückverfolgen kann. Sie nehmen mich nicht in Gewahrsam, halten mich aber an langer Kette. Sie wollen mich haben, aber sie haben Angst vor mir; ich verstehe den Sinn nicht!«

»Vielleicht bildest du dir das alles nur ein? Niemand hat etwas gesagt, das auch nur annähernd in diese Richtung geht.«

»Das brauchten sie auch nicht. Man kann es dem entnehmen, was sie nicht gesagt haben. Warum haben sie nicht einfach gesagt, ich solle sofort zur Botschaft kommen? Niemand könnte mir dort etwas anhaben; das ist Territorium der Vereinigten Staaten. Aber das haben sie nicht getan.«

»Die Straßen werden überwacht. Das hat man dir gesagt.«

»Weißt du, das habe ich akzeptiert – blind akzeptiert – bis vor etwa dreißig Sekunden, da kam es mir plötzlich in den Sinn. Von wem? *Wer* überwacht die Straßen?«

»Carlos natürlich. Seine Leute.«

»Das weißt du, und ich weiß das auch – zumindest können wir es vermuten – aber sie wissen das nicht. Ich kann mich nicht erinnern, wer in drei Teufels Namen ich bin oder woher ich komme, aber ich weiß, was mir während der letzten vierundzwanzig Stunden passiert ist. Das wissen *sie* nicht.«

»Sie könnten es ja auch vermuten, nicht wahr? Sie könnten seltsame Männer in Autos entdeckt haben, oder Männer, die zu lange oder zu auffällig irgendwo herumstehen.«

»Carlos ist dazu viel zu intelligent. Und dann gibt es eine Menge Möglichkeiten, mit Spezialfahrzeugen schnell in eine Botschaft zu gelangen. Unsere Marineinfanteristen auf der ganzen Welt sind für solche Dinge ausgebildet.«

»Ich glaube dir.«

»Aber das haben sie nicht getan; nicht einmal vorgeschlagen haben sie es. Statt dessen halten sie mich hin und lassen mich herumrennen. Verdammt noch mal, warum?«

»Du hast es ja selbst gesagt, Jason. Sie haben seit sechs Monaten nichts mehr von dir gehört. Sie sind sehr vorsichtig.«

»Aber warum auf *diese* Art? Sobald sie mich im Botschaftsgebäude haben, können sie tun, was sie wollen. Dort haben sie mich unter Kontrolle. Da können sie eine Party für mich veranstalten oder mich in eine Zelle werfen.«

»Sie warten auf den Mann aus Washington.«

»Was für einen besseren Ort gibt es dann dafür als die Botschaft selbst?« Borowski schob seinen Stuhl zurück. »Irgend etwas stimmt da nicht. Verschwinden wir von hier.«

Alexander Conklin, Treadstones Nachfolger, hatte genau sechs Stunden und zwölf Minuten gebraucht, um den Atlantik zu überqueren. Am Morgen würde er in Paris den ersten Concordeflug nehmen und Dulles um 7.30 Uhr nach Washingtoner Zeit erreichen. Gegen 9.00 Uhr könnte er dann in Langley sein. Falls jemand versuchte, ihn telefonisch zu erreichen, oder fragte, wo er die Nacht verbracht hatte, würde ein darauf vorbereiteter Major aus dem Pentagon eine falsche Antwort liefern. Und falls ein Erster Sekretär in der Botschaft in Paris je erwähnte, daß er auch nur ein Sekundengespräch mit einem Mann aus Langley geführt hätte, würde er sofort auf die niedrigste Rangstufe im diplomatischen Dienst degradiert und auf einen Posten in Feuerland versetzt werden. Das würde man ihm garantieren.

Conklin ging durch die Absperrung geradewegs auf einen Telefonautomaten zu und rief die Botschaft an. Der Erste Sekretär war von dem Gefühl erfüllt, etwas Wesentliches geleistet zu haben.

»Alles planmäßig, Conklin«, sagte der Mann aus der Botschaft und ließ das früher gebrauchte Mister weg, um damit seine Ranggleichheit zu betonen, schließlich kam er ja zu ihm nach Paris. »Borowski ist nervös. Während unseres letzten Gesprächs fragte er wiederholt, warum man ihn nicht hierher bestellte.«

»Hat er das?« Zuerst war Conklin überrascht, dann begriff er. Delta spielte die Reaktionen eines Mannes, der nichts von den Ereignissen an der Einundsiebzigsten Straße wußte. Wenn man ihn aufgefordert hätte, zur Botschaft zu kommen, wäre er geflohen. Er wußte ganz genau, daß es keine offizielle Verbindung geben durfte. »Haben Sie wieder gesagt, daß die Straßen unter Beobachtung stünden?«

»Natürlich. Daraufhin hat er mich gefragt, wer sie beobachtete. Können Sie sich das vorstellen?«

»Ja, das kann ich. Was haben Sie geantwortet?«

»Daß er das genausogut wüßte wie ich, und daß ich es für gefährlich hielte, solche Dinge am Telefon zu besprechen.«

»Sehr gut.«

»Das fand ich auch.«

»Was hat er darauf erwidert? Hat er sich zufriedengegeben?«

»Auf recht seltsame Art, ja. Er sagte ›Ich verstehe‹. Sonst nichts.«

»Hat er es sich anders überlegt und um Schutz gebeten?«

»Er lehnte ihn weiterhin ab. Auch noch, als ich insistierte.« Der Erste Sekretär machte eine kurze Pause. »Er will nicht beobachtet werden, wie?« sagte er vertraulich.

»Nein, das will er nicht. Wann wollte er wieder anrufen?«

»In etwa fünfzehn Minuten.«

»Sagen Sie ihm, der Mann von Treadstone sei eingetroffen.« Conklin zog eine Landkarte aus der Tasche, auf der bereits mit blauer Tinte eine Route markiert war. »Sagen Sie ihm, das Treffen fände um ein Uhr dreißig auf der Straße zwischen Chevreuse und Rambouillet statt, sieben Meilen südlich von Versailles bei Le Cimetière des Noblesse.«

»Ein Uhr dreißig, Straße zwischen Chevreuse und Rambouillet . . . da ist der Friedhof. Weiß er, wie er hinkommt?«

»Er ist schon einmal dort gewesen. Wenn er ein Taxi nehmen will, sagen Sie ihm, er soll die normalen Vorsichtsmaßregeln treffen und es dann wegschicken.«

»Wird ihm das nicht seltsam vorkommen! Dem Fahrer, meine ich. Das ist doch eine sehr ausgefallene Zeit für einen Friedhofbesuch.«

»Ich habe nur gesagt, Sie sollen ›ihm das sagen‹. Er wird natürlich kein Taxi nehmen.«

»Natürlich«, sagte der Erste Sekretär schnell und gewann seine Fassung zurück, indem er zustimmte, was unnötig war. »Da ich Ihren Mann hier in Paris noch nicht angerufen habe – soll ich ihn anrufen und sagen, daß Sie eingetroffen sind?«

»Das werde ich erledigen. Haben Sie seine Nummer noch?«

»Ja, natürlich.«

»Verbrennen Sie sie umgehend!« befahl Conklin. »Ich rufe in zwanzig Minuten wieder an.«

Ein Zug donnerte auf der unteren Etage der Metro vorbei, man spürte die Schwingungen am Bahnsteig darüber. Borowski hängte den Hörer am Telefonautomaten an der Betonwand auf und starrte die Sprechmuschel einen Augenblick lang an. Wieder hatte sich irgendwo in den Tiefen seines Unterbewußtseins irgendeine Türe ein Stück geöffnet. Aber das Licht, das durch den Spalt fiel, war schwach... Dennoch tauchte vor seinen Augen die Straße nach Rambouillet auf... durch einen schmiedeeisernen Bogen... eine kleine, flach abfallende Bodenerhebung mit weißem Marmor. Kreuze, groß, größer, Mausoleen... Und überall Statuen. Le ›Cimetière des Noblesse‹. Ein Briefkasten, aber mehr als das. Ein Ort, wo Gespräche stattfanden, mitten zwischen den Begräbnissen und den Särgen, die in die Tiefe gesenkt wurden. Zwei Männer, ebenso feierlich gekleidet wie die Menschenmenge, zwei Männer, die sich zwischen den Trauernden bewegten, bis sie sich begegneten und die Worte austauschten, die sie einander zu sagen hatten.

Da war auch ein Gesicht, aber es war nur undeutlich zu sehen, unscharf; er sah nur die Augen. Und jenes unscharfe Gesicht und jene Augen hatten einen Namen, David... Abbott... der Mönch. Der Mann, den er kannte und doch nicht kannte. Der Mann, der *Medusa* und Cain geschaffen hatte.

Jason blinzelte ein paarmal und schüttelte den Kopf, als könne er damit den Nebel verjagen. Er sah zu Marie hinüber, die fünfzehn Fuß zu seiner Linken an der Wand stand und die Menschen am Bahnsteig musterte, Ausschau hielt nach jemandem, der ihn vielleicht beobachtete. Aber in Wirklichkeit tat sie das nicht, sie sah ihn an, ihr Gesichtsausdruck war besorgt. Er nickte, beruhigte sie; das war kein schlechter Augenblick für ihn, da waren nur wieder Bilder gewesen. Er war irgendwann schon einmal auf jenem Friedhof gewesen; das wußte er mit Bestimmtheit. Er ging auf Marie zu; sie drehte sich um und schloß sich ihm an, und dann gingen sie gemeinsam auf den Ausgang zu.

»Er ist hier«, sagte Borowski. »Treadstone ist eingetroffen. Ich soll mich mit ihm in der Nähe von Rambouillet treffen. Auf einem Friedhof.«

»Wie makaber. Warum ein Friedhof?«

»Das soll mich beruhigen.«

»Du lieber Gott, wie denn?«

»Ich bin schon dort gewesen. Ich habe mich dort mit Leuten getroffen... einem Mann. Indem Treadstone diesen Friedhof als Treffpunkt benennt – ein ungewöhnlicher Treffpunkt allerdings –, gibt er mir zu verstehen, daß ich an seiner Identität nicht zu zweifeln brauche.«

Sie griff nach seinem Arm, als sie die Stufen zur Straße hinaufgingen. »Ich möchte mit dir gehen.«

»Tut mir leid.«

»Du kannst mich nicht ausschließen!«

»Das muß ich, weil ich nicht weiß, was ich dort finden werde. Es ist besser, da wartet jemand in sicherer Entfernung auf mich.«

»Liebster, das hat doch keinen Sinn! Ich werde von der Polizei gesucht. Wenn die mich finden, schicken sie mich mit der nächsten Maschine nach Zürich zurück; das hast du doch selbst gesagt. Was würde ich dir denn in Zürich nützen?«

»Nicht du. Villiers. Er vertraut uns. Er vertraut dir. Du kannst ihn erreichen, wenn ich bis zum Morgen nicht zurück bin oder zumindest nicht angerufen habe. Er kann einen Skandal machen, und dazu ist er, weiß Gott, bereit. Er ist der einzige Verbündete, den wir haben.«

Marie nickte. »Wie wirst du nach Rambouillet kommen?«

»Wir haben doch einen Wagen, erinnerst du dich nicht mehr? Ich bring dich zum Hotel und geh dann zur Garage hinüber.«

Er betrat die letzte Kabine in dem Garagenkomplex in Montmartre und drückte den Knopf ins vierte Stockwerk. Seine Gedanken weilten auf einem Friedhof, irgendwo zwischen Chevreuse und Rambouillet, an einer Straße, auf der er bereits einmal gefahren war, wenn er auch keine Ahnung hatte, wann oder zu welchem Zweck.

Das war der Grund, warum er jetzt dorthin fahren wollte, warum er den vereinbarten Zeitpunkt für das Zusammentreffen nicht abwarten wollte. Wenn die Bilder, die sich in sein Bewußtsein drängten, nicht völlig verzerrt waren, handelte es sich um einen Friedhof von enormen Ausmaßen. Und wo genau in dieser riesigen Fläche von Gräbern und Statuen war der Treffpunkt? Er würde gegen ein Uhr hinkommen und sich eine halbe Stunde Zeit lassen, zwischen den Gräbern auf und ab gehen und nach einem Scheinwerferpaar oder einem Signal Ausschau halten. Dann würden ihm auch andere Dinge wieder einfallen.

Die Lifttür öffnete sich scharrend. Das Stockwerk war zu drei Viertel mit Wagen gefüllt. Jason versuchte sich zu erinnern, wo er den Renault geparkt hatte; in einer abgelegenen Ecke, daran erinnerte er sich, aber war es rechts oder links? Er setzte sich nach links in Bewegung; denn dort war der Lift gewesen, als er den Wagen vor einigen Tagen hereingefahren hatte. Er blieb stehen, die Logik hinderte ihn plötzlich am Weitergehen. Der Lift war zu seiner Linken gewesen, als er hereingekommen war, nicht nachdem er den Wagen abgestellt hatte; da war die Lifttür diagonal rechts von ihm gewesen. Er drehte sich schnell um, und wieder wanderten seine Gedanken zu der Straße zwischen Chevreuse und Rambouillet.

Ob es nun dieser plötzliche, unerwartete Richtungswechsel war oder nur die Ungeschicklichkeit dessen, der ihn beobachtete, wußte Borowski nicht. Was auch immer es war, dieser Augenblick rettete ihm das Leben, dessen war er sicher. Der Kopf eines Mannes duckte sich in der zweiten

Reihe zu seiner Rechten hinter die Motorhaube eines Wagens; jener Mann hatte ihn beobachtet. Ein erfahrener Beobachter hätte sich jetzt aufgerichtet und ein Schlüsselbund vom Boden aufgehoben oder das Scheibenwischerblatt überprüft und wäre dann weggegangen. Eines jedenfalls hätte er nicht getan – das, was dieser Mann jetzt tat; riskiert, daß man ihn bemerkte, indem er sich wegduckte.

Jason veränderte sein Schrittempo nicht, seine Gedanken werteten die neue Entwicklung aus. Wer war dieser Mann? Wie hatte man ihn ausfindig gemacht? Und dann fiel es ihm wie Schuppen von den Augen, die Antwort lag auf der Hand. Der Angestellte in der ›Auberge du Coin‹.

Carlos war gründlich gewesen – er hatte jede Einzelheit der letzten gescheiterten Aktionen überprüft, und eine dieser Einzelheiten war ein Angestellter, der während einer dieser Aktionen Dienst gehabt hatte. Ein solcher Mann mußte überprüft und dann befragt werden; das ist nicht schwierig. Es genügte, ein Messer oder eine Pistole zu zeigen. Die Informationen würden dann förmlich über die zitternden Lippen des Mannes sprudeln, und anschließend konnte Carlos seine Armee anweisen, sich in der Stadt auszubreiten, jedes Viertel würde in Sektoren aufgeteilt werden, und überall würde man nach einem ganz bestimmten schwarzen Renault suchen. Eine mühsame Suche, aber nicht unmöglich, leichter gemacht durch die Nachlässigkeit des letzten Benutzers, der versäumt hatte, die Zulassungsschilder auszutauschen. Wie viele Stunden war diese Garage jetzt schon ohne Unterlaß beobachtet worden? Wie viele Männer waren da? Innen, außen? Wie schnell würden andere eintreffen? Würde Carlos kommen?

Diese Fragen waren jetzt zweitrangig. Er mußte hinaus. Auf den Wagen könnte er zur Not verzichten, aber er brauchte ein Transportmittel, und er brauchte es jetzt. Kein Taxi würde einen Fremden um ein Uhr früh zu einem Friedhof am Rand von Rambouillet fahren. Und schnell einen Wagen auf der Straße zu stehlen, war auch ein gefährliches Unterfangen.

Er blieb stehen, holte Zigaretten und Streichhölzer aus der Tasche, schützte dann die Flamme mit den Händen und legte den Kopf etwas zur Seite. Er konnte aus dem Augenwinkel einen Schatten sehen – breit, untersetzt; der Mann hatte sich wieder geduckt, diesmal hinter den Kofferraum eines näherstehenden Wagens.

Jason duckte sich, sprang nach links und warf sich zwischen zwei nebeneinanderstehenden Wagen aus der Parkgasse heraus, bremste den Fall mit den Handflächen ab; es ging alles völlig lautlos. Er kroch um die Hinterräder des Wagens zu seiner Rechten, seine Arme und Beine arbeiteten schnell und lautlos, krochen die schmale Gasse hinunter wie ein Spinne, die über ein Netz huscht. Jetzt war er hinter dem Mann; er kroch auf die Gasse zu, erhob sich auf die Knie, schob sein Gesicht an dem glatten Metall entlang und spähte um einen Scheinwerfer herum. Der untersetzt gebaute Mann war jetzt deutlich zu sehen, er stand aufrecht. Offensichtlich war er verwirrt, denn er bewegte sich zögernd auf den Renault zu, jetzt wieder geduckt, kniff die Augen zusammen. Was er sah, machte ihm offenkundig noch mehr Angst; da war nichts, niemand. Er schnaufte, es war ganz deutlich zu hören, gleich würde er zu rennen anfangen. Man hatte ihn ausgetrickst; das bedeutete für ihn, sich möglichst schnell aus dem Staub zu machen. Und das sagte Borowski noch etwas. Man hatte dem Mann etwas über den Fahrer des Renault erzählt, ihm die Gefahr vor Augen geführt. Der Mann rannte auf die Rampe der Ausfahrt zu.

Jetzt! Jason sprang auf und rannte los, quer über den Gang, zwischen den Wagen durch zum nächsten Gang, holte den keuchenden Mann ein, machte einen Satz, packte ihn am Rücken und riß ihn mit sich auf den Betonboden. Er drückte den dicken Hals des Mannes mit dem Unterarm zu, preßte seinen Schädel gegen das Pflaster und hatte die Finger der linken Hand in die Augenhöhlen des Mannes gedrückt.

»Sie haben genau fünf Sekunden Zeit, mir zu sagen, wer draußen ist«, sagte er in französischer Sprache und erinnerte sich an das verzerrte Gesicht eines anderen Franzosen in einer Liftkabine in Zürich. Damals waren auch Männer draußen gewesen, Männer, die ihn auch hatten töten wollen, damals an der Bahnhofstraße. »Raus mit der Sprache! *Jetzt!*«

»Ein Mann, ein einziger Mann, sonst niemand!«

Borowski drückte noch kräftiger zu und bohrte seine Finger noch tiefer in die Augenhöhlen. »Wo?«

»In einem Wagen«, stieß der Mann heraus. »Er parkt auf der anderen Straßenseite. Mein Gott, Sie ersticken mich! Sie blenden mich!«

»Noch nicht. Wenn ich das tue, werden Sie es schon merken. Was für ein Wagen?«

»Ein ausländischer. Ich weiß nicht. Ein italienischer, glaube ich. Oder amerikanisch, ich kann es wirklich nicht genau sagen. Bitte! Meine Augen!«

»Farbe!«

»Dunkel! Grün, blau, sehr dunkel. O mein *Gott!*«

»Sie arbeiten doch für Carlos, oder?«

»Für wen?«

Jason verstärkte den Druck. »Sie haben es genau verstanden – Sie kommen von Carlos!«

»Ich kenne keinen Carlos. Wir haben eine Nummer und rufen einen Mann an. Das ist alles, was wir tun.«

»Ist er angerufen worden?« Der Mann gab keine Antwort; Borowski drückte die Finger tiefer in die Augenhöhlen. »Sagen Sie es mir!«

»Ja. Das *mußte* ich.«

»Wann?«

»Vor ein paar Minuten. Das Münztelefon an der zweiten Rampe. Mein Gott! Ich kann nichts sehen.«

»Doch, das können Sie. Stehen Sie auf!« Jason ließ den Mann los und stieß ihn auf die Füße. »Hinüber zu dem Wagen, schnell!« Borowski stieß ihn zwischen den stehenden Autos zu dem Gang, wo sich der Renault befand. Der Mann drehte sich um, protestierte hilflos. »Sie haben gehört, was ich sage. Schnell!« schrie Jason.

»Ich kriege doch nur ein paar Francs.«

»Jetzt können Sie für die paar Francs fahren.« Borowski stieß ihn zu dem Renault.

Augenblicke darauf jagte der kleine schwarze Wagen über die Ausfahrtrampe auf eine verglaste Zelle zu, in der ein Mann vor der Registrierkasse saß. Jason saß auf dem Rücksitz und preßte die Pistole gegen den zerschundenen Nacken des anderen. Borowski schob einen Geldschein und den Parkzettel zum Fenster hinaus; der Angestellte nahm beide.

»Jetzt los!« sagte Borowski. »Tun Sie genau, was ich Ihnen gesagt habe.«

Der Mann drückte das Gaspedal nieder, und der Renault jagte zur Ausfahrt hinaus. Auf der Straße riß der Mann den Wagen auf quietschenden Reifen herum und bremste ruckartig vor einem dunkelgrünen Chevrolet. Eine Wagentüre öffnete sich hinter ihnen; jetzt waren Schritte zu hören.

»Jules? Was ist passiert? Du fährst den Wagen?« Eine Gestalt ragte neben dem offenen Fenster auf.

Borowski hob seine Automatik und zielte auf das Gesicht des Mannes. »Treten Sie zwei Schritte zurück«, sagte er auf französisch. »Nicht mehr, nur zwei. Und dann bleiben Sie ganz ruhig stehen.« Er stieß den Lauf seiner Pistole leicht gegen den Kopf des Mannes namens Jules. »Steigen Sie aus. Langsam.«

»Wir sollten nur hinter ihnen herfahren«, protestierte Jules und trat auf die Straße hinaus. »Wir sollten Ihnen folgen und melden, wo Sie sind.«

»Sie werden etwas viel Besseres tun«, sagte Borowski und stieg aus dem Renault, wobei er seine Landkarte nahm. »Sie werden mich fahren. Eine Weile werden Sie mich fahren. Steigen Sie in Ihren Wagen, alle beide!«

Fünf Meilen außerhalb von Paris, auf der Straße nach Chevreuse, erhielten die beiden Männer den Befehl, den Wagen zu verlassen. Es war eine dunkle, schlecht beleuchtete Landstraße. Die letzten drei Meilen hatte er keine Geschäfte, Gebäude, Häuser oder Telefonzellen gesehen.

»Wie hieß die Nummer, die Sie anrufen sollten?« fragte Jason. »Aber lügen Sie nicht. Da würden Sie nur noch mehr Ärger bekommen.«

Jules gab sie ihm. Borowski nickte und setzte sich hinter das Steuer des Chevrolet.

Der alte Mann in dem abgewetzten Mantel saß zusammengesunken im Schatten der leeren Nische neben dem Telefon. Das kleine Restaurant war geschlossen, und seine Anwesenheit war die Folge einer freundlichen Geste eines Freundes aus den alten, den besseren Tagen. Er sah immer wieder zu dem Telefon an der Wand hinüber und fragte sich, wann es klingeln würde. Es war nur eine Frage der Zeit, und wenn es dann klingelte, würde er seinerseits jemanden anrufen, und dann würden die besseren Tage wieder beginnen – und nie mehr enden. Er würde der einzige Mann in Paris sein, der in Verbindung zu Carlos stand, die anderen alten Männer würden darüber tuscheln. Und man würde wieder Respekt vor ihm haben.

Der schrille Klang der Glocke brach aus dem Telefon heraus, hallte von den Wänden des verlassenen Restaurants. Der Bettler schob sich aus der Nische und eilte ans Telefon. Die Erwartung ließ sein Herz schneller schlagen. Das war das Signal. Cain saß in der Falle! Die Tage des geduldigen Wartens waren nur das Vorspiel zum schönen Leben. Er nahm den Hörer von der Gabel.

»Ja?«

»Jules. Ich bin es!« rief die Stimme keuchend.

Das Gesicht des alten Mannes wurde aschfahl und das Pochen in seiner Brust so laut, daß er kaum die schrecklichen Dinge hören konnte, die man ihm sagte. Aber er hatte genug gehört. Er war ein toter Mann. Er glaubte zu ersticken, so schnürte es ihm die Brust zusammen.

Der Bettler sank zu Boden, die Telefonschnur straff gespannt, den Hörer immer noch in der Hand. Er starrte das schreckliche Instrument an, das die furchtbaren Worte zu ihm getragen hatte. Was sollte er tun? Was im Namen Gottes würde er jetzt *tun*?

Borowski ging den Weg zwischen den Gräbern hinunter und zwang sich, seinen Gedanken freien Lauf zu lassen, so wie Washburn ihm das vor einem ganzen Leben in Port Noir aufgetragen hatte. Wenn er je ein Schwamm hatte sein müssen, so war jetzt die Zeit dafür; der Mann von Treadstone mußte das begreifen. Er mühte sich verzweifelt ab, den Bildern, die in seiner Erinnerung auftauchten, einen Sinn zu geben. Er wußte ja, daß er unschuldig war, immer wieder hämmerte er es sich ein, er war nicht übergelaufen, war nicht geflohen – er war ein Krüppel; so einfach war das.

Er mußte den Mann von Treadstone finden. Wo inmitten dieser umfriedeten Flächen des Schweigens würde er stecken? Wo erwartete er *ihn*? Jason hatte den Friedhof lange vor der verabredeten Zeit erreicht, der Chevrolet war ein schnellerer Wagen als der heruntergekommene Renault. Er hatte das Friedhofstor passiert, war ein paar hundert Meter die Straße hinuntergefahren, um so zu parken, daß man ihn nicht sehen konnte. Als er dann zum Tor zurückging, hatte es zu regnen angefangen.

Es war ein kalter Regen, ein Märzregen, aber ein leiser Regen, der das Schweigen kaum störte. Er kam an einer Gruppe von Gräbern vorbei, die von einem niedrigen schmiedeeisernen Geländer umgeben war und aus deren Mitte sich ein Alabasterkreuz acht Fuß in die Höhe reckte. Er blieb einen Augenblick lang davor stehen. War er schon einmal hiergewesen? Öffnete sich da in der Ferne wieder eine Türe für ihn? Oder suchte er nur verbissen danach, eine zu finden? Und dann kam es ihm plötzlich. Es war nicht diese Gruppe von Grabsteinen, nicht das hochragende Alabasterkreuz, und auch nicht das niedrige Eisengeländer, es war der Regen. *Ein plötzlicher Regenfall. Eine große Zahl von Trauernden in schwarzer Kleidung, die sich um eine Grabstelle versammelt hatten, das Knacken von Schirmen, und zwei Männer, die aufeinander zugingen, deren Schirme sich berührten, kurze, leise gesprochene Entschuldigungsworte, und dann ein länglicher brauner Umschlag, der den Besitzer wechselte, von Tasche zu Tasche ging, unbemerkt von den Trauernden.*

Und da war noch etwas. Ein Bild, das sich aus einem anderen Bild löste, das er erst vor wenigen Minuten gesehen hatte. Regen, der an weißem Marmor abfloß; nicht kalter, leichter Regen, sondern ein Wolkenbruch, der auf die glänzende weiße Fläche herunterprasselte – Die Säulen . . . Reihen von Säulen ringsum. Auf der anderen Seite des Hügels. In der Nähe der Tore. Ein weißes Mausoleum, irgend jemand hatte sich eine naturgetreu verkleinerte Version des Parthenon gebaut. Vor höchstens fünf Minuten war er daran vorbeigekommen, hatte einen Blick darauf geworfen, es aber nicht gesehen. Das war der Ort, wo es plötzlich zu regnen begonnen hatte, wo sich die zwei Schirme berührt hatten und der längliche Umschlag den Besitzer gewechselt hatte. Er blickte mit zusammengekniffenen Augen auf das Leuchtzifferblatt seiner Uhr. Es war jetzt vierzehn Minuten nach eins; er fing an, den Weg hinaufzurennen. Er war noch früh dran; er hatte noch Zeit, die Scheinwerferkegel eines Wagens zu sehen, oder das kurze Flackern eines angerissenen Streichholzes, oder . . .

Der Lichtschein einer Taschenlampe. Dort am Fuße des Hügels – der Lichtkegel bewegte sich auf und ab und wanderte immer wieder zu den Toren zurück, als machte sich der Besitzer der Taschenlampe Sorgen, jemand könnte dort kommen. Borowski empfand den beinahe unwiderstehlichen Drang, zwischen den Reihen von Gräbern und Statuen hinunterzurennen und so laut er konnte zu schreien: *Ich bin hier! Ich bin es. Ich verstehe Ihre Nachricht. Ich bin zurückgekommen! Ich habe Ihnen so viel zu sagen . . . und es gibt so viel, das Sie mir sagen müssen!*

Aber er schrie nicht und rannte auch nicht. Wichtiger als alles andere war, daß er die absolute Kontrolle behielt und auch erkennen ließ, denn das, was ihm zugestoßen war, war unkontrollierbar. Er mußte den Eindruck erwecken, völlig klar und Herr seiner selbst zu sein – innerhalb der Grenzen seiner Erinnerung ohne Makel. Er begann in dem kalten, leichten Regen den Hügel hinunterzugehen und wünschte sich, sein Gefühl, es eilig zu haben, hätte ihm erlaubt, an eine Taschenlampe zu denken. Die Taschenlampe. Irgend etwas an dem Lichtstrahl, fünfhundert Meter unter ihm, war seltsam. Er bewegte sich in kurzen, senkrechten Strichen, wie um etwas zu betonen ... als redete der Mann mit der Lampe eindringlich auf einen anderen ein.

Und so war es auch. Jason kauerte sich nieder und spähte durch den Regen. Er kroch nach vorne auf den Lichtstrahl zu, dicht an den Boden gedrückt und legte in wenigen Sekunden praktisch hundert Fuß zurück. Jetzt konnte er deutlicher sehen; er stutzte und versuchte, mit seinen Augen die Dunkelheit zu durchdringen. Zwei Männer waren es; einer hielt die Lampe, der andere ein kurzläufiges Gewehr, dessen dicker Lauf Borowski nur zu gut bekannt war. Eine Waffe wie diese konnte auf Distanzen bis zu dreißig Fuß einen Mann sechs Fuß hoch in die Luft blasen. Eine höchst seltsame Waffe für jemanden, den Washington ihm geschickt hatte.

Der Lichtstrahl schoß zur Wand des weißen Mausoleums hinüber; der Mann mit dem Gewehr zog sich schnell zurück, schlüpfte hinter eine Säule, die vielleicht zwanzig Fuß von dem Mann mit der Lampe entfernt war.

Jason brauchte nicht zu überlegen; er wußte, was er tun mußte. Wenn es eine Erklärung für die tödliche Waffe gab, sollte ihm das recht sein, aber ihm gegenüber würde man sie nicht gebrauchen. Er kniete nieder, schätzte die Entfernung ab und suchte nach einem Schlupfwinkel. Dann setzte er sich in Bewegung, wischte sich die Regentropfen vom Gesicht und spürte die Pistole in seinem Gürtel, er wußte, daß er sie nicht benutzen konnte.

Von einem Grabstein zum anderen, von einer Statue zur nächsten, huschte er, zuerst nach rechts, dann langsam nach links hinüber, bis er den Halbkreis fast vollendet hatte. Er war jetzt noch fünfzehn Fuß von dem Mausoleum entfernt; der Mann mit der mörderischen Waffe stand hinter der Säule an der linken Ecke unter dem kurzen Vordach, das ihm Schutz vor dem Regen bot. Er liebkoste seine Waffe, als wäre sie ein sexuelles Objekt, klappte die Kammer auf und konnte einfach der Versuchung nicht widerstehen, hineinzuschauen.

Er fuhr mit der Handfläche über die Patronen, eine geradezu obszöne Geste.

Jetzt. Borowski kroch hinter dem Grabstein vor, und seine Hände und Knie trieben ihn über das feuchte Gras, bis er nur noch sechs Fuß von dem Mann entfernt war. Er sprang auf, ein lautloser, tödlicher Panther, und eine Hand schoß nach dem Gewehrlauf, die andere auf den Kopf des Mannes zu. Er erreichte beide, packte beide, umklammerte den Lauf mit den Fingern seiner linken Hand und das Haar des Mannes mit der rechten. Der Kopf fuhr zurück, seine Kehle war gespannt, so daß er keinen Laut herausbrachte. Er schmetterte den Kopf mit solcher Gewalt gegen den weißen Marmor, daß der keuchende Laut, der dann zu hören war, eine schwere Gehirnerschütterung verriet. Der Mann wurde schlaff, Jason stützte ihn und ließ den bewußtlosen Körper leise zwischen den Säulen zu Boden sinken. Jetzt durchsuchte er den Mann, entfernte eine .357 Magnum Automatic aus einem Lederetui, das in sein Jakkett eingenäht war, ein rasiermesserscharfes Schuppenmesser aus einer Scheide am Gürtel und einen kleinen .22 Revolver aus einem Knöchelhalfter. Keine der Waffen stammte aus dem Regierungsfundus; das hier war ein bezahlter Killer.

Brich ihm die Finger. Die Worte drängten sich Borowski auf; ein Mann mit einer goldgeränderten Brille in einer großen Limousine hatte sie in der Brauerstraße gesprochen. Es gab einen Grund für die Brutalität. Jason griff nach der rechten Hand des Mannes und bog die Finger zurück, bis er es knacken hörte; dann tat er das gleiche mit der linken Hand, wobei er ihm den Ellbogen zwischen die Zähne trieb, um ihn am Schreien zu hindern. Kein Laut übertönte den Regen, und keine der beiden Hände würde eine Waffe bedienen oder selbst als Waffe gebraucht werden können, wobei Borowski die Waffen selbst im Schatten außer Reichweite ablegte.

Jason stand auf und näherte sein Gesicht langsam der Säule. Der Mann von Treadstone richtete den Lichtkegel jetzt direkt vor sich auf den Boden. Er wandte sich dem Tor zu, tat einen zögernden Schritt, als hätte er etwas gehört, und jetzt sah Borowski zum erstenmal den Stock, bemerkte sein Hinken. Der Mann von Treadstone Seventy-One war ein Krüppel . . . so wie auch er ein Krüppel war.

Jason schoß zum ersten Grabstein zurück, huschte dahinter und spähte um die Mannorkante herum. Der Mann von Treadstone blickte immer noch zu dem Tor hinüber. Borowski sah auf die Uhr; es war ein Uhr siebenundzwanzig. Noch Zeit. Er kroch vom Grabstein weg, dicht an den Boden gedrückt, bis er außer Sichtweite war und stand dann auf und rannte los, zurück zum Hügelkamm. Dort blieb er einen Augenblick stehen, bis sein Atem und sein Herzschlag sich wieder beruhigt hatten, und griff dann in die Tasche nach einer Streichholzschachtel. Er schützte sie vor dem Regen, nahm ein Streichholz heraus und riß es an. »Treadstone?« sagte er laut genug, daß man ihn von unten hören konnte.

»Delta!«

Cain ist für Charlie und Delta ist für Cain. Warum benutzte der Mann von Treadstone den Namen Delta und nicht Cain? Delta hatte nichts mit Treadstone zu tun; er war gleichzeitig mit *Medusa* verschwunden. Jason fing an, den Hügel hinunterzugehen, der kalte Regen peitschte sein Gesicht, und seine Hand griff instinktiv unter seine Jacke nach der Automatik, die in seinem Gürtel steckte.

Er trat auf das Rasenstück vor dem weißen Mausoleum. Der Mann von Treadstone kam auf ihn zugehinkt und blieb dann stehen. Er hob seine Taschenlampe. Das grelle Licht zwang Borowski, die Augen zusammenzukneifen und den Kopf abzuwenden.

»Das ist lange her«, sagte der Mann mit dem Stock und ließ die Lampe sinken. »Ich heiße übrigens Conklin, falls Sie es vergessen haben.«

»Danke. Das hatte ich vergessen. Aber das ist nur eines unter anderen, unter vielen.«

»Wieso?«

»Eines von vielen Dingen, die ich vergessen habe.«

»Aber an diesen Ort hier haben Sie sich erinnert. Das hatte ich angenommen. Ich habe Abbotts Aufzeichnungen gelesen; hier hatten Sie sich zuletzt getroffen, zuletzt eine Lieferung getätigt. Während eines Staatsbegräbnisses für irgendeinen Minister, nicht wahr?«

»Das weiß ich nicht. Darüber müssen wir sprechen. Sie haben seit mehr als sechs Monaten nichts mehr von mir gehört. Dafür muß es eine Erklärung geben.«

»Wirklich? Lassen Sie hören.«

»Am einfachsten kann ich es so ausdrücken, daß ich verwundet war, angeschossen, und die Auswirkungen der Wunden verursachten eine schwere . . . Verwirrung. Desorientierung ist, denke ich, ein besseres Wort dafür.«

»Klingt nicht schlecht. Was wollen Sie damit sagen?«

»Ich habe einen totalen Gedächtnisverlust erlitten. Ich habe Monate auf einer Insel im Mittelmeer verbracht – südlich von Marseille – ohne zu wissen, wer ich war oder woher ich kam. Es gibt dort einen Arzt, einen Engländer namens Washburn, der eine Krankenakte geführt hat. Er kann bestätigen, was ich Ihnen hier sage.«

»Sicher kann er das«, sagte Conklin und nickte. »Und ich wette, das sind umfangreiche Akten. Herrgott, schließlich haben Sie genügend bezahlt!«

»Was wollen Sie damit sagen?«

»Wir haben auch Aufzeichnungen. Ein Bankbeamter in Zürich, der der Meinung war, Treadstone wolle ihn überprüfen, hat eineinhalb Millionen Schweizer Franken nach Marseille überwiesen. Danke, daß Sie uns den Namen genannt haben.«

»Das ist ein Teil dessen, was Sie erfahren müssen. Ich wußte das nicht. Er hat mir das Leben gerettet, mich wieder zusammengeflickt. Als man mich zu ihm brachte, war ich fast schon eine Leiche.«

»Also beschlossen Sie, daß eine reichliche Million Dollar dafür angemessen wäre, nicht wahr? Treadstone hat's ja.«

»Ich sagte Ihnen doch, ich *wußte* es nicht. Treadstone hat für mich nicht existiert; in vieler Hinsicht tut es das heute noch nicht.«

»Das hatte ich vergessen. Sie haben ja das Gedächtnis verloren. Wie haben Sie das genannt? Desorientierung?«

»Ja, aber das stimmt nicht ganz. Das richtige Wort lautet Amnesie.«

»Bleiben wir bei Desorientierung. Mir scheint nämlich, daß Sie sich schon richtig nach Zürich orientiert haben, zur Gemeinschaftsbank.«

»Ich hatte ein Negativ, das in der Nähe meines Hüftknochens eingesetzt war.«

»Das war es allerdings; Sie hatten darauf bestanden. Nur wenige von uns haben das damals begriffen. Das ist die beste Versicherung, die es gibt.«

»Ich weiß nicht, wovon Sie reden. Können Sie *das* denn nicht verstehen?«

»Sicher. Sie haben das Negativ gefunden, auf dem nur eine Nummer stand, und haben sofort den Namen Jason Borowski angenommen.«

»So ist es nicht *abgelaufen*! Mir schien, als erführe ich jeden Tag etwas Neues, Schritt für Schritt, eine Enthüllung nach der anderen. Ein Hotelangestellter hat mich mit Borowski angesprochen; den Namen Jason erfuhr ich dann erst, als ich zur Bank ging.«

»Wo Sie genau wußten, was Sie zu tun hatten«, unterbrach Conklin, »um nichts zu versäumen. Vier Millionen – einfach so.«

»Washburn hat mir eingetrichtert, was ich tun muß!«

»Und dann tauchte eine Frau auf, die zufälligerweise etwas von Geld verstand und Ihnen auch sagte, wie Sie den Rest beiseite bringen konnten. Und vorher nahmen Sie sich Chernak in der Löwenstraße vor. Und drei Männer, die *wir* nicht kannten, aber von denen wir annahmen, daß sie jedenfalls Sie kannten. Und hier in Paris traten Sie wieder in Aktion. Wieder ein Kollege? Sie haben sämtliche Spuren verwischt, wirklich jede Spur, die man sich denken kann, bis nur noch eine übrig blieb. Und Sie – Sie haben es getan.«

»Wollen Sie mir jetzt *zuhören*! Diese Männer haben versucht, mich zu töten; sie jagen mich schon seit Marseille. Darüber hinaus weiß ich wirklich nicht, wovon Sie sprechen. Manchmal drängen sich mir Dinge auf, Gesichter, Straßen, Bauwerke; manchmal einfach nur Bilder, die ich nicht unterbringen kann. Aber ich weiß, daß sie etwas bedeuten, nur daß ich keine Beziehung zu ihnen finde. Und Namen – es gibt Namen, aber dann keine Gesichter. Verdammt noch mal, ich leide unter Amnesie! Das ist die Wahrheit!«

»Einer dieser Namen lautet nicht zufälligerweise Carlos?«

»Ja, und das wissen Sie auch ganz genau. Das ist es ja; Sie wissen viel mehr darüber als *ich*. Ich kann tausend Fakten über Carlos aufzählen, aber ich weiß nicht *warum*. Ein Mann, der inzwischen schon auf halbem Wege nach Asien ist, hat mir gesagt, ich hätte eine Vereinbarung mit Treadstone geschlossen. Der Mann arbeitete für Carlos. Er sagt, Carlos wüßte Bescheid. Er sagt, Carlos würde Jagd auf mich machen, Sie ließen die Information verbreiten, daß ich übergelaufen wäre. Er konnte die Strategie nicht verstehen, und ich konnte sie ihm nicht erklären. Sie dachten, ich wäre zum Feind übergelaufen, weil Sie nichts mehr von mir hörten. Und ich konnte Sie nicht erreichen, weil ich nicht wußte, wer Sie sind. Ich weiß *immer* noch nicht, wer Sie sind!«

»Aber wer der Mönch ist, wissen Sie doch.«

»Ja, ja . . . der Mönch. Er hieß Abbott.«

»Sehr gut. Und der Yachtsegler? Sie erinnern sich doch an den Yachtsegler, oder? Und seine Frau?«

»Namen. Ja, ich habe sie schon gehört, aber ich kenne die Gesichter nicht.«

»Elliot Stevens?«

»Nichts.«

»Oder . . . Gordon Webb.« Conklin sprach den Namen ganz leise aus.

»Was?« Borowski spürte den Stich in seiner Brust und einen glühenden Schmerz, der durch seine Schläfen bis in die Augen fuhr. *Seine Augen brannten! Feuer, Explosionen und Finsternis, Wind und Schmerz . . . Almanach an Delta! Aufgeben! Aufgeben! Sie werden wie befohlen antworten. Aufgeben!* »Gordon . . .« Jason hörte seine eigene Stimme, aber sie war weit entfernt, in einem weit entfernten Wind. Er schloß die Augen, die Augen, die so brannten, und versuchte die Nebel von sich zu schieben. Dann öffnete er die Augen wieder und war überhaupt nicht überrascht, Conklins Waffe zu sehen, mit der dieser auf seinen Kopf zielte.

»Ich weiß nicht, wie Sie es getan haben, aber Sie haben es jedenfalls getan. Das Ungeheuerliche. Sie gingen nach New York zurück und haben sie alle hochgehen lassen. Hingemetzelt haben Sie sie, Sie Schweinehund. Herrgott, wie ich mir wünsche, ich könnte Sie zurückbringen und zusehen, wie man Sie auf den elektrischen Stuhl schnallt. Aber das kann ich nicht. Also werde ich das Zweitbeste tun. Selbst werde ich Sie mir schnappen.«

»Ich bin seit Monaten nicht in New York gewesen. Vorher weiß ich nicht – aber nicht im letzten halben Jahr.«

»Lügner! Warum haben Sie es nicht *wirklich* richtig gemacht? Warum haben Sie es sich eigentlich nicht so eingeteilt, daß Sie auch zum Begräbnis gehen konnten? Der Mönch wurde erst neulich zu Grabe getragen; Sie hätten eine Menge alte Freunde sehen können. Und die Beerdigung Ihres *Bruders*! Allmächtiger! Sie hätten seine Frau in die Kirche führen können. Vielleicht sogar noch die Grabrede halten, das wäre wirklich eine Sensation gewesen. Sie hätten dann noch einmal in allen Ehren von Ihrem Bruder reden können, den Sie getötet haben.«

»Bruder? . . . Hören Sie auf! Herrgott, hören Sie auf damit!«

»Warum sollte ich? Cain lebt! Wir haben ihn geschaffen, und er ist zum Leben erwacht!«

»Ich bin nicht *Cain*. Es hat ihn nie gegeben!«

»Sie wissen es also! *Lügner! Bastard!*«

»Stecken Sie die Waffe weg. Ich sage Ihnen, stecken Sie sie weg!«

»Kommt nicht in Frage. Ich habe mir selbst geschworen, daß ich Ihnen zwei Minuten geben würde, weil ich hören wollte, womit Sie sich rechtfertigen würden. Nun, jetzt habe ich es gehört und es kotzt mich an. Wer hat *Ihnen* das Recht gegeben? Wir verlieren alle etwas; das ist in dem Job so. Und wenn Sie den verdammten Job nicht mögen, müssen Sie eben aussteigen. Das hatte ich bei Ihnen auch angenommen und war bereit, Sie verschwinden zu lassen! Aber nein, Sie sind zurückgekommen und haben Ihre Waffe gegen uns gerichtet.«

»Nein! Das stimmt nicht!«

»Das können Sie den Labortechnikern sagen, die haben acht Glassplitter mit zwei Abdrücken. Mittelfinger und Zeigefinger der rechten Hand. Sie waren dort, und Sie haben fünf Leute hingemetzelt. Treadstone ist erledigt, und Sie gehen als freier Mann fort.«

»Nein, Sie haben unrecht! Das war Carlos, nicht ich. *Carlos* war es. Wenn das, was Sie sagen, an der Einundsiebzigsten Straße so abgelaufen ist, dann war er das! Er weiß es. Die wissen es. Eine Wohnung an der Einundsiebzigsten Straße. Nummer hundertneununddreißig. Die wissen alle Bescheid!«

Conklin nickte, Trauer und Abscheu standen in seinen Augen, das war selbst in dem düsteren Licht und trotz des Regens zu sehen. »So perfekt«, sagte er langsam. »Der Hauptinitiator des Ganzen läßt sie auffliegen, indem er mit seinem Jagdobjekt einen Handel eingeht. Was bekommen Sie denn außer den vier Millionen noch? Hat Carlos Ihnen Immunität versprochen? Sie und er, Sie gäben ein reizendes Paar ab.«

»Sie sind ja verrückt!«

»Ich weiß nun Bescheid«, meinte der Mann von Treadstone. »Neun lebende Menschen kannten vor halb acht Uhr am letzten Freitag jene Adresse. Fünf von ihnen sind getötet worden, und wir sind die anderen vier. Wenn Carlos diese Adresse gefunden hat, gibt es nur einen Menschen, der sie ihm genannt hat. *Sie.*«

»Wie *könnte* ich? Ich kannte sie nicht. Ich kenne sie auch *jetzt* nicht!«

»Sie haben sie gerade ausgesprochen.« Conklins linke Hand packte den Stock, er hatte genug gehört, um sich damit zu stützen.

»*Nicht!*« schrie Borowski und wußte, daß die Bitte sinnlos war, wirbelte gleichzeitig nach links herum, und sein rechter Fuß traf die Hand, die die Waffe hielt. *Che-sah!* war das unbekannte Wort, der lautlose Schrei in seinem Schädel. Conklin fiel zurück, feuerte blind in die Luft, stolperte über seinen Stock. Jason fuhr herum und warf sich auf ihn, trat mit dem Fuß nach der Waffe; sie flog davon.

Conklin rollte auf den Boden, blickte zu den Säulen des Mausoleums hinüber, erwartete von dort eine Explosion, die seinen Widersacher in die Luft werfen würde. Nein! Wieder wälzte sich der Mann von Treadstone herum. Jetzt nach rechts, das Gesicht verzerrt, den Blick auf – da war noch jemand!

Borowski duckte sich, warf sich schräg nach hinten, als schnell hintereinander vier Schüsse peitschten, von denen drei irgendwo abprallten und davonsirrten. Er rollte sich herum, zog die Automatik aus dem Gürtel. Jetzt sah er den Mann im Regen; sah die silhouettenhafte Gestalt hinter einem Grabstein. Er feuerte zweimal, der Mann brach zusammen.

Zehn Fuß von ihm entfernt schlug Conklin im feuchten Gras herum. Seine beiden Hände tasteten den Boden ab, suchten nach der Waffe. Borowski sprang auf und rannte hinüber, kniete neben dem Mann von Treadstone nieder. Seine eine Hand packte das nasse Haar und die andere hielt seine Automatik, preßte ihren Lauf gegen Conklins Schädel. Von den Säulen des Mausoleums hallte ein langgezogener Schrei herüber. Er wurde immer lauter, gespenstisch, und verstummte dann.

»Da haben Sie Ihren bezahlten Killer«, sagte Jason und riß Conklins Kopf herum. »Treadstone hat sich da ein paar höchst seltsame Angestellte zugelegt. Wer war der andere Mann? Aus welcher Todeszelle haben Sie ihn denn geholt?«

»Er war ein besserer Mann, als Sie jemals waren«, erwiderte Conklin mit angestrengter Stimme. Der Regen glänzte auf seinem Gesicht und fing sich im Lichtkegel der ein paar Schritte von ihm entfernt auf dem Boden liegenden Taschenlampe. »Alle sind das. Sie haben ebensoviel verloren wie Sie, aber nie die Seiten gewechselt. Wir können uns auf sie verlassen!«

»Ganz gleich, was ich sage, Sie werden mir nicht glauben. Sie *wollen* mir nicht glauben!«

»Weil ich weiß, was Sie sind – was Sie *getan* haben. Das haben Sie mir gerade bestätigt. Sie können mich töten, aber die werden Sie kriegen. Sie sind ein Ungeheuer. Sie halten sich für etwas Besonderes. Das haben Sie immer schon getan. Ich habe Sie nach Phnom Penh gesehen – *jeder* hat dort draußen etwas verloren, aber für Sie zählte das nicht. Für Sie zählten nur Sie, nur *Sie*! Und dann bei *Medusa*! Für Delta gab es keine Regeln! Ihm ging es bloß ums Töten. So sind alle Überläufer. Ich habe auch etwas verloren, aber ich wäre nie auf die Idee gekommen, ins feindliche Lager zu wechseln. Kommen Sie nur! Töten Sie mich! Dann können Sie zu Carlos zurückkehren. Aber wenn ich nicht zurückkehre, wird man wissen, wer für meinen Tod verantwortlich ist. Man wird nicht haltmachen, bis sie Sie erwischt haben. Nur zu! Schießen Sie!«

Conklin schrie, aber trotzdem konnte Borowski ihn kaum hören. Statt dessen hatte er zwei Worte gehört, und jetzt pochte wieder der Schmerz in seinen Schläfen. *Phnom Penh! Phnom Penh. Tod am Himmel, Tod vom Himmel. Tod der Jungen und sehr Jungen. Kreischende Vögel und heulende Maschinen und der Gestank des Dschungels . . . Und ein Fluß. Seine Augen brannten wieder.*

Unter ihm hatte sich der Treadstone-Mann losgerissen. Seine verkrüppelte, behinderte Gestalt kroch, von Panik erfüllt, davon, und seine

Hände krallten sich in das nasse Gras. Jason blinzelte, versuchte sich von den Bildern zu lösen. Er wußte, daß er die Automatik auf den anderen richten und schießen mußte. Conklin hatte seine Pistole gefunden und hob sie jetzt. Aber Borowski konnte den Abzug nicht betätigen.

Er warf sich nach rechts, rollte weg, auf die Marmorsäulen des Mausoleums zu. Conklins Schüsse verfehlten ihn. Der Krüppel konnte sein Bein nicht stützen, nicht zielen. Und dann verstummte sein Feuer, und Jason stand auf, das Gesicht gegen den glätten, feuchten Stein gedrückt. Er sah hinaus, hob die Automatik; er mußte diesen Mann töten, denn dieser Mann würde ihn töten, Marie töten, Carlos auf seine, auf ihre Spur bringen.

Conklin humpelte jämmerlich auf das Tor zu, drehte sich dauernd um, die Waffe ausgestreckt, sein Ziel ein Wagen draußen auf der Straße. Borowski hob seine Automatik, hatte den Mann im Visier. Den Bruchteil einer halben Sekunde, und es würde vorbei sein, sein Feind von Treadstone tot, ein Tod, der ihm neue Hoffnung gab, denn in Washington gab es vernünftige Männer.

Er konnte es nicht tun; er konnte nicht abdrücken. Er senkte die Waffe und stand hilflos neben der Marmorsäule, während Conklin in seinen Wagen stieg.

Der Wagen. Er mußte nach Paris zurück. Es gab einen Weg. Die ganze Zeit hatte es ihn gegeben. Marie!

Er klopfte an die Tür. Seine Gedanken überschlugen sich, analysierten Tatsachen, nahmen sie auf und verwarfen sie ebenso schnell wieder, wie sie ihm kamen, aber langsam gewann eine Strategie Gestalt. Marie erkannte sein Klopfen; sie öffnete.

»Du lieber Gott, schau dich nur an! Was ist passiert?«

»Keine Zeit«, sagte er und rannte zum Telefon. »Es war eine Falle. Die sind überzeugt, daß ich ein Doppelagent bin, daß ich sie an Carlos verkauft habe.«

»Was?«

»Sie behaupten, ich sei letzte Woche nach New York geflogen, letzten Freitag, und hätte dort fünf Leute getötet . . . darunter auch meinen Bruder.« Jason schloß kurz die Augen. »Es gab einen Bruder – *gibt* einen Bruder. Ich weiß nicht, ich kann jetzt nicht darüber nachdenken.«

»Du hast Paris nie verlassen! Das kannst du beweisen!«

»Wie denn? Acht, zehn Stunden, das ist alles, was ich dazu brauchen würde. Und acht oder zehn Stunden, für die es keinen Nachweis gibt, genügen ihnen, um mich fertigzumachen. Wer ist denn mein Zeuge?«

»Ich. Du bist bei mir gewesen.«

»Die glauben, daß du ein Teil des Plans bist«, sagte Borowski und nahm den Hörer ab und wählte. »Der Diebstahl, der Verrat, Port Noir, die ganze verdammte Sache. Die denken, du steckst mit mir unter einem

Hut. Carlos ist schuld, der hat das alles eingefädelt, sogar der Fingerabdruck stimmt. Herrgott! Der hat ganze Arbeit geleistet!«

»Was machst du denn? Wen rufst du an?«

»Unsere Rettung? Die einzige, die wir haben. Villiers. Villiers' *Frau*. Sie ist es. Wir müssen uns sie holen, sie, wenn nötig, hundert Foltern aussetzen. Aber das werden wir nicht müssen; sie wird nicht kämpfen, weil sie nicht gewinnen kann . . . Verdammt noch mal, warum meldet er sich nicht?«

»Der Apparat mit der Privatnummer steht in seinem Büro. Es ist drei Uhr früh. Wahrscheinlich – «

»Da ist er! General? Sind Sie es?« Jason mußte fragen; die Stimme am anderen Ende der Leitung war eigenartig still, so wie die Stille nach dem Sturm.

»Ja, ich bin es, mein junger Freund. Entschuldigen Sie die Verzögerung. Ich war oben bei meiner Frau.«

»Deshalb rufe ich an. Wir müssen etwas unternehmen. *Jetzt*. Alarmieren Sie die französische Abwehr, Interpol und die amerikanische Botschaft, aber sagen Sie, die sollen sich nicht einschalten, bis ich sie gesehen, mit ihr gesprochen habe. Wir müssen jetzt auspacken.«

»Da bin ich anderer Meinung, Mr. Borowski . . . Ja, ich kenne Ihren Namen, mein Freund. Aber mit meiner Frau können Sie, so fürchte ich, nicht mehr sprechen. Sehen Sie, ich habe sie nämlich gerade getötet.«

33

Jason starrte die Wand des Hotelzimmers an, die Tapete mit dem verblaßten Muster. »Warum?« sagte er leise, »warum denn nur. Ich dachte, Sie hätten begriffen!«

»Ich habe mich bemüht, mein Freund«, sagte Villiers mit einer Stimme, die unendlich müde klang. »Die Heiligen wissen, daß ich mich bemüht habe, aber ich konnte einfach nicht anders. Ich sah sie immer wieder an . . . sah meinen Sohn, den nicht sie mir geboren hat, sah ihn hinter ihr auf der Straße liegen, getötet von dem Schwein, dem sie hörig war. Meine Hure war die Hure eines anderen. Die Hure dieses Schweines. Es konnte nicht anders sein. Und wie ich dann erfuhr, war es auch nicht anders. Ich glaube, sie sah sogar den Haß in meinen Augen, der weiß Gott da war.« Der General hielt inne. »Sie hat nicht nur den Haß gesehen, sondern auch die Wahrheit. Sie sah, daß ich alles wußte. Was sie war, was sie in den Jahren, die wir gemeinsam verbracht hatten, gewesen war. Am Ende gab ich ihr die Chance, so wie ich Ihnen gesagt hatte.«

»Die Chance, Sie zu töten?«

»Ja. Es war nicht schwierig. Zwischen unseren Betten steht ein Nacht-kästchen mit einer Waffe in der Schublade. Sie lag auf ihrem Bett, Goyas Maja, herrlich in ihrer Überheblichkeit. Sie hatte ja nie einen Gedanken an mich verschwendet. Ich öffnete die Schublade, holte mir Streichhöl-zer heraus und ging zu meinem Sessel und meiner Pfeife zurück. Ich ließ die Schublade offen, so daß man die Waffe deutlich sehen konnte.

Ich denke, daß es mein Schweigen war und die Tatsache, daß ich den Blick nicht von ihr wenden konnte, die sie erkennen ließen, daß ich alles wußte. Die Spannung zwischen uns hatte einen Punkt erreicht, wo Worte überflüssig sind. Ich hörte mich fragen: ›Warum hast du das ge-tan?‹ und dann nannte ich sie Hure, eine Hure, die meinen Sohn getötet hatte.

Sie starrte mich ein paar Augenblicke an, und dann löste sich ihr Blick von mir, wanderte zu der offenen Schublade und der Waffe . . . und dem Telefon. Ich stand auf, und die Asche in meiner Pfeife glühte. Sie schwang die Beine vom Bett, griff mit beiden Händen in die offene Schublade und nahm die Waffe heraus. Ich hielt sie nicht auf, nein, ich wollte es von ihren eigenen Lippen hören, wollte ihre Anklage gegen mich genauso hören, wie sie die meine gehört hatte. Was meine Ohren zu hören bekamen, werden sie mit ins Grab nehmen . . . Ich bin ein Eh-renmann.«

»General . . .« Borowski schüttelte den Kopf, er konnte jetzt nicht klar denken und wußte gleichzeitig, daß er nicht mehr viel Zeit hatte. »Gene-ral, was geschah? Sie hat Ihnen meinen Namen genannt? Das müssen Sie mir sagen. *Bitte.*«

»Gerne. Sie sagte, Sie seien ein unbedeutender Revolverheld, der sich mit einem Genie messen wolle. Sie seien ein Dieb, der aus Zürich ge-flüchtet wäre, ein Mann, von dem sich die eigenen Leute losgesagt hät-ten.«

»Hat sie gesagt, wer diese Leute sind?«

»Wenn ja, dann habe ich das nicht gehört. Ich war blind, taub, von Haß verzehrt. Aber Sie haben von mir nichts zu befürchten. Das Kapitel ist abgeschlossen, mein Leben ist mit diesem Telefonat zu Ende.«

»*Nein!*« schrie Jason. »Tun Sie das nicht! Nicht jetzt.«

»Ich muß.«

»Bitte. Geben Sie sich nicht mit der Hure von Carlos zufrieden. Sie müssen sich an Carlos selbst rächen! Carlos in die Falle locken!«

»Und Schmach auf meinen Namen bringen, weil ich in die Fänge die-ser Hure, dieser Schlampe geraten bin?«

»Verdammt noch mal – und was ist mit Ihrem *Sohn*? Fünf Stäbe Dyna-mit auf der Rue du Bac!«

»Lassen Sie ihn in Frieden. Lassen Sie mich in Frieden. Es ist vorbei.«

»Es ist *nicht* vorbei! Hören Sie mir zu! Nur einen Augenblick, mehr verlange ich nicht.« Die Bilder in Jasons Bewußtsein jagten an seinen

Augen vorbei, verschmolzen ineinander. Aber diese Bilder hatten Bedeutung. Er konnte Maries Hand auf seinem Arm spüren. Sie hielt ihn fest, war wie ein Anker für ihn, ein Anker, der ihn mit der Wirklichkeit verband. »Hat jemand den Schuß gehört?«

»Da war kein Schuß. Der Gnadenschuß wird heutzutage mißverstanden. Für mich hat er noch eine ehrenvolle Bedeutung. Um das Leid eines verwundeten Kameraden oder eines respektierten Freundes zu beenden. Für eine Hure gilt er nicht.«

»Was wollen Sie damit sagen? Sie sagten doch, Sie hätten sie getötet.«

»Ich habe sie erwürgt, sie gezwungen, mir in die Augen zu sehen, als der Atem ihren Körper verließ.«

»Sie hatte doch Ihre eigene Waffe auf Sie gerichtet . . .«

»Nutzlos, wenn einem die Augen von der heißen Asche einer Pfeife brennen. Das ist jetzt unwesentlich; sie hätte auch gewinnen können.«

»Sie *hat* gewonnen, wenn Sie es jetzt damit bewenden lassen! Verstehen Sie das denn nicht? Carlos siegt! Sie hat Sie zerbrochen! Und Ihr Verstand reichte nur dazu aus, sie zu erwürgen! Und Sie reden von *Ehre*? Was bleibt denn da an Ehre noch übrig?«

»Warum geben Sie denn nicht auf, Monsieur Borowski?« fragte Villiers müde. »Ich erwarte keine Wohltätigkeit von Ihnen, und auch von niemand anderem. Lassen Sie mich in Ruhe. Ich nehme mein Schicksal an. Sie erreichen nichts.«

»Doch, wenn Sie mir zuhören! Sie müssen Carlos in die Falle locken, sich an ihm rächen! Wie oft muß ich es denn noch sagen? Er ist es, den Sie wollen. Er macht Ihre Rache vollständig! Und er ist es auch, den ich brauche! Ohne ihn bin ich tot. *Wir sind* tot. Um Himmels willen, *hören Sie mir doch zu!*«

»Ich würde Ihnen gerne helfen, aber ich sehe keine Möglichkeit. Sie könnten auch sagen, daß ich nicht will.«

»Doch, es gibt eine Möglichkeit.« Die Bilder gewannen Gestalt. Er wußte jetzt, wohin sein Weg ihn führte. »Drehen Sie die Falle um. Vergessen Sie, was Sie mir gerade erzählten!«

»Ich verstehe Sie nicht.«

»Sie haben Ihre Frau nicht getötet. *Ich* war es!«

»*Jason!*« schrie Marie und umklammerte seinen Arm.

»Ich weiß, was ich tue«, sagte Borowski. »Zum erstenmal weiß ich wirklich, was ich tue. Komisch, aber ich glaube, das habe ich von Anfang an gewußt.«

Parc Monceau war still, die Straßen verlassen, und in dem kalten, nebelhaften Regen glitzerten ein paar Außenlampen. Alle Fenster in der ganzen Reihe gepflegter, teurer Häuser waren dunkel, mit Ausnahme der Wohnung von André Francois Villiers, der Legende von Saint-Cyr und der Normandie, Mitglied der Nationalversammlung Frankreichs . . .

und ein Frauenmörder. Die Fenster links vom Eingang und darüber leuchteten schwach. Das war das Schlafzimmer, in dem der Herr des Hauses die Dame des Hauses getötet hatte, wo ein verzweifelter alter Soldat die Hure eines Meuchelmörders zu Tode gewürgt hatte.

Villiers hatte nichts versprochen; er war zu benommen gewesen, um antworten zu können. Aber Jason hatte nicht lockergelassen, hatte dem anderen seine Botschaft mit solcher Eindringlichkeit immer wieder eingehämmert, daß die Worte förmlich aus dem Telefon hallten. Carlos! Begnügen Sie sich nicht mit der Hure des Mörders! Holen Sie sich den Mann, der Ihren Sohn getötet hat! Den Mann, der auf der Rue du Bac fünf Dynamitstäbe in einen Wagen gelegt und den letzten Villiers ermordet hat. Er ist es, den Sie wollen, ihn müssen Sie sich holen, an ihm sich rächen!

Carlos. Carlos in die Falle locken. Cain ist für Charlie und Delta ist für Cain. Ihm war es jetzt klar. Es gab keine andere Möglichkeit Anfang und Ende waren gleich. Um zu überleben, mußte er den Meuchelmörder fangen; wenn er versagte, war er ein toter Mann und mit ihm Marie St. Jacques, für die es dann kein Leben mehr geben würde. Sie trug das Kainsmal, und wenn man sie beseitigte, würde das nicht als Verbrechen gelten. Sie war gleichsam ein Fläschchen mit Nitroglyzerin, das in der Mitte eines unbekannten Munitionsdepots auf einem Drahtseil balancierte.

Es gab so viel, das Villiers begreifen mußte, und so wenig Zeit, um es ihm zu erklären. Ein Wort nur mußte ihm wieder und wieder eingehämmert werden, und das hieß:

Carlos!

Das Haus des Generals hatte einen zweiten Eingang im Erdgeschoß, rechts von der Treppe hinter einem Tor, er diente dazu, die Küche im Souterrain zu beliefern. Villiers hatte sich einverstanden erklärt, das Tor und die Türe unversperrt zu lassen. Borowski hatte darauf verzichtet, dem General zu erklären, daß das nicht wichtig war, daß er auf jeden Fall einen Weg fände, ins Haus zu kommen. Zuallererst bestand die Gefahr, daß Villiers' Haus beobachtet würde. Schließlich hatte Carlos guten Grund dazu. Die tote Angélique war seine Cousine und seine Geliebte ... *der einzige Mensch auf der Welt, der ihm etwas bedeutet.* Philippe d'Anjou.

D'Anjou! Natürlich würde da ein Beobachter sein – oder zwei oder zehn! Wenn d'Anjou Frankreich verlassen hatte, würde Carlos das Schlimmste annehmen. Wo? Wo waren Carlos' Männer? Seltsam, dachte Jason, wenn in dieser Nacht niemand in Parc Monceau lauerte, war seine ganze Strategie wertlos.

Doch das war sie nicht; sie waren da. In einer Limousine – derselben Limousine, die vor zwölf Stunden durch die Tore des Louvre gerast war, dieselben zwei Männer – Killer, die anderen Killern Schutz boten. Der

Wagen stand fünfzig Fuß entfernt auf der linken Straßenseite, von wo aus man Villiers' Haus gut beobachten konnte. Aber waren diese zwei Männer, die eingesunken im Sitz saßen, Villiers' Villa aber aufmerksam beobachteten, waren diese zwei Männer die einzigen, die da waren? Borowski wußte es nicht mit Bestimmtheit; zu beiden Seiten der Straße säumten Fahrzeuge den Bürgersteig. Er duckte sich im Schatten eines Hauses schräg gegenüber den beiden Männern in der parkenden Limousine. Er wußte zwar, was zu tun war, aber nicht genau wie. Er brauchte ein Ablenkungsmanöver, auf das Carlos' Leute reinfallen würden.

Feuer. Aus dem Nichts. Ganz plötzlich, irgendwo in der Nähe von Villiers' Haus, und so auffällig, daß die ganze stille, verlassene, von Bäumen gesäumte Straße aufgeschreckt wurde. Aufgeschreckt .

Sirenen; Explosionen. Es war möglich. Es war nur eine Frage der richtigen Mittel.

Borowski kroch wieder zurück und rannte lautlos zur nächsten Türe, wo er stehen blieb und Jackett und Mantel auszog. Dann riß er sich das Hemd vom Kragen bis zur Hüfte auf und zog dann Jackett und Mantel wieder an, schlug sich den Kragen hoch, knöpfte den Mantel zu und klemmte sich das Hemd unter den Arm. Er spähte in den nächtlichen Regen hinaus, musterte die Fahrzeuge auf der Straße. Er brauchte Benzin, aber in Paris waren die meisten Treibstofftanks versperrt.

Und dann sah er, was er sehen wollte, sah es vor sich auf dem Pflaster, an ein eisernes Tor gekettet. Es war ein Moped, größer als ein Roller, kleiner als ein richtiges Motorrad, und der Tank war wie eine kleine Blase aus Metall zwischen dem Lenker und dem Sattel. Wahrscheinlich hatte der Tankdeckel eine Kette, aber vermutlich kein Schloß.

Jason arbeitete sich an das Moped heran. Er sah sich auf der Straße um; da war niemand, keine Geräusche außer dem leisen Trommeln des Regens. Er legte die Hand auf den Tankdeckel und drehte ihn; er ließ sich ganz leicht aufschrauben. Und noch besser, die Öffnung war relativ groß, der Tank fast gefüllt. Er verschraubte ihn wieder; er war noch nicht so weit, das Hemd mit Benzin zu durchtränken. Er brauchte noch etwas.

Er fand es an der nächsten Ecke an einem Abflußschacht. Ein Pflasterstein, der sich teilweise gelöst hatte, den tausend unvorsichtige Fahrer in Jahrzehnten gelockert hatten. Er löste ihn ganz, indem er mit dem Fuß dagegen trat, und hob ihn dann auf und eilte mit einem kleinen Stein, der daneben gelegen hatte, in der Tasche und dem großen Pflasterstein in der Hand wieder zu dem Moped. Er prüfte sein Gewicht . . . erprobte seinen Arm. Es würde gehen; gut sogar.

Drei Minuten darauf zog er langsam das mit Benzin durchtränkte Hemd aus dem Benzintank, und der Dunst mischte sich in den Regen, die Ölreste besudelten seine Hände. Er schlang das Tuch um den Pflasterstein, wand die Ärmel ineinander, verknotete sie fest und hielt das Wurfgeschoß bereit. Jetzt war er soweit.

Er kroch wieder zu dem Haus zurück, das an der Ecke von Villiers' Straße stand. Die beiden Männer in der Limousine saßen immer noch zusammengesunken auf dem Vordersitz und konzentrierten sich ganz auf Villiers' Haus. Hinter der Limousine standen drei weitere Fahrzeuge, ein kleiner brauner Mercedes, eine dunkelbraune Limousine und ein Bentley. Genau Jason gegenüber, hinter dem Bentley, erhob sich ein weißer Steinbau mit schwarz gestrichenen Fenstern. Aus einem Gang im Inneren des Hauses fiel schwaches Licht auf die Erkerfenster zu beiden Seiten der Treppe; hinter dem linken Fenster lag offensichtlich ein Eßzimmer; er konnte Stühle und einen langen Tisch im zusätzlichen Licht einer Rokokolampe sehen. Die Fenster des Speisezimmers mit dem herrlichen Blick auf die wohlhabende, etwas altmodische Pariser Straße würden genügen.

Borowski griff in die Tasche und holte den Stein heraus; er hatte höchstens ein Viertel der Größe des mit Benzin durchtränkten Pflastersteins, würde aber den Zweck erfüllen. Er schob sich langsam um die Hausecke, holte aus und warf den Stein über die Limousine mit den zwei Männern hinweg nach hinten.

Das Krachen hallte durch die stille Straße, und dann war ein lautes Poltern zu hören, als der Stein über die Motorhaube eines Wagens polterte und dann zu Boden fiel. Die beiden Männer in der Limousine riß es hoch. Der Mann auf dem Beifahrersitz riß die Türe auf und sprang mit einer Waffe in der Hand hinaus. Der Fahrer kurbelte das Fenster herunter und schaltete dann die Scheinwerfer ein. Die Lichtkegel schossen nach vorne, spiegelten sich in dem Metall und dem Chrom des Wagens davor. Ausgesprochen dumm, das Licht einzuschalten – das zeigte, welche Angst die Männer in Parc Monceau hatten.

Jetzt. Jason rannte über die Straße, ganz auf die zwei Männer konzentriert, die sich jetzt die Hände über die Augen hielten, um in dem grellen Licht sehen zu können. Jetzt hatte er den Kofferraum des Bentley erreicht, hielt den Pflasterstein unter dem Arm, die Streichhölzer in der linken Hand und ein paar abgerissene Streichhölzer in der rechten. Er duckte sich, riß die Streichhölzer an, legte den Pflasterstein auf den Boden und hob ihn dann an einem Hemdärmel hoch. Er hielt die brennenden Streichhölzer unter das mit Benzin durchtränkte Tuch; es stand sofort in hellen Flammen.

Er erhob sich schnell, ließ den Stein am Ärmel kreisen, sprang auf die Straße hinaus und schleuderte sein Wurfgeschoß mit aller Kraft auf das Erkerfenster und rannte weiter, als es sein Ziel traf.

Das Klirren zerspringenden Glases brach in die regendurchtränkte Stille der Straße hinein. Borowski rannte nach links über die schmale Straße, dann zu Villiers' Block zurück und fand dort wieder den Schatten, den er brauchte. Das Feuer breitete sich aus, von dem Wind angefacht, der durch das zersplitterte Fenster hineinwehte, sprang drinnen an den Gardinen empor. Binnen einer halben Minute war der ganze Raum ein Flammenmeer, das Feuer von dem riesigen Spiegel über dem Sideboard noch verstärkt. Schreie hallten, überall wurde es hinter den Fenstern hell. Eine Minute verstrich, und das Chaos wuchs. Die Tür des brennenden Hauses wurde aufgerissen und Gestalten erschienen – ein älterer Mann im Nachthemd, eine Frau im Negligé mit einem Pantoffel – beide von Panik erfüllt.

Jetzt öffneten sich weitere Türen, weitere Gestalten schossen auf die Straße, fanden den Übergang vom Schlaf ins Chaos, einige rannten auf das von lodernden Flammen erfaßte Haus zu – ein Nachbar hatte Schwierigkeiten. Jason rannte schräg über die Straße, nur eine weitere laufende Gestalt in der schnell dichter werdenden Menge. Er blieb neben dem Eckgebäude stehen, wo er erst vor wenigen Minuten angefangen hatte, und sah sich nach Carlos' Soldaten um.

Er hatte recht gehabt; die beiden Männer waren nicht die einzigen Wachen von Parc Monceau. Jetzt waren da vier Männer, die sich neben der Limousine niederkauerten und schnell und leise miteinander redeten. Nein, fünf. Ein weiterer kam über das Pflaster auf sie zu, schloß sich den vier anderen an.

Er hörte Sirenen. Sirenen, die lauter wurden, näherkamen. Die fünf Männer waren verunsichert. Entscheidungen mußten getroffen werden; sie konnten nicht alle bleiben, wo sie waren. Vielleicht diskutierten sie jetzt, wer die längste Vorstrafenliste hatte.

Übereinkunft. Ein Mann würde bleiben – der fünfte. Er nickte und ging schnell über die Straße zu Villiers' Seite hinüber. Die anderen kletterten in den Wagen, und als dann ein Löschzug der Feuerwehr die Straße heraufjagte, bog die Limousine aus ihrem Parkplatz und raste an dem roten Monstrum vorbei.

Ein Hindernis blieb: der fünfte Mann. Jason bog um das Haus und entdeckte ihn auf dem Wege zwischen der Ecke und Villiers' Haus. Jetzt kam alles auf die Wahl des richtigen Augenblicks an, und darauf, daß er ihn erschreckte. Borowski fing zu laufen an, ähnlich wie die anderen Leute, die sich dem Feuer näherten, den Kopf halb nach hinten gedreht, eine Gestalt, die mit ihrer Umgebung verschmolz, nur daß die Richtung nicht stimmte, weil er teilweise rückwärts lief. Er passierte den Mann; er hatte ihn nicht bemerkt – aber er *würde* ihn bemerken, wenn er auf die Lieferantentüre von Villiers' Haus zuging und sie öffnete. Der Mann sah sich immer wieder um, war verunsichert, besorgt, vielleicht sogar von der Tatsache beunruhigt, daß er jetzt der einzige Bewacher in der Straße war. Er stand vor einem niedrigen Geländer, einem weiteren Tor, einem weiteren Eingang zu einem weiteren teuren Haus in Parc Monceau.

Jason blieb stehen, ging seitwärts schnell auf den Mann zu und wirbelte dann herum, das Körpergewicht auf den linken Fuß verlegt, und sein rechter Fuß schoß vor, traf den fünften Mann am Leib, schleuderte ihn rückwärts über das eiserne Geländer. Der Mann schrie auf, als er in den schmalen Betonschacht stürzte. Borowski setzte über das Geländer, die rechte Faust geballt und beide Absätze ausgestreckt. Er landete auf dem Brustkasten des Mannes, dem bei dem Aufprall die Rippen gebrochen wurden. Jasons Knöchel schmetterten gegen seine Kehle. Carlos' Soldat wurde schlaff. Er würde erst wieder im Krankenhaus aufwachen. Jason durchsuchte den Mann; er trug eine einzige Pistole bei sich. Borowski nahm sie ihm ab und steckte sie in die Manteltasche. Er würde sie Villiers geben. Villiers. Der Weg war frei.

Er ging die Treppe in den zweiten Stock hinauf. Auf halbem Wege konnte er einen Lichtstreifen unten an der Schlafzimmertüre sehen. Hinter dieser Türe wartete ein alter Mann, der seine einzige Hoffnung war. Wenn es in seinem Leben – dem, an das er sich erinnerte, und dem, an das er sich nicht erinnerte – je einen Augenblick gab, in dem er überzeugend sein mußte, so war dieser Augenblick jetzt. Und seine Überzeugung war echt – jetzt war kein Platz für das Chamäleon. Alles was er glaubte, beruhte auf einer Tatsache. Carlos mußte ihm folgen. Das war die Wahrheit. Das war die Falle.

Er erreichte den Treppenabsatz und bog nach links zur Schlafzimmertüre. Einen Augenblick lang blieb er stehen und versuchte, das Echo aus seiner Brust zu verdrängen; es wurde lauter, das Pochen schneller. *Ein Teil der Wahrheit, nicht die ganze Wahrheit.* Er würde nichts erfinden, nur einiges weglassen.

Eine Übereinkunft . . . ein Vertrag . . . mit einer Gruppe von Männern – ehrenwerten Männern – die hinter Carlos her waren. Mehr brauchte Villiers nicht zu wissen; er würde das akzeptieren müssen. Er durfte nicht erfahren, daß er mit jemandem zu tun hatte, der unter Amnesie litt, denn hinter der Mauer seines verlorenen Gedächtnisses würde man vielleicht einen Mann ohne Ehre finden. Die Legende von Saint-Cyr, Algier und der Normandie würde das nicht akzeptieren; nicht jetzt, hier, am Ende seines Lebens.

O Gott, wie schmal der Grat doch war! Wie unsicher die Grenze zwischen Glauben und Unglauben . . . ebenso unsicher wie für das menschliche Wrack, dessen Name nicht Jason Borowski war.

Er öffnete die Tür und trat ein in die private Hölle eines alten Mannes. Draußen vor den verhängten Fenstern heulten die Sirenen, schrien die Menschen.

Jason schloß die Tür und blieb reglos stehen. Der große Raum war von Schatten erfüllt, und das einzige Licht strömte aus einer Nachttischlampe. Seine Augen wurden von einem Anblick begrüßt, von dem er sich wünschte, er brauche ihn nicht zu sehen. Villiers hatte einen hochlehnigen Schreibtischsessel durch das Zimmer gezerrt und saß jetzt am Fußende des Bettes und starrte die tote Frau an, die auf der Bettdecke lag. Angélique Villiers lag auf dem Kissen, die Augen in dem tief gebräunten Gesicht geweitet, aus ihren Höhlen hervortretend. Ihr Hals war angeschwollen, das Fleisch von rötlichem Purpur, die Würgemale hatten sich über den ganzen Hals ausgebreitet. Ihr Körper war immer noch verkrümmt, die langen, nackten Beine ausgestreckt, die Hüften verdreht, das Negligé zerfetzt, so daß die Brüste aus dem Seidenstoff hervorstachen – selbst im Tode noch sinnlich.

Der General saß wie ein hilfloses Kind da. Er wandte gequält den Blick von der toten Frau und sah Borowski an.

»Was ist draußen geschehen?« fragte er monoton.

»Männer haben Ihr Haus beobachtet. Männer von Carlos, fünf waren es. Ich habe ein Feuer gelegt; niemand ist verletzt worden. Es sind alle außer einem weg; und den habe ich unschädlich gemacht.«

»Sie sind sehr geschickt, Monsieur Borowski.«

»Ja, das bin ich«, nickte Jason. »Aber sie werden zurückkommen. Das Feuer wird gelöscht werden, und dann werden sie zurückkommen; vorher sogar, wenn Carlos sich das alles zusammenreimt, und ich glaube, daß er das tun wird. Wenn er das tut, wird er jemanden hierherschicken. Er wird natürlich nicht selbst kommen, sondern einen seiner Killer schicken. Wenn dieser Mann Sie findet . . . und die Frau . . . wird er Sie töten. Carlos verliert sie, aber er gewinnt trotzdem. Er gewinnt ein zweites Mal; er hat Sie durch sie benutzt, und am Ende tötet er Sie. Er geht dann weg, und Sie sind tot. Die Leute können daraus schließen, was sie wollen, aber ich glaube nicht, daß es schmeichelhafte Schlüsse sein werden.«

»Sie sind sehr präzise. Und Ihres Urteils sicher.«

»Ich weiß, wovon ich rede. Mir wäre lieber, das, was ich jetzt sagen werde, nicht sagen zu müssen, aber es ist jetzt keine Zeit, auf Ihre Gefühle Rücksicht zu nehmen.«

»Ich habe keine Gefühle mehr. Sagen Sie, was Sie wollen.«

»Ihre Frau hat Ihnen erzählt, daß Sie Französin sei, nicht wahr?«

»Ja. Aus dem Süden. Ihre Familie stammte aus Loures Barouse, in der Nähe der spanischen Grenze. Sie ist vor Jahren nach Paris gekommen und hat hier bei einer Tante gelebt. Warum?«

»Hatten Sie ihre Familie je zu Gesicht bekommen?«

»Nein.«

»Sie sind also zu Ihrer Hochzeit nicht hierher gekommen?«

»Wir waren unter Berücksichtigung aller Umstände der Ansicht, daß es am besten wäre, sie nicht einzuladen. Der Altersunterschied hätte sie vielleicht gestört.«

»Und was war mit der Tante hier in Paris?«

»Die ist gestorben, ehe ich Angélique kennenlernte. Worauf wollen Sie hinaus?«

»Ihre Frau war keine Französin, ich bezweifle sogar, daß es eine Tante in Paris gegeben hat, und ihre Familie kam nicht aus Loures Barouse, obwohl die spanische Grenze schon einige Bedeutung hat. Damit könnte man vieles tarnen und eine Menge erklären.«

»Was wollen Sie damit sagen?«

»Sie war Venezolanerin. Carlos' erste Cousine, seine Geliebte seit ihrem vierzehnten Lebensjahr. Sie waren ein Team, waren das seit Jahren. Man hat mir gesagt, daß sie der einzige Mensch auf der ganzen Welt war, der ihm etwas bedeutete.«

»Eine Hure.«

»Ein Instrument eines Meuchelmörders. Ich möchte wissen, wie viele wertvolle Männer ihretwegen tot sind.«

»Zweimal kann ich sie nicht töten.«

»Aber benutzen können Sie sie. Ihren Tod benutzen.«

»Der Wahnsinn, von dem Sie gesprochen haben?«

»Der einzige Wahnsinn ist es, wenn Sie Ihr Leben wegwerfen. Carlos ist dann der große Gewinner; er begeht weiterhin Verbrechen . . . operiert mit Dynamitladungen . . . und Sie sind nicht mehr als eine Ziffer in einer Statistik. Ein weiterer Mord in einer langen Liste distinguierter Leichen. *Das* ist Wahnsinn.«

»Und Sie sind der Vernünftige? Sie nehmen die Schuld für ein Verbrechen, das Sie nicht begangen haben, auf sich? Für den Tod einer Hure? Lassen sich für einen Mord jagen, der nicht der Ihre war?«

»Das ist ein Teil davon. Der wesentliche Teil sogar.«

»Sprechen Sie nicht von Wahnsinn, junger Mann. Ich flehe Sie an, gehen Sie. Was Sie mir gesagt haben, gibt mir den Mut, vor den allmächtigen Gott zu treten. Und wenn ein Tod je gerechtfertigt war, dann war das der ihre von meiner Hand. Ich werde Christus in die Augen sehen und es schwören.«

»Dann haben Sie sich abgeschrieben«, sagte Jason und bemerkte zum erstenmal die Waffe, die die Jackettasche des alten Mannes ausbeulte.

»Ich werde nicht vor Gericht stehen, wenn Sie das meinen.«

»Oh, das ist perfekt, General! Carlos selbst hätte es nicht besser arrangieren können. Er braucht nicht einmal die eigene Waffe einzusetzen. Aber diejenigen, auf die es ankommt, werden wissen, daß er es getan hat; daß er dahinterstand.«

»Diejenigen, auf die es ankommt, werden nichts wissen. Es ist eine persönliche Angelegenheit. Was Mörder und Diebe sagen, trifft mich nicht.«

»Und wenn ich die Wahrheit sagte? Sagte, weshalb Sie sie getötet haben?«

»Wer würde auf Sie hören? Selbst wenn Sie lange genug lebten, um sprechen zu können. Ich bin kein Narr, Monsieur Borowski. Sie fliehen vor mehr als nur Carlos. Sie werden von vielen gejagt, nicht nur von einem. Das haben Sie mir ja praktisch gesagt. Sie waren nicht bereit, mir Ihren Namen zu nennen . . . um meiner eigenen Sicherheit willen, behaupteten Sie. Falls das hier je vorbei sein sollte, sagten Sie, wäre *ich* es, der vielleicht keinen Wert darauf legen würde, mit *Ihnen* gesehen zu werden. Das sind nicht die Worte eines Mannes, auf den man großes Vertrauen setzt.«

»Sie haben mir vertraut.«

»Ich habe Ihnen gesagt, weshalb«, sagte Villiers und wandte den Blick ab, starrte seine tote Frau an. »Es stand in Ihren Augen.«

»Die Wahrheit?«

»Die Wahrheit.«

»Dann sehen Sie mich jetzt an. Da ist immer noch die Wahrheit. Auf jener Straße nach Nanterre sagten Sie, Sie würden sich anhören, was ich zu sagen habe, weil ich Ihnen Ihr Leben gegeben habe. Ich versuche, es Ihnen wieder zu geben. Sie können als freier Mann weggehen, ohne daß jemand Sie antasten kann, können sich weiterhin für die Dinge einsetzen, von denen Sie sagen, daß sie für Sie wichtig sind, Ihrem Sohn wichtig waren. Sie können gewinnen! . . . Verstehen Sie mich nicht falsch, ich versuche hier nicht edel zu sein. Wenn Sie am Leben bleiben und das tun, worum ich Sie bitte, so ist das die einzige Möglichkeit für mich, am Leben zu bleiben. Die einzige Möglichkeit, je frei zu werden.«

Der alte Soldat blickte auf. »Warum?«

»Ich habe Ihnen gesagt, daß ich Carlos haben will, weil man mir etwas weggenommen hat – etwas, das für mein Leben sehr notwendig ist, für mein Wohlbefinden –, und daß er dahinterstand. Das ist die Wahrheit – ich glaube, daß es die Wahrheit ist –, aber es ist nicht die ganze Wahrheit. Es sind auch andere Leute betroffen, einige davon anständig, einige nicht, und meine Vereinbarung mit diesen Leuten war es, daß ich Carlos in eine Falle locken würde, ihn erledigen. Diese Leute wollen dasselbe, was Sie wollen, aber dann geschah etwas, das ich nicht erklären kann – ich will gar nicht versuchen, es zu erklären. Jene Leute denken, daß ich sie verraten hätte. Sie glauben, ich hätte einen Pakt mit Carlos geschlossen, ihnen Millionen gestohlen und andere getötet, die meine Verbindung zu ihnen darstellten. Sie haben überall Männer, und diese Männer haben Befehl, mich zu töten, sobald sie mich zu Gesicht bekommen. Sie hatten recht: ich fliehe vor mehr als nur vor Carlos. Ich werde von Männern gejagt, die ich nicht kenne, nicht sehen kann. Aus dem falschen Grund. Ich habe das, was man mir vorwirft, nicht getan, aber keiner will auf mich hören. Ich habe keinen Pakt mit Carlos – Sie wissen, daß es so ist.«

»Ich glaube Ihnen. Es gibt nichts, das mich daran hindert, für Sie anzurufen. Das bin ich Ihnen schuldig.«

»Wie denn? Was werden Sie sagen? ›Der Mann, den ich als Jason Borowski kenne, hat keinen Pakt mit Carlos geschlossen. Das weiß ich, weil er mir klargemacht hat, daß Carlos' Geliebte meine Frau war, die

Frau, die ich erwürgt habe, um keine Unehre über meinen Namen zu bringen. Ich bin im Begriff, die Sûreté anzurufen und mein Verbrechen zu gestehen – aber ich werde denen natürlich nicht sagen, weshalb ich sie getötet habe. Auch nicht, weshalb ich mich selbst töten werde.‹ . . . Ist es das, General? Ist es das, was Sie sagen werden?«

Der alte Mann starrte Borowski schweigend an, erkannte den fundamentalen Widerspruch. »Dann kann ich Ihnen nicht helfen.«

»Gut. Schön. Dann ist eben Carlos der Gewinner. Sie ist die Gewinnerin. Und Sie verlieren. Ihr Sohn verliert. Nur zu – rufen Sie die Polizei und dann stecken Sie sich die Pistole in den verdammten Mund und blasen sich den verdammten Kopf weg! Nur zu! Das wollen Sie doch! Treten Sie ab, legen Sie sich hin und *sterben* Sie! Zu etwas anderem taugen Sie ja nicht mehr. Sie sind ein *alter Mann* voll Selbstmitleid! Sie sind, weiß Gott, Carlos nicht gewachsen. Dem Mann nicht gewachsen, der Ihren Sohn in der Rue du Bac mit fünf Stäben Dynamit getötet hat.«

Villiers' Hände zitterten; ein Zittern, das bis zu seinem Kopf reichte. »Tun Sie das nicht. Ich sage Ihnen, *tun* Sie das nicht.«

»Sie sagen mir das? Sie erteilen mir Befehle? Ich lasse mir von Männern wie Ihnen nichts befehlen! Sie sind doch ein Schwindler! Sie sind schlimmer als all die Leute, die Sie angreifen; denn die haben wenigstens den Mumm, das zu tun, was sie sich vornehmen! Und den haben Sie *nicht*. Sie bestehen nur aus Luftschlössern und leeren Worten. Legen Sie sich ruhig hin und *sterben Sie*, alter Mann! Aber geben Sie mir keine Befehle!«

Villiers' löste die Hände voneinander und sprang aus dem Sessel auf. Er zitterte jetzt am ganzen Leibe. »Aufhören, habe ich gesagt!«

»Was Sie mir sagen, interessiert mich nicht. Ich hatte von Anfang an recht, als ich Sie sah. Sie gehören Carlos. Sie waren im Leben sein Lakai und werden auch im Tode sein Lakai sein.«

Das Gesicht des alten Mannes verzog sich vor Schmerz. Er zog die Waffe aus der Tasche, eine pathetische Geste, von der aber eine durchaus reale Drohung ausging. »Ich habe zu meiner Zeit viele Männer getötet. In meinem Beruf war das unvermeidbar, wenn es mich auch oft schmerzte. Ich will Sie jetzt nicht töten. Aber ich werde es tun, wenn Sie meine Wünsche mißachten. Gehen Sie. Verlassen Sie dieses Haus.«

»Großartig. Anscheinend stehen Sie mit Carlos in telepathischer Verbindung. Wenn Sie mich töten, erweisen Sie ihm einen großen Dienst!«
Jason trat einen Schritt vor. Er sah, wie Villiers' Augen sich weiteten; die Pistole zitterte, und man konnte ihren Schatten riesenhaft an der Wand sehen. Ein paar Gramm Druck, und der Hammer würde nach vorne klappen und die Kugel ihr Ziel finden. Denn so wahnsinnig auch der Augenblick war, die Hand, die jene Waffe hielt, hatte ein Leben lang damit verbracht, Waffen zu halten; sie würde ganz ruhig sein,

wenn jener Augenblick kam. Sofern er kam. Das war das Risiko, das Borowski eingehen mußte. Ohne Villiers ging es nicht; das mußte der alte Mann begreifen. Jason schrie plötzlich:

»Nur *zu!* Feuer. *Töten* Sie mich. Lassen Sie sich von Carlos befehlen! Sie sind ein Soldat. Sie haben Ihre Befehle. Führen Sie sie aus.«

Das Zittern in Villiers' Hand nahm zu. Die Knöchel traten weiß hervor, als die Waffe sich auf Borowskis Kopf richtete. Und dann hörte Jason das Flüstern aus der Kehle eines alten Mannes.

»*Sie sind ein Soldat . . . hören Sie auf . . . hören Sie auf*«

»Was?«

»Ich bin ein Soldat. Jemand hat das neulich zu mir gesagt. Jemand, der Ihnen sehr teuer ist.« Villiers sprach mit leiser Stimme.

»Sie hat einen alten Krieger beschämt und ihn dazu gebracht, sich an das zu erinnern, was er war . . . was er einmal gewesen war. ›*Man sagt, Sie seien ein großer Mann. Ich glaube es.*‹ Sie war so liebenswürdig, so anständig, auch das zu mir zu sagen. Allmächtiger Gott, Sie hatte unrecht – aber ich werde es versuchen.« André Villiers ließ die Waffe sinken; in seiner Unterwerfung lag Würde. Die Würde eines Soldaten. »Was wollen Sie, das ich tue?«

Jason atmete wieder. »Sie sollen Carlos zwingen, mir zu folgen. Aber nicht hier, nicht in Paris. Nicht einmal in Frankreich.«

»Wo dann?«

»Können Sie mich aus dem Lande schaffen? Ich muß Ihnen dazu sagen, daß ich gesucht werde. Mein Name und meine Beschreibung liegen inzwischen jeder Einwanderungsbehörde und jeder Grenzstelle in Europa vor.«

»Fälschlicherweise?«

»Fälschlicherweise.«

»Ich glaube Ihnen. Es gibt Möglichkeiten. Der Conseiller Militaire hat Möglichkeiten und wird tun, worum ich ihn bitte.«

»Mit einem falschen Paß? Ohne Ihnen Gründe zu nennen?«

»Mein Wort genügt. Das habe ich mir verdient.«

»Noch eine Frage. Dieser Adjutant, von dem Sie sprachen, vertrauen Sie ihm – ich meine, vertrauen Sie ihm *wirklich?*«

»Mein Leben würde ich ihm anvertrauen.«

»Auch das Leben eines anderen? Jemandes, von dem Sie annahmen, und das mit Recht, daß sie mir sehr teuer ist.«

»Natürlich. Warum? Sie werden alleine reisen?«

»Das muß ich. Sie würde mich nie gehen lassen.«

»Sie werden ihr das erklären müssen.«

»Das werde ich. Daß ich im Untergrund bin, hier in Paris oder Brüssel oder Amsterdam. In Städten, in denen Carlos operiert. Aber sie muß hier weg; man hat unseren Wagen in Montmartre gefunden. Carlos' Männer durchsuchen jetzt jede Straße, jede Wohnung, jedes Hotel. Ihr Adjutant muß Marie aufs Land bringen; dort wird sie sicher sein. Das werde ich ihr sagen.«

»Ich muß die Frage jetzt stellen. Was geschieht, wenn Sie nicht zurückkommen?«

Borowski gab sich Mühe, die Fassung zu behalten. »Ich werde im Flugzeug Zeit haben. Ich werde alles aufschreiben, was geschehen ist, alles, woran ich . . . mich erinnere. Ich werde es Ihnen schicken, und Sie treffen dann die Entscheidungen. Mit ihr zusammen. Sie hat Sie einen großen Mann genannt. Schützen Sie sie.«

»Sie haben mein Wort. Es wird ihr kein Haar gekrümmt werden.«

»Das ist alles, worum ich bitte.«

Villiers warf die Pistole auf das Bett. Sie landete zwischen den verdrehten nackten Beinen der toten Frau; der alte Soldat hustete plötzlich, verächtlich, gewann seine Haltung zurück. »Und was haben Sie nun konkret vor, junger Freund«, sagte er, und man spürte wieder die alte Autorität. »Worin besteht Ihre Strategie?«

»Alles, was Sie wissen – alles, woran Sie sich erinnern – ist, daß während des Feuers ein Mann in Ihr Haus eingebrochen ist und Ihnen die Pistole gegen den Schädel geschlagen hatte; Sie waren sofort bewußtlos. Als Sie erwachten, fanden Sie Ihre Frau tot auf. Erwürgt. Neben ihrer Leiche lag ein Zettel. Und das, was auf dem Zettel steht, hat Ihnen den Verstand geraubt.«

»Und das ist?« fragte der alte Soldat vorsichtig.

»Die Wahrheit«, sagte Jason. »Die Wahrheit – eine Wahrheit, von der Sie nie zulassen können, daß jemand anderer sie erfährt. Was sie für Carlos war, was er für sie war. Der Mörder, der den Zettel schrieb, hat eine Telefonnummer hinterlassen und Ihnen gesagt, daß Sie das bestätigen könnten, was er geschrieben hat. Sobald Sie davon überzeugt seien, könnten Sie den Zettel vernichten und den Mord auf jede beliebige Weise zur Meldung bringen. Aber dafür, daß er Ihnen die Wahrheit gesagt hat – daß er die Hure getötet hat, die maßgeblich mitschuldig am Tod Ihres Sohnes ist – möchte er, daß Sie eine schriftliche Nachricht übermitteln.«

»An Carlos?«

»Nein. Er wird einen Mittelsmann schicken.«

»Dafür sei Gott Dank. Ich bin nicht sicher, ob ich das über mich brächte, wenn ich wüßte, daß er es ist.«

»Die Nachricht wird ihn erreichen.«

»Und was für eine Nachricht ist das?«

»Ich werde sie Ihnen aufschreiben; Sie können sie dem Mann geben, den er schickt. Sie muß ganz exakt sein, sowohl in dem, was sie ausspricht, als auch in dem, was sie verschweigt.« Borowski sah zu der toten Frau hinüber, ihren angeschwollenen Hals.

»Haben Sie Alkohol?«

»Zum Trinken?«

»Nein. Zum Einreiben. Parfüm tut es auch.«

»Ich bin sicher, daß im Medizinschränkchen Alkohol zum Einreiben ist.«

»Würden Sie ihn mir holen? Und auch ein Handtuch, bitte.«

»Was werden Sie tun?«

»Meine Hände dorthintun, wo die Ihren waren. Nur für alle Fälle. Obwohl ich nicht glaube, daß jemand Sie fragen wird. Während ich das tue, rufen Sie die Person an, die dafür sorgt, daß ich das Land verlassen kann. Es kommt sehr auf die richtige Zeiteinteilung an. Ich muß unterwegs sein, ehe Sie mit Carlos in Verbindung treten, ehe Sie die Polizei rufen. Sie werden die Flughäfen überwachen lassen.«

»Ich kann das bis zum Morgen hinauszögern, stelle ich mir vor, der Schockzustand eines alten Mannes, wie Sie das ausgedrückt haben. Aber nicht viel länger. Wohin werden Sie gehen?«

»New York. Geht das? Ich habe einen Paß auf den Namen George Washburn.«

»Das erleichtert die ganze Angelegenheit. Sie werden wie ein Diplomat behandelt.«

»Als Engländer? Es ist ein britischer Paß.«

»Eine Gefälligkeit gegenüber der NATO. Das sind die Kanäle des Conseiller. Sie sind Mitglied eines anglo-amerikanischen Teams, das militärische Verhandlungen führt. Wir legen Wert darauf, daß Sie schnell in die Vereinigten Staaten zurückkehren, um sich dort weitere Instruktionen zu holen. Das ist nicht ungewöhnlich und reicht aus, um Sie schnell durch die Paßkontrolle zu bringen.«

»Gut. Ich habe mir die Flugpläne angesehen. Um sieben Uhr früh gibt es einen Air-France-Flug nach Kennedy.«

»Geht in Ordnung.« Der alte Mann hielt inne; er war noch nicht fertig. Er trat einen Schritt auf Jason zu. »Warum New York? Was macht Sie so sicher, daß Carlos Ihnen nach New York folgen wird?«

»Zwei Fragen mit unterschiedlichen Antworten«, sagte Borowski. »Ich muß ihn an dem Ort ausliefern, wo er mir den Mord an vier Männern und einer Frau, die ich kannte, in die Schuhe schieben wollte . . . einer dieser Männer stand mir sehr nahe, war sozusagen ein Stück von mir, denke ich.«

»Ich verstehe Sie nicht.«

»Ich bin auch nicht sicher, ob ich mich selbst verstehe. Jetzt ist keine Zeit. Es wird alles in dem Brief stehen, den ich Ihnen im Flugzeug schreiben werde. Ich muß beweisen, daß *Carlos seine Hände im Spiel hatte*. Vertrauen Sie mir!«

»Das tue ich. Die zweite Frage: Warum wird er Ihnen folgen?«

Jason sah wieder die tote Frau auf dem Bett an. »Instinkt vielleicht. Ich habe den einzigen Menschen auf der Welt getötet, der ihm etwas bedeutet. Eigentlich müßte er den Mörder durch die ganze Welt verfolgen, bis er ihn gefunden hätte.«

»Er ist sicher praktischer eingestellt.«

»Da ist noch etwas«, erwiderte Jason und wandte den Blick von Angélique Villiers. »Er hat nichts zu verlieren, alles zu gewinnen. Niemand weiß, wie er aussieht, aber er kennt mein Aussehen. Trotzdem weiß er über meinen Geisteszustand nicht Bescheid. Er hat mich in den Untergrund verbannt, mich isoliert, mich in jemanden verwandelt, der ich nie sein sollte. Vielleicht war er zu erfolgreich; vielleicht bin ich wahnsinnig, geistesgestört. Das Massaker in New York war, weiß Gott, wahnsinnig. Meine Drohungen sind irrational. Bin ich irrational? Ein irrationaler Mann, ein wahnsinniger Mann, ist ein Mann in Panik. Man kann ihn leicht zur Strecke bringen.«

»Ist Ihre Angst begründet?«

»Das weiß ich nicht genau. Ich weiß nur, daß ich keine Wahl habe.« *Die hatte er nicht. Am Ende war es so wie am Anfang. Er mußte Carlos finden. Carlos in die Falle locken. Cain ist für Charlie und Delta ist für Cain. Der Mann und der Mythos waren am Ende eine Person, Bilder und Realität verschmolzen ineinander. Es gab keinen anderen Weg.*

Zehn Minuten waren verstrichen, seit er Marie angerufen und belogen hatte und gehört hatte, wie sie das, was er ihr sagte, still aufgenommen hatte. Er wußte, daß das bedeutete, daß sie Zeit zum Nachdenken brauchte. Sie hatte ihm nicht geglaubt, aber *an ihn* glaubte sie; auch sie hatte keine andere Wahl. Und ihren Schmerz konnte er nicht lindern; dafür war keine Zeit mehr gewesen. Villiers rief jetzt vom Erdgeschoß eine Nummer im Conseiller Militaire Frankreichs an, die nur für Notfälle zur Verfügung stand, und arrangierte, daß ein Mann mit einem falschen Paß Paris unter Diplomatenstatus verlassen konnte. In weniger als drei Stunden würde ein Mann über den Atlantik fliegen und sich dem Jahrestag seiner eigenen Exekution nähern. Das war der Schlüssel; das war die Falle. Das war die letzte irrationale Handlung.

Borowski stand am Schreibtisch; er legte den Kugelschreiber weg und las die Worte noch einmal, die er auf den Briefbogen einer toten Frau geschrieben hatte. Es waren die Worte, die ein zerbrochener, verwirrter, alter Mann einer unbekannten Mittelsperson über das Telefon durchgeben würde, und diese Mittelsperson würde das Papier verlangen und es Iljitsch Ramirez Sanchez geben.

Ich habe Deine dreckige Hure getötet, und ich werde wiederkommen und Dich fertigmachen. Es gibt einundsiebzig Straßen im Dschungel. Einem Dschungel, der so dicht ist wie Tam Quan, aber es hat einen Weg gegeben, der Dir entgangen ist, einen Kellerraum, von dem Du nichts wußtest – genauso wie Du am Tag meiner Exekution vor elf Jahren nichts von mir wußtest. Einen Mann hat es

gegeben, der es wußte, und den hast Du getötet. Das ist jetzt nicht mehr wich-
tig. In jenem Kellerraum gibt es Dokumente, die mir die Freiheit verschaffen
werden. Hast Du geglaubt, ich würde Cain werden, ohne jenen letzten Schutz
zu haben? Washington wird es nicht wagen, mich zu berühren! Mir kommt es
richtig vor, daß Cain am Tage von Borowskis Tod die Papiere holt, die ihm ein
sehr langes Leben garantieren. Du hast Cain gezeichnet, jetzt zeichne ich Dich.
Ich komme wieder, dann wirst Du Deiner Hure in den Tod folgen.

Delta.

Jason legte das Blatt auf den Tisch und trat neben die tote Frau. Der Alkohol war trocken, die geschwollene Kehle bereit. Er beugte sich über sie
und spreizte die Finger, legte seine Hände dorthin, wo vorher ein anderer die Hände gehabt hatte.

34

Über den Spitzen der Kirche in Levallois-Perret im nordwestlichen Paris
leuchteten die ersten Strahlen der Morgensonne, es war ein kalter März-
morgen, und an die Stelle des nächtlichen Regens war leichter Nebel getreten. Ein paar alte Frauen, die von der nächtlichen Putzarbeit in der
Stadt in ihre Wohnungen zurückkehrten, betraten durch die schweren
Bronzetüren das Kirchenschiff; in der Hand trugen sie ihre Gebetbücher.
Gleich würde die Morgenandacht beginnen, um sie anschließend zu
Hause in wenige Stunden wohlverdienten Schlafs sinken zu lassen, bevor die Mühsal des Tages wieder begann. Und dann waren da auch
einige schäbig gekleidete Männer – die meisten ebenfalls alt, andere mit-
leiderregend jung –, die sich ihre Mäntel enger um die Schultern zogen
und die Wärme der Kirche suchten, wobei sie in ihren Taschen Flaschen
mit billigem Rotwein umklammert hielten, die ihnen das Vergessen ge-
währten.

Nur ein alter Mann schwebte nicht in tranceartigen Zuständen wie die
anderen. Er war ein alter Mann, der es eilig hatte. In seinem faltigen, fahlen Gesicht war Widerstreben – vielleicht sogar Furcht – zu lesen. Aber
an der Art, wie er die Treppen hinauf und durch die Kirchentore eilte,
war kein Zögern zu bemerken, und er eilte weiter, vorbei an den flak-
kernden Kerzen, den linken Gang hinunter. Es war eine seltsame
Stunde, um die Beichte abzulegen. Dennoch begab sich dieser alte Bettler direkt zum ersten Beichtstuhl, schob den Vorhang auseinander und
schlüpfte hinein.

»Angelus Domini . . .«

»Hast du es *mitgebracht?*« fragte die flüsternde Stimme, und die prie-
sterhafte Silhouette hinter dem Vorhang zitterte vor Wut.

»Ja. Er hat es mir ganz benommen in die Hand gedrückt, hat geweint, gesagt, ich solle verschwinden. Er hat den Brief Cains verbrannt und sagt, er würde alles ableugnen, wenn je auch nur ein einziges Wort davon erwähnt werden sollte.« Der alte Mann schob die beschriebenen Blätter unter dem Vorhang durch.

»Er hat ihr Briefpapier benutzt –« Das Flüstern des Meuchelmörders brach, und die Silhouette einer Hand schob sich vor die Silhouette eines Kopfes, und jetzt konnte man hinter dem Vorhang einen halb erstickten Aufschrei hören.

»Ich muß Sie eindringlich bitten, daran zu denken, Carlos«, bat der Bettler. »Der Bote ist für die Nachricht, die er trägt, nicht verantwortlich. Ich hätte mich weigern können, sie Ihnen zu überbringen.«

»Wie? *Warum . . .?*«

»Die Lavier. Er ist ihr nach Parc Monceau gefolgt und dann beiden zu der Kirche. Ich habe ihn in Neuilly-sur-Seine gesehen, als ich in Ihrem Auftrag dort war. Das habe ich Ihnen gesagt.«

»Ich weiß. Aber *warum*? Er hätte sie auf hundert unterschiedliche Arten einsetzen können! Gegen mich! Warum *das?*«

»Es steht in seinem Brief. Er ist verrückt geworden. Man hat ihn zu weit getrieben, Carlos. Das kommt vor; ich habe das schon mehrmals erlebt. Man nimmt einem Doppelagenten die Verbindungsleute weg; er hat niemanden mehr, der seinen ursprünglichen Auftrag bestätigen kann. Beide Seiten wollen seine Leiche. Das zieht und zerrt so an seinen Nerven, daß er möglicherweise nicht mehr weiß, wer er ist.«

»Er weiß es . . .« Das Flüstern war jetzt ganz leise, man spürte die Wut in jedem Wort. »Indem er mit dem Namen Delta unterschreibt, sagt er mir, daß er alles weiß. Wir beide wissen, woher das kommt, woher *er* kommt.«

Der Bettler hielt inne. »Wenn das stimmt, dann ist er immer noch gefährlich für Sie. Er hat recht. Washington wird ihm nichts tun. Vielleicht sieht es sich sogar gezwungen, ihm als Gegenleistung für sein Schweigen ein oder zwei Privilegien einzuräumen.«

»Die Papiere, von denen er spricht?« fragte der Killer.

»Ja. Früher – in Berlin, Prag, Wien – nannte man sie ›letzte Zahlung‹. Borowski gebraucht hier ›letzten Schutz‹, das ist eine geringfügige Abweichung. Es handelte sich um Papiere, die von einer erstrangigen Quellenkontrolle und dem Infiltrator ausgestellt wurden. Sie sollten dann erst benutzt werden, wenn die Strategie zusammenbrach, der Verbindungsmann getötet wurde und dem Agenten keine anderen Wege mehr offenstanden. Das war etwas, was Sie in Nowgorod sicher nicht gelernt haben; die Sowjets verfügten über solche Dinge nicht. Aber sowjetische Überläufer bestanden darauf.«

»Einundsiebzig Straßen im Dschungel . . .«, las Carlos von dem Blatt, das er in der Hand hielt. Eine eisige Ruhe hatte ihn jetzt erfaßt und war aus jedem geflüsterten Wort zu verspüren. »Ein Dschungel, der so dicht ist wie Tam Quan . . . Diesmal wird die Exekution planmäßig stattfinden. Jason Borowski wird *dieses* Tam Quan nicht lebend verlassen, auch unter keinem anderen Namen. Cain wird tot sein, und Delta wird für das, was er getan hat, sterben. Angélique – du hast mein Wort.« Damit war das Gelöbnis beendet, und die Gedanken des Meuchelmörders wandten sich wieder praktischen Dingen zu. »Hatte Villiers eine Ahnung, wann Borowski sein Haus verlassen hat?«

»Das wußte er nicht. Ich sagte Ihnen ja, er konnte kaum zusammenhängend sprechen, derselbe Schock wie bei seinem Anruf.«

»Das hat jetzt nichts zu sagen. Die ersten Flüge nach den Vereinigten Staaten sind schon in der letzten Stunde abgegangen. Er wird in einer dieser Maschinen sein. Ich werde mit ihm in New York sein, und diesmal entgeht er mir nicht. Mein Messer wird ihn erwarten, und es wird scharf wie eine Rasierklinge sein. Das Gesicht werde ich ihm in Fetzen schneiden; die Amerikaner werden ihren Cain ohne Gesicht bekommen! Dann können sie diesem Borowski, diesem Delta, jeden beliebigen Namen geben, der ihnen Spaß macht.«

Das blaugestreifte Telefon klingelte auf Alexander Conklins Schreibtisch. Seine Glocke war leise, gleichsam unterkühlt und verlieh damit dem Klang eine besondere Bedeutung. Das blaugestreifte Telefon war Conklins direkte Verbindung mit den Computersälen und Datenbänken. Im Büro war niemand, um das Gespräch entgegenzunehmen.

Der leitende Mann von der Central Intelligence rannte plötzlich hinkend durch die Tür; er brauchte den Stock nicht, den G-2, SHAPE, Brüssel, ihm letzte Nacht zur Verfügung gestellt hatte, als er eine Militärmaschine nach Andrews Field, Maryland, angefordert hatte. Er warf ihn ärgerlich in die Ecke und taumelte auf das Telefon zu. Seine Augen waren von dem fehlenden Schlaf blutunterlaufen, sein Atem ging kurz und hektisch; der Mann, der für die Auflösung von Treadstone verantwortlich zeichnete, war erschöpft. Er hatte mit einem Dutzend Abteilungen der verschiedenen Geheimdienste Zerhackergespräche geführt – in Washington und Übersee – und versucht, den Wahnsinn der letzten vierundzwanzig Stunden ungeschehen zu machen. Er hatte sämtlichen Stationen in Europa jedes Stückchen Information, das er aus den Akten graben konnte, zur Verfügung gestellt und die Agenten der Achse Paris – London – Amsterdam alarmiert. Borowski war am Leben und war gefährlich; er hatte versucht, seinen Vorgesetzten aus Washington zu töten; er mußte irgendwo in der Nähe von Paris sein. Sämtliche Flughäfen und Bahnstationen wurden überwacht, sämtliche Netze, die es im Untergrund gab, gespannt. Man mußte ihn finden!

»Ja?« Conklin stützte sich auf den Tisch und nahm den Hörer ab.

»Hier ist Computer Block zwölf«, sagte eine energische männliche

Stimme. »Wir haben vielleicht etwas. Zumindest hat das Außenministerium keine Angaben darüber.«

»*Was* haben Sie denn, um Himmels willen?«

»Der Name, den Sie uns vor vier Stunden durchgegeben haben. Washburn.«

»Was ist damit?«

»Ein George P. Washburn ist gestern mit Diplomatenpaß von Paris abgeflogen und heute morgen mit einem Flug der Air France in Kennedy angekommen. Washburn ist ein ziemlich verbreiteter Name; er könnte natürlich ein ganz gewöhnlicher Geschäftsmann mit Verbindungen sein, aber der Name hatte einen Stern auf dem Bildschirm, und da er einen NATO-Diplomatenstatus hatte, haben wir beim Außenministerium nachgefragt. Sie haben noch nie etwas von ihm gehört. Es gibt keinen Washburn, der zur Zeit NATO-Verhandlungen mit der französischen Regierung führt.«

»Wie, zum Teufel, kam es dann, daß er einen Diplomatenstatus hatte und durchgecheckt wurde? Wer hat ihm denn den Diplomatenstatus verpaßt?«

»Wir haben in Paris nachgeforscht; es war nicht leicht. Offenbar lief es auf eine Gefälligkeit des Conseiller Militaire hinaus.«

»Der Conseiller? Wie, zum Teufel, kommen die dazu, *unsere* Leute durchzuchecken?«

»Es brauchen gar nicht ›unsere‹ Leute zu sein oder ›ihre‹ Leute; es kann jeder beliebige sein. Nur ein kleiner Akt der Höflichkeit seitens des Gastgeberlandes, und hier handelte es sich um einen französischen Kurier. Das ist eine Möglichkeit, sich in einer bereits überfüllten Maschine einen ordentlichen Platz zu verschaffen. Übrigens, Washburns Paß stammte nicht einmal aus den USA. Er war britisch.«

Es gibt da einen Arzt, einen Engländer namens Washburn . . .

Das *war* er! Das war Delta, und der Conseiller von Frankreich hatte ihn unterstützt. Aber warum New York? Was gab es in New York für ihn? Und wen gab es in Paris an so hoher Stelle, um Delta behilflich sein zu können? Was hatte er ihnen gesagt? Herrgott! *Wieviel* mochte er ihnen wohl gesagt haben?

»Wann kam die Maschine an?« fragte Conklin.

»Um zehn Uhr siebenunddreißig. Vor gut einer Stunde.«

»All right«, sagte der Mann, der seinen Fuß im Dienste *Medusas* verloren hatte, und ließ sich mühsam wieder in seinen Sessel zurückfallen. »Sie haben geliefert, und jetzt möchte ich, daß das alles von den Bändern gelöscht wird. Sie müssen es vernichten. Alles, was Sie mir gegeben haben. Ist das klar?«

»Verstanden, Sir. Gelöscht, Sir.«

Conklin legt auf. New York. *New York*? Nicht Washington, sondern New York! In New York war nichts mehr. Delta wußte das. Wenn er hinter einem Mitglied von Treadstone her war – wenn er hinter *ihm* her war –, hätte er einen Flug direkt nach Dulles genommen. Wieso dann New York?

Und weshalb hatte Delta absichtlich den Namen Washburn gebraucht? Ebensogut hätte er seine Strategie telegrafisch bekanntgeben können; er wußte, daß der Name über kurz oder lang auffallen würde . . . Später . . . *nachdem* er in den Staaten war! Delta signalisierte damit den Nachfolgern Treadstones, daß er aus einer Position der Stärke zu verhandeln gedachte. Er konnte nicht nur Treadstone auffliegen lassen, sondern ganze Netze, die er als Cain benutzt hatte; Lauschposten und Ersatzkonsulate, die nicht mehr als elektronische Spionagestationen waren . . . selbst *Medusa*. Seine Verbindung, die zum Conseiller Militaire reichte, es war Treadstone Beweis genug, wie hoch er aufgestiegen war. Es besagte, daß nichts ihn aufhalten konnte, im Gegenteil, eine erlesene Gruppe von Strategen ihm behilflich war. Verdammt! Was sollte das Ganze? Er besaß Millionen; er hätte untertauchen können!

Conklin schüttelte den Kopf, er erinnerte sich. Es hatte eine Zeit gegeben, in der er zugelassen hätte, daß Delta untertauchte; das hatte er ihm auch vor zwölf Stunden in einem Friedhof außerhalb von Paris gesagt. Es gab für alles seine Grenzen, das wußte niemand besser als Alexander Conklin, der einmal zu den besten Außenbeamten in der Abwehr gehört hatte. Die abgedroschenen Reden, daß er ja immerhin noch am Leben war, wurden im Laufe der Zeit schal und bitter. Was ein Gebrechen aus einem machte, hing davon ab, was man vorher war. Grenzen . . . Aber Delta tauchte *nicht* unter! Er kam mit verrückten Erklärungen, verrückten Forderungen zurück. . . Taktiken, wie sie kein erfahrener Abwehrmann auch nur in Betracht ziehen würde. Denn ganz gleich, wieviel hochexplosive Information er besaß, kein Mann begab sich bei wachem Verstand in ein Minenfeld, das von seinen Feinden umgeben war. Kein Mann. Kein *vernünftiger* Mann. Conklin beugte sich langsam in seinem Sessel nach vorne.

Ich bin nicht Cain. Es hat ihn nie gegeben. Es hat mich nie gegeben! Ich war nicht in New York . . . Das war Carlos. Nicht ich, Carlos! Wenn das, was Sie sagen, an der Einundsiebzigsten Straße so abgelaufen ist, dann war er es. Er weiß es!

Aber Delta *war* doch in der Backsteinvilla an der Einundsiebzigsten Straße gewesen. Abdrücke – Mittel- und Zeigefinger der rechten Hand. Und jetzt war auch die Transportmethode erklärt: Air France, der Conseiller Militaire . . .

Faktum: Carlos konnte das nicht gewußt haben.

Dinge drängen sich mir auf . . . Gesichter, Straßen, Gebäude. Bilder, die ich nicht unterbringen kann . . . Ich kenne tausend Fakten über Carlos, aber ich kenne nicht den Grund dafür!

Conklin schloß die Augen. Es gab da einen Satz, einen einfachen Codesatz, der benutzt worden war, als Treadstone seinen Anfang nahm. Wie war er doch? Er kam von *Medusa . . . Cain ist für Charlie und Delta ist für Cain.*

Das war es. Cain für *Carlos.* Delta-Borowski wurde der Cain, der der Lockvogel für Carlos war.

Conklin schlug die Augen auf. Jason Borowski sollte Iljitsch Ramirez Sanchez ersetzen. Das war die ganze Strategie von Treadstone Seventy-One. Das war der Schlüssel für das ganze Netz von Täuschungen, das Carlos aus seinem Versteck herauslocken und in ihr Schußfeld ziehen sollte.

Borowski. Jason Borowski. Der völlig unbekannte Mann, ein Name, der seit über einem Jahrzehnt begraben war, ein Stück menschlicher Schutt, den man in einem Dschungel zurückgelassen hatte. Aber er *hatte* existiert; auch das war Teil der Strategie.

Conklin blätterte in den Aktendeckeln, die auf seinem Schreibtisch lagen, bis er den fand, den er suchte. Er hatte keinen Titel, nur eine Initiale und zwei Nummern, und dahinter ein schwarzes X, was andeutete, daß es sich um den einzigen Aktendeckel handelte, der die Ursprünge von Treadstone enthielt.

T-71 X. Die Geburt von Treadstone Seventy-One.

Er schlug den Aktendeckel auf und hatte beinahe Angst vor dem, was er in dem Ordner wußte.

Tag der Exekution. Tam-Quan-Sektor. 25. März . . .

Conklins Augen wanderten zu dem Kalender auf seinem Schreibtisch. *24. März.*

»O mein Gott«, flüsterte er und griff nach dem Telefon.

Dr. Morris Panov durchschritt die Doppeltüren der Psychiatrieabteilung im dritten Stock des Marinekrankenhauses von Bethesda und trat auf den Tresen der Schwestern zu. Er lächelte der uniformierten Schwesternhelferin zu, die unter den strengen Blicken der Stationsschwester Karteikarten ordnete. Offenbar hatte die junge Lehrschwester eine Patientenkarte – wenn nicht gar einen Patienten – verlegt, und ihre Vorgesetzte war dabei, ihr klarzumachen, daß das nicht wieder passieren dürfte.

»Sie dürfen sich von Annies strenger Miene nicht täuschen lassen«, sagte Panov zu dem aufgeregten Mädchen. »Unter diesen kalten, unmenschlichen Augen steckt ein Herz aus purem Gold. Aber in Wirklichkeit ist sie vor zwei Wochen aus dem fünften Stock entkommen, und wir haben alle Angst, es jemandem zu sagen.«

Die Schwesternhelferin kicherte, während die Oberschwester verzweifelt den Kopf schüttelte. Das Telefon klingelte.

»Würden Sie das bitte nehmen«, sagte Annie zu dem jungen Mädchen. Die Helferin nickte und eilte zum Schreibtisch. Die Schwester wandte sich Panov zu. »Doktor Mo, wie soll ich denen jemals etwas in den Kopf trichtern, wenn Sie die ganze Zeit Scherze machen?«

»Nur mit viel Liebe, Annie, meine Liebe. Mit Liebe. Aber Sie dürfen dabei Ihre Ketten nicht verlieren.«

»Sie sind unverbesserlich. Sagen Sie, wie geht es Ihrem Patienten in Fünf-A? Ich weiß, daß Sie sich Sorgen um ihn machen.«

»Die mach ich mir immer noch.«

»Ich höre, daß Sie die ganze Nacht wach geblieben sind.«

»Um drei Uhr früh war ein Film im Fernsehen, den ich mir ansehen wollte.«

»Passen Sie auf sich auf, Mo«, sagte die Schwester mütterlich, »Sie sind noch zu jung, um hier drinnen zu enden.«

»Und vielleicht schon zu alt, um noch eine andere Wahl zu haben. Aber vielen Dank.«

Plötzlich bemerkten Panov und die Schwester, daß er ausgerufen wurde. Die junge Schwesternhelferin am Schreibtisch sprach ins Mikrophon:

»Doktor Panov, bitte. Telefonanruf für –«

»*Ich* bin Doktor Panov«, sagte der Psychiater sanft zu dem Mädchen. »Wir wollen nur, daß niemand das erfährt. Annie Donovan hier ist in Wirklichkeit meine Mutter aus Polen. Wer ist denn dran?«

Die Hilfsschwester sah auf Panovs Ausweiskarte an seinem weißen Mantel; dann riß sie die Augen auf und erwiderte: »Ein Mister Alexander Conklin, Sir.«

»Oh?« Panov war sichtlich überrascht. Alex Conklin war im Laufe der letzten fünf Jahre einige Male sein Patient gewesen, bis sie beide übereinstimmend zu dem Schluß gekommen waren, daß seine Psyche sich dem Schreibtischdasein so gut angepaßt hatte, wie das eben möglich war. Was auch immer Conklin wollte, es war bestimmt einigermaßen wichtig, sonst hätte er nicht in Bethesda, sondern in seiner Praxis angerufen. »Wo kann ich das Gespräch führen, Annie?«

»Zimmer eins«, sagte die Schwester und wies auf die andere Seite des Korridors. »Das ist leer. Ich lasse das Gespräch durchstellen.«

Panov ging auf die Türe zu und begann sich irgendwie unbehaglich zu fühlen.

»Ich brauche ein paar sehr schnelle Antworten, Mo«, sagte Conklin mit gepreßter Stimme.

»Ich versteh' mich nicht besonders gut auf schnelle Antworten, Alex. Warum kommen Sie nicht heute nachmittag einfach vorbei?«

»Es betrifft nicht mich. Es geht um jemand anderen. Möglicherweise.«

»Keine Spielchen, bitte. Ich dachte, das hätten wir hinter uns.«

»Das sind keine Spielchen. Es geht um einen Vier-Null-Fall. Ich brauche Hilfe.«

»Vier-Null? Dann sollten Sie einen Ihrer Leute einschalten. Ich habe noch nie diese Art von Sicherheitsfreigabe beantragt.«

»Das kann ich nicht. Ich sage Ihnen ja, daß es ein schwieriger Fall ist.«

»Dann sollten Sie es vielleicht dem Herrgott zuflüstern.«

»Mo, *bitte*! Ich muß nur ein paar Möglichkeiten untersuchen und bestätigen. Den Rest kann ich mir selbst zusammenreimen. Und ich hab nicht einmal fünf Sekunden zu vergeuden. Da läuft möglicherweise ein Mann herum, der einem Phantom nachjagt und jeden, der sich ihm in den Weg stellt, beseitigt. Sein Geist ist verwirrt, und er ist ohne seinen Willen zu einem Werkzeug seines Wahnsinns geworden. Helfen Sie mir, helfen Sie *ihm*!«

»Wenn ich kann. Also, sprechen Sie.«

»Ein Mann wird über einen langen Zeitraum hinweg einer Situation von höchstem Streß ausgesetzt, die ganze Zeit im Untergrund. Die Tarnpersönlichkeit, die man ihm aufgesetzt hat, ist ein Lockvogel – eine gefährliche Situation, in der er einem ständigen Druck ausgesetzt ist. Der Zweck des Ganzen ist, eine Zielperson hervorzulocken und fertigzumachen, die dem Lockvogel sehr ähnlich ist, indem die Zielperson überzeugt wird, daß der Lockvogel sie bedroht . . . Konnten Sie mir bisher folgen!«

»Bisher schon«, sagte Panov. »Wenn ich recht verstehe, ist der Lockvogel einem dauerndem Druck ausgesetzt, er muß gewissermaßen in die Rolle eines Verbrechers schlüpfen. In welcher Umgebung hat sich das alles abgespielt?«

»In der brutalsten Umgebung, die Sie sich vorstellen können.«

»Über wie lange Zeit?«

»Drei Jahre.«

»Du lieber Gott«, sagte der Psychiater. »Ohne Pause?«

»Überhaupt keine. Vierundzwanzig Stunden täglich, dreihundertfünfundsechzig Tage im Jahr. Drei Jahre. In einer fremden Haut.«

»Wann werdet ihr verdammten Narren es endlich einmal kapieren? Selbst Gefangene in den schlimmsten Lagern können wenigstens sie selbst sein und mit anderen sprechen, die auch sie selbst sind –« Panov hielt inne und begann zu begreifen, was Conklin meinte. »Das ist es, worauf Sie hinauswollen, nicht wahr?«

»Ich bin nicht sicher«, antwortete der Abwehrbeamte. »Es ist alles nebelhaft, verwirrend, widerspricht sich teilweise. Meine Frage ist die: könnte ein Mann unter diesen Umständen anfangen, sich mit der Person des Lockvogels zu identifizieren, und seine Eigenschaften annehmen, die künstliche Person nach und nach so absorbieren, daß er am Ende glaubt, die Person selbst zu sein?«

»Die Antwort auf diese Frage ist so offenkundig, daß es mich überrascht, Sie sie stellen zu hören. Natürlich könnte er das. Es ist sogar wahrscheinlich, daß er es tut. Das ist eine unmenschliche psychische Belastung, die kein Mensch ohne Schaden übersteht. Es ist die Hölle. Ein Schauspieler, der die Bühne nie verläßt, in einem Stück, das nie endet. Tag für Tag und Nacht für Nacht.« Wieder hielt der Arzt inne und fuhr dann vorsichtig fort: »Aber das ist in Wirklichkeit gar nicht Ihre Frage, oder?«

»Nein«, erwiderte Conklin. »Ich gehe noch einen Schritt weiter. Über den Lockvogel hinaus. Das muß ich; das ist das einzige, was noch einen Sinn abgibt.«

»Augenblick«, unterbrach Panov ihn scharf. »Sie sollten jetzt besser Schluß machen, weil ich nicht irgendeine Blinddiagnose bestätige. Nicht für das, worauf Sie hinauswollen. Kommt nicht in Frage, Charlie.«

»›Kommt nicht in Frage . . . *Charlie.*‹ Warum haben Sie das gesagt, Mo?«

»Wieso fragen Sie? Das ist so ein dummer Satz, ich höre ihn die ganze Zeit. Junge Leute in schmutzigen Blue jeans sagen das an jeder Straßenecke, Nutten in meinen Lieblingslokalen.«

»Woher wissen Sie denn, worauf ich hinaus will?« fragte der Mann vom CIA.

»Weil ich die entsprechenden Bücher kenne, und Sie nicht besonders subtil vorgegangen sind. Wir haben es hier mit einem klassischen Fall paranoider Schizophrenie zu tun. Es geht hier ferner nicht nur um Ihren Mann, der die Rolle des *Lockvogels* übernommen hat, sondern auch um den Lockvogel, der *seine* Identität auf die Person übertragen hat, hinter der er her ist. Das *Ziel.* Darauf wollen Sie doch hinaus, Alex. Sie wollen mir klarmachen, daß Ihr Mann drei Leute sind: er selbst, der Lockvogel und das Ziel. Und ich wiederhole – kommt nicht in Frage, Charlie. Ohne eine gründliche Untersuchung bestätige ich nichts, was dem auch nur entfernt nahe kommt. Damit würde ich Ihnen Rechte einräumen, die Sie nicht haben dürfen: drei Gründe, einen Menschen zu beseitigen. Kommt nicht in Frage!«

»Ich verlange von Ihnen nicht, daß Sie etwas bestätigen! Ich will nur wissen, ob es *möglich* ist. Um Himmels willen, Mo, da gibt es einen Mann, der förmlich als Mordmaschine ausgebildet ist und der mit einer Waffe herumläuft und Leute tötet, von denen er behauptet, er hätte sie nicht gekannt, aber mit denen er drei Jahre lang zusammengearbeitet hat. Er leugnet, zu einer bestimmten Zeit an einem bestimmten Ort gewesen zu sein, obwohl seine Fingerabdrücke das beweisen. Er sagt, Bilder drängten sich in sein Bewußtsein – Gesichter, die er nicht unterbringen kann, Namen, die er gehört hat und von denen er auch nicht weiß, wo er sie gehört hat. Er behauptet, er sei nie der Lockvogel gewesen; er sei das nie gewesen! Aber er war es! Ist das *möglich*? Das ist alles, was ich wissen möchte. Könnte der Streß, die Länge der Zeit und die tägliche Belastung ihn so zerbrechen? Daß er in die Rolle dreier Persönlichkeiten schlüpft?«

Panov hielt einen Augenblick den Atem an. »Möglich ist es«, sagte er mit leiser Stimme. »Wenn Ihre Fakten zutreffen, ist es möglich. Das ist alles, was ich sage, weil es zu viele andere Möglichkeiten gibt.«

»Danke.« Conklin hielt inne. »Eine letzte Frage. Sagen wir, es gäbe da ein Datum – einen Monat und einen Tag – das in der konstruierten Akte eine bestimmte Bedeutung hatte – der Akte des Lockvogels.«

»Sie müssen sich schon deutlicher ausdrücken.«

»Bitte. Es war das Datum, an dem der Mann, dessen Identität für den Lockvogel ausgewählt wurde, getötet wurde.«

»Also offensichtlich nicht ein Teil der Arbeitsakte, aber Ihrem Mann bekannt. Ist es das, was Sie sagen wollen?«

»Ja, er kannte es. Wir wollen sagen, daß er dort war. Würde er sich erinnern?«

»Nicht als Lockvogel.«

»Aber als einer der beiden anderen?«

»Wenn wir annehmen, daß die Zielperson dieses Datum auch kannte oder es im Rahmen dieser Transferenz mitgeteilt hatte, dann ja.«

»Es gibt dann noch einen strategischen Ort, wo der Lockvogel geschaffen wurde. Wenn unser Mann sich in der Umgebung dieses Ortes aufhielte und der Todestag des Lockvogels sich zum soundsovielten Male jährte, würde er sich dann zu diesem Ort hingezogen fühlen? Würde er für ihn wichtig werden?«

»Ja, wenn er mit dem ursprünglichen Ort des Todes in Verbindung stand. Denn dort ist der Lockvogel geboren worden; es ist möglich. Es würde davon abhängen, wer er in diesem Augenblick ist.«

»Angenommen, er wäre die Zielperson?«

»Und würde den Ort kennen – dann würde er sich hingezogen fühlen, das wäre ein unbewußter Zwang.«

»Warum?«

»Um den Lockvogel zu töten. Er würde jeden töten, der ihm vor die Augen kommt, aber sein Hauptziel wäre der Lockvogel. Er selbst.«

Alexander Conklin legte den Hörer auf die Gabel, sein Beinstumpf tat ihm weh, die Gedanken gingen in seinem Kopf so durcheinander, daß er die Augen schließen mußte, um sich zu konzentrieren. Er hatte in Paris unrecht gehabt ... in einem Friedhof außerhalb von Paris. Er hatte einen Mann aus den falschen Gründen töten wollen, weil die richtigen Gründe sein Begriffsvermögen überstiegen. Er hatte es wirklich mit einem Wahnsinnigen zu tun. Jemandem, dessen Gebrechen sich nicht durch zwanzig Jahre Ausbildung erklären ließen, die man allerdings verstehen konnte, wenn man an all die Schmerzen, die Verluste, die endlose Gewalt dachte ... die alle keinen Sinn abgaben. Niemand wußte wirklich etwas. Es war alles sinnlos. Ein Carlos ging in die Falle, wurde heute getötet, und morgen würde ein anderer an seine Stelle treten. Warum taten wir das ... David?

David. Endlich spreche ich deinen Namen aus. Wir waren einmal Freunde,
David . . . Delta. Ich kannte deine Frau und deine Kinder. Wir haben zusammen
getrunken und ein paarmal zusammen zu Abend gegessen, auf irgendwelchen
fernen Stationen in Asien. Du warst der beste Beamte des Außenministeriums
im ganzen Orient. Jeder wußte das. Du warst im Begriff, zu einer Schlüssel-
figur in der Politik, einer menschlicheren Politik, aufzusteigen. Es war eine
Chance. Und dann passierte die Katastrophe. Im Mekong war es. Dann hast du
dich auf die andere Seite geschlagen, David. Wir haben alle unsere Hoffnungen
begraben müssen, aber nur einer von uns wurde Delta. In Medusa. So gut
kannte ich dich nicht – ein paar Drinks und ein oder zwei gemeinsame Abend-
essen schaffen noch keine Vertrautheit –, aber nur wenige von uns werden zu
Tieren. Du bist eines geworden, Delta.

Und jetzt mußt du sterben. Niemand kann sich mehr leisten, dich am Leben
zu lassen. Keiner von uns.

»Lassen Sie uns bitte allein«, sagte General Villiers zu seinem Adjutanten, als er sich in dem Café in Montmartre gegenüber von Marie St. Jacques an den Tisch setzte. Der Adjutant nickte und begab sich an einen
zehn Schritte von der Nische entfernten Tisch; er hatte seinen Vorgesetzten alleine gelassen, hielt sich aber immer noch im Hintergrund. Villiers
sah Marie an, Erschöpfung lag in seinen Augen. »Warum haben Sie darauf bestanden, daß ich hierher komme? Er wollte, daß Sie Paris verlassen. Ich habe ihm mein Wort gegeben.«

»Paris verlassen und aus dem Rennen ausscheiden«, sagte Marie, der
der Anblick des abgehärmten Gesichtes des alten Mannes naheging. »Es
tut mir leid. Ich will Ihnen nicht auch noch eine Last sein. Ich habe die
Berichte im Radio gehört.«

»Wahnsinn«, sagte Villiers und griff nach dem Cognac, den sein Adjutant für ihn bestellt hatte. »Drei Stunden mit der Polizei, drei Stunden, in
denen ich eine schreckliche Lüge leben mußte, in denen ein Mann in seiner Abwesenheit für ein Verbrechen verurteilt wurde, das einzig und
alleine das meine war.«

»Die Beschreibung war so genau, unheimlich genau. Niemand wird
ihn verfehlen.«

»Er hat sie mir selbst gegeben. Er saß vor dem Spiegel meiner Frau
und hat mir gesagt, was ich sagen sollte, hat sein eigenes Gesicht auf
höchst seltsame Art betrachtet. Er sagte, das sei die einzige Möglichkeit.
Carlos könnte nur überzeugt werden, wenn ich zur Polizei ginge und die
Jagd auslöste. Er hatte natürlich recht.«

»Er hatte recht«, nickte Marie, »aber er ist nicht in Paris, Brüssel, oder
Amsterdam.«

»Wie bitte?«

»Ich möchte, daß Sie mir sagen, wohin er gegangen ist.«

»Das hat er Ihnen doch selbst gesagt.«

»Er hat mich belogen.«

»Wie können Sie das so sicher wissen?«

»Weil ich weiß, wenn er mir die Wahrheit sagt. Sehen Sie, wir haben nämlich beide ein Ohr für die Wahrheit.«

»Ein Ohr für die Wahrheit . . .? Das verstehe ich nicht.«

»Das habe ich auch nicht angenommen; ich war sicher, daß er es Ihnen nicht gesagt hatte. Als er mich am Telefon belog, als er die Dinge sagte, die er so zögernd vorbrachte, weil er wußte, daß ich wußte, daß es Lügen waren, konnte ich das nicht verstehen. Ich habe mir erst ein Bild daraus gemacht, nachdem ich die Berichte im Radio gehört hatte. Diese Beschreibung . . . so vollständig, so total, bis zu der Narbe an seiner linken Schläfe. Dann wußte ich es. Er würde nicht in Paris bleiben oder im Umkreis von fünfhundert Meilen um Paris. Er würde weit weg gehen – an einen Ort, wo diese Beschreibung nicht sehr viel bedeutete –, wohin man Carlos locken konnte, um ihn an die Leute auszuliefern, mit denen Jason seine Übereinkunft getroffen hatte. Habe ich recht?«

Villiers stellte das Glas auf den Tisch. »Ich habe mein Wort gegeben. Ich muß Sie an einen sicheren Ort auf dem Lande bringen. Ich verstehe die Dinge nicht, die Sie sagen.«

»Dann werde ich versuchen, mich klarer auszudrücken«, sagte Marie und lehnte sich vor. »Im Radio war noch ein weiterer Bericht, den haben Sie wahrscheinlich nicht gehört, weil Sie noch mit der Polizei zu tun hatten. Man hat heute morgen in einem Friedhof in der Nähe von Rambouillet zwei Männer erschossen aufgefunden. Der eine war ein bekannter Killer aus Saint-Gervais. Der andere ist als ein ehemaliger Beamter der amerikanischen Spionageabwehr identifiziert worden, der in Paris lebte, ein höchst zwielichtiger Mann, der einen Journalisten in Vietnam getötet hatte und dem man die Wahl gelassen hatte, aus der Armee auszutreten oder vor ein Kriegsgericht gestellt zu werden.«

»Wollen Sie damit sagen, daß diese Ereignisse miteinander in Verbindung stehen?« fragte der alte Mann.

»Jason hatte Anweisung seitens der amerikanischen Botschaft, letzte Nacht zu diesem Friedhof zu fahren, um sich mit einem Mann zu treffen, der aus Washington herübergeflogen war.«

»*Aus Washington?*«

»Ja. Er hatte mit einer kleinen Gruppe von Leuten aus der amerikanischen Abwehr zu tun. Sie haben letzte Nacht versucht, ihn zu töten.«

»Du großer Gott, warum?«

»Weil sie ihm nicht vertrauen. Sie wissen nicht, was er getan hat und wo er sich über einen längeren Zeitraum hinweg aufgehalten hat, und er kann es ihnen nicht sagen.« Marie hielt inne und schloß kurz die Augen. »Er weiß nicht, wer er ist. Er weiß nicht, wer sie sind, und der Mann aus Washington hat andere Männer dafür bezahlt, ihn letzte Nacht zu töten. Dieser Mann war nicht bereit, ihn anzuhören; die glauben, daß er sie um

Millionen betrogen und Männer getötet hat, die er nie kannte. Das stimmt natürlich nicht. Aber er hat auch keine klaren Antworten parat. Er ist ein Mann, dessen Gedächtnis nur aus Fragmenten besteht. Er leidet unter fast völliger Amnesie.«

Villiers faltiges Gesicht war vor Erstaunen erstarrt, seine Augen blickten schmerzerfüllt. »Die haben überall Männer . . . und die haben Befehl, mich zu töten, sobald sie mich zu Gesicht bekommen«, hat er zu mir gesagt. »Ich werde von Männern gejagt, die ich nicht kenne und nicht sehen kann. Und ich kenne die Gründe nicht.«

»Sie werden auf ihn warten, wohin auch immer er geht.«

»Wissen diese Männer, wohin er gegangen ist?«

»Er wird es ihnen sagen, das ist ein Teil seiner Strategie. Und wenn er das tut, werden sie ihn töten. Er läuft in seine eigene Falle.«

Einen Augenblick lang war Villiers stumm. Seine Schuld schien ihn zu überwältigen. Schließlich sagte er im Flüsterton: »Allmächtiger Gott, was habe ich getan?«

»Was Sie für richtig hielten. Das, wovon er Sie überzeugt hatte, daß es richtig war. Sie können sich keine Schuld geben. Ihm auch nicht.«

»Er sagte, er würde alles aufschreiben, was ihm zugestoßen war. Alles, woran er sich erinnerte . . . Wie schmerzlich das für ihn gewesen sein muß! Ich kann jenen Brief gar nicht erwarten, Mademoiselle. Wir können nicht warten. Ich muß alles wissen, das Sie mir sagen könnten, jetzt.«

»Was können Sie tun?«

»Zum amerikanischen Botschafter gehen. Jetzt. Sofort.«

Marie St. Jacques zog langsam ihre Hand zurück und lehnte sich an die Nischenwand, so daß ihr dunkelrotes Haar auf dem Holz lag. Ihre Augen blickten in weite Ferne und waren von Tränen umnebelt. »Er hat mir erzählt, daß sein Leben für ihn auf einer kleinen Insel im Mittelmeer begann, die Ile de Port Noir heißt . . .«

Der Außenminister schritt verärgert in das Büro des Direktors der Consular Operations, dem Referenten des Ministeriums, dem die geheimdienstlichen Aktivitäten unterstanden. Er ging quer durch das Zimmer auf den Schreibtisch des erstaunten Beamten zu, der sich unwillkürlich erhob, als er diesen mächtigen Mann sah. Sein Gesichtsausdruck zeigte eine Mischung von Schock und Verwirrung.

»Herr Minister? . . . Ihr Büro hat mich nicht verständigt. Ich wäre sofort zu Ihnen hinaufgekommen.«

Der Außenminister knallte einen Schreibblock auf den Tisch des Direktors. Auf der obersten Seite standen sechs Namen, die mit den kräftigen Strichen eines Filzschreibers hingeschrieben waren.

BOROWSKI
DELTA

MEDUSA
CAIN
CARLOS
TREADSTONE.

»Was hat das zu bedeuten?« fragte der Außenminister. »Was zum
Teufel soll das?«

Der Direktor von Cons-Op beugte sich über den Schreibtisch. »Ich
weiß nicht, Sir. Es sind natürlich Namen. Ein Code für das Alphabet –
der Buchstabe D – und ein Hinweis auf *Medusa*; das ist noch geheim,
aber ich habe davon gehört. Und ich vermute, ›Carlos‹ bezieht sich auf
den Terroristen; ich wünschte, wir wüßten mehr über ihn. Aber von ›Borowski‹ oder ›Cain‹ oder ›Treadstone‹ habe ich nie gehört.«

»Dann kommen Sie in mein Büro und hören Sie sich die Bandaufzeichnung eines Telefongesprächs an, das ich gerade mit Paris geführt
habe, dann werden Sie alles darüber erfahren!« brauste der Außenminister auf. »Auf diesem Band sind außergewöhnliche Dinge zu hören, darunter Morde in Ottawa und Paris und ein paar höchst seltsame Geschäfte, die unser Erster Sekretär in der Montaigne mit einem CIA-Mann
hatte. Dann gibt es ein paar unverzeihliche Lügen gegenüber den Behörden auswärtiger Regierungen, gegenüber unseren *eigenen* Abwehreinheiten und gegenüber den europäischen Zeitungen – das alles ohne
mein Wissen und ohne meine ausdrückliche Billigung. Es hat da ein
weltweites Täuschungsmanöver gegeben, durch das Fehlinformationen
in ungeheurem Ausmaß verbreitet wurden. Wir fliegen jetzt unter
strengstem diplomatischen Schutz eine Kanadierin herüber – eine Beamtin im Wirtschaftsministerium in Ottawa, die in Zürich wegen Mordes
gesucht wird. Wir werden *gezwungen*, einer Flüchtigen Asyl zu gewähren, die Gesetze zu brechen – weil wir, wenn diese Frau die Wahrheit
sagt, den Arsch im Feuer haben! Ich möchte wissen, was hier vorgegangen ist. Streichen Sie Ihre sämtlichen Termine – ich meine wirklich *alle*.
Sie werden den Rest des Tages und die ganze Nacht, wenn es sein muß,
damit verbringen, diesen verdammten Mist auszugraben. Da läuft ein
Mann herum, der nicht weiß, wer er ist, der aber mehr Geheiminformationen in seinem Kopf herumträgt als zehn Abwehrcomputer!«

Dem erschöpften Direktor von Consular Operations gelang es erst nach
Mitternacht, die Verbindung herzustellen; beinahe hätte er sie verpaßt.
Der Erste Sekretär der Pariser Gesandtschaft hatte ihm auf die Drohung
seiner sofortigen Entlassung hin Alexander Conklins Namen genannt,
aber Conklin war nirgends zu finden. Er war am Morgen mit einer Militärmaschine aus Brüssel nach Washington zurückgekehrt, hatte aber
Langley um dreizehn Uhr zweiundzwanzig verlassen und keine Telefonnummer – nicht einmal für Notfälle – hinterlassen. Nach allem, was
der Direktor über Conklin erfahren hatte, war das eine außergewöhnli-

che Nachlässigkeit. Der CIA-Mann galt allgemein als das, was man in Fachkreisen einen Haifisch-Killer bezeichnete; er war für individuelle Strategien überall auf der Welt verantwortlich, wo man Verrat oder gar das Überlaufen von Schlüsselagenten befürchtete. Es gab zu viele Männer in zu vielen Stationen, die zu beliebiger Zeit seine Billigung benötigen konnten. Es war einfach nicht logisch, daß er sich auf die Dauer von zwölf Stunden völlig aus dem Verbindungsnetz ausschaltete. Ebenso ungewöhnlich war die Tatsache, daß seine Telefonlisten gelöscht waren; es gab keine für die letzten zwei Tage – und die Central Intelligence Agency hatte in bezug auf diese Telefonbücher sehr genaue Vorschriften. Die neue Administration legte großen Wert darauf, daß die Verantwortlichkeit im Einzelfalle den richtigen Personen zugeschrieben werden konnte.

Aber eine Tatsache hatte der Direktor von Cons-Op erfahren: Conklin war mit *Medusa* in Verbindung gestanden.

Indem er die ganze Macht des State Department einsetzte, hatte der Direktor Einblick in die Telefonlisten Conklins für die letzten fünf Wochen erzwungen. Die Agency hatte sie höchst widerstrebend über eine sichere Leitung durchgegeben, und dann war der Direktor zwei Stunden lang vor einem Bildschirm gesessen und hatte die Bedienungspersonen in Langley aufgefordert, das Band immer wieder zu wiederholen, bis er ihnen schließlich befohlen hatte, es anzuhalten.

Sechsundachtzig logische Kontaktpersonen waren angerufen worden, und man hatte das Wort Treadstone erwähnt; keiner hatte reagiert. Dann wandte er sich den möglichen Kontakten zu; da gab es einen Mann aus dem Heer, den er nicht in Betracht gezogen hatte, weil seine Abneigung gegenüber der CIA geradezu sprichwörtlich war. Aber Conklin hatte ihn vor einer Woche zweimal im Zeitraum von zwölf Minuten angerufen. Der Direktor rief seine Gewährsleute im Pentagon an und fand, was er suchte: *Medusa*. Brigadegeneral Irwin Arthur Crawford, gegenwärtig dienstältester Offizier, dem die Datenbänke der Heeresabwehr unterstanden, ehemals in Saigon für sämtliche Untergrundaktivitäten zuständig – immer noch sicherheitsüberprüft. *Medusa*.

Der Direktor griff nach dem Telefon im Konferenzzimmer; es war so geschaltet, daß es an der Vermittlung vorbeiging. Er wählte die Privatnummer des Brigadegenerals in Fairfax, und Crawford meldete sich beim vierten Klingeln. Der Mann aus dem Außenministerium gab sich zu erkennen und fragte den General, ob er das Außenministerium zurückrufen und sich vermitteln lassen wolle, um damit eine Bestätigung der Identität des Anrufers zu haben.

»Warum sollte ich das wollen?«

»Es betrifft eine Angelegenheit, die unter das Thema Treadstone fällt.«

»Ich rufe zurück.«

Das tat er in achtzehn Sekunden, und im Laufe der nächsten zwei Minuten hatte der Direktor die großen Umrisse der ihm zur Verfügung stehenden Informationen durchgegeben.

»Nichts, was uns nicht schon bekannt wäre«, sagte der Brigadier. »Es hat dafür von Anfang an einen Kontrollausschuß gegeben, und das Oval Office hat binnen einer Woche nach Aufnahme der Aktivitäten eine vorläufige Zusammenfassung erhalten. Unser Ziel rechtfertigte das Vorgehen, da können Sie sicher sein.«

»Ich bin bereit, mich überzeugen zu lassen«, erwiderte der Mann aus dem Außenministerium. »Gibt es irgendeine Verbindung mit dieser Geschichte in New York vor einer Woche? Elliot Stevens – dieser Major Webb und David Abbott? Wo die Umstände, nun, wollen wir sagen, beträchtlich abgeändert wurden?«

»Die Änderungen waren Ihnen bekannt?«

»Ich bin der Leiter von Cons-Op, General.«

»Ich verstehe . . . Ihr Mann, dieser Borowski, ist gestern morgen nach New York geflogen.«

»Ich weiß. Wir wissen es beide – Conklin und ich. Wir sind die Erben.«

»Sie waren mit Conklin in Verbindung?«

»Ich habe zuletzt gegen ein Uhr nachmittags mit ihm gesprochen. Unaufgezeichnet. Offen gestanden – er hat es so gewollt.«

»Er hat Langley verlassen. Es gibt keine Nummer, wo man ihn erreichen kann.«

»Das weiß ich ebenfalls. Versuchen Sie es nicht. Mit allem Respekt, sagen Sie dem Minister, er soll sich da raushalten. Sie auch. Schalten Sie sich nicht ein.«

»Wir sind bereits eingeschaltet, General. Wir fliegen die Kanadierin unter diplomatischem Schutz herüber.«

»Um Himmels willen, warum?«

»Man hat uns dazu gezwungen.«

»Dann halten Sie sie isoliert. Das *müssen* Sie!«

»Ich glaube, das müssen Sie mir erklären.«

»Wir haben es mit einem *Geistesgestörten* zu tun. Mehrfache Schizophrenie. Er ist ein wandelndes Erschießungskommando; er könnte bei einem einzigen Ausbruch ein Dutzend unschuldige Leute töten, eine einzige Explosion in seinem Bewußtsein, und er würde nicht einmal wissen, weshalb er es getan hat.«

»Woher wissen Sie das?«

»Weil er bereits getötet hat. Dieses Massaker in New York – das war *er*. Er hat Stevens, den ›Mönch‹ und Webb getötet – ausgerechnet Webb – und zwei andere, von denen Sie noch nie gehört haben. Wir verstehen das jetzt. Er war nicht verantwortlich dafür, aber das ändert nichts. Überlassen Sie ihn uns. Überlassen Sie ihn Conklin.«

»Borowski?«

»Ja. Wir haben Beweise. Fingerabdrücke. Sie sind vom FBI bestätigt. Er war es.«

»Ein solcher Mann« hinterläßt Fingerabdrücke?«

»Ja, das hat er.«

»Unmöglich«, sagte der Mann vom Außenministerium.

»Was?«

»Sagen Sie, wie kommen Sie darauf, daß er geistesgestört ist. Diese multiple Schizophrenie oder wie zur Hölle Sie es sonst nennen.«

»Conklin hat mit einem Psychiater gesprochen – einem der besten, die es gibt –, einer Autorität auf diesem Gebiet. Alex hat alles geschildert – mit brutaler Offenheit. Der Arzt hat unseren Verdacht bestätigt, Conklins Verdacht.«

»Er hat ihn *bestätigt*?« fragte der Direktor benommen.

»Ja.«

»Auf dem basierend, was Conklin sagte? Das, was er seinen Worten entnehmen konnte?«

»Es gibt keine andere Erklärung. Überlassen Sie ihn uns. Er ist unser Problem.«

»Sie sind ein verdammter Narr, General. Sie hätten bei Ihren Datenbänken bleiben sollen, oder vielleicht der primitiveren Artillerie.«

»Das verbitte ich mir.«

»Verbitten Sie es sich ruhig. Wenn Sie das getan haben, was ich glaube, daß Sie es getan haben, bleibt Ihnen vielleicht gar nichts anderes mehr übrig, als sich alles zu verbitten.«

»Erklären Sie das gefälligst etwas näher«, sagte Crawford verärgert.

»Sie haben es nicht mit einem Verrückten oder einem Geistesgestörten zu tun oder mit mehrfacher Schizophrenie – wovon Sie wahrscheinlich genausowenig verstehen wie ich. Sie haben es mit einem Mann zu tun, der unter *Amnesie* leidet, einem Mann, der seit Monaten versucht, herauszubekommen, wer er ist und woher er kommt. Und aus dem Mitschnitt eines Telefongesprächs, den wir hier haben, können wir entnehmen, daß er versucht hat, Ihnen das zu sagen – versucht hat, es Conklin zu sagen. Conklin wollte nicht auf ihn hören. Keiner von Ihnen wollte auf ihn *hören* . . . Sie haben einen Mann auf drei Jahre als Schläfer hinausgeschickt – drei *Jahre* – um Carlos in die Falle zu locken. Und als die Strategie dann aufflog, nahmen Sie das Schlimmste an.«

»Amnesie? . . . Nein, Sie haben unrecht! Ich habe mit Conklin gesprochen; er *hat* ihm zugehört. Sie verstehen das nicht. Wir wußten beide –«

»Ich will seinen Namen nicht mehr hören!« unterbrach ihn der Direktor von Consular Operations.

Der General hielt inne. »Wir haben beide . . . Borowski . . . vor Jahren gekannt. Ich nehme an, Sie wissen, von woher; Sie haben mir den Namen vorgelesen. Er war der eigenartigste Mann, der mir je begegnet ist, genauso paranoid wie jeder in diesem Verein. Er hat Missionen übernommen – Risiken –, die kein vernünftiger Mann angenommen hätte. Aber er hat nie etwas verlangt. Er war voller Haß.«

»Und das macht ihn zehn Jahre später zu einem Kandidaten für ein psychiatrisches Krankenhaus?«

»Sieben Jahre«, verbesserte Crawford. »Ich habe zu verhindern versucht, daß er für Treadstone ausgewählt wurde. Aber der Mönch hat gesagt, er wäre der Beste. Ich hatte kein Argument dagegen, wenigstens aus meiner persönlichen Erfahrung. Aber ich habe aus meinen Einwänden keinen Hehl gemacht. Psychologisch war er ein Grenzfall; wir kannten die Gründe. Jetzt liefert er uns den Beweis, daß ich recht hatte. Darauf bestehe ich.«

»Auf gar nichts werden Sie bestehen, General. Auf Ihren eisernen Arsch werden Sie fallen. Weil der ›Mönch‹ recht hatte. Ihr Mann ist der Beste, mit oder ohne Gedächtnis. Er bringt Carlos her, liefert ihn vor Ihre verdammte Haustüre. Das heißt, er bringt ihn, sofern Sie Borowski nicht vorher töten.«

Crawfords scharfer Atem war genau das, was der Direktor zu hören befürchtet hatte. So fuhr er fort: »Sie können Conklin nicht erreichen, oder?« fragte er.

»Nein.«

»Er ist untergetaucht, nicht wahr? Hat seine eigenen Vorkehrungen getroffen, Gelder durch Dritte und Vierte kanalisiert, die einander nicht kennen, so daß die Geldquelle nicht aufgedeckt werden kann und alle Verbindungen zur Agency und Treadstone verborgen sind. Und jetzt gibt es bereits Fotografien in den Händen von Männern, die Conklin nicht kennt und nicht erkennen würde, wenn sie ihn überfallen. Reden Sie nicht von Erschießungskommandos. Das Ihre ist aufmarschiert, aber Sie können es nicht sehen – Sie wissen nicht, wo es ist. Aber es ist vorbereitet – ein halbes Dutzend Karabiner, die schußbereit sind, sobald der Verurteilte in Sichtweite kommt. Schildere ich das Szenario richtig?«

»Sie erwarten doch von mir keine Antwort«, sagte Crawford.

»Das brauchen Sie nicht. Sie sprechen hier mit Consular Operations; mir ist alles das nicht neu. Aber in einem Punkt hatten Sie recht. Das *ist* Ihr Problem, Sie haben es voll am Hals. Wir haben damit nicht das geringste zu tun. Das kann ich dem Minister versichern. Das Außenministerium kann sich nicht leisten, zu wissen, wer Sie sind. Betrachten Sie diesen Anruf als unregistriert.«

»Verstanden.«

»Es tut mir leid«, sagte der Direktor aufrichtig. Er hörte die Niedergeschlagenheit in der Stimme des Generals. »Alles fliegt einmal auf.«

»Ja. Das haben wir bei *Medusa* gelernt. Was werden Sie mit der Frau machen?«

»Wir wissen noch nicht einmal, was wir mit Ihnen machen werden.«

»Das ist einfach. Eisenhower bei der Gipfelkonferenz: ›Was für

U-Zwos?‹ Wir machen mit; keine vorläufige Zusammenfassung, nichts. Wir können dafür sorgen, daß die Kanadierin in Zürich reingewaschen wird.«

»Das werden wir ihr sagen. Vielleicht hilft das. Wir werden uns ringsum entschuldigen. Und was die Frau angeht, so werden wir es mit einer beträchtlichen Entschädigung versuchen.«

»Sind Sie *sicher*?« unterbrach Crawford.

»Mit der Entschädigung?«

»Nein. Der Amnesie. Ganz sicher?«

»Ich habe mir dieses Band wenigstens zwanzigmal angehört, ihre Stimme gehört. Ich bin mir in meinem ganzen Leben noch keiner Sache so sicher gewesen. Übrigens, sie ist vor ein paar Stunden eingetroffen. Sie ist jetzt im Pierre-Hotel unter Bewachung. Wir bringen sie morgen früh nach Washington, nachdem wir uns darüber klargeworden sind, was wir tun wollen.«

»Einen Augenblick!« Die Stimme des Generals klang plötzlich erregt. »Nicht morgen. Sie ist hier . . . Können Sie mir eine Genehmigung verschaffen, sie zu sehen?«

»Schaufeln Sie sich Ihr Grab nicht noch tiefer, General. Je weniger Namen sie kennt, desto besser. Sie war mit Borowski zusammen, als er die Botschaft anrief; sie weiß über den Ersten Sekretär und inzwischen wahrscheinlich auch über Conklin Bescheid. Könnte sein, daß selbst er dran glauben muß. Halten Sie sich raus.«

»Sie haben mir gerade gesagt, ich sollte es bis zum Ende weiterspielen.«

»Nicht so. Sie sind ein anständiger Mann, und ich bin das auch. Wir sind Profis.«

»Sie verstehen nicht! Wir haben Fotos, ja, aber die sind vielleicht nutzlos. Sie sind drei Jahre alt, und Borowski hat sich verändert, drastisch verändert, deshalb hat Conklin sich ja selbst eingeschaltet – wo, weiß ich nicht –, aber jedenfalls ist er dort. Er ist der einzige, der Borowski gesehen hat, aber es war Nacht und es regnete. Die Frau ist vielleicht unsere einzige Chance. Sie war mit ihm zusammen – hat wochenlang mit ihm gelebt. Sie *kennt* ihn. Es ist möglich, daß sie ihn vor irgend jemand anderem erkennen wird.«

»Ich verstehe nicht.«

»Dann will ich es Ihnen ganz deutlich sagen. Zu Borowskis vielen, vielen Talenten gehört die Fähigkeit, sein Aussehen zu verändern, in einer Menge unterzutauchen, oder in einem Feld oder zwischen Bäumen – einfach unsichtbar zu werden. Wenn das, was Sie sagen, zutrifft, erinnert er sich wahrscheinlich nicht, aber wir hatten bei *Medusa* einen Spitznamen für ihn. Seine Männer pflegten ihn . . . Chamäleon . . . zu nennen.«

»Das ist Ihr Cain, General.«

»Das war unser Delta. Es gab keinen wie ihn. Und deshalb kann die Frau helfen. Jetzt. Beschaffen Sie mir diese Genehmigung! Lassen Sie mich sie sehen, mit ihr sprechen.«

»Indem wir Ihnen die Genehmigung geben, ziehen wir Sie in die Sache rein. Ich glaube nicht, daß wir das tun können.«

»Um Himmels willen, Sie haben gerade gesagt, daß wir anständige Männer sind! Sind wir das wirklich? Wir können sein Leben retten! Vielleicht. Wenn sie mit mir zusammen ist und wir ihn finden, können wir ihn dort herausholen!«

»*Dort*? Wollen Sie sagen, daß Sie wissen, wo er hingehen wird?«

»Ja.«

»Wie das?«

»Es gibt nur diesen einen Ort.«

»Und der Zeitpunkt?« fragte der ungläubige Direktor von Consular Operations. »Sie wissen, *wann* er dort sein wird?«

»Ja. Heute. Am Datum seiner eigenen Hinrichtung.«

35

Aus dem Transistorradio hallte blechern Rockmusik, und der langhaarige Fahrer des Taxis schlug mit der Hand im Takt gegen das Steuerrad und wippte zu allem Überfluß auch noch mit dem Kinn. Das Taxi schob sich auf der Einundsiebzigsten Straße in östlicher Richtung dahin, in den Stau verkeilt, der schon an der Ausfahrt des East River Drive begann. Es kam zu Wutausbrüchen vereinzelter Autofahrer, wenn Motoren durchdrehten und einzelne Wagen wieder ein paar Zoll nach vorne ruckten, um dann erneut minutenlang zu stehen und zu warten. Es war acht Uhr fünfundvierzig morgens, und der Straßenverkehr in New York war wie gewöhnlich ein Fiasko.

Borowski zwängte sich auf dem Rücksitz in die Ecke und starrte unter der Hutkrempe durch die dunklen Gläser seiner Sonnenbrille auf die von Bäumen gesäumte Straße hinaus. Er war schon hier gewesen; das hatte sich ihm unauslöschbar eingeprägt. Er war auf diesem Pflaster gegangen, hatte die Eingänge, die Läden und die mit Efeu bedeckten Mauern gesehen – die in diese Stadt eigentlich gar nicht paßten, der Einundsiebzigsten Straße aber einen noblen Anstrich gaben. Er hatte schon früher nach oben geblickt und die Dachgärten bemerkt und sie mit einem *gepflegten* Garten verglichen, der ein paar Straßen entfernt war in Richtung auf den Centralpark, einem Garten, der hinter den zeitlos *eleganten* französischen Türen am anderen Ende eines großen . . . komplizierten . . . Raumes lag. Und jener Raum befand sich in einem hohen, schmalen Gebäude aus braunem Backstein mit einer Reihe breiter, bleiverglaster Fenster, die sich vier Stockwerke über die Straße nach oben fortsetzten. Fenster aus dickem Glas, die das Licht in feinen Schattierungen von Purpur und Blau nach drinnen und draußen brachen. Antikes Glas vielleicht, Ornamentglas ... kugelsicheres Glas. Eine Backsteinvilla mit einer massiven Außentreppe, die aus seltsamen Stufen bestand. Jede Trittfläche war kreuz und quer von schwarzen Erhebungen durchzogen, die ein Ausgleiten auf nassem oder vereistem Boden unmöglich machten. Außerdem lösten die Schritte von jemandem, der hinaufging, im Inneren des Hauses eine elektronische Warnanlage aus.

Jason kannte jenes Haus. Das Klopfen in seiner Brust wurde heftiger, als sie die Straße erreichten. Er würde das Haus jetzt jeden Augenblick sehen, und während er mit seiner Rechten das linke Handgelenk umklammerte, wußte er, weshalb Parc Monceau so viele Erinnerungen in ihm ausgelöst hatte. Jenes kleine Stückchen Paris glich diesem kurzen Straßenzug an der oberen East Side so sehr. Sah man einmal von der einen oder anderen deplazierten weiß gestrichenen Fassade oder einem ungepflegten Vorgarten ab, wäre der Unterschied überhaupt nicht festzustellen gewesen.

Er dachte an André Villiers. Er hatte alles niedergeschrieben, woran er sich erinnern konnte, hatte alles in die Seiten eines Heftes geschrieben, das er hastig am Charles-de-Gaulle-Flughafen gekauft hatte. Vom ersten Augenblick, an dem ein lebender, von Kugeln durchsiebter Mann in einem feuchten, schlampigen Zimmer auf der Ile de Port Noir die Augen geöffnet hatte, über die erschreckenden Offenbarungen von Marseille, Zürich und Paris – ganz besonders Paris, wo das Phantom des Meuchelmörders Gestalt angenommen hatte, wo sich herausgestellt hatte, daß er über die Erfahrungen eines Killers verfügte. Wie man es auch betrachtete, es war ein Geständnis, die Dinge, die es nicht erklären konnte, waren ebenso niederdrückend wie die tatsächlichen Vorfälle. Aber es war die Wahrheit, so wie er die Wahrheit kannte. In den Händen von André Villiers würde es seine Anwendung finden; für Marie St. Jacques würden die richtigen Entscheidungen getroffen werden. Dieses Wissen verschaffte ihm jetzt freie Hand. Er hatte das Heft in einen Umschlag gesteckt, diesen verklebt und ihn noch vom Kennedy-Flughafen aus nach Parc Monceau geschickt. Bis das Heft Paris erreichte, war er tot oder lebendig wie noch nie; entweder er würde Carlos töten oder Carlos würde ihn töten. Irgendwo auf jener Straße – die einer anderen, Tausende von Meilen entfernten Straße glich – würde ein Mann, dessen breite Schultern auf schmalen Hüften saßen und dessen Haut olivfarben war, auf ihn Jagd machen. Das war das einzige, dessen er sich völlig sicher war; und er würde nichts anderes tun. Irgendwo auf jener Straße ...

Da war es! *Dort* die Morgensonne spiegelte sich in der schwarz lakkierten Türe und den glänzenden Messingbeschlägen, durchdrang die dicken, bleiverglasten Fenster, die sich wie eine breite Säule aus glänzendem, purpurnem Blau in die Höhe reckten. Er war *hier*, und zwar aus einem Grund – aus einem Gefühl – das er sich nicht erklären konnte. Seine Augen begannen zu tränen, und er spürte, wie ihm die Kehle schwoll. Er fühlte, daß er an einen Ort zurückgekehrt war, der ebenso Teil seiner selbst war wie sein Körper oder das, was von seinem Bewußtsein übriggeblieben war. Kein Zuhause; wenn man die elegante Villa ansah, vermittelte sie nicht Wohlbehagen, nicht Beschaulichkeit. Es war etwas anderes – ein überwältigendes Gefühl der – *Rückkehr*. Er war zum Anfang zurückgekehrt, *dem* Anfang, zum Ort des Beginns und der Schöpfung, der schwarzen Nacht und des hervorbrechenden Morgens. Irgend etwas geschah mit ihm, er umfaßte sein Handgelenk fester, mühte sich verzweifelt ab, den fast unkontrollierbaren Drang unter Kontrolle zu halten, aus dem Taxi zu springen und über die Straße auf jenes monströse stumme Gebilde aus Stein und blauem Glas zuzurennen, die Treppen hinaufzustürzen und mit der Faust gegen die schwere schwarze Türe zu schlagen.

Laßt mich hinein! Ich bin hier! Ihr müßt mich hineinlassen! Könnt ihr nicht verstehen?

ICH BIN DA!

Bilder stürmten auf ihn ein, dumpfe Geräusche drangen in seine Ohren. Ein bohrender, pochender Schmerz explodierte förmlich in seinen Schläfen. Er befand sich in einem dunklen Raum – *jenem* Raum – starrte wie auf eine Leinwand, sah Bilder in rasender Folge auf und ab blitzen.

Wer ist er? Schnell. Du kommst zu spät! Du bist ein toter Mann. Wo ist diese Straße? Was bedeutet sie dir? Wem bist du dort begegnet? Was? Gut. Es muß ganz einfach bleiben; sag so wenig wie möglich. Hier ist eine Liste: acht Namen. Welche davon sind Kontakte? Schnell! Hier ist noch eine. Methoden, Morde, zu vergleichen. Welches sind die deinen? . . . Nein, nein, nein! Delta könnte das tun, nicht Cain! Du bist nicht Delta, du bist nicht du! Du bist Cain. Du bist ein Mann namens Borowski. Jason Borowski! Konzentriere dich! Du mußt alles andere löschen. Du mußt die Vergangenheit wegwischen. Sie existiert für dich nicht. Du bist nur das, was du hier bist, hier geworden bist.

O Gott. Marie hatte es gesagt.

Vielleicht weißt du nur, was man dir gesagt hat . . . dir immer wieder und wieder eingehämmert hat. Bis da nichts anderes mehr war – Dinge, die man dir gesagt hat . . . die du aber nicht nachleben kannst . . . weil diese Dinge fremd sind, nicht du sind.

Der Schweiß rann ihm über das Gesicht, brannte in seinen Augen, und er umklammerte sein Handgelenk, versuchte, den Schmerz, die Geräusche, die Lichtblitze zu verdrängen. Er hatte Carlos geschrieben, daß er zurückkäme, um verborgene Dokumente abzuholen, die sein . . . »letzter Schutz« wären. Damals war ihm der Satz schwach vorgekommen; beinahe hätte er ihn ausgestrichen. Und doch hatte sein Instinkt ihm gesagt, daß er ihn stehenlassen mußte; er war irgendwie Teil seiner Vergangenheit . . . Jetzt verstand er. Seine Identität lag in jenem Haus. Seine *Identität*. Und ob Carlos ihm nun folgte oder nicht, er mußte sie finden. Das *mußte* er!

Plötzlich war alles wie verhext! Er schüttelte heftig den Kopf, versuchte diese innere Stimme, die aus ihm hervorbrach, zum Schweigen zu bringen. *Vergiß Carlos. Vergiß die Falle. Du mußt in dieses Haus gehen! Dort war es; dort war der Anfang!*

Hör auf!

Die Ironie des Ganzen war makaber. In jenem Haus gab es keinen letzten Schutz, nur eine letzte Erklärung für seine Person. Und ohne Carlos war diese Erklärung bedeutungslos. Jene, die Jagd auf ihn machten, kannten sie und beachteten sie nicht; sie wollten seinen Tod, wollten seinen Tod, weil sie die Erklärung kannten, die er nicht kannte, aber er war so nahe . . . er mußte sie finden. Sie war hier.

Borowski blickte auf; der langhaarige Fahrer beobachtete ihn im Rückspiegel. »Migräne«, sagte Jason kurz angebunden. »Fahren Sie um den Block herum. Noch einmal hierher. Ich bin verabredet, aber zu früh dran. Ich sage Ihnen, wo Sie mich aussteigen lassen sollen.«

»Ist ja Ihr Geld, Mister.«

Der Backsteinbau lag jetzt hinter ihnen, war in einer kurzen, plötzlichen Lockerung des Verkehrs schnell vorübergezogen. Borowski drehte sich im Sitz herum und blickte durch das Hinterfenster auf das Haus. Er war jetzt wieder ruhig. Die Bilder verschwanden; nur der Schmerz blieb, aber auch der würde nachlassen, das wußte er. Jetzt würde das Chamäleon in ihm wach werden.

Sechzehn Minuten später hatte sich alles verändert. Der Verkehr auf der Straße war langsamer geworden, ein weiteres Hindernis war dazugekommen. Ein Umzugswagen hatte vor der Backsteinvilla geparkt; Männer in Overalls standen herum und rauchten Zigaretten und tranken Kaffee, schoben den Augenblick noch hinaus, in dem sie mit ihrer Arbeit beginnen würden. Die schwere schwarze Tür stand offen, und ein Mann in einer grünen Jacke mit der Plakette der Transportfirma über der linken Brusttasche stand mit einem Block in der Hand im Foyer. Treadstone wurde aufgelöst! In ein paar Stunden würde es nicht mehr existieren, würde vom Erdboden gelöscht sein! Das durfte nicht passieren! Sie mußten aufhören!

Jason beugte sich vor, Geld in der Hand. Der Schmerz in seinem Schädel hatte plötzlich nachgelassen. Er mußte Conklin in Washington erreichen. Nicht später – nicht, wenn die Figuren auf dem Schachbrett auf ihren Plätzen standen –, sondern jetzt gleich! Conklin mußte ihnen sagen, daß sie aufhören sollen!

Seine Strategie beruhte auf Dunkelheit . . . immer Dunkelheit. Der Strahl einer Taschenlampe, der zuerst aus einer Seitengasse schoß, dann aus einer anderen, dann an finsteren Wänden emporkroch und an abgedunkelten Fenstern verweilte. Lichtstrahlen, die von einem Punkt zum anderen huschten. Ein Mörder tritt nachts in Aktion. Nicht jetzt. Er stieg aus.

»Hey, Mister!« schrie der Fahrer durch das offene Fenster.

Jason beugte sich vor. »Was ist denn?«

»Ich wollte nur danke sagen. Damit habe ich – «

Ein trockenes Geräusch, wie wenn jemand ausspuckt. Über seiner Schulter! Und gleich dahinter ein Husten, mit dem ein Schrei begann. Borowski starrte den Fahrer an, den Blutstrom, der plötzlich über dem linken Ohr des Mannes hervorschoß. Der Mann war tot, von einer Kugel getötet, die für seinen Fahrgast bestimmt war, einer Kugel, die irgendwo aus einem Fenster in jener Straße abgefeuert worden war.

Jason ließ sich zu Boden fallen und sprang dann nach links, auf den Bürgersteig zu. Zwei weitere spuckende Geräusche, schnell hintereinander, die erste Kugel bohrte sich in die Seite des Taxis, die zweite ließ den Asphalt bersten. Es war unglaublich! Man hatte ihn schon markiert, ehe die Jagd begonnen hatte! Carlos war *da*. In Position! Er oder einer seiner Männer hatten an einem Fenster oder auf einem Dach, von dem aus man die ganze Straße überblicken konnte, Stellung bezogen. Und dabei war die Gefahr, einen Unschuldigen zu töten, sehr groß; die Polizei würde kommen, und die Straße absperren. Carlos war doch *nicht* verrückt! Das Ganze gab einfach keinen Sinn. Und Borowski hatte keine Zeit, um Spekulationen anzustellen; er mußte der Falle entkommen ... der Falle, die sich umgedreht hatte.

Er mußte ein Telefon finden. Carlos war hier! Vor den Türen von Treadstone! Er hatte ihn tatsächlich hierhergebracht! Das war Beweis genug.

Er stand auf und fing an zu laufen, schob die Fußgänger beiseite. Er erreichte die Ecke und bog nach rechts – die Telefonzelle war zwanzig Fuß entfernt und bot ein gutes Ziel. Er konnte sie nicht benutzen.

Auf der anderen Straßenseite war ein Feinkostgeschäft, über dessen Tür ein kleines, rechteckiges Schild mit der Aufschrift TELEPHONE hing. Er trat vom Bürgersteig und fing wieder zu rennen an, wich den erbost hupenden Autos aus. Vielleicht würde eines von ihnen die Arbeit übernehmen, die Carlos sich selbst vorbehalten hatte. Wieder eine makabre Ironie.

»Der Central Intelligence Agency, Sir, ist im Wesen eine Organisation, die sich der Ermittlung von Tatsachen widmet«, sagte der Mann am anderen Ende der Leitung herablassend. »Die Art von Aktivitäten, die Sie beschreiben, stellt in unserer Arbeit nur einen ganz kleinen Teil dar und wird, offen gestanden, von Filmen und schlecht informierten Schriftstellern häufig verzerrt wiedergegeben.«

»Verdammt noch mal, Sie sollen mir *zuhören!*« sagte Jason und legte die Hand halb über die Sprechmuschel des Apparates, um in dem

überfüllten Feinkostgeschäft kein Aufsehen zu erregen. »Sie sollen mir
bloß sagen, wo Conklin ist. Es ist wirklich wichtig!«

»Das hat Ihnen sein Büro ja schon gesagt, Sir. Mr. Conklin ist gestern
nachmittag weggegangen, wir erwarten ihn Ende der Woche zurück. Da
Sie sagen, daß Sie Mr. Conklin kennen, ist Ihnen ja auch seine Verletzung
bekannt, die er sich im Dienst zugezogen hat. Er konsultiert oft Ärzte –«

»Würden Sie jetzt endlich *aufhören*! Ich habe ihn in Paris gesehen – in
der Nähe von Paris – vor zwei Tagen. Er ist von Washington hinüberge-
flogen, um sich mit mir zu treffen.«

»Was das betrifft«, unterbrach der Mann in Langley, »so hatten wir
das bereits überprüft, als Ihr Gespräch an dieses Büro weitergeleitet
wurde. Es gibt keine Aufzeichnungen, daß Mr. Conklin das Land im
Laufe des letzten Jahres verlassen hätte.«

»Dann hat man das eben vertuscht! Er war dort! Sie suchen Codes«,
sagte Borowski verzweifelt. »Die habe ich nicht. Aber jemand, der mit
Conklin zusammenarbeitet, wird die Worte erkennen. Medusa, Delta,
Cain . . . Treadstone! Irgend jemand *muß* sie einfach erkennen!«

»Niemand erkennt sie. Das hat man Ihnen doch gesagt.«

»Ja, jemand, der sie nicht kennt, hat das gesagt. Es gibt andere, und die
kennen sie. Glauben Sie mir!«

»Es tut mir leid. Ich kann wirklich –«

»Legen Sie nicht auf!« Es gab noch eine andere Möglichkeit, bei der
ihm zwar etwas mulmig zumute war, aber er hatte keine andere Wahl.
»Vor fünf oder sechs Minuten stieg ich an der Einundsiebzigsten Straße
aus einem Taxi. Man hat mich entdeckt und zu eliminieren versucht.«

»Sie zu . . . eliminieren?«

»Ja. Der Fahrer hat etwas zu mir gesagt, und ich habe mich vorge-
beugt. Diese Bewegung hat mir das Leben gerettet, aber der Fahrer ist
tot, er hat eine Kugel im Schädel. Es ist die Wahrheit, und ich weiß, daß
Sie über Mittel und Wege verfügen, das zu überprüfen. Inzwischen sind
am Schauplatz der Tat wahrscheinlich ein halbes Dutzend Polizeiwagen.
Prüfen Sie es nach. Das ist der beste Rat, den ich Ihnen geben kann.«

Auf der anderen Seite herrschte kurze Zeit Schweigen. »Da Sie Mr.
Conklin verlangt haben – werde ich dem, was Sie mir gerade sagten,
nachgehen. Wo kann ich Sie erreichen?«

»Ich bleibe in der Leitung. Mein Name ist Chamford.«

»*Chamford?* Sie sagten –«

»*Bitte.*«

»Ich komme wieder.«

Das Warten war unerträglich, aber bereits eine Minute später war der
Mann in Langley wieder in der Leitung. Vorhin klang seine Stimme
kompromißbereit, jetzt verärgert.

»Ich glaube, dieses Gespräch ist jetzt beendet, Mr. Chamford, oder wie
immer Sie auch heißen mögen. Wir haben mit der Polizei von New York

gesprochen; es gibt an der Einundsiebzigsten Straße keinen solchen Zwischenfall, wie Sie ihn schilderten. Ich muß Sie darauf hinweisen, daß auf solch irreführende Anrufe wie den Ihren strenge Strafen stehen. Guten Tag, Sir.«

Ein Klicken; die Leitung war tot. Borowski starrte ungläubig auf den Apparat. Monatelang hatten die Leute in Washington ihn gesucht. Sie hatten versucht, ihn zu töten. Und jetzt schob man ihn einfach ab. Sie wollten ihn anscheinend immer noch nicht anhören! Es kam noch schlimmer, sie erdreisteten sich, einen Mord, der erst vor Minuten stattgefunden hatte, einfach zu leugnen. Das war unbegreiflich . . . vollkommen *verrückt*.

Jason hängte den Hörer auf, ruhig ging er auf die Türe zu, bahnte sich einen Weg durch die Menschen, die an der Theke standen. Draußen zog er den Mantel aus, legte ihn sich über den Arm und nahm die Sonnenbrille mit der Schildpattfassung ab. Er eilte quer über die Straße wieder auf die Einundsiebzigste Straße zu.

An der anderen Ecke schloß er sich einer Gruppe von Fußgängern an, die darauf warteten, daß die Ampel umschaltete. Das Taxi war verschwunden. Man hatte es mit chirurgischer Präzision vom Schauplatz des Geschehens entfernt, ein krankes, häßliches Organ, das man aus dem Körper operierte, aber die lebenswichtigen Körperfunktionen liefen weiter. Carlos hatte wieder einmal gründliche Arbeit geleistet.

Borowski drehte sich um. Er mußte einen Laden finden; er mußte sein Äußeres verändern. Das Chamäleon konnte nicht länger warten.

Marie St. Jacques war ärgerlich. Sie saß Brigadegeneral Irwin Arthur Crawford in der Suite im Pierre-Hotel gegenüber. »Sie haben mir nicht zugehört!« sagte sie vorwurfsvoll. »Keiner von Ihnen wollte zuhören. Wissen Sie überhaupt, was Sie ihm *angetan* haben?«

»Nur zu gut«, erwiderte der Offizier. Bedauern lag in seinen Worten. »Ich kann nur wiederholen, was ich Ihnen schon sagte. Wir wußten einfach nicht, was wir glauben sollten.«

»Sieben Monate lang hat er verzweifelt versucht, der Wahrheit auf die Spur zu kommen. Und ihnen fiel nichts anderes ein, als Männer auszuschicken, die ihn töten sollen! Was sind das für Menschen?«

»Miß St. Jacques. Deshalb bin ich doch hier. Ich will ihn retten, wenn *wir* das überhaupt noch können.«

»Herrgott, Sie machen mich verrückt!« Marie hielt inne, schüttelte den Kopf und fuhr dann mit ruhigerer Stimme fort. »Ich werde tun, was Sie von mir verlangen, das wissen Sie. Können Sie diesen Conklin erreichen?«

»Ich bin sicher. Ich werde mich auf die Treppe dieses Hauses stellen, bis *er* keine andere Wahl mehr hat, als *mich* zu erreichen. Aber ich glaube nicht, daß Conklin unsere Hauptsorge ist.«

»Carlos?«

»Auch.«

»Was soll das heißen?«

»Das erkläre ich Ihnen unterwegs. Wir müssen Delta erreichen.«

»Jason?«

»Ja. Den Mann, den Sie Jason Borowski nennen.«

»Er ist von Anfang an einer von Ihren Leuten gewesen«, sagte Marie. »Was soll das also . . . ich verstehe nicht, warum –?«

»Sie werden zur rechten Zeit alles erfahren. Ich kann Ihnen jetzt *nichts* sagen. Ich habe veranlaßt, daß Sie in einem unmarkierten Regierungswagen schräg gegenüber dem Haus warten können. Sie bekommen einen Feldstecher. Sie kennen ihn jetzt besser als irgend jemand, vielleicht werden Sie ihn entdecken. Ich bete jedenfalls darum.«

Marie ging zum Schrank und holte ihren Mantel heraus. »Er hatte einmal zu mir gesagt, daß er ein Chamäleon sei . . .«

»Daran hat er sich erinnert?« unterbrach Crawford.

»Woran erinnert?«

»Er besaß das Talent, sich gewissermaßen unsichtbar machen zu können. Das meinte ich.«

»Einen Augenblick.« Marie trat auf den General zu, und ihre Augen bohrten sich förmlich in den seinen fest. »Wir müssen Jason erwischen. Ich weiß eine Möglichkeit. *Ich* stelle mich auf die Treppe dieses Hauses. Er wird *mich* sehen, mir eine Nachricht zukommen lassen!«

»Das ist zu gefährlich für Sie. Das kann ich nicht zulassen.«

»Warum nicht? Bleiben Ihnen denn noch viele Möglichkeiten, wo Sie schon fast alles verpatzt haben!«

»Ich kann das nicht. Wenn Delta recht hat und Carlos ihm gefolgt ist und jetzt auf der Straße lauert, ist das Risiko zu groß. Carlos kennt Sie von Fotografien. Er wird Sie töten.«

»Ich bin bereit, das Risiko auf mich zu nehmen.«

»Aber ich nicht. Ich glaube, im Namen meiner Regierung zu sprechen.«

»Dienstleistungen, Verwaltung«, verkündete eine uninteressierte Telefonistin.

»Mr. Petrocelli, bitte«, sagte Alexander Conklin gereizt und wischte sich den Schweiß von der Stirn, während er mit dem Telefonhörer in der Hand am Fenster stand. »Schnell, bitte!«

»Alle Leute haben es so ei –« Während sie das sagte, hatte sie die Verbindung hergestellt und schnitt sich damit selbst den Satz ab. Ein Summen ertönte.

»Petrocelli, Rückführungsbüro, Rechnungsabteilung.«

»Was *fällt Ihnen* eigentlich ein?« explodierte der CIA-Mann, der mit der Überraschung des anderen gerechnet hatte.

Die Pause war kurz. »Was soll die dumme Frage?«

»Nun, hören Sie mich an! Mein Name ist Conklin, Central Intelligence Agency, Freigabe Vier-Null. Sie wissen doch, was das bedeutet?«

»Seit zehn Jahren habe ich aufgehört, über das nachzudenken, was man mir sagt.«

»Das sollten Sie jetzt aber ausnahmsweise mal tun! Fast eine Stunde hab' ich dazu gebraucht, den Sachbearbeiter einer Umzugsfirma hier in New York zu erreichen. Er sagte, er hätte einen von Ihnen unterschriebenen Lieferschein und den Auftrag, sämtliche Möbel aus einer Backsteinvilla an der Einundsiebzigsten Straße zu entfernen – Haus Nummer hundertneununddreißig, um es genau zu sagen.«

»Mhm, daran erinnere ich mich. Und?«

»Wer hat Ihnen diese Anweisung erteilt? Das ist *unser* Gebiet. Wir haben zwar unsere Geräte letzte Woche entfernt, aber wir haben keine – ich wiederhole: *keine* – anderen Aktivitäten verlangt.«

»Augenblick mal«, sagte der Bürokrat. »Ich habe diesen Lieferschein gesehen. Ich meine, ich habe ihn gelesen, ehe ich ihn unterschrieben habe; Sie und Ihre Kollegen machen mich neugierig. Die Anweisung kam direkt aus Langley mit einem Eilformular.«

»Von *wem* in Langley?«

»Augenblick, dann sag' ich es Ihnen. Ich hab da eine Kopie bei meinen Akten; die muß hier auf meinem Schreibtisch sein.« Das Knistern von Papier war zu hören, dann verstummte es, und Petrocelli kam wieder. »Hier habe ich es, Conklin. Lassen Sie Ihre Wut gefälligst an Ihren eigenen Leuten in der Verwaltung aus.«

»Die wußten nicht, was sie tun. Streichen Sie diesen Auftrag. Rufen Sie die Umzugsfirma an und sagen Sie ihnen, daß sie verschwinden sollen! Jetzt!«

»Lassen Sie Dampf ab, Mann.«

»Was?«

»Sorgen Sie dafür, daß ich vor drei Uhr heute nachmittag eine schriftliche Eilanforderung auf dem Schreibtisch habe, dann könnte es sein – könnte, habe ich gesagt – daß sie morgen bearbeitet wird. Dann schaffen wir alles zurück.«

»*Zurück?*«

»Genau. Wenn man uns sagt, daß wir etwas abholen sollen, holen wir es ab. Wenn Sie uns sagen, daß wir es wieder zurückbringen sollen, bringen wir es wieder zurück. Wir haben hier ganz genauso unsere Vorschriften wie Sie auch.«

»Die Geräte, die Einrichtung, alles – war geliehen! Das war – das *ist* – keine CIA-Operation.«

»Warum rufen Sie dann mich an? Was haben Sie dann damit zu tun?«

»Ich hab jetzt keine Zeit, das zu erklären. Sorgen Sie bloß dafür, daß diese Leute dort verschwinden. Das ist eine Vier-Null-Anweisung.«

»Das ist mir scheißegal. Schauen Sie, Conklin, wir beide wissen ganz genau, daß Sie das, was Sie wollen, kriegen können, wenn ich das kriege, was ich will. Okay.«

»Ich kann die Agency nicht hineinziehen!«

»Mich werden Sie aber auch nicht hineinziehen.«

»Diese Leute dort müssen weg! Ich sage Ihnen –« Conklin verstummte, er hatte die ganze Zeit die Backsteinvilla auf der anderen Straßenseite nicht aus den Augen gelassen, und seine Gedanken waren plötzlich wie gelähmt. Ein hochgewachsener Mann in einem schwarzen Mantel war die Betonstufen hinaufgegangen; jetzt drehte er sich um und stand reglos vor der offenen Tür.

Das war *Crawford*.

Was machte er da?

Was hatte er *hier* zu tun?

Er mußte den Verstand verloren haben; der Mann war verrückt!

»Conklin? Conklin . . .« Die Stimme schwebte noch aus dem Telefonhörer, als der CIA-Mann auflegte.

Conklin wandte sich einem kräftig gebauten Mann zu, der sechs Fuß von ihm entfernt an einem Fenster stand. Der Mann hielt einen Karabiner in der Hand, an dessen Lauf ein Zielfernrohr befestigt war. Alex kannte den Namen des Mannes nicht und wollte ihn auch nicht kennen; er hatte schließlich genug dafür bezahlt.

»Sehen Sie diesen Mann dort unten in dem schwarzen Mantel, der vor der Türe steht?« fragte er.

»Ich sehe ihn. Er ist nicht der, den wir suchen. Er ist zu alt.«

»Gehen Sie hinüber und sagen Sie ihm, daß auf der anderen Straßenseite ein Krüppel ist, der ihn sprechen möchte.«

Borowski trat aus dem Gebrauchtkleiderladen an der Third Avenue und hielt kurz vor dem schmutzigen Schaufenster, um seine Erscheinung zu überprüfen. So würde es gehen; alles paßte zusammen. Der schwarze Strickhut bedeckte seinen Kopf bis mitten in die Stirn; die zerdrückte, mehrfach geflickte Militärjacke war ein paar Größen zu groß, das rotkarierte Flanellhemd, die weiten Khakihosen und die schweren Arbeitsschuhe mit den dicken Gummisohlen und den kräftigen abgerundeten Kappen paßten zusammen. Jetzt mußte er nur noch einen Gang finden, der zur Kleidung paßte. Den Gang eines kräftigen, etwas primitiven Mannes, dessen Körper angefangen hatte, die Auswirkungen eines Lebens körperlicher Anstrengung zu zeigen, der die tägliche schwere Arbeit als unvermeidbar akzeptierte, solange nur der Abend Belohnung in Gestalt von ein paar Dosen Bier brachte.

Er würde schon diese Gangart finden; das war kein Problem. Er mußte nur noch einen Telefonanruf erledigen; er sah schon aus der Ferne eine Zelle, unter deren verkratztem Blechtisch sogar ein zerfetztes Telefonbuch hing. Er setzte sich in Bewegung, und seine Beine wurden automatisch steifer, seine Fuße drückten sein Gewicht auf das Pflaster und die Arme hingen schlaff von den Schultern, seine Finger waren leicht gespreizt, von Jahren der Plackerei gebogen. Der stumpfsinnige Gesichtsausdruck würde später kommen. Nicht jetzt.

»Belkins Umzüge und Lagerhäuser«, meldete sich eine Telefonistin irgendwo in der Bronx.

»Mein Name ist Johnson«, sagte Jason ungeduldig, aber freundlich. »Ich fürchte, ich habe da ein Problem, und hoffe, daß Sie mir dabei helfen können.«

»Das will ich gern versuchen. Was kann ich für Sie tun?«

»Ich wollte gerade das Haus eines Freundes an der Einundsiebzigsten Straße besuchen – eines Freundes, der leider kürzlich starb –, um mir etwas abzuholen, was ich ihm geliehen hatte. Als ich hinkam, stand Ihr Möbelwagen vor dem Haus. Mir ist das richtig peinlich, aber ich fürchte, daß Ihre Männer mein Eigentum wegtragen werden. Gibt es da jemanden, den ich sprechen könnte?«

»Da müßte ich Ihnen einen Sachbearbeiter geben, Sir.«

»Sagen Sie mir bitte seinen Namen?«

»Was?«

»Seinen Namen.«

»Sicher. Murray. Murray Schumach. Ich verbinde Sie.«

Es klickte zweimal, und dann war eine Weile ein tiefes Summen in der Leitung zu hören.

»Schumach.«

»Mr. Schumach?«

»Am Apparat.«

Borowski wiederholte sein Anliegen. »Ich könnte mir natürlich leicht einen Brief von meinem Rechtsanwalt besorgen, aber der betreffende Gegenstand hat nur geringen Wert –«

»Was ist es denn?«

»Eine Angel. Keine teure, aber es ist eine altmodische Rolle daran, eine von der Art, die sich nicht alle fünf Minuten verwirrt.«

»Yeah, ich weiß schon, was Sie meinen. Ich gehe immer in der Sheepshead-Bucht zum Fischen. Heute machen die wirklich keine solchen Rollen mehr. Wahrscheinlich sind das die Metallegierungen.«

»Ja, da werden Sie wohl recht haben, Mr. Schumach. Ich weiß genau, in welchem Schrank er die Angel immer aufbewahrt hat.«

»Ach, was soll's – eine Angel. Gehen Sie einfach hinein und verlangen Sie Dugan. Er ist der Vorarbeiter. Sagen Sie ihm, Sie hätten mit mir gesprochen, und ich sei einverstanden. Aber Sie müssen eine Quittung unterschreiben. Wenn er Ihnen Schwierigkeiten macht, dann sagen Sie ihm, er soll mich anrufen. Von einer Zelle aus. Das Telefon dort ist schon abgeklemmt.«

»Ein Mr. Dugan. Vielen Dank, Mr. Schumach.«

»Herrgott, ich dreh' heut noch durch!«

»Wie bitte?«

»Nichts. Irgend so ein Idiot hat angerufen und gesagt, wir sollten dort verschwinden. Und dabei ist das ein fester Auftrag mit Bargeldgarantie. Können Sie sich das vorstellen?«

Carlos. Jason konnte es sich vorstellen.

»Es ist schwierig, Mr. Schumach.«

»Petri Heil«, sagte der Mann von Belkins.

Borowski ging auf der Siebzigsten Straße in westlicher Richtung auf die Lexington Avenue zu. Drei Straßen weiter südlich fand er das, was er suchte: ein Geschäft, das alte Uniformen und Militärutensilien verkaufte. Er ging hinein.

Acht Minuten später kam er wieder mit vier braunen Decken und sechs breiten Segeltuchgurten mit Metallschnallen heraus. In den Taschen seiner Militärjacke steckten zwei ganz gewöhnliche Straßenfakkeln. Er hatte sie auf der Theke liegen sehen. Sie erinnerten ihn an irgend etwas; aber er wußte nicht an was. Er schlang sich seine Käufe über die linke Schulter und marschierte weiter auf die Einundsiebzigste Straße zu. Das Chamäleon näherte sich dem Dschungel, einem Dschungel, der ebenso dicht war wie Tam Quan, damals vor vielen Jahren.

Es war zehn Uhr achtundvierzig, als er die Ecke des von Straßen gesäumten Häuserblocks erreichte, der die Geheimnisse von Treadstone Seventy-One enthielt. Er kehrte zum Anfang zurück – seinem Anfang – und die Furcht, die er empfand, war nicht die Furcht vor körperlichem Unbill. Darauf war er vorbereitet, jede Sehne, jeder Muskel war gespannt; seine Knie und Füße, seine Hände und Ellbogen warteten auf den Augenblick, wo seine Augen die Gefahr registrierten und der Kampf beginnen konnte. Seine Furcht ging viel tiefer. Er war im Begriff, den Ort seiner Geburt zu betreten, und davor hatte er panische Angst.

Hör auf! Die Falle ist alles. Cain ist für Charlie, und Delta ist für Cain!

Der Verkehr war wesentlich dünner geworden, die *Rush-hour* war vorüber, langsam breitete sich vormittägliche Ruhe in der Straße aus. Fußgänger schlenderten jetzt dahin, eilten nicht mehr; Autos bogen gemächlich um den Umzugswagen herum, und anstelle ärgerlicher Huptöne gab es jetzt nur noch ärgerliche Gesichter. Jason überquerte die Straße, als die Ampel auf Grün schaltete, und ging zur Treadstone-Seite hinüber; der hohe, schmale Bau aus braunem, ausgezacktem Backstein und dickem, blauem Glas war fünfzig Meter weiter unten an der Straße. Mit Decken und Gurten über der Schulter trottete ein etwas dümmlicher Taglöhner hinter einem gutgekleideten Paar schwerfällig auf das Haus zu.

Er erreichte die Betonstufen, als gerade zwei muskulöse Männer, ein Weißer und ein Schwarzer, eine in Decken gehüllte Harfe zur Tür hinaustrugen. Borowski blieb stehen und rief den beiden etwas zu. Seine Stimme klang stockend und sein Dialekt breit.

»Hey! Wo ist *Doogan?*«

»Wo denkste wohl?« erwiderte der Weiße und drehte den Kopf halb zur Seite. »Der hockt irgendwo rum.«

»Der nimmt doch nichts in die Pfoten, was schwerer is' als 'n Block«, fügte der Schwarze hinzu. »Er is' ja *Chef*, was, Joey?«

»'n Arschlosch is' er. Was has'n da?«

»Schumach hat mich geschickt«, sagte Jason. »Er wollte noch 'n Mann hier und hat sich gedacht, ihr könntet das Zeug da gebrauchen. Hat mir gesagt, ich soll's herbringen.«

»Der schöne Murray!« lachte der Neger. »Bist du ein Neuer, Mann? Hab' dich noch nie gesehen.«

»Mhm.«

»Dann bring doch den Scheiß zum Chef«, brummte Joey und setzte sich in Bewegung. »Der kann's dann verteilen, nicht wahr, Pete?«

Borowski ging die rötlich-braunen Stufen hinauf, vorbei an den zwei Arbeitern, auf die Türe zu. Er trat ein und sah die Wendeltreppe zur Rechten und den langen, schmalen Korridor vor ihm, der zu einer weiteren Türe führte, die dreißig Fuß entfernt lag. Tausendmal war er diese Stufen hinaufgestiegen und viele tausend Male den Korridor entlanggegangen, so wie jetzt. Er war zurückgekommen, und ein unbeschreibliches Gefühl der Angst zog ihm die Kehle zusammen. Er konnte die Sonnenstrahlen sehen, die in der Ferne durch französische Türen hereinfielen. Er näherte sich dem Raum, wo Cain geboren worden war. *Jenem* Raum. Er klammerte sich an den Gurten fest, die er sich über die Schulter gelegt hatte, und versuchte, dem Zittern Einhalt zu gebieten, das ihn durchlief.

Marie beugte sich auf dem Rücksitz der gepanzerten Regierungslimousine nach vorne und hob den Feldstecher. Etwas war geschehen. Ein untersetzter, kräftig gebauter Mann war vor ein paar Minuten an der Treppe der Backsteinvilla vorbeigegangen und hatte seine Schritte verlangsamt, als er sich dem General näherte, hatte offensichtlich etwas zu ihm gesagt. Dann hatte der Mann seinen Weg fortgesetzt, und Sekunden darauf war Crawford ihm gefolgt.

Conklin war gefunden worden.

Marie stellte das Glas scharf. Ein Umzugsarbeiter trat auf die Treppe zu, Decken und Gurte über den Schultern, er ging hinter einem älteren Ehepaar, offenbar Bewohner der Straße, die einen Spaziergang machten. Der Mann in der Militärjacke und dem schwarzen Strickhut blieb stehen; er sprach zwei andere Packer an, die gerade einen dreieckigen Gegenstand zur Türe heraustrugen.

Was war das? Da war etwas . . . etwas Seltsames. Sie konnte das Gesicht des Mannes nicht sehen; es war ihr abgewandt. Aber die Art, wie er den Kopf hielt . . . kam ihr irgendwie bekannt vor. Der Mann ging die

Treppe hinauf, ein vierschrötiger Mann, schon müde, ehe der Tag begonnen hatte . . . schlampig gekleidet. Marie setzte das Glas wieder ab; sie sah schon Gespenster.

O Gott, mein Geliebter, mein Jason. Wo bist du? Komm zu mir. Laß mich dich finden. Laß mich nicht bei diesen Dummköpfen alleine zurück. Laß nicht zu, daß sie mich dir wegnehmen. Hilf mir, mein Geliebter.

Wo war Crawford? Er hatte versprochen, sie über jeden Schritt zu informieren, über alles. Sie war ihm gegenüber von brutaler Offenheit gewesen. Er wußte, daß sie ihm nicht vertraute, keinem von ihnen; hielt nichts von ihrer angeblichen Intelligenz. Aber er hatte ihr fest versprochen . . . Wo *steckte* er?

Sie wandte sich an den Fahrer. »Würden Sie bitte das Fenster öffnen. Hier drinnen ist es stickig.«

»Tut mir leid, Miß«, erwiderte der in Zivil gekleidete Beamte. »Aber ich schalte die Klimaanlage für Sie ein.«

Fenster und Türen wurden von Knöpfen kontrolliert, die nur der Fahrer erreichen konnte. Sie saß in einem Grab aus Glas und Metall, auf einer sonnigen, von Bäumen gesäumten Straße.

»Kein Wort davon glaube ich!« sagte Conklin und hinkte verärgert quer durch das Zimmer auf das Fenster zu. Er lehnte sich gegen den Sims und sah hinaus, die linke Hand am Gesicht, die Zähne am Knöchel seines Zeigefingers. »Kein Wort!«

»Sie wollen es nicht glauben, Alex«, konterte Crawford. »Die Lösung scheint Ihnen zu einfach zu sein.«

»Sie haben dieses Band nicht gehört. Sie haben Villiers nicht gehört!«

»Aber die Frau habe ich gehört; und das war für mich ausschlaggebend. Sie hat gesagt, daß wir nicht zugehört haben . . . Daß Sie nicht zugehört haben.«

»Dann lügt sie!« Conklin fuhr herum, so gut ihm das seine Fußverletzung erlaubte. »Herrgott, natürlich lügt sie! Warum sollte sie auch nicht lügen? Sie ist seine Geliebte. Sie wird alles tun, um ihm zu helfen.«

»Da haben Sie unrecht, und das wissen Sie. Die Tatsache, daß er hier ist, beweist, daß Sie unrecht haben.«

Conklins Atem ging schwer, und seine rechte Hand zitterte, als sie nach dem Stock griff. »Vielleicht . . . vielleicht haben wir, vielleicht . . .« Er sprach nicht weiter, sondern sah Crawford hilflos an.

»Vielleicht sollten wir alles weiterlaufen lassen?« fragte der Offizier leise. »Sie sind müde, Alex. Sie haben einige Tage nicht mehr geschlafen. Sie sind erschöpft, sie wissen nicht, was Sie reden. Ich habe nichts gehört.«

Der CIA-Mann schüttelte den Kopf, die Augen geschlossen, sein Gesicht spiegelte den Ekel wider, den er empfand. »Nein, Sie haben nichts gehört, und ich habe nichts gesagt. Ich wünschte nur, ich wüßte, wo zum Teufel ich anfangen soll.«

»Ich weiß es«, sagte Crawford und ging zur Tür, um sie zu öffnen. »Kommen Sie bitte herein.«

Der untersetzte Mann trat ein, und seine Augen huschten zu dem Karabiner, der an der Wand lehnte. Er sah die beiden Männer an, schien zu überlegen. »Was ist?«

»Die Übung ist abgesagt«, sagte Crawford. »Wie Sie richtig vermuten.«

»Welche Übung? Man hat mich eingestellt, ihn zu schützen.« Der Mann sah zu Alex hinüber. »Sie meinen, Sie brauchen keinen Schutz mehr, Sir?«

»Sie wissen genau, was wir meinen«, unterbrach Conklin. »Die Situation hat sich geändert.«

»Was für eine Situation? Meine Vorschriften sind ganz klar. Ich schütze Sie, Sir.«

»Gut, schön«, sagte Crawford. »Jetzt müssen wir nur noch die anderen kennen, damit wir Borowski schützen können.«

»Welche anderen?«

»Die draußen auf der Straße, im Haus, im Wagen vielleicht. Wir *müssen* es wissen.«

Der untersetzte Mann ging zu seinem Karabiner und nahm ihn. »Ich fürchte, Sie haben da etwas mißverstanden, meine Herren. Ich bin auf individueller Basis eingestellt. Wenn auch andere beauftragt wurden, so weiß ich von denen nichts.«

»Sie *kennen* Sie doch!« schrie Conklin. »Wer sind sie? *Wo* sind sie?«

»Ich habe keine Ahnung . . . Sir.« Der höfliche Heckenschütze hielt den Karabiner im rechten Arm, den Lauf zu Boden gerichtet. Er hob ihn vielleicht zwei Zollbreit an, nicht mehr als das, eine kaum sichtbare Bewegung. »Wenn meine Dienste nicht mehr benötigt werden, gehe ich jetzt.«

»Können Sie nicht Kontakt mit ihnen aufnehmen?« unterbrach der General. »Wir zahlen großzügig.«

»Ich bin bereits großzügig bezahlt worden, Sir. Es wäre falsch, Geld für einen Dienst anzunehmen, den ich nicht leisten kann. Und sinnlos, das fortzusetzen.«

»Dort draußen steht das Leben eines Menschen auf dem Spiel!« schrie Conklin.

»Das meine auch«, sagte der Mann und ging zur Tür, wobei er die Waffe etwas höher hob. »Wiedersehn, Gentlemen.« Er ging hinaus.

»*Herrgott!*« brüllte Alex und drehte sich wieder zum Fenster, wobei sein Stock gegen einen Heizkörper schlug. »Was *tun* wir jetzt?«

»Zuallererst muß diese Umzugsfirma weg. Ich weiß nicht, welche Rolle sie in Ihrer Strategie spielte, aber sie kompliziert die Dinge nur.«

»Das kann ich nicht. Ich habe es versucht. Ich hatte nichts damit zu tun. Wir haben die Papiere abgegeben, als unsere Anlagen entfernt wurden. Die Verwaltung hat die Dienstleistungsbetriebe aufgefordert, das Zeug wegzuschaffen.«

»Mit der gebotenen Eile«, sagte Crawford und nickte. »Der Mönch hat alles unterschrieben; seine Aussage spricht die Agency von aller Schuld frei. Das steht in seinen Akten.«

»Wenn wir nur vierundzwanzig Stunden Zeit hätten. Dabei wissen wir nicht einmal, ob wir überhaupt noch vierundzwanzig Minuten haben.«

»Die wir aber brauchen. Es wird eine Anfrage im Senat geben. Lassen Sie die Straße sperren!«

»Was?«

»Sie haben richtig gehört – die Straße sperren, mit Seilen! Rufen Sie die Polizei und verlangen Sie, daß alles mit Seilen abgesperrt wird.«

»Über die Agency? Das ist keine Auslandsangelegenheit, ich –«

»Dann erledige *ich* das. Über das Pentagon, die Vereinigten Stabschefs, wenn es sein muß. Wir stehen herum und suchen Gründe, und dabei spielt sich das vor unseren Augen ab! Wir müssen die Straße räumen, sie absperren, einen Wagen mit Lautsprecheranlage holen. *Sie* hineinsetzen, ihr ein *Mikrophon* in die Hand geben! Sie soll sagen, was sie will, sich die Kehle herausschreien. Sie hat recht gehabt. Zu *ihr* hat er Vertrauen!«

»Wissen sie, was Sie da sagen?« fragte Conklin. »Man wird Fragen stellen. Die Presse, die Massenmedien werden sich auf uns stürzen. Alles wird dann enthüllt werden, alles an die Öffentlichkeit gezerrt werden.«

»Das ist mir bewußt«, sagte der General. »Mir ist auch bewußt, daß das geschehen wird, wenn die Sache hier schiefgeht. Aber es geht jetzt darum, das Leben eines Mannes zu retten, den ich zwar von Anfang an nicht gebilligt habe, aber vor dem ich einmal Respekt hatte, und jetzt noch mehr.«

»Und was ist mit dem anderen Mann? Wenn Carlos wirklich in Erscheinung tritt, öffnen Sie ihm jetzt Tür und Tor, verschaffen ihm eine Fluchtmöglichkeit.«

»Carlos haben wir nicht erfunden. Cain haben wir erfunden und mißbraucht. Wir haben ihn zerstört. Das, was wir jetzt machen, sind wir ihm schuldig. Gehen Sie hinunter und holen Sie die Frau. Ich werde inzwischen telefonieren.«

Borowski betrat die große Bibliothek mit den breiten, eleganten französischen Türen, durch die das Sonnenlicht hereinströmte. Auf der andern Seite der Glasscheiben waren die hohen Mauern des Gartens . . . rings um ihn Gegenstände, die zu betrachten ihm Schmerz bereitete; er kannte sie und kannte sie doch nicht. Sie waren Teile von Träumen – aber sie hatten Form und Gestalt, man konnte sie berühren, fühlen, benutzen –, sie waren nicht nur Schemen. Ein langer Klapptisch, auf dem man Gläser füllte, lederne Sessel, in denen Männer saßen und sich unterhielten, Regale, voller Bücher und anderer Dinge – die manches verbargen –, Gegenstände, die dann erschienen, wenn man Knöpfe drückte. Es war der Raum, in dem ein Mythos zur Welt gekommen war, ein Mythos, der in Südostasien geboren wurde und in Europa zugrunde ging.

Er sah die lange, röhrenförmige Ausbuchtung in der Decke, und da kam wieder die Dunkelheit auf ihn zu; Lichtblitze und Bilder wie auf einer Leinwand, und Stimmen, die ihm ins Ohr schrien.

Wer ist das? Schnell. Das war zu langsam! Jetzt wären Sie schon ein toter Mann! Wo ist diese Straße? Was bedeutet sie Ihnen? Wem sind Sie dort begegnet? . . . Tötungsmethoden. Was sind die Ihren? Nein! . . . Sie sind nicht Delta! . . . Sie sind das, was Sie hier sind, hier geworden sind!

»Hey! Wer zum Teufel bist *du* denn?« Ein rotgesichtiger Mann, der in einem Lehnsessel neben der Türe saß, mit einem Block auf den Knien, schrie ihn an. Jason war einfach an ihm vorbeigegangen.

»Sind Sie *Doogan?*« fragte Borowski.

»Yeah.«

»Schumach schickt mich. Er hat gesagt, daß hier noch einer gebraucht wird.«

»Wozu denn! Ich hab schon fünf, und die Gänge in dieser Scheißbude sind so eng, daß man kaum durchkommt.«

»Ich weiß nicht. Schumach hat mich geschickt, mehr weiß ich nicht. Er hat gesagt, ich soll das Zeug hier mitbringen.« Borowski ließ die Decken und Gurte auf den Boden fallen.

»Noch mehr so Kram? Warum denn! So, so, und Schumach hat dich geschickt. Ich soll ihn fragen?«

»Geht jetzt nicht. Er hat gesagt, er fährt nach Sheepshead. Heut nachmittag ist er wieder da.«

»Na Klasse! Er geht zum Fischen, und mich läßt er in der Scheiße hokken . . . Du bist neu. Anfänger aus der Packerschule?«

»Yeah.«

»Dieser Murray ist vielleicht 'n Typ. Zwei alte Besserwisser, die dauernd meckern, und vier neue.«

»Soll ich hier anfangen? Ich könnte gleich . . .«

»Nein, du Arschloch! Neue fangen immer oben an, haben die dir das nicht beigebracht? Da zeigt sich, was du kannst, *kapiert?*«

»Yeah, *kapiert.*« Jason bückte sich nach den Decken und Gurten.

»Laß den Kram hier – den brauchst du nicht. Geh nach oben, oberstes Stockwerk, und nimm die schweren Holztrümmer. So schwer du sie schleppen kannst. Und daß du mir ja nicht mit irgendwelchem Scheiß von der Gewerkschaft kommst.«

Borowski ging die Treppe in den ersten Stock hinauf und stieg dann die schmalen Stufen weiter ins zweite Stockwerk. Es war, als zöge ihn eine magnetische Kraft, die sein Begriffsvermögen überstieg, ganz nach oben in einen bestimmten Raum der Backsteinvilla, einen Raum, den er nur aus seinen Bildern kannte. Der Treppensims war düster, keine Lichter brannten, und nirgends kam die Sonne durch die Fenster. Er hatte jetzt die oberste Stufe erreicht, stand einen Augenblick lang stumm da. Welches Zimmer war es? Da waren drei Türen, zwei an der linken Seite des Ganges, eine an der rechten. Er setzte sich langsam auf die zweite Türe links in Bewegung, er konnte sie in dem schlechten Licht kaum sehen. Das war es; von dort kamen die Gedanken in der Dunkelheit . . . Erinnerungen, die ihn plagten, Schmerz bereiteten. Sonne und der Gestank des Flusses, des Dschungels . . . heulende Maschinen am Himmel, Maschinen, die aus dem Himmel herunterschossen. *O Gott, wie das wehtat!*

Er legte die Hand auf den Türknopf, drehte ihn herum und öffnete die Tür. Finsternis, aber nicht völlige Finsternis schlug ihm entgegen. Am anderen Ende des Raumes war ein kleines Fenster, ein schwarzer Vorhang war vorgezogen, der es bedeckte, aber nicht ganz. Er konnte einen dünnen Lichtspalt sehen, so schmal, daß das Licht kaum durchbrach, dort, wo der Vorhang den Fenstersims berührte. Er ging auf das Fenster zu, auf den dünnen, winzigen Lichtspalt.

Ein Scharren! Ein Scharren in der Finsternis! Er wirbelte herum. Ein diamantenähnliches Blitzen war in der Luft, Licht, das sich in Stahl spiegelte.

Ein Messer schoß auf sein Gesicht zu.

»Für das, was Sie getan haben, würde ich am liebsten zusehen, wie Sie langsam sterben«, sagte Marie und starrte Conklin an. »Und diese Erkenntnis stößt mich wiederum ab.«

»Darauf kann ich Ihnen nichts sagen«, erwiderte der CIA-Mann und hinkte durch das Zimmer auf den General zu. »Es hätte auch anders kommen können – Sie und er hätten sich was einfallen lassen können.«

»Was denn? Wo denn? Als dieser Mann in Marseille ihn zu töten versuchte? In der Rue Sarrasin? Als sie ihn in Zürich jagten? Als sie in Paris auf ihn schossen? Und er wußte die ganze Zeit nicht, warum. Was hätte er tun sollen?«

»Sich zeigen! Verdammt, sich zeigen!«

»Das hat er getan. Kürzlich, als Sie versuchten, ihn zu töten.«

»*Sie* waren doch bei ihm. Sie hatten doch ein Gedächtnis.«

»Angenommen, ich hätte gewußt, an wen ich mich wenden sollte – hätten Sie mir überhaupt zugehört?«

Conklin erwiderte ihren Blick. »Ich weiß nicht«, antwortete er und senkte dann den Kopf. Dann wandte er sich Crawford zu. »Was geschieht jetzt?«

»Washington will, daß ich binnen zehn Minuten zurückkehre.«

»Aber was *geschieht?*«

»Ich bin nicht sicher, daß Sie das hören wollen. Einmischung des Bundes in staatliche und städtische Polizeioperationen. Das erfordert Freigabebescheide.«

»Herrgott!«

»Schauen Sie!« Der Offizier beugte sich plötzlich ans Fenster. »Der Möbelwagen fährt weg.«

»Jemand ist durchgekommen«, sagte Conklin.

»Wer?«

»Das werden wir gleich haben.« Der CIA-Mann hinkte zum Telefon. Auf dem Tisch lagen ein paar Papierfetzen mit hastig hingekritzelten Telefonnummern. Er nahm einen der Zettel und wählte. »Geben Sie mir Schumach . . . bitte . . . Schumach? Hier spricht Conklin, Central Intelligence. Wer hat Sie verständigt?«

Die Stimme des anderen konnte durch das halbe Zimmer gehört werden, so laut schrie er ins Telefon. »Was heißt verständigt? Jetzt lassen Sie mich endlich in Frieden! Wir haben diesen Auftrag übernommen und führen ihn zu Ende! Verdammt, ich glaube wirklich, Sie spinnen –«

Conklin knallte den Hörer auf die Gabel. »Herrgott . . . !« Seine Hand zitterte, als er wieder nach dem Hörer griff. Er nahm ihn ab und wählte erneut, wobei er diesmal auf ein anderes Stück Papier sah. »Petrocelli. Rückführung!« befahl er. »Petrocelli? Noch mal Conklin.«

»Sie waren plötzlich weg. Was war los?«

»Keine Zeit. Jetzt einmal ganz offen. Dieser eilige Lieferschein – wer hat ihn unterschrieben?«

»Was soll das heißen, wer ihn unterschrieben hat? Der Oberbonze, der die Scheine immer unterschreibt, McGivern.«

Conklins Gesicht wurde weiß. »Das hatte ich befürchtet«, flüsterte er und ließ den Hörer sinken. Er wandte sich zu Crawford und seine Lippen zitterten, als er sprach. »Die Anweisung an die Dienstleistungsabteilung ist von einem Mann unterzeichnet, der vor zwei Wochen pensioniert wurde.«

»Carlos . . .«

»O Gott!« schrie Marie. »Der Mann mit den Decken und Gurten! Die Art, wie er den Kopf hielt, den Hals. Etwas nach rechts. Das war er! Wenn er Kopfschmerzen hat, legt er den Kopf immer etwas nach rechts. Das war Jason! Er ist *hineingegangen.*«

Alexander Conklin wandte sich wieder dem Fenster zu und sah zu der schwarz lackierten Tür auf der anderen Straßenseite hinüber. Sie war verschlossen.

Die Hand! Die Haut . . . die dunklen Augen in dem dünnen Lichtstreifen. *Carlos!*

Borowski riß den Kopf zurück, als die rasiermesserscharfe Schneide ihm die Haut unter dem Kinn aufriß und das Blut über die Hand spritzte, die das Messer hielt. Sein rechter Fuß schoß vor und traf den unsichtbaren Angreifer an der Kniescheibe. Dann wirbelte er herum und trat dem Mann mit dem linken Absatz in den Unterleib. Carlos drehte sich, und wieder zuckte die Klinge aus der Finsternis, hob sich ihm entgegen, fuhr direkt auf seinen Leib zu. Jason sprang zurück, überkreuzte die Handgelenke, stieß nach unten, blockierte den dunklen Arm, der eine Verlängerung des Messergriffs war. Er verdrehte die Finger nach innen, so daß seine Hände eine Zange bildeten, die den Unterarm unter seinem blutbeschmierten Hals packte und schräg nach oben reißen konnte. Das Messer schnitt in den Stoff seiner Militärjacke, fuhr quer über seine Brust. Borowski drückte den Arm nach unten, verdrehte das Handgelenk, das er jetzt festhielt, rammte dem anderen die Schulter in den Leib und riß Carlos, als er das Gleichgewicht verlor und seitwärts stürzte, den Arm halb aus dem Gelenk.

Jason hörte das Messer auf dem Boden klirren. Er stürzte auf das Geräusch zu und griff gleichzeitig in seinen Gürtel, um die Pistole herauszuholen. Als sie sich im Stoff verfing, ließ er sich zu Boden fallen, aber nicht schnell genug. Die Stahlspitze eines Schuhs schmetterte ihm gegen die Schädelseite – die Schläfe –, und rasender Kopfschmerz durchzuckte ihn. Wieder wälzte er sich zur Seite, schneller, immer schneller, bis er gegen die Wand stieß; dort richtete er sich halb auf und versuchte, in der fast völligen Dunkelheit etwas zu sehen. Der Umriß einer Hand fing sich in dem dünnen Lichtfaden, der durch das Fenster hereinfiel – er warf sich darauf, und seine eigenen Hände waren jetzt Klauen, die Arme Rammen. Er packte die Hand, bog sie nach hinten, brach das Handgelenk. Ein Schrei erfüllte den Raum.

Ein Schrei, und das hohle, tödliche Klacken eines Pistolenschusses, ein eisiger Schnitt links oben in Borowskis Brustkasten, die Kugel hatte sich irgendwo in der Nähe seines Schulterblattes festgebohrt. In seiner Agonie *duckte* er sich und sprang wieder, drängte den Killer über einem scharfkantigen Möbelstück an die Wand. Carlos *bog* sich zur Seite, während zwei weitere halb erstickte Schüsse ziellos abgegeben wurden. Jason warf sich nach links, bekam endlich die Waffe frei und richtete sie auf den Ort, von dem die Schüsse gekommen waren. Er feuerte, eine betäubende Explosion, aber ohne Wirkung. Er hörte die Tür krachend zufliegen; der Killer war nach draußen gerannt, in den Korridor.

Borowski versuchte, sich die Lungen voll Luft zu pumpen, und kroch auf die Türe zu. Als er sie erreichte, drängte ihn sein Instinkt, an der Seite zu bleiben und die Faust gegen das Holz am Boden zu schmettern. Was folgte, war ein Alptraum. Eine kurze Salve aus einer Maschinenwaffe, die Holzvertäfelung splitterte, Trümmer flogen durch den Raum. Kaum hatte der Feuerstoß aufgehört, als Jason die eigene Waffe hob und schräg durch die Tür feuerte; der Feuerstoß wurde wiederholt. Borowski wirbelte zur Seite, preßte den Rücken gegen die Wand; die Eruption hörte auf, und er feuerte wieder. Da standen zwei Männer, nur wenige Zoll voneinander entfernt, die von keinem anderen Wunsch beseelt waren, als einander zu töten. *Cain ist für Charlie und Delta ist für Cain. Du mußt Carlos unschädlich machen. Ihn in die Falle locken. Carlos töten!*

Dann hörte Jason schnelle Schritte und das Geräusch eines zersplitternden Geländers, als eine Gestalt die Treppe hinuntertaumelte. Carlos rannte nach unten, das Tier wollte Hilfe, war verletzt. Borowski wischte sich das Blut vom Gesicht, von der Kehle, und trat durch die herausgerissene Türfüllung in den schmalen Korridor hinaus, die Waffe schußbereit in der Hand. Mühsam tastete er sich auf die Treppe zu. Plötzlich hörte er unten Rufe.

»Was zum Teufel *machst du da, Mann? Pete! Pete!*«

Zwei metallisch klingende, hustende Laute erfüllten die Luft.

»Joey! *Joey!*«

Wieder einer dieser hustenden Laute; dann krachten irgendwo unten Körper auf den Boden.

»Herrgott! *Jesus Christus*, Mutter –!«

Wieder zwei metallisch hustende Laute, gefolgt von einem gutturalen Todesschrei. Ein dritter Mann war tot.

Was hatte dieser dritte Mann gesagt? *Zwei alte Besserwisser und vier Neue.* Der Umzugswagen war eine Carlos-Operation! Der Mörder hatte zwei Soldaten mitgebracht – die ersten drei Anfänger aus der Möbelpackerschule. Drei Männer mit Waffen, und er war alleine und besaß nur eine Pistole. Belagert im obersten Stockwerk der Backsteinvilla. Aber Carlos befand sich im Haus. *Im Haus.* Wenn er entkommen konnte, dann würde Carlos derjenige sein, der belagert würde, der in die Ecke Getriebene! Wenn er hinauskam. *Hinaus!*

Am vorderen Ende des Korridors war ein Fenster, das ein dunkler Vorhang verdeckte. Jason arbeitete sich darauf zu, stolperte, hielt sich den Hals, schob die Schulter vor, um den Schmerz an seiner Brust erträglich zu machen. Er riß den Vorhang von der Stange; das Fenster war klein, und das Glas war auch hier dick und von prismatischen purpurnen und blauen Lichtern durchzogen. Es war unzerbrechlich, und der Rahmen war fest in die Mauer eingelassen; unmöglich, die Scheibe einzuschlagen. Und dann wanderte sein Blick nach unten zur Einundsiebzigsten Straße. Der Möbelwagen war verschwunden! Jemand mußte ihn weggefahren haben . . . einer von Carlos' Soldaten! Blieben zwei. *Zwei* Männer, nicht drei. Und er war ganz oben; es war immer von Vorteil, oben zu sein.

Das Gesicht von Schmerz verzerrt, den Körper zusammengekrümmt, arbeitete Borowski sich zur ersten Türe links vor; sie stand parallel zur Treppe. Er öffnete sie und trat ein. Nach dem Bild, das sich ihm bot, handelte es sich um ein gewöhnliches Schlafzimmer: Lampen, schwere Möbel, Bilder an den Wänden. Er packte die nächststehende Lampe, riß die Schnur aus der Wand und trug sie zum Geländer. Er hob sie über den Kopf und schleuderte sie nach unten, trat zurück, als Metall und Glas drunten zersplitterten. Wieder ein Feuerstoß, die Kugeln bohrten sich in die Decke, hinterließen eine gerade Linie im Verputz. Jason schrie, ließ seinen Schrei in ein Stöhnen und dann ein verzweifeltes Jammern ausklingen, dann war Stille. Er schob sich hinter das Geländer, wartete. Stille.

Da geschah es. Er konnte die langsamen, vorsichtigen Schritte hören; der Killer war im ersten Stock auf dem Treppenabsatz gewesen. Die Schritte kamen näher, wurden lauter; an der dunklen Wand tauchte ein schwacher Schatten auf. *Jetzt.* Borowski sprang aus seiner Deckung vor und gab schnell hintereinander vier Schüsse auf die Gestalt auf der Treppe ab; eine Reihe von Einschußlöchern und Bluteruptionen zog sich schräg über den Kragen des Mannes. Der Killer fuhr herum, stieß einen brüllenden Schrei aus, in den sich Wut und Schmerz mischten, dann stürzte er die Treppe hinunter und blieb verdreht, mit dem Gesicht nach oben, auf den untersten drei Stufen liegen. In den Händen hielt er immer noch die tödliche Maschinenpistole.

Jetzt. Jason rannte auf die Treppe zu, raste hinunter, hielt das Geländer, versuchte, mit letzter Kraft das Gleichgewicht zu halten. Er durfte keinen Augenblick vergeuden; jeder konnte sein letzter sein. Wenn er das erste Stockwerk erreichen würde, dann jetzt, unmittelbar nach dem Tod des Soldaten. Und als er über die Leiche sprang, wußte Borowski, daß es ein Soldat war, nicht Carlos. Der Mann war hochgewachsen, und seine Haut war weiß, sehr weiß, seine Züge waren nordisch, oder jedenfalls nordeuropäisch, keineswegs südländisch.

Jason rannte in den Korridor des ersten Stockes, suchte die Schatten, preßte sich gegen die Wand. Jetzt blieb er stehen, lauschte. In der Ferne war ein scharfes Scharren zu hören, jetzt auch eines von unten. Er wußte, der Mörder bewegte sich im Erdgeschoß. Und das Geräusch war nicht absichtlich gewesen; es war nicht laut und auch nicht lang genug gewesen, um auf eine Falle zu deuten. Carlos war verletzt – eine zerschlagene Kniescheibe oder ein gebrochenes Handgelenk würden seine Orientierung genügend behindern, um ihn mit einem Möbelstück kollidieren oder mit einer Waffe in der Hand gegen eine Wand stoßen zu lassen und dabei das Gleichgewicht zu verlieren, wie Borowski das seine verlor. Das war es, was er wissen mußte.

Jason duckte sich und kroch zur Treppe zurück, zu der Leiche, die über den drei untersten Stufen lag. Er mußte einen Augenblick innehalten; er spürte, wie die Kräfte ihn verließen, er hatte zu viel Blut verloren. Er versuchte, das Fleisch an seinem Hals zusammenzuquetschen und seine Brustwunde zu pressen – alles, um nur die Blutung zu stillen. Aber das war sinnlos; um am Leben zu bleiben, mußte er aus der Villa heraus, den Ort verlassen, an dem Cain zur Welt gekommen war. Jetzt ging sein Atem wieder etwas regelmäßiger, und er griff nach der Maschinenpistole und nahm sie dem Toten weg. Er war bereit zu sterben und bereit, *Carlos in die Falle zu locken . . . Carlos zu töten!* Er konnte das Haus nicht verlassen; das wußte er; die Zeit stand nicht auf seiner Seite. Bis dahin würde er zu viel Blut verloren haben. Das Ende war der Anfang: Cain war für Carlos und Delta war für Cain. Nur eine quälende Frage blieb: wer war Delta? Es hatte nichts zu besagen. Das lag jetzt hinter ihm; bald würde Dunkelheit um ihn sein. Nicht gewalttätige, sondern friedliche Dunkelheit . . . Freiheit von jener Frage.

Und mit seinem Tode würde Marie frei sein, seine Liebe würde frei sein. Anständige Männer würden dafür sorgen, wie Villiers, dessen einziger Sohn auf der Rue du Bac getötet worden war und dessen Leben von der Hure eines Verbrechers zerstört worden war.

Im Laufe der nächsten paar Minuten, dachte Jason und prüfte lautlos den Ladestreifen in der Automatikwaffe, würde er das Versprechen erfüllen, das er jenem Mann gegeben hatte, die Übereinkunft erfüllen, die er mit Männern getroffen hatte, die er nicht kannte. Indem er beides tat, lieferte er den Beweis. Jason Borowski war einmal an diesem Tag gestorben; er würde erneut sterben, aber er würde Carlos mitnehmen. Er war bereit.

Er ging in die Knie und kroch auf den Ellbogen zur Treppe zu. Er konnte das Blut unter sich riechen. Die Zeit verrann. Er erreichte die oberste Stufe, zog die Beine an, griff in die Tasche und holte eine der Straßenfackeln heraus, die er in dem Laden an der Lexington Avenue gekauft hatte. Jetzt wußte er, was ihn gedrängt hatte, sie zu kaufen. Er war wieder in Tam Quan, an das er sich nicht erinnerte, das er vergessen hatte. Die Fackeln hatten es ihm ins Gedächtnis gerufen; sie würden jetzt wieder einen Dschungel beleuchten.

Er wickelte den wachsgetränkten Zünder aus der kleinen, runden Vertiefung an der Fackelspitze, führte ihn zum Mund und biß den Docht auf einen knappen Zoll ab. Er griff in die andere Tasche und holte ein Plastikfeuerzeug heraus, drückte es gegen die Fackel und packte beides mit der linken Hand. Dann preßte er die Schulterstütze der Waffe gegen die rechte Schulter und schob den gebogenen Metallstreifen in das Tuch seiner blutdurchtränkten Militärjacke; hier war er sicher. Er streckte die Beine aus und schob sich wie eine Schlange die letzte Treppe hinunter, den Kopf unten, die Füße oben, so daß sein Rücken an der Wand streifte.

Er erreichte die Mitte der Treppe. Schweigen, Dunkelheit, sämtliche Lichter waren gelöscht worden . . . Lichter? *Licht?* Wo waren die Sonnenstrahlen, die er erst vor wenigen Minuten im Korridor gesehen hatte? Sie waren durch zwei französische Türen am anderen Ende des Raumes – *jenes Raumes* – am Ende des Korridors gekommen, aber er konnte jetzt nur Dunkelheit sehen. Die Türen waren geschlossen worden; die Tür unter ihm, die einzige andere Tür im Korridor, war ebenfalls verschlossen und nur durch einen dünnen Lichtstrahl ganz unten zu erkennen. Carlos zwang ihn zur Wahl. Hinter welcher Türe? Oder gebrauchte der Meuchelmörder eine bessere Strategie? Hielt er sich in der Finsternis des schmalen Ganges selbst verborgen?

Borowski spürte einen stechenden Schmerz am Schulterblatt und dann eine Bluteruption, die das Flanellhemd unter seiner Militärjacke durchtränkte. Eine weitere Warnung; es war nur noch sehr wenig Zeit.

Er preßte sich gegen die Wand, die Waffe auf die dünnen Streben des Geländers gerichtet, nach unten in die Finsternis des Korridors zielend. *Jetzt!* Er betätigte den Abzug. Das Stakkato der Explosionen riß die Geländerstreben weg, und das Geländer selbst fiel hinunter, während die Kugeln Wände und Tür unter ihm zerfetzten. Er ließ den Abzug los, fuhr mit der Hand unter den glühend heißen Lauf, packte das Plastikfeuerzeug mit der rechten Hand und die Fackel mit der linken. Er drehte das Rädchen; der Docht fing Feuer, er hielt ihn an den kurzen Zünder. Dann zog er die Hand wieder weg, griff wieder nach der Waffe und feuerte erneut, blies unten alles weg. Ein Glaskandelaber krachte irgendwo zu Boden; das Pfeifen von Querschlägern erfüllte die Dunkelheit. Und dann – *Licht!* Blendendes Licht, als die Fackel Feuer fing, den Dschungel mit Flammen erfüllte, die Bäume und die Wände beleuchtete, die verborgenen Wege und die mit Mahagoni vertäfelten Korridore. Der Gestank des Todes und des Dschungels war überall, und er befand sich mittendrin.

Almanach an Delta. Almanach an Delta. Aufgeben. Aufgeben!

Niemals. Nicht jetzt. Nicht am Ende. Cain ist für Carlos und Delta ist für Cain. Carlos in die Falle locken. Carlos töten!

Borowski erhob sich, preßte den Rücken gegen die Wand, hielt die Fackel in der linken Hand und die knatternde Waffe in der rechten. Er stürzte sich hinunter in das mit Teppichen belegte Unterholz, trat die Tür vor sich auf, zerschmetterte Silberrahmen und Trophäen, die von Tischen und Regalen in die Luft flogen. In die Bäume. Er blieb stehen; in jenem stillen, schallgedämpften, eleganten Raum war niemand. Niemand auf dem Dschungelpfad.

Er wirbelte herum, taumelte in den Korridor zurück, jagte einen Feuerstoß über die Wände. Niemand.

Die Tür am Ende des schmalen, finsteren Korridors. Dahinter war der Raum, in dem Cain geboren war. Wo Cain sterben würde, aber nicht allein.

Er hörte auf zu schießen, klemmte die Fackel jetzt in die rechte Hand unter der Waffe und griff in die Tasche, um die zweite Fackel herauszuholen. Er zog sie heraus, wickelte wieder den Zünder auf, biß die Schnur ab, nur Millimeter von der Kontaktstelle der gelatineartigen Brandmasse entfernt. Er hielt die erste Fackel hin; die Lichtexplosion war so hell, daß seine Augen schmerzten. Jetzt hielt er ungeschickt beide Fackeln in der linken Hand, kniff die Augen zusammen und näherte sich langsam der Tür, wobei seine Beine und Arme anfingen, den Kampf um das Gleichgewicht zu verlieren.

Sie war offen, die schmale Fuge reichte auf der Schloßseite von ganz oben bis unten. Der Mörder kam ihm entgegen, aber als Jason die Türe ansah, wußte er instinktiv etwas über sie, das Carlos nicht wußte. Sie war ein Teil seiner Vergangenheit, ein Teil des Raumes, in dem Cain zur Welt gekommen war. Er griff mit der rechten Hand nach unten, quetschte sich die Waffe zwischen Unterarm und Hüfte und griff nach dem Türknopf.

Jetzt. Er schob die Tür sechs Zoll weit auf und warf die Fackeln hinein. Ein langer Feuerstoß aus einer Sten-Maschinenpistole hallte durch den Raum, durch das ganze Haus. Tausend tote Töne, die unter ihm einen Akkord bildeten, als der Kugelhagel sich in ein Schild aus Blei bohrte, hinter dem eine Stahlplatte in die Tür eingelassen war.

Die Salve hörte auf, der letzte Ladestreifen war verbraucht. *Jetzt.* Borowskis Hand fuhr an den Abzug, er warf sich mit der Schulter gegen die Tür, stürzte sich hinein, feuerte im Kreise, während er sich auf dem Boden wälzte und die Beine im Gegensinn des Uhrzeigers schwang. Ungezielte Schüsse antworteten ihm, während Jasons Waffe die Herkunft jener Schüsse suchte. Ein wilder Wutschrei hallte ihm aus der Finsternis entgegen; Borowski hatte bereits erkannt, daß man die Vorhänge zugezogen hatte und damit dem Licht den Zutritt versperrte. Warum war dann hier so viel Licht ... grelles Licht? Es war überwältigend, verursachte Explosionen in seinem Kopf, einen scharfen, bohrenden Schmerz in seinen Schläfen.

Die Leinwand! Die riesige Leinwand war aus der Decke gezogen, bis zum Boden gespannt, und die weite, glänzende Silberfläche war wie ein weißglühender Schild eiskalten Feuers. Er stürzte sich hinter den großen Klapptisch, wo die Bar ihm Schutz bieten sollte. Dort richtete er sich auf und drückte wieder ab, noch mal ein Feuerstoß. Sein letzter Ladestreifen war verbraucht. Er schleuderte die Waffe am Kolben auf die Gestalt im weißen Overall mit dem weißen Seidentuch, das über das Gesicht heruntergerutscht war.

Das *Gesicht!* Er kannte es! Er hatte es schon einmal gesehen! Wo ... wo? War es in Marseille? Ja ... nein! Zürich? Paris? Ja *und* nein! Und dann wurde es ihm in jenem Augenblick in dem blendenden, vibrierenden Licht klar, daß das Gesicht auf der anderen Seite des Zimmers vielen bekannt war, nicht nur ihm. Aber von wo? *Wo?* Wie so vieles andere wußte er es und wußte es auch wieder nicht. Aber er würde es immer wiedererkennen.

Er warf sich zu Boden, hinter die schwere kupferne Bar. Pistolenschüsse, zwei ... drei, und die zweite Kugel riß ihm am linken Unterarm das Fleisch auf. Er zog die Automatik aus dem Gürtel; drei Schüsse hatte er noch. Einer davon mußte sein Ziel finden – Carlos. Es gab eine Schuld in Paris zu begleichen, einen Kontrakt zu erfüllen. Und die Frau, die er liebte, würde erst in Sicherheit sein, wenn der Killer tot war. Er holte das Plastikfeuerzeug aus der Tasche, zündete es an und hielt es unter einen Wischlappen, der hinter der Bar an einem Haken hing. Das Tuch fing Feuer; er packte es und warf es nach rechts, während er sich gleichzeitig nach links stürzte. Carlos feuerte auf den brennenden Fetzen, während Borowski sich aufrichtete, die Waffe hob und zweimal abdrückte.

Die Gestalt krümmte sich, stürzte aber nicht. Jetzt duckte er sich und sprang dann schräg nach vorne, die Hände ausgestreckt. Was *machte* er nur? Und dann wußte es Jason. Carlos packte den Rand der riesigen silbernen Leinwand, riß sie von ihrer Halterung in der Decke und zog sie unter Aufbietung all seiner Kraft nach unten.

Sie schwebte über Borowski, füllte sein Gesichtsfeld, verdrängte alles andere aus seinem Bewußtsein. Er schrie, als das schimmernde Silber ihn begrub, und verspürte davor plötzlich mehr Angst als vor Carlos oder irgendeinem anderen menschlichen Wesen auf Erden. Es erschreckte ihn, machte ihn wütend, spaltete sein Bewußtsein in viele Stücke; Bilder schwammen vor seinen Augen, wütende Stimmen schrien ihm in die Ohren. Er hob die Waffe und feuerte auf das schreckliche Leichentuch. Und als er wild mit der Hand danach schlug, das rauhe Silbertuch wegzerrte, begriff er. Er hatte seinen letzten Schuß abgefeuert, seinen *letzten*. Ebenso wie er kannte auch Carlos jede Waffe auf Erden, wenn er sie einmal gesehen oder gehört hatte; er hatte die Schüsse gezahlt.

Der Mörder ragte über ihm auf, die Automatik in seiner Hand war auf Jasons Kopf gerichtet. »Ihre Hinrichtung, Delta. Am geplanten Tag. Für alles, was Sie getan haben.«

Borowski krümmte seinen Rücken, warf sich wild nach rechts; zumindest würde er bis zuletzt kämpfen. Schüsse erfüllten den Raum, heiße Nadeln wanderten über seinen Hals, durchbohrten seine Beine, schnitten bis zu seiner Hüfte herauf. Du mußt rollen, *rollen*!

Plötzlich verstummten die Schüsse, und er konnte aus der Ferne gleichmäßige hämmernde Laute hören, Schläge auf Holz und Stahl, die lauter wurden, eindringlicher. Aus dem finsteren Korridor vor der Bibliothek war ein letztes, betäubendes Krachen zu hören, dann das Schreien von Männern, Schritte und dahinter irgendwo in der unsichtbaren Welt draußen das ohrenbetäubende Heulen von Sirenen.

»Hier drinnen! Er ist *hier* drinnen!« schrie Carlos.

Es war wahnsinnig! Der Meuchelmörder lenkte die Eindringlinge direkt zu ihm, *zu ihm*! Ein hochgewachsener Mann in einem schwarzen Mantel trat die Türe ein, jemand war bei ihm, aber Jason konnte nichts sehen. Die Nebel erfüllten seine Augen, Umrisse und Laute wurden undeutlich, verschwommen. Er drehte sich im Raum. Weg . . . weg.

Aber dann sah er etwas, das ihn mit Entsetzen erfüllte. Ein hochgewachsener, breitschultriger Mann mit dunklem Haar und olivfarbener Haut rannte aus dem Raum, den schwach beleuchteten Korridor hinunter. *Carlos*. Seine Schreie hatten die Falle gesprengt! Er hatte sie *umgedreht*! In dem Chaos hatte er die Verfolger in die Falle gelockt. Er *entkam*!

»Carlos...« Borowski wußte, daß man ihn nicht hören konnte; was sich seiner blutenden Kehle entrang, war nur ein Flüstern. Er versuchte es noch einmal, zwang das Geräusch aus den Tiefen seiner Brust. »*Er ist es. Das ist... Carlos!*«

Um ihn herum herrschte Verwirrung, Befehle wurden wild durcheinander gerufen, Anweisungen verworfen. Und dann tauchte eine Gestalt auf. Ein Mann hinkte auf ihn zu, ein Krüppel, der in einem Friedhof in der Nähe von Paris versucht hatte, ihn zu töten. Nichts blieb ihm erspart! Jason taumelte, kroch auf die zischende, blendende Fackel zu. Er packte sie und hielt sie, als wäre sie eine Waffe, zielte mit ihr auf den Killer mit dem Stock.

»Komm nur! Komm *her*! Näher, du Bastard! Ich brenne dir die Augen aus! Du glaubst, du wirst mich töten, aber das *wirst du nicht*! Ich töte dich! Die Augen brenne ich dir aus!«

»Sie verstehen nicht«, sagte die zitternde Stimme des hinkenden Killers. »Ich bin es, Delta. Ich – Conklin. Ich habe mich getäuscht.«

Die Fackel versengte ihm die Hände, die Augen!... Wahnsinn. Eine Explosion löste die andere ab, sie blendeten ihn, jagten ihm Angst und Schrecken ein, waren von ohrenbetäubenden, kreischenden Lauten aus dem Dschungel durchsetzt, die mit jeder Detonation hervorbrachen.

Der Dschungel! Tam Quan! Der nasse, heiße Gestank war überall, aber sie hatten es erreicht! Das Stützpunktlager gehörte ihnen!

Eine Explosion zu seiner Linken; er konnte sie sehen. Hoch über dem Boden, zwischen zwei Bäumen hängend, ein Bambuskäfig. Die Gestalt in dem Käfig bewegte sich. Er lebte! Er mußte zu ihm kommen, ihn erreichen!

Ein Schrei kam von rechts. Keuchend, in dem Rauch hustend, hinkte ein Mann auf das dichte Unterholz zu, ein Gewehr in der Hand. Er war es, auf sein blondes Haar fiel Licht, er hatte sich bei einem Fallschirmabsprung den Fuß gebrochen. Der Bastard! Ein Stück Dreck, das mit ihnen nach Norden geflogen war... und die ganze Zeit die Falle vorbereitet hatte, in die sie gehen sollten! Ein Verräter mit einem Radio, der dem Feind genau sagte, wo er in dem undurchdringlichen Dschungel von Tam Quan nach ihnen suchen mußte.

Es war Borowski! Jason Borowski. Verräter, Abschaum!

Er mußte ihn erwischen! Er durfte nicht zulassen, daß er die anderen erreichte! Mußte ihn töten! Jason Borowski töten! Er ist dein Feind! Feuer!

Er fiel nicht! Der Kopf, der in Stücke gerissen worden war, war immer noch da, kam auf ihn zu! Was geschah hier? Wahnsinn. Tam Quan...

»Kommen Sie mit uns«, sagte die hinkende Gestalt und trat aus dem Dschungel in die Überreste eines eleganten Zimmers. »Wir sind nicht Ihre Feinde. Kommen Sie mit uns.«

»Gehen Sie *weg*!« Wieder warf Borowski sich vor, jetzt zurück zu der Leinwand, die von der Decke gefallen war. Sie war seine Zuflucht, sein Leichentuch, die Decke, die man bei der Geburt über einen Menschen legt, die Decke, womit man seinen Sarg ausschlägt. »Sie sind mein Feind! Verstehen Sie denn nicht! Ich bin *Delta*. Cain ist für Charlie und Delta ist für Cain! Was wollen Sie noch mehr von mir? Ich war und ich *war* nicht! Ich bin und ich *bin* nicht! Bastarde, *Bastarde*! Kommt nur! Näher!«

Jetzt war eine andere Stimme zu hören, tiefer, ruhiger, weniger eindringlich. »Holt sie. Bringt sie herein.«

Irgendwo in der Ferne schwollen die Sirenen zu einem Crescendo an und verstummten dann. Dunkelheit kam, und die Wellen trugen Jason hinauf in den Nachthimmel, nur um ihn erneut in die Tiefe zu reißen, ihn in einen Abgrund wäßriger Gewalt zu schleudern. Er drang in eine Ewigkeit der Gewichtslosigkeit ein . . . der Erinnerung. Jetzt erfüllte eine Explosion den Nachthimmel, ein feuriges Diadem erhob sich über den schwarzen Wassern. Und dann hörte er die Worte, sie kamen aus den Wolken und erfüllten die Erde.

»Jason, mein Geliebter. Meine einzige Liebe. Nimm meine Hand. Halt sie fest. Ganz fest, Jason. Fest, mein Geliebter.«

Und mit der Dunkelheit kam Friede.

Epilog

Brigadegeneral Crawford legte den Aktendeckel neben sich auf die Couch. »Ich brauche das nicht«, sagte er zu Marie St. Jacques, die ihm gegenüber in einem Stuhl mit gerader Lehne saß, »ich habe es immer wieder durchgelesen und herauszufinden versucht, was wir falsch gemacht haben.«

»Sie haben etwas vorausgesetzt, was nicht existierte, und sind damit der Wahrheit ausgewichen«, sagte die dritte Person in der Hotelsuite. Das war Dr. Morris Panov, Psychiater; er stand am Fenster, und die hereinströmende Morgensonne hüllte sein ausdrucksloses Gesicht in tiefe Schatten. »Ich habe das zugelassen und mich schuldig gemacht. Ich werde den Rest meines Lebens damit leben müssen.«

»Jetzt sind beinahe zwei Wochen vergangen«, sagte Marie ungeduldig. »Ich möchte Einzelheiten kennen. Ich glaube, darauf habe ich ein Recht.«

»Das haben Sie. Das Ganze war ein Wahnsinn, den man Freigabe nennt.«

»Ein Wahnsinn«, nickte Panov.

»Auch Schutz in gewisser Weise«, fügte Crawford hinzu. »Soweit pflichte ich bei. Und diesen Schutz müssen wir leider noch lange Zeit aufrechterhalten.«

»Schutz?« fragte Marie und runzelte die Stirn.

»Darauf kommen wir noch«, sagte der General und blickte zu Panov hinüber. »Das ist sehr wichtig, von jedem Standpunkt aus gesehen. Ich glaube, darüber sind wir uns alle einig.«

»Bitte! Jason – wer ist er?«

»Sein Name ist David Webb. Er war ein Laufbahnbeamter im Dienste des Außenministeriums, ein Spezialist für fernöstliche Angelegenheiten, bis er sich vor fünf Jahren von der Regierung trennte.«

»Trennte?«

»Im beiderseitigen Einvernehmen den Dienst quittierte. Seine Arbeit bei *Medusa* schloß eine weitere Laufbahn im Außenministerium aus. ›Delta‹ hatte sich einen beachtlichen Ruf erworben, und zu viele wußten, daß er Webb war. Solche Männer sind selten an den Konferenztischen der Diplomaten willkommen. Vielleicht auch zu Recht, denn wenn sie zugegen sind, werden zu viele alte Wunden aufgerissen.«

»War er wirklich so, wie man von ihm erzählt? Bei *Medusa*?«

»Ja. Ich war dort. Er war genauso.«

»Das ist schwer zu glauben«, sagte Marie.

»Er hatte etwas verloren, das für ihn eine besondere Wichtigkeit hatte, und wurde damit nicht fertig. Er konnte nur zuschlagen.«

»Was war das?«

»Seine Familie. Seine Frau war eine Thai; sie hatten zwei Kinder, einen Jungen und ein Mädchen. Er war in Phnom Penh stationiert. Sein Haus lag am Stadtrand, in der Nähe des Mekong-Flusses. Eines Sonntagnachmittags, während seine Frau und die Kinder unten an ihrem Bootssteg waren, kreiste ein Flugzeug über der Stadt, warf zwei Bomben und beschoß dann die ganze Gegend im Tiefflug. Bis Webb den Fluß erreichte, war der Bootssteg weggeblasen, und seine Frau und die Kinder trieben im Wasser, von Maschinengewehrkugeln durchbohrt.«

»O Gott«, flüsterte Marie. »Wem gehörte die Maschine?«

»Sie ist nie identifiziert worden. Hanoi dementierte; Saigon sagte, es wäre keine von den unseren. Denken Sie daran, Kambodscha war damals neutral, niemand wollte verantwortlich sein. Webb mußte zuschlagen; er ging nach Saigon und ließ sich für *Medusa* ausbilden. Er brachte den Intellekt eines Spezialisten in eine sehr brutale Organisation ein. Er wurde Delta.«

»Hat er damals d'Anjou kennengelernt?«

»Später, ja. Delta war damals bereits berüchtigt. Die nordvietnamesische Abwehr hatte einen ungewöhnlich hohen Preis auf seinen Kopf ausgesetzt, und es ist kein Geheimnis, daß es unter unseren eigenen Leuten einige gab, die hofften, daß sie Erfolg haben würden. Dann fand Hanoi heraus, daß Webbs jüngerer Bruder Armeeoffizier in Saigon war, und da sie über Delta genau Bescheid wußten – auch, daß die Brüder einander sehr nahestanden –, beschlossen sie, ihm eine Falle zu stellen; sie hatten nichts zu verlieren. Sie entführten Leutnant Gordon Webb und schafften ihn nach Norden, schickten einen Vietcong-Informanten zurück und ließen ihn verbreiten, daß er im Sektor Tam Quan festgehalten würde. Delta biß an; er bildete im Verein mit dem Informanten – einem Doppelagenten – ein Team von *Medusa*-Leuten, die die Gegend kannten, und wählte eine Nacht, in der eigentlich keine Maschine hätte starten dürfen, um nach Norden zu fliegen. D'Anjou gehörte der Einheit an, ebenso ein weiterer Mann, den Webb nicht kannte, ein Weißer, den Hanoi gekauft hatte, ein Fachmann für Funkkommunikation, der die elektronischen Teile eines Hochfrequenzradios in völliger Finsternis zusammenmontieren konnte. Und genau das tat er und verriet damit die Position der Einheit. Webb tappte in die Falle, in der er seinen Bruder fand. Er fand auch den Doppelagenten und den Weißen. Die Vietnamesen entkamen im Dschungel; der Weiße nicht. Delta exekutierte ihn an Ort und Stelle.«

»Und wer war dieser Mann?« Maries Augen ließen Crawford nicht los.

»Jason Borowski. Ein *Medusa*-Angehöriger aus Sydney, Australien; ein Waffen-, Drogen- und Sklavenschmuggler in ganz Südostasien; ein gewalttätiger Mann mit einer riesigen Vorstrafenliste, der trotzdem hervorragende Arbeit leistete – wenn der Preis hoch genug war. Es lag im Interesse von *Medusa* die Umstände seines Todes geheimzuhalten; er wurde einfach als vermißt abgeschrieben. Jahre darauf, als Treadstone gebildet und Webb zurückgerufen wurde, war es Webb selbst, der den Namen Borowski annahm. Er paßte sich den Erfordernissen der Authentizität an und ließ sich auch leicht zurückverfolgen. Er nahm den Namen des Mannes an, der ihn verraten hatte, des Mannes, den er in Tam Quan getötet hatte.«

»Wo war er, als er von Treadstone angefordert wurde?« fragte Marie. »Was tat er da?«

»Er war Lehrer an einem kleinen College in New Hampshire. Er lebte dort recht einsam.« Crawford griff nach dem Aktendeckel. »Das sind die wesentlichen Fakten, Miß Saint Jacques. Die anderen Bereiche werden von Dr. Panov übernommen werden, der mir klargemacht hat, daß meine Gegenwart nicht vonnöten sein wird. Aber es gibt hier noch eine Einzelheit, die geklärt werden muß. Es handelt sich um eine direkte Anweisung des Weißen Hauses.«

»Der Schutz«, sagte Marie, und ihre Worte waren keine Frage, sondern eine Feststellung.

»Ja. Wohin auch immer er geht, gleichgültig, welche Identität er annimmt oder wie erfolgreich seine Deckung sein wird. Er wird rings um die Uhr bewacht werden. So lange es nötig ist – selbst wenn es sich als überflüssig herausstellte.«

»Bitte erklären Sie mir das.«

»Er ist der einzige lebende Mann, der je Carlos gesehen hat. *Als* Carlos. Er kennt seine Identität, aber sie ist in seinem Bewußtsein vergraben, Teil einer Vergangenheit, an die er sich nicht erinnert. Aus dem, was er sagt haben wir gelernt, daß Carlos vielen Leuten bekannt ist – eine sichtbare Gestalt irgendwo in der Regierung oder in den Medien oder im internationalen Bankwesen oder im gesellschaftlichen Leben. Das paßt in die vorherrschenden Theorien. Worauf es uns ankommt, ist, daß jene Identität Webb eines Tages wieder bewußt werden könnte. Wir wissen, daß Sie bereits einige Gespräche mit Doktor Panov hatten. Ich glaube, er wird das, was ich gesagt habe, bestätigen.«

Marie wandte sich zu dem Psychiater. »Stimmt das, Mo?«

»Es ist möglich«, sagte Panov.

Crawford verließ den Raum, und Marie schenkte sich und dem Psychiater Kaffee ein. Panov ging zu der Couch, auf der der General gesessen hatte.

»Sie ist noch warm«, sagte er und lächelte. »Crawford hat geschwitzt, selbst an seinem berühmten Gesäß. Er hat auch allen Grund dazu, das haben die alle.«

»Was wird geschehen?«

»Nichts. Absolut nichts. Erst, wenn ich es ihm sage. Das kann noch Monate dauern, vielleicht sogar ein paar Jahre. Jedenfalls so lange, bis er bereit ist.«

»Bereit wozu?«

»Zu den Fragen und den Fotografien – Bänden von Fotografien – Stellung zu nehmen. Die bereiten gerade eine fotografische Enzyklopädie vor, die auf den losen Beschreibungen basiert, die er ihnen gegeben hat. Damit Sie mich nicht falsch verstehen; eines Tages wird er anfangen müssen. Er will das, und wir alle. Carlos muß gefangen werden. Zu viele Leute haben ihr Letztes gegeben; *er* hat zweifelsohne sein Allerletztes gegeben. Jetzt kommt zuerst er. Sein Kopf ist das Allerwichtigste.«

»Darauf wollte ich letztlich hinaus. Was wird denn nun mit ihm geschehen?«

Panov stellte seine Tasse ab. »Das weiß ich noch nicht genau. Ich habe zu viel Respekt vor dem menschlichen Bewußtsein, um Ihnen etwas Populärpsychologie aufzutischen; da wird zu viel falsch gemacht. Ich habe an allen Konferenzen teilgenommen – darauf habe ich bestanden – und habe mit anderen Kollegen und Neurochirurgen gesprochen. Freilich können wir operieren und die Sturmzentren erreichen, seine Ängste verringern, ihm eine Art Frieden geben. Ihn vielleicht sogar zu dem zurückbringen, was er war. Aber das ist nicht die Art Frieden, die er will ... und es gibt da ein viel größeres Risiko, ein viel gefährlicheres. Wir können zu viel auslöschen, die Dinge wegnehmen, die er gefunden hat – die er *weiterhin* finden wird. Wenn wir sorgfältig vorgehen, geduldig.«

»Geduldig?«

»Ich glaube ja. Weil wir das Muster kennen. Es heißt Erkennen, Wissen, Leben. Und ist mit einem oft schmerzhaften Erwachen verbunden. Verstehen Sie mich?«

Marie blickte in Panovs dunkle, müde Augen; sie sah ein Leuchten in ihnen. »Ich glaube schon«, sagte sie. »Wir alle sind so.«

»Richtig. In gewisser Weise ist er wie ein funktionierender Mikrokosmos von uns allen. Ich meine, wir versuchen doch schließlich alle, herauszubekommen, wer zum Teufel wir sind, nicht wahr?«

Marie trat an das Fenster in dem Strandhäuschen mit den Dünen dahinter und den Drahtzäunen, die das Gelände umgaben. Und den Wachen. Alle fünfzig Fuß ein Mann mit einem Karabiner.

Sie konnte ihn ein paar hundert Meter entfernt am Strand sehen; er warf Muscheln ins Wasser, sah zu, wie sie über die Wellen tanzten, die sanft ans Ufer spülten. Die letzten Wochen hatten ihm gut getan. Sein Körper trug zwar viele Narben, war aber wieder in Ordnung, wieder kräftig. Die Alpträume waren immer noch da, und manchmal überfielen ihn selbst während des Tages Augenblicke der Angst, aber irgendwie war alles weniger schrecklich. Er begann, sich mit seiner Umwelt zu arrangieren; er begann wieder zu lachen. Panov hatte recht gehabt. Dinge nahmen um ihn herum Gestalt an; Bilder wurden klarer. Er begann, Zusammenhänge zu erkennen, wo vorher nur Leere gewesen war.

Jetzt war etwas geschehen! O *Gott*, was *war* es? Er hatte sich ins Wasser geworfen und schlug um sich, schrie. Und dann sprang er plötzlich heraus, sprang über die Wellen zum Strand. In der Ferne fuhr am Stacheldrahtzaun ein Wachtposten herum, riß einen Karabiner hoch, zog ein Funksprechgerät aus dem Gürtel.

Er begann, über den feuchten Sand auf das Haus zuzurennen, taumelte dabei, schwankte, seine Füße gruben sich wütend in die weiche Sandfläche, so daß hinter ihm Wasser und Sand aufspritzten. *Was war passiert*?

Marie erstarrte. Sie war auf den Augenblick vorbereitet, von dem sie wußte, daß er eines Tages vielleicht kommen würde.

Er platzte durch die Tür, und seine Brust hob und senkte sich, er rang nach Atem. Er starrte sie an, und seine Augen waren so klar, wie sie sie nie zuvor gesehen hatte. Und dann sprach er leise, so leise, daß sie ihn kaum hören konnte. Aber sie hörte ihn.

»Mein Name ist David . . .«

Sie ging langsam auf ihn zu.

»Hallo, David«, sagte sie.

DIE BOROWSKI-
HERRSCHAFT

Für Shannon Paige Ludlum
Willkommen, meine Liebe.
Viel Spaß im Leben.

1

Kowloon. Letztes, wimmelndes Anhängsel Chinas, dem Norden nur im
Geiste zugehörig – und doch reicht der Geist tief in die menschliche
Seele hinein, ohne auf die harten, belanglosen Realitäten politischer
Grenzen Rücksicht zu nehmen. Land und Wasser sind eins, und der
Geist bestimmt, wie der Mensch das Land und das Wasser nutzt – wie-
der ohne Rücksicht auf Leerformeln wie Freiheit, mit der man nichts an-
fangen kann, oder Gefangenschaft, aus der man ausbrechen könnte. Die
Sorge gilt nur den leeren Mägen, den Mägen der Frauen, der Kinder.
Dem Überleben. Sonst ist da nichts. Der Rest ist Dünger für die unfrucht-
baren Felder.

Die Sonne ging unter. In Kowloon und auf der anderen Seite von Victoria Harbor auf der Insel Hongkong breitete sich eine unsichtbare
Decke über das Chaos, das hier tagsüber herrschte. Die Schatten dämpf-
ten die schrillen Rufe der Straßenhändler, und in den oberen Stockwerken der kalten, majestätischen Bauten aus Stahl und Glas, aus denen die
Skyline der Kolonie bestand, gingen leise geführte Verhandlungen zu
Ende, mit einem Nicken, Achselzucken oder einem kurzen Lächeln in
stillschweigendem Einvernehmen. Es wurde Nacht, und eine blendend
orangerote Sonne kündigte sie an, die scharf durch eine riesige, ausge-
franste Wolkenwand im Westen stieß – in unnachgiebigen Energiebün-
deln, so daß es schien, als wollten sie sich über dem Horizont entladen,
damit dieser Teil der Welt das Licht nicht vergäße.

Bald würde Dunkelheit den Himmel überziehen, doch dort unten
würde sie nicht Einzug nehmen. Unten würden die grellen Lichter die
Erde in schreienden Farben beleuchten – diesen Teil der Erde, wo das
Land und das Wasser angsterfüllte Straßen waren, offen allem Unheil.
Und gleichzeitig mit dem nie endenden nächtlichen Karneval würden
andere Spiele beginnen; Spiele, die der Mensch gar nicht erst hätte anfangen sollen. Der Tod war keine Handelsware.

Ein kleines Motorboot, dessen starke Maschine das schäbige Äußere
des Bootes Lügen strafte, jagte durch den Lamma-Kanal auf den Hafen
zu. Für einen unbeteiligten Beobachter war das Boot einfach nur eine
weitere *Xiao Wanju*, das Erbstück eines einst unwürdigen Fischers, der es
zu bescheidenem Wohlstand gebracht und das Boot seinem Erstgeborenen vermacht hatte – zu einem Wohlstand, der vielleicht mit einer verrückten Mah-Jongg-Nacht begonnen hatte oder mit Haschisch aus dem
Goldenen Dreieck oder geschmuggelten Juwelen aus Macao – wen interessierte das schon? Jedenfalls konnte der Sohn jetzt seine Netze werfen
oder seine Ware schneller an den Mann bringen, indem er sein Boot von

einer schnellen Schiffsschraube treiben ließ anstatt von dem langsamen Segel einer Dschunke oder dem schwerfälligen Motor eines Sampans. Selbst die chinesischen Grenzwachen und die Marinestreifen an den Gestaden des Shenzhen Wan feuerten nicht auf solch belanglose Übeltäter; sie waren unwichtig, und wer wußte schon, welche Familien jenseits der New Territories auf dem Festland vielleicht Nutzen von seiner Fracht hatten. Es konnte auch eine der ihren sein. Die süßen Kräuter aus den Bergen brachten immer noch volle Mägen – vielleicht sogar für einen der Ihren. Sollten sie doch kommen. Und gehen.

Das kleine Boot mit den Segeltuchplanen, die das vordere Cockpit beiderseits abschirmten, verlangsamte seine Fahrt und schlängelte sich in vorsichtigem Zickzack durch die weitverstreute Flottille aus Dschunken und Sampans, die an ihre Liegeplätze in Aberdeen zurückkehrten. Die Leute von den Booten beschimpften den Eindringling, erregten sich über seine unverschämte Maschine und seine noch unverschämtere Kielwelle. Und dann verstummten sie, einer nach dem anderen, als der Eindringling an ihnen vorbeizog; irgend etwas unter den Planen brachte ihren Zorn zum Verstummen.

Das Boot raste in den Hafenkorridor, eine dunkle Wasserstraße, die jetzt von den flammenden Lichtern der Insel Hongkong auf der rechten und von Kowloon zur Linken begrenzt wurde. Drei Minuten später wurde das Geräusch des Außenbordmotors leiser, als das Boot langsam an zwei heruntergekommenen Leichtern vorbeiglitt, die am Pier vertäut waren, und schließlich eine freie Stelle an der Westseite von Tsim Sha Tsui ansteuerte, Kowloons Hafenviertel. Die Scharen von Händlern, die ihre nächtlichen Fallen für die Touristen aufstellten, achteten nicht weiter auf den Neuankömmling; schließlich war das nur ein weiterer *Jigi*, der vom Fischen hereinkam.

Und dann begann es in den Buden ebenso ruhig zu werden wie zuvor bei den Bootsleuten in Aberdeen. Erregte Stimmen wurden leiser, und die Blicke wandten sich der Gestalt zu, die über eine schwarze, ölverschmierte Leiter zum Pier hinaufstieg.

Er war ein heiliger Mann. Seine schlanke Gestalt war in einen schneeweißen Kaftan gehüllt – er war sehr groß für einen *Zhongguo ren*, einen Meter achtzig vielleicht. Von seinem Gesicht freilich war nur wenig zu sehen, da die leichte Abendbrise den weißen Stoff über seine dunklen Züge flattern ließ, so daß man nur das Weiße seiner Augen sehen konnte – entschlossene Augen, Augen eines Eiferers; dies war kein gewöhnlicher Priester, das konnte jeder erkennen: Er war ein *Heshang*, ein Auserwählter, den die weisen Ältesten ausgesucht hatten, die, die schon in einem jungen Mönch erkennen konnten, ob er zu Höherem bestimmt war. Und wenn ein solcher Mönch groß und schlank war und Augen hatte, in denen das Feuer loderte, war das gerade recht. Solche heiligen Männer zogen Aufmerksamkeit auf sich, auf ihre Persönlichkeit, auf ihre

Augen, und das führte zu großzügigen Spenden, aus Angst ebenso wie aus Ehrfurcht; vorwiegend aber aus Angst. Vielleicht kam dieser *Heshang* von einer der mystischen Sekten, die durch die Berge und Wälder des Guangze wanderten, oder von einer religiösen Bruderschaft in den Bergen des weit entfernten Qing Gaoyuan – den Abkömmlingen, wie es hieß, eines Stammes im fernen Himalaja. Sie neigten dazu, mit großem Gepränge aufzutreten, und erweckten allenthalben große Furcht, da nur wenige ihre dunklen Lehren verstanden; Lehren der Sanftmut, doch mit subtilen Andeutungen unbeschreiblicher Pein, sollte man sich ihnen widersetzen. Dabei gab es doch auf dem Land und dem Wasser schon viel zuviel Pein – wer brauchte da noch mehr? Es empfahl sich also, den Geistern, den feurigen Augen, zu opfern. Vielleicht würde es irgendwo vermerkt werden. Irgendwo.

Die Gestalt in Weiß schritt langsam durch die sich ihr öffnende Menschenmenge am Kai, vorbei am überfüllten Pier der Star-Fähre, und verschwand im Gewühl von Tsim Sha Tsui. Jetzt war der Augenblick vorüber, und in den Buden wurde es wieder so laut wie vorher.

Der Priester schritt auf den Salisbury Road in östlicher Richtung aus, bis er das Peninsula-Hotel erreichte, dessen gedämpfte Eleganz dem Kampf mit der Umgebung nicht gewachsen war. Dann bog er nach Norden in die Nathan Road, wo die glitzernde Goldene Meile Hongkongs begann, jenes Viertels, wo die Gegensätze um Aufmerksamkeit buhlten. Chinesen wie Touristen starrten auf den stattlichen heiligen Mann, wie er an den Schaufenstern vorbeischritt, um die sich die Gaffer drängten, vorbei an den Seitengassen, die vor Ware überquollen, dreistöckigen Discos und Oben-ohne-Cafés, wo riesige, primitiv bemalte Plakattafeln orientalische Amulette und Zaubermittel anboten, über Garküchen, die in Dampf gekochte Delikatessen des mittäglichen *Dim Sum* anpriesen. Fast zehn Meter schritt er durch das Gedränge und reagierte hier und da mit einem leichten Kopfnicken auf Blicke, die ihm galten, schüttelte auch zweimal den Kopf und erteilte dem kleinen, muskulösen *Zhongguo ren* Befehle, der ihm abwechselnd folgte und dann wieder mit schnellen, tänzelnden Schritten an ihm vorbeieilte und sich dabei umwandte, um in seinen Auge nach einem Zeichen zu suchen.

Dann kam das Zeichen – ein zweimaliges, abruptes Nicken –, während der Priester sich zur Seite wandte und durch den Perlenvorhang eines primitiv wirkenden Varietés trat. Der *Zhongguo ren* blieb draußen, die Hand unauffällig unter dem losen Umhang. Seine Augen suchten unruhig die verrückte Straße ab. Wahnsinn war das! Unerhört! Aber er war der *Tudi*; er würde den heiligen Mann mit dem eigenen Leben schützen, ganz gleich, wie sehr ihn das alles hier auch beleidigte.

Im Inneren des Lokals stachen farbige Lichter durch die Rauchschwaden, Scheinwerferbündel, die kreisten und sich auf eine plattformartige Bühne richteten, wo eine Rockgruppe ohrenbetäubende Rhythmen von sich gab, in denen sich der Osten und Westen mischten. Glänzend schwarze, enganliegende oder zu weite Hosen zuckten gespenstisch an spindeldürren Beinen unter schwarzen Lederjacken über schmutzigen weißen Seidenhemden, die bis zur Hüfte offen waren. Darüber Köpfe, die in Schläfenhöhe glattrasiert waren, groteske Gesichter mit dickem Make-up, das ihren unergründlichen asiatischen Charakter unterstrich. Und wie um den Konflikt zwischen Ost und West zu betonen, brach die Musik immer wieder überraschend ab, und dann drangen aus einem einzigen Instrument die klagenden Töne einer einfachen chinesischen Melodie, während die Gestalten auf der Bühne wie erstarrt in den Scheinwerferbündeln innehielten.

Der Priester blieb einen Augenblick stehen und sah sich in dem riesigen, überfüllten Raum um. Ein paar Gäste in verschiedenen Stadien der Trunkenheit blickten von ihren Tischen zu ihm auf. Einige ließen Münzen auf ihn zurollen, während sie sich abwandten, und ein paar andere erhoben sich von ihren Stühlen, ließen Hongkong-Dollars neben ihre Gläser fallen und strebten der Tür zu. Der *Heshang* erzeugte Wirkung, aber nicht die Wirkung, die der fettleibige Mann im Smoking sich wünschte, der jetzt auf ihn zuging.

»Kann ich Ihnen behilflich sein, Heiliger?« fragte der Manager des Lokals mit lauter Stimme, um sich über der lärmenden Musik Gehör zu verschaffen.

Der Priester beugte sich vor und sagte dem Mann etwas ins Ohr. Die Augen des Managers weiteten sich, dann verbeugte er sich und wies auf einen kleinen Tisch an der Wand. Der Priester nickte seinen Dank und ging hinter dem Mann auf seinen Stuhl zu, während die Gäste in der Umgebung ihn mit Unbehagen zur Kenntnis nahmen.

Der Manager beugte sich zu ihm hinunter und sprach mit einer Ehrfurcht, die er nicht empfand: »Wünschen Sie eine Erfrischung, Heiliger?«

»Ziegenmilch, falls Sie zufällig welche haben sollten. Wenn nicht, ist mir gewöhnliches Wasser recht. Und ich danke Ihnen.«

»Es ist meinem Lokal eine Ehre«, sagte der Mann im Smoking und verbeugte sich. Im Weggehen versuchte er, den Dialekt des anderen einzuordnen; aber das war nicht wichtig. Dieser große Priester im weißen Umhang hatte Geschäfte mit dem *Laoban*, und das war alles, worauf es ankam. Er hatte tatsächlich den Namen des *Laoban* ausgesprochen, einen Namen, der auf der Goldenen Meile nur selten fiel. Und an diesem ganz besonderen Abend war der mächtige Taipan anwesend – in einem Raum, zu dessen Existenz er sich niemals öffentlich bekennen würde. Aber es war nicht Aufgabe des Managers, dem *Laoban* zu sagen, daß der Priester eingetroffen war; der Mann im weißen Gewand hatte daran keinen Zweifel gelassen. Alles sollte an diesem Abend in aller Stille geschehen, darauf hatte er bestanden. Wenn der erhabene Taipan ihn zu sehen wünschte, würde ein Mann herauskommen und ihn finden. So möge es sein; so pflegte es der geheimnisvolle *Laoban* zu halten, einer der wohlhabendsten, berühmtesten Taipans in Hongkong.

»Laß einen Küchenjungen Ziegenmilch holen«, sagte der Manager unfreundlich zu einem herumstehenden Boy. »Und sag ihm, er soll sich beeilen. Die Existenz seiner stinkenden Nachkommen hängt davon ab.«

Der heilige Mann saß ausdruckslos am Tisch, und seine glühenden Augen wirkten jetzt sanfter, beobachteten das närrische Geschehen um ihn, allem Anschein nach ohne es zu verurteilen oder zu akzeptieren; einfach mit dem Mitgefühl eines Vaters, der seine vom Wege abgekommenen und doch ihm lieben Kinder betrachtet.

Plötzlich stach etwas durch die kreisenden Lichter. Ein paar Tische entfernt wurde ein Streichholz angerissen und schnell wieder ausgelöscht. Dann ein zweites und schließlich ein drittes; letzteres diente dazu, eine lange, schwarze Zigarette anzuzünden. Die dicht aufeinanderfolgenden Lichtblitze zogen die Aufmerksamkeit des Priesters auf sich. Sein verhüllter Kopf drehte sich langsam der Flamme und dem unrasierten, schlechtgekleideten Chinesen zu, der jetzt den Rauch in sich hineinsog. Ihre Augen begegneten sich. Das Nicken des heiligen Mannes war kaum wahrnehmbar, kaum eine Bewegung, und eine ebenso unauffällige Bewegung antwortete ihm, als das Streichholz verlosch.

Sekunden später stand der Tisch des schäbigen Rauchers in Flammen. Feuer sprang von der Tischfläche hoch und breitete sich blitzschnell über alle Papiergegenstände auf der Tischplatte aus – Servietten, Speisekarten, *Dim-Sum*-Körbe. Der Chinese schrie und warf den Tisch um, während die Kellner kreischend auf das Feuer zurannten. Die Gäste ringsum sprangen auf, als die schmalen blauen Flammenzungen wie Bäche über den Boden huschten, um die erregten, stampfenden Füße herum. Alles ging drunter und drüber, als die Leute mit Tischtüchern und Schürzen die Flammen ausschlugen. Der Manager und seine Bediensteten gestikulierten wild, schrien, alles sei unter Kontrolle, es bestehe keine Gefahr. Die Rock-Band spielte noch lauter, im verzweifelten Versuch, die Gäste aus ihrer Panik herauszureißen.

Da aber ging es erst richtig los. Zwei Kellner waren mit dem schäbig gekleideten *Zhongguo ren* zusammengestoßen, dessen Unvorsichtigkeit und zu große Zündhölzer das Feuer entfacht hatten. Er reagierte darauf mit schnellen *Wing-Chun*-Schlägen – Handkantenschlägen gegen Schlüsselbein und Hals –, während seine Füße in ihre Leiber traten und die zwei *Shi-ji* zurücktaumeln ließen. Der vierschrötige Manager mischte sich schreiend ein, taumelte aber dann zurück, von einem Tritt in den Brustkasten getroffen. Der unrasierte *Zhongguo ren* schnappte sich einen Stuhl und drosch damit auf drei weitere Kellner ein, die sich in das Getümmel gestürzt hatten, um ihren *Zongguan* zu verteidigen. Männer und Frauen, die noch vor wenigen Sekunden bloß geschrien hatten, schlugen jetzt wild um sich. Die Rock-Band holte das Letzte aus sich heraus und erzeugte Dissonanzen, die der Szene würdig waren. Das ganze Lokal war in hellem Aufruhr, und der stämmige Bauer sah sich im Saal um und suchte den Tisch an der Wand. Der Priester war verschwunden.

Der *Zhongguo ren* griff sich einen zweiten Stuhl und zerschmetterte ihn auf dem Tisch neben sich. Dann schleuderte er ein angebrochenes Stuhlbein in die Menge. Jetzt ging es um wenige Augenblicke, aber diese Augenblicke waren wichtig.

Der Priester trat durch die Tür ganz hinten in der Wand beim Eingang. Er zog sie hinter sich zu und versuchte, seine Augen dem schwachen Licht in dem langen, schmalen Korridor anzupassen. Sein rechter Arm unter den Falten seines weißen Kaftans war steif, der linke lag ebenfalls unter dem weißen Tuch, schräg über seiner Hüfte. Am anderen Ende des Korridors, höchstens acht Meter entfernt, stieß sich ein Mann erschreckt von der Wand ab; seine rechte Hand griff unter sein Jackett und riß einen großkalibrigen Revolver aus einem Schulterhalfter. Der heilige Mann nickte ein paarmal langsam, während er sich mit gemessenen Schritten wie in einer Prozession weiterbewegte.

»*Amita-fo, Amita-fo*«, sagte er leise immer wieder, während er auf den Mann zuging. »Alles ist friedlich, alles ist in Frieden. Die Geister wollen es so.«

»*Jou matyeh?*« Der Wächter stand neben einer Tür; jetzt hob er die Waffe und fuhr in kehligem kantonesischem Dialekt fort. »Haben Sie sich verlaufen, Priester? Was machen Sie hier? Gehen Sie hinaus! Dies ist kein Ort für Sie!«

»*Amita-fo, Amita-fo . . .*«

»*Hinaus! Los!*«

Der Wächter hatte keine Chance. Der Priester holte blitzschnell ein rasiermesserdünnes, beiderseits geschliffenes Messer unter seinem Gewand hervor, zog es dem Mann über das Handgelenk und schnitt die Hand mit der Waffe halb vom Arm ab. Dann zog er die Klinge mit der Präzision eines Chirurgen über die Kehle des Mannes; Luft und Blut schossen hervor, während der Kopf in einem Schwall leuchtenden Rots nach hinten kippte. Als der Mann zu Boden fiel, war er bereits tot.

Der Mörder-Priester schob das blutbesudelte Messer in seinen Kaftan zurück und zog eine zerbrechlich aussehende Uzi-Maschinenpistole unter seinem Umhang hervor, deren Magazin mehr Munition enthielt, als er brauchen würde. Er hob den Fuß, trat gegen die Tür und stürzte hinein, um das zu finden, was er dort zu finden erwartet hatte.

Fünf Männer – *Zhongguo ren* – saßen um einen Tisch, vor sich Teekannen und Whiskygläser; nirgends war ein Blatt Papier zu sehen, keine Notizen oder Schriftstücke – nur Ohren und aufmerksame Augen. Und als die Augenpaare erschreckt aufblickten, verzerrten sich die Gesichter in Panik. Zwei der gutgekleideten Männer griffen in ihre maßgeschneiderten Jackets, während sie aufsprangen; ein anderer warf sich unter den Tisch, während die restlichen zwei schreiend auf die seidentapezierten Wände zustürzten und sich dann verzweifelt umdrehten, Gnade suchten und doch wußten, daß sie keine finden würden. Eine knatternde Salve zerfetzte ihre Leiber. Blut spritzte aus ihren Wunden, als ihre Schädel zerschmettert, ihre Augen zerfetzt und ihre Münder zerrissen wurden, grellrot im halberstickten Todesschrei. Wände, Boden und polierte Tischplatten glänzten in schrecklichem Rot, ein blutiger Beweis des Todes. Überall. Und dann war es vorbei.

Der Killer betrachtete sein Werk. Zufrieden kniete er neben einer Blutlache nieder und zog den Zeigefinger durch die rote Flüssigkeit. Dann holte er ein Stück dunkles Tuch aus dem linken Ärmel und breitete es über sein Werk. Er stand auf und eilte hinaus, knöpfte den weißen Kaftan auf, während er durch den düsteren Korridor rannte; als er die Tür zu dem Varieté erreicht hatte, war der Umhang offen. Er zog das Messer aus dem Tuch und schob es in eine Scheide am Gürtel. Dann machte er die Tür auf, das Tuch zusammenhaltend und darauf achtend, daß die Kapuze seinen Kopf bedeckte und die tödliche Waffe sicher an seiner Seite verwahrt war. Das Chaos drinnen toste noch so wie eben. Er hatte den Raum erst vor dreißig Sekunden verlassen, und sein Mann war gut geschult.

»*Faai di!*« Der Ruf kam von dem unrasierten Bauern aus Kanton; er war drei Meter entfernt und gerade damit beschäftigt, noch einen Tisch umzukippen und ein Streichholz anzureißen, das er auf den Boden fallen ließ. »Die Polizei wird gleich hier sein! Der Barkeeper hat gerade telefoniert – ich hab ihn gesehen!«

Der Killer-Priester riß sich den Kaftan herunter und die Kapuze vom Kopf. In den wild kreisenden Lichtern sah sein Gesicht ebenso gespenstisch aus wie das der Musiker auf der Bühne. Dickes Make-up betonte seine Augen; ihre Konturen waren in Weiß nachgezogen, wogegen sein Gesicht unnatürlich braun beschminkt war. »Geh von mir!« befahl er dem Bauern. Er ließ seinen Umhang und die *Uzi* neben der Tür auf den Boden fallen, holte ein Paar Gummihandschuhe aus der Tasche und steckte sie in seine Flanellhose.

Für ein Varieté an der Goldenen Meile war es kein leichter Entschluß, die Polizei zu rufen. Die Strafen für schlechte Leitung waren hoch, und auf die Gefährdung von Touristen standen hohe Geldstrafen. Die Polizei reagiert deshalb schnell, wenn man sie rief. Der Killer rannte hinter dem Bauern aus Kanton her, der sich in die panikerfüllte Menschentraube am Eingang zwängte und schrie, daß er hinauswolle. Er war wie ein Bulle, und so fiel es ihm nicht schwer, sich Platz zu verschaffen. Wächter und Killer drängten sich auf die Straße hinaus, wo sich ebenfalls eine Menschentraube gesammelt hatte, die wild durcheinanderschrie. Sie bahnten sich ihren Weg durch die erregten Gaffer, wobei sich ihnen der kleine, muskulöse Chinese anschloß, der draußen gewartet hatte. Er packte seinen jetzt nicht mehr mit dem weißen Umhang bekleideten Priester und zerrte ihn in eine schmale Gasse, wo er zwei Tücher unter seinem Umhang herauszog; das eine war weich und trocken, das andere in einer Plastikhülle verschweißt, und es war warm und feucht und parfümiert.

Der Mörder packte das nasse Tuch und rieb sich damit über das Gesicht, die Augenhöhlen und den Hals, drehte das Tuch um und rieb sich die Schläfen und den Haaransatz, bis seine weiße Haut sichtbar wurde. Danach trocknete er sich mit dem zweiten Tuch ab, glättete sein dunkles Haar und zog sich die Regimentskrawatte unter dem dunkelblauen Blazer zurecht. »Jau!« befahl er seinen beiden Begleitern. Sie rannten davon und verschwanden in der Menge.

Und dann trat ein gutgekleideter Weißer allein auf die Straße asiatischer Vergnügungen hinaus.

Der erregte Manager des Varietés beschimpfte inzwischen den Barkeeper, der die *Jing cha* gerufen hatte; die Strafe würde er ihm vom Lohn abziehen! Unerklärlicherweise hatte sich nämlich der ganze Aufruhr gelegt, und unter den Gästen machte sich Verblüffung breit. Etliche Kellner waren damit beschäftigt, die Gäste zu besänftigen, ihnen auf die Schulter zu klopfen und die Scherben wegzuräumen, während andere die Tische zurechtrückten, neue Stühle holten und Gratis-Whisky ausschenkten. Die Rock-Band konzentrierte sich auf die augenblicklichen Hits, und ebenso schnell, wie die Ordnung gestört worden war, wurde sie wiederhergestellt. Mit etwas Glück, dachte der Manager, würde er bei der Polizei mit seiner Erklärung durchkommen, daß ein übereifriger Barkeeper einen händelsüchtigen Betrunkenen zu ernst genommen hatte.

Doch plötzlich war jeder Gedanke an Bußgeld und Polizei wie weggefegt, als sein Blick auf ein weißes Stoffbündel am Boden fiel – vor der Tür zu den hinteren Büros. Weißes Tuch – der Priester? Die *Tür*! Der *Laoban*! Die *Konferenz*! Kurzatmig, das Gesicht schweißüberströmt, rannte der fettleibige Manager zwischen den Tischen durch auf den weggeworfenen Kaftan zu. Er kniete nieder, die Augen geweitet, atemlos, und sah jetzt den dunklen Lauf einer fremdartigen Waffe aus dem weißen Tuch hervorragen. Und dann war ihm, als schlösse sich ein Würgegriff um seinen Hals, als er die winzigen Flecken und dünnen Streifen von glänzendem, noch nicht ganz getrocknetem Blut erkannte, die das Tuch besudelten.

»*Go hai matyeh?*« Ein zweiter Mann, der ebenfalls einen Smoking trug, stellte die Frage, nur das Fehlen des Kummerbunds verriet seinen niedrigeren Status – es war der Bruder des Managers und zugleich sein erster Assistent. »Verdammter *Jesus* der Christen!« fluchte er halblaut, während sein Bruder die seltsam aussehende Waffe und den fleckigen weißen Kaftan aufhob.

»*Komm!*« befahl der Manager, richtete sich auf und strebte der Tür zu.

»Vielleicht können wir *gar nichts* tun – bloß unseren Kopf hinhalten! Schnell!«

Und dann fanden sie im schwachbeleuchteten Korridor den Beweis. Der Wächter lag in einer Blutlache, die Waffe in der verkrampften Hand, die kaum noch an seinem Handgelenk hing. Und im Konferenzraum war der Beweis dann endgültig: fünf blutige Leichen, verkrümmt, wie der Tod sie ereilt hatte, deren eine den Manager zusammenzucken ließ. Er näherte sich der Leiche mit dem von Kugeln zerschmetterten Schädel. Mit dem Taschentuch wischte er das Blut weg und starrte das Gesicht an.

»Wir sind erledigt«, flüsterte er. »Kowloon ist erledigt, Hongkong ist erledigt. Alles ist erledigt.«

»*Was?*«

»Dieser Mann ist der Vizepremier der Volksrepublik, der Nachfolger unseres Vorsitzenden.«

»Hier! Schau!« Der Bruder und erste Assistent stürzte sich auf die Leiche des *Laoban*. Neben der von Kugeln zerfetzten, blutenden Leiche lag ein schwarzes Halstuch; es lag flach da, und rote Flecken verfärbten das Tuch mit dem weißen Muster. Der Bruder hob es auf und stöhnte dann, als er die Schrift im Kreis aus Blut darunter sah: JASON BOROWSKI.

Der Manager war mit einem Satz neben ihm. »Allmächtiger Christenheiland!« stieß er hervor und zitterte am ganzen Körper. »Er ist zurückgekehrt. Der Meuchelmörder ist nach Asien zurückgekehrt! *Jason Borowski!* Er ist *wieder da*!«

2

Die Sonne versank hinter den Sangre-de-Cristo-Bergen in Zentral-Colorado, während der Cobra-Helikopter aus dem grellen Lichtschein heranschoß – eine mächtige Silhouette – und dann stotternd auf den Waldrand zu heruntersank. Der Betonlandestreifen war gut hundert Meter von einem großen, rechteckigen Haus aus schwerem Holz und dickem Glas entfernt. Außer Generatoren und getarnten Satellitenantennen waren keine Einzelheiten zu erkennen. Hohe Bäume bildeten eine dichte Wand und schirmten das Haus vor ungebetenen Blicken ab. Die Piloten der äußerst wendigen Hubschrauber rekrutierten sich aus dem Offizierskorps des Cheyenne-Komplexes in Colorado Springs. Keiner hatte einen niedrigeren Rang als den eines Colonels, und jeder einzelne war vom Nationalen Sicherheitsrat in Washington überprüft und freigestellt worden.

Über ihre Flüge zu dem geheimen Ort in den Bergen sprachen sie nie, und ihr Bestimmungsort wurde auf den Flugplänen stets unkenntlich gemacht. Ihre eigentlichen Einsatzorders erhielten sie über Funk erst dann, wenn sich ihre Hubschrauber in der Luft befanden. Die Anlage war auf den der Öffentlichkeit zugänglichen Landkarten nicht verzeichnet, und ihre Fernmeldeanlagen waren weder für Verbündete noch Feinde zugänglich. Totale Sicherheit also, so, wie es sein mußte. Dies war ein Ort für Strategen, deren Arbeit von so eminenter Bedeutung für die ganze Welt war, daß man die Planer weder außerhalb der Regierungsgebäude noch in den Gebäuden selbst zusammen sehen durfte und ganz sicher auch nie in nebeneinanderliegenden Büros mit Verbindungstüren. Überall gab es neugierige Augen – von Freund und Feind –, die von der Arbeit dieser Männer wußten. Und wenn man sie zusammen beobachtete, so würde das dazu führen, daß Alarm ausgelöst wurde. Der Feind war wachsam, und die Verbündeten hielten eifersüchtig Wacht über ihre eigenen Abwehrfürsten.

Die Türen der Cobra gingen auf. Eine stählerne Leiter klappte herunter, und ein sichtlich verwirrter Mann kletterte ins Scheinwerferlicht heraus. Ein Generalmajor in Uniform begleitete ihn. Der Zivilist war ein Mann in mittleren Jahren, schlank und mittelgroß, in Nadelstreifenanzug mit weißem Hemd und einer Krawatte in Paisley-Muster. Selbst im Wind der Rotorblätter wirkte er wie aus dem Ei gepellt, so als ginge ihm ein makelloses Aussehen über alles. Er folgte dem Offizier einen mit Betonplatten belegten Weg hinunter auf das Haus zu. Die Tür öffnete sich vor den beiden Männern. Aber nur der Zivilist trat ein; der General nickte eine jener formlosen Ehrenbezeigungen, wie sie unter alten Soldaten für Nichtmilitärs und Offiziere des eigenen Ranges üblich sind.

»Nett, Ihre Bekanntschaft gemacht zu haben, Mr. McAllister«, sagte der General. »Jemand anders wird Sie zurückbringen.«

»Sie kommen nicht mit herein?« fragte der Zivilist.

»Ich bin noch *nie* drin gewesen«, erwiderte der Offizier und lächelte. »Ich vergewissere mich nur Ihrer Identität und bringe Sie von Punkt B nach Punkt C.«

»Scheint mir eine Vergeudung hohen Ranges, General.«

»Ist es wahrscheinlich nicht«, meinte der Soldat, ohne weiter darauf einzugehen. »Aber ich habe natürlich auch andere Pflichten. Wiedersehn!«

Mc Allister trat ein und befand sich in einem langen, vertäfelten Korridor. Er wurde jetzt von einem freundlich blickenden, gutgekleideten, breitschultrigen Mann begleitet, dem man den Sicherheitsbeamten ansah – körperlich schnell und fähig, in jeder Menschenmenge unterzutauchen.

»Hatten Sie einen angenehmen Flug, Sir?« fragte der jüngere Mann.

»Hat man das in diesen Kisten je?«

474

Der andere lachte. »Hier entlang, bitte, Sir.«

Sie gingen den Korridor hinunter, an einigen Türen vorbei, bis ans Ende mit größeren Doppeltüren und zwei roten Lichtern in der linken und rechten oberen Ecke: separat geschalteten Kameras. Edward McAllister hatte solche Anlagen nicht mehr gesehen, seit er vor zwei Jahren Hongkong verlassen hatte; und auch damals nur, weil er kurze Zeit für die britische Abwehr MI-6, Special-Branch, als Berater tätig gewesen war. In bezug auf Sicherheit hatten die Briten auf ihn immer paranoid gewirkt. Er hatte diese Leute nie begriffen, ganz besonders dann nicht mehr, als sie ihm wegen seiner minimalen Beteiligung an Sachen, die sie fest im Griff hätten haben sollen, einen Orden verliehen hatten. Sein Begleiter klopfte an die Tür. Ein leises Klicken war zu hören, dann öffnete er die rechte Türhälfte.

»Ihr anderer Gast, Sir«, sagte der breitschultrige Mann.

»*Vielen* Dank«, erwiderte eine Stimme. Der erstaunte McAllister erkannte sie sofort aus Dutzenden von Radio- und Fernsehsendungen über viele Jahre. Da war der Tonfall einer teuren Schule und einiger Universitäten von Rang und schließlich das Produkt einer längeren Tätigkeit auf den Britischen Inseln. Aber es blieb ihm keine Zeit zur Reaktion. Der grauhaarige, makellos gekleidete Mann mit dem von Furchen durchzogenen, schmalen Gesicht, das an seinen reichlich siebzig Jahren keinen Zweifel ließ, erhob sich hinter seinem großen Schreibtisch und ging mit ausgestreckter Hand auf sie zu. »Herr Staatssekretär, sehr liebenswürdig von Ihnen, daß Sie gekommen sind. Darf ich mich vorstellen? Ich bin Raymond Havilland.«

»Ich kenne Sie sehr wohl, Herr Botschafter. Das ist eine hohe Ehre für mich, Sir.«

»Botschafter ohne Portefeuille, McAllister, und das bedeutet, daß gar nicht so viel Ehre übriggeblieben ist. Aber immerhin noch Arbeit.«

»Ich kann mir nicht vorstellen, wie irgendein Präsident der Vereinigten Staaten die letzten zwanzig Jahre ohne Sie überleben konnte.«

»Einige haben sich durchgewurstelt, Herr Staatssekretär; aber mit Ihrer Erfahrung, vermute ich, wissen Sie das besser als ich.« Der Diplomat sah sich um. »Ich möchte Sie gern mit Jack Reilly bekannt machen. Jack ist einer von diesen hervorragend informierten Leuten im Nationalen Sicherheitsrat, von denen wir gar nichts wissen dürften. Aber eigentlich jagt er einem überhaupt keine Angst ein – oder?«

»Das will ich doch hoffen«, sagte McAllister und ging auf Reilly zu, der sich aus einem der zwei ledernen Besuchersessel erhoben hatte. »Nett, Ihre Bekanntschaft zu machen, Mr. Reilly.«

»Herr Staatssekretär«, sagte der etwas dickleibige Mann mit den roten Haaren und der mit Sommersprossen bedeckten Stirn. Die Augen hinter seiner Nickelbrille strahlten keine Freundlichkeit aus – sie waren scharf und kalt.

»Mr. Reilly ist hier«, fuhr Havilland fort und begab sich wieder hinter seinen Schreibtisch, »um dafür zu sorgen, daß ich keine Dummheiten mache.« Mit einer Handbewegung bot er McAllister den Sessel zu seiner Rechten an. »So wie ich das begreife, bedeutet das, daß es einige Dinge gibt, die ich sagen darf, und andere, die ich nicht sagen darf, und bestimmte Dinge, die nur *er* sagen darf.« Der Botschafter setzte sich. »Wenn Ihnen das rätselhaft erscheint, Herr Staatssekretär, so muß ich Ihnen leider gestehen, daß ich im Augenblick nicht mehr anzubieten habe.«

»Alles, was sich in den letzten fünf Stunden ereignet hat, ehe ich den Befehl erhielt, mich zum Luftwaffenstützpunkt Andrews zu begeben, war ziemlich rätselhaft, Herr Botschafter. Ich habe keine Ahnung, weshalb man mich hierhergebracht hat.«

»Dann gestatten Sie mir, daß ich Ihnen das in etwa erkläre«, sagte der Diplomat, warf Reilly einen Blick zu und lehnte sich über seinen Schreibtisch nach vorn. »Sie befinden sich in einer Position, in der Sie Ihrem Land einen außergewöhnlichen Dienst erweisen – und Interessen, die weit über dieses Land hinausgehen – in einem Maße, das alles übersteigt, was Sie sich vielleicht während Ihrer langen, ausgezeichneten Laufbahn träumen lassen.«

McAllister musterte das aristokratische Gesicht des Botschafters und wußte nicht recht, wie er antworten sollte. »Meine Laufbahn im Außenministerium hat mich sehr befriedigt und war, wie ich hoffe, auch professionell, man kann sie aber wohl kaum auch nur im weitesten Sinne als hervorragend bezeichnen. Um es ganz offen zu sagen, hat sich dafür nie eine Gelegenheit geboten.«

»Jetzt hat sich Ihnen aber eine geboten«, unterbrach Havilland. »Und Sie sind in einmaliger Weise dazu qualifiziert, diese Gelegenheit zu ergreifen.«

»In welcher Weise? Warum?«

»Der Ferne Osten«, sagte der Diplomat mit eigenartiger Betonung, als könnte die Antwort selbst eine Frage sein. »Sie haben dem Außenministerium mehr als zwanzig Jahre lang angehört, seit Sie in Harvard Ihren Doktor in Orientalistik gemacht haben. Sie haben Ihrer Regierung viele Jahre im auswärtigen Dienst in Asien in höchst lobenswerter Weise gedient, und seit Sie von Ihrem letzten Posten zurückgekehrt sind, haben sich Ihre Ratschläge für die Formulierung der Politik in jenem geplagten Teil der Welt als außergewöhnlich wertvoll erwiesen. Sie gelten als brillanter Analytiker.«

»Ich weiß das, was Sie sagen, zu schätzen – aber in Asien waren auch andere. Viele andere, die gleiche und auch höhere Positionen als ich eingenommen haben.«

»Zufälligkeiten, Herr Staatssekretär. Wir wollen offen sein: Sie haben Ihre Sache gut gemacht.«

»Aber was unterscheidet mich von den anderen? Warum eigne ich mich bei dieser Gelegenheit besser als sie?«

»Weil Ihnen als Spezialist für die inneren Angelegenheiten der Volksrepublik China keiner das Wasser reichen kann – ich glaube, Sie haben in der Handelskonferenz zwischen Washington und Peking eine entscheidende Rolle gespielt. Außerdem hat keiner von den anderen sieben Jahre in Hongkong verbracht.« An dieser Stelle machte Raymond Havilland eine kurze Pause und fügte dann hinzu: »Schließlich ist keiner unserer Mitarbeiter in Asien je vom MI-6 der britischen Regierung dort unten akzeptiert worden.«

»Ich verstehe«, sagte McAllister und begriff, daß jene letzte Qualifikation, die ihm als die unwichtigste erschienen war, für den Diplomaten eine gewisse Bedeutung hatte. »Meine Arbeit beim Nachrichtendienst war unbedeutend, Herr Botschafter. Daß der MI-6 mich akzeptiert hat, beruht eher auf dem – äh – geringen Informationsstand jener Behörde als auf besonderen Talenten meiner Person. Diese Leute hatten sich einfach die falschen Fakten herausgesucht und daraus eine Summe gebildet, die keinen Sinn ergab. Es dauerte nicht lange, um die ›korrekten Zahlen‹ zu finden, wie Sie das formulierten.«

»Sie haben Ihnen *vertraut*, McAllister. Sie vertrauen Ihnen immer noch.«

»Ich nehme an, daß jenes Vertrauen für diese Gelegenheit – worin auch immer sie bestehen mag – von besonderer Bedeutung ist.«

»In sehr hohem Maße. Von vitaler Bedeutung sogar.«

»Darf ich dann erfahren, was das für eine Gelegenheit ist?«

»Das dürfen Sie.« Havilland warf dem Mann vom Nationalen Sicherheitsrat einen Blick zu. »Falls Sie das wollen«, fügte er hinzu.

»Also bin ich jetzt an der Reihe«, sagte Reilly nicht unfreundlich. Er verlagerte sein Gewicht in dem Sessel und sah McAllister an, mit Augen, die immer noch starr waren, aber jetzt nicht mehr die Kälte wie vorher ausstrahlten – so als würde er jetzt um Verständnis bitten wollen. »Im Augenblick wird alles, was wir hier sprechen, aufgezeichnet – Sie haben das verfassungsmäßige Recht, das zu wissen –, aber das ist ein zweiseitiges Recht. Sie müssen sich an Eides Statt verpflichten, die Ihnen hier vermittelte Information absolut geheimzuhalten, nicht nur im Interesse der nationalen Sicherheit, sondern auch im weiteren und mutmaßlich größeren Interesse einer ganz speziellen Weltlage. Ich weiß, daß das so klingt, als wollte ich Ihnen damit Appetit machen, aber so ist es nicht gemeint. Wir meinen es wirklich ernst. Nehmen Sie die Bedingung an? Wenn Sie den Eid verletzen, können Sie vor Gericht gestellt werden – Geheimprozeß unter den Statuten der nationalen Sicherheit.«

»Wie kann ich eine solche Bedingung annehmen, wenn ich keine Ahnung habe, worin die Information besteht?«

»Weil ich Ihnen einen kurzen Überblick geben kann, der es Ihnen ermöglichen wird, ja oder nein zu sagen. Wenn Sie nein sagen, wird man Sie aus diesem Raum geleiten und nach Washington zurückfliegen. Niemand wird dabei etwas verlieren.«

»Fahren Sie fort.«

»Gut«, sagte Reilly ruhig. »Sie werden über gewisse Ereignisse sprechen müssen, die in der Vergangenheit stattgefunden haben – nicht in der fernen, historischen Vergangenheit, aber auch ganz bestimmt nicht in den letzten Monaten. Die Vorgänge selbst sind dementiert worden – oder, um es genauer zu sagen, begraben. Klingt das vertraut, Herr Staatssekretär?«

»Ich bin Mitarbeiter des Außenministeriums. Wir vergraben die Vergangenheit, wenn es keinen vernünftigen Zweck erfüllt, sie zu enthüllen. Umstände ändern sich. Entscheidungen, die gestern guten Glaubens gefällt wurden, sind morgen oft ein Problem. Wir können diese Veränderungen ebensowenig wie die Sowjets oder die Chinesen kontrollieren.«

»Wohlgesprochen!« sagte Havilland.

»Nein, bis jetzt noch nicht«, wandte Reilly ein und hob die Hand. »Der Herr Staatssekretär ist sichtlich ein erfahrener Diplomat – er hat weder ja noch nein gesagt.« Der Mann vom Sicherheitsrat sah McAllister erneut an, und die Augen hinter den Brillengläsern waren wieder scharf und kalt. »Also, wie steht's, Herr Staatssekretär? Wollen Sie mitmachen – oder wollen Sie gehen?«

»Ein Teil von mir möchte aufstehen und, so schnell ich kann, weggehen«, sagte McAllister und sah die beiden Männer abwechselnd an. »Der andere Teil will bleiben.« Er hielt inne, und sein Blick saugte sich an Reilly fest. Und dann fügte er hinzu: »Ob das nun Ihre Absicht war oder nicht – Sie haben mich neugierig gemacht.«

»Sie müssen für Ihre Neugierde einen verdammt hohen Preis bezahlen«, erwiderte der Ire.

»Das ist es nicht allein«, meinte der Staatssekretär leise. »Ich bin ein Profi. Und wenn ich der Mann bin, den Sie haben wollen, dann habe ich doch in Wirklichkeit keine Wahl – oder?«

»Ich muß leider darauf bestehen, daß Sie es aussprechen«, sagte Reilly. »Soll ich Ihnen vorsprechen?«

»Das ist nicht nötig.« McAllister runzelte nachdenklich die Stirn und sagte dann: »Ich, Edward Newington McAllister, bin mir völlig darüber im klaren, daß alles, was während dieser Besprechung gesagt wird –« Er hielt inne und sah Reilly an. »Ich nehme an, Sie werden Einzelheiten hinzufügen, also Zeit und Ort und Anwesende?«

»Datum, Ort, Stunde und Minute Ihres Eintritts und Identifikation – da ist alles bereits geschehen und registriert.«

»Danke! Ich möchte eine Kopie, ehe ich hier weggehe.«

»Selbstverständlich.« Ohne die Stimme zu erheben, blickte Reilly vor sich und erteilte leise eine Anordnung: »Bitte, notieren. Kopie dieses Bandes für Subjekt bei Abreise bereithalten, ebenso die notwendigen Geräte, die ihm die Möglichkeit verschaffen, den Inhalt hier zu überprüfen. Ich werde die Kopie abzeichnen . . . Fahren Sie fort, Mr. McAllister.«

»Ich danke Ihnen . . . In bezug auf alles, was bei dieser Unterredung gesagt wird, akzeptiere ich die Bedingung der Nichtweitergabe. Ich werde niemandem gegenüber über irgendwelche Punkte dieser Unterhaltung sprechen, sofern ich nicht dazu persönliche Anweisung von Botschafter Havilland erhalte. Außerdem ist mir bewußt, daß ich im Falle von Zuwiderhandlungen vor Gericht gestellt werden kann. Für den Fall, daß es zu einem solchen Verfahren kommen sollte, behalte ich mir allerdings das Recht vor, mich nur meinen Anklägern persönlich und nicht etwa ihren Aussagen oder Niederschriften zu stellen. Ich füge das hinzu, da ich mir keine Umstände vorstellen kann, unter denen ich den soeben geleisteten Eid verletzen können oder wollen sollte.«

»Es *gibt* solche Umstände, sollten Sie wissen«, sagte Reilly ruhig.

»Nicht bei mir.«

»Extreme körperliche Folter, Chemikalien oder irgendwelche raffinierten Machenschaften von Männern oder Frauen, die wesentlich erfahrener als Sie sind. Es gibt solche Mittel und Wege, Herr Staatssekretär.«

»Ich wiederhole: Sollte mir je ein Prozeß gemacht werden – und das ist schon anderen widerfahren –, behalte ich mir das Recht vor, mich persönlich allen und jedem Ankläger zu stellen.«

»Das reicht uns.« Wieder blickte Reilly geradeaus und sagte: »Schließen Sie dieses Band ab, und ziehen Sie den Stecker heraus. Bestätigen.«

»*Bestätigt*«, sagte eine gespenstische Stimme aus einem Lautsprecher irgendwo an der Decke. »*Sie sind jetzt . . . draußen.*«

»Fahren Sie fort, Herr Botschafter«, sagte der Rothaarige. »Ich werde Sie nur unterbrechen, wenn ich das für notwendig halte.«

»Ganz sicher werden Sie das, Jack.« Havilland wandte sich McAllister zu. »Ich nehme das zurück, was ich vorher gesagt habe; er ist wirklich schrecklich. Nach vierzig Dienstjahren sagt mir da ein rothaariger Grashüpfer, der eigentlich eine Entfettungskur machen sollte, wann ich den Mund halten soll.«

Die drei Männer lächelten; der alte Diplomat wußte, wann und wie man Spannungen abbaute. Reilly schüttelte den Kopf und hob beide Hände. »Das würde ich niemals tun, Sir – jedenfalls nicht so offensichtlich.«

»Was meinen Sie, McAllister? Laufen wir doch nach Moskau über und sagen, er hätte uns angeworben. Der Iwan würde uns beiden wahrscheinlich Datschas geben, und Reilly würde dann in Leavenworth sitzen.«

»*Sie* würden die Datscha bekommen, Herr Botschafter. Ich würde mir mit zwölf Sibiriern eine Wohnung teilen müssen. Nein, danke, Sir. Mich wird er nicht unterbrechen.«

»*Sehr* gut. Mich wundert bloß, daß keiner dieser wohlmeinenden Kurpfuscher im Oval Office Sie sich je für seinen Stab geschnappt hat – oder Sie wenigstens in die UN geschickt hat.«

»Die wußten ja nicht, daß es mich gibt.«

»Das wird sich allerdings ändern«, sagte Havilland, plötzlich ernst werdend. Dann hielt er inne, starrte den Staatssekretär an und senkte die Stimme. »Haben Sie je den Namen Jason Borowski gehört?«

»Wie könnte irgend jemand, der in Asien tätig war, diesen Namen nicht gehört haben?« fragte McAllister verblüfft. »Fünfunddreißig bis vierzig Morde – der bezahlte Meuchelmörder, der sich jeder Falle entwunden hat, die man ihm je gestellt hat. Ein pathologischer Killer, dessen einzige Moral im Preis des einzelnen Mordes bestand. Es heißt, er sei Amerikaner gewesen – *sei* Amerikaner; ich weiß nicht – er ist irgendwie untergetaucht –, und er sei ein abtrünniger Priester gewesen und ein Importeur, der Millionen gestohlen habe, und ein Deserteur der französischen Fremdenlegion. Und der Himmel allein weiß, wie viele andere Geschichten sonst noch über ihn in Umlauf sind. Das einzige, was ich mit *Sicherheit* weiß, ist, daß man ihn nie gefangen hat und daß das unsere Diplomatie überall im Fernen Osten schwer belastet hat.«

»Gab es irgendein Schema für seine Opfer?«

»Nein, das gab es nicht. Alles geschah ganz willkürlich. Zwei Bankiers hier, drei Attachés dort – also CIA; ein Staatsminister aus Delhi, ein Industrieller aus Singapur und zahlreiche – viel zu viele – Politiker, im wesentlichen anständige Männer. Man hat ihre Autos auf der Straße in die Luft gejagt, ihre Wohnungen in die Luft gesprengt. Dann gab es ungetreue Ehemänner und Frauen und Liebhaber der verschiedensten Art in verschiedenen Skandalen; er bot Endlösungen für verletzte Eitelkeiten. Keiner war sicher vor ihm; keine Methode war ihm zu brutal oder zu niederträchig . . . Nein, ein Schema hat es nicht gegeben, nur Geld. Er stand immer dem Höchstbietenden zur Verfügung. Er war ein Monstrum – *ist* ein Monstrum, wenn er noch am Leben ist.«

Wieder beugte sich Havilland vor, und seine Augen musterten McAllister scharf. »Sie sagen, er sei untergetaucht. Einfach so? Ist Ihnen nie irgend etwas zugetragen worden – keine Gerüchte von unseren Botschaften in Asien oder den Konsulaten?«

»Natürlich wurde geredet, aber Bestätigungen gab es nie. Die Geschichte, die ich am häufigsten hörte, kam von der Polizei in Macao, wo Borowski angeblich zuletzt gesehen wurde. Es hieß, er sei nicht tot und habe sich auch nicht zurückgezogen, sondern sei nach Europa gegangen, um sich dort wohlhabendere Klienten zu suchen. Wenn das stimmt, könnte das möglicherweise nur die Hälfte der Geschichte sein. Die Polizei behauptete auch, sie habe von Informanten gehört, daß Borowski ein paar Kontrakte schiefgelaufen seien; daß er in einem Fall den falschen Mann getötet habe, eine führende Persönlichkeit in der Unterwelt von Malaysia. Und in einem anderen Fall heißt es, er habe die Frau eines Klienten vergewaltigt. Vielleicht wurde ihm das Pflaster zu heiß – vielleicht aber auch nicht.«

»Was wollen Sie damit sagen?«

»Die meisten von uns haben die erste Hälfte der Geschichte geglaubt, aber die zweite nicht. Borowski würde niemals den falschen Mann umbringen, ganz besonders nicht so jemanden; solche Fehler machte er nicht. Und wenn er die Frau eines Klienten vergewaltigt hat – was höchst zweifelhaft ist –, dann hätte er das aus Haß getan oder um sich zu rächen. Aber dann hätte er den Mann gefesselt und gezwungen, dabei zuzusehen, und sie beide umgebracht. Nein, die meisten von uns hielten mehr von der ersten Version. Er ist nach Europa gegangen, wo es größere Fische zu fangen gab – und zu ermorden.«

»Diese Version sollten Sie auch glauben«, sagte Havilland und lehnte sich in seinem Sessel zurück.

»Wie bitte?«

»Der einzige Mann, den Jason Borowski je nach Vietnam in Asien getötet hat, war ein wütender V-Mann, der ihn umzulegen versuchte.«

Verblüfft starrte McAllister den Diplomaten an. »Das verstehe ich nicht.«

»Der Jason Borowski, den Sie gerade beschrieben haben, hat nie existiert. Er war ein Mythos.«

»Das kann nicht Ihr Ernst sein.«

»Ist es aber. Die Zeiten im Fernen Osten waren damals turbulent. Die Rauschgiftnetze, die vom Goldenen Dreieck aus operierten, führten einen chaotischen Krieg, der nie durchschaut wurde. Konsule, Vizekonsule, Polizei, Politiker, Gangsterbanden, Grenzpatrouillen – sie alle waren darin verwickelt. Geld, und zwar unvorstellbare Beträge, waren die Muttermilch der Korruption. Und jedesmal und überall, wenn es zu einem solch aufsehenerregenden Mord kam – ganz gleich, wie die Umstände waren und wem man die Schuld gab –, war Borowski zur Stelle und behauptete, er sei der Täter gewesen.«

»Er *war* der Täter«, beharrte McAllister etwas verwirrt. »Da waren doch die Zeichen – *seine* Zeichen. Jeder wußte es!«

»Jeder *nahm es an*, Herr Staatssekretär. Ein spöttischer Telefonanruf bei der Polizei, irgendein Kleidungsstück, das mit der Post kam, oder ein schwarzes Halstuch, das man am Tag darauf in den Büschen fand. Das war alles Teil der Strategie.«

»Der Strategie? Wovon sprechen Sie?«

»Jason Borowski – der ursprüngliche Jason Borowski – war ein verurteilter Mörder, ein Flüchtling, dessen Leben in den letzten Monaten des Vietnam-Krieges an einem Ort namens Tam Quan mit einer Kugel en-

dete, die man ihm durch den Kopf schoß. Es war eine Dschungelhinrich-
tung. Der Mann war ein Verräter, und die Leiche ließ man einfach liegen, damit sie verfaulen konnte. Er verschwand einfach. Einige Jahre
später übernahm der Mann, der ihn exekutiert hatte, für eines unserer
Projekte seine Identität – ein Projekt, das beinahe Erfolg gehabt hätte,
das Erfolg hätte haben *sollen*, aber außer Kontrolle geriet.«

»Was?«

»Außer Kontrolle. Jener Mann – jener sehr tapfere Mann –, der für uns
in den Untergrund ging und drei Jahre den Namen ›Jason Borowski‹ benutzte, wurde verwundet, und die Folge seiner Verwundung war Amnesie. Er verlor sein Gedächtnis; er wußte weder, wer er war, noch wer
er sein sollte.«

»Du *großer* Gott!«

»Ja, eine scheußliche Lage. Mit Hilfe eines trunksüchtigen Arztes auf
einer Mittelmeerinsel versuchte er seine Identität wiederzufinden und
festzustellen, wer er war; und in dem Punkt scheiterte er leider. *Er* scheiterte, aber die Frau, die ihn liebte, scheiterte nicht; sie ist jetzt seine Frau.
Ihre Instinkte rieten ihr das Richtige; sie wußte, daß er kein Killer war.
Sie zwang ihn, sich über seine Worte und seine Fähigkeiten klarzuwer-
den und sich dann auf die Kontakte zu besinnen, die ihn zu uns zurückführen sollten. Aber wir, denen der komplizierteste Abwehrapparat auf
der ganzen Welt zur Verfügung stand, haben nicht auf den menschlichen Quotienten gehört; wir haben ihm eine Falle gestellt, um ihn zu erledigen –«

»Ich muß Sie unterbrechen, Herr Botschafter«, sagte Reilly.

»Warum?« fragte Havilland. »Das haben wir schließlich getan – und
außerdem werden wir im Augenblick nicht aufgenommen.«

»Die Entscheidung wurde von einem einzelnen getroffen, nicht von
der Regierung der Vereinigten Staaten. Das sollte klar sein.«

»In Ordnung«, nickte der Diplomat. »Sein Name war Conklin, aber
das ist belanglos, Jack. Die Regierung hat mitgemacht. Es ist geschehen.«

»Personal der Regierung hatte auch entscheidenden Anteil daran, daß
sein Leben gerettet wurde.«

»Etwas später« murmelte Havilland.

»Aber *warum?*« fragte McAllister; er beugte sich vor, von dem bizarren
Bericht gebannt. »Er war einer der Unseren. Weshalb hätte jemand ihn
ausschalten sollen?«

»Man vermutete hinter seinem Gedächtnisverlust etwas anderes. Man
war irrtümlich der Meinung, er sei umgedreht worden; dachte, er habe
drei seiner Führungsoffiziere getötet und sei mit einem beträchtlichen
Betrag verschwunden – Regierungsgeldern in Höhe von beinahe fünf
Millionen Dollar.«

»Fünf *Millionen* . . .?« McAllister sank erstaunt in den Sessel zurück.
»Ihm *persönlich* standen derartige Beträge zur Verfügung?«

»Ja«, sagte der Botschafter. »Das gehörte auch mit zur Strategie und war Teil des Projekts.«

»Ich nehme an, daß dies der Punkt ist, wo Schweigen geboten ist. Das Projekt, meine ich.«

»Ja, das ist unerläßlich«, antwortete Reilly. »Nicht wegen des Projekts – trotz allem, was geschehen ist, haben wir keinen Anlaß, uns für diese Operation zu entschuldigen, sondern wegen des Mannes, den wir uns geholt haben, damit er Jason Borowski wurde. Und auch wegen des Ortes, von dem er kam.«

»Das klingt sehr geheimnisvoll.«

»Das wird gleich klarer.«

»Das Projekt, bitte!«

Reilly sah Raymond Havilland an; der Diplomat nickte und meinte dann: »Wir haben einen Killer geschaffen, um den gefährlichsten Meuchelmörder von ganz Europa aus der Reserve zu locken und ihm eine Falle zu stellen.«

»*Carlos?*«

»Sie sind schnell, Herr Staatssekretär.«

»*Gab* es denn sonst noch jemanden? In Asien hat man Borowski und den Schakal andauernd miteinander verglichen.«

»Das war Absicht«, sagte Havilland. »Die Strategen des Projekts, eine Gruppe mit dem Namen Treadstone Einundsiebzig, haben diesen Vergleich in die Welt gesetzt. Die Gruppe nannte sich nach einem Haus in der Einundsiebzigsten Straße in New York, wo der wiedererweckte Jason Borowski ausgebildet wurde. Das war die Kommandozentrale. Sie sollten sich den Namen merken.«

»Ich verstehe«, meinte McAllister nachdenklich. »Dann waren diese Vergleiche als eine Herausforderung für Carlos gedacht. Und dann ging Borowski nach Europa – um ihn zu zwingen, aufzutauchen und sich dem Herausforderer zu stellen.«

»*Sehr* schnell, Herr Staatssekretär. In kurzen, dürren Worten war das die Strategie.«

»Außergewöhnlich. Wirklich brillant. Und man braucht kein Fachmann zu sein, um das zu erkennen; das bin ich nämlich weiß Gott nicht.«

»Vielleicht werden Sie einer –«

»Und Sie sagen, dieser Mann, der Borowski, der geheimnisvolle Meuchelmörder, wurde, hat drei Jahre damit verbracht, diese Rolle zu spielen, und wurde dann verletzt –«

»Man hat auf ihn geschossen«, unterbrach Havilland. »Eine Kopfverletzung.«

»Und er hat das *Gedächtnis* verloren?«

»Völlig.«

»Mein Gott!«

»Und trotz allem, was mit ihm passiert ist, und mit Hilfe dieser Frau –

sie war übrigens Volkswirtin und für die kanadische Regierung tätig – hätte er das Ganze um Haaresbreite geschafft. Eine erstaunliche Geschichte, nicht wahr?«

»Unglaublich. Aber was für ein Mann gehört dazu, so etwas zu tun, und wer *kann* das tun?«

Jack Reilly hustete halblaut, worauf der Botschafter ihm einen Bick zuwarf und verstummte. »Wir kommen jetzt zum kritischen Punkt«, sagte der Aufpasser und rutschte in seinem Sessel herum, um McAllister voll anzusehen. »Wenn Sie die geringsten Zweifel haben, kann ich Sie immer noch gehen lassen.«

»Ich versuche mich nicht zu wiederholen. Sie haben Ihr Band.«

»Ist ja schließlich Ihre Neugierde.«

»Ich nehme an, das ist nur eine andere Formulierung, um zu sagen, daß es vieleicht nicht einmal einen Prozeß geben könnte.«

»Das würde ich nie sagen.«

McAllister schluckte und sah dem Mann vom Sicherheitsrat in die Augen. Dann wandte er sich Havilland zu. »Bitte, fahren Sie fort, Herr Botschafter. Wer ist dieser Mann? Woher kam er?«

»Er heißt David Webb. Zur Zeit ist er Dozent für Orientalistik an einer kleinen Universität in Maine. Er ist mit der Kanadierin verheiratet, die ihn buchstäblich aus seinem Labyrinth herausgeführt hat. Ohne sie wäre er getötet worden – andrerseits hätte sie ohne *ihn* als Leiche in Zürich geendet.«

»Erstaunlich«, sagte McAllister so leise, daß man es kaum hören konnte.

»Tatsächlich ist sie seine zweite Frau. Seine erste Ehe endete tragisch, mit einem sinnlosen Todesfall – an dem Punkt begann seine Geschichte für uns. Vor einigen Jahren war Webb ein junger Beamter des Außenministeriums und in Phnom Penh stationiert, ein brillanter Kenner Asiens, der einige asiatische Sprachen fließend beherrschte und der mit einem Mädchen aus Thailand verheiratet war, das er auf der Universität kennengelernt hatte. Sie wohnten an einem Fluß und hatten zwei Kinder. Für einen Mann wie ihn war das das ideale Leben; es verband die Erfahrung, die Washington vor Ort brauchte, mit der Chance für sich, in seinem eigenen Museum zu leben. Dann eskalierte der Krieg in Vietnam, und eines Morgens stieß ein einzelner Düsenjäger – welcher Seite er angehörte, weiß keiner genau, aber das hat niemand Webb je gesagt – im Tiefflug herunter und beschoß seine Frau und seine Kinder, während sie im Wasser spielten. Sie wurden von den Kugeln förmlich zerfetzt. Sie trieben ans Ufer, während Webb zu ihnen wollte; er drückte sie an sich und schrie hilflos dem Flugzeug nach, das am Himmel verschwand.«

»Wie *schrecklich*!« flüsterte McAllister.

»In dem Augenblick vollzog sich in Webb eine Veränderung; er wurde zu jemandem, der er nie gewesen war und von dem er sich nie hätte träumen lassen, daß er es würde sein können. Er wurde ein Guerillakämpfer, unter dem Namen Delta bekannt.«

»Delta?« sagte der Staatssekretär. »Ein Guerilla . . .? Ich fürchte, das verstehe ich nicht.«

»Das können Sie auch nicht verstehen.« Havilland sah zu Reilly hinüber und wandte den Blick dann wieder McAllister zu. »Wie Jack gerade sagte, sind wir jetzt am kritischen Punkt. Webb begab sich, von Zorn und Wut erfüllt, nach Saigon und schloß sich – mit Unterstützung des CIA-Beamten Conklin, der ihn Jahre später zu töten versuchte – einer Geheimorganisation an, die Medusa hieß. Die Leute von Medusa benützten nie Namen, nur die griechischen Buchstaben des Alphabets – Webb wurde Delta Eins.«

»*Medusa*? Davon habe ich nie gehört.«

»Wir sind jetzt am Punkt«, sagte Reilly. »Die Medusa-Akte ist immer noch geheim, aber wir haben im vorliegenden Fall die Genehmigung für eine beschränkte Freigabe. Bei den Medusa-Einheiten handelte es sich um Leute aus aller Welt, die sowohl den Norden als auch den Süden Vietnams wie ihre Hosentasche kannten. Offen gesagt, handelte es sich bei den meisten um Verbrecher – Schmuggel, Rauschgift, Gold, Waffen, Juwelen, alle Arten von Konterbande. Außerdem um verurteilte Mörder, Flüchtlinge, die man in Abwesenheit zum Tode verurteilt hatte . . . Und ein paar Kolonisten, deren Geschäfte man konfisziert hatte – wieder von beiden Seiten. Sie verließen sich auf uns – Onkel Sam – und erwarteten, daß wir alle ihre Probleme lösen würden, wenn sie dafür feindliche Gebiete infiltrierten, Leute töteten, die unter dem Verdacht standen, Kollaborateure des Vietcong zu sein, oder ebensolche Dorfhäuptlinge. Es handelte sich um Hinrichtungsteams – Todesschwadronen, wenn Sie so wollen –, und das sagt es so gut, wie man es überhaupt sagen kann, aber wir werden es natürlich nie sagen. Es wurden Fehler gemacht, Millionen gestohlen, und die meisten dieser Leute hätte keine Kulturnation in ihre Armee aufgenommen. Webb auch nicht.«

»Und mit seiner Herkunft, seiner akademischen Ausbildung hat er sich freiwillig einer solchen Gruppe angeschlossen?«

»Sein Motiv war eindeutig«, sagte Havilland. »Für ihn war dieses Flugzeug in Phnom Penh nordvietnamesisch.«

»Einige haben gesagt, er sei ein Irrer gewesen«, fuhr Reilly fort. »Andere behaupteten, er sei ein außergewöhnlicher Taktiker gewesen, der beste Guerilla, den man sich vorstellen konnte, ein Weißer, der wie ein Asiate denken konnte und das aggressivste Team von ganz Medusa führte. Das Kommando in Saigon fürchtete ihn ebensosehr wie der Feind. Er war unberechenbar; die einzigen Regeln, die er befolgte, waren seine eigenen. Es war, als hätte er seinen ganz persönlichen Rachefeldzug auf die Beine gestellt, um den Mann zu jagen, der jenes Flugzeug gesteuert und sein Leben zerstört hatte. Es wurde sein Krieg; und je gewalttätiger er wurde, desto mehr befriedigte er ihn – oder vielleicht sollte ich sagen, desto näher brachte er ihn seinem eigenen Todeswunsch.«

»Todes . . .?« Der Staatssekretär ließ das Wort in der Luft hängen.

»Das war die Theorie der meisten damals«, unterbrach der Botschafter.

»Der Krieg endete«, sagte Reilly, »und zwar für Webb – oder Delta – ebenso katastrophal wie für uns alle anderen auch. Vielleicht sogar schlimmer; für ihn blieb nichts. Es gab keinen Sinn mehr in seinem Leben – nichts mehr, das er töten konnte. Bis wir an ihn herantraten und ihm etwas gaben, für das es sich lohnte weiterzuleben. Oder vielleicht auch, für das es sich lohnte, weiter den Tod zu suchen.«

»Indem er Borowski wurde und die Jagd auf Carlos, den Schakal, begann«, führte McAllister den Gedanken zu Ende.

»Ja«, nickte der Mann vom Nachrichtendienst. Dann folgte ein kurzes Schweigen.

»Wir müssen ihn wiederhaben«, sagte Havilland. Die leisen Worte fielen wie eine Axt auf Hartholz.

»Carlos ist aufgetaucht?«

Der Diplomat schüttelte den Kopf. »Nicht in Europa. Wir brauchen ihn wieder in Asien und können uns nicht leisten, auch nur eine Minute zu vergeuden.«

»Jemand anders? Ein anderes . . . Ziel?« McAllister schluckte unwillkürlich. »Haben Sie mit ihm gesprochen?«

»Wir können nicht an ihn herantreten. Nicht direkt.«

»Warum nicht?«

»Er würde uns nicht durch die Tür lassen. Er vertraut niemanden, der aus Washington kommt, und es fällt schwer, ihm das zu verübeln. Tage-, wochenlang hat er um Hilfe gerufen, und wir haben nicht auf ihn gehört. Statt dessen haben wir versucht, ihn umzulegen.«

»Ich muß noch einmal Einspruch erheben«, unterbrach ihn Reilly. »Das waren nicht wir; das war ein Individuum, das nach irrtümlichen Informationen gehandelt hat. Und im Augenblick wendet die Regierung mehr als vierhunderttausend Dollar im Jahr auf, um Webb zu schützen.«

»Wofür er nur Spott übrig hat. Er glaubt, es handle sich um eine Falle für Carlos, falls der Schakal ihn ausfindig machen sollte. Er ist überzeugt, daß er Ihnen völlig egal ist, und ich bin gar nicht so sicher, daß er damit so unrecht hat. Er hat Carlos *gesehen*, und daß er sich bis jetzt noch nicht an das Gesicht erinnern kann, weiß Carlos nicht. Der Schakal hat allen Grund, Jagd auf Webb zu machen. Und wenn er das tut, bekommen Sie Ihre zweite Chance.«

»Die *Chance*, daß Carlos ihn findet, ist so gering, daß man sie praktisch vergessen kann. Die Akten von Treadstone sind begraben; und selbst wenn sie das nicht wären, so enthalten sie keinerlei Informationen über Webbs Aufenthaltsort oder das, was er tut.«

»Aber Mr. Reilly!« sagte Havilland spöttisch. »Nur sein Hintergrund

und seine Qualifikationen. Wäre das denn so schwierig? Er ist doch ein typischer Akademiker.«

»Ich will mich ja gar nicht mit Ihnen streiten, Herr Botschafter«, meinte Reilly etwas gedämpft. »Ich will ja nur, daß alles klar und eindeutig ist. Wollen wir doch offen sein – man muß sehr vorsichtig mit Webb umgehen. Er hat einen großen Teil seines Gedächtnisses zurückgewonnen, aber ganz sicher erinnert er sich nicht an alles. Aber er weiß genug über Medusa, um eine beträchtliche Gefahr für die Interessen unseres Landes darzustellen.«

»In welcher Weise?« fragte McAllister. »Wir haben sicher keinen Grund, sehr stolz zu sein; aber im wesentlichen handelte es sich doch um eine Strategie zu Kriegszeiten.«

»Eine Strategie, die offiziell nicht sanktioniert war. Es gibt keinerlei amtliche Aufzeichnungen darüber.«

»Wie ist das möglich? Es müssen doch *Mittel* zur Verfügung gestellt worden sein. Und wenn Geld ausgegeben wird –«

»Jetzt halten Sie mir bloß keinen Vortrag«, unterbrach ihn der beleibte Geheimdienstler. »Wir sind jetzt zwar nicht auf Band, aber ich habe Ihre Erklärung.«

»Ist das Ihre Antwort?«

»Nein – aber das: Es gibt keine Ausnahmegesetze für Kriegsverbrechen und Mord, Herr Staatssekretär. Und Mord und andere Gewaltverbrechen sind gegen unsere eigenen Streitkräfte ebenso wie gegen unsere Verbündeten begangen worden. Im wesentlichen wurden diese Verbrechen von Mördern und Dieben in Tateinheit mit Diebstahl, Plünderung, Vergewaltigung und Mord begangen. Bei den meisten der Täter handelte es sich um pathologische Kriminelle. So wirksam Medusa auch in vieler Hinsicht war, so war es doch ein tragischer Fehler aus Zorn und Enttäuschung, damals in einer Situation, in der keiner gewinnen konnte. Welchen Nutzen könnte es denn haben, jetzt all die alten Wunden aufzureißen? Ganz abgesehen von all den Ansprüchen, die gegen uns gestellt würden, würden wir in den Augen des größten Teils der zivilisierten Welt zum Paria werden.«

»Wie ich schon sagte«, meinte McAllister leise und etwas zögernd, »wir halten im Außenministerium nicht viel davon, alte Wunden aufzureißen.« Er wandte sich dem Botschafter zu. »Ich fange an zu begreifen. Sie wollen, daß ich Verbindung mit diesem David Webb aufnehme und ihn dazu überrede, nach Asien zurückzukehren. Ein anderes Projekt, ein anderes Ziel – obwohl ich vor heute abend dieses Wort nie in diesem Zusammenhang benutzt habe. Wahrscheinlich weil es für uns von früher einige ganz deutliche Parallelen gibt – wir sind Asien-Männer. Wir haben, was den Fernen Osten angeht, ähnliche Ansichten, und deshalb glauben Sie, daß er auf mich hören wird.«

»Im wesentlichen ja.«

»Und doch sagen Sie, daß er nichts mit uns zu tun haben will. Wie soll ich es dann schaffen?«

»Wir werden es gemeinsam tun. So wie er einmal die Regeln für sich selbst gemacht hat, werden wir sie jetzt machen. Das ist unerläßlich.«

»Wegen eines Mannes, den Sie tot wissen wollen?«

»Sagen wir eliminiert. Es muß sein.«

»Und Webb kann das erledigen?«

»Nein. *Jason Borowski* kann es. Wir haben ihn drei Jahre lang unter außergewöhnlichem Streß alleine hinausgeschickt – und dann wurde ihm plötzlich sein Erinnerungsvermögen genommen, und er wurde gejagt wie ein Tier. Trotzdem hat er sich seine Fähigkeiten, sich einzuschleusen und zu töten, bewahrt. Ich bin ganz offen.«

»Ich verstehe. Da wir nicht auf Band aufgenommen werden – und selbst, wenn wir das werden –« Der Staatssekretär warf Reilly einen mißbilligenden Blick zu, worauf dieser den Kopf schüttelte und die Achsen zuckte. »Darf ich erfahren, wer die Zielscheibe ist?«

»Das dürfen Sie, und ich möchte, daß Sie sich diesen Namen merken, Herr Staatssekretär. Es ist ein chinesischer Minister, Sheng Chou Yang.«

McAllisters Gesicht rötete sich ärgerlich. »Ich *brauche* ihn mir nicht zu merken, und ich denke, das *wissen* Sie. Er war so etwas wie eine Institution in der Verhandlungsdelegation der Volksrepublik, und wir haben beide Ende der siebziger Jahre in Peking an den Handelskonferenzen teilgenommen. Ich habe über ihn gelesen, ihn analysiert. Sheng war mein Verhandlungspartner, und mir blieb gar nichts anderes übrig – eine Tatsache, die Ihnen, wie ich vermute, auch bekannt ist.«

»Oh?« Der grauhaarige Botschafter schob die dunklen Augenbrauen in die Höhe. »Und welche Erkenntnisse haben Sie bei Ihrer Lektüre gewonnen? Was haben Sie über ihn in Erfahrung gebracht?«

»Er galt als sehr intelligent, sehr ehrgeizig – aber das können wir ja auch aus seinem Aufstieg in der Hierarchie von Peking entnehmen. Leute, die das Zentralkomitee vor einigen Jahren ausschickte, haben ihn in der Fudan-Universität in Shanghai entdeckt. Zunächst ging es wohl nur darum, daß er sich so fließend in Englisch ausdrücken konnte und ein sehr klares Bild von der westlichen Wirtschaft hatte.«

»Und dann?«

»Er galt als vielversprechend und wurde daher nach einer gründlichen Indoktrinierung auf die London School of Economics geschickt, um dort sein Studium abzuschließen. Das hat auch geklappt.«

»Was wollen Sie damit sagen?«

»Sheng ist überzeugter Marxist, soweit es um den Staat als zentralistische Gewalt geht, hat aber gesunden Respekt vor kapitalistischen Profiten.«

»Ich verstehe«, sagte Havilland. »Dann akzeptiert er also das Versagen des Sowjet-Systems?«

»Dieses Versagen schreibt er der russischen Neigung zur Korruption, dem gedankenlosen Konformismus in den oberen Rängen und dem Alkohol in den unteren Rängen zu. Immerhin hat er ein gut Teil dieser Probleme in den Industriezentren beseitigt.«

»Das klingt ja gerade, als hätte er seine Ausbildung bei IBM bekommen, nicht wahr?«

»Er ist weitgehend für die neue Handelspolitik der Volksrepublik verantwortlich. Er hat für China eine Menge Geld gemacht.« Wieder beugte sich der Mann aus dem Außenministerium in seinem Sessel vor, seine Augen blickten eindringlich, und sein Gesichtsausdruck war verwirrt – besser gesagt, erschüttert. »*Mein Gott*, warum sollte *irgend jemand* im Westen Shengs Tod wollen? Das ist *absurd*! Er ist unser wirtschaftlicher Verbündeter, ein politisch stabilisierender Faktor in der größten Nation der Welt, die sich ideologisch gegen uns stellt! Durch ihn und Männer seiner Art haben wir gewisse Kompromisse erreicht. Ohne ihn besteht, ganz gleich, welchen Kurs China einschlagen wird, das Risiko einer Katastrophe. Ich verstehe wirklich etwas von China, Herr Botschafter, und ich wiederhole: Was Sie hier andeuten, ist absurd. Ein Mann Ihrer Erfahrung sollte das als erster erkennen.«

Der alternde Diplomat sah McAllister scharf an, und als er schließlich zu sprechen begann, wählte er seine Worte sorgfältig. »Vor wenigen Augenblicken waren wir an den Kern der Sache gekommen. Ein ehemaliger Beamter im auswärtigen Dienst namens David Webb wurde aus einem bestimmten Grund Jason Borowski. In ähnlicher Weise ist Sheng Chou Yang nicht der Mann, den Sie kennen; nicht der Mann, den Sie als Verhandlungspartner studiert haben. Er ist aus einem ganz bestimmten Zweck jener Mann *geworden*.«

»Wovon sprechen Sie?« verteidigte sich McAllister. »Alles, was ich über ihn gesagt habe, ist festgehalten – in amtlichen *Akten* –, wovon die meisten streng geheim sind, oberste Geheimhaltungsstufe.«

»Wirklich?« fragte der ehemalige Botschafter müde. »Weil ein Stempel auf Beobachtungen von Männern gedrückt wurde, die keine Ahnung haben, wo diese Aufzeichnungen herkamen? Es gibt sie, und das ist genug? Nein, Herr Staatssekretär, das reicht nicht – das reicht niemals.«

»Sie verfügen offenbar über Informationen, die ich nicht habe«, sagte der Mann aus dem Außenministerium kühl. »Falls es stimmt. Der Mann, den ich beschrieben habe – der Mann, den ich kannte –, ist Sheng Chou Yang.«

»So wie der David Webb, den wir Ihnen beschrieben haben, Jason Borowski war? Bitte werden Sie nicht ärgerlich; ich mache hier keine Scherze. Es ist nur wichtig, daß Sie verstehen. Sheng ist nicht der Mann, den Sie kannten. Er war es nie.«

»Wen *habe* ich dann gekannt? Wer *war* der Mann, der mir bei diesen Konferenzen gegenübersaß?«

»Er ist ein Verräter, Herr Staatssekretär. Sheng Chou Yang ist ein Verräter an seinem Land. Und wenn sein Verrat aufgedeckt wird – und das
wird er ganz bestimmt –, wird Peking die freie Welt dafür verantwortlich machen. Die Folgen eines solchen zwangsläufigen Irrtums sind unvorstellbar. Aber an dem Ziel, das er verfolgt, gibt es keinen Zweifel.«

»*Sheng . . . ein Verräter?* Das *glaube* ich Ihnen nicht! Man verehrt ihn in
Peking! Eines Tages wird er Vorsitzender sein.«

»Dann wird China von einem nationalistischen Eiferer beherrscht
werden, dessen ideologische Wurzeln in Taiwan zu suchen sind.«

»Sie sind verrückt – absolut *verrückt*! Augenblick – Sie sagten, er habe
ein Ziel – ›an dem Ziel, das er verfolgt, gibt es keinen Zweifel‹, haben Sie
gesagt.«

»Er und seine Leute haben die Absicht, in Hongkong die Macht zu ergreifen. Er bereitet im geheimen einen wirtschaftlichen Blitzkrieg vor
und will, daß der ganze Handel, alle Banken dort unter die Kontrolle
einer ›neutralen‹ Kommission gestellt werden, die von Peking gebilligt
wird – und das heißt von ihm. Als Instrument dazu will er den britischen
Vertrag benutzen, der 1997 ausläuft, und seine Kommission soll ein angeblich vernünftiges Vorspiel zur Annexion, zur völligen Kontrolle sein.
Und das wird geschehen, wenn die Straße für Sheng frei ist; wenn es
keine Hindernisse mehr gibt, die ihm im Wege liegen. Wenn sein Wort
das einzige Wort ist, das in Wirtschaftsfragen zählt. Und das könnte
schon in ein oder zwei Monaten sein. Oder nächste Woche.«

»Sie glauben, Peking wäre damit einverstanden?« McAllister schüttelte den Kopf. »Sie irren! Das – das ist einfach verrückt! Die Volksrepublik wird Hongkong niemals antasten! Schließlich lenkt sie sechzig Prozent ihres Handels über Hongkong. Die China-Verträge garantieren
fünfzig Jahre freie Wirtschaftszone, und Sheng selbst ist ein Mitunter-
zeichner der Verträge – der wichtigste sogar!«

»Aber Sheng ist nicht Sheng – nicht so, wie Sie ihn kennen.«

»Wer zum Teufel *ist* er dann?«

»Erschrecken Sie nicht, Herr Staatssekretär. Sheng Chou Yang ist der
älteste Sohn eines Industriellen aus Shanghai, der in der korrupten Welt
des alten China sein Vermögen gemacht hat, unter Tschiangkaischeks
Kuomintang. Als zu erkennen war, daß Maos Revolution siegen würde,
floh die Familie, so wie viele der Landbesitzer und der Kriegstreiber, mit
allem, was sie mitnehmen konnten. Der alte Herr ist jetzt einer der mächtigsten Taipans von Hongkong – aber wir wissen nicht, welcher. Die Kolonie wird sein Mandat und das seiner Familie werden, und das wird er
einem Minister in Peking zu verdanken haben – seinem hochgeschätzten
Sohn. Stellen Sie sich diesen Wahnsinn vor! Die letzte Rache des Patriar-
chen – Hongkong wird von eben den Männern kontrolliert werden, die
Nationalchina korrumpiert haben. Jahrelang haben sie ihr Land gewis-
senlos ausgequetscht und ihre Profite aus den Mühen eines verhungern-

den, rechtlosen Volkes gezogen und damit Maos Revolution den Weg bereitet. Und wenn das wie eine kommunistische Parteirede klingt, dann muß ich leider sagen, daß das zum größten Teil stimmt. Und jetzt wollen eine Handvoll Eiferer, Wirtschaftsverbrecher, geführt von einem Verrückten, das zurück, was kein internationales Gericht der ganzen Welt ihnen je zubilligen würde.« Havilland hielt inne und spuckte dann das Wort förmlich aus. »*Wahnsinnige!*«

»Aber wenn Sie nicht wissen, wer dieser Taipan ist, woher wissen Sie dann, daß das, was Sie sagen, stimmt – daß *irgend etwas* davon stimmt?«

»Unsere Quellen sind absolut geheim«, unterbrach Reilly. »Aber sie sind zuverlässig. Die ersten Erkenntnisse stammen aus Taiwan. Unser erster Informant war ein Mitglied des dortigen Kabinetts. Er hielt das für einen katastrophalen Kurs, der nur zu einem Blutbad im ganzen Pazifikraum führen konnte. Er flehte uns an, dem ein Ende zu machen. Am nächsten Morgen fand man ihn tot auf – mit drei Kugeln im Kopf. Man hatte ihm auch die Kehle durchschnitten – bei den Chinesen bedeutet das den Tod eines Verräters. Seitdem sind noch fünf Menschen ermordet worden, und man hat sie in ähnlicher Weise verstümmelt. Was wir Ihnen gesagt haben, ist wahr. Es gibt diese Verschwörung, und sie geht von Hongkong aus.«

»Das ist doch *Wahnsinn*!«

»Und was noch wichtiger ist«, sagte Havilland, »sie hat keine Chance. Wenn sie auch nur den Schimmer einer Chance hätte, könnten wir uns ja abwenden und sagen, meinetwegen; aber eine solche Chance besteht nicht. Sie wird scheitern, so wie Lin Biaos Verschwörung gegen Mao 1972 scheiterte. Und wenn es dann soweit ist, wird Peking behaupten, amerikanisches und taiwanesisches Geld stecke dahinter und die Briten seien Komplizen – ebenso wie die führenden Finanzinstitutionen der Welt mit ihrem stillschweigenden Einverständnis. Acht Jahre wirtschaftlichen Fortschritts werden beim Teufel sein, und das nur, weil eine Gruppe von Fanatikern Rache sucht. Um ihre Worte zu gebrauchen, Herr Staatssekretär: Die Volksrepublik China ist eine argwöhnische, turbulente Nation und – wenn ich meine eigene Ansicht aus meiner langjährigen Erfahrung, die Sie mir zuschreiben, hinzufügen darf – ein Regime, bei dem es keines sehr großen Anstoßes bedarf, um es paranoid werden zu lassen, und das von der Idee des Verrates besessen ist – des Verrats von innen ebenso wie von außen. China wird glauben, daß die Welt darauf aus ist, es wirtschaftlich zu isolieren, es von den Märkten der Welt fernzuhalten und es in die Knie zu zwingen, während die Russen grinsend von den nördlichen Grenzen zusehen. Und so wird China schnell und wütend zuschlagen, alles an sich reißen. Chinas Truppen werden Kowloon besetzen, die Insel, die blühenden New Territories. Investitionen von Milliarden Dollars

werden verloren sein. Und ohne die Erfahrung, die die Kolonie sich aufgebaut hat, wird der Handel gelähmt sein, es wird ein Heer von Arbeits-
losen geben – Millionen –, Chaos wird ausbrechen, Hunger und Seu-
chen. Der ganze Pazifikraum wird in Flammen stehen, und am Ende
könnte es zu einem Krieg kommen, wie ihn sich keiner von uns ausmalen will.«

»Großer Gott!« flüsterte McAllister. »Dazu darf es nicht kommen.«

»Nein, das darf es nicht«, stimmte der Diplomat zu.

»Aber warum *Webb*?«

»Nicht Webb«, korrigierte ihn Havilland. »Jason Borowski.«

»Also gut! Warum *Borowski*?«

»Weil es in Kowloon heißt, daß er bereits dort ist.«

»*Was?*«

»Und wir wissen, daß das nicht so ist.«

»*Was* haben Sie gesagt?«

»Er hat wieder zugeschlagen. Er hat getötet. Er ist nach Asien zurückgekehrt.«

»Webb?«

»Nein, Borowski. Die Legende.«

»Jetzt verstehe ich überhaupt nichts mehr!«

»Ich kann Ihnen versichern, daß Sheng Chou Yang eine ganze Menge
versteht und weiß, was er will.«

»Was soll das jetzt wieder heißen?«

»Er hat ihn zurückgeholt. Jason Borowskis Talente stehen wieder für
Geld zur Verfügung, und sein Klient ist, so wie das immer war, nicht
aufzustöbern – im vorliegenden Fall der unwahrscheinlichste Klient,
den man sich vorstellen kann. Ein führender Sprecher Chinas, der seine
Gegner sowohl in Hongkong wie auch in Peking eliminieren muß. In
den letzten sechs Monaten sind eine ganze Anzahl mächtiger Stimmen
im Zentralkomitee von Peking merkwürdig schweigsam gewesen. Nach
den offiziellen Regierungsverlautbarungen sind einige gestorben, was
angesichts ihres Alters verständlich ist. Zwei andere sind angeblich bei
Unfällen ums Leben gekommen – einer bei einem Flugzeugabsturz und
einer ausgerechnet durch eine Gehirnblutung während einer Wande-
rung in den Shaoguan-Bergen –, und wenn das nicht stimmt, dann ist es
zumindest gut erfunden. Und dann ist noch einer ›entfernt‹ worden –
was ein Euphemismus dafür ist, daß er in Ungnade gefallen ist. Zuletzt –
und das ist das Verblüffendste – ist der stellvertretende Premierminister
in Kowloon ermordet worden, und niemand in Peking wußte überhaupt, daß er dort war. Ein scheußliches Massaker – fünf Männer, die im
Tsim Sha Tsui ermordet wurden, und der Killer hat seine Visitenkarte
hinterlassen. Der Name ›Jason Borowski‹ stand in einer Blutlache auf
dem Boden.«

McAllister blinzelte ein paarmal, und seine Augen huschten ziellos im

Raum umher. »Das alles kann ich einfach nicht fassen«, sagte er hilflos. Dann, plötzlich wieder ganz Profi, sah er Havilland an. »Gibt es Zusammenhänge?« fragte er.

Der Diplomat nickte. »Die Berichte unserer Agenten sind eindeutig. Alle diese Männer lehnten Shengs Politik ab – einige offen, einige eher versteckt. Der Vizepremier, ein alter Revolutionär und ein Veteran vom langen Marsch Maos, machte am wenigsten ein Hehl aus seiner Abneigung gegen den Emporkömmling Sheng. Die Frage ist nur, was hatte er inkognito in Kowloon in der Gesellschaft von Bankiers zu suchen? Peking kann diese Frage nicht beantworten, und um das Gesicht wahren zu können, durfte der Mord nie stattgefunden haben. Seit seiner Einäscherung ist er zur Unperson geworden.«

»Und die ›Visitenkarte‹ des Mörders – der in Blut geschriebene Name – ist die zweite Verbindung zu Sheng«, sagte der Mann aus dem Außenministerium mit leicht zitternder Stimme, während er sich die Stirn massierte. »Aber warum würde er so etwas tun? Seinen *Namen* hinterlassen, meine ich!«

»Weil er Geschäftsmann ist und es ein spektakulärer Mord war. Beginnen Sie jetzt zu begreifen?«

»Ich weiß nicht recht.«

»Für uns ist dieser neue Borowski der direkte Weg zu Sheng Chou Yang. Er ist unsere Falle. Jemand gibt sich als der legendäre Killer aus; aber wenn die Legende selbst den aufspürt, der seine Rolle spielt, und ihn erledigt, dann kann er auch an Sheng herankommen. In Wirklichkeit ist es sehr einfach. Der Jason Borowski, den *wir* geschaffen haben, wird an die Stelle dieses neuen Killers treten, der seinen Namen benutzt. Und sobald er seine Stelle eingenommen hat, schlägt *unser* Jason Borowski Alarm – irgend etwas Wichtiges ist geschehen, das Shengs ganze Strategie bedroht, und Sheng muß reagieren. Denn nichts zu tun, kann er sich nicht leisten, weil er auf absolute Sicherheit angewiesen ist, und darauf, daß seine Hände sauber bleiben. Er wird sich zeigen müssen, und wäre es nur, um seinen bezahlten Meuchelmörder zu töten, um alle Spuren seiner Verbindung zu ihm zu tilgen. Und wenn er das tut, sind wir am Ziel und haben erreicht, was wir wollen.«

»Aber damit drehen Sie sich doch im Kreise«, sagte McAllister so leise, daß man ihn kaum hören konnte, und starrte dabei den Diplomaten an. »Und nach allem, was Sie gesagt haben, wird Webb sich nicht darauf einlassen.«

»Dann müssen wir ihm ein überwältigendes Motiv dafür liefern«, sagte Havilland ruhig. »In meinem Beruf – und offen gestanden war das immer mein Beruf – suchen wir Muster, Schemata – Dinge, mit denen man einen Menschen beeinflussen kann.« Mit gerunzelter Stirn und hohlen, leeren Augen lehnte sich der alte Botschafter in seinem Sessel zurück; man konnte sehen, daß er sich für das verachtete, was er tun mußte. »Manchmal sind das häßliche Erkenntnisse, widerwärtig sogar – aber man muß den größeren Nutzen abwägen. Für jeden.«

»Das sagt mir überhaupt nichts.«

»David Webb wurde aus demselben Grund zu Jason Borowski, der ihn zu Medusa trieb. Man hat ihm seine Frau genommen; seine Kinder und die Mutter seiner Kinder sind getötet worden.«

»O mein Gott!«

»Hier darf ich mich verabschieden«, sagte Reilly und erhob sich aus seinem Sessel.

3

Marie, großer Gott, Marie, es ist wieder passiert! Es war, als hätte sich eine Schleuse geöffnet, und ich wurde nicht damit fertig. Ich habe es versucht, meine Liebste. Ich habe mir solche Mühe gegeben, aber – ich wurde weggespült und wäre beinahe ertrunken! Ich weiß, was du sagen wirst, wenn ich es dir erzähle, und deshalb werde ich es dir nicht erzählen, obwohl ich weiß, du wirst es in meinen Augen sehen, es in meiner Stimme hören – irgendwie wirst du das, so wie nur du das kannst. Du wirst sagen, ich hätte zu dir heimkommen müssen, mit dir sprechen, mit dir zusammensein, damit wir gemeinsam damit fertig werden. Gemeinsam! Mein Gott! Wieviel kannst du eigentlich ertragen? Wie unfair kann ich sein, wie lange kann das noch so weitergehen? Ich liebe dich so sehr, in vieler Hinsicht, daß es einfach Zeiten gibt, wo ich es allein tun muß. Und wenn es nur wäre, um dich einmal eine Weile aus der Verantwortung zu entlassen, um dich eine Weile zu Atem kommen zu lassen, ohne daß deine Nerven bis zum Zerreißen gespannt sind und du dich um mich kümmern mußt. Aber siehst du, meine Liebe, ich kann es tun! Ich habe es heute abend getan, und ich bin immer noch in Ordnung. Ich habe mich jetzt beruhigt. Ich bin in Ordnung. Und jetzt werde ich zu dir nach Hause zurückkehren, besser, als ich war. Das muß ich, weil es ohne dich nichts gibt, das mir bleibt.

Das Gesicht schweißüberströmt, rannte David Webb mit einem Trainingsanzug, der ihm am Körper klebte, atemlos durch das kalte Gras des Sportplatzes, an den Tribünen vorbei und den Asphaltweg auf die Turnhalle der Universität zu. Die Herbstsonne war hinter den Universitätsgebäuden verschwunden, und ihr Glühen hing noch jenseits der fernen Wälder von Maine und tauchte den Abendhimmel in rötliches Feuer. Herbstliche Kühle lag in der Luft, und er fröstelte. Seine Ärzte würden das nicht erfahren dürfen.

Dennoch hatte er im wesentlichen ihren Rat befolgt. Die Ärzte der Regierung hatten ihm gesagt, wenn es dazu kommen sollte – und es *würde* dazu kommen –, daß plötzlich in seinem Bewußtsein quälende Bilder oder Erinnerungsfetzen auftauchten, daß er am besten damit fertig würde, wenn er sich bis zur Erschöpfung auspumpte. Sein EKG zeigte, daß er ein gesundes Herz hatte, seine Lungen waren in Ordnung, wenn er auch unvernünftigerweise rauchte. Und da sein Körper also belastbar war, wäre dies die beste Methode, sein seelisches Gleichgewicht zu erhalten. Was er in solchen Zeiten brauchte, war Gelassenheit.

»Was ist denn gegen ein paar Drinks und Zigaretten einzuwenden?« hatte er zu den Ärzten gesagt, um keinen Zweifel daran zu lassen, daß er Trinken und Rauchen eigentlich vorgezogen hätte. »Das Herz schlägt schneller, der Körper leidet nicht darunter, und für das seelische Gleichgewicht ist es ganz sicher das beste.«

»Das sind künstliche Aufputschmittel«, hatte der einzige Mann gesagt, auf den er wirklich hörte. »Und die führen nur zu noch mehr Depressionen, und Ihre Angst wächst. Nein, laufen Sie, schwimmen Sie, machen Sie Liebe mit Ihrer Frau – oder sonst jemandem. Seien Sie bloß kein Narr und kommen Sie hierher auf einer Bahre zurück . . . Vergessen Sie sich selbst und denken Sie an *mich*. Ich habe mir Mühe mit Ihnen gegeben, also seien Sie nicht undankbar. Verschwinden Sie hier, Webb! Führen Sie Ihr Leben weiter – das, woran Sie sich daraus erinnern können –, und genießen Sie es! Sie haben es besser als die meisten, das sollten Sie nie vergessen, sonst können wir uns unsere gemeinsamen monatlichen Exzesse nicht mehr leisten, und Sie können zum Teufel gehen! Und obwohl mir das gleichgültig wäre, würden *die* mir fehlen . . . Gehen Sie, David! Für Sie ist jetzt Zeit.«

Außer Marie war Morris Panov der einzige, der so zu ihm reden konnte. Das war erstaunlich, denn zunächst war Mo keiner der Regierungsärzte gewesen; der Psychiater hatte sich offiziell weder für Einzelheiten aus David Webbs Vorgeschichte interessiert, noch hatte man ihm die Unbedenklichkeitsbescheinigung angeboten, die er gebraucht hätte, um herauszufinden, wie man sich der Lüge Jason Borowski entledigt hatte. Dafür hatte Panov alle möglichen peinlichen Enthüllungen angedroht, falls man ihm die Mitwirkung bei der Therapie nicht gestattet hätte. Seine Gründe waren einfach: Als David nämlich um ein Haar von falsch informierten Männern umgebracht worden wäre, war er, Panov, die Quelle der Falschinformation gewesen, ohne das im entferntesten zu wollen, und das hatte ihn wütend gemacht. Jemand, der nicht zur Panik neigte, war voll Panik zu ihm gekommen und hatte ihm ›hypothetische‹ Fragen bezüglich eines vielleicht aus dem seelischen Gleichgewicht geratenen Untergrundagenten in einer Streßsituation gestellt. Die Ratschläge, die er darauf erteilt hatte, waren zurückhaltend und vorsichtig gewesen; er konnte für einen Patienten, den er nie gesehen hatte, keine Diagnose stellen und würde das auch nie tun – aber möglich war das sicher und auch nicht neu. Nur daß man selbstverständlich ohne körperliche und psychiatrische Untersuchung nichts Konkretes sagen konnte.

Aber er hätte überhaupt nichts sagen sollen! Denn seine Worte hatten im Bewußtsein von Amateuren die Anordnung für Webbs Exekution – ›Jason Borowskis‹ Todesurteil – besiegelt. Ein Akt, der buchstäblich im letzten Augenblick durch Davids eigenes Handeln verhindert worden war, während das Hinrichtungskommando immer noch auf seinem unsichtbaren Posten war.

So war Morris Panov nicht nur im Walter-Reed-Hospital und später auch in dem Ärztezentrum in Virginia in Erscheinung getreten, sondern er hatte die Führung übernommen. *Dieser Arsch hat Amnesie, ihr Idioten! Seit Wochen versucht er, euch das in ganz klaren Worten begreiflich zu machen – aber das ist wahrscheinlich für eure Eierköpfe zu hoch.*

Sie hatten monatelang zusammengearbeitet, als Patient und Arzt – und schließlich als Freunde. Daß Marie Mo anbetete, half dabei – lieber Gott, sie brauchte einen Verbündeten! Die Last, die David für seine Frau gewesen war, war unvorstellbar, angefangen bei jenen ersten Tagen in der Schweiz, als ihr die Pein dämmerte, die den Mann verzehrte, der sie gefangengenommen hatte, bis zu dem Augenblick, wo sie sich entschloß – ganz gegen seinen Willen –, ihm zu helfen, dabei nie das glaubend, was er selbst glaubte. Immer wieder hatte sie ihm gesagt, daß er der Killer nicht war, für den er sich hielt, der Meuchelmörder, als den andere ihn bezeichneten. An diesen Glauben klammerte er sich, und ihre Liebe war der Keim seiner langsamen Gesundung. Ohne Marie war er ein ungeliebter Mann, den man fallengelassen hatte, und ohne Mo Panov konnte er allenfalls dahinvegetieren. Aber seit sie beide hinter ihm standen, konnte er auch die Nebel durchdringen und wieder die Sonne finden.

Und dies war der Grund, weshalb er jetzt eine Stunde lang über diese kalte, verlassene Piste rannte, anstatt nach seinem Nachmittagsseminar nach Hause zu fahren. Seine Seminare dauerten oft wesentlich länger, als in den Stundenplänen stand, und Marie plante daher nie ein Essen, wußte, daß sie zum Essen ausgehen und daß ihre zwei unauffälligen Bewacher irgendwo in der Dunkelheit hinter ihnen sein würden – so wie jetzt einer dort hinten über den Sportplatz ging und der andere ohne Zweifel in der Halle wartete. *Wahnsinn!*

Was ihn zu dem Lauf getrieben hatte, war ein Bild, das plötzlich in seinem Bewußtsein aufgetaucht war, als er vor ein paar Stunden in seinem Büro saß und Arbeiten korrigierte. Es war ein Gesicht, ein Gesicht, das er kannte und an das er sich erinnerte, das er sehr liebte. Das Gesicht eines Jungen, das vor seinem inneren Bildschirm alterte und schließlich zu einem kompletten Porträt in Uniform wurde, etwas unscharf, aber ein Teil seiner selbst. Und während ihm Tränen über die Wangen rannen, wußte er, daß es der tote Bruder war, von dem man ihm erzählt hatte, der Kriegsgefangene, den er vor Jahren inmitten alles erschütternder Explosionen im Dschungel von Tam Quan befreit hatte, und ein Verbrecher mit dem Namen Jason Borowski, den er exekutiert hatte. Er wurde mit diesen Bildern nicht fertig; er hatte es gerade noch geschafft, das Seminar hinter sich zu bringen, und hatte dann Kopfschmerzen vorgeschützt. Er mußte den Druck irgendwie loswerden, mußte seine Vernunft einsetzen, um die Erinnerungen entweder zu akzeptieren oder sie von sich zu stoßen. Und die Vernunft sagte ihm, daß er heraus mußte, rennen, gegen den Wind, je stärker, desto besser. Er würde Marie nicht jedesmal quälen, wenn wieder ein Damm brach; dazu liebte er sie zu sehr. Wenn er fähig war, selbst damit fertig zu werden, dann mußte er das auch tun. Das war der Vertrag, den er mit sich selbst geschlossen hatte.

Er öffnete die schwere Tür und fragte sich einen Augenblick lang, warum eigentlich jeder Zugang zu einer Turnhalle so schwere Türen haben mußte. Er trat ein und ging durch einen Bogen über den platten-belegten Boden, durch einen Korridor mit weißen Wänden, bis er schließlich die Tür des Umkleideraums erreichte. Er war froh, daß der Raum leer war; er war jetzt nicht zu belanglosen Gesprächen aufgelegt, und falls er dazu gezwungen gewesen wäre, hätte er ohne Zweifel einen mürrischen, wenn nicht gar befremdlichen Eindruck gemacht. Und auf die neugierigen Blicke konnte er auch verzichten. Er stand zu dicht vor dem Abgrund; er mußte sich langsam davon zurückziehen, vorsichtig, zuerst allein und dann mit Marie. Herrgott, wann würde das alles einmal *aufhören*? Wieviel durfte er eigentlich von ihr fordern? Aber er brauchte nie zu fordern – sie gab, ohne daß man sie bitten mußte.

Jetzt kam Webb zu den Schränken. Sein eigener war ganz am Ende. Er ging zwischen der langen hölzernen Bank und den Blechschränken durch, als sein Blick plötzlich auf einen Gegenstand ganz vorne fiel. Er rannte darauf zu – jemand hatte ein Blatt an seinen Schrank geklebt. Er riß es herunter und klappte es auf: *Ihre Frau hat angerufen. Sie sollen so schnell wie möglich zurückrufen. Es sei dringend. Ralph.*

Der Platzwart hätte ja schließlich so viel Verstand haben können, hinauszugehen und nach ihm zu rufen, dachte David zornig, während er das Kombinationsschloß betätigte und den Schrank öffnete. Er wühlte in seiner schlaff herunterhängenden Hose nach Kleingeld, rannte zu einem Telefonautomaten an der Wand, schob eine Münze in den Schlitz und ärgerte sich, daß seine Hand beim Wählen zitterte. Dann wußte er, warum das so war. Marie gebrauchte nie das Wort ›dringend‹. Sie vermied es, solche Worte zu benutzen.

»Ja?«

»Was ist denn los?«

»Ich hab mir schon gedacht, daß du dort sein würdest«, sagte seine Frau. »Mos Allheilmittel, von dem er garantiert, daß es dich gesund macht, wenn es dir keinen Herzinfarkt einträgt.«

»Also, was ist?«

»David, komm nach Hause. Hier ist jemand, mit dem du sprechen mußt. Schnell, Liebling.«

Staatssekretär Edward McAllister beschränkte sich bei seiner Vorstellung auf das Unerläßliche, ließ aber durchblicken, daß er kein kleines Rädchen in seiner Behörde war. Andererseits strich er seine Bedeutung nicht heraus; er war ein selbstbewußter Beamter, davon überzeugt, daß seine Fähigkeiten ihm die Gewähr dafür bieten würden, auch Regierungswechsel zu überstehen.

»Wenn Sie möchten, Mr. Webb, können wir mit unserem Gespräch ja warten, bis Sie es sich etwas bequemer gemacht haben.«

David trug immer noch seine verschwitzen Shorts und das T-Shirt; mit seinem Straßenanzug aus dem Schrank war er sofort zum Wagen gerannt. »Ich glaube nicht«, sagte er. »Ich glaube nicht, daß unser Gespräch warten kann – wenn man bedenkt, woher Sie kommen, Mr. McAllister.«

»Setz dich, David.« Marie St. Jacques Webb kam mit zwei Handtüchern ins Wohnzimmer. »Sie bitte auch, Mr. McAllister.« Sie reichte Webb ein Handtuch, und die beiden Männer nahmen vor dem offenen Kamin, in dem kein Feuer brannte, Platz. Marie trat hinter ihren Mann und begann, ihm mit dem zweiten Handtuch Hals und Schultern abzutupfen. Das Licht der Tischlampe hob den rötlichen Glanz ihres kastanienfarbenen Haars hervor, während ihre Gesichtszüge im Schatten lagen. Ihr Blick ruhte auf dem Mann aus dem Außenministerium. »Bitte, fahren Sie fort«, meinte sie dann. »Wir waren uns ja schon vorher einig, daß die Regierung mich als vertrauenswürdig ansehen kann.«

»Stand das in *Frage?*« fragte David und blickte zuerst zu ihr und dann zu seinem Besucher, ohne dabei die in ihm aufsteigende Feindseligkeit zu verbergen.

»In keiner Weise«, erwiderte McAllister mit einem schwachen und doch offenen Lächeln. »Niemand, der weiß, was Ihre Frau geleistet hat, würde es wagen, sie auszuschließen. Sie hat das vollbracht, was anderen mißlang.«

»Das sagt alles«, pflichtete Webb ihm bei. »Natürlich ohne irgend etwas zu sagen.«

»He, David, mach es ihm nicht so schwer.«

»Tut mir leid. Sie hat recht.« Webb versuchte zu lächeln, was ihm freilich nicht sonderlich gut gelang. »Ich lasse mich von Vorurteilen lenken, und das sollte ich nicht, wie?«

»Nun, ich meine, daß Sie dazu ein gutes Recht haben«, antwortete der Staatssekretär. »Wenn ich Sie wäre, würde ich das ganz bestimmt auch. Obwohl wir einen sehr ähnlichen Hintergrund haben – ich war einige Jahre im Fernen Osten eingesetzt –, wäre niemand auf die Idee gekommen, mich mit der Aufgabe zu betreuen, die Sie übernommen haben. Was Sie durchgemacht haben, wäre mir unmöglich gewesen.«

»Das war es mir auch. Das liegt doch auf der Hand.«

»Nicht von meinem Standpunkt aus. Schließlich haben Sie es, weiß Gott, geschafft.«

»Jetzt schmeicheln Sie mir. Ich will Ihnen nicht zu nahe treten, aber Schmeichelei – von Ihrem Standpunkt aus – macht mich nervös.«

»Dann wollen wir zur Sache kommen, ja?«

»Bitte.«

»Ich kann nur hoffen, daß Ihr Vorurteil gegen mich nicht zu tief geht. Ich bin nicht Ihr Feind, Mr. Webb. Ich möchte Ihr Freund sein. Ich kann die richtigen Knöpfe drücken, um Ihnen zu helfen, Sie zu schützen.«

»Vor was?«

»Vor etwas, das niemand je erwartet hätte.«

»Raus damit.«

»In den nächsten dreißig Minuten wird Ihr Bewacherstab verdoppelt werden«, sagte McAllister und sah David dabei scharf an. »Das ist eine Entscheidung, die ich getroffen habe, und ich werde die Sicherheitsvorkehrungen vervierfachen, falls ich das für notwendig halte. Jeder, der neu auf diesem Universitätsgelände eintrifft, wird auf Herz und Nieren untersucht, das Gelände stündlich überprüft. Die Wachen werden nicht länger im Hintergrund bleiben und Sie lediglich im Auge behalten, sondern werden tatsächlich selbst sehr sichtbar sein. Auffällig und wie ich hoffe drohend.«

»Herrgott!« Webb fuhr mit einem Ruck in seinem Sessel vor. »Carlos!«

»Das glauben wir nicht«, sagte der Mann aus dem Außenministerium und schüttelte den Kopf. »Wir können es nicht ausschließen, aber die Wahrscheinlichkeit ist zu gering. Das wäre zu weit hergeholt.«

»Oh?« David nickte. »Ja, so muß es sein. Wenn es der Schakal *wäre*, würde das Gelände von Ihren Leuten wimmeln, und man würde sie *nicht* sehen. Sie würden zulassen, daß er sich mir nähert, und ihn dabei schnappen, und wenn ich dabei ums Leben käme, wäre der Preis für Sie erträglich.«

»Nicht für mich. Sie brauchen das nicht zu glauben, aber ich meine das wirklich so.«

»Vielen Dank. Aber wovon reden wir dann?«

»Ihre Akte ist geknackt worden – das heißt, man hat sich Zugang zur Treadstone-Akte verschafft.«

»Zugang? Eine unerlaubte Weitergabe?«

»Zunächst nicht. Die Bewilligung lag vor, weil es eine Krise gab – und in gewissem Sinne hatten wir keine Wahl. Dann kam es zu einer Panne, und jetzt machen wir uns Sorgen. Um Sie.«

»Einzelheiten bitte. Wer hat sich die Akte verschafft?«

»Ein Mann von innen, ziemlich weit oben. Seine Legitimität war einwandfrei, niemand konnte sie in Frage stellen.«

»Wer?«

»Ein Brite von MI-6, von Hongkong aus operierend, ein Mann, auf den die CIA sich seit Jahren verlassen hatte. Er flog nach Washington und ging dort zu seinem Verbindungsmann und bat darum, ihm alles zu geben, was über Jason Borowski vorlag. Er behauptete, in der Kronkolonie gebe es eine Krise, die in unmittelbarem Zusammenhang mit dem Treadstone-Projekt stehe. Er ließ keinen Zweifel daran, daß er es für das beste halte, falls Informationen zwischen dem britischen und dem amerikanischen Geheimdienst ausgetauscht wurden, *weiterhin* ausgetauscht wurden – daß man seine Bitte unverzüglich erfülle.«

»Dafür mußte er doch sicher einen verdammt guten Grund liefern.«

»Das hat er.« McAllister hielt nervös inne, blinzelte ein paarmal und rieb sich dann mit den Fingern die Stirn.

»Nun?«

»Jason Borowski ist zurückgekehrt«, sagte McAllister ruhig. »Er hat wieder zugeschlagen. In Kowloon.«

Marie stöhnte auf; ihre Hand krampfte sich um die rechte Schulter ihres Mannes, und ihre großen, braunen Augen blickten zornig und zugleich verängstigt. Sie starrte den Mann aus dem Außenministerium stumm an. Webb machte keine Bewegung, sondern studierte McAllister wie eine Kobra.

»Wovon zum Teufel reden Sie?« flüsterte er, und dann wurde seine Stimme lauter. »Jason Borowski – *jener* Jason Borowski – existiert nicht mehr. Es hat ihn nie gegeben!«

»Sie wissen das, und wir wissen es auch, aber in Asien lebt seine Legende noch. Sie haben sie geschaffen, Mr. Webb – nach meiner Ansicht auf brillante Weise.«

»Was weiß man über diesen MI-6-Mann? Wie alt ist er? Welchen Auftrag hat er augenblicklich? Wie sieht seine Personalakte aus? Sie haben sich doch ganz bestimmt genau informiert.«

»Natürlich haben wir das und keinerlei Unregelmäßigkeiten gefunden. London hat uns bestätigt, daß seine Akte ohne Makel ist und daß die Information, die er uns gebracht hat, stimmt. Die Polizei in Hongkong hat ihn als Mitglied des Stabs von MI-6 wegen der Brisanz dieser Ereignisse gerufen. Das Auswärtige Amt hat sich hinter ihn gestellt.«

»*Falsch!*« schrie Webb und schüttelte den Kopf. Dann senkte er die Stimme. »Man hat ihn umgedreht, Mr. McAllister! Jemand hat ihm ein kleines Vermögen dafür angeboten, sich diese Akte zu beschaffen. Er hat die einzige Lüge eingesetzt, die Aussicht auf Erfolg hatte, und Sie alle haben sie geschluckt!«

»Ich fürchte, es ist keine Lüge – wenigstens nicht, soweit er das wußte. Er hat dem Beweismaterial Glauben geschenkt, und London tut das auch. Es gibt in Asien wieder *einen* Jason Borowski.«

»Und wenn ich Ihnen jetzt sagte, daß das keineswegs das erstemal wäre, daß man der Zentrale eine Lüge aufgetischt hat, damit ein überarbeiteter, *unterbezahlter*, mit zu hohem *Risiko* belasteter Mann umgedreht werden kann. All die Jahre, all die Gefahren, und nichts, was er dafür vorweisen kann. Er entscheidet sich für die eine Chance, die sich ihm bietet, für den Rest seines Lebens ausgesorgt zu haben. In seinem Fall ist das diese *Akte*!«

»Wenn das der Fall ist, wird ihm das nicht viel nützen. Er ist tot.«

»Er ist was . . .?«

»Man hat ihn vor zwei Tagen in Kowloon erschossen, in seinem Büro, eine Stunde nachdem sein Flugzeug in Hongkong eingetroffen war.«

»Verdammt noch mal, so etwas *gibt* es nicht!« schrie David verwirrt. »Ein Mann, der zur Gegenseite übergeht, sichert sich ab. Er baut, bevor er handelt, Beweise gegen seinen Wohltäter auf und läßt ihn wissen, daß sein Material in die richtigen Hände gelangen wird, falls irgend etwas Häßliches passiert. Das ist seine Lebensversicherung, die *einzige* Lebensversicherung, die ihm nützt.«

»Er war sauber«, beharrte der Mann aus dem Außenministerium.

»Oder dumm«, wandte Webb ein.

»Niemand glaubt das.«

»Was glauben die *dann*?«

»Daß er irgendwelchen außergewöhnlichen Entwicklungen auf der Spur war, hinter etwas her, das zu Gewaltausbrüchen in der Unterwelt von Hongkong und Macao führen konnte. Das organisierte Verbrechen dort ist plötzlich unberechenbar geworden, so ähnlich wie in den Tong-Kriegen in den zwanziger und dreißiger Jahren. Immer mehr Morde. Rivalisierenden Banden, die gegeneinander Krieg führen; Hafenbezirke, die zu Schlachtfeldern werden; Lagerhäuser, ja ganze Frachtschiffe, die aus Rache in die Luft gejagt werden, oder um Konkurrenten auszuschalten. Manchmal braucht es dazu bloß ein paar mächtige rivalisierende Gruppen – und einen Jason Borowski im Hintergrund.«

»Aber da es keinen Jason Borowski gibt, ist das Arbeit für die *Polizei*! Nicht für MI-6.«

»Mr. McAllister hat gerade gesagt, daß ihn die Polizei von Hongkong *gerufen* hat«, unterbrach Marie und musterte den Staatssekretär scharf. »MI-6 war offensichtlich bereit, sich der Sache anzunehmen. Warum?«

»Das sind die falschen Leute!« David blieb hartnäckig, und sein Atem ging in kurzen Stößen.

»Jason Borowski war kein Produkt der Polizeibehörden«, sagte Marie und trat neben ihren Mann. »Er war ein Produkt des amerikanischen Geheimdienstes, der sich dazu des Außenministeriums bedient hat. Aber ich nehme an, daß MI-6 sich aus einem wesentlich wichtigeren Grund eingeschaltet hat als nur, um einen Killer zu finden, der sich als Jason Borowski ausgibt. Habe ich recht, Mr. McAllister?«

»Sie haben recht, Mrs. Webb. *Wesentlich* wichtiger. In unseren Gesprächen in den letzten zwei Tagen waren einige Angehörige unserer Abteilung der Ansicht, daß Sie das sehr viel klarer begreifen würden als wir. Wir wollen es einmal ein wirtschaftliches Problem nennen, das zu ernsten politischen Unruhen führen könnte, nicht nur in Hongkong, sondern weltweit. Sie waren als volkswirtschaftliche Beraterin der kanadischen Regierung tätig. Sie haben die Botschafter Kanadas und auch kanadische Wirtschaftsdelegationen in der ganzen Welt beraten.«

»Würde es euch beiden etwas ausmachen, das so zu erklären, daß es auch der kapiert, der hier das Geld verdient?«

»Jetzt ist nicht der Zeitpunkt, um Störungen auf dem Markt von Hongkong zuzulassen, Mr. Webb, selbst – und vielleicht ganz besonders – seinem illegalen Markt. Störungen, die im Verein mit Gewalttätigkeit auftreten, vermitteln den Eindruck einer instabilen Regierung, wenn nicht sogar tieferreichender Instabilität. Jetzt ist nicht die Zeit, um den Expansionspolitikern in Rotchina noch mehr Munition zu liefern.«

»Würden Sie das bitte genauer erklären?«

»Die Pachtverträge«, antwortete Marie leise. »Diese Verträge laufen in gut zehn Jahren aus, und deshalb wurden mit Peking neue Vereinbarungen ausgehandelt. Trotzdem ist jeder nervös, alles ist verunsichert, und es wäre besser, wenn niemand weitere Unruhe erzeugt. Alles hängt jetzt davon ab, daß Ruhe und Ordnung gewahrt werden und wenigstens der Anschein von Stabilität erhalten bleibt.«

David sah ihn an, und dann wanderte sein Blick wieder zu McAllister zurück. Er nickte. »Ich verstehe. Ich habe gelesen, was in den Zeitungen stand . . . aber sehr viel verstehe ich davon trotzdem nicht.«

»Die Interessen meines Mannes liegen anderswo«, erklärte Marie, zu McAllister gewandt. »Ihn interessieren die Menschen und ihre Zivilisationen.«

»Stimmt«, nickte Webb. »Und?«

»Mein Interesse gilt dem Geld, wie man mehr daraus macht, den Transaktionen, der Börse, den Märkten und ihren Schwankungen – der Stabilität oder dem Gegenteil. Und wenn es überhaupt etwas gibt, was das Geld schlechthin verkörpert, dann ist das Hongkong. Geld ist mehr oder weniger die einzige Ware, die es produziert. Einen anderen Daseinszweck hat es nicht. Ohne Geld würden seine Industrien sterben; und dann würde die Pumpe heißlaufen.«

»Und wenn Sie die Stabilität wegnehmen, dann haben Sie das Chaos«, fügte McAllister hinzu. »Und das ist der Vorwand, auf den die alten Kriegsherren in China warten: Die Volksrepublik marschiert ein, um das Chaos zu beseitigen, die Agitatoren zu unterdrücken, und es bleibt nichts übrig als ein schwerfälliger Riese, der den Lebensnerv der ganzen Kolonie zerstört. Die kühleren Köpfe in Beijing werden zugunsten aggressiverer Elemente ignoriert, die durch militärische Kontrollen ihr Gesicht wahren wollen. Banken brechen zusammen, der Handel im pazifischen Raum wird gelähmt. Chaos.«

»Und das würde China *tun*?«

»Hongkong, Kowloon, Macao und all die Territorien sind Teil ihrer sogenannten ›Großen Nation unter dem Himmel‹, das steht deutlich in den Chinaverträgen. Das Ganze ist eine Einheit, und Asiaten dulden keine ungehorsamen Kinder, das wissen Sie.«

»Und Sie wollen mir sagen, daß ein Mann, der vorgibt, Jason Borowski zu sein, das tun kann – eine solche Krise herbeiführen? Das glaube ich Ihnen einfach nicht!«

»Ich gebe zu, daß das wie eine Räuberpistole klingt, aber losgehen könnte sie. Sehen Sie, er hat die Legende auf seiner Seite, das ist ein Faktor von geradezu hypnotischen Ausmaßen. Man schreibt ihm zahlreiche Morde zu, und wäre es nur, um die wahren Killer zu schützen – Verschwörer, die Borowskis tödliches Image als das ihre nutzen. Wenn Sie einmal darüber nachdenken, dann ist die Legende genau auf diese Weise geschaffen worden, nicht wahr? Jedesmal, wenn jemand von einiger Bedeutung irgendwo im Süden Chinas ermordet wurde, dann haben Sie als Jason Borowski dafür gesorgt, daß man Ihnen den Mord zuschrieb. Als zwei Jahre um waren, waren Sie berühmt und berüchtigt zugleich, wobei Sie tatsächlich doch nur einen Menschen getötet haben, einen betrunkenen Informanten in Macao, der versucht hat, Sie zu erdrosseln.«

»Daran kann ich mich nicht erinnern«, sagte David.

McAllister nickte mitfühlend. »Ja, das hat man mir gesagt. Aber begreifen Sie denn nicht, wenn mächtige Politiker ermordet werden – sagen wir, der Gouverneur der Krone oder ein Abgesandter aus China oder so –, dann gerät die ganze Kolonie in Aufruhr.« McAllister hielt inne und schüttelte müde den Kopf. »Das ist freilich unsere Sorge, nicht die Ihre, und ich kann Ihnen sagen, daß sich die besten Leute, die wir im Geheimdienst haben, damit befassen. Ihre Sorge hat Ihnen zu gelten, Mr. Webb. Und im Augenblick macht mein Gewissen das auch zu meiner Sorge. Sie müssen beschützt werden.«

»Man hätte nie zulassen dürfen, daß *irgend jemand* diese Akte bekommt«, sagte Marie mit eisiger Stimme.

»Wir hatten keine Wahl. Wir arbeiten mit den Briten eng zusammen; wir mußten beweisen, daß Treadstone erledigt war, abgetan. Daß Ihr Mann Tausende von Meilen von Hongkong entfernt war.«

»Und das haben Sie ihnen *gesagt*?« schrie Webbs Frau. »Wie konnten Sie es *wagen*?«

»Wir hatten keine Wahl«, wiederholte McAllister und rieb sich die Stirn. »Wenn es zu gewissen Krisen kommt, müssen wir zusammenarbeiten. Das können Sie doch ganz sicher begreifen.«

»Ich kann nur nicht begreifen, warum es überhaupt je eine Akte über meinen Mann *gegeben* hat!« sagte Marie wütend.

»Das war notwendig, weil entsprechende Einsätze durch den Kongreß finanziert wurden. Das verlangt das Gesetz.«

»Hören Sie doch auf!« sagte David zornig. »Da Sie so gut über mich Bescheid wissen, wissen Sie auch, woher ich komme. Sagen Sie, wo sind all diese Akten über Medusa?«

»Darauf kann ich keine Antwort geben«, erwiderte McAllister.

»Das haben Sie aber gerade«, sagte Webb.

»Dr. Panov hat Sie – besser gesagt, Ihre Leute – angefleht, *alle* Treadstone-Aufzeichnungen zu vernichten«, beharrte Marie. »Oder wenigstens falsche Namen zu benutzen. Aber nicht einmal das wollten Sie tun. Was für Menschen sind Sie eigentlich?«

»*Ich* hätte *beides* genehmigt!« sagte McAllister, plötzlich überraschend eindringlich. »Es tut mir leid, Mrs. Webb. Sie müssen mir verzeihen. Das war vor meiner Zeit . . . Ich bin genau wie Sie sehr verärgert. Vielleicht haben Sie recht, vielleicht hätte es nie eine Akte geben dürfen. Es gibt Möglichkeiten –«

»Blödsinn!« unterbrach ihn David mit hohler Stimme. »Das Ganze ist Teil einer anderen Strategie, einer weiteren Falle. Sie wollen Carlos haben, und es ist Ihnen völlig egal, was für Mittel Sie dazu einsetzen, wenn Sie ihn nur bekommen.«

»*Mir* ist es nicht egal, Mr. Webb. Und das brauchen Sie mir auch nicht zu glauben. Was ist der Schakal schon für *mich* – oder die Abteilung Ferner Osten? Er ist ein *europäisches* Problem.«

»Wollen Sie damit sagen, daß ich drei Jahre meines Lebens damit verbracht habe, einen Mann zu jagen, der überhaupt nichts zu *bedeuten* hatte?«

»Nein, selbstverständlich nicht. Die Zeiten ändern sich, die Perspektiven ändern sich. Das ist alles manchmal so sinnlos.«

»Großer Gott!«

»Jetzt beruhige dich, David«, sagte Marie und musterte den Mann aus dem Außenministerium, der bleich in seinem Sessel saß und die Hände um die Lehnen gekrampft hatte. »Wir alle sollten uns etwas entspannen.« Und dann sah sie ihren Mann an, und ihr Blick ließ den seinen nicht los. »Heute nachmittag ist doch etwas passiert, oder?«

»Das erzähle ich dir später.«

»Natürlich.« Marie sah McAllister an. Sein Gesicht wirkte plötzlich müde und faltig, älter als noch vor wenigen Minuten.

»Alles, was Sie uns gesagt haben, läuft doch auf irgend etwas hinaus, oder?« fragte sie. »Da ist doch noch etwas, was Sie uns sagen wollen, oder?«

»Ja, und es fällt mir nicht leicht. Bitte vergessen Sie nicht, daß man mir den Vorgang erst kürzlich übertragen hat und ich erst seit wenigen Tagen Einblick in Mr. Webbs geheime Akte hatte.«

»Schließt das seine Frau und seine Kinder in Kambodscha ein?«

»Ja.«

»Dann sagen Sie uns bitte, was Sie zu sagen haben.«

Wieder streckten sich McAllisters schmale Finger aus und massierten nervös seine Stirn. »Nach dem, was wir erfahren haben – was London vor fünf Stunden bestätigt hat –, ist es möglich, daß Ihr Mann zur Zielperson geworden ist. Jemand wünscht seinen Tod.«

»Aber nicht Carlos, *nicht* der Schakal«, sagte Webb und beugte sich vor.

»Nein. Zumindest können wir keine Verbindung erkennen.«

»Was *können* Sie denn erkennen?« fragte Marie und setzte sich auf Davids Sessellehne. »Was haben Sie erfahren?«

»Der Beamte von MI-6 in Kowloon hatte eine Menge wichtiger Geheimpapiere in seinem Büro, die in Hongkong einen hohen Preis erzielt hätten. Aber man hat nur die Treadstone-Akte – die Akte über Jason Borowski – mitgenommen. Das war die Bestätigung, die London uns geliefert hat. Es ist, als wäre ein Signal ausgeschickt worden: Er ist der Mann, den wir wollen. Nur Jason Borowski.«

»Aber *warum*?« schrie Marie, und ihre Hand krampfte sich um Davids Handgelenk.

»Weil jemand umgebracht worden ist«, antwortete Webb leise. »Und weil jemand das Konto ausgleichen möchte.«

»Das ist es, woran wir gearbeitet haben«, stimmte McAllister zu und nickte. »Wir sind ein Stück weitergekommen.«

»Wer ist umgebracht worden?« fragte der ehemalige Jason Borowski.

»Ehe ich antworte, sollten Sie wissen, daß alles, was wir haben, aus den Ermittlungen stammt, die unsere Leute in Hongkong alleine angestellt haben. Im großen und ganzen ist das reine Spekulation; Beweise gibt es nicht.«

»Was soll das heißen, ›alleine‹? Wo zum Teufel waren denn die Briten? Sie haben ihnen doch die Treadstone-Akte *gegeben*!«

»Weil sie uns einen Beweis geliefert haben, daß ein Mann im Namen von Treadstone, im Namen eines *unserer* Geschöpfe, getötet hat. *Sie*. Sie wollten uns nicht sagen, woher die Informationen von MI-6 stammen, ebensowenig, wie wir ihnen unsere Kontakte nennen würden. Unsere Leute haben rund um die Uhr gearbeitet, jede Möglichkeit erkundet und herauszufinden versucht, wer die V-Leute des toten MI-6-Mannes waren, wobei sie natürlich davon ausgingen, daß einer von ihnen für seinen Tod verantwortlich war. In Macao kam ihnen ein Gerücht zu Ohren, das dann mehr als ein Gerücht war.«

»Noch einmal«, sagte Webb. »Wer ist umgebracht worden?«

»Eine Frau«, antwortete der Mann aus dem Außenministerium. »Die Frau eines Bankiers in Hongkong namens Yao Ming, eines Taipan, dessen Bank nur einen Teil seines Reichtums ausmacht. Er hat so viel, daß man ihn in Beijing mit offenen Armen empfangen hat, sowohl als Investor als auch als Berater. Er ist einflußreich, mächtig, und niemand kommt an ihn heran.«

»Einzelheiten des Mordes?«

»Häßlich, aber nicht ungewöhnlich. Seine Frau war eine kleine Schauspielerin, die in ein paar Filmen der Shaw-Brüder auftrat, und um etliches jünger als ihr Mann. Sie war ihm treu wie ein Nerz in der Paarungszeit, wenn Sie mir nachsehen, daß – «

»Bitte«, sagte Marie, »fahren Sie fort.«

»Aber ihn hat das nicht gestört; sie war für ihn so etwas wie eine junge, schöne Trophäe. Außerdem gehörte sie dem Jet-set der Kolonie an, und darin gibt es natürlich auch unappetitliche Typen. Da wird ein Wochenende um riesige Einsätze in Macao gespielt, am nächsten Wochenende stehen die Rennen in Singapur auf dem Plan, oder man fliegt auf die Pescadores zu den Pistolenspielen in den Opiumhäusern und wettet Tausende auf die Männer, die einander an den Spieltischen gegenübersitzen und die Magazine kreisen lassen und aufeinander zielen. Und zu allem natürlich jede Menge Rauschgift. Ihr letzter Liebhaber war ein Dealer – besser gesagt, ein Großhändler. Seine Lieferanten saßen in Guangzhou, und seine Routen lagen östlich der Lok-Ma-Chau-Grenze.«

»Wenn ich recht unterrichtet bin, ist das eine ziemlich breite Straße mit viel Verkehr«, unterbrach Webb. »Warum haben Ihre Leute sich auf ihn – oder seine Machenschaften – konzentriert?«

»Weil seine Machenschaften, wie Sie das richtig nennen, seine Konkurrenten systematisch auszuschalten drohten, indem er die chinesischen Marinestreifen bestach, ihre Boote zu versenken und die Mannschaften zu beseitigen. Der Zahl der Erschossenen nach, die man an den Ufern fand, ist ihm das auch gelungen. Es war der reine Krieg, und der Großhändler – der Liebhaber der jungen Frau – stand auf der Hinrichtungsliste.«

»Unter diesen Umständen muß er doch gewußt haben, daß er in Gefahr war. Er muß sich doch mit einem Dutzend Leibwächter umgeben haben.«

»Stimmt. Und diese Sicherheitsvorkehrungen verlangen nach einer Legende. Seine Feinde haben jene Legende angeheuert.«

»*Borowski*«, flüsterte David. Er schüttelte den Kopf und schloß die Augen.

»Ja«, nickte McAllister. »Vor zwei Wochen sind der Rauschgifthändler und You Mings Frau in ihrem Bett im Lisboa-Hotel in Macao erschossen worden. Aber nicht einfach mit einer glatten Kugel; man konnte die Leichen kaum identifizieren. Als Waffe wurde eine Uzi-Maschinenpistole benutzt. Der Zwischenfall wurde vertuscht – Polizei und Regierungsbeamte waren mit dem Geld eines Taipan bestochen.«

»Lassen Sie mich raten«, sagte Webb monoton. »Die Uzi. Das war die Waffe, die bei einem früheren Mord benutzt wurde, den man Borowski in die Schuhe schiebt.«

»Genau diese Waffe wurde vor dem Hinterzimmer eines Varietés im

Kowlooner Stadtviertel Tsim Sha Tsui gefunden. Im Zimmer fand man fünf Leichen, wovon drei der Opfer zu den bedeutendsten Geschäftsleuten der Kolonie gehörten. Einzelheiten wollten uns die Briten nicht wissen lassen; sie haben uns nur ein paar höchst detaillierte Fotos gezeigt.«

»Dieser Taipan, Yao Ming«, sagte David. »Der Mann der Schauspielerin. Er ist die Verbindung, auf die Ihre Leute gestoßen sind, nicht wahr?«

»Sie haben erfahren, daß er einer der V-Leute von MI-6 war. Mit seinen Verbindungen in Beijing war er sehr wertvoll.«

»Und dann ist natürlich seine Frau umgebracht worden, seine geliebte junge Frau – «

»Ich würde sagen, seine geliebte Trophäe«, unterbrach McAllister, »man hat ihm seine *Trophäe* genommen.«

»Also gut«, sagte Webb. »Die Trophäe ist viel wichtiger als die Frau.«

»Ich habe jahrelang im Fernen Osten gelebt. Es gibt da einen Satz – in Mandarin, glaube ich, aber ich erinnere mich nicht genau an den Wortlaut.«

»*Ren you jiagian*«, sagte David. »Der Preis für das Image eines Mannes.«

»Ja, genau.«

»Also geht der Taipan zu dem Mann von MI-6 und verlangt von ihm, er soll die Akte über Jason Borowski besorgen, diesen Meuchelmörder, der seine Frau – seine Trophäe – getötet hat. Andernfalls gäbe es keine Informationen mehr von seinen Gewährsleuten in Beijing für den britischen Geheimdienst.«

»So haben unsere Leute das auch gesehen. Und für seine Mühe wird der MI-6-Mann getötet, weil Yao Ming es sich nicht leisten kann, daß auch nur die geringste Verbindung zu Borowski hergestellt wird. Der Taipan muß unerreichbar, unantastbar bleiben. Er will seine Rache haben, aber nicht in Gefahr geraten.«

»Was sagen die Briten?« fragte Marie.

»Ganz klar und eindeutig: daß wir uns aus der Sache heraushalten sollen. Wir haben mit Treadstone Mist gebaut, und sie wollen in so schwierigen Zeiten nicht durch unsere Ungeschicklichkeit in Hongkong behindert sein.«

»Haben Sie Yao Ming gestellt?« Webb beobachtete den Staatssekretär aus zusammengekniffenen Augen.

»Als ich seinen Namen erwähnte, sagten sie, das käme nicht in Frage. Sie waren tatsächlich beunruhigt, aber das hat sie nicht umgestimmt, sie wurden eher noch ungehaltener.«

»Unantastbar«, sagte David.

»Wahrscheinlich wollen sie ihn weiterhin benutzen.«

»Trotz dem, was er getan hat?« unterbrach ihn Marie. »Was er *vielleicht* getan hat und was er möglicherweise meinem Mann antun könnte?«

»Das ist eine völlig andere Welt«, sagte McAllister leise.

»Sie haben mit ihnen zusammengearbeitet –«

»Das mußten wir«, unterbrach McAllister.

»Dann verlangen Sie, daß sie auch mit Ihnen zusammenarbeiten.«

»Dann könnten sie von uns anderes verlangen. Das können wir nicht.«

»Alles *Lügner*!« Marie wandte sich angewidert ab.

»Ich habe Sie nicht belogen, Mrs. Webb.«

»Warum glauben ich Ihnen eigentlich nicht, warum habe ich kein Vertrauen zu Ihnen, Mr. McAllister?« fragte David.

»Wahrscheinlich, weil Sie kein Vertrauen zu Ihrer Regierung haben, Mr. Webb. Und auch wenig Anlaß dazu. Ich kann Ihnen nur sagen, daß ich ein Gewissen habe. Das können Sie akzeptieren oder nicht – Sie können *mich* akzeptieren oder nicht. Aber ich werde dafür sorgen, daß Ihnen nichts geschieht.«

»Sie sehen mich so eigenartig an – warum?«

»Weil ich noch nie in einer solchen Lage war.«

Die Türglocke schlug an, und Marie schüttelte den Kopf, stand auf und ging schnell durchs Zimmer und in den Vorraum hinaus. Sie öffnete die Tür. Einen Augenblick lang hielt sie den Atem an und starrte hilflos auf die zwei Männer, die ihr gegenüberstanden. Jeder hielt ein Plastiketui mit einer silbernen Plakette in der Hand, auf der ein Adler eingeprägt war, in dem sich das Licht der Kutschenlampen neben der Tür spiegelte. Auf der Straße stand eine dunkle Limousine, in der man die Silhouetten weiterer Männer erkennen konnte, und das Glühen von Zigaretten – weitere Männer, weitere Bewacher. Sie wollte schreien, aber sie tat es nicht.

Edward McAllister stieg in seinen Dienstwagen und blickte durch das geschlossene Fenster auf David Webb unter der Tür. Der ehemalige Jason Borowski stand reglos da, und seine Augen blickten starr seinem Besucher nach.

»Verschwinden wir hier«, sagte McAllister zu dem Fahrer, einem Mann mit Stirnglatze, der etwa so alt war wie er und eine Hornbrille trug.

Der Wagen setzte sich langsam in Bewegung und rollte vorsichtig über die schmale, von Bäumen gesäumte Straße, die nur eine Grundstücksbreite von dem felsigen Strand entfernt war.

Ein paar Minuten lang sagte keiner der beiden Männer ein Wort; schließlich fragte der Fahrer:

»Wie ist es denn gelaufen?«

»Wie es gelaufen ist?« antwortete der Mann aus dem Außenministerium.

»Der Botschafter würde vielleicht sagen: ›Alle Figuren sind aufgestellt.‹ Das Fundament ist gelegt, die Missionsarbeit ist getan.«

»Das freut mich.«

»Wirklich? Dann freut es mich auch.« McAllister hob die rechte Hand; sie zitterte. Dann strichen seine dünnen Finger über die rechte Schläfe. »Nein, es freut mich *nicht*!« sagte er plötzlich. »Mir ist speiübel!«

»Das tut mir leid –«

»Und weil wir schon von Missionsarbeit sprechen, ich *bin* ein *Christ*. Will sagen: ich *glaube* – nichts, was so schick ist, daß ich ein Eiferer wäre oder an die Wiedergeburt glaubte oder daß ich in der Sonntagsschule lehre oder in der Kirche auf den Knien liege, aber ich *glaube*. Meine Frau und ich gehen wenigstens zweimal im Monat in die Episkopalkirche, und meine zwei Söhne sind Ministranten. Ich bin großzügig, weil ich das sein *möchte*. Können Sie das verstehen?«

»Sicher. Ich empfinde nicht so wie Sie, aber ich kann das verstehen.«

»Aber ich bin gerade aus dem *Haus* dieses Mannes herausgegangen!«

»He, immer mit der Ruhe! Was ist denn?«

McAllister sah starr geradeaus, und die Scheinwerfer der entgegenkommenden Fahrzeuge huschten über sein Gesicht.

»Gott sei meiner Seele gnädig«, flüsterte er.

4

Plötzlich erfüllten Schreie die Dunkelheit, eine näher kommende, anschwellende Kakophonie brüllender Stimmen. Und dann waren sie von rennenden, stampfenden Gestalten mit verzerrten Gesichtern umgeben. Webb ließ sich auf die Knie fallen, schützte, so gut er konnte, Gesicht und Hals mit den Händen, zuckte hin und her, um kein festes Ziel zu bieten. Er trug einen dunklen Anzug, das war im Schatten ein Vorteil, würde aber nichts nützen, wenn jemand einen Feuerstoß auf ihn abgab und dabei wenigstens einen der Leibwächter mitnahm. Aber ein Killer entschied sich nicht immer für Kugeln. Es gab Bolzen – tödliche Giftnadeln, die aus Luftdruckwaffen abgefeuert wurden und binnen Minuten den Tod brachten, wenn nicht in Sekunden.

Eine Hand packte ihn an der Schulter. Er fuhr herum, hob den Arm, entzog sich der Hand, indem er einen Schritt zur Seite tat, und kauerte sich nieder wie ein Tier.

»Alles in Ordnung?« fragte der Leibwächter zu seiner Rechten und grinste im Widerschein seiner Taschenlampe.

»Was? Was ist passiert?«

»Ist es nicht großartig«, rief der Leibwächter zu seiner Linken und kam jetzt näher, während David sich erhob.

»Was?«

»Daß junge Leute sich so begeistern können. Man fühlt sich dabei richtig wohl, wenn man das sieht!«

Es war vorbei. Auf dem Universitätsgelände war wieder Stille eingetreten, und in der Ferne, zwischen den Gebäuden, die an die Übungsplätzen und das Stadion grenzte, konnte man zwischen den Ehrentribünen die zuckenden Flammen eines Freudenfeuers sehen. Die Siegesfeier war voll im Gang, und seine Leibwächter lachten.

»Und wie steht's mit Ihnen, Herr Professor?« fuhr der Mann zu seiner Linken fort. »Fühlen Sie sich jetzt wohler, wo wir hier sind und so?«

Es war vorbei. Der Wahnsinn war vorbei. Aber warum pochte dann sein Herz so schnell? Warum war er so verwirrt, so verängstigt? Irgend etwas stimmte nicht.

»Warum stört mich diese ganze Parade?« sagte David beim Frühstückskaffee in der Nische ihres alten viktorianischen Mietshauses.

»Deine Spaziergänge am Strand fehlen dir«, sagte Marie und legte ihrem Mann das pochierte Ei auf die Scheibe Toast. »Iß das, bevor du deine Zigarette rauchst.«

»Nein, wirklich. Mich stört das. Die ganze letzte Woche war ich wie eine Ente auf dem Schießstand. Gestern nachmittag ist mir das aufgegangen.«

»Wie meinst du das?« Marie goß das Wasser aus und legte die Pfanne in den Ausguß, ohne dabei Webb aus den Augen zu lassen. »Sechs Männer sind um dich herum, vier an deinen ›Flanken‹, wie du gesagt hast, und zwei, die sich vor und hinter dir alles genau ansehen.«

»Eine Parade.«

»Warum Parade?«

»Ich weiß nicht. Jeder an seinem Platz, und alle marschieren im Takt, den die Trommeln schlagen. Ich weiß nicht.«

»Aber du hast eine Ahnung?«

»Ich glaube schon.«

»Dann sag es mir. Die Ahnungen, die du manchmal hast, haben mir am Guisan-Quai in Zürich das Leben gerettet. Ich würde es gerne hören – nun, vielleicht auch nicht, aber es ist wahrscheinlich besser.«

Webb stach den Eidotter auf dem Toast auf. »Weißt du, wie leicht es für jemanden wäre – jemanden, der so jung wie ein Student aussieht –, irgendwo an mir vorbeizugehen und mit einer Luftdruckpistole einen Bolzen auf mich abzuschießen? Das Geräusch könnte er mit einem Husten überdecken oder einem Lachen, und schon hätte ich hundert Kubikzentimeter Strychnin im Blut.«

»Du weißt über solche Dinge viel mehr als ich.«

»Natürlich. Weil ich es so machen würde.«

»*Nein*. Weil Jason Borowski es so machen würde, nicht *du*.«

»Na schön, dann projiziere ich das eben auf ihn. Aber das ändert nichts an dem Gedanken.«

»Was ist denn gestern nachmittag passiert?«

Webb spielte mit dem Ei und dem Toast auf seinem Teller. »Das Seminar hat sich in die Länge gezogen. Es wurde schon dunkel, und meine Wachen schlossen sich mir an. Wir gingen über das Feld zum Parkplatz. Es war eine Siegesfeier für ein Footballspiel – unser harmloses Team gegen irgendein anderes harmloses Team. Die Menge rannte an uns vier vorüber, junge Leute, die zu einem Freudenfeuer hinter den Tribünen wollten. Sie schrien und brüllten und putschten sich gegenseitig auf. Und ich dachte, jetzt ist es soweit. Jetzt passiert es, wenn es überhaupt passiert. Glaub mir, in jenen paar Augenblicken *war* ich Borowski. Ich kauerte mich nieder und beobachtete jeden, den ich sehen konnte – ich war dabei durchzudrehen.«

»Und?« sagte Marie, vom abrupten Schweigen ihres Mannes beunruhigt.

»Meine sogenannten Leibwächter lachten und taten, als ginge sie das Ganze nichts an, und die zwei vorne hatten einen Riesenspaß an der ganzen Sache.«

»Und das hat dich beunruhigt?«

»Ganz instinktiv. Ich war ein ungeschütztes Zielobjekt, mitten in einer aufgeputschten Menge. Meine Nerven sagten mir das; mein Verstand brauchte das gar nicht.«

»Wer redet denn jetzt?«

»Das weiß ich nicht genau. Ich weiß nur, daß in diesen paar Augenblicken für mich nichts einen Sinn ergab. Und dann, nur Sekunden später, kam der Mann von links hinter mir und sagte, als wolle er die Gedanken lesen, die ich gar nicht hatte, sagte so etwas wie ›Ist das nicht großartig – oder herrlich –, daß junge Leute sich so begeistern können? Man fühlt sich dabei richtig wohl, oder?‹ . . . Ich murmelte irgend etwas, und dann sagte er – und diesmal sind es genau seine Worte – ›Und wie steht's mit Ihnen, Professor? Fühlen Sie sich jetzt wohler, wo wir hier sind und so?‹« David blickte auf und sah seine Frau an. »Ob ich mich wohler fühlte . . . und *jetzt*? Ich.«

»Er kannte doch ihren Job«, unterbrach ihn Marie. »Sie sollen dich schützen. Er wollte bestimmt bloß fragen, ob du dich sicherer fühlst.«

»Wirklich? Meinen sie das? Diese schreienden Jugendlichen, die schwache Beleuchtung, die vorbeihuschenden Schemen, die Gesichter, die man nicht erkennen kann . . . und er macht mit und lacht, *alle* lachen sie. Sind sie wirklich hier, um mich zu schützen?«

»Was denn sonst?«

»Ich weiß es nicht. Vielleicht habe ich einfach Erfahrungen gemacht, die ihnen abgehen. Vielleicht denke ich einfach zuviel. Ich denke über McAllister nach und seine Augen. Wenn man von seinem gelegentlichen

Blinzeln absieht, waren das die Augen eines toten Fisches. Man konnte alles in sie hineinlesen, was man wollte – je nachdem, wie einem zumute ist.«

»Was er dir erzählt hat, war ein Schock für dich«, sagte Marie, die jetzt mit verschränkten Armen am Ausguß lehnte und ihren Mann musterte. »Das muß schrecklich für dich gewesen sein. Für mich jedenfalls war es das.«

»Wahrscheinlich«, nickte Webb. »Eigentlich ist es seltsam, aber wie es so viele Dinge gibt, an die ich mich erinnern möchte, gibt es auch eine ganze Menge, die ich gern vergessen möchte.«

»Warum rufst du McAllister nicht an und sagst ihm, was du empfindest, was du denkst? Du hast seine Durchwahl im Büro und auch seine Nummer zu Hause. Mo Panov würde sagen, daß du das tun sollst.«

»Ja, das würde Mo.« David stocherte in seinem Ei herum. »›Wenn es eine Möglichkeit gibt, eine ganz bestimmte Angst loszuwerden, dann sollten Sie das so schnell Sie können tun.‹ Das würde er sagen.«

»Dann tu es.«

Webb lächelte, und sein Lächeln wirkte ebenso begeistert wie die Art, sein Ei zu essen. »Vielleicht tue ich es, vielleicht auch nicht. Ich würde eigentlich lieber eine latente oder passive oder wiederkehrende Paranoia, oder wie zum Teufel sie das nennen würden, nicht gerade ankündigen. Mo würde sofort herfliegen und mir das Gehirn durchkneten.«

»Wenn er das nicht tut, könnte ich das ja.«

»*Ni shi nühaizi*«, sagte David und tupfte sich mit der Papierserviette den Mund ab, während er aufstand und auf sie zuging.

»Und was heißt das, mein unergründlicher Ehemann und Liebhaber Nummer siebenundachtzig?«

»Launische Göttin. Das soll heißen, daß du ein kleines Mädchen bist – und zwar gar nicht so klein – und daß ich dich immer noch in drei von fünf Fällen im Bett schaffe, wo man eine ganze Menge anderer Dinge tun kann, nicht nur dich verprügeln.«

»Und das alles in einem so kurzen Satz?«

»Die Chinesen vergeuden keine Worte. Sie malen Bilder . . . Ich muß jetzt gehen. Die Vorlesung heute morgen befaßt sich mit Rama II. von Siam und den Ansprüchen, die er Anfang des neunzehnten Jahrhunderts auf die Malaienstaaten erhoben hat. Stinklangweilig, aber wichtig. Und was noch schlimmer ist, wir haben einen Austauschstudenten aus Moulmein in Burma, der, wie ich glaube, mehr über dieses Thema weiß als ich.«

»Siam?« fragte Marie und umarmte ihn. »Das ist Thailand.«

»Ja, heute ist das Thailand.«

»Deine Frau, deine Kinder? Tut es weh, David?«

Er sah sie an und erkannte wieder einmal, wie sehr er diese Frau liebte. »So weh kann es mir gar nicht tun, wo ich es doch nicht klar sehen kann. Manchmal hoffe ich, daß ich mich nie mehr daran erinnere.«

»Ich denke da anders. Ich möchte, daß du sie siehst, sie hörst und sie fühlst. Und ich weiß, daß ich sie auch liebe.«

»O Gott!« Er hielt sie in den Armen, und die Wärme ihrer beiden Körper gehörte nur ihnen allein.

Die Leitung war schon zum zweitenmal besetzt, und Webb legte den Hörer auf und wandte sich wieder W. F. Verllas *Siam unter Rama III.* zu, um nachzusehen, ob der burmesische Austauschstudent mit dem, was er über Ramas II. Konflikt mit dem Sultan von Kedah über die Insel Penang sagte, recht gehabt hatte. Eine Auseinandersetzung in den erhabenen Gefilden der Wissenschaft; an die Stelle der Pagoden von Moulmein, über die Kipling geschrieben hatte, war ein neunmalkluger Austauschstudent getreten, der ohne jeden Respekt für Ältere und Erfahrenere war. Kipling hätte etwas dagegen unternommen.

Es klopfte, und dann öffnete sich die Tür, ehe David ›Herein‹ sagen konnte. Es war der Leibwächter, der am Nachmittag auf dem Sportplatz mit ihm gesprochen hatte – inmitten der Menschenmenge, des Lärms und seiner Ängste.«

»Herr Professor?«

»Sie sind Jim, nicht wahr?«

»Nein, ich bin Johnny. Aber das macht nichts. Kein Mensch erwartet von Ihnen, daß Sie sich unsere Namen merken.«

»Ist etwas?«

»Ganz im Gegenteil, Sir. Ich bin nur vorbeigekommen, um mich zu verabschieden – für uns alle, die ganze Gruppe. Die Luft ist sauber, und Sie sind wieder auf Normalstatus zurückgestuft. Befehl, nach B-1-L zurückzukehren.«

»Nach was?«

»Klingt albern, wie? Statt zu sagen ›Kommen Sie zurück ins Hauptquartier‹, nennen sie es B-1-L, als ob sich das keiner zusammenreimen könnte.«

»Ich kann es nicht.«

»Basis – Eins – Langley. Wir sind vom CIA, alle sechs, aber ich nehme an, das wissen Sie.«

»Sie gehen? Sie *alle*?«

»Ja, allerdings.«

»Aber . . . ich dachte, wir hätten *hier* eine Krise.«

»Die Luft ist sauber.«

»Mir hat keiner war gesagt. McAllister hat mir nichts gesagt.«

»Tut mir leid, den kenn ich nicht. Wir haben einfach unsere Befehle.«

»Sie können doch nicht einfach hier hereinkommen und sagen, daß Sie weggehen, ohne irgendeine Erklärung! Man hat mir gesagt, ich stehe auf der Abschußliste. Ein Mann in Hongkong will mich *töten*!«

»Nun, ich weiß nicht, ob man Ihnen das so gesagt hat oder ob Sie sich das selbst eingeredet haben, ich weiß nur, daß wir ein Problem der Priorität A in Newport News haben. Wir brauchen noch unsere Einweisung und müssen uns dann dieser Sache annehmen.«

»Priorität A? Und was ist mit *mir*?«

»Sie sollten sich gründlich ausruhen, Herr Professor. Man hat uns gesagt, daß Sie das brauchen.« Der Mann von der CIA drehte sich ruckartig um, ging zur Tür hinaus und schloß sie hinter sich.

Nun, ich weiß nicht, ob man Ihnen das so gesagt hat oder ob Sie es sich selbst eingeredet haben . . . Wie steht's mit Ihnen, Herr Professor? Fühlen Sie sich jetzt besser, wo wir hier sind und so?

Parade? . . . *Scharade!* Wo war McAllisters Nummer? Wo hatte er sie hingetan? Herrgott noch mal, er hatte sie zweimal, einmal zu Hause und einmal in seiner Schreibtischschublade – nein, in der Brieftasche! Er fand sie, und sein ganzer Körper zitterte vor Furcht und Zorn, als er wählte.

»Büro von McAllister«, sagte eine Frauenstimme.

»Ich dachte, das sei eine Direktleitung. So hat man es mir auch *gesagt*!«

»Mr. McAllister ist nicht in Washington, Sir. Wir haben Anweisung, in solchen Fällen die Anrufe entgegenzunehmen und zu notieren.«

»Wo *ist* er?«

»Das weiß ich nicht. Ich bin vom Zentralsekretariat. Er ruft jeden Tag einmal an. Darf ich ihm sagen, wer ihn sprechen wollte?«

»Das reicht nicht! Mein Name ist Webb, Jason Webb . . . Nein, *David* Webb! Ich muß ihn sofort sprechen! Jetzt gleich!«

»Ich verbinde Sie mit der Abteilung, die seine dringenden Gespräche annimmt . . .«

Webb knallte den Hörer aufs Telefon. Er hatte McAllisters Privatnummer; er wählte.

»Ja?« Wieder eine Frauenstimme.

»Mr. McAllister bitte.«

»Er ist leider nicht hier. Wenn Sie Ihren Namen und Ihre Telefonnummer hinterlassen wollen, gebe ich sie ihm.«

»Wann?«

»Nun, er wollte morgen oder übermorgen hier anrufen. Das tut er immer.«

»Sie müssen mir die Nummer geben, wo er *jetzt* ist, Mrs. McAllister! Ich nehme an, Sie sind Mrs. McAllister.«

»Das will ich doch hoffen. Seit achtzehn Jahren. Wer sind Sie?«

»Webb. *David* Webb.«

»O natürlich! Edward spricht zu Hause selten über berufliche Dinge – und in ihrem Fall hat er das auch nicht getan –, aber er hat mir erzählt, was für furchtbar nette Leute Sie und Ihre Frau sind. Unser ältester Sohn, er ist noch auf dem Gymnasium, interessiert sich *sehr* für Ihre Universität. Im letzten Jahr sind seine Noten ein wenig schlechter geworden. Aber ich bin sicher, bis es soweit ist, wird er . . .«

»Mrs. McAllister!« unterbrach sie Webb. »Ich muß Ihren Mann erreichen! *Jetzt!*«

»Oh, das tut mir schrecklich leid, aber ich glaube wirklich nicht, daß das möglich ist. Er ist im Fernen Osten, und ich habe natürlich keine Nummer, wo ich ihn dort erreichen kann. In Notfällen rufen wir immer das Außenministerium an.«

David legte auf. Er mußte Marie warnen – anrufen. Die Leitung mußte inzwischen frei sein; sie war fast eine Stunde belegt gewesen, und es gab niemanden, mit dem seine Frau eine Stunde lang telefoniert, auch nicht mit ihrem Vater, ihrer Mutter oder ihren beiden Brüdern in Kanada. Sie liebte sie alle sehr, aber ihre Lebensart war ihr fremd. Sie war weder so frankophil wie ihr Vater noch ein Heimchen wie ihre Mutter, und obwohl sie ihre Brüder bewunderte, war sie ganz anders als diese grobschlächtigen Rancher. Sie hatte für sich ein anderes Leben gefunden, in Wirtschaftskreisen, mit ihrem Doktortitel und den Arbeiten, die sie für die kanadische Regierung geleistet hatte. Und am Ende hatte sie einen Amerikaner geheiratet.

Quel dommage.

Die Leitung war immer noch belegt! Herrgott, Marie!

Dann erstarrte Webb förmlich, sein ganzer Körper war einen Augenblick lang wie gelähmt! Er konnte sich kaum bewegen, riß aber alle Kräfte zusammen, raste aus seinem kleinen Büro, den Korridor hinunter, so schnell, daß zwei Studenten gegen die Wände taumelten und ein dritter gerade noch ausweichen konnte; plötzlich war er wie ein Besessener. Als er sein Haus erreichte, trat er auf die Bremse, daß die Reifen quietschten, sprang aus dem Wagen und rannte auf die Tür zu. Er blieb stehen, die Augen weit aufgerissen und plötzlich atemlos. Die Tür war offen, und auf dem eingedrückten Türblatt war ein roter Handabdruck – *Blut.*

Webb rannte hinein, stieß alles aus seinem Weg. Möbel krachten, und Lampen zersplitterten, während er das Erdgeschoß durchsuchte. Dann hetzte er die Treppe hinauf, und jeder Nerv in ihm wartete auf ein Geräusch, und sein Killerinstinkt war ihm ebenso klar wie die roten Flecken, die er an der Haustür gesehen hatte. In diesem Augenblick war er die Killermaschine – das tödliche Tier –, das Jason Borowski gewesen war. Und diese Tatsache akzeptierte er voll. Wenn seine Frau oben war, würde er jeden töten, der versucht hatte, ihr etwas anzutun – oder das bereits getan hatte.

Auf dem Boden liegend, schob er die Schlafzimmertür auf.

Die Explosion zerfetzte die Korridorwand. Er wälzte sich zur gegenüberliegenden Seite; er hatte keine Waffe, aber ein Feuerzeug hatte er. Er griff in die Hosentasche nach den Notizen, wie alle Lehrer sie machen, knüllte die Blätter zusammen, warf sich nach links und schnippte das Feuerzeug an; die Flamme war sofort da. Er warf den brennenden Papierknäuel ins Schlafzimmer, preßte sich mit dem Rücken gegen die Wand und schob sich vom Boden hoch. Sein Kopf fuhr herum, suchte die zwei anderen geschlossenen Türen in dem schmalen Obergeschoß. Plötzlich trat er zu, ein Krachen, noch eines, dann warf er sich wieder zu Boden und rollte sich in den schützenden Schatten zurück.

Nichts. Die zwei Räume waren leer. Wenn ein Feind da war, dann war er im Schlafzimmer. Aber inzwischen brannte der Bettüberwurf. Die Flammen züngelten schon zur Decke. Nur noch Sekunden.

Jetzt!

Er stürzte sich ins Zimmer, packte die brennenden Fetzen und schwang sie im Kreis, während er sich duckte und sich dann auf dem Boden wälzte, bis der Stoff nur noch Asche war – er wartete die ganze Zeit, daß ihn etwas Eiskaltes an der Schulter oder am Arm traf, und wußte zugleich, daß er damit fertig werden und seinen Feind erledigen konnte. *Herrgott!* Er war wieder Jason Borowski.

Da war nichts. Seine Marie war nicht da; da war nichts als eine primitive Vorrichtung mit einem Faden zu einer Schrotflinte, die auf die Tür gerichtet war, für einen sicheren Treffer. Er stampfte die Flammen aus, sprang mit einem Satz zu einer Tischlampe und knipste sie an.

Marie! *Marie!*

Und dann sah er es. Ein Blatt Papier, das auf ihrer Bettseite auf dem Kissen lag.

›Eine Frau für eine Frau, Jason Borowski. Sie ist verwundet, aber nicht tot wie die meine. Sie wissen, wo Sie mich finden können, und sie auch, wenn Sie vorsichtig sind und Glück haben. Vielleicht kommen wir ins Geschäft, denn ich habe auch Feinde. Wenn nicht, was macht dann schon der Tod einer weiteren Tochter aus?‹

Webb schrie auf, ließ sich auf die Kissen fallen und versuchte, die Wut und den Schrecken zurückzudrängen, die aus seiner Kehle hervorquollen, schob den Schmerz zurück, der in seinen Schläfen pulste. Dann drehte er sich um und starrte zur Decke, und eine schreckliche, dumpfe Lethargie übermannte ihn. Bilder, an die er sich seit langer Zeit nicht mehr erinnert hatte, kamen plötzlich wieder – Bilder, die er nicht einmal Morris Panov offenbart hatte. Körper, die unter seinem Messer zusammenbrachen, unter seinen Schüssen fielen – das waren keine eingebildeten Morde, sie waren echt. Menschen hatten ihn zu dem gemacht, was er war, aber sie hatten ihren Auftrag hervorragend ausgeführt. Er war der Mann geworden, den es nicht hätte geben dürfen. Doch er hatte keine andere Wahl gehabt. Er hatte *überleben* müssen – ohne zu wissen, wer er war.

Und jetzt kannte er die zwei Männer in ihm, die zusammen sein Wesen ausmachten. An den einen würde er sich immer erinnern, weil er es war, der er sein wollte, aber im Augenblick mußte er der andere sein – der Mann, den er verabscheute.

Jason Borowski erhob sich vom Bett und ging zu dem begehbaren Kleiderschrank und zu der verschlossenen dritten Schublade in der eingebauten Kommode. Er griff über sich und zog das Klebeband von einem Schlüssel an der Decke. Er schob ihn ins Schloß und zog die Schublade heraus. In der Schublade lagen zwei zerlegte Pistolen, vier Schlingen aus dünnem Draht auf Spulen, die er in der Hand verbergen konnte, drei Pässe auf drei verschiedene Namen und sechs Ladungen Plastiksprengstoff, mit denen man ganze Zimmer in die Luft jagen konnte. Eine oder alle sechs würde er benutzen. David Webb würde seine Frau finden. Oder Jason Borowski würde zu dem Terroristen werden, von dem sich keiner je hätte träumen lassen. Ihm war es gleichgültig – man hatte ihm zuviel weggenommen. Mehr würde er nicht ertragen.

Borowski setzte die Pistolen zusammen. Jetzt waren beide schußbereit. Und er war auch bereit. Er ging zurück zum Bett, legte sich hin und starrte wieder zur Decke. Seine Strategie würde sich von selbst ergeben, das wußte er. Und dann würde die Jagd beginnen. Er würde sie finden – tot oder lebendig –, und wenn sie tot war – dann würde er töten, töten und *wieder töten*!

Wer auch immer es war, er würde ihm nie entkommen. Nicht Jason Borowski.

5

Nur mit Mühe die Beherrschung bewahrend, wußte er, daß Gelassenheit für ihn nicht in Frage kam. Seine Hand hielt die Pistole umklammert, während in seinem Kopf Schüsse dröhnten und eine Flut von Fragen auf ihn eindrängten. Eines jedenfalls stand fest: Er durfte nicht den toten Mann spielen, er mußte sich rühren!

Das Außenministerium. Die Männer dort, die er in den letzten Monaten kennengelernt hatte, damals in der abgelegenen, abgeschirmten Klinik in Virginia – jene beharrlichen, wie besessenen Männer, die ihn pausenlos befragt und ihm Dutzende von Fotos vorgelegt hatten, bis Mo Panov dem schließlich ein Ende machte. Er hatte ihre Namen notiert, weil er eines Tages vielleicht einmal würde wissen wollen, wer sie waren – aus keinem anderen Grund als einem instinktiven Mißtrauen; schließlich hatten ebensolche Männer einige Monate früher versucht, ihn zu töten. Sie hatten sich ihm nicht vorgestellt, für ihn waren sie nur Harry, Bill oder Sam, wahrscheinlich weil sie von der Theorie ausgingen, daß echte Identitäten seine Verwirrung nur noch größer machen würden. Er aber hatte unauffällig ihre Ausweisplaketten gelesen und sich dann, wenn er wieder allein war, die Namen aufgeschrieben und die Zettel bei seiner persönlichen Habe in der Schublade verwahrt. Und wenn Marie ihn besuchte, und das war jeden Tag, gab er ihr die Namen mit und bat sie, sie im Haus zu verstecken – gut zu verstecken.

Später gestand ihm Marie, daß sie seinen Bitten zwar nachgekommen war, seinen Argwohn aber für übertrieben hielt. Aber dann hatte David sie eines Morgens, unmittelbar nach einer hitzigen Sitzung mit den Männern aus Washington, angefleht, das Krankenhaus sofort zu verlassen, zu ihrem Wagen zu laufen und zu ihrem Bankschließfach zu fahren und eine Haarsträhne in die linke untere Ecke des Fachs zu legen, es abzuschließen, die Bank zu verlassen und zwei Stunden später zurückzukehren, um nachzusehen, ob sie noch da war.

Das war nicht der Fall gewesen. Sie hatte die Haarsträhne sorgfältig befestigt gehabt; sie hatte nur herausfallen können, weil man das Schließfach geöffnet hatte. Sie fand die Strähne schließlich auf dem fliesenbelegten Boden der Bank.

»Woher hast du das gewußt?« hatte sie ihn gefragt.

»Einer meiner freundlichen Befrager ist etwas hitzig geworden und hat versucht, mich zu provozieren, Mo war für ein paar Minuten hinausgegangen, und es hätte nicht viel gefehlt, daß er mich beschuldigte, ihm etwas vorzumachen, etwas zu verbergen. Ich wußte, daß du kommst, und so habe ich das Spiel weitergespielt. Ich wollte sehen, wie weit die gehen würden, wie weit die gehen *durften*.«

Alles zusammen war ihm nicht geheuer. Man hatte die Leibwächter abgezogen, seine eigenen Reaktionen herablassend in Frage gestellt, so als wäre er derjenige, der um zusätzlichen Schutz gebeten hatte und als hätte nicht etwa Edward McAllister darauf bestanden. Dann hatte man binnen Stunden Marie entführt – das Ganze war nach einem Plan abgelaufen, in dem jede Kleinigkeit bedacht war. Und jetzt war eben dieser McAllister plötzlich fünfzehntausend Meilen weit verreist. Hatte der Staatssekretär die Seiten gewechselt? Hatte man ihn in Hongkong gekauft? Hatte er Washington ebenso verraten wie den Mann, den zu beschützen er geschworen hatte? Was ging hier vor sich? In jedem Fall gehörte der Codename Medusa mit zu diesem Geheimnis. Man hatte ihn während all der Befragungen kein einziges Mal erwähnt. Das verblüffte ihn. Es war gerade, als hätte das Bataillon von Psychotikern und Killern nie existiert; jede Erinnerung daran war ausgelöscht worden. Aber man konnte sie wieder heraufbeschwören. Und damit würde er beginnen.

Webb ging mit schnellen Schritten aus dem Schlafzimmer, die Treppe hinunter in sein Arbeitszimmer, das in dem alten viktorianischen Haus früher einmal als kleine Bibliothek gedient hatte. Er setzte sich an den

Schreibtisch, zog die unterste Schublade auf und entnahm ihr ein paar Notizbücher und einige Papiere. Dann hob er mit einem Brieföffner aus Messing den falschen Boden der Schublade ab, unter dem noch andere Papiere lagen – ein Sammelsurium von Erinnerungen – Bildern, die sich ihm aufgedrängt hatten, wenn er nachts nicht hatte schlafen können oder wenn ihn plötzlich unter Tags die Erinnerung eingeholt hatte: Notizblätter oder Briefpapierfetzen, auf die er die Bilder und Worte geschrieben hatte, die wie mit Blitzlicht sein Bewußtsein erhellt hatten. Ein wirres Durcheinander schmerzhafter Assoziationen, viele so qualvoll, daß er sie nicht einmal mit Marie teilen konnte, weil er fürchtete, die Enthüllungen über Jason Borowski wären für sie zu brutal. Zu den Geheimnissen in der Schublade gehörten auch die Namen der Experten für Geheimoperationen, die ihn in Virginia so eindringlich verhört hatten.

Plötzlich fiel Davids Blick auf die häßliche, großkalibrige Pistole auf der Schreibtischplatte. Er hatte sie automatisch aus dem Schlafzimmer mitgenommen; jetzt starrte er sie einen Augenblick lang an und griff dann zum Telefon. In diesen Sekunden begann die qualvollste Stunde seines Lebens, denn er wußte, daß Marie sich mit jedem Augenblick weiter von ihm entfernte.

Die zwei ersten Anrufe wurden von Frauen oder Freundinnen entgegengenommen; die Männer, die er zu erreichen versuchte, ließen sich verleugnen, als er sich zu erkennen gab. Er gehörte immer noch nicht dazu! Sie wollten nichts mit ihm zu tun haben, solange ihnen das nicht ausdrücklich genehmigt war, und eine entsprechende Genehmigung gab es noch nicht. Herrgott! Er hätte es wissen müssen!

»Hallo?«

»Ist dort die Wohnung von Mr. Lanier?«

»Ja.«

»William Lanier, bitte. Sagen Sie ihm, es sei dringend. Höchste Alarmstufe. Mein Name ist Thompson, Außenministerium.«

»Einen Augenblick«, sagte die Frau beunruhigt.

»*Wer* spricht da?« fragte die Männerstimme.

»David Webb. Sie erinnern sich doch an Jason Borowski, oder?«

»Webb?« Eine kurze Pause, in der nur Laniers Atem zu hören war. »Warum haben Sie gesagt, Sie heißen Thompson? Und daß das ein Alarm des Weißen Hauses sei?«

»Weil ich dachte, Sie würden vielleicht nicht mit mir sprechen wollen. Zu den Dingen, an die ich mich erinnere, gehört auch, daß Sie mit bestimmten Leuten nicht ohne Genehmigung Verbindung aufnehmen. Sie sind tabu für Sie. Sie melden nur den Kontaktversuch.«

»Dann, nehme ich an, erinnern Sie sich auch daran, daß es höchst ungewöhnlich ist, jemanden wie mich über eine Privatleitung anzurufen.«

»Privatleitung? Macht man Ihnen jetzt auch schon zu Hause Vorschriften?«

»Sie wissen, wovon ich spreche.«

»Ich habe doch gesagt, daß es um einen dringenden Fall geht.«

»Aber das kann nichts mit mir zu tun haben«, protestierte Lanier. »Sie sind eine abgelegte Akte in meinem Büro – «

»Mausetot, wie?« unterbrach ihn David.

»Das habe ich nicht gesagt«, konterte der Mann vom Geheimdienst. »Ich wollte nur sagen, daß Sie nicht auf meinem Plan stehen und daß wir Anweisung haben, uns nicht in fremde Vorgänge einzuschalten.«

»Was für fremde?« fragte Webb scharf.

»Wie zum Teufel soll ich das wissen?«

»Wollen Sie damit sagen, daß Sie das nicht interessiert, was ich Ihnen zu sagen habe?«

»Ob es mich interessiert oder nicht, hat überhaupt nichts damit zu tun. Sie stehen auf keiner meinen Listen, und mehr brauche ich nicht zu wissen. Wenn Sie etwas zu sagen haben, dann rufen Sie Ihre autorisierte Kontaktperson an.«

»Das habe ich versucht. Seine Frau hat gesagt, er sei im Fernen Osten.«

»Dann versuchen Sie es in seinem Büro. Jemand dort wird Ihren Fall bearbeiten.«

»Das weiß ich, aber ich bin kein Fall, und ich möchte auch nicht *bearbeitet* werden. Ich möchte mit jemandem reden, den ich kenne. Und Sie kenne ich, Bill. Erinnern Sie sich? In Virginia haben Sie gesagt, daß ich ›Bill‹ zu Ihnen sagen soll. Damals waren Sie mächtig an dem interessiert, was ich zu sagen hatte.«

»Das war damals, nicht jetzt. Hören Sie, Webb, ich kann Ihnen nicht helfen, weil ich Ihnen keinen Rat geben kann. Ganz gleich, was Sie mir sagen, ich kann nicht darauf antworten. Ich bin, was ihren Status angeht, nicht auf dem laufenden. Schon seit fast einem Jahr nicht mehr. Ihr Kontaktmann ist – man kann ihn erreichen. Rufen Sie noch einmal im Außenministerium an. Ich lege jetzt auf.«

»*Medusa*«, flüsterte David. »Haben Sie mich gehört, Lanier? Medusa!«

»Medusa – und was noch? Was wollen Sie damit sagen?«

»Ich lasse alles auffliegen, haben Sie das kapiert? Ich lasse diese ganze widerliche Geschichte hochgehen, wenn ich keine *Antwort* bekomme!«

»Warum lassen Sie Ihren Fall nicht doch bearbeiten?« fragte der Mann vom Geheimdienst kühl. »Oder lassen Sie sich doch in ein Krankenhaus einweisen.« Ein abruptes Klicken war zu hören, und David legte schwitzend auf.

Lanier wußte *nichts* über Medusa. Wenn er etwas gewußt hätte, wäre er am Apparat geblieben und hätte versucht, mehr zu erfahren, weil Medusa in seiner Bedeutung weit über ›Vorschriften‹ und ›augenblicklichen Status‹ hinausging. Aber Lanier war einer der jüngeren Beamten, drei- oder vierunddreißig. Er war sehr intelligent, aber kein alter Fuchs. Jemand, der ein paar Jahre älter war, hätte wahrscheinlich mit ihm sprechen dürfen, und dann hätte er ihm etwas von dem Bataillon von Renegaten gesagt, das immer noch geheimgehalten wurde. Webb sah sich die Namen auf seiner Liste und die dazugehörigen Telefonnummern an. Dann nahm er den Hörer wieder ab.

»Ja?« Eine Männerstimme.

»Spricht dort Samuel Teasdale?«

»Richtig. Wer sind Sie?«

»Ich bin froh, daß Sie abgehoben haben und nicht Ihre Frau.«

»Wo immer das möglich ist, geschieht das auch«, sagte Teasdale plötzlich vorsichtig. »Nur daß mir die meine nicht mehr zur Verfügung steht. Sie segelt irgendwo in der Karibik mit jemandem, von dem ich nichts wußte. Und jetzt, wo Sie meine Lebensgeschichte kennen, wer zum Teufel sind Sie?«

»Jason Borowski, erinnern Sie sich?«

»*Webb?*«

»An den Namen erinnere ich mich ganz vage«, sagte David.

»Warum rufen Sie mich an?«

»Weil Sie freundlich zu mir waren. In Virginia haben Sie gesagt, ich soll Sam zu Ihnen sagen.«

»Okay, okay, David. Stimmt. Das hab ich gesagt – so nennen mich auch meine Freunde, Sam . . .« Teasdale schien etwas verwirrt und suchte nach Worten. »Aber das liegt jetzt fast ein Jahr zurück, und Sie kennen ja die Vorschriften. Man teilt Ihnen jemanden zu, mit dem Sie reden müssen, entweder in der Abteilung oder im Außenministerium. An den sollten Sie sich wenden – der ist auf dem laufenden.«

»Sie nicht, Sam?«

»Was Sie betrifft, nicht. Ich erinnere mich an die Anordnung; man hat sie uns, ein paar Wochen, nachdem Sie Virginia verlassen haben, auf die Schreibtische gelegt. Alle Anfragen bezüglich ›besagter Person et cetera et cetera‹ sollten an Abteilung soundso weitergeleitet werden. ›Besagte Person‹ habe direkten Zugang zu Bevollmächtigten im Ministerium.«

»Die Bevollmächtigten – wenn es solche je gegeben hat – sind abgezogen worden, und mein Kontaktmann ist verschwunden.«

»Kommen Sie«, wandte Teasdale leise und argwöhnisch ein, »das ist doch verrückt. So etwas kann gar nicht passieren.«

»Es ist aber passiert!« schrie Webb. »Meiner *Frau* ist etwas passiert!«

»Was ist los? Wovon reden Sie?«

»Weg ist sie, Sie Scheißkerl – ihr alle seid Scheißkerle! Ihr habt das zugelassen!« Webb packte sein Handgelenk, das den Hörer hielt, und umklammerte es, so fest er konnte, damit es zu zittern aufhörte. »Ich will Antworten haben, Sam. Ich will wissen, wer den Weg freigemacht hat, wen man *umgedreht* hat. Ich hab da so eine Idee, wer das ist, aber ich brauche Einzelheiten, um ihn festzunageln – um euch *alle* festzunageln, wenn ich das muß.«

»Jetzt mal langsam!« unterbrach ihn Teasdale zornig. »Wenn Sie versuchen, mich reinzulegen, dann stellen Sie sich verdammt blöd an! Mich
legen Sie nicht aufs Kreuz, Sie Knallknopf. Singen Sie doch einem anderen etwas vor, bloß mir nicht! Ich muß mir das nicht anhören, ich brauche bloß zu melden, daß Sie mich angerufen haben, und das werde ich
jetzt gleich tun. Sie haben doch nicht alle Tassen im Schrank – da soll sich
mal einer drum kümmern!«

»*Medusa!*« schrie Webb. »Keiner will etwas über Medusa sagen, wie?
Das alles liegt heute noch ganz tief unten in den Safes, wie?«

Diesmal klickte es nicht in der Leitung. Teadale legte nicht auf. Statt
dessen wurde seine Stimme jetzt ganz ausdruckslos. »Gerüchte«, sagte
er, »so wie Hoovers Akten – gerade recht, darüber ein paar Geschichten
zu erzählen nach dem dritten Whisky, aber sonst nichts.«

»Ich bin kein Gerücht, Sam. Ich lebe, ich atme, ich gehe aufs Klo und
ich schwitze – so wie jetzt. Das ist kein Gerücht.«

»Sie haben Ihre Probleme gehabt, Davey.«

»Aber ich war dort! Ich habe mit Medusa gekämpft! Es gibt Leute, die
sagen, ich sei der Beste gewesen *oder* der Schlimmste. Deshalb hat man
mich ausgewählt, deshalb wurde ich Jason Borowski.«

»Davon habe ich keine Ahnung. Wir haben nie darüber gesprochen,
also weiß ich auch nichts davon. Haben wir je darüber gesprochen, Davey?«

»Hören Sie mit diesem blödsinnigen Namen auf. Ich bin nicht *Davey*.«

»In Virginia waren wir aber ›Sam‹ und ›Davey‹, erinnern Sie sich
nicht?«

»Das hat jetzt nichts zu sagen! Wir haben alle unser Spielchen gemacht. Morris Panov war unser Schiedsrichter, bis Sie eines Tages beschlossen, mir auf die harte Tour zu kommen.«

»Ich hab mich entschuldigt«, sagte Teasdale ruhig. »Wir alle haben
mal nicht den besten Tag. Ich hab Ihnen doch erzählt, was mit meiner
Frau los ist.«

»*Ihre* Frau interessiert mich nicht! Mich interessiert *meine*, und ich
lasse Medusa hochgehen, wenn ich keine Antwort bekomme, keine
Hilfe!«

»Ich bin ganz sicher, daß Sie alle Hilfe kriegen, die Sie brauchen, wenn
Sie einfach Ihren Kontaktmann im Außenministerium anrufen.«

»Er ist nicht da! Er ist *weg*!«

»Dann fragen Sie nach seinem Stellvertreter. Man wird Ihren Fall bearbeiten.«

»*Bearbeiten!* Herrgott, was sind Sie eigentlich, ein Roboter?«

»Bloß ein Mann, der versucht, seine Arbeit zu tun, Mr. Webb. Ich
fürchte, ich kann jetzt nichts mehr für Sie tun. Gute Nacht.« Wieder das
Klicken, und die Leitung war tot.

Wieder einer, dachte David, dem der Schweiß von der Stirn rann, während er die Liste anstarrte. Ein freundlicher Mann, weniger unangenehm als die anderen, ein Mann aus den Südstaaten, dessen gedehnte Redeweise entweder Tarnung für einen schnellen Verstand war oder einfach seine Art, sich gegen einen Beruf zu wehren, in dem er sich nicht wohl fühlte. Aber für solche Überlegungen war jetzt keine Zeit.

»Ist dort die Wohnung von Babcock?«

»Sicher ist sie das«, sagte eine Frauenstimme so, daß man sich die Magnolien in ihrem Haar geradezu plastisch vorstellen konnte. »Natürlich nicht unser Zuhause, wie ich immer sage, aber wohnen tun wir hier schon.«

»Kann ich bitte Harry Babcock sprechen?«

»Kann *ich* bitte erfahren, wer spricht? Vielleicht ist er draußen im Garten mit den Kindern oder mit ihnen in den Park gegangen, dort ist es heutzutage so hell – nicht wie früher . . . und man braucht auch nicht um sein Leben zu fürchten . . .«

Tarnung für einen schnellen Verstand, das galt für Mr. Babcock ebenso wie für Mrs. Babcock.

»Mein Name ist Reardon, vom Außenministerium. Ich habe eine dringende Mitteilung für Mr. Babcock. Ich habe Anweisung, so schnell wie möglich mit ihm Verbindung aufzunehmen. Es ist wichtig.«

Er hörte, wie der Hörer auf der anderen Seite zugehalten wurde, und vernahm halb unterdrückte Geräusche. Dann kam Harry Babcock an den Apparat. Er sprach langsam und gemessen.

»Ich kenne keinen Mr. Reardon, Mr. Reardon. *Meine* Anrufe kommen alle über eine ganz bestimmte Zentrale, die sich zu erkennen gibt. Und Ihr Anruf, Sir?«

»Nun, *ich* weiß nicht, ob ich jemals jemanden so schnell aus dem Garten oder aus einem Park habe kommen hören, Mr. Babcock.«

»Bemerkenswert, nicht wahr? Vielleicht sollte ich mich für die Olympischen Spiele melden. Aber ihre Stimme kenne ich. Ich komme nur nicht auf den Namen.«

»Wie wäre es mit Jason Borowski?«

Diesmal war die Pause ganz kurz – *ein sehr schneller Verstand.* »Oh, das ist ein Name, der ein gutes Stück zurückreicht, wie? Etwa ein Jahr, würde ich sagen. Das sind doch Sie, oder nicht, David?« Aber das war keine Frage, sondern eine Feststellung.

»Ja, Harry. Ich muß mit Ihnen reden.«

»Nein, David, Sie sollten mit anderen reden, nicht mit mir.«

»Wollen Sie damit sagen, daß man mich isoliert hat?«

»Du lieber Himmel, das klingt so unhöflich. Ich wäre geradezu *entzückt* zu hören, wie es Ihnen und der reizenden Mrs. Webb in Ihrem neuen Leben geht. In Massachusetts, nicht wahr?«

»Maine.«

»Aber natürlich. Verzeihen Sie mir. Sind Sie beide wohlauf? Es ist Ihnen ja sicher klar, daß meine Kollegen und ich so viele Probleme am Hals haben, daß wir uns nicht dauernd mit Ihrer Akte befassen konnten.«

»Jemand anders hat gesagt, Sie könnten nicht an sie heran.«

»*Ich* glaube nicht, daß das jemand versucht hat.«

»Ich möchte reden, Babcock«, sagte David schroff.

»Ich nicht«, erwiderte Harry Babcock mit eisiger Stimme. »Ich befolge meine Vorschriften, und um ganz offen zu sein, Sie *sind* von Leuten wie mir isoliert. Ich frage nicht, warum – die Dinge ändern sich, das tun sie immer.«

»Medusa!« sagte David. »Wir werden nicht über mich sprechen. Lassen Sie uns über *Medusa* sprechen!«

Diesmal war die Pause länger als vorher. Und als Babcock wieder sprach, waren seine Worte wie gefroren. »Dieses Telefon wird nicht abgehört, Webb, also werde ich sagen, was ich sagen will. Vor einem Jahr hätte man Sie beinahe erledigt, und das wäre ein Fehler gewesen. Wir hätten Sie dann ehrlich betrauert. Aber wenn Sie die Fäden zerreißen, wird morgen niemand um Sie trauern, abgesehen natürlich von Ihrer Frau.«

»Sie Dreckskerl! Sie ist *weg*! Man hat sie entführt! Und Ihre Schweine haben das zugelassen!«

»Ich weiß nicht, wovon Sie sprechen.«

»Meine Leibwächter! Man hat sie abgezogen, alle miteinander, und man hat meine Frau entführt! Ich will Antworten haben, Babcock, oder ich lasse alles hochgehen! Sie tun jetzt genau das, was ich sage, oder das Trauern ist nur an Ihnen – an Ihnen allen, Ihren Frauen oder Ihren Waisenkindern! Ich bin Jason Borowski, das sollten Sie nicht vergessen!«

»Ein Verrückter sind Sie, *das* habe ich nicht vergessen! Wenn Sie uns so drohen, dann schicken wir Ihnen ein Team, das Sie aufspürt. Nach Art von Medusa! Das können *Sie* sich heraussuchen, mein Junge!«

Plötzlich war ein lautes Summen in der Leitung; betäubend schrill und so durchdringend, daß Jason sich den Hörer vom Ohr riß, und dann war die ruhige Stimme einer Telefonistin zu hören: »Wir unterbrechen Sie wegen eines Notfalls. Bitte sprechen, Colorado.«

Webb führte den Hörer an sein Ohr zurück.

»Spricht dort Jason Borowski?« fragte ein Mann mit aristokratisch klingender Stimme.

»Ich bin David Webb.«

»Natürlich sind Sie das. Aber Sie sind auch Jason Borowski.«

»Das *war* ich«, sagte David, von etwas, das er nicht definieren konnte, wie hypnotisiert.

»Die Identitäten verschwimmen bei einem Mann, der so viel durchgemacht hat, Mr. Webb.«

»Wer zum Teufel *sind* Sie?«

»Ein Freund, seien Sie dessen versichert. Und ein Freund warnt jemanden, den er als Freund bezeichnet. Sie haben da unerhörte Anklagen gegen einige der treuesten Diener unseres Landes vorgebracht – gegen Männer, denen man nie fünf Millionen Dollar zur Verfügung stellen würde, über die sie keine Rechenschaft abzulegen brauchen und über die bis zum heutigen Tage keine Rechenschaft abgelegt worden ist.«

»Wollen Sie mich durch die Mangel drehen?«

»Sowenig wie ich den verschlungenen Wegen nachspüren möchte, auf denen Ihre geschickte Frau das Geld auf einem Dutzend europäischer –«

»Sie ist *verschwunden*! Haben Ihre treuen Männer *das* gesagt?«

»Man hat Sie als überarbeitet bezeichnet – ›durchgedreht‹ war das Wort, das man gebraucht hat –, und es hieß auch, Sie hätten erstaunliche Anklagen in bezug auf Ihre Frau erhoben, ja.«

»In bezug auf – Herrgott, man hat sie aus unserem Haus entführt! Jemand hält sie fest, weil man *mich* haben will!«

»Sind Sie sicher?«

»Fragen Sie doch diesen toten Fisch McAllister. Das ist sein Drehbuch, bis in die letzte Fußnote. Und jetzt ist er plötzlich am anderen Ende der Welt!«

»Fußnoten?« fragte die kultivierte Stimme.

»Sehr klar, nicht mißzuverstehen. Das ist McAllisters Story, und er hat zugelassen, daß es dazu kommt! *Ihr* habt das zugelassen!«

»Vielleicht sollten Sie sich die Fußnoten gründlicher ansehen.«

»Warum?«

»Gleichgültig. Vielleicht wird Ihnen alles klarer, wenn Sie sich helfen lassen – von einem Psychiater.«

»*Was?*«

»Wir wollen alles für Sie tun, was in unserer Macht steht, das sollten Sie glauben. Sie haben so viel gegeben – mehr, als man von einem Menschen verlangen kann –, und Ihre außergewöhnliche Leistung kann man nicht einfach abtun, selbst wenn es zu einer Gerichtsverhandlung kommen sollte. Wir haben Sie in diese Lage gebracht und werden zu Ihnen stehen – auch wenn das heißt, daß wir die Gesetze beugen und die Gerichte unter Druck setzen müssen.«

»Wovon *reden* Sie?« schrie David.

»Ein allgemein geschätzter Militärarzt hat vor einigen Jahren seine Frau auf tragische Weise umgebracht – es stand in allen Zeitungen. Der Streß. Es ist ihm einfach zuviel geworden. Die Belastungen, denen Sie ausgesetzt waren, waren zehnmal so groß.«

»Ich höre wohl nicht recht!«

»Dann lassen Sie es mich anders sagen, Mr. Borowski.«

»Ich bin nicht *Borowski*!«

»Also gut, Mr. Webb. Ich will ganz offen zu Ihnen sprechen.«

»*Das* ist ein Fortschritt!«

»Sie sind nicht gesund. Sie haben acht Monate psychiatrischer Therapie hinter sich – es gibt immer noch weite Bereiche in Ihrem Leben, an die Sie sich nicht erinnern können; nicht einmal Ihren Namen haben Sie gekannt. Das alles steht in den ärztlichen Aufzeichnungen, die das fortgeschrittene Stadium Ihrer Geisteskrankheit ganz klar erkennen lassen, Ihren Gewalttrieb und das zwanghafte Verdrängen Ihrer eigenen Identität. In Ihrer Seelenqual neigen Sie zu Phantasien und versetzen sich in andere; Sie scheinen unter dem unwiderstehlichen Druck zu handeln, ein anderer als Sie selbst zu sein.«

»Das ist verrückt, und das wissen Sie auch! Alles Lügen!«

»Verrückt ist ein hartes Wort, Mr. Webb, und die Lügen kommen nicht von mir. Aber es ist meine Aufgabe, unsere Regierung vor falschen Beschuldigungen zu schützen und vor Verleumdungen, die dem Land schweren Schaden zufügen könnten.«

»Falsche Beschuldigungen?«

»Ihre Sekundärphantasie hinsichtlich einer unbekannten Organisation, die Sie Medusa nennen. Ich bin nun sicher, daß Ihre Frau zu Ihnen zurückkommen wird – wenn sie das kann, Mr. Webb. Aber wenn Sie weiterhin auf diesen Fantasievorstellungen beharren und sich auf dieses Produkt Ihres gequälten Bewußtseins fixieren, das Sie Medusa nennen, werden wir Sie zu einem paranoiden Schizophrenen erklären, zu einem pathologischen Lügner, der zu unkontrollierten Gewalttätigkeiten und Selbsttäuschungen neigt. Und wenn ein solcher Mann die Behauptung aufstellt, seine Frau sei verschwunden, wer weiß dann schon, wo eine solche pathologische Reise hinführen könnte? Drücke ich mich klar aus?«

David schloß die Augen, und der Schweiß rann ihm übers Gesicht. »Glasklar«, sagte er leise und legte auf.

Paranoid . . . pathologisch. Diese Schweine! Er schlug die Augen auf und hätte am liebsten seine Wut dadurch abreagiert, daß er sich gegen irgend etwas warf, irgend etwas! Dann aber verhielt er wie erstarrt. Ja, das war es! Warum hatte er nicht gleich daran gedacht! Morris Panov! Mo Panov würde die drei Ungeheuer schon auf den richtigen Nenner bringen. Lügner, unfähig, einzig und allein darauf bedacht, eine korrupte Bürokratie zu schützen, um damit dem eigenen Nutzen zu dienen – und wahrscheinlich noch viel, viel Schlimmeres. Er griff nach dem Telefon und wählte mit zitternden Fingern die Nummer, die ihm in der Vergangenheit so oft eine beruhigende, rationale Stimme gebracht hatte, die ihm das Gefühl gab, etwas wert zu sein, auch wenn er das Gefühl gehabt hatte, es gebe nur noch wenig in ihm, das den geringsten Wert besaß.

»David, schön, von Ihnen zu hören«, sagte Panov, und dabei ging ein echtes Gefühl der Wärme von ihm aus.

»Ich fürchte, das ist es nicht, Mo. Das ist der schlimmste Anruf bei Ihnen, den ich je geführt habe.«

»Kommen Sie, David, das klingt aber recht dramatisch. Schließlich haben wir eine ganze Menge – «

»*Hören Sie mir zu!*« schrie Webb. »Sie ist *verschwunden*! Sie haben sie *weggeholt*!« Und dann sprudelten die Worte aus ihm heraus, in wirrem Durcheinander.

»Hören Sie auf, David!« befahl Panov. »Fangen Sie ganz vorne an. Ich möchte es von Anfang an hören. Als dieser Mann Sie aufgesucht hat – nach den Erinnerungen an Ihren Bruder . . .«

»Welcher Mann?«

»Vom Außenministerium.«

»Ja! Richtig, ja, McAllister, so hieß er.«

»Beginnen Sie dort. Namen, Titel, Ämter. Und den Namen des Bankiers in Hongkong will ich auch wissen. Und jetzt beruhigen Sie sich erst mal, um Himmels willen!«

Wieder umklammerte Webbs linke Hand das rechte Handgelenk und den Telefonhörer. Er fing noch einmal an, zwang dem, was er sagte, eine krampfhafte Beherrschung auf; seine Stimme wurde angespannt, seltsam ausdruckslos, und wurde dann doch wieder schneller. Schließlich schaffte er es, alles herauszubekommen, alles, woran er sich erinnern konnte, und war sich zugleich voll Schrecken bewußt, daß er sich nicht an alles erinnert hatte. Da waren sie wieder, die schrecklichen Gedächtnislücken. Er hatte alles gesagt, was er im Augenblick sagen konnte; da war nichts übrig.

»David«, begann Mo Panov mit fester Stimme. »Ich möchte, daß Sie etwas für mich tun. Und zwar *jetzt*.«

»Was?«

»Für Sie klingt das vielleicht unsinnig, vielleicht sogar ein wenig verrückt, aber ich mache Ihnen einen Vorschlag, daß Sie jetzt zum Strand hinuntergehen und einen Spaziergang machen, am Ufer entlang. Eine halbe Stunde, fünfundvierzig Minuten, nicht mehr. Hören Sie auf die Brandung und auf die Wellen, die gegen die Felsen schlagen.«

»Das kann doch nicht Ihr Ernst sein!« protestierte Webb.

»Doch, absolut«, beharrte Mo. »Erinnern Sie sich, wie wir uns einmal darüber geeinigt haben, daß es Zeiten gibt, wo man seinen Verstand auf Leerlauf schalten sollte – ich tue das, weiß Gott, öfter, als das ein einigermaßen angesehener Psychiater sollte. Es gibt Zeiten, da überwältigen uns die Dinge, und da ist es notwendig, daß wir aus dieser Verwirrung herauskommen, ehe wir etwas unternehmen. Tun Sie, worum ich Sie bitte, David. Ich melde mich, so schnell es geht, wieder bei Ihnen, höchstens in einer Stunde, denke ich. Und dann möchte ich, daß Sie ruhiger sind als jetzt.«

Es war *wirklich* verrückt, aber wie bei vielem, was Panov so ruhig und oft ganz beiläufig vorschlug, so war auch in diesen Worten viel Wahres. Webb ging den kalten, felsigen Strand hinunter und vergaß dabei keinen

Augenblick lang, was geschehen war, aber ob es nun der Szenenwechsel war oder der Wind oder die endlosen, sich immer wiederholenden Geräusche des Meeres, jedenfalls registrierte er, daß sein Atem gleichmäßiger ging – immer noch so tief und so zitternd wie vorher, aber ohne Hysterie. Er sah auf die Uhr, das Leuchtzifferblatt, dem das Mondlicht zu Hilfe kam. Er war jetzt zweiunddreißig Minuten auf und ab gegangen; mehr konnte er nicht ertragen. Also kletterte er den schmalen Weg durch die grasbewachsenen Dünen wieder zur Straße hinauf und strebte seinem Haus zu, wobei er mit jedem Schritt schneller wurde.

Dann saß er vor seinem Schreibtisch, die Augen starr auf das Telefon gerichtet. Es klingelte; er nahm den Hörer ab, ehe der Ton verklungen war. »*Mo?*«

»Ja.«

»Dort draußen war es verdammt kalt. Ich danke Ihnen.«

»Ich danke *Ihnen*.«

»Was haben Sie in Erfahrung gebracht?«

Und dann fing der Alptraum an, sich auszuweiten.

»Seit wann ist Marie verschwunden, David?«

»Ich weiß nicht. Eine Stunde, zwei Stunden, vielleicht auch mehr. Warum ist das denn wichtig?«

»Könnte es sein, daß sie beim Einkaufen ist? Oder haben Sie sich vielleicht gestritten und sie wollte eine Weile für sich sein? Wir waren uns doch darüber einig, daß es für sie manchmal sehr schwierig ist – das haben Sie doch selbst gesagt.«

»Wovon zum Teufel reden Sie? Da war doch der Zettel! Blut, ein *Handabdruck*!«

»Ja, das haben Sie schon erwähnt, aber warum sollte jemand solche Spuren hinterlassen?«

»Woher soll *ich* das wissen! So ist es eben – *sie* haben es getan. Das ist doch alles *hier*!«

»Haben Sie die Polizei gerufen?«

»Du großer Gott, nein! Das ist doch nichts für die Polizei! Wir müssen uns darum kümmern, *ich*! Können Sie das nicht verstehen? . . . Was haben Sie herausgefunden? Warum *reden* Sie so?«

»Weil ich es muß. In allen Sitzungen, in all den Monaten, in denen wir miteinander geredet haben, haben wir einander immer die Wahrheit gesagt, denn Sie müssen ja schließlich die Wahrheit kennen!«

»Mo! Um Himmels willen, es geht um Marie!«

»Bitte, David, lassen Sie mich ausreden. Wenn die lügen – und das wäre nicht das erste Mal –, dann bringe ich das heraus, und dann werde ich sie bloßstellen. Ich könnte einfach nicht anders. Aber ich sage Ihnen jetzt genau, was die mir gesagt haben, was die Nummer zwei in der Fernost-Abteilung mir ganz klar gesagt hat und was mir der Chef der Sicherheitsabteilung des Außenministeriums vorgelesen hat. Er sagte,

Sie hätten die Sicherheitsabteilung vor gut einer Woche angerufen und hätten sich in einem höchst erregten Zustand befunden.«

»*Ich* hätte *sie* angerufen?«

»Richtig, so hat er es mir dargestellt. Sie sollen behauptet haben, Sie hätten Drohungen erhalten; Ihre Redeweise war ›unzusammenhängend‹ – so haben die das formuliert –, und Sie hätten sofort Leibwächter verlangt. Weil Ihre Akte einen ›Geheim‹-Reiter trug, hat man Ihren Antrag nach oben weitergegeben und von dort die Anweisung bekommen, ›Gebt ihm, was er will. Beruhigt ihn.‹«

»Ich kann das einfach nicht *glauben*!«

»Ich bin noch nicht fertig, David. Hören Sie mir bis zum Schluß zu, ich höre Ihnen schließlich auch zu.«

»Okay. Weiter.«

»So ist's gut. Ganz ruhig. Kühl bleiben – nein, streichen Sie das Wort ›kühl‹.«

»Recht so.«

»Als die Sicherheitsbeamten eingetroffen waren, haben Sie laut Außenministerium noch zweimal angerufen und sich darüber beklagt, daß die Leibwächter ihre Arbeit nicht richtig machten. Sie sagten, sie würden in ihren Wagen vor Ihrem Haus trinken und über Sie lachen, wenn sie Sie zum Universitätsgelände begleiten – und jetzt zitiere ich wörtlich: ›Die machen aus dem, was sie tun sollen, eine Farce.‹ Die Stelle habe ich mir unterstrichen.«

»Eine ›Farce‹ . . .?«

»Ganz ruhig, David. Jetzt kommt das Ende der Aufzeichnung. Sie haben ein letztes Mal angerufen und mit Nachdruck verlangt, man solle alle abziehen – daß Ihre Leibwächter Ihre Feinde seien, daß *sie* die Männer seien, die Sie töten wollten. Es läuft darauf hinaus, daß Sie diejenigen, die Sie zu schützen versuchten, in Ihre Feinde verwandelt hatten.«

»Und ich bin sicher, daß das ganz elegant in einen dieser beschissenen psychiatrischen Schlüssel paßt, wonach meine Ängste sich in Paranoia verwandelt – oder pervertiert – hätten.«

»Sehr elegant«, sagte Panov. »Zu elegant.«

»Und was hat die Nummer zwei in der Fernost-Abteilung Ihnen gesagt?«

Panov schwieg einen Augenblick. »Nicht das, was Sie hören wollen, David, aber er war in seiner Aussage sehr bestimmt. Man hat dort nie von einem Bankier oder einem sonstwie einflußreichen Taipan namens Yao Ming gehört. Er hat gesagt, so wie die Dinge heute in Hongkong liefen, würde er die Akte mit Sicherheit bis auf den letzten Buchstaben auswendig kennen, wenn es eine solche Person gäbe.«

»Meint er denn, ich hätte das alles erfunden? Den Namen, die Frau, die Drogenverbindung, die Orte, die Umstände – die britische Reaktion! Herrgott, ich könnte das alles doch gar nicht erfinden, selbst wenn ich es wollte!«

»Ja, einfach wäre das wohl nicht«, stimmte ihm der Psychiater mit leiser Stimme zu. »Dann hören Sie auch alles das, was ich Ihnen gerade gesagt habe, zum erstenmal, und nichts davon ergibt einen Sinn. Es ist nicht so, wie Sie sich an die Dinge erinnern!«

»Mo, das alles ist eine Lüge! Ich habe niemals im Außenministerium angerufen. McAllister ist in unser Haus gekommen und hat uns beiden alles das gesagt, was ich Ihnen gesagt habe, darunter auch die Geschichte mit Yao Ming! Und jetzt ist sie *verschwunden*, und man hat mir eine Spur geliefert, der ich folgen kann. Warum? Was machen die mit uns?«

»Ich habe mich nach McAllister erkundigt«, sagte Panov, und sein Tonfall wirkte plötzlich verärgert. »Sein Stellvertreter hat bei der Terminabteilung nachgefragt und mich dann zurückgerufen. Die sagen, McAllister sei vor zwei Wochen nach Hongkong geflogen und könne daher nach seinem sehr präzisen Terminkalender gar nicht in Ihrem Haus in Maine gewesen sein.«

»Er war hier!«

»Ich denke, ich glaube Ihnen.«

»Was bedeutet das?«

»Unter anderem kann ich manchmal aus Ihrer Stimme heraushören, ob Sie die Wahrheit sagen. Außerdem gehört eine Formulierung wie ›die machen aus dem, was sie tun sollen, eine Farce‹ im allgemeinen nicht zum Vokabular eines Psychotikers im Zustand höchster Erregung – jedenfalls ganz sicher nicht zu dem Ihren.«

»Jetzt komme ich nicht mehr mit.«

»Jemand hat gesehen, wo Sie arbeiten und womit Sie sich Ihren Lebensunterhalt verdienen, und dachte, er könne durch entsprechende Formulierung das Ganze glaubwürdiger klingen lassen.« Und dann explodierte Panov plötzlich. »Mein Gott, was machen die?«

»Die treiben mich in eine Startmaschine«, sagte Webb leise. »Sie versuchen, mich zu zwingen, irgend etwas zu unternehmen, was sie wollen.«

»Diese Schweine!«

»So etwas nennt man Rekrutierung.« David starrte die Wand an. »Halten Sie sich raus, Mo, Sie können da nichts tun. Die haben all ihre Figuren aufgestellt. Ich bin rekrutiert.« Er legte auf.

Benommen verließ Webb seinen kleinen Arbeitsraum. Im Flur blieb er stehen und sah sich die umgekippten Möbel und zerbrochenen Lampen an und das Porzellan und die Scherben im Wohnzimmer. Dann erinnerte er sich an Panovs Worte: »Warum sollte jemand solche Spuren hinterlassen?« Ohne genau zu wissen, wohin seine Schritte ihn führten, ging er auf die Haustür zu und öffnete sie. Er zwang sich, den Handabdruck in der oberen Türhälfte anzusehen; das eingetrocknete Blut bildete im Licht der Kutschenlampen einen stumpfen, dunklen Farbklecks. Dann trat er näher und sah sich die Spur genauer an.

Es war der Abdruck einer Hand, aber kein Handabdruck. Die Umrisse einer Hand waren zu sehen – die Handfläche, die ausgestreckten Finger –, aber da waren keine Unregelmäßigkeiten in dem blutigen Gebilde, keine individuellen Abdrücke, wie sie eine blutbeschmierte Hand, die gegen hartes Holz gepreßt wurde, hinterlassen hätte, keine zu identifizierenden Spuren – das Ganze war wie der farbige Schatten von einem Stück Glas. Ein Handschuh? Ein Gummihandschuh?

David wandte den Blick von der Blutspur ab und drehte sich langsam zu der Treppe um, die in der Mitte der Halle nach oben führte und seine Gedanken wanderten stockend auf andere Worte zu, die ein anderer Mann ausgesprochen hatte. Ein seltsamer Mann mit einer hypnotisch klingenden Simme.

Vielleicht sollten Sie die Fußnoten gründlicher ansehen . . . vielleicht wird Ihnen alles klarer, wenn Sie sich helfen lassen – von einem Psychiater.

Und dann schrie Webb plötzlich, und der Schrecken überwältigte ihn, während er auf die Treppe zurannte und die Stufen hinaufhetzte zum Schlafzimmer, wo er das mit Maschine beschriebene Blatt auf dem Bett anstarrte. Von einer Angst erfüllt, die ihm übel machte, hob er das Blatt auf und trug es zum Schminktisch seiner Frau. Er knipste die Lampe an und studierte die Maschinenschrift im Licht.

Wenn das Herz in seiner Brust hätte bersten können, wäre es jetzt in Stücke geflogen; so studierte Jason Borowski das Blatt eiskalt.

Da waren die leicht verbogenen unregelmäßigen r's und die d's, deren Oberlängen etwa in der Mitte abbrachen. *Diese Schweine!* Die Nachricht war auf seiner eigenen Maschine getippt worden.

Rekrutierung.

6

Er saß auf den Felsen über dem Strand und wußte, daß er jetzt ganz klar denken mußte. Er mußte herausfinden, was er da vor sich hatte und was man von ihm erwartete, und wenn er sich darüber klargeworden war, dann mußte er überlegen, wie er es anstellen mußte, den- oder diejenigen auszumanövrieren, die ihn manipulierten. Unter gar keinen Umständen durfte er in Panik geraten, nicht einmal den Anschein der Panik erwecken – ein in Panik geratener Mann war gefährlich, war ein Risiko, das man eliminieren mußte. Wenn er durchdrehte, würde er damit den Tod von Marie und seinen eigenen heraufbeschwören. So einfach war das. Und heikel. Und brutal.

Das war keine Aufgabe für David Webb. Jason Borowski mußte die

Sache in die Hand nahmen. Herrgott! Es war verrückt! Mo Panov hatte gesagt, er solle einen Spaziergang am Strand machen, als Webb – und jetzt mußte er als Borowski hier sitzen und sich Dinge ausdenken, so wie Borowski sie sich ausdenken würde. Er mußte einen Teil seiner selbst verleugnen und den anderen akzeptieren.

Doch seltsam, das war nicht unmöglich, nicht einmal unerträglich, denn Marie war fort. Seine Liebe, seine einzige Liebe – *du darfst nicht so denken.* Jason Borowski sprach: Sie ist ein wertvoller Besitz, den man dir weggenommen hat! Du mußt sie zurückholen. Jason Borowski sprach. *Nein,* kein Besitz, mein Leben!

Jason Borowski: *Dann brich alle Regeln! Finde sie! Hol sie dir zurück!*

David Webb: *Ich weiß nicht, wie ich das machen soll. Hilf mir!*

Benutze mich! Du mußt das benutzen, was du von mir gelernt hast. Du besitzt die Werkzeuge, besitzt sie schon seit Jahren. Du warst der Beste in Medusa. Und das wichtigste von allem: Du hattest immer die Kontrolle über dich. Das hast du gepredigt, das hast du gelebt. Und du bist am Leben geblieben.

Kontrolle.

Ein so einfaches Wort. Eine unglaubliche Forderung.

Webb stieg von den Felsen und ging wieder den Weg durch das wilde Gras zur Straße hinauf, auf das alte Haus zu, und verabscheute die plötzliche, beängstigende Leere, die in ihm war. Und während er so ging, blitzte ein Name durch seine Gedanken; und dann war er wieder da und blieb hängen. Langsam nahm das Gesicht, das zu dem Namen gehörte, Gestalt an – sehr langsam, denn der Mann weckte in David einen Haß, der nicht gemildert wurde durch die Trauer, die er gleichzeitig in ihm hervorrief.

Alexander Conklin hatte versucht, ihn zu töten – zweimal –, und beide Male wäre es ihm beinahe gelungen, und Alex Conklin – so ging es ebenso aus seiner Aussage hervor wie aus seinen eigenen zahlreichen psychiatrischen Sitzungen mit Mo Panov und den vagen Erinnerungen, die David liefern konnte – war ein enger Freund des Beamten im auswärtigen Dienst, Webb, und seiner thailändischen Frau und ihrer Kinder gewesen, damals, vor einem ganzen Leben, in Kambodscha. Als der Tod aus dem Himmel zugeschlagen und den Fluß mit Blut gefärbt hatte, war David blindlings nach Saigon geflohen, von unkontrollierbarer Wut getrieben, und sein Freund beim CIA, Alex Conklin, hatte für ihn in dem illegalen Bataillon, das sie Medusa nannten, einen Platz gefunden.

Wenn du die Dschungelausbildung überlebst, wirst du ein Mann sein, um den sie sich reißen. Aber du mußt auf sie aufpassen – auf jeden einzelnen von ihnen, jede verdammte Minute. Sie würden dir den Arm abschneiden, bloß um deine Uhr zu bekommen.

Das waren die Worte, an die Webb sich erinnerte, und er erinnerte sich ganz deutlich, daß die Stimme Alexander Conklins sie gesprochen hatte.

Er hatte das brutale Training überlebt und war zu Delta geworden.

Sonst kein Name, nur ein Buchstabe im Alphabet. Delta eins. Und dann, nach dem Krieg, war Delta zu Cain geworden. *Cain ist für Delta und Carlos ist für Cain. Das war die Herausforderung, die man Carlos, dem Meuchelmörder, entgegengeschleudert hatte. Geschaffen von Treadstone 71, ein Killer namens Cain würde den Schakal fangen.*

Und als Kain, von dem die Unterwelt in Europa wußte, daß in Wirklichkeit Jason Borowski aus Asien dahintersteckte, hatte Conklin ihn, seinen Freund, verraten. Ein bißchen Vertrauen von Alex hätte alles ganz anders gemacht, aber das brachte Alex nicht fertig; seine eigene Verbitterung schloß eine solche Wohltat aus. Er glaubte das Schlimmste von seinem ehemaligen Freund, weil sein eigenes Gefühl des Märtyrertums ihn zwang, das glauben zu wollen. Das half ihm, seine eigene in die Brüche gegangene Selbstachtung wieder aufzubauen, indem es ihn überzeugte, daß er besser als sein ehemaliger Freund war. Eine Landmine hatte Conklins Fuß bei einem Einsatz mit Medusa zerschmettert, und damit hatte seine brillante Laufbahn als Feldstratege ihr Ende gefunden. Ein verkrüppelter Mann konnte nicht draußen im Feld bleiben, wo sonst sein wachsender Ruf ihn die Erfolgsleiter hätte hinauftragen können, die Männer wie Allen Dulles und James Angleton erklettert hatten, und über die besonderen Fähigkeiten, die der bürokratische Nahkampf in Langley verlangte, verfügte Conklin nicht. Er verkümmerte, ein einstmals außergewöhnlicher Taktiker, der heute zusehen mußte, wie kleinere Geister an ihm vorbeizogen, wie man seinen Rat und seine Erfahrung nur noch insgeheim suchte. So war der Kopf der Medusa in den Hintergrund verbannt, gefährlich, jemand, den man sich am besten vom Leibe hielt.

Bis ihn, nach zwei Jahren, ein Mann, den man als den ›Mönch‹ kannte – ein Rasputin der Geheimoperationen –, aufsuchte, weil man einen gewissen David Webb für einen außergewöhnlichen Einsatz ausgewählt hatte und weil Conklin ihn jahrelang gekannt hatte. Treadstone 71 wurde geschaffen, Jason Borowski wurde sein Produkt, und Carlos, der Schakal, sein Ziel. Und dann überwachte Conklin zweiunddreißig Monate lang diese allergeheimste aller geheimen Operationen, bis Jason Borowski verschwand und mit ihm über fünf Millionen Dollar vom Züricher Konto Treadstones.

Da es keine dem widersprechenden Beweise gab, nahm Conklin das Schlimmste an: Der legendäre Borowski hatte die Seite gewechselt. Das Leben in der Unterwwlt war ihm zuviel geworden, und die Versuchung, sich mit mehr als fünf Millionen Dollar davonzumachen, war zu verlockend gewesen, als daß er ihr hätte widerstehen können. Dies galt ganz besonders für jemanden, den man als das Chamäleon kannte, einen vielsprachigen Spezialisten für Untergrundarbeit, mit der Gabe, sein Aussehen und seinen Lebensstil mühelos zu verändern, so daß er sich buchstäblich in Nichts auflösen konnte. Man hatte eine Falle für einen

Meuchelmörder mit einem Köder versehen, und dann war der Köder verschwunden und hatte sich als raffinierter Dieb entpuppt. Für den verkrüppelten Alexander Conklin war dies unerträglicher Verrat. Wenn man alles in Betracht zog, was man ihm angetan hatte, wo sein Fuß doch nicht mehr als eine schmerzhaft peinliche tote Last war, eingehüllt in fremdes Fleisch, seine einstmals brillante Karriere ein Scherbenhaufen, sein persönliches Leben erfüllt von einer Einsamkeit, wie sie nur totale Ergebenheit dem Geheimdienst gegenüber erzeugen konnte – eine Hingabe, die nicht erwidert wurde –, welches Recht hatte da ein anderer, die Seite zu wechseln? Welcher andere Mann hatte das gegeben, was er gegeben hatte? So wurde sein einstmals enger Freund David Webb zum Feind Jason Borowski. Nicht nur zum Feind, sondern gleichsam zur fixen Idee. Er hatte mitgeholfen, die Legende zu schaffen; er würde sie vernichten. Sein erster Versuch erfolgte mit zwei bezahlten Killern am Stadtrand von Paris.

David schauderte bei der Erinnerung daran, sah immer noch einen besiegten Conklin davonhinken, eine verkrüppelte Gestalt im Visier von Webbs Pistole.

Der zweite Versuch war für David verschwommen. Vielleicht würde er sich nie ganz an ihn erinnern können. Er hatte im Haus von Treadstone in der 71. Straße in New York stattgefunden. Conklin hatte eine geniale Falle aufgebaut, aber Webbs Überlebenswille hatte den Anschlag scheitern lassen, und seltsamerweise die Anwesenheit von Carlos, dem Schakal.

Später, als sich die Wahrheit herausstellte, daß nämlich der ›Verräter‹ keinen Gedanken an Verrat hatte, sondern nur ein geistiges Gebrechen, das man Amnesie nannte, brach Conklin zusammen. In den qualvollen Monaten von Davids Rekonvaleszenz in Virginia versuchte Alex mehrfach verzweifelt, seinen einstmals engen Freund zu besuchen, um zu erklären, um seinen Teil der blutigen Geschichte zu erzählen – um sich mit jeder Faser seines Wesens zu entschuldigen.

Doch David fand kein Verzeihen in seiner Seele.

»Wenn er durch diese Tür tritt, werde ich ihn töten«, hatte er gesagt.

Das würde sich jetzt ändern, dachte Webb, und seine Schritte wurden schneller. Was für Fehler Conklin auch an sich haben mochte, es gab nur wenige Männer im Geheimdienst, die über seine Kenntnisse und seine Verbindungen verfügten. David hatte monatelang nicht an Alex gedacht; aber jetzt dachte er an ihn und erinnerte sich plötzlich an das letzte Mal, wo sein Name im Gespräch aufgetaucht war. Mo Panov hatte sein Urteil gefällt.

»Ich kann ihm nicht helfen, weil er nicht will, daß man ihm hilft. Er wird seine letzte Flasche Whisky im Himmel trinken müssen. Mich würde es wundern, wenn er bis zu seiner Pensionierung am Jahresende durchhält. Andererseits, wenn er so weitersäuft, könnte es sein, daß die ihn in eine Zwangsjacke stecken und darin aus dem Verkehr ziehen. Ich habe keine Ahnung, wie er es schafft, jeden Tag zur Arbeit zu gehen. Aber die Aussicht auf Pension ist die beste Überlebenstherapie – besser als alles, was Freud uns hinterlassen hat.«

Es lag höchstens fünf Monate zurück, daß Panov diese Worte gesprochen hatte. Und Conklin war immer noch im Dienst.

Tut mir leid, Mo. Sein Überleben – so oder so – ist mir gleichgültig. Soweit es mich betrifft, ist sein Status ›tot‹.

Aber jetzt war er nicht tot, dachte David, als er die Stufen zur Terrasse hinaufrannte. Alex Conklin war sehr lebendig, ob nun betrunken oder nicht, und selbst wenn er mehr Bourbon als Blut in den Adern hatte, verfügte er doch noch über seine Verbindungsleute, die Kontakte aus einem langen Leben der Hingabe an eine Schattenwelt, die ihn am Ende ausgestoßen hatte. In jener Welt gab es Verbindlichkeiten, Schulden, und solche Schulden wurden aus Furcht bezahlt.

Alexander Conklin. Die Nummer eins auf Jason Borowskis Todesliste.

Er öffnete die Tür und stand wieder in der Halle, aber diesmal sahen seine Augen das Chaos nicht. Statt dessen befahl ihm der Logiker in ihm, in sein Arbeitszimmer zurückzugehen und zu tun, was zu tun war; er mußte sich zur Ordnung rufen, denn ohne Ordnung gab es nichts als Konfusion, und Konfusion führte zu Fragen – und die konnte er sich nicht leisten. In der Realität, die er jetzt zu schaffen im Begriff war, mußte alles präzise sein, um die Neugierigen von der Realität abzulenken, die wirklich war.

Er setzte sich an seinen Schreibtisch und versuchte sich zu konzentrieren. Vor ihm lag wie immer das Spiralheft aus dem Collegeladen. Er schlug die erste liniierte Seite auf und griff nach einem Bleistift . . . Er konnte ihn nicht aufheben! Seine Hand zitterte so sehr, daß sein ganzer Körper bebte. Er hielt den Atem an und machte eine Faust, krampfte sie so zusammen, daß die Fingernägel sich ins Fleisch bohrten. Er schloß die Augen, öffnete sie wieder und zwang seine Hand, zu dem Bleistift zurückzukehren, befahl ihr, ihre Arbeit zu tun. Langsam, ungeschickt, packten seine Finger den dünnen gelben Stab und brachten den Bleistift in die richtige Position. Die Worte waren kaum lesbar, aber sie waren da.

Die Universität – den Präsidenten anrufen und den Dekan. Familienkrise, nicht Kanada – kann überprüft werden. Erfinden – ein Bruder in Europa vielleicht. Ja, Europa. Sonderurlaub – kurzer Sonderurlaub. Sofort. Werde mich wieder melden.

Haus – Verwaltung anrufen, dieselbe Geschichte. Jack bitten, regelmäßig nachzusehen. Hat Schlüssel. Thermostate auf 16° drehen.

Post – Formular auf dem Postamt ausfüllen. Alle Post einlagern.

Zeitungen – abbestellen.

Die Kleinigkeiten, die gottverdammten Kleinigkeiten – die unwesentlichen Alltäglichkeiten wurden entsetzlich wichtig, und man mußte sich um sie kümmern, damit es überhaupt keine Anzeichen einer überstürzten Abreise ohne Rückkehr geben konnte. Das war sehr wichtig; er mußte sich bei jedem Wort daran erinnern. Man mußte dafür sorgen, daß die Fragen auf ein Minimum reduziert blieben, daß sich die unvermeidlichen Spekulationen auf ein Maß beschränkten, das man im Griff behalten konnte. Und das hieß: Er mußte mit dem naheliegenden Schluß fertig werden, daß die Leibwächter, die er in letzter Zeit gehabt hatte, irgendwie mit seinem Urlaub in Verbindung standen. Die plausibelste Erklärung war, die kurze Dauer seiner Abwesenheit hervorzuheben und die ganze Angelegenheit einfach abzutun, zum Beispiel mit ›Übrigens, falls Sie sich fragen sollten, ob das etwas damit zu tun hat, daß . . . nun, das hat es nicht. Das ist vorbei; hat ohnehin nicht viel genützt.‹ Wenn er mit dem Rektor der Universität und dem Dekan sprach, würde er besser wissen, wie er antworten mußte; ihre eigenen Reaktionen würden ihn lenken. Wenn ihn überhaupt etwas lenken konnte. Wenn er imstande war zu denken! Du darfst nicht zurückrutschen! Du mußt vorwärtsgehen, bewege deinen Bleistift! Du mußt dieses Blatt füllen mit Dingen, die es zu tun gibt, und dann noch ein Blatt und noch eines! Pässe, Initialen auf Geldbörse und Brieftasche und Hemden – sie mußten mit den Namen übereinstimmen, die er verwendete; Reservierungen bei Fluggesellschaften – Verbindungsflüge, keine direkten Routen – Gott! Wohin? Marie, wo *bist* du?

Hör auf! Du mußt dich zusammenreißen. Du bist dazu fähig. Du mußt dazu fähig sein. Du hast keine Wahl, also sei, was du einmal warst. Du mußt eiskalt sein.

Und dann wurde die Schale, die er um sich herum aufzubauen im Begriff war, von dem ohrenzerfetzenden Klang des Telefons zerschmettert, das neben seiner Hand auf dem Schreibtisch stand. Er sah es an, schluckte, fragte sich, ob er imstande sein würde, auch nur entfernt normal zu klingen. Es klingelte erneut, und das Klingeln war penetrant. *Du hast keine Wahl.* Er nahm den Hörer ab, packte ihn mit solcher Kraft, daß seine Fingerknöchel weiß wurden. Irgendwie schaffte er es, das eine Wort herauszuquetschen: »Ja?«

»Hier spricht die Vermittlung für Luft-Boden-Gespräche, Satellitenübertragung –«

»Wer? Was haben Sie gesagt?«

»Ich habe ein Funkgespräch für einen Mr. Webb. Sind Sie Mr. Webb, Sir?«

»Ja.« Und dann zerbarst die Welt, die er kannte, in tausend zackige Spiegel, und jeder war ein Bild schreiender Qual.

»David!«

»Marie?«

»Keine Panik, David! Hörst du mich, keine Panik!« Ihre Stimme drang durch das Rauschen; sie gab sich große Mühe, nicht zu schreien, konnte aber nicht anders.

»Bist du in Ordnung? Auf dem Zettel stand, du seist verletzt – verwundet!«

»Mir fehlt nichts. Ein paar Kratzer, das ist alles.«

»Wo *bist* du?«

»Über dem Meer, soviel werden sie dir sagen. Mehr weiß ich nicht; man hat mir Beruhigungsmittel gegeben.«

»O Gott! Ich halte das nicht aus! Sie haben dich entführt!«

»Reiß dich zusammen, David. Ich weiß, was sie dir damit antun, aber sie *nicht*. Verstehst du mich? Sie wissen es *nicht*!«

Damit sandte sie ihm eine verschlüsselte Nachricht; sie war nicht schwer zu dechiffrieren. *Er mußte der Mann sein, den er haßte. Er mußte Jason Borowski sein, und der Meuchelmörder lebte, und es ging ihm gut, und er wohnte im Körper von David Webb.*

»In Ordnung. Ich war dabei, den Verstand zu verlieren!«

»Deine Stimme wird über Lautsprecher verstärkt . . .«

»Natürlich.«

»Die lassen mich zu dir sprechen, damit du weißt, daß ich lebe.«

»Haben sie dir weh getan?«

»Nicht absichtlich.«

»Was zum Teufel sind das für ›Kratzer‹?«

»Ich hab mich gewehrt, um mich geschlagen. Ich bin schließlich auf einer Ranch aufgewachsen.«

»O mein Gott –«

»David, bitte! Du darfst nicht zulassen, daß die dir das antun!«

»Mir? Dir tun sie es an!«

»Ich weiß, Darling. Ich denke, die stellen dich auf die Probe, verstehst du?«

Wieder die Botschaft. Sei Jason Borowski, um ihrer beider willen – um ihrer beider Leben willen. »In Ordnung. Ja, in Ordnung.« Er versuchte, sich zu beherrschen, seine Stimme unter Kontrolle zu bringen. »Wann ist es passiert?« fragte er.

»Heute morgen, etwa eine Stunde nachdem du weggegangen warst.«

»Heute morgen? Herrgott, den ganzen *Tag*! Wie?«

»Sie kamen an die Tür. Zwei Männer –«

»Wer?«

»Man hat mir erlaubt zu sagen, daß sie aus dem Fernen Osten sind. Ich weiß tatsächlich nicht mehr als das. Sie haben mich aufgefordert, sie zu begleiten, und ich habe mich geweigert. Ich bin in die Küche gerannt und habe ein Messer gesehen. Ich habe einen von ihnen in die Hand gestochen.«

»Der Handabdruck an der Tür . . .«

»Ich verstehe nicht.«

»Das ist unwichtig.«

»Ein Mann will mit dir reden, David. Hör ihn dir an, aber nicht im Zorn – nicht in Wut – kannst du das *verstehen?*«

»Ja, in Ordnung. Schon gut. Ich verstehe.«

Jetzt war die Stimme des Mannes zu hören. Sie kam stockend, aber präzise, mit fast britischem Akzent, jemand, den ein Engländer die englische Sprache gelehrt hatte, oder jedenfalls jemand, der in England gelebt hatte. Trotzdem war nicht zu verkennen, daß es sich um einen Asiaten handelte. Der Akzent deutete auf Südchina, der Tonfall, die kurzen Vokale und scharfen Konsonanten klangen kantonesisch.

»Wir wollen Ihrer Frau nichts zuleide tun, Mr. Webb, aber wenn es notwendig ist, wird es unvermeidbar sein.«

»Das würde ich nicht tun, wenn ich Sie wäre«, sagte David kalt.

»Jason Borowski?«

»Ja.«

»Diese Bestätigung ist der erste Schritt in unserer Übereinkunft.«

»Welcher Übereinkunft?«

»Sie haben einem Mann etwas von großem Wert genommen.«

»Sie haben mir etwas von großem Wert genommen.«

»Sie ist am Leben.«

»Das sollte sie auch besser bleiben.«

»Eine andere ist tot. Sie haben sie getötet.«

»Wissen Sie das genau?« *Borowski würde nicht ohne weiteres zustimmen, wenn es nicht seinen Zwecken diente.*

»Sehr genau.«

»Was für Beweise haben Sie?«

»Man hat Sie gesehen. Ein großer Mann, der sich im Schatten hielt und mit den Bewegungen einer Bergkatze durch Hotelkorridore rannte und über Feuerleitern kletterte.«

»Dann hat man mich aber doch nicht wirklich *gesehen*, oder? Das konnte man auch nicht. Ich war Tausende von Meilen weg.« *Borowski würde sich stets eine Hintertür offenlassen.*

»Was ist in unserem Jetzeitalter schon Entfernung?« Der Asiate hielt inne und fügte dann scharf hinzu: »Sie haben vor zweieinhalb Wochen fünf Tage Urlaub genommen.«

»Und wenn ich Ihnen jetzt sagte, daß ich in Boston an einem Symposion über die Sung- und Yuan-Dynastien teilgenommen habe – was keineswegs Urlaub ist, sondern zu meinen Obliegenheiten gehört –«

»Es verblüfft mich«, unterbrach der Mann höflich, »daß Jason Borowski sich so jämmerlich schwacher Ausreden bedient.«

Er hatte nicht nach Boston fahren wollen. Das Thema des Symposions war von seinen Vorlesungsfächern Lichtjahre entfernt, aber er war offiziell aufgefordert worden teilzunehmen. Die Aufforderung kam aus Washington, im Rahmen des Kulturaustauschs, und war durch die Fakultät für Orientalistik der Universität zu ihm gelangt. Herrgott! Jedes einzelne Rädchen war an seiner Stelle! »Eine Ausrede wofür?«

»Um an einem Ort zu sein, wo man nicht war. Viele Menschen, die sich zwischen den Ausstellungsgegenständen drängten, und gewisse Leute, die man bezahlt hat, zu beschwören, daß Sie dort waren.«

»Das ist lächerlich, hirnrissig. Ich bezahle nicht.«

»Man hat *Sie* bezahlt.«

»Mich? Wie?«

»Über dieselbe Bank, die Sie das letzte Mal benutzt haben. In Zürich. Die Gemeinschaftsbank in Zürich – in der Bahnhofstraße natürlich.«

»Seltsam, daß ich keinen Kontoauszug bekommen habe«, sagte David.

»Als Sie als Jason Borowski in Europa waren, haben Sie nie Bankauszüge gebraucht, weil Sie ein Dreifach-Null-Konto hatten – und das ist in der Schweiz absolut geheim. Aber wir haben bei den Papieren eines Mannes – eines toten Mannes natürlich – einen Überweisungsbeleg gefunden, der auf die Gemeinschaftsbank ausgestellt war.«

»Natürlich. Aber nicht bei dem Mann, den angeblich ich getötet habe.«

»Nein. Aber bei einem, der den Befehl gegeben hat, diesen Mann zu töten und zugleich etwas, was für meinen Auftraggeber einen sehr hohen Wert besitzt.«

»Dieses Etwas von hohem Wert ist eine Trophäe, nicht wahr?«

»Trophäen gewinnt man, Mr. Borowski. Genug. Sie sind Sie. Begeben Sie sich ins Regent-Hotel in Kowloon. Tragen Sie sich unter irgendeinem Namen ein, der Ihnen gefällt, aber verlangen Sie Suite sechs-neun-null – sagen Sie, man habe sie Ihres Wissens für Sie reserviert.«

»Wie bequem. Meine eigenen Räumlichkeiten.«

»Das spart Zeit.«

»Es wird mich aber Zeit kosten, hier alles vorzubereiten.«

»Wir gehen davon aus, daß Sie niemand Anlaß geben, Alarm zu schlagen, und daß Sie sich so schnell auf den Weg machen, wie Sie können. Seien Sie Ende der Woche dort.«

»Verlassen Sie sich auf beides. Lassen Sie mich noch einmal mit meiner Frau sprechen.«

»Bedaure, das kann ich nicht.«

»Herrgott, Sie können doch alles hören, was wir sagen.«

»Sie werden in Kowloon mit ihr sprechen.«

Ein Klicken, dann das Echo und dann nichts mehr, nur Rauschen. Er legte den Hörer auf und merkte, daß er ihn mit solcher Kraft festgehalten hatte, daß sein Daumen und Zeigefinger verkrampft waren. Er löste die Hand von dem Apparat und schüttelte sie heftig und war zugleich dankbar, daß der Schmerz es ihm ermöglichte, langsam wieder in die Wirklichkeit zurückzukehren. Er packte die rechte Hand mit der linken, hielt sie fest und preßte seinen linken Daumen . . . und während er zusah, wie seine Finger sich lösten, wußte er, was er zu tun hatte – zu tun, ohne auch nur eine Stunde an die so wichtigen unwichtigen Alltäglichkeiten zu vergeuden. Er mußte Conklin in Washington erreichen, die Kanalratte, die auf der 71. Straße in New York versucht hatte, ihn am hellichten Tag zu töten. Alex, ob betrunken oder nüchtern, machte keinen Unterschied zwischen den Stunden des Tages und der Nacht, denn wo es um seine Arbeit ging, gab es weder Tag noch Nacht, nur das konturenlose Licht der Neonröhren in Büros, die nie schlossen. Wenn es sein mußte, würde er Alexander Conklin so lange unter Druck setzen, bis ihm das Blut aus den Rattenaugen quoll; er würde erfahren, was er wissen mußte, und Conklin konnte ihm die Information verschaffen.

Webb erhob sich leicht schwankend aus dem Sessel und ging in die Küche, wo er sich einen Drink eingoß und dankbar zur Kenntnis nahm, daß seine Hand nicht mehr so heftig zitterte wie vorher.

Gewisse Dinge konnte er delegieren. Jason Borowski delegierte nie etwas, aber er war immer noch David Webb, und es gab in der Universität etliche Leute, denen er vertrauen konnte – nicht etwa, daß er ihnen die Wahrheit hätte anvertrauen können, aber eine nützliche Lüge. Als er dann in sein Arbeitszimmer und zum Telefon zurückkehrte, hatte er sich seinen Verbindungsmann ausgewählt. *Verbindungsmann* – V-Mann, beim Himmel! Ein Wort aus der Vergangenheit, von dem er geglaubt hatte, er würde es vergessen können. Aber der junge Mann würde das tun, worum er ihn bat; schließlich würde eines Tages sein Berater, ein gewisser David Webb, seine Arbeit benoten. *Nutze den Vorteil, ob völlige Dunkelheit oder grelles Sonnenlicht herrscht. Aber nutze ihn, um Angst einzujagen oder auch voll Zartgefühl – was eben gerade nützt.*

»Hallo, James? Hier David Webb.«

»Tag, Mr. Webb. Was hab ich denn verbockt?«

»Gar nichts, Jim. Mir hat man einiges verbockt, und ich könnte ein wenig private Hilfe brauchen. Wäre Ihnen das möglich?«

»Dieses Wochenende? Das Spiel?«

»Nein, bloß morgen früh. Vielleicht eine Stunde, wenn überhaupt. Und etwas, was in Ihren Studienpapieren gar nicht schlecht aussehen wird, falls Ihnen das nicht zu hochgestochen klingt . . .« – »Nämlich?«

»Nun, im Vertrauen gesagt – und ich wäre Ihnen dankbar, wenn Sie mit niemandem darüber sprechen würden –, ich muß für eine Woche, vielleicht für zwei verreisen und will nachher gleich die Fakultät anrufen und vorschlagen, daß Sie für mich einspringen. Ihnen wird das keine Schwierigkeiten bereiten. Es geht um den Mandschu-Umsturz und die Chinesisch-Russischen Verträge, die ja heute ziemlich bekannt sind.«

»Also neunzehnhundert bis etwa neunzehnhundertsechs«, sagte der Doktorand voll Selbstgefühl.

»Sie können das ja ein wenig ausbauen, und übersehen Sie die Japaner und Port Arthur und den alten Teddy Roosevelt nicht. Stellen Sie da Beziehungen her; das habe ich auch gemacht.«

»Das geht. Das mach ich. Ich werd mir die entsprechenden Quellen heraussuchen. Und was ist morgen?«

»Ich muß noch heute abreisen, Jim. Meine Frau ist bereits vorausgefahren. Haben Sie einen Bleistift zur Hand?«

»Ja, Sir.«

»Sie wissen ja, was man von den Zeitungen sagt, die sich am Gartentor auftürmen. Es wäre nett, wenn Sie die Zustellung anrufen, und dann gehen Sie bitte auf die Post und sagen Sie denen, sie sollen alles einlagern – unterschreiben Sie eben, was die Ihnen vorlegen. Und dann rufen Sie die Hausverwaltung Scully an und sprechen Sie mit Jack oder Adele und sagen Sie ihnen, die sollen . . .«

Damit war dieser Punkt abgehakt. Das nächste Telefonat verlief viel einfacher, als David das erwartet hatte, da der Rektor der Universität vom Präsidenten bei einem Dinner geehrt werden sollte und sich daher viel mehr für seine bevorstehende Rede als für einen obskuren – wenn auch ungewöhnlichen – Gastdozenten und dessen Urlaub interessierte. »Bitte, sprechen Sie mit dem Dekan, Mr. . . . . Webb. Ich hab im Augenblick noch den ganzen Spendenkram am Hals.«

Mit dem Dekan ging es nicht so leicht. »David, hat das etwas mit diesen Leuten zu tun, die letzte Woche dauernd mit Ihnen herumliefen? Ich meine, alter Junge, schließlich bin ich einer der wenigen hier, die wissen, daß Sie in Washington mit Staatsgeheimnissen zu tun hatten.«

»Überhaupt nichts, Doug. Das war von Anfang an Unsinn; aber was mich jetzt beschäftigt, ist was anderes. Mein Bruder ist ernsthaft verletzt worden, sein Wagen ist ein Wrack. Ich muß für ein paar Tage nach Paris, vielleicht eine Woche, länger wird es nicht dauern.«

»Ich war vor zwei Jahren in Paris. Die Leute fahren dort alle wie die Irren.«

»Auch nicht schlimmer als in Boston, Doug, und viel besser als in Kairo.«

»Nun, ich denke, das wird sich irgendwie regeln lassen. Eine Woche ist ja nicht so schlimm, Johnson ist wegen seiner Lungenentzündung fast einen Monat ausgefallen –«

»Ich habe bereits das Nötige veranlaßt – Ihre Zustimmung vorausgesetzt. Jim Crowther, ein junger Doktorand, wird meine Vorlesungen übernehmen. Er ist mit dem Stoff vertraut.«

»O ja, Crowther, ein tüchtiger junger Mann, trotz seines Bartes. Ich habe zu Bärtigen nie Vertrauen gehabt, aber schließlich war ich auch in den sechziger Jahren hier.«

»Versuchen Sie doch mal, sich einen Bart stehen zu lassen. Das macht Sie vielleicht frei.«

»Das spar ich mir lieber. Sind Sie auch *ganz* sicher, daß das nichts mit diesen Leuten aus dem Außenministerium zu tun hat? Ich muß die

Fakten haben, David. Wie heißt Ihr Bruder? In welchem Krankenhaus in Paris liegt er?«

»Ich kenne das Krankenhaus nicht, aber Marie wird das wissen – sie ist heute morgen schon geflogen. Wiedersehn, Doug. Ich ruf Sie morgen oder übermorgen an. Ich muß zum Logan Airport in Boston.«

»David?«

»Ja?«

»Warum habe ich eigentlich das Gefühl, daß Sie nicht ganz ehrlich mit mir sind?«

Webb erinnerte sich. »Weil ich mich noch nie in dieser Lage befunden habe«, sagte er. »Weil ich noch nie einen Freund um eine Gefälligkeit bitten mußte, wo es um jemanden geht, an den ich lieber nicht denken möchte.«

David legte den Hörer auf.

Der Flug von Boston nach Washington war zum Verrücktwerden. Das kam von dem verknöcherten Professor der Pedanterie – was er wirklich lehrte, fand David nicht heraus –, der auf dem Platz neben ihm saß. Die Stimme des Mannes war so penetrant wie die behäbigen Töne eines Schauspielers im Fernsehen, der die Rolle des uralten Chefs einer Maklerfirma übernommen hatte und immer nur sagte: »Die haben es nicht besser verdient!«

Der Satz wiederholte sich unablässig in Webbs Bewußtsein, ganz gleich, was der Mann sagte – und er sagte eine ganze Menge. Erst als sie auf dem National Airport landeten, gestand der Pedant die Wahrheit.

»Ich muß Sie schrecklich gelangweilt haben, verzeihen Sie mir. Ich habe furchtbare Angst vor dem Fliegen, also rede ich die ganze Zeit. Albern, nicht wahr?«

»Ganz und gar nicht, aber warum haben Sie das nicht gesagt? Ist doch schließlich kein Verbrechen.«

»Angst vor Spott, denke ich.«

»Das werde ich mir merken, wenn ich das nächste Mal neben jemandem wie Ihnen sitze.«

Webb lächelte nur ganz kurz. »Vielleicht könnte ich dann helfen.«

»Das ist sehr freundlich von Ihnen. Und sehr anständig. Danke. Vielen, vielen Dank.«

»Keine Ursache.«

David holte sich seinen Koffer vom Laufband und ging hinaus, um sich ein Taxi zu nehmen, und ärgerte sich, daß die Taxifahrer keine einzelnen Fahrgäste annahmen, sondern darauf bestanden, daß zwei oder mehr, die dieselbe Richtung hatten, sich zusammentaten. Eine Frau teilte den Rücksitz mit ihm, eine sehr attraktive Frau, die Körpersprache und flehende Blicke einsetzte – was ihn beides kalt ließ.

Er trug sich im Jefferson-Hotel in der 16. Straße unter einem falschen Namen ein, den er erst im Taxi erfunden hatte. Die Wahl des Hotels hingegen war wohlüberlegt; es war nur eine Straße von Conklins Wohnung entfernt, die der CIA-Beamte seit fast zwanzig Jahren bewohnte, wenn er nicht im Außendienst war. David hatte sich die Adresse beschafft, ehe er Virginia verlassen hatte, wieder ganz seinem Instinkt folgend. Die Telefonnummer hatte er auch, wußte aber, daß die nutzlos war; er durfte Conklin nicht anrufen. Der würde dann nur seine Verteidigung vorbereiten, mehr geistig als physisch, und Webb wollte einen unvorbereiteten Mann; er wollte ohne Vorwarnung auf der Begleichung einer Schuld bestehen, die jetzt fällig war.

David sah auf die Uhr; es war zehn Minuten vor Mitternacht, ein Zeitpunkt, der ebenso gut war wie jeder andere und besser als die meisten. Er wusch sich, wechselte das Hemd und grub schließlich eine der zwei zerlegten Pistolen aus seinem Koffer, nahm sie aus der dicken, mit Metallfolie gefütterten Tasche. Er setzte die einzelnen Teile zusammen, prüfte den Abzug und schob den Ladestreifen hinein. Er brachte die Waffe in Anschlag und beobachtete seine Hand und stellte befriedigt fest, daß da kein Zittern war. Die Waffe fühlte sich sauber und selbstverständlich an. Noch vor acht Stunden hätte er nicht geglaubt, daß er imstande sein würde, eine Waffe in der Hand zu halten, aus Angst, er könnte sie abfeuern. Aber das war vor acht Stunden gewesen, nicht jetzt. Jetzt fühlte sie sich vertraut an, wie ein Teil seiner selbst, ein Teil von Jason Borowski.

Er verließ das Jefferson und ging die 16. Straße hinunter, bog an der Ecke nach rechts und blickte auf die absteigenden Nummern der alten Mietshäuser, die ihn an die Backsteingebäude der Upper East Side von New York erinnerten. In dieser Beobachtung lag eine seltsame Logik, wenn man an die Rolle dachte, die Conklin im Treadstone-Projekt gespielt hatte, dachte er. Treadstone einundsiebzig in Manhattan war ein Backsteinbau gewesen, ein eigenartiges Gebäude, bei dem er unwillkürlich den Eindruck gehabt hatte, es sei von Ratten bevölkert. Er sah es ganz deutlich vor sich, hörte deutlich die Stimmen, ohne verstehen zu können, was sie sagten – die Brutkammer von Jason Borowski.

Tu es wieder.

Wer ist das?

Was für einen Hintergrund hat er?

Mit welcher Methode tötet er?

Falsch! Du hast unrecht! Tu es noch einmal!

Wer ist das? Was für eine Verbindung zu Carlos liegt vor?

Verdammt, du mußt nachdenken! Du darfst keine Fehler machen!

Ein Backsteingebäude. Wo man sein anderes Ich geschaffen hatte, den Mann, den er jetzt so brauchte.

Da war es, Conklins Haus mit der Wohnung im ersten Stock zur Straße. Es brannte Licht; Alex war zu Hause und wach. Webb überquerte die Straße und merkte erst jetzt, daß es nieselte. Das Licht der

Straßenlaternen verschwamm in der feuchten Luft, so daß die Riffelglas-schirme so etwas wie Heiligenscheine trugen. Er ging die Stufen hinauf und öffnete die Tür, die zu dem kleinen Vorraum führte; er trat ein und überflog die Namen unter den Briefkästen der sechs Wohnungen. Jede hatte ihre eigene Sprechanlage.

Für fantasievolle Umwege war jetzt keine Zeit. Wenn Panovs Urteil zutraf, würde seine Stimme ausreichen. Er drückte Conklins Klingel-knopf und wartete auf Antwort; sie kam nach einer knappen Minute.

»Ja? Wer ist da?«

»Harry Babcock, *hiarr*«, sagte David mit übertriebenem Akzent. »Ich muß Sie sprechen, Alex.«

»Harry, was zum Teufel . . .? Aber klar doch. Kommen Sie rauf!« Der Summer dröhnte, dann brach das Geräusch kurz ab – ein abgerutschter Finger. David rannte die schmale Treppe ins Obergeschoß, hoffte, vor Conklins Tür zu stehen, wenn der sie öffnete. Er war den Bruchteil einer Sekunde schneller als Alex, der mit glasigem Blick die Tür zurückzog und zu schreien anfing. Webb sprang mit einem Satz vor, preßte die Hand über Conklins Gesicht und riß den CIA-Mann gleichzeitig herum und trat die Tür zu.

Daß er körperlich einen anderen Menschen angegriffen hatte, lag so lange zurück, daß er sich gar nicht genau erinnern konnte, wann das ge-wesen war. Es hätte ihm fremd, ja peinlich sein müssen, aber das war es nicht. Es war völlig natürlich. *O Gott!*

»Ich werde jetzt die Hand wegnehmen, Alex, aber wenn du laut wirst, kommt sie wieder. Und dann überlebst du das nicht, ist das klar?« David zog die Hand zurück und riß dabei Conklins Kopf nach hinten.

»Das ist eine gottverdammte Überraschung«, sagte der CIA-Mann hu-stend und taumelte zurück, als David ihn losließ. »Ich brauch was zu trinken.«

»Wie ich höre, ist das deine übliche Diät.«

»Wir sind, was wir sind«, antwortete Conklin und griff ungeschickt nach einem leeren Glas, das auf dem Tisch vor einer wuchtigen, abge-wetzten Couch stand. Er trug es zu einem kupfernen Bartisch an der Wand, auf dem eine Bourbonflasche neben der anderen stand. Nichts zum Mixen, kein Wasser, nur ein Eiskübel; das war keine Bar für Gäste. Sie diente nur dem Bewohner, und das rötlich schimmernde Metall zeigte, daß es sich um eine Extravaganz handelte, die der Bewohner sich selbst leistete. Der Rest des Wohnzimmers lag nicht auf dem gleichen Niveau. Irgendwie war dieser kupferne Bartisch eine Aussage.

»Welchem Umstand«, fuhr Conklin fort, während er sein Glas füllte, »verdanke ich dieses zweifelhafte Vergnügen? In Virginia wolltest du mich nicht empfangen – du hast gesagt, du würdest mich umbringen, und das ist Tatsache. Das hast du auch gesagt. Du würdest mich umbrin-gen, wenn ich durch die Tür käme, das hast du gesagt.«

»Du bist betrunken.«

»Wahrscheinlich. Aber das bin ich um diese Zeit gewöhnlich. Willst du mir einen Vortrag halten? Viel nützen wird es dir nicht, aber wenn du Lust hast, kannst du es ja versuchen.«

»Du bist krank.«

»Nein, ich bin betrunken, das hast du gesagt. Wiederhole ich mich?«

»Bis zum Kotzen.«

»Das tut mir leid.« Conklin stellte die Flasche hin, trank ein paarmal aus seinem Glas und sah dann Webb an. »Ich bin nicht durch deine Tür gekommen, sondern du durch meine. Aber ich nehme an, das ist ohne Belang. Bist du hierhergekommen, um endlich deine Drohung wahrzumachen, die Prophezeiung zu erfüllen, das Unrecht der Vergangenheit zu rächen, oder wie auch immer du es nennen willst? Diese ziemlich auffällige Ausbuchtung unter deinem Jackett ist ja wohl keine Flasche Whisky.«

»Ich bin nicht mehr besessen vom Wunsch, dich tot zu sehen, aber – ja – es könnte sein, daß ich dich töte. Du könntest diesen Wunsch in mir sehr leicht provozieren.«

»Das ist ja toll. Und wie?«

»Indem du mir nicht das lieferst, was ich brauche – und du kannst es liefern.«

»Du mußt etwas wissen, was ich nicht weiß.«

»Ich weiß, daß du zwanzig Jahre mehr oder weniger finstere Operationen hinter dir hast und daß du die meisten davon selbst ausgeheckt hast.«

»Geschichte«, murmelte der CIA-Mann und trank.

»Die kann man wieder auferstehen lassen. Im Gegensatz zu meinem Gedächtnis ist das deine intakt. Ich brauche Informationen, brauche Antworten.«

»Wozu? Wofür?«

»Die haben meine Frau weggeholt«, sagte David ausdruckslos. »Die haben mir Marie weggenommen.«

Conklins Augen blinzelten, während sie den anderen fixierten. »Sag das noch einmal. Ich glaube nicht, daß ich richtig gehört habe.«

»Du hast mich gehört! Und ihr Schweine steckt dabei alle miteinander unter derselben beschissenen Decke!«

»Aber ich doch nicht! Ich würde niemals – ich *könnte* gar nicht! Was zum Teufel sagst du da? Marie ist *weg*?«

»Sie sitzt in einem Flugzeug über dem Pazifik. Ich soll ihr nachkommen. Ich soll nach Kowloon fliegen.«

»Du bist verrückt! Du hast den Verstand verloren!«

»Hör mir zu, Alex. Du hörst jetzt ganz genau zu . . .«

Wieder flossen die Worte aus ihm heraus, aber diesmal so beherrscht, wie er es bei Morris Panov nicht geschafft hatte. Conklin verfügte selbst in betrunkenem Zustand über eine schärfere Auffassungsgabe als die meisten nüchternen Männer in der Welt des Geheimdienstes, er mußte verstehen. Webb durfte nicht dulden, daß es in seiner Darstellung irgendwelche Lücken gab; sie mußte von Anfang an klar sein – von dem Augenblick an, wo er an dem Telefon in der Sporthalle mit Marie gesprochen und gehört hatte, wie sie sagte: ›David, komm nach Hause. Hier ist jemand, mit dem du sprechen mußt. Schnell, Liebling.‹ Während er sprach, hinkte Conklin unsicher durchs Zimmer zur Couch und setzte sich; seine Augen ließen Webbs Gesicht nicht los. Als David am Ende war und sein Hotel eine Straße weiter genannt hatte, schüttelte Alex den Kopf und griff nach seinem Glas. »Das ist unheimlich«, sagte er nach einer Schweigepause, in der er mit ungeheurer Konzentration gegen den Alkoholnebel ankämpfte; er setzte das Glas ab. »Es ist, als hätte jemand einen Plan verwirklicht, der dann ins Auge gegangen ist.«

»Ins Auge gegangen?«

»Gründlich daneben.«

»*Wie?*«

»Ich weiß nicht«, fuhr der ehemalige Taktiker, leicht schwankend, fort und gab sich Mühe, nicht zu lallen. »Man gibt dir ein Drehbuch, das stimmen kann oder auch nicht, und dann ändern sich die Ziele – statt auf dich hat man es auf deine Frau abgesehen – und man spielt es zu Ende. Du reagierst in vorhersehbarer Weise, aber bei der Erwähnung von Medusa macht man dir unmißverständlich klar, daß du dir eine blutige Nase holst, wenn du so weitermachst.«

»Das ist doch auch vorhersehbar.«

»Aber so macht man das nicht. Plötzlich ist Medusa die Hauptgefahr und deine Frau nicht mehr wichtig. Jemand hat sich verkalkuliert. Irgend etwas ist aus dem Ruder gelaufen, etwas ist passiert.«

»Du hast den Rest der heutigen Nacht und morgen, um mir die Antworten zu besorgen. Ich nehme die Maschine um neunzehn Uhr nach Hongkong.«

Conklin lehnte sich vor und schüttelte langsam den Kopf. Mit zitternder Hand griff er wieder nach dem Bourbon. »Du bist im falschen Teil der Stadt«, sagte er und schluckte. »Ich hab gedacht, du weißt das; du hast ja was über das Saufen gesagt. Ich kann dir nichts nützen. Ich bin erledigt, abgehakt, eine Art Sozialfall. Keiner sagt mir etwas, und warum sollten die das? Ich bin ein Fossil, Webb. Niemand will mit mir etwas zu tun haben. Ich bin fertig, und es dauert nicht mehr lange, dann stehe ich auf der Abschußliste. Das ist, glaube ich, eine Formulierung, die du in deinem verrückten Schädel behalten hast.«

»Ja. ›Bringt ihn um. Er weiß zuviel.‹«

»Vielleicht willst du mich auf die Abschußliste bringen, ist es das? Setzt ihn ins Brot, weckt die schlafende Medusa und sorgt dafür, daß er es von seinesgleichen bekommt. Dann wären wir quitt.«

»Du hast *mich* auf die Abschußliste gesetzt«, sagte David.

»Ja, das habe ich«, stimmte Conklin ihm zu, nickte und sah auf die Waffe. »Weil ich Delta kannte, und soweit es mich betraf, war alles möglich – schließlich hatte ich dich im Einsatz gesehen. Mein Gott, du hast in Tam Quan einem Mann den Kopf weggeblasen – einem deiner eigenen Männer –, weil du geglaubt hast – du hast es nicht gewußt, du hast es nur geglaubt –, er würde auf dem Ho-Tschi-Minh-Pfad den Feind herbeifunken! Keine Anklage, keine Verteidigung, einfach bloß noch eine schnelle Hinrichtung mehr im Dschungel. Später stellte sich heraus, daß du recht hattest, aber du hättest auch *unrecht* haben können! Du hättest ihn gefangennehmen können; wir hätten dann möglicherweise etwas aus ihm herausgebracht. Aber Delta schrieb sich die Regeln selber. *Sicher*, du hättest in Zürich die Seite wechseln können!«

»Ich kenne die Einzelheiten über Tam Quan nicht, aber die kannten andere«, sagte David mit ruhigem Zorn. »Ich mußte dort neun Männer herausholen – für einen zehnten war kein Platz. Er hätte uns aufhalten können oder sogar wegrennen und unsere Position verraten.«

»*Gut. Deine* Regeln. Du bist doch erfinderisch – dann finde doch hier eine Parallele und drück um Himmels willen ab, wie du es bei ihm gemacht hast – der echte Jason Borowski! Ich habe dir doch in Paris gesagt, daß du es tun sollst!« Schwer atmend hielt Conklin inne, und seine blutunterlaufenen Augen fixierten Webb; seine Stimme klang jetzt gequält. Er flüsterte: »Ich habe es dir damals gesagt, und sage es dir jetzt wieder. Mach doch Schluß mit mir. Ich selbst hab doch nicht den Mumm dazu.«

»Wir waren *Freunde*, Alex!« schrie David. »Du bist in unser Haus gekommen! Du hast mit uns gegessen und mit den Kindern gespielt! Im Fluß bist du mit ihnen geschwommen . . .« *O mein Gott! Jetzt kam alles zurück. Die Bilder, die Gesichter . . . Herrgott, die Gesichter . . . die Leichen, die in Tümpeln aus Wasser und Blut schwammen . . . Du mußt dich beherrschen! Die Bilder von dir weghalten! Weghalten! Nur jetzt. Jetzt!*

»Das war in einem anderen Land, David. Und außerdem – ich glaube, es wäre dir lieber, wenn ich die Zeile nicht ganz zitiere.«

»›Außerdem ist die Hure tot.‹ Nein, ich würde es vorziehen, wenn du den Satz nicht wiederholen würdest.«

»Ganz gleich wie«, sagte Conklin heiser und trank einen großen Schluck Whisky. »Wir waren beide recht belesen, nicht wahr? . . . Ich kann dir nicht helfen.«

»Doch, das kannst du. Das *wirst* du auch.«

»Hör auf, Soldat, das geht nicht.«

»Man hat Schulden bei dir. Treib sie ein. Ich verlange, daß du deine Schulden bei mir bezahlst.«

»Tut mir leid. Du kannst jederzeit dieses Ding da abdrücken, aber wenn du es nicht tust, dann werde ich mich nicht selbst auf die Abschußliste setzen oder alles wegwerfen, was mir zusteht. Wenn man mich auf

die Weide schickt, dann habe ich vor, dort zu grasen. Die haben genug
genommen. Ich will etwas davon zurück.« Der CIA-Agent erhob sich
von der Couch und ging schwerfällig auf die kupferbelegte Bar zu. Sein
Hinken war noch schlimmer, als Webb es in Erinnerung hatte; der rechte
Fuß taugte nicht viel mehr als ein Beinstumpf. Es war deutlich zu sehen,
daß jeder Schritt ihm weh tat.

»Das Bein ist schlimmer geworden, nicht wahr?« fragte David knapp.

»Ich werde damit leben.«

»Und auch damit sterben«, sagte Webb und hob die Pistole. »Weil ich
nicht ohne meine Frau leben kann und weil dir das scheißegal ist. Weißt
du, was das aus dir macht, Alex? Nach allem, was du uns angetan hast,
all den Lügen, Fallen, dem Dreck, mit dem du uns –«

»*Dich!*« unterbrach Conklin, schenkte sich das Glas voll und starrte
dabei die Waffe an. »Nicht sie.«

»Indem du einen von uns tötest, bringst du uns beide um, aber das
wolltest du nicht begreifen.«

»Soviel Luxus hatte ich nie.«

»Weil dein elendes Selbstmitleid das nicht zugelassen hat! Darin willst
du dich einfach suhlen und überläßt es dem Schnaps, für dich zu denken. Wenn diese Scheiß-Landmine nicht gewesen wäre, wäre ich jetzt so
etwas wie der Direktor oder der Mönch oder der Graue Fuchs – ›der Angleton der achtziger Jahre‹. Jämmerlich bist du. Du hast dein Leben, deinen Verstand –«

»Herrgott, nimm mir doch beides! *Schieß doch!* Drück doch ab, aber laß
mir wenigstens *etwas*!« Conklin goß plötzlich den ganzen Whisky im
Glas auf einmal in sich hinein; ein langgezogenes, würgendes Husten
folgte. Nach dem Anfall sah er David an. Seine Augen waren wäßrig,
und die roten Äderchen in ihnen waren deutlich zu sehen. »Meinst du,
ich würde nicht versuchen, dir zu helfen, wenn ich das könnte, du
Arschloch?« flüsterte er heiser. »Glaubst du, all das Denken, das ich mir
gestatte, macht mir Spaß? Du bist es, der hier stur ist und nicht klar
denkt, David. Aber das verstehst du nicht, wie?« Der CIA-Mann hielt
das Glas mit zwei Fingern vor sich und ließ es auf den harten Holzboden
fallen; es zerschellte, und die Splitter flogen nach allen Richtungen davon. Dann sprach er, seine Stimme klang dabei hoch und gedehnt, und
ein trauriges Lächeln stahl sich auf seine Lippen. »Ich kann nicht noch
einen Mißerfolg ertragen, alter Freund, und ich würde es nicht schaffen,
glaub mir das. Ich wäre schuld am Tod von euch beiden, und ich glaube
einfach nicht, daß ich damit leben könnte.«

Webb senkte die Waffe. »Nicht mit dem, was du in deinem Kopf hast,
mit dem, was du gelernt hast. Jedenfalls werde ich das Risiko eingehen;
ich habe keine große Auswahl, und ich wähle dich. Um ehrlich zu sein,
ich kenne sonst niemanden. Außerdem habe ich ein paar Ideen, vielleicht sogar einen Plan, aber man muß das jetzt schnell in Gang setzen.«

»Oh?« Conklin hielt sich an der Bar fest, um sich zu stützen.

»Darf ich Kaffee machen, Alex?«

7

Der schwarze Kaffee half Conklin dabei, nüchtern zu werden, war aber bei weitem nicht so wirkungsvoll wie Davids Vertrauen zu ihm. Der ehemalige Jason Borowski respektierte die Talente seines gefährlichsten Feindes von früher und ließ ihn das auch merken. Sie redeten bis vier Uhr früh und arbeiteten in der Zeit aus den verschwommenen Umrissen einer Strategie Einzelheiten heraus, die auf der Realität beruhten, aber viel weiter gingen. Und in dem Maße, wie die Wirkung des Alkohols nachließ, arbeitete Conklin immer besser. Was David nur vage formuliert hatte, konkretisierte er. Er erkannte jetzt, daß Webbs Überlegungen im Prinzip berechtigt waren, fand auch die Worte dafür.

»Zunächst beschreibst du die Krisensituation, die auf der Tatsache von Maries Entführung beruht. Und dann läßt du eine Lüge als Versuchsballon los. Aber du hast recht, der Ballon muß blitzschnell hochgehen, wir müssen sie hart und rasch erwischen und dürfen sie keinen Augenblick in Ruhe lassen.«

»Versuch's als erstes mit der ganzen Wahrheit«, unterbrach ihn Webb. »Ich bin hier eingebrochen und habe gedroht, dich umzubringen. Ich habe Anklagen erhoben, die auf allem beruhten, was wirklich geschehen ist – angefangen bei McAllisters Drehbuch bis zu Babcocks Erklärung, daß sie ein Exekutionskommando nach mir ausschicken würden . . . bis zu dieser britisch klingenden Stimme wie trockenes Eis, die mir sagte, ich solle Medusa vergessen, sonst würden sie behaupten, ich sei geistesgestört, und mich in eine Anstalt stecken. Nichts davon läßt sich abstreiten. Es ist so geschehen, und ich drohe, alles – auch Medusa – auffliegen zu lassen.«

»Und dann steigt die Lüge, damit das miese Stück abgesetzt wird«, sagte Conklin und schenkte sich Kaffee nach. »Und zwar eine so unerhörte Lüge, daß sie schon fast wieder wahr sein könnte.«

»Was, zum Beispiel?«

»Das weiß ich noch nicht. Das müssen wir uns überlegen. Es muß etwas völlig Unerwartetes sein, etwas, das die Strategen aus dem Gleichgewicht bringt, wer auch immer sie sind – weil mir nämlich mein Instinkt sagt, daß sie die Situation nicht mehr in der Hand haben. Wenn ich recht habe, wird einer von ihnen Kontakt aufnehmen müssen.«

»Dann hol jetzt deine Notizbücher heraus«, drängte David. »Dort findest du ganz bestimmt fünf oder sechs Leute, die dafür in Frage kommen.«

»Das könnte Stunden, ja sogar Tage in Anspruch nehmen«, wandte der CIA-Beamte ein. »Die haben ihre Barrikaden errichtet, und ich müßte mich zuerst um sie herumarbeiten. Soviel Zeit haben wir nicht – *du* hast nicht soviel Zeit.«

»Die müssen wir einfach haben! Du mußt *anfangen*.«

»Es gibt eine bessere Methode«, widersprach Alex. »Panov hat sie dir geliefert.«

»Mo?«

»Ja. Die Akten im Außenministerium, die offiziellen Aufzeichnungen.«

»Die Akten . . .?« Webb hatte das einen Augenblick lang vergessen gehabt, nicht aber Conklin. »In welcher Hinsicht?«

»Dort haben sie angefangen, diese neue Akte über dich aufzubauen. Ich mache mich inzwischen an die Sicherheitsabteilung heran und tische denen eine andere Version auf, zumindest eine Version, die erfordert, daß irgend jemand Antworten liefert – wenn ich recht habe, wenn das mit dem Versuchsballon klappt. Diese Akten sind nur ein Mittel zum Zweck; die Sicherheitsbeamten, die dafür zuständig sind, werden Raketen hochgehen lassen, wenn sie meinen, daß sich jemand daran zu schaffen gemacht hat. Die werden unsere Arbeit für uns tun . . . Aber erst brauchen wir die Lüge.«

»Alex«, sagte David und beugte sich im Sessel weit nach vorne, »vor ein paar Augenblicken hast du etwas von absetzen gesagt –«

»Ich habe nur gemeint, daß wir ihnen das Handwerk legen müssen.«

»Das weiß ich, aber wie wäre es, wenn wir es hier in einem anderen Sinn verwenden würden? Die sagen doch immer, ich sei pathologisch schizophren – das bedeutet doch, daß ich phantasiere, manchmal die Wahrheit sage und manchmal nicht und daß ich das eine nicht vom anderen unterscheiden kann.«

»Ja, das sagen die«, räumte Conklin ein. »Einige von denen glauben es vielleicht sogar. Und?«

»Warum machen wir uns diese Ansicht dann nicht zunutze? Wir sagen denen, daß Marie sich *abgesetzt* hat. Sie hat mit mir Verbindung aufgenommen, und ich bin zu ihr unterwegs.«

Alex runzelte die Stirn, dann machte er große Augen, und die Runzeln auf seiner Stirn glätteten sich. »Das ist perfekt«, sagte er leise. »Mein Gott, wirklich *perfekt*! Die Verwirrung wird sich ausbreiten wie ein Buschfeuer. Bei einer Operation wie dieser kennen nur zwei oder drei Männer sämtliche Einzelheiten. Die anderen sind nicht in alles eingeweiht. *Herrgott*, kannst du dir das vorstellen? Eine amtlich sanktionierte Entführung! Ein paar Leute im innersten Zirkel könnten tatsächlich in Panik geraten und übereinander herfallen, weil sie an nichts anderes denken, als ihre Ärsche zu retten. *Sehr* gut, Mr. Borowski.«

Eigenartigerweise störte Webb die Anrede überhaupt nicht, er akzeptierte sie einfach, ohne nachzudenken. »Hör zu«, sagte er und stand auf, »wir sind beide erschöpft. Wir wissen jetzt, was wir wollen, also sollten wir ein paar Stunden schlafen und am Morgen noch einmal alles durchgehen. Wir beide haben schließlich schon vor Jahren gelernt, wie wichtig wenigstens ein paar Stunden Schlaf sind.«

»Gehst du ins Hotel zurück?« fragte Conklin.

»Auf keinen Fall«, erwiderte David und sah den müde wirkenden CIA-Mann an. »Bring mir einfach eine Decke. Ich schlafe hier, vor der Bar.«

»Du hättest auch lernen sollen, wann man sich um manche Dinge keine Sorgen zu machen braucht«, sagte Alex. Er stand auf und humpelte zu einem Schrank in der Nähe der kleinen Diele. »Wenn das meine letzte Schlacht sein soll – so oder so –, dann werde ich sie mit ganzer Kraft durchfechten. Vielleicht bringt das sogar etwas Ordnung in mein Leben.« Conklin drehte sich um. Er hatte jetzt eine Decke und ein Kopfkissen in der Hand, die er aus dem Schrank geholt hatte. »Man könnte das vielleicht eine Art Vorahnung nennen. Aber weißt du, was ich gestern abend nach der Arbeit gemacht habe?«

»Natürlich. Schließlich gibt es neben einigen anderen Hinweisen ein zerbrochenes Glas auf dem Boden.«

»Nein, ich meine vorher.«

»Was?«

»Ich war im Supermarkt und hab tonnenweise Lebensmittel gekauft. Steaks, Eier, Milch – sogar den Pamps, den die Hafermehl nennen. Ich meine, das tu ich sonst nie.«

»Du hast eben tonnenweise Lebensmittel gebraucht. Das kommt manchmal vor.«

»Dann gehe ich in ein Restaurant.«

»Worauf willst du hinaus?«

»Leg du dich schlafen; die Couch ist groß genug. Ich mache mir etwas zu essen. Ich möchte noch nachdenken. Ich brate mir ein Steak und vielleicht ein paar Eier.«

»Du brauchst Schlaf.«

»Zwei, zweieinhalb Stunden reichen. Und dann esse ich etwas von dem verdammten Hafermehl.«

Alexander Conklin ging durch den Korridor im dritten Stock des Außenministeriums. Er war bemüht, sein Humpeln zu unterdrücken, was es nur um so schmerzhafter machte. Er wußte, was mit ihm vorging: Da war eine Aufgabe, die ihm gestellt war und die er gut erledigen wollte – sogar brillant, falls dieser Begriff für ihn noch irgendeine Bedeutung hatte. Alex war zwar bewußt, daß er die monatelange Vergiftung seines Körpers und seines Blutes nicht in wenigen Stunden ungeschehen machen konnte, aber dafür war etwas in ihm, das er zu Hilfe rufen konnte, und dieses Etwas war seine ganz besondere Kompetenz, in die sich rechtschaffener Zorn mischte. *Herrgott*, was für eine Ironie! Vor einem Jahr hatte er den Mann zerstören wollen, den sie Jason Borowski nannten; und jetzt war er plötzlich wie besessen davon, David Webb zu helfen – weil es unrecht gewesen war, Jason Borowski umbringen zu wollen. Das konnte bedeuten, daß er dabei selbst in Todesgefahr geriet, auf die Abschlußliste, das war ihm klar. Aber dieses Risiko ging er aus freien Stücken ein. Vielleicht erzeugte das Gewissen nicht immer nur Feiglinge. Manchmal führte es dazu, daß ein Mann sich wohler in seiner Haut fühlte.

Und besser aussah, überlegte er. Er hatte sich dazu gezwungen, eine größere Strecke zu Fuß zu gehen, als seinem Fuß guttat, und so hatte der kalte Herbstwind, der durch die Straßen wehte, seinem Gesicht eine Farbe verliehen, die es seit Jahren nicht mehr gekannt hatte. Frisch rasiert und in einem gebügelten Nadelstreifenanzug, den er schon monatelang nicht mehr getragen hatte, hatte er nur noch wenig Ähnlichkeit mit dem Mann, den Webb letzte Nacht vorgefunden hatte. Alles andere hing von seiner Leistung ab, auch das wußte er, während er jetzt auf die geheiligte Doppeltür zum Büro des Leiters der Inneren Sicherheit im Außenministerium zuging.

Mit Formalitäten wurde wenig Zeit vergeudet und noch weniger mit formloser Konversation. Auf Conklins Bitte – also auf Ersuchen der CIA – mußte ein Adjutant den Raum verlassen, und dann sah er sich dem ehemaligen Brigadegeneral aus der Abteilung G-2 der Army gegenüber, der jetzt für die Innere Sicherheit des Außenministeriums zuständig war. Alex hatte sich vorgenommen, mit seinen ersten Worten klarzustellen, wer hier das Sagen hatte.

»Ich bin nicht in diplomatischer Mission von Behörde zu Behörde hier, Herr General – General ist doch richtig?«

»So werde ich immer noch angeredet, ja.«

»Ich scher mich also nicht die Bohne um diplomatische Ausdrucksweise, verstehen Sie?«

»Sie fangen an, mir nicht besonders sympathisch zu sein, das verstehe ich.«

»*Das*«, sagte Conklin betont, »ist meine geringste Sorge. Meine Sorge gilt einem Mann namens David Webb.«

»Was ist mit ihm?«

»Sie scheinen zu wissen, wen ich meine. Das ist nicht besonders tröstlich. Was geht hier vor, *Herr General*?«

»Wollen Sie ein Megaphon, Sie Spion?« brauste der ehemalige Soldat auf.

»Antworten will ich, Sie Feldwebel – mehr sind Sie und Ihr Laden für uns nicht.«

»Jetzt mal langsam, Conklin! Als Sie mich wegen dieses sogenannten

Notfalls und mit Verifizierung durch Ihre Zentrale anriefen, hab ich mir noch was verifizieren lassen. Dieser sagenhafte Ruf, den Sie genießen, ist heutzutage ziemlich wacklig, und ich weiß, warum ich wacklig sage. Sie sind ein Säufer, Sie Spion, und daraus macht keiner ein Geheimnis. Sie haben also jetzt eine Minute Zeit, das zu sagen, was Sie sagen wollen, und dann werfe ich Sie hinaus. Sie können es sich aussuchen – Aufzug oder Fenster.«

Alex hatte damit gerechnet, daß die Zentrale seine Trinkerei erwähnen würde. Er starrte den Leiter der Inneren Sicherheit an und sagte mit fester, fast freundlicher Stimme: »Herr General, ich werde mit einem Satz auf diesen Vorwurf antworten, und wenn das, was ich sage, je an ein anderes Ohr dringt, werde ich wissen, woher es kommt, und die CIA wird es auch wissen.« Conklin machte eine Pause und sah den anderen mit durchdringendem Blick an. »Unser Profil ist genauso, wie wir es haben wollen, und zwar aus Gründen, über die wir nicht sprechen können. Ich bin sicher, Sie verstehen, was ich damit meine.«

Im Blick des Generals war jetzt eine Andeutung von Mitgefühl zu lesen, wenn auch wider Willen. »Du liebe Güte«, sagte er leise. »Wir haben früher Leuten, die wir nach Berlin schickten, auch ehrenrührige Geschichten angehängt.«

»Häufig auf unsere Empfehlung«, nickte Conklin. »Und mehr wollen wir über das Thema nicht sagen.«

»Okay, okay. Ich muß mich entschuldigen, aber ich kann Ihnen sagen, daß das mit Ihrem Profil bestens klappt. Einer Ihrer Direktoren hat mir gesagt, ich würde wahrscheinlich schon bewußtlos werden, wenn Sie das erste Mal ausatmen.«

»Ich will nicht einmal wissen, wer es war, sonst lache ich ihm noch ins Gesicht. Tatsächlich trinke ich nicht.«

Alex hätte am liebsten wie als Kind bei dieser Lüge die Finger oder die Beine gekreuzt, ohne daß man das sehen konnte, aber im Augenblick ging das nicht. »Wenden wir uns wieder David Webb zu«, sagte er scharf und fast unfreundlich.

»Was juckt Sie denn?«

»Was mich *juckt*? Es geht hier um mein gottverdammtes *Leben*, Soldat. Irgend etwas ist hier im Gange, und ich möchte wissen, was! Dieser Scheißkerl ist gestern bei mir eingebrochen und hat gedroht, mich umzubringen. Er hat sich ganz schön aufgeblasen und ein paar happige Anklagen gegen Männer aus Ihrer Abteilung, wie Harry Babcock, Samuel Teasdale und William Lanier, vorgebracht. Wir haben das überprüft – die sind in Ihrer Geheimabteilung beschäftigt. Was zum Teufel haben diese Burschen *gemacht*? Einer hat ihm gegenüber eindeutig erklärt, daß Sie ein *Exekutionskommando* schicken! Was für eine Sprache ist das! Ein anderer hat ihm gesagt, er gehöre wieder ins Krankenhaus – er ist in *zwei* Krankenhäusern *und* in unserer Privatklinik in Virginia gewesen – wir *alle* haben ihn dort hingeschafft –, und die haben erklärt, er sei gesund! Außerdem hat er ein paar Geheimnisse im Kopf, von denen keiner von uns will, daß sie an die Öffentlichkeit gelangen. Aber dieser Mann steht kurz vor der Explosion wegen irgend etwas, was ihr Idioten gemacht habt oder zugelassen habt oder in eurer beschissenen Blödheit nicht wahrhaben wolltet! Er behauptet, *Beweise* dafür zu haben, daß ihr euch wieder in sein Leben eingemischt und es durcheinandergebracht hättet. Daß ihr ihm eine Falle gestellt und ihm mehr als nur ein Pfund Fleisch weggenommen hättet!«

»Was für Beweise?« fragte der General verblüfft.

»Er hat mit seiner Frau gesprochen«, sagte Conklin, und seine Stimme wurde plötzlich monoton.

»Und?«

»Zwei Männer haben sie aus ihrem Haus weggeholt, sie unter Drogen gesetzt und in einen Privatjet verfrachtet. Man hat sie zur Westküste geflogen.«

»Sie meinen, man hat sie *entführt*?«

»Sie haben's erfaßt. Und was Ihnen jetzt wahrscheinlich im Hals steckenbleiben wird, ist, daß sie zugehört hat, wie die beiden mit dem Piloten redeten. Sie hat dabei herausbekommen, daß die ganze schmutzige Geschichte etwas mit dem Außenministerium zu tun hat – Gründe hat sie nicht erfahren, aber der Name McAllister ist erwähnt worden. Zu Ihrer Information, das ist einer Ihrer Staatssekretäre aus der Fernost-Abteilung.«

»Das ist doch verrückt!«

»Ich will Ihnen etwas anderes sagen, und dann können Sie wieder sagen, daß es verrückt ist. Sie konnte in San Francisco, als die Maschine aufgetankt wurde, weglaufen und hat Webb in Maine angerufen. Er ist unterwegs, um sich mit ihr zu treffen – keine Ahnung, wo, aber ich gebe Ihnen den guten Rat, daß Sie sich um ein paar vernünftige Antworten kümmern, es sei denn, Sie könnten beweisen, daß er wirklich geisteskrank ist und seine Frau umgebracht hat – und ich kann nur hoffen, daß Sie solche Beweise finden – und daß überhaupt keine Entführung stattgefunden hat – und auch das hoffe ich von ganzem Herzen.«

»Aber er ist doch unzurechnungsfähig!« schrie der Leiter der Inneren Sicherheit. »Ich habe die Akten gelesen! Das mußte ich – jemand hat gestern abend wegen diesem Webb angerufen. Fragen Sie mich nicht, wer es war, ich darf es Ihnen nicht sagen.«

»Was zum Teufel geht hier vor?« fragte Conklin und lehnte sich über den Schreibtisch, wobei er sich mit den Händen auf der Tischplatte aufstützte, sowohl um die Wirkung zu verstärken, als auch um sich zu stützen.

»Weil er paranoid ist, was soll ich dazu sagen? Er erfindet solche Dinge und glaubt sie dann!«

»Die Amtsärzte sind zu einem anderen Befund gelangt«, sagte Conklin mit eisiger Stimme. »Zufälligerweise ist mir darüber einiges bekannt.«

»Mir *nicht*, verdammt!«

»Sie werden wahrscheinlich auch nie etwas Näheres erfahren«, nickte Alex. »Aber als ehemaliges Mitglied der Operation Treadstone können Sie mit jemandem Verbindung aufnehmen, der mich beruhigen könnte. Jemand in diesem Ministerium hat da etwas ins Rollen gebracht, was wir lieber vergessen wollten.« Conklin holte ein kleines Notizbuch und einen Kugelschreiber heraus; er schrieb eine Nummer auf, riß das Blatt heraus und legte es auf den Schreibtisch. »Dieses Telefon ist abhörsicher; wenn Sie nachfragen lassen, bekommen Sie nur eine falsche Adresse«, fuhr er fort. Seine Augen waren jetzt hart und seine Stimme fest, und das leichte Zittern in ihr wirkte eher drohend. »Sie können die Nummer heute nachmittag zwischen drei und vier anrufen, sonst nicht. Sorgen Sie dafür, daß mich dann jemand anruft. Wer das ist oder wie Sie das anstellen, ist mir egal. Vielleicht müssen Sie eine Ihrer grandiosen Strategiekonferenzen einberufen, aber jedenfalls will ich Antworten hören – *wir* wollen Antworten hören!«

»Sie wissen ganz genau, daß das Ganze sich als Hirngespinst erweisen könnte!«

»Hoffentlich tut es das. Aber wenn nicht, dann kriegt ihr Wind um die Ohren – jede Menge Wind –, weil Sie sich nämlich auf ein Gebiet vorgewagt haben, wo Betreten verboten ist.«

David war froh, daß es so viel zu erledigen gab, denn ohne die Beschäftigung hätte es sein können, daß er in den Abgrund stürzte und daß ihn der Druck lähmte, gleichzeitig zu viel und zu wenig zu wissen. Nachdem Conklin nach Langley abgefahren war, war er ins Hotel zurückgekehrt und hatte angefangen, eine Liste zu machen. Listen beruhigten ihn; sie waren für ihn das Vorspiel zu notwendigen Aktivitäten und zwangen ihn, sich auf bestimmte Dinge zu konzentrieren und nicht auf die Gründe, die ihn dazu veranlaßten, sich mit diesen Dingen zu beschäftigen. Wenn er anfing, über diese Gründe nachzugrübeln, so würde das seinen Verstand ebenso verkrüppeln, wie eine Landmine Conklins rechten Fuß verkrüppelt hatte. Er konnte auch nicht über Alex nachdenken – da gab es zu viele Möglichkeiten und Unmöglichkeiten. Ebensowenig konnte er seinen ehemaligen Feind anrufen. Conklin war gründlich; er war der beste Mann, den es in seinem Fach gab. Er hatte mit ihm jeden einzelnen Schritt durchgesprochen und ihm die Reaktionen geschildert, die daraus erwachsen würden, und seine allererste Erkenntnis war gewesen, daß wenige Minuten nach seinem Anruf beim Leiter der Inneren Sicherheit des State Department andere Telefonate folgen würden und daß dann mit absoluter Sicherheit zwei Telefone angezapft werden würden. *Seine* Telefone, in seiner Wohnung und in Langley. Deshalb hatte er nicht vor, in sein Büro zurückzukehren. Er wollte sich mit David am Flughafen treffen, kurz vor Webbs Abflug nach Hongkong.

»Du denkst, daß dir niemand hierher gefolgt ist?« hatte er zu Webb gesagt. »Ich bin mir dessen nicht so sicher. Die programmieren dich, und wenn jemand einen Knopf auf einer Tastatur drückt, läßt er die konstante Nummer nicht aus den Augen.«

»Würdest du bitte englisch mit mir sprechen? Oder Mandarin? Dann verstehe ich nämlich, was du meinst.«

»Die könnten ein Mikrofon unter deinem Bett haben.«

Also würde es keinen Kontakt zwischen ihnen geben, bis sie sich in der Bar am Dulles Airport treffen würden, und deshalb stand David jetzt vor einer Kasse in einem Lederwarengeschäft an der Wyoming Avenue. Er war dabei, sich eine große Flugtasche zu kaufen, die an die Stelle seines Koffers treten sollte; er hatte den größten Teil seiner Kleidung ausgemustert. Viele *Dinge* – Vorsichtsmaßregeln – wurden ihm jetzt wieder bewußt, darunter auch das unnötige Risiko, das im Warten an der Gepäckausgabe eines Flughafens bestand, und da er vorhatte, in der Touristenklasse zu reisen, weil sie anonymer war, würde man ihm wahrscheinlich nicht gestatten, den Koffer mit in die Kabine zu nehmen. Er würde sich das, was er brauchte, unterwegs kaufen, und das bedeutete, daß er sich mit viel Geld auf eine Vielzahl von Eventualitäten vorbereiten mußte. Und daraus ergab sich die nächste Station, eine Bank an der 14. Straße.

Vor einem Jahr, als die Spürhunde der Regierung die Überreste seines Erinnerungsvermögens durchforschten, hatte Marie in aller Stille, aber schnell, Davids Konto bei der Gemeinschaftsbank in Zürich aufgelöst und auch die Beträge eingezogen, die er als Jason Borowski nach Paris überwiesen hatte. Sie hatte das Geld telegrafisch auf die Cayman Islands überwiesen, wo sie einen kanadischen Bankier kannte, und hatte ein Geheimkonto eingerichtet. In Anbetracht dessen, was Washington ihrem Mann angetan hatte – sein gestörtes Bewußtsein, die körperlichen Leiden, der Mordversuch an ihm, weil Hilferufe überhört worden waren –, kam die Regierung dabei noch billig weg. Wenn David sich dazu entschlossen hätte, gegen die Regierung zu prozessieren, und die Chancen dafür hätten durchaus nicht schlecht gestanden, hätte jeder tüchtige Anwalt vor Gericht Schadenersatz von mindestens zehn Millionen verlangt und nicht nur reichliche fünf.

Sie hatte im Gespräch mit einem äußerst nervösen Direktor der CIA laut über mögliche gerichtliche Maßnahmen spekuliert. Ihr einziger Hinweis auf die fehlenden Gelder bestand darin, daß sie meinte, angesichts ihrer Fachkenntnisse auf wirtschaftlichem Gebiet sei sie erschüttert darüber, wie leichtsinnig doch mit den hartverdienten Dollars der amerikanischen Steuerzahler umgegangen werde. Sie hatte diese Kritik mit schockierter, wenn auch sanfter Miene vorgebracht, aber ihre Augen sagten dabei etwas anderes. Diese Dame war eine Tigerin – und dazu hochintelligent und höchst motiviert –, und die Botschaft erreichte den Empfänger. Und so kam es, daß erfahrene, vorsichtige Männer die Angelegenheit auf sich beruhen ließen. Die an Jason Borowski geflossenen Gelder wurden im Geheimetat versteckt.

Jedesmal, wenn sie Geld brauchten – eine Reise, ein Wagen, das Haus –, riefen Marie oder David ihren Bankier auf den Cayman-Inseln an, und der überwies das Geld dann telegrafisch auf irgendeine Verbindungsbank in Europa, den Vereinigten Staaten, den Pazifischen Inseln oder dem Fernen Osten. Webb führte aus einer Telefonzelle an der Wyomming-Avenue ein R-Gespräch und verblüffte seinen Bankier mit dem Betrag, den er sofort brauchte, und dem weiteren, den er nach Hongkong dirigierte. Das R-Gespräch kostete keine acht Dollar, der Betrag, den er anforderte, belief sich auf eine halbe Million.

»Ich nehme an, meine liebe Freundin, die kluge, hinreißende Marie, ist einverstanden, David?«

»Sie hat mir aufgetragen, Sie anzurufen. Sie hat gesagt, sie könne sich nicht um jede Kleinigkeit kümmern.«

»Das paßt zu ihr! Gehen Sie zu folgenden Banken . . .«

Webb trat durch die dicken Glastüren der Bank an der 14. Straße, verbrachte zwanzig lästige Minuten mit einem Vizepräsidenten, der sich zu große Mühe gab, in diesen zwanzig Minuten freundschaftliche Gefühle für ihn zu entwickeln, und ging dann mit fünfzigtausend Dollar hinaus, vierzig in Fünfhunderterscheinen, der Rest gemischt.

Dann rief er ein Taxi und ließ sich zu einer Wohnung im Nordwesten der Stadt fahren, wo ein Mann lebte, den er in seinen Tagen als Jason Borowski gekannt hatte, ein Mann, der für die Operation Treadstone 71 Sonderaufträge erledigt hatte. Es handelte sich um einen Neger mit silbergrauem Haar, der so lange Taxifahrer gewesen war, bis eines Tages ein Fahrgast eine Hasselblad-Kamera im Wagen vergessen und sie nie zurückverlangt hatte. Das lag Jahre zurück, und der Taxifahrer hatte in diesen Jahren unzählige Experimente mit der Kamera angestellt und schließlich seinen wahren Beruf gefunden. Um es ganz einfach auszudrücken, er war so etwas wie ein Genie der ›Änderung‹ – wobei seine Spezialität Fotos für Pässe und Führerscheine und sonstige Ausweispapiere für Leute waren, die mit dem Gesetz in Konflikt geraten waren. David hatte sich nicht an den Mann erinnert, hatte aber unter Panovs Hypnose den Namen erwähnt – der Mann trug den unwahrscheinlichen Namen Cactus –, und Mo hatte den Fotografen nach Virginia geholt, damit er mithelfe, einen Teil von Webbs Erinnerungsvermögen in Gang zu setzen. In den Augen des alten Negers war viel Wärme und Mitgefühl gewesen, und am Ende der Sitzung hatte er Panov gebeten, David einmal die Woche besuchen zu dürfen, obwohl das für ihn sehr umständlich war. »Warum, Cactus?«

»Weil man ihn so gequält hat, Sir. Ich hab das schon vor ein paar Jahren durch das Objektiv gesehen. Irgend etwas fehlt in ihm, aber trotzdem ist er ein guter Mensch. Ich kann mit ihm reden. Ich mag ihn, Sir.«

»Sie können kommen, wann Sie wollen, Cactus. Und hören Sie bitte mit diesem unsinnigen ›Sir‹ auf. Das ist eine Ehre, die ich Ihnen antun möchte . . . Sir.«

»Ach, wie die Zeiten sich ändern. Wenn ich einen meiner Enkel einen guten Nigger nenne, dann würde er mir am liebsten den Schädel einschlagen.«

»Das sollte er auch . . . *Sir*.«

Webb verließ das Taxi und bat den Fahrer, auf ihn zu warten, was dieser aber ablehnte. David gab ihm kein Trinkgeld und ging den mit Natursteinplatten belegten Weg zu dem alten Haus. In mancher Hinsicht erinnerte es ihn an das Haus in Maine – zu groß und an zu vielen Stellen reparaturbedürftig. Er und Marie hatten beschlossen, nach einem Jahr ein Haus am Strand zu kaufen. Für einen erst vor kurzer Zeit berufenen Dozenten ziemte es sich nicht, gleich bei der Ankunft ein solches Haus zu kaufen. Er klingelte.

Die Tür öffnete sich, und Cactus, der einen grünen Augenschutz trug, unter dem er hervorblinzelte, begrüßte ihn ebenso beiläufig, als hätten sie einander erst vor wenigen Tagen gesehen.

»Haben Sie Radkappen an Ihrem Wagen, David?«

»Ich habe keinen Wagen und auch kein Taxi; der Fahrer wollte nicht warten.«

»Der hat wahrscheinlich all die grundlosen Gerüchte gehört, die von der faschistischen Presse in Umlauf gesetzt werden. Dabei habe ich drei Maschinengewehre hinter den Fenstern. Kommen Sie, kommen Sie rein, Sie haben mir gefehlt. Warum haben Sie nicht mal angerufen?«

»Weil Ihre Nummer nicht im Telefonbuch steht, Cactus.«

»Muß ich vergessen haben.«

Sie plauderten ein paar Minuten in der Küche, dann begriff der Fotograf, daß Webb es eilig hatte. Der alte Mann führte David in sein Studio, legte Webbs drei Pässe unter eine Tischlampe, um sie genauer zu inspizieren, und wies dann seinen Kunden an, vor einer Kamera Platz zu nehmen.

»Wir werden das Haar aschblond machen, aber nicht so hell, wie es in der Zeit nach Paris war. Der aschblonde Ton verändert sich je nach Beleuchtung, und auf die Weise können wir dasselbe Bild verwenden – ohne das Gesicht zu verändern. Und an den Augenbrauen brauchen wir auch nichts zu machen, das erledige ich hier mit dem Retuschestift.«

»Und was machen wir mit den Augen?« fragte David.

»Für Kontaktlinsen haben wir diesmal keine Zeit, aber das kriegen wir schon hin. Dafür gibt es auch Brillen – Sie können blaue Augen kriegen oder braune oder schwarz wie die spanische Armada, wenn Sie wollen.«

»Am besten alle drei«, sagte Webb.

»Die sind teuer, David, und es gibt sie nur gegen Bargeld.«

»Das habe ich.«

»Dann sagen Sie es nur nicht weiter.«

»So, und jetzt das Haar. Wer?«

»Hier in der Straße. Meine Teilhaberin. Früher hatte sie einen eigenen Kosmetiksalon, bis die Bullen sich einmal die Zimmer im Obergeschoß angesehen haben. Sie macht gute Arbeit. Kommen Sie, ich bring Sie zu ihr.«

Eine Stunde später schlüpfte Webb unter der Trockenhaube hervor und musterte sich in dem großen Spiegel. Die Kosmetikerin, eine kleine Negerin mit gepflegtem grauem Haar und geübtem Blick, stand neben ihm.

»Sie sind es, und doch sind Sie es nicht«, sagte sie und nickte zuerst und schüttelte dann den Kopf. »Gute Arbeit, das muß ich wirklich sagen.«

Das stimmte, dachte David nach einem Blick auf sein neues Ebenbild. Sein dunkles Haar war nicht nur viel, viel heller geworden, sondern paßte auch zur Hautfarbe seines Gesichts. Außerdem wirkte das Haar irgendwie lockerer, gepflegt und doch leger – eine Windstoßfrisur, hätte man dazu wohl früher gesagt. Der Mann, den er im Spiegel musterte, war zwar er und doch auch jemand anderer, der ihm verblüffend ähnelte – aber nicht er selbst.

»Ich muß Ihnen zustimmen«, sagte Webb. »*Sehr* gut. Was schulde ich Ihnen?«

»Dreihundert Dollar«, erwiderte die Frau. »Inklusive fünf Päckchen Spezialspülung mit Gebrauchsanweisung und die verschlossensten Lippen von ganz Washington. Das Waschpulver sollte zwei Monate halten, die Lippen den Rest Ihres Lebens.«

»Sie sind ein Schatz.« David griff nach seiner ledernen Geldspange, zählte die Scheine ab und gab sie ihr. »Cactus hat gesagt, Sie würden ihn anrufen, wenn wir fertig sind.«

»Nicht nötig; der ist schon hier. Er wartet im Salon.«

»Dem Salon?«

»Oh, eigentlich ist es ein Gang mit einer Couch und einer Stehlampe, aber ich nenne es so gerne einen Salon. Klingt doch nett, oder?«

Die Fotositzung war schnell beendet, obwohl Cactus sie ein paarmal unterbrach, um den Augenbrauen mit Hilfe einer Zahnbürste und von Spray eine andere Form zu geben und ihm Hemden und Jacketts zum Wechseln zu bringen – Cactus verfügte über eine Garderobe, die einem Kostümverleiher alle Ehre gemacht hätte –, und dann setzte er sich am Ende noch zwei verschiedene Brillen auf – eine Nickel- und eine Schildpattbrille –, die seine hellbraunen Augen für zwei der Pässe blau und dunkelbraun erscheinen ließen. Dann machte sich der Spezialist daran, die Fotos mit dem Geschick eines Chirurgen in die Pässe einzufügen und unter einem großen, starken Vergrößerungsglas mit einem selbstkonstruierten Apparat die Lochstempel des Außenministeriums anzubringen. Als er fertig war, reichte er David die drei Pässe, damit dieser sie begutachten konnte.

»Den Typen vom Zoll möchte ich sehen, der da was merkt«, sagte Cactus zuversichtlich.

»Die sehen ja echter aus als vorher.«

»Ich hab sie frisiert, das heißt, ich hab ein paar Kniffe und Falten dazugemacht und sie etwas gealtert.«

»Großartige Arbeit, alter Freund. Was bin ich Ihnen schuldig?«

»Ach, zum Teufel, das weiß ich nicht. War ja nur wenig zu tun, und das ganze Jahr hat mir schon so viel eingebracht, mit all den Schikanen –«

»Wie *viel*, Cactus?«

»Was wäre Ihnen denn recht? Ich stell mir vor, daß Uncle Sam diesmal die Rechnung nicht bezahlt.«

»Mir geht's recht gut, vielen Dank.«

»Fünfhundert?«

»Rufen Sie mir ein Taxi, ja?«

»Das dauert viel zu lang, falls Sie hier draußen überhaupt eines kriegen. Mein Enkel wartet auf Sie, er bringt Sie hin, wo Sie wollen. Er ist wie ich, er stellt keine Fragen. Und Sie haben es eilig, David, das spüre ich. Kommen Sie, ich bring Sie zur Tür.«

»Danke. Ich leg das Geld auf den Tisch.«

»Schon recht.«

Webb drehte Cactus den Rücken zu und zählte sechs Fünfhundert-Dollar-Noten ab, die er an der dunkelsten Stelle der Studiotheke ablegte. Für tausend Dollar das Stück waren die Pässe immer noch geschenkt, aber mit mehr Geld hätte er vielleicht seinen alten Freund beleidigt.

Er kehrte zum Hotel zurück und stieg ein paar Straßen davon entfernt aus, damit Cactus' Enkel ohne zu lügen sagen konnte, er kenne die Adresse nicht, falls er gefragt werden sollte. Der junge Mann war Student und bewunderte zwar seinen Großvater sehr, fühlte sich aber ganz offensichtlich nicht besonders wohl dabei, in die Aktivitäten des alten Mannes hineingezogen zu werden.

»Ich steige hier aus«, sagte David, als der Verkehr zum Stocken kam.

»Danke«, erwiderte der junge Neger mit angenehm ruhiger Stimme. Seine intelligent blickenden Augen ließen die Erleichterung erkennen, die er empfand. »Ich bin Ihnen sehr dankbar.«

Webb sah ihn an. »Warum haben Sie das gemacht? Ich meine, nachdem Sie einmal Rechtsanwalt werden wollen, könnte ich mir vorstellen, daß Ihre Antennen Überstunden machen, wenn Sie Cactus auch nur in die Nähe kommen.«

»Genauso ist es auch. Aber er ist ein feiner Kerl und hat schon sehr viel für mich getan. Und dann hat er noch etwas zu mir gesagt. Er sagte, es sei eine Ehre für mich, Sie kennenzulernen, und er werde mir in ein paar Jahren vielleicht einmal erzählen, wer der Fremde in meinem Wagen war.«

»Ich hoffe, ich werde sehr viel früher zurückkommen und es Ihnen selbst erzählen können. Eine Ehre ist das zwar nicht, aber es könnte dann eine Geschichte geben, die im Jurastudium behandelt wird. Wiedersehn.«

Als er wieder in seinem Hotelzimmer war, sah sich David einer letzten Liste gegenüber, die er nicht niederzuschreiben brauchte; diesmal wußte er alles auswendig. Er mußte die paar Kleidungsstücke aussuchen, die er in die Flugtasche packen würde, und den Rest seiner Besitztümer loswerden, darunter auch die zwei Waffen, die er in seinem Zorn aus Maine mitgebracht hatte. Es war eine Sache, eine Waffe auseinanderzunehmen, in Folie zu verpacken und sie in einen Koffer zu legen, eine völlig andere, Waffen durch eine Sicherheitskontrolle zu tragen. Sie würden auffallen – und dann würde man ihn festnehmen. Er mußte sie sauberwischen, die Zündnadeln und die Abzugsgehäuse vernichten und sie in einen Abflußschacht werfen. Er würde sich in Hongkong eine Waffe kaufen; das dürfte keine Schwierigkeiten bereiten.

Dann gab es noch eines zu erledigen, und *das* war schwierig und schmerzlich. Er mußte sich dazu zwingen, sich hinzusetzen und noch einmal alles zu durchdenken, was Edward McAllister an jenem Abend in Maine gesagt hatte – alles, was sie gesagt hatten, ganz besonders Maries Worte. Irgend etwas war in dieser Stunde der Enthüllungen und der Konfrontation verborgen, und David wußte, daß es ihm entgangen war – daß er es immer noch nicht erkannt hatte.

Er sah auf die Uhr. Es war 15.37 Uhr; der Tag verstrich schnell, viel zu schnell. Aber er mußte *durchhalten!* O Gott! *Marie! Wo bist du?*

Conklin stellte das Glas mit schal gewordenem Ginger Ale auf die zerkratzte, schmutzige Bar des heruntergekommenen Lokals an der 9. Straße. Er war hier Stammgast, aus dem einfachen Grund, daß niemand, mit dem er beruflich zu tun hatte – und private Freunde hatte er kaum noch –, je durch diese schmutzige Glastüre treten würde. Dieses Wissen vermittelte ihm eine gewisse Freiheit, und die anderen Gäste akzeptierten ihn, das ›Hinkebein‹, das stets in dem Augenblick, in dem er durch die Tür trat, die Krawatte abnahm und zu dem Spielautomaten am Ende der Bar humpelte. Und jedesmal erwartete ihn dort schon ein Glas voll Bourbon. Außerdem machte es dem Barkeeper nichts aus, wenn Alex in der uralten Telefonzelle an der Wand Gespräche entgegennahm. Das war sein ›abhörsicheres Telefon‹, und jetzt klingelte es.

Conklin humpelte auf die Zelle zu, trat ein und zog die Tür hinter sich zu. Er nahm den Hörer ab. »Ja?« sagte er.

»Ist dort Treadstone?« fragte eine eigenartig klingende Männerstimme.

»Ich war dort. Sie auch?«

»Nein, ich nicht, aber ich habe Zugang zu der Akte, zu der ganzen Bescherung.«

Die *Stimme*! dachte Alex. Wie hatte Webb sie beschrieben? Britisch? Eine kultivierte Aussprache jedenfalls, alles andere als gewöhnlich. Es war derselbe Mann. Die Gartenzwerge hatten ihre Arbeit getan; sie hatten Fortschritte gemacht. Jemand hatte Angst.

»Dann bin ich sicher, daß das, woran Sie sich erinnern, mit allem übereinstimmt, was ich niedergeschrieben habe, denn ich *war* dort und *habe* es niedergeschrieben. Alles niedergeschrieben. Fakten, Namen, Ereignisse, Bestätigungen . . . alles, auch die Geschichte, die Webb mir gestern nacht erzählt hat.«

»Dann kann ich davon ausgehen, daß diese voluminöse Reportage ihren Weg in einen Senatsunterausschuß oder zumindest zu einem Rudel von Wachhunden des Kongresses findet, falls etwas Häßliches passiert. Habe ich recht?«

»Freut mich, daß wir einander verstehen.«

»Es würde nichts nützen«, sagte der Mann herablassend.

»Falls etwas Häßliches passiert, könnte mir das egal sein, oder nicht?«

»Sie werden sowieso bald pensioniert. Sie trinken sehr viel.«

»Das habe ich aber nicht immer. Für einen Mann meines Alters und meiner Kompetenz gibt es gewöhnlich Gründe für beides. Könnten diese Gründe vielleicht mit einer bestimmten Akte zu tun haben?«

»Vergessen Sie es. Wir wollen reden.«

»Nicht, solange Sie nicht etwas deutlicher geworden sind. Über Treadstone ist hier und dort gesprochen worden; der Name allein reicht mir nicht.«

»Also gut. Medusa.«

»Schon besser«, sagte Alex. »Aber das reicht auch noch nicht.«

»Also gut. Die Erschaffung von Jason Borowski. Der Mönch.«

»Jetzt wird's wärmer.«

»Verschwundene Gelder – nie abgerechnet und nie wieder aufgefunden – auf rund fünf Millionen Dollar geschätzt. Zürich, Paris und andere Orte.«

»Es hat Gerüchte gegeben. Sie müssen konkreter werden.«

»Also gut. Die Exekution von Jason Borowski. Das Datum war der fünfundzwanzigste März in Tam Quan . . . und derselbe Tag in New York vier Jahre später. An der Einundsiebzigsten Straße. Treadstone einundsiebzig.«

Conklin schloß die Augen und atmete tief durch. Er spürte den Kloß in seiner Kehle. »Also gut«, sagte er. »Jetzt haben Sie ins Schwarze getroffen.«

»Meinen Namen kann ich Ihnen nicht nennen.«

»Was können Sie mir sagen?«

»Zwei Worte. Finger weg.«

»Und Sie glauben, daß ich das akzeptieren werde?«

»Das müssen Sie«, sagte die Stimme klar und deutlich. »Man braucht Borowski dort, wo er hingeht.«

»Borowski?« Alex starrte das Telefon an.

»Ja, Jason Borowski. Man kann ihn nicht auf normalem Wege rekrutieren. Wir beide wissen das.«

»Also stehlt ihr ihm seine *Frau*? Ihr seid gottverfluchte *Bestien*!«

»Es wird ihr kein Leid geschehen.«

»Das können Sie nicht garantieren! Sie können das doch gar nicht kontrollieren. Sie müssen jetzt schon über Dritte arbeiten, und wenn ich mich auf mein Geschäft verstehe – und das tue ich –, dann sind das wahrscheinlich bezahlte Strohmänner, damit man die Sache nicht zu Ihnen zurückverfolgen kann; Sie wissen nicht einmal, wer sie sind . . . Mein Gott, wenn Sie das wüßten, hätten Sie mich nicht angerufen! Wenn Sie an sie herantreten könnten und sich von denen die Bestätigungen verschaffen könnten, die Sie haben wollen, würden Sie jetzt nicht mit mir sprechen!«

Die kultivierte Stimme hielt inne. »Dann haben wir beide gelogen, nicht wahr, Mr. Conklin? Die Frau ist also nicht geflohen und hat Webb auch nicht angerufen. Gar nichts davon ist wahr. Sie haben die Angel ausgeworfen und ich auch, und beide haben wir nichts gefangen.«

»Sie sind ein Barrakuda, Mr. Namenlos.«

»Sie kommen aus dem gleichen Metier wie ich, Mr. Conklin. . . . also, was können *Sie mir* sagen?«

Wieder spürte Alex den Kloß in seiner Kehle, nur daß jetzt noch ein stechender Schmerz in seiner Brust dazugekommen war. »Sie haben sie aus den Augen verloren, nicht wahr?« flüsterte er. »Sie haben die Frau verloren.«

»Achtundvierzig Stunden sind keine Ewigkeit«, sagte die Stimme vorsichtig.

»Aber Sie haben sich verdammte Mühe gegeben, den Kontakt herzustellen!« bohrte Conklin. »Sie haben Ihre Verbindungsleute angerufen, die Leute, die die Strohmänner angeheuert haben. Plötzlich sind sie nicht mehr da – Sie können sie nicht finden. *Herrgott*, Sie haben die Situation wirklich nicht mehr im Griff! Jemand hat sich in Ihre Strategie eingeschaltet. Sie haben keine Ahnung, wer das ist. Er hat in Ihrem Drehbuch mitgespielt und es Ihnen abgenommen!«

»Unsere Sicherheitsvorkehrungen gehen sehr weit«, wandte der Mann ein, aber ohne dieselbe Überzeugungskraft wie vorher. »Unsere besten Außenleute sind in sämtlichen Regionen tätig.«

»Und das schließt McAllister ein? In Kowloon? Hongkong?«

»Das wissen Sie?«

»Das weiß ich.«

»McAllister ist ein verfluchter Vollidiot, aber er versteht sich auf sein Geschäft. Ja, er ist dort. Wir sind nicht in Panik. Wir rappeln uns schon wieder –«

»Ach, *Sie* rappeln sich?« fragte Alex voll Zorn. »Und die Ware? Ihre Strategie ist geplatzt! Jemand anderes hat jetzt das Heft in der Hand. Warum sollte er Ihnen die Ware zurückgeben? Sie haben Webbs Frau getötet, Mr. Namenlos! Worauf zum Teufel haben Sie eigentlich gedacht, daß Sie sich da *einlassen*?«

»Wir wollten nur, daß er nach Hongkong geht«, erwiderte die Stimme defensiv. »Wir wollten ihm alles erklären und es ihm zeigen. Wir *brauchen* ihn.« Und dann wirkte der Mann plötzlich wieder ruhig. »Und nach allem, was uns bekannt ist, läuft auch noch alles richtig. In jenem Teil der Welt ist die Verbindung notorisch schlecht.«

»Das ist in diesem Geschäft eine uralte Ausrede.«

»In den meisten Geschäften, Mr. Conklin . . . Was schließen Sie daraus? Jetzt bin ich derjenige, der die Fragen stellt, in aller Offenheit. Sie haben einen gewissen Ruf.«

»Den *hatte* ich mal, Namenlos.«

»Man kann einen Ruf nicht wegnehmen oder ihm widersprechen, man kann ihm nur etwas hinzufügen. Etwas Positives genauso wie etwas Negatives natürlich.«

»Sie sprudeln richtig vor Informationen über, das wissen Sie doch.«

»Aber recht habe ich auch. Es heißt, Sie seien einmal einer der Besten gewesen. Was lesen Sie aus all dem heraus?«

Alex schüttelte den Kopf in der engen Zelle. Die Luft fing an, stickig zu werden, der Lärm draußen vor seinem ›abhörsicheren‹ Telefon in der heruntergekommenen Bar an der 9. Straße wurde lauter. »Was ich schon vorher gesagt habe, jemand hat entdeckt, was Sie mit Webb vorhatten – und beschlossen einzusteigen.«

»*Warum*, um Himmels willen?«

»Weil der Betreffende, wer auch immer er ist, Borowski noch dringender haben möchte als Sie«, sagte Alex und legte auf.

Als Conklin die Bar am Dulles Airport betrat, war es 18.28 Uhr. Er hatte in einem Taxi vor Webbs Hotel gewartet und war David dann gefolgt, nachdem er dem Fahrer genaue Anweisungen gegeben hatte. Er hatte recht gehabt, aber es brachte nichts ein, Webb mit dem Wissen zu belasten. Zwei graue Plymouths hatten die Verfolgung von Davids Taxi aufgenommen und sich dabei beständig abgewechselt. Die Leute im Außenministerium benahmen sich ziemlich albern, dachte er sich, während er die Zulassungsnummern aufschrieb. Jetzt entdeckte er Webb in einer düsteren Nische im hinteren Teil des Lokals.

»Das bist du doch, oder?« sagte Alex und setzte sich etwas schwerfällig auf die schmale Bank, wobei ihn sein verletztes Bein behinderte. »Haben Blonde wirklich mehr Spaß?«

»In Paris hat es funktioniert. Was hast du herausgefunden?«

»Würmer unter Steinen, Würmer, die nicht ans Tageslicht können. Aber dann wüßten die ja auch nicht, was sie mit der Sonne anfangen sollen, nicht wahr?«

»Die Sonne erleuchtet einen, du tust das nicht. Spar dir den Quatsch, Alex. Ich muß in ein paar Minuten am Flugsteig sein.«

»Um es kurz zu sagen, die haben eine Strategie entwickelt, um dafür zu sorgen, daß du nach Kowloon gehst. Sie beruhte auf früheren Erfahrungen –«

»Das kannst du dir sparen«, sagte David. »*Warum* das alles?«

»Der Mann hat gesagt, sie würden dich brauchen. Nicht dich – Webb –, sie brauchen Borowski.«

»Weil sie sagen, daß Borowski bereits dort ist. Ich hab dir doch erzählt, was McAllister mir gesagt hat. Ist er darauf eingegangen?«

»Nein, er wollte nicht so viel sagen, aber vielleicht kann ich mein Wissen dazu benutzen, um ihn unter Druck zu setzen. Aber etwas anderes hat er mir gesagt, David, und das mußt du wissen. Sie können ihre Verbindungsleute nicht mehr erreichen und wissen nicht, wer die Strohmänner sind oder was im Augenblick passiert. Sie glauben, das sei nur kurzfristig, aber sie haben Marie aus den Augen verloren.«

Webb fuhr sich mit der Hand an die Stirn und schloß die Augen. Plötzlich rollten ihm Tränen über die Wangen. »Jetzt ist es wieder wie *damals*, Alex. Und da ist so vieles, woran ich mich nicht erinnern kann. Ich liebe sie doch so sehr, ich *brauche* sie doch so sehr!«

»Hör *damit* auf!« befal Conklin. »Du hast mir gestern abend klargemacht, daß ich noch einen Verstand habe, wenn auch mit meinem Körper nicht mehr allzuviel los ist. Du hast beides. Bring sie zum Schwitzen!«

»*Wie* denn?«

»Sei das, was sie wollen, daß du es bist – sei das Chamäleon! *Sei* Jason Borowski.«

»Das ist doch so lang her . . .«

»Du kannst es immer noch. Halte dich an ihr Drehbuch.«

»Ich hab wohl auch gar keine andere Wahl, nicht wahr?«

Und in dem Augenblick kam über die Lautsprecher der letzte Aufruf für Flug 26 nach Hongkong.

Der grauhaarige Havilland legte den Telefonhörer auf, lehnte sich im Sessel zurück und sah McAllister an. Der Staatssekretär stand neben einer riesigen Weltkugel, die vor einem Bücherregal auf einem verschnörkelten Dreifuß stand. Sein Zeigefinger lag auf der Südspitze von China, aber seine Augen ließen den Botschafter nicht los.

»Jetzt sitzt er in der Maschine nach Hongkong.«

»Schrecklich«, erwiderte McAllister.

»Sicher muß Ihnen das so vorkommen, aber ehe Sie ein Urteil fällen, sollten Sie auch den Vorteil abwägen, den das Ganze hat. Wir sind nicht länger für die Ereignisse verantwortlich. Sie werden von einem Unbekannten manipuliert.«

»Aber das sind doch *wir*! Ich wiederhole, es ist schrecklich, weiß Gott!«

»Hat Ihr Gott auch die Konsequenzen für den Fall in Betracht gezogen, daß unser Vorhaben scheitert?«

»Wir verfügen über freien Willen, aber es gibt auch so etwas wie Ethik.«

»Das ist eine Banalität, Herr Staatssekretär. Es gibt da so etwas wie ein höheres Gut.«

»Es gibt aber auch einen Menschen, einen Mann, den wir manipulieren und in seine Alpträume zurücktreiben. Haben wir das Recht dazu?«

»Wir haben keine Wahl. Er ist zu Dingen fähig, zu denen sonst keiner fähig ist – wenn wir ihm das Motiv dafür liefern.«

McAllister drehte den Globus, er kreiste auf seiner Achse, während er auf den Schreibtisch zuging. »Vielleicht sollte ich das nicht sagen, aber ich werde es doch tun«, sagte er, als er vor Raymond Havilland stand. »Ich glaube, Sie sind der unmoralischste Mensch, dem ich je begegnet bin.«

»Der Schein trügt, Herr Staatssekretär. Eines spricht mich los von allen Sünden, die ich je begangen habe. Ich werde alles tun, vor keiner Gemeinheit zurückschrecken, wenn ich nur verhindern kann, daß dieser Planet sich selbst in die Luft jagt. Und das schließt auch das Leben eines gewissen David Webb ein – den man dort, wo ich ihn haben will, als Jason Borowski kennt.«

8

Als der riesige Jet auf dem Kai-tak-Airport die Landebahn anflog, hingen die Nebel wie durchsichtige Tücher über Victoria Harbour. Dichter Dunst hing in der Morgenluft und ließ einen schwülen Tag in der Kronkolonie erwarten. Auf dem Wasser dümpelten die Dschunken und Sampans neben den schwerfälligen Frachtern und den breiten Lastkähnen und den Fähren mit ihren mehrstöckigen Aufbauten, zwischen denen gelegentlich eine Marinestreife durch den Hafen fegte. Als das Flugzeug sich auf die Piste des Flughafens senkte, sahen die zackigen Reihen von Wolkenkratzern auf der Insel Hongkong wie Marmorgiganten aus, die über den Nebel hinausreichten und bereits die ersten Strahlen der Morgensonne reflektierten.

Webb studierte das Bild, das sich ihm bot. Eine schreckliche Spannung zog und zerrte an ihm, während ihn gleichzeitig eine Art von distanzierter Neugier fast zu verzehren drohte. Irgendwo, dort unten in dem brodelnden, unendlich übervölkerten Territorium, war Marie – das war der Gedanke, der sein ganzes Fühlen beherrschte und nicht aufhörte, ihn zu quälen. Und doch war ein Teil seines Wesens erfüllt von der eiskalten Spannung eines Wissenschaftlers, der in das umwölkte Okular eines Mikroskops späht und etwas zu erkennen versucht, was sein Auge und sein Geist verstehen können. Das Vertraute und das Fremdartige mischten sich, und das Ergebnis war Verwirrung und Furcht. In den Sitzungen mit Panov in Virginia hatte David Hunderte von Reiseprospekten und illustrierten Broschüren gelesen, in denen all die Orte beschrieben waren, die der legendäre Jason Borowski je besucht hatte; das Ganze war eine andauernde, häufig schmerzhafte Übung in Selbsterkenntnis, oder besser ein Herumtasten in der eigenen Vergangenheit. Immer wieder tauchten dann Fragmente wie Blitze auf, wobei die plötzlichen Erinnerungen erstaunlich genau waren und er eigene Beschreibungen liefern konnte, die nicht aus den Reiseprospekten stammten. Als er jetzt in die Tiefe blickte, sah er vieles, von dem er wußte, daß er es kannte, und an das er sich doch nicht eindeutig erinnern konnte. So wandte er den Blick ab und konzentrierte sich auf den Tag, der vor ihm lag.

Er hatte dem Regent-Hotel in Kowloon vom Dulles Airport aus ein Telegramm geschickt und auf den Namen *Howard Cruett* ein Zimmer bestellt, auf den Namen des blauäugigen Inhabers des von Cactus gefälschten Reisepasses. Er hatte hinzugefügt: »Ich glaube, für unsere Firma ist ein Arrangement für Suite sechs-neun-null getroffen worden, falls die zur Verfügung steht. Der Ankunftstag ist fest, der Flug noch nicht.«

Die Suite würde zur Verfügung stehen. Er mußte herausfinden, wer dafür gesorgt hatte, daß sie zur Verfügung stand. Das war der erste Schritt auf Marie zu. Und davor oder danach oder währenddessen mußte er einkaufen – etliches würde leicht zu haben sein, anderes nicht, aber herankommen würde er an alles, was er brauchte. Dies war Hongkong, die Kronkolonie des Überlebens, ausgestattet mit den Werkzeugen für das Überleben. Und dies war auch der einzige zivilisierte Ort auf der Erde, wo zwar eine Vielfalt von Religionen gedieh, aber der einzige Gott, den alle anerkannten, Gläubige ebenso wie Ungläubige, war das Geld. Marie hatte gesagt: ›Das ist die einzige Existenzberechtigung, die es hat.‹

Die Morgenluft stank nach einer dicht zusammengedrängten, gehetzten Menschheit, und doch war der Gestank seltsamerweise nicht ganz und gar unangenehm. Die Bürgersteige wurden heftig mit Schläuchen abgespritzt, und Dampf stieg von dem in der Sonne trocknenden Pflaster auf, und durch die schmalen Gassen zog der würzige Duft von in Öl siedenden Kräutern, von Imbißwagen und Kiosken, die nach Kundschaft schrien. Die Geräusche verschmolzen ineinander und wurden zu einer Folge dauernder Crescendos, verlangten, daß man sie aufnahm, etwas kaufte oder wenigstens darüber verhandelte. Hongkong war die Essenz des Überlebens; man arbeitete entweder wie wild oder man überlebte nicht. Adam Smith war hier übertroffen, war altmodisch; eine solche Welt hätte er sich nie vorstellen können. Sie sprach den Regeln Hohn, die er für eine freie Wirtschaft aufgestellt hatte; sie war Wahnsinn. Sie war Hongkong.

David hob die Hand, um ein Taxi herbeizuwinken, und wußte, daß er dies nicht das erste Mal tat, kannte die Ausgangstür, auf die er nach der langen Zollprozedur zugestrebt war, wußte, daß er die Straßen kannte, durch die der Fahrer ihn fuhr – nicht daß er sich an sie erinnerte, aber irgendwie wußte er es doch. Das bereitete ihm gleichzeitig Behagen und erschreckte ihn zutiefst. Er wußte und wußte doch nicht. Er war eine Marionette, die manipuliert wurde, und er wußte trotzdem nicht, ob er die Puppe oder der Puppenspieler war.

»Das war ein Irrtum«, sagte David zu dem Angestellten hinter dem ovalen Marmortresen mitten in der Halle des Regent. »Ich will keine Suite. Ich hätte lieber etwas Kleineres, ein Einzelzimmer oder ein Doppelzimmer reichen mir.«

»Aber es ist doch so vorbestellt worden, Mr. Cruett«, erwiderte der verwirrte Angestellte und benutzte den Namen, den er in Webbs falschem Paß gelesen hatte.

»Wer hat die Suite bestellt?«

Der junge Asiate sah auf eine Unterschrift auf der Reservierung, die der Computer ausgedruckt hatte. »Der stellvertretende Manager, Mr. Liang, hat gegengezeichnet.«

»Dann verlangt es wohl die Höflichkeit, daß ich mit Mr. Liang spreche, nicht wahr?«

»Ich fürchte, das wird nicht notwendig sein. Ich bin nicht sicher, ob etwas anderes frei ist.«

»Ich verstehe. Ich werde mir ein anderes Hotel suchen.«

»Man betrachtet Sie als äußerst wichtigen Gast, Sir. Ich gehe nach hinten und spreche mit Mr. Liang.«

Webb nickte, als der Angestellte mit dem Reservierungszettel in der Hand sich unter dem Tresen wegduckte und schnell durch die überfüllte Halle auf eine Tür hinter dem Tisch des Concierge zuging. David sah sich in der prunkvollen Halle um, die in gewissem Sinne schon draußen anfing, in dem riesigen, kreisförmig angelegten Hof mit den hohen Fontänen, und die sich ausdehnte durch die Reihe eleganter Glastüren und über den Marmorboden bis zu einem Halbkreis überdimensional hoher Buntglasfenster, die auf den Victoria Harbour hinausgingen. Das Tableau draußen war wie eine Kulisse für die Hallenbar vor der Glaswand. Es gab dort Dutzende kleiner Tische und lederner Hocker, die zum größten Teil besetzt waren und zwischen denen uniformierte Kellner und Kellnerinnen herumhuschten. Das Ganze war eine Arena, aus der die Touristen ebenso wie die Geschäftsleute das Panorama des geschäftigen Hafens betrachten konnten. Der Blick nach draußen war Webb vertraut, aber sonst nichts. Er hatte dieses prunkvolle Hotel noch nie zuvor betreten, zumindest war da nichts an dem, was er sah, das irgendwelche Blitze des Erkennens aufflammen ließ.

Plötzlich fiel sein Blick auf den Angestellten, der jetzt durch die Halle zurückkam, ein paar Schritte vor einem Asiaten mittleren Alters, offenbar dem stellvertretenden Geschäftsführer des Hotels, Mr. Liang. Der jüngere Mann duckte sich wieder unter dem Tresen durch und nahm seine Position vor David wieder ein, und seine beflissenen Augen weiteten sich erwartungsvoll. Sekunden später trat der Manager auf David zu und verbeugte sich leicht aus der Hüfte, wie es seinem beruflichen Status gemäß war.

»Das ist Mr. Liang, Sir«, verkündete der Angestellte.

»Kann ich Ihnen zu Diensten sein?« fragte der Hotelmanager. »Und darf ich Ihnen sagen, daß es mir ein großes Vergnügen ist, Sie als unseren Gast zu begrüßen?«

Webb lächelte und schüttelte höflich den Kopf. »Ich fürchte, das muß ein andermal sein.«

»Sind Sie mit den Räumlichkeiten nicht zufrieden, Mr. Cruett?«

»Darum geht es überhaupt nicht, sie würden mir wahrscheinlich sehr gut gefallen. Aber wie ich Ihrem jungen Mann schon sagte, ziehe ich etwas Kleineres vor, ein Einzelzimmer oder ein Doppelzimmer, jedenfalls keine Suite. Aber ich habe bereits gehört, daß möglicherweise nichts frei ist.«

»Sie haben in Ihrem Telegramm aber ausdrücklich Suite sechs-neunnull erwähnt, Sir.«

»Das ist mir klar, und ich bitte dafür um Nachsicht. Ein übereifriger Vertreter hat das getan.« Webb runzelte freundlich-rätselhaft die Stirn und fragte höflich: »Übrigens, wer hat das alles vorbestellt? Ich ganz sicher nicht.«

»Ihr Vertreter vielleicht«, meinte Liang mit ausdruckslosem Blick.

»Der? Der wäre dazu nie befugt. Nein, er hat gesagt, es sei eine der Firmen hier gewesen. Wir können das natürlich nicht annehmen, aber ich würde trotzdem gerne wissen, wer ein so großzügiges Angebot gemacht hat. Sie können mir das doch ganz bestimmt sagen, Mr. Liang, nachdem Sie die Reservierung persönlich gegengezeichnet haben.«

Die ausdruckslosen Augen schienen sich von ihm zu entfernen, und dann blinzelten sie; für David genügte das, aber die Scharade mußte zu Ende gespielt werden. »Ich glaube, irgendein Angestellter – wir haben sehr viele Angestellte – ist mit der Bitte zu mir gekommen, Sir. Es gibt so viele Reservierungen, wir haben so viel zu tun, daß ich mich nicht erinnern kann.«

»Es gibt doch ganz sicher Instruktionen, an wen die Rechnung zu gehen hat.«

»Wir haben viele hochgeschätzte Kunden, deren Wort am Telefon ausreicht.«

»Hongkong hat sich verändert.«

»Verändert sich täglich mehr, Mr. Cruett. Möglicherweise will es Ihnen Ihr Gastgeber selbst sagen. Es wäre ungehörig, sich solchen Wünschen zu widersetzen.«

»Ihr Vertrauen ist bewundernswert.«

»Dahinter steht natürlich ein Code im Computer des Kassiers.« Liang bemühte sich um ein Lächeln; es war falsch.

»Nun, nachdem Sie sonst nichts haben, werde ich es auf eigene Faust versuchen. Ich habe Freunde im Pen«, sagte Webb und meinte damit das ehrwürdige Peninsula-Hotel auf der anderen Straßenseite.

»Das wird nicht nötig sein. Wir können umdisponieren.«

»Aber Ihr Angestellter hat doch gesagt –«

»Der ist nicht stellvertretender Geschäftsführer des Regent, Sir.« Liang warf dem jungen Mann hinter der Theke einen bösen Blick zu.

»Auf meinem Bildschirm ist aber nichts frei«, wandte der Angestellte ein.

»Seien Sie still!« Liang lächelte sofort wieder, ebenso unecht wie zuvor, als ihm bewußt wurde, daß er ohne Zweifel mit seiner schroffen Anordnung die Scharade verloren hatte. »Er ist so jung – alle sind sie so jung und unerfahren –, aber sehr intelligent, sehr eifrig . . . Wir halten uns immer einige Zimmer in Reserve für den Fall, daß es irgendwelche Mißverständnisse gibt.« Wieder sah er den Angestellten an und sagte schroff, ohne daß sein Lächeln sich dabei geändert hätte: »*Ting, ruanji!*« Dann redete er schnell auf chinesisch weiter, wobei Webb jedes Wort verstand, ohne sich davon etwas anmerken zu lassen. »Hör zu, du knochenloses Huhn! Du wirst in meiner Gegenwart keine Auskünfte mehr geben, wenn ich dich nicht ausdrücklich dazu auffordere! Wenn du das noch einmal machst, fliegst du auf den Müll. Und jetzt teilst du diesem Idioten Zimmer zwei-null-zwei zu. Es wird als gebucht geführt, das stornierst du. Tu, was ich dir sage.« Jetzt wandte der Hotelmanager sich wieder David zu, und sein Lächeln prägte sich noch stärker aus. »Das ist ein sehr angenehmes Zimmer, mit einem herrlichen Hafenblick, Mr. Cruett.«

»Ich bin Ihnen sehr dankbar«, sagte David, und sein Blick bohrte sich in den des plötzlich unsicher gewordenen Liang. »Das erspart mir die Mühe, in der ganzen Stadt herumzutelefonieren und den Leuten zu sagen, wo ich bin.« Dann hielt er mit halb erhobener rechter Hand inne, wie jemand, der weitersprechen möchte. David Webb folgte einem seiner Instinkte, einem Instinkt, den Jason Borowski entwickelt hatte. Er wußte, daß dies der Augenblick war, um Furcht zu erzeugen. »Wenn Sie sagen, ein Zimmer mit einem herrlichen Ausblick, meinen Sie wahrscheinlich *you hao jingse de fangian*. Habe ich recht? Oder klingt mein Chinesisch albern?«

Der Hotelmann starrte den Amerikaner an. »Ich hätte es selbst nicht besser formulieren können«, sagte er leise. »Der Angestellte wird sich um alles kümmern. Ich wünsche Ihnen einen angenehmen Aufenthalt, Mr. Cruett.«

»Das Angenehme muß sich an der Leistung messen, Mr. Liang. Das ist entweder ein sehr altes oder ein sehr neues chinesisches Sprichwort, ich weiß nicht genau, welches von beiden.«

»Ich argwöhne, daß es sich um ein neues handelt, Mr. Cruett. Es ist für passive Reflexion zu aktiv, die Seele von Konfuzius, wie Sie sicher wissen.«

»Ist das keine Leistung?«

»Sie sind mir zu schnell, Sir.« Liang verbeugte sich. »Wenn Sie irgend etwas brauchen, lassen Sie es mich bitte unverzüglich wissen.«

»Ich glaube kaum, daß das nötig sein wird, aber trotzdem vielen Dank. Offen gestanden, es war ein langer, anstrengender Flug. Ich werde die Telefonzentrale daher bitten, bis zum Abendessen keine Gespräche durchzustellen.«

»Oh?« Liangs Unsicherheit wurde jetzt noch deutlicher; er hatte Angst. »Aber wenn irgend etwas Dringendes – «

»Es gibt nichts, was nicht warten könnte. Und nachdem ich nicht in Suite sechs-neun-null bin, kann das Hotel ja einfach sagen, daß man mich erst später erwartet. Das ist doch plausibel, oder nicht? Ich bin schrecklich müde. Vielen Dank, Mr. Liang.«

»Ich danke *Ihnen*, Mr. Cruett.« Wieder verbeugte sich der Hotelmanager und suchte Webbs Augen nach einem letzten Zeichen ab. Als er keines fand, drehte er sich schnell und nervös um und strebte seinem Büro zu.

Du mußt das Unerwartete tun. Den Feind verwirren, ihn aus dem Gleichgewicht bringen . . . Jason Borowski. Oder war das Alexander Conklin?

»Wirklich ein *sehr* schönes Zimmer, Sir!« rief der erleichterte Angestellte aus. »Sie werden *sehr* zufrieden sein.«

»Mr. Liang ist sehr liebenswürdig«, sagte David. »Ich sollte mich für Ihre Hilfe erkenntlich zeigen – was ich auch tun werde.« Webb holte seine Geldspange heraus und griff unauffällig nach einem Zwanzig-Dollar-Schein. Er streckte dem anderen die Hand mit dem Geldschein hin. »Wann geht Mr. Liang nach Hause?« Der verwirrte, aber überglückliche junge Mann blickte nach rechts und links und redete dabei zusammenhanglos: »Ja! Sie sind sehr liebenswürdig, Sir. Das ist ganz bestimmt nicht nötig, Sir, aber vielen Dank. Mr. Liang verläßt sein Büro jeden Nachmittag um fünf Uhr. Ich gehe um die Zeit auch. Ich würde natürlich bleiben, wenn die Direktion das verlangen würde, weil ich mir sehr große Mühe gebe, mein Bestes für die Ehre des Hotels zu tun.«

»Ich bin ganz sicher, daß Sie das tun«, sagte Webb. »Und Sie machen das auch sehr gut. Meinen Schlüssel, bitte. Mein Gepäck trifft erst später ein wegen einer Umbuchung.«

»Selbstverständlich, Sir!«

David saß in dem Sessel an dem getönten Fenster und blickte über den Hafen zur Insel Hongkong hinüber. Namen drängten sich ihm auf, von Bildern begleitet – Causeway Bay, Wanchai, Repulse Bay, Aberdeen, das Mandarin, und schließlich, ganz klar in der Ferne, der Victoria Peak mit seinem grandiosen Ausblick über die ganze Kronkolonie. Und dann sah er vor seinem geistigen Auge die Menschenmassen, die sich durch die überfüllten, farbenfrohen, häufig so schmutzigen Straßen drängten, und die überfüllten Hotelhallen und Bars mit ihren Kronleuchtern und dem weichen Licht, wo die gutgekleideten letzten Repräsentanten des britischen Empire sich widerstrebend unter die immer mächtiger werdenden chinesischen Spekulanten und Unternehmer mischten – die alte Krone und das neue Geld mußten sich miteinander arrangieren. . . . Gassen? Aus irgendeinem Grund tauchten vor seinem inneren Auge jetzt überfüllte, heruntergekommene Seitengassen auf. Gestalten hetzten durch die schmalen Gassen, stießen an Käfige mit kleinen, kreischenden Vögeln und sich windenden Schlangen verschiedener Größe – Waren, von Händlern auf den untersten Sprossen der Stufenleiter des Handels. Männer und Frauen jeglichen Alters, von Kindern bis Greisen, in Lumpen gekleidet, schwerer, würziger Rauch, der sich langsam nach oben kräuselte und den Raum zwischen den verfallenden Gebäuden erfüllte und das Licht verschluckte, so daß die dunklen Steinmauern noch düsterer wirkten. Das alles sah er vor sich, und alles hatte eine Bedeutung für ihn, aber er begriff es nicht. Er hatte keine Anhaltspunkte. Zum Wahnsinnigwerden war das.

Marie war dort draußen. Er mußte sie finden! Er sprang auf und wäre am liebsten mit dem Kopf gegen die Wand gerannt, um Klarheit in diese Verwirrung zu bekommen, und wußte doch, daß es ihm nicht weiterhelfen würde – nichts half ihm, das einzige, was ihm helfen würde, war die Zeit, und der Druck, den die Zeit mit sich brachte, konnte er nicht ertragen. Er mußte Marie finden, sie an sich drücken, sie schützen – so wie sie ihn einst geschützt hatte, indem sie an ihn geglaubt hatte, als er selbst nicht mehr an sich geglaubt hatte. Er trat an den Spiegel über der Kommode und musterte sein blasses, verhärmtes Gesicht. Eines war klar. Er mußte schnell planen und handeln, aber nicht als der Mann, den er im Spiegel sah. Er mußte alles ins Spiel bringen, was er als Jason Borowski gelernt und vergessen hatte. Von irgendeinem Ort in seinem Inneren mußte er die Vergangenheit heraufbeschwören, die sich ihm entziehen wollte, und mußte Instinkten vertrauen, an die er sich nicht erinnerte.

Er hatte den ersten Schritt getan; die Verbindung stand, das wußte er. So oder so, Liang würde ihm etwas liefern, wahrscheinlich eine Information auf dem untersten Niveau, aber es würde immerhin ein Anfang sein – ein Name, ein Ort oder ein Briefkasten, ein erster Kontakt, der zum nächsten führen würde und dann zu einem weiteren. Er mußte jetzt schnell handeln, das annehmen, was man ihm gab, durfte seinem Feind keine Zeit zum Manövrieren lassen, mußte denjenigen, den er erreichte, so bedrängen, daß die Alternative zur Zusammenarbeit mit ihm der Tod war. Aber um weiterzukommen, mußte er vorbereitet sein. Es galt, Dinge einzukaufen und eine Fahrt durch die Kronkolonie zu unternehmen. Er wollte eine Stunde auf dem Rücksitz eines Automobils sitzen und beobachten und aus seinem lädierten Gedächtnis ausgraben, was sich nur irgend ausgraben ließ.

Er griff sich den in rotes Leder gebundenen Führer, der im Hotelzimmer auslag, setzte sich auf die Bettkante, schlug ihn auf und blätterte schnell durch die Hochglanzseiten. *Das New World Shopping Centre, eine großartige offene Anlage mit fünf Etagen, in der Sie unter einem Dach die besten Waren aus allen vier Himmelsrichtungen finden . . .*

Trotz aller Übertreibung fand sich das ›Centre‹ dicht neben dem Hotel; für seine Zwecke würde das reichen. *Mietwagen. Eine Flotte von Daimler-Limousinen steht auch stundenweise für geschäftliche oder touristische Zwecke zur Verfügung. Bestellung über den Concierge. Wählen Sie 62.* Limousinen deuteten auf erfahrene Chauffeure, die sich in dem verwirrenden Durcheinander von Straßen, Nebenstraßen, Avenuen in Hongkong, Kowloon und den New Territories auskannten und auch sonst in vielen Dingen Erfahrungen besaßen.

Solche Männer kannten sich auch im Untergrund der Städte aus, in denen sie arbeiteten. Wenn er sich nicht sehr täuschte, und sein Instinkt sagte ihm, daß er das nicht tat, würde er auf diese Weise noch zu etwas anderem kommen, was er dringend brauchte. Zu einer Waffe. Außerdem gab es im Central District von Hongkong eine Bank, die eine Abmachung hatte mit einem Schwesterinstitut auf den Cayman-Inseln, Tausende von Meilen entfernt. Er mußte jene Bank aufsuchen, dort unterschreiben, was man ihm vorlegte, und sie dann wieder mit mehr Geld verlassen, als ein vernünftiger Mensch in Hongkong bei sich trug – oder sonstwo, was das anging. Er würde irgendeinen Ort finden, um das Geld dort zu verstecken, ganz bestimmt nicht eine Bank, denn dort konnte er nicht jederzeit darüber verfügen. Jason Borowski wußte: Wenn man einem Menschen sein Leben verspricht, spurt er; wenn man ihm sein Leben und viel Geld verspricht, hat das die doppelte Wirkung: völlige Unterwerfung.

David griff nach dem Notizblock und dem Bleistift, die neben dem Telefon auf dem Nachttisch lagen; er machte wieder eine Liste. Die kleinen Dinge wuchsen mit jeder Stunde immer mächtiger an, und so viele Stunden hatte er nicht mehr. Es war jetzt fast elf Uhr vormittags. Der Hafen glitzerte in der mittäglichen Sonne. Es gab bis halb fünf noch so vieles zu tun. Dann würde er unauffällig irgendwo in der Nähe des Personalausgangs Position beziehen, vielleicht auch in der Hotelgarage, um dem wachsgesichtigen Liang zu folgen und ihn in eine Falle zu locken, denn dies war seine erste Spur.

Drei Minuten später war seine Liste fertig. Er riß das Blatt ab, stand auf und griff nach seinem Jackett, das er über den Schreibtischstuhl gehängt hatte. Plötzlich klingelte das Telefon durchdringend und zerriß die Stille des Hotelzimmers. Er mußte die Augen schließen und jeden Muskel anspannen, um nicht zum Telefon zu rennen, mußte die Hoffnung verdrängen, daß es ihm Maries Stimme übermitteln würde, selbst wenn sie eine Gefangene war. Er durfte den Hörer nicht abnehmen. *Instinkt. Jason Borowski.* Er hatte die Lage nicht im Griff. Wenn er jetzt den Hörer abnahm, hatten sie *ihn* im Griff. Er ließ es klingeln, während er voll Sorge durch das Zimmer und zur Tür hinausging.

Zehn Minuten nach zwölf kehrte er mit einer Anzahl Plastiktüten aus verschiedenen Geschäften im Shopping Centre zurück. Er ließ sie auf das Bett fallen und holte seine Einkäufe heraus. Unter anderem hatte er einen dunklen, leichten Regenmantel, einen dunklen Segeltuchhut, ein Paar graue Tennisschuhe, schwarze Hosen und einen Pullover gekauft, ebenfalls schwarz; das war die Kleidung, die er nachts tragen würde. Dann noch eine Spule mit Angelleine – laut Test hielt sie fünfundsiebzig Pfund aus – mit zwei etwa handtellergroßen Ösen, durch die man ein etwa ein Meter langes Stück Leine schlingen und an beiden Enden befestigen konnte, ein Briefbeschwerer in Gestalt einer Glocke, ein Eispickel und ein zweischneidiges Jagdmesser mit einer schmalen, vier Zoll langen Klinge in einer Lederscheide. Dies waren die stummen Waffen, die er Tag und Nacht bei sich tragen würde. Ein Gegenstand fehlte noch, aber er würde ihn auftreiben.

Während er seine Einkäufe untersuchte, wobei er sich auf die Ösen und die Fischerleine konzentrierte, fiel ihm ein schwach blinkendes Licht auf. Auf, ab . . . auf, ab. Es war lästig, weil er nicht herausfinden konnte, wo es herkam, und wie so häufig, mußte er sich den Kopf darüber zerbrechen, ob das Licht tatsächlich da war oder es sich nur um eine Illusion seines gestörten Bewußtseins handelte. Dann wanderten seine Augen zum Nachttisch; durch die dem Hafen zugewandten Fenster strömte helles Licht herein und hüllte auch das Telefon ein, aber da war das pulsierende Licht, in der linken unteren Ecke des Apparats – kaum sichtbar, aber doch nicht zu übersehen. Es war das Signal für eine Nachricht am Empfang, ein kleiner roter Punkt, der eine Sekunde lang leuchtete, dann wieder eine Sekunde lang dunkel wurde, und in gleichen Intervallen auf und ab blinkte. Eine Nachricht war kein Anruf, überlegte er. Er ging an den Nachttisch, studierte die Gebrauchsanweisung auf dem kleinen Plastikkärtchen, nahm dann den Hörer auf und drückte den entsprechenden Knopf.

»Ja, Mr. Cruett?« sagte die Telefonistin in der Zentrale.

»Sie haben eine Nachricht für mich?« fragte er.

»Ja, Sir. Mr. Liang hat versucht, Sie zu erreichen –«

»Ich dachte, meine Anweisungen seien eindeutig gewesen«, unterbrach sie Webb. »Ich wollte keine Anrufe, bis ich der Zentrale Bescheid sage.«

»Ja, Sir, aber Mr. Liang ist stellvertretender Geschäftsführer – er leitet das Hotel, wenn sein Vorgesetzter nicht hier ist, was heute morgen . . . heute nachmittag der Fall ist. Er hat uns gesagt, es sei sehr dringend. Er hat Sie in der letzten Stunde alle paar Minuten angerufen. Ich verbinde Sie jetzt, Sir.«

David legte auf. Er war noch nicht bereit für Liang, oder besser gesagt, Liang war noch nicht für ihn bereit – zumindest nicht auf die Weise, wie David das wollte. Liang stand vermutlich am Rande der Panik, denn er war der erste und unterste Kontaktmann, und es war ihm mißlungen, das Opfer dort unterzubringen, wo man das gewollt hatte – in einer Suite mit Mikrofonen, wo der Feind jedes Wort hören konnte. Aber der Rand der Panik reichte nicht. David wollte, daß Liang jene Grenze überschritt. Und die schnellste und sicherste Methode, diesen Zustand herbeizuführen, war die, keinen Kontakt zuzulassen, keine Diskussion, keine um Entschuldigung bittenden Erklärungen.

Webb nahm die Kleider vom Bett und legte sie mit den Sachen, die er aus der Flugtasche geholt hatte, in zwei Schubladen der Kommode; die Ösen und die Angelleine stopfte er dazwischen. Dann legte er den Briefbeschwerer auf die Speisekarte des Etagenservice, schob das Jagdmesser in seine Jackettasche. Er sah auf den Eispickel hinunter, und plötzlich kam ihm ein Gedanke, der wieder aus einem seltsamen Instinkt geboren war. Ein von Angst verzehrter Mann würde dann überreagieren, wenn ihn der unerwartete Anblick von etwas Erschreckendem verblüffte. Das Bild würde ihn schockieren und seine Ängste verstärken. David holte ein Taschentuch aus der Brusttasche, griff nach dem Eispickel und wischte den Griff sauber. Indem er das tödliche Instrument mit dem Tuch festhielt, ging er schnell auf den kleinen Vorraum zu, warf einen prüfenden Blick auf die Wand und trieb den Pickel in Augenhöhe in die weiße Wand gegenüber der Tür. Das Telefon klingelte und klingelte dann beständig weiter. Webb öffnete die Tür und ging hinaus und eilte den Korridor hinunter, auf die Aufzüge zu, bog dann aber kurz davor ab und wartete im nächsten Gang.

Er hatte sich nicht verrechnet. Die blitzenden Schiebetüren glitten auseinander, und Liang kam aus dem mittleren Aufzug herausgerannt, auf

Webbs Korridor zu. David hetzte um die Ecke, auf die Aufzüge zu und ging dann schnell und leise an die Ecke seines eigenen Korridors. Er konnte sehen, wie der nervöse Liang ein paarmal die Türglocke drückte und schließlich immer hartnäckiger an die Tür klopfte. Eine weitere Tür öffnete sich, und zwei Paare traten lachend heraus. Einer der Männer warf Webb einen fragenden Blick zu, zuckte dann aber die Achsel, als die anderen nach links bogen. David wandte seine Aufmerksamkeit wieder Liang zu. Der Hotelmanager wirkte jetzt völlig verzweifelt; er klingelte wieder und schlug gegen die Tür. Dann hielt er inne und legte das Ohr an die Tür, griff dann in die Tasche und holte einen Schlüsselbund heraus.

Webb zog sofort den Kopf zurück, als der Chinese sich umdrehte und den Korridor hinauf und hinunter blickte, während er den Schlüssel ins Schloß schob. David brauchte nichts zu sehen; er wollte nur hören.

Er brauchte nicht lange zu warten. Zuerst war ein unterdrückter, kehliger Schrei zu hören, und dann das laute Krachen der Tür. Der Eispickel hatte seine Wirkung getan. Webb rannte zu seinem Versteck hinter dem letzten Aufzug zurück und preßte sich wieder gegen die Wand. Liang war sichtlich erschüttert; sein Atem ging unregelmäßig, während er ein paarmal den Liftknopf drückte. Schließlich ertönte eine Glocke, und die Metalltüre des zweiten Aufzugs öffnete sich. Liang rannte hinein.

David hatte keinen bestimmten Plan, wußte aber vage, was er zu tun hatte, denn eine andere Möglichkeit gab es nicht. Er ging mit schnellen Schritten an den Lifttüren vorbei und rannte dann den Rest der Strecke zu seinem Zimmer. Er sperrte auf, riß den Telefonhörer an sich und drückte die Ziffern, die er sich gemerkt hatte. »Concierge, bitte?« sagte eine angenehme Stimme, die nicht asiatisch klang. Wahrscheinlich ein Inder.

»Spreche ich mit dem Concierge?« fragte Webb.

»Ja, Sir.«

»Keinem seiner Assistenten?«

»Nein, leider nicht. Wollten Sie mit einem bestimmten Assistenten sprechen? Jemanden, der etwas Bestimmtes für Sie erledigt, vielleicht?«

»Nein, ich möchte mit Ihnen sprechen«, sagte David leise. »Ich befinde mich hier in einer Situation, die streng vertraulich behandelt werden muß. Kann ich mich bei Ihnen darauf verlassen? Ich kann sehr großzügig sein.«

»Sie sind ein Gast im Hotel?«

»Ja, das bin ich.«

»Und es handelt sich natürlich um nichts Ungehöriges. Nichts, was dem Etablissement Schaden zufügen würde.«

»Im Gegenteil, es würde nur seinen Ruf fördern, daß es vorsichtigen Geschäftsleuten behilflich ist, die Geschäfte im Territorium machen wollen. Große Geschäfte.«

»Ich stehe zu Ihren Diensten, Sir.«

Eine Daimler-Limousine mit dem erfahrensten Chauffeur, der zur Verfügung stand, würde in zehn Minuten für ihn an der Rampe an der Salisbury Road bereitstehen. Der Concierge würde am Wagen warten und würde als Gegenleistung für die vertrauliche Behandlung seines Wunsches zweihundert Dollar in amerikanischer Währung erhalten, was etwa fünfzehnhundert Dollar in Hongkong-Währung entsprach. Die Mietsumme würde bar für vierundzwanzig Stunden entrichtet werden, und kein Name würde fallen – nur der einer willkürlich ausgewählten Firma. Und ›Mr. Cruett‹, würde, von einem Pagen geleitet, einen Personalaufzug in die untere Etage des Regent benutzen dürfen, wo es einen Ausgang gab, der zum New World Centre führte, von dem aus es einen direkten Zugang zu dem vereinbarten Treffpunkt an der Salisbury Road gab.

Nachdem das Geld seinen Besitzer gewechselt hatte, stieg David auf den Rücksitz des Daimler; das faltige, müde Gesicht eines uniformierten Fahrers in mittleren Jahren, dessen gelangweilter Gesichtsausdruck durch den gequälten Versuch, freundlich zu sein, nur teilweise gemildert wurde, ermutigte ihn.

»Willkommen, Sir! Mein Name ist *Pak-fei*, und ich werde mir große Mühe geben, Ihnen zu Diensten zu sein! Sie sagen mir, wohin Sie wollen, und ich bringe Sie hin. Ich weiß alles!«

»Das hatte ich gehofft«, sagte Webb leise.

»Wie bitte, Sir?«

»*Wo bushi lüke*«, sagte David und erklärte damit, daß er kein Tourist sei. »Aber da ich seit Jahren nicht mehr hier war«, fuhr er auf chinesisch fort, »möchte ich mich aufs neue mit der Umgebung vertraut machen. Wie wäre es mit der normalen langweiligen Inseltour und dann einer schnellen Fahrt durch Kowloon? Ich muß in etwa zwei Stunden zurück sein . . . Und ab jetzt wollen wir Englisch sprechen.«

»*Ah!* Sie sprechen gut Chinesisch, sehr hohe Klasse, aber ich verstehe alles, was Sie sagen. Aber nur zwei *zhongtou*–«

»Stunden«, unterbrach ihn Webb. »Wir sprechen Englisch, vergessen Sie das nicht, und ich möchte nicht mißverstanden werden. Aber diese zwei Stunden und Ihr Trinkgeld und die restlichen zweiundzwanzig Stunden und das Trinkgeld dafür werden davon abhängen, wie gut wir miteinander auskommen, nicht wahr?«

»Ja, *ja*!« rief Pak-fei, ließ den Motor des Daimler aufheulen und schoß rücksichtslos in den dichten Verkehr der Salisbury Road hinaus. »Ich werde mir Mühe geben, *sehr* ausgezeichneten Dienst zu bieten!«

Das tat er, und die Namen und Bilder, die sich David im Hotelzimmer aus der Vergangenheit aufgedrängt hatten, wurden durch greifbare Bilder verstärkt. Er kannte die Straßen des Central District, er kannte das Mandarin-Hotel und den Hongkong-Club ebenso wie den Chater

Square mit dem Obersten Gerichtshof der Kronkolonie gegenüber den Bankgiganten von Hongkong. Hier war er zu Fuß durch die überfüllten Straßen zu dem Gewimmel vor der Star-Fähre gegangen, der Verkehrsverbindung der Insel mit Kowloon. Queen's Road, Hillier, Possession Street . . . das grellbunte Wanchai-Viertel, alles nahm für ihn jetzt wieder Gestalt an, in dem Sinne, daß er schon einmal dort gewesen war, jene Orte aufgesucht hatte, sie kannte, die Straßen kannte, selbst die Abkürzungswege. Er erkannte die gewundene Straße nach Aberdeen und war nicht erstaunt, als er die grellbemalten schwimmenden Restaurants sah und dahinter das unglaubliche Gewirr von Dschunken und Sampans der Leute, die dort wohnten, in einer schwimmenden Stadt der ewig Entrechteten; sogar das Klappern und die Rufe der Mah-Jongg-Spieler konnte er hören und sich ausmalen, wie sie abends im schwachen Schein schwankender Laternen ihrer Spielleidenschaft frönten. An den Stränden von Shek O und Big Wave hatte er sich mit Männern und Frauen getroffen – Kontaktleuten und Verbindungsleuten, reflektierte er –, und dann war er am überfüllten Strand von Repulse Bay im Meer geschwommen, hinter sich die nachgemachten Götterstatuen und die abbröckelnde Eleganz des alten Kolonialhotels. Das alles hatte er gesehen, das alles kannte er, und doch gab es für ihn keine Beziehung dazu.

Er sah auf die Uhr; sie waren jetzt seit beinahe zwei Stunden unterwegs. Er hatte auf der Insel noch etwas zu erledigen, und anschließend würde er Pak-fei auf die Probe stellen. »Fahren Sie zum Chater Square zurück«, sagte er. »Ich habe in einer der Banken zu tun. Sie können auf mich warten.«

Geld war nicht nur ein gesellschaftliches und industrielles Schmiermittel, sondern in genügend großen Beträgen auch der Schlüssel zur Beweglichkeit. Ohne Geld kamen Männer auf der Flucht nicht weiter, waren in ihrer Wahl der Waffen eingeschränkt, und die Verfolger, die sich von der Beliebigkeit der Fluchtmethoden oft narren ließen, verfügten nicht über die Mittel, die Jagd fortzusetzen. Und je höher der Betrag, desto leichter war es, an ihn heranzukommen; man bedenke nur, wie mühsam es ist, ein Darlehen von höchstens 500 Dollar zu bekommen, wenn die Sicherheiten bescheiden sind, und wie leicht das geht, wenn man 500 000 Dollar Kredit hat. In der Bank am Chater Square lief alles schnell und professionell; man stellte David ohne Fragen einen Aktenkoffer für den Transport des Geldes zur Verfügung und bot ihm einen Leibwächter an, der ihn zum Hotel begleiten konnte. Er lehnte ab, unterzeichnete die entsprechenden Papiere und brauchte keine weiteren Fragen zu beantworten. Er kehrte zu dem Wagen zurück, der auf der verkehrsreichen Straße auf ihn wartete.

Er lehnte sich nach vorne, stützte die linke Hand auf den weichen Bezug des Vordersitzes, nur wenige Zoll vom Kopf des Fahrers entfernt. Zwischen Daumen und Zeigefinger hielt er eine amerikanische Hundert-Dollar-Note. »Pak-fei«, sagte er, »ich brauche eine Pistole.«

Langsam drehte der Fahrer den Kopf. Er sah den Schein an und drehte sich dann noch weiter herum, um Webb anzusehen. Der ganze verkrampfte Überschwang war dahin, die ganze Servilität. Statt dessen zeigte das faltige Gesicht jetzt keinerlei Ausdruck, und die Schlitzaugen wirkten wie Abgründe. »Kowloon«, sagte er. »Im Mongkok.« Er nahm die hundert Dollar.

9

Die Daimler-Limousine kroch durch die fast völlig verstopfte Straße in Mongkok, ein Ballungszentrum, das nicht darum zu beneiden ist, daß es der am dichtesten besiedelte Stadtteil in der Menschheitsgeschichte ist. Besiedelt fast ausschließlich von Chinesen. Ein westliches Gesicht war hier so selten, daß es neugierige Blicke auf sich zog, gleichermaßen feindselig wie belustigt. Weiße wurden nicht dazu animiert, sich nach Einbruch der Dunkelheit in Mongkok blicken zu lassen. Es gab hier kein asiatisches Gegenstück zum Cotton-Club in Harlem. Das hatte nichts mit Rassismus zu tun, sondern war nur realistisch gedacht. Schon für die eigenen Leute war zu wenig Platz – und das Eigene beschützten sie, wie das die Chinesen seit den frühesten Dynastien jahrtausendelang getan hatten. Die Familie war ihr ein und alles, und zu viele Familien lebten, wo nicht im Elend, so doch in einen einzigen Raum eingepfercht, in dem nichts war außer einem Bett und Matten auf den rohen, sauberen Böden. Überall zeugten die vielen kleinen Balkons von einem ausgeprägten Reinlichkeitssinn, denn niemand hielt sich je dort auf, dort wurde immerzu nur Wäsche aufgehängt. Die offenen Balkons überzogen die Fassaden und schienen ständig in Bewegung zu sein, denn die riesigen Wände aus Stoff blähten sich im Wind, und alle nur erdenklichen Kleidungsstücke tanzten zu Zehntausenden auf der Stelle, noch ein Beweis für die ungeheuer große Zahl von Einwohnern in diesem Viertel.

Arm war Mongkok auch nicht. Überall war dick aufgetragene Farbe, am auffälligsten ein leuchtendes Rot, das wie ein Magnet wirkte. Und wo immer der Blick über die Menschenmenge hinwegschweifte, fiel er auf riesengroße, kunstvoll bemalte Tafeln; Werbewände, die sich drei Stockwerke hoch auftürmten, säumten die Straßen und Gassen, und die chinesischen Schriftzeichen gaben sich alle Mühe, die Verbraucher zu verführen. Es gab Geld in Mongkok, von dem nicht geredet wurde, und Geld, mit dem geprotzt wurde, aber nicht nur ehrlich verdientes Geld. Es fehlte an Platz, und der ganze Platz gehörte den Chinesen, nicht den Außenseitern, es sei denn, ein Außenseiter – den ein Chinese mitgebracht hatte – brachte Geld, um die unersättliche Maschinerie zu füttern, die ein unendlich großes Sortiment weltlicher Güter produzierte, von denen manche schon gar nicht mehr von dieser Welt waren. Man mußte nur den richtigen Blick und das nötige Geld haben. Pak-fei, der Fahrer, hatte den richtigen Blick und Jason Borowski das nötige Geld.

»Ich halte jetzt und gehe telefonieren«, sagte Pak-fei und lenkte den Daimler hinter einen in zweiter Reihe geparkten Lastwagen. »Ich schließe Sie ein. Bin gleich wieder da.«

»Ist das nötig?« fragte Webb.

»Es ist Ihre Aktentasche, Sir, nicht meine.«

Du großer Gott, dachte David, was bin ich für ein Vollidiot! An den Attachékoffer hatte er nicht gedacht. Da trug er über 300 000 Dollar ins Herz von Mongkok wie ein Lunchpaket. Er packte den Griff, nahm den Koffer auf den Schoß und überprüfte die Schlösser; sie waren zu, aber falls man die beiden Knöpfe zurückstieße, wenn auch nur leicht, würde der Deckel aufspringen. Er schrie dem Fahrer nach, der bereits ausgestiegen war: »Bringen Sie mir Klebeband mit!«

Zu spät. Die Straßengeräusche waren ohrenbetäubend, das Gewimmel wie eine wogende Decke aus Menschenleibern, und sie waren überall. Und plötzlich waren die Fenster des Daimler dieses Überall. Hundert Augenpaare spähten von allen Seiten herein, und dann preßten sich verzerrte Gesichter gegen das Glas – auf allen Seiten – und Webb war der Mittelpunkt eines Vulkans. Er hörte Schreie – *Bin go ah* und *Chong man tui*, was übersetzt etwa ›Wer ist das?‹ bedeutete und ›Ein sattgefressenes Maul‹ oder zusammengenommen ›Was ist das denn für ein Großkotz?‹. Er kam sich vor wie ein Tier in einem Käfig, belauert von einer Horde Bestien, die einer anderen Spezies angehörten und vielleicht bösartig waren. Er hielt den Koffer fest und starrte geradeaus, und als zwei Hände sich in dem schmalen Spalt im Fenster zu seiner Rechten verkrallten, griff er langsam nach dem Jagdmesser in seiner Tasche. Die Finger schoben sich durch den Spalt.

»*Jau!*« schrie Pak-fei und bahnte sich einen Weg durch die Menge. »Das ist ein ungeheuer wichtiger Taipan, und die Polizei wird euch siedendes Öl auf die Eier schütten, wenn ihr ihn nicht in Ruhe laßt! Geht weg, weg!« Er schloß auf, sprang hinter das Steuer und warf die Tür zu, begleitet von zornigen Flüchen. Er ließ den Motor an, ließ ihn aufheulen und drückte dann auf die laute Hupe und ließ die Hand dort, so daß die Kakophonie unerträglich wurde, während sich das Meer aus Leibern langsam und widerstrebend teilte. Der Daimler hüpfte und ruckte die schmale Straße hinunter.

»Wo fahren wir hin?« schrie Webb. »Ich dachte, wir wären schon da!«

»Der Geschäftsmann, mit dem Sie verhandeln werden, hat sein Büro verlegt, Sir, und das ist gut, weil das hier nicht gerade die angenehmste Gegend von Mongkok ist.«

»Sie hätten früher anrufen sollen. Das eben war nicht besonders erfreulich!«

»Erlauben Sie mir, Sir, den Eindruck zu berichten, daß meine Dienste zu wünschen übriglassen«, sagte Pak-fei und warf David im Rückspiegel einen Blick zu. »Wir wissen jetzt, daß Sie nicht verfolgt werden. Und das heißt, daß auch ich nicht an den Ort verfolgt werde, zu dem ich Sie bringe.«

»Wovon reden Sie?«

»Sie betreten mit leeren Händen eine große Bank am Chater Square und kommen nicht mit leeren Händen heraus. Sie tragen einen Aktenkoffer.«

»Und?« Webb behielt den Blick des Fahrers im Auge, der ihn immer wieder streifte.

»Kein Wachmann hat Sie begleitet, und es gibt böse Menschen, die nach Männern wie Ihnen Ausschau halten – oft geben böse Menschen ein Zeichen an die anderen draußen. Wir leben in unsicheren Zeiten, also war es besser, in diesem Fall ganz sicherzugehen.«

»Und Sie sind sicher . . . jetzt.«

»O ja, Sir!« Pak-fei lächelte. »Ein Automobil, das uns auf einer Nebenstraße in Mongkok verfolgt, ist leicht auszumachen.«

»Also haben Sie nicht telefoniert.«

»O doch, Sir. Man muß immer erst anrufen. Aber es war ein sehr kurzes Gespräch, und dann bin ich die Straße zurückgegangen, ohne meine Mütze natürlich, und viele Meter. Es gab keine zornigen Männer in Automobilen, und keiner ist ausgestiegen, um über die Straße zu laufen. Ich kann Sie jetzt mit großer Erleichterung zu dem Geschäftsmann bringen.«

»Ich bin auch erleichtert«, sagte David und fragte sich, warum Jason Borowski ihn einen Augenblick lang im Stich gelassen hatte. »Und ich wußte nicht einmal, daß ich Grund zur Sorge gehabt hätte. Nicht was Verfolger anbelangt.«

Das Menschengewimmel von Mongkok verlief sich zusehends, als die Häuser niedriger wurden, und Webb konnte hinter hohen Maschendrahtzäunen die Wasserfläche des Victoria Harbour ausmachen. Hinter der Absperrung drängten sich Lagerhäuser und Schuppen vor den Piers, wo Handelsschiffe am Dock lagen und schwere Motoren ächzend und dröhnend riesige Container in die Laderäume hievten. Pak-fei bog in die Zufahrt eines vereinzelt dastehenden einstöckigen Lagerhauses ein; es wirkte verlassen, man sah ringsherum nichts als Asphalt, und nur zwei Autos waren davor geparkt. Das Tor war abgeschlossen; ein Wachmann kam aus einer Glaskabine auf den Daimler zu, ein Klemmbrett in der Hand.

»Sie werden meinen Namen nicht auf einer Liste finden«, sagte Pak-fei auf chinesisch und im Brustton großer Autorität. »Informieren Sie Mr. Wu Song, daß Regent Nummer fünf hier ist und ihm einen Taipan bringt, der ebenso ehrenwert ist wie er selbst. Er erwartet uns.« Der Wachmann nickte und kniff in der Nachmittagssonne die Augen zusammen, um einen Blick auf den wichtigen Passagier zu erhaschen.

»Aiya!« schrie Pak-fei angesichts dieser Ungehörigkeit. Dann wandte er sich um und sah Webb an. »Sie dürfen das nicht mißverstehen, Sir«, sagte er, als der Mann zu seinem Telefon zurückrannte. »Daß ich den Namen meines schönen Hotels benutze, hat nichts mit meinem schönen Hotel zu tun. In Wahrheit würde ich meine Stelle verlieren, wenn Mr. Liang oder sonst jemand wüßte, daß ich in einer solchen Angelegenheit den Namen des Hotels erwähnt habe. Es ist nur so, daß ich am fünften Tag des fünften Monats im Jahre neunzehnhundertfünfunddreißig unseres Herrn und Heilands geboren wurde.«

»Ich werde es für mich behalten«, meinte David und lächelte bei sich und dachte, daß Jason Borowski ihn also doch nicht im Stich gelassen hatte. Dieser legendäre Mann kannte die Mittel und Wege zu den richtigen Kontaktleuten – kannte sie blindlings –, und dieser Mann war da, steckte in David Webb.

Der mit Vorhängen verhängte weißgetünchte Raum in dem Lagerhaus, den verschlossene, waagrechte Schaukästen säumten, erinnerte an ein Museum mit Überbleibseln vergangener Kulturen, zum Beispiel primitive Werkzeuge, versteinerte Insekten und Kultfiguren vergangener Religionen. Der Unterschied lag nur in den Gegenständen. Hier wurden Schußwaffen zur Schau gestellt, die ganze Bandbreite des Arsenals, angefangen bei kleinkalibrigen Handfeuerwaffen und Karabinern, bis zu den modernsten Waffen der Kriegsgeschichte – Maschinengewehre mit spiralförmig angeordneten Magazinen, die tausend Schuß enthielten, bis zu lasergelenkten Raketen, die man von der Schulter abfeuerte; ein Arsenal für Terroristen. Zwei Männer in Straßenanzügen hielten Wache, einer vor dem Eingang zu dem Raum, der andere drinnen. Wie zu erwarten war, verbeugte sich der erste zur Entschuldigung und tastete Webb und seinen Fahrer mit einem elektronischen Suchgerät ab. Dann griff der Mann nach dem Aktenkoffer. David zog ihn weg, schüttelte den Kopf und zeigte auf das Suchgerät. Der Wachmann hatte den Koffer bereits damit untersucht.

»Persönliche Papiere«, sagte David auf chinesisch zu dem verblüfften Mann und betrat den Raum.

David brauchte fast eine volle Minute, um das, was er sah, in sich aufzunehmen und zu fassen. Er betrachtete die unübersehbaren Nichtraucherzeichen auf englisch, französisch und chinesisch an allen Wänden und fragte sich, weshalb sie da waren. Nichts lag frei herum. Dann ging er zu dem Schaukasten mit kleinen Waffen und betrachtete die Auslage. Er umklammerte den Aktenkoffer, als wäre der eine Rettungsleine zur Vernunft in einer Welt, die den Verstand verloren hatte und von Werkzeugen der Gewalt beherrscht wurde.

»*Huanying!*« schrie eine Stimme, und dann tauchte ein Mann auf, der jugendlich wirkte. Er kam aus einer mit Paneelen verkleideten Türe und trug einen jener eng anliegenden europäischen Anzüge mit betonten Schultern, schmaler Taille und Rockschößen wie ein Pfauenschwanz – das Produkt von Modeschöpfern, die Männer der Eleganz zuliebe in Neutren verwandelten.

»Das ist Mr. Wu Song, Sir«, sagte Pak-fei und verbeugte sich zuerst vor dem Geschäftsmann und dann vor Webb. »Es ist nicht notwendig, daß Sie Ihren Namen nennen, Sir.«

»*Bu!*« stieß der junge Geschäftsmann hervor und deutete auf Davids Aktenkoffer. »*Bu jing ya!*«

»Ihr Kunde spricht fließend chinesisch, Mr. Song.« Der Fahrer wandte sich David zu. »Wie Sie hören, Sir, nimmt Mr. Song an Ihrem Koffer Anstoß.«

»Den gebe ich nicht aus der Hand«, sagte Webb.

»Dann ist ein ernsthaftes Gespräch über Geschäfte ausgeschlossen«, erwiderte Wu Song in makellosem Englisch.

»Warum? Ihr Wachmann hat ihn überprüft. Er enthält keine Waffen, und selbst wenn – sobald ich auch bloß versuche, ihn aufzumachen, liege ich vermutlich schon flach, ehe der Deckel offen ist.«

»Kunststoff?« sagte Wu Song in fragendem Ton. »Kunststoffmikrofone und ein Tonbandgerät, dessen Metallgehalt so niedrig ist, daß selbst komplizierte Geräte sie nicht entdecken können?«

»Sie leiden ja an Verfolgungswahn.«

»In Ihrem Lande würde man sagen, das bringt das Geschäft so mit sich.«

»Sie beherrschen meine Sprache ausgezeichnet.«

»Columbia University, Examensjahrgang dreiundsiebzig.«

»Hauptfach Waffenkunde?«

»Nein, Marketing.«

»*Aiya!*« schrie Pak-fei, aber zu spät. Im schnellen Wortwechsel waren die Wächter unbemerkt näher gekommen und hatten sich blitzschnell auf Webb und den Fahrer gestürzt.

Jason Borowski wirbelte herum, ließ den Arm des Angreifers von seiner Schulter abrutschen, klemmte ihn unter den eigenen Arm, drehte sich auf der Stelle, zwang den Mann zu Boden und schmetterte ihm den Aktenkoffer ins Gesicht. *Die Bewegungen fielen ihm wieder ein. Die Gewalt war wieder da, so wie sie einst auf einer Mittelmeerinsel zu einem verwirrten, unter Amnesie leidenden Mann zurückgekehrt war. So viel vergessen, so viel unerklärt, aber erinnert.* Der Mann fiel benommen zu Boden, während sein Partner sich wütend Webb zuwandte, nachdem er Pak-fei niedergeschlagen hatte. Er sprang ihn mit einem Satz an, die Hände schräg vor dem Körper; seine breite Brust und seine Schultern waren wie zwei Rammen. David ließ den Aktenkoffer fallen, wich nach rechts aus und wirbelte dann wieder herum, sein linker Fuß zuckte hoch und traf den Chinesen mit solcher Gewalt in den Unterleib, so daß der Mann sich schreiend zusammenkrümmte. Im nächsten Augenblick trat Webbs rechter Fuß zu, und seine Fußspitze bohrte sich dem Angreifer unmittelbar unter der Kinnlade in die Kehle. Der Mann wälzte sich, nach Luft schnappend, am Boden, eine Hand am Unterleib, die andere am Hals. Jetzt versuchte der erste Wachmann aufzustehen; Borowski schmetterte ihm das Knie in die Brust, so daß er ein paar Meter weit durch den Raum flog und bewußtlos unter einem Schaukasten zu Boden sank.

Der junge Waffenhändler von der Columbia-Universität war wie benommen. Sein Blick sprach Bände: Er wurde hier Zeuge des Undenkbaren und rechnete jeden Augenblick damit, daß das, was er sah, sich umkehrte, daß seine Wachleute die Sieger waren. Und dann wurde ihm plötzlich klar, daß das nicht geschehen würde; er rannte voller Panik auf die Tür zu und erreichte sie in dem Moment, in dem Webb ihn eingeholt hatte. Davids Hand packte die gepolsterten Schultern und riß den Geschäftsmann zurück. Wu Song stolperte über die eigenen Füße und stürzte; er hob bittend die Hände.

»Nein, bitte! Nicht! Ich kann körperliche Gewalt nicht ertragen! Nehmen Sie sich, was Sie wollen!«

»Sie können was nicht ertragen?«

»Sie haben es doch gehört, mir wird davon schlecht!«

»Und was zum Teufel ist das hier?« schrie David und machte eine Handbewegung, die den ganzen Raum einschloß.

»Angebot und Nachfrage, sonst nichts. Nehmen Sie sich, was Sie wollen, aber rühren Sie mich nicht an. Bitte!«

Angeekelt trat Webb neben den gestürzten Fahrer, der sich jetzt langsam auf die Knie aufrichtete. Aus seinen Mundwinkeln rann Blut. »Was ich nehme, bezahle ich auch«, sagte er zu dem Waffenhändler, während er den Fahrer am Arm packte und ihm beim Aufstehen half. »Sind Sie unverletzt?«

»Sie handeln sich viel Ärger ein, Sir«, erwiderte Pak-fei mit zitternden Händen und angsterfülltem Blick.

»Für das hier können Sie nichts. Und Wu Song weiß das, nicht wahr, Wu?«

»Ich habe Sie hierhergebracht!« beharrte der Fahrer.

»Weil ich etwas kaufen wollte«, fügte David schnell hinzu. »Bringen wir es hinter uns. Aber zuerst fesseln Sie diese zwei Schläger. Nehmen Sie die Vorhänge. Reißen Sie sie herunter!«

Pak-fei warf dem jungen Waffenhändler einen flehenden Blick zu. »Beim allmächtigen Heiland der Christen, tun Sie, was er sagt!« schrie Wu Song. »Sonst schlägt er mich! Nehmen Sie die Vorhänge! Fesseln Sie die beiden, Sie Schwachkopf!«

Drei Minuten später hielt Webb eine seltsam aussehende Waffe in der

Hand, klobig, aber nicht groß. Es handelte sich um eine ganz neue Konstruktion; der Schalldämpfer ließ sich pneumatisch befestigen, so daß ein Schuß nur wie ein lautes Spucken klang – höchstens –, ohne daß die Treffsicherheit auf kurze Distanz beeinträchtigt wurde. Die Waffe enthielt neun Schuß, und man konnte den Ladestreifen binnen Sekunden im Kolben auswechseln; und er hatte drei davon in Reserve – sechsunddreißig Patronen mit der Feuerkraft einer .357er Magnum, und das Ganze in einer Waffe, die nur halb so groß wie ein .45er Colt war.

»Bemerkenswert«, sagte Webb nach einem Blick auf die gefesselten Wachleute und den immer noch zitternden Pak-fei. »Wer hat sie konstruiert?« *Soviel Sachkenntnis fiel ihm wieder ein. Soviel Vertrautes. Aber woher?*

»Als Amerikaner beleidigt Sie das vielleicht«, antwortete Wu Song, »aber es handelt sich um einen Mann in Bristol, Connecticut, der begriffen hat, daß die Firma, für die er arbeitet – als Konstrukteur –, ihn nie angemessen für seine Erfindung entlohnen würde. Also hat er sich durch Mittelsmänner Zugang zum internationalen Schwarzmarkt verschafft und gegen Höchstgebot verkauft.«

»An Sie?«

»Ich investiere nicht, ich vermarkte.«

»Richtig, das hatte ich vergessen. Angebot und Nachfrage.«

»Genau.«

»An wen bezahlen Sie?«

»Ein Nummernkonto in Singapur, sonst weiß ich nichts. Ich bin natürlich abgesichert. Alles läuft auf Kommission.«

»Aha. Wieviel kostet das?«

»Nehmen Sie sie. Als Geschenk.«

»Sie stinken. Von Leuten, die stinken, nehme ich keine Geschenke an. Wieviel?«

Wu Song schluckte. »Der Listenpreis beträgt achthundert amerikanische Dollar.«

Webb griff in seine linke Tasche und holte die Scheine heraus, die er dort verstaut hatte. Er zählte acht Hundert-Dollar-Noten ab und gab sie dem Waffenhändler. »Voll bezahlt«, sagte er.

»Bezahlt«, bestätigte der Chinese.

»Fesseln Sie ihn«, sagte David zu dem nervösen Pak-fei. »Nein, keine Angst. Fesseln Sie ihn!«

»Tun Sie, was er sagt, Sie Idiot!«

»Und dann schaffen Sie sie alle drei hinaus. An die Wand neben dem Wagen. Und passen Sie auf, daß man sie vom Tor aus nicht sieht.«

»*Schnell!*« schrie Song. »Er ist zornig!«

»Darauf können Sie sich verlassen«, stimmte Webb ihm zu.

Vier Minuten später traten die zwei Wachleute und Wu Song etwas schwerfällig durch die äußere Tür in das blendende Sonnenlicht, das die tanzenden Reflexe von den Wellen des Victoria Harbour noch greller machten. Sie waren an Knien und Armen mit Vorhangfetzen gefesselt, so daß ihre Bewegungen zögernd und unsicher waren. Dafür, daß die Wachleute schwiegen, sorgten Stoffknebel im Mund. Was den jungen Händler betraf, bedurfte es keiner solchen Vorsichtsmaßregel; er war starr vor Schreck.

David war jetzt allein in dem weißgetünchten Raum. Er stellte den Aktenkoffer ab, ging schnell an den Schaukästen entlang und studierte die darin dargebotenen Produkte, bis er das gefunden hatte, was er suchte. Er schlug das Glas mit dem Pistolenkolben ein und holte aus den Scherben die Waffen, die er einsetzen würde – Waffen, wie sie sich Terroristen auf der ganzen Welt wünschten –, Zeitzündergranaten, jede mit der Wirkung einer Zwanzig-Pfund-Bombe. *Woher wußte er das? Woher kam das Wissen?*

Er nahm sechs Granaten und überprüfte die Batterien. *Wieso konnte er das? Woher wußte er, wo er nachsehen, welchen Knopf er drücken mußte? Unwichtig. Er wußte es.* Er sah auf die Uhr.

Er stellte die Zeitzünder ein und rannte an den Schaukästen entlang, schlug das Glas mit der Pistole ein und ließ in jeden Kasten eine Granate fallen. Er hatte noch eine übrig und noch zwei Schaukästen; er warf einen Blick auf die Nichtraucherzeichen in drei Sprachen und traf eine weitere Entscheidung. Er rannte zu der mit Paneelen verkleideten Tür, öffnete sie und sah das, was er erwartet hatte. Die letzte Granate flog in den Raum hinter der Tür.

Webb sah auf die Uhr, griff nach dem Aktenkoffer und ging hinaus, wobei er sich Mühe gab, ganz ruhig zu wirken. Er ging auf den Daimler zu, der neben dem Lagerhaus parkte, wo Pak-fei sich allem Anschein nach immer noch bei seinen Gefangenen entschuldigte. Er schwitzte heftig dabei. Der Fahrer wurde abwechselnd von Wu Song beschimpft und getröstet.

»Schaffen Sie sie zu dem Wellenbrecher hinüber«, befahl David und deutete auf die Steinmauer, die über das Wasser aufragte.

Wu Song starrte Webb an. »Wer sind Sie?« fragte er.

Der Augenblick war gekommen. Jetzt.

Wieder sah Webb auf die Uhr, während er auf den Waffenhändler zuging. Er packte Wu Song am Ellbogen und stieß den verängstigten Chinesen an der Gebäudemauer entlang, bis er so weit von den anderen entfernt war, daß sie nicht hören konnten, was er sagte. »Mein Name ist Jason Borowski«, sagte David ruhig.

»*Jason Bo* –!« Der Asiate stöhnte, als hätte man ihm einen Dolch in die Kehle gestoßen, als sähe er mit eigenen Augen, wie er gewaltsam und unwiderruflich starb.

»Und falls Sie auf den Gedanken kommen sollten, Ihr lädiertes Ego dadurch wiederaufzubauen, daß Sie jemanden bestrafen, zum Beispiel meinen Fahrer, dann sollten Sie sich das aus dem Kopf schlagen. Ich weiß, wo ich Sie finden kann.«

Webb hielt einen Augenblick inne und fuhr dann fort: »Sie sind ein privilegierter Mann, Wu, aber zu diesem Privileg gehört auch Verantwortung. Aus bestimmten Gründen könnte es dazu kommen, daß man Sie verhört, und ich erwarte von Ihnen nicht, daß Sie lügen – ich bezweifle ohnehin, daß Sie sich besonders gut auf das Lügen verstehen –, also sind wir uns begegnet, das akzeptiere ich. Ich habe Sie sogar bestohlen, wenn Sie wollen. Aber wenn Sie eine genaue Beschreibung von mir liefern, dann wäre es besser, wenn Sie am anderen Ende der Welt wären – und tot. Das wäre weniger schmerzhaft für Sie.«

Der Columbia-Absolvent erstarrte, und seine Unterlippe zitterte, während er Webb sprachlos anstarrte. David erwiderte den Blick stumm und nickte dann. Er ließ Wu Songs Arm los, ging zu Pak-fei und den gefesselten Wachmännern zurück und überließ den verängstigten Waffenhändler seinen sich überschlagenden Gedanken.

»Tun Sie, was ich Ihnen gesagt habe, Pak-fei«, sagte er und sah erneut auf die Uhr. »Schaffen Sie sie zu der Mauer, und sagen Sie Ihnen, daß sie sich hinlegen sollen. Erklären Sie ihnen, daß ich meine Waffe auf sie richten werde, bis wir durch das Tor sind. Ich glaube, ihr Arbeitgeber wird ihnen bestätigen können, daß ich ein einigermaßen guter Schütze bin.«

Der Fahrer gab die Befehle widerwillig auf chinesisch weiter und verbeugte sich vor dem Waffenhändler, als Wu Song sich an der Spitze seiner beiden Leute setzte und sich schwerfällig auf den Wellenbrecher zu bewegte, der etwa siebzig Meter entfernt war. Webb blickte ins Innere des Daimler.

»Werfen Sie mir die Schlüssel zu!« rief er. »Und beeilen Sie sich, Pak-fei!«

David fing den Schlüssel auf und setzte sich auf den Fahrersitz. Er ließ den Motor an, legte den Gang ein und folgte der seltsamen Parade über die Asphaltfläche hinter dem Lagerhaus.

Jetzt lagen Wu Song und seine zwei Leute hingestreckt auf dem Boden. Webb sprang aus dem Wagen, dessen Motor lief, und rannte hinten herum auf die andere Seite, die neu erworbene Waffe mit befestigtem Schalldämpfer in der Hand. »Steigen Sie ein, und fahren Sie!« schrie er Pak-fei an. »Schnell!«

Der Fahrer sprang verwirrt auf seinen Sitz. David gab drei Schüsse ab – drei spuckende Laute, die den Asphalt ein paar Fuß vor jedem der Gefangenen aufspritzen ließen. Das genügte; alle drei wälzten sich angsterfüllt gegen die Mauer. Webb nahm auf dem Vordersitz des Wagens Platz. »Los jetzt!« sagte er und sah zum letztenmal auf die Uhr, während er die Waffe durch das heruntergekurbelte Seitenfenster auf die drei liegenden Gestalten gerichtet hielt. »Jetzt!«

Das Tor öffnete sich für den erhabenen Taipan in der erhabenen Limousine. Der Daimler raste hindurch, bog nach rechts in die zweispurige Straße nach Mongkok mit ihrem dichten Verkehr.

»Langsam!« befahl David. »Fahren Sie auf den Seitenstreifen.«

»Diese Fahrer sind alle verrückt, Sir. Sie rasen so, weil sie wissen, daß sie in ein paar Minuten im Verkehr steckenbleiben. Es wird schwierig werden, wieder auf die Straße zurückzukommen.«

»Das glaube ich weniger.«

Dann war es soweit. Die Explosionen kamen dicht hintereinander – drei, vier, fünf . . . sechs. Das Lagerhaus flog in die Luft, und Flammen und dicker, schwarzer Rauch füllten die Luft über dem Land und dem Hafen. Automobile, Lastwagen und Busse auf der Straße kamen mit kreischenden Bremsen zum Stillstand.

»*Sie?*« stieß Pak-fei hervor und sah Webb mit aufgerissenem Mund und hervortretenden Augen an.

»Ich war dort.«

»*Wir* waren dort, Sir! Ich bin ein toter Mann. *Aiya!*«

»Nein, Pak-fei, das sind Sie nicht«, sagte David. »Ihnen geschieht nichts, darauf gebe ich Ihnen mein Wort. Sie werden nie wieder von Mr. Wu Song hören. Ich nehme an, daß er Hongkong verläßt und sich ans andere Ende der Welt begibt, vielleicht in den Iran, um den Mullahs Marketing beizubringen. Ich wüßte nicht, wer ihn sonst aufnehmen würde.«

»Aber warum? *Wieso*, Sir?«

»Er ist erledigt. Er hat auf Kommissionsbasis gehandelt, und das bedeutet, daß er dann bezahlt, wenn seine Ware verkauft ist. Können Sie mir folgen?«

»Ich glaube schon, Sir.«

»Er hat keine Ware mehr, aber sie ist nicht verkauft worden. Sie ist einfach verschwunden.«

»Sir?«

»Er hat in dem Hinterzimmer Dynamitstangen und Kisten mit Plastiksprengstoff aufbewahrt. Dinge, die sich in den Schaukästen nicht so gut gemacht und auch gar nicht hineingepaßt hätten.«

»*Sir?*«

»Dort war Rauchen verboten . . . Reihen Sie sich wieder in den Verkehr ein, Pak-fei. Ich muß nach Kowloon zurück.«

Als sie Tsim Sha Tsui erreichten, merkte Webb, daß Pak-fei sich immer wieder zur Seite drehte und ihn beobachtete. »Was ist denn?« fragte er.

»Ich weiß nicht genau. Ich habe natürlich Angst.«

»Sie haben mir also nicht geglaubt? Daß Sie keine Angst zu haben brauchen?«

»Das ist es nicht, Sir. Ich denke, ich muß Ihnen glauben, schließlich habe ich gesehen, was Sie getan haben, und Wu Songs Gesicht habe ich auch gesehen, als Sie mit ihm sprachen. Ich glaube, daß ich vor Ihnen

Angst habe. Aber ich denke auch, daß das falsch sein könnte, denn Sie haben mich beschützt. Es war etwas in Wu Songs Augen. Ich kann es nicht erklären.«

»Dann versuchen Sie es erst gar nicht«, sagte David und griff nach dem Geld in seiner Tasche. »Sind Sie verheiratet, Pak-fei? Oder haben Sie eine Freundin oder einen Freund? Mir ist das gleich.«

»Verheiratet, Sir. Ich habe zwei erwachsene Kinder mit guten Jobs. Die liefern Geld zu Hause ab; ich habe ein gutes Auskommen.«

»Jetzt wird es noch besser werden. Fahren Sie nach Hause, und holen Sie Ihre Frau – und Ihre Kinder, wenn Sie mögen –, und fahren Sie, Pak-fei, fahren Sie viele Meilen weit in die New Territories hinein, und dann halten Sie an und bestellen sich in Tuen Mun oder Yuen Long etwas Gutes zu essen. Dann fahren Sie weiter. Ihre Familie soll an diesem schönen Auto Freude haben.«

»Sir?«

»Eine *Xiao Xin*«, fuhr Webb fort, das Geld in der Hand. »Was wir im Westen eine Notlüge nennen, eine Lüge, die niemandem weh tut. Sehen Sie, ich möchte, daß der Tachometer dieses Wagens ungefähr das anzeigt, was Sie mit mir heute zurückgelegt haben.«

»Und wohin habe ich Sie gefahren?«

»Sie haben Mr. Cruett zuerst nach Lo Wu gefahren und dann an der Bergkette entlang nach Lok Ma Chau.«

»Das sind Grenzübergänge zur Volksrepublik.«

»Ja, das sind sie«, nickte David und griff nach zwei Hundert-Dollar-Noten, dann noch nach einer dritten. »Glauben Sie, Sie können sich das merken und dafür sorgen, daß die Meilenzahl stimmt?«

»Ganz bestimmt, Sir.«

»Und glauben Sie«, fügte Webb hinzu, während er eine vierte Hundert-Dollar-Note aus dem Bündel zog, »daß Sie sagen könnten, ich hätte den Wagen in Lok Ma Chau verlassen und wäre eine Stunde in die Berge gegangen?«

»Zehn Stunden, wenn Sie wollen, Sir. Ich brauche keinen Schlaf.«

»Eine Stunde genügt.« David hielt dem verblüfften Fahrer die vierhundert Dollar hin. »Und wenn Sie unsere kleine Vereinbarung brechen, werde ich es erfahren.«

»Haben Sie keine Sorge, Sir!« rief Pak-fei, eine Hand am Steuer, während die andere nach den Scheinen griff. »Ich werde meine Frau holen, meine Kinder, die Eltern meiner Frau und meine eigenen auch. Dieses Auto reicht für zwölf. Ich danke Ihnen, Sir! Ich danke Ihnen!«

»Setzen Sie mich zehn Straßen vor der Salisbury ab, und verlassen Sie die Gegend. Ich möchte nicht, daß dieser Wagen in Kowloon gesehen wird.«

»Nein, Sir, ganz bestimmt nicht. Wir werden in Lo Wu sein, in Lok Ma Chau!«

»Morgen früh können Sie sagen, was Sie wollen. Dann bin ich nicht mehr hier. Ich reise heute abend ab. Sie werden mich nicht wiedersehen.«

»Ja, Sir.«

»Unser Vertrag ist abgelaufen, Pak-fei«, sagte Jason Borowski, und seine Gedanken kehrten zu einer Strategie zurück, die mit jedem Schritt, den er tat, klarer wurde. Und jeder Schritt brachte ihn Marie näher. Alles war jetzt kälter. Es lag eine gewisse Freiheit darin, das zu sein, was er nicht war.

Halte dich genau an dein Drehbuch . . . Sei überall gleichzeitig. Bring sie zum Schwitzen.

Um 17.02 Uhr kam ein sichtlich nervöser Liang mit schnellen Schritten durch die Glastüren des Regent heraus. Er sah sich unruhig unter den Gästen um, die in beständigem Strom das Hotel betraten oder verließen, und bog dann nach links und eilte schnell auf die Rampe zu, die zur Straße hinunterführte. David beobachtete ihn durch die hohen Fontänen der Springbrunnen auf der anderen Seite des Hofes. Die Fontänen als Deckung nutzend, rannte Webb quer über den Vorplatz, wich dabei Taxis und Autos aus, erreichte schließlich die Rampe und folgte Liang nach unten auf die Salisbury Road zu.

Auf halbem Weg zur Straße blieb er stehen und drehte sich um, bog sich zur Seite und wandte das Gesicht nach links. Der stellvertretende Manager des Hotels war plötzlich stehengeblieben, leicht nach vorne gebeugt, so wie jemand in Angst und Eile, dem plötzlich etwas eingefallen ist oder der seine Absicht geändert hat. Es mußte das letztere sein, dachte David, drehte vorsichtig den Kopf und sah, wie Liang quer über die Zufahrt zum New World Shopping Centre hinüberrannte. Webb wußte, daß er ihn in der Menge verlieren würde, wenn er sich nicht beeilte. Und so hob er beide Hände, brachte den Verkehr damit zum Stillstand und rannte schnell die Rampe hinunter, was ein wütendes Hupkonzert und ärgerliche Rufe der Fahrer auslöste. Als er den Vorplatz erreicht hatte, schwitzte er, er hatte Angst. Er konnte Liang nicht sehen! Wo war er? Das Meer asiatischer Gesichter verschwamm ineinander, alle gleich und doch nicht gleich. Wo war er? David rannte weiter, immer wieder gegen Menschen rempelnd, sich entschuldigend und dabei fieberhaft die Gesichter absuchend; und dann sah er ihn! Er war sicher, daß es Liang war – aber eigentlich doch nicht ganz sicher. Er hatte gesehen, wie eine Gestalt im dunklen Anzug in den Zugang zum Hafenweg einbog, einen langen Streifen Beton über dem Wasser, wo die Leute fischten und dahinschlenderten und am frühen Morgen ihre *Tai-chi*-Übungen machten. Und doch hatte er den Mann nur von hinten gesehen; wenn es nicht Liang war, würde er ihn ganz aus den Augen verlieren, wenn er jetzt die Straße verließ. *Instinkt. Nicht deiner, sondern der von Borowski – die Augen von Jason Borowski.*

Webb fing zu rennen an, rannte auf den Torbogen zum Hafenweg zu. In der Ferne funkelte die Skyline von Hongkong, vor ihm tanzten die Schiffe und Boote und Dschunken im Wasser des Hafenbeckens auf und ab. Er wurde langsamer, als er unter dem Bogen durchtrat; es gab keinen Weg zurück zur Salisbury Road, nur durch diesen Eingang. Der Hafenweg war eine Sackgasse, an deren anderem Ende das Wasser lag. Und das führte zu einer weiteren Frage und lieferte die Antwort auf eine andere. Warum hatte Liang – wenn es Liang war – sich in eine Sackgasse begeben, aus der es kein Zurück gab? Was zog ihn dorthin? Ein Kontakt, ein Briefkasten, eine Übergabe? Was auch immer es war, es bedeutete jedenfalls, daß der Chinese die Möglichkeit nicht in Betracht gezogen hatte, daß man ihm folgte; und das war die Antwort, die David brauchte. Sie sagte ihm das, was er wissen mußte. Der Mann befand sich in Panik; das Unerwartete würde diese Panik nur noch verstärken.

Jason Borowskis Augen hatten ihn nicht betrogen. Es war Liang, aber die erste Frage blieb unbeantwortet, und von dem, was Webb sah, wurde sie in ihrer Bedeutung nur noch verstärkt. Unter den Tausenden und Abertausenden öffentlicher Telefone in Kowloon – eingezwängt in überfüllte Arkaden und Nischen von verdunkelten Hotelhallen – hatte sich Liang ausgerechnet ein Münztelefon an der inneren Mauer des Weges ausgesucht. Der Apparat stand im Freien, inmitten eines breiten Durchgangs, der wiederum eine Sackgasse war. Das hatte weder Sinn und Verstand; noch der blutigste Amateur hatte soviel Instinkt, sich zu schützen. Wer in Panik geraten war, suchte Deckung.

Liang griff in die Tasche, um Kleingeld zu suchen, und plötzlich, als hätte eine innere Stimme ihm das befohlen, wußte David, daß er dieses Telefongespräch nicht zulassen durfte. Wenn es durchgeführt wurde, dann mußte *er* es führen. Es war ein Teil seiner Strategie, ein Teil, der ihn Marie näherbringen würde! Die Kontrolle mußte in seiner Hand liegen, nicht in den Händen anderer!

Er rannte geradewegs auf die weiße Plastikverschalung des Telefons zu und wollte rufen, wußte aber, daß er erst näher kommen mußte, ehe man ihn hören konnte. Der Hotelmanager wählte jetzt; seine Hand sank herunter – er war fertig. Irgendwo klingelte ein Telefon.

»*Liang!*« brüllte Webb. »Weg von dem Telefon! Wenn Sie am Leben bleiben wollen, dann legen Sie auf und verschwinden von hier!«

Der Chinese wirbelte herum, und sein Gesicht war eine starre Maske des Schreckens. »*Sie!*« schrie er hysterisch und preßte sich mit dem Rücken gegen die Plastikwand. »Nein . . . *nein!* Nicht jetzt! Nicht *hier!*«

Plötzlich pfiffen Schüsse durch den Wind vom Wasser, Feuerstöße im Stakkato, die das gleichmäßige Schlagen der Wellen und all die anderen Hafengeräusche übertönten. Und dann brach auf dem Hafenweg das Chaos aus, Menschen schrien und kreischten, ließen sich zu Boden fallen oder rannten weg, suchten überall Schutz vor dem Terror des Todes.

10

»*Aiya!*« schrie Liang und warf sich gegen die Seitenwand der Telefonzelle, als die Kugeln gegen die Mauer schlugen. Webb stürzte sich auf den Chinesen und preßte sich gegen ihn, zog das Jagdmesser aus der Scheide. »Nicht! Was machen Sie da?« kreischte Liang, als David ihn am Hemd packte und ihm die Messerspitze gegen das Kinn drückte, so daß die Haut aufriß und ein paar Blutstropfen hervortraten. »*Aiiii!*« Aber der Lärm, der sie umgab, verschluckte seinen hysterischen Schrei.

»Die Nummer! *Jetzt!*«

»Tun Sie mir nichts! Ich schwör's Ihnen, ich hab nicht gewußt, daß das eine Falle war!«

»Das ist keine Falle für mich, Liang«, sagte Webb außer Atem. Der Schweiß rann ihm über das Gesicht. »Die gilt Ihnen!«

»Mir? Sie sind verrückt! Warum mir?«

»Weil die wissen, daß ich jetzt hier bin und Sie mich gesehen haben, Sie mit mir gesprochen haben. Sie haben Ihr Telefonat geführt, und jetzt können die sich nicht mehr leisten, daß Sie am Leben bleiben.«

»Aber *warum?*«

»Man hat Ihnen eine Telefonnummer gegeben. Sie haben Ihren Auftrag erledigt, und die können sich nicht leisten, daß es irgendwelche Spuren gibt.«

»Das erklärt überhaupt nichts!«

»Vielleicht hilft Ihnen mein Name. Ich heiße Jason Borowski.«

»Gütiger Gott!« flüsterte Liang, dessen Gesicht totenbleich geworden war. Er starrte David an, seine Augen waren wie milchig gewordenes Glas. Seine Lippen hatten sich geöffnet.

»Sie sind eine Spur«, sagte Webb. »Sie sind ein toter Mann.«

»Nein, *nein!*« Der Chinese schüttelte den Kopf. »Das kann nicht sein! Ich kenne doch keinen, nur die Nummer! Und das ist ein Telefon in einem leeren Büro im New World Centre, ein Apparat, den man nur auf kurze Zeit dort installiert hat. *Bitte!* Die Nummer ist drei-vier, vier, null, eins! *Töten* Sie mich nicht, Mr. Borowski! Bei der Barmherzigkeit unseres christlichen Gottes, tun Sie es nicht!«

»Wenn ich gedacht hätte, daß die Falle mir gilt, dann wäre jetzt Ihre ganze Kehle blutig, nicht nur Ihr Kinn . . . drei, vier, vier, null, eins?«

»Ja, genau!«

Die Schüsse hörten ebenso plötzlich und verblüffend auf, wie sie angefangen hatten.

»Das New World Centre ist doch direkt über uns, nicht wahr? Eines dieser Fenster dort oben!«

»Genau!« Liang schauderte es, er konnte den Blick nicht von Davids Gesicht wenden. Dann drückte er die Augen zu, und Tränen quollen ihm unter den Lidern hervor, während er heftig den Kopf schüttelte.

»Ich habe Sie nie gesehen! Das schwöre ich beim Tod unseres Heilands am Kreuz!«

»Ich frage mich manchmal, ob ich eigentlich in Hongkong oder im Vatikan bin.« Webb hob den Kopf und sah sich um. Überall auf dem schmalen Weg richteten sich jetzt erschrockene Menschen zögernd wieder auf. Mütter drückten ihre Kinder an sich; Männer hielten Frauen fest, und Männer, Frauen und Kinder richteten sich erst halb auf, dann ganz und stürmten plötzlich wie eine wild gewordene Herde auf den Torbogen zu. »Man hat Ihnen gesagt, daß Sie von hier aus anrufen sollen, nicht wahr?« sagte David schnell, indem er sich wieder dem verängstigten Hotelmanager zuwandte.

»Ja, Sir.«

»Warum? Hat man Ihnen den Grund genannt?«

»Ja, Sir.«

»Um Himmels willen, machen Sie endlich die Augen auf!«

»Ja, Sir.« Liang schlug die Augen auf, wandte aber den Blick beim Reden ab. »Die haben gesagt, sie würden dem Gast nicht vertrauen, der Suite sechs-neun-null verlangt. Er sei ein Mann, der einen anderen vielleicht zwingen könnte, Lügen weiterzugeben. Deshalb wollten sie mich beobachten, wenn ich mit ihnen sprach . . . Mr. Borowski – *nein*, das habe ich nicht gesagt! Mr. *Cruett* – ich habe den ganzen Tag versucht, Sie zu erreichen, Mr. Cruett! Ich wollte, daß Sie wissen, daß man mich unter Druck gesetzt hat, Mr. Cruett! Die haben mich immer wieder angerufen und wollten wissen, wann ich sie meinerseits anrufen würde – von *hier* aus. Und ich habe denen immer wieder gesagt, daß Sie noch nicht gekommen seien! Was hätte ich denn sonst tun sollen? Ich habe doch dauernd versucht, Sie zu erreichen, daraus können Sie doch erkennen, daß ich versucht habe, Sie zu warnen! Das liegt doch auf der Hand, oder etwa nicht?«

»Für mich liegt nur auf der Hand, daß Sie ein ausgemachter Vollidiot sind.«

»Ich verstehe mich nicht auf solche Dinge.«

»Warum haben Sie sich dann darauf eingelassen?«

»Für Geld, Sir! Ich war bei Tschiangkaischek, bei der Kuomintang. Ich habe eine Frau und fünf Kinder – zwei Söhne und drei Töchter. Ich muß weg von hier! Die erkundigen sich gründlich, und dann drücken sie uns einen Stempel auf, den man nicht mehr los wird. Ich habe studiert, Sir! Auf der Fudan-Universität, ich habe als Zweiter in meinem Fach abgeschlossen – in Shanghai hatte ich ein eigenes Hotel. Aber das alles ist jetzt ohne Bedeutung. Wenn Beijing hier die Macht übernimmt, bin ich ein toter Mann, und meine Familie ist erledigt. Und jetzt sagen Sie, ich sei jetzt schon ein toter Mann . . . Was soll ich denn tun?«

»Peking – Beijing – wird in der Kronkolonie nichts verändern, überhaupt nichts«, sagte David und erinnerte sich an das, was Marie ihm an jenem schrecklichen Abend gesagt hatte, nachdem McAllister gegangen war. »Es sei denn, die Wahnsinnigen kommen an die Macht.«

»Die sind alle wahnsinnig, Sir. Glauben Sie mir. Sie kennen sie nicht!«

»Das mag schon sein. Aber ein paar von Ihren Leuten kenne ich. Und die hätte ich offen gestanden lieber gar nicht erst kennengelernt.«

»Wer unter euch ohne Sünde ist, der werfe den ersten Stein, Sir.«

»Steine, meinetwegen, aber nicht die Silberbeutel aus der Korruption Tschiangs, stimmt's?«

»Sir?«

»Wie heißen Ihre drei Töchter? Schnell!«

»Die heißen . . . heißen . . . Wang . . . Wang Sho –«

»Vergessen Sie's!« schrie David und blickte zum Torbogen hinüber. »*Ni bushi ren!* Sie sind kein Mann, Sie sind ein Schwein! Lassen Sie es sich gutgehen, Liang von der Kuomintang. Lassen Sie es sich gutgehen, solang die das zulassen. Mir ist es, offen gestanden, völlig egal.«

Webb richtete sich auf, bereit, sich sofort wieder zu Boden zu werfen, wenn es aus einem der Fenster über ihm aufblitzte. Jason Borowskis Augen waren scharf: Da war nichts zu sehen. David mischte sich in das Gedränge am Torbogen und arbeitete sich durch die Menschenmassen zur Salisbury Road durch.

Er führte das Gespräch an einem Telefon in einer überfüllten, lärmenden Arkade, dicht an der Nathan Road. Er drückte sich dabei den Zeigefinger ins rechte Ohr, um besser hören zu können.

»*Wei?*« sagte eine Männerstimme.

»Hier ist Borowski, und ich werde Englisch sprechen. Wo ist meine Frau?«

»*Wode tian ah!* Es heißt, Sie sprechen unsere Sprache in verschiedenen Dialekten.«

»Das ist lange her, und ich möchte, daß es keine Mißverständnisse gibt. Ich habe Sie nach meiner Frau gefragt!«

»Hat Liang Ihnen diese Nummer gegeben?«

»Er hatte keine Wahl.«

»Und außerdem ist er tot.«

»Was Sie tun, ist mir gleichgültig. Aber an Ihrer Stelle würde ich nochmal darüber nachdenken, ob Sie ihn wirklich töten wollen.«

»Warum? Er ist weniger wert als ein Wurm.«

»Weil Sie sich einen ausgemachten Vollidioten ausgesucht haben, schlimmer noch, einen Hysteriker. Er hat mit zu vielen Leuten geredet. Eine Angestellte in einer Telefonvermittlung hat mir gesagt, er habe mich alle paar Minuten angerufen –«

»*Sie* angerufen?«

»Ich bin heute morgen angekommen. Wo ist meine *Frau* –«

»Liang, der Lügner!«

»Sie haben doch nicht etwa erwartet, daß ich in dieser Suite wohne, oder? Ich habe ihn dazu gebracht, mich in ein anderes Zimmer zu verlegen. Man hat uns gesehen, wie wir miteinander gesprochen – uns gestritten haben –, ein halbes Dutzend Angestellte haben uns beobachtet. Wenn Sie ihn töten, gibt es mehr Gerüchte, als irgendeinem von uns lieb sein kann. Dann wird die Polizei einen reichen Amerikaner suchen, der verschwunden ist.«

»Er hat sich in die Hosen gemacht«, sagte der Chinese.

»Vielleicht reicht das.«

»Es reicht. So, und was ist jetzt mit meiner *Frau*?«

»Ich bin nicht taub. Ich bin nicht zu solchen Informationen privilegiert.«

»Dann holen Sie jemanden an den Apparat, der das ist. *Jetzt!*«

»Sie werden andere treffen, die mehr wissen.«

»*Wann?*«

»Wir melden uns wieder bei Ihnen. In welchem Zimmer sind Sie?«

»Ich werde *Sie* anrufen. Sie haben fünfzehn Minuten Zeit.«

»Sie erteilen *mir* Befehle?«

»Ich weiß, wo Sie sind – welches Fenster, welches Büro –, Sie gehen recht ungeschickt mit Ihrem Gewehr um. Sie hätten den Lauf schwärzen müssen; die Sonne spiegelt sich im Metall, das weiß jedes Kind. In dreißig Sekungen werde ich hundert Fuß von Ihrer Tür entfernt sein, aber Sie werden nicht wissen, wo ich bin, und Sie können nicht weg vom Telefon.«

»Ich glaube Ihnen nicht!«

»Probieren Sie es doch aus. Jetzt beobachten Sie nicht mich, sondern ich Sie. Sie haben fünfzehn Minuten Zeit, und wenn ich wieder anrufe, möchte ich mit meiner Frau sprechen.«

»Sie ist nicht hier!«

»Wenn ich glaubte, daß sie das wäre, dann wären Sie jetzt tot. Dann hätte ich Ihnen den Kopf abgeschnitten und zum Fenster hinausgeworfen zu dem anderen Müll im Hafen. Wenn Sie meinen, ich übertreibe, dann erkundigen Sie sich doch. Fragen Sie Leute, die mit mir zu tun hatten. Fragen Sie Ihren Taipan, den Yao Ming, den es nicht gibt.«

»Ich kann Ihre Frau doch nicht herbeizaubern, Jason Borowski«, schrie der Mann verängstigt.

»Dann besorgen Sie sich eine Nummer, wo ich sie erreichen kann. Entweder höre ich ihre Stimme – und sie *spricht* mit mir –, oder es gibt nichts. Bloß ihre kopflose Leiche und ein schwarzes Tuch um ihren blutenden Hals. *Fünfzehn Minuten!*«

David hängte den Hörer auf und wischte sich den Schweiß vom Gesicht. Jetzt hatte er es *getan*. Der Verstand und die Worte waren die Jason Borowskis gewesen – er hatte sich in eine Zeit zurückbegeben, an die er sich nur vage erinnerte, und hatte instinktiv gewußt, was zu tun und was zu sagen war und wie zu drohen. Daraus war eine Lehre zu ziehen. Der Schein war stärker als die Realität. Oder gab es irgendwo in ihm eine Realität, die nach draußen drängte, die die Kontrolle übernehmen wollte, die David Webb aufforderte, dem Mann in seinem Inneren zu vertrauen?

Er verließ die unerträglich überfüllte Arkade und bog nach rechts auf den ähnlich überfüllten Bürgersteig. Die Goldene Meile von Tsim Sha Tsui bereitete sich auf ihre nächtlichen Spiele vor, und er würde das gleiche tun. Er konnte jetzt zum Hotel zurückkehren; Liang würde meilenweit entfernt sein, möglicherweise gerade damit beschäftigt, einen Flug nach Taiwan zu buchen, falls an dem, was er in seiner Angst herausgeplappert hatte, auch nur eine Spur von Wahrheit war. Webb würde den Lastenaufzug benutzen, um in sein Zimmer zu kommen, für den Fall, daß andere ihn in der Hotelhalle erwarteten, obwohl er das bezweifelte. Der Schießstand, der in Wirklichkeit ein leeres Büro im New World Centre war, war kein Befehlsposten, und der Schütze war kein Befehlshaber, sondern nur ein Verbindungsmann, den jetzt Todesangst quälte.

Mit jedem Schritt, den David die Nathan Road hinunterging, wurde sein Atem kürzer und das Pochen in seiner Brust lauter. In zwölf Minuten würde er Maries Stimme hören. O *Gott*, wie er sich das wünschte! Er *mußte* sie hören! Die Aussicht darauf war das einzige, was ihn bei Verstand hielt, das einzige, worauf es jetzt ankam.

»Ihre fünfzehn Minuten sind um«, sagte Webb. Er saß auf der Bettkante, versuchte, seinen Herzschlag unter Kontrolle zu bekommen, und fragte sich dabei, ob man sein Echo ebenso hören konnte, wie er es jetzt hörte. Er hoffte, daß seine Stimme davon nicht zitterte.

»Rufen Sie fünf-zwo, sechs, fünf, drei.«

»Fünf?« David kannte das Amt. »Dann ist sie in Hongkong, nicht in Kowloon?«

»Man wird sie sofort an einen anderen Ort bringen.«

»Ich rufe Sie wieder an, nachdem ich mit ihr gesprochen habe.«

»Das ist nicht nötig, Jason Borowski. Dort sind gut informierte Männer, die mit Ihnen sprechen werden. Mein Auftrag ist erledigt, und Sie haben mich nie gesehen.«

»Ich brauche Sie gar nicht zu sehen. Man wird eine Aufnahme von Ihnen machen, wenn Sie das Büro verlassen, aber Sie werden nicht wissen, wer sie macht oder von wo aus. Wahrscheinlich werden Sie eine Anzahl Leute sehen – im Gang oder im Lift oder in der Halle –, aber Sie werden nicht wissen, wer die Kamera hat – eine Kamera mit einem Objektiv, das wie ein Knopf an einem Jackett aussieht oder wie eine Verzierung an einer Handtasche. Lassen Sie es sich gutgehen, Sie Söldner. Denken Sie an etwas Schönes.«

Webb drückte die Gabel nach unten und unterbrach damit die Verbindung; er wartete drei Sekunden, ließ die Gabel los, hörte das Freizeichen und drückte die Tasten. Er konnte es klingeln hören. *Herrgott*, er konnte es nicht mehr ertragen.

»*Wei?*«

»Hier ist Borowski. Holen Sie meine Frau an den Apparat.«

»Wie Sie wünschen.«

»*David?*«

»Geht es dir gut!« schrie Webb am Rande der Hysterie.

»Ja, nur müde, sonst nichts, mein Liebling. Und *du?* – «

»Haben sie dir weh getan – haben sie dich *angerührt?*«

»Nein, David, Sie sind eigentlich recht freundlich gewesen. Aber du weißt ja, wie müde ich manchmal werde. Erinnerst du dich an die Woche in Zürich, als du das Frauenmünster sehen wolltest und die Museen und auf der Limmat segeln und ich dir gesagt habe, daß ich einfach nicht dazu in der Stimmung sei?«

Es hatte keine Woche in Zürich gegeben. Nur den Alptraum einer einzigen Nacht, in der sie beide beinahe ums Leben gekommen wären. Er auf der Flucht vor den Männern, die ihn töten wollten, und sie beinahe vergewaltigt, zum Tode verurteilt, an einem verlassenen Flußufer am Guisan-Quai dem Tod entgegensehend. Was versuchte sie ihm zu sagen?«

»Ja, ich erinnere mich.«

»Also brauchst du dir keine Sorgen um mich zu machen, Liebling. Gott sei Dank, daß du hier bist! Wir werden bald wieder zusammensein, das haben sie mir versprochen. Es wird dann sein wie in Paris, David. Erinnerst du dich an Paris, als ich dachte, ich hätte dich verloren? Aber du bist zu mir gekommen, und wir wußten beide, wohin wir gehen mußten. Diese hübsche Straße mit den dunkelgrünen Bäumen und den – «

»Das genügt jetzt, Mrs. Webb«, unterbrach eine Männerstimme. »Oder sollte ich sagen, Mrs. Borowski«, fügte der Mann hinzu, der offenbar jetzt direkt in die Muschel sprach.

»Du mußt nachdenken und vorsichtig sein!« schrie Marie im Hintergrund. »Und mach dir keine Sorgen, mein Liebster! Diese hübsche Straße mit der Reihe von grünen Bäumen, meinem *Lieblings*baum – «

»*Thing zhi!*« schrie die Männerstimme. »Bringt sie weg! Sie gibt ihm Informationen! Schnell! Laßt sie nicht sprechen!«

»Wenn Sie ihr das geringste Leid zufügen, wird Ihnen das den Rest Ihres kurzen Lebens leid tun«, sagte Webb eisig. »Ich schwöre bei Gott, daß ich Sie finden werde.«

»Bis zu diesem Augenblick hat es keinen Anlaß für Unfreundlichkeiten gegeben«, erwiderte der Mann langsam, und seine Stimme klang aufrichtig. »Man hat Ihre Frau gut behandelt. Sie hat sich über nichts zu beschweren.«

»Irgend etwas stimmt nicht mit Ihr! Was zum Teufel haben Sie getan, das sie mir nicht sagen darf?«

»Das ist nur die Anspannung, Mr. Borowski. Und sie *hat* Ihnen etwas gesagt, diesen Ort zu beschreiben – unrichtig, wie ich vielleicht hinzufügen sollte –, aber selbst wenn es zutreffen würde, wäre das für Sie ebenso nutzlos wie diese Telefonnummer. Sie ist zu einer anderen Wohnung unterwegs, einer von Millionen in Hongkong. Warum sollten wir ihr auch irgend etwas antun? Das wäre doch nur schädlich. Ein großer Taipan will sich mit Ihnen treffen.«

»Yao Ming?«

»Man kennt ihn ebenso wie Sie unter verschiedenen Namen. Vielleicht können Sie zu einer Einigung kommen.«

»Ja, sonst ist er ein toter Mann. Und Sie sind es auch.«

»Ich glaube, was Sie sagen, Jason Borowski. Sie haben einen Blutsverwandten von mir getötet, der außer Ihrer Reichweite war, und zwar in seiner eigenen Inselfestung auf Lantau. Sie werden sich sicherlich daran erinnern.«

»Ich führe nicht Buch. Yao Ming. *Wann?*«

»Heute abend.«

»Wo?«

»Bitte verstehen Sie, er ist sehr bekannt, es muß also ein äußerst ungewöhnlicher Ort sein.«

»Angenommen, ich wähle den Ort?«

»Das kommt natürlich nicht in Frage. Bestehen Sie nicht darauf. Wir haben Ihre Frau.«

Davids Muskeln spannten sich; er spürte, daß er im Begriff war, die Kontrolle über sich zu verlieren, die er so verzweifelt brauchte. »Nennen Sie den Ort«, sagte er.

»Die Ummauerte Stadt. Wir nehmen an, Sie kennen sie.«

»Ich habe von ihr gehört«, korrigierte ihn Webb und versuchte, sich auf seine Erinnerung zu konzentrieren. »Der schmutzigste Slum, den es auf der ganzen Welt gibt, wenn ich mich richtig entsinne.«

»Was sonst? Das ist der einzige legale Besitz der Volksrepublik in der ganzen Kronkolonie. Selbst der verabscheuungswürdige Mao Tse-tung hat unserer Polizei die Erlaubnis erteilt, sie zu säubern. Aber so gut werden Beamte nicht bezahlt. Im wesentlichen hat sich dort nichts geändert.«

»Wann heute abend?«

»Nach Einbruch der Dunkelheit, aber bevor der Bazar schließt. Ab neun Uhr dreißig und nicht später als fünfzehn Minuten vor zehn.«

»Wie finde ich diesen Yao Ming – der nicht Yao Ming ist?«

»Im ersten Abschnitt des Marktes gibt es eine Frau, die Schlangeneingeweide als Aphrodisiaka verkauft, vorzugsweise von der Kobra. Gehen Sie zu ihr und fragen Sie, wo ein Großer ist. Sie wird Ihnen sagen, welche Treppe nach unten Sie nehmen sollen und welche Gasse. Man wird Sie erwarten.«

»Es könnte sein, daß ich nie dort hinkomme. Meine Hautfarbe ist dort nicht willkommen.«

»Niemand wird Ihnen etwas tun. Aber ich empfehle Ihnen, keine auffällige Kleidung zu tragen oder teuren Schmuck.«

»Schmuck?«

»Wenn Sie eine teure Uhr besitzen, dann tragen Sie sie nicht.«

Für eine Uhr würden die dir den Arm abschneiden. Medusa.

»Danke für den Rat.«

»Noch etwas. Kommen Sie nicht auf den Gedanken, die Behörden hineinzuziehen oder etwa Ihr Konsulat, um den Taipan zu kompromittieren. Wenn Sie das tun, stirbt Ihre Frau.«

»Das war nicht nötig.«

»Bei Jason Borowski ist alles nötig. Man wird Sie beobachten.«

»Neun Uhr dreißig bis neun Uhr fünfundvierzig«, sagte Webb, legte den Hörer auf und erhob sich. Er ging ans Fenster und starrte auf den Hafen hinaus. Was war es? Was hatte Marie ihm mitzuteilen versucht?

. . . du weißt, wie müde ich manchmal werde.

Nein, das wußte er nicht. Seine Frau war ein kräftiges Mädchen, die sich nie beklagte, müde zu sein.

. . . mach dir keine Sorgen, mein Liebster!

Eine unsinnige Bitte, und das mußte sie auch wissen. Marie vergeudete keine wertvolle Zeit damit, Unsinniges zu sagen. Es sei denn . . . wußte sie gar nicht, was sie sagte?

. . . es wird sein wie in Paris, David. Wir wußten beide, wohin wir gehen mußten . . . Diese hübsche Straße mit den dunkelgrünen Bäumen.

Nein, das wirkte nur so, als ob sie nicht wüßte, was sie sagte; in ihren Worten war eine Botschaft versteckt. Aber was? *Welche* hübsche Straße mit »dunkelgrünen Bäumen«? Aber es wollte ihm nicht einfallen, und das machte ihn wahnsinnig. Sie hatte ihm ein Signal geschickt, und er begriff es nicht.

. . . du mußt nachdenken und vorsichtig sein! . . . Mach dir keine Sorgen, mein Liebster! Diese hübsche Straße mit der Reihe von grünen Bäumen, meinem Lieblingsbaum –

Welche hübsche Straße? Welche verdammte Baumreihe, welcher *Lieblings*baum?

Nichts davon ergab für ihn einen Sinn, und das sollte es doch! Er sollte reagieren können, nicht einfach zum Fenster hinausstarren, ohne sich an irgend etwas zu erinnern.

Hilf mir, *hilf mir*! schrie er stumm hinaus.

Eine innere Stimme sagte ihm, daß er sich nicht an etwas klammern sollte, das er nicht verstand. Es gab vieles zu tun; er konnte nicht einfach ohne das geringste Wissen einen Treffpunkt aufsuchen, den der Feind ausgewählt hatte, nicht ohne selbst einige Trümpfe in der Hand zu haben . . . *Ich empfehle Ihnen, keine auffällige Kleidung zu tragen . . .*

Das wäre sie ohnehin nicht gewesen, dachte Webb, aber jetzt würde sie genau das Gegenteil sein – etwas Unerwartetes.

In den Monaten, in denen er die vielen Schichten Jason Borowskis abgeschält hatte, hatte sich immer wieder ein Thema wiederholt. Wechsel, Wechsel, Wechsel. Borowski änderte dauernd seine Erscheinung, man nannte ihn ›das Chamäleon‹, einen Mann, der ohne Mühe mit jeder Umgebung verschmelzen konnte. Nicht auf groteske Weise mit Perücken und falschen Nasen, nein, ein Mann, der das Wesentliche seines Aussehens der unmittelbaren Umgebung anpassen konnte, so daß diejenigen, die dem ›Meuchelmörder‹ begegnet waren – wenn auch selten bei Tageslicht oder aus der Nähe –, völlig unterschiedliche Beschreibungen des Mannes lieferten, der in ganz Asien und Europa gejagt wurde. Die Details widersprachen sich stets: Das Haar war dunkel oder hell; die Augen braun, blau oder gefleckt; die Haut bleich oder gebräunt oder fleckig; die Kleider von guter, unauffälliger Eleganz, wenn das Treffen in einem gedämpft beleuchteten, teuren Café stattfand, oder zerdrückt und schlecht sitzend, falls der Treffpunkt in einem Hafenviertel oder in der finstersten Gegend einer beliebigen Stadt war. Wechsel. Mühelos, mit einem Minimum an Aufwand. David Webb würde dem Chamäleon in seinem Inneren vertrauen. Sich einfach fallenlassen, dort hingehen, wo Jason Borowski ihn hinführte.

Nachdem er aus dem Daimler gestiegen war, hatte er sich ein Zimmer im Penisula-Hotel genommen und den Aktenkoffer im Hotelsafe verwahrt. Er war so geistesgegenwärtig, sich unter dem Namen einzutragen, der in Cactus' drittem falschen Paß stand. Falls man ihn suchte, dann unter dem Namen, den er im Regent angegeben hatte; sonst gab es keinen Anhaltspunkt.

Er überquerte die Salisbury Road, nahm den Personalaufzug, ging schnell in sein Zimmer und packte die wenigen Kleidungsstücke, die er brauchte, in die Flugtasche. Aber er gab das Zimmer im Regent nicht auf. Falls man ihn suchte, so sollten sie das dort tun, wo er nicht war.

Im Penisula angekommen, hatte er Zeit, etwas zu essen und bis zum Einbruch der Dunkelheit in ein paar Läden herumzustöbern. Wenn es dann dunkel war, würde er in der Ummauerten Stadt sein – vor neun Uhr dreißig. Jason Borowski gab die Befehle, und David Webb befolgte sie.

Die Ummauerte Stadt von Kowloon besitzt keine sichtbare Mauer, die sie umgibt, ist aber doch so klar und eindeutig umgrenzt, als ob die Mauer eine harte, hohe Stahlwand wäre. Man spürt das sofort, wenn man den überfüllten Markt unter freiem Himmel sieht, der vor den düsteren, heruntergekommenen Wohnungen an der Straßenseite verläuft – einfach Hütten, die aufeinandergetürmt sind und den Eindruck vermitteln, als würde das Ganze jeden Augenblick unter seinem eigenen Gewicht zusammenbrechen und nichts als Schutt und Unrat hinterlassen. Und doch, wenn man ein paar Stufen ins Innere der Slums hinuntergeht, scheint dort auch eine Kraft zu walten, die freilich täuscht. Unter dem Straßenniveau führen mit Kopfsteinpflaster bedeckte Gassen, meistenteils Tunnels, unter zerbrechlichen Bauten hindurch, und in den dreckigen Korridoren mischen sich verkrüppelte Bettler, halbnackte Prostituierte und Drogenhändler im gespenstischen Schein nackter Glühbirnen, die an freiliegenden Drähten an den Steinmauern hängen. Ein fauligfeuchter Dunst liegt über dem Ganzen; alles ist Fäulnis und Verwesung, aber zugleich scheint es, als hätte die Kraft der Zeit diesen Zustand des Verfalls besiegelt, ihn gleichsam eingemeißelt.

Zwischen den schmutzigen Gassen gibt es ohne besondere Ordnung enge, kaum beleuchtete Treppen, die in die heruntergekommenen Wohnbauten führen, die im Durchschnitt drei Stockwerke hoch sind, davon zwei über der Erde. In den kleinen, verkommenen Zimmern sind alle Variationen von Narkotika und Sex käuflich; alles jenseits des Zugriffs der Polizei – eine stumme Übereinkunft aller Betroffenen –, denn nur wenige Behörden der Kronkolonie legen Wert darauf, in die Eingeweide der Ummauerten Stadt einzudringen. Das Ganze ist eine in sich abgeschlossene Hölle.

Draußen, auf dem Markt, der die mit Unrat übersäten Straßen füllt, wo es keinen Verkehr gibt, zwängen sich schmutzige Tische voller Müll und Diebesgut zwischen schmierige Imbißbuden. Dort sieden in riesigen Kesseln, angefüllt mit kochendem Öl, bedenkliche Stücke von Fleisch, Geflügel und Schlangen, die dann mit großen Schöpfkellen herausgeholt und für den sofortigen Verzehr auf Zeitungspapier abgelegt werden. Die Menschenmassen schieben sich im schwachen Licht der Straßenlaternen von einem Händler zum nächsten, feilschen mit schrillen Stimmen, kaufen und verkaufen. Dann gibt es jene unterste Kategorie von Gewerbetreibenden, Männer und Frauen, ohne Tische und Stände, die ihre Ware auf dem Boden ausgelegt haben. Sie kauern hinter einem Tuch mit billigem Schmuck, größtenteils von den Docks gestohlen, und geflochtenen Käfigen, in denen Käfer oder winzige flatternde Vögel zur Schau gestellt sind.

Nahe dem Eingang zu diesem stinkenden, widerwärtigen Bazar saß, etwas abgesondert, eine muskulös wirkende Frau auf einem niedrigen hölzernen Hocker, die dicken Beine gespreizt, und häutete Schlangen ab und nahm sie aus. Ihre dunklen Augen konzentrierten sich scheinbar ganz auf ihre Arbeit . . . auf beiden Seiten von ihr standen Rupfensäcke, die in dauernder Bewegung waren und sich immer wieder aufbäumten, wenn die todgeweihten Reptilien in den Säcken zischend aufeinander losgingen. Mit dem rechten Fuß hielt die Frau eine Königskobra fest, deren jadeschwarzer Körper reglos und aufrecht dastand, der Kopf flach, die kleinen Augen unbewegt und von der sich vorbeischiebenden Menschenmenge hypnotisiert. Wie eine Barrikade schützten der Dreck und der Gestank des Marktes die mauerlose Ummauerte Stadt dahinter.

Jetzt kam am anderen Ende des langen Bazars eine armselig wirkende Gestalt um die Ecke und reihte sich in die Menschenschar ein. Der Mann trug einen billigen, schlechtsitzenden braunen Anzug mit zu weiten Hosen und einem zu großen Jackett, das nur um die nach vorne gebeugten Schultern eng anlag. Ein weicher, breitkrempiger Hut, schwarz und unverkennbar asiatischen Ursprungs, warf Schatten über sein Gesicht. Er bewegte sich langsam, wie es einem zukam, der die verschiedenen Imbißstände studierte und die Waren auf den Tischen begutachtete. Aber nur ein einziges Mal griff er vorsichtig in die Tasche, um etwas zu kaufen. Er hatte etwas Gebeugtes in seiner Haltung, wie ein Mann, den Jahre schwerer Arbeit auf den Feldern oder am Hafen niedergedrückt haben, in denen der Körper, dem so viel abverlangt wurde, nie genügend Nahrung bekommen hatte. Und dann war an diesem Mann eine Traurigkeit, ein Gefühl der Resignation, so als wäre für ihn immer alles zu wenig, zu spät und zu teuer gewesen. Es war die Erkenntnis der Machtlosigkeit, eines lange aufgegebenen Stolzes, wo es doch nichts gab, worauf man stolz sein konnte; der Preis des Überlebens war zu hoch gewesen. Und dieser Mann, diese gebeugte Gestalt, die sich zögernd eine Zeitungspapiertüte voll gebratener, bedenklicher Fischstücke kaufte, war vielen der Männer auf dem Markt nicht unähnlich – man könnte sagen, er war von ihnen nicht zu unterscheiden. Jetzt trat er auf die muskulöse Frau zu, die gerade die Eingeweide aus einer immer noch zuckenden Schlange riß.

»Wo ist ein Großer?« fragte Jason Borowski auf chinesisch, die Augen auf die reglose Kobra gerichtet. Das Fett aus dem Zeitungspapier floß über seine linke Hand.

»Sie kommen früh«, erwiderte die Frau ausdruckslos. »Es ist dunkel, aber Sie kommen früh.«

»Man hat mich schnell gerufen. Zweifeln Sie an den Anweisungen des Taipan?«

»Beschissener Geizhals! Von wegen Taipan!« stieß sie in kehligem Kantonesisch hervor. »Aber mir kann das ja egal sein. Gehen Sie die Stufen hinter mir nach unten und nehmen Sie die erste Gasse links. Fünfzehn, zwanzig Meter weiter wird eine Hure stehen. Sie wartet auf den weißen Mann und wird ihn zu dem Taipan führen . . . Sind Sie der weiße Mann? Das kann ich in diesem Licht nicht sagen, und Ihr Chinesisch ist gut – aber Sie sehen nicht aus wie ein weißer Mann und tragen auch nicht die Kleidung eines weißen Mannes.«

»Wenn Sie an meiner Stelle wären, würden Sie dann wie ein weißer Mann aussehen wollen und sich wie ein weißer Mann kleiden, wenn man Ihnen sagt, Sie sollen hierherkommen?«

»Ich würde mir wie tausend Teufel Mühe geben, so auszusehen, als käme ich aus Qing Gaoyan!« sagte die Frau und ließ beim Lachen ihre fauligen Zähne sehen. »Ganz besonders, wenn Sie Geld bei sich tragen. Tragen Sie Geld bei sich . . . unser *Zhongguo ren?*«

»Sie schmeicheln mir – nein.«

»Sie lügen. Weiße lügen mit Engelszungen, wenn es um Geld geht.«

»Also gut, dann lüge ich eben. Hoffentlich greift mich Ihre Schlange deswegen nicht an.«

»Sie Idiot! Das ist ein ganz Alter, hat keine Giftzähne mehr. Aber er ist das himmlische Abbild des männlichen Organs. Er bringt mir Geld. Werden *Sie* mir Geld geben?«

»Für eine Gefälligkeit, ja.«

»*Aiya!* Wenn Sie diesen alten Körper wollen, müssen Sie eine Axt in der Hose haben! Dann sollten Sie lieber die Hure zerhacken, nicht mich!«

»Keine Axt, nur Worte«, sagte Borowski, und seine rechte Hand glitt in die Hosentasche. Er holte eine Hundert-Dollar-Note heraus und hielt sie der Schlangenverkäuferin vor das Gesicht, so daß die anderen Kauflustigen sie nicht sehen konnten.

»*Aiya – aiya!*« flüsterte die Frau, als Jason den Geldschein wieder wegzog; die tote Schlange fiel zwischen ihre dicken Beine.

»Die Gefälligkeit, die ich von Ihnen will«, wiederholte Borowski. »Da Sie dachten, ich wäre einer von Ihnen, nehme ich an, daß andere das auch denken werden. Ich möchte von Ihnen nur, daß Sie jedem, der danach fragt, sagen, der weiße Mann sei nie erschienen. Ist das fair?«

»*Fair!* Her mit dem Geld!«

»Und die Gefälligkeit?«

»Sie haben Schlangen gekauft! Schlangen! Was weiß ich schon von einem weißen Mann. Er ist nicht aufgetaucht! Hier. Hier ist die Schlange. Jetzt können Sie Liebe machen!« Die Frau nahm den Geldschein und stopfte die Eingeweide, die sie in der anderen Hand hielt, in eine Plastiktüte mit dem Schriftzug eines Modeschöpfers. *Christian Dior.*

Immer noch gebückt, verbeugte Borowski sich schnell zweimal hintereinander und schob sich rückwärts aus der Menge heraus. Als er weit genug von der Straßenlaterne entfernt war, ließ er den Schlangenkörper in den Rinnstein fallen. Das Zeitungspapier mit dem stinkenden Fisch hielt er immer noch in der Hand und tat wiederholt so, als würde er daraus essen, während er sich langsam auf die Treppe zu arbeitete und in die dampfende Eingeweide der Ummauerten Stadt hinunterstieg. Er sah auf die Uhr, wobei ihm ein paar Stücke von dem Fisch aus der Tüte fielen. Es war neun Uhr fünfzehn; bald würden die Streifen des Taipan ihre Posten beziehen.

Er mußte wissen, wie gut die Sicherheitsvorkehrungen des Bankiers waren. Für ihn war wichtig, daß die Lüge, die er dem Scharfschützen in dem verlassenen Büro über dem Hafen aufgetischt hatte, zur Wahrheit wurde. Anstatt beobachtet zu werden, wollte er der Beobachter sein. Jedes Gesicht würde er in seinem Gedächtnis einprägen, jede Rolle in der

Kommandostruktur, die Schnelligkeit, mit der die einzelnen Leute unter Druck reagierten, die Kommunikationsgeräte – und ganz besonders wichtig war für ihn, die Schwächen in den Sicherheitsvorkehrungen des Taipan zu entdecken. David begriff, daß Jason Borowski dabei war, die Kontrolle zu übernehmen; in dem, was *er* tat, war Sinn. Die Nachricht des Bankiers hatte mit den Worten begonnen: *Eine Frau für eine Frau . . .* Daran mußte nur ein Wort verändert werden. *Ein Taipan für eine Frau.*

Borowski bog in die Gasse zu seiner Linken und ging achtlos an Dingen vorbei, die auch ein Bewohner der Ummauerten Stadt nicht beachtet hätte. Auf einer dunklen Treppe vollführte eine Frau kniend den Akt, für den sie bezahlt wurde, und der Mann über ihr hielt Geld über ihrem Kopf in der Hand; ein junges Paar, ganz offensichtlich zwei Drogensüchtige, der Verzweiflung nahe, bettelten einen Mann in einer teuren schwarzen Lederjacke an; ein kleiner Junge, der eine Marihuanazigarette rauchte, urinierte gegen die Steinmauer; ein Bettler ohne Beine klapperte auf seinem Räderbett über das Kopfsteinpflaster und sang dabei *Bong ngo, bong ngo!* – eine Bitte um Almosen; auf einer anderen schwach beleuchteten Treppe bedrohte ein auffallend gekleideter Zuhälter eine seiner Huren, er werde ihr das Gesicht zerschneiden, wenn sie nicht mehr Geld abliefere. David Webb sinnierte, daß er sich nicht gerade in Disneyland befand, während Jason Borowski die Gasse studierte, als handle es sich um eine Kampfzone hinter den feindlichen Linien. Neun Uhr vierundzwanzig. Die Soldaten würden jetzt ihre Posten einnehmen. Der Mann an der Oberfläche und der darunter machten kehrt und gingen den Weg zurück, den sie gekommen waren.

Die Hure des Bankiers bezog gerade Position; ihre grellrote Bluse war aufgeknöpft und bedeckte kaum ihre kleinen Brüste. Und der traditionelle Schlitz in ihrem schwarzen Rock reichte weit über ihre Schenkel. Sie war eine Karikatur. Der ›weiße Mann‹ durfte keinen Fehler machen. Punkt eins; das Augenfällige hervorheben. Etwas, das er sich merken mußte; die Gegenseite war nicht gerade subtil. Einige Meter hinter der Hure sagte ein Mann etwas in ein tragbares Funkgerät; jetzt hatte er die Frau erreicht, schüttelte den Kopf und eilte weiter, auf das Ende der Gasse und die Treppen zu. Borowski blieb stehen, sackte noch mehr in sich zusammen und wandte sich der Wand zu. Die Schritte waren jetzt hinter ihm, wurden schneller, eindringlicher, beschleunigten sich. Ein zweiter Chinese erschien und ging an ihm vorbei, ein kleiner Mann in mittleren Jahren in einem dunklen Straßenanzug mit auf Hochglanz polierten Schuhen. Dies war kein Bürger der Ummauerten Stadt; sein Ausdruck war eine Mischung aus Unruhe und Ekel. Ohne auf die Hure zu achten, sah er auf die Uhr und eilte weiter. Der Eindruck, den er vermittelte, war der eines leitenden Angestellten, dem man Pflichten übertragen hat, die er widerlich fand. Ein Firmenangestellter, präzise, ordentlich, profitorientiert, weil Zahlen nicht lügen. Ein Bankangestellter?

Jason studierte die unregelmäßige Reihe von Treppen. Über eine dieser Treppen mußte der Mann gekommen sein. Der Klang seiner Schritte war abrupt gewesen, und er hatte ihn noch nicht lange im Ohr. Dem Tempo nach zu schließen, hatten diese Schritte höchstens zwanzig oder dreißig Meter entfernt begonnen. Auf der dritten Treppe links oder der vierten rechts. In einer der Wohnungen über einer der beiden Treppen erwartete ein Taipan seinen Besucher. Borowski mußte herausfinden, welche Wohnung es war und auf welcher Etage sie lag. Der Taipan mußte überrascht, ja erschreckt werden. Er mußte erkennen, mit wem er sich angelegt hatte und was ihn seine Handlungen kosten würden.

Jason setzte sich wieder in Bewegung, jetzt mit den Schritten eines Betrunkenen; ein altes chinesisches Volkslied kam ihm in den Sinn. »*Me li hua cherng zhan lie yue*«, sang er leise und stieß sich leicht von der Wand ab, als er sich der Hure näherte. »Ich habe Geld«, sagte er freundlich, mit etwas undeutlich ausgesprochenen chinesischen Worten. »Und du, schöne Frau, hast das, was ich brauche. Wo gehen wir hin?«

»Nirgends, du bekloppter Säufer. Hau ab.«

»*Bong ngo! Cheng bong ngo!*« kreischte der Bettler ohne Beine und klapperte die Gasse hinunter und stieß gegen die Mauer.

»*Cheng bong ngo!*« schrie er.

»*Jau!*« kreischte die Frau. »Verschwinde, ehe ich deinen nutzlosen Leib von deinem Brett trete, Loo Mi! Ich hab dir gesagt, du sollst meine Geschäfte nicht stören!«

»*Geschäfte!* Dieser billige Säufer? Ich besorg dir etwas Besseres!«

»Mit dem hab ich nichts zu schaffen, Herzchen. Lästig ist er mir. Ich warte auf jemanden.«

»Dann hacke ich ihm die Füße ab!« schrie die groteske Gestalt und zog eine Fleischaxt unter dem Rollbrett hervor.

»Was zum Teufel *soll* das?« brüllte Borowski auf englisch und trat dem Bettler gegen die Brust, so daß der beinlose Mann und sein Brett gegen die Wand prallten.

»Es gibt noch *Gesetze!*« kreischte der Bettler. »Sie haben einen Krüppel angegriffen! Sie berauben eine Krüppel!«

»Dann zeigen Sie mich doch an«, sagte Jason und wandte sich wieder der Frau zu, während der Bettler sich klappernd die Gasse hinunter entfernte.

»Sie sprechen . . . englisch.« Die Hure starrte ihn an.

»Sie auch«, sagte Borowski.

»Sie sprechen chinesisch, aber Sie sind kein Chinese.«

»Im Geist vielleicht doch. Ich habe Sie gesucht.«

»Sie sind der *Mann*?«

»Der bin ich.«

»Ich bringe Sie zu dem Taipan.«

»Nein. Sagen Sie mir nur, welche Treppe und welche Etage.«

»Das ist gegen meine Anweisungen.«

»Das sind neue Anweisungen vom Taipan. Zweifeln Sie an seinen Anweisungen?«

»Ich muß sie von seinem Mittelsmann bekommen.«

»Dem kleinen *Zhongguo ren* im dunklen Anzug?«

»Der sagt uns alles. Er bezahlt uns für den Taipan.«

»Wen bezahlt er?«

»Fragen Sie ihn selbst.«

»Der Taipan will es wissen.« Borowski griff in die Tasche und holte ein Bündel zusammengefalteter Geldscheine heraus. »Er hat mir gesagt, ich soll Ihnen zusätzlich Geld geben, wenn Sie mir helfen. Er glaubt, daß ihn sein Mittelsmann möglicherweise betrügt.«

Die Frau trat einen halben Schritt zurück und preßte sich gegen die Mauer. Ihr Blick wanderte zwischen dem Geld und Borowskis Gesicht hin und her. »Wenn Sie lügen –«

»Warum sollte ich lügen? Der Taipan will mit mir sprechen, das wissen Sie. Sie sollen mich zu ihm bringen. Er hat mir gesagt, daß ich mich so kleiden soll und mich so verhalten, Sie finden und seine Männer beobachten. Wie könnte ich über Sie Bescheid wissen, wenn er es mir nicht gesagt hätte?«

»Droben im Markt. Sie sollten jemanden aufsuchen.«

»Ich bin nicht dort gewesen. Ich bin sofort hier heruntergekommen.« Jason nahm ein paar Scheine aus dem Bündel. »Wir arbeiten beide für den Taipan. Da, er möchte, daß Sie das nehmen und weggehen, aber Sie sollen nicht zur Straße hinaufgehen.« Er hielt ihr das Geld hin.

»Der Taipan ist großzügig«, sagte die Hure und griff nach den Scheinen.

»Welche Treppe?« fragte Borowski und zog das Geld zurück. »Welche Etage? Das wußte der Taipan nicht.«

»Dort drüben«, erwiderte die Frau und wies auf die andere Seite der Gasse. »Die dritte Treppe, erste Etage. Das Geld.«

»Wer steht auf der Lohnliste des Mittelsmannes? Schnell.«

»Die alte Hexe mit den Schlangen und der Dieb, der billige Goldketten aus dem Norden verkauft, und der Mann vom Imbißstand mit dem schmutzigen Fisch.«

»Und das ist alles?«

»Wir reden. Das ist alles.«

»Der Taipan hat recht, er wird betrogen. Er wird Ihnen danken.« Borowski zog einen weiteren Schein aus dem Bündel heraus. »Aber ich möchte fair sein. Wie viele andere außer dem einen mit dem Funkgerät arbeiten noch für den Kopfmann?«

»Noch drei, die haben auch Funkgeräte«, sagte die Hure, die das Geld nicht aus den Augen ließ und deren Hand sich unwillkürlich nach vorne schob.

»Da, nehmen Sie es, und gehen Sie. In die Richtung, und ja nicht auf die Straße.«

Die Frau riß die Scheine an sich und rannte die Gasse hinunter. Das Klappern ihrer hohen Absätze war noch zu hören, als ihre Gestalt bereits aus dem schwachen Lichtschein verschwunden war. Borowski wartete noch eine Weile, drehte sich dann um und ging schnell auf die Treppe zu. Er hatte jetzt wieder seine gebeugte Haltung eingenommen und kletterte zur Straße hinauf. Drei Wächter und ein Mittelsmann. Er wußte, was er zu tun hatte, und es mußte schnell geschehen. Es war neun Uhr sechsunddreißig. *Ein Taipan für eine Frau.*

Den ersten Wachmann fand er, wie er hektisch und mit scharfen, stechenden Handbewegungen auf den Fischhändler einredete. Der Händler schüttelte immer wieder den Kopf. Borowski suchte sich einen kräftig gebauten Mann aus, der neben dem Wächter stand; er stieß den arglosen Zuschauer gegen den Wächter und trat zur Seite, als der zurücktaumelte. In dem kurzen Handgemenge zog Jason den verwirrten Wächter zur Seite, versetzte ihm einen Handkantenschlag gegen die Kehle, stützte ihn, als er umfiel, und versetzte ihm dann einen weiteren Handkantenschlag in den Nacken, ganz oben, wo die Wirbelsäule ansetzt. Dann zerrte er den Bewußtlosen über das Pflaster und entschuldigte sich auf chinesisch bei der Menge für seinen betrunkenen Freund. Er ließ den Mann vor einem Ladeneingang fallen, nahm ihm das Funkgerät weg und zerschmetterte es.

Beim zweiten Mann des Taipan bedurfte es keiner solchen Taktik. Er hatte sich etwas von der Menge abgesetzt und schrie in sein Funkgerät. Borowski ging auf ihn zu. Wie er aussah, wirkte er nicht bedrohlich auf den Wächter. Er streckte die Hand aus, als wäre er ein Bettler. Der Wachmann wehrte ihn mit einer Handbewegung ab; das war die letzte Geste, an die er sich erinnern würde, denn Borowski packte ihn am Handgelenk, drehte es herum und brach dem Mann den Arm. Vierzehn Sekunden später lag der zweite Wächter des Taipan hinter einem Müllhaufen, den jetzt sein kaputtes Funkgerät krönte.

Der dritte Wächter sprach gerade mit der »alten Hexe«. Borowski stellte befriedigt fest, daß sie ebenso wie der Fischhändler immer wieder den Kopf schüttelte; wenn man die Leute hier ordentlich bestach, dann gab es selbst in der Ummauerten Stadt eine gewisse Loyalität. Der Mann zog sein Funkgerät heraus, bekam aber keine Gelegenheit mehr, es zu benutzen. Jason rannte auf ihn zu, packte die alte, zahnlose Kobra und stieß dem Mann ihren flachen Kopf ins Gesicht. Der Schrei, den er ausstieß, wobei seine Augen sich entsetzt weiteten, reichte Jason Borowski als Reaktion. Er legte ihn lahm, indem er ihm die Nerven in der Kehlpartie abdrückte, und zerrte sein gelähmtes Opfer durch die Menge, immer wieder Entschuldigungen murmelnd, und ließ den bewußtlosen Wächter dann einfach auf dem Pflaster liegen. Er hielt sich das Funkgerät ans

Ohr; über den Empfänger kam nichts herein. Es war jetzt neun Uhr vierzig. Blieb nur noch der Mittelsmann.

Der kleine Chinese mit dem teuren Anzug und den auf Hochglanz polierten Schuhen hätte sich am liebsten die Nase zugehalten, während er hin und her rannte und versuchte, seine Männer ausfindig zu machen; jeder körperliche Kontakt mit den Menschenscharen, die sich um die Imbißstände und Auslagen drängten, war ihm widerwärtig. Seine kleine Statur machte es ihm schwer, sich zu orientieren. Borowski beobachtete ihn einige Augenblicke, überholte ihn dann und drehte sich schnell um und trieb dem Mittelsmann des Taipan die Faust in den Unterleib. Als der Chinese zusammenklappte, griff Jason mit dem linken Arm um die Hüfte des Mannes, hob ihn auf und schleppte die schlaffe Gestalt zu einem Stück Bürgersteig, wo zwei Männer am Boden saßen und sich, leicht schwankend, abwechselnd aus einer Flasche bedienten. Er hieb dem Bankangestellten einen *Wushu*-Schlag über den Nacken und ließ ihn dann zwischen seine beiden neuen Gefährten fallen. Selbst in ihrem benebelten Zustand würden die Betrunkenen bestimmt dafür sorgen, daß ihr neuer Kumpan geraume Zeit nicht mehr zu Bewußtsein kam. Es gab Taschen zu leeren und einen Anzug und ein Paar Schuhe auszuziehen. Das alles würde etwas einbringen, und für Bargeld, gleich, wieviel, lohnte sich jede Mühe. Neun Uhr dreiundvierzig.

Borowski hielt sich jetzt nicht länger geduckt. Das Chamäleon war verschwunden. Er hetzte über die von Menschen wimmelnde Straße, rannte die Stufen hinunter und in die Gasse. Er hatte es *geschafft*! Er hatte die Leibgarde beseitigt. *Ein Taipan für eine Frau!* Er erreichte die Treppe – die dritte Treppe an der rechten Mauer – und riß die erstaunliche Waffe heraus, die er dem Waffenhändler in Mongkok abgekauft hatte. So leise ihm das möglich war, und jede Stufe vorher mit dem Fuß erprobend, stieg er in den ersten Stock. Vor der Tür blieb er stehen, hob das linke Bein, spannte alle Muskeln an, achtete darauf, das Gleichgewicht nicht zu verlieren, und trat mit aller Kraft gegen das dünne Holz.

Die Tür flog auf. Er sprang hinein und kauerte sich nieder, die Waffe ausgestreckt.

Er sah sich drei Männern gegenüber, die einen Halbkreis bildeten. Jeder der drei Männer hielt eine Waffe auf seinen Kopf gerichtet. Hinter ihnen saß ein hünenhafter Chinese im weißen Seidenanzug in einem Sessel. Der Mann nickte seinen Leibwächtern zu.

Er hatte verloren. Borowski hatte sich verrechnet, und David Webb würde sterben. Und, was viel qualvoller war, er wußte, daß Maries Tod kurz darauf folgen würde. Sollen sie doch schießen, dachte David. Sollten Sie doch abdrücken und ihn aus dieser Qual erlösen! Er hatte das einzige getötet, was in seinem Leben Bedeutung hatte.

»Schießt doch, ihr Schweine! *Schießt!*«

11

»Willkommen, Mr. Borowski«, sagte der in dem weißen Seidenanzug und winkte seine Wächter weg. »Ich nehme an, Sie sehen ein, daß es logisch ist, wenn Sie jetzt Ihre Waffe auf den Boden legen und von sich wegschieben. Es gibt wirklich keine Alternative. Das wissen Sie.«

Webb sah die drei Chinesen an; der Mann in der Mitte ließ den Hahn seiner Pistole zurückschnappen. David ließ die Waffe fallen und schob sie mit dem Fuß von sich. »Sie haben mich erwartet, nicht wahr?« fragte er leise und richtete sich auf, während der Leibwächter zu seiner Rechten die Waffe aufhob.

»Wir wußten nicht, was wir erwarten sollten – mit Ausnahme des Unerwarteten. Wie haben Sie es geschafft? Sind meine Leute tot?«

»Nein. Sie haben ein paar Schrammen und sind bewußtlos, aber sie sind nicht tot.«

»Erstaunlich. Haben Sie geglaubt, ich wäre allein hier?«

»Man hat mir gesagt, Sie seien mit Ihrem Mittelsmann und noch drei anderen unterwegs. Aber nicht mit sechs. Das kam mir logisch vor. Mehr hätte ich für zu auffällig gehalten.«

»Deshalb sind diese drei Männer schon früher gekommen, um die Vorbereitungen zu treffen. Und dann haben sie dieses Loch nicht mehr verlassen. Sie haben also geglaubt, Sie könnten mich in Ihre Gewalt bringen, als Austausch für Ihre Frau.«

»Es liegt doch auf der Hand, daß sie mit all dem nicht das geringste zu tun hatte. Lassen Sie sie frei; sie kann Ihnen doch gar nichts anhaben. Töten Sie mich, aber lassen Sie sie frei.«

»*Pí gé!*« sagte der Bankier und befahl damit zwei Leibwächtern, die Wohnung zu verlassen; sie verbeugten sich und gingen schnell hinaus. »Dieser Mann wird bleiben«, fuhr er fort und wandte sich wieder Webb zu. »Abgesehen von der ungeheuren Loyalität, die er mir entgegenbringt, versteht er kein Wort Englisch.«

»Ich sehe, Sie vertrauen Ihren Leuten.«

»Ich vertraue keinem.« Der Finanzier wies auf einen zerbrechlich wirkenden Holzstuhl auf der anderen Seite des schäbigen Zimmers und ließ dabei eine goldene Rolex an seinem Handgelenk sehen, deren Zifferblatt mit Diamanten besetzt war, passend zu den diamantbesetzten goldenen Manschettenknöpfen. »Setzen Sie sich«, befahl er. »Ich habe gewaltige Anstrengungen unternommen und viel Geld ausgegeben, um dieses Gespräch zustande zu bringen.«

»Ihr Mittelsmann – ich nehme an, er war Ihr Mittelsmann«, sagte Borowski, während er auf den Stuhl zuging und dabei jede Einzelheit des Zimmers musterte, »hat mir geraten, hier keine teure Uhr zu tragen. Ich nehme an, Sie haben nicht auf ihn gehört.«

»Ich bin in einem schmutzigen Lumpen von Kaftan hier angekommen, dessen Ärmel weit genug waren, um sie zu verbergen. Wenn ich mir Ihre Kleider ansehe, dann bin ich sicher, daß das Chamäleon das versteht.«

»Sie sind Yao Ming.« Webb setzte sich.

»Das ist ein Name, den ich benutzt habe. Das verstehen Sie sicherlich. Das Chamäleon hat auch viele Formen und Farben.«

»Ich habe Ihre Frau nicht getötet – und auch den Mann nicht, der bei ihr war.«

»Das weiß ich, Mr. Webb.«

»*Was?*« David fuhr aus dem Stuhl hoch, und der Leichwächter machte einen Schritt auf ihn zu, die Waffe schußbereit.

»Setzen Sie sich«, wiederholte der Bankier. »Erschrecken Sie meinen ergebenen Freund nicht, sonst könnten wir das beide bedauern, Sie viel mehr als ich.«

»Sie haben gewußt, daß ich es nicht war, und trotzdem haben Sie uns das angetan!«

»Setzen Sie sich bitte schnell wieder hin.«

»Ich will Antwort!« sagte Webb und setzte sich.

»Weil Sie der echte Jason Borowski sind. Deshalb sind Sie hier, und deshalb bleibt Ihre Frau in meinem Gewahrsam, bis Sie das erreicht haben, worum ich Sie bitte.«

»Ich habe mit ihr gesprochen.«

»Das weiß ich. Ich habe es erlaubt.«

»Sie klang ganz anders, als ich sie kenne – selbst wenn man die Umstände bedenkt. Sie ist stark, stärker, als ich in diesen scheußlichen Wochen in der Schweiz und in Paris war. Irgend etwas *stimmt nicht* mit ihr! Steht sie unter Drogeneinfluß?«

»Auf keinen Fall.«

»Ist sie verletzt?«

»Höchstens seelisch angeschlagen, aber sonst in keiner Weise. Aber wenn Sie sich weigern, meinem Wunsch nachzukommen, dann wird man ihr weh tun, und dann wird sie sterben. Muß ich deutlicher werden?«

»Sie sind ein toter Mann, Taipan.«

»Jetzt spricht der wahre Borowski. Das ist sehr gut. Genaus das brauche ich.«

»Werden Sie deutlicher.«

»Jemand, der Ihren Namen benutzt, ist hinter mir her«, begann der Taipan, und seine Stimme klang hart und wurde mit jedem Wort eindringlicher. »Und das ist viel schwerwiegender – mögen die Geister mir vergeben – als der Verlust einer jungen Frau. Von allen Seiten, aus allen Bereichen greift mich dieser Terrorist, dieser *neue* Jason Borowski an! Er tötet meine Leute, sprengt wertvolle Warenladungen in die Luft und droht anderen Taipans mit dem Tod, wenn sie mit mir Geschäfte machen! Und seine unerhört hohen Honorare werden von meinen Feinden hier in Hongkong und Macao bezahlt. Und selbst aus dem Norden, aus den Provinzen!«

»Sie haben viele Feinde.«

»Ich habe ausgedehnte Interessen.«

»Die hatte angeblich auch der Mann, den ich in Macao nicht getötet habe.«

»Seltsamerweise«, sagte der Bankier, schwer atmend und sichtlich bemüht, sich zu beherrschen, »waren er und ich keine Feinde. In gewissen Bereichen trafen sich unsere Interessen. So hat er auch meine Frau kennengelernt.«

»Wie praktisch. Interessengemeinschaft nennt man das also.«

»Jetzt werden Sie beleidigend.«

»Das sind nicht meine Regeln«, erwiderte Borowski und sah den Asiaten mit eisigem Blick an. »Kommen Sie zur Sache. Meine Frau lebt, und ich will sie unversehrt zurück. Wenn ihr irgend etwas zustößt, dann werden Sie und Ihre *Zhongguo ren* dafür büßen.«

»Sie sind nicht in der Lage, Drohungen auszustoßen, Mr. Webb.«

»Webb nicht!« gab ihm der einst meistgejagte Mann von Asien und Europa recht. »Aber Borowski.«

Der Asiate sah Jason durchdringend an und nickte dann, als sein Blick sich wieder von ihm löste. »Sie sind ebenso wagemutig wie arrogant. Zur Sache also. Das Ganze ist sehr einfach, sehr klar.« Der Taipan ballte plötzlich die rechte Hand zur Faust und ließ sie auf die Armlehne des Sessels fallen. »Ich will Beweise gegen meine Feinde!« schrie er, und seine zornigen Augen funkelten unter den angeschwollenen Lidern. »Und die bekomme ich nur, wenn Sir mir Ihren nur allzu glaubwürdigen Doppelgänger liefern! Ich will ihn vor mir sehen, will, daß er mich ansieht, während sein Leben unter Qualen aus ihm heraussickert, bis er mir alles gesagt hat, was ich wissen muß. Bringen Sie ihn mir, Jason Borowski!« Der Bankier atmete schwer und fügte dann leise hinzu: »Dann, und nur dann, werden Sie wieder mit Ihrer Frau vereint werden.«

Webb starrte den Taipan schweigend an. »Wie kommen Sie darauf, daß ich das kann?« fragte er schließlich.

»Wer könnte besser die Kopie in die Falle locken als das Original?«

»Leere Worte«, sagte Webb. »Ohne Bedeutung.«

»Er hat Sie *studiert!* Er hat Ihre Methoden, Ihre Technik analysiert. Sonst könnte er sich nicht für Sie ausgeben. Finden Sie ihn! Locken Sie ihn mit den Taktiken in die Falle, die Sie selbst geschaffen haben!«

»Einfach so?«

»Man wird Ihnen helfen. Ich werde Ihnen ein paar Namen nennen und Beschreibungen von Männern, von denen ich überzeugt bin, daß sie mit diesem neuen Killer, der einen alten Namen gebraucht, unter einer Decke stecken.«

»Drüben in Macao?«

»*Niemals!* Auf keinen Fall in Macao! Was im Lisboa-Hotel geschehen ist, darf nicht erwähnt werden, unter keinen Umständen. Das ist abgeschlossen, erledigt; davon wissen Sie nichts. Meine Person darf in keiner Weise mit dem in Verbindung gebracht werden, was Sie tun. Sie haben mit mir nichts zu schaffen! Wenn Sie an die Oberfläche kommen, dann jagen Sie einen Mann, der in Ihre Rolle geschlüpft ist. Sie schützen sich, verteidigen sich. Unter den gegebenen Umständen ist das völlig natürlich.«

»Ich dachte, Sie wollten Beweise –«

»Die werde ich haben, wenn Sie *ihn* zu mir bringen!« schrie der Taipan.

»Wenn nicht in Macao, wo dann?«

»Hier in Kowloon. Im Tsim Sha Tsui. Fünf Männer sind im Nebenzimmer eines Varietés erschossen wurden, unter ihnen ein Bankier – ein Taipan wie ich. Ich hatte gelegentlich mit ihm zu tun, ein Mann ähnlich einflußreich wie ich – und drei andere, deren Identität man geheimgehalten hat; offenbar eine Entscheidung der Regierung. Ich habe nie herausgefunden, wer die Männer waren.«

»Aber wer der fünfte Mann war, wissen Sie«, sagte Borowski.

»Er hat für mich gearbeitet. Er hat bei dieser Zusammenkunft meinen Platz eingenommen. Wäre ich selbst dort gewesen, hätte Ihr Doppelgänger mich getötet. Und dort werden Sie anfangen müssen, hier in Kowloon, in Tsim Sha Tsui. Ich werde Ihnen die Namen der zwei Toten nennen, die man veröffentlicht hat. Die Identität vieler Männer, die Feinde der beiden waren und jetzt auch meine Feinde sind. Sie müssen schnell handeln. Finden Sie den Mann, der in Ihrem Namen tötet, und bringen Sie ihn zu mir. Und noch eine letzte Warnung, Mr. Borowski. Sollten Sie herauszufinden versuchen, wer ich bin, wird schnell ein Befehl erteilt und noch schneller ausgeführt werden. Dann stirbt Ihre Frau.«

»Dann sterben auch Sie. Geben Sie mir die Namen.«

»Sie stehen hier«, sagte der Mann, der den Namen Yao Ming benutzte, und griff in die Tasche der weißen Seidenweste. »Eine Stenotypistin im Mandarin-Hotel hat das getippt. Es hätte also keinen Sinn, nach einer bestimmten Schreibmaschine zu suchen.«

»Zeitvergeudung«, sagte Borowski und nahm das Blatt Papier entgegen. »In Hongkong muß es zwanzig Millionen Schreibmaschinen geben.«

»Aber nicht so viele Taipans von meiner Größe, wie?«

»Das werde ich mir merken.«

»Dessen bin ich mir sicher.«

»Wie erreiche ich Sie?«

»Gar nicht. Niemals. Dieses Treffen hat nie stattgefunden.«

»Warum *hat* es dann stattgefunden? Warum ist das alles geschehen? Angenommen, ich finde diesen Kretin, der sich Borowski nennt, und es gelingt mir, ihn in meine Gewalt zu bringen – *angenommen*, habe ich gesagt –, was tue ich dann mit ihm? Lege ich ihn hier draußen auf die Stufen?«

»Das wäre eine glänzende Idee. Unter Drogen natürlich. Niemand würde sich auch nur im geringsten für ihn interessieren, man würde ihm nur die Taschen leeren.«

»*Ich* würde mich schon für ihn interessieren. Ein Gegengeschäft, Taipan. Ich möchte eine hundertprozentige Garantie. Ich will meine Frau zurück.«

»Und was wäre für Sie eine solche Garantie?«

»Zuerst ihre Stimme am Telefon, damit ich mich davon überzeugen kann, daß ihr nichts fehlt, und dann will ich sie sehen – sagen wir, wie sie eine Straße entlanggeht, aus eigener Kraft und ganz alleine.«

»Spricht da Jason Borowski?«

»Ja.«

»Nun gut. Wir haben hier in Hongkong eine hochtechnisierte Industrie entwickelt, da können Sie jeden in Ihrem Lande fragen, der in der Elektrobranche tätig ist. Unten auf diesem Blatt steht eine Telefonnummer. Falls und wenn – und *nur* falls und wenn – Sie den falschen Borowski in Ihrer Gewalt haben, rufen Sie diese Nummer an und wiederholen ein paarmal das Wort ›Schlangenweib‹ – «

»*Medusa*«, flüsterte Jason und fiel damit dem anderen ins Wort.

Der Taipan hob die Brauen, aber sein Gesichtsausdruck verriet weiterhin nichts. »Ich habe natürlich die Schlangenverkäuferin auf dem Markt gemeint.«

»Erzählen Sie das der Großmutter des Teufels. Weiter.«

»Sie wiederholen also das Wort ein paarmal, bis Sie ein paar klickende Geräusche hören – «

»Womit eine andere Nummer gewählt wird«, unterbrach ihn Borowski erneut.

»Er hat etwas mit den Lauten zu tun, glaube ich«, gab ihm der Taipan recht. »Der Zischlaut *Sch*, danach ein Vokal und harte Konsonanten. Genial, finden Sie nicht auch?«

»Man nennt das akustische Programmierung.«

»Das macht offenbar keinen Eindruck auf Sie. Deshalb sollte ich wohl wiederholen, unter welcher Bedingung Sie überhaupt nur anrufen dürfen. Ich kann um Ihrer Frau willen nur hoffen, daß *das* Eindruck auf Sie macht. Sie dürfen nur anrufen, wenn Sie bereit sind, den falschen Borowski innerhalb von Minuten auszuliefern. Sollten Sie oder sonst jemand die Nummer und das Codewort ohne diese Voraussetzung benutzen, dann weiß ich, daß jemand versucht, die Leitung anzupeilen. In dem Fall wird Ihre Frau getötet werden, und dann wird man irgendwo

bei den Inseln eine tote, entstellte weiße Frau ohne Identifizierungs-
merkmale ins Meer werfen. Drücke ich mich klar aus?«

Borowski schluckte, drängte seine Wut und die Angst zurück, von der
ihm schlecht wurde, und sagte eisig: »Ihre Bedingung habe ich verstanden. Und jetzt möchte ich, daß Sie die meine verstehen. Falls und wenn
ich anrufe, will ich meine Frau sprechen – nicht innerhalb von Minuten,
sondern innerhalb von Sekunden. Wenn nicht, wird derjenige am anderen Ende der Leitung einen Schuß hören, und dann werden Sie wissen,
daß Ihr Meuchelmörder, von dem Sie sagen, daß Sie ihn unbedingt haben müssen, ein Loch im Kopf hat. Ich gebe Ihnen dann genau dreißig
Sekunden Zeit.«

»Ich habe Ihre Bedingung verstanden. Sie wird erfüllt werden. Ich
glaube, die Besprechung ist beendet, Jason Borowski.«

»Ich will meine Waffe wiederhaben. Einer Ihrer Leibwächter hat sie.«

»Sie bekommen Sie, wenn Sie hinausgehen.«

»Einfach so, auf Treu und Glauben?«

»Das ist gar nicht nötig. Er hat Anweisung, Ihnen die Waffe zu geben,
falls Sie überhaupt hier herauskommen. Eine Leiche braucht keine
Waffe.«

Was von den Prunkvillen aus der Kolonialzeit Hongkongs übriggeblieben ist, befindet sich hoch in den Bergen, oberhalb der Stadt, in einer
Gegend, die den Namen Victoria Peak trägt und ihren Namen vom
höchsten Punkt der Insel ableitet, der Krone des ganzen Territoriums.
Das Bild wird hier von eleganten Gärten bestimmt, mit Fußwegen, die
von Rosenbeeten gesäumt sind und die zu Veranden und Pavillons führen, von denen aus die Reichen Hongkongs den Anblick des Hafens in
der Tiefe und der Inseln weit davor genießen. Die Prachtvillen hier wirken wie ein bescheidener Abklatsch der großen Häuser von Jamaika. Sie
sind großzügig gebaut, mit hohen, seltsam ineinanderverschachtelten
Räumen, damit während der langen drückenden Hitzeperioden der
Sommerwind freies Spiel hat. Überall ist poliertes, handgeschnitztes
Holz zu finden, das die Fenster einrahmt und verstärkt, damit sie dem
Wind und dem Regen des Bergwinters Widerstand leisten können. In
diesen Villen, deren Bauweise das Klima diktiert hat, sind Luxus und
Zweckmäßigkeit eine Mischehe eingegangen.

Eins dieser Häuser im Peak District war freilich anders. Nicht was die
Größe, die Zweckmäßigkeit oder die Eleganz anlangte, auch nicht in der
Schönheit seiner Gärten, die eher noch ausgedehnter waren als viele der
Nachbarn, noch in der Höhe der Steinmauer, die das Anwesen umgab.
Auch die eindrucksvollen Torflügel der Einfahrt paßten ins Bild. Die Ab-
weichung lag darin, daß das Haus so isoliert von den anderen wirkte,
vor allem nachts, wenn in den vielen Zimmern nur wenige Lichter
brannten und aus den Fenstern oder den Gartenanlagen kein Laut zu

hören war. Das Haus wirkte wie kaum bewohnt, von Lebenslust einmal ganz zu schweigen. Aber was es so dramatisch von den anderen abhob, waren die Männer am Tor und andere ähnliche Männer, die man von der Straße aus sehen konnte, wenn sie regelmäßig Streife durch das Gelände gingen. Sie waren bewaffnet und uniformiert. Es waren Angehörige der amerikanischen Marineinfanterie.

Das Konsulat der Vereinigten Staaten hatte das Anwesen auf Anordnung des Nationalen Sicherheitsrates gepachtet. Im Falle irgendwelcher Anfragen hatte das Konsulat die Weisung, lediglich zu erklären, daß im nächsten Monat zahlreiche Vertreter der amerikanischen Regierung und amerikanischer Industrieunternehmen in der Kronkolonie erwartet würden und daß die Pacht des Anwesens aus Gründen der Sicherheit und des Komforts gerechtfertigt war. Mehr wußte das Konsulat nicht. Einige Mitarbeiter des britischen MI-6 waren etwas besser informiert, da man ihre Unterstützung brauchte und London diese auch autorisiert hatte. Aber auch hier beschränkte sich das Wissen auf das Notwendigste, und auch damit war London einverstanden. Die höchsten Beamten beider Regierungen, darunter auch die engsten Berater des Präsidenten und der Premierministerin, waren zu demselben Schluß gelangt: Wenn die Wahrheit über das Anwesen am Victoria Peak an die Öffentlichkeit drang, so würde das katastrophale Folgen für den ganzen Pazifikraum, ja, die ganze Welt haben. Dieses Haus war eine Festung, das Hauptquartier einer Geheimoperation von solcher Tragweite, daß selbst der amerikanische Präsident und die britische Premierministerin nur wenige Einzelheiten kannten, lediglich die Zielsetzung der Operation.

Ein kleiner Wagen rollte vor das Tor. Sofort wurden kräftige Scheinwerfer eingeschaltet, die den Fahrer blendeten. Der hob den Arm, um seine Augen zu schützen. Zwei Marineinfanteristen tauchten mit gezogenen Waffen zu beiden Seiten des Fahrzeugs auf.

»Ihr solltet den Wagen inzwischen kennen, Jungs«, sagte der asiatische Hüne in dem weißen Seidenanzug und blickte mit zusammengekniffenen Augen durch das offene Fenster.

»Wir kennen den Wagen, Major Lin«, erwiderte der Corporal zur Linken. »Wir müssen uns nur überzeugen, wer am Steuer sitzt.«

»Wer könnte sich schon für mich ausgeben?« scherzte der hünenhafte Major.

»Man Mountain Dean, Sir«, antwortete der Ledernacken zur Rechten des Wagens.

»O ja, erinnere mich. Ein amerikanischer Ringer.«

»Mein Großvater hat oft von ihm geredet.«

»Vielen Dank, mein Sohn. Sie hätten wenigstens sagen können, es sei Ihr Vater gewesen. Darf ich weiterfahren, oder bin ich festgenommen?«

»Wir schalten die Scheinwerfer ab und machen das Tor auf, Sir«, sagte der erste Ledernacken. »Übrigens, Major, vielen Dank für den Tip mit dem Restaurant in Wanchai. Das Essen ist toll und kostet nicht gleich den Sold für einen Monat.«

»Aber Sie haben leider keine Suzie Wong gefunden.«

»Keine was?«

»Schon gut. Das Tor, bitte, Jungs.«

Im Haus saß der Staatssekretär Edward Newington McAllister in der Bibliothek, die man in ein Büro umgewandelt hatte, hinter einem Schreibtisch und las eine Akte, wobei er immer wieder Randbemerkungen anbrachte. Er war völlig konzentriert, und als die Sprechanlage summte, kostete es ihn einige Mühe, sich aus seiner Konzentration zu reißen und den Hörer abzunehmen. »Ja?« Er hörte zu und sagte dann: »Natürlich, schicken Sie ihn herein.« McAllister legte auf und wandte sich wieder der Akte zu, die vor ihm lag. Oben auf der Seite, die er gerade las, standen die Worte, die sich auf jeder Seite wiederholten. *Ultra Maximum Classified. P.R.C. Intern. Sheng Chou Yang.*

Die Tür öffnete sich, und der hünenhafte Major Lin Wenzu vom MI-6, Hongkong, trat ein, schloß die Tür und lächelte, als er McAllisters konzentrierte Miene sah.

»Immer noch dasselbe, nicht wahr, Edward? In den Worten steckt ein Plan, eine Strategie.«

»Wenn ich bloß dahinterkäme«, antwortete der Amerikaner, ohne von dem Blatt aufzublicken.

»Das werden Sie schon, mein Freund. Was auch immer es ist.«

»Ich bin gleich soweit.«

»Lassen Sie sich Zeit«, sagte der Major und nahm die goldene Rolex und die Manschettenknöpfe ab. Er legte sie auf den Schreibtisch und sagte leise: »Jammerschade, daß ich sie zurückgeben muß. Die verleihen einem großes Prestige. Aber den Anzug müssen Sie bezahlen, Edward. So etwas gehört nicht zu meiner Garderobe, aber wie das in Hongkong immer ist, war der Preis recht vernünftig, selbst für meine Größe.«

»Ja, natürlich«, sagte der Staatssekretär geistesabwesend.

Major Lin setzte sich auf den schwarzen Ledersessel vor dem Schreibtisch und blieb fast minutenlang stumm. Länger hielt er es nicht aus. »Ist das etwas, wobei ich Ihnen helfen könnte, Edward? Oder genauer gesagt: etwas, das mit unserem Auftrag zu tun hat? Können Sie darüber reden?«

»Leider nein, Lin. Und das gilt für alle drei Fragen.«

»Über kurz oder lang werden Sie es uns sagen müssen. Unsere Vorgesetzten in London werden es uns sagen müssen. ›Tun Sie das, was er verlangt‹, sagen sie. ›Machen Sie sich Aufzeichnungen über alle Gespräche und Anordnungen, aber befolgen Sie seine Weisungen und beraten ihn.‹ Ihn beraten? Es gibt keinen Rat, nur Taktik. Ein Mann in einem leeren Büro, der vier Schüsse in die Mauer des Hafenweges abgibt, sechs ins Wasser und der Rest Platzpatronen – Gott sei Dank ist niemand an

Herzschlag gestorben –, und wir haben die Situation geschaffen, die Sie wollen. Das ist etwas, das wir verstehen können –«

»Wie ich höre, ist alles sehr gut gelaufen.«

»Es hat einen Aufruhr gegeben, wenn Sie das unter ›sehr gut‹ verstehen.«

»Ja, das verstehe ich darunter.« McAllister lehnte sich im Sessel zurück und massierte sich mit den schlanken Fingern der rechten Hand die Schläfen.

»Sie können den ersten Punkt abhaken, mein Freund. Der echte Jason Borowski hat sich linken lassen und hat gehandelt. Sie werden übrigens die Krankenhausrechnung für einen Mann mit einem gebrochenen Arm bezahlen müssen und für zwei weitere, die immer noch unter Schock stehen und schreckliche Halsschmerzen haben. Dem vierten ist die Sache zu peinlich, als daß er etwas dazu sagen möchte.«

»Borowski versteht sich sehr gut auf das, was er tut – was er getan hat.«

»Er ist *tödlich*, Edward!«

»Sie sind aber doch wohl mit ihm fertig geworden.«

»Wobei ich jede Sekunde dachte, daß er das ganze Dreckloch hochgehen läßt! Ich war wie gelähmt. Dieser Mann ist total verrückt. Übrigens, warum soll er sich aus Macao heraushalten?«

»Von dort aus kann er nicht mehr tun als hier. Die Morde haben hier stattgefunden. Die Kunden seines Doppelgängers befinden sich ganz offensichtlich hier in Hongkong und nicht in Macao.«

»Wieder einmal keine Antwort, wie üblich.«

»Dann wollen wir es anders ausdrücken, und soviel zumindest kann ich Ihnen sagen. Sie wissen es ja bereits, nachdem Sie heute diese Rolle gespielt haben. Diese Lüge, wonach die junge Frau unseres imaginären Taipan mit ihrem Liebhaber in Macao ermordet worden ist. Fällt Ihnen dazu etwas ein?«

»Genial ausgedacht«, sagte Lin und runzelte die Stirn. »Man versteht nur wenige Racheakte so leicht wie den alten Satz ›Auge um Auge‹. In gewissem Sinne ist das die Basis Ihrer Strategie – oder zumindest dessen, was ich davon weiß.«

»Was würde Webb Ihrer Meinung nach tun, wenn er herausfände, daß es sich um eine Lüge handelt?«

»Das kann er nicht. Sie haben doch dafür gesorgt, daß die Spuren verwischt worden sind.«

»Sie unterschätzen ihn. Wenn er einmal in Macao wäre, würde er jedes Stück Unrat zweimal umdrehen, um herauszubekommen, wer dieser Taipan ist. Er würde jeden Hotelpagen, jedes Zimmermädchen befragen – wahrscheinlich würde er ein Dutzend Hotelangestellte im Lisboa und den größten Teil der Polizei unter Druck setzen oder bestechen, bis er die Wahrheit erfahren hätte.«

»Aber wir haben seine Frau, und das ist keine Lüge. Er wird dementsprechend handeln.«

»Ja, aber in einer ganz anderen Dimension. Was auch immer er jetzt
denkt – und er argwöhnt bestimmt einiges –, er kann es nicht wissen,
wenigstens nicht genau. Wenn er aber in Macao zu graben anfängt und
die Wahrheit erfährt, dann hat er Beweise, daß seine Regierung ihn getäuscht hat.«

»Was für Beweise?«

»Ein hoher Beamter des Außenministeriums, nämlich ich, hat ihn angelogen. Und das wäre nicht das erste Mal, daß man ihn betrogen hat.«

»Soviel wissen wir.«

»Ich möchte, daß an der Paßkontrolle in Macao einer unserer Leute
sitzt – rund um die Uhr. Stellen Sie Leute ein, denen Sie vertrauen können, und geben Sie ihnen Fotos, aber keine Informationen. Bieten Sie
dem, der ihn entdeckt und Sie anruft, eine Sonderprämie an.«

»Das läßt sich machen, aber er würde dieses Risiko nicht eingehen. Er
glaubt, daß die Chancen gegen ihn stehen. Ein Informant im Hotel oder
im Polizeihauptquartier, und seine Frau stirbt. Er würde dieses Risiko
nicht eingehen.«

»Und wir können dieses Risiko *erst recht* nicht eingehen, so klein es
auch sein mag. Wenn er herausbekäme, daß er wieder benutzt wird –
wieder betrogen –, dann könnte er durchdrehen und Dinge tun und sagen, die für uns alle unvorstellbare Konsequenzen haben könnten. Offen
gestanden, wenn er nach Macao ginge, könnte er statt einer Trumpfkarte
zu einer schrecklichen Belastung werden.«

»Liquidation?« fragte der Major nur.

»Ich kann dieses Wort nicht benutzen.«

»Ich glaube auch nicht, daß Sie das tun müssen. Ich war sehr überzeugend. Ich habe mit der Faust auf die Sessellehne geschlagen und wirkungsvoll die Stimme erhoben. ›Ihre Frau wird sterben!‹ habe ich geschrien. Er hat mir geglaubt. Ich hätte mich für die Oper ausbilden lassen
sollen.«

»Sie haben Ihre Sache gut gemacht.«

»Eine Vorstellung, die Akim Tamiroffs würdig gewesen wäre.«

»Wer ist das?«

»Bitte. Ich hab' das am Tor schon einmal durchgemacht.«

»Wie bitte?«

»Vergessen Sie es. In Cambridge hat man mir gesagt, daß ich Leute
wie ihnen begegnen würde. Ich hatte einen Dozenten in asiatischer Geschichte, der hat mir gesagt, daß Sie einfach nicht loslassen können, keiner von Ihnen. Sie bestehen darauf, Geheimnisse zu bewahren, weil die
Zhongguo ren minderwertig sind, weil sie nichts kapieren. Ist das hier der
Fall, *yang quizi*?«

»Du lieber Gott, nein.«

»Was machen wir dann? Das, was auf der Hand liegt, verstehe ich. Wir rekrutieren einen Mann, der in der einmaligen Position ist, einen Killer zu jagen, weil der Killer in seine Maske geschlüpft ist – in die Maske eines Mannes, der er einmal war. Aber warum der ganze Aufwand – seine Frau entführen, uns in die Sache hineinziehen lassen, diese komplizierten und offen gestandenen gefährlichen Spiele, die wir hier treiben? Ehrlich gesagt, Edward, als Sie mir mit dieser Räuberpistole gekommen sind, habe ich selbst in London rückgefragt. ›Befolgen Sie die Anweisungen‹, haben die immer wieder gesagt. ›Und bewahren Sie Stillschweigen, das ist das Allerwichtigste.‹ Nun, wie Sie selbst vor einer Weile sagten, das *reicht* einfach nicht. Wir müßten mehr wissen. Wie kann unsere Abteilung ohne Wissen Verantwortung übernehmen?«

»Für den Augenblick liegt die Verantwortung bei uns, treffen wir die Entscheidungen. London hat dem zugestimmt, und das hätte man bestimmt nicht getan, wenn wir die Engländer nicht davon überzeugt hätten, daß es so am besten ist. Das Wissen muß sich auf einige wenige beschränken, es darf einfach keine undichten Stellen geben. Übrigens, das hat London so formuliert.« McAllister beugte sich vor und krampfte die Hände ineinander, daß die Knöchel weiß hervortraten. »Soviel will ich Ihnen sagen, Lin. Mir wäre es lieber, wenn wir diese Verantwortung nicht hätten, schon gar nicht ich. Nicht daß ich die letzten Entscheidungen treffe. Aber am liebsten würde ich überhaupt keine Entscheidung treffen. Ich bin dazu nicht qualifiziert.«

»Das würde ich nicht sagen, Edward. Sie sind einer der gründlichsten Menschen, denen ich je begegnet bin. Das haben Sie vor zwei Jahren bewiesen. Sie sind ein brillanter Analytiker. Sie brauchen selbst nicht über die Erfahrung zu verfügen, solange Sie Ihre Befehle von jemandem bekommen, der diese Erfahrung hat. Sie müssen nur verstehen und überzeugt sein – und daß Sie überzeugt sind, lese ich aus Ihrem besorgten Gesicht. Sie werden schon das Richtige tun, wenn Sie den Auftrag dazu bekommen.«

»Jetzt müßte ich mich wohl bei Ihnen bedanken.«

»Was Sie wollten, ist heute abend erledigt worden. Sie werden bald wissen, ob Ihr wiederentdeckter Jäger noch über sein Geschick von früher verfügt. In den nächsten Tagen können wir die Ereignisse im Auge behalten. Aber mehr können wir nicht. Wir haben die Dinge jetzt nicht mehr in der Hand. Borowski hat seine gefährliche Reise begonnen.«

»Dann hat er die Namen?«

»Die *authentischen* Namen, Edward. Die miesesten Mitglieder der Unterwelt von Hongkong und Macao – Söldner, die Befehle ausführen, Hauptleute, die Kontrakte arrangieren, alles gefährliche, gewalttätige Burschen. Wenn es im Territorium Leute gibt, die etwas über den Doppelgänger des Killers wissen, dann wird man sie auf dieser Liste finden.«

»Dann starten wir Phase zwei. Gut.« McAllister löste die Hände voneinander und sah auf die Uhr. »Du liebe Güte, ich hatte keine Ahnung, wie spät es ist. Das war ein langer Tag für Sie. Sie hätten die Uhr und die Manschettenknöpfe wirklich heute nicht mehr zurückzubringen brauchen.«

»Das wußte ich.«

»Warum haben Sie es dann getan?«

»Ich möchte Sie nicht noch mehr belasten, aber möglicherweise haben wir ein Problem am Hals, mit dem wir nicht gerechnet haben. Zumindest eines, das wir nicht in Betracht gezogen haben, was vielleicht unklug war.«

»Was denn?«

»Es könnte sein, daß die Frau krank ist. Ihr Mann hatte das Gefühl, als er mit ihr sprach.«

»Sie meinen *ernsthaft*?«

»Wir können es nicht ausschließen – der Arzt kann es nicht ausschließen.«

»Der *Arzt*?«

»Wir wollten Sie nicht unnötig beunruhigen. Ich habe vor einigen Tagen einen unserer Ärzte zugezogen – er ist absolut verläßlich. Sie wollte nichts essen und klagte über Übelkeit. Der Arzt sagte, es könnte eine Depression oder Angst sein, vielleicht auch ein Virus. Also hat er ihr Antibiotika und leichte Beruhigungsmittel gegeben. Ihr Zustand hat sich nicht gebessert, sondern verschlechtert. Sie ist völlig teilnahmslos geworden, zittert hin und wieder unmotiviert am ganzen Körper und scheint sich nicht konzentrieren zu können. Ich kann Ihnen versichern, das alles paßt nicht zu dieser Frau.«

»Auf keinen Fall«, sagte McAllister und kniff die Lippen zusammen. »Was können wir tun?«

»Der Arzt meint, man sollte sie sofort in ein Krankenhaus einweisen, um Tests durchführen zu können.«

»Unmöglich! Du lieber Gott, das kommt überhaupt nicht in Frage!«

Der chinesische Geheimdienstbeamte stand auf und ging langsam auf den Schreibtisch zu. »Edward«, begann er ruhig, »ich kenne die Hintergründe dieser Operation nicht, aber zwei und zwei kann ich auch zusammenzählen. Ich fürchte, ich muß Sie fragen: Was passiert mit David Webb, wenn seine Frau ernsthaft krank ist? Was passiert mit Ihrem Jason Borowski, wenn sie stirbt?«

12

»Ich brauche ihre Krankengeschichte, und zwar blitzschnell, Major. Und das ist ein Befehl, Sir. Ich war einmal Lieutenant im Sanitätskorps Ihrer Majestät.«

Das ist der englische Arzt, der mich untersucht hat. Er ist sehr höflich, aber kalt, und wie ich vermute, ein ausgezeichneter Arzt. Er ist verunsichert. Das ist gut so.

»Wir werden sie Ihnen besorgen; dafür gibt es Mittel und Wege. Sie sagen, sie hat Ihnen den Namen ihres Arztes in den Vereinigten Staaten nicht sagen können?«

Das ist dieser hünenhafte Chinese, der immer höflich ist – eher salbungsvoll, aber er wirkt ehrlich. Er ist nett zu mir gewesen, so wie seine Leute zu mir nett waren. Er befolgt Anweisungen – alle befolgen sie Anweisungen –, aber sie wissen nicht, warum.

»Sie kommt selbst in ihren klaren Augenblicken nicht darauf, und das ist nicht gerade ermutigend. Das könnte ein Schutzmechanismus sein, und das wiederum würde darauf hindeuten, daß sie von einer chronischen Erkrankung weiß, die sie abblocken möchte.«

»Der Typ ist sie nicht, Herr Doktor. Sie ist eine starke Frau.«

»Psychische Stärke ist relativ, Major. Die Stärksten unter uns sind manchmal nicht imstande, ihre Sterblichkeit zu akzeptieren. Das Ego verdrängt das einfach. Beschaffen Sie mir ihre Krankengeschichte. Ich muß sie haben.«

»Jemand ruft in Washington an, und von dort aus werden Leute weiter herumtelefonieren. Die wissen, wo sie wohnt, kennen ihre Lebensumstände und werden innerhalb von wenigen Minuten ihre Nachbarn kennen. Jemand wird es uns sagen. Wir werden ihren Arzt finden.«

»Ich will alles über den Satelliten, einen Computerausdruck. Wir sind darauf eingerichtet.«

»Derartige Sendungen müssen in unseren Büros aufgenommen werden.«

»Dann komme ich mit. Ich brauche nur ein paar Minuten.«

»Sie haben Angst, nicht wahr, Herr Doktor?«

»Eine neurologische Störung ist immer beunruhigend, Major. Wenn Ihre Leute schnell arbeiten, kann ich vielleicht selbst mit ihrem Arzt sprechen, das wäre natürlich optimal.«

»Sie haben bei der Untersuchung nichts feststellen können?«

»Nur Möglichkeiten, nichts Konkretes. Da ist Schmerz, und da ist wieder kein Schmerz. Ich habe für morgen eine CAT-Tomographie veranlaßt.«

»Sie haben wirklich Angst.«

»Ich mache mir fast in die Hosen, Major.«

Oh, ihr tut alle genau das, was ich wollte. Du lieber Gott, hab ich Hunger!

Wenn ich hier rauskomme, werde ich fünf Stunden lang nichts anderes tun als essen – und ich werde herauskommen! David, hast du verstanden? Hast du verstanden, was ich dir sagen wollte? Ahornbäume haben Ahornblätter. Die sind so verbreitet, Liebling, so leicht zu erkennen. Ein einziges Blatt steht für Kanada. Die Botschaft! Hier in Hongkong ist es das Konsulat! Das war es, was wir in Paris gemacht haben, Liebster! Damals war es schrecklich, aber hier wird es nicht schrecklich werden. Ich werde jemanden kennen – damals, in Ottawa, habe ich so viele angelernt, die dann auf der ganzen Welt eingesetzt wurden. Dein Erinnerungsvermögen ist umwölkt, mein Geliebter, aber meines nicht . . . und du mußt begreifen, David, die Leute, mit denen ich damals zu tun hatte, unterscheiden sich gar nicht so sehr von den Leuten, die mich jetzt festhalten. In mancher Hinsicht sind es natürlich Roboter, aber es sind auch Individuen, die nachdenken und sich Fragen stellen und wissen möchten, warum sie bestimmte Dinge tun sollen. Aber sie befolgen die Anweisungen, die sie bekommen, Liebling. Weil sie schlecht beurteilt werden, wenn sie das nicht tun. Und das führt dann zu einem noch schlimmeren Schicksal als der Entlassung – was ohnehin selten vorkommt –, weil es bedeutet, daß sie nicht vorwärtskommen, steckenbleiben. Tatsächlich sind sie sehr nett zu mir gewesen, wirklich sanft – so als wäre ihnen das peinlich, was sie mit mir ihren Anweisungen nach tun müssen, aber sie müssen ihren Auftrag erledigen. Sie glauben, ich sei krank, und machen sich Sorgen um mich, echte Sorgen. Es sind keine Verbrecher oder Killer, mein allerliebster David. Es sind Bürokraten, die auf Anweisungen warten. Bürokraten sind es, David! Diese ganze unglaubliche Geschichte riecht zehn Meter gegen den Wind nach REGIERUNG. Das weiß ich! Das ist die Art von Leuten, mit denen ich jahrelang zusammengearbeitet habe. Ich habe selbst zu ihnen gehört!

Marie schlug die Augen auf. Die Tür war verschlossen, der Raum leer, aber sie wußte, daß draußen eine Wache stand – sie hatte gehört, wie der chinesische Major Anweisungen erteilte. Niemand außer dem englischen Arzt und zwei Schwestern hatte Zutritt zu ihrem Zimmer, und diese zwei Schwestern würden bis zum Morgen Dienst haben. Sie kannte die Regeln, und dieses Wissen versetzte sie in die Lage, sie zu brechen.

Sie setzte sich auf – *Herrgott, hab ich Hunger!* – und amüsierte sich bei dem Gedanken, wie ihre Nachbarn in Maine nach ihrem Arzt befragt wurden. Sie kannte ihre Nachbarn kaum, und es gab keinen Arzt. Sie lebten noch nicht einmal drei Monate in der kleinen Universitätsstadt, und all die Probleme, ein Haus zu finden und zu mieten und zu lernen, was die neue Frau eines neuen Dozenten tun – oder sein sollte –, die Geschäfte zu finden und Wäsche und Betten; die tausendundzehn Dinge, die eine Frau tun muß, um aus einem Haus ein Zuhause zu machen – da war einfach keine Zeit gewesen, an einen Arzt zu denken. Du lieber Gott, sie hatten acht Monate mit Ärzten gelebt, und abgesehen von Mo Panov wollte sie eigentlich nie wieder einen zu Gesicht bekommen. Und dann war da David, der sich seinen Weg aus seinen persönlichen Tunnels herauskämpfte, wie er sie nannte, und sich so sehr bemühte, sich seinen Schmerz nicht anmerken zu lassen, der so dankbar war, wenn Licht war und er sich erinnern konnte. *Herrgott*, wie er sich auf die Bücher stürzte, wie er sich freute, wenn ganze Epochen der Geschichte plötzlich für ihn wieder greifbar waren – und dann wieder die Angst, wenn er erkannte, daß es bestimmte Segmente in seinem Leben gab, die sich ihm einfach entzogen. Und dann die Nächte, in denen sie so oft spürte, wie seine Matratze sich bewegte, und wußte, daß er dann aufstand, um mit seinen unklaren Gedanken allein zu sein und mit den Bildern, die ihn heimsuchten. Sie wartete dann immer ein paar Minuten und ging dann in den Korridor hinaus und setzte sich auf die Stufen und lauschte. Und hin und wieder passierte es dann: Dann hörte sie das leise Schluchzen eines starken, stolzen Mannes, den unsäglicher Schmerz quälte. Sie ging dann zu ihm, und er wandte sich ab; der Schmerz und die Verlegenheit waren einfach zuviel für ihn. Und sie sagte dann: »Du brauchst deinen Kampf nicht allein zu kämpfen, mein Liebling. Wir kämpfen das gemeinsam durch, so wie wir schon früher gemeinsam gekämpft haben.« Und dann fing er immer zu reden an, zuerst zögernd und dann immer schneller, bis die Schleusen schließlich aufbrachen und er Dinge fand, Dinge entdeckte. *Bäume, David! Mein Lieblingsbaum, der Ahorn. Das Ahornblatt, David. Das Konsulat, Liebling!* Sie hatte zu tun. Sie griff nach der Schnur und drückte den Knopf, der die Schwester herbeirief.

Zwei Minuten später ging die Tür auf, und eine Chinesin, Mitte Vierzig, trat ein. Ihre Schwesternuniform war gestärkt und makellos. »Was kann ich für Sie tun, meine Liebe?« sagte sie freundlich, in stark akzentuiertem Englisch.

»Ich bin schrecklich müde, aber es fällt mir furchtbar schwer einzuschlafen. Dürfte ich eine Tablette bekommen, die mir dabei hilft?«

»Ich frage Ihren Arzt, er ist noch hier. Bestimmt hat er nichts dagegen.« Die Schwester ging, und Marie stieg aus dem Bett. Sie ging zur Tür, und das schlecht sitzende Krankenhausnachthemd rutschte ihr über die linke Schulter. Die Klimaanlage und der Schlitz im Rücken ließen sie frösteln. Sie öffnete die Tür und erschreckte den muskulösen jungen Wachmann, der rechts vor der Tür auf einem Stuhl saß.

»Ja, Mrs. . . .?« Der Mann sprang auf.

»*Schsch!*« befahl Marie, den Zeigefinger auf den Lippen. »Kommen Sie herein! Schnell!«

Verwirrt folgte der junge Chinese in das Zimmer. Sie ging schnell zum Bett und stieg wieder hinein, zog aber die Decke nicht hoch. Sie schob die rechte Schulter etwas vor; das Nachthemd glitt herunter, kaum noch von ihren Brüsten festgehalten.

»Kommen Sie her!« flüsterte sie. »Niemand darf hören, was ich Ihnen sage.«

»Was ist denn, Lady?« fragte der Wachmann, bemüht, ihre Blöße nicht zu sehen, den Blick auf ihr Gesicht und ihr langes kastanienbraunes Haar gerichtet. Er trat ein paar Schritte vor, hielt aber immer noch Distanz. »Die Tür ist geschlossen. Niemand kann Sie hören.«

»Ich möchte, daß Sie –« Ihre Stimme wurde so leise, daß er nichts mehr hören konnte.

»Nicht mal ich kann Sie hören, Lady.« Der Mann trat näher.

»Sie sind von meinen Bewachern der netteste. Sie sind sehr freundlich zu mir gewesen.«

»Ich hatte keinen Grund, unfreundlich zu sein.«

»Wissen Sie, warum man mich hier festhält?«

»Zu Ihrer eigenen Sicherheit«, log der Wachmann mit ausdruckslosem Gesicht.

»Ich verstehe.« Marie hörte, wie draußen Schritte näher kamen. Sie wälzte sich im Bett herum, und das Nachthemd rutschte nach oben, so daß jetzt auch ihre Beine entblößt waren. Die Tür ging auf, und die Schwester trat ein.

»Oh?« Die Chinesin war verblüfft. Was sie gesehen hatte, war in ihren Augen zweifellos ein widerwärtiges Schauspiel. Sie sah den verlegenen Wachmann an, während Marie sich bedeckte. »Ich habe mich schon gewundert, weshalb Sie nicht draußen sind.«

»Die Lady wollte mit mir sprechen«, erwiderte der Mann und trat zurück.

Die Schwester warf Marie einen schnellen Blick zu. »Ja?«

»Wenn er das sagt.«

»Das ist doch Unsinn«, sagte der muskulöse Wachmann und ging zur Tür und öffnete sie. »Der Lady geht es nicht gut«, fügte er hinzu. »Sie ist nicht recht im Kopf. Sie redet Unsinn.« Er ging zur Tür hinaus und schloß sie fest hinter sich.

Wieder sah die Schwester Marie an, und ihr Blick war jetzt fragend. »Ist auch alles in Ordnung?« fragte sie.

»Ich bin recht im Kopf, und ich rede auch keinen Unsinn. Aber ich tue, was man mir sagt.« Marie hielt inne und fuhr dann nach kurzer Pause fort: »Wenn dieser Hüne von einem Major das Krankenhaus verläßt, dann kommen Sie doch bitte zu mir. Ich habe Ihnen etwas zu sagen.«

»Es tut mir leid, aber das darf ich nicht. Sie brauchen Ruhe. Hier, ich habe ein Beruhigungsmittel für Sie. Wasser haben Sie ja.«

»Sie sind eine *Frau*«, sagte Marie und starrte die Schwester durchdringend an.

»Ja«, sagte die Chinesin nur und stellte einen winzigen Papierbecher mit einer Tablette auf Maries Nachttisch und ging zur Tür zurück. Sie warf ihrer Patientin einen letzten fragenden Blick zu und verließ das Zimmer.

Marie stieg aus dem Bett und ging lautlos zur Tür. Sie legte das Ohr an die Metallfüllung; draußen im Korridor war gedämpft ein schneller Wortwechsel zu hören, offensichtlich in chinesischer Sprache. Was auch immer dort gesprochen wurde und zu welchem Ergebnis auch immer das kurze, erregte Gespräch kam, sie hatte die Saat des Zweifels gesät. *Konzentriere dich auf das Sichtbare*, hatte Jason Borowski immer wieder betont, während der Hölle, die sie in Europa erlebt hatten. *Das ist wirksamer als alles andere. Auf der Grundlage dessen, was sie sehen, werden die Leute viel bereitwilliger die Schlüsse ziehen, die du willst, als wenn du ihnen noch so überzeugende Lügen auftischst.*

Sie ging zum Kleiderschrank und machte ihn auf. Die paar Sachen, die sie für sie in Hongkong gekauft hatten, hatten sie in dem Apartment gelassen, aber die Hose, die Bluse und die Schuhe, die sie an dem Tag getragen hatte, als man sie ins Krankenhaus gebracht hatte, waren da; niemand war es in den Sinn gekommen, sie zu entfernen. Warum auch? Sie konnten schließlich selbst sehen, daß sie sehr krank war. Das Zittern und die Krämpfe hatten sie überzeugt; alle sahen sie es. Jason Borowski würde das verstehen. Sie blickte auf das weiße Telefon auf dem Nachttisch. Es war sehr klein, die Tasten mit den Ziffern waren in den Hörer eingebaut. Sie überlegte, obwohl es niemanden gab, den sie hätte anrufen können. Sie ging an den Tisch und griff nach dem Telefon. Aber – wie nicht anders zu erwarten – es war tot. Es gab den Klingelknopf für die Schwester, das war alles, was sie brauchte, und alles, was man ihr erlaubte.

Sie ging ans Fenster und hob den weißen Vorhang etwas an, nur um die Nacht zu begrüßen. Die atemberaubenden farbigen Lichter Hongkongs erleuchteten den Himmel, und sie war näher am Himmel als am Boden. Wie David sagen würde – oder besser Jason: *So sei es. Die Tür. Der Korridor.*

So sei es.

Sie trat an das Waschbecken. Die Zahnbürste und die Zahnpasta, die das Krankenhaus gestellt hatte, waren noch in Plastik verpackt; auch die Seife war noch jungfräulich, in der Originalverpackung, mit der Garantie auf Reinheit, reiner als der Hauch von Engeln.

Daneben lag das Badezimmer; auch nichts Besonderes; nur ein Behälter mit Damenbinden und einer Aufschrift in vier Sprachen, was man mit ihnen nicht tun solle. Sie ging ins Zimmer zurück. Was suchte sie? Was auch immer es war, sie hatte es nicht gefunden.

Studiere alles. Du wirst etwas finden, das du brauchen kannst. Jasons Worte, nicht Davids. Und dann sah sie es.

Manche Krankenhausbetten – und dies war eines davon – haben einen Griff am Sockel, mit dem man das Bett hochstellen oder senken kann, je nachdem, in welche Richtung man ihn dreht. Diesen Griff kann man entfernen, wenn ein Patient intravenös ernährt wird oder wenn ein Arzt ihn in einer bestimmten Lage festhalten möchte, zum Beispiel im Falle eines

Streckverbandes. Die Schwester kann diesen Griff abschrauben. Das geschieht häufig in der Besuchszeit, um zu verhindern, daß Besucher die Lage des Patienten gegen den Wunsch des Arztes verändern. Marie kannte diese Art von Betten und auch diesen Griff. Als David sich von den Verletzungen erholte, die ihm in Treadstone 71 zugefügt worden waren, wurde er intravenös ernährt; sie hatte den Schwestern zugeschaut. Die Schmerzen ihres künftigen Ehemannes waren schlimmer, als sie ertragen konnte, und die Schwestern spürten offenbar, daß sie, in dem Bestreben, ihm Linderung zu verschaffen, die Behandlung stören könnte. Sie wußte, wie man den Griff abschraubte, und wenn er erst lose war, konnte man ihn benutzen wie ein Winkeleisen.

Sie schraubte ihn ab, legte sich wieder ins Bett und versteckte den Griff unter der Decke. Sie wartete und dachte, wie verschieden ihre zwei Männer doch waren – in einem Mann. Ihr Geliebter, Jason, konnte so kalt und geduldig sein, den richtigen Augenblick abwarten, um loszuspringen, zu schockieren, Gewalt anzuwenden, um des Überlebens willen. Und ihr Ehemann, David, so selbstlos, immer bereit zuzuhören – der Gelehrte – die Gewalt um jeden Preis vermeidend, weil er sie erlebt hatte und den Schmerz und die Angst haßte – und mehr als alles andere die Notwendigkeit, seine Gefühle auszuschalten, zu reagieren wie ein Tier. Und jetzt wurde von ihm verlangt, wieder der Mann zu werden, den er so sehr verabscheute, David, mein David! Verlier nicht den Verstand! Ich liebe dich so sehr.

Geräusche im Korridor. Marie sah auf die Uhr auf dem Nachttisch. Sechzehn Minuten waren verstrichen. Sie legte beide Hände auf die Decke, als die Schwester eintrat, und ließ die Lider sinken, als wäre sie müde.

»So, meine Liebe«, sagte die Frau und trat einige Schritte auf sie zu. »Sie haben mich gerührt, das kann ich nicht leugnen. Aber ich habe meine Anweisungen – sehr genaue Anweisungen, die Sie betreffen. Der Major und Ihr Arzt sind jetzt weg. Also, was wollten Sie mir sagen?«

»Nicht . . . jetzt«, flüsterte Marie, und der Kopf sank ihr herunter. Ihr Gesicht wirkte jetzt schläfrig.

»Ich bin so müde. Ich habe die . . . Tablette genommen.«

»Geht es um den Posten draußen?«

»Er ist krank . . . er faßt mich nie an – mir macht das nichts aus. Er besorgt mir Sachen . . . ich bin so müde.«

»Was meinen Sie mit ›krank‹?«

»Er . . . sieht gern Frauen an . . . er . . . belästigt mich nicht . . . wenn ich . . . schlafe.« Marie fielen die Augen zu.

»Zang!« sagte die Schwester halblaut. »Schmutzig, schmutzig!« Sie ging hinaus, machte die Tür zu und herrschte den Posten an: »Die Frau schläft! Haben Sie mich verstanden!«

»Das ist ja ein Segen.«

»Sie sagt, Sie fassen sie nie an!«

»Daran habe ich nie auch nur gedacht!«

»Dann denken Sie jetzt auch nicht daran!«

»Ich kann auf Ihre Vorträge verzichten, Sie alte Vettel. Ich tue hier nur meine Pflicht.«

»Dann tun Sie sie auch! Ich spreche morgen früh mit Major Lin Wenzu!« Die Frau funkelte den Mann zornig an und marschierte in feindseliger Haltung den Korridor hinunter.

»*Sie!*« Das Flüstern kam aus Maries Tür, die einen Spalt offen stand. Sie schob sie etwas weiter auf und sagte: »Diese Schwester! Wer ist das?«

»Ich habe gedacht, Sie schlafen, Lady«, sagte der verwirrte Posten.

»Sie hat mir gesagt, daß sie Ihnen das sagen würde.«

»Was?«

»Sie will wiederkommen! Sie sagt, es gibt Verbindungstüren zu den anderen Zimmern. Wer *ist* sie?«

»*Was* hat sie gesagt?«

»Nicht reden! Schauen Sie mich nicht an! Sie wird Sie sehen!«

»Sie ist den Gang hinuntergegangen, nach rechts.«

»Das weiß man nie. Der Teufel ist ein Eichhörnchen! Verstehen Sie, was ich meine?«

»Ich weiß *überhaupt* nichts!« jammerte der Posten. »Nicht was *sie* meint und auch nicht, was *Sie* meinen, Lady!«

»Kommen Sie rein. *Schnell!* Ich glaube, sie ist eine Kommunistin! Aus Peking!«

»*Beijing?*«

»Ich gehe nicht mit ihr!« Marie zog die Tür auf und huschte hinter sie.

Der Posten kam mit einem langen Schritt ins Zimmer. Die Tür flog zu. Der Raum war dunkel; nur das Badezimmerlicht war eingeschaltet, aber die Badezimmertür war fast geschlossen. Der Mann war zu sehen, aber er konnte nichts sehen. »Wo sind Sie, Lady? Seien Sie ganz ruhig. Sie wird Sie nirgendwohin –«

Mehr brachte der Posten nicht heraus. Marie hatte ihm den Eisengriff über den Schädel geschlagen, und zwar mit der Kraft einer gesunden Frau, die auf der Ranch in Alberta durchaus gelernt hatte, beim Viehtrieb mit der Bullenpeitsche umzugehen. Der Posten brach zusammen; sie kniete nieder und arbeitete schnell.

Der Chinese war muskulös, aber weder besonders breit noch besonders groß. Marie war schlank und groß für eine Frau. Die Kleider und Schuhe des Posten paßten halbwegs. Nur ihr Haar war ein Problem. Sie sah sich um. *Studiere alles. Du wirst etwas finden, das du benutzen kannst.* Sie fand es. An einer Chromstange am Nachttisch hing ein Handtuch. Sie türmte sich das Haar auf dem Kopf auf und schlang das Handtuch darum. Es sah ohne Zweifel albern aus, vor allem bei näherem Hinschauen, aber eine Art Turban war es.

Bis auf Unterhosen und Socken ausgezogen, stöhnte der Posten und begann sich aufzurichten, brach dann aber wieder bewußtlos zusammen. Marie rannte zum Kleiderschrank, holte ihre eigenen Kleider heraus und ging zur Tür, öffnete sie vorsichtig, nur einen Spaltbreit. Zwei Schwestern – eine Asiatin und eine Europäerin – unterhielten sich leise im Korridor. Die Chinesin war nicht die Frau, bei der sie sich über den Posten beschwert hatte. Eine weitere Schwester tauchte auf, nickte den beiden zu und ging geradewegs auf eine Tür auf der anderen Seite des Flurs zu. Eine Wäschekammer. Ein Telefon klingelte am Stationstresen, fünfzehn Meter von ihr entfernt; vor dem runden Tresen gabelte sich der Korridor. Ein Schild mit der Aufschrift AUSGANG hing von der Decke, und der Pfeil wies nach rechts. Die beiden Schwestern drehten sich um und gingen auf den Tresen zu; die dritte kam mit einem Arm voll Laken aus der Wäschekammer.

Am besten flieht man etappenweise und macht sich dabei die Verwirrung des Gegners zunutze.

Marie schlich sich aus dem Zimmer und rannte über den Flur auf die Wäschekammer zu. Sie ging hinein und schloß die Tür. Plötzlich hallte der Protestschrei einer Frauenstimme durch den Korridor und ließ sie erstarren. Sie konnte schwere, schnelle Schritte hören, die näher kamen, dann weitere Schritte.

»Der Posten!« schrie die chinesische Schwester auf englisch. »Wo ist dieses Schwein von Posten?«

Marie öffnete die Kammertür einen Spaltbreit. Drei aufgeregte Schwestern standen vor ihrem Krankenzimmer; sie rannten hinein.

»Sie! Sie haben sich ausgezogen! *Zang sile*, Sittenstrolch! Schauen Sie ins Badezimmer!«

»Sie!« schrie der Posten mit schwankender Stimme. »Sie haben sie entkommen lassen. Sie bleiben hier! Ich übergebe Sie meinem Vorgesetzten!«

»Loslassen, Schwein! Sie lügen!«

»Eine *Kommunistin* sind Sie! Aus *Beijing*!«

Marie schlich sich aus der Wäschekammer, einen Stapel Handtücher über der Schulter, rannte auf die Gabelung im Korridor zu und dort in die Richtung, die der Pfeil ihr wies.

»Rufen Sie Major Lin! Ich habe eine kommunistische Agentin gefangen!«

»Rufen Sie die Polizei! Der Mann ist pervers!«

Vor dem Krankenhaus rannte Marie auf den Parkplatz zu, suchte sich die dunkelste Stelle und kauerte sich außer Atem in den Schatten zwischen zwei Wagen. Sie mußte nachdenken; sie mußte sich ein Bild von der Lage machen. Fehler konnte sie sich jetzt nicht leisten. Sie ließ die Handtücher und ihre Kleider fallen und durchsuchte die Taschen des Postens, suchte nach einer Brieftasche oder Geldbörse. Sie fand sie, öff-

nete sie und zählte in dem schwachen Licht das Geld. Die Börse enthielt
etwas über sechshundert Hongkong-Dollar, was knapp hundert Dollar
in amerikanischer Währung entsprach. Das reichte kaum für ein Hotelzimmer; dann sah sie eine Kreditkarte von einer Bank in Kowloon. Wenn
nötig, würde sie die Karte vorlegen – falls sie ein Hotelzimmer fand. Sie
nahm das Geld und die Plastikkarte heraus, steckte die Börse in die Tasche zurück und begann, sich umzuziehen, während sie gleichzeitig die
Straßen außerhalb des Krankenhausgeländes musterte. Zu ihrer großen
Erleichterung waren sie ziemlich überfüllt, und die Menschenmenge bot
ihr Sicherheit.

Plötzlich kam ein Wagen auf den Parkplatz gerast und bremste mit
quietschenden Reifen vor der Tür zur Notaufnahme. Marie richtete sich
auf und spähte durch die Wagenfenster. Der hünenhafte chinesische Major und der kalte, sachliche Arzt sprangen aus dem Wagen und liefen auf
den Eingang zu. Als sie durch die Tür verschwanden, rannte Marie vom
Parkplatz auf die Straße.

Sie ging stundenlang, machte Station in einem Schnellimbiß, wo sie
sich vollstopfte, bis sie keinen Hamburger mehr sehen konnte. Dann ging
sie in die Damentoilette und betrachtete sich im Spiegel. Sie hatte abgenommen und dunkle Ringe unter den Augen, aber sie war noch sie selbst.
Bloß das verdammte *Haar!* Sie würden ganz Hongkong nach ihr absu-
chen, und ihre Größe und ihr Haar würden die wichtigsten Punkte jeder
Beschreibung sein. Am ersten Punkt konnte sie wenig ändern, dafür um
so mehr am zweiten. In einer Drogerie kaufte sie Haarnadeln und Span-
gen. Dann erinnerte sie sich an das, worum Jason sie in Paris gebeten
hatte, als ihr Foto in den Zeitungen erschienen war. Sie kämmte sich das
Haar straff nach hinten, band es zu einem Knoten zusammen und steckte
sich die Seitenpartien am Kopf fest. Das Ergebnis war ein viel strengeres
Gesicht, was durch ihren Gewichtsverlust und das fehlende Make-up
noch betont wurde. So hatte es Jason – *David* – in Paris haben wollen . . .
Nein, überlegte sie, das in Paris war nicht David gewesen. Das war Jason
Borowski. Und es war Nacht, wie damals in Paris.

»Warum tun Sie das, Miß?« fragte eine Verkäuferin, die neben dem
Spiegel an der Kosmetiktheke stand. »Sie haben so hübsches Haar, sehr
schön.«

»Oh? Ich bin es einfach leid, es immer bürsten zu müssen. Das ist alles.«

Marie verließ die Drogerie, kaufte von einem Straßenhändler flache
Sandalen und von einem anderen eine imitierte Gucci-Handtasche – die
Gs standen auf dem Kopf. Jetzt hatte sie noch dreihundert Hongkong-
Dollar übrig und keine Ahnung, wo sie die Nacht verbringen sollte. Zum
Konsulat zu gehen, war es sowohl zu spät als auch zu früh. Eine Kanadie-
rin, die nach Mitternacht dort eintraf und um eine Liste des im Konsulat
beschäftigten Personals bat, würde Mißtrauen auslösen; außerdem hatte
sie noch keine Zeit gehabt, darüber nachzudenken, wie sie die Bitte vor-

bringen sollte. Wohin also gehen? Sie brauchte Schlaf. *Unternimm nichts,
wenn du müde oder erschöpft bist. Die Gefahr, einen Fehler zu machen, ist dann
zu groß. Ruhe ist eine Waffe. Vergiß das nicht.*

Sie kam an einer Arkade vorbei, die gerade im Begriff war zu schließen. Ein junges amerikanisches Paar in Blue jeans feilschte mit dem Besitzer eines T-Shirt-Standes.

»Hey, jetzt kommen Sie schon, Mann«, sagte der junge Mann. »Sie
wollen doch heute abend noch etwas verkaufen, oder nicht? Ich meine,
Sie verdienen dann ein bißchen weniger, aber immerhin sind das ein
paar *dineros* in Ihrer Tasche, stimmt's?«

»Keine *dineros*«, schrie der Händler grinsend, »nur Dollars, und davon
bieten Sie mir zu wenig! Ich habe Kinder. Sie stehlen ihnen das kostbare
Essen vom Mund!«

»Wahrscheinlich gehört ihm ein Restaurant«, sagte das Mädchen.

»Sie wollen Restaurants? Echtes chinesisches Essen?«

»Herrje, du hast recht, Lacy!«

»Mein dritter Vetter väterlicherseits hat einen Imbißstand zwei Straßen von hier. Ganz nahe, ganz billig, sehr gut.«

»Vergessen Sie's«, sagte der Junge. »Vier Dollar, US, für die sechs
T-Shirts. Nehmen Sie's oder lassen Sie's bleiben.«

»Ich nehme es. Nur weil Sie zu stark für mich sind.« Der Händler griff
nach den Geldscheinen, die der Amerikaner ihm hinhielt, und stopfte
die T-Shirts in eine Papiertüte.

»Du bist großartig, Buzz.« Das Mädchen küßte ihn auf die Wange. »Er
macht trotzdem noch vierhundert Prozent Profit.«

»Das ärgert mich so an euch Betriebswirten! Ihr habt einfach keinen
Sinn für Ästhetik. Für das Jagdfieber, für die Freude am Wortwechsel!«

»Wenn wir je heiraten, werde ich dich den Rest meines Lebens ernäh-
ren müssen, du großer Geschäftsmann.«

*Gelegenheiten werden sich bieten. Du mußt sie erkennen und schnell han-
deln.* Marie ging auf die zwei Studenten zu.

»Bitte entschuldigen Sie«, sagte sie, hauptsächlich dem Mädchen zugewandt. »Ich habe Sie reden hören – «

»War ich nicht *großartig*?« unterbrach sie der junge Mann.

»Sehr wortgewandt«, erwiderte Marie. »Aber ich fürchte, daß Ihre
Freundin recht hat. Diese T-Shirts haben ihn ganz bestimmt weniger als
fünfundzwanzig Cent das Stück gekostet.«

»Vierhundert Prozent«, sagte das Mädchen und nickte.

»Ich bin von Banausen umgeben!« schrie der junge Mann. »Ich studiere Kunstgeschichte. Eines Tages werde ich das Metropolitan-Mu-
seum leiten!«

»Versuch bloß nicht, es zu kaufen«, sagte das Mädchen und wandte
sich wieder Marie zu. »Tut mir leid, wir sind nicht verrückt, uns macht
das nur einen Riesenspaß. Wir haben Sie unterbrochen.«

»Mir ist das wirklich ausgesprochen peinlich, aber mein Flugzeug hat sich um einen Tag verspätet, und ich habe meine Gruppe nach China verpaßt. Das Hotel ist voll, und jetzt hätte ich gerne –«

»Eine Bleibe brauchen Sie?« unterbrach sie der Kunststudent.

»Ja. Offen gestanden, ich habe nicht allzuviel Geld. Ich bin Handelsschullehrerin und komme aus Maine – Betriebswirtschaft, muß ich leider gestehen.«

»Keine Ursache«, sagte das Mädchen und lächelte.

»Morgen kann ich mich meiner Gruppe anschließen, aber eben leider erst morgen.«

»Wir können Ihnen helfen, nicht wahr, Lacy?«

»Natürlich können wir das. Unser College hat eine Übereinkunft mit der chinesischen Universität von Hongkong.«

»Der Zimmerservice ist zwar nicht besonders, aber der Preis stimmt«, sagte der junge Mann. »Drei US-Dollar pro Nacht. Aber, heiliger Strohsack, die sind vielleicht vorsintflutlich!«

»Er meint, daß sie hier ziemlich puritanisch sind. Die Geschlechter schlafen getrennt.«

»›Boys und Girls zusammen‹«, sang der Kunststudent. »Den Teufel sind sie!« fügte er dann hinzu.

Marie saß auf der Pritsche in dem riesigen Raum, dessen Decke bestimmt fünfzehn Meter hoch war; wahrscheinlich handelte es sich um eine Turnhalle. Rings um sie junge Frauen, manche schlafend, manche nicht. Die meisten waren still, aber ein paar schnarchten, andere zündeten sich Zigaretten an, und gelegentlich hörte man eine zur Toilette schlurfen, wo die Neonbeleuchtung eingeschaltet war. Sie war unter Kindern, und sie wäre jetzt auch gern ein Kind gewesen, frei von den Schrecken, die überall waren. *David, ich brauche dich! Du glaubst, ich sei so stark, aber, Liebling, ich schaffe das nicht! Was soll ich tun? Wie soll ich es tun?*

Studiere alles. Du wirst etwas finden, was du gebrauchen kannst. Jason Borowski.

13

Regen peitschte vom Himmel, schlug Krater in den Sand und klatschte gegen die Scheinwerfer, die die bizarren Statuen an der Repulse Bay anstrahlten – riesenhafte Standbilder chinesischer Götter, zornige Götzen Asiens in wütenden Posen, von denen manche bis zu zehn Meter hoch aufragten. Der finstere Strand war verlassen, aber in dem alten Hotel, oben an der Straße, und dem Hamburger-Restaurant, das wie die Faust aufs Auge hierherpaßte, drängten sich Menschenmassen. Es waren Spaziergänger, zufällige Passanten, Touristen ebenso wie Bewohner der Insel, die auf einen abendlichen Drink oder um eine Kleinigkeit zu essen zur Bucht heruntergekommen waren, um von dort aus die drohenden Statuen zu betrachten, die dastanden, als würden sie alle bösen Geister vertreiben, die sonst vielleicht plötzlich aus dem Meer heraussteigen könnten. Der Wolkenbruch hatte die Spaziergänger nach drinnen getrieben. Bis auf die Haut durchnäßt, kauerte Borowski in den Sträuchern vor dem Sockel eines besonders wild blickenden Götzenbildes auf halbem Weg zum Strand. Er wischte sich den Regen aus dem Gesicht und starrte zu den Betonstufen hinüber, die zum Eingang des alten Kolonialhotels führten. Er wartete auf den dritten Namen auf der Liste des Taipan.

Der erste Mann hatte versucht, ihn auf der Star-Fähre, dem vereinbarten Treffpunkt, in die Falle zu locken. Aber Jason, der dieselben Kleider trug wie in der Ummauerten Stadt, hatte die zwei Komplizen des Mannes entdeckt. Es war nicht so leicht, wie nach Männern mit Funkgeräten Ausschau zu halten, aber schwierig war es auch nicht gewesen. Nach der dritten Fahrt quer über das Hafenbecken, als Borowski immer noch nicht an dem vereinbarten Fenster an der Steuerbordseite aufgetaucht war, waren dieselben zwei Männer zweimal an seinem Kontaktmann vorbeigegangen, wobei jeder ein paar Worte sagte und dann wieder Position bezog, ohne den Chef aus dem Auge zu lassen. Jason hatte gewartet, bis die Fähre sich dem Pier näherte und die Passagiere sich in Massen auf die Rampe im Bug zuschoben. Den Chinesen zur Rechten hatte er mit einem Nierenschlag kampfunfähig gemacht, als der in der Menge an ihm vorüberging, und hatte dem Mann dann noch mit einem schweren Briefbeschwerer aus Messing einen Schlag auf den Hinterkopf versetzt; die Passagiere schoben sich unterdessen in der schwachen Beleuchtung vorbei, ohne etwas zu bemerken. Dann war Borowski quer durch die sich leerenden Bänke zur anderen Seite gegangen, hatte sich vor dem zweiten Mann aufgebaut, ihm die Pistole in den Magen gedrückt und ihn gezwungen, zum Heck zu gehen. Dort hatte er den Mann über die Reling gedrückt und ihn über Bord geschoben, als die Schiffssirene durch die Nacht hallte und die Fähre am Pier von Kowloon anlegte. Dann war er zu seinem Kontaktmann an dem verlassenen Fenster mittschiffs zurückgekehrt.

»Sie haben Wort gehalten«, sagte Jason. »Ich fürchte, ich habe mich verspätet.«

»*Sie* sind der Mann, der angerufen hat?« Die Augen des Kontaktmannes musterten Borowskis schäbige Kleidung.

»Der bin ich.«

»Sie sehen aber nicht wie ein Mann mit dem Geld aus, das Sie am Telefon erwähnten.«

»Diese Meinung ist Ihr gutes Recht.« Borowski zog ein Bündel ameri-

632

kanischer Banknoten heraus, lauter Tausender, wie man sehen konnte, als er das Bündel aufklappte.

»Sie sind der Mann.« Der Chinese hatte schnell über Jasons Schulter geblickt. »Was wollen Sie?« fragte der Mann ängstlich.

»Informationen über jemanden, der sich Jason Borowski nennt und für Geld Aufträge annimmt.«

»Da sind Sie an den Falschen geraten.«

»Ich zahle großzügig.«

»Ich habe nichts zu verkaufen.«

»Ich denke doch.« Borowski hatte das Geld weggesteckt und seine Waffe herausgezogen und sich näher an den Mann herangeschoben, während die Passagiere aus Kowloon an Bord strömten. »Sie sagen mir entweder das, was ich wissen möchte, und lassen sich dafür bezahlen, oder Sie werden sich gezwungen sehen, es mir zu sagen, um am Leben zu bleiben.«

»Ich weiß nur eins«, protestierte der Chinese. »Meine Leute würden ihn nicht mit der Feuerzange anfassen!«

»Warum?«

»Das ist nicht derselbe Mann!«

»Was haben Sie gesagt?« Jason hielt den Atem an und behielt den Mann scharf im Auge.

»Er geht Risiken ein, die er früher nie eingegangen wäre.« Wieder blickte der Chinese an Borowski vorbei. Am Haaransatz brach ihm der Schweiß aus. »Nach zwei Jahren kommt er zurück. Wer weiß, was geschehen ist? Alkohol, Drogen, Krankheiten von Huren, wer weiß?«

»Was meinen Sie mit Risiken?«

»*Das* meine ich! Er geht in ein Varieté im Tsim Sha Tsui – da war eine Schlägerei, die Polizei war schon unterwegs. Trotzdem geht er hinein und tötet fünf Männer! Man hätte ihn fangen können, die Spur zu seinen Auftraggebern zurückverfolgen! Vor zwei Jahren hätte er so etwas nicht getan.«

»Vielleicht haben Sie die Reihenfolge durcheinandergebracht«, sagte Jason Borowski. »Es könnte doch sein, daß er hineingegangen ist – und mit der Schlägerei angefangen hat. Und dann tötet er als jener Mann und geht als ein anderer weg und entkommt in der Verwirrung.«

Der Asiate starrte kurz in Jasons Augen und sah sich dann noch einmal die schäbigen, schlecht sitzenden Kleider des anderen an. Er wirkte jetzt plötzlich viel verängstigter als vorher. »Ja, das könnte sein«, sagte er mit zitternder Stimme, und sein Kopf ruckte nach rechts und gleich darauf nach links.

»Wie kann man diesen Borowski erreichen?«

»Ich weiß es nicht, das schwöre ich bei den *Geistern*! Warum stellen Sie mir diese Fragen?«

»*Wie?*« wiederholte Jason und beugte sich so weit vor, daß seine Stirn die des Chinesen berührte. Gleichzeitig drückte seine Waffe gegen den Unterleib des Asiaten. »Sagen Sie mir wo!«

»Beim Heiland der Christen –«

»Verdammt, den meine ich nicht! *Borowski!*«

»*Macao!* Man flüstert, daß er von Macao aus arbeitet. Das ist alles, was ich weiß, das *schwöre* ich!« Wieder blickte er in seiner Panik nach rechts und links.

»Wenn Sie Ihre zwei Männer suchen, dann können Sie sich die Mühe sparen«, erklärte Jason. »Der eine liegt dort drüben, und der andere kann hoffentlich schwimmen.«

»Diese Männer sind – wer *sind Sie?*«

»Ich glaube, das wissen Sie«, gab Borowski zur Antwort. »Gehen Sie auf der Fähre nach hinten und bleiben Sie dort. Wenn Sie auch nur einen Schritt nach vorne gehen, ehe wir anlegen, dann ist das Ihr letzter.«

»O Gott, Sie *sind* –«

»An Ihrer Stelle würde ich lieber nicht weitersprechen.«

Der zweite Name gehörte zu einer unwahrscheinlichen Adresse, einem Restaurant an der Causeway Bay, das sich auf die klassische französische Küche spezialisiert hatte. Nach Yao Mings kurzen Notizen agierte der Mann dort als Geschäftsführer, war aber in Wirlichkeit der Besitzer, und etliche seiner Kellner konnten ebensogut mit Pistolen wie mit Tabletts umgehen. Die Privatadresse des Kontaktmanns war unbekannt; er führte seine Geschäfte von seinem Restaurant aus, und man argwöhnte, daß er überhaupt keinen festen Wohnsitz hatte. Borowski war ins Peninsula zurückgekehrt, hatte sein Jackett und seinen Hut abgelegt und war mit schnellen Schritten durch die überfüllte Hotelhalle zum Lift geeilt; ein gut gekleidetes Ehepaar hatte sich redlich Mühe gegeben, sich den Schock bei seinem Anblick nicht anmerken zu lassen. Er hatte gelächelt und Nachsicht heischend gemurmelt: »Eine Schnitzeljagd. Irgendwie albern, nicht wahr?«

In seinem Zimmer angekommen, hatte er sich ein paar Augenblicke lang gestattet, wieder David Webb zu sein. Das war ein Fehler; er konnte es nicht ertragen, Borowskis Gedankengang zu unterbrechen. *Ich bin wieder er. Ich muß es sein. Er weiß, was zu tun ist . . .!* Er hatte den Schmutz der Ummauerten Stadt und die schwüle Feuchtigkeit der Star-Fähre unter der Dusche abgespült, sich den Bartschatten abrasiert und sich für ein spätes französisches Abendessen angekleidet.

Ich werde ihn finden, Marie! Ich schwöre bei Gott, ich werde ihn finden! Das war David Webbs Versprechen, aber Jason Borowski schrie es in seinem Zorn hinaus.

Das Restaurant wirkte eher wie ein exquisiter Speisepalast im Rokokostil auf dem Boulevard Montaigne in Paris als wie ein einstöckiges

Gebäude in Hongkong. Von der Decke hingen Kronleuchter mit gedämpftem Licht aus winzigen Glühbirnen; auf den Tischen, die mit dem
reinsten Leinen und dem feinsten Silber und Kristall gedeckt waren,
flackerten Kerzen.

»Wir haben heute abend leider keinen Tisch mehr frei, Monsieur«,
sagte der Maître d'hôtel. Er war der einzige Franzose, der weit und breit
zu sehen war.

»Man hat mir gesagt, ich soll nach Jiang Yu fahren und sagen, es sei
dringend«, hatte Borowski erwidert und ihm eine Hundert-Dollar-Note
gezeigt. US-Dollar natürlich. »Glauben Sie, *er* könnte etwas finden, wenn
das hier ihn findet?«

»*Ich* werde etwas finden, Monsieur.« Der Mann schüttelte Jason die
Hand und nahm dabei das Geld in Empfang. »Jiang Yu ist zwar ein
wichtiges Mitglied unserer kleinen Gemeinschaft, aber ich bin derjenige,
der die Auswahl trifft. *Comprenez-vous?*«

»*Absolument.*«

»*Bien!* Sie sind ein gutaussehender Mann und wirken kultiviert. Wenn
Sie mir bitte folgen wollen, Monsieur.«

Zum Abendessen sollte es nicht kommen; dazu entwickelten sich die
Dinge zu schnell. Schon Minuten nachdem sein Drink gebracht worden
war, erschien ein schlanker Chinese in schwarzem Anzug an seinem
Tisch. Wenn an ihm etwas seltsam war, dachte David Webb, dann seine
dunkle Hautfarbe und die auffällig schrägliegenden Augen. Er mußte
malaysisches Blut in den Adern haben. *Hör auf!* befahl Borowski. *Das
bringt uns nichts!*

»Sie haben nach mir gefragt?« sagte der Geschäftsführer und musterte
das Gesicht, das zu ihm aufblickte. »Wie kann ich Ihnen zu Diensten
sein?«

»Indem Sie zuerst einmal Platz nehmen.«

»Es ist ungehörig, sich zu den Gästen zu setzen.«

»Eigentlich nicht. Wo Ihnen das Lokal doch gehört. Bitte, setzen Sie
sich.«

»Ist das schon wieder so eine Belästigung vom Finanzamt? In dem Fall
hoffe ich, daß Sie Ihr Abendessen genießen. Sie werden es selbst bezahlen müssen. Meine Buchhaltung ist sauber und völlig korrekt.«

»Wenn Sie mich für einen Briten halten, haben Sie nicht richtig zugehört. Und wenn Sie mit ›Belästigung‹ meinen, daß eine halbe Million
Dollar langweilig ist, dann können Sie gern verschwinden, dann werde
ich mein Abendessen genießen.« Borowski lehnte sich in der Nische zurück und führte mit der linken Hand das Glas zum Mund. Die Rechte
war verborgen.

»Wer hat Sie *geschickt*?« fragte der Halbblutchinese und setzte sich.

»Kommen Sie näher. Ich möchte ganz leise sprechen.«

»Ja, selbstverständlich.« Jiang Yu schob sich auf der Bank weiter, bis er

Borowski unmittelbar gegenübersaß. »Ich muß fragen: Wer hat Sie geschickt?«

»Ich muß fragen«, sagte Jason, »mögen Sie amerikanische Filme? Ganz besonders unsere Wildwestfilme?«

»Natürlich. Amerikanische Filme sind schön, und am meisten bewundere ich Ihre Filme aus dem Wilden Westen. So poetisch und so rechtschaffen gewalttätig. Drücke ich mich richtig aus?«

»Ja. Denn Sie treten eben in einem auf.«

»Wie bitte?«

»Ich habe hier unter dem Tisch eine ganz besondere Waffe. Sie zielt zwischen Ihre Beine.« Jason hob den Bruchteil einer Sekunde lang das Tischtuch an und zog die Waffe in die Höhe, so daß man den Lauf sehen konnte, schob sie aber dann gleich wieder zurück. »Sie ist mit einem Schalldämpfer ausgestattet, so daß der Schuß wie das Knallen eines Champagnerkorkens klingt – anfühlen wird er sich nicht so. *Liao jie mu?*«

»*Liao jie . . .*«, sagte der Asiate und atmete in seiner Angst tief durch. »Gehören Sie zum MI-6?«

»Ich gehöre zu gar niemandem, nur zu mir.«

»Es geht also nicht um eine halbe Million Dollar?«

»Es geht um das, was Ihrer Meinung nach Ihr Leben wert ist.«

»Warum *ich*?«

»Sie stehen auf der Liste«, antwortete Borowski, der Wahrheit entsprechend.

»Für die *Exekution*?« flüsterte der Chinese mit verzerrtem Gesicht.

»Das hängt von Ihnen ab.«

»Ich muß Sie dafür bezahlen, daß Sie mich nicht töten?«

»In gewissem Sinne ja.«

»Ich habe keine halbe Million Dollar in der Tasche! Auch nicht hier im Restaurant!«

»Dann bezahlen Sie mich mit etwas anderem.«

»*Was? Wieviel?* Sie machen mich ganz konfus!«

»Informationen anstelle von Geld.«

»Was für Informationen?« fragte der Chinese, dessen Furcht in Panik umschlug. »Was für Informationen sollte *ich* denn haben? Warum kommen Sie zu *mir*?«

»Weil Sie mit einem Mann zu tun haben, den ich finden will. Dem bezahlten Killer, der sich Jason Borowski nennt.«

»Nein! Mit dem hatte ich *niemals* zu tun!«

Die Hände des Asiaten begannen zu zittern. Die Adern an seinem Hals pochten, und seine Augen lösten sich das erstemal von Jasons Gesicht. Der Mann hatte gelogen.

»Sie sind ein Lügner«, sagte Borowski leise und schob den rechten Arm noch weiter unter den Tisch, indem er sich vorbeugte. »Sie haben die Verbindung in Macao hergestellt.«

»Macao, *ja*! Aber keine Verbindung. Das schwöre ich beim Grab meiner Familie!«

»Sie sind nahe daran, Ihren Magen und Ihr Leben zu verlieren. Man hat Sie nach Macao geschickt, um mit ihm Verbindung aufzunehmen!«

»Ich sollte auf der obersten Stufe der ausgebrannten Basilika von St. Paul auf der Calcada stehen. Ich sollte ein schwarzes Tuch um den Hals tragen, und wenn ein Mann auf mich zukam und eine Bemerkung über die Schönheit der Ruinen machte, sollte ich die folgenden Worte sagen: ›Cain ist für Delta.‹ Und wenn er darauf antwortet ›Und Carlos ist für Cain‹, sollte ich ihn als Verbindungsmann zu Jason Borowski akzeptieren. Aber ich *schwöre* Ihnen, er ist nie –«

Was der Mann noch sagte, hörte Borowski nicht. In seinem Kopf gab es ein Stakkato von Explosionen; sein Bewußtsein wurde in die Vergangenheit zurückgeschleudert. Blendend weißes Licht erfüllte seine Augen, und der Lärm war unerträglich, das Krachen. *Cain ist für Delta, und Carlos ist für Cain . . . Cain ist für Delta! Delta eins ist Cain! Medusa bewegt sich; die Schlange streift ihre Haut ab. Cain ist in Paris, und Carlos wird ihm gehören!* Das waren die Worte, die Codes, die Herausforderung, die dem Schakal entgegengeschleudert wurden. *Ich bin Cain, und ich bin überlegen, und ich bin hier! Komm, finde mich, Schakal. Ich fordere dich heraus, Cain zu finden, denn er tötet besser als du. Es wäre besser für dich, wenn du mich findest, ehe ich dich finde, Carlos. Du bist Cain nicht gewachsen!*

Du großer Gott! War es denn möglich, daß jemand auf der anderen Seite der Welt jene Worte kannte – *konnte* er sie kennen? Die waren doch in den tiefsten Archiven eingeschlossen! Sie waren die direkte Verbindung zu *Medusa!*

Fast hätte Borowski den Abzug der unsichtbaren Pistole betätigt, so plötzlich war der Schock dieser unglaublichen Enthüllung. Er zog den Zeigefinger zurück, legte ihn neben den Abzug; fast hätte er jetzt einen Mann dafür getötet, daß er ihm eine außergewöhnliche Information geliefert hatte. Aber wie war das möglich, wie konnte es dazu gekommen sein? Wo war die Verbindung zu dem neuen ›Jason Borowski‹? Und wer war es, der solche Dinge wußte?!

Er mußte ruhiger werden, das wußte er. Sein Schweigen verriet ihn, verriet sein Erstaunen. Der Chinese starrte ihn an; der Mann schob seine Hand langsam an den Nischenrand. »Ziehen Sie die Hand zurück, oder ich jage Ihnen eine Kugel in die Eier.«

Die Schulter des Asiaten zuckte in die Höhe, und seine Hand lag wieder auf dem Tisch. »Ich habe Ihnen die Wahrheit gesagt«, erklärte er. »Der Franzose ist nie zu mir gekommen. Wenn er gekommen wäre, würde ich Ihnen alles sagen. Das würden Sie an meiner Stelle auch. Ich schütze mich nur selbst.«

»Wer hat Sie hingeschickt? Wer hat Ihnen diese Worte gesagt?«

»Sie müssen mir glauben, das weiß ich ehrlich nicht. Alles das ist über

Telefon geschehen, durch Zweite und Dritte, die nur die Informationen kennen, die sie übermitteln. Der Beweis dafür, daß das Ganze in Ordnung geht, ist mein Honorar.«

»Und wie bekommen Sie es? Jemand muß es Ihnen doch geben.«

»Jemand, der ein Niemand ist, der auch nur dafür bezahlt wird. Ein unbekannter Gast verlangt den Geschäftsführer zu sprechen. Ich nehme seine Komplimente entgegen, und während des Gesprächs wird mir ein Umschlag zugesteckt. Dann habe ich die zehntausend amerikanischen Dollar dafür, daß ich mit dem Franzosen Kontakt aufnehme.«

»Und was dann? Wie erreichen Sie ihn?«

»Ich fahre nach Macao zum Kam-Pek-Casino in der Innenstadt. Das ist ein Casino hauptsächlich für Chinesen. Man spielt dort *Fan Tan* und *Dai Sui*. Ich gehe an Tisch fünf und hinterlasse die Telefonnummer eines Hotels in Macao – kein privates Telefon – und einen Namen – irgendeinen Namen, natürlich nicht meinen eigenen.«

»Und unter der Nummer ruft er Sie an?«

»Vielleicht, vielleicht aber auch nicht. Ich bleibe vierundzwanzig Stunden in Macao. Wenn er mich bis dahin nicht angerufen hat, dann hat der Franzose keine Zeit für mich.«

»Das sind die Regeln?«

»Ja. Zweimal hat er sich nicht gemeldet und das eine Mal, wo ich mit ihm verabredet war, erschien er nicht auf der Calcadatreppe.«

»Warum, meinen Sie, hat er sich nicht gemeldet? Warum, glauben Sie, daß er nicht erschienen ist?«

»Keine Ahnung. Vielleicht hat er für seinen Meisterkiller zu viel Arbeit, vielleicht habe ich bei den ersten Malen etwas Falsches gesagt. Vielleicht dachte er beim drittenmal, er habe auf der Calcada verdächtige Männer gesehen, Männer, von denen er glaubte, daß sie zu mir gehörten und ihm Böses wollten. Es gab natürlich keine solchen Leute, aber eine Möglichkeit zum Einspruch gibt es ja nicht.«

»Tisch fünf. Die Mittelsmänner«, sagte Borowski.

»Die Croupiers wechseln andauernd. Er hat seine Übereinkunft mit dem Tisch. Ich nehme an, ein Pauschalhonorar. Eines, das dann aufgeteilt wird. Und er selbst geht nicht ins Kam Pek – ohne Zweifel zahlt er dafür irgendein Straßenmädchen. Er ist sehr vorsichtig.«

»Kennen Sie sonst noch jemanden, der versucht hat, an diesen Borowski heranzukommen?« fragte Borowski. »Wenn Sie lügen, werde ich das merken.«

»Ja, das glaube ich. Sie sind wie besessen – aber das geht mich nichts an – und Sie haben mich ertappt, als ich das erstemal gelogen habe. Nein, ich kenne niemanden, Sir. Das ist die Wahrheit, weil ich wirklich keinen Wert darauf lege, daß ich eine Kugel in den Bauch bekomme, die wie ein Champagnerkorken klingt.«

»Sehr viel klarer läßt sich das wohl nicht sagen. Um mit den Worten eines anderen Mannes zu sprechen, ich denke, ich glaube Ihnen.«

»*Glauben* Sie mir, Sir. Ich bin nur ein Kurier – ein ziemlich teurer vielleicht –, aber dennoch ein Kurier.«

»Ihre Kellner sind, wie man mir sagt, etwas ganz Besonderes.«

»Besonders aufmerksam waren sie nicht.«

»Trotzdem werden Sie mich zur Türe begleiten«, hatte er gesagt.

Und jetzt ging es um den dritten Namen, einen dritten Mann, auf den er in dem Wolkenbruch an der Repulse Bay wartete.

Die Kontaktperson hatte auf den Code reagiert: »*Écoutez, monsieur. Cain ist für Delta und Carlos ist für Cain.*«

»Wir hätten uns doch in Macao treffen sollen!« hatte der Mann am Telefon gekreischt. »Wo *waren* Sie?«

»Ich hatte zu tun«, sagte Jason.

»Es könnte sein, daß Sie zu spät kommen. Mein Klient hat sehr wenig Zeit und ist gut informiert. Er hört, daß Ihr Mann anderswo tätig ist. Er ist beunruhigt. Sie haben es ihm versprochen, Franzose!«

»Wohin glaubt er denn, daß mein Mann geht?«

»Nun, zu einem anderen Auftrag, natürlich. Er kennt die Einzelheiten!«

»Er irrt sich. Der Mann steht zur Verfügung, wenn sein Preis bezahlt wird.«

»Rufen Sie mich in ein paar Minuten noch einmal an. Ich werde mit meinem Klienten sprechen und mich erkundigen, ob er noch interessiert ist.«

Borowski hatte fünf Minuten später erneut angerufen. Der Treffpunkt war vereinbart worden. Repulse Bay. In einer Stunde. An der Statue des Kriegsgottes auf halben Weg zum Ufer, links in Richtung auf den Pier. Der Kontaktmann würde ein schwarzes Halstuch tragen; der Code sollte der gleiche bleiben.

Jason sah auf die Uhr; die Stunde war seit zwölf Minuten um. Der Kontaktmann verspätete sich, und daß es regnete, war kein Problem, im Gegenteil, ein Vorteil war das, natürliche Deckung. Borowski hatte den Treffpunkt Zentimeter für Zentimeter untersucht, fünfzehn Meter in jeder Richtung, von der aus man die Statue sehen konnte. Und das hatte er auch noch nach der vereinbarten Zeit getan, um damit die Minuten zu nutzen. Dabei hatte er die ganze Zeit den Weg zu der Statue im Auge behalten. Bis jetzt war ihm nichts Unregelmäßiges aufgefallen. Niemand war im Begriff, ihm eine Falle zu stellen.

Der *Zhongguo ren* taucht auf, die Schultern nach vorne gezogen, während er die Treppe hinuntereilte, so als könnte er damit den Regen von sich fernhalten. Er rannte auf die Statue des Kriegsgottes zu und blieb erst stehen, als er unmittelbar vor dem riesigen, finster blickenden Götzenbild stand. Er mied das Scheinwerferlicht, aber das, was von seinem Gesicht zu sehen war, ließ seinen Ärger darüber erkennen, daß niemand da war.

»Franzose, *Franzose*!«

Borowski rannte durch die Büsche auf die Treppe zu, warf noch einmal, um ganz sicherzugehen, einen prüfenden Blick auf den Treffpunkt. Er schob sich um den dicken Steinsockel herum, an dem die Stufen anfingen, und spähte durch den strömenden Regen zum Hotel hinauf. Dort sah er etwas, was er sich sehnlichst gewünscht hatte, *nicht* zu sehen! Ein Mann, der einen Regenmantel und einen Hut trug, war aus dem schon etwas heruntergekommenen Colonial-Hotel getreten und beschleunigte jetzt seine Schritte. Auf halbem Weg zur Treppe blieb er stehen, zog etwas aus der Tasche; er drehte sich um; ein Licht blitzte auf . . . und an einem der Fenster der Hotelhalle blitzte es zurück. Taschenlampen. Signale. Ein Späher war zu einem vorgeschobenen Posten unterwegs, und sein Verbindungsmann bestätigte sein Signal. Jason machte kehrt und arbeitete sich wieder durch das feuchte Laub zurück.

»*Franzose*! Wo *sind* Sie?«

»Hier drüben!«

»Warum haben Sie sich nicht gemeldet? Wo?«

»Genau vor Ihnen. Die Büsche. *Schnell!*«

Der Kontaktmann näherte sich den Büschen; jetzt war er noch eine Armlänge von ihm entfernt. Borowski sprang auf und packte ihn, riß ihn herum und drückte ihn in die nassen Büsche hinein, drückte dem Mann dabei die linke Hand auf den Mund. »Keinen Laut, wenn Ihnen Ihr Leben lieb ist.«

Zehn Meter tiefer in dem Wäldchen schmetterte Jason den Mann gegen einen Baumstamm. »Wer ist noch bei Ihnen?« fragte er ihn schroff und nahm langsam die Hand vom Mund des Mannes.

»Bei mir? Niemand!«

»Lügen Sie nicht!« Borowski zog die Pistole und drückte sie dem Mann gegen die Kehle. Der Kopf des Chinesen zuckte zurück und krachte gegen den Baum. Seine Augen waren geweitet, und er hatte den Mund aufgerissen. »Ich habe keine Zeit für Fallen!« fuhr Jason fort. »Ich habe keine *Zeit*!«

»Ich sage Ihnen, bei mir ist niemand! Ich gebe Ihnen mein Wort darauf. Und davon *lebe* ich in diesen Dingen! Es ist mein Beruf.«

Borowski starrte den Mann an. Er steckte die Waffe in den Gürtel zurück, packte den Mann am Arm und stieß ihn nach rechts. »Seien Sie still. Kommen Sie mit.«

Neunzig Sekunden später waren Jason und der Chinese durch das triefend nasse Unterholz bis zu einer Stelle etwa sechs Meter westlich von dem massiven Götzenbild gekrochen. Der Regen prasselte so laut herunter, daß sie keine Sorge zu haben brauchten, man könnte sie hören.

Plötzlich packte Borowski den Chinesen an der Schulter. Vor ihnen war jetzt der Späher zu sehen; geduckt lauerte er neben dem Fußweg, eine Waffe in der Hand. Einen Augenblick lang fiel das Licht des Scheinwerfers auf ihn, es dauerte nur den Bruchteil einer Sekunde, aber es reichte. Borowski sah den Chinesen an.

Der war verblüfft. Er konnte den Blick nicht von der Stelle wenden, wo der Mann in dem Regenmantel gewesen war. Er war entsetzt, das konnte man an seinem starren Blick ablesen. »Sie«, flüsterte er. »*Jiàgian!*«

»Mit knappen englischen Worten«, sagte Jason halblaut im Regen, »dieser Mann ist ein Henker?«

»*Shi!* . . . Ja.«

»Sagen Sie, was haben Sie mir gebracht?«

»Alles«, antwortete der Chinese, immer noch starr vor Schrecken. »Die Anzahlung, die Anweisungen . . . alles.«

»Ein Klient schickt kein Geld, wenn er vorhat, den Mann zu töten, den er anheuert.«

»Ich weiß«, sagte der Chinese leise und nickte und schloß dann die Augen. »*Mich* wollen die töten.«

Was er zu Liang auf dem Hafenweg gesagt hatte, war prophetisch gewesen, dachte Borowski. *Das ist keine Falle für mich . . . sie gilt Ihnen. Sie haben Ihren Auftrag erledigt, und die können sich nicht leisten, daß es Spuren gibt. Die können sich Sie nicht länger leisten.*

»Oben im Hotel ist noch einer. Ich habe gesehen, wie sie einander mit Taschenlampen Signale gaben. Deshalb konnte ich Ihnen ein paar Minuten lang nicht antworten.«

Der Asiate drehte sich um und sah Jason an; in seinem Blick war keine Spur von Selbstmitleid. »Das sind die Risiken meines Berufes«, sagte er ruhig. »Ich werde also zu meinen Ahnen eingehen, wie man in meinem albernen Volk sagt, und ich hoffe, daß die nicht so albern sind. Hier.« Der Mann griff in die Innentasche und zog einen Umschlag heraus. »Hier ist alles.«

»Haben Sie es überprüft?«

»Nur das Geld. Es ist alles da. Ich hätte mich nicht mit dem Franzosen getroffen, ohne das bei mir zu haben, was er gefordert hat, und den Rest will ich nicht wissen.« Plötzlich sah der Mann Borowski scharf an und kniff dann die Augen zusammen. »Aber Sie *sind* gar nicht der Franzose!«

»Ganz ruhig«, sagte Jason. »Das ist für Sie heute abend alles sehr schnell gegangen.«

»Wer *sind* Sie?«

»Jemand, der Ihnen einfach klargemacht hat, wo Sie stehen. Wieviel Geld haben Sie gebracht?«

»Dreißigtausend US-Dollar.«

»Wenn das erst die Anzahlung ist, muß es sich um einen sehr wichtigen Menschen handeln.«

»Ja, das nehme ich an.«

»Behalten Sie es.«

»*Was?* Was sagen Sie da?«

»Ich bin nicht der Franzose, wissen Sie noch?«

»Ich verstehe nicht.«

»Ich will nicht einmal die Instruktionen haben. Ich bin sicher, daß jemand mit Ihren beruflichen Fähigkeiten einen Vorteil aus diesen Instruktionen ziehen kann. Ein Mann zahlt gut für Informationen, die ihm helfen; und für sein Leben zahlt er noch eine Menge mehr.«

»Warum tun Sie das?«

»Weil das alles nichts mit mir zu tun hat. Mich interessiert nur eines. Ich will den Mann haben, der sich Borowski nennt, und habe keine Zeit zu vergeuden. Sie haben das, was ich gerade angeboten habe, und noch einen Bonus – ich werde Sie lebend hier heraushelen, auch wenn ich zwei Leichen hier zurücklassen muß. Das ist mir gleichgültig. Aber Sie müssen mir das geben, was ich am Telefon verlangt habe. Sie haben gesagt, Ihr Klient hätte Ihnen gesagt, der Killer des Franzosen sei anderswo. *Wo?* Wo ist *Borowski?*«

»Sie reden so schnell –«

»Ich habe Ihnen doch gesagt, ich habe keine Zeit! Sagen Sie es mir! Wenn Sie sich weigern, gehe ich weg, und dann bringt Ihr Klient Sie um. Sie können es sich aussuchen.«

»Shenzen«, sagte der Chinese, als hätte er Angst vor dem Namen.

»*China?* Jemand in *Shenzen?*«

»Anzunehmen. Mein wohlhabender Klient hat Verbindungen zu der Queen's Road.«

»Was ist das?«

»Das Konsulat der Volksrepublik. Ein äußerst ungewöhnliches Visum ist ausgestellt worden. Offenbar sind die höchsten Stellen in Beijing eingeschaltet. Warum das so ist, wußte mein Gewährsmann nicht, und als er die Entscheidung in Frage stellte, ist er sofort aus seiner Abteilung entfernt worden. Das hat er meinem Klienten berichtet. Natürlich gegen Geld.«

»Warum war das Visum so ungewöhnlich?«

»Weil es keine Wartezeit gab und der Antragsteller nicht auf dem Konsulat erschienen ist. Beides ist außergewöhnlich, noch nie dagewesen.«

»Trotzdem, es war nur ein Visum.«

»In der Volksrepublik gibt es so etwas nicht – ›nur ein Visum‹. Besonders nicht für einen Weißen, der alleine reist und einen fragwürdigen Paß besitzt, der in Macao ausgestellt wurde.«

»Macao?«

»Ja.«

»Und wann ist das Einreisedatum?«

»Morgen. Bei Lo Wu über die Grenze.«

Jason musterte den Chinesen prüfend. »Sie haben gesagt, Ihr Klient hätte Gewährsleute im Konsulat. Haben Sie die auch?«

»Was Sie jetzt denken, wird Sie sehr viel Geld kosten, weil das Risiko sehr groß ist.«

Borowski hob den Kopf und blickte durch den strömenden Regen zu dem von Scheinwerfern angestrahlten Götzenbild hinüber. Etwas hatte sich bewegt; der Späher suchte sein Ziel. »Warten Sie hier«, sagte er.

Die Fahrt im Frühzug von Kowloon zum Grenzkontrollpunkt Lo Wu dauerte nur eine knappe Stunde. Die Erkenntnis, daß er sich in China befand, dauerte keine zehn Sekunden.

Lang lebe die Volksrepublik!

Das Ausrufezeichen war überflüssig, die Grenzposten lebten es. Sie waren steif, unfreundlich, fast rüde, und knallten ihre Gummistempel mit der Wut feindseliger Jugendlicher in die Pässe. Dafür gab es etwas anderes, was dafür entschädigte. Hinter den Grenzwachen stand eine Schar uniformierter junger Frauen lächelnd an ein paar langen Tischen, die mit Prospekten überhäuft waren, die die Schönheit und die Tugenden ihres Landes und seines Systems priesen.

Wenn das Heuchelei war, merkte man es ihnen jedenfalls nicht an.

Borowski hatte dem verratenen, todgeweihten Kontaktmann siebentausend Dollar für das Visum bezahlt. Es war fünf Tage gültig. Als Besuchsgrund stand darauf »geschäftliche Investitionen in der Wirtschaftszone«, und es konnte von der Einwanderungsbehörde von Shenzen verlängert werden, falls er Beweise seiner Investitionen vorlegte und mit ihm ein chinesischer Bankier dort erschien, der das Geschäft vermittelt hatte. In seiner Dankbarkeit hatte der Kontaktmann ihm noch gratis den Namen eines Bankiers in Shenzen genannt, der »Mr. Cruett« ohne Mühe Investitionsmöglichkeiten bescheinigen konnte, wobei besagter Mr. Cruett immer noch im Regent-Hotel in Hongkong gemeldet war. Dann gab es noch einen Bonus von dem Mann, dessen Leben er an der Repulse Bay gerettet hatte: die Beschreibung des Mannes, der mit einem in Macao ausgestellten Paß über den Grenzkontrollpunkt gegangen war. Er war 1,83 m groß, 83 kg schwer, von weißer Hautfarbe und hatte hellbraunes Haar. Jason hatte sich die Notiz verblüfft angesehen und sich unbewußt der Daten auf dem eigenen Ausweis erinnert: Dort stand *Gr.: 1,83 m, Gew.: 84 kg. Männlich. Haarfarbe: hellbraun.* Ein seltsames Gefühl der Furcht machte sich in ihm breit. Nicht die Furcht vor einer Konfrontation; die wünschte er sich sogar, weil er Marie zurückhaben wollte, mehr als alles andere. Nein, es war der Schrecken darüber, daß er für die Erschaffung eines Ungeheuers verantwortlich war. Ein tödlicher Killer, der aus einem tödlichen Virus hervorgegangen war, den er in dem Labor seines Bewußtseins und seines Körpers zur Perfektion herangezüchtet hatte.

Der Zug, mit dem er Kowloon verlassen hatte, war der erste Zug am Tag gewesen, voll mit Facharbeitern und leitenden Angestellten, denen die Volksrepublik den Zugang zur freien Wirtschaftszone von Shenzen erlaubt hatte, in der Hoffnung, dort ausländische Investoren anzulocken. Bei jedem Halt auf dem Weg zur Grenze, während immer weitere Passagiere zustiegen, war Borowski durch die Waggons gegangen, und sein Blick hatte die weißen Männer gemustert, von denen es, als sie schließlich Lo Wu erreichten, insgesamt nur noch vierzehn gab. Keiner hatte auch nur entfernt der Personenbeschreibung des Mannes aus Macao entsprochen – der Personenbeschreibung, die auch auf ihn zutraf. Der neue »Jason Borowski« würde einen späteren Zug nehmen. Das Original würde auf der anderen Seite der Grenze warten. Und dort wartete er jetzt.

In den vier Stunden, die inzwischen verstrichen waren, hatte er sechzehnmal auf die Fragen des Grenzpersonals geantwortet, daß er auf einen Geschäftskollegen warte; er hatte offensichtlich den Fahrplan falsch verstanden und einen viel zu frühen Zug genommen. Wie es in fremden Ländern, aber ganz besonders in Asien, immer der Fall ist, war die Tatsache, daß ein höflicher Amerikaner sich die Mühe gemacht hatte, ihre Sprache zu lernen, ganz entschieden von Vorteil. Man hatte ihm vier Tassen Kaffee und siebenmal heißen Tee angeboten, und zwei der uniformierten Mädchen hatten ihm kichernd übersüßte chinesische Eiscreme gereicht. Er nahm alles an – alles andere wäre unhöflich gewesen, und da der größte Teil der Viererbande nicht nur das Gesicht, sondern auch den Kopf verloren hatte, war Unhöflichkeit aus der Mode, mit Ausnahme der Grenzwächter.

Es war zehn nach elf. Die Passagiere kamen durch den langen, eingezäunten Korridor unter freiem Himmel, nachdem sie die Paßkontrolle hinter sich gebracht hatten. Hauptsächlich handelte es sich um Touristen, überwiegend Weiße, meist verwirrt und von ehrfürchtigem Staunen darüber erfüllt, daß sie hier waren. In der Mehrzahl waren es kleine Touristengruppen, begleitet von Reiseleitern – je einer aus Hongkong und der Volksrepublik –, die akzeptables Englisch oder Deutsch oder Französisch und etwas widerstrebend Japanisch sprachen, für jene besonders unsympathischen Besucher mit mehr Geld, als Marx oder Konfuzius je gehabt hatten. Jason studierte jeden einzelnen weißen Mann. Die vielen, die über einsachtzig groß waren, waren zu jung oder zu alt oder zu stattlich oder zu schmal, oder in ihren limonengrünen oder zitronengelben Hosen zu auffällig, als daß sie der Mann aus Macao hätten sein können.

Augenblick! Dort! Ein älterer Mann in einem beigefarbenen Gabardineanzug, der wie ein mittelgroßer, leicht hinkender Tourist aussah, war plötzlich größer geworden – und jetzt hinkte er auch nicht mehr! Er ging mit schnellen Schritten quer durch die Menschenmenge und rannte auf

den riesigen Parkplatz, der mit Bussen und ein paar Taxis angefüllt war, von denen jedes an der Windschutzscheibe eine Plakette trug: *zhan* – außer Dienst. Borowski rannte hinter dem Mann her, zwängte sich zwischen den Leibern durch, ohne darauf zu achten, wen er beiseite stieß.
Das war der Mann – der Mann aus Macao!

»Hey, sind Sie verrückt? Ralph, der hat mich gestoßen!«

»Dann stoß ihn doch auch. Was soll ich denn tun?«

»Etwas *unternehmen*!«

»Er ist weg.«

Der Mann in dem Gabardineanzug sprang durch die offene Tür eines Lieferwagens, eines dunkelgrünen Lieferwagens mit getönten Fenstern, der, den chinesischen Schriftzeichen nach zu schließen, der Chutang-Vogelschutzwarte gehörte. Die Türe wurde zugezogen, und das Fahrzeug raste vom Parkplatz auf die Ausfahrt zu. Borowski war verzweifelt; er durfte ihn nicht entkommen lassen! Ein altes Taxi stand zu seiner Rechten. Der Motor nagelte im Leerlauf. Er zog die Tür auf, wurde aber von einem unwilligen Ausruf begrüßt.

»Zhan!« schrie der Fahrer.

»Shima?« brüllte Jason und zog soviel amerikanisches Geld aus der Tasche, daß in der Volksrepublik fünf Jahre lang ein Luxusleben garantiert war.

»Aiya!«

»Zou!« befahl Borowski, sprang auf den Beifahrersitz und deutete auf den Lieferwagen, der sich inzwischen in den Verkehr eingereiht hatte. »Bleiben Sie hinter ihm, dann können Sie Ihr eigenes Geschäft im Grenzgebiet anfangen«, sagte er auf kantonesisch. »Das verspreche ich Ihnen!«

Marie, ich bin so nahe dran! Ich weiß, daß er es ist! Ich werde ihn erledigen! Jetzt gehört er mir! Er ist unsere Rettung!

Der Lieferwagen schoß auf die Straße, bog bei der ersten Ausfahrt nach Süden und vermied damit den großen Platz, der mit Touristenbussen und Scharen von Schaulustigen überfüllt war, wich vorsichtig dem endlosen Strom von Fahrrädern aus. Der Taxifahrer holte den Lieferwagen auf einer primitiven Straße ein, deren Belag mehr aus hartgetretenem Schlamm denn aus Asphalt bestand. Jetzt konnte man das Fahrzeug mit den dunklen Fenstern sehen, wie es vor ihnen vor einem offenen Kistenwagen, der mit landwirtschaftlichen Geräten beladen war, in eine lange Kurve einbog. Am Ende der Kurve wartete ein Touristenbus, bog jetzt hinter dem Pritschenwagen in die Straße ein.

Borowski blickte an dem Lieferwagen vorbei; vor ihnen wurde es hügelig, und die Straße stieg an. Jetzt erschien ein weiterer Touristenbus, diesmal hinter ihnen.

»Shumchun«, sagte der Fahrer.

»Bin do?« fragte Jason.

»Der Wasserspeicher von Shumchun«, antwortete der Fahrer auf chinesisch. »Ein sehr schönes Reservoir, einer der schönsten Seen von ganz China. Sein Wasser wird nach Süden geliefert, nach Kowloon und Hongkong. Um diese Jahreszeit von Besuchern überfüllt. Die Aussicht im Herbst ist herrlich.«

Plötzlich wurde der Lieferwagen schneller, preschte die Bergstraße hinauf, löste sich von dem Pritschenwagen und dem Ausflugsbus.

»Können Sie nicht schneller fahren? An dem Bus vorbei und dem Pritschenwagen!«

»Da sind so viele Kurven.«

»Versuchen Sie es!«

Der Fahrer drückte das Gaspedal durch und zwängte sich um den Bus herum, verfehlte ihn nur um wenige Zentimeter, als ihnen ein Gleiskettenfahrzeug der Armee mit zwei Soldaten in der Fahrerkabine entgegenkam. Die Soldaten beschimpften ihn ebenso wie die Reiseleiter der Touristengruppe durch das offene Fenster. »Schlaft doch mit euren häßlichen Müttern!« schrie der Fahrer triumpherfüllt, was ihm aber gleich verging, als er vor sich den breiten Pritschenwagen mit den landwirtschaftlichen Geräten sah, der ihm den Weg versperrte.

Sie bogen jetzt in eine scharfe Rechtskurve. Borowski klammerte sich am Fenster fest und beugte sich hinaus, um besser sehen zu können. »Da kommt niemand!« brüllte er den Fahrer an. »Los! Sie können überholen. *Schnell!*«

Das tat der Fahrer, auch wenn er damit das alte Taxi an die Grenze seiner Leistungsfähigkeit trieb; die Reifen drehten auf dem glatten Lehmboden durch, so daß der Wagen gefährlich vor dem Lkw zur Seite rutschte. Noch eine Kurve, diesmal scharf nach rechts und noch steiler. Vor ihnen war die Straße gerade und führte eine lange Steigung hinauf. Der Lieferwagen war nirgends zu sehen; er war hinter der Hügelkuppe verschwunden.

»*Kuai!*« schrie Borowski. »Fährt diese alte Kiste nicht schneller?«

»So schnell war sie noch nie! Ich denke, die Geister werden den Motor explodieren lassen! Und was werde ich dann tun? Ich mußte fünf Jahre sparen, bis ich mir diese Mühle kaufen konnte, und dann hat es mich noch eine ganze Menge Bestechungsgeld gekostet, im Grenzgebiet fahren zu dürfen.«

Jason warf dem Fahrer eine Handvoll Banknoten vor die Füße. »Wenn wir den Lieferwagen erwischen, gibt es noch zehnmal mehr! Und jetzt *los!*«

Das Taxi brauste über die Hügelkuppe und rollte dann schnell in eine riesige Schlucht am Rand eines ausgedehnten Sees, der kilometerweit zu reichen schien. In der Ferne konnte Borowski Berge mit schneebedeckten Gipfeln sehen und grüne Inseln, die die blaugrüne Wasserfläche, soweit das Auge reichte, wie Punkte durchsetzten. Das Taxi kam neben einer großen rotgoldenen Pagode zum Stehen, zu der eine lange Treppe aus poliertem Beton hinaufführte. Ihre offenen Balkons überblickten den See. Am Rande des Parkplatzes waren Erfrischungsstände und Andenkenläden verteilt, und vier Touristenbusse hatten sich auf der Parkfläche breitgemacht; ihre Fahrer und Fremdenführer schrien auf ihre Schützlinge ein und flehten sie an, am Ende der Besichtigung nicht die falschen Fahrzeuge zu besteigen.

Der Lieferwagen mit den dunklen Fensterscheiben war nirgends zu sehen. Borowski sah sich nach allen Seiten um. Wo *war* er? »Was ist das dort drüben für eine Straße?« fragte er den Fahrer.

»Pumpenstation. Die Straße darf von niemandem betreten werden; die Armee bewacht sie. Hinter der Biegung ist ein hoher Zaun und ein Wachhaus.«

»Warten Sie hier.« Jason stieg aus dem Taxi und ging auf die verbotene Straße zu. Jetzt hätte er gern eine Kamera oder einen Reiseprospekt dabeigehabt, jedenfalls irgend etwas, das ihn als Touristen auswies. Aber er konnte nur unschlüssig schlendern und mit staunendem, leicht glasigem Blick um sich schauen, wie es der typische Tourist tut. Kein Gegenstand war zu belanglos, als daß er darauf verzichtet hätte, ihn zu inspizieren. Jetzt näherte er sich der Biegung der schlecht gepflasterten Straße; er sah den hohen Zaun und ein Stück des Wachhäuschens – und dann sah er es ganz. Eine lange Metallstange verbarrikadierte die Straße; zwei Soldaten unterhielten sich und wandten ihm den Rücken zu – blickten auf zwei Fahrzeuge, die nebeneinander, etwas weiter unten an einem würfelförmigen Betonbau parkten, der braun angestrichen war. Eines der Fahrzeuge war der Lieferwagen mit den getönten Scheiben, der zweite eine braune Limousine. Jetzt setzte sich der Lieferwagen in Bewegung, rückwärts auf das Tor zu.

Borowski überlegte fieberhaft. Er hatte keine Waffe; es war sinnlos, auch nur daran zu denken, eine Waffe über die Grenze mitzubringen! Wenn er versuchte, den Lieferwagen anzuhalten und den Killer herauszuzerren, würde dieses Handgemenge die Aufmerksamkeit der Wachen auf sich ziehen, und sie würden ohne Zweifel zu den Gewehren greifen. Er mußte den Mann von Macao daher herauslocken – *freiwillig* mußte er kommen. Auf das, was dann folgen würde, war Jason vorbereitet; er würde ihn so oder so in seine Gewalt bekommen, ihn zur Grenze zurück auf die andere Seite schaffen – so oder so. Kein Mann war ihm gewachsen; da war nichts, was vor seinem Angriff sicher war – Augen, Kehle, Unterleib –, er würde schnell zuschlagen, rücksichtslos. David Webb hatte sich mit jener Realität nie auseinandersetzen müssen. Borowski lebte in ihr.

Es *gab* eine Möglichkeit!

Jason rannte zu der Straßenbiegung zurück, bis er außer Sichtweite der Soldaten war. Dort nahm er wieder die Haltung des verzückten Touristen ein und lauschte. Der Motor des Lieferwagens lief jetzt offenbar im Leerlauf; das Ächzen bedeutete, daß der Torbalken angehoben wurde. Jetzt ging es um Augenblicke. Borowski hielt seine Position im Gebüsch neben der Straße. Jetzt tauchte der Lieferwagen auf . . .

Und dann war er plötzlich vor dem großen Fahrzeug, mit schreckenserfüllter Miene, drehte sich zu der Seite unter dem Fenster des Fahrers und schlug mit der flachen Hand gegen die Tür, stieß einen Schmerzensschrei aus, als hätte der Lieferwagen ihn erfaßt, vielleicht sogar getötet. Als der Wagen zum Stillstand kam, lag er reglos auf dem Boden; der Fahrer sprang heraus, ein Unschuldiger, im Begriff seine Unschuld zu beteuern. Doch dazu bekam er keine Chance. Jasons Arm schoß in die Höhe, packte den Mann am Knöchel und riß ihn herunter, so daß sein Kopf gegen die Seitenwand des Lieferwagens krachte. Der Fahrer fiel bewußtlos zu Boden, und Borowski zerrte ihn unter den abgedunkelten Fenstern nach hinten. Er sah eine Ausbuchtung im Jackett des Mannes. Das war eine Waffe, damit hatte er angesichts der Ladung gerechnet. Jason zog sie heraus und wartete auf den Mann aus Macao.

Doch der erschien nicht. Das war nicht logisch.

Borowski rannte wieder nach vorne, packte den Haltegriff neben der Fahrerkabine und sprang in die Höhe, die Waffe schußbereit auf die Hintersitze gerichtet. Doch da war niemand. Der Wagen war leer.

Er stieg wieder hinaus und ging zu dem Fahrer nach hinten, spuckte ihm ins Gesicht und ohrfeigte ihn, bis er zu Bewußtsein kam.

»*Nali?*« flüsterte er drohend. »Wo ist der Mann, der hier drin war?«

»Dort hinten«, erwiderte der Fahrer auf kantonesisch und schüttelte den Kopf. »In dem Dienstwagen bei dem Mann, den keiner kennt. Schonen Sie mein armseliges Leben! Ich habe sieben Kinder!«

»Steigen Sie ein«, sagte Borowski und zog den Mann in die Höhe und stieß ihn zu der offenen Tür. »Fahren Sie, so schnell Sie können, hier weg.«

Der Rat war überflüssig. Der Lieferwagen schoß aus dem Shumchun-Reservoir und raste mit solchem Tempo um die Kurve in die Ausfahrt, daß Jason dachte, er würde über die Böschung geraten. *Ein Mann, den keiner kennt.* Was bedeutete das? Doch wie auch immer, der Mann aus Macao war in der Falle. Er saß in einer braunen Limousine hinter der Schranke auf der verbotenen Straße. Borowski raste zu dem Taxi zurück und stieg auf den Vordersitz; der Fahrer hatte inzwischen die Geldscheine vom Boden aufgehoben.

»Sind Sie zufrieden?« fragte der Taxifahrer. »Bekomme ich das Zehnfache von dem, was mir vor die wertlosen Füße geworfen haben?«

»Machen Sie Schluß, Charlie Chan! Ein Wagen wird aus dieser Einfahrt zur Pumpenstation kommen, und Sie werden genau das tun, was ich Ihnen sage. Haben Sie verstanden?«

»Haben Sie das Zehnfache des Betrages verstanden, den Sie in meinem uralten, wertlosen Taxi gelassen haben?«

»Ich habe verstanden. Es könnte auch das Fünfzehnfache sein, wenn Sie tun, was ich Ihnen sage. Los jetzt. Fahren Sie an den Rand des Parkplatzes. Ich weiß nicht, wie lange wir warten müssen.«

»Zeit ist Geld, Sir.«

»Halten Sie den Mund!«

Sie mußten gute zwanzig Minuten warten. Dann tauchte die braune Limousine auf, und Borowski sah etwas, das ihm vorher nicht aufgefallen war. Die Scheiben waren noch dunkler getönt als die des Lieferwagens; die Insassen des Wagens waren unsichtbar. Und dann hörte Jason das allerletzte, was er zu hören wünschte.

»Nehmen Sie Ihr Geld zurück«, sagte der Fahrer leise. »Ich bringe Sie wieder nach Lo Wu. Ich habe Sie nie gesehen.«

»*Warum?*«

»Das ist ein Regierungswagen – ein Dienstwagen unserer Regierung –, und ich werde ihn nicht verfolgen.«

»Warten Sie! Einen Augenblick. Das *Zwanzig*fache von dem, was ich Ihnen gegeben habe, und noch eine Prämie, wenn alles gutgeht! Sie können weit hinter ihm bleiben, bis ich es sage. Ich bin nur ein Tourist, der sich umsehen möchte. Nein, warten Sie. Da, ich werde es Ihnen zeigen! Auf meinem Visum steht, daß ich Geld investiere. Leute, die hier investieren, haben die Erlaubnis, sich umzusehen!«

»Das *Zwanzig*fache?« sagte der Fahrer und starrte Jason an. »Welche Garantie habe ich denn, daß Sie Ihr Versprechen halten?«

»Ich lege das Geld zwischen uns auf den Sitz. Sie sitzen am Steuer; Sie könnten mit diesem Wagen eine ganze Menge tun, worauf ich nicht vorbereitet wäre. Ich werde nicht versuchen, das Geld zurückzunehmen.«

»*Gut!* Aber ich bleibe weit dahinter. Ich kenne diese Straßen. Es gibt nur bestimmte Orte, an die man fahren kann.«

Fünfunddreißig Minuten später, die braune Limousine war immer noch zu sehen, aber weit vor ihnen, fing der Fahrer wieder zu reden an. »Die fahren zum Flugplatz.«

»Zu welchem Flugplatz?«

»Er wird von Regierungsbeamten benutzt und von Männern mit Geld aus dem Süden.«

»Leute, die in Fabriken und in Industriebetrieben investieren?«

»Das ist das Industriegebiet.«

»Ich will auch investieren«, sagte Borowski. »Das steht auf meinem Visum. Schnell! Holen Sie auf!«

»Zwischen uns sind fünf Fahrzeuge, und wir waren uns doch darüber einig, daß ich weit dahinter bleibe.«

»Bis ich es sage! Jetzt ist das anders. Ich habe Geld. Ich investiere in China!«

»Man wird uns am Tor aufhalten. Man wird telefonieren.«

»Ich habe den Namen eines Bankiers in Shenzen!«

»Kennt er Ihren Namen? Und eine Liste der chinesischen Firmen, mit denen Sie zu tun haben? In dem Fall können Sie an dem Tor das Reden übernehmen. Aber wenn dieser Bankier in Shenzen Sie nicht kennt, wird man Sie festhalten, weil Sie falsche Angaben gemacht haben. Dann könnte es sein, daß Sie so lange in China festgehalten werden, wie man braucht, um gründliche Nachforschungen über Sie anzustellen, Wochen, Monate.«

»Ich muß diesen Wagen einholen!«

»Wenn Sie diesem Wagen zu nahe kommen, wird man Sie erschießen.«

»*Verdammt!*« schrie Jason auf englisch, ging dann aber gleich wieder auf das Chinesische über. »Hören Sie mir zu. Ich habe jetzt keine Zeit, Ihnen das zu erklären. Aber ich muß ihn *sehen*!«

»Das geht mich nichts an«, sagte der Fahrer kalt und vorsichtig.

»Fahren Sie zum Tor«, befahl Borowski. »Ich bin ein Fahrgast, der in Lo Wu eingestiegen ist, sonst nichts. Ich werde reden.«

»Sie verlangen zuviel! Ich will mich nicht mit jemandem wie Ihnen sehen lassen.«

»Tun Sie, was ich sage«, sagte Jason und zog die Pistole aus dem Gürtel.

Borowski stand an dem großen Fenster und blickte auf den Flugplatz hinaus; das Pochen in seiner Brust war unerträglich. Das Flughafengebäude war klein und nur für privilegierte Reisende gedacht. Der Kontrast zwischen den westlichen Geschäftsleuten mit Aktenkoffern, Tennisschlägern und den uniformierten Wachen, die wie Statuen herumstanden, verblüffte Jason. Doch offenbar vertrugen sich Öl und Wasser.

In englischer Sprache auf den Dolmetscher einredend, der das, was er sagte, dem Offizier der Wache übersetzte, hatte er behauptet, er sei ein Geschäftsmann, dem das Konsulat an der Queen's Road in Hongkong den Auftrag erteilt hatte, am Flughafen einen Beamten abzuholen, der aus Beijing ankommen solle. Den Namen des Beamten hatte er verlegt, aber sie waren sich kurz im Auswärtigen Amt in Washington begegnet und würden einander wiedererkennen. Er ließ durchblicken, daß wichtige Männer im Zentralkomitee stark an ihrem Zusammentreffen interessiert waren.

Daraufhin bekam er einen Passierschein, der allerdings auf das Flughafengebäude beschränkt war, und fragte schließlich, ob das Taxi bleiben dürfe, für den Fall, daß er später eine Fahrgelegenheit brauche. Dieser Bitte wurde stattgegeben.

»Wenn Sie Ihr Geld wollen, bleiben Sie«, hatte er zu dem Fahrer auf kantonesisch gesagt und die zusammengefalteten Banknoten wieder an sich genommen.

»Sie haben eine Pistole und zornige Augen. Sie werden ihn töten.«

Jason hatte den Fahrer angestarrt. »Den Mann in diesem Wagen zu töten, wäre das Allerletzte auf der Welt. Ich würde nur töten, um sein Leben zu schützen.«

Die braune Limousine mit den dunklen, undurchsichtigen Scheiben war nirgends auf dem Parkplatz zu sehen. Borowski war mit schnellen Schritten ins Innere des Flughafengebäudes zu dem Fenster gegangen, an dem er jetzt stand, und seine Schläfen drohten ihm vor Zorn und Enttäuschung zu zerspringen – denn draußen auf dem Flugfeld sah er den Regierungswagen. Er parkte auf der Piste, keine fünfzehn Meter von ihm entfernt, und doch durch eine undurchdringliche Wand aus Glas von ihm getrennt – und dann schoß die Limousine plötzlich auf einen mittelgroßen Jet zu, der ein paar hundert Meter weiter nördlich auf der Rollbahn zu sehen war. Borowski kniff die Augen zusammen und wünschte sich nichts so sehnlich wie einen Feldstecher! Und dann wurde ihm klar, daß auch ein Fernglas ihm nichts genutzt hätte; der Wagen fuhr um das Leitwerk der Maschine herum und verschwand.

Verdammt!

Wenige Sekunden später setzte das Flugzeug sich in Bewegung und rollte ans Ende der Startbahn, während die braune Limousine kehrtmachte und auf den Parkplatz und die Ausfahrt zuraste.

Was sollte er tun? Ich darf nicht so zurückbleiben! Er ist dort! Er ist ich und er ist dort! Er entkommt! Borowski rannte an den ersten Schalter und gab sich verzweifelt.

»Diese Maschine dort, die gleich starten will! Ich sollte in dem Flugzeug sein! Es fliegt nach Shanghai, und die Leute in Beijing haben gesagt, ich sollte mit der Maschine fliegen! Sie müssen sie *aufhalten*!«

Die Angestellte hinter dem Schalter nahm den Telefonhörer ab. Sie wählte schnell und atmete dann erleichtert auf: »Das ist nicht Ihre Maschine, Sir«, sagte sie. »Sie fliegt nach Guangdong.«

»Wohin?«

»An die Grenze von Macao, Sir.«

»*Niemals! Auf keinen Fall in Macao!*« hatte der Taipan geschrien . . .
»*Dann wird schnell ein Befehl erteilt und noch schneller ausgeführt werden. Dann stirbt Ihre Frau.*«

Macao. Tisch fünf. Das Kam-Pek-Casino.

»*Wenn er nach Macao ginge*« hatte McAllister leise gesagt, »*könnte er zu einer schrecklichen Belastung werden . . .*«

»*Liquidation?*«

»*Ich kann dieses Wort nicht benutzen.*«

14

»*Nein!*« schrie Edward Newington McAllister und sprang von seinem Sessel hoch. »Das dürfen Sie mir nicht sagen. Das geht nicht! Damit werde ich nicht fertig. Ich will nichts davon hören!«

»Das müssen Sie aber, Edward«, sagte Major Lin Wenzu. »Es ist geschehen.«

»Es ist meine Schuld«, fügte der englische Arzt hinzu. Er stand vor dem Schreibtisch am Victoria Peak, dem Amerikaner gegenüber. »Jedes Symptom deutete auf rapiden neurologischen Verfall. Konzentrationsschwäche, Sehstörungen, Appetitlosigkeit und entsprechender Gewichtsverlust – und besonders auffällig Krämpfe unter fast völliger Ausschaltung der bewußten Motorik. Ich war ehrlich der Ansicht, daß der Verfallsprozeß auf eine Krise zusteuerte.«

»Was zum Teufel soll das jetzt wieder bedeuten?«

»Daß sie im Sterben lag. Oh, nicht innerhalb von Stunden oder auch nur Tagen oder Wochen, aber jedenfalls unwiderruflich.«

»Könnte es sein, daß Sie recht gehabt haben?«

»Nichts wäre mir lieber als das, als wenigstens sagen zu können, daß meine Diagnose zumindest vernünftig war, aber das kann ich nicht. Um es ganz einfach auszudrücken, man hat mich aufs Glatteis geführt.«

»*Hereingelegt?*«

»Eindeutig. Herr Staatssekretär, und zwar auf äußerst unangenehme Weise. Ich bin in meiner Berufsehre verletzt worden. Dieses Miststück hat mich schamlos getäuscht, und dabei kennt sie wahrscheinlich nicht einmal den Unterschied zwischen einer Femur und Fieber. Alles, was sie getan hat, war kalkuliert, angefangen bei dem Theater, das sie mit der Schwester aufgeführt hat, bis zu dem Punkt, wo sie den Wachposten niedergeschlagen und seiner Kleidung beraubt hat. Jeder Schritt war geplant, und der einzige, der nicht wußte, was geschah, war ich.«

»Herrgott, ich muß Havilland erreichen!«

»*Botschafter* Havilland?« fragte Lin und hob die Brauen.

McAllister sah ihn an. »Vergessen Sie, daß Sie das gehört haben.«

»Ich werde nicht darüber sprechen, aber vergessen kann ich es nicht. Ich muß immer im Auge behalten, wer mein Dienstherr ist.«

»Erwähnen Sie diesen Namen vor niemandem, Herr Doktor«, sagte McAllister.

»Ich habe ihn bereits vergessen.«

»Was kann ich sagen? Was *tun* Sie?«

»Das Menschenmögliche«, antwortete der Major. »Wir haben Hongkong und Kowloon in Abschnitte unterteilt und befragen jedes Hotel, nehmen jedes Melderegister unter die Lupe. Wir haben Polizei und Marinestreifen alarmiert, Kopien ihrer Personenbeschreibung verteilt, und die entsprechenden Dienststellen sind davon verständigt, daß die Auffindung dieser Frau höchste Priorität hat.«

»Mein Gott, was haben Sie gesagt? Wie haben Sie das erklärt?«

»Da konnte ich behilflich sein«, sagte der Arzt. »Angesichts meiner Dummheit war das das wenigste, was ich tun konnte. Ich habe ärztlichen Alarm ausgegeben. Indem wir das taten, konnten wir auch die Pflegerteams einschalten, die von sämlichen Krankenhäusern ausgeschickt wurden und die natürlich für den Fall anderer ärztlicher Notfälle im Funkkontakt bleiben. Sie suchen die Straßen ab.«

»Was für ein ärzlicher Alarm?« fragte McAllister scharf.

»Nur minimale Informationen, aber Informationen der Art, die Unruhe erzeugen. Die Frau hat eine namentlich nicht näher bezeichnete Insel in der Meerenge von Luzon besucht, die wegen der dort grassierenden Seuche für internationale Reisende zum Sperrgebiet erklärt worden ist.«

»Indem unser Freund das getan hat«, unterbrach Lin, »konnte er die Teams dazu veranlassen, ohne Zögern auf sie zuzugehen und sie in Gewahrsein zu nehmen. Nicht, daß wir sonst an der Loyalität unserer Leute gezweifelt hätten, aber es gibt immer faule Eier, und die können wir uns im Augenblick nicht leisten. Ich bin ehrlich überzeugt, daß wir sie finden werden, Edward. Wir wissen alle, daß es sich bei ihr um eine auffällige Erscheinung handelt, groß, attraktiv, ihr Haar – und mehr als tausend Leute halten nach ihr Ausschau.«

»Ich kann nur hoffen, daß Sie recht haben. Trotzdem mache ich mir Sorgen. Sie hat ihre Grundausbildung von einem Chamäleon erhalten.«

»Wie bitte?«

»Nichts, Herr Doktor«, sagte der Major. »Das ist ein Fachausdruck in unserer Branche.«

»Oh?«

»Ich brauche die ganze Akte, und zwar vollständig!«

»Was, Edward?«

»Man hat sie beide in Europa gejagt. Jetzt sind sie getrennt, aber man jagt sie wieder. Was haben sie damals getan? Was werden sie jetzt tun?«

»Ein Anhaltspunkt? Ein Muster?«

»Ja, so etwas gibt es nämlich immer«, sagte McAllister und rieb sich die rechte Schläfe. »Entschuldigen Sie mich, meine Herren, ich muß Sie jetzt bitten zu gehen. Ich muß jetzt ein schreckliches Telefongespräch führen.«

Marie versetzte Kleider und zahlte für einige andere Kleidungsstücke ein paar Dollar drauf. Das Ergebnis war akzeptabel: Mit ihrem unter einem breitkrempigen Sonnenhut zurückgebundenen Haar war sie eine einfach aussehende Frau in einem Faltenrock und einer unauffällig grauen Bluse, die jede Andeutung ihrer Figur verbarg. Die flachen Sandalen ließen sie kleiner wirken, und die imitierte Gucci-Handtasche machte sie zur typischen Touristin, was sie auf keinen Fall war. Sie rief das kanadische Konsulat an und ließ sich erklären, wie sie mit dem Bus dorthin gelangen konnte. Die Büros befanden sich im 14. Stock des Asian House in Hongkong. Sie nahm den Bus von der chinesischen Universität durch Kowloon und den Tunnel zur Insel, beobachtete die Straße, durch die sie fuhr, und stieg an der richtigen Haltestelle aus. Sie fuhr mit dem Aufzug nach oben und stellte beruhigt fest, daß sie keiner der Männer, die mit ihr nach oben fuhren, eines zweiten Blickes würdigte; das war nicht die Reaktion, die sie gewöhnt war. Sie hatte in Paris gelernt – in der Schule eines Chamäleons –, wie man mit einfachen Dingen sein Aussehen verändert. Jetzt erinnerte sie sich an diese Lektionen.

»Ich weiß, daß das recht lächerlich klingen wird«, sagte sie beiläufig und mit etwas belustigt und zugleich verwirrt klingender Stimme zu der Sekretärin im Empfang, »aber ein entfernter Vetter mütterlicherseits ist hier tätig, und ich habe versprochen, ihn zu besuchen.«

»Das kommt mir nicht lächerlich vor.«

»Das wird es gleich, wenn ich Ihnen sage, daß ich seinen Namen vergessen habe.« Beide Frauen lachten. »Wir sind uns natürlich nie begegnet, und er legt auch wahrscheinlich gar keinen Wert auf meine Bekanntschaft, aber wie sollte ich das der Familie zu Hause sagen?«

»Wissen Sie, in welcher Abteilung er arbeitet?«

»Es hat, glaube ich, etwas mit Wirtschaft zu tun.«

»Das ist dann höchstwahrscheinlich die Handelsabteilung.« Die Sekretärin zog eine Schublade heraus und entnahm ihr ein schmales, weißes Buch, in dessen Umschlag eine kanadische Fahne eingeprägt war. »Hier ist unser Telefonverzeichnis. Setzen Sie sich doch und sehen Sie das Buch durch.«

»Vielen Dank«, sagte Marie, ging zu einem ledergepolsterten Sessel und nahm Platz. »Mir ist das wirklich schrecklich unangenehm«, fügte sie dann hinzu und schlug das Buch auf. »Ich meine, ich müßte seinen Namen kennen. Ich bin sicher, Sie wissen, wie Ihr Vetter zweiten Grades mütterlicherseits heißt.«

»Liebes Kind, ich habe nicht die leiseste Ahnung.« Das Telefon klingelte, und die Sekretärin nahm ab.

Marie durchblätterte das Buch, las schnell und ließ ihren Blick die Spalten entlangwandern und suchte dabei einen Namen, mit dem sich ein Gesicht verband. Sie entdeckte drei, aber die Bilder, die sich ihr darstellten, waren verschwommen, die Gesichtszüge unklar. Dann sprangen ihr auf der zwölften Seite ein Gesicht *und* eine Stimme entgegen, als sie den Namen las. *Catherine Staples.*

Die eiskalte Catherine. Der Spitzname war unfair und lieferte kein korrektes Bild der Frau. Marie hatte Catherine Staples während ihrer Tätigkeit im Schatzamt in Ottawa kennengelernt, als sie und die Kollegen in ihrer Abteilung das Diplomatische Corps vor Übersee-Einsätzen instruierten. Staples war zweimal bei ihnen gewesen, einmal, um einen Auffrischungskurs über den Gemeinsamen Markt Europas durchzumachen ... und das zweite Mal – ja, *natürlich* – für Hongkong! Das lag dreizehn oder vierzehn Monate zurück, und obwohl man ihre Freundschaft nicht gerade als eng bezeichnen konnte – vier oder fünf gemeinsam eingenommene Mittagessen und ein Abendessen, das Catherine zubereitet hatte, und dann eine Gegeneinladung seitens Maries –, hatte sie doch eine ganze Menge über die Frau erfahren, die ihre Arbeit so gut machte, daß sie darin die meisten Männer übertraf.

Zu allererst hatte sie ihr schneller Aufstieg in der Abteilung für Auswärtige Angelegenheiten ihre Ehe gekostet. Sie hatte für den Rest ihres Lebens der Ehe abgeschworen, hatte sie erklärt, da die Reisetätigkeit und die unsinnige Arbeitszeit in ihrem Beruf für jeden Mann, mit dem zusammenzuleben es sich lohnte, unerträglich wären. Staples war jetzt Mitte der Fünfzig, eine schlanke, energische Frau von mittlerer Größe, die sich modisch, aber einfach kleidete. Zu Männern und Frauen, die für die Arbeit, die man ihnen ohne eigenen Ehrgeiz zugeteilt hatte, nicht qualifiziert waren, konnte sie freundlich, ja liebenswürdig sein, dafür aber zu den Verantwortlichen, gleich welchen Ranges, von brutaler Härte. Scheinheiligkeit jeder Art war ihr verhaßt. Wenn man Catherine Staples mit einem Schlagwort charakterisieren wollte, dann war dies »hart, aber gerecht« ... Aber dann war sie auch oft eine sehr amüsante Person, die durchaus imstande war, sich über sich selbst lustig zu machen. Marie hoffte, daß sie in Hongkong fair sein würde.

»Da ist kein Name, der mir vertraut klingt«, sagte Marie, stand auf und brachte der Empfangsdame das Buch zurück. »Ich komme mir so dumm vor.«

»Haben Sie die leiseste Ahnung, wie er aussieht?«

»Danach habe ich nie gefragt.«

»Tut mir leid.«

»Mir noch viel mehr. Ich muß jetzt ein sehr peinliches Telefonat mit Vancouver führen ... oh, einen Namen habe ich entdeckt. Der hat nichts mit meinem Vetter zu tun, aber ich glaube, es ist die Freundin einer Freundin. Eine Frau namens Staples.«

»Unsere Katharina die Große? Ja, die ist allerdings hier, obwohl es eine Menge Leute hier gibt, die gar nichts dagegen einzuwenden hätten, wenn man sie zur Botschafterin befördert und nach Osteuropa schickte – sie macht sie nervös. Die Frau ist klasse.«

»Oh, Sie meinen, sie ist jetzt im Haus?«

»Keine zehn Meter entfernt. Wollen Sie mir sagen, wie Ihre Freundin heißt, dann kann ich ja fragen, ob sie Zeit hat?«

Die Versuchung für Marie war groß, aber auf derart offiziellem Weg ging gar nichts. Wenn sich alles so entwickelt hatte, wie Marie glaubte, und man die befreundeten Konsulate bereits alarmiert hatte, dann könnte Catherine Staples sich genötigt sehen, mit den Behörden zu kooperieren. Wahrscheinlich würde sie das nicht tun, andererseits mußte sie auch die Integrität ihres Amtes wahren. Botschaften und Konsulate waren darauf angewiesen, sich gegenseitig Gefälligkeiten zu erweisen. Sie brauchte Zeit mit Catherine, und zwar nicht in einer offiziellen Umgebung. »Das ist sehr liebenswürdig von Ihnen«, sagte Marie zu der Sekretärin. »Meine Freundin würde sicher ganz aus dem Häuschen geraten... Augenblick, haben Sie Katharina gesagt?«

»Ja. Katharina alias Catherine Staples. Glauben Sie mir, sie ist einmalig.«

»Das glaube ich Ihnen sofort, aber die Freundin meiner Bekannten heißt Christine. Du lieber Gott, heute habe ich aber wirklich nicht meinen besten Tag. Sie sind sehr liebenswürdig gewesen, also will ich Ihnen nicht länger auf den Füßen stehen.«

»War mir doch ein Vergnügen, liebes Kind. Sie sollten mal sehen, was da für Leute kommen, die sich einbilden, sie hätten eine Cartier-Uhr für ein Butterbrot gekauft, bis sie dann stehenbleibt und ein Juwelier ihnen sagt, daß die Uhr anstatt eines Werks bloß zwei Gummibänder hat.« Der Blick der Sekretärin fiel auf die Gucci-Handtasche mit den zwei auf dem Kopf stehenden Gs. »Ts, ts«, machte sie leise.

»Wie bitte?«

»Nichts. Viel Glück mit Ihrem Telefonat.«

Marie wartete eine Weile in der Halle des Asian House, ging dann hinaus und schlenderte fast eine Stunde lang auf der überfüllten Straße vor dem Eingang auf und ab. Es war kurz nach Mittag, und sie überlegte, ob Catherine sich wohl überhaupt die Mühe machte, zu Mittag zu essen – ein gemeinsames Mittagessen wäre ganz bestimmt eine gute Idee. Außerdem gab es noch eine weitere Möglichkeit, vielleicht auch eine Unmöglichkeit, aber immerhin eine, um die sie beten konnte, falls sie noch wußte, wie das ging. David könnte auftauchen, aber dann nicht als David, sondern als Jason Borowski, und das könnte jeder sein. Ihr Mann in der Maske Borowskis würde viel geschickter sein; sie hatte in Paris eine Probe seines Geschicks erlebt, und da war er wie ein Wesen aus einer anderen Welt gewesen, einer tödlichen Welt, wo ein einziger Fehltritt einem Menschen das Leben kosten konnte. Jeder Schritt wurde in drei oder vier Dimensionen geplant. Was, wenn ich...? Was, wenn er...? In dieser Welt der Gewalt spielte der Intellekt eine viel bedeutendere Rolle, als die nicht gewalttätigen Intellektuellen je zugeben hätten – in dieser Welt, die sie als barbarisch verabscheuten, wären sie einfach umgekommen, weil sie nicht schnell und nicht gründlich genug zu denken vermochten. *Coito ergo* – nichts. Warum dachte sie so etwas? Sie gehörte in die normale Welt, und ebenso auch David! Und dann war ihr die Antwort plötzlich sonnenklar. Man hatte sie zurückgeschleudert in jene andere Welt; sie mußten überleben und einander finden.

Da war sie! Catherine Staples kam aus dem Asian House und bog nach rechts. Sie war vielleicht zwölf Meter von ihr entfernt; Marie fing zu laufen an, bahnte sich einen Weg durch die Passanten und versuchte, sie einzuholen. *Versuche nie zu laufen, das macht dich auffällig.* Das ist mir egal! Ich muß mit ihr reden!

Catherine Staples strebte plötzlich quer über den Bürgersteig auf die Straße zu. Ein Wagen des Konsulats wartete am Randstein auf sie; das war an dem Ahornblatt zu erkennen, das auf die Türe aufgemalt war. Sie wollte einsteigen.

»Nein! *Warten Sie!*« rief Marie, stürzte sich durch die Menge auf die Tür zu und packte den Griff, als Catherine gerade dabei war, die Tür zuzumachen.

»Wie bitte?« rief Catherine Staples, und der Fahrer fuhr auf dem Sitz herum und hatte plötzlich eine Pistole in der Hand.

»*Bitte! Ich bin das! Ottawa. Die Kurse.*«

»*Marie? Das bist du?*«

»Ja. Ich stecke in der Klemme und brauche deine Hilfe.«

»Steig ein«, sagte Catherine Staples und rutschte zur Seite. »Stecken Sie das alberne Ding weg«, befahl sie dem Fahrer. »Das ist eine Freundin von mir.«

Unter dem Vorwand, die britische Delegation habe sie kurzfristig zu einem Gespräch eingeladen – was während der Konferenzen über die 1997er Verträge häufig geschehen war –, wies Catherine Staples den Fahrer an, sie am Anfang der Food Street in der Causeway Bay abzusetzen. Food Street war ein faszinierendes Schauspiel von rund dreißig Restaurants im Bereich von nur zwei Häuserblocks. Jeglicher Fahrzeugverkehr war auf der Straße verboten, was freilich völlig unnötig war, da es auch ohne ein solches Verbot keine Möglichkeit gegeben hätte, daß irgendein Fahrzeug sich seinen Weg durch die Menschenmassen hätte bahnen können, die dort auf der Suche nach einem von etwa viertausend Tischen waren. Catherine führte Marie zum Hintereingang des Restaurants. Sie klingelte, und die Tür öffnete sich fünfzehn Sekunden später, und die Gerüche hundert asiatischer Speisen schlugen ihnen entgegen.

»Miß Staples, was für ein Vergnügen, Sie zu sehen«, sagte der Chinese in der weißen Schürze des Küchenchefs. »Bitte, bitte. Für Sie haben wir immer einen Tisch.«

Während sie durch das Chaos der riesigen Küche gingen, wandte sich Catherine Marie zu: »Gott sei Dank gibt es in diesem jämmerlich unterbezahlten Beruf wenigstens einige Privilegien. Der Besitzer hat Verwandte in Quebec – ein verdammt gutes Restaurant an der St. John

Street – und ich sorge dafür, daß sein Visum, wie man hier sagt, ›schnell, schnell‹ bearbeitet wird.«

Catherine deutete mit einer Kopfbewegung auf einen der wenigen freien Tische im hinterem Teil des Restaurants, in der Nähe der Küchentür. Als sie Platz genommen hatten, bot ihnen der beständige Strom von Kellnern, die pausenlos durch die Pendeltüren hin und her rasten, perfekte Tarnung.

»Danke, daß du an ein solches Lokal gedacht hast«, sagte Marie.

»Meine Liebe«, erwiderte Catherine Staples mit ihrer kehligen, ausdrucksstarken Stimme, »jemand, der so aussieht wie du, sich so kleidet, wie du jetzt angezogen bist, und sich so schminkt, will offensichtlich in keiner Weise auffallen.«

»Das ist noch milde ausgedrückt, wie es immer heißt. Werden die Leute, mit denen du zum Essen verabredet bist, die Geschichte von der britischen Delegation glauben?«

»Aber sofort. Das Mutterland setzt seine wortgewaltigsten Leute ein. Beijing kauft riesige Mengen Weizen von uns – aber das weißt du ja genausogut wie ich, und in Dollar und Cent ausgedrückt, vielleicht sogar besser.«

»Ich bin nicht mehr ganz auf dem laufenden.«

»Ja, verstehe.« Catherine Staples nickte und sah Marie streng und doch freundlich an. Ihre Augen blickten fragend. »Ich war damals hier, aber wir haben die Gerüchte gehört und auch die europäischen Zeitungen gelesen. Wenn ich sage, daß wir schockiert waren, so ist das wohl nur ein gelinder Ausdruck für das, was diejenigen von uns, die dich gekannt haben, wirklich empfanden. In den Wochen danach versuchten wir alle, mehr zu erfahren, aber man sagte uns, wir sollten uns nicht darum kümmern, das Thema fallenlassen – dir zuliebe. ›Kümmern Sie sich nicht darum‹, hat man uns immer wieder gesagt . . . ›Es liegt in ihrem größten Interesse, daß Sie sich um nichts kümmern.‹ Natürlich haben wir am Ende gehört, daß du in allen Punkten völlig rehabilitiert worden bist – *Herrgott*, wie beleidigend das doch nach all dem klingt, was du durchmachen mußtest! Und dann bist du einfach vom Erdboden verschwunden, und niemand hat mehr etwas über dich gehört.«

»Man hat dir die Wahrheit gesagt, Catherine. Es *lag* in meinem Interesse – unserem Interesse – unterzutauchen. Man hat uns monatelang versteckt gehalten, und als wir schließlich wieder leben durften wie andere Leute auch, dann an einem abgelegenen Ort unter einem Namen, den nur wenige kannten. Aber bewacht wurden wir immer noch.«

»Wir?«

»Ich habe den Mann geheiratet, von dem du in den Zeitungen gelesen hast. Natürlich war er nicht der Mann, den die Zeitungen aus ihm gemacht haben; er war ein Untergrundagent der amerikanischen Regierung. Für diesen seltsamen Auftrag hat er einen großen Teil seines Lebens aufgegeben.«

»Und jetzt bist du in Hongkong und steckst in der Klemme?«

»Ich bin in Hongkong und stecke ernsthaft in der Klemme.«

»Darf ich davon ausgehen, daß die Ereignisse des letzten Jahres mit deinen augenblicklichen Problemen in Verbindung stehen?«

»Ich glaube, das darfst du.«

»Was kannst du mir sagen?«

»Alles, was ich weiß, weil ich deine Hilfe brauche. Ich habe nicht das Recht, dich um Hilfe zu bitten, wenn du nicht alles weißt, was ich weiß.«

»Ich mag es, wenn man die Dinge beim Namen nennt. Nicht nur, weil das Klarheit schafft, sondern auch, weil es gewöhnlich den Menschen definiert, der mit einem spricht. Du willst damit auch sagen, daß ich wahrscheinlich überhaupt nichts tun kann, wenn ich nicht alles weiß.«

»So habe ich es nicht gesehen, aber wahrscheinlich hast du recht.«

»Gut. Ich habe dich auf die Probe gestellt. In der Diplomatie ist heute diese Art von Offenheit gleichzeitig Tarnung und Werkzeug geworden. Man setzt diese Taktik häufig ein, um den Gegner zu entwaffnen. Ich beziehe mich damit auf die jüngsten Informationen aus deinem neuen Vaterland – neu als Ehefrau natürlich.«

»Ich bin Wirtschaftswissenschaftlerin, Catherine, nicht Diplomatin.«

»Wenn du Gebrauch machst von all deinen Talenten, die ich kenne, kannst du in Washington ebenso Karriere machen wie in Ottawa. Aber dann hättest du nicht die Anonymität, die du in deinem neuen Leben brauchst.«

»Wir brauchen sie. Nur darauf kommt es an.«

»Ich habe dich noch einmal auf die Probe gestellt. Du warst nicht ohne Ehrgeiz. Du liebst diesen Mann, den du geheiratet hast.«

»Ja. Ich will ihn finden. Ich will ihn wiederhaben.«

Catherines Kopf zuckte zurück und sie riß die Augen auf. »Er ist *hier*?«

»Irgendwo. Das ist ein Teil der Geschichte, die ich dir erzählen will.«

»Ist sie kompliziert?«

»Sehr.«

»Kannst du dich noch etwas gedulden und sie zurückhalten – das meine ich wörtlich, Marie –, bis wir irgendwo sind, wo es ruhiger ist?«

»Ich habe Geduld von einem Mann gelernt, dessen Leben drei Jahre lang vierundzwanzig Stunden am Tag davon abhing.«

»Du lieber Gott. Hast du Hunger?«

»Ich bin am Verhungern. Auch das gehört zu der Geschichte. Könnten wir bestellen?«

»Das *dim sum* würde ich nicht nehmen, das ist zu stark gebraten. Aber die Ente, die es hier gibt, ist die beste von ganz Hongkong . . . Kannst du wirklich warten, Marie? Würdest du lieber gehen?«

»Ich kann warten. Mein ganzes Leben ist sozusagen in der Schwebe. Auf eine halbe Stunde kommt es da nicht an. Und wenn ich nichts esse, kann ich sowieso nicht richtig erzählen.«

»Ich weiß. Das gehört auch mit zu der Geschichte.«

Sie saßen einander in Catherines Büro gegenüber, zwischen sich ein Beistelltischchen, und tranken Tee.

»Ich glaube«, sagte Catherine, »ich habe gerade etwas gehört, was auf den eklatantesten Amtsmißbrauch in dreißig Jahren Auswärtigen Dienstes hinausläuft – auf unserer Seite natürlich. Sofern ich nicht etwas gründlich mißverstehe.«

»Das soll heißen, daß du mir nicht glaubst.«

»Ganz im Gegenteil, meine Liebe, das alles kannst du gar nicht erfunden haben. Du hast völlig recht. Die ganze verdammte Geschichte ist voll von unlogischer Logik.«

»Das habe ich nicht gesagt.«

»Das war auch nicht nötig. Es liegt auf der Hand. Dein Mann wird scharfgemacht, und dann schießt man ihn ab wie eine Nuklearrakete. *Warum?*«

»Das habe ich dir doch gesagt. Es gibt einen Mann, der Menschen tötet und behauptet, er sei Jason Borowski. Die Rolle, die David drei Jahre lang gespielt hat.«

»Ein Killer ist ein Killer, ganz gleich, welchen Namen er annimmt, ob es nun Dschingis-Khan oder Jack the Ripper oder meinetwegen Carlos der Schakal ist. Selbst der Meuchelmörder Jason Borowski. Man stellt die Fallen für solche Männer mit Zustimmung der Fallensteller auf.«

»Ich verstehe dich nicht, Catherine.«

»Dann hör mir zu. Hier spricht jemand aus der guten alten Zeit. Weißt du noch, wie ich mich von dir über den Gemeinsamen Markt unter besonderer Betonung der Ostgeschäfte informieren ließ?«

»Ja, wir haben uns gegenseitig bekocht. Dein Essen war besser.«

»Ja, das war es. Aber in Wirklichkeit bin ich zu dir gekommen, um zu lernen, wie ich meine Kontaktleute im Ostblock davon überzeugen konnte, daß ich imstande war, die schwankenden Wechselkurse so einzusetzen, daß bei uns getätigte Käufe für sie unendlich lukrativer waren. Und das habe ich getan. Moskau war wütend.«

»Catherine, was zum Teufel hat das mit mir zu tun?«

Catherine Staples sah Marie an. Hinter ihrer Freundlichkeit verbarg sich unbeugsame Härte. »Ich will es dir deutlicher erklären. Wenn du überhaupt darüber nachgedacht hast, dann hast du bestimmt angenommen, ich sei nach Ottawa gekommen, um die europäische Wirtschaft besser zu verstehen und damit meine Arbeit besser tun zu können. In gewisser Hinsicht stimmte das auch, aber das war nicht der wirkliche Grund. Tatsächlich war ich bei dir, um zu lernen, wie man die schwankenden Wechselkurse der verschiedenen Währungen nutzen und unseren potentiellen Kunden besonders vorteilhafte Abschlüsse anbieten konnte. Wenn die Deutsche Mark stieg, verkauften wir gegen Francs oder Gulden oder was auch immer. Das war ein Bestandteil des Vertrages.«

»Aber das brachte uns doch nichts ein.«

»Wir waren auch nicht auf Profite aus, wir wollten uns neue Märkte erschließen. Die Profite würden später kommen. Du hast dich klar und deutlich über Wechselkursspekulationen geäußert. Du hast die Nachteile dieser Spekulationen angeprangert, und ich mußte lernen, mit üblen Methoden zu arbeiten – natürlich im Dienste einer guten Sache.«

»Also gut, du hast mein Fachwissen angezapft, ohne daß ich wußte, wozu –«

»Das Ganze mußte natürlich völlig geheim bleiben.«

»Ja, ich verstehe. Aber was hat das mit dem zu tun, was ich dir jetzt erzählt habe?«

»Ich wittere Unrat, und ich kann mich auf meine Nase verlassen. Ebenso wie ich meine Gründe hatte, mich in Ottawa an dich zu wenden – Gründe, von denen ich dir nichts gesagt habe –, haben die Leute, die euch das antun, weitreichendere Gründe als nur die, den Mann zu fangen, der die Rolle deines Mannes spielt.«

»Warum sagst du das?«

»Dein Mann hat es vor mir gesagt. Hier handelt es sich in erster Linie und völlig korrekt um eine Polizeiangelegenheit, ja sogar eine internationale Polizeiangelegenheit, um die Interpol sich kümmern müßte. Die sind für so etwas viel besser qualifiziert als Ministerien, als die CIA oder der MI-6. Der Geheimdienst befaßt sich normalerweise nicht mit nichtpolitischen Kriminellen – alltäglichen Mördern –, das können sie sich gar nicht leisten. Mein Gott, wenn diese Esel sich in die Arbeit der Polizei einmischten, würden sie ja doch bloß ihre Tarnung in Gefahr bringen.«

»McAllister war da anderer Ansicht. Er hat behauptet, die besten Leute im Geheimdienst der USA und Großbritanniens seien damit beschäftigt. Er sagte, wenn dieser Killer, der sich als mein Mann ausgibt – als das, was mein Mann in den Augen vieler war –, wenn dieser Killer einen Spitzenpolitiker ermordete oder einen Bandenkrieg anzettelte, geriete Hongkongs Status sofort in Gefahr. Peking würde schnell handeln und die Macht übernehmen, unter dem Vorwand des Siebenundneunziger-Vertrages, ›Asiaten dulden keine ungehorsamen Kinder‹. Das hat er wörtlich gesagt.«

»Das kann ich weder akzeptieren noch glauben!« erwiderte Catherine Staples. »Der Staatssekretär ist entweder ein Lügner oder nicht ganz bei Trost! Er hat dir *jeden* Grund genannt, der unsere Geheimdienste veranlassen sollte, sich aus der Sache *heraus*zuhalten, die Finger davon zu lassen! Schon der bloße Verdacht auf eine Geheimoperation wäre katastrophal. Das könnte die Falken im Zentralkomitee auf den Plan rufen. Doch wie dem auch sei, ich glaube von dem, was er gesagt hat, kein Wort. London würde das nie zulassen, würde nicht einmal erlauben, daß der MI-6 auch nur erwähnt wird.«

»Catherine, du irrst dich. Du hast mir nicht richtig zugehört. Der Mann, der nach Washington flog, um die Treadstone-Akte zu holen, war Brite und *war* vom MI-6. Du lieber Gott, er ist um dieser Akte willen ermordet worden.«

»Das habe ich schon gehört, ich glaube es nur einfach nicht. Das Auswärtige Amt würde unter allen Umständen darauf bestehen, daß die Polizei, und *nur* die Polizei sich um diesen Schlamassel kümmert. Die würden nicht einmal zulassen, daß MI-6 im selben Restaurant mit einem Kriminalbeamten ißt, nicht einmal am selben Imbißstand. Glaube mir, meine Liebe, ich weiß, wovon ich rede. Wir leben in sehr schwierigen Zeiten, und für solche Spielchen ist keine Zeit, schon gar nicht für Geheimdienstoperationen, wegen eines Meuchelmörders. Nein, man hat dich aus einem ganz anderen Grund hierhergeholt und deinen Mann gezwungen, dir zu folgen.«

»Um Himmels willen, was ist das für ein Grund?« rief Marie und beugte sich in ihrem Stuhl vor.

»Ich weiß es nicht. Vielleicht weiß es jemand anders.«

»*Wer?*«

»Ich habe nicht die leiseste Ahnung.«

Schweigen. Zwei hochintelligente Frauen überlegten jedes Wort.

»Catherine«, sagte Marie schließlich. »Ich akzeptiere ja, daß alles, was du sagst, logisch ist, aber du hast auch gesagt, daß hinter dem Ganzen unlogische Logik steckt. Nehmen wir einmal an, ich hätte recht, und die Männer, die mich gefangengehalten haben, waren keine Killer und keine Kriminellen, sondern Bürokraten, die lediglich Anweisungen befolgten, die sie gar nicht begriffen, und gehen wir auch davon aus, daß sie nach *Regierung* aussahen. Das stand ihnen im Gesicht geschrieben, das habe ich an ihren Ausreden gemerkt und an ihrer Sorge um mein Wohlbefinden. Ich weiß, du glaubst, daß der McAllister, von dem ich dir erzählt habe, ein Lügner oder ein Vollidiot ist, aber angenommen, er ist nur ein Lügner und keineswegs ein Vollidiot? Wenn wir davon ausgehen – und ich bin davon überzeugt –, dann sprechen wir von *zwei* Regierungen, die in diesen so schwierigen Zeiten gemeinsame Sache machen. Was dann?«

»Dann braut sich eine Katastrophe zusammen«, sagte Catherine Staples leise.

»Diese Katastrophe dreht sich um meinen Mann?«

»Falls du recht hast, ja.«

»Und möglich ist es, nicht wahr?«

»Ich mag nicht einmal daran denken.«

15

Vierzig Meilen südwestlich von Hongkong, jenseits der Inseln im Südchinesischen Meer, liegt die Halbinsel Macao, eine portugiesische Kolonie, wenn auch nur dem Namen nach. Ihre historischen Ursprünge liegen in Portugal, aber der Reiz, der für den internationalen Jet-set von ihr ausgeht, der jährlich veranstaltete *Grand Prix*, die Spielhöllen, die Jachten, beruht auf dem Luxus und einem Lebensstil, wie die Reichen Europas ihn fordern. Doch der Schein trügt. Macao ist chinesisch, und die Fäden werden in Peking gezogen.

Niemals! Auf keinen Fall in Macao! Dann wird schnell ein Befehl erteilt und noch schneller ausgeführt werden! Dann stirbt Ihre Frau!

Aber der Meuchelmörder war in Macao, das Chamäleon mußte sich Zugang zu einem weiteren Dschungel verschaffen.

Jedes Gesicht musternd und in die von Schatten verhüllten Winkel des engen, vollgepackten Terminals spähend, ließ Borowski sich von der Menschenmenge auf den Pier des Tragflügelbootes nach Macao schieben, eine Fahrt, die etwas über eine Stunde dauerte. Die Passagiere teilten sich in drei ganz deutliche Kategorien: Bewohner der portugiesischen Kolonie, die zurückkehrten – vorwiegend Chinesen, die schwiegen; berufsmäßige Spieler verschiedener Rassen, die sich leise unterhielten, wenn sie überhaupt redeten, und sich dabei dauernd umsahen, um die Konkurrenz einzuschätzen; und außerdem lärmende Touristen, ausschließlich Weiße, viele von ihnen betrunken, mit merkwürdigen Hüten und grellbunten Tropenhemden.

Er hatte Shenzen verlassen und den Drei-Uhr-Zug von Lo Wu nach Kowloon genommen. Die Fahrt war anstrengend, er war gefühlsmäßig wie ausgepumpt und sein Denkvermögen irgendwie gelähmt. Er war dem Killer so nahe gewesen. Wenn er den Mann aus Macao auch nur den Bruchteil einer Minute hätte isolieren können, dann hätte er ihn gehabt! Es gab Mittel und Wege. Sie hatten beide Visa, die in Ordnung waren; ein Mann, der sich vor Schmerz zusammenkrümmte, weil seine Kehle so verletzt war, daß er kein Wort herausbrachte, ließ sich leicht als Kranker ausgeben, ein nicht willkommener Besuch, den sie mit Freuden würden gehenlassen. Aber es hatte nicht sein sollen, nicht diesmal. Wenn er ihn nur wenigstens hätte *sehen* können!

Und dann die verblüffende Entdeckung, daß dieser neue Meuchelmörder, diese Legende, die gar keine Legende war, sondern ein brutaler Killer, Kontakte zur Volksrepublik hatte. Das war ungeheuer beunruhigend, denn wenn die chinesische Regierung zu einem solchen Mann Verbindung hatte, dann nur, um ihn zu benutzen. Das war eine Komplikation, die David gar nicht recht war. Das hatte überhaupt nichts mit Marie und ihm zu tun, und sie beide waren das einzige, was ihm wichtig war. *Alles,* was ihm wichtig war! Jason Borowski: *Du mußt den Mann aus Macao holen!*

Er war zum Peninsula zurückgegangen und hatte unterwegs kurz im New World Center haltgemacht, um sich eine dunkle, hüftlange Nylonjacke und ein Paar dicksohlige Turnschuhe zu kaufen. David Webbs Furcht nahm überhand. Jason Borowski plante, ohne bewußt einen Plan zu haben. Er bestellte sich eine leichte Mahlzeit auf das Zimmer und stocherte in dem Essen herum, während er auf der Bettkante saß und sich, ohne etwas aufzunehmen, eine Nachrichtensendung im Fernsehen ansah. Dann legte David sich zurück, schloß kurz die Augen und überlegte, woher die Worte kamen. *Ruhe ist eine Waffe. Vergiß das nie.* Borowski wachte fünfzehn Minuten später auf.

Jason hatte sich während des Berufsverkehrs an einer Verkaufsstelle in Tsim Sha Tsui ein Ticket für das Boot um acht Uhr dreißig gekauft. Um sicherzugehen, daß man ihm nicht folgte – und er mußte *absolut* sicher sein –, hatte er dreimal das Taxi gewechselt und sich bis auf fünfhundert Meter an den Pier der Macao-Fähre bringen lassen, und zwar eine Stunde vor der Abfahrt. Den Rest des Weges war er zu Fuß gegangen. Dann hatte er ein Ritual praktiziert, das man ihm in seiner Ausbildungszeit beigebracht hatte. Die Erinnerung an jene Ausbildung war nur schemenhaft, nicht aber das Ritual. Er war vor dem Terminal in den Menschenscharen untergetaucht, hatte sich im Zickzack bewegt, von einem Punkt zum anderen, und war dann ganz plötzlich reglos am Rand stehengeblieben, hatte sich auf die Bewegungsmuster hinter ihm konzentriert und sich umgesehen, ob da jemand war, den er Augenblicke vorher gesehen hatte, ein Gesicht oder ein Paar ängstlicher Augen, die auf ihn gerichtet waren. Da war niemand gewesen. Und doch hing Maries Leben davon ab, daß er ganz sicher war, und so hatte er das Ritual noch zweimal wiederholt, ehe er schließlich den schwach beleuchteten Warteraum betreten hatte. Er sah sich immer noch nach einem angespannten Gesicht um, einem Kopf, der sich drehte, einer Person, die unruhig dasaß und jemanden suchte. Doch auch diesmal war da niemand gewesen. Er war frei und konnte nach Macao fahren. Und nach dort war er jetzt unterwegs.

Er saß auf einem der hinteren Sitze am Fenster und sah zu, wie die Lichter von Hongkong und Kowloon am Himmel zu einem schwachen Leuchten verblaßten. Neue Lichter tauchten auf und verschwanden wieder, als das Tragflügelboot schneller wurde und die zu China gehörenden äußeren Inseln passierte.

Jetzt türmten sich drohend die Berge der New Territories auf; das Mondlicht beleuchtete die Schönheit ihrer Gipfel, die aber auch eine Warnung war: *Bis hierher und nicht weiter. Dahinter sind wir anders.* Aber in Wirklichkeit war das gar nicht so. Auch auf den Plätzen von Shenzen priesen Leute ihre Waren an, wurden Handwerker wohlhabend, schlachteten Bauern ihre Tiere und lebten ebenso gut wie die gebildeten Klassen in Beijing und Shanghai – nur daß sie besser wohnten. China war im Begriff, sich zu verändern, zwar nicht schnell genug für westliche Vorstellungen, und zweifellos war China noch immer ein paranoider Riese, aber trotz alledem, dachte David Webb, die aufgedunsenen Bäuche von Kindern, wie man sie im China der Vergangenheit so häufig gesehen hatte, verschwanden. Viele, die auf der politischen Leiter ganz oben standen, waren fett, aber auf den Feldern verhungerten nur wenige. Der Fortschritt war unleugbar, sinnierte David, ob nun die Welt die Methoden billigte oder nicht.

Das Tragflügelboot wurde langsamer, und der Rumpf tauchte ins Wasser ein. Sie passierten jetzt eine Fahrrinne zwischen den aufgetürmten Felsen eines künstlichen Riffs, das von Scheinwerfern beleuchtet wurde. Sie waren in Macao, und Borowski wußte, was er zu tun hatte. Er stand auf, schob sich mit einer Entschuldigung an seinem Sitznachbarn vorbei und ging den Mittelgang hinauf, wo eine Gruppe von Amerikanern, einige im Stehen, die übrigen im Sitzen, *Mr. Sandman* sang. Sie hatten das Lied offenbar eingeübt.

Sie waren angeheitert, aber nicht betrunken, machten keinen Krach. Eine andere Touristengruppe, der Sprache nach Deutsche, ermunterte die Amerikaner und applaudierte am Ende des Liedes.

»Gut!«

»Sehr gut!«

»Wunderbar!«

»Danke, meine Herren.« Der Amerikaner, der neben Jason stand, verbeugte sich zu den Deutschen hin. Dann schloß sich ein kurzes, freundliches Gespräch an, wobei die Deutschen englisch sprachen und der Amerikaner auf deutsch antwortete.

»Da fühlt man sich richtig zu Hause«, sagte Borowski zu dem Amerikaner.

»Hey, ein Landsmann! So ein richtiger Oldie, wie? Aber die waren die besten. Sagen Sie, gehören Sie zu unserer Gruppe?«

»Welche Gruppe ist das?«

»Honeywell-Porter«, antwortete der Mann. Das war eine Werbeagentur in New York, von der Jason wußte, daß sie auf der ganzen Welt Niederlassungen hatte.

»Nein, leider nicht.«

»Hab mir's schon gedacht. Wir sind nur etwa dreißig, wenn man die Australier mitzählt, und ich denke, daß ich so gut wie jeden kenne. Wo kommen Sie her? Ich heiße Ted Mather. Ich bin vom Büro von H. P. in Los Angeles.«

»Mein Name ist Jim Cruett. Kein Büro, ich bin Dozent und komme aus Boston.«

»Aus Boston, was Sie nicht sagen – Beantown! Aus der schönen Stadt gibt's hier noch jemanden. Jim, ich darf Ihnen ›Beantown Bernie‹ vorstellen.« Wieder verbeugte sich Mather, diesmal zu einem Mann hin, der ganz hinten am Fenster in seinem Sitz zusammengesackt war, mit halboffenem Mund und geschlossenen Augen. Er war offensichtlich betrunken und trug eine Baseballmütze mit der Aufschrift ›Red Sox‹. »Sie brauchen nichts zu ihm zu sagen, der hört jetzt kein Wort. Bernard, das Superhirn, kommt aus unserem Büro in Boston. Sie hätten ihn vor drei Stunden sehen sollen. Nadelstreifenanzug, Seidenkrawatte, Zeigestab an der Hand, und ein Dutzend Diagramme, die außer ihm keiner verstand. Aber das muß man ihm lassen – er hat dafür gesorgt, daß wir nicht einschliefen. Ich glaube, deshalb haben wir alle ein paar gehoben . . . und er ein paar zuviel. Aber was soll's, ist ja schließlich unsere letzte Nacht.«

»Geht's morgen zurück?«

»Mit dem Abendflug. Auf die Weise haben wir noch Zeit, uns ein wenig zu erholen.«

»Warum Macao?«

»Weil es uns nach den Spieltischen gejuckt hat. Sie auch?«

»Ich will sie mir wenigstens mal ansehen. Herrgott, beim Anblick dieser Mütze krieg ich richtig Heimweh! Die Red Sox könnten die Meisterschaft schaffen, und bis zu dieser Reise habe ich mir kein Spiel entgehen lassen!«

»Und Bernie wird seine Mütze ganz bestimmt nicht fehlen!« Der Werbemann lachte und zog dem Superhirn Bernard die Baseballmütze vom Kopf. »Hier, Jim. Nehmen Sie sie. Sie haben sie verdient.«

Das Boot legte an. Borowski stieg aus und ging mit den Jungs von Honeywell-Porter durch die Paßkontrolle, als gehörte er zu ihnen. Als sie die steilen Betonstufen in die Ankunftshalle hinuntergingen, deren Wände mit Plakaten bedeckt waren, Jason mit tief in die Stirn gezogener Red-Sox-Mütze und etwas unsicher auf den Beinen, entdeckte er an der linken Wand einen Mann, der die Neuankömmlinge studierte. Der Mann hielt eine Fotografie in der Hand, und Borowski wußte, daß das Gesicht auf der Fotografie das seine war. Er lachte über eine von Ted Mathers Bemerkungen und hielt sich dabei am Arm von Beantown Bernie fest.

Gelegenheiten werden sich bieten. Du mußt sie erkennen und nutzen.

Die Straßen von Macao sind fast so grell beleuchtet wie die Hongkongs; nur fehlt hier der Eindruck, daß zu viele Menschen auf zu engem Raum zusammenleben. Und noch etwas ist anders – anders und ein Stilbruch: die vielen Gebäude mit ihren flimmernden, modernen Neonreklamen und den pulsierenden chinesischen Schriftzeichen. Diese Gebäude sind im altspanischen Stil gehalten – portugiesisch, genaugenommen –, aber so, wie man sich spanische Architektur im Bilderbuch vorstellt, von mediterranem Charakter. Es ist, als hätte eine alte Kultur sich der Invasion einer neuen gebeugt, sich ihr aber widersetzt und mit der Kraft ihrer steinernen Bauten über die grelle Kurzlebigkeit bunter Glasröhren triumphiert. Die Geschichte wird bewußt verleugnet; die leeren Kirchen und die Ruinen der ausgebrannten Kathedrale existieren in einer seltsamen Harmonie mit den überfüllten Casinos, wo die Croupiers und die Spieler kantonesisch sprechen und die Nachkommen der Eroberer sich selten sehen lassen. Das alles ist faszinierend, ist Macao.

Jason stahl sich weg von der Honeywell-Porter-Gruppe und fand ein Taxi, dessen Chauffeur das Autofahren offenbar dadurch gelernt hatte, daß er beim Grand Prix von Macao zuschaute. Er fuhr ihn – unter Protest – zum Kam-Pek-Casino.

»Das Lisboa ist für Sie richtig, nicht Kam Pek! Kam Pek für Chinesen! *Dai Sui! Fan Tan!*«

»Kam Pek, *Cheng nei*«, sagte Borowski – bitte auf kantonesisch. Sonst sagte er nichts.

Im Casino war es dunkel. Die Luft war feucht und stickig, und der Rauch, der sich über den Tischen und Lampen emporkringelte, süß und voll und würzig. Etwas abseits von den Spieltischen gab es eine Bar; dort setzte er sich auf einen Hocker, vornübergebeugt, um nicht so groß zu wirken. Er sprach chinesisch, die Baseballmütze warf einen Schatten über sein Gesicht, was vermutlich unnötig war, da er kaum die Etiketten der Flaschen hinter der Theke lesen konnte. Er bestellte sich einen Drink und gab dem Barkeeper, als der ihm sein Glas hinstellte, ein reichliches Trinkgeld in Hongkong-Dollars.

»*Mgoi*«, sagte der Mann in der Schürze und dankte ihm.

»*Hou*«, sagte Jason mit großzügiger Geste.

Sorge für freundliche Kontakte, sobald das möglich ist. Besonders an einem fremden Ort, wo es Feindseligkeiten geben könnte. Solche Kontakte können dir zu der Chance oder der Zeit, die du brauchst, verhelfen. War das Medusa oder war es Treadstone? Es tat nichts zur Sache, daß er sich daran nicht erinnern konnte.

Er drehte sich langsam auf dem Hocker herum und blickte zu den Spieltischen hinüber; jetzt entdeckte er die von der Decke hängende Tafel mit dem chinesischen Schriftzeichen, das ›fünf‹ bedeutete. Er drehte sich wieder zur Bar herum und holte sein Notizbuch und einen Kugelschreiber heraus. Dann riß er ein Blatt heraus und schrieb die Telefonnummer eines Hotels in Macao darauf, die er sich aus dem *Voyager*-Magazin gemerkt hatte, das man an die Passagiere auf dem Tragflügelboot verteilt hatte. Er setzte in Druckschrift einen Namen dahinter, an den er sich nur wenn unbedingt nötig erinnern würde, und fügte hinzu: *Kein Freund von Carlos.*

Er hielt das Glas unter die Barthéke, vergoß den Drink und hob die

Hand, um sich einen neuen zu bestellen. Als er gebracht wurde, fiel das Trinkgeld noch reichlicher aus.

»*Mgoi saai*«, sagte der Barkeeper und verbeugte sich.

»*Msa*«, sagte Borowski wieder mit einer großzügigen Geste, winkte dann aber dem Barkeeper, er solle da bleiben. »Würden Sie mir einen Gefallen tun?« fuhr er in der Sprache des Mannes fort. »Es kostet höchstens zehn Sekunden.«

»Was soll ich tun, Sir?«

»Geben Sie dem Bankhalter an Tisch fünf diesen Zettel. Er ist ein alter Freund von mir, und ich möchte, daß er erfährt, daß ich hier bin.« Jason faltete den Zettel zusammen. »Ich bezahle Sie für die Gefälligkeit.«

»Es ist mir eine Ehre, Sir.«

Borowski beobachtete das Geschehen am Spieltisch. Der Bankhalter nahm den Zettel, faltete ihn schnell auseinander, als der Barkeeper kehrtmachte, und schob ihn unter den Tisch. Jetzt begann das Warten.

Es dauerte endlos, so lange, daß der Barkeeper in der Zwischenzeit abgelöst wurde. Der Bankhalter wurde an einen anderen Tisch versetzt, und zwei Stunden später wurde auch er abgelöst, und nach wiederum zwei Stunden übernahm ein neuer Bankhalter Tisch fünf. Auf dem Boden unter ihm war jetzt eine Whiskylache; Jason bestellte jetzt Kaffee und gab sich dann mit Tee zufrieden; es war zehn Minuten nach zwei Uhr morgens. Eine Stunde noch, dann würde er in das Hotel gehen, dessen Nummer er aufgeschrieben hatte, und sich dort ein Zimmer nehmen, und selbst wenn das bedeuten sollte, daß er dafür Hotelaktien kaufen mußte. Er war todmüde.

Und dann war er plötzlich hellwach. Jetzt passierte es! Eine Chinesin im geschlitzten Kleid einer Prostituierten ging auf Tisch fünf zu. Sie zwängte sich an den Spielern vorbei in die rechte Ecke und sagte schnell etwas zu dem Bankhalter, der unter die Theke griff und ihr unauffällig den Zettel gab. Sie nickte und strebte der Tür des Casinos zu.

Er erscheint natürlich nicht selbst. Er benutzt Straßenmädchen.

Borowski verließ die Bar und folgte der Frau. Auf der dunklen Straße angelangt, auf der zwar noch etliche Passanten waren, die aber nach den Maßstäben von Hongkong geradezu menschenleer war, hielt er sich etwa fünfzehn Meter hinter der Frau und blieb immer wieder stehen, um sich beleuchtete Schaufenster anzusehen. Dann ging er wieder schneller, um sie nicht zu verlieren.

Du darfst nicht gleich auf das Signal reagieren. Die können genausogut denken wie du. Der erste kann ein harmloser Bettler sein, der auf ein paar Dollar aus ist und nichts weiß. Auch der zweite oder dritte. Du wirst die Kontaktperson erkennen. Sie wird anders sein.

Ein gebeugter alter Mann ging auf die Hure zu. Sie stießen zusammen, und sie kreischte ihn an, während sie ihm den Zettel reichte. Jason spielte den Betrunkenen und drehte sich halb herum, folgte der zweiten Spur.

Vier Straßen weiter geschah es. Und der Mann *war* anders. Ein kleiner, gut gekleideter Chinese, sein kompakter Körper mit den breiten Schultern und den schmalen Hüften strahlte Stärke aus. Die schnellen Gesten, mit denen er den heruntergekommenen alten Mann bezahlte, und die Art und Weise, wie er dann mit schnellen Schritten über die Straße ging, waren eine Warnung für jeden Feind. Für Borowski war das eine unwiderstehliche Einladung; dies war eine Kontaktperson mit Autorität, eine Verbindung zu dem Franzosen.

Jason huschte auf die andere Straßenseite; er war knapp fünfzig Meter hinter dem Mann, verlor aber Boden. Doch jetzt bestand keine Notwendigkeit mehr zur Vorsicht. Er fing zu laufen an. Sekunden später war er unmittelbar hinter dem Chinesen; die weichen Kreppsohlen seiner Turnschuhe hatten jeden Laut verschluckt. Vor ihnen war eine Passage zwischen zwei Bürogebäuden mit dunklen Fenstern. Er mußte sich schnell bewegen, aber in der Art und Weise, die nicht auffiel, die den nächtlichen Passanten keinen Anlaß gab, die Polizei zu rufen. Die Chancen standen günstig für ihn; die meisten Leute, die jetzt noch unterwegs waren, waren eher betrunken als nüchtern oder standen unter Drogen, und der Rest waren müde Arbeiter, die nach Hause wollten. Der Kontaktmann näherte sich dem Eingang zur Passage. *Jetzt.*

Borowski rannte los, auf die rechte Seite des Mannes zu. »Der *Franzose!*« sagte er auf chinesisch. »Ich habe Nachrichten von dem Franzosen! *Schnell!*« Er bog in die Passage ein, und der andere hatte keine Wahl, als wie benommen mitzugehen. *Jetzt!*

Jason machte einen Satz nach vorn, packte den Mann am linken Ohr, drehte es herum, trieb ihn weiter, drückte dem Mann das Knie gegen die Wirbelsäule und hielt ihn mit der anderen Hand am Hals fest. Er schleuderte ihn mitten in die dunkle Passage hinein, rannte ihm nach, trat ihm mit dem Turnschuh in die Kniekehle; der Mann stürzte, drehte sich dabei halb herum und starrte zu Borowski herauf.

»*Sie! Sie* sind das!« Dann zuckte der Chinese in dem schwachen Licht zusammen. »Nein«, sagte er plötzlich ganz ruhig. »Sie sind es *nicht!*«

Ohne eine warnende Bewegung zuckte das rechte Bein des Chinesen vor und katapultierte Borowski vom Pflaster. Er traf Jason am linken Schenkel und setzte mit dem linken Fuß nach, schmetterte ihn Borowski in den Leib, und dann stand er mit ausgestreckten, starren Händen da, und sein muskulöser Körper bewegte sich fließend, ja elegant, im Halbkreis.

Was dann folgte, war ein Kampf von Tieren, von zwei trainierten Killern, jede Bewegung war wohlüberlegt, jeder Schlag tödlich, wenn er sein Ziel voll traf. Der eine kämpfte um sein Leben, der andere um das Überleben und die Erlösung . . . und um die Frau, ohne die er nicht leben konnte, nicht leben *wollte!* Schließlich gaben Größe und Gewicht und ein Motiv, das über das bloße Überleben hinausging, den Ausschlag.

Gegen die Wand gepreßt, schwitzend und angeschlagen, mit Blutfä-
den in den Mundwinkeln, hielt Borowski den Hals des Chinesen von hinten umfaßt. Das linke Knie hatte er dem Mann ins Kreuz gepreßt und das
rechte Bein um die Fesseln des Chinesen geschlungen.

»Sie wissen, was als nächstes kommt!« flüsterte er auf chinesisch, die
Worte sorgfältig voneinander absetzend, um ihnen noch mehr Nachdruck zu verleihen. »Ich brauche nur zuzudrücken, dann bricht Ihnen
das Rückgrat durch. Keine angenehme Art zu sterben. Und Sie *brauchen*
nicht zu sterben. Sie können leben. Sie können leben mit mehr Geld, als
der Franzose Ihnen je zahlen würde. Ich gebe Ihnen mein Wort, der Franzose und sein Killer werden verschwinden. Wählen Sie. *Jetzt!*« Jason
drückte fester zu; die Adern am Hals des Mannes drohten zu bersten.

»*Ja, ja!*« schrie der Chinese. »Ich will leben, nicht sterben!«

Sie saßen in der dunklen Passage, die Rücken an die Wand gelehnt, und
rauchten. Der Mann sprach fließend englisch, er hatte es von den Schwestern in einer portugiesischen katholischen Schule gelernt.

»Sie sind sehr gut, das wissen Sie«, sagte Borowski und wischte sich
das Blut von den Lippen.

»Ich bin der Champion in Macao, deshalb bezahlt mich der Franzose.
Aber Sie haben mich besiegt. Ich bin entehrt, ganz gleich, was geschieht.«

»Das sind Sie nicht. Ich kenne nur ein paar schmutzige Tricks mehr als
Sie. Dort, wo man Sie ausgebildet hat, werden die nicht gelehrt, und das
ist auch richtig so. Außerdem wird es nie jemand erfahren.«

»Aber ich bin jung! Sie sind alt.«

»So weit würde ich nicht gehen. Außerdem halte ich mich recht gut in
Form, das verdanke ich einem verrückten Arzt, der mir sagt, was ich tun
muß. Wie alt glauben Sie denn, daß ich bin?«

»Sie sind über *dreißig*!«

»Zugegeben.«

»*Alt!*«

»Danke.«

»Sie sind auch sehr stark, sehr schwer – aber es kommt noch etwas
hinzu. Ich bin geistig gesund. Das sind Sie *nicht*!«

»Vielleicht.« Jason drückte seine Zigarette auf dem Pflaster aus. »Wir
wollen vernünftig miteinander reden«, sagte er und zog Geld aus der Tasche. »Mir war das ernst, was ich gesagt habe. Ich werde Sie gut bezahlen . . . Wo ist der Franzose?«

»Es ist nicht alles im Gleichgewicht.«

»Was meinen Sie?«

»Gleichgewicht ist wichtig.«

»Das weiß ich, aber ich verstehe Sie nicht.«

»Die Harmonie ist gestört, und der Franzose ist zornig. Wieviel werden Sie mir bezahlen?«

»Wieviel können Sie mir sagen?«

»Wo der Franzose und sein Meuchelmörder morgen abend sein werden.«

»Zehntausend amerikanische Dollar.«

»*Aiya!*«

»Aber nur, wenn Sie mich hinbringen.«

»Es ist jenseits der Grenze!«

»Ich habe ein Visum für Shenzen. Es gilt noch drei Tage.«

»Das könnte helfen, aber es gilt nicht für den Übergang bei Guandong.«

»Dann müssen Sie sich etwas einfallen lassen. Zehntausend amerikanische Dollar.«

»Ich werde mir etwas einfallen lassen.« Der Chinese hielt inne, und seine Augen musterten das Geld, das der Amerikaner ihm hinhielt.

»Kann ich einen – ich glaube Sie nennen das Vorschuß – haben?«

»Fünfhundert Dollar, mehr nicht.«

»Die Verhandlungen an der Grenze werden viel mehr kosten.«

»Dann rufen Sie mich an. Ich bringe Ihnen das Geld.«

»Wo soll ich anrufen?«

»Besorgen Sie mir ein Hotelzimmer hier in Macao. Ich lege mein Geld dort in den Safe.«

»Das Lisboa.«

»Nein, nicht das Lisboa. Dort kann ich nicht hin. Irgendwo anders.«

»Kein Problem. Helfen Sie mir aufstehen . . . *Nein!* Es ist besser für meine Würde, wenn ich keine Hilfe brauche.«

»Wie Sie wollen«, sagte Jason Borowski.

Catherine Staples saß an ihrem Schreibtisch, den stummen Telefonhörer immer noch in der Hand. Sie sah ihn geistesabwesend an und legte auf. Das Gespräch, das sie gerade beendet hatte, hatte sie verblüfft. Da der kanadische Geheimdienst im Augenblick in Hongkong nicht tätig war, hielten sich die Beamten des Auswärtigen Dienstes an Informanten von der Hongkonger Polizei, wenn sie Auskünfte brauchten. Es ging dabei immer um die Interessen kanadischer Bürger, die entweder in der Kronkolonie wohnten oder auf der Durchreise waren. Die Probleme reichten von Verhaftungen bis zu Raubüberfällen, von betrogenen Kanadiern zu Kanadiern, die selber Gauner waren. Dann gab es natürlich auch wichtigere Fälle, bei denen es um Sicherheit und Spionage ging, erstere, wenn hohe Regierungsbeamte die Stadt besuchten, letztere, wenn es darum ging, sich gegen elektronische Abhörmethoden zu schützen oder zu verhindern, daß Konsulatsbeamte erpreßt wurden, Geheiminformationen weiterzugeben. Es war allgemein bekannt, daß Agenten aus dem Ostblock und den religiös fanatischen Regimes der arabischen Welt in ihren ewigen Bemühungen um Geheimdaten feindlicher Regierungen Drogen und Prostituierte beider Geschlechter einsetzten. Und in diesem Bereich hatte Catherine Staples gute Arbeit geleistet. Sie hatte die Karriere von zwei Attachés im eigenen Konsulat und darüber hinaus die eines Amerikaners und dreier Briten gerettet. Fotografien der Betroffenen in kompromittierenden Situationen waren mitsamt den Negativen vernichtet worden; man hatte die Erpresser aus der Kolonie ausgewiesen und sie nicht nur mit Anzeige, sondern auch mit körperlicher Gewalt bedroht. Einmal hatte sie ein iranischer Konsulatsbeamter beschuldigt, sie mische sich in Angelegenheiten, die sie überhaupt nichts angingen. Er hatte sie auf die übelste Weise beschimpft. Sie hatte sich den Esel so lange angehört, wie sie die nasale Stimme ertragen konnte, und hatte das Telefongespräch dann lakonisch beendet: »Wußten Sie das nicht? Khomeini mag kleine Jungen.«

Alles das war ihr durch ihre Beziehung zu einem englischen Witwer Ende der Sechzig möglich, der sich bei Scotland Yard hatte pensionieren lassen, um Leiter des Sicherheitsbüros der Kronkolonie zu werden. Mit siebenundsechzig hatte Ian Ballantyne sich mit der Tatsache abgefunden, daß zwar seine Laufbahn bei Scotland Yard beendet war, daß aber seine professionellen Fähigkeiten und Erfahrungen durchaus noch genutzt werden konnten. So ließ er sich bereitwillig im Fernen Osten stationieren, wo er die Sicherheitsabteilung der Polizei der Kronkolonie auf Vordermann brachte und auf seine ruhige Art eine wirkungsvolle Behörde aufbaute, die mehr über die Schattenwelt Hongkongs wußte als irgendeine andere Organisation im Territorium, nicht einmal MI-6. Catherine und Ian waren sich bei einem jener langweiligen Abendessen begegnet, wie sie das konsularische Protokoll vorschrieb, und nach einem längeren Gespräch mit viel Witz, bei dem er Gefallen an seiner Tischdame fand, hatte Ballantyne zu ihr gesagt: »Meinen Sie, wir können es noch, altes Mädchen?«

»Versuchen wir's«, hatte sie geantwortet.

Und das hatten sie. Sie hatten Spaß daran, und Ian war zu einem Fixpunkt in Catherines Leben geworden, ohne irgendwelche Verpflichtungen. Sie mochten einander, das war genug.

Und Ian Ballantyne hatte ihr gerade erklärt, daß alles, was Staatssekretär Edward McAllister Marie Webb und ihrem Mann in Maine erzählt hatte, gelogen gewesen sei. Es gab in Hongkong keinen Taipan namens Yao Ming, und seine verläßlichen – sprich gut bezahlten – Informanten in Macao versicherten ihm, es habe im Lisboa-Hotel keinen Doppelmord an der Frau eines Taipan und einem Drogenschmuggler gegeben. Solche Morde hatte es seit 1945 nicht mehr gegeben, als die japanischen Besatzungstruppen abgezogen waren. Rings um die Casinotische hatte es zahlreiche Messerstechereien und Schußwunden gegeben, und in den Nebenzimmern etliche Todesfälle, die auf Überdosis von Narkotika zurückzuführen waren, aber jedenfalls keinen Zwischenfall, wie Catherines Informantin ihn geschildert hatte.

»Das Ganze ist ein Lügengespinst, Cathy, altes Mädchen«, hatte Ian gesagt. »Was das für einen Zweck haben soll, dahinter bin ich noch nicht gekommen!«

»Meine Quelle ist authentisch, alter Liebling. Was witterst du?«

»Das stinkt, meine Liebe. Jemand geht da ein großes Risiko ein, also muß es um etwas Wichtiges gehen. Er schützt sich natürlich – hier drüben kann man alles kaufen, inklusive Schweigen –, aber die ganze verdammte Geschichte ist durch und durch erlogen. Willst du mir noch mehr sagen?«

»Wenn ich dir jetzt sage, daß alles auf Washington hindeutet, nicht auf Großbritannien?«

»Dann muß ich dir widersprechen. Bei einer Geschichte in dieser Größenordnung läuft ohne London nichts.«

»Das gibt aber doch keinen Sinn!«

»Von deinem Standpunkt aus, Cathy. Den ihren kennst du nicht. Und das kann ich dir sagen – dieser Wahnsinnige, dieser Borowski, hat uns ganz schön am Wickel. Eines seiner Opfer ist ein Mann, über den keiner reden will. Nicht einmal dir werde ich seinen Namen sagen, Mädchen.«

»Tust du das, wenn ich dir mehr Informationen bringe?«

»Wahrscheinlich nicht, aber du kannst es ja versuchen.«

Catherine Staples saß an ihrem Schreibtisch und filterte die Worte noch einmal durch.

Eines seiner Opfer ist ein Mann, über den keiner reden will.

Was meinte Ballantyne damit? Was ging da vor? Und warum war eine kanadische Wirtschaftswissenschaftlerin mitten in diesen Wirbelsturm geraten?

Wenigstens war Marie in Sicherheit.

Botschafter Havilland betrat mit dem Aktenkoffer in der Hand das Büro am Victoria Peak, und McAllister sprang aus seinem Sessel hoch, um ihn seinem Vorgesetzten freizumachen.

»Bleiben Sie, wo Sie sind, Edward. Was gibt es Neues?«

»Leider nichts.«

»*Herrgott*, das will ich nicht *hören*!«

»Tut mir leid.«

»Wo steckt dieser beschissene Kretin, der das zugelassen hat?«

McAllister wurde bleich, als Major Lin Wenzu, den Havilland nicht gesehen hatte, sich von der Couch an der hinteren Zimmerwand erhob. »Ich bin der beschissene Kretin, das Schlitzauge, dem das passiert ist, Herr Botschafter.«

»Ich werde mich nicht entschuldigen«, sagte Havilland schroff und wandte sich ihm zu. »Schließlich wollen wir euren Hals retten. Wir werden das überleben. Ihr nicht.«

»Ich habe nicht die Ehre, Sie zu verstehen.«

»Es ist nicht seine Schuld«, protestierte der Staatssekretär.

»Ist es dann die *Ihre*?« schrie der Botschafter. »Waren Sie für ihre Bewachung verantwortlich?«

»Ich bin hier für alles verantwortlich.«

»Das ist sehr christlich gedacht, Mr. McAllister, aber im Augenblick sind wir nicht in der Sonntagsschule und lesen auch nicht die Heilige Schrift.«

»Ich war dafür verantwortlich«, schaltete Lin sich ein. »Ich habe den Auftrag übernommen und versagt. Um es einfach auszudrücken, die Frau hat uns ausgetrickst.«

»Sie sind Lin vom MI-6?«

»Ja, Herr Botschafter.«

»Ich habe viel Gutes über Sie gehört.«

»Das hat jetzt sicher nichts mehr zu sagen.«

»Ich habe gehört, daß sie auch einen ausgesprochen tüchtigen Arzt ausgetrickst haben soll.«

»Das hat sie«, bestätigte McAllister. »Einen der besten Internisten im Territorium.«

»Ein Engländer«, fügte Lin hinzu.

»Das war nicht nötig, Major. Ebensowenig wie es nötig war, das Wort Schlitzauge in bezug auf Ihre Person zu verwenden. Ich bin kein Rassist. Die Welt weiß das nicht, aber für solchen Scheißdreck hat sie keine Zeit.« Havilland trat an den Schreibtisch, legte den Aktenkoffer drauf, klappte ihn auf und entnahm ihm einen dicken, schwarz geränderten Umschlag. »Sie haben die Treadstone-Akte verlangt. Hier ist sie. Ich brauche wohl nicht ausdrücklich zu sagen, daß die Akte diesen Raum nicht verlassen darf. Wenn Sie nicht darin lesen, sperren Sie sie im Safe ein.«

»Ich möchte so schnell wie möglich anfangen.«

»Sie glauben, Sie werden dort etwas finden?«

»Ich weiß nicht, wo ich sonst nachsehen soll. Übrigens, ich bin in ein Büro weiter unten am Flur umgezogen. Der Safe ist hier.«

»Sie können kommen und gehen wie Sie wollen«, sagte der Diplomat. »Wieviel haben Sie dem Major gesagt?«

»Nur das, wozu man mich angewiesen hat.« McAllister sah Lin Wenzu an. »Er hat sich häufig beschwert und mehr wissen wollen. Vielleicht hat er recht.«

»Ich bin nicht in der Lage, mich zu beschweren, Edward. London hat sich unmißverständlich ausgedrückt, Herr Botschafter. Natürlich akzeptiere ich die Bedingungen.«

»Ich möchte nicht, daß Sie irgend etwas ›akzeptieren‹, Major. Ich möchte, daß Sie mehr Angst haben, als Sie in Ihrem ganzen Leben je gehabt haben. Wir werden jetzt Mr. McAllister seiner Lektüre überlassen und einen kleinen Spaziergang machen. Ich habe, als man mich hierher fuhr, einen großen, sehr hübschen Garten gesehen. Kommen Sie mit?«

»Es wäre mir eine Ehre, Sir.«

»Das möchte ich bezweifeln, aber es ist notwendig. Sie müssen das alles von Grund auf verstehen. Sie *müssen* diese Frau finden!«

Marie stand am Fenster in Catherines Wohnung und blickte auf das rege Treiben auf der Straße hinab. Die Straßen waren wie stets überfüllt, und sie empfand den überwältigenden Drang, das Apartment zu verlassen und sich anonym unter die Menge zu mischen und durch die Straßen zu laufen, in das Asian House zu gehen, in der Hoffnung, David zu finden. Dann würde sie sich wenigstens *bewegen*, Leute anstarren, hören, hoffen – und nicht immer nur stumm vor sich hingrübeln und dabei fast den Verstand verlieren. Aber sie konnte nicht weg; sie hatte Catherine ihr Wort gegeben. Sie hatte ihr versprochen, in der Wohnung zu bleiben, niemanden einzulassen und sich nur dann am Telefon zu melden, wenn es zuerst zweimal klingelte, dann wieder aufgelegt wurde und das Telefon darauf nochmal läutete. Dann würde Catherine am Apparat sein.

Liebe Catherine, tüchtige Catherine – verängstigte Catherine. Sie versuchte, ihre Angst zu verbergen, aber man konnte diese Angst aus ihren tastenden Fragen heraushören, die zu schnell und eindringlich gestellt wurden, aus ihren viel zu fassungslosen Reaktionen auf Antworten, wenn sie schneller atmen mußte, während ihr Blick abschweifte und ihre Gedanken sich ganz offensichtlich überschlugen. Marie hatte das alles nicht verstanden, aber sie verstand sehr wohl, daß Catherine die Unterwelt des Fernen Ostens recht gut kannte, und wenn jemand mit solchem Wissen die Furcht vor dem Gehörten zu verbergen suchte, dann war an der Geschichte viel mehr dran, als die Erzählerin wußte.

Das Telefon. Es klingelte zweimal. Dann Stille. Dann ein drittes Klingeln. Marie rannte zum Couchtisch und hob den Hörer mitten im dritten Klingeln ab.

»*Ja?*«

»Marie, als dieser Lügner McAllister mit dir und deinem Mann sprach, hat er doch ein Varieté in Tsim Sha Tsui erwähnt, wenn ich mich richtig erinnere. Habe ich recht?«

»Ja, das hat er. Er hat gesagt, eine Uzi – das ist eine Waffe –«

»Ich weiß, was eine Uzi ist. Angeblich sind die Frau des Taipan und ihr Liebhaber in Macao mit derselben Waffe umgebracht worden. War es nicht so?«

»So war es.«

»Aber hat er etwas über Männer gesagt, die in dem Varieté drüben in Kowloon getötet worden sind? Irgend etwas?«

Marie dachte nach. »Nein, ich glaube nicht. Nur die Waffe hat er erwähnt.«

»Und das weißt du ganz genau?«

»Ja. Sonst würde ich mich daran erinnern.«

»Bestimmt«, gab Catherine ihr recht.

»Ich bin dieses Gespräch tausendmal durchgegangen. Hast du etwas herausbekommen?«

»Ja. Im Lisboa-Hotel in Macao hat sich nie ein solcher Mord abgespielt, wie McAllister ihn euch geschildert hat.«

»Das ist vertuscht worden. Der Bankier hat dafür bezahlt.«

»Soviel wie mein verläßlicher Informant kann er gar nicht bezahlt haben – und mein Informant hat nicht nur in Geld, sondern mit dem begehrten makellosen Stempel seines Amtes bezahlt. Auf lange Sicht bringt das mehr ein. Vor allem beim Austausch von Informationen.«

»Catherine, was willst du damit sagen?«

»Daß das entweder die ungeschickteste Operation ist, von der ich je gehört habe, oder ein brillant ausgeheckter Plan, um deinen Mann in Machenschaften hineinzuziehen, die er nie in Betracht gezogen hätte, an denen er sich ganz bestimmt nie beteiligt hätte. Ich fürchte letzteres.«

»Warum sagst du das?«

»Ein Mann ist heute nachmittag auf dem Kai-tak-Flughafen angekommen, ein Staatsmann, der stets viel mehr als ein bloßer Diplomat war. Wir alle wissen das, nur die Welt weiß es nicht. Seine Ankunft ist uns über Computer gemeldet worden. Als die Medien ihn interviewen wollten, hat er abgelehnt und erklärt, er mache lediglich Urlaub in seinem geliebten Hongkong.«

»Und?«

»Er hat in seinem ganzen Leben noch nie Urlaub genommen.«

McAllister rannte in den von einer Mauer umgebenen Garten mit seinen Spalieren und weißen Schmiedeeisenmöbeln und den Rosenbeeten und den kleinen Teichen hinaus. Er hatte die Treadstone-Akte in den Safe gelegt, aber was er gelesen hatte, war in seinem Bewußtsein unauslöschlich eingeprägt. Wo *waren* sie? Wo war *er*?

Dort waren sie! Sie saßen auf zwei Betonbänken unter einem Kirschbaum. Lin beugte sich vor und war, seinem Ausdruck nach zu schließen, völlig gebannt. McAllister konnte einfach nicht anders; er fing zu rennen an und war außer Atem, als er den Baum erreichte. Er starrte den Major von MI-6 an.

»*Lin!* Als Webbs Frau mit ihrem Mann telefonierte – das Gespräch, das Sie dann unterbrochen haben –, was hat sie da *genau* gesagt?«

»Sie fing an, über eine Straße in Paris zu reden, mit einer Baumreihe, ihren Lieblingsbäumen, hat sie, glaube ich, gesagt«, erwiderte Lin verwirrt. »Sie versuchte offenbar, ihm zu sagen, wo sie war, aber das war völlig falsch.«

»Das war völlig *richtig*! Als ich Sie ausgefragt habe, haben Sie auch erwähnt, sie habe Webb gesagt, auf dieser Straße in Paris sei es ›schrecklich‹ gewesen, oder so etwas Ähnliches – «

»Ja, das hat sie gesagt.«

»In Paris ist ein Mann in der Botschaft getötet worden, ein Mann, der versucht hat, den beiden zu helfen!«

»Was wollen Sie damit sagen, McAllister?« unterbrach Havilland.

»Die Baum*reihe* ist ohne Belang, Herr Botschafter, aber nicht ihr *Lieblings*baum. Der Ahornbaum, das Ahorn*blatt*. Das Symbol Kanadas! Es gibt in Hongkong keine kanadische Botschaft, wohl aber ein Konsulat. Das ist ihr Treffpunkt. Dasselbe Schema! Es ist wieder wie in Paris!«

»Sie haben keine befreundeten Botschaften – Konsulate – alarmiert?«

»*Verdammt!*« brach es aus dem Staatssekretär heraus. »Was zum Teufel hätte ich denn sagen sollen? Ich bin eidesstattlich zum Schweigen verpflichtet, haben Sie das vergessen, *Sir*?«

»Sie haben völlig recht. Den Tadel habe ich verdient.«

»Sie können uns nicht ganz die Hände binden, Herr Botschafter«, sagte Lin. »Ich habe den allerhöchsten Respekt für Sie, aber einigen von uns gebührt auch ein gewisses Maß an Respekt, wenn wir unsere Arbeit tun sollen. Derselbe Respekt, den Sie mir gerade erwiesen haben, indem Sie mir von dieser schrecklichen Geschichte erzählt haben. Sheng Chou Yang. *Unglaublich!*«

»Ich muß mich auf absolute Diskretion verlassen.«

»Das können Sie«, sagte der Major.«

»Das kanadische Konsulat«, sagte Havilland. »Ich brauche eine vollständige Liste des gesamten Konsulatspersonals.

16

Der Anruf war um fünf Uhr nachmittags gekommen, Borowski war bereit gewesen. Es waren keine Namen gefallen.

»Es ist arrangiert«, sagte der Anrufer. »Wir sollen kurz vor einundzwanzig Uhr an der Grenze sein, wenn Wachwechsel ist. Ihr Visum für Shenzen wird überprüft, aber nicht abgestempelt werden. Sobald Sie drüben sind, sind Sie auf sich gestellt, aber Sie sind nicht über Macao eingereist.«

»Und wie ist es mit der Rückreise? Wenn das stimmt, was Sie mir gesagt haben und alles richtig läuft, komme ich nicht allein zurück.«

»Aber nicht mit mir. Ich bringe Sie hinüber und an den richtigen Ort. Anschließend verlasse ich Sie.«

»Das beantwortet meine Frage nicht.«

»Das ist nicht so schwierig, wie hineinzukommen. Es sei denn, man durchsucht Sie und findet Schmuggelware.«

»Das wird man nicht.«

»Dann würde ich vorschlagen, daß Sie sich betrunken stellen. Das fällt nicht auf. Außerhalb von Shenzen ist ein Flugplatz, der von speziellen –«

»Ich kenne ihn.«

»Sie waren vielleicht in der falschen Maschine, aber auch das fällt kaum auf. Die Flugpläne in China sind ausgesprochen unzuverlässig.«

»Was kostet das Arrangement heute abend?«

»Viertausend Hongkong-Dollar und eine neue Uhr.«

»Einverstanden.«

Etwa fünfzehn Kilometer nördlich des kleinen Dorfes Gongbei steigen die Hügel an und gehen kurz darauf in eine kleine, dicht bewaldete Bergkette über. Jason und sein Gegner aus der Passage in Macao gingen auf einem schmalen Fußweg. Der Chinese blieb stehen und blickte zu den Hügeln hinauf.

»Noch fünf oder sechs Kilometer, dann kommen wir an ein Feld. Das überqueren wir und gehen dann in den Wald. Wir müssen vorsichtig sein.«

»Sind Sie sicher, daß die dort sind?«

»Ich habe die Nachricht überbracht. Wenn dort ein Lagerfeuer brennt, sind sie dort.«

»Was war das für eine Nachricht?«

»Eine Lagebesprechung war nötig.«

»Warum jenseits der Grenze?«

»Sie konnte *nur* jenseits der Grenze stattfinden. Auch das stand in der Nachricht.«

»Aber Sie wissen nicht, warum.«

»Ich bin nur der Bote. Die Dinge sind nicht im Gleichgewicht.«

»Das haben Sie gestern nacht schon gesagt. Können Sie mir nicht erklären, was Sie damit meinen?«

»Ich kann es mir selbst nicht erklären.«

»Könnte es deshalb sein, weil die Lagebesprechung hier stattfinden muß? In China?«

»Das ist sicher ein Teil davon.«

»Gibt es noch mehr?«

»*Wen ti*«, sagte der Führer. »Fragen, die aus Gefühlen entstehen.«

»Ich glaube, das verstehe ich.« Und Jason verstand es tatsächlich. Er hatte dieselben Fragen, dieselben Gefühle gehabt, als er sah, wie der Meuchelmörder, der sich Borowski nannte, in einem Staatswagen der Volksrepublik China fuhr.

»Sie waren zu großzügig zu dem Grenzbeamten. Die Uhr war zu teuer.«

»Es könnte sein, daß ich ihn wieder brauche.«

»Vielleicht ist er nicht auf demselben Posten.«

»Ich werde ihn schon finden.«

»Er wird die Uhr verkaufen.«

»Gut. Dann bekommt er eine neue.«

Geduckt rannten sie durch das hohe Gras auf dem Feld, Borowski immer direkt hinter dem Führer; seine Augen schweiften beständig zu ihren Flanken und nach vorne, entdeckten Schatten in der Dunkelheit – aber völlig dunkel war es nicht. Schnelle, tieffliegende Wolken verdunkelten den Mond und filterten sein Licht, aber der Mondschein brach immer wieder für kurze Augenblicke durch und beleuchtete die Landschaft. Sie erreichten einen Steilhang mit hohen Bäumen. Der Chinese blieb stehen, drehte sich um und hob beide Hände.

»Was ist?« flüsterte Jason.

»Wir müssen langsamer gehen und ganz leise sein.«

»Streifen?«

Der Führer zuckte die Achseln. »Ich weiß nicht. Da ist keine Harmonie.«

Sie krochen durch dichtes Unterholz, hielten jedesmal inne, wenn ein aufgescheuchter Vogel kreischte und dann sein Flügelschlag zu hören war. Das Summen des Waldes durchdrang alles; die Grillen zirpten ihre pausenlose Symphonie, eine einsame Eule schrie in der Ferne, dann gab ihr eine andere Antwort, und kleine Geschöpfe, Frettchen ähnlich, huschten durch das Unterholz. Jetzt hatten Borowski und sein Führer den Waldrand erreicht; vor ihnen erstreckte sich eine zweite Wiese mit hohem Gras, und in der Ferne waren die ausgezackten Umrisse eines weiteren steilen Waldstücks zu erkennen.

Und dort war noch etwas. Ein Feuerschein auf dem höchsten Punkt des Hügels, über den Baumwipfeln. Das war ein Lagerfeuer, *das* Lagerfeuer! Borowski mußte sich zusammenreißen, damit er nicht aufsprang, quer über die Wiese rannte und sich in den Wald stürzte, auf das Feuer zu. Doch alles hing jetzt davon ab, daß er Geduld hatte, und er agierte in einer Grauzone, die er gut kannte; unbestimmte Erinnerungen sagten ihm, daß er auf sich selbst vertrauen sollte – sie sagten ihm, daß er der Beste war. Geduld. Er würde das Feld überqueren und sich lautlos zu dem höchsten Punkt des Waldes schleichen; er würde eine Stelle im Wald finden, von der aus er einen guten Ausblick auf das Feuer und auf den Treffpunkt hatte. Er würde warten und beobachten; er würde wissen, wann er handeln mußte. Er hatte das in der Vergangenheit so oft getan – er erinnerte sich jetzt nicht an Einzelheiten, wohl aber an das Schema. Ein Mann würde das Feuer verlassen, und er würde diesem

Mann lautlos wie eine Katze durch den Wald folgen, bis der Augenblick kam. Und wiederum würde er den richtigen Augenblick wissen, und der Mann würde ihm gehören.

Marie, diesmal werde ich nicht versagen. Ich kann mich jetzt mit einer schrecklichen Art von Reinheit bewegen – ich weiß, das klingt verrückt, und doch ist es wahr . . . ich kann mit Reinheit hassen. Dort bin ich, glaube ich, hergekommen. Drei blutige Leichen, die an ein Flußufer getrieben wurden, haben mich gelehrt zu hassen. Ein blutiger Handabdruck an einer Tür in Maine hat mich gelehrt, meinen Haß noch zu steigern und nicht zuzulassen, daß es wieder geschieht. Ich bin nicht oft anderer Meinung als du, meine Liebste, aber du hattest unrecht in Genf und unrecht in Paris. Ich bin ein Killer.

»Was ist denn mit Ihnen?« flüsterte der Führer, den Mund dicht an Jasons Ohr. »Sie haben nicht auf mein Signal reagiert.«

»Tut mir leid. Ich habe nachgedacht.«

»Das tue ich auch, *peng you*! Schließlich geht es um unser Leben.«

»Keine Sorge, Sie können jetzt gehen. Ich sehe das Feuer dort oben auf dem Hügel.« Borowski zog Geld aus der Tasche. »Ich gehe lieber allein. Die Gefahr, daß man einen Mann entdeckt, ist geringer als bei zweien.«

»Und wenn da andere Männer sind – Streifen? Sie haben mich in Macao niedergekämpft, aber ich bin in dieser Beziehung nicht schlecht.«

»Wenn solche Männer dort sind, will ich einen von ihnen finden.«

»Herr und Heiland, *warum*?«

»Ich brauche eine Waffe. Ich konnte das Risiko nicht eingehen, eine Pistole über die Grenze zu bringen.«

»*Aiya!*«

Jason reichte dem Mann das Geld. »Da haben Sie es. Neuntausendfünfhundert. Wollen Sie in den Wald zurückgehen und es zählen? Ich habe eine kleine Taschenlampe.«

»Man zweifelt nicht an dem Mann, der einen besiegt hat. Eine solche Ungehörigkeit wäre unwürdig.«

»Das sind große Worte, aber hüten Sie sich davor, in Amsterdam einen Diamanten zu kaufen. Verschwinden Sie. Das hier ist mein Territorium.«

»Und das hier ist meine Pistole«, sagte der Führer und zog eine Waffe aus dem Gürtel und reichte sie Borowski, während er mit der anderen Hand das Geld nahm. »Schießen Sie damit, wenn Sie müssen. Das Magazin ist voll – neun Schuß. Sie ist nicht registriert, läßt sich nicht zu mir zurückverfolgen. Das habe ich von dem Franzosen gelernt.«

»Die haben Sie über die *Grenze* mitgebracht?«

»Sie haben die Uhr gekauft, nicht ich. Ich hätte sie in einen Müllsack werfen können, aber dann habe ich sein Gesicht gesehen. Ich werde sie jetzt nicht brauchen.«

»Danke. Aber das sollte ich Ihnen noch sagen – wenn Sie mich angelogen haben, werde ich Sie finden. Darauf können Sie sich verlassen.«

»Dann wären es nicht meine Lügen, und Sie bekämen Ihr Geld zurück.«

»Sie sind einmalig.«

»Sie haben mich besiegt. Ich muß in allen Dingen ehrenwert sein.«

Borowski kroch langsam, ganz langsam durch das stachelige hohe Gras, das voll Nesseln war, zog sich die Stacheln vom Hals und der Stirn und war froh, daß die Nylonjacke sie abstieß. Er wußte instinktiv etwas, was sein Führer nicht wußte, nämlich warum er den Chinesen nicht bei sich haben wollte. Eine Wiese mit hohem Gras war der beste Ort für Streifen; die Halme bewegten sich, wenn Eindringlinge durch sie krochen. Deshalb mußte man die schwankenden Grashalme vom Boden aus beobachten und durfte sich nur dann bewegen, wenn eine Brise darüberstrich.

Er sah den Waldrand, Bäume, die am Ende der Grasfläche aufragten. Er richtete sich vorsichtig ein Stück weit auf und ließ sich dann schnell wieder fallen. Er blieb regungslos liegen. Vor ihm, zu seiner Rechten, stand ein Mann am Wiesenrand; er hielt ein Gewehr in der Hand und beobachtete das Gras im Mondlicht, hielt nach Halmen Ausschau, die sich gegen die Brise bewegten. Ein Windstoß wehte von den Bergen herunter. Borowski nutzte ihn aus, kam bis auf drei Meter an den Mann heran. Zentimeter für Zentimeter kroch er auf den Wiesenrand zu; er bewegte sich jetzt parallel zu dem Mann, dessen Konzentration sich nach vorn, nicht auf die Seiten richtete. Jason hob den Kopf, um über die Grashalme wegsehen zu können. Der Mann blickte nach links. *Jetzt!*

Borowski sprang auf und warf sich mit einem Satz auf den Mann. In seiner Panik schwang der Wächter instinktiv den Gewehrkolben herum, um den plötzlichen Angriff abzuwehren. Jason packte die Waffe am Lauf, riß sie herum, ließ sie dem Mann auf den ungeschützten Schädel krachen und rammte ihm gleichzeitig das Knie in den Brustkorb. Der Posten brach zusammen. Borowski zerrte ihn schnell ins hohe Gras, wo er unsichtbar war. Mit so wenig Bewegung wie möglich zog er dem Posten die Jacke herunter und riß ihm das Hemd vom Rücken, fetzte das Tuch in Streifen. Wenige Augenblicke später war der Mann so gefesselt, daß er mit jeder Bewegung die Fesseln noch straffer zog. Er hatte einen Knebel im Mund, festgebunden mit einem Ärmel um den Kopf.

Normalerweise hätte Borowski, so wie in der Vergangenheit – er wußte instinktiv, daß das in ähnlichen Situationen sein normales Vorgehen gewesen war –, keine Zeit verloren und wäre quer durch den Wald auf das Feuer zugerannt. Statt dessen musterte er den bewußtlosen Asiaten, der vor ihm lag; irgend etwas störte ihn ... etwas paßte nicht ins Bild. Zu allererst hatte er erwartet, einen Posten in chinesischer Armeeuniform vorzufinden, denn er erinnerte sich nur allzu deutlich an den Dienstwagen in Shenzen und den Mann darin. Aber nicht nur die fehlende Uniform störte ihn, auch die Kleider, die der Mann trug. Sie waren billig und schmutzig und rochen nach ranzigen Speiseresten. Er bückte sich, drehte das Gesicht des Mannes herum, machte ihm den Mund auf; nur wenige Zähne, und die wenigen schwarz und faulig. Was für ein Posten war das, was für eine Streife? Das war ein Schläger – ohne Zweifel erfahren –, aber ein primitiver Verbrecher aus der Gosse Asiens, wo ein Menschenleben billig war. Und doch handelten die Männer bei dieser »Lagebesprechung« mit Zehntausenden von Dollar. Der Preis, den sie für ein Menschenleben bezahlten, war sehr hoch. Irgend etwas war hier tatsächlich nicht im Gleichgewicht.

Borowski packte das Gewehr und kroch aus dem Gras. Als er außer dem Säuseln des Waldes nichts hörte und auch nichts sah, richtete er sich auf und rannte zwischen die Bäume. Er arbeitete sich schnell und lautlos nach oben und hielt wie vorher jedesmal an, wenn ein Vogel schrie oder Schwingen flatterten oder das Grillenkonzert verstummte. Er kroch diesmal nicht auf dem Bauch, sondern auf Knien und Ellenbogen, und hielt den Gewehrlauf fest, um die Waffe, wenn nötig, als Keule zu benutzen. Schießen würde er nicht, es sei denn, sein Leben hinge davon ab, er durfte die Leute am Feuer nicht warnen. Die Falle war jetzt am Zuschnappen, es war einzig und allein eine Frage der Geduld. Jetzt hatte er den höchsten Punkt des Waldes erreicht und glitt hinter einen Felsbrocken am Rand des Lagerplatzes. Lautlos legte er das Gewehr ab und zog die Pistole aus dem Gürtel, die der Führer ihm gegeben hatte. Er spähte um den Felsbrocken herum.

Jetzt sah er, was er schon auf der Wiese erwartet hatte. Ein Soldat in Uniform mit einer Waffe an der Hüfte stand knappe sechs Meter links von dem Feuer. Es war, als wollte er gesehen, aber nicht erkannt werden. Nicht im Gleichgewicht. Der Mann sah auf die Uhr; das Warten hatte angefangen.

Es dauerte fast eine Stunde. Der Soldat hatte in der Zeit fünf Zigaretten geraucht; Jason hatte sich nicht von der Stelle gerührt und nur verhalten geatmet. Und dann geschah es, langsam, ohne Fanfarenstoß, ein Auftritt ohne jegliche Dramatik. Eine zweite Gestalt tauchte auf; ganz gemächlich kam sie aus dem Schatten heraus, schob die Zweige auseinander und trat aus dem Wald heraus. Und dann zuckten ohne Warnung Blitze vom Nachthimmel und brannten sich in David Webbs Kopf, betäubten Jason Borowskis Bewußtsein.

Denn als der Mann in den Feuerschein trat, stöhnte Borowski auf und umkrampfte den Lauf der Pistole, um nicht zu schreien – oder zu töten. Er sah ein Gespenst seiner selbst, einen Geist aus der Vergangenheit, der jetzt wieder umging und Jagd auf ihn machte, auch wenn er im Augenblick selbst der Gejagte war. Das Gesicht war zugleich sein Gesicht und doch nicht das seine – vielleicht das Gesicht, wie es gewesen war, ehe die Chirurgen es zum Gesicht von Jason Borowski machten. Ebenso wie der schlanke, straffe Körper war auch das Gesicht jünger – jünger als der legendäre Mann, den er imitierte –, und in seiner Jugend lag Kraft, die Kraft eines Delta von Medusa. Es war *unglaublich*, da war selbst der vorsichtige, katzenhafte Gang, die locker schwingenden langen Arme, die sich so meisterhaft auf die Kunst des Tötens verstanden. Es *war* Delta, der Delta, von dem man ihm erzählt hatte, der Delta, der Cain geworden war und schließlich Jason Borowski. Er sah sich selbst und doch nicht sich selbst, und dennoch einen Killer. Einen Meuchelmörder.

Ein Krachen in der Ferne durchbrach die Geräusche des Bergwaldes. Der Meuchelmörder blieb stehen, wirbelte dann vom Feuer weg und tauchte nach rechts, während der Soldat sich zu Boden fallen ließ. Eine ohrenbetäubende, hallende Gewehrsalve brach aus dem Wald; der Killer wälzte sich blitzschnell im Gras, und die Kugeln fetzten die Erde auf, während er das schützende Dickicht erreichte. Der chinesische Soldat hatte sich niedergekniet und feuerte wild in die Richtung des Meuchelmörders.

Und dann eskalierte der ohrenbetäubende Schlachtlärm. Die Explosionen waren immens. Eine erste Granate zerstörte den Lagerplatz, dann folgte eine zweite, die Bäume entwurzelte. Die trockenen, vom Wind zerzausten Äste fingen Feuer, und dann kam schließlich eine dritte Granate, die hoch in der Luft detonierte, mit ungeheurer Gewalt, an der Stelle, wo das Maschinengewehr gewesen war. Plötzlich waren überall Flammen, und Borowski schützte seine Augen, schob sich um den Felsbrocken herum, die Waffe in der Hand. Man hatte dem *Killer* eine *Falle* gestellt, und er war hineingelaufen! Der chinesische Soldat war tot, zerfetzt, die Waffe war ihm aus der Hand geflogen. Plötzlich kam eine Gestalt von links gerannt, in das Inferno hinein, das gerade noch ein Lagerfeuer gewesen war, und dann wirbelte sie herum, rannte quer durch die Flammen, entdeckte Jason und schoß auf ihn. Der Meuchelmörder war in den Wald gerannt in der Hoffnung, die töten zu können, die ihn töten wollten. Borowski fuhr herum, sprang zuerst nach rechts, dann nach links und ließ sich zu Boden fallen, ohne den laufenden Mann aus den Augen zu lassen. Dann richtete er sich auf. *Er durfte ihn nicht entkommen lassen!* Er raste durch die wütenden Flammen; die Gestalt vor ihm bahnte sich den Weg durch die Bäume. Das war der Killer! Der Mann, der sich als tödliche Legende ausgab, die Asien in Furcht und Schrecken versetzte, der Mann, der sich eben diese Legende zunutze machte, indem er das Original zerstörte und die Frau, die jener Mann liebte. Borowski rannte, wie er noch nie zuvor gerannt war, wich Bäumen aus und sprang so behend über das Unterholz, als lägen nicht Jahre zwischen Medusa und der Gegenwart. Er war wieder bei Medusa. Er war Medusa! Und alle zehn Meter schrumpfte der Abstand um fünf zusammen. Er kannte die Wälder, und jeder Wald war ein Dschungel, und jeder Dschungel sein Freund. Er hatte in den Dschungeln überlebt; er kannte instinktiv ihre Schleichpfade, ihr Gestrüpp, die Löcher im Boden und die

Gräben. Er holte auf, *holte auf*! Und dann war der Killer nur noch wenige Schritte vor ihm.

Mit, wie ihm schien, der letzten Luft, die er bekam, sprang Jason ihn an, sprang Borowski Borowski an! Seine Hände waren die Krallen einer Bergkatze, als er die Schultern der rennenden Gestalt vor sich packte, und seine Finger gruben sich in das harte Fleisch und die Knochen, als er den Killer herumriß, die Absätze in die Erde stemmte und dem Mann das rechte Knie gegen die Wirbelsäule rammte. In seiner Raserei mußte er sich mit Gewalt daran erinnern, daß er ihn nicht umbringen durfte. *Bleib am Leben!* Du bist meine Freiheit, *unsere* Freiheit!

Der Meuchelmörder schrie auf, als der echte Jason Borowski ihm mit dem Arm den Hals zudrückte, seinen Kopf nach rechts preßte und ihn schließlich zu Boden drückte. Beide stürzten, aber Borowskis Unterarm lag immer noch an der Kehle des Mannes, und mit der linken geballten Faust schlug er dem Killer in den Unterleib und trieb die Luft aus seinem geschwächten Körper.

Das Gesicht? Das *Gesicht*? Wo war das Gesicht aus der Vergangenheit? Das einem Gespenst gehörte, das ihn in eine Hölle zurückholen wollte, die sein Gedächtnis verdrängt hatte. *Wo war das Gesicht?* Das war es nicht!

»*Delta!*« schrie der Mann unter ihm.

»Wie haben Sie mich genannt?« brüllte Borowski.

»*Delta!*« kreischte die sich windende Gestalt. »*Cain ist für Carlos. Delta ist für Cain!*«

»Zur Hölle mit Ihnen! Wer –«

»*D'Anjou!* Ich bin *d'Anjou! Medusa!* Tam Quan! Wir haben keine Namen, nur Symbole! Um Gottes willen, *Paris*! Der Louvre! Sie haben mir in Paris das Leben gerettet – so wie Sie bei *Medusa* so vielen das Leben gerettet haben! Ich bin *d'Anjou*! Ich habe Ihnen in Paris gesagt, was Sie wissen mußten! Sie sind Jason Borowski! Der Irre, der vor uns flieht, ist nur ein Geschöpf! Mein Geschöpf!«

Webb starrte das verzerrte Gesicht unter sich an, den perfekt gestutzten grauen Schnurrbart und das silbergraue Haar. Der Alptraum war zurückgekehrt . . . und er war wieder in den dampfenden Dschungeln von Tam Quan, und es gab keinen Weg aus dem Dschungel, und rings um sie lauerte der Tod. Und dann war er plötzlich in Paris und näherte sich im grellen Nachmittagssonnenschein den Louvretreppen. *Schüsse.* Quietschende Reifen, schreiende Menschen. Er mußte das Gesicht unter sich retten! Mußte das Gesicht retten, das zu *Medusa* gehörte, weil dieser Mann die fehlenden Stücke in dem irrwitzigen Puzzle liefern konnte!

»*D'Anjou?*« flüsterte Jason. »Sie sind *d'Anjou?*«

»Wenn Sie meinen Hals loslassen«, würgte der Franzose, »erzähle ich Ihnen eine Geschichte. Sie können mir bestimmt auch eine erzählen.«

Philippe d'Anjou sah sich die Überreste des Lagerplatzes an, wo jetzt nur noch rauchende Trümmer waren. Er bekreuzigte sich, während er die Taschen des toten Soldaten durchsuchte und ihnen alles Wertvolle entnahm. »Wenn wir gehen, befreien wir den Mann auf der Wiese«, sagte er. »Es gibt keinen anderen Zugang zu diesem Platz. Deshalb habe ich ihn dort unten aufgestellt.«

»Und wonach sollte er Ausschau halten?«

»Ich komme wie Sie von *Medusa*. Wiesen sind – allen Dichtern und Verbrauchern zum Trotz – gleichzeitig Straßen und Fallen. Guerillas wissen das. Wir wußten das.«

»Mit *mir* können Sie nicht gerechnet haben.«

»Kaum. Aber ich habe jeden Schachzug meines Geschöpfes im voraus berechnet. Er sollte allein kommen. Die Anweisungen waren klar, aber wer kann ihm schon trauen? Ich zuallerletzt.«

»Sie sind mir weit voraus.«

»Das gehört mit zu meiner Geschichte. Sie werden sie hören.«

Sie gingen durch den Wald, und d'Anjou, nicht mehr der Jüngste, hielt sich an den Baumstämmen und Zweigen fest, damit er leichter vorankam. Sie erreichten die Wiese und hörten die gedämpften Schreie des gefesselten Postens, als sie in das hohe Gras traten. Borowski schnitt die Knebel mit seinem Messer auf, und der Franzose bezahlte den Chinesen.

»*Zou ba!*« schrie d'Anjou. Der Mann floh in die Dunkelheit. »Das ist Abschaum. Alle sind sie Abschaum, aber wenn der Preis stimmt, sind sie zum Morden bereit und tauchen dann unter.«

»Sie haben heute abend versucht, *ihn* umzubringen, nicht wahr? Es war eine Falle.«

»Ja. Ich habe geglaubt, daß ihn die Explosionen verletzt haben. Deshalb bin ich ihm nachgelaufen.«

»Und ich habe geglaubt, er sei umgekehrt, um Sie von hinten anzugreifen.«

»Ja, so hätten wir das bei Medusa gemacht –«

»Deshalb habe ich Sie für ihn gehalten.« Und dann schrie Jason plötzlich wütend: »Was haben Sie *getan*?«

»Das gehört mit zu der Geschichte.«

»Ich will sie hören. *Jetzt*!«

»Ein paar hundert Meter links von hier ist ein flaches Stück«, sagte der Franzose und deutete in die Richtung. »Früher war es einmal eine Weide, aber in letzter Zeit hat man es als Hubschrauberlandeplatz benutzt, um sich hier mit dem Meuchelmörder zu treffen. Lassen Sie uns dorthin gehen und ausruhen – und reden. Nur für den Fall, daß die Überreste des Feuers jemanden vom Dorf anlocken.«

»Das ist fünf Meilen entfernt.«

»Trotzdem, wir sind in China.«

Die Wolken hatten sich aufgelöst, der Nachtwind hatte sie verjagt; der Mond näherte sich dem Horizont, stand aber immer noch so hoch am Himmel, daß er die fernen Berge beschien. Die beiden so verschiedenen Männer von *Medusa* saßen auf dem Boden. Borowski zündete sich eine Zigarette an, während d'Anjou das Wort ergriff. »Erinnern Sie sich noch an das überfüllte Café in Paris, in dem wir uns nach dem Wahnsinn im Louvre unterhalten haben?«

»Aber ja. Carlos hätte uns an jenem Nachmittag beinahe umgebracht.«

»Fast wäre es Ihnen gelungen, den Schakal in die Falle zu locken.«

»Aber es ist mir nicht gelungen. Was ist mit Paris, mit dem Café?«

»Ich habe Ihnen damals gesagt, daß ich nach Asien zurückgehen würde. Nach Singapur oder Hongkong, vielleicht auch auf die Seychellen, habe ich, glaube ich, gesagt. Frankreich war für mich nie gut – und zu mir auch nicht. Nach Dien Bien Phu – alles was mir gehörte, war zerstört, von unseren eigenen Truppen in die Luft gejagt – war es sinnlos, über Wiedergutmachung zu reden. Leeres Geschwätz von Männern mit leeren Köpfen. Deshalb habe ich mich *Medusa* angeschlossen. Die einzige Chance, mein Eigentum zurückzubekommen, lag in einem amerikanischen Sieg.«

»Ich erinnere mich«, sagte Jason. »Was hat das mit heute nacht zu tun?«

»Ich bin also tatsächlich nach Asien zurückgekehrt. Da der Schakal mich gesehen hatte, mußte ich dabei Umwege machen, und dadurch hatte ich Zeit zum Nachdenken. Ich mußte über meine Lage nachdenken und die Möglichkeiten, die ich hatte. Da ich mich auf der Flucht befand, verfügte ich nicht über größere Mittel, aber ich war auch nicht gerade knapp bei Kasse. Ich ging das Risiko ein, an dem Nachmittag in das Geschäft in der Rue St. Honoré zurückzukehren, und habe, offen gestanden, jeden *Sou* gestohlen, dessen ich habhaft werden konnte. Ich kannte die Kombination des Safes, und der war zum Glück recht gut gefüllt. Das reichte aus, um vor Carlos ans andere Ende der Welt zu fliehen und dort viele Wochen ohne Sorgen leben zu können. Aber was sollte ich dann anfangen? Eines Tages würden die Mittel erschöpft sein, und das, was ich gelernt hatte – was in der zivilisierten Welt so nützlich war –, würde nicht ausreichen, um hier drüben im Herbst meines Lebens ein so angenehmes Leben zu führen wie das, um das man mich gebracht hatte. Aber ich war ja nicht umsonst eine Schlange am Haupt der Medusa gewesen. Ich entdeckte und entwickelte, weiß Gott, Talente, von denen ich mir hätte nie träumen lassen, daß ich über sie verfügte – und offen gestanden entdeckte ich auch, daß ich keine moralischen Skrupel hatte. Man hatte mir unrecht getan, und das gab mir das Recht, anderen unrecht zu tun. Fremde ohne Namen und ohne Gesicht hatten zahllose Male versucht, mich umzubringen, also konnte ich auch die Verantwortung für den Tod anderer Fremder ohne Gesicht und ohne Namen übernehmen. Ausgleichende Gerechtigkeit, nicht wahr? Das war plötzlich nur noch eine mathematische Gleichung.«

»Ich höre jede Menge Scheiße«, erwiderte Borowski.

»Dann hören Sie mir nicht richtig zu, Delta.«

»Ich bin nicht Delta.«

»Gut, Borowski.«

»Ich bin nicht – reden Sie weiter. Vielleicht bin ich es doch.«

»*Comment?*«

»*Rien.* Reden Sie weiter.«

»Es kam mir in den Sinn, daß Jason Borowski, ganz gleich, was Ihnen in Paris widerfahren war – ob Sie nun gewonnen oder verloren hatten, ob man Sie umgebracht hatte oder nicht –, daß Jason Borowski erledigt war. Und bei allen Heiligen, ich wußte, daß Washington sich dazu nicht äußern würde. Sie würden einfach verschwinden. Abschußliste ist der offizielle Terminus, glaube ich.«

»Ja«, sagte Jason. »Ich war also erledigt.«

»*Naturellement.* Aber nichts darüber würde bekannt werden, das wäre unmöglich gewesen. *Mon dieu,* der Meuchelmörder, den sie erfunden hatten, war wahnsinnig geworden – er hatte *gemordet*! Nein, nichts würde darüber verlauten. Strategen ziehen sich in die finstersten Winkel zurück, wenn ihre Pläne katastrophale Folgen haben.«

»Soviel weiß ich auch.«

»*Bien.* Dann können Sie die Lösung begreifen, die ich für mich fand, für die letzten Tage eines alternden Mannes.«

»Langsam dämmert es mir.«

»*Bien encore.* Hier in Asien gab es ein Vakuum. Jason Borowski existierte nicht mehr, aber seine Legende lebte noch. Und es gibt Leute, die für Dienste eines außergewöhnlichen Mannes bezahlen. Deshalb wußte ich, was ich zu tun hatte. Es kam einfach darauf an, den Richtigen zu finden –«

»Den Richtigen?«

»Nun gut, den *Falschen,* wenn Sie so wollen, und ihn im Sinne von Medusa auszubilden, ihm alles beizubringen, was das am meisten gefürchtete Mitglied unserer offiziösen Bruderschaft von Kriminellen gekonnt hätte. Ich ging nach Singapur und durchsuchte die Höhlen der Ausgestoßenen, fürchtete oft um mein Leben, bis ich den Mann fand. Und ich fand ihn schnell, wie ich vielleicht hinzufügen darf. Er war verzweifelt; seit beinahe drei Jahren war er um sein Leben gerannt und seinen Jägern immer nur ein paar Schritte voraus gewesen. Er ist ein Engländer, ein ehemaliger Angehöriger des Royal Commando, der eines Nachts im Suff Amok lief und sieben Menschen auf den Straßen Londons ermordete. Wegen seiner militärischen Verdienste schickte man ihn in ein psychiatrisches Sanatorium in Kent, aus dem er entkam und sich irgendwie – Gott allein weiß, wie er es schaffte – nach Singapur durchschlug. Er verfügte über das ganze Instrumentarium; das, was er gelernt hatte, mußte nur noch verfeinert und in die richtigen Bahnen gelenkt werden.«

»Er sieht aus wie ich. Wie ich einmal aussah.«

»Inzwischen viel mehr als früher. Es gab da eine gewisse Ähnlichkeit in den Zügen, und die Körpergröße und der muskulöse Körper waren nützlich. Nur seine etwas vorstehende Nase mußte geändert und sein Kinn abgerundet werden, weil es kantiger war, als ich Ihres in Erinnerung hatte – als Delta natürlich. In Paris waren Sie anders, aber nicht so radikal verändert, daß ich Sie nicht erkannt hätte.«

»Vom Royal Commando«, sagte Jason leise. »Das paßt ins Bild. Wer ist er?«

»Er ist ein Mann ohne Namen, aber nicht ohne eine makabre Geschichte«, antwortete d'Anjou und blickte zu den Bergen in der Ferne hinüber.

»Kein Name . . .?«

»Er hat mir nie einen genannt, den er nicht im nächsten Atemzug wieder dementiert hätte – und keiner davon war auch nur im entferntesten authentisch. Er hütet diesen Namen, als wäre er sein ganzes Leben, als würde seine Enthüllung unvermeidbar zu seinem Tod führen. Er hat natürlich recht. Wenn ich seinen Namen wüßte, könnte ich ihn über einen Strohmann an die britischen Behörden in Hongkong weitergeben. Dann würden dort die Computer heißlaufen, man würde Spezialisten aus London einfliegen und eine Jagd in Gang setzen, wie ich sie nie zustande bekäme. Sie würden ihn niemals lebend fangen – das würde er nicht zulassen, und ihnen wäre es gleichgültig – und damit hätte ich mein Ziel erreicht.«

»Warum wollen ihn die Briten liquidieren?«

»Kurz gesagt, Washington hat sein My Lai und seine Medusa gehabt, während London in viel jüngerer Vergangenheit eine Kommandotruppe hatte, angeführt von einem geisteskranken Mörder, der Hunderte von Menschen auf dem Gewissen hat – wobei er zwischen Schuldigen und Unschuldigen kaum einen Unterschied machte. Er trägt zu viele Geheimnisse im Kopf herum, die im Nahen Osten und in Afrika zu Vergeltungsmaßnahmen führen könnten, wenn sie bekannt würden. Die Staatsraison steht immer an erster Stelle, das wissen Sie. Oder sollten es wissen.«

»Er hat die Truppe angeführt?« fragte Borowski, ebenso verblüfft wie benommen.

»Er war kein gewöhnlicher Soldat, Delta. Er war mit zweiundzwanzig Captain und mit vierundzwanzig Major, und das zu einer Zeit, als Whitehalls leere Kassen Beförderungen fast unmöglich machten. Wenn er weiterhin Glück gehabt hätte, wäre er jetzt ohne Zweifel schon Brigadier oder sogar General.«

»Hat er Ihnen das gesagt?«

»Im Quartalssuff, wenn die häßliche Wahrheit nach oben trieb – aber nie sein Name. Das passierte gewöhnlich ein- bis zweimal im Monat und dauerte dann immer ein paar Tage, und dann spuckte er sein ganzes Leben in einem besoffenen Meer von Selbsthaß aus. Aber bevor es zu solchen Ausbrüchen kam, war er immer ganz vernünftig und sagte, ich solle ihn anschnallen, einsperren, ihn vor sich selbst schützen ... Im Suff erlebte er das Entsetzliche aus seiner Vergangenheit noch einmal, und seine Stimme wurde heiser und kehlig, hohl. Wenn der Alkohol über ihn Macht gewann, schilderte er Szenen der Folterung und der Verstümmelung, in denen er Gefangene verhörte und ihnen Messer in die Augen bohrte, ihnen die Handgelenke aufschlitzte und seinen Gefangenen befahl, dabei zuzusehen, wie ihr Leben aus ihren Adern rann. Soweit ich die einzelnen Bruchstücke zusammensetzen konnte, hat er die gefährlichsten und brutalsten Operationen gegen die Fanatikeraufstände Ende der siebziger und Anfang der achtziger Jahre befehligt, angefangen vom Jemen bis zu den Blutbädern in Ostafrika. In einem Moment trunkenen Jubels sprach er davon, daß selbst Idi Amin bei der Erwähnung seines Namens den Atem angehalten habe, so weit verbreitet sei sein Ruf gewesen, es Idi Amin in seiner Strategie der Brutalität gleichzutun – ja, ihn zu übertreffen.« D'Anjou hielt inne, nickte langsam und zog die Brauen hoch, als akzeptiere er das Unerträgliche. »Er war ein Untermensch – *ist* ein Untermensch –, aber trotz alledem ein hochintelligenter sogenannter Offizier und Gentleman. Ein völliges Paradoxon, ein totaler Widerspruch für jeden zivilisierten Menschen ... Er lachte nur darüber, daß seine Truppen ihn verachteten und ihn als Bestie bezeichneten, und doch wagte es nie einer, offiziell Beschwerde einzulegen.«

»Warum nicht?« fragte Jason, von dem, was er hörte, aufgewühlt und gequält. »Warum haben sie ihn nicht angezeigt?«

»Weil er sie immer wieder heil herausgebracht hat – die meisten jedenfalls –, wenn die Schlacht hoffnungslos verloren schien.«

»Ich verstehe«, sagte Borowski und ließ die Bemerkung gleichsam in der Bergbrise hängen. »Nein, ich verstehe *nicht*«, rief er dann zornig, als hätte ihn plötzlich und unerwartet etwas gestochen. »Warum haben seine Vorgesetzten ihn gewähren lassen? Sie müssen es doch *gewußt* haben!«

»Wenn ich ihn in seinem Suff richtig verstanden habe, schaffte er es, Aufträge zu erledigen, die andere nicht geschafft haben – oder nicht anpacken wollten. Er hat das Geheimnis gelernt, das wir bei Medusa vor langer Zeit gelernt haben. Man muß die brutalsten Spielregeln des Feindes übernehmen – muß die Regeln je nach Kultur ändern. Schließlich ist für andere ein Menschenleben nicht das, was es in der jüdisch-christlichen Zivilisation ist. Wie könnte es auch? Für so viele ist der Tod eine Erlösung aus unerträglichen Lebensumständen.«

»Atmen ist *atmen!*« beharrte Jason schroff. »Leben ist *leben*, und Denken ist *denken!*« fügte David hinzu. »Er ist ein Neandertaler.«

»Er war auch nicht schlimmer, als es Delta manchmal war. Und wie oft haben Sie –«

»Sagen Sie das nicht!« fiel der Mann von *Medusa* dem Franzosen ins Wort.

»Das war nicht das gleiche.«

»Aber vergleichbar«, beharrte d'Anjou. »Am Ende kommt es doch eigentlich nicht auf die Motive an. Nur auf die Resultate. Oder wollen Sie die Wahrheit nicht akzeptieren? Früher haben Sie sich der Wahrheit gestellt. Lebt Jason Borowski jetzt mit Lügen?«

»Im Augenblick lebe ich nur – von einem Tag zum nächsten, von einer Nacht zur nächsten, bis es vorbei ist. So oder so.«

»Sie müssen sich deutlicher ausdrücken.«

»Wenn ich will oder muß«, erwiderte Borowski eisig. »Er ist also gut, nicht wahr? Ihr namenloser Major von der Commando-Truppe. Er versteht sich auf das, was er tut.«

»Ebensogut wie Delta – vielleicht besser. Sehen Sie, er hat kein Gewissen, überhaupt keines. Sie andererseits, so gewalttätig Sie auch waren, haben gelegentlich Mitgefühl gezeigt. Irgend etwas in Ihnen verlangte das. ›Verschont diesen Mann‹, haben Sie manchmal gesagt. ›Er ist ein Ehemann, ein Vater, ein Bruder. Macht ihn kampfunfähig, aber läßt ihn am Leben, sorgt dafür, daß er nicht zum Krüppel wird...‹ Mein Geschöpf, Ihr Doppelgänger, würde das nie tun. Er ist immer auf die Endlösung aus – will sein Opfer sterben sehen.«

»Was ist mit ihm passiert? Warum hat er in London soviel Menschen umgebracht? Bloßer Suff ist kein Grund, nicht nach allem, was er hinter sich hatte.«

»Doch, wenn es eine Art zu leben ist, von der man sich nicht lösen kann.«

»Man läßt die Waffe stecken, wenn man nicht bedroht wird. Sonst provoziert man die Bedrohung nur.«

»Er hat keine Waffe benutzt. In jener Nacht in London waren es die bloßen Hände.«

»*Was?*«

»Er streifte durch die Straßen und suchte nach eingebildeten Feinden – so habe ich mir das aus seinem besoffenen Geschwätz zusammengereimt. ›Es war in ihren Augen!‹ schrie er. ›Man kann es ihnen immer an den Augen ablesen! Sie wissen, wer ich bin, *was* ich bin.‹ Ich sage Ihnen, Delta, es war ebenso erschreckend wie ermüdend, und er hat mir nie einen Namen genannt, mir nie einen Hinweis gegeben, bis auf den von Idi Amin, mit dem auch jeder andere betrunkene Glücksritter prahlen würde, um anzugeben. Die Briten in Hongkong einzuschalten würde bedeuten, daß ich Farbe bekenne, und das kann ich nach allem, was war, auf keinen Fall tun. Das Ganze ist so frustrierend, also habe ich die Methoden von Medusa benutzt. Tu es selbst. Sie haben uns das beigebracht, Delta. Sie haben uns immer wieder gesagt – uns befohlen –, wir sollten von unserer Phantasie Gebrauch machen. Und das habe ich heute nacht getan. Und es ist danebengegangen, wie es von einem alten Mann nicht anders zu erwarten war.«

»Beantworten Sie meine Frage«, drängte Borowski. »Warum hat er diese Menschen in London umgebracht?«

»Aus einem ebenso banalen wie sinnlosen Grund – und einem ach so vertrauten. Er hatte sich eine Abfuhr geholt, und diese Abfuhr konnte sein Ego nicht verkraften. Ich bezweifle, daß irgendwelche anderen Gefühlsregungen dahintersteckten. So wie bei all seinen anderen Neigungen ist für ihn auch sexuelle Aktivität nur etwas Animalisches; Zärtlichkeit hat dabei nichts verloren, dazu ist er gar nicht fähig. *Mon dieu,* wie recht er hatte!«

»Noch einmal. Was ist passiert?«

»Er war verwundet von irgendeinem besonders brutalen Einsatz in Uganda zurückgekehrt und hatte erwartet, er könne mit einer Frau in London dort weitermachen, wo er aufgehört hatte – eine Dame aus allerbestem Stall, wie die Engländer sagen –, aber sie weigerte sich, ihn zu empfangen, und beauftragte bewaffnete Posten, ihr Haus in Chelsea zu bewachen, nachdem er sie angerufen hatte. Zwei von diesen Männern waren unter den sieben, die er in jener Nacht tötete. Sehen Sie, die Dame erklärte, er habe ein unkontrollierbares Temperament und werde im Suff gewalttätig, was natürlich stimmte. Aber für mich war er genau der Richtige. Ich folgte ihm in Singapur aus einer zweifelhaften Bar und sah, wie er in einer Seitengasse zwei mordlustige Gangster fertigmachte – *contrebandiers,* die in dieser dreckigen Spelunke am Hafen mit Rauschgift Geld machten –, und sah zu, wie er sie gegen die Mauer drückte und mit einer einzigen schnellen Handbewegung beiden die Kehle aufschlitzte und ihnen das Geld aus der Tasche zog. In diesem Augenblick wußte ich, daß ich meinen Jason Borowski gefunden hatte. Ich ging langsam und lautlos auf ihn zu, mit ausgestreckter Hand, in der ich mehr Geld hielt, als er seinen Opfern weggenommen hatte. Wir kamen ins Gespräch. Das war der Anfang.«

»So schuf Pygmalion seine Galatea, und der erste Auftrag, den Sie akzeptierten, wurde Aphrodite und gab ihm Leben. Bernard Shaw wäre begeistert von Ihnen, und ich könnte Sie umbringen.«

»Wozu? Sie sind heute nacht hierher gekommen, um ihn zu finden. Ich wollte ihn vernichten.«

»Was auch zu Ihrer Geschichte gehört«, sagte David Webb und wandte den Blick von dem Franzosen ab und blickte zu der Bergkette hinüber, dachte an Maine und das Leben mit Marie, das so gewalttätig gestört worden war.

»*Sie Schwein!*« schrie er plötzlich. »Ich könnte Sie umbringen! Haben Sie eigentlich eine Ahnung, was Sie *getan* haben?«

»Das ist Ihre Geschichte, Delta. Lassen Sie mich die meine zu Ende erzählen.«

»Aber bitte mit Sinn und Verstand . . . *Echo*. So hießen Sie doch, nicht wahr? Echo?« *Die Erinnerungen kamen zurück.*

»Ja, so hieß ich. Sie haben Saigon einmal gesagt, daß Sie nicht ohne den ›alten Echo‹ reisen können. Ich mußte bei Ihrem Team sein, weil ich erkannte, wann es mit den Stämmen und den Dorfhäuptlingen Schwierigkeiten geben würde, weil ich das besser konnte als die anderen – aber das hatte wenig mit dem Symbol für mich zu tun. Natürlich war daran nichts Mythologisches. Ich hatte zehn Jahre in den Kolonien gelebt. Ich wußte, wann die *Quan-sie* logen.«

»Erzählen Sie Ihre Geschichte zu Ende«, befahl Borowski.

»Verrat«, sagte d'Anjou mit ausgebreiteten Händen. »So wie man Sie geschaffen hat, habe ich mir meinen eigenen Jason Borowski geschaffen. Und so wie Sie verrückt wurden, geschah es auch mit meinem Geschöpf. Er wandte sich gegen mich; er wurde die Realität, die meine Erfindung war. Nicht Galatea, Delta – er wurde zu Frankensteins Monster, ohne die Qualen, die jene Kreatur litt. Er brach mit mir und begann, für sich selbst zu denken, für sich selbst zu handeln. Als er seine Verzweiflung überwunden hatte – mit meiner unschätzbaren Hilfe und dem Messer eines Chirurgen –, wurde er wieder so autoritär, so arrogant, so häßlich wie früher. Er hält mich für eine Null. Das hat er mir ins Gesicht geschrien, ›eine Null‹! Ein bedeutungsloses Nichts, das ihn *benutzt* hat. Ich, der ich ihn geschaffen habe!«

»Sie meinen, er handelt seine Verträge selbst aus?«

»Perverse Verträge, absurd und ungemein gefährlich.«

»Aber ich habe seine Spur durch Sie gefunden, durch *Ihr* Arrangement im Kam-Pek-Casino. Tisch fünf. Die Telefonnummer eines Hotels in Macao und ein Name.«

»Eine Kontaktmethode, die er mit Vergnügen beibehält. Warum nicht? Sie ist so gut wie sicher, und was kann ich tun? Soll ich zu Behörden gehen und sagen: ›Hören Sie, Gentlemen, da gibt es diesen Burschen, für den ich irgendwie verantwortlich bin – er besteht darauf, sich meine Arrangements zunutze zu machen, damit er gegen Geld morden kann.‹ Sogar meinen Verbindungsmann benutzt er.«

»Den *Zhongguo ren* mit den schnellen Händen und den noch schnelleren Füßen?«

D'Anjou sah Jason an. »So haben Sie es also angestellt, so haben Sie hierher gefunden? Delta versteht sich also immer noch auf sein Handwerk, *n'est-ce pas?* Lebt der Mann?«

»Ja, das tut er, und er ist zehntausend Dollar reicher.«

»Er ist ein geldgieriger *cochon*. Aber ich kann ihn nur schlecht kritisieren, schließlich habe ich ihn selbst benutzt. Ich habe ihm fünfhundert dafür bezahlt, daß er eine Botschaft entgegennahm und überbrachte.«

»Die Ihr Geschöpf heute nacht hierhergelockt hat, damit Sie es töten konnten? Wie konnten Sie so sicher sein, daß er kommt?«

»Ein Instinkt aus meiner Medusazeit und rudimentäres Wissen um eine außergewöhnliche Liaison, die er eingegangen ist, ein Kontrakt, der für ihn so einträglich und zugleich so gefährlich ist, daß er ganz Hongkong in den Krieg stürzen und die ganze Kronkolonie lahmlegen könnte.«

»Die Theorie habe ich schon einmal gehört«, sagte Jason, in dem er sich an McAllisters Worte an jenem Abend in Maine erinnerte, »und ich glaube sie immer noch nicht. Wenn Killer sich gegenseitig umbringen, sind sie gewöhnlich diejenigen, die verlieren. Sie jagen sich in die Luft, und dann kommen die Informanten aus dem Unterholz und denken, sie könnten die nächsten sein.«

»Wenn die Opfer sich auf ein so bequemes Schema beschränken lassen, haben Sie sicherlich recht. Aber nicht, wenn zu ihnen ein mächtiger Politiker aus einer riesigen, angriffslustigen Nation gehört.«

Borowski starrte d'Anjou an. »*China?*«, fragte er leise.

Der Franzose nickte. »Fünf Männer sind in Tsim Sha Tsui ermordet worden – «

»Das weiß ich.«

»Vier Leichen waren ohne Bedeutung. Nicht die fünfte. Das war ein Vizepremierminister der Volksrepublik.«

»Du großer Gott!« Jason runzelte die Stirn und plötzlich drängte sich ihm das Bild eines Wagens auf. Ein Wagen mit verdunkelten Fenstern, in dem ein Meuchelmörder saß. Ein Dienstwagen der chinesischen Regierung.

»Meine Gewährsleute sagen mir, daß die Drähte zwischen Government House und Beijing heißgelaufen sind und daß am Ende die Staatsraison und das Gesicht den Sieg davontrugen – *dieses* Mal. Was hatte schließlich ein Vizepremier in Kowloon zu suchen? Gehört ein so erhabenes Mitglied des Zentralkomitees auch zu den Korrumpierten? Wie ich sage, dieses Mal ist es noch gutgegangen. Nein, Delta, mein Geschöpf muß vernichtet werden, ehe es einen Vertrag abschließt, der uns alle in den Abgrund stürzen könnte.«

»Tut mir leid, Echo. Nicht vernichtet. Gefangengenommen und ausgeliefert.«

»Das ist dann wohl Ihre Geschichte?« fragte d'Anjou.

»Ja, ein Teil von ihr.«

»Erzählen Sie.«

»Nur, was Sie wissen müssen. Man hat meine Frau entführt und nach Hongkong gebracht. Um sie zurückzubekommen – und ich werde sie zurückbekommen, sonst sterbt ihr alle – muß ich diesen Scheißkerl, den

Sie geschaffen haben, abliefern. Und jetzt bin ich ihm einen Schritt näher, weil Sie mir helfen werden, und ich meine, mir *wirklich* helfen werden. Wenn nicht – «

»Drohungen sind unnötig, Delta«, unterbrach ihn der Franzose. »Ich weiß, wozu Sie fähig sind. Ich habe Ihnen selbst dabei zugesehen. Sie wollen ihn aus Ihren Gründen und ich aus meinen. Auf in den Kampf.«

17

Catherine Staples bestand darauf, daß ihr Gast einen weiteren Wodka Martini nahm, lehnte aber ihrerseits mit der Begründung ab, ihr Glas sei noch halbvoll.

»Es ist aber auch halbleer«, sagte der zweiunddreißigjährige Attaché mit einem schwachen Lächeln und schob sich nervös das dunkle Haar aus der Stirn. »Tut mir wirklich leid, aber ich kann einfach nicht vergessen, daß Sie die Fotos gesehen haben – das hat gar nichts damit zu tun, daß Sie mir die Karriere und wahrscheinlich das Leben gerettet haben –, es liegt einfach an diesen gottverdammten Fotos.«

»Außer Inspektor Ballantyne hat niemand sie gesehen.«

»Aber *Sie* haben sie gesehen.«

»Ich könnte vom Alter her Ihre Mutter sein.«

»Das macht es ja noch schlimmer. Wenn ich Sie ansehe, schäme ich mich und komme mir so verdammt schmutzig vor.«

»Mein ehemaliger Mann, wo auch immer er stecken mag, hat einmal zu mir gesagt, daß es im Sexuellen absolut nichts gibt, das man als schmutzig betrachten kann oder soll. Wahrscheinlich war das eine Schutzbehauptung, aber ich glaube, er hatte recht. Schauen Sie, John, Sie sollten das wirklich vergessen. Ich denke auch nicht mehr daran.«

»Ich werde mir Mühe geben.« Ein Kellner näherte sich; der Drink wurde durch eine Handbewegung bestellt. »Seit Sie heute nachmittag angerufen haben, bin ich völlig fertig. Ich hab gedacht, es sei noch mehr aufgetaucht. Eine Tortur war das.«

»Sie standen unter starkem Drogeneinfluß. Gegen Ihren Willen. Sie waren also für das, was Sie getan haben, überhaupt nicht verantwortlich. Und es tut *mir* leid, ich hätte Ihnen sagen sollen, daß es mit dieser Geschichte überhaupt nichts zu tun hat.«

»Wenn Sie das getan hätten, dann hätte ich mir in den letzten fünf Stunden mein Gehalt verdient.«

»Das war unüberlegt und grausam von mir. Ich bitte um Entschuldigung.«

»Akzeptiert. Sie sind ein großartiges Mädchen, Catherine.«

»Ich löse bei Ihnen infantile Regressionen aus.«

»Darauf würde ich an Ihrer Stelle keine Wette abschließen.«

»Dann sollten Sie ja keinen fünften Martini nehmen.«

»Das ist erst mein zweiter.«

»Ein *wenig* Schmeichelei hat noch nie wehgetan.«

Sie lachten leise. Jetzt kam der Kellner mit John Nelsons Drink zurück; er dankte dem Mann und wandte sich wieder Catherine Staples zu. »Ich hab so eine Idee, daß ich die Gratismahlzeit im The Plume nicht der Aussicht auf Schmeichelei zu verdanken habe. Ich kann mir ein solches Lokal nicht leisten.«

»Ich auch nicht. Dafür aber Ottawa. Sie werden als schrecklich wichtige Person auf meiner Spesenabrechnung erscheinen. Tatsächlich sind Sie das auch.«

»Das ist aber nett. Das hat mir noch nie jemand gesagt. Ich habe drüben einen recht ordentlichen Job, weil ich Chinesisch gelernt habe. Aber ich hab mir gedacht, ein Boy vom Upper Iowa College müßte sich gegenüber all den Knaben von den noblen Colleges irgendwo einen Vorteil verschaffen.«

»Den haben Sie auch, Johnny. Sie sind beliebt bei den Konsulaten. Im Botschaftsviertel hat man eine sehr hohe Meinung von Ihnen, und das auch mit Recht.«

»Das habe ich dann wohl Ihnen und Ballantyne zu verdanken. *Nur* Ihnen beiden.« Nelson hielt inne, nippte an seinem Martini und sah Catherine über den Rand seines Glases an. Dann stellte er den Drink auf den Tisch und fragte: »Was ist los, Catherine? Warum bin ich wichtig?«

»Weil ich Ihre Hilfe brauche.«

»Sie brauchen es nur zu sagen. Ich tue *alles,* was ich kann.«

»Nicht so schnell, Johnny. Mir steht das Wasser am Hals.«

»Wenn jemand einen Rettungsring von mir verdient hat, dann Sie. Abgesehen von belanglosen Problemen, leben unsere zwei Länder Tür an Tür und mögen sich im wesentlichen – wir stehen auf derselben Seite. Um was geht es denn? Wie kann ich Ihnen helfen?«

»Marie St. Jacques . . . Webb«, sagte Catherine und studierte das Gesicht des Attachés.

Nelson blinzelte und überlegte. »Nichts«, sagte er. »Mir sagt der Name gar nichts.«

»In Ordnung. Dann versuchen wir es mit Raymond Havilland.«

»Oh, das ist ein anderes Faß Heringe.« Die Augen des Attachés weiteten sich, und er legte den Kopf zur Seite. »Über *ihn* haben wir uns *alle* schon den Mund fußlig geredet. Er ist nicht ins Konsulat gekommen, ja er hat nicht einmal unseren großen Boß angerufen, wo er doch mit ihm zusammen in den Zeitungen abgebildet werden möchte. Schließlich ist Havilland etwas ganz Besonderes – in dieser Branche eine Art Legende. Den gibt es doch schon seit der Speisung der Fünftausend, und wahrscheinlich steckte er hinter der ganzen Geschichte.«

»Dann ist Ihnen bewußt, daß Ihr aristokratischer Botschafter in all den Jahren nicht nur auf diplomatischem Gebiet tätig war.«

»Das spricht niemand aus, aber man muß schon recht naiv sein, wenn man ihm abnimmt, daß er nicht noch anderswo kräftig mitmischt.«

»Sie sind wirklich gut, Johnny.«

»Ich halte nur die Augen offen. Irgendwie muß ich mir mein Geld ja schließlich verdienen. Aber was gibt es da für eine Verbindung zwischen einem Namen, den ich kenne, und einem, den ich nicht kenne?«

»Wenn ich das nur wüßte. Haben Sie eine Ahnung, weshalb Havilland hier ist? Irgendwelche Gerüchte, die Ihnen zu Ohren gekommen sind?«

»Ich habe keine Ahnung, weshalb er hier ist, aber ich weiß, daß Sie ihn nicht in einem Hotel finden werden.«

»Ich nehme an, er hat wohlhabende Freunde.«

»Ganz sicher hat er die, aber bei denen wohnt er auch nicht.«

»Oh?«

»Das Konsulat hat in aller Stille ein Haus auf dem Victoria Peak gemietet, und ein zweites Kontingent Ledernacken ist von Hawaii herübergeflogen worden, um dort Wache zu schieben. Von uns mittleren Chargen wußte keiner darüber Bescheid, bis vor ein paar Tagen, als so eine dumme Sache passierte. Zwei Ledernacken haben in Wanchai zu Abend gegessen, und einer von ihnen wollte die Rechnung mit einem Scheck auf eine Bank in Hongkong bezahlen. Nun, Sie wissen ja über Soldaten und Schecks Bescheid; der Geschäftsführer des Lokals hat diesem Corporal die Hölle heißgemacht. Der Junge sagte, weder er noch sein Kumpel hätten Zeit gehabt, sich Bargeld einzuwechseln, und der Scheck sei in Ordnung. Der Manager sollte doch das Konsulat anrufen und mit einem Militärattaché sprechen.«

»Ein schlauer Corporal«, unterbrach ihn Catherine.

»Ein blödes Konsulat«, sagte Nelson. Die militärischen Jungs waren schon nach Hause gegangen, und unser supergescheites Sicherheitspersonal mit seiner grenzenlosen Paranoia in bezug auf Geheimhaltung hatte das Kontingent vom Victoria Peak noch nicht auf die Personalliste gesetzt. Der Restaurantgeschäftsführer sagte später, der Corporal habe ihm ein paar Ausweise gezeigt und sei ihm überhaupt wie ein netter Junge vorgekommen, also ging er das Risiko ein.«

»Das war sehr vernünftig von ihm. Wahrscheinlich hätte er das nicht getan, wenn der Corporal sich anders verhalten hätte. Also doch ein schlauer Mariner.«

»Er *hat* sich anders verhalten. Am nächsten Morgen im Konsulat. Er hat ein Affentheater gemacht, und das mit so lauter Stimme, daß sogar ich ihn gehört habe, und mein Büro liegt am anderen Ende des Korridors, vom Empfangsraum aus. Er wollte wissen, was zum Teufel wir ›blöden Zivilisten‹ uns wohl einbildeten, daß die dort oben auf dem Berg zu tun hätten, und weshalb sie nicht registriert wären. Schließlich seien sie doch schon eine Woche da. Er war fuchsteufelswild, das kann ich Ihnen sagen.«

»Und plötzlich wußte das ganze Konsulat, daß es in der Kronkolonie ein abgeschottetes Haus gab.«

»Das haben Sie gesagt, Catherine, nicht ich. Aber ich will Ihnen ganz genau sagen, was wir laut Rundschreiben sagen sollen, das an das ganze Personal verteilt worden ist – das hatten wir eine Stunde nach dem Abgang des Corporals auf dem Schreibtisch, nachdem der zwanzig Minuten mit ein paar sehr verlegenen Typen von der Sicherheit verbracht hatte.«

»Und das, was Sie sagen sollen, ist nicht das, was Sie glauben.«

»Kein Kommentar«, sagte Nelson. »Das Haus in Victoria ist für die Bequemlichkeit und die Sicherheit reisender Regierungsbeamter und Vertreter amerikanischer Firmen gemietet worden, die im Territorium geschäftlich zu tun haben.«

»Quatsch. Insbesondere das letztere. Seit wann trägt der Steuerzahler die Spesen für General Motors und ITT?«

»Washington setzt sich aktiv für eine Ausweitung des Handels ein. Das liegt auf der gleichen Linie wie unsere Politik der offenen Tür in bezug auf die Volksrepublik. Das paßt zusammen. Wir wollen die Dinge einfacher machen, zugänglicher, und die Stadt hier ist bis zum Bersten gefüllt. Versuchen Sie doch mal, zwei Tage im voraus ein Zimmer in einem ordentlichen Hotel zu bekommen.«

»Das klingt, als hätten Sie das auswendig gelernt.«

»Kein Kommentar. Ich habe Ihnen nur das gesagt, was man Ihnen sagen sollte, falls Sie auf das Thema kämen – und das haben Sie ja bestimmt auch vorgehabt.«

»Natürlich. Ich habe Freunde auf dem Peak, die gar nicht mehr mit ihrer Wohngegend zufrieden sind, seit dort so viele Ledernacken herumlungern.« Catherine nippte an ihrem Glas. »Und Havilland ist dort oben?« fragte sie und stellte das Glas wieder auf den Tisch.

»Da würde ich fast jede Wette darauf eingehen.«

»Fast jede?«

»Unsere Pressedame – ihr Büro liegt unmittelbar neben dem meinen – wollte PR aus dem Botschafter herauskitzeln. Sie hat den Generalkonsul gefragt, in welchem Hotel er sei. Nein. Ob er denn privat untergebracht sei? Wieder nein. ›Wir müssen warten, bis er uns anruft, falls er das tut‹, sagte unser Boß. Sie hat sich an meiner Schulter ausgeweint, aber die Anweisung war klar. Ihn aufspüren kommt nicht in Frage.«

»Er ist oben auf dem Peak«, schloß Catherine Staples leise aus dem Gehörten. »Er hat sich ein abgeschottetes Haus gebaut und eine Operation angeleiert.«

»Was etwas mit dieser Webb, dieser Marie St. Irgendwer Webb zu tun hat?«

»St. Jacques. Ja.«

»Wollen Sie mir etwas darüber sagen?«

»Jetzt nicht – das ist besser für Sie und für mich. Wenn ich recht habe und jemand auf die Idee käme, daß man Ihnen Informationen gegeben hat, könnte es sein, daß man Sie ohne Pullover nach Reykjavik versetzt.«

»Aber Sie sagten doch, Sie wüßten nicht, worin die Verbindung bestünde, und Sie wüßten es gern.«

»In dem Sinn, daß ich die Gründe dafür nicht verstehe, falls tatsächlich eine solche Verbindung existiert. Ich kenne nur eine Seite der Geschichte, und die ist voller Löcher. Ich könnte mich irren.« Wieder trank Catherine einen Schluck Whisky. »Hören Sie, Johnny«, fuhr sie dann fort, »das müssen Sie ganz allein entscheiden, und wenn Sie nein sagen, würde ich das verstehen. Ich muß wissen, ob Havillands Anwesenheit hier in Hongkong etwas mit einem Mann namens David Webb und seiner Frau Marie St. Jacques zu tun hat. Sie war vor ihrer Heirat Wirtschaftswissenschaftlerin in Ottawa.«

»Eine Kanadierin?«

»Ja. Lassen Sie sich erklären, warum ich es wissen muß – aber ich sage Ihnen nur so viel, daß sie keine Schwierigkeiten bekommen können. Wenn die Verbindung besteht, muß ich in der eingeschlagenen Richtung weitermachen, wenn nicht, dann kann ich eine Wendung um hundertachtzig Grad machen und einen anderen Weg einschlagen. In letzterem Fall kann ich mich an die Öffentlichkeit wenden. Ich kann die Zeitungen, das Radio, das Fernsehen einsetzen, eben alles, womit man Nachrichten verbreitet, um ihren Mann herzuholen.«

»Was bedeutet, daß er im Augenblick im Regen steht«, unterbrach der Attaché. »Und Sie wissen, wo sie ist, aber andere wissen das nicht.«

»Wie ich schon sagte, Sie verstehen sehr schnell.«

»Aber im anderen Fall – wenn es *doch* eine Verbindung zu Havilland gibt, was Sie vermuten –«

»Kein Kommentar. Wenn ich Ihnen Antwort gebe, würde ich Ihnen mehr sagen, als Sie wissen sollten.«

»Ich verstehe, es ist also heikel. Lassen Sie mich nachdenken.« Nelson griff nach seinem Martini, stellte dann das Glas unangerührt wieder hin. »Wie wäre es mit einem anonymen Anruf, der bei mir angekommen ist?«

»Zum Beispiel?«

»Eine beunruhigte Kanadierin sucht nach Informationen über ihren verschwundenen amerikanischen Ehemann.«

»Warum hätte sie ausgerechnet Sie anrufen sollen? Sie kennt sich in Regierungskreisen aus. Warum nicht den Generalkonsul persönlich?«

»Der war nicht da. Aber ich.«

»Ich will Ihnen ja nicht zu nahe treten, aber Sie sind nicht sein Stellvertreter.«

»Sie haben recht. Außerdem könnte jeder in der Zentrale nachfragen und feststellen, daß es gar keinen solchen Anruf gegeben hat.«

Catherine Staples runzelte die Stirn und lehnte sich dann vor. »Es gibt eine Möglichkeit, wenn Sie bereit sind, eine Lüge ein wenig weiter auszuspinnen.«

»Wie denn?«

»Eine Frau hat Sie auf der Garden Road angesprochen, als Sie das Konsulat verließen. Sie hat Ihnen nicht sehr viel gesagt, aber es reichte aus, Sie zu beunruhigen, und sie wollte nicht hereinkommen, weil sie Angst hatte. Sie ist eine beunruhigte Frau, die ihren verschwundenen amerikanischen Mann sucht. Sie könnten sie sogar beschreiben.«

»Fangen Sie mit der Beschreibung an«, sagte Nelson.

Lin Wenzu saß vor McAllisters Schreibtisch und las aus seinem Notizbuch vor, während der Staatssekretär zuhörte. »Obwohl die Beschreibung etwas abweicht, sind die Unterschiede geringfügiger Natur und lassen sich leicht erklären. Zurückgekämmtes Haar und ein Hut darauf, kein Make-up, flache Schuhe, damit sie kleiner wirkt, aber nicht viel – das ist sie.«

»Und sie hat behauptet, kein Name in dem Telefonbuch sei der ihres sogenannten Vetters?«

»Ein Vetter mütterlicherseits. Gerade so weit hergeholt, und doch so deutlich, daß es glaubwürdig wirkte. Die Empfangssekretärin meinte, sie sei recht befangen, ja ein wenig aufgeregt gewesen. Außerdem hatte sie eine Handtasche bei sich, bei der es sich so offensichtlich um eine Gucci-Imitation handelte, daß die Sekretärin sie für eine Hinterwäldlerin hielt. Freundlich, aber leichtgläubig.«

»Sie hat einen Namen erkannt«, sagte McAllister.

»Wenn das der Fall war, warum hat sie dann nicht darum gebeten, den Betreffenden sprechen zu dürfen? So wie die Dinge lagen, durfte sie doch keine Zeit vergeuden.«

»Sie nahm wahrscheinlich an, daß wir Alarm geschlagen hatten, daß Sie das Risiko nicht eingehen durfte, erkannt zu werden, nicht im Konsulatsgebäude.«

»Ich glaube nicht, daß sie das stören würde, Edward. Mit dem, was sie weiß und was sie durchgemacht hat, könnte sie äußerst überzeugend auftreten.«

»Mit dem, was sie zu wissen *glaubt*, Lin. Sicher kann sie gar nichts wissen. Sie wird sehr vorsichtig sein und Angst haben, etwas falsch zu machen. Irgendwo dort draußen ist ihr Mann. Und glauben Sie mir – ich habe die beiden zusammen gesehen –, sie ist sehr darauf bedacht, ihn zu beschützen. Mein Gott, sie hat über fünf Millionen Dollar gestohlen, einfach nur, weil sie annahm – zu Recht –, daß seine eigenen Leute ihm unrecht getan hatten, nach ihrer Vorstellung hatte er das

Geld verdient – *sie* hatten es verdient – und sollte Washington doch der Teufel holen.«

»Das hat sie getan?«

»Havilland hat erlaubt, daß ich Ihnen alles sage. Ja, das hat sie getan und ist damit durchgekommen. Wer sollte denn schon dagegen protestieren? Sie hatte das geheime Washington genau dort, wo sie es haben wollte. Verängstigt und verlegen, und beides über beide Ohren.«

»Je mehr ich erfahre, desto mehr bewundere ich sie.«

»Sie können sie bewundern, so sehr Sie wollen, aber Sie müssen sie *finden*.«

»Weil wir schon gerade vom Botschafter sprechen, wo ist er?«

»Er ißt gerade mit dem kanadischen Hochkommissar zu Mittag.«

»Wird er ihm alles sagen?«

»Nein, er wird blinde Unterstützung verlangen, mit einem Telefon auf dem Tisch, um London zu erreichen. London wird den Hochkommissar anweisen, alles zu tun, worum Havilland ihn bittet. Das ist alles schon vorbereitet.«

»Der bringt die Dinge in Bewegung, wie?«

»Er ist einmalig. Er müßte jetzt jeden Augenblick wiederkommen, tatsächlich hat er sich bereits verspätet.« Das Telefon klingelte, und McAllister nahm ab. »Ja? . . . Nein, er ist nicht hier. Wie? . . . Ja, natürlich, ich werde mit ihm sprechen.« Der Staatssekretär legte die Hand über die Sprechmuschel und sagte zu dem Major gewandt: »Das ist unser Generalkonsul. Ich meine der amerikanische.«

»Irgend etwas ist passiert«, sagte Lin und erhob sich nervös aus seinem Sessel.

»Ja, Mr. Lewis, hier spricht McAllister. Ich möchte Ihnen nur sagen, wie dankbar wir Ihnen für alles sind, Sir. Das Konsulat war äußerst kooperativ.«

Plötzlich ging die Tür auf, und Havilland kam ins Zimmer.

»Der amerikanische Generalkonsul ist am Apparat, Herr Botschafter«, sagte Lin. »Ich glaube, er wollte mit Ihnen sprechen.«

»Jetzt ist keine Zeit für seine verdammten Dinnerparties.«

»Einen Augenblick, Mr. Lewis. Der Botschafter ist gerade gekommen. Sie wollen sicher mit ihm sprechen.« McAllister reichte Havilland, der schnell an den Schreibtisch trat, das Telefon.

»Ja, Jonathan, was ist?« Der hochgewachsene schlanke Botschafter stand lauschend da, seine Augen fixierten einen unsichtbaren Punkt im Garten. Schließlich meinte er: »Danke, Jonathan, das haben Sie richtig gemacht. Sagen Sie absolut nichts, zu niemandem, und überlassen Sie das Weitere mir.« Havilland legte auf und sah zuerst McAllister und dann Lin an. »Unser Durchbruch – wenn es ein solcher ist – kam eben aus der falschen Richtung. Nicht aus dem kanadischen, sondern aus dem *amerikanischen* Konsulat.«

»Das paßt nicht«, sagte McAllister. »Das ist nicht Paris, nicht die Straße mit dem Ahornbaum, dem Ahorn*blatt*. Das ist das *kanadische* Konsulat, *nicht* das amerikanische. Sollen wir den Hinweis deshalb übergehen?«

»Natürlich nicht. Was ist passiert?«

»Eine Kanadierin, deren amerikanischer Mann verschwunden ist, hat einen Attaché namens Nelson auf der Garden Road angesprochen. Dieser Nelson hat angeboten, ihr zu helfen, mit ihr zur Polizei zu gehen, aber das hat sie abgelehnt. Sie wollte nicht zur Polizei und auch nicht mit ihm in sein Büro.«

»Hat sie irgendwelche Gründe dafür genannt?« fragte Lin. »Zuerst bittet sie um Hilfe, und dann lehnt sie ab.«

»Nur, daß es persönliche Gründe seien. Nelson hat sie als angespannt und übernommen geschildert. Sie hat sich als Marie Webb zu erkennen gegeben und gesagt, ihr Mann sei vielleicht ins Konsulat gekommen und habe dort nach ihr gesucht. Ob Nelson sich erkundigen könne, sie würde ihn dann zurückrufen.«

»Das ist aber eindeutig nicht das, was sie vorher gesagt hat«, protestierte McAllister. Da hat sie sich ganz eindeutig auf das bezogen, was ihnen in Paris widerfahren war, und das bedeutete, daß sie an einen Beamten ihrer eigenen Regierung, ihres eigenen Landes herantreten würde. Kanada.«

»Warum sind Sie so hartnäckig?« fragte Havilland. »Das soll keine Kritik sein, ich will es nur wissen.«

»Ich weiß nicht genau. Irgend etwas stimmt nicht. Unter anderem hat der Major gerade festgestellt, daß sie im kanadischen Konsulat war.«

»Oh?« Der Botschafter sah den Mann von MI-6 an.

Die Sekretärin am Empfang hat es bestätigt. Die Beschreibung paßte ziemlich gut, ganz besonders auf jemanden, der von einem Chamäleon ausgebildet worden ist. Ihre Geschichte war, sie habe ihrer Familie versprochen, sich nach einem entfernten Vetter zu erkundigen, dessen Familiennamen sie vergessen hatte. Die Empfangssekretärin gab ihr ein Telefonverzeichnis, und sie hat es durchgeblättert.«

»Sie hat jemanden gefunden, den sie kannte«, unterbrach McAllister. »Sie hat den Kontakt hergestellt.«

»Dann haben Sie Ihre Antwort«, sagte Havilland mit fester Stimme. »Sie erfuhr, daß ihr Mann *nicht* zu einer Straße mit einer Reihe von Ahornbäumen gegangen war, also entschied sie sich für das Nächstbeste, für das amerikanische Konsulat.«

»Und gibt sich zu erkennen, wo sie doch wissen muß, daß man in ganz Hongkong nach ihr sucht?«

»Einen falschen Namen anzugeben hätte doch keinen Sinn«, erwiderte der Botschafter.

»Herr Botschafter«, sagte Lin Wenzu und wandte langsam den Blick von McAllister. »Ich habe gehört, was Sie dem amerikanischen General-konsul gesagt haben, nämlich, daß er niemandem etwas sagen soll. Und jetzt, wo ich begreife, weshalb Ihr Geheimhaltungsbedürfnis so groß ist, nehme ich an, daß Mr. Lewis nicht über die Situation informiert worden ist.«

»Das ist richtig, Major.«

»Wie kam er darauf, Sie anzurufen? Hier in Hongkong gehen oft Leute verloren. Ein verschwundener Mann oder eine verschwundene Frau ist nichts so Ungewöhnliches.«

Einen Augenblick lang zogen Zweifel über Havillands Gesicht. »Jonathan Lewis und ich kennen einander schon sehr lange«, sagte er, aber seiner Stimme fehlte dabei die gewohnte Autorität. »Er mag so etwas wie ein Bonvivant sein, aber ein Trottel ist er nicht – sonst wäre er nicht hier. Und die Begleitumstände, unter denen die Frau seinen Attaché ansprach – nun, Lewis kennt mich und hat gewisse Schlüsse gezogen.« Der Diplomat wandte sich McAllister zu; als er jetzt fortfuhr, war seine Autorität langsam wieder zu spüren. »Rufen Sie Lewis zurück, Edward. Sagen Sie ihm, er soll diesen Nelson anweisen, auf einen Anruf von Ihnen zu warten. Ich würde eine etwas weniger direkte Methode vorziehen, aber dafür haben wir keine Zeit. Ich möchte, daß Sie ihn ausfragen, ihn über alles und jedes ausfragen, das Ihnen einfällt. Ich werde mithören.«

»Dann sind Sie also meiner Meinung«, sagte der Staatssekretär. »Irgend etwas stimmt nicht.«

»Ja«, antwortete Havilland und sah dabei Lin an. »Der Major hat es erkannt und ich nicht. Ich würde es etwas anders formulieren, aber mich stört das jetzt auch. Die Frage ist nicht, warum Lewis mich angerufen hat, sondern, weshalb ein Attaché zu *ihm* ging. Was ist passiert – eine ungeheuer aufgeregte Frau sagt, ihr Mann sei verschwunden, will aber nicht zur Polizei gehen, das Konsulat nicht betreten. Normalerweise würde man eine solche Person als Verrückte abtun. Ganz sicher jedenfalls ist das auf den ersten Blick keine Angelegenheit, mit der man einen überarbeiteten Generalkonsul behelligt. Rufen Sie Lewis an.«

»Selbstverständlich. Aber zuerst – ist mit dem kanadischen Hochkommisar alles glattgegangen? Wird er uns unterstützen?«

»Die Antwort auf Ihre erste Frage lautet nein, es ist nicht alles glattgegangen. Was die zweite angeht – er hat keine Wahl.«

»Ich verstehe nicht.«

»Havilland atmete leise und resigniert. »Er wird uns über Ottawa eine Liste sämtlicher Mitarbeiter seines Konsulats liefern, die in irgendeiner Weise einmal mit Marie St. Jacques zu tun hatten – aber nur widerwillig. Man hat ihm das zwar aufgetragen, aber er hat sich doch recht gesträubt. Erstens hat er vor vier Jahren selbst ein zweitägiges Seminar mit ihr mitgemacht, und er meint, das gleiche gelte wahrscheinlich für ein Viertel des Konsulats. Nicht daß sie sich an sie erinnern würde, wohl aber umgekehrt. Sie war ›außergewöhnlich‹, so hat er es formuliert. Außerdem sei sie eine Kanadierin, der von einer Bande von amerikanischen Arschlöchern – er hatte nicht die geringsten Hemmungen, dieses Wort zu gebrauchen – ziemlich übel mitgespielt worden sei, bei irgendeiner schwachsinnigen kriminellen Operation – ja, das war seine Formulierung; schwachsinnig. Bei einer *idiotischen* Operation dieser Arschlöcher – tatsächlich, er hat es wiederholt –, die nie befriedigend aufgeklärt worden sei.« Der Botschafter hielt kurz inne, lächelte und stieß dann einen Laut aus, den man als Lachen deuten konnte. »Es war alles sehr erfrischend. Er hat kein Blatt vor den Mund genommen, und seit dem Tod meiner lieben Frau hat niemand mehr so mit mir geredet. Ich könnte mehr davon vertragen.«

»Aber Sie *haben* ihm doch gesagt, daß es zu ihrem eigenen Vorteil ist? Daß wir sie finden *müssen*, ehe ihr ein Schaden zugefügt wird.«

»Ich gewann den deutlichen Eindruck, daß unser kanadischer Freund ernsthafte Zweifel an meinem Verstand hatte. Rufen Sie Lewis an. Der Himmel weiß, wann wir diese Liste bekommen. Unser Ahornblatt wird sie wahrscheinlich mit dem Zug von Ottawa nach Vancouver schicken lassen und von dort aus auf einem langsamen Frachtdampfer nach Hongkong, wo sie in der Poststelle verlorengehen wird. Unterdessen haben wir einen Attaché, der sich sehr eigenartig verhält. Er springt über Zäune, wenn kein Mensch von ihm solche Sprünge verlangt.«

»Ich kenne John Nelson, Sir«, sagte Lin. »Er ist ein intelligenter junger Mann und spricht ordentliches Chinesisch. Er ist recht populär.«

»Er ist noch ganz was anderes, Major.«

Nelson legte den Hörer auf. Auf seiner Stirn standen Schweißtröpfchen; er wischte sie mit dem Handrücken weg und war befriedigt, daß er in Anbetracht aller Umstände so gut gewesen war. Ganz besonders zufrieden war er damit, daß er die Stoßrichtung von McAllisters Fragen gegen den Frager selbst gerichtet hatte, wenn auch auf diplomatische Weise.

Warum hielten Sie es für angebracht, zum Generalkonsul zu gehen?

Mir scheint, Ihr Anruf gibt darauf die Antwort, Mr. McAllister. Ich hatte das Gefühl, daß etwas Außergewöhnliches geschehen war. Ich war der Meinung, der Konsul sollte das erfahren.

Aber die Frau hat sich geweigert, zur Polizei zu gehen; sie lehnte es sogar ab, das Konsulatsgebäude zu betreten.

Wie gesagt, es war außergewöhnlich, Sir. Sie war nervös und angespannt, aber nicht neben der Kappe.

Was?

Sie drückte sich völlig klar aus, man könnte sogar sagen beherrscht, und das trotz ihrer Angst.

Ich verstehe.

Das frage ich mich, Sir. Ich habe keine Ahnung, was der Generalkonsul Ihnen gesagt hat, aber ich habe ihm den Vorschlag gemacht, er könne angesichts des Hauses am Victoria Peak, der Marineinfanteristen und dann der Ankunft von Botschafter Havilland in Betracht ziehen, jemanden dort oben anzurufen.

Das haben Sie vorgeschlagen?

Ja, das habe ich.

Warum?

Ich glaube, es hätte wenig Zweck, wenn ich über diese Dinge Spekulationen anstellen würde, Mr. McAllister. Sie betreffen mich nicht.

Ja, Sie haben natürlich recht. Ich meine – ja, natürlich. Aber wir müssen diese Frau finden, Mr. Nelson. Ich habe Anweisung, Ihnen zu sagen, daß es sehr zu Ihrem Vorteil wäre, wenn Sie uns helfen würden.

Ich möchte Ihnen ja helfen, Sir. Wenn sie mich anruft, werde ich versuchen, irgendwo ein Zusammentreffen zu arrangieren, und Sie dann anrufen. Ich weiß, daß ich richtig gehandelt habe, daß es richtig war, den Generalkonsul zu informieren.

Wir werden auf Ihren Anruf warten.

Catherine hatte ins Schwarze getroffen, dachte John Nelson, es gab da eine Verbindung. Eine so brisante Verbindung, daß er es nicht wagte, Catherine Staples von seinem Dienstapparat aus anzurufen. Aber wenn er sie anrief, würde er ihr ein paar recht bohrende Fragen stellen. Er hatte Vertrauen zu Catherine, aber trotz der Fotos und ihrer Konsequenzen war er nicht käuflich. Er stand auf und ging zur Tür. Daß ihm plötzlich ein Zahnarzttermin eingefallen war, würde als Ausrede ausreichen. Als er den Korridor hinunter zum Empfang ging, kehrten seine Gedanken zu Catherine Staples zurück. Catherine war eine der stärksten Persönlichkeiten, denen er je begegnet war, aber der Blick in ihren Augen hatte gestern abend nicht Stärke, sondern eine Art verzweifelter Furcht vermittelt. Das war eine Catherine, wie er sie noch nie gesehen hatte.

»Er hat Ihnen die Fragen im Mund umgedreht und sie sich zunutze gemacht«, sagte Havilland, der mit dem hünenhaften Lin Wenzu im Schlepptau zur Türe hereinkam. »Geben Sie mir recht, Major?«

»Ja, und das bedeutet, daß er auf die Fragen vorbereitet war.«

»Und das wiederum bedeutet, daß jemand ihn vorbereitet hat!«

»Wir hätten ihn nicht anrufen sollen«, sagte McAllister leise. Er saß hinter seinem Schreibtisch, und seine nervösen Finger massierten wieder seine rechte Schläfe. »Fast alles, was er gesagt hat, sollte eine Reaktion meinerseits provozieren.«

»Wir mußten ihn anrufen«, beharrte Havilland, »schon damit wir jetzt das wissen.«

»Er hat die Kontrolle behalten, ich habe sie verloren.«

»Sie konnten nicht anders reagieren, Edward«, sagte Lin, »sonst hätten Sie seine Motive anzweifeln müssen. Dann hätten Sie ihn aber praktisch bedroht.«

»Und im Augenblick wollen wir nicht, daß er sich bedroht fühlt«, stimmte Havilland zu. »Er besorgt für jemanden Informationen, und wir müssen herausfinden, wer das ist.«

»Und das bedeutet, daß Webbs Frau tatsächlich jemanden erreicht hat, den sie kannte, und dem Betreffenden alles gesagt hat.« McAllister lehnte sich vor. Seine Ellbogen waren auf den Tisch gestützt, seine Hände ineinander verschränkt.

»Sie hatten also doch recht«, sagte der Botschafter und sah den Unterstaatssekretär an. »Eine Straße mit ihren geliebten Ahornbäumen. Paris. Die unvermeidliche Wiederholung. Jetzt ist es ganz klar. Nelson ist für jemanden im kanadischen Konsulat tätig – und der oder die Betreffende wiederum steht mit Webbs Frau in Verbindung.«

McAllister blickte auf. »Dann ist Nelson entweder ein verfluchter Vollidiot oder ein noch viel größerer verfluchter Vollidiot. Er weiß nach eigener Aussage – zumindest tut er so –, daß er mit äußerst heiklen Informationen zu tun hat und daß ein Präsidentenberater involviert ist. Wenn man einmal davon absieht, daß er entlassen werden könnte, dann könnte ihm diese Geschichte dazu noch eine Gefängnisstrafe eintragen, wegen konspirativer Umtriebe gegen die Regierung.«

»Er ist kein Vollidiot, das kann ich Ihnen versichern«, sagte Lin.

»Dann gibt es entweder jemanden, der ihn zwingt, das gegen seinen Willen zu tun – höchstwahrscheinlich Erpressung –, oder er wird dafür bezahlt herauszufinden, ob es eine Verbindung zwischen Marie St. Jacques und diesem Haus am Victoria Peak gibt. Etwas anderes kann es nicht sein.« Havilland setzte sich mit gerunzelter Stirn auf den Besucherstuhl vor seinem Schreibtisch.

»Geben Sie mir einen Tag Zeit«, fuhr der Major von MI-6 fort. »Vielleicht kann ich etwas herausfinden. Wenn ja, werden wir die betreffende Person im Konsulat schnappen.«

»Nein«, sagte der Diplomat. »Sie haben bis acht Uhr heute abend Zeit. Wir können uns nicht einmal so viel Zeit leisten, aber wenn wir eine Konfrontation und sich daraus ergebende Peinlichkeiten vermeiden können, müssen wir das in Kauf nehmen. Alles kommt darauf an, daß wir das Problem im Griff behalten. Versuchen Sie es, Lin. Um Gottes willen, *versuchen* Sie es!«

»Und nach acht Uhr, Herr Botschafter? Was dann?«

»Dann, Major, werden wir unseren klugen und glattzüngigen Attaché holen und ihn durch die Mangel drehen. Ich würde es bei weitem vorziehen, ihn zu benutzen, ohne daß er das weiß, ohne einen Alarm zu riskieren, aber die Frau geht vor. Acht Uhr, Major Lin.«

»Ich werde alles tun, was in meiner Macht steht.«

»Und wenn wir uns irren«, fuhr Havilland fort, als hätte Lin Wenzu überhaupt nichts gesagt, »wenn dieser Nelson als Strohmann aufgebaut worden ist und nichts weiß, dann möchte ich, daß alle Regeln gebrochen werden. Mir ist egal, wie Sie es anpacken oder wieviel Bestechungsgeld es kostet oder was für Gesindel Sie einsetzen müssen. Dann möchte ich Kameras, Telefonwanzen, elektronische Überwachung – was eben geht – für jede Person im Konsulat. Irgend jemand dort weiß, wo sie ist. Jemand dort versteckt sie.«

»Catherine, ich bin's, John«, sagte Nelson. Er stand an einem Telefonautomaten an der Albert Road.

»Sehr nett, daß Sie anrufen«, antwortete Catherine Staples schnell. »Das wird heute ein anstrengender Nachmittag, aber wir sollten uns auf ein paar Drinks treffen. Wird nett sein, Sie nach all den Monaten wiederzusehen, dann können Sie mir von Canberra erzählen. Aber sagen Sie mir jetzt eines. Habe ich mit dem, was ich Ihnen gesagt habe, recht gehabt?«

»Ich muß Sie sprechen, Catherine.«

»Nicht einmal eine Andeutung?«

»Ich muß Sie sprechen. Sind Sie frei?«

»Ich habe in fünfundvierzig Minuten eine Besprechung.«

»Dann später, gegen fünf. Es gibt da ein Lokal, das heißt The Monkey Tree, in Wanchai, an der Gloucester –«

»Ich kenne es. Ich werde dort sein.«

John Nelson legte auf. Ihm blieb jetzt nichts anderes übrig, als ins Büro zurückzugehen. Er konnte nicht drei Stunden wegbleiben, nicht nach seinem Gespräch mit dem Staatssekretär Edward McAllister; eine so lange Abwesenheit würde auffallen. Er hatte von McAllister gehört; der Staatssekretär hatte sieben Jahre in Hongkong verbracht und war nur wenige Monate vor Nelsons Eintreffen weggegangen. Warum war er zurückgekehrt? Warum gab es in Victoria Peak ein abgeschottetes Haus, in dem plötzlich Botschafter Havilland wohnte? Und – vor allem – warum war Catherine Staples so verängstigt? Er verdankte Catherine sein Leben, aber er mußte ein paar Antworten wissen, er mußte eine Entscheidung treffen.

Lin Wenzu hatte seine Quellen so gut wie ausgeschöpft. Nur eine hatte ihn etwas nachdenklich gemacht. Inspector Ian Ballantyne antwortete so, wie er das immer tat, mit Gegenfragen auf seine Fragen, anstatt selbst präzise zu antworten. Das war zum Verrücktwerden, weil man nie wußte, ob der ehemalige Scotland-Yard-Mann über ein bestimmtes Thema etwas wußte oder nicht. In diesem Fall über einen amerikanischen Attaché namens John Nelson.

»Ich bin dem Burschen ein paarmal begegnet«, hatte Ballantyne gesagt. »Ein heller Kopf. Der spricht Ihre Sprache, wußten Sie das? Verdammt wenige von uns konnten das, selbst während der Opiumkriege. Interessante Geschichtsperiode, nicht wahr, Major?«

»Die Opiumkriege? Ich habe von dem Attaché gesprochen, John Nelson.«

»Oh, besteht da eine Verbindung?«

»Womit, Inspector?«

»Den Opiumkriegen.«

»Wenn das der Fall wäre, müßte er hundertfünfzig Jahre alt sein, und in seiner Akte steht zweiunddreißig.«

»Wirklich? So jung, wie?«

Aber Ballantyne hatte ein paar Kunstpausen zuviel gemacht, als daß Lin zufrieden gewesen wäre. Trotzdem, falls er etwas wußte, hatte er nicht vor, es zu sagen. Alle anderen, angefangen bei der Polizei von Hongkong und Kowloon, bis zu den ›Spezialisten‹, die gegen Barzahlung Informationen aus dem amerikanischen Konsulat beschafften, lieferten Nelson ein so sauberes Zeugnis, daß es schon fast verdächtig wirkte. Wenn Nelson eine Schwachstelle hatte, dann die, daß er in punkto Sex nicht gerade wählerisch war, aber angesichts der Tatsache, daß es heterosexuelle Aktivitäten waren und er Junggeselle, war das löblich, nicht zu verurteilen. Ein ›Spezialist‹ sagte Lin, daß Nelson dem Vernehmen nach den Rat erhalten hatte, sich ziemlich regelmäßig ärztlich untersuchen zu lassen. Das war kein Verbrechen.

Das Telefon klingelte. Lin griff nach dem Hörer. »Ja?«

»Der Observierte ist zur Peak-Tram gegangen und hat ein Taxi nach Wanchai genommen. Er ist jetzt in einem Café, es heißt The Monkey Tree. Ich bin bei ihm. Ich kann ihn sehen.«

»Das ist recht abgelegen und sehr überfüllt«, sagte der Major. »Hat sich jemand zu ihm gesetzt?«

»Nein, aber er hat einen Tisch für zwei verlangt.«

»Ich komme so schnell wie möglich. Wenn Sie weggehen müssen, werde ich über Radio mit Ihnen Kontakt halten. Sie fahren doch Wagen sieben, oder?«

»Wagen sieben, Sir . . . *Warten Sie!* Eine Frau geht auf seinen Tisch zu. Jetzt steht er auf.«

»Können Sie sie erkennen?«

»Es ist hier zu dunkel. Nein.«

»Geben Sie dem Kellner Geld. Er soll sich mit dem Bedienen Zeit lassen. Aber nicht zu auffällig, nur ein paar Minuten. Ich nehme den Notarztwagen mit der Sirene bis zur nächsten Kreuzung.«

»Catherine, ich verdanke Ihnen so viel und möchte Ihnen wirklich in jeder Weise behilflich sein. Aber ich muß mehr wissen, als Sie mir bisher gesagt haben.«

»Es gibt also eine Verbindung, nicht wahr? Havilland und Marie St. Jacques.«

»Das werde ich nicht bestätigen – das kann ich nicht bestätigen, weil ich nicht mit Havilland gesprochen habe. Aber mit einem anderen Mann habe ich gesprochen, einem Mann, von dem ich eine Menge gehört habe und der einmal hier stationiert war – verdammt kluger Kopf –, und der klang ebenso verzweifelt wie Sie gestern abend.«

»Kam Ihnen das gestern abend so vor?« Catherine Staples strich sich über das von grauen Strähnen durchsetzte Haar. »Das war mir nicht bewußt.«

»Hey, jetzt kommen Sie. Es war nicht zu überhören. Sie klangen genauso wie *ich*, als Sie mir die Fotos gaben.«

»Johnny, glauben Sie *mir*. Wir haben da wirklich mit etwas zu tun, von dem wir beide die Finger lassen müßten. Etwas weit über unseren Köpfen, von dem wir – *ich* – nicht soviel wissen, als daß wir die richtige Entscheidung treffen könnten.«

»Ich muß eine Entscheidung treffen, Catherine.« Nelson blickte auf und sah sich nach dem Kellner um. »Wo bleiben diese verdammten Drinks?«

»Ich bin ja nicht gerade am Verdursten.«

»Aber ich. Ich schulde Ihnen alles, und ich mag Sie, und ich weiß, daß Sie die Fotos nicht gegen mich verwenden würden, was es nur noch schlimmer macht –«

»Ich habe Ihnen alle Fotos gegeben, die ich hatte, und die Negative haben wir gemeinsam verbrannt.«

»Also habe ich *echte* Schulden bei Ihnen, können Sie das nicht verstehen? *Herrgott*, die Kleine war – was denn – zwölf Jahre alt?«

»Das haben Sie nicht gewußt. Sie standen unter Drogeneinfluß.«

»Ja, ein richtiger Passierschein ins Vergessen. Kein Aufstieg, kein Staatssekretär, höchstens noch eine Zukunft als Hauptdarsteller in Kinderpornos! Ein Alptraum!«

»Das ist jetzt vorbei, und Sie übertreiben. Ich möchte nur, daß Sie mir sagen, ob es eine Verbindung zwischen Havilland und Marie St. Jacques gibt, und ich glaube, das können Sie. Warum ist das so schwierig? Dann *werde* ich wissen, was zu tun ist.«

»Weil ich, wenn ich das tue, Havilland sagen muß, daß ich es Ihnen gesagt habe.«

»Dann geben Sie mir eine Stunde Zeit.«

»Warum?«

»Weil ich in meinem Safe im Konsulat doch noch ein paar Fotos habe«, log Catherine Staples.

Nelson fuhr in seinem Sessel zurück. »O Gott!« stieß er wie benommen hervor. »Das *glaube* ich nicht!«

»Versuchen Sie zu verstehen, Johnny. Wir kämpfen jetzt mit harten Bandagen, und zwar, weil es im Interesse unserer Arbeitgeber liegt – unserer Länder, wenn Sie so wollen. Marie St. Jacques war eine Freundin von mir, *ist* eine Freundin – und ihr Leben war plötzlich nichts mehr wert – in den Augen selbstsüchtiger Männer, die eine Geheimoperation führten und denen sie und ihr Mann völlig gleichgültig waren. Sie haben sie beide benutzt und dann versucht, sie beide *umzubringen!* Ich will Ihnen etwas sagen, Johnny. Ich verabscheue Ihre CIA und die so hochtrabend als Consular Operations bezeichneten Aktionen Ihres Außenministeriums. Ich verabscheue sie nicht, weil sie Schweine sind, sondern weil es so *dumme* Schweine sind. Und wenn ich das Gefühl habe, daß wieder eine Operation eingefädelt wird, in der diese beiden Menschen mißbraucht werden sollen, die soviel Schreckliches durchgemacht haben, dann habe ich vor, die Gründe dafür herauszufinden und entsprechend zu handeln. Jedenfalls wird es keine Blankoschecks mehr geben, die nur durch ihr Leben gedeckt sind. Ich bin erfahren, und diese beiden sind das nicht, und ich bin so zornig – so rasend vor Zorn –, daß ich Antworten verlange.«

»O Gott –« Der Kellner kam mit ihren Drinks. Als Staples aufblickte, um ihm dankend zuzunicken, fiel ihr Blick auf einen Mann neben einer Telefonzelle draußen im Korridor, der sie beobachtete. Sie schaute gleich wieder weg.

»Nun, was ist, Johnny?« fuhr sie fort. »Gibt es eine Verbindung oder nicht?«

»Es gibt eine«, flüsterte Nelson und griff nach seinem Glas.

»Das Haus in Victoria Peak?«

»Ja.«

»Wer war der Mann, mit dem Sie gesprochen haben, der, der einmal hier stationiert war?«

»McAllister, Staatssekretär McAllister.«

»Du *großer* Gott!«

Draußen im Korridor bewegte sich etwas. Catherine hielt die Hand über die Augen und drehte den Kopf etwas zur Seite. Jetzt konnte sie besser sehen. Ein großer Mann trat ein und ging auf das Telefon an der Wand zu. In ganz Hongkong gab es nur einen Mann wie ihn. Das war *Lin Wenzu* vom MI-6! Die Amerikaner hatten den Besten, den es gab, in ihrem Dienst, aber für Marie und ihren Mann konnte das das Schlimmste bedeuten. »Sie haben nichts Falsches getan, Johnny«, sagte Catherine Staples und stand auf. »Wir werden weiterreden, aber jetzt gehe ich erst mal aufs Klo!«

»Catherine?«

»Was?«

»Harte Bandagen?«

»Sehr hart, mein Schatz.«

Catherine ging an Wenzu vorbei, der sich abwandte. Sie ging in die Damentoilette, wartete ein paar Sekunden und ging dann mit zwei anderen Frauen wieder hinaus, löste sich von ihnen, eilte den Gang hinunter und in die Küche. Ohne ein Wort zu den verblüfften Kellnern und

Köchen zu sagen, fand sie den Ausgang und ging hinaus. Sie rannte die Gasse zur Gloucester Road hinauf, nach links und beschleunigte ihre Schritte, bis sie eine Telefonzelle fand. Sie schob eine Münze in den Schlitz und wählte.

»Hallo?«

»*Marie*, du mußt die Wohnung verlassen! Mein Wagen steht in einer Garage, eine Straße rechts von dir, wenn du aus dem Haus kommst. Sie heißt Ming's. Eine rote Tafel. Sieh zu, daß du so schnell wie möglich dorthin kommst! Wir treffen uns dort. *Lauf!*« Catherine Staples winkte einem Taxi.

»Der Name der Frau ist Staples, Catherine *Staples*!« sprach Lin Wenzu mit scharfer Stimme in das Telefon im Eingangskorridor des Monkey Tree und hob die Stimme, um sich in dem dort herrschenden Lärm Gehör zu verschaffen. »Schieben Sie die Konsulatsdiskette ein und suchen Sie über Computer. *Schnell!* Ich brauche ihre Adresse, und daß es mir ja die richtige ist!« Die Muskeln an den Kinnladen des Majors arbeiteten wie wild, während er wartete. Dann bekam er die Antwort und erteilte den nächsten Befehl. »Wenn einer unserer Wagen in der Gegend ist, dann rufen Sie ihn über Funk und sagen Sie ihm, er soll dort hinfahren. Wenn nicht, dann schicken Sie sofort einen los.« Lin hielt inne, lauschte wieder. »Die Kanadierin«, sagte er dann leise ins Telefon. »Die sollen nach ihr Ausschau halten. Wenn sie sie entdecken, sollen sie sie festhalten. Wir sind unterwegs.«

»Wagen fünf, bitte *kommen!*«wiederholte der Mann in der Funkzentrale. Er sprach in ein Mikrofon und hatte die Hand an einem Schalter in der rechten unteren Ecke der Konsole vor ihm. Der Raum war weiß und ohne Fenster, das Summen der Klimaanlage leise, aber gleichmäßig, und das Zirpen der Filteranlage noch leiser. Drei Wände wurden von komplizierten Funk- und Computeranlagen eingenommen, die auf weißen Theken mit glattem Kunststoffbelag standen. Der ganze Raum hatte etwas Antiseptisches an sich, etwas Hartes, ein Elektroniklabor in einem gut ausgestatteten Ärztezentrum hätte so aussehen können, aber das war es nicht. Es war das Kommunikationszentrum von MI-6, Hongkong.

»Hier Wagen fünf!« rief eine Stimme außer Atem über den Lautsprecher. »Ich habe Ihr Signal empfangen, war aber eine Straße weit entfernt und damit beschäftigt, den Thai zu überwachen. Wir hatten recht. Rauschgift.«

»Gehen Sie auf Zerhacker!« befahl der Mann aus der Zentrale. Ein pfeifendes Geräusch ertönte, verstummte aber ebenso schnell, wie es gekommen war. »Lassen Sie den Thai«, fuhr der Funker fort. Sie sind am nächsten. Fahren Sie zur Arbuthnot Road hinüber, am schnellsten geht es über den Botanischen Garten.« Er gab die Adresse von Catherine Staples Wohnung durch und setzte dann noch einen Befehl hinzu: »Die Kanadierin. Halten Sie nach ihr Ausschau. Nehmen Sie sie fest.«

»*Aiya*«, flüsterte der atemlose Agent von MI-6.

Marie versuchte nicht in Panik zu geraten, und zwang sich zu einer Selbstbeherrschung, nach der ihr nicht zumute war. Die Situation war lächerlich. Und todernst. Sie trug Catherines Morgenrock, der ihr nicht recht paßte, und hatte gerade ein langes, heißes Bad genommen, und was noch schlimmer war, sie hatte ihre Kleider in Catherines Spülbecken ausgewaschen. Jetzt hingen sie über den Plastikstühlen auf Catherines kleinem Balkon und waren noch naß. Es war ihr so natürlich, so logisch erschienen, die Hitze und den Schmutz von Hongkong von sich und den Kleidern abzuwaschen. Und die billigen Sandalen hatten ihr Blasen an den Fußsohlen eingetragen; eine davon hatte sie mit einer Nadel angestochen, und das Gehen bereitete ihr Schwierigkeiten. Aber sie wagte es nicht zu gehen, nein, sie mußte rennen!

Was war geschehen? Catherine war nicht der Mensch, der unsinnige Befehle erteilte. Ebensowenig wie sie das war, ganz besonders bei David. Leute wie Catherine vermieden es, Befehle zu erteilen, weil damit das Denken des Opfers nur durcheinandergebracht wurde. Und ihre Freundin Marie St. Jacques war jetzt ein Opfer, nicht in dem Maße wie der arme David, aber nichtsdestoweniger ein Opfer. *Lauf!* Wie oft hatte Jason das in Zürich und Paris gesagt? So häufig, daß sie immer noch zusammenzuckte, wenn sie das Wort hörte.

Sie zog sich an, und die nassen Kleider klebten ihr am Körper, wühlte in Catherines Schrank herum, um ein paar Slipper zu finden. Die waren unbequem, aber immerhin weicher als die Sandalen. Jetzt konnte sie rennen, sie *mußte* rennen.

Ihr Haar! Herrgott, das Haar! Sie rannte ins Badezimmer, wo Catherine Haarnadeln und Klammern in einer Porzellanschale aufbewahrte. Sie brauchte nur wenige Sekunden, um sich das Haar auf dem Kopf festzustecken, ging schnell wieder in das winzige Wohnzimmer zurück, fand ihren albernen Hut und stülpte ihn sich darüber.

Das Warten auf den Aufzug dauerte endlos! Nach den beleuchteten Zahlen über den Lifttüren hüpften die beiden Aufzüge zwischen den Stockwerken eins, drei und sieben hin und her, aber keiner machte sich die Mühe, über den achten Stock aufzusteigen.

Vermeide Aufzüge, wann immer du kannst. Sie sind Fallen. Jason Borowski, Zürich.

Marie blickte den Korridor hinauf und hinunter. Sie sah den Ausgang zur Feuertreppe und lief darauf zu.

Außer Atem erreichte sie die kurze Eingangshalle und nahm, so gut sie konnte, Haltung an, um die Blicke abzuwehren, die ihr von mehreren

Mietern zugeworfen wurden, von denen einige kamen, andere gingen. Sie zählte nicht; sie konnte kaum sehen; sie mußte hinaus!

Mein Wagen steht in einer Garage, eine Straße rechts von dir, wenn du aus dem Haus kommst. Sie heißt Ming's. War es rechts? Oder war es *links?* Auf der Straße angekommen, zögerte sie. *Rechts* oder *links?* Sie versuchte zu denken. Was hatte Catherine *gesagt?* Rechts! Sie mußte nach rechts gehen; das war das erste, was ihr in den Sinn gekommen war. Darauf mußte sie sich verlassen.

Deine ersten Gedanken sind die besten, die genauesten, weil die Eindrücke in deinem Kopf gespeichert sind, so wie Informationen in einer Datenbank. Und dein Kopf ist nichts anders. Jason Borowski. Paris.

Sie fing zu rennen an. Der linke Schuh fiel ihr vom Fuß; sie blieb stehen, bückte sich, um ihn aufzuheben. Plötzlich kam ein Wagen um das Tor des Botanischen Gartens auf der anderen Straßenseite geschossen. Der Wagen bog im Halbkreis ab, und die Reifen quietschten auf dem Asphalt. Ein Mann sprang heraus und rannte auf sie zu.

18

Sie hatte keine andere Wahl. Sie war in die Enge getrieben, saß in der Falle. Marie schrie, und dann schrie sie wieder und wieder, und der chinesische Agent kam immer näher und näher, und ihre hysterische Angst wuchs, als der Mann sie höflich, aber energisch am Arm packte. Sie erkannte ihn – er war einer von *ihnen,* einer von den Bürokraten! Ihre Schreie schwollen immer lauter an. Leute blieben auf der Straße stehen und drehten sich um. Ein paar Frauen stöhnten erschrocken auf, und Männer traten zögernd auf sie zu, während sich andere verzweifelt nach der Polizei umsahen oder nach ihr riefen.

»*Bitte, Mistreß!*« rief der Asiate, bemüht, seine Stimme nicht zu laut werden zu lassen. »Es geschieht Ihnen nichts. Erlauben Sie, daß ich Sie zu meinem Wagen begleite. Es ist zu Ihrem eigenen Schutz.«

»*Helfen Sie mir doch!*« kreischte Marie, während die Passanten sich rings um sie sammelten. »Dieser Mann ist ein *Dieb!* Er hat meine Handtasche gestohlen, mein Geld! Jetzt versucht er, mir meinen Schmuck wegzunehmen!«

»Jetzt hören Sie mal, Mann!« schrie ein älterer Engländer, humpelte auf sie zu und hob den Spazierstock. »Ich habe jemanden nach der Polizei geschickt, aber bis die da sind, werde ich Sie, bei Gott, selbst *verprügeln!*«

»Bitte, Sir«, beharrte der Mann von MI-6 mit leiser Stimme. »Das ist Angelegenheit der Behörden, und ich gehöre zu den Behörden. Gestatten Sie mir, daß ich Ihnen meinen Ausweis zeige.«

»*Ganz ruhig, Kumpel!*« brüllte eine Stimme, der man den Australier anhörte, und ein Mann sprang vor und schob den alten Engländer sacht beiseite. »Sie haben Mumm, alter Knacker, aber sparen Sie sich die Mühe! Mit diesen Gangstern wird ein Jüngerer besser fertig.« Jetzt stand der breitschultrige Australier vor dem chinesischen Agenten. »Nehmen Sie die Pfoten von der Dame, und zwar ein bißchen fix, wenn's recht ist.«

»Bitte, Sir, hier liegt ein Mißverständnis vor. Die Dame ist in Gefahr, und die Behörden möchten sie verhören.«

»Ich seh aber keine Uniform!«

»Erlauben Sie mir, daß ich Ihnen meine Papiere zeige.«

»Genau *das* hat er mir vor einer Stunde auch gesagt, als er mich an der Garden Road angriff«, schrie Marie hysterisch. »Da wollten mir die Leute auch helfen! Er hat alle angelogen! Und dann hat er mir die Handtasche gestohlen! Er hat mich *verfolgt*!« Marie wußte, daß nichts von dem, was sie hinausschrie, einen Sinn ergab. Sie konnte nur auf die Verwirrung hoffen, so wie Jason es sie gelehrt hatte.

»Ich sag's nicht *nochmal*, Kumpel«, schrie der Australier und trat einen Schritt weiter vor. »Sie sollen die Pfoten von der Lady nehmen!«

»Bitte, Sir, das geht nicht. Es sind bereits andere Beamte unterwegs.«

»Oh, sind sie das, wie? Ihr Gangster arbeitet in Banden, wie? Na, wenn die herkommen, werden sie Sie nicht mehr wiedererkennen!« Der Australier packte den Asiaten an der Schulter und riß ihn nach links herum, aber als der Mann von MI-6 sich um die eigene Achse drehte, fuhr sein rechter Fuß – mit ausgestreckter Schuhspitze, wie ein Messer – herum und bohrte sich dem Australier in den Leib. Der barmherzige Samariter aus dem fünften Erdteil klappte zusammen und fiel auf die Knie.

»Ich bitte Sie noch einmal, Sir, behindern Sie mich nicht!«

»So, das bittest du mich also! Du schlitzäugiges *Arschloch*!« Der wütende Australier sprang auf, warf sich auf den Asiaten, und seine Fäuste trommelten auf den Mann von MI-6 ein. Die Menge brüllte Beifall – und plötzlich war Maries Arm *frei*! Dann mischten sich andere Geräusche in den Lärm. Sirenen, drei heranrasende Autos, darunter ein Notarztwagen. Jetzt kamen sie alle drei mit quietschenden Reifen zum Stillstand.

Marie bahnte sich ihren Weg durch die Menge, jetzt hatte sie das Pflaster erreicht, rannte auf die rote Tafel zu, die noch einen halben Häuserblock von ihr entfernt war. Die Schuhe waren ihr von den Füßen gefallen; die angeschwollenen, aufgerissenen Blasen brannten und schmerzten höllisch, aber jetzt war nicht die Zeit, an Schmerz zu denken. Sie mußte rennen, *rennen, entkommen*! Und dann übertönte die dröhnende Stimme den Lärm der Straße, und sie sah vor ihrem geistigen Auge das Bild eines hünenhaften Mannes. Das war der riesige Chinese, den sie den Major nannten.

»Mrs. *Webb*! Mrs. Webb, ich *flehe Sie an! Bleiben Sie stehen!* Wir wollen Ihnen nichts zuleide tun! Man wird Ihnen *alles* erklären! Aber bleiben Sie um Gottes willen stehen!«

Lauter Lügen, dachte Marie, Lügen würden sie ihr auftischen und noch mehr Lügen! Plötzlich rannten Leute auf sie zu. Was *machten* die? *Warum . . .?* Und dann rasten sie an ihr vorbei, größtenteils Männer, aber nicht nur Männer, und sie begriff. Auf der Straße war Panik ausgebrochen – vielleicht ein Unfall, Verletzte, Tote. *Das wollen wir sehen. Zusehen!* Aus der Ferne natürlich.

Gelegenheiten werden sich anbieten. Du mußt sie erkennen, sie nutzen.

Und Marie fuhr plötzlich herum, duckte sich, bahnte sich ihren Weg durch die immer noch bewegte Menge auf den Randstein zu, blieb so geduckt wie möglich und rannte zu der Stelle zurück, wo man sie fast wieder eingefangen hätte. Dabei sah sie sich die ganze Zeit nach links um – beobachtete, hoffte. Und dann *sah* sie ihn. Inmitten der Laufenden! Der hünenhafte Major rannte vorbei, rannte in die entgegengesetzte Richtung; und bei ihm war ein zweiter Mann, ein zweiter gut gekleideter Mann, noch ein Bürokrat.

Die Menge war vorsichtig, so wie Menschenmassen das immer sind, schob sich nach vorne, aber nicht weit genug, um sich einmischen zu müssen. Was sie sahen, war für die chinesischen Zuschauer und für die Bewunderer der Kampfkünste Asiens alles andere als schmeichelhaft. Der breitschultrige, mutige Australier wehrte sich gleichzeitig gegen drei Angreifer. Die Flüche, die er dabei ausstieß, waren in ihrer Obszönität schon beinahe Kunstwerke. Plötzlich packte sich der Australier zum Erstaunen aller einen seiner Widersacher und stieß einen Schrei aus, dessen Stimmgewalt der des chinesischen Majors in nichts nachstand.

»*Herrgott!* Wollt ihr jetzt aufhören, ihr Spinner? Ihr seid keine Diebe, *soviel* versteh sogar ich! Die hat uns *beide* reingelegt!«

Marie rannte quer über die Straße zum Eingang des Botanischen Gartens. Unter einem Baum am Tor blieb sie stehen. Von hier aus konnte sie zu Mings Parkhaus hinübersehen. Der Major war an der Garage vorbeigeeilt und an ein paar Seitengassen kurz stehengeblieben, die von Arbuthnot Road abgingen, hatte seine Untergebenen in einige der Gassen geschickt und sich dabei die ganze Zeit nach seinen Helfern umgesehen. Aber mit denen war nichts anzufangen; das konnte Marie selbst sehen, während die Menge sich langsam zerstreute. Alle drei atmeten schwer und lehnten an dem Notarztwagen, zu dem der Australier sie geführt hatte.

Ein Taxi fuhr bei Ming's vor. Zuerst stieg niemand aus, dann verließ der Fahrer den Wagen. Er ging in die offene Garage hinein und sprach mit jemandem hinter einer Glasscheibe. Dann verbeugte er sich dankend, kehrte zu seinem Wagen zurück und sagte etwas zu seinem Fahrgast. Der öffnete vorsichtig die Tür und stieg dann aus. Es war Catherine! Jetzt ging sie in die Garage hinein, viel schneller als der Fahrer, und redete auf den Mann hinter der Glasscheibe ein, schüttelte den Kopf und ließ damit erkennen, daß man ihr etwas gesagt hatte, was sie nicht hören wollte.

Plötzlich tauchte Wenzu auf, offensichtlich verärgert, daß seine Leute ihm nicht folgten. Jetzt war er im Begriff, an der Garage vorbeizugehen; er würde Catherine sehen!

»*Carlos!*« schrie Marie, die jetzt das Schlimmste annahm und wußte, daß seine Reaktion ihr alles sagen würde. »*Delta!*«

Der Major wirbelte herum, die Augen erschrocken aufgerissen. Marie rannte in den Botanischen Garten hinein; das war der *Schlüssel! Cain ist für Delta, und Carlos wird von Cain umgebracht werden* . . . oder wie auch immer die Codes lauteten, die in Paris verbreitet worden waren! Die mißbrauchten David wieder! Das war jetzt mehr als nur eine Wahrscheinlichkeit, das war die Realität! Sie – die Regierung der Vereinigten Staaten – schickte ihren Mann aus, um wieder die Rolle zu spielen, die ihn fast umgebracht hätte, die fast dazu geführt hätte, daß seine eigenen Leute ihn umbrachten! Was für Schweine waren das? . . . Oder umgekehrt, was für ein Zweck heiligte solche Mittel, daß eine *Regierung* sie einsetzte?

Sie wußte jetzt mehr denn je, daß sie David finden mußte. Ihn finden, ehe er Risiken einging, die andere hätten auf sich nehmen müssen! Er hatte so viel gegeben, und jetzt verlangten sie noch mehr, verlangten dies auf die grausamste Weise, die man sich vorstellen konnte. Aber um ihn zu finden, mußte sie Catherine erreichen, die nicht mehr als hundert Meter von ihr entfernt war. Sie mußte den Feind weglocken und die Straße überqueren, ohne daß der Feind sie sah. *Jason, was kann ich tun?*

Sie verbarg sich hinter einem Gebüsch, zwängte sich noch tiefer hinein, während der Major durch das Eingangstor des Gartens rannte. Der hünenhafte Chinese blieb stehen und sah sich mit seinem durchdringenden Blick um, drehte sich dann um und rief nach seinem Helfer, der offenbar aus einer Seitengasse auf die Arbuthnot Road gekommen war. Der zweite Mann hatte Schwierigkeiten, die Straße zu überqueren; der Verkehr, den der Notarztwagen und die zwei weiteren Fahrzeuge behinderten, war langsamer geworden. Und dann wurde der Major plötzlich wütend, als er begriff, worauf die Verkehrsstockung zurückzuführen war.

»Diese Idioten sollen doch die Wagen wegschaffen!« brüllte er. »Schickt sie hier herüber . . . *Nein!* Schickt einen zu dem Tor an der Albany Road. Die anderen hierher. *Schnell!*«

Immer mehr Passanten füllten jetzt die Straßen. Männer lockerten die Krawatten, die sie den ganzen Tag in ihren Büros getragen hatten, während die Frauen ihre hochhackigen Schuhe in der Tasche verstauten und sie durch Sandalen ersetzten. Männer schlossen sich ihren Frauen an, die mit Kinderwagen auf sie warteten; Liebespaare umarmten sich und schlenderten Arm in Arm zwischen der Blumenpracht dahin. Kinderlachen hallte durch die Gärten – und der Major behielt seinen Posten am Eingang. Marie schluckte; die Panik, die sie erfaßt hatte, wuchs. Der Notarztwagen und die zwei Streifenwagen setzten sich in Bewegung; der Verkehrsfluß normalisierte sich wieder.

Ein Knall! In der Nähe des Notarztwagens hatte ein ungeduldiger Fahrer den Wagen vor sich gerammt. Jetzt konnte der Major nicht mehr anders; ein Unfall so nahe bei seinem Dienstwagen zwang ihn vorzutreten, offenbar um sich zu vergewissern, ob seine Leute in den Vorfall verwickelt waren. *Gelegenheiten werden sich anbieten . . . nutze sie.* Jetzt!

Marie rannte um das Gebüsch herum und eilte quer über das Gras, schloß sich vier Leuten an, die auf dem kiesbelegten Weg den Garten verließen. Sie blickte nach rechts, hatte Angst vor dem, was sie sehen würde, wußte aber gleichzeitig, daß sie keine andere Wahl hatte. Und dann sah sie sich in ihren schlimmsten Ängsten bestätigt; der hünenhafte Major hatte die Frauengestalt hinter sich geahnt – oder gesehen. Er hielt einen Augenblick lang unsicher inne und setzte sich dann mit langen Schritten, auf das Tor zu, in Bewegung.

Eine Hupe ertönte; vier kurze schnelle Huptöne. Das war Catherine, sie winkte ihr durch das offene Fenster ihres kleinen japanischen Wagens zu, während Marie auf die Straße hinausrannte.

»Steig ein!« schrie Catherine.

»Er hat mich gesehen!«

»*Schnell!*«

Marie sprang auf den Vordersitz, während Catherine bereits Gas gab und aus der Fahrzeugschlange ausscherte, halb auf den Bürgersteig rollte und sich dann in entgegengesetzter Richtung in den Verkehr einreihte. Sie bog in eine Seitenstraße und fuhr schnell bis zur nächsten Kreuzung, wo eine Tafel mit einem roten Pfeil nach rechts wies. *Central. Business District.*

Catherine bog nach rechts ab.

»Catherine!« schrie Marie. »Er hat mich *gesehen*!«

»Schlimmer noch«, sagte Catherine. »Er hat den Wagen gesehen.«

»Ein zweitüriger grüner Mitsubishi!« schrie Wenzu in das tragbare Funkgerät. »Zulassungsnummer AOR – Fünf, drei, fünf, null – die Null könnte auch eine Sechs sein, aber das glaube ich nicht. Aber das macht nichts, die ersten drei Buchstaben reichen. Ich möchte, daß das an alle Stationen durchgegeben wird. Noteinsatz, über Polizeifunk! Fahrer und Beifahrer sind festzunehmen, und keine Gespräche mit beiden. Das ist eine Angelegenheit der Regierung. Und es sollen keinerlei Erklärungen abgegeben werden. Kümmern Sie sich darum! *Sofort!*«

Catherine Staples bog in ein Parkhaus an der Ice House Street. Einen knappen Häuserblock entfernt konnte man die rote Leuchtschrift des Mandarin-Hotels erkennen. »Wir mieten einen Wagen«, sagte Catherine, während sie ihr Ticket von dem Mann hinter dem Schalter entgegennahm. »Ich kenne ein paar Pagen im Hotel.«

»*Wir* parken? Sie parken?« Der grinsende Angestellte hoffte auf ersteres.

»Sie parken«, erwiderte Staples und zog ein paar Hongkong-Dollar aus der Handtasche. »Gehen wir«, sagte sie zu Marie gewandt. »Und halte dich rechts von mir, im Schatten, dicht an den Gebäuden. Was machen deine Füße?«

»Dazu will ich lieber nichts sagen.«

»Dann laß es. Wir können jetzt ohnehin nichts machen. Kopf hoch, altes Mädchen.«

»Catherine hör auf, wie C. Aubrey Smith zu reden.«

»Wer ist das denn?«

»Vergiß es. Ich mag alte Filme. Gehen wir.«

»Die beiden Frauen gingen die Straße hinunter, Marie humpelnd, bis sie einen Seiteneingang des Mandarin erreicht hatten. Sie stiegen die Hoteltreppe hinauf und gingen hinein. »Rechts ist eine Damentoilette, hinter den Geschäften«, sagte Catherine.

»Ich sehe das Schild.«

»Warte dort auf mich. Ich komme, sobald ich alles geregelt habe.«

»Gibt es hier eine Drogerie?«

»Ich möchte nicht, daß man dich hier sieht. Deine Beschreibung ist inzwischen sicher schon überall.«

»Das verstehe ich, aber kannst du dich sehen lassen? Ich brauche ein paar Kleinigkeiten.«

»Deine Tage?«

»*Nein*, meine *Füße!* Vaseline, Hautcreme, Sandalen – nein, *keine* Sandalen, Gummilatschen vielleicht, und Superoxid.«

»Ich will sehen, was sich machen läßt, aber alles kommt jetzt auf Schnelligkeit an.«

»So war das schon das ganze letzte Jahr. Eine schreckliche Tretmühle. Wird das je aufhören, Catherine?«

»Ich werd mir verdammte Mühe geben. Ich mag dich, und außerdem bist du eine Landsmännin, meine Liebe. Und ich bin eine sehr *zornige* Frau. Und weil wir schon von Frauen reden – wie viele Frauen hast du eigentlich in den heiligen Hallen der CIA oder bei diesen Idioten vom Außenministerium in den Consular Operations gesehen?«

Marie blinzelte, versuchte sich zu erinnern. »Eigentlich gar keine.«

»Scheiß auf die Schweine!«

»In Paris war eine Frau –«

»Eine gibt's immer, meine Liebe. Geh jetzt auf die Toilette.«

»Ein Auto ist in Hongkong immer ein Klotz am Bein«, sagte Wenzu und sah auf die Uhr an der Wand seines Büros im Hauptquartier von MI-6.

Es war 18.34 Uhr. »Wir müssen daher davon ausgehen, daß sie Webbs Frau ein Stückchen wegbringt und sie versteckt, weil sie ganz bestimmt nicht das Risiko eingeht, daß ein Taxifahrer sie erkennt. Der Acht-Uhr-Termin ist aufgehoben, die Jagd beginnt jetzt. Wir müssen sie in unsere Gewalt bekommen. Ist da noch irgend etwas, woran wir nicht gedacht haben?«

»Wir könnten den Australier einlochen«, meinte der kleinwüchsige, gut gekleidete Mitarbeiter Wenzus. »In der Ummauerten Stadt haben wir auch etliches einstecken müssen, aber *er* hat uns in der Öffentlichkeit blamiert. Wir wissen, wo er abgestiegen ist. Wir könnten ihn uns schnappen.«

»Unter welcher Anklage?«

»Behinderung der Staatsgewalt.«

»Und was würde das bringen?«

Der Untergebene zuckte wütend mit den Achseln. »Befriedigung, sonst nichts.«

»Sie haben sich Ihre Frage gerade selbst beantwortet. Ihr Stolz ist ohne Belang. Halten Sie sich an die Frau – die Frauen.«

»Sie haben natürlich recht.«

»Die Polizei hat doch alle Garagen und alle Mietwagenagenturen hier auf der Insel und in Kowloon verständigt, ist das richtig?«

»Ja, Sir. Aber ich muß darauf hinweisen, daß die Staples sich leicht an einen ihrer Freunde – ihrer kanadischen Freunde – wenden könnte, und dann hätte sie einen Wagen, den wir nicht richtig ausfindig machen können.«

»Wir kümmern uns um das, was wir kontrollieren können. Außerdem würde ich nach allem, was ich weiß und was ich über die Staples in Erfahrung gebracht habe, sagen, daß sie auf eigene Faust handelt, jedenfalls nicht offiziell sanktioniert. Für den Augenblick wird die sonst niemanden hineinziehen.«

»Wie können Sie das so sicher wissen?«

»Wenzu sah seinen Mitarbeiter an; er mußte seine Worte sorgfältig wählen. »Reine Vermutung.«

»Ihre Vermutungen stehen in dem Ruf, genau zuzutreffen.«

»Das ist übertrieben. Ich habe nur den gesunden Menschenverstand auf meiner Seite.« Das Telefon klingelte. Die Hand des Majors schoß vor. »Ja?«

»Polizeizentrale vier«, dröhnte eine Männerstimme.

»Vielen Dank für Ihre Unterstützung, Zentrale vier.«

»Ein Parkhaus Ming hat auf unsere Anfrage reagiert. Für den Mitsubishi AOR ist dort ein Stellplatz gemietet. Name des Besitzers ist Staples. Catherine Staples, eine Kanadierin. Der Wagen ist vor ungefähr fünfunddreißig Minuten abgeholt worden.«

»Das ist sehr hilfreich, Zentrale vier«, sagte Lin. »Danke.« Er legte auf und warf seinem besorgten Mitarbeiter einen Blick zu. »Wir haben jetzt drei weitere Informationen. Zuerst einmal, daß die Anfrage, die wir über Polizeikanäle durchgegeben haben, auch wirklich weitergeleitet worden ist. Zweitens, daß wenigstens eine Garage die Information aufgenommen hat, und drittens, daß Mrs. Staples einen Parkplatz gemietet hat.«

»Immerhin ein Anfang, Sir.«

»Es gibt drei große und wahrscheinlich ein Dutzend kleinere Mietwagenagenturen, ohne die Hotels mitzuzählen, um die wir uns separat kümmern. Damit läßt sich leben – aber die Garagen haben wir natürlich nicht im Griff.«

»Warum nicht?« fragte der Untergebene. »Im schlimmsten Fall gibt es vielleicht hundert. Wer würde schon in Hongkong eine Garage bauen, wo er genausogut ein Dutzend Geschäfte unterbringen kann? In der Polizeizentrale sitzen mindestens zwanzig Telefonisten. Sie können bei allen anrufen.«

»An der Zahl liegt es nicht, alter Freund. Es liegt an der Mentalität der Angestellten, denn das, was sie tun, ist nicht gerade ein angenehmer Job. Diejenigen von ihnen, die lesen und schreiben können, sind zu faul und zu feindselig, um sich die Mühe zu machen, und die, die es nicht können, scheuen jede Verbindung zur Polizei.«

»Eine Garage hat sich gemeldet.«

»Ein echter Kantonese. Das war der Inhaber.«

»Das muß der Besitzer erfahren!« schrie der Parkboy in schrillem Chinesisch dem Mann hinter dem Schalter am Parkhaus an der Ice House Street zu.

»Warum?«

»Ich hab dir's doch erklärt! *Aufgeschrieben* habe ich es für dich – «

»Bloß weil du zur Schule gehst und ein wenig besser schreiben kannst als ich, bist du hier noch lange nicht der große Boß.«

»Du kannst überhaupt nicht schreiben! Eine Scheißangst hast du gehabt! Mich hast du gerufen, als der Mann am Telefon ›Polizei‹ gesagt hat. Ihr Analphabeten rennt immer vor der Polizei weg. Das *war* der Wagen, der grüne Mitsubishi, den ich in der zweiten Etage geparkt habe! Wenn du die Polizei nicht anrufen willst, mußt du es dem Chef sagen.«

»Es gibt Dinge, die sie euch auf der Schule nicht beibringen, du Knabe mit dem kleinen Organ.«

»Die bringen uns bei, uns nicht gegen die Polizei zu stellen. Das bringt Unglück.«

»Ich *werde* die Polizei anrufen – oder noch besser, du kannst ja den Helden spielen.«

»Gut!«

»*Nachdem* die zwei Frauen zurückgekehrt sind und ich mich mit der Fahrerin kurz unterhalten habe.«

»Was?«

»Sie hat gedacht, sie würde mir – uns – zwei Dollar geben, aber es waren elf. Einer der Scheine war eine Zehn-Dollar-Note. Sie war sehr nervös, aufgeregt. Sie hat Angst, sie hat nicht auf ihr Geld aufgepaßt.«

»Du hast aber doch gesagt, es wären *zwei* Dollar.«

»Und jetzt bin ich ehrlich. Wäre ich das, wenn ich nicht auch deine Interessen im Sinn hätte?«

»In welcher Hinsicht?«

»Ich werde dieser reichen, verängstigten Amerikanerin – sie hat amerikanisch gesprochen – sagen, daß du und ich die Polizei ihr zuliebe nicht angerufen haben. Sie wird uns sofort belohnen – sehr, *sehr* großzügig – weil sie begreifen wird, daß sie sonst ihren Wagen nicht zurückbekommt. Du kannst mich ja von dem anderen Telefon aus hinten in der Garage beobachten. Nachdem sie bezahlt hat, werde ich einen anderen Boy nach dem Wagen schicken, und das wird ihm große Mühe bereiten, weil ich ihm den falschen Platz angebe, und inzwischen wirst du die Polizei anrufen. Dann wird die Polizei eintreffen, wir werden unsere Pflicht getan und so viel Geld verdient haben, wie nur selten in diesem jämmerlichen Job.«

Der Parkboy kniff die Augen zusammen und schüttelte den Kopf. »Du hast recht«, sagte er. »So etwas bringen sie uns in der Schule nicht bei. Und ich habe ja wohl keine andere Wahl.«

»O doch«, sagte der Mann hinter dem Schalterfenster und zog ein langes Messer aus dem Gürtel. »Du kannst nein sagen, dann schneid ich dir nämlich die geschwätzige Zunge ab.«

Catherine ging auf den Tresen des Concirge in der Halle des Mandarin zu und ärgerte sich, daß sie keinen der zwei Angestellten hinter der Theke kannte. Sie war auf eine Gefälligkeit angewiesen, und in Hongkong bedeutete das, daß man jemanden brauchte, den man kannte. Und dann entdeckte sie zu ihrer großen Erleichterung den Portier der Abendschicht. Er stand in der Halle und versuchte, eine erregte Frau zu besänftigen. Sie trat nach rechts und wartete, hoffte, Lee Tengs Blick aufzufangen. Sie hatte sich Teng warmgehalten und viele Kanadier zu ihm geschickt, wenn es Unterbringungsschwierigkeiten gab. Er war immer reichlich dafür bezahlt worden.

»Ja, kann ich Ihnen behilflich sein, Madam?« fragte der junge chinesische Angestellte und trat auf Catherine zu.

»Ich möchte auf Mr. Teng warten, wenn es Ihnen recht ist.«

»Mr. Teng ist sehr beschäftigt, Mrs. Sehr schlechte Zeit für Mr. Teng. Sind Sie Gast im Mandarin, Mrs.?«

»Ich wohne hier im Territorium und bin mit Mr. Teng befreundet. Wann immer es möglich ist, bringe ich meine Gäste hierher.«

»Oh . . .?« Der Angestellte registrierte Catherines untouristischen Status. Er beugte sich vor und sagte mit vertraulich leiser Stimme: »Lee Teng hat heute abend einen schrecklichen Ärger. Die Dame nimmt an dem großen Ball im Government House teil, aber ihre Kleider sind in Bangkok. Sie muß glauben, Mr. Teng hätte Flügel unter dem Jackett und Düsenmotoren unter den Achseln, ja?«

»Eine interessante Theorie. Die Dame ist gerade angekommen?«

»Ja, Mrs. Aber sie hat viele Gepäckstücke. Das eine, das ihr jetzt fehlt, hat sie nicht vermißt. Zuerst hat sie ihrem Mann die Schuld gegeben und jetzt Lee Teng.«

»Wo ist ihr Mann?«

»In der Bar. Er hat angeboten, die nächste Maschine nach Bangkok zu nehmen, aber seine Freundlichkeit hat seine Frau nur noch zorniger gemacht. Er hat es abgelehnt, die Bar zu verlassen, und ich bin sicher, daß er in seinem jetzigen Zustand keine Freude mehr an dem Ball im Government House haben wird. Vielleicht kann ich Ihnen behilflich sein, während Mr. Teng sich bemüht, alle zu beruhigen.«

»Ich möchte einen Wagen mieten und brauche ihn schnell.«

»*Aiya*«, sagte der Angestellte. »Es ist sieben Uhr abends, und die meisten Mietagenturen sind geschlossen.«

»Ich bin sicher, daß es Ausnahmen gibt.«

»Vielleicht ein Hotelwagen mit einem Chauffeur?«

»Nur wenn sonst gar nichts anderes geht. Wie ich schon erwähnte, ich bin kein Hotelgast und bestehe auch nicht aus lauter Geld.«

»›Wer unter uns?‹« fragte der Angestellte. »Wie es in dem guten Buch der Christen steht, irgendwo, glaube ich.«

»Das klingt richtig«, pflichtete Catherine ihm bei. »Bitte telefonieren Sie und tun Sie Ihr Bestes.«

Der junge Mann griff unter die Theke und zog eine in Plastik gebundene Liste der Mietwagenagenturen heraus. Er ging an ein Telefon, das ein paar Schritte rechts von ihm angebracht war, nahm dem Hörer ab und fing zu wählen an. Catherine sah zu Lee Teng hinüber; er hatte unterdessen die erregte Dame aus der Mitte der Halle herausmanövriert, zu einer Miniaturpalme an der Wand, um zu verhindern, daß sie die anderen Gäste beunruhigte, die in der prunkvoll ausgestatteten Halle saßen, ihre Freunde begrüßten und Cocktails bestellten. Er sprach schnell und leise auf sie ein und schaffte es, wie Catherine feststellte, tatsächlich, sie zum Zuhören zu bringen. Wie berechtigt ihre Beschwerde auch sein mochte, dachte Catherine, die Frau war unmöglich. Sie trug eine Chinchillastola, und das in so ziemlich dem schlimmsten Klima, das es auf der ganzen Welt für so empfindlichen Pelz gab. Nicht daß sie selbst, Catherine Staples, je ein solches Problem gehabt hätte. So weit wäre es höchstens gekommen, wenn sie den auswärtigen Dienst aufgegeben hätte und bei Owen Staples geblieben wäre. Diesem Scheißkerl gehörten jetzt wenigstens vier Banken in Toronto. Eigentlich gar kein so übler

Typ, und um ihre Schuldgefühle noch zu verstärken, hatte Owen auch nicht wieder geheiratet. Das ist nicht *fair*, Owen! Vor drei Jahren war sie ihm über den Weg gelaufen, nach ihrem Einsatz in Europa, während der Konferenz in Toronto, die die Briten organisiert hatten. Sie hatten im Mayfair-Club im King-Edward-Hotel ein paar Drinks genommen.

»Jetzt komm schon Owen – bei deinem Aussehen, deinem *Geld!* – und dein gutes Aussehen hattest du schon, ehe du Geld hattest. Warum also nicht? Schließlich gibt's doch im Umkreis von fünf Häuserblocks tausend schöne Mädchen, die sich nach dir die Finger ablecken würden.«

»Einmal hat mir gereicht, Cathy. Das hast du mir beigebracht.«

»Ich weiß nicht, aber ich komme mir jetzt so richtig – oh, ich weiß wirklich nicht – irgendwie schuldig vor. Ich hab dich verlassen, Owen, aber nicht, weil ich dich nicht gemocht hätte.«

»›Gemocht‹ hast du mich?«

»Du weißt schon, was ich meine.«

»Ja, ich glaube schon.« Owen hatte gelacht. »Du hast mich schon aus den richtigen Gründen verlassen, und ich hab das auch ohne Groll hingenommen, aus ähnlichen Gründen. Wenn du noch fünf Minuten gewartet hättest, dann hätte ich dich wahrscheinlich hinausgeworfen. In dem Monat hatte ich die Miete bezahlt.«

»Du Schweinehund!«

»Ganz und gar nicht, wir haben uns beide nichts vorzuwerfen. Du hattest deinen Ehrgeiz und ich den meinen. Und das paßte einfach nicht zusammen.«

»Das erklärt aber noch lange nicht, warum du nicht wieder geheiratet hast.«

»Das habe ich dir doch gerade gesagt. Das habe ich von dir gelernt, meine Liebe.«

»Was hast du von mir gelernt? Daß der Ehrgeiz eines Menschen sich nie mit dem eines anderen vereinbaren läßt?«

»In so extremen Fällen wie bei uns, ja. Schau mal, ich habe gelernt, daß ich mich für niemanden auf Dauer interessieren konnte, der nicht das hatte, was du wahrscheinlich als leidenschaftlichen ›Antrieb‹ bezeichnen würdest, daß ich aber nicht Tag für Tag mit einem solchen Menschen leben konnte. Und diejenigen, die keinen solchen Ehrgeiz besaßen, waren einfach in irgendeiner Beziehung leer. Nichts Dauerhaftes.«

»Aber was ist mit einer Familie? Kinder?«

»Ich habe zwei Kinder«, hatte Owen leise gesagt. »Kinder, die ich ungeheuer – mag. Ich liebe sie sehr, und ihre sehr ehrgeizigen Mütter sind schrecklich nett gewesen. Selbst die Männer, die sie später geheiratet haben, waren sehr verständnisvoll. Ich habe meine Kinder immer wieder gesehen, während sie heranwuchsen. Also hatte ich in gewissem Sinne drei Familien. Ganz zivilisiert, wenn auch manchmal etwas verwirrend.«

»*Du?* Das Urbild des konservativen Bankiers! Der Mann, von dem man sagte, daß er selbst zum Duschen das Nachthemd nicht auszieht! Ein Stützpfeiler der Kirche!«

»*Das* habe ich aufgegeben, als du mich verlassen hast. Außerdem war das nur eine Masche. Diplomatie, wenn du willst. Das machst du doch jeden Tag.«

»*Owen*, das hast du mir aber nie *gesagt*.«

»Du hast mich auch nicht gefragt, Cathy. Du hattest deinen Ehrgeiz und ich den meinen. Aber ich will dir sagen, was mir wirklich leid tut, wenn du das hören willst.«

»Ja.«

»Es tut mir aufrichtig leid, daß wir nie ein Kind hatten. Nach den beiden zu schließen, die ich habe, wäre es ein großartiges Kind geworden.«

»Du Schweinehund, jetzt fang ich gleich zu heulen an.«

»Bitte nicht. Laß uns ehrlich sein, keinem von uns beiden braucht es wirklich leid zu tun.«

Catherine wurde plötzlich aus ihren Träumen gerissen. Der Angestellte hatte den Telefonhörer aufgelegt und stützte sich jetzt mit beiden Händen triumphierend auf die Theke. »Sie haben Glück, Mrs.!« schrie er. »Der Disponent in der Apex Agentur am Bonham Strand East war noch da und hat noch Fahrzeuge, aber keinen, der eines hierherbringt.«

»Ich nehme ein Taxi. Schreiben Sie mir die Adresse auf.« Catherine sah sich nach der Hoteldrogerie um. In der Halle waren zu viele Leute, zuviel Durcheinander. »Wo kann ich etwas Hautcreme kaufen oder Vaseline; Sandalen oder Gummischlappen?« fragte sie, wieder dem Angestellten zugewandt.

»Dort hinten rechts ist ein Zeitungsstand, Mrs. Dort gibt es das, was Sie brauchen. Aber kann ich bitte Geld haben, Sie müssen dem Disponenten von Apex eine Quittung zeigen. Ich bekomme tausend Hongkong-Dollar, den Rest bekommen Sie zurück oder müssen draufzahlen –«

»So viel habe ich nicht bei mir. Ich muß meine Kreditkarte benutzen.«

»Um so besser.«

Catherine klappte ihre Handtasche auf und holte eine Kreditkarte aus einer Innentasche. »Ich bin gleich wieder da«, sagte sie, legte die Karte auf die Theke und machte sich auf den Weg zum Zeitungsstand. Ohne besonderen Grund sah sie zu Lee Teng und seiner erregten Lady hinüber, um leicht amüsiert festzustellen, daß die Dame in dem albernen Pelz jetzt dankbar nickte, während Teng auf die Ladenarkade wies, die man über eine Treppe erreichen konnte. Lee Teng war ein echter Diplomat. Ohne Zweifel hatte er der verzweifelten Frau erklärt, sie habe eine Chance, die sowohl ihren Bedürfnissen gerecht werden als auch ihrem verständnislosen Ehemann einen Schlag auf den finanziellen Solarplexus versetzen würde. Schließlich sei dies Hongkong, wo es alles zu kaufen gab, und für den richtigen Betrag auch rechtzeitig für den großen Ball im Government House. Catherine setzte ihren Weg fort.

»Catherine!« Der Name klang so scharf, daß sie erstarrte. »Bitte, Mrs. Catherine!«

Staples drehte sich halb erstarrt um. Es war Lee Teng, der sich von der Frau gelöst hatte. »Was ist denn?« fragte sie etwas verängstigt, während Lee Teng auf sie zukam. Er blickte besorgt, und an seinem bereits recht weit nach hinten gerutschten Haaransatz waren Schweißperlen zu erkennen.

»Ich habe Sie eben erst gesehen. Ich hatte ein Problem.«

»Ich weiß schon.«

»Und Sie haben auch eines, Catherine.«

»Wie bitte?«

Teng warf einen Blick zu der Empfangstheke hinüber, eigenartigerweise aber nicht auf den jungen Mann, der ihr behilflich gewesen war, sondern auf den anderen Angestellten, der am entgegengesetzten Ende stand. Der Mann war ganz alleine, hatte keine Gäste vor sich, musterte aber seinen Kollegen. »Verdammtes Pech!« rief Teng halblaut aus.

»Wovon reden Sie?« fragte Staples.

»Kommen Sie mit«, sagte der Concierge Nummer eins der Nachtschicht und zog Catherine beiseite, an eine Stelle, wo man sie von der Theke aus nicht sehen konnte. Er griff in die Tasche und nahm einen Computerausdruck heraus. »Von oben sind davon vier Kopien heruntergekommen. Drei davon habe ich an mich genommen, aber die vierte liegt unter der Theke.«

Notfall. Regierungskontrolle. Eine Kanadierin, die den Namen Mrs. Catherine Staples trägt, könnte versuchen, für persönliche Zwecke ein Automobil zu mieten. Sie ist siebenundfünfzig Jahre alt, mittelgroß, mit grauen Strähnen im Haar, schlanke Gestalt. Mietvorgang verhindern und Polizeizentrale vier verständigen.

Lin hatte einen Schluß gezogen, der auf einer Beobachtung beruhte, dachte Catherine. Der Major wußte, daß jeder, der freiwillig in Hongkong einen Wagen steuerte, entweder verrückt war oder einen besonderen Grund dafür hatte. Der Mann handelte schnell und entschlossen. »Der junge Mann hat mir gerade am Bonham Strand East einen Wagen besorgt. Offensichtlich hat er das hier nicht gelesen.«

»Um die Zeit hat er für Sie einen Mietwagen ausfindig gemacht?«

»Er schreibt gerade die Rechnung aus. Meinen Sie, daß er das sehen wird?«

»Seinetwegen mach ich mir keine Sorgen. Er ist noch in der Ausbildung, und ich kann ihm sagen, was ich will, und er wird es akzeptieren. Nicht so der andere; der ist auf meinen Job scharf. Warten Sie hier. Lassen Sie sich nicht sehen.«

Teng ging zu der Theke hinüber, während der Angestellte mit dem

Formular in der Hand sich ängstlich umsah. Lee nahm ihm das Papier weg und schob es in die Tasche. »Das ist jetzt nicht mehr nötig«, sagte er. »Unsere Kundin hat es sich anders überlegt. Sie hat in der Halle einen Bekannten gefunden, der sie fahren wird.«

»Oh? Dann sollte ich dem Kollegen Bescheid sagen. Der Betrag muß noch von der Kreditkartengesellschaft freigegeben werden, und das erledigt er für mich. Ich kenne mich da noch nicht so aus, und er hat sich erboten –«

Teng gebot ihm mit einer Handbewegung Schweigen und ging zu dem zweiten Angestellten, der bereits den Telefonhörer in der Hand hatte. »Sie können mir die Karte geben und den Anruf bleiben lassen. Ich habe jetzt für heute abend genug von Damen mit Problemen. Die hier hat eine andere Fahrgelegenheit gefunden.«

»Selbstverständlich, Mr. Teng«, sagte der zweite Angestellte beflissen. Er reichte ihm die Kreditkarte, entschuldigte sich bei seinem Gesprächspartner am anderen Ende der Leitung und legte den Hörer auf.

»Eine schlimme Nacht.« Teng zuckte die Achseln, drehte sich um und ging quer durch die Halle, auf Catherine zu. Dabei zog er die Brieftasche. »Wenn Sie knapp bei Kasse sind, kann ich Ihnen behilflich sein. Die Karte sollten Sie nicht benutzen.«

»Ich bin zu Hause oder auf der Bank nicht knapp, aber ich habe nicht soviel bei mir. Das gehört zu den ungeschriebenen Regeln.«

»Eine der besseren Regeln«, sagte Teng und nickte.

Catherine nahm die Geldscheine, die Teng in der Hand hielt, und blickte zu dem Chinesen auf. »Möchten Sie eine Erklärung hören?« fragte sie.

»Die braucht es nicht, Catherine. Was auch immer die Polizei sagt, ich weiß, was ich von Ihnen zu halten habe, und wenn ich mich täusche und Sie weglaufen und ich mein Geld nicht wiedersehe, dann habe ich Ihnen immer noch viele tausend Hongkong-Dollar zu verdanken.«

»Ich werde nicht weglaufen, Teng.«

»Sie werden auch nicht zu Fuß gehen müssen. Einer der Chauffeure ist mir eine Gefälligkeit schuldig, und er ist jetzt in der Garage. Er fährt Sie zu Ihrem Wagen am Bonham Strand. Kommen Sie, ich bringe Sie hin.«

»Ich habe noch jemanden bei mir. Ich muß sie aus Hongkong herausschaffen. Sie ist auf der Damentoilette.«

»Ich warte im Flur. Beeilen Sie sich.«

»Manchmal glaube ich, daß die Zeit schneller vergeht, wenn wir mit Problemen überhäuft werden«, sagte der zweite, etwas ältere Angestellte zu seinem jüngeren, noch in Ausbildung begriffenen Kollegen, während er den Computerausdruck unter der Theke unauffällig an sich nahm und in die Tasche steckte.

»Wenn Sie recht haben, dann sind für Mr. Teng, seit er vor zwei Stunden seinen Dienst angetreten hat, kaum fünfzehn Minuten vergangen. Er ist sehr gut, nicht wahr?«

»Sein Kahlkopf hilft ihm. Die Leute erwarten von ihm Weisheit, selbst wenn er keine weisen Worte anzubieten hat.«

»Trotzdem. Er kann gut mit Menschen umgehen. Ich wünsche mir sehr, daß ich eines Tages so sein werde wie er.«

»Da brauchen Sie bloß etwas Haar zu verlieren«, sagte der zweite Angestellte. »Aber jetzt muß ich auf die Toilette, im Augenblick ist es ja etwas ruhiger. Übrigens, falls ich einmal eine Autovermietung brauche, die noch um die Zeit geöffnet hat, das *war* doch Apex am Bonham Strand East, nicht wahr?«

»O ja.«

»Das haben Sie sehr geschickt gemacht.«

»Ich habe mir einfach die Liste vorgenommen. Apex stand ziemlich am Ende.«

»Mancher von uns hätte vorher aufgehört. Das war sehr lobenswert.«

»Sie sind sehr liebenswürdig zu einem unwürdigen Anfänger.«

»Ich will nur Ihr Bestes«, sagte der Ältere. »Vergessen Sie das nie.«

Der ältere Mann verließ seinen Platz hinter der Theke und ging vorsichtig an den Topfpalmen vorbei, bis er Lee Teng sah. Der Nachtportier stand an der Mündung des Korridors nach rechts; das reichte. Er wartete auf die Frau. Der Angestellte machte kehrt und ging schnell die Treppe zu den Läden hinauf, obwohl seine Würde etwas darunter litt. Eilig betrat er die erste Boutique im Obergeschoß.

»Dienstliches Gespräch«, sagte er zu der gelangweilten Verkäuferin und griff nach dem Telefonhörer hinter einer Glastheke mit glitzernden Preziosen. Er wählte.

»Polizeizentrale vier.«

»Wegen Ihrer Anordnung, Sir, bezüglich der Kanadierin, Mrs. Staples –«

»Haben Sie Informationen?«

»Ich glaube schon, Sir, aber es ist mir etwas peinlich, sie weiterzugeben.«

»Warum? Es handelt sich um einen Notfall, eine Angelegenheit der Regierung!«

»Bitte, verstehen Sie das richtig, Sir, ich bin nur ein kleiner Angestellter, und es ist durchaus möglich, daß mein Vorgesetzter nichts von Ihrer Anweisung weiß. Er hat sehr viel zu tun.«

»Was versuchen Sie mir zu sagen?«

»Nun – Sir – die Frau, die mit meinem Vorgesetzten, dem Chefportier, gesprochen hat, zeigte eine verblüffende Ähnlichkeit mit der Beschreibung auf der Regierungsanordnung. Aber es wäre sehr peinlich für mich, wenn bekannt würde, daß ich Sie angerufen habe.«

»Man wird Sie schützen. Sie können anonym bleiben. Und jetzt Ihre Information?«

»Nun, Sir, ich habe gehört . . .« Vorsichtig und mit vielen Umschweifen tat der Angestellte das Beste für sich und demzufolge das Schlimmste für seinen Vorgesetzten Lee Teng. Was er freilich am Ende sagte, war präzise und unzweideutig. »Die Apex-Autovermietung, Bonham Strand East. Ich würde empfehlen, daß Sie sich beeilen, sie ist nämlich bereits dorthin unterwegs.«

Der frühe Abendverkehr war weniger dicht als während der Stoßzeit, aber immer noch unangenehm genug. Aus diesem Grunde sahen Catherine und Marie einander auf dem Rücksitz der Hotellimousine beunruhigt an; der Chauffeur hatte nämlich den schweren Wagen nicht in die sich bietende Verkehrslücke gelenkt, sondern war am Bonham Strand East an den Randstein gefahren und hatte dort angehalten. Ringsum war aber kein Schild einer Wagenvermietung zu sehen.

»Warum halten wir an?« fragte Catherine scharf.

»Anweisung von Mr. Teng, Mrs.«, antwortete der Chauffeur und drehte sich auf dem Sitz nach hinten. »Ich werde den Wagen jetzt abschließen und das Notsignal einschalten. Dann wird niemand Sie belästigen.«

»Das ist sehr beruhigend, aber ich würde trotzdem gerne wissen, warum Sie uns nicht zu dem Wagen bringen.«

»Ich werde den Wagen zu Ihnen bringen, Mrs.«

»Wie bitte?«

»Anweisung von Mr. Teng. Er hat sich ganz deutlich ausgedrückt und ruft in der Apex-Garage an. Die ist in der nächsten Straße, Mrs. Ich bin gleich wieder da.« Der Chauffeur zog Mütze und Jackett aus, legte beides auf den Sitz, schaltete das Notsignal ein und stieg aus.

»Was hältst du davon?« fragte Marie und hob das rechte Bein und drückte Toilettenpapier, das sie aus dem Mandarin mitgenommen hatte, gegen die rechte Fußsohle. »Vertraust du diesem Teng?«

»Ja«, antwortete Catherine mit verblüffter Miene. »Aber ich verstehe das nicht. Er ist offenbar besonders vorsichtig – aber damit geht er ein zusätzliches Risiko ein –, und ich weiß nicht, warum. Wie ich Ihnen schon im Mandarin sagte, stand auf diesem Computerausdruck ›Regierungskontrolle‹. Das sind zwei Worte, die man in Hongkong gar nicht leicht nimmt. Was in aller Welt macht Teng? Und warum?«

»Das kann ich dir natürlich nicht beantworten«, sagte Marie. »Aber ich kann dir sagen, was ich beobachtet habe.«

»Was denn?«

»Ich habe gesehen, wie er dich angesehen hat. Du hast das wahrscheinlich gar nicht bemerkt.«

»Was?«

»Ich würde sagen, daß er dich sehr mag.«

»Mich . . . mag?«

»So kann man das ausdrücken. Es gibt natürlich noch deutlichere Formulierungen.«

Catherine wandte sich ab und sah zum Fenster hinaus. »Großer Gott im Himmel«, flüsterte sie.

»Was ist denn?«

»Vor einer Weile, im Mandarin, aus Gründen ohne Sinn und Verstand angefangen – bei einer albernen Frau in einer Chinchillastola – da habe ich an Owen gedacht.«

»Owen?«

»Mein ehemaliger Mann.«

»Owen Staples? Der *Bankier* Owen Staples?«

»Das ist mein Name, und das ist mein Mann – das *war* mein Mann. Damals behielt man einen angeheirateten Namen.«

»Du hast mir nie gesagt, daß du mit Owen Staples verheiratet warst.«

»Du hast mich nie danach gefragt, meine Liebe.«

»Ich habe keine Ahnung, worauf du hinauswillst, Catherine.«

»Ja, das kann ich mir denken«, meinte die und schüttelte den Kopf. »Ich mußte daran denken, wie Owen und ich uns vor ein paar Jahren in Toronto begegnet sind. Wir saßen im Mayfair-Club, und ich habe Dinge über ihn erfahren, die ich früher nie geglaubt hätte. Ich war richtig froh für ihn, obwohl der Schweinehund mich fast zum Weinen gebracht hätte.«

»Catherine, was hat das um Himmels willen mit *jetzt* zu tun?«

»Es hat mit Teng zu tun. Wir saßen auch einmal abends bei ein paar Drinks zusammen, nicht im Mandarin natürlich, aber in einem Café am Wasser, in Kowloon. Er sagte, es wäre nicht gut für mich, wenn ich mit ihm auf der Insel gesehen würde.«

»Warum?«

»Das habe ich damals auch gefragt. Er hat mich damals wohl beschützt, so wie er mich jetzt beschützt. Und ich habe ihn vielleicht mißverstanden. Ich nahm an, daß er einfach nur hinter einer zusätzlichen Einnahmequelle her sei, aber das war vielleicht schrecklich falsch.«

»In welcher Hinsicht?«

»Er hat an dem Abend etwas Seltsames gesagt. Er sagte, er wünschte, alles wäre ganz anders, er wünschte, die Unterschiede zwischen den Menschen wären nicht so auffällig und für andere Leute nicht so störend. Ich habe seine Banalitäten natürlich als einen amateurhaften Versuch zur . . . zur Diplomatie angesehen, wie mein ehemaliger Mann das formuliert hat. Vielleicht war es etwas ganz anderes.«

Marie sah die andere Frau an und lachte dann. »Liebe, *liebe* Catherine. Der Mann ist in dich verliebt.«

»Du lieber Herrgott von *Calgary*, das hat mir gerade noch gefehlt!«

Lin Wenzu saß auf dem Vordersitz von Wagen zwei, und sein geduldiger Blick ruhte auf dem Eingang zur Apex-Agentur am Bonham Strand East. Alles war in Ordnung; nur noch wenige Minuten, und er würde die zwei Frauen in Gewahrsam nehmen können. Einer seiner Männer war hineingegangen und hatte mit dem Disponenten gesprochen. Der Agent hatte seinen Ausweis gezeigt, worauf ihm der verängstigte Angestellte die Aufzeichnungen des Abends gezeigt hatte. Es lag tatsächlich eine Bestellung für eine Mrs. Catherine Staples vor, die dann aber wieder gestrichen worden war; der Wagen war jetzt auf den Namen eines Chauffeurs des Hotels eingetragen. Und da Mrs. Catherine Staples den Wagen nicht mehr haben wollte, hatte der Mann auch keinen Anlaß gesehen, Polizeizentrale vier zu rufen. Was hätte er denn sagen sollen? Und da der Wagen vom Mandarin reserviert war, würde ihn ganz sicher auch niemand sonst abholen.

Alles war in Ordnung, dachte Lin. Die Erleichterung am Victoria Peak würde ungeheuer sein, sobald er das abgeschottete Haus mit seiner Nachricht erreicht hatte. Der Major wußte ganz genau, was er sagen würde. »Wir haben die Frauen – wir haben die *Frau*.«

Auf der anderen Straßenseite trat ein Mann in Hemdsärmeln durch die Tür der Agentur. Auf Lin wirkte er etwas zögernd, und da war etwas . . . Plötzlich fuhr ein Taxi vor, und der Major schoß nach vorne, griff nach dem Türgriff – der zögernde Mann in Hemdsärmeln war vergessen.

»Jetzt gut aufpassen, Leute«, sprach Lin in das Mikrofon des Funkgerätes am Armaturenbrett. »Wir müssen schnell handeln und so unauffällig wie möglich. So etwas wie an der Arbuthnot Road darf hier nicht passieren. Und selbstverständlich keine Waffen. *Achtung* jetzt.«

Aber da war nichts, worauf man hätte aufpassen können; das Taxi fuhr weg, ohne daß jemand ausgestiegen wäre.

»Wagen *drei!*« sagte der Major knapp. »Beschaffen Sie sich die Nummer und rufen Sie die Taxigesellschaft an! Über Funk. Ich will genau wissen, was das Taxi hier verloren hatte! Besser noch, fahren Sie hinterher und tun Sie, was ich gesagt habe. Es könnten die Frauen sein.«

»Ich glaube, auf dem Rücksitz war nur ein Mann, Sir«, sagte der Fahrer.

»Sie könnten sich unter den Sitz geduckt haben! Diese verdammten Augen. Ein Mann, sagen Sie?«

»Ja, Sir.«

»Da stinkt etwas.«

»Warum, Herr Major?«

»Wenn ich das wüßte, wäre der Gestank nicht so kräftig.«

Das Warten ging weiter, und der hünenhafte Lin Wenzu begann zu schwitzen. Die untergehende Sonne warf ihr orangefarbenes Licht durch die Windschutzscheibe und erzeugte auf dem Bonham Strand East dunkle Schatten.

»Das dauert zu lang«, flüsterte der Major im Selbstgespräch.

Jetzt waren aus dem Funkgerät Störgeräusche zu hören.

»Wir haben den Bericht von der Taxigesellschaft, Sir.«

»Raus damit!«

»Das betreffende Taxi sucht eine Importfirma am Bonham Strand East. Aber der Fahrer hat seinem Fahrgast gesagt, die Adresse müsse am Bonham Strand *West* sein. Sein Fahrgast ist offenbar sehr zornig. Er ist vor wenigen Augenblicken ausgestiegen und hat Geld durch das Fenster geworfen.«

»Abbrechen und hierher zurückkommen«, befahl Lin und sah in dem Augenblick, wie sich auf der gegenüberliegenden Straßenseite die Garagentore der Apex-Agentur öffneten. Ein Wagen kam heraus und bog nach links; der Mann in Hemdsärmeln saß am Steuer.

Jetzt rann dem Major der Schweiß über das Gesicht. Etwas war hier nicht in Ordnung; eine andere Ordnung schob sich darüber. Doch was war es, was ihn da beunruhigte? Was *war* es?

»Er!« rief Lin seinem erschreckten Fahrer zu.

»Sir?«

»Ein zerdrücktes weißes Hemd, aber messerscharf gebügelte Hosen. Eine Uniform! Ein *Chauffeur!* Drehen Sie um! *Folgen* Sie ihm!«

Der Fahrer ließ die Hupe nicht los, machte auf der Straße kehrt und drängte sich brutal in den Verkehrsstrom, während der Major den anderen Wagen Anweisung gab, einem befahl, bei der Apex-Agentur zu bleiben, wogegen die anderen sich der neuen Verfolgungsjagd anschließen sollten.

»Aiya!« schrie der Fahrer und trat auf die Bremsen, so daß sie kreischend zum Stillstand kamen, als eine schwere braune Limousine aus einer Seitengasse schoß und ihnen den Weg versperrte. Es war nur zu einem ganz leichten Zusammenprall gekommen, der Dienstwagen hatte die linke Hintertüre des großen Wagens kaum berührt.

»Feng zi!« schrie der Chauffeur der Limousine und hieß Lins Fahrer einen verrückten Hund, während er aus seinem Straßenkreuzer sprang, um festzustellen, ob sein Fahrzeug irgendeinen Schaden davongetragen hatte.

»Lai! Lai!« kreischte der Fahrer des Majors und sprang heraus.

»Aufhören!« brüllte Lin. »Sehen Sie zu, daß er hier verschwindet!«

»Er rührt sich ja nicht vom Fleck, Sir!«

»Sagen Sie ihm, daß er das *muß*! Zeigen Sie ihm Ihre Papiere!«

Der gesamte Verkehr war jetzt zum Stillstand gekommen; Hupen tönten, Menschen in Automobilen und auf der Straße schrien zornig. Der Major schloß die Augen und schüttelte den Kopf. Ihm blieb jetzt nichts anderes übrig, als auszusteigen.

So wie es der Passagier der Limousine jetzt tat. Ein Chinese in mittleren Jahren, mit halb kahlem Schädel. »Ich nehme an, wir haben ein Problem«, sagte Lee Teng.

»Ich *kenne* Sie!« schrie Lin. »Das Mandarin-Hotel.«

»Viele kennen mich, die soviel Geschmack haben, unser schönes Hotel zu besuchen. Ich fürchte, daß ich leider nicht die Ehre habe, Sie zu kennen. Waren Sie Gast bei uns, Sir?«

»Was haben Sie hier zu *suchen?*«

»Ein vertraulicher Auftrag, den ich für einen Herrn im Mandarin erledige. Ich habe nicht die Absicht, mehr zu sagen.«

»Verdammt, *verdammt!* Eine Anweisung der Regierung ist ergangen! Eine Kanadierin namens Staples! Einer Ihrer Leute hat uns angerufen.«

»Ich habe keine Ahnung, wovon Sie reden. Ich war die letzte Stunde damit beschäftigt, ein Problem für eine Dame zu lösen, die heute abend an einem Ball im Government House teilnimmt. Es wäre mir ein Vergnügen, Ihnen ihren Namen zu liefern – falls Ihre Position das rechtfertigt.«

»Meine Position *rechtfertigt* das! Ich wiederhole: Warum haben Sie uns aufgehalten?«

»Ich glaube, Ihr Fahrer ist bei Rot über die Kreuzung gefahren.«

»Nicht *wahr!*« schrie Lins Fahrer.

»Dann werden sich wohl die Gerichte damit befassen müssen«, sagte Lee Teng. »Können wir jetzt weiterfahren?«

»Noch *nicht!*« erwiderte der Major und ging auf den Chefportier des Mandarin zu. »Ich wiederhole noch einmal: In Ihrem Hotel ist eine Regierungsanweisung eingegangen. In ihr stand eindeutig, eine Frau namens Staples könnte versuchen, einen Wagen zu mieten. In dem Fall sollten Sie der Polizeizentrale vier Meldung machen.«

»Dann darf *ich* wiederholen, Sir. Ich bin seit einer guten Stunde nicht an meiner Theke gewesen und habe auch keine Anweisung der Art gesehen, wie Sie sie schildern. Aber ich werde Ihnen in Würdigung Ihrer bisher noch nicht gezeigten Papiere sagen, daß alle Mietverträge dieser Art über meinen ersten Assistenten laufen müssen, einen Mann, den ich, offen gestanden, in vieler Hinsicht als häufig recht unzuverlässig kennengelernt habe.«

»Aber *Sie* sind *hier!*«

»Wie viele Gäste des Mandarin haben Geschäfte am Bonham Strand East, Sir? Akzeptieren Sie den Zufall.«

»Ihre Augen lächeln mich an, *Zhongguo ren.*«

»Ohne zu lachen, Sir. Ich fahre jetzt weiter. Der Schaden ist geringfügig.«

»Mir ist es ganz egal, ob Sie und Ihre Leute die ganze *Nacht* dort bleiben müssen«, sagte Botschafter Havilland. »Das ist jetzt unsere einzige Chance. So wie Sie das beschrieben haben, wird sie den Wagen zurückgeben und ihren eigenen abholen. *Verdammt*, morgen nachmittag um vier ist eine kanadisch-amerikanische Strategiekonferenz. Sie *muß* bis dahin zurück sein! Bleiben Sie dort! Bleiben Sie auf allen *Posten*! Solange Sie sie mir nur bringen.«

»Sie wird behaupten, man habe sie unter Druck gesetzt. Wir brechen die Gesetze der internationalen Diplomatie.«

»Dann *brechen* Sie sie! Solange Sie sie mir nur hierherschaffen, im Teppich der Kleopatra, wenn Sie müssen. Ich habe keine Zeit zu vergeuden – keine *Minute*!«

Von zwei Agenten festgehalten, wurde eine wütende Catherine Staples in ein Zimmer am Victoria Peak geführt. Lin Wenzu hatte die Tür geöffnet, jetzt schloß er sie, und Catherine Staples sah sich Botschafter Raymond Havilland und Staatssekretär Edward McAllister gegenüber. Es war 11.35 Uhr vormittags, und die Sonne strömte durch das breite Erkerfenster über dem Garten herein.

»Sie sind zu weit gegangen, Havilland«, sagte Catherine, und ihre kehlige Stimme klang dabei eisig.

»Soweit es Sie betrifft, bin ich noch nicht weit genug gegangen. Sie haben ein Mitglied der amerikanischen Botschaft aktiv kompromittiert. Sie haben einen erpresserischen Akt zum Nachteil meiner Regierung begangen.«

»Das können Sie nicht beweisen, weil es keine Beweise gibt, keine Fotografien –«

»Ich brauche es nicht zu beweisen. Um exakt sieben Uhr gestern abend ist der junge Mann hier vorgefahren und hat uns alles erzählt. Eine schmutzige kleine Geschichte, nicht wahr?«

»Verfluchter Idiot! Ihn trifft keine Schuld, wohl aber *Sie*. Und da Sie das Wort ›schmutzig‹ gebrauchen – nun, nichts von dem, was er getan hat, ist so schmutzig wie Ihre Handlungen.«

Catherines Blick wanderte, ohne mit der Wimper zu zucken, zu dem Staatssekretär hinüber. »Ich nehme an, das hier ist der Lügner, der McAllister heißt.«

»Sie machen es einem nicht leicht«, sagte der Staatssekretär.

»Und Sie sind ein prinzipienloser Lakai, der anderen die schmutzige Arbeit macht. Ich habe alles gehört, und es widert einen an. Aber jeder Faden in diesem schmutzigen Netz –« Catherines Kopf fuhr wieder zu Havilland herum, »ist von einem *Experten* geknüpft. Wer hat *Ihnen* das Recht gegeben, den lieben Gott zu spielen? *Irgendeinem* von Ihnen? Wissen Sie, was Sie diesen zwei Leuten da draußen angetan haben? Wissen Sie, was Sie von ihnen *verlangt* haben?«

»Das wissen wir«, sagte der Botschafter leise. »Ich weiß es.«

»Sie weiß es auch, und das, obwohl ich nicht das Herz hatte, ihr die letzte Bestätigung dafür zu liefern. *Sie*, McAllister! Als ich erfuhr, daß Sie das hier oben waren, war ich nicht so sicher, ob sie damit fertig werden würde. Jedenfalls nicht im Augenblick. Ich habe vor, es ihr zu sagen. Sie und Ihre Lügen! Die Frau eines Taipan in Macao ermordet – oh, was für eine ausgleichende Gerechtigkeit, was für ein Vorwand, einem anderen Mann die Frau wegzunehmen! *Lügen!* Ich habe meine eigenen Gewährsleute. All das ist nie *geschehen!* Wir wollen das jetzt einmal klarstellen. Ich bringe Sie ins Konsulat, und zwar unter dem vollen Schutz meiner Regierung. Und wenn ich Sie wäre, Havilland, dann wäre ich verdammt vorsichtig, hier von illegalen Handlungen herumzutönen. Sie und Ihre Lakaien hier haben eine kanadische Bürgerin in eine lebensgefährliche Operation hineinmanipuliert – worum auch immer es sich *dieses Mal* handeln mag. Ihre Arroganz ist einfach *unglaublich!* Aber ich kann Ihnen versichern, das wird ein Ende haben. Ob es meiner Regierung nun paßt oder nicht, ich werde Sie auffliegen lassen! Sie *alle!* Sie sind kein Jota besser als die Barbaren im KGB. Diesmal wird der amerikanische Geheimdienst nicht durchkommen! Ich bin das einfach leid, die ganze *Welt* ist es leid!«

»Meine liebe *Frau!*« schrie der Botschafter und verlor in einer plötzlichen Aufwallung von Zorn jegliche Kontrolle über sich. »Sie können drohen, soviel Sie wollen, aber *anhören* werden Sie mich! Und wenn Sie gehört haben, was ich Ihnen zu sagen habe, und dann noch den *Krieg* erklären wollen, dann *tun* Sie es! Wie es so schön heißt, *meine* Tage sind gezählt, aber nicht die von Millionen anderer! Ich würde gern alles in meiner Macht Stehende tun, um das Leben dieser anderen zu verlängern. Aber es könnte sein, daß Sie anderer Meinung sind, dann erklären Sie Ihren Krieg, liebe Lady! Und dann, bei Gott, können *Sie* mit den Folgen leben!«

19

Borowski beugte sich im Stuhl vor und blickte im Licht der Stehlampe in den Lauf der Waffe. Das Ganze war eine sinnlose, mechanische Übung; der Lauf war makellos. In den letzten vier Stunden hatte er d'Anjous Pistole bereits dreimal gereinigt, sie dreimal zerlegt und alle Einzelteile geölt, bis das dunkle Metall glänzte. Das beschäftigte ihn. Er hatte sich d'Anjous Arsenal an Waffen und Explosivstoffen angesehen, aber da sich das meiste in versiegelten Behältern befand, die vermutlich gegen jeden Zugriff gesichert waren, hatte er sich an ihnen nicht zu schaffen gemacht und sich auf die eine Pistole konzentriert. In der Wohnung des Franzosen an der Rua das Lorchas mit Blick über Macaos Porto Interiore – den inneren Hafen – war wenig Platz zum Aufundabgehen, und sie waren übereingekommen, daß er untertags nicht hinausgehen sollte. In der Wohnung war er so sicher wie nur irgendwo in Macao. D'Anjou, der seine Wohnung beliebig oft wechselte, hatte das Appartement am Wasser noch nicht zwei Wochen unter einem falschen Namen gemietet. Er hatte dazu einen Anwalt eingeschaltet, den er nie persönlich kennengelernt hatte und der seinerseits einen ›Mieter‹ den Mietvertrag unterschreiben ließ, den der Anwalt durch Boten über die Garderobe des überfüllten schwimmenden Casinos an seinen unbekannten Klienten geschickt hatte. Derart waren die Wege des Philippe d'Anjou, ehemals Echo von Medusa.

Jason setzte die Waffe wieder zusammen, drückte die Patronen ins Magazin und ließ es in den Kolben einschnappen. Er stand auf und ging, die Waffe in der Hand, ans Fenster. Auf der anderen Seite des Wassers lag die Volksrepublik, für jeden, der von Habgier getrieben war, mühelos zu erreichen. Was Grenzen anging, hatte es seit den Zeiten der Pharaonen nichts Neues mehr unter der Sonne gegeben. Sie wurden errichtet, um überschritten zu werden – so oder so.

Er blickte auf die Uhr. Es war kurz vor fünf Uhr nachmittags, die Sonne ging schon unter. D'Anjou hatte ihn um Mittag von Hongkong aus angerufen. Der Franzose war mit Borowskis Schlüssel zum Peninsula gegangen, hatte seinen Koffer gepackt, ohne auszuchecken, und würde die Fähre um 13.00 Uhr zurück nach Macao nehmen. Wo war er?

Die Fahrt dauerte nur eine knappe Stunde, und vom Macao-Pier zur Rua das Lorchas waren es mit dem Taxi höchstens zehn Minuten. Aber Echo war unberechenbar.

Erinnerungsfetzen an Medusa, in d'Anjous Gegenwart aufgetaucht, beschäftigten Jason. Obwohl manche schmerzhaft und beängstigend waren, beruhigten sie ihn gleichzeitig, und auch das war dem Franzosen zu verdanken. Nicht nur, daß d'Anjou, wenn es darauf ankam, ein überzeugender Lügner sein konnte und ein Opportunist ersten Ranges. Nein, er steckte auch voller Einfälle. Und dann war der Franzose ein in der Wolle gefärbter Pragmatiker. Das hatte er in Paris bewiesen, und die Erinnerungen daran waren klar und deutlich. Wenn er sich verspätete, gab es dafür einen guten Grund. Wenn er nicht auftauchte, war er tot. Aber diese Vorstellung war für Borowski einfach nicht akzeptabel. D'Anjou war imstande, etwas zu tun, was Jason mehr als alles andere selbst tun wollte, nur daß er es nicht wagte, Maries Leben aufs Spiel zu setzen, indem er es tat. Es war schon Risiko genug, daß die Spur des falschen Borowski ihn überhaupt nach Macao geführt hatte. Aber solange er sich dem Lisboa-Hotel fernhielt, vertraute er auf seine Instinkte. Er würde sich vor jenen verborgen halten, die nach ihm Ausschau hielten – nach jemandem, der ihm auch nur entfernt in Größe, Körperbau oder Hautfarbe glich. Nach jemandem, der im Lisboa-Hotel Fragen stellte.

Ein einziger Anruf aus dem Lisboa bei dem Taipan in Hongkong, und Marie war tot. Der Taipan hatte nicht nur gedroht – Drohungen waren zu oft Finten ohne Bedeutung –, er hatte ein viel gefährlicheres Mittel eingesetzt. Nachdem er geschrien und die mächtige Pranke auf den Arm des zerbrechlichen Stuhls hatte herunterkrachen lassen, hatte er leise sein Wort gegeben! Marie würde sterben. Das war das Versprechen eines Mannes, der sein Wort hielt.

Und trotz alledem fühlte David Webb etwas, das er nicht definieren konnte. An dem hünenhaften Taipan war etwas Überlebensgroßes, etwas zu Dramatisches, das nichts mit seiner Größe zu tun hatte. Es war, als hätte er seine Leibesfülle auf eine Art und Weise zu seinem Vorteil eingesetzt, wie große Männer das selten tun, da sie es meist vorzogen, ihre schiere Größe für sich allein wirken zu lassen. Wer *war* der Taipan? Die Antwort war im Lisboa-Hotel zu finden, und da er es nicht wagte, selbst dorthin zu gehen, konnten d'Anjous Fähigkeiten ihm nutzen. Er hatte dem Franzosen sehr wenig gesagt; jetzt würde er ihm mehr sagen. Er würde einen brutalen Doppelmord beschreiben, ausgeführt mit einer Uzi, und sagen, eines der Opfer sei die Frau eines mächtigen Taipan gewesen. D'Anjou würde für ihn die Fragen stellen. Und wenn es Antworten gab, so würden ihn diese einen weiteren Schritt auf Marie zuführen.

Spiel das Spiel. Alexander Conklin.

Wessen Spiel? David Webb.

Du vergeudest Zeit! Jason Borowski. *Finde den, der sich als Borowski ausgibt. Schnapp ihn!*

Leise Schritte draußen im Korridor. Jason wandte sich vom Fenster ab und huschte zur Wand, preßte sich mit dem Rücken dagegen, die Pistole auf die Tür gerichtet und so postiert, daß das Türblatt ihn verdecken würde. Leise, vorsichtig schob sich ein Schlüssel ins Schloß. Dann schwang die Tür langsam auf.

Borowski ließ sie gegen den Eindringling zurückkrachen, wirbelte herum und packte die verblüffte Gestalt unter der Tür. Er riß ihn herein, trat die Tür zu, die Waffe auf den Kopf des zu Boden Gestürzten gerichtet, der einen Koffer und ein großes Paket hatte fallen lassen. Es war d'Anjou.

»Auf die Weise könnten Sie leicht eine Kugel in den Kopf kriegen, Echo!«

»*Sacre bleu!* Das ist garantiert das letzte Mal, daß ich auf Sie Rücksicht nehme! Sie können sich selbst nicht sehen, Delta. Sie sehen genauso aus wie damals in Tam Quan, als Sie tagelang nicht geschlafen hatten. Ich dachte, Sie ruhen sich vielleicht aus.«

Wieder eine Erinnerung, nur ein kurzes Aufblitzen. »In Tam Quan«, sagte Jason, »da haben Sie gesagt, ich müsse schlafen, nicht wahr? Wir haben uns damals im Busch versteckt und Sie haben mich abgeschirmt und mir praktisch den Befehl erteilt, auszuruhen.«

»Das war eine ganz eigennützige Bitte. *Wir* waren nicht imstande, dort herauszukommen, nur *Sie* konnten das.«

»Sie haben damals etwas zu mir gesagt. Was? Ich habe Ihnen zugehört.«

»Ich habe Ihnen erklärt, daß Ausruhen ebenso eine Waffe sei wie jeder stumpfe Gegenstand oder jede Schußwaffe.«

»Mehr oder weniger habe ich mich später auch so verhalten.«

»Ich freue mich, daß Sie so klug waren, auf Leute zu hören, die älter sind als Sie. Darf ich jetzt bitte aufstehen? Würden Sie *bitte* diese blöde Waffe weglegen?«

»Oh, tut mir leid.«

»Wir haben keine Zeit«, sagte d'Anjou, stand auf und ließ den Koffer auf dem Boden liegen. Er riß das braune Papier von seinem Paket. Es enthielt gebügelte Khakikleidung, zwei Pistolenhalfter und zwei Schildmützen; er warf alles auf einen Stuhl. »Das sind Uniformen. Die entsprechenden Ausweispapiere habe ich in der Tasche. Ich fürchte, mein Rang ist höher als der Ihre, Delta, aber das Alter hat eben auch seine Privilegien.«

»Das sind Uniformen der Polizei von Hongkong.«

»Genauer: von Kowloon. Vielleicht haben wir eine Chance, Delta! Deshalb hat es auch so lange gedauert, bis ich wieder hier war. Der Flughafen von Kai-tak! Die Sicherheitsvorkehrungen dort sind enorm, und das genau will der Mann, der Ihren Namen benutzt, um zu zeigen, daß er besser ist, als Sie das je waren! Es gibt natürlich keine Garantie, aber ich würde meinen Kopf darauf wetten – das ist eine klassische Herausforderung für einen Verrückten, der von seiner Bedeutung und seinen Fähigkeiten besessen ist. ›Stellen Sie nur Ihre Streitkräfte auf, und dann werde ich durchbrechen.‹ Mit einem einzigen solchen Erfolg schafft er aufs neue die Legende von seiner Unbesiegbarkeit. Das kann nur er sein.«

»Fangen Sie von vorn an«, befahl Borowski.

»Ja, während wir uns anziehen«, sagte der Franzose, zog sein Hemd aus und schnallte den Hosengurt auf. »*Schnell!* Ich habe ein Motorboot auf der anderen Straßenseite. Vierhundert PS. Wir können in fünfundvierzig Minuten in Kowloon sein. Hier! Das ist Ihre! *Mon dieu*, das Geld, das ich ausgegeben habe, ich könnte heulen.«

»Und die chinesische Küstenwache?« sagte Jason, während er seine Kleider abstreifte und nach der Uniform griff. »Die wird uns hochnehmen!«

»Quatsch. Mit bestimmten Booten verhandelt man über Funk und im Code. Schließlich gibt es bei uns so etwas wie Ehre. Wie glauben Sie eigentlich, daß wir unsere Ware befördern? Wie glauben Sie, daß wir überleben? Wir treffen uns in kleinen Buchten der chinesischen Inseln von Teh Sa Wei, und dort wird der Handel abgeschlossen. *Schnell!*«

»Was genau ist auf dem Flughafen los? Warum sind Sie so sicher, daß er es ist?«

»Der Gouverneur. Ein Attentat.«

»*Was*?« schrie Borowski entsetzt.

»Ich bin mit Ihrem Koffer vom Peninsula zur Star-Fähre gegangen. Das ist nur ein kurzes Stück, und die Fähre ist viel schneller als ein Taxi durch den Tunnel. In der Salisbury Road sah ich, wie sieben Streifenwagen im Karacho die Polizeikaserne verließen, und alle bogen nach links. Das kam mir komisch vor – zwei oder drei, ja, wenn es irgendwo eine Schlägerei gibt, aber *sieben*? Ich hab also meinen Kowlooner Kontaktmann angerufen, und der war sehr kooperativ – außerdem war es ohnehin kein Geheimnis mehr. Er hat gesagt, wenn ich bliebe, wo ich war, würde ich in den nächsten zwei Stunden mindestens noch zehn Streifenwagen und zwanzig Mannschaftswagen nach Kai-tak hinausfahren sehen. Was ich gesehen hatte, war nur die Vorhut. Sie hatten durch ihre Verbindungsleute im Untergrund gehört, daß ein Attentat auf den Krongouverneur geplant war.«

»Einzelheiten!« befahl Borowski schroff und griff nach dem langen Khakihemd und dem patronengefüllten Halftergürtel.

»Der Gouverneur kommt heute abend mit Leuten vom Auswärtigen Amt und einer chinesischen Verhandlungsdelegation mit dem Flugzeug aus Peking an. Der Flughafen wird von Zeitungsreportern und Fernsehteams wimmeln. Beide Regierungen legen Wert auf Publicity. Morgen soll es zu einem Treffen der Verhandlungsdelegationen und führenden Finanzleuten kommen.«

»Der Siebenundneunziger-Vertrag?«

»Eine weitere Runde in dem endlosen Palaver über die Verträge. Aber Sie sollten, um unser aller willen, beten, daß sie weiterhin freundlich miteinander reden.«

»Das *Spiel*«, sagte Jason leise und blieb wie erstarrt stehen.

»Was für ein Spiel?«

»Von dem Sie gesprochen haben, das Spiel mit den heißgelaufenen Drähten zwischen Peking und Gouverneursresidenz. Den Krongouverneur töten, weil man den Vizepremier ermordet hat? Und dann vielleicht den Außenminister für ein Mitglied des Zentralkomitees – den Premierminister für den Vorsitzenden? Wo soll das enden? Wie viele gezielte Morde, ehe der Zerreißpunkt erreicht ist? Wie lange lassen sich Eltern von einem Gör auf der Nase herumtanzen – wann also marschieren die in Hongkong ein? Herrgott, es *könnte* dazu kommen. Jemand *will*, daß es dazu kommt!«

D'Anjou stand reglos da und hielt das Halfter mit dem patronengespickten Ledergurt.

»Was ich da sage, ist reine Spekulation – wahllose Gewaltakte eines wahnsinnigen Killers, der sich von jedermann anheuern läßt. Es gibt auf beiden Seiten genug Habgier und politische Korruption, die eine solche Spekulation rechtfertigen. Sie aber wollen sagen, das Ganze sei ein ausgeklügelter Plan, um in Hongkong so viel Unruhe zu stiften, daß das Festland eingreifen muß.«

»Das Spiel«, wiederholte Jason Borowski. »Je komplizierter es wird, desto einfacher scheint es.«

Die Dächer des Flughafens Kai-tak wimmelten von Polizei, ebenso wie die Flugsteige, die Abfertigungsschalter und die Gepäckzonen. Draußen auf dem riesigen schwarzen Asphaltfeld mischten sich die Lichtbalken von Suchscheinwerfern, die jedes sich bewegende Fahrzeug und jeden Zollbreit Boden abtasteten, in das Licht der starken Flutlichter. Fernsehteams rollten unter wachsamen Blicken Kabel aus, während Reporter hinter ihren Übertragungswagen in einem Dutzend Sprachen Sprechproben machten. Reporter und Fotografen wurden hinter den Absperrungen zurückgehalten, und immer wieder kamen Lautsprecherdurchsagen, daß die abgesperrten Zonen bald allen Journalisten mit entsprechenden Passierscheinen zugänglich sein würden. Und dann geschah das völlig Unerwartete: Ein plötzlicher Regenschauer ging über die Kronkolonie nieder. Wieder eine Herbstsintflut.

»Der Kerl hat Glück, nicht wahr?« sagte d'Anjou, während er und Borowski in ihren Uniformen mit einem Polizeipulk durch einen Wellblechtunnel zu einem der riesigen Reparaturhangars gingen. Das Hämmern des Regens war ohrenbetäubend.

»Glück hat gar nichts damit zu tun«, erwiderte Jason. »Er hat sich die Wetterberichte bis hinauf nach Sichuan angesehen. Jeder Flughafen hat diese Berichte. Er hat das gestern, wenn nicht schon vorgestern festgestellt. Auch Wetter ist eine Waffe, Echo.«

»Wie aber hätte er wissen können, wann die chinesische Maschine mit dem Gouverneur ankommen würde? Die verspäten sich oft um Stunden, sogar *gewöhnlich* um Stunden.«

»Aber nicht um Tage, das wäre *ungewöhnlich*. Wann hat die Kowlooner Polizei von dem geplanten Attentat erfahren?«

»Danach habe ich mich natürlich erkundigt«, sagte der Franzose. »Heute vormittag gegen halb zwölf.«

»Und die Maschine aus Peking sollte irgendwann heute abend eintreffen?«

»Ja. Die Leute von der Presse und vom Fernsehen wurden auf neun herbestellt.«

»Er hat sich die Wetterberichte genau angesehen. Er läßt nichts außer acht.«

»Und genau das müssen *Sie* auch, Delta! Sie müssen wie er *denken*, müssen er sein! Das ist unsere Chance!«

»Was tue ich denn anderes? ... Wenn wir den Hangar erreichen, möchte ich mich von Ihnen trennen. Geht das mit Ihrem gefälschten Ausweis?«

»Ich bin ein britischer Gruppenführer von der Polizei Mongkok.«

»Und was *bedeutet* das?«

»Das weiß ich wirklich nicht, aber mehr ging nicht.«

»Sehr britisch klingen Sie nicht.«

»Wer würde das schon in Kai-tak merken, alter Junge?«

»Die Briten.«

»Denen werde ich aus dem Weg gehen. Mein Chinesisch ist besser als Ihres. Die *Zhongguo ren* werden es respektieren. Und Sie werden sich frei bewegen können.«

»Das muß ich«, sagte Jason Borowski. »Wenn das wirklich Ihr Mann ist, dann will ich ihn haben, ehe ihn ein anderer entdeckt! Hier. *Jetzt!*«

In glänzenden gelben Regenmänteln schleppten Träger Stangen aus dem Hangar und verbanden sie mit Plastikseilen. Dann traf eine Wagenladung der gelben Mäntel für die Polizeikontingente ein; sie wurden von der Ladebrücke geworfen und von den Männern aufgefangen. Die Polizisten schlüpften hinein und scharten sich dann um ihre Vorgesetzten, um Anweisungen entgegenzunehmen. Jetzt zeichnete sich in einem Durcheinander von Uniformierten trotz des plötzlichen Wolkenbruchs so etwas wie Ordnung ab. Es war die Art von Ordnung, der Borowski zutiefst mißtraute. Das alles ging zu glatt, war zu routiniert für das, was ihnen bevorstand. Reihen uniformierter Soldaten waren hier fehl am Platze, waren die falsche Taktik, wenn es darum ging, Guerillas zu suchen – oder einen Mann, der ein Meister des Guerillakrieges war. Jeder Polizist in seinem gelben Regenschutz war gleichzeitig eine Warnung und ein Ziel; und noch etwas anderes. Eine Spielfigur. Jeder einzelne konnte durch einen anderen ersetzt werden, der genauso gekleidet war, durch einen Killer, der wußte, wie man es anstellte, so wie sein Feind auszusehen.

Und doch war ein solches Vorgehen selbstmörderisch, und Jason wußte, daß der, der ihn nachahmte, dazu entschlossen war. Es sei denn . . . Es sei denn, die einzusetzende Waffe war so leise, daß der Regen sie übertönte. Aber selbst dann war es möglich, einen Kordon um den Tatort zu errichten; wenn der Krongouverneur zusammenbrach, konnte man jeden Ausgang blockieren und jeden Anwesenden zwingen, an Ort und Stelle zu bleiben. Was aber, wenn der Killer einen winzigen Bolzen abschoß, der beim Auftreffen nur wie ein Nadelstich wirkte, etwas, das man wie eine lästige Fliege wegwischte, wenn der tödliche Gifttropfen in den Blutstrom eindrang und langsam, aber unausweichlich den Tod verursachte? Das war eine Möglichkeit, aber auch hier waren zu viele Hindernisse zu überwinden und forderte die Tat mehr Treffsicherheit, als sie eine Druckluftwaffe garantiert. Der Gouverneur der Krone würde ohne Zweifel eine Schutzweste tragen, und auf das Gesicht zu zielen kam nicht in Frage. Gesichtsnerven waren besonders schmerzempfindlich, und jeder fremde Gegenstand, der in Augennähe auftraf, erzeugte sofortige und dramatische Reaktionen. Blieben also Hände und

Hals. Die Hände waren ein zu kleines und zu bewegliches Ziel. Und der Hals bot einfach zu wenig Zielfläche. Ein Karabinerschuß von einem Dach aus? Ein Scharfschütze mit einem Infrarotteleskop? Aber auch das war selbstmörderisch, denn der Explosionsknall wäre zu laut, und Schalldämpfer verringerten die Treffsicherheit. Nein, einen Killer auf einem Dach konnte man ausschließen. Das wäre zu auffällig.

Es kam auf nichts anderes an als todsicheren Mord. D'Anjou hatte recht. Alles sprach für einen spektakulären Mord. Carlos der Schakal konnte nicht mehr verlangen – und ebensowenig Jason Borowski, überlegte David Webb. Die Tat trotz der außergewöhnlichen Sicherheitsmaßnahmen zu vollbringen würde den neuen ›Borowski‹ zum König seines widerwärtigen Berufes machen. Aber *wie*? Wofür würde er sich entscheiden? Und sobald die Entscheidung einmal getroffen war, welcher Fluchtweg bot die größten Chancen?

Einer der Fernsehübertragungswagen mit seinen komplizierten Geräten war zu auffällig. Die Service-Crews des Flugzeugs wurden doppelt und dreifach überprüft; ein Fremder würde sofort entdeckt. Alle Journalisten würden elektronische Schleusen passieren müssen, die bereits auf Metall im Gewicht von mehr als zehn Milligramm reagierten. *Wie* also?

»Das ist Ihre Freigabe!« sagte d'Anjou, der plötzlich mit einem Blatt Papier in der Hand neben ihm auftauchte. »Der Polizeipräfekt von Kaitak hat es unterschrieben.«

»Was haben Sie ihm gesagt?«

»Daß Sie ein Israeli seien, den der Mossad für Terroristenbekämpfung ausgebildet und in einem Austauschprogramm zu uns geschickt hat. Das wird sich herumsprechen.«

»Du großer Gott, ich spreche doch nicht *hebräisch*!«

»Wer tut das hier schon? Sie zucken einfach die Achseln und sprechen französisch, so gut Sie können, denn hier spricht man französisch nur schlecht. Damit kommen Sie bestimmt durch.«

»Sie sind unmöglich, das wissen Sie doch, oder?«

»Ich weiß, daß Delta, als er in Medusa unser Führer war, im Saigon-Kommando sagte, daß er ohne den ›alten Echo‹ nicht ins Feld gehen würde.«

»Ich muß damals von Sinnen gewesen sein.«

»Nun, weniger Verstand hatten Sie damals, das will ich Ihnen einräumen.«

»Vielen Dank, Echo. Wünschen Sie mir Glück.«

»Sie brauchen kein Glück«, sagte der Franzose. »Sie sind Delta. Und werden immer Delta sein.«

Borowski nahm den gelben Regenmantel und die Schildmütze ab und ging hinaus und zeigte den Wachen an den Hangartoren seinen Passierschein! In der Ferne wurde die Presse durch die elektronischen Schleusen in die Absperrungen gelotst. Am Rand der Piste hatte man Mikrofone aufgestellt, und jetzt kamen noch Motorradstreifen zu den Polizeiautos und bildeten einen dichten Halbkreis um die Fläche, wo die Pressekonferenz stattfinden sollte. Die Vorbereitungen waren so gut wie abgeschlossen, alle Sicherheitskräfte hatten ihre Posten eingenommen, und die Anlagen der Medien funktionierten. Die Maschine aus Beijing hatte offenbar trotz des Wolkenbruchs zum Landeanflug angesetzt. In wenigen Minuten würde sie landen, und Jason wünschte sich, er könnte die Minuten in die Länge dehnen. Es gab so viele Dinge, nach denen Ausschau zu halten war, und so wenig Zeit zum Suchen. *Wo? Was?* Alles war ebenso möglich wie unmöglich. Wozu würde sich der Killer entschließen? Von welchem Punkt aus würde er die perfekte Tat versuchen? Und wie würde er am logischsten lebend vom Tatort entkommen?

Borowski hatte jede Möglichkeit durchdacht und jede wieder verworfen. *Denk noch mal! Und noch mal!* Nur Minuten bleiben noch. Geh herum und fang ganz am Anfang an . . . Der Anfang. Das Ziel: die Ermordung des Krongouverneurs. Bedingungen: scheinbar hundertprozentige Sicherheit, mit Polizeibeamten auf den Dächern, die jeden Eingang blockierten und jeden Ausgang, jede Treppe, jeden Aufzug, und alle in Funkkontakt. Nichts als Hindernisse. Selbstmord . . . und genau diese Hindernisse fand der Killer in der Maske des Jason Borowski so unwiderstehlich. D'Anjou hatte wieder einmal recht gehabt: wenn es dem Meuchelmörder gelang, unter solchen Umständen seine spektakuläre Tat zu begehen, dann wäre dies ein Beweis seiner Überlegenheit – oder ein neuer Beweis. Was hatte der Franzose gesagt? *Mit einem einzigen solchen Erfolg schafft er aufs neue die Legende von seiner Unbesiegbarkeit.*

Wer? Wo? Wie? Überlege! Sieh dich um!

Der Wolkenbruch durchtränkte seine Polizeiuniform. Er wischte sich dauernd das Wasser aus dem Gesicht, während er herumging und alles musterte. *Nichts!* Dann war in der Ferne das gedämpfte Brausen der Düsenmotoren zu hören. Der Jet aus Beijing setzte am anderen Ende der Piste zur Landung an.

Jason beobachtete die Menschenmenge hinter den Seilabsperrungen. Die Regierung von Hongkong hatte als Geste für Beijing und aus dem Wunsch nach »umfassender Berichterstattung« allen, die da waren, Ponchos und Segeltuchplanen und billige Regenmäntel zur Verfügung gestellt. Die Leitung von Kai-tak hatte die Bitten der Medien nach einer Konferenz unter Dach abgelehnt, mit der einfachen und klugerweise nicht näher begründeten Feststellung, daß das im Interesse der Sicherheit nicht angehe. Es würden nur kurze Statements abgegeben, höchstens insgesamt fünf oder sechs Minuten. Das journalistische Establishment werde doch wohl bei einem so wichtigen Ereignis etwas Regen ertragen können.

Die Fotografen? *Metall!* Kameras wurden durch die Detektorschleusen gereicht, aber nicht alle ›Kameras‹ machten Bilder. Man konnte ein relativ einfaches Gerät in eine Objektivfassung einbauen, einen Schußmechanismus, der mit Hilfe eines Teleskopsuchers eine Kugel – oder einen Bolzen – abfeuerte. War das die Methode? Hatte sich der Meuchelmörder *dafür* entschieden und sich vorgenommen, die ›Kamera‹ einfach zu zertreten und dann eine andere aus der Tasche zu ziehen, während er sich an den Rand der Menschenmenge arbeitete – mit Ausweispapieren, die ebenso gefälscht wie die d'Anjous und die des ›Terroristenbekämpfers‹ des Mossad waren? Möglich war es.

Der riesige Jet war jetzt gelandet, und Borowski strebte mit schnellen Schritten in das mit Seilen abgesperrte Areal, ging auf jeden Fotografen zu, den er sah, und suchte – suchte nach einem Mann, der aussah wie er. Da mußten wenigstens zwei Dutzend Männer mit Kameras sein; jetzt begann er unruhig zu werden, als das Flugzeug aus Peking langsam auf die Menge zurollte und die Scheinwerferbalken sich auf die Fläche rings um die Mikrofone und die Fernsehteams konzentrierten. Er ging von einem Fotografen zum andern, vergewisserte sich schnell, daß der Mann nicht der Killer sein konnte, und sah dann noch einmal hin, ob da irgendwelche Spuren von kosmetischer Behandlung im Gesicht zu sehen waren. Wieder *nichts*! Niemand! Er mußte ihn *finden*, ihn *unschädlich machen*! Ehe ein anderer ihn fand. Das Attentat war unwichtig, für ihn ohne Belang. Nur auf Marie kam es an!

Noch einmal zurück zum Anfang! Ziel – der Krongouverneur. Umstände – äußerst ungünstig für ein Attentat bei einer Zielperson der höchsten Sicherheitsstufe, die ohne Zweifel auch mit einer kugelsicheren Weste geschützt war, und das Ganze unter den Augen von gut ausgebildeten Sicherheitskräften mit Offizieren, die alles in der Hand hatten . . . Der *Anfang*? Da fehlte etwas. Geh es noch einmal durch. Der Krongouverneur – das Ziel, ein einfaches Attentat. Attentatsmethode: Selbstmord ausgeschlossen. Also kam nur eine später einsetzende Wirkung in Frage – ein vergifteter Bolzen –, und doch war die Zielsicherheit einer solchen Waffe nicht ausreichend, während andererseits der laute Knall einer konventionellen Pistole sofort sämtliche Sicherheitskräfte alarmieren würde. Später einsetzende *Aktion*, nicht *Reaktion*! Der Anfang, die erste Annahme war *falsch*! Das Ziel war nicht nur der Krongouverneur. *Kein* einzelner Mord, sondern mehrere, wahlloses Morden. Um wieviel spektakulärer war doch eine solche Tat! Um wie vieles wirksamer für einen Wahnsinnigen, der Hongkong ins Chaos stürzen wollte! Und das Chaos würde bei den Sicherheitskräften seinen Anfang nehmen, Unruhe, Chaos, Flucht!

Borowskis Verstand arbeitete fieberhaft, während er sich seinen Weg durch die Menge bahnte und seine Augen nach allen Seiten schweifen ließ. Er versuchte, sich jede Waffe, die er je gekannt hatte, ins Gedächtnis zu rufen. Eine Waffe, die man lautlos, unauffällig, inmitten einer dichten

Menschenmenge abfeuern konnte und deren Wirkung spät genug eintrat, daß der Mörder die Position wechseln und entkommen konnte. Das einzige, was ihm dabei einfiel, waren Handgranaten, aber die tat er gleich wieder ab. Dann dachte er an Dynamit mit Zeitzünder oder Plastiksprengstoff. So etwas ließ sich sowohl verbergen als auch mit Verzögerungszündung ausstatten. Plastiksprengstoffe konnte man nicht nur auf Minuten einstellen, sondern bis auf ein paar Sekunden genau; man konnte sie in kleinen Schachteln oder Paketen verstecken, sogar in schmalen Aktentaschen ... oder dicken Taschen, wie sie für Fotoausrüstungen benutzt wurden, ohne daß sie notwendigerweise ein Fotograf tragen mußte. Wieder wanderten seine Blicke, suchten die Scharen von Reportern und Fotografen ab, huschten über den schwarzen Asphalt, unter Röcke und Hosen, hielten Ausschau nach einem Behältnis, das auf dem Asphalt stand. Er konzentrierte sich auf die Reihen von Männern und Frauen vorn an der Absperrung. In seiner Vorstellung war das Paket höchstens dreißig Zentimeter lang, wenn es dick war – fünfzig vielleicht, wenn es sich um einen Gerätekoffer handelte. Eine kleinere Ladung würde nicht ausreichen, die Repräsentanten beider Regierungen zu töten. Die Flughafenbeleuchtung war stark, aber sie erzeugte auch Schatten. Er hätte eine Taschenlampe mitbringen sollen – *immer* hatte er eine bei sich gehabt, denn noch die kleinste war auch eine Waffe! Wie hatte er das vergessen können? Und dann sah er zu seinem Erstaunen, wie plötzlich die Lichtbalken von Taschenlampen über den Flugplatz huschten, zwischen eben den Hosen und Röcken, die er gemustert hatte. Die Sicherheitspolizei hatte sich dieselbe Theorie zu eigen gemacht! LaGuardia-Flughafen, 1972; Lod-Flughafen, Tel Aviv, 1974; Rue de Bac, Paris, 1975; Harrods, London, 1982, und so weiter, von Teheran bis Beirut. Sie waren auf dem laufenden, er nicht. Seine Gedanken bewegten sich nur langsam – und das durfte er nicht zulassen! *Wer? Wo?*

Die riesige 747 der Volksrepublik tauchte jetzt wie ein mächtiger Silbervogel auf, und ihre Düsenaggregate brausten noch einmal laut auf, ehe sie leiser wurden und die Maschine auf fremdem Boden auf die vorgesehene Position manövriert wurde. Die Tür öffnete sich, und das Schauspiel begann. Die beiden Leiter der britischen und der chinesischen Delegation kamen gemeinsam heraus, winkten und kamen dann nebeneinander die Stahltreppe herunter, der eine in der Kleidung von Whitehall, der andere in der eintönigen, ranglosen Uniform der Volksarmee. Zwei Reihen von Delegationsmitgliedern folgten ihnen, wobei sich Asiaten wie Westler für die Kameras die größte Mühe gaben, wie Kollegen zu erscheinen. Die Delegationsleiter traten an die Mikrofone, und während ihre Stimmen über die Lautsprecher und durch den Regen dröhnten, verschwammen die nächsten Minuten für Jason ineinander. Ein Teil seines Bewußtseins war bei der Zeremonie im Scheinwerferlicht, während der andere, größere Teil sich auf die letzte Suche konzentrierte

– denn die letzte würde es sein. Wenn der falsche Jason Borowski dort draußen war, dann mußte er ihn *finden vor* der Tat, vor dem *Chaos*! Aber, verdammt, *wo*? Borowski verließ das mit Seilen abgesperrte Feld auf der rechten Seite, um besser sehen zu können. Ein Posten wollte ihn daran hindern, worauf Jason ihm seinen Ausweis zeigte und dann reglos stehenblieb und die Fernsehteams scharf ins Auge faßte, die Menschen, ihre Geräte. Wenn der Meuchelmörder unter ihnen war, welcher von ihnen war es dann?

»Wir sind gemeinsam erfreut, bekanntgeben zu können, daß in bezug auf die Verträge weitere Fortschritte erzielt worden sind. Das Vereinigte Königreich . . .«

»Die Volksrepublik China – das einzig wahre China auf dieser Erde – gibt dem Wunsch Ausdruck, gemeinsam mit allen, die . . .«

Die beiden Redner wechselten sich ab, und jeder sekundierte dem, was die andere Seite sagte, ließ die Welt aber zugleich wissen, daß es noch viel zu verhandeln gab. Hinter aller Höflichkeit, den nichtssagenden Worten und dem künstlichen Lächeln knisterte Spannung. Und Jason fand nichts, worauf er seine Aufmerksamkeit konzentrieren konnte. *Nichts.* Und so wischte er sich den Regen vom Gesicht und nickte dem Posten zu, während er sich wieder unter der Absperrung hindurchzwängte, wieder in die Menschenmenge dahinter eintauchte und sich seinen Weg zur linken Seite der Pressekonferenz bahnte.

Plötzlich fühlten sich Borowskis Augen zu einer Reihe von Scheinwerferpaaren hingezogen, die im Regen am anderen Ende des Flugfeldes in die Piste einbogen und schnell auf die stehende Boing 747 zurollten. Und dann, wie auf ein Stichwort, brandete Beifall auf. Die kurze Zeremonie war vorbei, die Ankunft der Staatskarossen signalisierte das. Jetzt rollten sie mit ihren Motorradeskorten zwischen den Delegationen und den Journalisten und Fotografen heran. Polizei umringte die Übertragungsfahrzeuge, und bis auf zwei offizielle Kameraleute mußten alle in ihre Fahrzeuge steigen.

Das war der Augenblick. Wenn etwas passieren sollte, so würde das jetzt geschehen. Wenn eine Todesmaschine aufgestellt wird und ihre Ladung innerhalb einer Minute oder Sekunde explodieren sollte, so würde sie *jetzt* aufgestellt werden müssen.

Zu seiner Linken sah er einen Polizeioffizier, einen hochgewachsenen Mann, dessen Augen sich so schnell bewegten wie seine eigenen. Jason beugte sich zu dem Mann hinüber und sprach ihn auf chinesisch an, während er ihm seinen Ausweis hinhielt und ihn mit der Hand vor dem Regen schützte. »Ich bin der Mann vom Mossad!« schrie er, bemüht, sich trotz des Applauses Gehör zu verschaffen.

»Ja, man hat mich über Sie informiert!« schrie der Beamte. »Man hat es mir gesagt. Wir sind dankbar, daß Sie hier sind!«

»Haben Sie eine Lampe – eine Taschenlampe?«

»Ja, natürlich. Wollen Sie sie?«

»Aber ja.«

»Hier.«

»Verschaffen Sie mir freien Weg!« befahl Borowski und hob das Seil und winkte dem Beamten, ihm zu folgen. »Ich habe keine Zeit, Papiere zu zeigen!«

»Sicher!« Der Chinese folgte ihm und wehrte einen Wachmann ab, der Jason aufhalten wollte. »Lassen Sie ihn! Er ist einer von uns! Er ist genau für das hier ausgebildet!«

»Der Jude von Mossad?«

»Ja, das ist er.«

»Man hat uns informiert. Danke, Sir . . . Aber er kann uns natürlich nicht verstehen.«

»Seltsamerweise doch. Er spricht *Guangdong hua*.«

»In der Restaurantstraße gibt es ein Lokal, in dem es angeblich koschere –«

Borowski war jetzt zwischen den Limousinen und der Absperrung. Während er an der Absperrung entlangging, die Taschenlampe auf den asphaltierten Boden gerichtet, gab er Anweisungen auf chinesisch und englisch – die Befehle eines klar denkenden Mannes, der vielleicht etwas suchte, was er verloren hatte. Einer nach dem anderen traten die Männer und Frauen von der Presse zurück und entschuldigten sich bei denen, die hinter ihnen standen. Jetzt näherte er sich der Limousine an der Spitze; am linken und am rechten Kotflügel hingen die Wimpel Großbritanniens und der Volksrepublik und signalisierten, daß England der Gastgeber und China der Gast war. Die Delegationschefs fuhren gemeinsam. Jason konzentrierte sich auf den Boden; die zwei Würdenträger waren gerade dabei, unter gedämpftem Applaus mit ihren engsten Beratern das lange Fahrzeug zu besteigen.

Und da *geschah* es, aber Borowski war nicht sicher, was es war! Seine linke Schulter berührte eine andere Schulter, ein gleichsam elektrischer Kontakt. Der Mann, den er angestoßen hatte, taumelte nach vorn und fuhr dann so heftig herum, daß Jason das Gleichgewicht verlor. Er drehte sich um und sah den Mann auf dem Polizeimotorrad an und hob seine Taschenlampe, um durch das dunkle Plastikoval des Helms zu sehen.

Und da traf es ihn wie ein Blitz, wie ein scharfer Strahl, der in seinen Schädel krachte, und seine Augen saugten sich förmlich an dem anderen fest, während er sich bemühte, das Unglaubliche in sich aufzunehmen. Er starrte *sich selbst* an – so wie er vor wenigen Jahren gewesen war! Die dunklen Züge hinter der Plastikscheibe waren *die seinen*! Es war der *Commando*! Der *Meuchelmörder*!

Die Augen, die seinen Blick erwiderten, ließen ebenfalls Panik erkennen, aber sie waren schneller als die Webbs. Eine flache Hand zuckte vor, schlug gegen Jasons Kehle und schnitt ihm jedes Wort und jede Gedanken ab. Borowski fiel nach hinten, konnte nicht schreien, griff sich an den Hals, während der Meuchelmörder von seinem Motorrad sprang. Er rannte an Jason vorbei und duckte sich unter den Seilen der Absperrung durch.

Du mußt ihn erwischen! Ihn festhalten! . . . *Marie!* Die Worte stellten sich nicht ein, nur hysterische Gedanken schossen fieberhaft durch Borowskis Bewußtsein. Er würgte, kämpfte gegen den Schmerz in seiner Kehle an und sprang über das Seil, stürzte sich in die Menge, folgte dem Killer, der rings um sich Männer und Frauen umgestoßen hatte und jetzt floh.

»Haltet ihn *auf*!« Nur das letzte Wort drang aus Jasons Kehle; nur ein heiseres Flüstern. »Laßt *mich durch*!« Zwei Worte diesmal, aber keiner hörte ihn. Irgendwo auf dem Flughafengelände spielte eine Kapelle im Wolkenbruch.

Der Weg war versperrt! Rings um ihn waren Leute, Leute, Leute. Ich muß ihn finden! Ihn festhalten! *Marie!* Er ist weg! Er ist *verschwunden*! »Laßt mich durch!« schrie er, jetzt wieder hörbar, aber niemand achtete darauf. Er riß und zerrte und arbeitete sich an den Rand der Menschenmenge und sah sich der nächsten Menge hinter den Glastüren des Flughafengeländes gegenüber.

Nichts! Niemand! Der Killer war verschwunden!

Killer?

Die Limousine, die Limousine an der Spitze mit den Wimpeln beider Länder. *Das* war das Ziel! Irgendwo in diesem Wagen oder unter dem Wagen war der Zeitzünder, der ihn in die Luft jagen und die Leiter der beiden Delegationen töten würde. Ergebnis – das Spiel . . . Chaos.

Borowski wirbelte herum und suchte verzweifelt nach irgendeiner Amtsperson. Da! Zwanzig Meter hinter der Seilabsperrung in Habtacht-Haltung, weil gerade die britische Nationalhymne gespielt wurde, ein Offizier der Polizei von Kowloon. An seinem Gürtel ein Funkgerät. Eine *Chance*! Die Limousinen hatten inzwischen in gemessenem Tempo Fahrt aufgenommen und rollten auf ein unsichtbares Tor des Flughafengeländes zu.

Jason riß an dem Seil, zog es hoch, warf dabei einen Ständer um, und rannte auf den kleinen chinesischen Offizier zu. »*Xun su!*« brüllte er.

»*Shemma?*« erwiderte der Mann verblüfft und griff instinktiv nach der Pistole.

»Halten Sie sie auf! Die Wagen, die *Limousinen*! Die *vorderste*!«

»Was ist los? Wer sind Sie?«

Borowski mußte an sich halten, um nicht auf den Mann einzuschlagen. »*Mossad!* schrie er.

»Sie sind der Mann aus Israel? Ich habe gehört –«

»Hören Sie mir zu! Nehmen Sie Ihr Funkgerät und sagen Sie, die sollen sie aufhalten! Alle sollen aus dem Wagen! Er wird explodieren! *Jetzt!*«

Durch den Regen sah der Beamte Jason in die Augen, nickte dann und zog das Funkgerät aus dem Gürtel. »Notfall! Kanal freimachen, ich brauche eine Verbindung zu Roter Stern eins. *Sofort!*«

»*Alle* Wagen!« unterbrach ihn Borowski. »Es eilt!«

»*Achtung!*« rief der Polizeibeamte. »Alarm an alle Fahrzeuge. Stellen Sie mich durch!« Und dann sprach der Chinese mit angespannter, aber kontrollierter Stimme, sprach ganz deutlich, jedes Wort betonend. »Hier ist Colony fünf, oberste Dringlichkeitsstufe. Bei mir ist der Mann vom Mossad. Ich gebe jetzt seine Instruktionen weiter. Ihnen ist sofort Folge zu leisten. Roter Stern eins soll sofort anhalten, die Passagiere verlassen das Fahrzeug, sie sollen Deckung suchen. Alle anderen Wagen sollen nach links abbiegen, auf die Mitte des Flugfeldes zu, von Roter Stern eins weg. *Sofort* ausführen!«

Verblüfft starrte die Menge auf die Fahrzeugkolonne, deren Motoren aufheulten! Fünf Limousinen bogen ab und rasten auf den Rand des Flughafengeländes zu. Der erste Wagen kam mit quietschenden Reifen zum Stehen; die Türen flogen auf, und Männer sprangen heraus, rannten nach allen Richtungen davon.

Acht Sekunden später geschah es. Die Limousine mit dem Codenamen Roter Stern eins explodierte fünfzehn Meter vor einem offenen Tor. Metallstücke und Glasscherben flogen in die Luft und regneten mit dem Wolkenbruch wieder vom Himmel, während die Musikkapelle verstummte.

Beijing, 23.25 Uhr

In einem nördlichen Vorort von Beijing gibt es einen riesigen Komplex, von dem nur selten die Rede ist und der der Öffentlichkeit versperrt ist. Der Hauptgrund dafür ist natürlich seine Sicherheit, doch entbehrt das Ganze in einer gleichmacherischen Gesellschaft auch nicht einer gewissen Peinlichkeit. Denn innerhalb dieser bewaldeten Enklave in den Bergen stehen die Villen der mächtigsten Männer Chinas. Der Schleier des Geheimnisses liegt über diesem Komplex, den hohe graue Steinmauern umschließen und dessen Zugänge von erfahrenen Veteranen der Armee bewacht werden, während weiter draußen, in den Wäldern, Streifen mit Polizeihunden patrouillieren. Und wenn man über die hier gepflegten gesellschaftlichen oder politischen Zustände spekulieren wollte, so sollte man vielleicht feststellen, daß keine Villa von der anderen aus sichtbar ist, weil jeder einzelne Bau von einer eigenen inneren Mauer umgeben ist und alle Leibwächter persönlich ausgewählt sind, nach Jahren des Gehorsams und des Vertrauens. Wenn der Name der Anlage erwähnt wird, so spricht man vom Jadeturmberg, meint damit aber keinen Berg in geologischem Sinn, sondern einen immensen Hügel, der sich über die anderen erhebt. Männer wie Mao Zedong, Lin Shaoqi, Lin Biao und Zhou Enlai haben, jeder zu seiner Zeit und in den Höhen und Tiefen ihrer politischen Laufbahn, hier residiert. Zu den Bewohnern gehörte augenblicklich ein Mann, der die wirtschaftliche Zukunft der Volksrepublik formte. Die Weltpresse bezeichnete ihn nur als Sheng, und jeder wußte, wofür dieser Name stand. Sein voller Name lautete Sheng Chou Yang.

Jetzt raste eine braune Limousine auf die mächtige graue Mauer zu, näherte sich Tor 6, wo der Fahrer plötzlich auf die Bremse trat, worauf der Wagen schräg in die Einfahrt schlitterte und nur wenige Zentimeter vor der in grellem Orange lackierten Schranke zum Stillstand kam, die das Licht seiner Scheinwerfer reflektierte. Ein Posten trat auf den Wagen zu.

»Wen wollen Sie sehen und wie heißen Sie? Ich brauche einen Passierschein.«

»Minister Sheng«, sagte der Fahrer. »Mein Name ist nicht wichtig und meine Papiere auch nicht. Bitte verständigen Sie die Wohnung des Ministers, daß sein Abgesandter von Kowloon hier ist.«

Der Soldat zuckte die Achseln. Antworten dieser Art waren am Jadeturmberg durchaus nicht ungewöhnlich, und weitere Fragen hätten möglicherweise zu einer Versetzung aus diesem Paradies führen können, wo selbst die Essensüberreste jegliche Phantasie überstiegen und man für gehorsamen Dienst manchmal sogar ausländisches Bier bekam. Der Posten ging also zum Telefon. Der Besucher mußte angemessen empfangen werden. Alles andere könnte dazu führen, daß man auf einem abgelegenen Feld niederknien mußte und eine Kugel ins Genick bekam. In seinem Wachhäuschen wählte der Posten die Nummer der Villa Sheng Chou Yang.

»Einlassen. *Schnell!*«

Ohne zu der Limousine zurückzukehren, drückte der Posten einen Knopf, worauf die orangefarbene Schranke in die Höhe ging. Der Wagen raste herein, viel zu schnell für den Kiesweg, dachte der Posten. Der Abgesandte hatte es offenbar sehr eilig.

»Minister Sheng ist im Garten«, sagte der Armeeoffizier an der Tür und blickte mit unruhigem Blick an dem Besucher vorbei in die Dunkelheit. »Gehen Sie zu ihm.«

Der Abgesandte eilte durch das mit rotem Lackmobiliar gefüllte Vorderzimmer zu einem Bogen, hinter dem man einen von Mauern umgebenen Garten erkennen konnte, in dem vier Lilienteiche von gelben Unterwasserscheinwerfern beleuchtet waren. Zwei sich schneidende Kieswege bildeten ein X zwischen den Teichen, und am Ende eines jeden Weges waren niedrige schwarze Korbsessel und Tische aufgestellt. Am östlichen Weg, dicht an der Ziegelmauer, saß ganz allein ein mittelgroßer, schlanker Mann mit kurz gestutztem, ergrautem Haar und hageren

Gesichtszügen. Wenn an ihm etwas war, das einen auf den ersten Blick verblüffte, so waren das seine Augen, denn es waren die dunklen Augen eines Toten, mit Lidern, die sich keinen Augenblick lang bewegten. Im Gegensatz dazu waren sie aber zugleich auch die Augen eines Eiferers, dessen blinde Ergebenheit der Kern seiner Stärke war; seine Pupillen waren wie Blitze. Das waren die Augen Sheng Chou Yangs, und im Augenblick loderten sie.

»Ich will es *wissen*!« brüllte er und krampfte sich mit beiden Händen an den schwarzen Armlehnen seines Sessels fest. »Wer *tut* so etwas?«

»Es ist alles *Lüge*, Herr Minister! Wir haben uns bei unseren Leuten in Tel Aviv erkundigt. Es gibt keinen Mann, auf den die Beschreibung paßt. Es gibt keinen Agenten des Mossad in Kowloon! Alles *Lüge*!«

»Was haben Sie unternommen!«

»Es ist höchst verwirrend – «

»Was Sie *unternommen* haben?«

»Wir sind auf der Spur eines Engländers in Mongkok, über den anscheinend keiner etwas weiß.«

»Narren und *Idioten*! Idioten und *Narren*! Mit wem haben Sie gesprochen?«

»Mit unserem Spitzenmann bei der Polizei von Kowloon. Er ist verwirrt, und ich muß leider sagen, daß er meiner Ansicht nach Angst hat. Er hat einige Male Macao erwähnt, und seine Stimme hat mir dabei gar nicht gefallen.«

»Er ist tot.«

»Ich werde Ihre Instruktionen weitergeben.«

»Ich fürchte, das können Sie nicht.« Sheng winkte mit der linken Hand, während die rechte im Schatten unter den niedrigen Tisch griff. »Kommen Sie und erweisen Sie der Kuomintang Ihren Gehorsam«, befahl er.

Der Abgesandte trat auf den Minister zu. Er verbeugte sich tief und griff nach der linken Hand des großen Mannes. Sheng hob die rechte Hand. Sie hielt eine Pistole.

Dann ertönte eine Explosion und blies den Kopf des Abgesandten weg. Fragmente seines Schädels fielen in die Lilienteiche. Der Armeeoffizier erschien unter dem Bogen, während die Leiche auf den weißen Kies fiel.

»Schaffen Sie ihn weg«, befahl Sheng. »Er hat zu viel gehört, zu viel erfahren . . . zu viel vermutet.«

»Selbstverständlich, Herr Minister.«

»Und nehmen Sie Verbindung mit dem Mann in Macao auf. Ich habe Anweisungen für ihn, die sofort auszuführen sind, während in Kowloon noch die Feuer den Himmel erleuchten. Ich will ihn hier haben.«

Während der Offizier auf den toten Kurier zuging, erhob Sheng sich plötzlich aus dem Stuhl und ging langsam an den Teich. Die Lampen unter dem Wasser beleuchtete sein Gesicht. Als er wieder zu sprechen begann, war seine Stimme ausdruckslos und doch bestimmt.

»Bald ganz Hongkong und seine Territorien«, sagte er und starrte auf eine Wasserlilie. »Und bald darauf ganz China.«

»Sie führen, Herr Minister«, sagte der Offizier, und seine Augen musterten Sheng voll Hingabe. »Wir folgen Ihnen. Der Marsch, den Sie uns versprochen haben, hat begonnen. Wir kehren zu unserer Mutter zurück, und das Land wird wieder uns gehören.«

»Ja, das wird es«, bestätigte Sheng Chou Yang. »Man kann es uns nicht verwehren. *Mir* kann man es nicht verwehren.«

20

Am Mittag jenes paralysierenden Tages, als Kai-tak noch lediglich ein Flughafen gewesen war und nicht Schauplatz eines geplanten Meuchelmordes, hatte Botschafter Havilland der verblüfften Catherine Staples die groben Umrisse der Verschwörung Shengs, die in der Kuomintang ihre Wurzeln hatte, beschrieben. Zielsetzung: Ein Konsortium von Taipans mit einer zentralen Führerpersönlichkeit, deren Sohn Sheng war, wollte die Macht in Hongkong übernehmen und die Kolonie in ein Finanzimperium der Verschwörer verwandeln. Unvermeidliche Folge: Die Verschwörung würde scheitern, und die Volksrepublik würde wie ein wütender Gigant zuschlagen und in Hongkong einmarschieren, die Verträge zerreißen und den ganzen Fernen Osten in tiefstes Chaos stürzen. Catherine hatte Beweise verlangt und hatte schließlich um 14.15 Uhr das umfangreiche, streng geheime Dossier des Außenministeriums über Sheng Chou Yang gelesen, war aber skeptisch geblieben, da der oder die Autoren nicht genannt wurden. Um 15.30 Uhr hatte man sie in den Funkraum geführt, und ein Mann namens Reilly, der zum Nationalen Sicherheitsrat in Washington gehörte, hatte ihr über Satellit und ein Zerhackertelefon eine Reihe von ›Fakten‹ vermittelt.

»Sie sind nur eine Stimme, Mr. Reilly«, hatte Staples gesagt. »Woher soll ich wissen, daß Sie nicht unten in Wanchai sitzen?«

Und in dem Augenblick war in der Leitung ein Klicken zu hören gewesen, und eine Stimme, die Catherine und die Welt nur zu gut kannten, sprach zu ihr. »Hier spricht der Präsident der Vereinigten Staaten, Mrs. Staples. Wenn Sie daran zweifeln, würde ich Ihnen empfehlen, Ihr Konsulat anzurufen. Bitten Sie, daß man über Diplomatentelefon mit dem Weißen Haus Verbindung aufnimmt, und verlangen Sie, daß dieses Gespräch bestätigt wird. Ich warte solange. Sie werden die Bestätigung bekommen. Im Augenblick habe ich nichts Besseres zu tun – nichts, was lebenswichtiger wäre.«

Catherine hatte den Kopf geschüttelt und kurz die Augen geschlossen und dann leise gesagt: »Ich glaube Ihnen, Herr Präsident.«

»Vergessen Sie meine Person und glauben Sie das, was Sie gehört haben. Es ist die Wahrheit.«

»Es ist so unglaublich – so *unvorstellbar*.«

»Ich bin in diesen Dingen kein Experte, Mrs. Staples, und habe auch nie behauptet, ein solcher zu sein, aber das Trojanische Pferd war seinerzeit auch nicht sehr glaubwürdig. Nun ist es möglich, daß das eine Legende war und die Frau des Menelaos nur das Phantasiegebilde eines Märchenerzählers am Lagerfeuer, aber das Konzept ist zum Symbol eines Feindes geworden, der seinen Gegner von innen heraus zerstört.«

»Menelaos . . .?«

»Sie sollten den Medien nicht glauben – ich habe schon ein oder zwei Bücher gelesen. Aber glauben Sie unseren Leuten, Mrs. Staples. Wir brauchen Sie. Ich werde Ihren Premierminister anrufen, falls das hilft, aber ehrlich gesagt, würde ich das lieber nicht tun. Er könnte es für notwendig halten, sich mit anderen zu beraten.«

»Nein, Herr Präsident. Das Wissen muß auf den engsten Kreis beschränkt bleiben. Darauf kommt es jetzt an. Allmählich verstehe ich Botschafter Havilland.«

»Da haben Sie mir etwas voraus. Ich verstehe ihn nicht immer.«

»Vielleicht ist es so besser, Sir.«

Um 15.58 Uhr erreichte das abgeschottete Haus in Victoria Peak ein Anruf – höchste Priorität –, aber er galt weder dem Botschafter noch Staatssekretär McAllister. Er war für Major Lin Wenzu, und als das Gespräch durchgestellt wurde, begannen schreckliche vier Stunden. Die knappe Information war so elektrisierend, daß sich die ganze Konzentration auf die augenblickliche Krise richtete und Catherine Staples ihr Konsulat anrief und dem Hochkommissar sagte, sie fühle sich nicht wohl und werde daher an der Strategiekonferenz mit den Amerikanern, die auf den Nachmittag anberaumt war, nicht teilnehmen können. Ihre Anwesenheit in dem abgeschotteten Haus war willkommen. Botschafter Havilland wollte, daß sie mit eigenen Augen sah, wie dicht vor dem Abgrund der ganze Ferne Osten stand. Wie ein einziger Fehler seitens Shengs oder seines Meuchelmörders eine Explosion auslösen konnte, die dazu führte, daß binnen Stunden Truppen aus der Volksrepublik in Hongkong einmarschierten und damit nicht nur den Welthandel der Kronkolonie zum Erliegen brachten, sondern gleichzeitig auch unsägliches menschliches Leid heraufbeschworen – Aufruhr und Krawalle überall, Todesschwadronen von links und rechts, die scheinbares Unrecht rächten, das vierzig Jahre zurückreichte, Rassengruppen, die gegeneinander auf die Barrikaden gingen, und dazwischen das Militär. Blut würde in den Straßen und im Hafen fließen, und da ein solcher Aufruhr auch seine Auswirkungen auf die anderen Nationen der Welt haben würde, war selbst ein globaler Konflikt nicht ausgeschlossen. All das hatte er ihr erklärt, während Lin fieberhaft telefonierte, Befehle erteilte und seine Leute in der Polizeitruppe der Kronkolonie und bei den Sicherheitbehörden des Flughafens koordinierte.

Alles hatte damit angefangen, daß der Major von MI-6 die Hand über den Telefonhörer hielt und in jenem viktorianischen Raum in Victoria Peak mit leiser Stimme verkündet hatte: »Kai-tak, heute abend. Die sino-britischen Delegationen. Meuchelmord. Das Ziel ist der Krongouverneur. Man nimmt an, es ist Jason Borowski.«

»Ich kann das nicht *verstehen*!« protestierte McAllister und sprang von der Couch auf. »Das ist überstürzt. Sheng ist noch nicht bereit! Sonst hätten wir was gehört – eine Verlautbarung seines Ministeriums bezüglich irgendeiner Kommission. Das ist *falsch*!«

»Eine Fehlkalkulation?« fragte der Botschafter kühl.

»Möglich. Oder sonst etwas. Eine Strategie, die wir nicht in Betracht gezogen haben.«

»Machen Sie sich an die Arbeit, Herr Major«, sagte Havilland.

Nachdem er seine letzten Anweisungen erteilt hatte, bekam Lin selbst einen Befehl von Havilland, ehe er sich zum Flughafen begab. »Bleiben Sie außer Sichtweite, Herr Major«, sagte der Botschafter. »Das meine ich ernst.«

»Unmöglich«, erwiderte Lin. »Bei allem Respekt, Sir, ich muß mit meinen Leuten am Schauplatz sein. Meine Erfahrung ist wichtig.«

»Ebenfalls mit allem Respekt«, fuhr Havilland fort. »Ich muß darauf bestehen. Nur unter der Bedingung kommen Sie durch das Außentor.«

»*Warum*, Herr Botschafter?«

»Bei Ihren Fähigkeiten und Ihrem Durchblick wundert mich, daß Sie das fragen.«

»Das muß ich! Ich verstehe es nicht.«

»Dann ist es vielleicht meine Schuld, Major. Ich dachte, ich hätte Ihnen klargemacht, weshalb wir zu so extremen Mitteln gegriffen haben, um *unseren* Jason Borowski hierherzuholen. Akzeptieren Sie einfach die Tatsache, daß er ein außergewöhnlicher Mensch ist, seine Akten beweisen das. Er hat die Ohren nicht nur am Boden, sondern gleichzeitig auch in allen vier Windrichtungen. Wir müssen annehmen – immer davon ausgehend, daß die ärztliche Prognose korrekt ist und daß weitere Teile seines Erinnerungsvermögens an die Oberfläche kommen –, daß er überall in diesem Teil der Welt Kontakte hat, und zwar in Winkeln und Ecken, von denen wir nichts wissen. Angenommen – nur einmal angenommen, Major –, daß jeder dieser Kontaktmänner ihn darüber informiert, daß für den Kai-tak-Flughafen heute nacht Katastrophenalarm ausgegeben worden ist, daß man eine große Sicherheitsgruppe zusammengezogen hat, um den Krongouverneur zu schützen. Was glauben Sie, daß er dann tun würde?«

»Dort sein«, antwortete Lin Wenzu leise und zögernd. »Irgendwo.«

»Und angenommen, *unser* Borowski sieht *Sie?* Verzeihen Sie mir, aber Sie sind nicht leicht zu übersehen. Die Disziplin seines logischen Verstandes – Logik, Disziplin und Phantasie waren immer die Garanten seines Überlebens – würde ihn zwingen, exakt herauszufinden, wer Sie sind. Muß ich mehr sagen?«

»Nein, ich glaube nicht«, sagte der Major.

»Die Verbindung ist hergestellt«, sagte Havilland und fiel damit Wenzu ins Wort. »Es gibt keinen Taipan, dessen junge Frau in Macao ermordet worden ist. Statt dessen gibt es einen in hohem Ansehen stehenden Offizier des britischen Geheimdienstes, der sich als Taipan ausgegeben und ihm eine weitere Lüge zugespielt hat, das Echo einer vorangegangenen Lüge. Dann wird er wissen, daß er aufs neue von der Regierung manipuliert worden ist, und zwar auf die brutalste Art und Weise manipuliert, die man sich vorstellen kann – indem man nämlich seine Frau entführt hat. Der menschliche Geist, Major, ist ein höchst empfindliches Instrument, und der seine ist viel empfindlicher, als das bei den meisten Menschen der Fall ist. Das Maß an Belastung, das er ertragen kann, hat seine Grenzen. Ich will nicht einmal darüber nachdenken, was er tun könnte – wozu *wir* möglicherweise gezwungen sein könnten.«

»Das war stets der schwächste Punkt in dem ganzen Drehbuch und doch zugleich auch der Kern«, sagte Lin.

»›Ein geniales Manöver‹«, unterbrach McAllister in einem Tonfall, der deutlich erkennen ließ, daß er etwas zitierte. »›Wenige Racheakte werden so leicht verstanden wie das Prinzip Auge um Auge.‹ Das haben Sie gesagt.«

»Wenn das so ist, dann hätten Sie nicht mich für die Rolle des Taipan auswählen dürfen!« beharrte der Major. »Sie haben eine Krise hier in Hongkong, und Sie binden mir die Hände!«

»Das ist dieselbe Krise, der wir uns alle ausgesetzt sehen«, sagte Havilland mit sanfter Stimme. »Nur daß wir diesmal gewarnt sind. Und außerdem, Lin, wen sonst hätten wir denn wählen können? Welchen andern Chinesen als den über jeden Zweifel erhabenen Chef des MI-6 in Hongkong hätte London denn für einen solchen Auftrag freigegeben, von dem ganz zu schweigen, was Sie jetzt wissen? Errichten Sie Ihre Kommandostation im Tower des Flughafens. Das Glas ist dunkel.«

Der hünenhafte Major drehte sich schweigend um und ging aus dem Zimmer. »Ist es klug, ihn gehen zu lassen?« fragte McAllister und blickte ihm dem Botschafter und Catherine Staples nach.

»Sicherlich«, antwortete der Diplomat.

»Ich habe ein paar Wochen hier bei MI-6 verbracht«, fuhr der Unterstaatssekretär schnell fort. »Es ist in der Vergangenheit schon vorgekommen, daß er seine Anweisungen mißachtet hat.«

»Aber nur dann, wenn diese Anweisungen von aufgeblasenen britischen Offizieren kamen, die weniger Erfahrung als er hatten. Er hat nie einen Verweis bekommen; er hatte recht. Ebenso wie ich weiß, daß ich recht habe.«

»Wie können Sie da so sicher sein?«

»Warum, glauben Sie, daß er gesagt hat, wir hätten ihm die Hände gebunden? Es paßt ihm nicht, aber er akzeptiert es.« Havilland ging hinter seinen Schreibtisch und wandte sich Catherine zu. »Bitte setzen Sie sich, Mrs. Staples. Und Sie, Edward, würde ich gerne um eine Gefälligkeit bitten, bei der es mir nicht um Vertraulichkeit geht. Sie wissen ebenso viel wie ich und sind wahrscheinlich sogar besser auf dem laufenden, und ich werde Sie ohne Zweifel rufen, wenn ich Informationen brauche. Trotzdem würde ich gern allein mit Mrs. Staples sprechen.«

»Selbstverständlich«, sagte der Staatssekretär und griff nach ein paar Papieren, die auf dem Schreibtisch lagen, während Catherine Platz nahm. »Ich muß über eine Menge nachdenken. Wenn diese Kai-tak-Geschichte keine Finte ist – wenn es sich wirklich um eine direkte Anweisung Shengs handelt –, dann hat er sich eine Strategie einfallen lassen, die wir *nicht* bedacht haben, und das ist gefährlich. Nach allen meinen Überlegungen muß er seine Clearingstelle für den Währungsausgleich unter *stabilen* Umständen anbieten, nicht unter *chaotischen*. Er könnte alles in die Luft fliegen lassen – aber er ist nicht dumm, er ist blitzgescheit. Was *tut* er also?«

»Betrachten Sie die Sache einmal von der umgekehrten Seite«, unterbrach ihn der Botschafter und setzte sich. »Statt seine Clearingstelle aus verschiedenen Taipans in einer Periode der Stabilität einzusetzen, tut er das in einer Situation, die *instabil* ist – dafür aber mit Sympathie der Bevölkerung, mit der Zielsetzung, schnell Ruhe und Ordnung wiederherzustellen. Kein wütender Riese, sondern eher ein besorgter Vater, der sich um die Seinen bemüht und in Streit geratene Kinder beruhigt.«

»Welchen Vorteil würde das bringen?«

»Daß es schnell geht, sonst keinen. Wer würde sich schon eine Gruppe hochangesehener Finanzleute aus der Kronkolonie näher ansehen, die während einer Krise eingesetzt wurden? Schließlich verkörpern sie Stabilität. Darüber sollten Sie nachdenken.«

McAllister hielt, zum Gehen gewandt, seine Papiere in der Hand und sah Havilland an. »Das wäre aber sehr riskant für ihn«, sagte der Botschafter. »Sheng riskiert es, die Kontrolle über die alte Garde im Zentralkomitee zu verlieren, die alten Militärrevolutionäre, denen jeder Vorwand recht wäre, um in die Kronkolonie einzudringen. Eine Krise, durch Gewalt ausgelöste Krise, würde denen genau zupaß kommen. Das ist das Drehbuch, das wir Webb geliefert haben, und es ist realistisch.«

»Es sei denn, Shengs Position wäre jetzt stark genug, die alte Garde zu unterdrücken. Wie Sie selbst sagten, Sheng Chou Yang hat für China eine Menge Geld gemacht, und wenn es je ein Volk gegeben hat, das von Grund auf kapitalistisch eingestellt ist, dann sind das die Chinesen. Sie haben mehr als nur gesunden Respekt für Geld. Für sie ist Geld geradezu eine fixe Idee.«

»Aber ebenso groß ist ihr Respekt für die alten Männer des Langen Marsches, und auch das ist eine fixe Idee. Ohne jene frühen Maoisten wären die meisten aus der neuen Führungsschicht Analphabeten, Bauern, die sich auf den Feldern zu Tode schuften. Sie verehren diese alten Soldaten. Sheng würde niemals eine Konfrontation riskieren.«

»Dann wäre noch eine Theorie denkbar, eine Kombination aus dem, was wir beide sagen. Wir haben Webb *nicht* gesagt, daß man von etlichen namhaften Leuten aus Pekings alter Garde seit Monaten nichts mehr gehört hat. Und wenn man etwas über sie erfuhr, dann, daß der oder jener eines natürlichen Todes gestorben ist, oder bei einem tragischen Unfall, und in einem Fall, daß man ihn in Ungnaden entfernt hat. Wenn nun unsere Annahme zutrifft, daß wenigstens einige dieser zum Schweigen gebrachten Männer Shengs bezahltem Killer zum Opfer gefallen sind . . .«

»Dann hat er seine Position durch Beseitigung seiner Gegner gestärkt«, unterbrach ihn McAllister. »Beijing wimmelt von Leuten aus dem Westen; die Hotels sind zum Bersten gefüllt. Wem fällt da einer mehr schon auf – noch dazu ein Meuchelmörder, der sich in jeder Maske zu Hause fühlt – ein Attaché, ein Geschäftsmann . . . ein Chamäleon.«

»Und wer verstünde sich besser als Sheng darauf, Geheimtreffen zwischen *seinem* Jason Borowski und ausgewählten Opfern zu arrangieren. Er könnte dafür alle möglichen Vorwände gebrauchen, aber in erster Linie militärische Spionage mit moderner Technik. Seine Opfer würden sich geradezu darum reißen.«

»Wenn davon auch nur ein Teil zutrifft, dann ist Sheng schon viel weiter, als wir gedacht hatten.«

»Nehmen Sie Ihre Papiere. Sie können von unseren Abwehrleuten und MI-6 anfordern, was Sie wollen. Studieren Sie alles, aber sehen Sie zu, daß Sie ein Schema finden, Edward. Wenn wir heute nacht einen Krongouverneur verlieren, dann könnte es sein, daß wir auf dem besten Wege sind, in ein paar Tagen ganz Hongkong zu verlieren. Und aus ganz falschen Gründen.«

»Man wird ihn schützen«, murmelte McAllister und ging mit besorgter Miene zur Tür.

»Darauf verlasse ich mich«, sagte der Botschafter, als der Staatssekretär das Zimmer verließ. Dann wandte er sich Catherine Staples zu. »Und Sie beginnen *wirklich*, mich zu verstehen?« fragte er.

»Das, was Sie sagen, und die Schlüsse, die Sie daraus ziehen, ja. Aber einige Einzelheiten sind mir noch völlig unklar«, erwiderte Catherine und sah mit einem eigenartigen Blick auf die Tür, die sich gerade geschlossen hatte. »Das ist ein seltsamer Mann, nicht wahr?«

»McAllister?«

»Ja.«

»Stört er Sie?«

»Im Gegenteil. Er verleiht allem, was man mir gesagt hat, eine gewisse Glaubwürdigkeit. Dem, was Sie gesagt haben, dieser Reilly – ich muß leider sagen, selbst Ihr Präsident.« Sie wandte sich wieder dem Botschafter zu. »Ich bin ganz ehrlich.«

»Das sollen Sie auch sein. Und ich begreife auch, auf welcher Wellenlänge Sie liegen. McAllister hat so ziemlich den besten analytischen Verstand im ganzen Außenministerium. Er ist ein brillanter Bürokrat, der es nie so weit bringen wird, wie er es verdient hätte.«

»Warum nicht?«

»Ich glaube, das wissen Sie, und wenn nicht, dann fühlen Sie es zumindest. Er ist ein durch und durch moralischer Mann, und diese Moral steht seinem Fortkommen im Wege. Wäre ich mit seinen moralischen Skrupeln geschlagen, dann wäre ich nicht der Mann geworden, der ich bin – und ich kann zu meiner Verteidigung nur hinzufügen, daß ich dann auch nie das geleistet hätte, was ich geleistet habe. Aber ich glaube, das wissen Sie auch. Das sagten Sie ja in etwa, als Sie hereinkamen.«

»Jetzt sind *Sie* ehrlich. Ich weiß das zu schätzen.«

»Das freut mich. Ich möchte, daß zwischen uns keine Unklarheiten bestehen bleiben, weil ich Ihre Hilfe brauche.«

»Marie?«

»Ja, und noch mehr«, sagte Havilland. »Was für Einzelheiten stören Sie? Was kann ich klären?«

»Diese Clearingstelle, diese Kommission aus Bankiers und Taipans, die Sheng zur Überwachung der Finanzpolitik der Kronkolonie vorschlagen will . . .«

»Ich will es versuchen«, unterbrach der Diplomat. »Von außen betrachtet, werden sie nach Charakter und Position höchst unterschiedlich sein, aber in hohem Maße akzeptabel. Wie ich schon zu McAllister sagte, als wir uns das erstemal begegneten – wenn wir der Ansicht wären, daß dieser ganze verrückte Plan auch nur einen Hauch von Chance hätte, dann würden wir die Augen schließen und ihnen viel Erfolg wünschen. Aber er hat keine Chance. Alle mächtigen Männer haben Feinde; es wird hier in Hongkong und in Beijing Skeptiker geben – neidische, süchtige Splittergruppen, die man ausgeschlossen hat –, und die werden tiefer bohren, als Sheng das erwartet. Ich nehme an, Sie wissen, was sie finden werden.«

»Daß alle Straßen, über und unter der Erde, nach Rom führen, wobei Rom in unserem Falle dieser Taipan ist, Shengs Vater, dessen Name in

Ihren sorgfältig redigierten Dokumenten nie erwähnt wird. Er ist die Spinne, deren Netz zu jedem einzelnen Mitglied dieser Clearingstelle reicht. Er kontrolliert und lenkt sie alle. Sagen Sie mir, um Himmels willen, wer *ist* dieser Mann?«

»Wenn wir das nur wüßten«, sagte Havilland mit ausdrucksloser Stimme.

»Das wissen Sie *wirklich* nicht?« fragte Catherine Staples erstaunt.

»Wenn wir es wüßten, wäre das Leben viel einfacher, und ich hätte es Ihnen gesagt. Ich mache Ihnen hier nichts vor. Wir haben nie erfahren, wer er ist. Wie viele Taipans gibt es in Hongkong? Wie viele Eiferer, die sich im Sinne der Kuomintang an Peking rächen wollen? Ihrer Ansicht nach hat man ihnen China gestohlen. Ihr Mutterland, die Gräber ihrer Vorfahren, ihren Besitz – alles. Viele davon waren anständige Leute, Mrs. Staples, aber viele andere waren das nicht. Die politischen Führer, die Kriegsherren, die Großgrundbesitzer, die ungeheuer Reichen – sie waren eine privilegierte Schicht, die sich am Schweiß und an der Unterdrückung von Millionen bereichert hatte. Und wenn das wie kommunistische Propaganda klingt, so kann ich nur sagen, daß das der klassische Fall von Provokation war, der die Kommunisten überhaupt an die Macht gebracht hat. Wir haben es hier mit einer Handvoll besessener Verbannter zu tun, die das zurück haben wollen, was ihren Vorfahren einmal gehört hat. Die Korruption, die zu ihrem Sturz geführt hat, haben sie verdrängt.«

»Haben Sie einmal daran gedacht, sich persönlich mit Sheng zu treffen? Unter vier Augen?«

»Selbstverständlich, aber seine Reaktion ist leider vorhersehbar. Er würde sich empört geben und uns erklären, wenn wir uns solche schändlichen Hirngespinste ausdächten, um ihn damit in Mißkredit zu bringen, würde er die Chinaverträge zerreißen, uns der Doppelzüngigkeit bezichtigen und Hongkong sofort unter Beijing wirtschaftliches Protektorat stellen. Er würde behaupten, daß viele der alten Marxisten im Zentralkomitee einen solchen Schritt begrüßen würden, und damit hätte er sogar recht. Dann würde er uns ansehen und wahrscheinlich nur sagen: ›Gentlemen, die Wahl liegt jetzt bei Ihnen. Guten Tag.‹ «

»Und wenn Sie die Verschwörung Shengs an die Öffentlichkeit bringen würden, würde dasselbe passieren, und er weiß, daß *Sie das wissen*«, sagte Catherine Staples und runzelte die Stirn. »Beijing *würde* die Verträge für ungültig erklären und die Schuld dafür Taiwan und dem Westen geben – und Sie würden nicht einmal eine Wahl haben. Und daraus würde der wirtschaftliche Zusammenbruch folgen.«

»So sehen wir es auch«, pflichtete Havilland ihr bei.

»Und die Lösung?«

»Es gibt nur eine. Sheng.«

Catherine Staples nickte. »Harte Bandagen«, sagte sie.

»Der extremste Akt, wenn Sie das damit meinen.«

»Das meine ich allerdings«, sagte Catherine. »Und Maries Mann, dieser Webb, ist ein wesentlicher Teil dieser Lösung?«

»Jason Borowski ist ein wesentlicher Teil, ja.«

»Weil dieser Mann in seiner Maske, dieser Meuchelmörder, der sich Borowski nennt, von dem unglücklichen Mann, in dessen Maske er steckt, in die Falle gelockt werden kann, wie McAllister es formuliert hat, wenn auch in einem anderen Zusammenhang. Er nimmt seine Stelle ein, kommt an Sheng heran und greift zu harten Bandagen . . . zum Teufel, er bringt ihn um.«

»Ja. Natürlich irgendwo in China.«

»In China . . . natürlich?«

»Ja, damit das Ganze wie eine innere Angelegenheit aussieht, ein Brudermord, ohne Verbindung nach außen. Beijing kann die Schuld niemand anderem geben, nur unbekannten Feinden Shengs in der eigenen Hierarchie. Aber wenn es an diesem Punkt geschieht, ist das wahrscheinlich ohnehin belanglos. Die Welt wird offiziell wochenlang nichts von Shengs Tod hören, und wenn dann eine Verlautbarung erfolgt, dann wird man sein ›plötzliches Hinscheiden‹ ohne Zweifel einem Herzinfarkt oder einer Gehirnblutung zuschreiben. Von Mord wird ganz sicher keine Rede sein. Der Riese führt seine Verwirrung nicht vor, er verbirgt sie.«

»Und genau das ist es, was Sie wollen.«

»Natürlich. Die Welt dreht sich weiter, und die Taipans werden von ihrem Ursprung abgeschnitten. Shengs Clearingstelle bricht zusammen wie ein Kartenhaus, und vernünftige Männer fahren fort, zum Nutzen aller, die Verträge zu respektieren . . . Aber davon sind wir noch weit entfernt, Mrs. Staples. Zunächst einmal wäre da heute, heute nacht. Kai-tak. Das könnte der Anfang vom Ende sein, da uns keine Gegenmaßnahmen zur Verfügung stehen. Wenn ich ruhig wirke, dann täuscht das, ich habe über viele Jahre hinweg gelernt, meine Anspannung zu verbergen. Es gibt im Augenblick nur zwei Dinge, die mich trösten, nämlich, daß die Sicherheitskräfte der Kronkolonie zu den besten der Welt zählen, und zweitens, daß Beijing von der Situation informiert ist. Hongkong verbirgt nichts und will das auch gar nicht. Und so wird es in gewissem Sinne sowohl ein gemeinsames Risiko als auch ein gemeinsames Anliegen, den Krongouverneur zu schützen.«

»Und was hilft das, wenn das Schlimmste geschieht?«

»Es hilft zumindest im psychologischen Sinne. Es könnte den Anschein, wenn nicht gar die Tatsache der Instabilität abwenden, weil die Katastrophe schon von vorneherein als ein isolierter Gewaltakt abgestempelt ist, und nicht etwa ein Symptom ist für irgendwelche Unruhen in der Kronkolonie. Und was das Wichtigste ist, sie betrifft beide Teile. Beide Delegationen haben ihre Militäreskorten, und die wird man einsetzen.«

»Das heißt, man kann mit ausgefeilten Protokollformalitäten eine Krise unter Kontrolle halten?«

»Nach allem, was ich gehört habe, kann man Ihnen in bezug auf Krisen und wie man sie unter Kontrolle hält, nichts beibringen, auch nicht, wie man sie auslöst. Außerdem kann es immer zu Entwicklungen kommen, die solche Formalitäten auf den Müll kehren können. Und trotz allem, was ich gesagt habe, habe ich Todesangst. So viel kann schiefgehen, falsch eingeschätzt werden – und darin liegt die wahre Gefahr, Mrs. Staples. Wir können nichts anderes tun als warten, und Warten ist das Allerschwerste, es kostet die meiste Energie.«

»Ich habe noch Fragen«, sagte Catherine.

»Fragen Sie, soviel Sie wollen. Bringen Sie mich zum Nachdenken, zum Schwitzen, wenn Sie das können. Das hilft uns vielleicht beiden und lenkt uns vom Warten ab!«

»Sie sagten gerade etwas in bezug auf meine fragwürdige Fähigkeit im Eindämmen von Krisen; aber dann haben Sie noch hinzugefügt – ich glaube, eher vertraulich –, daß ich sie auch auslösen könnte.«

»Es tut mir leid, ich konnte einfach nicht widerstehen. Das ist eine schlimme Angewohnheit.«

»Ich nehme an, Sie haben damit den Attaché gemeint, John Nelson.«

»Wen? . . . O ja, den jungen Mann aus dem Konsulat. Was ihm an Urteilsvermögen fehlt, ersetzt er durch Courage.«

»Sie irren sich.«

»In bezug auf sein Urteilsvermögen?« fragte Havilland, und seine dichten Augenbrauen schoben sich in mildem Erstaunen zusammen. »Wirklich?«

»Ich will seine Schwächen nicht entschuldigen, aber er ist einer der besten Leute, die Sie haben. Sein Urteilsvermögen in beruflichen Dingen ist dem der meisten Ihrer erfahreneren Leute überlegen. Fragen Sie, wen Sie wollen, der mit ihm zu tun hatte. Außerdem ist er einer der wenigen, die verdammt gut Kantonesisch sprechen.«

»Und außerdem hat er eine Operation kompromittiert, von der er wußte, daß sie unter die höchste Geheimhaltungsstufe fiel«, sagte der Diplomat knapp.

»Wenn er das nicht getan hätte, hätten Sie mich nicht gefunden. Sie wären nicht auf Armeslänge an Marie St. Jacques herangekommen.«

»*Armeslänge* . . .« Havilland beugte sich vor, und seine Augen blickten zornig und zugleich fragend. »Sie werden sie doch auf keinen Fall weiterhin *verstecken*?«

»Wahrscheinlich nicht. Ich habe mich noch nicht entschieden.«

»Mein Gott, Frau, nach allem, was man Ihnen *gesagt* hat! Sie muß hierher kommen! Ohne sie haben wir verloren, haben wir *alle* verloren! Wenn Webb herausfinden würde, daß sie nicht bei uns ist, daß sie verschwunden ist, würde er den Verstand verlieren! Sie *müssen* sie ausliefern!«

»Das ist es ja, worauf ich hinausmöchte. Ich kann sie jederzeit ausliefern. Es braucht nicht dann zu sein, wenn Sie es sagen.«

»*Nein!*« donnerte der Botschafter. »Wenn und *falls* unser Jason Borowski seinen Auftrag erledigt hat, wird es zu einer Anzahl von Telefonaten kommen, in denen direkter Kontakt zwischen ihm und seiner Frau hergestellt wird!«

»Ich werde Ihnen keine Telefonnummer geben«, sagte Catherine ruhig. »Ebensogut könnte ich Ihnen gleich eine Adresse geben.«

»Sie wissen nicht, was Sie tun! Was muß ich denn noch sagen, um Sie zu *überzeugen*?«

»Ganz einfach. Erteilen Sie John Nelson einen mündlichen Verweis. Sorgen Sie dafür, daß nichts in die Akten kommt, und behalten Sie ihn hier in Hongkong, wo die Chance am größten ist, daß man seine Fähigkeiten anerkennt.«

»*Herrgott!*« explodierte Havilland. »Er ist drogensüchtig!«

»Das ist lächerlich, aber typisch für die primitive Reaktion eines amerikanischen Moralapostels, wenn man ihm nur die richtigen Stichwörter nennt.«

»*Bitte*, Mrs. Staples – «

»Man hat ihn unter Drogen gesetzt; er *nimmt* keine Drogen. Seine Grenze sind drei Wodka Martini, und er mag Mädchen. Ich weiß natürlich, daß einige Ihrer männlichen Attachés Knaben vorziehen und eine Grenze haben, die eher bei sechs Martinis liegt, aber wer zählt schon nach? Offen gestanden, mir ist es verdammt gleichgültig, was Erwachsene innerhalb der vier Wände eines Schlafzimmers tun – ich glaube einfach nicht, daß es Einfluß auf das hat, was sie *außerhalb* des Schlafzimmers tun –, aber Washington kann sich einfach nicht von der fixen Idee lösen, daß – «

»Also *gut*, Mrs. Staples! Nelson bekommt einen Verweis – von mir –, der Generalkonsul wird nicht verständigt, und nichts kommt in seine Akten. Sind Sie jetzt *zufrieden*?«

»Wir kommen einander näher. Rufen Sie ihn heute nachmittag an und sagen Sie ihm das. Und sagen Sie ihm auch, daß er Ordnung in seine Angelegenheiten bringen soll, wenn er weiß, was gut für ihn ist.«

»Es wird mir ein Vergnügen sein. Noch etwas?«

»Ja, und ich fürchte, ich weiß nicht, wie ich das formulieren muß, um Sie nicht zu beleidigen.«

»Bis jetzt haben Sie ja auch keine Hemmungen gehabt.«

»Jetzt habe ich aber Hemmungen, weil ich viel mehr weiß als vor drei Stunden.«

»Dann beleidigen Sie mich eben, Verehrteste.«

Catherine hielt inne, und als sie dann den Mund aufmachte, war ihre Stimme ein einziger Schrei, ein Flehen um Verständnis. Sie war hohl und füllte doch den ganzen Raum.

»*Warum*? Warum haben Sie das *getan*? Gab es denn *gar keinen* anderen Weg?«

»Ich nehme an, Sie meinen Mrs. Webb.«

»Natürlich meine ich Mrs. Webb, und genauso ihren Mann! Ich habe Sie das schon einmal gefragt: Haben Sie eigentlich eine Ahnung, was Sie denen *angetan* haben? Das ist *barbarisch*, und *das* meine ich im ganzen häßlichen Sinn des Wortes. Sie haben die beiden auf eine Art mittelalterliches Folterinstrument geschnallt und buchstäblich ihren Verstand und ihren Körper auseinandergezerrt und sie dazu gezwungen, mit dem Wissen zu leben, daß sie einander vielleicht nie wieder sehen werden. Jeder von beiden glaubt, daß eine einzige falsche Entscheidung, die er trifft, zum Tod des anderen führen wird. Ein amerikanischer Anwalt hat bei einer Senatsanhörung einmal die Frage gestellt, und ich fürchte, ich muß diese Frage jetzt Ihnen stellen . . . haben Sie kein Gefühl für Anstand, Herr Botschafter?«

Havilland sah Catherine Staples müde an. »Ich habe ein Gefühl für Pflicht«, sagte er, und seine Stimme klang müde und sein Gesicht wirkte dabei abgehärmt. »Ich mußte schnell eine Situation schaffen, die eine sofortige Reaktion auslösen würde, den Zwang, sofort zu handeln. Das Ganze beruhte auf einem Ereignis in Webbs Vergangenheit, etwas Schrecklichem, das einen zivilisierten jungen Gelehrten in einen ›hochkarätigen Guerilla‹ verwandelte, wie man es öfters ausgedrückt hat. Ich habe diesen Mann gebraucht, diesen Jäger, aus all den Gründen, die Sie gehört haben. Er ist hier, und er hat die Jagd aufgenommen. Und ich nehme an, seine Frau ist unverletzt, und es liegt wohl auf der Hand, daß wir nie etwas anderes mit ihr vorhatten.«

»Dieses Ereignis in Webbs Vergangenheit. Das war seine erste Frau? In Kambodscha?«

»Das wissen Sie also?«

»Marie hat es mir gesagt. Seine Frau und seine beiden Kinder wurden von einem Tiefflieger getötet, der auf einen Fluß herunterstieß und das Wasser, in dem sie spielten, beschoß.«

»Und er wurde ein anderer Mensch«, sagte Havilland und nickte. »Sein Verstand setzte aus, und dieser Krieg wurde *sein* Krieg, obwohl Saigon ihn überhaupt nicht interessierte. Er ließ seiner Empörung auf die einzige Art, die er kannte, freien Lauf, kämpfte gegen einen Feind, der ihm sein Leben gestohlen hatte. Gewöhnlich übernahm er nur die kompliziertesten und gefährlichsten Aufträge, wo es um größere Ziele ging, Ziele, wie sie gewöhnlich nur auf höchster Ebene diskutiert wurden. Ein Arzt sagte einmal, Webb tötete in seinem verwirrten Geisteszustand die Killer, die andere geistesgestörte Killer ausschickten. Ich kann mir vorstellen, daß das einen Sinn ergibt.«

»Und indem Sie ihm seine zweite Frau in Maine wegnahmen, haben Sie seinen gespenstischen ersten Verlust wieder in ihm wachgerufen.

Das Erlebnis, das aus ihm diesen ›hochkarätigen Guerilla‹ machte und später Jason Borowski, den Jäger von Carlos, dem Schakal.«

»Ja, Mrs. Staples, den *Jäger*«, warf der Diplomat leise ein. »Ich wollte diesen Jäger sofort hier haben. Ich konnte keine Zeit vergeuden – keine Minute –, und ich sah keine andere Möglichkeit.«

»Er ist ein *Wissenschaftler*, ein Orientalist!« schrie Catherine. »Er begreift die Dynamik Asiens wesentlich besser als irgend jemand von uns, die wir uns als Experten bezeichnen. Hätten Sie nicht an ihn *appellieren* können, an seinen Sinn für Geschichte appellieren und ihm die Konsequenzen dessen, was *geschehen* könnte, vor Augen halten?«

»Er mag Wissenschaftler sein, aber in erster Linie ist er ein Mann, der – mit gewissem Recht – glaubt, daß seine eigene Regierung ihn verraten hat. Er hat um Hilfe gebeten, und man hat ihm eine Falle gestellt, in der er sterben sollte. Das ist eine Barriere, die ich mit keinem Appell hätte überwinden können.«

»Aber Sie hätten es doch *versuchen* können!«

»Und eine Verzögerung riskieren, wo doch jede Stunde zählte? In gewisser Hinsicht tut es mir leid, daß Sie nie in meiner Lage waren. Dann würden Sie mich vielleicht wirklich verstehen.«

»Frage«, sagte Catherine und hob die Hand. »Was bringt Sie eigentlich auf den Gedanken, daß David Webb nach China gehen und dort Jagd auf Sheng machen wird, wenn er den Mann, der in seine Rolle geschlüpft ist, *wirklich* finden und erledigen sollte? So wie ich es verstehe, lautet die Abmachung doch, daß er den Mann ausliefern soll, der sich Jason Borowski nennt. Anschließend soll er Marie zurückbekommen.«

»An dem Punkt ist es, wenn es wirklich dazu kommt, nicht mehr wichtig. *Dann* sagen wir ihm, warum wir das alles getan haben. Dann werden wir an seine Erfahrung appellieren und die weltweiten Konsequenzen aufzeigen, die Shengs Machenschaften haben könnten. Wenn er dann aussteigt, haben wir ein paar erfahrene Agenten, die seine Stelle einnehmen können. Das sind nicht gerade Männer, die Sie Ihrer Mutter vorstellen würden, aber sie stehen zur Verfügung und können den Auftrag übernehmen.«

»*Wie?*«

»Codes, Mrs. Staples. Zu den Methoden des echten Jason Borowski gehörten immer Codes, die er mit seinen Klienten verabredete. Das ist ein Teil der Legende, die er bewußt aufgebaut hat, und der andere Jason Borowski hat jede Einzelheit des Originals studiert. Sobald wir diesen neuen Borowski in der Hand haben, werden wir, so oder so, die Information aus ihm herausholen, die wir brauchen. Wir werden wissen, wie man an Sheng herankommt, und mehr brauchen wir nicht zu wissen. Ein einziges Zusammentreffen am Jadeturmberg. Ein Mann wird umgebracht, und die Welt dreht sich weiter. Eine andere Lösung fällt mir nicht ein. Hätten Sie eine?«

»Nein«, sagte Catherine leise und schüttelte langsam den Kopf. »Das ist ein Kampf mit harten Bandagen.«

»Geben Sie uns Mrs. Webb.«

»Ja, natürlich, aber nicht heute. Sie muß noch dort bleiben. Und Sie haben mit Kai-tak schon genug Sorgen. Ich habe sie in eine Wohnung in Tuen Mun in den New Territories gebracht. Sie gehört einem Freund von mir. Außerdem habe ich sie zu einem Arzt gebracht, der ihr die Füße verbunden hat – sie hat sie sich auf der Flucht vor Lin verletzt –, und der Arzt hat ihr ein Beruhigungsmittel gegeben. Mein Gott, die Frau ist ein Wrack; sie hat seit Tagen nicht mehr geschlafen, und auch die Tabletten haben ihr letzte Nacht nicht geholfen; sie war zu angespannt, hatte immer noch zuviel Angst. Ich bin bei ihr geblieben, und sie hat bis zum frühen Morgen geredet. Lassen Sie sie ausruhen. Ich hole sie morgen früh ab.«

»Wie werden Sie das anstellen? Was werden Sie sagen?«

»Das weiß ich noch nicht. Ich werde sie nachher anrufen und versuchen, sie zu beruhigen. Ich werde ihr sagen, daß ich Fortschritte mache – und zwar größere, als ich gedacht hatte. Ich will ihr nur Hoffnung einflößen, damit die Anspannung nachläßt. Ich werde ihr sagen, sie soll sich in der Nähe des Telefons aufhalten und sich so gut wie möglich ausruhen, und daß ich am Morgen zu ihr komme, wahrscheinlich mit guten Nachrichten.«

»Ich würde Ihnen gerne jemanden mitschicken«, sagte Havilland. »Ein paar Leute, darunter McAllister. Er kennt sie, und ich glaube ehrlich, seine moralische Überzeugungskraft müßte auf sie wirken. Das wäre eine Bestätigung Ihrer Geschichte.«

»Ja, das ist möglich«, nickte Catherine. »Wie Sie schon gesagt haben, McAllister hat auf mich auch so gewirkt. Also gut, aber Ihre Leute sollen sie in Ruhe lassen, bis ich mit ihr gesprochen habe, und das könnte ein paar Stunden dauern. Sie mißtraut Washington zutiefst, und es wird einige Mühe kosten, sie zu überzeugen. Es geht um ihren Mann, und sie liebt ihn sehr. Ich kann und werde ihr nicht sagen, daß ich angesichts der außergewöhnlichen Umstände – unter anderem auch des möglichen wirtschaftlichen Zusammenbruchs von Hongkong – die Gründe Ihres Handelns verstehe. *Sie* muß vor allem begreifen, daß sie ihrem Mann näher ist, wenn sie *bei* Ihnen ist, als wenn sie vor Ihnen davonläuft. Es könnte natürlich sein, daß sie versucht, Sie umzubringen. Aber das ist Ihr Problem. Sie ist eine sehr feminine, gutaussehende Frau, mehr als attraktiv, wirklich eine Schönheit. Aber Sie dürfen auch nicht vergessen, daß sie von einer Ranch in Calgary kommt. Ich würde Ihnen nicht raten, sich alleine in einem Zimmer mit ihr aufzuhalten. Ich bin sicher, daß sie Kälber zu Boden gerungen hat, die viel stärker sind als Sie.«

»Ich hole einen Trupp Ledernacken herein.«

»Ja nicht. Sie ist imstande, die Ledernacken auf *Sie* zu hetzen. Ich habe selten Menschen mit so viel Überzeugungskraft kennengelernt.«

»Das muß wohl stimmen«, erwiderte der Botschafter und lehnte sich in seinem Sessel zurück. »Sie hat einen Mann ohne Identität, einen Mann voll übermächtiger Schuldgefühle dazu gebracht, in sich hineinzuschauen und aus den Irrgängen seines verwirrten Bewußtseins herauszufinden. Keine leichte Aufgabe . . . Erzählen Sie mir von ihr – nicht die trockenen Fakten in einer Akte, sondern etwas über die Person, den *Menschen*.«

Das tat Catherine, erzählte, was ihre Beobachtungen und ihr Instinkt ihr vermittelt hatten, und ein Aspekt führte zum nächsten, zu neuen Fragen. Die Zeit verstrich; und alle paar Minuten kamen wieder Telefonanrufe, die Havilland über das Geschehen auf dem Kai-tak-Flughafen informierten. Die Sonne versank hinter den Gartenmauern. Ein leichtes Abendessen wurde gereicht.

»Würden Sie Mr. McAllister fragen, ob er mit uns essen möchte?« sagte Havilland zu einem Steward.

»Ich habe Mr. McAllister gefragt, ob ich ihm etwas bringen dürfte, Sir, und er hat mich abgekanzelt. Er hat mir erklärt, ich solle ihn gefälligst in Ruhe lassen.«

»Schon gut, vielen Dank.«

Weitere Telefonanrufe kamen; jetzt war das Thema Marie St. Jacques erschöpft, und das Gespräch wandte sich ganz dem Geschehen in Kai-tak zu. Catherine Staples beobachtete den Diplomaten voll Verwunderung, denn je mehr sich die Krise zuspitzte, desto langsamer und beherrschter wurde seine Sprache.

»Erzählen Sie mir von sich, Mrs. Staples. Natürlich nur, was Sie wollen, und nur berufliche Dinge.«

Catherine musterte Raymond Havilland und begann dann ruhig: »Ich entstamme einem Maiskolben aus Ontario . . .«

»Ja, natürlich«, sagte der Botschafter völlig ernsthaft und sah das Telefon an.

Jetzt begriff Catherine Staples. Dieser gefeierte Staatsmann führte ein belangloses Gespräch, während seine Gedanken bei einem völlig anderen Thema weilten. Kai-tak. Immer wieder schweiften seine Augen zum Telefon hinüber; alle paar Augenblicke drehte er das Handgelenk herum, um auf die Uhr sehen zu können, und doch entging ihm keine Lücke in ihrem Dialog, wenn eine Antwort von ihm erwartet wurde.

»Mein ehemaliger Mann verkauft Schuhe –«

Havillands Kopf ruckte von der Uhr hoch. Man hätte ihm ein verlegenes Lächeln nicht zugetraut, aber jetzt huschte eines um seine Lippen. »Sie haben mich erwischt«, sagte er.

»Schon vor langer Zeit«, sagte Catherine.

»Das hat einen Grund. Ich kenne Owen Staples recht gut.«

»Das kann ich mir denken. Ich kann mir vorstellen, daß Sie in denselben Kreisen verkehren.«

»Ich habe ihn letztes Jahr beim Queens-Rennen in Toronto gesehen. Ich glaube, eines seiner Pferde ist recht gut gelaufen. Er hat in seinem Cutaway großartig ausgesehen, aber schließlich war er auch einer der Begleiter der Königinmutter.«

»Als wir noch verheiratet waren, konnte er sich nicht einmal einen Anzug von der Stange leisten.«

»Wissen Sie«, sagte Havilland, »als ich über Sie nachlas und von Owen erfuhr, war ich einen Augenblick lang versucht, ihn anzurufen. Selbstverständlich nicht, um ihm irgend etwas zu *sagen*, aber um mich bei ihm nach Ihnen zu erkundigen. Und dann dachte ich, mein Gott, in diesem Zeitalter höflicher Umgangformen zwischen Geschiedenen – am Ende reden die beiden noch miteinander. Dann hätte ich mir die Pfoten verbrannt.«

»Wir reden noch miteinander. Und Sie haben sich die Pfoten verbrannt, als Sie nach Hongkong kamen.«

»In Ihren Augen vielleicht. Aber erst nachdem Webbs Frau an Sie herangetreten war. Sagen Sie mir, was dachten Sie, als Sie hörten, daß ich hier sei?«

»Daß die Engländer Sie zu Konsultationen bezüglich der Verträge hergebeten hatten.«

»Sie schmeicheln mir – «

Das Telefon klingelte, und Havilland griff nach dem Hörer. Es war Lin, der über die Fortschritte in Kai-tak berichtete, oder genauer gesagt, wie sich gleich erwies, darüber, daß sie überhaupt keine Fortschritte machten.

»Warum blasen die nicht einfach die ganze verdammte Geschichte ab?« fragte der Botschafter zornig. »Die sollen sie in ihre Limousinen stopfen und verschwinden!« Die Antwort des Majors machte Havilland nur noch wütender. »Das ist doch lächerlich! Hier geht es nicht ums Gesicht, mir geht es um ein mögliches Attentat! Unter diesen Umständen gibt es keinen Platz für Imagepflege oder Ehre, und glauben Sie mir, die Welt hat Wichtigeres zu tun, als sich um diese verdammte Pressekonferenz zu kümmern. Der größte Teil schläft sogar, Herrgott noch mal!« Wieder hörte der Diplomat zu. Lins Bemerkungen verblüfften ihn nicht nur, sondern sie machten ihn wütend. »Der *Chinese* hat das gesagt? Das ist doch *absurd*! Beijing hat kein Recht, solche Forderungen zu stellen! Das ist – « Havilland sah Catherine Staples an. »Das ist *barbarisch*! Jemand sollte denen sagen, daß es nicht darum geht, ihre asiatischen Gesichter zu retten, sondern das des englischen Krongouverneurs, und zwar wörtlich, weil es nicht nur um sein Gesicht geht, sondern um seinen Kopf!« Schweigen; die Augen des Botschafters blinzelten resigniert und zornig. »Ich weiß, ich weiß. Der rote Stern muß strahlen, und wenn die Nacht noch so zappenduster ist. Sie können nichts tun, also tun Sie Ihr Bestes, Major. Rufen Sie mich weiter an. Wie eines meiner Enkelkinder das formuliert, ›ich glaub, mich streift ein Bus‹, was auch immer das bedeuten mag.« Havilland legte auf und sah zu Catherine hinüber. »Anweisung aus Beijing. Die Delegationen sollen angesichts westlicher Terrorakte nicht weglaufen. Sie sind zu schützen, aber die Schau muß weitergehen.«

»London würde da vermutlich auch zustimmen. ›Die Schau muß weitergehen‹ klingt vertraut.«

»Anweisung aus Beijing . . .«, sagte der Diplomat leise, ohne auf Catherine zu hören. »Anweisung von *Sheng*!«

»Sind Sie ganz sicher?«

»Er gibt doch den Ton an. Mein Gott, er ist bereit!«

Die Spannung wuchs jede Viertelstunde, bis die Luft förmlich mit Elektrizität erfüllt war. Jetzt fing es zu regnen an, und dann ging ein Wolkenbruch nieder und prasselte gegen die Fensterscheiben. Ein Fernsehgerät wurde hereingerollt und eingeschaltet, und der Amerikaner und die Kanadierin blickten schweigend und voller Angst auf den Bildschirm. Der riesige Jet rollte im strömenden Regen auf den Landeplatz zu, wo die Reporter und die Kameraleute warteten. Zuerst kamen die englischen und die chinesischen Ehrengarden gleichzeitig aus der offenen Tür. Aber statt gemessenen Schritts die Treppe herunterzugehen, wie man das von solchen Militäreskorten erwartete, bezogen die Soldaten blitzschnell flankierende Positionen an der Metalltreppe. Die Ellbogen zum Himmel gerichtet, die Waffen fest in der Hand und schußbereit. Dann traten die Politiker selbst heraus, winkten den Zuschauern zu und kamen, ihren verlegen grinsenden Hofstaat im Schlepptau, die Treppe herunter. Die seltsame ›Pressekonferenz‹ begann, und Staatssekretär Edward McAllister stürmte ins Zimmer und ließ die schwere Tür gegen die Wand krachen, so schwungvoll riß er sie auf.

»Ich *hab's*!« rief er mit einem Blatt Papier in der Hand. »Ich bin ganz *sicher*, daß ich's hab!«

»Beruhigen Sie sich, Edward! Reden Sie vernünftig.«

»Die chinesische Delegation!« schrie McAllister atemlos, rannte auf den Diplomaten zu und hielt ihm das Papier hin. »Sie wird von einem Mann namens Lao Sing angeführt! Als zweiter steht ein General namens Yunshen auf der Liste! Beides mächtige Leute, die sich jahrelang gegen Sheng Chou Yang gestellt haben und im Zentralkomitee ganz offen gegen seine Politik opponiert haben! Daß sie in die Verhandlungskommission aufgenommen wurden, war ein symbolischer Akt Shengs, um das Gleichgewicht herzustellen – was ihn in den Augen der alten Garde natürlich aufgewertet hat.«

»Um Himmels willen, was wollen Sie damit *sagen*?«

»Es geht *nicht* um den Krongouverneur! Nicht *nur* um ihn! Es geht um sie alle! Er wird mit einem Schlag seine zwei stärksten Widersacher in Peking los und macht sich selbst den Weg frei. Dann setzt er, wie Sie das formuliert haben, seine Clearingstelle ein – seine Taipans –, und zwar zu einem Zeitpunkt, wo beide Regierungen geschwächt sind!«

Havilland riß den Hörer vom Telefon. »Ich brauche Lin in Kai-tak«, befahl er der Vermittlung. »*Schnell!* . . . Major Lin bitte. *Sofort!* . . . Was soll das heißen, er ist nicht da? Wo *ist* er? . . . Wer ist das? . . . Ja, ich weiß, wer Sie sind. Hören Sie mir zu, und zwar gut! Der Anschlag gilt *nicht* nur dem Krongouverneur. Es ist viel schlimmer. Zwei Angehörige der chinesischen Delegation gehören auch dazu. Trennen Sie alle Gruppen – das *wissen* Sie? . . . Ein Mann vom *Mossad*?! Was, zum Teufel . . .? Eine solche Vereinbarung gibt es nicht, die *kann* es gar nicht geben! . . . Ja, selbstverständlich, ich gehe aus der Leitung.« Mit bleichem Gesicht und heftig atmend sah der Diplomat die Wand an und sagte dann mit kaum hörbarer Stimme: »Die haben das herausgefunden, Gott weiß, wie, und haben sofort Gegenmaßnahmen eingeleitet . . . *wer?* Um Gottes willen, wer *war* das?«

»*Unser* Jason Borowski«, sagte McAllister leise. »Er ist dort.«

Auf dem Bildschirm kam eine Limousine ruckartig zum Stillstand, während andere in die Dunkelheit davonschossen. Gestalten flohen voller Panik aus dem stehenden Wagen, und Sekunden später erfüllte eine blendende Explosion den Bildschirm.

»Er ist dort«, wiederholte McAllister im Flüsterton. »Er ist *dort!*«

21

Das Motorboot stampfte heftig in der Finsternis und dem orkanartigen Regen. Die aus zwei Matrosen bestehende Mannschaft war dauernd damit beschäftigt, das Wasser auszuschöpfen, das beständig über die Dollborde hereinschlug, während der ergraute chinesisch-portugiesische Kapitän durch die großen Kabinenfenster nach vorne spähte und sein kleines Boot langsam auf die schwarzen Umrisse der Insel zusteuerte. Borowski und d'Anjou standen zu beiden Seiten des Schiffes, jetzt sprach der Franzose und mußte dazu die Stimme erheben, um sich in dem Lärm Gehör zu verschaffen. »Wie weit ist es noch bis zum Strand, meinen Sie?«

»Zweihundert Meter plus oder minus zehn bis zwanzig«, sagte der Kapitän.

»Dann ist jetzt Zeit für das Licht. Wo ist es?«

»In dem Kasten unter ihnen. Rechts. Noch fünfundsiebzig Meter, und ich halte an. Noch näher dran können die Felsen bei diesem Wetter gefährlich werden.«

»Wir müssen ans Ufer!« schrie der Franzose. »Das muß sein, das habe ich Ihnen *gesagt!*«

»Stimmt, aber Sie haben vergessen, mir zu sagen, daß es so regnen und eine solche Dünung geben würde. Neunzig Meter, und Sie können das kleine Boot nehmen. Es hat einen starken Motor, Sie werden hinkommen.«

»*Merde!*« stieß d'Anjou hervor, öffnete den Kasten und zog eine starke Taschenlampe hervor. »Da bleiben ja noch mehr als hundert Meter!«

»Weniger als fünfzig wären es ohnehin nicht gewesen. Das habe ich Ihnen gesagt.«

»Und dazwischen ist tiefes Wasser?«

»Soll ich wieder umkehren und nach Macao zurückfahren?«

»Damit die Streifen uns in die Luft jagen? Sie halten sich an unsere Abmachung, oder Sie kommen nicht heil an! Das *wissen* Sie!«

»Hundert Meter, mehr sind es nicht.«

D'Anjou nickte verdrießlich und hielt sich die Taschenlampe vor die Brust. Er drückte auf einen Knopf, ließ ihn sofort wieder los, und dann erhellte einen kurzen Augenblick lang ein gespenstischer dunkelblauer Blitz das Fenster. Sekunden später konnte man durch das verspritzte Glas ein ähnliches blaues Signal von der Insel sehen. »Sie sehen, *mon capitaine*, wenn wir unser Rendezvous nicht eingehalten hätten, wäre dieser armselige Kasten jetzt in die Luft gepustet worden.«

»Heute nachmittag hat Ihnen mein Schiff noch gefallen!« sagte der Schiffer und mühte sich am Rad ab.

»Das war *gestern* nachmittag. Jetzt ist es halb zwei Uhr früh am nächsten Morgen, und ich hab Sie und Ihre Geldgier inzwischen besser kennengelernt.« D'Anjou legte die Lampe in den Kasten zurück und warf Borowski, der ihn die ganze Zeit beobachtete, einen Blick zu. Jeder tat das, was er in den Tagen von Medusa so oft getan hatte – überprüfte Ausrüstung und Kleidung seines Partners. Die beiden Männer hatten ihre Kleidung in Segeltuchtaschen gestopft – Hosen, Pullover und dünne Gummimützen, alles schwarz. An Ausrüstung hatten sie außer Jasons Pistole und der kleinen .22er des Franzosen nur noch in Scheiden steckende Messer – alles unsichtbar. »Fahren Sie so dicht heran, wie es geht«, sagte d'Anjou zu dem Kapitän. »Und denken Sie daran, wenn Sie nicht da sind, wenn wir zurückkommen, bekommen Sie die Restzahlung nicht.«

»Und wenn die Ihnen Ihr Geld wegnehmen und Sie *umbringen*?« schrie der Kapitän. »Dann bin ich *draußen*!«

»Ich bin tief gerührt«, sagte Borowski.

»Nur keine Angst«, antwortete der Franzose und warf dem Mischling einen strafenden Blick zu. »Ich kenne diesen Mann schon lange Zeit und habe oft mit ihm zu tun gehabt. Er hat wie Sie ein schnelles Boot und ist genauso ein Dieb wie Sie. Ich sorge dafür, daß er immer Geld in den Taschen hat und seine Freundinnen wie Konkubinen des Zentralkomitees leben können. Außerdem hat er mich im Verdacht, daß ich über ihn Buch führe. Wir sind in Gottes Hand, und vielleicht sogar noch besser.«

»Dann nehmen Sie die Lampe mit«, knurrte der Kapitän. »Es könnte sein, daß Sie sie brauchen, und wenn Sie stranden oder an den Felsen zerschellen, nützen Sie mir nichts.«

»Ihre Sorge überwältigt mich«, sagte d'Anjou, griff nach der Lampe und nickte Jason zu. »Dann wollen wir uns jetzt mit dem Boot und seinem Motor vertraut machen.«

»Der Motor ist mit einer dicken Segeltuchplane verhüllt. Lassen Sie ihn erst an, wenn Sie im Wasser sind!«

»Woher wissen wir denn, daß er anspringt?« fragte Borowski.

»Weil ich mein Geld haben will, Sie großer Schweiger.«

Die Fahrt zum Strand durchnäßte sie beide bis auf die Haut; Jason hielt sich an der Bordwand fest und d'Anjou am Ruder und dem Heck, um nicht über Bord geworfen zu werden. Einmal streiften sie ein Riff, und das Metall scharrte an dem Felsen entlang, während der Franzose das Ruder nach Steuerbord herumriß und Vollgas gab.

Jetzt kam wieder der seltsame dunkelblaue Blitz vom Ufer. Sie waren in der feuchten Schwärze vom Kurs abgekommen; d'Anjou lenkte das Boot auf das Signal zu, und wenige Minuten später traf der Bug auf Sand. Der Franzose drückte den Knüppel herunter und hob den Motor damit in die Höhe, während Borowski über Bord sprang, das Tau packte und das kleine Boot den Strand hinaufzog.

Dann holte er zischend Luft, als plötzlich vor ihm eine Männergestalt auftauchte und die Leine packte. »Vier Hände sind besser als zwei«, schrie der Fremde, ein Asiat, auf englisch, fließendem Englisch mit amerikanischem Akzent.

»Sie sind der Kontaktmann?« schrie Jason verblüfft und fragte sich, ob der Regen und die Wellen sein Hörvermögen beeinträchtigt hätten.

»Ich bin einfach ein Freund!« schrie der Mann zurück.

Fünf Minuten später, als sie das kleine Boot weit genug auf den Strand hinaufgezogen hatten, gingen die drei Männer durch das Dickicht am Ufer, das bald in niedriges Gestrüpp und Bäume überging. Der ›Freund‹ hatte sich aus einer Schiffspersenning einen Unterstand errichtet; davor flackerte ein kleines Feuer, das man nur vom Wald aus sehen konnte, weil der Unterstand es zum Meer hin verdeckte. Die Wärme war angenehm; der Wind und der ständig niederpeitschende Regen hatten Borowski und d'Anjou ausgekühlt. Jetzt saßen sie mit übereinandergeschlagenen Beinen ums Feuer, und der Franzose sprach den uniformierten Chinesen an.

»Das war kaum notwendig, Gamma –«

»*Gamma?*« brach es aus Jason heraus.

»Ich habe gewisse Traditionen wieder aufleben lassen, Delta. Ich hätte natürlich auch *Tango* oder *Foxtrott* verwenden können . . . schließlich war ja nicht alles griechisch. Die griechischen Codes waren den Führern vorbehalten.«

»Was soll das dumme Gerede? Ich will wissen, warum wir hier sind. Warum haben Sie ihn nicht bezahlt, und wir verschwinden wie die Teufel von hier?«

»*Man . . . !*« sagte der Chinese und zog das Wort in die Länge, so daß es ganz amerikanisch klang. »Der Typ ist vielleicht sauer! Was juckt ihn denn?«

»Mich juckt, daß ich zu dem Boot zurück will. Ich hab jetzt wirklich keine Zeit zum Teetrinken!«

»Wie wäre es mit Scotch?« sagte der Offizier der Volksrepublik, griff hinter sich, und die Hand brachte eine Flasche höchst akzeptablen Whiskys zum Vorschein. »Wir müssen aus der Flasche trinken, aber ich glaube nicht, daß wir Chinesen ansteckende Krankheiten haben. Wir baden, putzen uns die Zähne und schlafen mit sauberen Huren – zumindest sorgt *meine* Regierung dafür, daß sie sauber sind.«

»Wer zum Teufel *sind* Sie?« fragte Borowski.

»Gamma genügt, davon hat Echo mich überzeugt. Und *was* ich bin – das überlasse ich Ihrer Fantasie. USC wäre nicht schlecht geraten – das ist die Universität von Südkalifornien – mit anschließenden Studien in Berkeley –, während der Studentenunruhen in den sechziger Jahren, daran erinnern Sie sich sicher.«

»Zu diesem Klüngel haben Sie also gehört!«

»Im Gegenteil! Ich war ein aufrechter Konservativer, Mitglied der John-Birch-Gesellschaft, und wenn es nach uns gegangen wäre, hätte man die alle *erschossen!* Grölende Krawallmacher, denen die moralischen Ziele ihrer Nation scheißegal waren.«

»Wir reden hier wirklich Quatsch.«

»Mein Freund Gamma«, unterbrach d'Anjou, »ist der perfekte Mittelsmann. Er ist ein gebildeter Doppel- oder Dreifach- oder möglicherweise Vierfachagent, der für alle Seiten zum Nutzen seiner eigenen Interessen tätig ist. Er ist ein total amoralischer Mensch, und dafür respektiere ich ihn.«

»Sie sind nach China zurückgegangen? In die Volksrepublik?«

»Ja, weil dort das Geld war«, gab der Offizier zu. »Jede repressive Gesellschaft bietet den Leuten ungeheure Chancen, die bereit sind, für die Unterdrückten gewisse kleinere Risiken auf sich zu nehmen. Fragen Sie doch die Kommissare in Moskau und im Ostblock. Natürlich muß man Kontakte im Westen haben und gewisse Talente besitzen, die auch den eigenen Vorgesetzten nützlich sind. Zum Glück bin ich ein ausgezeichneter Segler, das habe ich Freunden in San Francisco zu verdanken, die Jachten und kleine Motorboote hatten. Eines Tages werde ich dorthin zurückkehren. Ich mag San Francisco wirklich.«

»Versuchen Sie gar nicht erst, sich über seine Schweizer Konten den Kopf zu zerbrechen«, sagte d'Anjou. »Wir wollen uns doch lieber darauf konzentrieren, warum Gamma uns in diesem Sturm eine so angenehme

Behausung vorbereitet hat.« Der Franzose griff nach der Flasche und trank.

»Das wird Sie eine Stange Geld kosten, Echo«, sagte der Chinese.

»Was wäre bei Ihnen schon gratis? Also?« D'Anjou reichte Jason die Flasche weiter.

»Darf ich vor Ihrem Begleiter sprechen?«

»Alles, was Sie wollen.«

»Sie wollen die Informationen haben. Ich garantiere dafür. Der Preis beträgt eintausend amerikanische Dollar.«

»Und das ist alles?«

»Das sollte reichen«, sagte der chinesische Offizier und nahm Borowski die Flasche weg. »Sie sind zu zweit, und mein Streifenboot liegt eine halbe Meile von hier entfernt in einer kleinen Bucht. Meine Mannschaft ist der Meinung, ich treffe mich mit einem unserer Agenten in der Kronkolonie.«

»Ich will also die Information haben, Sie garantieren mir das. Und dafür soll ich tausend Dollar rausrücken, wo es doch durchaus möglich ist, daß Sie ein Dutzend *Zhongguo ren* im Gebüsch versteckt haben.«

»Vertrauen ist gut.«

»Kontrolle ist besser«, konterte der Franzose. »Keinen *Sou* bekommen Sie, bis ich weiß, was Sie verkaufen.«

»Typisch französisch«, sagte Gamma und schüttelte den Kopf. »Also gut. Es betrifft Ihren Jünger, den, der seinem Herrn und Meister nicht mehr folgt, sondern sich lieber seine dreißig Silberlinge und noch eine ganze Menge mehr auszahlen läßt.«

»Den *Meuchelmörder?*«

»Bezahlen Sie ihn!« befahl Borowski und starrte den chinesischen Offizier an.

D'Anjou sah zuerst Jason an und dann den Mann, der sich Gamma nannte, dann zog er den Pullover hoch und öffnete die Gürtelschnalle der triefend nassen Hose. Er griff darunter und holte einen Geldgurt aus Öltuch heraus, zog den Reißverschluß der mittleren Tasche auf und entnahm dem Gürtel Geldscheine, die er dem chinesischen Offizier hinhielt. »Dreitausend für heute nacht und tausend für diese neue Information. Der Rest ist Falschgeld. Ich habe immer zusätzliche Tausend für irgendwelche Notfälle bei mir, aber nur tausend –«

»Die *Information*«, unterbrach Jason Borowski.

»Er hat dafür bezahlt«, erwiderte Gamma, »also ist er mein Gesprächspartner«.

»Mir ist scheißegal, wer Ihr Gesprächspartner ist, Hauptsache, Sie reden.«

»Unser gemeinsamer Freund in Guangzhou«, begann der Offizier, zu d'Anjou gewandt. »Der Funker im Hauptquartier eins.«

»Wir haben schon Geschäfte miteinander gemacht«, sagte der Franzose vorsichtig.

»Da ich wußte, daß ich Sie hier treffen würde, habe ich kurz nach halb elf in Zhuhai Shi aufgetankt. Dort erwartete mich eine Nachricht, ich solle mit ihm Verbindung aufnehmen – wir haben einen Mittelsmann, auf den wir uns verlassen können. Er hat mir gesagt, er habe einen Anruf mit einem nicht identifizierten Prioritätscode des Jadeturms nach Beijing zurückverfolgt. Das Gespräch war für Soo Jiang –«

D'Anjou fuhr hoch, stützte sich mit beiden Händen auf den Boden, als wolle er aufspringen. »Das *Schwein*!«

»Wer ist das?« fragte Borowski schnell.

»Nach außen hin der Geheimdienstchef«, erwiderte der Franzose, »aber der würde seine eigene Mutter an ein Bordell verkaufen, wenn der Preis stimmte. Im Augenblick ist er der Verbindungsmann zu meinem ehemaligen Jünger. Mein *Judas*!«

»Und er ist plötzlich nach Beijing abberufen worden«, unterbrach ihn der Mann namens Gamma.

»Und das wissen Sie *sicher*?« wollte Jason wissen.

»Unser gemeinsamer Freund ist sicher«, antwortete der Chinese, der immer noch d'Anjou ansah. »Einer von Soos Mitarbeitern kam ins Hauptquartier eins und hat alle morgigen Flüge von Kai-tak nach Beijing überprüft. Auf Anweisung seiner Abteilung hat er auf jedem Flug einen Platz – einen einzigen – reserviert. In einigen Fällen bedeutete das, daß für diesen Flug gebuchte Passagiere auf Wartelisten zurückgestuft wurden. Als ein Beamter im Hauptquartier eine persönliche Bestätigung von Soo verlangte, sagte sein Mitarbeiter, er sei in wichtigen Geschäften nach Macao gefahren. Wer hat aber um Mitternacht in Macao Geschäfte? Alles ist dann geschlossen.«

»Nur die Casinos nicht«, warf Borowski ein. »Tisch fünf. Das Kampek. Eine völlig kontrollierte Umgebung.«

»Was in Anbetracht der Platzreservierungen bedeutet«, sagte der Franzose, »daß Soo nicht sicher ist, wann er den Meuchelmörder erreichen wird.«

»Aber er *ist* sicher, daß er ihn erreichen wird. Er überbringt ihm also einen Befehl.« Jason sah den Offizier an. »Bringen Sie uns nach Beijing«, sagte er. »Zum Flughafen, zum ersten Flug. Sie werden ein reicher Mann, das garantiere ich.«

»*Delta*, Sie sind *verrückt*!« schrie d'Anjou. »Peking kommt nicht in Frage!«

»Warum? Niemand sucht uns, und die ganze Stadt wimmelt von Franzosen, Engländern, Italienern, Amerikanern – weiß Gott, was sonst noch für Nationalitäten. Wir haben beide Pässe, damit kommen wir durch.«

»Seien Sie doch vernünftig!« bat Echo. »Wir gehen ihnen ins Netz. Bei all dem, was wir wissen, wird man uns sofort umbringen, wenn man uns auch nur in verdächtiger Umgebung entdeckt! Er wird wieder hier unten auftauchen, höchstwahrscheinlich in wenigen Tagen.«

»Ich habe nicht soviel Zeit«, sagte Borowski kalt. »Ich habe Ihre Kreatur schon zweimal verloren. Ein drittes Mal wird mir das nicht passieren.«

»Sie glauben, Sie können ihn in *China* fangen?«

»Wo sonst würde er denn am wenigsten mit einer Falle rechnen?«

»*Wahnsinn!* Sie sind *wirklich* verrückt!«

»Kümmern Sie sich um alles«, befahl Jason dem chinesischen Offizier. »Der erste Flug von Kai-tak. Wenn ich die Tickets habe, werde ich dem, der sie mir bringt, fünfzigtausend amerikanische Dollars geben. Schicken Sie jemanden, dem Sie vertrauen können.«

»Fünfzig*tausend* . . .?« Gamma starrte Borowski an.

Der Himmel über Beijing war dunstig, und der Staub, den der Wind aus den nordchinesischen Ebenen hereintrug, flimmerte gelblich in der Sonne. Der Flughafen war, wie alle internationalen Flughäfen auf der Welt, riesig und die Landebahnen ein Flickenteppich aus schwarzen Straßen, von denen manche über zwei Meilen lang waren. Wenn es überhaupt einen Unterschied zwischen dem Flughafen Beijing und jenen in westlichen Städten gab, dann war dies der riesige kuppelförmige Bau mit dem Hotel daneben und den verschiedenen Schnellstraßen, die in den Komplex hineinführten. Borowski und d'Anjou passierten den Zoll mühelos, wobei ihr fließendes Chinesisch ihnen den Weg ebnete. Die Uniformierten waren ausgesprochen freundlich und warfen kaum einen Blick auf ihr Gepäck, sie interessierten sich mehr für ihre Sprachkenntnis. Sie gaben vor, zwei Orientalisten zu sein, die hier Urlaub machten, um später in ihren Vorträgen von ihren Erlebnissen erzählen zu können. Sie wechselten je tausend Dollar in *renminbi* um, wörtlich Volksgeld, und erhielten jeder beinahe zweitausend *yuan* dafür. Dann nahm Borowski die Brille ab, die er in Washington von seinem Freund Cactus gekauft hatte.

»Eines verblüfft mich«, sagte der Franzose, während sie vor einer elektronischen Tafel mit den Ankünften und Abflügen der nächsten drei Stunden standen. »Warum benutzt er wohl eine Linienmaschine? Die Leute, die ihn bezahlen, haben doch sicherlich Regierungs- oder Militärmaschinen zur Verfügung.«

»Das ist wie bei uns, solche Flugzeuge müssen registriert werden, und jemand muß sie anfordern«, antwortete Jason. »Und wer auch immer der Auftraggeber ist, er muß auf Distanz bleiben. Ihr Killer muß als Tourist oder Geschäftsmann hier ankommen, und der komplizierte Vorgang der Kontaktaufnahme beginnt erst anschließend. Zumindest hoffe ich, daß es so ist.«

»*Wahnsinn!* Sagen Sie, Delta, wenn Sie ihn wirklich erwischen – und dieses ›Wenn‹ ist wesentlich, weil er ungemein geschickt ist –, haben Sie dann eine Ahnung, wie Sie ihn herausbringen wollen?«

»Ich habe Geld, amerikanisches Geld, große Scheine, mehr als Sie sich vorstellen können. Es steckt im Futter meiner Jacke.«

»Deshalb haben wir am Peninsula haltgemacht, nicht wahr? Deshalb durfte ich Sie gestern auch nicht abmelden. Ihr Geld ist dort.«

»Dort war es. Im Hotelsafe. Ich werde ihn herausbringen.«

»Auf den Schwingen des Pegasus?«

»Nein, wahrscheinlich mit einem PanAm-Flug, und wir beide werden einen schwerkranken Freund stützen. Im übrigen glaube ich sogar, daß Sie mich auf diese Idee gebracht haben.«

»Dann gehöre ich in eine Heilanstalt!«

»Bleiben Sie am Fenster«, sagte Borowski. »In zwölf Minuten landet die nächste Maschine aus Kai-tak, aber das könnte ebenso zwei Minuten wie zwölf Stunden bedeuten. Ich werde uns beiden ein Geschenk kaufen.«

»Wahnsinn«, murmelte der Franzose, zu müde, um mehr zu tun als den Kopf zu schütteln.

Jason kehrte zurück und dirigierte d'Anjou in eine Ecke, von der aus man die Türen zur Zollkontrolle sehen konnte, die geschlossen waren, wenn nicht gerade Passagiere herauskamen. Borowski griff in die Innentasche und holte eine lange, schmale, bunt lackierte Schachtel heraus. Er nahm den Deckel ab; auf imitiertem Filz lag ein schmaler Brieföffner aus Messing, mit chinesischen Schriftzeichen auf dem Griff. Die Spitze war scharf geschliffen. »Da, nehmen Sie«, sagte Jason. »Stecken Sie es sich in den Gürtel.«

»Wie ist die Klinge?« fragte Echo von Medusa, während er sich die Klinge in den Hosenbund schob.

»Nicht schlecht. Der Messinggriff ist schwer; es müßte sich gut werfen lassen.«

»Ja, ich erinnere mich«, sagte d'Anjou. »Eine der ersten Regeln war, nie ein Messer zu werfen, aber eines Abends haben Sie in der Dämmerung zugesehen, wie ein Gurkha einen Kundschafter aus drei Meter Entfernung erledigte, ohne einen Schuß abzugeben oder sich auf ein Handgemenge einzulassen. Sein Bajonett wirbelte durch die Luft und bohrte sich dem Kundschafter in die Brust. Am nächsten Morgen haben Sie dem Gurkha befohlen, uns allen das Messerwerfen beizubringen – und einige haben das recht gut gekonnt.«

»Und Sie?«

»Gar nicht übel. Ich war älter als sie alle und hatte mich immer schon zu Kampfarten hingezogen gefühlt, die keinen großen körperlichen Einsatz erforderten. Und dann habe ich auch immer wieder geübt. Sie haben mir dabei zugesehen und gelegentlich sogar Bemerkungen darüber gemacht.«

Jason sah den Franzosen an. »Das ist komisch, aber daran kann ich mich überhaupt nicht erinnern.«

»Ich habe natürlich gedacht . . . Tut mir leid, Delta.«

»Vergessen Sie's. Ich fange an zu lernen, auch dann Vertrauen zu haben, wenn ich nichts begreife.«

Das Warten ging weiter und erinnerte Borowski daran, wie er in Li Wu gewartet hatte, wie ein Zug nach dem anderen die Grenze überquerte, bis am Ende ein kleiner, hinkender alter Mann sich in einen anderen verwandelt hatte. Die 11.30-Uhr-Maschine hatte über zwei Stunden Verspätung. Die Zollabfertigung würde weitere fünfzig Minuten in Anspruch nehmen.

»*Der* da?« rief d'Anjou und wies auf eine Gestalt, die gerade durch die Tür kam.

»Mit einem Stock?« fragte Jason. »Und hinkend?«

»Seine schäbigen Kleider können seine Schultern nicht verdecken!« rief Echo. »Das graue Haar ist zu neu, er hat es nicht genug gebürstet, und die dunkle Brille ist zu breit. Er ist müde wie wir. Sie hatten recht. Er mußte dem Ruf nach Beijing folgen und ist unvorsichtig.«

»Weil ›Ruhe eine Waffe ist‹? Und er die Regel nicht beachtet hat?«

»Ja. Die letzte Nacht in Kai-tak hat ihren Tribut von ihm gefordert. Aber was noch wichtiger ist, er mußte gehorchen. *Merde!*«

»Er scheint zum Hotel zu gehen«, sagte Borowski. »Bleiben Sie hier, ich werde ihm folgen – mit einigem Abstand. Wenn er Sie entdeckt, läuft er weg, und dann verlieren wir ihn.«

»Er könnte *Sie* entdecken!«

»Unwahrscheinlich. Schließlich habe ich das Spiel erfunden. Außerdem werde ich hinter ihm bleiben. Sie bleiben hier, ich komme Sie dann holen.«

Jason griff nach seiner Flugtasche und reihte sich, ohne dabei den grauhaarigen Mann aus den Augen zu lassen, mit müden, schleppenden Schritten unter den Passagieren ein, die auf das Hotel zugingen. Zweimal blieb der ehemalige britische Kommandotruppführer stehen und drehte sich um, und zweimal, jedesmal wenn er die leichte Schulterbewegung bemerkte, drehte auch Borowski sich um und bückte sich, als wolle er ein Insekt vom Bein wedeln oder den Riemen seiner Flugtasche kürzen, und hielt sich dabei jedesmal so, daß der andere sein Gesicht nicht sehen konnte. Die Schlange an der Empfangstheke wuchs; Jason stand an achter Stelle hinter dem Killer, in der zweiten Reihe, darauf bedacht, so unauffällig wie möglich zu bleiben, wobei er sich immer wieder bückte, um seine Flugtasche vorzuschieben. Jetzt war der Killer an der Theke angelangt und zeigte der Angestellten seine Papiere, füllte die Meldekarte aus und hinkte dann auf die Aufzüge zu, die rechts von der Empfangstheke angeordnet waren. Sechs Minuten später stand Borowski vor derselben Angestellten. Er sprach sie auf Mandarin an. »*Ni neng bang-zhu wo ma?*« begann er, sie um Hilfe bittend. »Ich mußte die Reise plötzlich antreten und habe kein Zimmer. Nur für diese Nacht.«

»Sie sprechen unsere Sprache sehr gut«, sagte die junge Frau, deren mandelförmige Augen sich leicht geweitet hatten. »Sie erweisen uns Ehre«, fügte sie dann höflich hinzu.

»Ich hoffe, meine Sprachkenntnisse werden sich während meines Aufenthalts hier noch verbessern. Ich bin auf einer Studienreise.«

»Das ist die beste Art zu reisen. In Beijing gibt es viele Schätze, und anderswo natürlich auch, aber dies hier ist eine herrliche Stadt. Sie haben also nicht reserviert?«

»Leider nein. Alles auf den letzten Drücker, verstehen Sie?«

»Da ich beide Sprachen spreche, kann ich Ihnen sagen, daß Sie es in der unseren richtig formuliert haben. Alles geht immer husch-husch. Ich werde sehen, was ich tun kann. Es wird natürlich kein luxuriöses Zimmer sein.«

»Etwas Luxuriöses kann ich mir auch nicht leisten«, sagte Jason schüchtern. »Aber ich habe einen Begleiter – wir können uns ja das Bett teilen, wenn es nötig ist.«

»Ich fürchte, das wird nötig sein.« Die Angestellte blätterte in ihrer Kartei. »*Hier*«, sagte sie. »Ein Einzelzimmer, hinten im ersten Stock. Das paßt vielleicht – «

»Wir nehmen es«, nickte Borowski. »Übrigens, vor ein paar Minuten habe ich einen Mann hier in der Schlange gesehen, von dem ich sicher bin, daß ich ihn kenne. Ich glaube, ich habe bei ihm in England studiert. Grauhaarig, mit einem Stock . . . Ich bin ganz sicher, daß er es ist. Ich würde ihn gerne anrufen.«

»O ja, ich erinnere mich.« Die Angestellte blätterte durch die Meldezettel, die sie vor sich liegen hatte. »Der Name ist Wadsworth, Joseph Wadsworth. Er hat Zimmer drei-fünfundzwanzig. Aber es könnte sein, daß Sie sich irren. Er hat als Beruf Unternehmensberater angegeben. Aus Großbritannien.«

»Sie haben recht, das ist er nicht«, sagte Jason und schüttelte verlegen den Kopf. Dann nahm er seinen Schlüssel entgegen.

»Wir können ihn uns holen! *Jetzt!*« Borowski packte d'Anjous Arm und zerrte den Franzosen aus der Ecke des Flughafengebäudes.

»Jetzt? So einfach? So schnell? Das ist unglaublich!«

»Im Gegenteil«, sagte Jason und führte d'Anjou auf die Reihe von Glastüren zu, die den Eingang zum Hotel bildeten. »Es ist alles andere als unglaublich. Ihr Mann hat jetzt ein Dutzend unterschiedliche Dinge im Kopf. Er muß außer Sichtweite bleiben. Er kann nicht über eine Telefonvermittlung sprechen, also wird er in seinem Zimmer bleiben und auf einen Anruf warten, der ihm seine Instruktionen bringt.« Sie gingen durch eine Glastür, sahen sich um und schlenderten links an der langen Theke vorbei. Borowski redete die ganze Zeit schnell auf den anderen ein. »Die Operation in Kai-tak gestern nacht ist gescheitert, also muß er eine andere Möglichkeit in Betracht ziehen. Nämlich die, daß er selbst eliminiert werden könnte, weil ihn derjenige, der den Sprengstoff unter dem Wagen entdeckt hat, gesehen und identifiziert haben könnte – was ja auch der Fall ist. Also muß er darauf bestehen, daß sein Klient allein an dem vereinbarten Treffpunkt erscheint, weil ihm nur das Schutz bietet.« Sie hatten die Treppe erreicht und stiegen hinauf. »Und seine Kleider«, fuhr Delta fort. »Er muß sich umziehen. Er kann nicht so auftreten, wie er *war*, und auch nicht so, wie er *ist*. Er muß jemand anders sein.« Jetzt hatten sie den zweiten Stock erreicht, und Jason legte die Hand auf den Türknopf und drehte sich zu d'Anjou herum. »Glauben Sie mir, Echo, Ihr Freund ist beschäftigt.«

»Sagt das jetzt der Akademiker oder der Mann, den man einmal Jason Borowski genannt hat?«

»Borowski«, sagte David Webb, und seine Augen blieben eiskalt, so eiskalt, wie seine Stimme klang. »Wenn es überhaupt einen Zeitpunkt gibt, an dem Jason Borowski gefordert ist, dann ist dieser Zeitpunkt jetzt.«

Die Flugtasche über die Schulter gehängt, öffnete Jason langsam die Flurtür und schob sich zentimeterweise nach vorne. Zwei Männer in schwarzen Nadelstreifenanzügen kamen den Korridor herauf und beklagten sich über den schlechten Zimmerservice; sie sprachen mit britischem Akzent. Sie schlossen ihr Zimmer auf und gingen hinein. Borowski zog die Flurtür zurück und schob d'Anjou durch; jetzt waren sie im Korridor. Die Zimmernummern waren chinesisch und arabisch angeschrieben.

341, 339, 337 – sie befanden sich im richtigen Korridor, das Zimmer mußte auf der linken Seite liegen. Drei indische Paare kamen plötzlich aus einem Aufzug, die Frauen in Saris, die Männer in eng anliegenden Hosen; sie gingen an Jason und d'Anjou vorbei, erregt aufeinander einredend auf der Suche nach ihren Zimmern. Die Männer waren sichtlich verärgert darüber, daß sie ihr Gepäck selbst tragen mußten.

335, 333, 331 –

»Jetzt reicht es mir aber!« kreischte eine Frauenstimme, und eine dicke Frau mit Lockenwicklern kam aus einer Tür zur Rechten. Sie war nur mit einem Bademantel bekleidet, unter dem das Nachthemd hervorsah. Jetzt hatte sie sich mit dem Fuß im Nachthemd verheddert, riß ihn zurück und ließ dabei ein Paar Beine sehen, die einem Rhinozeros Ehre gemacht hätten. »Die Toilette funktioniert nicht, und das Telefon kannst du *vergessen*!«

»Isabel, ich hab dir's doch gesagt!« rief ein mit einem roten Pyjama bekleideter Mann, der durch die offene Tür spähte. »Das ist der Jet-lag.

Leg dich jetzt schlafen und denk daran, daß das hier nicht Short Hills ist! Hör auf zu meckern, du mußt dich hier anpassen!«

»Das Klo funktioniert nicht, da habe ich ja gar keine andere Wahl! Ich knöpfe mir schon *irgendeinen* von diesen schlitzäugigen Schweinehunden vor und brülle mir die Seele aus dem Leib! Wo sind die Treppen? Ich habe keine Lust, einen von diesen verdammten Aufzügen zu benutzen. Wenn die sich überhaupt bewegen, dann wahrscheinlich nur seitlich, und dann sitze ich plötzlich in einem Flugzeug!«

Die erboste Frau wogte an ihnen vorbei. Zwei von den drei indischen Ehepaaren hatten Schwierigkeiten mit ihren Schlüsseln, aber schließlich gelang es ihnen, die Türen mit ein paar Fußtritten aufzustoßen, und der Mann im roten Pyjama knallte die Tür zu, nachdem er seiner Frau noch nachgerufen hatte: »Das ist wie bei dem Klassentreffen im Club! Richtig *schämen* muß man sich mit dir, Isabel!«

329, 327, . . . 325. Das Zimmer. Der Korridor war leer.

Hinter der Tür konnten sie asiatische Musik hören. Das Radio war eingeschaltet, recht laut, und würde beim ersten Klingeln des Telefons noch lauter gedreht werden. Jason zog d'Anjou zurück und sagte leise, gegen die Wand gepreßt, zu ihm: »Ich kann mich an keine Gurkhas erinnern und auch nicht an Kundschafter – «

»Etwas in Ihnen hat sich aber erinnert, Delta«, unterbrach ihn Echo.

»Vielleicht, aber das ist jetzt nicht wichtig. Jetzt beginnt der Endspurt. Wir lassen unsere Taschen hier draußen. Ich gehe auf die Tür zu, und Sie folgen dicht hinter mir. Halten Sie Ihre Klinge bereit. Aber ich möchte, daß Sie etwas verstehen und gar keinen Fehler machen – werfen Sie nicht, solange Sie nicht unbedingt *müssen*. Und wenn Sie werfen, dann auf seine Beine. Nicht oberhalb der Gürtellinie.«

»Sie haben mehr Vertrauen zur Treffsicherheit eines alten Mannes als ich selbst.«

»Ich hoffe, daß es nicht darauf ankommen wird. Dies Türen bestehen aus hohlem Sperrholz, und Ihr Junge da drinnen hat eine Menge im Kopf. Er denkt jetzt an Strategie, nicht an uns. Woher sollten wir auch wissen, daß er hier ist, und selbst wenn, wie sollten wir so schnell über die Grenze kommen. Und ich *will* ihn! Ich *fange* ihn! Fertig?«

»Ja«, sagte der Franzose, stellte den kleinen Koffer ab und zog den Brieföffner aus dem Gürtel. Er hielt die Klinge mit gespreizten Fingern in der Hand und suchte ihren Schwerpunkt.

Borowski ließ die Flugtasche zu Boden gleiten und bezog vor Zimmer 325 Position. Er sah zu d'Anjou hinüber. Echo nickte, und Jason sprang auf die Tür zu, den linken Fuß wie eine Ramme vorgestreckt. Die Tür flog nach innen, Holz splitterte, Angeln wurden aus ihren Verankerungen gerissen. Borowski stürzte sich hinein, rollte auf dem Boden aus, und seine Augen huschten gleichzeitig nach allen Richtungen.

»*Arrêtez!*« brüllte d'Anjou.

Eine Gestalt kam durch eine innere Tür – der grauhaarige Mann, der *Killer!* Jason sprang auf, stürzte sich auf seinen Feind, packte den Mann am Haar, riß ihn nach links, dann nach rechts, schmetterte ihn gegen den Türstock. Plötzlich schrie der Franzose auf, als die Messingklinge des Brieföffners durch die Luft blitzte und sich mit zitterndem Griff in die Wand bohrte. Eine Warnung. »Delta! *Nicht!*«

Borowski erstarrte in der Bewegung, sein Opfer war völlig hilflos, von seinem eisernen Handgriff festgehalten.

»*Schauen Sie doch!*« rief d'Anjou.

Jason trat langsam zurück, die Arme so starr, daß sie den Mann wie ein Schraubstock umklammerten. Er starrte in das ausgemergelte, hagere Gesicht eines sehr alten Mannes mit schütterem grauem Haar.

22

Marie lag auf dem schmalen Bett und starrte zur Decke. Die Strahlen der Nachmittagssonne fielen durch die vorhanglosen Fenster und erfüllten den kleinen Raum mit blendendem Licht und zuviel Hitze. Schweiß stand ihr auf dem Gesicht, und die zerfetzte Bluse klebte an ihrer feuchten Haut. Ihre Füße schmerzten von dem morgendlichen Wahnsinn, von dem Spaziergang auf einer halb fertiggestellten Küstenstraße zu einem steinigen Streifen Strand – eigentlich eine Dummheit, aber im Augenblick das einzige, was sie hatte tun können – sie war im Begriff gewesen, den Verstand zu verlieren.

Die Straßengeräusche drangen zu ihr herauf, eine fremdartige Kakophonie aus schrillen Stimmen, Fahrradklingeln und den Hupen von Bussen und Lkws. Es war, als hätte man ein überfülltes, hektisches Stück Hongkong aus der Insel herausgerissen und an einen weit entfernten Ort verpflanzt, wo ein breiter Fluß, endlose Felder und dahinter ferne Berge die Stelle von Victoria Harbour und den zahllosen Reihen hoher Bauten aus Glas und Stein einnahmen. In gewissem Sinne hatte sogar eine solche Verpflanzung stattgefunden, überlegte sie. Die Miniaturstadt Tuen Mun war auch ein aus zu wenig Platz entstandenes Phänomen, wie sie nördlich von Kowloon in den New Territories in die Höhe geschossen waren. Vor einem Jahr war es noch eine trockene Flußebene gewesen, im nächsten eine sich schnell entwickelnde Metropole aus gepflasterten Straße, Fabriken, Einkaufszentren und sich ausdehnenden Wohnbauten, alles Verlockungen für die Menschen aus dem Süden, ein Versprechen von Wohnung und Arbeit für Tausende, und diejenigen, die dem Ruf folgten, brachten die unverkennbare Hysterie des Lebens von Hongkong mit sich.

Marie war beim ersten Morgenschimmer erwacht, nach einem Schlaf voll quälender Alpträume – und hatte gewußt, daß sie jetzt warten mußte, so, als gäbe es keine Zeit, bis Catherine sie anrief. Catherine Staples hatte sie gestern abend angerufen, sie aus einem Schlaf gerissen, in den sie völlig erschöpft gesunken war, nur um ihr höchst geheimnisvoll mitzuteilen, daß einige ungewöhnliche Dinge geschehen seien, die zu günstigen Nachrichten führen könnten. Sie würde sich mit einem Mann treffen, der Interesse gezeigt hatte, einem bemerkenswerten Mann, der helfen konnte. Marie sollte in der Wohnung bleiben, beim Telefon, falls sich irgend etwas Neues entwickelte. Da Catherine ihr eingeschärft hatte, am Telefon keinen Namen zu gebrauchen, hatte Marie keine Fragen gestellt und war auch nicht auf die Kürze des Anrufs eingegangen. »Ich rufe dich morgen früh gleich an, meine Liebe.« Mit diesen Worten hatte Catherine Staples abrupt aufgelegt.

Sie hatte weder um halb neun noch um neun angerufen. Und jetzt war es halb zehn, und Marie konnte es nicht länger ertragen. Sie überlegte, daß Namen unnötig waren, wo doch jede die Stimme der anderen kannte, und Catherine mußte verstehen, daß David Webbs Frau ein Recht darauf hatte, irgend etwas zu erfahren. Marie hatte in Catherines Wohnung angerufen; niemand hatte sich gemeldet, und so hatte sie noch einmal gewählt, um auch ganz sicher zu sein, daß sie nicht die falsche Nummer gewählt hatte. Nichts. In ihrer Enttäuschung und ohne viel nachzudenken, hatte sie das Konsulat angerufen.

»Catherine Staples, bitte. Ich bin mit ihr befreundet, noch aus Ottawa her. Ich würde sie gern überraschen.«

»Die Verbindung ist aber sehr gut.«

»Ich bin nicht in Ottawa, ich bin hier«, sagte Marie und sah das Bild der gesprächigen Empfangssekretärin nur zu deutlich vor sich.

»Tut mir leid, meine Liebe, Mrs. Staples ist nicht im Hause und hat keine Anweisungen hinterlassen. Ehrlich gesagt, ihr Chef sucht sie auch. Wollen Sie mir nicht Ihre Nummer geben –«

Marie ließ den Hörer auf die Gabel fallen und war plötzlich von Panik erfüllt. Es war inzwischen fast zehn Uhr geworden, und Catherine stand immer früh auf. ›Gleich morgen früh‹ konnte zwischen halb acht und halb zehn bedeuten, wahrscheinlich irgendwo in der Mitte, aber nicht zehn Uhr, *nicht* bei diesem Stand der Dinge. Und dann hatte zwölf Minuten später das Telefon geklingelt. Und damit war die Panik noch schlimmer geworden. »Marie?«

»*Catherine!* Ist bei dir alles in *Ordnung*?«

»Ja, natürlich.«

»Warum hast du nicht schon früher angerufen? Ich war dabei, den Verstand zu verlieren! Kannst du reden?«

»Ja, ich bin in einer öffentlichen Telefonzelle –«

»Was ist passiert? Was passiert *jetzt*? Wer ist der Mann, mit dem du dich getroffen hast?«

Catherine hatte eine kurze Pause gemacht, und einen Augenblick lang war das Schweigen irgendwie peinlich, ohne daß Marie hätte sagen können, warum. »Bleib bitte ganz ruhig, meine Liebe«, sagte Catherine. »Ich habe nicht früher angerufen, weil du Ruhe gebraucht hast, soviel Ruhe wie irgend möglich. Es könnte sein, daß ich die Antworten habe, die du willst, die du brauchst. Es ist nicht so schrecklich, wie du glaubst, und du mußt ruhig bleiben.«

»Verdammt, ich *bin* ruhig. Zumindest bin ich einigermaßen vernünftig! Wovon zum Teufel redest du?«

»Ich kann dir sagen, daß dein Mann am Leben ist.«

»Und ich kann dir sagen, daß er in dem, was er tut, sehr gut ist – in dem, was er früher getan hat. Aber damit sagst du mir überhaupt nichts!«

»Ich fahre jetzt in ein paar Minuten zu dir. Der Verkehr ist natürlich schrecklich, wie immer, und all die Sicherheitsvorkehrungen für die chinesisch-britischen Delegationen machen das noch schlimmer, weil sämtliche Straßen und der Tunnel verstopft sind. Aber es sollte nicht länger als eineinhalb Stunden, allerhöchstens zwei dauern.«

»Catherine, ich will *Antworten* hören!«

»Die gebe ich dir auch, wenigstens einige. Ruh dich aus, Marie, versuche dich zu entspannen. Alles wird wieder in Ordnung kommen. Ich bin bald bei dir.«

»Dieser *Mann*«, bettelte David Webbs Frau. »Kommt er mit?«

»Nein, ich komme alleine. Niemand wird bei mir sein. Ich möchte mit dir reden. Du wirst ihn später sehen.«

»Also gut.«

War es nun Catherines Tonfall gewesen? Das hatte sich Marie gefragt, nachdem sie aufgelegt hatte. Oder lag es daran, daß Catherine ihr buchstäblich nichts gesagt hatte, obwohl sie erklärt hatte, sie spreche von einer öffentlichen Telefonzelle aus und könne reden? Die Catherine Staples, die sie kannte, würde versuchen, die Ängste der verstörten Freundin zu lindern, wenn sie wirklich über konkrete Fakten verfügte, und wäre es nur ein winziges Stückchen wichtiger Information, falls das ganze Gewebe zu kompliziert war. *Irgend etwas.* David Webbs Frau hatte Anspruch auf *irgend etwas!* Statt dessen hatte sie nur Diplomatengeschwätz gehört, die Andeutung von Realität, aber keine Substanz. Irgend etwas stimmte hier nicht, aber sie konnte es nicht greifen. Catherine hatte sie beschützt und war für sie enorme Risiken eingegangen, sowohl in beruflicher Hinsicht, indem sie ihr Konsulat nicht verständigte, als auch persönlich, indem sie sich körperlicher Gefahr aussetzte. Marie wußte, daß sie eigentlich Dankbarkeit empfinden sollte, überwältigende Dankbarkeit, und doch empfand sie statt dessen nur wachsende Zweifel. *Sag es noch einmal, Catherine,* hatte sie lautlos hinausgeschrien, *sag, daß alles in Ordnung sein wird! Ich kann nicht mehr denken. Ich muß hinaus . . . ich brauche Luft!*

Sie hatte in den Kleidern herumgewühlt, die sie für sie gestern abend gekauft hatten, als sie Tuen Mun erreicht hatten, nachdem Staples sie zu einem Arzt gebracht hatte, der ihre Füße behandelt, sie verbunden und ihr Krankenhauspantoffeln verpaßt hatte und ihr empfohlen hatte, Schuhe mit dicken Sohlen zu tragen, falls sie in den nächsten Tagen längere Wege zu Fuß zurücklegen mußte. Catherine hatte die Kleider ausgesucht, während Marie im Wagen wartete, und wenn man bedachte, unter welcher Anspannung Catherine stand, so war das, was sie gewählt hatte, sowohl attraktiv als auch zweckmäßig. Ein hellgrüner Baumwollrock und eine weiße Baumwollbluse, und dazu eine kleine, bestickte weiße Handtasche. Dann noch dunkelgrüne lange Hosen – Shorts waren unpassend – und eine zweite Bluse. Bei jedem einzelnen Stück handelte es sich um Imitationen bekannter Modeschöpfer, nur daß diesmal die Etiketten fehlerfrei waren.

»Das ist alles sehr hübsch, Catherine. Vielen Dank.«

»Es paßt zu deinem Haar«, hatte Staples gesagt. »Nicht daß irgend jemand in Tuen Mun das bemerken wird – ich möchte, daß du in der Wohnung bleibst –, aber irgendwann müssen wir hier ja weg. Außerdem habe ich dir etwas Geld in die Handtasche gesteckt, für den Fall, daß ich im Büro nicht wegkann und du etwas brauchst.«

»Ich hab gedacht, ich soll die Wohnung nicht verlassen und wir würden auf dem Markt noch ein paar Sachen einkaufen.«

»Ich habe keine Ahnung, was in Hongkong zur Zeit los ist, genausowenig wie du. Lin könnte so wütend sein, daß er irgendwelche alten Gesetze aus der Kolonialzeit ausgräbt und mich unter Hausarrest stellt ... An der Blossom Soon Street gibt es ein Schuhgeschäft. Die Slipper mußt du selbst anprobieren. Ich komme natürlich mit.«

Ein paar Augenblicke waren verstrichen, und dann meinte Marie: »Catherine, wie kommt es, daß du dich hier so gut auskennst? Bis jetzt habe ich auf der Straße nur lauter Chinesen gesehen. Wem gehört die Wohnung?«

»Einem Freund«, sagte Catherine, ohne näher auf die Frage einzugehen. »Sie wird kaum benutzt, also komme ich manchmal hierher, wenn ich mich etwas entspannen möchte.« Mehr hatte Catherine nicht gesagt; das Thema schien tabu zu sein. Selbst als sie den größten Teil der Nacht miteinander geredet hatten, war es nicht möglich gewesen, irgendwelche weiteren diesbezüglichen Informationen aus Catherine herauszuholen. Es war ein Thema, auf das sie einfach nicht einging.

Marie hatte die Hose und die Bluse angezogen und sich mit den ein paar Nummern zu großen Schuhen abgemüht. Vorsichtig war sie die Treppe hinuntergegangen und auf die belebte Straße hinausgetreten, wobei ihr sofort bewußt wurde, wieviel Neugierde sie erweckte. Einen Augenblick lang hatte sie überlegt, ob sie umkehren und wieder hineingehen sollte. Aber das konnte sie nicht – die paar Minuten Freiheit von der Enge der kleinen Wohnung wirkten wie ein Labsal auf sie. Langsam, unter Schmerzen, schlenderte sie die Straße entlang, von den Farben, den hektischen Bewegungen und dem endlosen Schnattern rings um sie wie hypnotisiert. Ebenso wie in Hongkong waren an den Gebäuden überall grellbunte Tafeln angebracht, und überall feilschten Leute miteinander vor Verkaufsständen und in den Türnischen der Geschäfte. Es war *wirklich*, als hätte man ein Stück der Kronkolonie entwurzelt und hier draußen eingepflanzt.

Am Ende einer Nebenstraße hatte sie ein Stück nicht fertiggestellter Straße entdeckt; offenbar hatte man die Arbeiten für eine Weile eingestellt, denn am Straßenrand standen noch Bagger – unbenutzt und rostend – herum. Zwei Tafeln in chinesischen Schriftzeichen standen daneben. Vorsichtig arbeitete sie sich den steilen Abhang hinunter zu dem verlassenen Stück Strand und setzte sich auf einen Felsbrocken; die Minuten der Freiheit verschafften ihr wertvolle Augenblicke des Friedens. Sie blickte hinaus und sah auf die Boote, die von den Docks von Tuen Mun hinaussegelten, und auf jene anderen, die aus der Volksrepublik hereinkamen. So weit sie sehen konnte, handelte es sich bei ersteren um Fischerboote mit Netzen am Bug, während die Boote vom chinesischen Festland hauptsächlich kleine Lastschiffe waren, deren Decks mit Ballen überhäuft waren – aber nicht alle. Man konnte auch schlanke, graue Streifenboote mit der Fahne der Volksrepublik sehen, Boote mit unheildrohenden schwarzen Kanonen und uniformierten Männern, die reglos danebenstanden und durch Feldstecher zum Land spähten. Hin und wieder ging ein solches Marineboot an einem Fischerboot längsseits, was jedesmal zu einem erregten Gestikulieren der Fischer führte. Doch die Reaktion der Soldaten darauf war stets stoisch und ruhig, und nach einer Weile lösten sich die Streifenboote wieder und glitten davon. Das alles war ein Spiel, dachte Marie. Der Norden bestätigte hier in aller Stille die totale Kontrolle, die er über alles ausübte, und dem Süden blieben nur Proteste über die Störung seiner Fischgründe. Ersterer besaß die Stärke von hartem Stahl und einer disziplinierten Kommandokette, letzterer weiche Netze und Hartnäckigkeit. Niemand war der Sieger, nur die ungleichen Schwestern, Langeweile und Angst.

»*Jing-cha!*« rief eine Männerstimme aus der Ferne, hinter ihr.

»*Shai!*« kreischte eine zweite. »*Ni zai zher gan shemma?*«

Marie wirbelte herum. Zwei Männer kamen von der Straße her auf sie zugerannt, ihre Schreie galten ihr, waren Befehle. Sie stand schwerfällig auf, stützte sich auf die Felsen, während die beiden auf sie zugerannt kamen. Die beiden Männer trugen eine Art paramilitärischer Kleidung, und als sie sie genauer ansah, erkannte sie, daß sie jung waren – fast noch Teenager, höchstens zwanzig.

»*Bu xing!*« bellte der größere Junge, blickte den Hügel hinauf und bedeutete seinem Begleiter mit Gesten, er solle sie festhalten. Was auch immer es war, es sollte schnell geschehen. Der zweite Junge preßte ihr die Arme von hinten zusammen.

»*Lassen* Sie das!« schrie Marie und wehrte sich. »Wer *sind* Sie?«

»Lady spricht englisch«, stellte der erste junge Mann fest. »*Ich* spreche englisch«, fügte er stolz, fast salbungsvoll hinzu. »Ich habe für einen Juwelier in Kowloon gearbeitet.« Wieder blickte er die halbfertige Straße hinauf.

»Dann sagen Sie Ihrem Freund, er soll mich loslassen!«

»Die Lady sagt mir nicht, was ich tun soll. Ich sage der Lady.« Der junge Mann kam näher, und seine Augen fixierten Maries Brüste unter der Bluse. »Das ist verbotene Straße, ein verbotenes Stück Ufer. Die Lady hat die Tafeln nicht gesehen?«

»Ich kann nicht Chinesisch lesen. Es tut mir leid, ich gehe schon. Sagen Sie ihm nur, er soll mich loslassen.«

Plötzlich spürte Marie, wie der Körper des jungen Mannes sich von hinten gegen sie preßte. «*Aufhören!*« schrie sie und hörte leises Gelächter an ihrem Ohr, spürte warmen Atem am Hals.

»Will sich die Lady mit einem Boot mit Verbrechern aus der Volksrepublik treffen? Gibt sie Männern im Wasser ein Signal?« Der größere Chinese griff mit beiden Händen nach Maries Bluse, und seine Finger tasteten nach den Knöpfen. »Verbirgt sie vielleicht ein Radio, ein Signalgerät? Es ist unsere Pflicht, solche Dinge zu erfahren. Das erwartet die Polizei von uns.«

»*Verdammt*, nehmen Sie die *Hände* weg!« Marie wand sich im Griff des jungen Mannes und trat zu, der Mann hinter ihr riß sie um, während der größere Junge ihre Beine packte und sie zwischen die seinen festklemmte. Jetzt konnte sie sich nicht mehr bewegen. Der erste Chinese riß ihr die Bluse und dann den Büstenhalter herunter, umfaßte ihre Brüste mit beiden Händen. Sie schrie und schlug um sich und schrie wieder, bis einer der Chinesen sie schließlich ohrfeigte und ihr mit zwei Fingern die Kehle zudrückte, so daß sie keinen Ton mehr hervorbrachte, nur halb ersticktes Husten. Und da war wieder der Alptraum von Zürich – Vergewaltigung und Tod am Guisan-Kai.

Sie schleppten sie zu einem mit hohem Gras bestandenen Streifen Land, und der Junge hinter ihr hielt ihr die Hand über den Mund gedrückt, und dann den rechten Arm, schnitt ihr die Luft ab und hinderte sie am Schreien. Jetzt wurde sie auf den Boden geworfen, und einer der Angreifer drückte ihr den nackten Bauch aufs Gesicht, während der andere ihr die Hosen herunterzog und ihr zwischen die Beine griff. Es war wieder Zürich, nur daß sie diesmal nicht in der kalten Schweizer Finsternis am Boden lag, sondern in der feuchten Hitze Asiens; und statt der Limmat war da ein anderer Fluß, viel breiter, viel verlassener; und statt einem Tier waren da zwei. Jetzt konnte sie den Körper des großen

Chinesen auf sich spüren, der in seiner Panik zustieß und wütend war, daß es ihm nicht gelang, in sie einzudringen. Sie schlug um sich, versuchte seinen Angriff abzuwehren. Einen Augenblick griff der Junge, der über ihrem Gesicht lag, unter seine Hose – einen Augenblick lang konnte Marie sich bewegen, und die Welt rings um sie wurde wahnsinnig! Sie grub die Zähne in das Fleisch über ihr, daß das Blut hervorquoll, spürte das Fleisch im Mund.

Schreie! Der Druck an ihren Armen ließ nach. Sie trat zu, als der junge Asiate sich beiseite wälzte und sich den Leib hielt; jetzt schmetterte sie ihr Knie in das freiliegende Glied über ihr und krallte nach dem schwitzenden Gesicht mit den wilden Augen über ihr, schrie jetzt selbst – brüllte, flehte, schrie, wie sie noch nie in ihrem Leben geschrien hatte. Sich noch immer die Hoden haltend, warf sich der Junge über sie, aber jetzt ging es ihm nicht mehr um Vergewaltigung, er wollte nur, daß sie still war. Erstickend hatte Marie das Gefühl, daß Dunkelheit sich um sie schloß – und dann hatte sie andere Stimmen in der Ferne gehört, erregte Stimmen, die näher kamen, und sie wußte, daß sie einen letzten Hilfeschrei ausstoßen mußte. Sie bäumte sich verzweifelt auf, grub die Nägel in das verzerrte Gesicht über ihr und schaffte es, einen Augenblick lang ihren Mund freizumachen.

»*Hier! Hier unten!* Hier!«

Und plötzlich wimmelte es über ihr von Körpern; sie konnte Tritte und Schläge und wütende Schreie hören, aber nichts davon galt ihr. Und dann war die Dunkelheit gekommen, und ihre letzten Gedanken galten nur teilweise ihr selbst. *David! David, um Gottes willen, wo bist du! Bleib am Leben, mein Liebster! Laß nicht zu, daß sie dich wieder um den Verstand bringen! Unter keinen Umständen darfst du das zulassen! Sie wollen mich auch in den Wahnsinn treiben, und ich werde das nicht zulassen! Warum tun die uns das an? O mein Gott, warum?*

Sie war auf einer Pritsche in einem kleinen, fensterlosen Raum erwacht, und eine junge Chinesin, ein Mädchen noch, wischte ihr mit einem kühlen, parfümierten Tuch die Stirn ab. »*Wo . . .?*« flüsterte Marie. »Wo ist das? Wo *bin* ich?«

Das Mädchen lächelte reizend, zuckte die Achseln und nickte einem Mann auf der anderen Seite der Pritsche zu, einem Chinesen, von dem Marie annahm, daß er Mitte der Dreißig war. Er trug Tropenkleidung und anstelle eines Hemdes ein weißes Guyabera. »Gestatten Sie mir, daß ich mich vorstelle«, sagte er in korrektem Englisch, wenn auch mit Akzent. »Mein Name ist Jitai, ich arbeite bei der Tuen-Mun-Zweigstelle der Hang-Chow-Bank. Sie befinden sich im Hinterzimmer eines Stoffgeschäftes, das einem Freund und Klienten von mir, Mr. Chang, gehört. Man hat Sie hierhergebracht und nach mir gerufen. Sie sind von zwei Halbstarken der *Di-di Jing Cha* überfallen worden. Das sind Hilfspolizisten. Es handelt sich dabei um eines dieser gutgemeinten Sozialprogramme, die zwar viele Vorteile haben, aber natürlich gibt es dabei gelegentlich auch faule Eier, wie ihr Amerikaner sagt.«

»Warum halten Sie mich für eine Amerikanerin?«

»Ihre Sprache. Während Sie bewußtlos waren, sprachen Sie von einem Mann namens David. Ein lieber Freund ohne Zweifel. Sie wollen ihn finden.«

»Was habe ich sonst noch gesagt?«

»Eigentlich nichts. Was Sie sagten, war nicht sehr zusammenhängend.«

»Ich kenne niemanden, der David heißt«, sagte Marie mit fester Stimme. »Nicht so gut. Das muß eines von den Delirien gewesen sein, die weit in die Vergangenheit reichen.«

»Das ist unwichtig. Es kommt nur auf Ihr Wohlbefinden an. Uns erfüllt Scham und Sorge über das, was geschehen ist.«

»Wo sind die beiden Saukerle?«

»Man hat sie festgenommen und wird sie bestrafen.«

»Ich hoffe nur, daß sie zehn Jahre Gefängnis bekommen.« Der Chinese runzelte die Stirn. »Dazu müßte man die Polizei einschalten – eine formelle Anklage, eine Anhörung vor einem Magistratsbeamten, viele Formalitäten.« Marie starrte den Bankier an. »Und wenn Sie das wollen, werde ich Sie jetzt zur Polizei begleiten und dort für Sie übersetzen, aber wir waren der Ansicht, daß wir erst hören sollten, was Ihre Wünsche diesbezüglich sind. Sie haben soviel durchgemacht – und Sie sind ganz allein hier in Tuen Mun, aus Gründen, die nur Sie kennen.«

»Nein, Mr. Jitai«, sagte Marie leise. »Ich möchte lieber keine Anklage erheben. Ich fühle mich jetzt wieder wohl, und ich bin nicht besonders rachsüchtig.«

»Wir schon, Madame.«

»Was meinen Sie?«

»Die jungen Leute, die Sie angegriffen haben, werden unsere Schande in ihr Hochzeitsbett tragen und dort weniger leisten, als von ihnen erwartet wird.«

»Ich verstehe. Sie *sind* jung –«

»Wie wir erfahren haben, ist das heute morgen nicht ihr erstes Vergehen dieser Art. Das ist schmutziges Pack, und sie sollen eine Lektion bekommen.«

»Heute morgen? O Gott, wie *spät* ist es? Wie lange bin ich schon hier?«

Der Mann sah auf die Uhr. »Fast eine Stunde.«

»Ich muß in die Wohnung zurück – und zwar sofort. Das ist wichtig.«

»Die Frauen wollen Ihre Kleidung flicken. Es sind ausgezeichnete Näherinnen, und es wird nicht lange dauern. Aber sie waren der Meinung, Sie sollten nicht ohne Kleider aufwachen.«

»Ich habe keine Zeit. Ich muß jetzt zurück. O Gott! Ich weiß nicht, wo es ist, und ich habe keine Adresse!«

»Wir kennen das Gebäude, Madame. Eine große, attraktive weiße Frau allein in Tuen Mun fällt auf. So etwas spricht sich herum. Wir werden Sie sofort hinbringen.« Der Bankangestellte drehte sich um und sagte, zu einer halb geöffneten Tür hinter sich gewandt, etwas auf chinesisch, während Marie sich aufsetzte. Plötzlich bemerkte sie die Menschenansammlung, die hereinspähte. Sie stand auf – die Füße taten ihr immer noch weh – und stand einen Augenblick schwankend da, bis sie schließlich das Gleichgewicht gefunden hatte. Sie drückte ihre zerrissene Bluse zusammen.

Die Tür ging auf, und zwei alte Frauen traten ein, jede hielt ein Kleidungsstück aus bunter Seide in der Hand. Das erste war ein kimonoähnliches Kleidungsstück, das man ihr vorsichtig über den Kopf zog, so daß es ihre zerfetzte Bluse und den größten Teil der schmutzigen grünen Hose bedeckte. Das zweite war eine lange, breite Schärpe, die man ihr um die Hüfte wand und vorsichtig festband. Trotz ihres benommenen Zustandes konnte Marie erkennen, daß es sich um ausgesucht schönes Material handelte.

»Kommen Sie, Madame«, sagte der Bankangestellte und berührte sie am Ellbogen. »Ich werde Sie begleiten.« Sie traten in das Stoffgeschäft hinaus, und Marie nickte und versuchte, den zahlreichen chinesischen Männern und Frauen zuzulächeln, die sich vor ihr verbeugten, die dunklen Augen von Trauer erfüllt.

Sie war in das kleine Appartement zurückgekehrt, hatte die schöne Schärpe und den Kimono abgelegt und sich auf das Bett gelegt und versucht, dieser Sinnlosigkeit Sinn abzugewinnen. Sie vergrub das Gesicht im Kissen und bemühte sich, die schrecklichen Bilder des Morgens aus ihrem Kopf zu verdrängen, aber all das Häßliche ließ sich nicht einfach wegschieben. Statt dessen quoll jetzt der Schweiß aus ihr heraus, und je fester sie die Augen zusammenpreßte, desto gewalttätiger wurden die Bilder und mischten sich in die schrecklichen Erinnerungen an Zürich, den Guisan-Kai, wo ihr ein Mann namens Jason Borowski das Leben gerettet hatte.

Sie unterdrückte einen Schrei und sprang vom Bett auf, stand zitternd da. Dann ging sie in die winzige Küche und drehte den Wasserhahn auf, griff nach einem Glas. Der Wasserstrahl war so schwach und dünn, und sie sah wie benommen zu, wie das Glas sich füllte. Ihre Gedanken waren anderswo.

Es gibt Zeiten, wo die Leute ihren Kopf auf ›Warten‹ stellen sollten – ich tue das weiß Gott öfter, als das ein einigermaßen angesehener Psychiater tun sollte . . . Die Dinge überwältigen uns dann . . . und wir müssen uns orientieren. Morris Panov, Freund von Jason Borowski.

Sie drehte den Hahn ab, trank das lauwarme Wasser und ging in den beengenden Raum zurück. Sie stand im Türrahmen und sah sich um und wußte plötzlich, was ihr an ihrer Zuflucht so grotesk erschien. Es war eine Zelle, ebenso, als wenn sie sich irgendwo in einem fernen Gefängnis befunden hätte. Und schlimmer noch, es war eine sehr reale Form von Einzelhaft. Sie war wieder mit ihren Gedanken, mit ihren Ängsten isoliert. Sie ging ans Fenster, wie ein Gefangener das vielleicht tun würde, und spähte auf die Welt draußen hinaus. Was sie sah, war eine Verlängerung ihrer Zelle; in dieser wimmelnden Straße unten war sie ebenfalls nicht frei. Das war nicht eine Welt, die sie kannte, und diese Welt hieß sie nicht willkommen. Ganz abgesehen von dem obszönen Wahnsinn heute morgen am Strand war sie ein Eindringling, der weder verstehen noch verstanden werden konnte. Sie war allein, und die Einsamkeit trieb sie in den Wahnsinn.

Benommen starrte Marie auf die Straße hinunter. Die *Straße*? Dort war sie! Catherine! Sie stand mit einem Mann neben einem grauen Wagen, und beide hatten den Kopf herumgedreht und beobachteten drei *weitere* Männer, die zehn Meter hinter ihnen an einem zweiten Wagen standen. Alle fünf waren schreiend auffällig, weil sie anders als die anderen Leute auf der Straße waren. Sie waren Okzidentale in einem Meer von Chinesen, Fremde an einem fremden Ort. Sie waren sichtlich erregt, und irgend etwas beunruhigte sie, denn sie blickten die ganze Zeit um sich, besonders über die Straße. Auf das Appartementhaus. Köpfe? *Haar!* Drei der Männer hatten kurzgeschorenes Haar – militärischer Haarschnitt . . . Ledernacken. *Amerikanische Ledernacken!*

Catherines Begleiter, dem Haarschnitt nach ein Zivilist, redete schnell auf sie ein und stach dabei die ganze Zeit mit dem Zeigefinger in die Luft . . . Marie *kannte* ihn! Das war der Mann aus dem Außenministerium, der, der sie in Maine aufgesucht hatte! Der Staatssekretär mit den toten Augen, der sich die ganze Zeit die Schläfen rieb und kaum protestierte, als David ihm sagte, daß er ihm nicht vertraute. Es war *McAllister*! Das war der Mann, von dem Catherine gesagt hatte, daß sie ihn treffen solle.

Plötzlich fügten sich einige abstrakte, schreckliche Stücke des grausigen Puzzlespiels in das Bild, während Marie die Szene unter sich betrachtete. Die zwei Ledernacken am zweiten Wagen überquerten die Straße und trennten sich. Der, der neben Catherine stand, redete kurz mit McAllister und wies dann nach rechts, zog ein kleines Funkgerät aus der Tasche. Catherine sagte etwas zu dem Staatssekretär und wies auf das Appartementhaus. Marie wirbelte vom Fenster zurück.

Ich komme allein. Niemand wird bei mir sein.

Also gut.

Es war eine Falle! Man hatte Verbindung zu Catherine Staples aufgenommen. Sie war nicht ihre Freundin, sie war der *Feind*! Marie wußte, daß sie fliehen mußte. *Um Himmels willen, verschwinde hier!* Sie griff nach der weißen Handtasche mit dem Geld und starrte den Bruchteil einer Sekunde lang die seidenen Gewänder aus dem Laden an. Sie packte sie und rannte aus der Wohnung.

Es gab zwei Korridore, einen, der vorne an dem Gebäude entlang verlief mit einer Treppe zur Rechten, die zur Straße hinunterführte, und einen zweiten Korridor, der den ersten in zwei Teile teilte und zu einer Tür im hinteren Teil des Gebäudes führte. Dort gab es eine zweite Treppe, über die man Abfälle zu den Tonnen in der hinteren Gasse trug. Catherine hatte ihr das gezeigt, als sie angekommen waren, und hatte dabei erklärt, es gebe eine Verordnung, die das Ablagern von Unrat auf der Straße verbot, weil es sich dabei um die Hauptstraße von Tuen Mun handle. Marie rannte jetzt den Korridor hinunter zu der hinteren Tür und öffnete sie. Sie stöhnte auf, als sie sich plötzlich einer gebeugten Gestalt eines alten Mannes mit einem Strohbesen in der Hand gegenübersah. Er sah sie einen Augenblick lang aus zusammengekniffenen Augen an, schüttelte dann den Kopf und musterte sie neugierig. Sie trat auf den dunklen Treppensims hinaus, während der Chinese nach innen ging; sie hielt die Tür einen Spalt offen und wartete darauf, daß Catherine auf der Vordertreppe auftauchte. Wenn Catherine, sobald sie festgestellt hatte, daß die Wohnung leer war, schnell zur Treppe zurückeilte, um auf die Straße hinunterzurennen, zu McAllister und den Ledernacken, würde Marie in die Wohnung zurückschlüpfen und die Kleider holen, die Catherine für sie gekauft hatte. In ihrer Panik hatte sie nur flüchtig an sie gedacht und sich statt dessen die zwei seidenen Kleidungsstücke gegriffen, um nur ja keinen wertvollen Augenblick zu vergeuden, im Kleiderschrank, wo auch andere Kleidungsstücke hingen, nach ihnen zu suchen. Jetzt dachte sie daran. Sie konnte nicht in der zerfetzten Bluse und mit schmutzigen Hosen durch die Straßen gehen, geschweige denn laufen. Doch etwas *stimmte nicht*. Es war der alte Mann! Er stand einfach da und starrte den offenen Spalt in der Tür an.

»Gehen Sie *weg*!« flüsterte Marie.

Schritte. Das Klicken von Schuhen mit hohen Absätzen, die schnell die Stahltreppe im vorderen Teil des Gebäudes heraufkamen. Wenn es Catherine war, würde sie auf ihrem Weg zur Wohnung vorne am Ende des Korridors vorbeikommen.

»*Deng yi deng!*« kreischte der alte Chinese, der immer noch reglos mit seinem Besen dastand und sie anstarrte. Marie zog die Tür weiter zu und hatte jetzt höchstens noch einen zentimeterbreiten Spalt, durch den sie den Korridor beobachten konnte.

Jetzt tauchte Catherine auf, warf einen kurzen, neugierigen Blick auf den alten Mann, nachdem sie offenbar seine scharfe, schrille, zornige Stimme gehört hatte. Ohne innezuhalten, setzte sie ihren Weg den Korridor hinunter fort, nur darauf bedacht, die Wohnung zu erreichen.

Marie wartete; das Pochen in ihrer Brust schien durch das ganze Haus zu hallen. Und dann kamen die Worte hysterisch.

»*Nein! Marie!* Marie, wo bist du?« Jetzt hämmerten die Absätze, rasten über den Beton. Catherine bog um die Ecke und rannte auf den alten Chinesen und die Tür zu – auf *sie* zu. »Marie, es ist nicht, was du glaubst! Um *Gottes willen*, halt!«

Marie fuhr herum und hetzte die dunklen Treppen hinunter. Plötzlich stach ein gelber Strahl die Treppe hinauf und war ebenso plötzlich wieder verschwunden. Die Tür im Erdgeschoß, zwei Stockwerke tiefer, war aufgegangen; eine Gestalt in einem dunklen Anzug war eingetreten, ein Ledernacken, der Position bezog. Der Mann rannte die Treppen hinauf; Marie kauerte im zweiten Geschoß am Treppenabsatz. Der Ledernacken erreichte die oberste Stufe, wollte gerade abbiegen, hielt sich am Geländer fest: Marie warf sich nach vorne, und ihre Hand – die Hand, in der sie die Seidengewänder hielt – krachte in das Gesicht des verblüfften Soldaten, nahm ihm das Gleichgewicht; jetzt schmetterte sie dem Soldaten die Schulter gegen die Brust, so daß er rückwärts die Treppen hinuntertaumelte. Marie hetzte an ihm vorbei, als sie die Schreie von oben hörte. »Marie! *Marie!* Ich weiß, daß du das bist! Um Gottes willen, hör mir zu!«

Sie taumelte in die Gasse hinaus, und jetzt fing ein anderer Alptraum an, ein Alptraum mitten im grellen Sonnenlicht von Tuen Mun. Mit blutenden Füßen rannte sie, so schnell sie konnte, durch die Verbindungsstraße hinter den Appartementgebäuden, warf sich dabei das kimonoähnliche Kleidungsstück über den Kopf und blieb dann vor den Mülltonnen stehen, wo sie die grüne Hose herunterzog und in die nächste Tonne stopfte. Dann wand sie sich die breite Schärpe um den Kopf, bedeckte ihr Haar und rannte in die nächste Seitengasse hinaus, die zur Hauptstraße führte. Jetzt hatte sie sie erreicht. Sekunden später hatte die Menschenmasse, die wie ein Stück von Hongkong war, sie aufgenommen. Sie überquerte die Straße.

»Dort!« schrie eine Männerstimme. »Die Große!«

Die Jagd begann, aber dann war sie plötzlich, ohne jede Warnung, ganz anders. Ein Mann rannte hinter ihr her über das Pflaster, sah sich plötzlich einem mit Rädern versehenen Verkaufsstand gegenüber, der ihm den Weg versperrte; versuchte, ihn beiseitezuschieben, geriet dabei aber mit den Händen in einen Topf mit kochendem Fett. Er schrie, kippte den Karren um und sah sich jetzt dem kreischenden Besitzer gegenüber, der offenbar Geld verlangte, während er und die anderen den Ledernacken umringten und ihn auf den Boden zurückpreßten.

»Da ist das *Miststück!*«

Marie hörte die Worte; sie sah sich einer ganzen Phalanx von Chinesinnen gegenüber. Sie wirbelte nach rechts, rannte in die nächste Gasse, die von der Straße wegführte, um plötzlich zu entdecken, daß es sich um eine Sackgasse handelte, die an der Mauer eines chinesischen Tempels endete. Und da geschah es wieder! Fünf junge Männer – Teenager in paramilitärischer Kleidung – tauchten plötzlich aus einer Türnische auf und winkten sie mit Handbewegungen weiter.

»Yankee-*Verbrecher*! Yankee-*Dieb*!« Die jungen Männer hakten die Arme ein und hielten den Mann mit dem kurzgestutzten Haar auf, ohne dabei gewalttätig zu werden, preßten ihn gegen eine Mauer.

»Aus dem Weg, ihr *Arschlöcher*!« schrie der Ledernacken. »Geht mir aus dem Weg, oder es ergeht euch schlecht, ihr Flegel!«

»Wenn Sie die Arme heben . . . oder eine Waffe –« rief eine Stimme im Hintergrund.

»Von einer Waffe habe ich nichts gesagt!« rief der Soldat vom Victoria Peak.

»Aber wenn Sie es tun«, fuhr die Stimme fort, »werden die die Arme lösen und fünf *Di-di Jing Cha* – von denen viele von unseren amerikanischen Freunden ausgebildet sind – werden ganz sicher einen Mann festhalten können.«

»Verdammt noch mal, *Sir*! Ich versuch doch nur, meine *Arbeit* zu tun! Sie geht das doch nichts an!«

»Ich fürchte doch, Sir. Aus Gründen, die Sie nicht kennen!«

»*Scheiße!*« Der Ledernacken lehnte sich atemlos gegen die Wand und musterte die lächelnden jungen Gesichter vor sich.

»*Lai!*« sagte eine Frau zu Marie und wies auf eine breite, seltsam geformte Tür ohne sichtbaren Griff in einer sonst scheinbar undurchdringlichen Mauer. »*Xiao xin.* Voh-sikt.«

»*Vorsicht?* Ich verstehe.«

Eine mit einer Schürze bekleidete Gestalt öffnete die Tür, und Marie rannte hinein, spürte im gleichen Augenblick einen Schwall eiskalter Luft. Sie stand in einem großen, begehbaren Kühlraum, in dem ganze Rinder- und Schweineseiten im Schein von drahtnetzummantelten Glühbirnen an Haken von der Decke hingen. Der Mann mit der Schürze wartete ab, das Ohr an der Tür. Marie schlang sich die breite Seidenschärpe um den Hals und preßte die Arme an sich, um sich vor der plötzlichen bitteren Kälte zu schützen, die der Kontrast zu der drückenden Hitze draußen noch schlimmer machte. Schließlich winkte ihr der Metzger zu, ihm zu folgen; das tat sie, schlängelte sich an den Fleischteilen vorbei, bis sie den Eingang des mächtigen Kühlgewölbes erreichte. Der Chinese zog einen Hebel aus Metall herunter, stieß die schwere Tür auf und bedeutete dabei der fröstelnden Marie mit einer Kopfbewegung, sie solle durchgehen. Jetzt fand sie sich in einem langen, schmalen, verlassenen Fleischerladen; Bambusjalousien an den Fenstern filterten die grelle Mittagssonne. Ein weißhaariger Mann stand hinter der Theke und spähte durch die Lamellen der Jalousie auf die Straße hinaus. Er winkte Marie zu, neben ihn zu treten. Wieder tat sie, wie man ihr geheißen hatte, dabei fiel ihr ein seltsam geformter Blumenkranz hinter dem Glas der Eingangstür auf, die anscheinend versperrt war.

Der ältere Mann bedeutete Marie, daß sie zum Fenster hinaussehen sollte. Sie schob zwei Bambuslamellen auseinander und hielt den Atem an, verblüfft über die Szene, die sich ihr draußen darbot. Die Suchaktion war auf ihrem Höhepunkt angelangt. Der Ledernacken mit den verbrühten Händen fuchtelte damit immer noch in der Luft herum, während er auf der anderen Straßenseite von Laden zu Laden ging. Sie sah Catherine Staples und McAllister im hitzigen Gespräch mit einer Anzahl Chinesen, die offenbar nicht damit einverstanden waren, daß die Ausländer das hektische und doch friedliche Leben in Tuen Mun störten.

McAllister hatte allem Anschein nach in seiner Erregung irgend etwas Anstößiges gerufen und wurde jetzt von einem Mann beschimpft, der doppelt so alt war wie er, ein uralter Chinese in einem langen Umhang, den jetzt jüngere, kühlere Köpfe zurückhalten mußten. Der Staatssekretär war mit erhobenen Händen auf dem Rückzug und beteuerte immer wieder seine Unschuld, während Catherine sich rufend und schreiend Mühe gab, sie beide aus dem zornigen Mob herauszulösen.

Plötzlich kam der Ledernacken mit den verwundeten Händen aus einer Tür auf der anderen Straßenseite herausgeflogen; Glassplitter spritzten nach allen Seiten davon, während er über das Pflaster rollte und vor Schmerz aufschrie, als seine Hände den Beton berührten. Ein junger Chinese in der weißen Tunika, den knielangen Hosen und der Schärpe eines Lehrers der Kriegskunst verfolgte ihn. Jetzt sprang der junge Amerikaner auf, und als sein asiatischer Widersacher ihn angriff, hieb er dem jungen Mann einen kurzen linken Haken in die Nieren und setzte mit einem wohlgezielten rechten Schwinger nach, der den Asiaten ins Gesicht traf, trieb seinen Gegner in den Laden zurück, dabei die ganze Zeit vor Schmerz schreiend, weil er mit den verbrühten Händen zugeschlagen hatte.

Ein letzter Ledernacken vom Victoria Peak kam jetzt die Straße heruntergerannt – auf einem Bein humpelnd, die Schultern nach vorne gezogen, als hätte er sie sich bei einem Sturz verletzt; einem Sturz über eine Treppe, dachte Marie, während sie erstaunt nach draußen blickte. Jetzt kam er seinem schreienden Kameraden zu Hilfe und erwies sich als sehr kampfstark. Die amateurhaften Nahkampfversuche der Studenten des bewußtlosen Kriegskunstlehrers sahen sich jetzt einem Wirbel von Beinen und Handkantenschlägen eines Karateexperten gegenüber.

Und dann schwoll plötzlich auf der Straße ohne jede Warnung asiatische Musik an; der Klang der Zimbeln und der primitiven Holzinstrumente hallte von den Wänden und wurde mit jedem Schritt der zusammengewürfelten Musikantenschar lauter, die jetzt die Straße heruntermarschierte, hinter ihnen Menschen, die blumenumkränzte Spruchbänder trugen. Der Kampf hörte auf, und Schweigen legte sich über die

Hauptstraße von Tuen Mun. Die Amerikaner waren verwirrt; Catherine Staples schluckte ihre Enttäuschung hinunter, und Edward McAllister rang verzweifelt die Hände.

Marie sah zu, von der Veränderung, die sich draußen vollzog, buchstäblich hypnotisiert. Alles kam zum Stillstand, als hätte irgendein höheres Wesen Einhalt geboten. Sie trat etwas zur Seite, um besser durch die Bambusjalousie sehen zu können, und musterte die sich nähernde Gruppe. Sie wurde von dem Bankangestellten Jitai angeführt, und sie kam auf den Fleischerladen zu!

Jetzt sah Marie, wie Catherine Staples und McAllister an der seltsamen Versammlung vor dem Laden vorbeirannten. Dann nahmen auf der anderen Straßenseite die beiden Ledernacken die Verfolgung wieder auf. Alle verschwanden im blendenden Sonnenlicht.

Ein Klopfen ertönte an der vorderen Tür des Fleischerladens. Der alte weißhaarige Mann entfernte den Kranz und öffnete.

Jitai trat ein und verbeugte sich vor Marie.

»Hat Ihnen die Parade gefallen, Madame?« fragte er.

»Ich weiß nicht, was das war.«

»Ein Begräbnismarsch für die Toten. In diesem Fall ohne Zweifel für die toten Tiere in Mr. Wus Eiskammer.«

»*Sie* . . .? Das war alles *geplant*?«

»In Bereitschaft, könnte man sagen«, erklärte Jitai. »Unsere Vettern aus dem Norden schaffen es oft, über die Grenze zu gelangen – nicht die Diebe, sondern Familienangehörige, die zu den Ihren wollen –, und die Soldaten wollen sie nur einfangen und sie zurückschicken. Wir müssen darauf vorbereitet sein, die Unseren zu schützen.«

»Aber *ich* . . .? Sie *wußten* – «

»Wir haben beobachtet; wir haben gewartet. Sie hatten sich versteckt, waren vor jemandem auf der Flucht. Soviel wußten wir. Das haben Sie uns klargemacht, als Sie sagten, Sie wollten nicht zum Magistrat gehen, um Anklage zu erheben. Man hat Sie in die Gasse draußen gewiesen.«

»Die Frauen mit den Einkaufstaschen – «

»Ja. Sie haben die Straße mit Ihnen überquert. Wir müssen Ihnen helfen.«

Marie blickte auf die besorgten Gesichter der Menschenschar vor der Bambusjalousie hinaus und sah dann den Bankier an. »Woher wissen Sie denn, daß ich keine Kriminelle bin?«

»Das ist unwichtig. Wichtig ist die empörende Untat von unseren Leuten an Ihnen. Außerdem, Madame, Sie sehen weder aus noch sprechen Sie wie jemand, der vor der Gerechtigkeit flieht.«

»Das tue ich auch nicht. Und ich brauche wirklich Hilfe. Ich muß nach Hongkong zurück, in ein Hotel, wo man mich nicht finden kann, wo es ein Telefon gibt, das ich benutzen kann. Ich muß Leute erreichen, die mir helfen können . . . uns helfen können, ich weiß nur nicht, wen.« Marie hielt inne, und ihre Augen bohrten sich in die Jitais. »Der Mann namens David ist mein Mann.«

»Das kann ich verstehen«, sagte der Bankier. »Aber zuerst müssen Sie zu einem Arzt.«

»Was?«

»Ihre Füße bluten.«

Marie sah an sich herab. Blut war durch den Verband gequollen und hatte den Segeltuchstoff ihrer Schuhe rot gefärbt. Bei dem Anblick wurde ihr übel. »Wahrscheinlich haben Sie recht«, pflichtete sie ihm bei.

»Und dann Kleider, Transportmittel – ich werde mich selbst um ein Hotel für Sie kümmern, unter jedem Namen, den Sie wollen. Und dann ist da noch die Frage von Geld. Haben Sie welches?«

»Ich weiß nicht«, sagte Marie und legte die seidene Schärpe auf die Theke und klappte ihre Handtasche auf. »Das heißt, ich habe nicht nachgesehen. Eine Freundin – jemand, den ich für eine Freundin hielt – hat mir Geld dagelassen.« Sie zog die Scheine heraus, die Catherine in die Handtasche gelegt hatte.

»Wir sind hier in Tuen Mun nicht wohlhabend, aber vielleicht können wir helfen. Es war davon die Rede, für Sie zu sammeln.«

»Ich bin keine arme Frau, Mr. Jitai«, unterbrach Marie. »Falls das nötig ist, und offen gestanden, wenn ich dann noch am Leben bin, zahle ich jeden Cent zurück, mit Zinsen weit über dem Satz.«

»Wie Sie wünschen. Ich bin Bankier. Wie kommt es, daß eine so reizende Dame wie Sie etwas von Zinssätzen weiß?« Jitai lächelte.

»Sie sind Bankier und ich bin Volkswirtin. Was wissen Bankiers schon von schwankenden Wechselkursen und dem Einfluß überhöhter Zinssätze.« Marie lächelte zum erstenmal seit langer Zeit wieder.

Sie hatte mehr als eine Stunde Zeit zum Nachdenken, als das Taxi sie über Land nach Kowloon brachte. Sie hatte noch weitere fünfundvierzig Minuten der Stille vor sich, bis sie die weniger ruhigen Vorstädte erreichten, insbesondere den überfüllten Distrikt, der sich Mongkok nannte. Die Leute von Tuen Mun waren nicht nur großzügig und hilfsbereit, sondern auch erfinderisch gewesen. Der Bankangestellte Jitai hatte offenbar bestätigt, daß das Opfer der zwei Halbstarken tatsächlich eine weiße Frau war, die sich auf der Flucht befand und um ihr Leben rannte, und deshalb würde es vielleicht zweckmäßig sein, ihr Aussehen zu verändern, solange sie dabei war, Leute zu suchen, die ihr vielleicht helfen würden. Man brachte westliche Kleider aus einigen Läden, Kleider, die Marie seltsam vorkamen; sie schienen ihr fad und zweckmäßig, sauber, aber langweilig. Nicht billig, aber die Art von Kleidern, wie sie eine Frau auswählen würde, die entweder keinen Sinn für Eleganz oder das Gefühl hatte, darüberzustehen. Und dann, nachdem sie eine Stunde im Hinterzimmer eines Kosmetiksalons verbracht hatte, begriff sie, weshalb man gerade solche Kleidung für sie gewählt hatte. Die Frauen machten sich an ihr zu schaffen; ihr Haar wurde gewaschen und trokkengeföhnt, und als der ganze Vorgang vorbei war, hatte sie in den Spiegel gesehen und dabei kaum zu atmen gewagt. Ihr Gesicht – blaß, müde und abgehärmt – war von einem Haarkranz umrahmt, der nicht länger von auffälligem Kastanienbraun war, sondern mausgrau, mit ein paar weißen Strähnen. Sie war um mehr als ein Jahrzehnt gealtert; das war die Weiterführung dessen, was sie nach ihrer Flucht aus dem Krankenhaus versucht hatte, aber viel, viel perfekter. Sie entsprach der chinesischen Vorstellung von der oberen Mittelschicht, seriös, keine leichtsinnige Touristin – vielleicht eine Witwe, die selbstbewußt Anweisungen erteilte, ihr Geld zählte und nirgends ohne ihren kleinen, ledergebundenen Reiseführer hinging, in dem sie beständig jede Sehenswürdigkeit auf ihrem gut organisierten Reiseplan abhakte. Die Leute von Tuen Mun kannten solche Touristen gut, und das Abbild, das sie in ihr von einer solchen Touristin geschaffen hatten, war perfekt.

Da waren aber auch noch andere Gedanken, die sie auf der Fahrt nach Kowloon beschäftigten, verzweifelte Gedanken, die sie unter Kontrolle und im Gleichgewicht zu halten versuchte, indem sie die Panik von sich schob, die sie so leicht überwältigen und sie dazu veranlassen konnte, das Falsche zu tun, einen falschen Schritt zu tun, der David Schaden zufügen könnte – David töten. *O Gott, wo bist du? Wie kann ich dich finden. Wie?*

Sie suchte ihr Gedächtnis nach Leuten ab, die ihr helfen konnten, lehnte aber jeden Namen und jedes Gesicht ab, die aus ihrer Erinnerung auftauchten, weil jeder auf die eine oder andere Weise Teil jener schrecklichen Strategie gewesen war, die sich auf so unheilverkündende Weise *Abschußliste* nannte – eine Strategie, bei der der Tod eines Individuums die einzig akzeptable Lösung war. Ausgenommen natürlich Morris Panov, aber Mo war in den Augen der Regierung ein Paria; er hatte die amtlichen Killer mit dem richtigen Namen bezeichnet: inkompetente Mörder. Er hatte keine Chance.

Abschußliste . . . Ein Gesicht tauchte vor ihr auf, ein Gesicht, dem Tränen über die Wange rannen, mit zitternder Stimme, die stumm um Barmherzigkeit bar, ein Mann, der einmal enger Freund eines jungen Beamten im Auswärtigen Dienst und seiner Frau und seiner Kinder gewesen war, damals in einem fernen Außenposten, der Phnom Penh hieß. *Conklin!* Sein Name war *Alexander Conklin!* Während Davids langer Genesungszeit hatte er wiederholt versucht, ihren Mann zu besuchen, aber David wollte das nicht zulassen und hatte gesagt, er werde den CIA-Mann umbringen, wenn er den Fuß auf seine Schwelle setze. Der verkrüppelte Conklin hatte irrigerweise und dumm Anklagen gegen David vorgebracht, hatte nicht auf die flehentlichen Bitten eines Mannes gehört, der das Gedächtnis verloren hatte, und statt dessen angenommen, er sei ein Verräter, sei umgedreht worden, und hatte schließlich sogar selbst versucht, David außerhalb von Paris zu töten. Und am Ende hatte er in der 71. Straße von New York in einem abgeschotteten Haus, das Treadstone 71 genannt wurde, einen letzten Versuch unternommen, der beinahe Erfolg gehabt hätte. Als dann die Wahrheit über David bekannt wurde, war Conklin von Schuldgefühlen aufgefressen worden; er war zerbrochen an dem, was er getan hatte. Ihr hatte er tatsächlich leid getan; seine Besorgnis war so echt, seine Schuld für ihn so vernichtend. Sie hatte mit Alex beim Kaffee auf der Veranda geredet, aber David war nie bereit gewesen, ihn zu empfangen. Von all den Leuten, an die sie dachte, war er der einzige, der einen Sinn ergab – *überhaupt* einen Sinn!

Das Hotel hieß The Empress und lag an der Chatham Road in Kowloon. Es war ein kleines Hotel mit überfüllten Tsim Sha Tsui und wurde von einem Gemisch von Kulturen besucht, weder reich noch arm, im großen und ganzen Handelsvertreter aus Ost und West, die in Kowloon etwas zu erledigen hatten, aber nicht über die Spesenkonten der höheren Ränge verfügten. Mr. Jitai hatte das Seine getan; ein Einzelzimmer war dort für eine Mrs. Austin, Penelope Austin, reserviert worden. ›Penelope‹ war Jitais Idee gewesen, er hatte viele englische Romane gelesen, und ›Penelope‹ schien ihm ›einfach passend‹. *Gut so*, wie Jason Borowski gesagt hätte, dachte Marie.

Jetzt saß sie auf dem Bettrand, griff nach dem Telefon, wußte noch nicht, was sie sagen sollte, wußte aber, daß sie es sagen mußte. »Ich brauche eine Nummer in Washington, D. C., in den Vereinigten Staaten«, sagte sie zu der Vermittlung. »Es ist sehr wichtig.«

»Übersee-Auskünfte kosten Gebühren –«

»Setzen Sie es auf die Zimmerrechnung«, unterbrach Marie. »Es ist dringend. Ich bleibe in der Leitung.«

»*Ja?*« sagte die schläfrige Stimme. »*Hello?*«

»Alex, hier spricht Marie Webb.«

»*Verdammt*, wo *sind* Sie? Wo sind Sie *beide*? Er hat Sie *gefunden*?«

»Ich weiß nicht, wovon Sie sprechen. Ich habe ihn nicht gefunden und er hat mich nicht gefunden. Sie wissen über all das Bescheid?«

»Wer zum Teufel glauben Sie wohl hat mir letzte Woche beinahe das *Genick* gebrochen, als er nach Washington kam. *David!* Wo *sind* Sie?«

»In Hongkong – in Kowloon. Im Empress-Hotel, unter dem Namen Austin. David hat Sie *erreicht*?«

»Und Mo! Er und ich haben jeden Trick ausprobiert, den wir kannten, um herauszufinden, was zum Teufel hier los ist, aber man *blockiert* uns! Nein, das nehme ich zurück – blockieren ist das falsche Wort. Sonst weiß auch keiner, was vorgeht! Und wenn sie es wüßten, wüßte ich das auch! Du großer Gott, Marie, ich hab seit dem letzten Donnerstag keinen Schluck mehr getrunken!«

»Ich wußte gar nicht, daß Ihnen das etwas ausmacht.«

»Und ob es mir etwas ausmacht! Was *ist los* ?«

Marie sagte es ihm und versäumte auch nicht, den unverkennbaren Stempel ›Bürokratie‹ zu erwähnen, der denen anhaftete, die sie entführt hatten, berichtete von ihrer Flucht und der Hilfe, die Catherine Staples ihr geleistet hatte, und die sich in eine Falle verwandelt hatte, aufgestellt von einem Mann namens McAllister, den sie mit Catherine Staples auf der Straße gesehen hatte.

»*McAllister?* Sie haben ihn *gesehen*?«

»Er ist hier, Alex. Er will mich zurückholen. Mit mir kontrolliert er *David*, und er wird ihn *umbringen*! Das haben sie schon einmal versucht!«

Am anderen Ende der Leitung herrschte Stille, eine Stille, die von Seelenqual erfüllt war. »*Wir* haben das schon einmal versucht«, sagte Conklin leise. »Aber das war damals, nicht jetzt.«

»Was kann ich *tun*?«

»Bleiben Sie, wo Sie sind«, befahl Alex. »Ich nehme die nächste Maschine nach Hongkong. Verlassen Sie Ihr Zimmer nicht. Führen Sie keine weiteren Gespräche. Die suchen Sie, das müssen sie.«

»Aber David ist dort *draußen*, Alex! Die haben ihn meinetwegen gezwungen, irgend etwas zu tun, und ich weiß nicht, was. Ich habe schreckliche Angst!«

»Delta war der beste Mann, den Medusa je hatte. Es hat nie einen besseren als ihn gegeben. Das weiß ich. Ich habe es selbst gesehen.«

»Das ist ein Aspekt, und ich habe mir beigebracht, damit zu leben. Aber nicht der *andere*, Alex! Sein Verstand, sein *Bewußtsein*! Was wird daraus werden?«

Wieder machte Conklin eine Pause, und als er dann sprach, klang seine Stimme nachdenklich. »Ich bringe einen Freund mit, einen, der für uns alle ein Freund ist. Mo wird nicht nein sagen. Bleiben Sie, wo Sie sind, Marie. Die Zeit für die Abrechnung ist gekommen. Und *bei Gott*, es wird eine Abrechnung geben!«

23

»Wer sind Sie?« schrie Borowski, vor Zorn halb von Sinnen, packte den alten Mann an der Kehle und preßte ihn gegen die Wand.

»Delta, hören Sie auf!« befahl d'Anjou. »Ihre Stimme! Man wird Sie hören. Die werden meinen, Sie bringen ihn um. Und dann werden die den Empfang verständigen.«

»Daß ich ihn umbringe, kann durchaus sein, und die Telefone funktionieren ohnehin nicht!« Jason ließ den Nachahmer seines Nachahmers los, ließ seinen Hals los, schleuderte ihn in einen Sessel.

»Die *Tür*«, fuhr d'Anjou zornig fort. »Sie müssen sie wieder anlehnen, so gut Sie können, um Himmels willen. Ich will lebend aus Beijing heraus, und jede Sekunde mit Ihnen verringert meine Chancen. Die *Tür*!«

Borowski fuhr wütend herum, packte die eingetretene Tür und schob sie in den Türrahmen zurück, rückte die Teile zurecht und trat danach. Der alte Mann massierte sich den Hals und versuchte plötzlich aufzuspringen.

»*Non, mon ami!*« sagte der Franzose und versperrte ihm den Weg. »Bleiben Sie, wo Sie sind. Auf mich brauchen Sie nicht zu achten, nur auf ihn. Sehen Sie, er könnte Sie wirklich töten. In seiner Wut hat er keinen Respekt für die goldenen Jahre, und da ich schon beinahe so weit bin, habe ich diesen Respekt.«

»Wut? *Empörend* ist das!« stieß der alte Mann hervor. »Ich habe bei El Alamein gekämpft, und bei Gott, ich werde *jetzt* kämpfen!« Wieder versuchte der alte Mann aufzustehen, und wieder stieß d'Anjou ihn zurück.

»Oh, die heldenhaften Briten«, meinte der Franzose. »Wenigstens waren Sie so anständig, nicht Agincourt zu sagen.«

»Lassen Sie den Blödsinn!« schrie Borowski, stieß d'Anjou beiseite und beugte sich über den Sessel, stützte sich auf die beiden Armlehnen und drängte den alten Mann zurück. »Sie sagen mir jetzt, wo er ist, und zwar schnell, oder Sie werden sich wünschen, daß Sie El Alamein nie überlebt hätten!«

»Wo *wer* ist, Sie Wahnsinniger?«

»Sie sind nicht der Mann von unten! Sie sind nicht Joseph Wadsworth, der auf Zimmer drei-fünfundzwanzig gegangen ist!«

»Dies hier *ist* Zimmer drei-fünfundzwanzig, und ich *bin* Joseph Wadsworth! Brigadier im Ruhestand, Royal Engineers!«

»Wann haben Sie sich hier eingetragen?«

»Diese Mühe hat man mir erspart«, erwiderte Wadsworth hochmütig. »Als Gast der Regierung genießt man gewisse Vorzüge. Man hat mich durch den Zoll geleitet und unmittelbar hierhergebracht. Ich muß sagen, daß der Zimmerservice nicht viel taugt – das hier ist weiß Gott nicht das Connaught –, und das verdammte Telefon ist meistens im Eimer.«

»*Wann*, habe ich Sie gefragt!«

»Gestern nacht, aber nachdem das Flugzeug sechs Stunden verspätet war, sollte ich wohl sagen, heute morgen.«

»Und wie lauten Ihre Instruktionen?«

»Ich weiß nicht, ob das Sie etwas angeht.«

Borowski riß den Brieföffner aus Messing aus seinem Gürtel und drückte dem alten Mann die Spitze gegen den Hals. »Doch, wenn Sie diesen Sessel lebend verlassen wollen.«

»Du lieber Gott, Sie sind *wirklich* verrückt!«

»Sie haben recht, ich habe keine Zeit dafür, vernünftig zu sein, gar keine. Die *Instruktionen*!«

»Die sind ganz harmlos. Ich sollte gegen Mittag von jemandem abge holt werden, und da es jetzt schon nach drei Uhr ist, darf man wohl annehmen, daß die Regierung hier genauswenig pünktlich ist wie die Fluglinie.«

D'Anjou tippte Borowski am Arm an. »Die Elf-Uhr-dreißig-Maschine«, sagte der Franzose leise. »Er ist die Tarnung und weiß überhaupt nichts.«

»Dann ist Ihr Judas hier in einem anderen Zimmer«, antwortete Jason über die Schulter. »Das *muß* er sein!«

»Sagen Sie nichts mehr, man wird ihn verhören.« Mit einer plötzlichen und unerwarteten Autorität schob d'Anjou Borowski von dem Sessel weg und sprach in ungeduldigem Tonfall eines höheren Offiziers: »Sehen Sie, Brigadier, wir entschuldigen uns bei Ihnen für die Belästigung. Ich weiß, das ist wirklich sehr unangenehm. Das ist jetzt das dritte Zimmer, in das wir eingebrochen sind – wir haben uns die Namen der Bewohner beschafft, um ein Schockverhör durchführen zu können.«

»Ein Schock – *was*? Ich verstehe nicht.«

»Einer von vier Leuten in diesem Stockwerk hat Narkotika im Wert von über fünf Millionen Dollar eingeschmuggelt. Da Sie drei es nicht waren, haben wir jetzt unseren Mann. Ich schlage vor, Sie halten es wie die zwei anderen. Sagen Sie, ein Betrunkener sei in Ihr Zimmer eingebrochen, einer, der mit der Unterbringung nicht zufrieden war und sich Mut angetrunken hatte – das werden die anderen auch sagen. Das passiert hier ziemlich häufig, und es ist besser, keinen Verdacht zu erwecken, nicht einmal irrtümlich. Die Regierung hier neigt zu übertriebenen Reaktionen.«

»Das würde mir gerade noch fehlen«, stotterte Wadsworth. »Die verdammte Pension ist ohnehin schon knapp genug.«

»Die Tür, Major«, befahl d'Anjou, zu Jason gewandt. »Vorsichtig jetzt. Sehen Sie zu, daß sie stehenbleibt.« Der Franzose wandte sich wieder dem Briten zu. »Halten Sie sie fest, Brigadier. Lehnen Sie sie einfach wieder an und lassen Sie uns zwanzig Minuten Zeit, bis wir unseren Mann haben. Und dann können Sie tun, was Sie wollen. Vergessen Sie nicht, ein Betrunkener. Zu Ihrem eigenen Nutzen.«

»Ja, ja, natürlich. Ein Betrunkener.«

»Kommen Sie, Major!«

Draußen im Korridor griffen sie sich ihre Taschen und eilten auf die Treppe zu. »*Schnell!*« sagte Borowski. »Es ist noch Zeit. Er muß sich umziehen – *ich* hätte mich auch umgezogen! Wir überprüfen die Ausgänge zu den Straßen, die Taxistände, und versuchen, uns zwei logische auszusuchen, oder, verdammt noch mal, *unlogische*. Wir nehmen uns jeder einen vor und vereinbaren Signale.«

»Zunächst einmal gibt es zwei Türen«, unterbrach ihn d'Anjou atemlos. »In diesem Korridor. Suchen Sie sich zwei heraus, aber machen Sie schnell. Treten Sie sie ein und beschimpfen die Leute, natürlich mit der Stimme eines Besoffenen.«

»Das war Ihr *Ernst*?«

»Und wie, Delta. Wie wir selbst erlebt haben, ist die Erklärung ja durchaus plausibel, und die Peinlichkeit des Ganzen wird jegliche formelle Untersuchung behindern. Die Hotelleitung wird ohne Zweifel unseren pensionierten Brigadier dazu überreden, den Mund zu halten. Sonst könnten die ihre angenehmen Posten verlieren. Schnell jetzt! Suchen Sie sich eine Tür aus und tun Sie Ihre Arbeit!«

Jason blieb an der nächsten Tür zur Rechten stehen. Er atmete tief durch und rannte dann auf die Tür zu, trieb seine Schulter in die obere Füllung. Die Tür flog auf.

»*Madad demaa*!« kreischte eine Frau auf Hindi. Sie war halb aus ihrem Sari gewickelt, der um ihre Füße lag.

»*Kyaa baat hai?*« kreischte ein nackter Mann, der aus dem Badezimmer gerannt kam und hastig seine Genitalien bedeckte.

Beide starrten den Eindringling an, der mit glasigem Blick herumtaumelte und dabei Gegenstände von der Kommode fegte und mit heiserer, betrunkener Stimme grölte: »Beschissenes Hotel! Die *Toiletten* funktionieren nicht, die Telefone sind im Eimer! Nichts – *Heiland*, das ist gar nicht mein *Zimmer*! Tut mir leid . . .« Borowski schwankte hinaus und knallte die Tür hinter sich zu.

»Sehr gut!« sagte d'Anjou. »Die hatten Ärger mit dem Schloß. *Schnell*, noch eines. *Das* hier!« Der Franzose wies auf eine Tür zur Linken. »Ich habe Gelächter hinter der Tür gehört und zwei Stimmen.«

Wieder warf sich Jason gegen die Tür, so daß diese aufbrach, und brüllte seine betrunkenen Klagen. Anstatt sich aber zwei verblüfften Gästen gegenüberzusehen, fand er ein junges, bis zu den Hüften nacktes Paar, von denen jeder an einer eingekniffenen Zigarette sog und mit glasigen Augen inhalierte.

»Willkommen, Nachbar«, sagte der junge Amerikaner. Seine Aussprache war ganz präzise, nur lief sie in Zeitlupe ab. »Lassen Sie sich durch die Dinge nicht stören. Die Telefone funktionieren nicht, dafür aber unsere Toilette. Benutzen Sie sie ruhig, teilen Sie sie mit uns. Nicht nervös werden.«

»Was zum *Teufel* haben Sie in meinem Zimmer verloren?« schrie Jason, noch betrunkener, so daß die Worte ineinander übergingen und verschwammen.

»Wenn das Ihr Zimmer ist, Sie Macho«, unterbrach ihn das Mädchen, das im Sessel schwankte, »dann haben wir Ihnen wenigstens eine tolle Nummer geboten. Wir sind nicht spießig.« Sie kicherte.

»Herrgott, Sie sind ja *high*!«

»Und ohne den Namen des Herrn vergeblich zu führen«, konterte der junge Mann, »Sie sind betrunken.«

»Wir glauben nicht an Alkohol«, fügte das Mädchen mit dem glasigen Blick hinzu. »Er erzeugt nur Feindseligkeit. Er steigt an die Oberfläche, wie die Dämonen Luzifers.«

»Lassen Sie sich entgiften, Nachbar«, fuhr der junge Amerikaner lallend fort. »Und dann machen Sie sich mit Hasch gesund. Ich führe Sie in die Felder, wo Sie Ihre Seele wiederfinden –«

Borowski raste aus dem Zimmer, knallte die Tür hinter sich zu und packte d'Anjou am Arm. »*Gehen* wir«, sagte er, als sie die Treppe erreicht hatten. »Wenn sich die Geschichte herumspricht, die Sie dem Brigadier aufgetischt haben, dann müssen die beiden zwanzig Jahre in der Äußeren Mongolei verbringen und dort Schafe kastrieren.«

Das chinesische Bedürfnis, Gäste unter Beobachtung zu halten, machte es im Verein mit den strengen Sicherheitsvorschriften erforderlich, daß das Hotel einen einzigen großen Eingang vorne für Gäste und einen zweiten an der Seite für Personal hatte. Letzterer war von uniformierten Wachen besetzt, die die Arbeitspapiere jedes einzelnen überprüften und sämtliche Handtaschen oder sonstige auffälligen Taschen an der Kleidung durchsuchten, wenn die Angestellten nach getaner Arbeit nach Hause gingen. Die Tatsache, daß es keinerlei Vertraulichkeit zwischen Wachen und Personal gab, deutete darauf hin, daß die Wachen häufig ausgewechselt wurden, damit die Bestechung keinen Spielraum hatte.

»Die Wachen wird er nicht riskieren«, sagte Jason, als sie am Personaleingang vorbeigingen, nachdem sie schnell ihre beiden Taschen in Verwahrung gegeben hatten, unter dem Vorwand, wegen des verspäteten Flugzeugs bereits zu spät zu einer Besprechung zu kommen. »Die sehen so aus, als würden sie Punkte dafür bekommen, wenn sie einen mit einer Hühnerkeule oder einem Stück Seife erwischen.«

»Außerdem verabscheuen sie die Leute, die hier arbeiten«, pflichtete d'Anjou ihm bei. »Aber weshalb sind Sie so sicher, daß er noch im Hotel ist? Er kennt Beijing. Er könnte sich ein Taxi zu einem anderen Hotel genommen haben.«

»Aber doch nicht so, wie er in dem Flugzeug ausgesehen hat, das habe ich Ihnen gesagt. Das käme für ihn nicht in Frage. Für *mich* auch nicht. Er braucht Bewegungsfreiheit und kann nicht zulassen, daß man ihm folgt. Die muß er haben, zu seinem eigenen Schutz.«

Wenn das der Fall ist, könnte es sein, daß sein Zimmer im Augenblick beobachtet wird. Das hätte dasselbe Ergebnis. Die wissen, wie er aussieht.«

»Wenn er ich wäre – und davon muß ich im Augenblick ausgehen –, dann wäre er nicht dort. Er hat sich ein anderes Zimmer besorgt.«

Sie widersprechen sich!« wandte der Franzose ein, als sie sich dem von Menschen umlagerten Eingang des Flughafenhotels näherten. »Sie sagten, er würde seine Anweisungen per Telefon bekommen. Der Anrufer wird das Zimmer verlangen, das sie ihm zugeteilt haben, und nicht das seines Strohmanns, nicht das von Wadsworth.«

»Falls die Telefone überhaupt funktionieren – das ist übrigens ein Umstand, der Ihrem Judas zustatten kommt –, dann ist es eine Kleinigkeit, Anrufe von einem Zimmer zum nächsten weiterzuleiten. Man braucht nur einen Stöpsel in der Zentrale, falls es sich um eine primitive Anlage handelt, oder eine Programmierung, falls es eine Computervermittlung ist. Das ist nicht schwierig. Oder eine geschäftliche Besprechung, alte Freunde im Flugzeug – oder überhaupt keine Erklärung, was wahrscheinlich das beste ist.«

»Irrtum!« rief d'Anjou aus. »Sein Klient wird die Hotelvermittlung alarmieren und sich direkt in die Zentrale einschalten.«

»Das wird er ganz bestimmt nicht tun«, sagte Borowski und schob den Franzosen durch eine Drehtür auf den Hotelvorplatz hinaus, der von verwirrten Touristen und Geschäftsleuten wimmelte, die nach einer Fahrgelegenheit Ausschau hielten. »Das ist ein Risiko, das er nicht eingehen kann«, fuhr Jason fort, während sie an einer Reihe kleiner, schäbiger Busse und altehrwürdiger Taxis am Randstein entlanggingen. »Der Klient Ihres Killers muß für maximalen Abstand zwischen den beiden sorgen. Es darf nicht die geringste Chance geben, daß man eine Verbindung nachweisen kann, und das bedeutet, daß alles sich auf einen sehr engen, sehr erlesenen Kreis beschränkt, ohne Verbindung mit einer Hotelzentrale, ohne daß auf jemanden aufmerksam gemacht wird, ganz besonders nicht auf Ihren Killer. Und das Risiko, im Hotel herumzugehen, werden die auch nicht eingehen. Sie werden sich ihm fernhalten, alles ihm überlassen. Es gibt hier zu viel Geheimpolizei; jemand aus diesem elitären Kreis könnte erkannt werden.«

»Die Telefone, Delta. Nach allem, was wir gehört haben, funktionieren die *nicht*. Was macht er dann?«

Jason runzelte die Stirn so, als versuchte er, sich an etwas zu erinnern, was ihm nicht einfallen wollte. »Er hat die Zeit auf seiner Seite, das ist sein Plus. Er wird zusätzliche Instruktionen für den Fall haben, daß man innerhalb einer bestimmten Zeit nach seiner Ankunft nicht mit ihm Verbindung aufgenommen hat – aus welchen Gründen auch immer –, und angesichts der Vorsichtsmaßregeln, die die treffen müssen, könnte es davon eine ganze Anzahl geben.«

»In dem Fall würden die immer noch nach ihm Ausschau halten, nicht wahr? Sie würden irgendwo draußen warten und versuchen, ihn aufzugabeln, oder?«

»Selbstverständlich, und das weiß er. Er muß an ihnen vorbeikommen und seine Position erreichen, ohne gesehen zu werden. Es ist für ihn die einzige Möglichkeit, die Kontrolle zu behalten. Seine erste Aufgabe.«

D'Anjou packte Borowski am Ellbogen. »Dann habe ich gerade einen der Aufpasser entdeckt, glaube ich.«

»Was?« Jason drehte sich halb herum und blickte auf den Franzosen herunter. Dabei verlangsamte er seine Schritte.

»Gehen Sie weiter«, befahl d'Anjou. »Dort zu dem Lieferwagen hinüber, zu dem, der halb aus der Straße herausragt, mit dem Mann auf der Schubleiter.«

»Ja, das leuchtet ein«, sagte Borowski. »Das ist der Störungsdienst vom Fernmeldeamt.« Im Schutze der Menschenmenge erreichten sie den Wagen.

»Schauen Sie hinauf. Versuchen Sie, interessiert zu wirken. Und dann sehen Sie nach links. Der Lieferwagen vor dem ersten Bus. Sehen Sie ihn?«

Das tat Jason und wußte sofort, daß der Franzose recht hatte. Der Lieferwagen war weiß und relativ neu und hatte getönte Glasscheiben. Abgesehen von der Farbe hätte es der Wagen sein können, der den Killer in Shenzen an der Lo-Wu-Grenze aufgenommen hatte. Borowski las die chinesischen Schriftzeichen auf der Tür. »*Niao Jing Shan* . . . Mein Gott, das ist ja dasselbe! Der Name hat nichts zu bedeuten – er gehört zu einem *Vogelreservat*, dem Jing-Shan-*Vogel*-Reservat. In Shenzen hieß es Chutang, hier anders. Wie haben Sie das bemerkt?«

»Der Mann in dem offenen Fenster, dem letzten Fenster auf dieser Seite. Sie können ihn von hier aus nicht besonders gut sehen, aber er beobachtet den Eingang. Außerdem wirkt er irgendwie widersprüchlich – ich meine, für den Angestellten eines Vogelreservats.«

»Warum?«

»Er ist ein Offizier der Armee, und dem Schnitt seines Uniformrocks nach zu schließen und dem guten Tuch, einer von hohem Rang. Rekrutiert die glorreiche Volksarmee jetzt Reiher für ihre Sturmtruppen? Oder ist er einfach nur ein besorgter Mann, der auf jemanden wartet, dem er folgen soll, und der eine recht geschickte Deckung benutzt, die nur dadurch etwas beeinträchtigt wird, daß der Blickwinkel ein offenes Fenster erfordert?«

»Ich kann wirklich ohne Echo nirgends hingehen«, sagte Jason Borowski, ehemals Delta. »Vogelreservat – Herrgott, das ist ja *herrlich*. Was für eine elegante Tarnung. So friedlich. Eine *verdammt gute Tarnung*.«

»Typisch chinesisch, Delta. Die rechtschaffene Maske verdeckt das nicht rechtschaffene Gesicht. Die konfuzianischen Parabeln warnen davor.«

»Davon spreche ich nicht. In Shenzen, an der Lo-Wu-Grenze, wo Ihr Killer mir das erstemal durch die Lappen ging, wurde er auch von einem Lieferwagen abgeholt – einem Lieferwagen mit getönten Scheiben – und der gehörte ebenfalls einem Vogelreservat der Regierung.«

»Wie Sie schon sagten, eine ausgezeichnete Tarnung.«

»Es ist mehr als das, Echo. Das ist eine Art Markierung, eine Identifikation.«

»Vögel werden in China seit Jahrhunderten verehrt«, sagte d'Anjou und sah Jason mit verwirrter Miene an. »Man hat sie immer schon in großen Kunstwerken dargestellt, den herrlichen Seidenmalereien. Sie gelten als Delikatesse, sowohl für das Auge als auch für den Gaumen.«

»In diesem Fall könnte ein sehr viel praktischerer Grund dahinterstekken.«

»Und der wäre?«

»Vogelreservate sind gewöhnlich weit ausgedehnt. Sie sind der Öffentlichkeit zugänglich, unterliegen aber den Vorschriften der Regierung, so wie das überall der Fall ist.«

»Und worauf wollen Sie hinaus, Delta?«

»In einem Land, wo schon zehn Leute, die mit der Parteilinie nicht einverstanden sind, Angst haben, zusammen gesehen zu werden – gibt es da einen besseren Ort als einen Naturpark, der sich normalerweise über Meilen erstreckt? Keine Büros oder Häuser oder Wohnungen, die man beobachten kann, keine angezapften Telefonleitungen und keine elektronische Überwachung. Bloß unschuldige Menschen, die Vögel beobachten, in einer Nation von Vogelliebhabern, und jeder mit einem offiziellen Passierschein, der ihm den Zugang auch dann erlaubt, wenn das Reservat offiziell geschlossen ist – bei Tag und bei Nacht.«

»Von Shenzen bis Peking? Das wäre viel großflächiger, als wir angenommen hatten.«

»Was auch immer es ist«, sagte Jason und sah sich um. »Uns betrifft es nicht. Nur *er* betrifft uns . . . Wir müssen uns trennen, aber in Sichtweite bleiben. Ich werde hinübergehen – «

»Nicht nötig!« unterbrach ihn der Franzose. »Dort ist er!«

»Wo?«

»Gehen Sie zurück! Näher an den Lieferwagen von der Post. In seinem Schatten.«

»Welcher ist es?«

»Der Priester, der gerade das kleine Kind streichelt, das Mädchen«, antwortete d'Anjou, der den Rücken dem Wagen zuwandte und zu den Menschen vor dem Hoteleingang hinüberstarrte. »Ein Mann im Priesterrock«, fuhr der Franzose dann bitter fort. »Das ist einer der Tricks, die ich ihn gelehrt habe. Er hatte sich in Hongkong eine schwarze Soutane schneidern lassen, eine mit allem Drum und Dran und einem Etikett aus der Savile Row. An der Soutane habe ich ihn erkannt. Ich habe sie bezahlt.«

»Sie kommen aus einer wohlhabenden Diözese«, sagte Borowski und musterte den Mann, zu dem er jetzt am liebsten hinübergerannt wäre, den er packen wollte und ins Hotel zerren. Die Tarnung des Killers war gut – mehr als gut –, und Jason versuchte, dieses Urteil zu analysieren. Graue Koteletten ragten unter dem schwarzen Hut hervor; eine dünne Nickelbrille saß tief auf der Nase seines bleichen, farblosen Gesichts. Mit geweiteten Augen und hochgeschobenen Brauen ließ er Freude und Staunen erkennen über das, was er an diesem fremden Ort erlebte. Alles waren Gottes Werke und Gottes Kinder, und so war es ganz natürlich, daß er einem kleinen Chinesenmädchen liebevoll den Kopf tätschelte und der Mutter zulächelte und ihr freundlich zunickte. Das war es, dachte Jason voll widerstrebenden Respekts. Dieser Scheißkerl verströmte *Liebe*. In jeder Geste, jedem Blick der sanften Augen war Liebe zu spüren. Er war tatsächlich ein mitfühlender Priester, ein Hirte seiner Herde. Und als solchen würde man ihn in einer Menge ansehen, aber gleich wieder aus den Augen verlieren, wenn man einen Killer suchte.

Borowski erinnerte sich. *Carlos!* Der Schakal hatte Priesterkleidung getragen, er sah ganz deutlich seine dunklen südländischen Züge über dem gestärkten weißen Kragen, wie er aus der Kirche in Neuilly-sur-Seine in Paris kam. Jason hatte ihn *gesehen!* Sie hatten einander gesehen, ihre Blicke hatten sich gekreuzt, und jeder wußte, wer der andere war, ohne daß ein Wort gesprochen wurde. *Hol dir Carlos. Locke Carlos in die Falle. Cain ist für Charlie und Carlos ist für Cain!* Die Codes waren in seinem Schädel explodiert, als er in den Straßen von Paris hinter dem Schakal hergerannt war . . . um ihn dann im Verkehr aus den Augen zu verlieren, während ein alter Bettler, der auf dem Pflaster kauerte, bösartig lächelte.

Dies war nicht Paris, dachte Borowski. Hier gab es keine Armee sterbender alter Männer, die diesen Meuchelmörder schützten. Diesen Schakal würde er in Beijing fangen.

»Seien Sie bereit!« sagte d'Anjou und riß Jason aus seinen Erinnerungen. »Er nähert sich dem Bus.«

»Der ist voll.«

»Das ist es ja. Er wird als letzter zusteigen. Wer weist schon einen Priester ab, der es eilig hat? Auch das ist natürlich eine meiner Lektionen.«

Wieder hatte der Franzose recht. Die Tür des kleinen, vollgestopften, schäbigen Busses ging zu, und dann schob der Priester den Arm durch und hielt die Türe an, zwängte die Schulter hinein und bat offensichtlich darum, daß man ihn befreie. Die Tür schob sich wieder auf, der Killer quetschte sich hinein, und die Tür ging zu.

»Das ist der Schnellbus zum Tian-An-Men-Platz«, sagte d'Anjou. »Ich habe die Nummer.«

»Wir müssen ein Taxi finden. Kommen Sie!«

»Das wird nicht einfach sein, Delta.«

»Dafür habe ich eine besondere Technik«, erwiderte Borowski und verließ den Schatten des Lieferwagens vom Fernmeldeamt, als der Bus vorüberfuhr. Er bahnte sich, den Franzosen im Schlepptau, einen Weg durch die Menge vor dem Hotel, dann gingen sie an der Taxischlange entlang, bis sie deren Ende erreicht hatten. Gerade bog ein letztes Taxi in die Zufahrt ein und wollte sich in die Schlange einreihen, als Jason auf die Straße hinausrannte und die Hand hob. Das Taxi hielt an, und der Fahrer schob den Kopf durchs Fenster.

»*Shemma?*«

»*Wei!*« rief Borowski, rannte auf den Fahrer zu und hielt ihm ein Bündel Yuan-Scheine im Wert von wenigstens fünfzig amerikanischen Dollar hin. »*Bi yao bang shu*«, sagte er, was bedeutete, daß er dringend Hilfe brauche und bereit sei, dafür zu zahlen.

»*Hao!*« rief der Fahrer aus und griff nach dem Geld. »*Bingli ba!*« fügte er hinzu und rechtfertigte sein Verhalten mit einem plötzlich krank gewordenen Touristen.

Jason und d'Anjou stiegen ein, und der Fahrer maulte über den zweiten Fahrgast. Borowski ließ weitere zwanzig Yuan auf den Vordersitz fallen, was den Mann besänftigte. Er wendete, löste sich aus der Taxischlange und verließ den Flughafenkomplex.

»Dort vorne ist ein Bus«, sagte d'Anjou, im Sitz nach vorne gebeugt, in etwas schwerfälligem Mandarin, zu dem Fahrer. »Können Sie mich verstehen?«

»Ihre Sprache ist Guanzhou, aber ich verstehe.«

»Er fährt zum Tian-An-Men-Platz.«

»Welches Tor?« fragte der Fahrer. »Welche Brücke?«

»Das weiß ich nicht. Ich habe nur die Nummer vorne auf dem Bus gesehen. Sie lautet sieben-vier-zwei-eins.«

»Die letzte Ziffer ist eine Eins«, sagte der Fahrer. »Tian-Tor, zweite Brücke. Eingang zur Kaiserstadt.«

»Gibt es einen Parkplatz für die Busse?«

»Es wird viele Busse geben. Alle sind voll. Sie sind sehr überfüllt. Der Tian-An-Men-Platz ist bei diesem Stand der Sonne überlaufen.«

»Wir sollten den Bus, von dem ich spreche, auf der Straße überholen, was für uns günstig ist, weil wir vor seiner Ankunft am Tian-An-Men-Platz sein wollen. Schaffen Sie das?«

»Ohne Schwierigkeit«, antwortete der Fahrer und grinste. »Die Busse sind alt und haben oft eine Panne. Vielleicht kommen wir viele Tage, bevor er das Nordtor erreicht, dort an.«

»Ich hoffe, das ist nicht Ihr Ernst«, unterbrach ihn Borowski.

»O nein, großzügiger Herr Tourist. Alle Fahrer sind ausgezeichnete Mechaniker – wenn sie das Glück haben, ihre Motoren zu finden.« Der Fahrer lachte verächtlich und trat auf das Gaspedal.

Drei Minuten später überholten sie den Bus, in dem der Killer fuhr. Sechsundvierzig Minuten darauf erreichten sie die weiße Marmorbrücke über einen von Menschenhand geschaffenen Burggraben vor dem Tor des Himmlischen Friedens – von dem aus die Führer Chinas Paraden von Vernichtungswerkzeugen, von tödlichen Waffen abnahmen. Hinter dem Tor mit dem so wenig zutreffenden Namen liegt eine der außergewöhnlichsten menschlichen Leistungen auf der ganzen

Erde. Der Tian-An-Men-Platz. Der elektrisierende Knotenpunkt Beijings.

Die Majestät seiner Weite nimmt als erstes das Auge des Besuchers gefangen, und dann die architektonische Gewalt der großen Halle des Volkes zur Rechten, mit einer Bankethalle, in der mehr als fünftausend Menschen Platz finden, und einem ›Konferenzsaal‹ für zehntausend. Gegenüber dem Tor steht ein Obelisk, der bis in die Wolken reicht und auf einer zweistöckigen Terrasse aus Marmor in die Höhe ragt und im Sonnenlicht glitzert, während im Schatten darunter in die mächtige Basis die Kämpfe und Triumphe der Revolution Maos eingegraben sind. Dies ist das Denkmal für die Helden des Volkes, wobei Mao in diesem Pantheon der Erste ist. Und dann all die anderen Gebäude, Denkmäler, Museen, Tore, Bibliotheken – soweit das Auge reicht. Aber mehr als alles andere beeindruckt das Auge die grenzenlose Weise offenen Raums. Raum und Menschen . . . und für das Ohr noch etwas anderes, etwas völlig Unerwartetes. Man könnte ein Dutzend der großen Stadien der Welt, größer als das Colosseum Roms, in den Tian-An-Men-Platz hineinpacken, ohne Enge zu leiden; Hunderttausende von Menschen können über diesen Platz gehen, und doch wäre noch für weitere Hunderttausende Raum. Und dennoch fehlt hier ein Element, das man in der blutigen Arena Roms nie vermißt hätte, geschweige denn in den großen Stadien der modernen Welt. Der Lärm fehlt – der Geräuschpegel liegt nur wenige Dezibel über der absoluten Stille, nur unterbrochen von leisem Fahrradgeklingel. Erst wirkt die Stille friedlich, dann bedrohlich. Sie ist unnatürlich, wie von einer unhörbaren Stimme befohlen, gegen die keiner aufbegehrt, der man sich fügt – und das ist beängstigend. Besonders wenn sogar die Kinder still sind.

Jason nahm das alles schnell und ohne Anteilnahme in sich auf. Er bezahlte dem Fahrer, was der Taxameter anzeigte, und verlagerte seine Konzentration auf die Probleme, die ihn und d'Anjou jetzt erwarteten. Aus welchem Grund auch immer, ob ihn nun ein Telefonanruf erreicht hatte, oder ob er sich für Instruktionen entschieden hatte, die man ihm schon vorab erteilt hatte, jedenfalls war der Killer zum Tian-An-Men-Platz unterwegs. Die Pavane würde mit seiner Ankunft beginnen, die langsamen Schritte des vorsichtigen Tanzes würden den Killer näher und näher zum Vertreter seines Klienten tragen, wobei der Klient selbst sich nicht blicken lassen würde. Aber ein Kontakt würde erst dann hergestellt werden, wenn der falsche Borowski davon überzeugt war, daß das Rendezvous sauber war. Aus diesem Grunde würde der ›Priester‹ die Zielposition selbst erforschen, die Koordinaten des Treffpunkts umkreisen und sich vergewissern, ob etwa bewaffnete Häscher ihm auflauerten. Er würde einen, vielleicht auch zwei in seine Gewalt bringen und sie zwingen, mit seiner Messerspitze, oder indem er ihnen eine schallgedämpfte Pistole in die Rippen drückte, ihm die Informationen zu liefern, die er benötigte; ein einziger Blick würde ihm verraten, daß das Treffen ein Vorspiel zu seiner Exekution war. Am Ende schließlich, wenn ihm das Umfeld sauber vorkam, würde er einen seiner Gefangenen zum Vertreter seines Klienten schicken und sein Ultimatum stellen: Der Klient selbst mußte sich zeigen und in das von dem Killer ausgespannte Netz gehen. Alles andere war nicht akzeptabel; die Zentralfigur, der Klient, mußte das tödliche Gleichgewicht herstellen. Dann würde ein zweiter Treffpunkt vereinbart werden. Der Klient würde als erster eintreffen und würde beim ersten Anzeichen von Verrat sterben. So wäre Jason Borowski vorgegangen. Und so würde auch der Killer vorgehen, wenn er auch nur einen Funken Verstand hatte.

Bus Nummer 7421 rollte ans Ende der Busschlange und spuckte die Touristen aus. Der Killer im Priestergewand stieg aus, war einer älteren Frau beim Aussteigen behilflich und strich ihr über den Kopf, als er ihr ein sanftes Lebewohl zunickte. Er drehte sich um, ging schnell um den Bus herum und verschwand dahinter.

»Bleiben Sie gute zehn Meter hinter mir und behalten Sie mich im Auge«, sagte Jason. »Tun Sie, was ich tue. Wenn ich anhalte, bleiben Sie auch stehen, wenn ich abbiege, biegen Sie ab. Bleiben Sie in der Menge; gehen Sie von einer Gruppe zur nächsten, aber vergewissern Sie sich, daß Sie immer von Leuten umgeben sind.«

»Seien Sie vorsichtig, Delta. Er ist kein Amateur.«

»Das bin ich auch nicht.« Borowski rannte zum Bus, blieb stehen und schob sich vorsichtig um den heißen, übelriechenden Auspuff des Heckmotors herum. Der Priester war etwa fünfzig Meter vor ihm, und seine schwarze Soutane wirkte in dem diffusen Licht wie ein dunkler Leuchtturm. Mit oder ohne Menschenmenge, es fiel nicht schwer, ihm zu folgen. Die Tarnung des Killers war akzeptabel, und die Art und Weise, wie er seine Rolle spielte, ebenfalls. Aber wie das bei einer Tarnung meistens der Fall ist, war sie zugleich auch auffällig und dadurch ein Handicap. Solche Handicaps klein zu halten, war der Unterschied zwischen Spitze und gutem Durchschnitt. Der Profi in Jason billigte den Status des Geistlichen, aber nicht das priesterliche Schwarz. Eine Priestersoutane war nun einmal schwarz, aber ein anglikanischer Pfarrer hätte auch einen grauen Anzug tragen können. Grau verschwamm im Sonnenlicht, Schwarz nicht.

Plötzlich löste sich der Killer aus der Menge und trat hinter einen chinesischen Soldaten, der Aufnahmen machte, die Kamera in Augenhöhe hielt und den Kopf dauernd bewegte. Borowski begriff. Das war kein harmloser Rekrut, der in Beijing Urlaub machte; dazu war er zu profiliert, seine Uniform zu gut geschnitten – so wie d'Anjou das bezüglich des Offiziers in dem Wagen des Vogelreservats festgestellt hatte. Die Kamera war ein raffiniertes Hilfsmittel, um sich die Menschenmenge genauer anzusehen – der erste Treffpunkt war nicht weit entfernt. Jetzt legte der Killer dem Soldaten väterlich die rechte Hand auf die linke Schulter. Seine Linke blieb unsichtbar, versteckt hinter der schwarzen Soutane – ohne Zweifel hatte er dem Offizier eine Pistole in die Rippen gepreßt. Der Uniformierte erstarrte, aber sein Ausdruck blieb selbst in seiner Panik stoisch. Er bewegte sich mit dem Killer, der jetzt seinen Arm fest gepackt hielt und Befehle erteilte. Plötzlich knickte der Soldat in der Mitte ab, hielt sich die linke Seite, erholte sich aber schnell wieder und schüttelte den Kopf; der ›Priester‹ hatte ihm wieder die Waffe in die Seite gebohrt. Er würde jetzt die Befehle befolgen, die man ihm erteilte, oder auf dem Tian-An-Men-Platz sterben. Einen Kompromiß gab es nicht.

Borowski wirbelte herum, bückte sich, band sich den Schnürsenkel und entschuldigte sich bei den Menschen hinter sich. Der Killer hatte seine hintere Flanke überprüft; das Ausweichmanöver war notwendig. Jason richtete sich auf. Wo *war* er? Wo war der Mann in seiner Maske? *Dort;* der Killer hatte den Soldaten *gehen lassen. Warum?* Der Armeeoffizier rannte quer durch die Menge, schrie, gestikulierte wild und brach dann plötzlich zusammen, und die Leute sammelten sich erregt schnatternd um seinen reglosen Körper.

Ablenkungsmanöver! *Vorsicht.* Jason rannte weiter, er hatte das Gefühl, daß der Zeitpunkt stimmte. Das war also keine Pistole gewesen, sondern eine Nadel – kein Pistolenlauf, den man dem Mann in die Seite gepreßt hatte, sondern eine Nadel, die seine Haut nur angeritzt hatte. Der Killer hatte einen Bewacher erledigt; jetzt würde er den nächsten suchen, vielleicht dann noch einen. Das Drehbuch, das Borowski vorhergesagt hatte, war in Gang gekommen. Und da der Killer sich jetzt einzig und allein auf die Suche nach seinem nächsten Opfer konzentrieren würde, war jetzt der richtige Zeitpunkt! *Jetzt!* Jason wußte, daß er jeden Menschen auf der Erde mit einem lähmenden Schlag in die Nieren kampfunfähig machen konnte, ganz besonders einen Mann, der jetzt am allerwenigsten daran dachte, man könne ihn selbst angreifen – wo er doch seinerseits angriff und sich darauf konzentrierte. Borowski verringerte den Abstand zwischen sich und dem Killer. Fünfzehn Meter, zwölf, zehn . . . Er arbeitete sich von einer Menschentraube in die nächste . . . der schwarz gekleidete ›Priester‹ war in Reichweite. Jetzt würde er zuschlagen! Marie!

Ein Soldat. Noch ein *Soldat!* Aber diesmal kam es nicht zu einem Angriff, sondern zur Kommunikation. Der Soldat nickte und deutete nach links. Jason sah verwirrt in die Richtung, die der Soldat gewiesen hatte. Ein kleiner Chinese in Zivilkleidung, mit einer Aktentasche mit dem Regierungssiegel, stand am Sockel einer breiten Steintreppe, die zum Eingang eines mächtigen Bauwerks mit Granitsäulen und zwei Pagodendächern hinaufführte. Der Bau stand unmittelbar hinter dem Heldendenkmal, und die kalligraphischen Zeichen über den mächtigen Türflügeln verkündeten, daß es sich um die Gedächtnishalle des Vorsitzenden *Mao* handelte. In zwei Reihen schoben sich die Menschen die Stufen hinauf, wobei Wachen damit beschäftigt waren, die einzelnen Gruppen voneinander getrennt zu halten. Der Zivilist stand zwischen den beiden Reihen, seine Aktentasche war ein Symbol seiner Autorität; deshalb ließ man ihn in Frieden. Plötzlich und ohne jede Vorwarnung packte der hochgewachsene Killer den Arm des Soldaten und stieß den kleineren Mann vor sich her. Jetzt krümmte sich der Rücken des Mannes, seine Schultern zuckten nach oben; man hatte ihm eine Waffe gegen die Wirbelsäule gedrückt und ganz spezifische Befehle erteilt.

Während die Erregung wuchs und sich immer mehr Menschen um den zusammengebrochenen ersten Soldaten sammelten und ein paar Polizeibeamte sich einen Weg durch die Menge bahnten, gingen der Meuchelmörder und sein Gefangener mit gleichmäßigen Schritten auf den Zivilisten auf der Treppe des Mao-Monuments zu. Der Mann hatte Angst, sich zu bewegen; und wieder begriff Borowski. Diese Männer waren dem Killer bekannt; sie gehörten dem innersten Kreis dieser Elite an, die zum Klienten des Meuchelmörders führte, und der Klient befand sich ganz in der Nähe. Das waren keine kleinen Handlanger. Das Ablenkungsmanöver, das jetzt nur mehr eine kleine Störung war, weil die Polizei inzwischen die Menge zerstreut und den reglosen Körper weggetragen hatte, hatte dem Killer die Sekunden verschafft, die er brauchte, um die Kette unter Kontrolle zu bekommen, die zu seinem Klienten führte. Der Soldat, den er mit eisernem Griff festhielt, war ein toter Mann, wenn er nicht gehorchte, und jeder einigermaßen gute Schütze konnte den Mann auf der Treppe mit einem einzigen Schuß töten. Die Zusammenkunft hatte zwei Stufen, und solange der Killer die zweite Stufe unter Kontrolle hatte, war er durchaus bereit, weiterzugehen. Der Klient befand sich ganz offenkundig irgendwo im Inneren des riesigen Mausoleums und konnte nicht wissen, was draußen geschah, noch würde einer seiner Helfer es wagen, seinem Vorgesetzten nach innen in die Konferenzzone zu folgen. Jetzt war keine Zeit mehr für Analysen, das wußte Jason. Er mußte handeln. *Schnell.* Er mußte sich Zutritt zu Mao Zedong Monument verschaffen, mußte beobachten, mußte warten, bis die Zusammenkunft so oder so endete – und dabei kam ihm plötzlich in den Sinn, daß er den Killer vielleicht würde beschützen müssen. Eine widerwärtige, aber realistische Vorstellung. Sein einziges Plus war, daß der Mann in seiner Maske nach einem Drehbuch agiert hatte, das von ihm selbst hätte stammen können. Und wenn die Konferenz friedlich verlief, dann kam es einfach darauf an, dem Killer zu folgen, den dann ohne Zweifel der Erfolg seiner Taktik ebenso in Hochstimmung versetzt haben würde wie das, was sein Klient ihm gab – und dann einen arglosen Egozentriker der schlimmsten Sorte auf dem Tian-An-Men-Platz in seine Gewalt zu bekommen.

Borowski drehte sich um und hielt Ausschau nach d'Anjou. Der Franzose stand am Rande einer kontrollierten Touristengruppe; er nickte, als hätte er Deltas Gedanken gelesen, wies neben sich auf den Boden und beschrieb mit dem Zeigefinger einen Kreis. Das war ein stummes Signal aus ihrer gemeinsamen Zeit bei Medusa. Das bedeutete, daß er bleiben würde, wo er war, sich aber, wenn er sich bewegen mußte, in Sichtweite jenes ganz bestimmten Ortes halten würde. Das war genug. Jason trat hinter den Killer und seinen Gefangenen und ging schräg durch die Menge, durchquerte schnell den freien Raum zu der Schlange auf der rechten Hälfte der Treppe und ging dort auf den Posten zu. In höflichem, fast devotem Mandarin sagte er: »Hoher Offizier, mir ist das äußerst peinlich! Die Kalligraphie auf dem Volksmonument hat mich so beeindruckt, daß ich meine Gruppe verloren habe, die erst vor wenigen Minuten hier durchgekommen ist.«

»Sie sprechen unsere Sprache sehr gut«, sagte der erstaunte Uniformierte, offenbar verblüfft, daß ein Nichtchinese ihn ansprach. »Sie sind sehr höflich.«

»Ich bin einfach ein unterbezahlter Lehrer aus dem Westen, der voll der Liebe für Ihre große Nation ist, hoher Offizier.«

Der Wachmann lachte. »Ich stehe zwar nicht so weit oben, aber unsere Nation ist groß. Meine Tochter trägt auf der Straße Blue jeans.«

»Wie bitte?«

»Nichts. Wo haben Sie Ihre Gruppenidentifikation?«

»Meine was?«

»Das Namensschild, das an der Kleidung zu tragen ist.«

»Es ist immer wieder heruntergefallen«, sagte Borowski und schüttelte hilflos den Kopf. »Es wollte einfach nicht steckenbleiben. Ich muß es verloren haben.«

»Wenn Sie Ihre Gruppe eingeholt haben, gehen Sie zu Ihrem Führer und beschaffen Sie sich ein neues. Gehen Sie nur. Stellen Sie sich auf der Treppe an. Hier ist irgend etwas nicht in Ordnung. Die nächste Gruppe wird vielleicht warten müssen. Sie werden Ihre Tour verpassen.«

»Oh. Gibt es ein Problem?«

»Ich weiß nicht. Der Beamte mit der Aktentasche mit dem Regierungssiegel gibt uns unsere Anweisungen. Ich glaube, er zählt die Yuan, die man hier machen könnte, und meint, daß dieser heilige Ort so voll wie die Untergrundbahn von Beijing sein müßte.«

»Sie waren sehr liebenswürdig.«

»Beeilen Sie sich, Sir.«

Borowski hetzte die Stufen hinauf, bückte sich hinter der Menge, um erneut unnötigerweise einen Schnürsenkel festzuknoten, und hielt dabei den Kopf zur Seite gedreht, um den Killer zu beobachten. Jetzt redete der Mann, der immer noch den Soldaten festhielt, leise auf den Zivilisten ein – aber irgend etwas kam ihm seltsam vor. Der kleine Chinese in dem dunklen Anzug nickte, aber seine Augen waren nicht auf den Killer gerichtet, sondern an ihm vorbei. Aber stimmte das? Jasons Blickwinkel war nicht der beste. Doch wie auch immer, das Drehbuch lief unbehindert weiter ab, der Killer würde auf seine Weise mit seinem Klienten Verbindung aufnehmen.

Er trat durch die Tür ins Halbdunkel, ebenso wie alle anderen vor ihm, vom plötzlichen Auftauchen der gigantischen Marmorskulptur des sitzenden Mao beeindruckt, einem Bildwerk, das so hoch und majestätisch aufragte, daß man in seiner Anwesenheit am liebsten den Atem angehalten hätte. Und man hatte auch keineswegs auf theatralische Effekte verzichtet. Die Lichtbündel, die die exquisite, scheinbar durchsichtige Marmorskulptur beleuchteten, erzeugten eine ätherische Wirkung, die die gigantische sitzende Gestalt von dem Samtteppich dahinter abhob und von der Finsternis, die sie umgab. Die massive Statue mit den suchenden Augen schien in sich zu leben und sich ihrer Umgebung bewußt zu sein.

Jason zwang sich, die Augen abzuwenden und nach Türen und Korridoren zu suchen. Es gab keine. Es *war* ein Mausoleum, das ganz dem Heiligen einer Nation gewidmet war. Aber es gab Säulen, mächtige, hohe Marmorsäulen, die einem die Möglichkeit boten, sich abzusondern. Der Ort der Zusammenkunft konnte im Schatten einer jener Säulen liegen. Er würde warten, würde sich ebenfalls im Schatten halten und aufpassen.

Seine Gruppe betrat die zweite große Halle, die, falls das überhaupt möglich war, noch elektrisierender als die erste war. Sie sahen sich einem Sarg aus Kristallglas gegenüber, der den Leichnam des Vorsitzenden Mao Zedong umgab, eingehüllt in die rote Fahne, eine wächserne Leiche in friedlicher Ruhestellung – und doch schien es, als würden sich die geschlossenen Augen jeden Augenblick weit öffnen und sie in feuriger Mißbilligung anstarren. Rings um den erhaben aufgestellten Sarkophag waren Blumen angeordnet, und zwei Reihen dunkelgrüner Fichten in riesigen Keramiktöpfen säumten die gegenüberliegenden Wände. Wieder spielten die Lichtstrahlen eine dramatische Farbsymphonie, durchstießen sich miteinander schneidende Strahlenbündel die Dunkelheit und tauchten das leuchtende Gelb und Rot und Blau der Blumen in gleißendes Licht.

In der ersten Halle entstand Unruhe und störte das ehrfürchtige Schweigen der Menschen, aber das ging ebenso schnell vorbei, wie es angefangen hatte. Als letzter Tourist in der Reihe löste Borowski sich von der Gruppe, ohne daß die anderen das bemerkten. Er schlüpfte hinter eine Säule, suchte deren schützenden Schatten und spähte um den glitzernden weißen Marmor herum.

Was er sah, paralysierte ihn, während ein Dutzend Gedanken in seinem Schädel aufeinanderprallten und mehr als alles andere das eine

Wort *Falle!* Es gab keine Gruppe hinter seiner eigenen! Sie war die letzte, die man eingelassen hatte – *er* war die letzte *Person*, die man eingelassen hatte – ehe die schweren Torflügel sich geschlossen hatten. Das war das Geräusch, das er gehört hatte – das Schließen der Torflügel und das enttäuschte Aufstöhnen derer, die draußen warteten, daß man ihnen den Zugang gestattete.

Etwas geht hier vor . . . Die nächste Gruppe wird vielleicht warten müssen . . . Ein freundlicher Wachmann auf den Stufen.

Mein Gott, das Ganze war von Anfang an eine *Falle!* Jede Bewegung, jeder Anschein war kalkuliert gewesen! Von *Anfang an!* Die Information, für die er auf einer vom Regen gepeitschten Insel bezahlt hatte, die fast nicht zu beschaffenden Flugtickets, die erste Entdeckung des Killers auf dem Flughafen – ein professioneller Killer, der zu einer viel besseren Verkleidung fähig war, mit zu auffälligem Haar und mit Kleidern, die ihn nur unzureichend tarnten. Und dann die Komplikation mit einem alten Mann, einem pensionierten Brigadier der Royal Engineers – so unlogisch logisch! So richtig, die Witterung der Täuschung so genau, so unwiderstehlich! Ein Soldat im Fenster eines Lieferwagens, der nicht nach *ihm* Ausschau hielt, sondern nach *ihnen!* Die schwarze Soutane – ein dunkler Leuchtturm in der Sonne, bezahlt von dem, der den Killer geschaffen hatte –, so leicht zu entdecken, so leicht zu verfolgen. *Herrgott, von Anfang an!* Schließlich die Szenenfolge auf dem riesigen Platz, aus einem Drehbuch, das von Borowski selbst hätte stammen können – wieder für den Verfolger unwiderstehlich. Eine umgedrehte Falle: den Jäger fangen, während er seinem Opfer auflauert.

Verzweifelt sah Jason sich um. Vorne, in der Ferne, war ein Sonnenstrahl zu sehen. Die Ausgangstüren befanden sich am anderen Ende des Mausoleums; sie würden bewacht sein, jeden Touristen würde man unter die Lupe nehmen, wenn er hinausging.

Schritte. Hinter seiner rechten Schulter. Borowski wirbelte nach links herum, zog den Messingbrieföffner aus dem Gürtel. Eine Gestalt in einem grauen Mao-Anzug von militärischem Schnitt ging vorsichtig im Schatten der Fichten an der mächtigen Säule vorbei. Er war nicht einmal zwei Meter von ihm entfernt. In der Hand hielt der Mann eine Waffe mit einem dicken Aufsatz auf dem Lauf als Garantie dafür, daß ein Schuß nicht lauter als ein Spucken klingen würde. Jason führte seine tödlichen Kalkulationen in einer Art und Weise durch, die David Webb nie verstehen würde. Die Klinge mußte ihr Ziel so finden, daß sie den sofortigen Tod garantierte. Aus dem Mund seines Feindes durfte kein Laut dringen, während er die Leiche in die Finsternis zurückzerrte.

Er sprang vor, und die zu Klauen gebogenen Finger seiner linken Hand klammerten sich wie ein Schraubstock um das Gesicht des Mannes, während er ihm den Brieföffner in den Hals trieb und die Klinge die Sehnen und zerbrechlichen Knorpel durchtrennte und die Luftröhre durchschnitt. Mit einer einzigen fließenden Bewegung ließ Borowski die linke Hand sinken, packte die große Waffe, die sein Feind noch immer umkrampft hielt, und drehte die Leiche herum, ließ sich mit ihr unter die Zweige der Fichten fallen, die die rechte Mauer säumten. Er schob die Leiche in die dunklen Schatten zwischen zwei großen Keramiktöpfen. Dann kroch er über die Leiche, die Waffe vor dem Gesicht, und arbeitete sich an der Mauer entlang auf die erste Halle zu, wo er sehen konnte, ohne gesehen zu werden.

Ein zweiter uniformierter Mann durchquerte den Lichtstrahl, der die Dunkelheit des Eingangs zur zweiten Halle erleuchtete. Er stand jetzt vor Maos Kristallsarg, beleuchtet von den gespenstischen Strahlenbündeln, und sah sich um. Er hielt ein Funkgerät an den Mund und sprach, lauschte dann; fünf Sekunden später veränderte sich sein Gesichtsausdruck, wurde besorgt. Er ging schnell nach rechts, verfolgte den Weg, den man dem ersten Mann zugeteilt hatte. Jason huschte zu der Leiche zurück, arbeitete sich auf Händen und Knien lautlos über den Marmorboden und schob sich an den Rand der tiefhängenden Zweige.

Der Soldat kam jetzt näher, seine Schritte wurden langsamer, er musterte die letzten Leute in der Schlange vor sich. *Jetzt!* Borowski sprang auf, als der Mann an ihm vorüberging, drückte ihm den Arm von hinten um den Hals und erstickte jeden Laut, während er ihn unter die Zweige zog und ihm die Waffe in den Leib preßte. Er drückte ab; die gedämpfte Detonation klang höchstens wie ein Husten, nicht lauter. Der Mann stieß einen letzten heftigen Atemzug aus und erschlaffte.

Er mußte hier *raus!* Wenn er in dem ehrfürchtigen Schweigen des Mausoleums in die Falle ging und getötet wurde, dann hatte der Killer freie Bahn, und nichts würde dann mehr Maries Tod abwenden können.

Seine Feinde ließen die Falle jetzt zuschnappen. Er mußte irgendwie überleben! *Die sauberste Flucht erfolgt in Etappen unter Ausnutzung herrschender Verwirrung, oder indem man selbst Verwirrung erzeugt.*

Etappe eins und Etappe zwei waren erledigt. Eine gewisse Verwirrung existierte bereits, falls andere Männer in ihre Funkgeräte flüsterten.

Jetzt bedurfte es nur noch eines Brennpunkts, einer so heftigen und unerwarteten Störung, daß die, die ihn in den Schatten jagten, selbst Objekte einer plötzlichen hysterischen Suche wurden.

Und dazu gab es nur eine Möglichkeit, und Jason verspürte keinerlei obskure heroische Gefühle wie *Ich könnte bei dem Versuch sterben.* Er *mußte* es tun! Es mußte klappen! Alles hing von seinem Überleben ab, mehr als nur seine eigene Sicherheit. Er war jetzt ganz Profi, auf dem Höhepunkt seiner Leistungsfähigkeit, ruhig, entspannt und zielbewußt.

Borowski stand auf und schob sich quer durch das Astwerk, durchquerte den freien Raum, bis er die Säule vor sich erreicht hatte. Dann rannte er zur nächsten, und dann wieder zur nächsten, der ersten Säule in der zweiten Halle, zehn Meter von dem theatralisch angestrahlten

Sarkophag entfernt. Er schob sich um das Marmorgebilde herum und wartete, beobachtete die Eingangstür.

Und dann geschah es. Der Offizier, der der »Gefangene« des Killers war, tauchte mit dem kleinen Zivilisten mit der Aktentasche auf. Der Soldat trug ein Funkgerät; jetzt hob er es an, um zu sprechen und zu lauschen, schüttelte dann den Kopf, steckte das Funkgerät in die rechte Jakkettasche und zog die Pistole aus dem Halfter. Der Zivilist nickte, griff unter sein Jackett und holte einen kurzläufigen Revolver heraus. Die beiden gingen auf den gläsernen Sarg mit den sterblichen Überresten Mao Zedong zu, sahen einander dann an und trennten sich; einer ging nach links, der andere nach rechts.

Jetzt! Jason hob die Waffe, zielte schnell und feuerte. *Einmal!* Eine Haaresbreite zu weit rechts. *Zweimal!* Die Schüsse klangen wie Husten im Schatten, als beide Männer gegen den Sarkophag stürzten. Borowski packte den heißen Zylinder auf dem Lauf der Pistole mit dem Rockschoß und drehte ihn herunter. Er hatte noch fünf Kugeln übrig. Er betätigte den Abzug schnell hintereinander. Die Explosionen füllten das Mausoleum, hallten von den Marmorwänden wider, ließen das Kristallglas des Sarges zersplittern, und die Kugeln bohrten sich in die krampfhaft zukkende Leiche Mao Zedong, eine durchdrang die blutlose Stirn, eine andere fetzte ein Auge weg.

Sirenen heulten auf; schrille Glocken ertönten, ohrenbetäubend, und von überall tauchten gleichzeitig Soldaten auf und rasten, von Panik erfüllt, auf den Schauplatz des empörenden Geschehens zu. Die zwei Reihen von Touristen, die sich in dem gespenstischen Licht des Totenhauses eingesperrt fühlten, wurden hysterisch. Sie rasten auf die Tore zu, ins Freie, und trampelten die nieder, die sich ihnen in den Weg stellten. Jason Borowski schloß sich ihnen an, bahnte sich seinen Weg ins Innere der Menschentraube. Jetzt hatten sie das grelle Licht des Tian-An-Men-Platzes erreicht, und er rannte die Stufen hinunter.

D'Anjou! Jason lief nach rechts, bog um die Ecke und rannte an der Säulenhalle entlang, bis er die Vorderseite erreicht hatte. Die Wachen gaben sich die größte Mühe, die erregten Menschenmassen zu beruhigen, während sie gleichzeitig herauszufinden versuchten, was passiert war. Ein Krawall war im Entstehen.

Borowski suchte die Stelle ab, wo er d'Anjou zuletzt gesehen hatte, und dann wanderte sein Blick über den ganzen Platz, zu einer Stelle, wo er den Franzosen vermutete. Nichts, da war niemand, der ihm auch nur entfernt ähnelte.

Plötzlich war auf einer Straße links von Jason das Quietschen von Reifen zu hören. Er wirbelte herum. Ein Lieferwagen mit getönten Fenstern raste über den Platz, auf das Südtor des Tian-An-Men-Platzes zu.

Sie hatten d'Anjou erwischt. Echo war in ihrer Hand.

24

»Qu'est-ce qu'il y a?«

»Des coups de fer! Les gardes sont paniqués!«

Borowski hörte die Schreie und rannte auf die Gruppe französischer Touristen zu, mischte sich unter sie. Sie wurden von einem Führer geleitet, dessen Konzentration jetzt ganz dem Chaos galt, das sich auf den Stufen des Mausoleums abspielte. Er knöpfte sein Jackett zu, so daß die Waffe in seinem Gürtel bedeckt war, und steckte den Schalldämpfer in die Tasche. Dann schob er sich schnell durch die Menge, bis er neben einem Mann stand, der größer war als er, einem gut gekleideten Mann mit angewiderter Miene. Jason war dankbar, daß vor ihnen einige andere, ähnlich große Männer standen. Mit einigem Glück war es durchaus möglich, daß er in dem Durcheinander nicht auffiel. Oben an der Treppe waren jetzt die Türen des Mausoleums ein Stück weit geöffnet worden. Uniformierte Männer rannten auf den Treppen hin und her. Offenbar war kein Befehlshaber mehr da, und Borowski wußte auch, warum. Sie waren geflohen, waren verschwunden, wollten mit den schrecklichen Ereignissen nichts zu tun haben. Doch Jason interessierte jetzt einzig und allein der Killer. Würde er herauskommen? Oder hatte er d'Anjou gefunden, den Mann gefangen, der ihn geschaffen hatte, und war dann mit Echo in dem Lieferwagen weggefahren, überzeugt, daß der ›echte‹ Jason Borowski in der Falle saß, eine zweite Leiche in dem entweihten Mausoleum.

»Qu'est-ce que c'est?« fragte Jason den hochgewachsenen, gut gekleideten Franzosen, der neben ihm stand.

»Wieder eine von diesen widerwärtigen Verzögerungen, ohne Zweifel«, erwiderte der Mann mit etwas weibischem Pariser Akzent. »Ein Tollhaus ist das hier, und meine Geduld ist am Ende! Ich gehe ins Hotel zurück.«

»Kann man das?« Borowski wechselte vom Durchschnittsfranzösisch über zum Französisch eines Gebildeten. Für einen Pariser bedeutete das sehr viel. »Ich meine, dürfen wir unsere Gruppe verlassen? Die sagen uns doch dauernd, daß wir zusammenbleiben müssen.«

»Ich bin Geschäftsmann, kein Tourist. Diese ›Gruppe‹, wie Sie es nennen, stand nicht auf meinem Terminkalender. Offen gestanden, ich hatte mir den Nachmittag freigenommen – diese Leute lassen sich mit ihren Entscheidungen endlos Zeit – und wollte mir ein paar Sehenswürdigkeiten ansehen, aber da war nirgends ein Fahrer aufzutreiben, der Französisch sprach. Der Concierge hat mich dieser Gruppe zugeteilt – stellen Sie sich vor, *zugeteilt*. Die Führerin, müssen Sie wissen, hat französische Literatur studiert, und spricht, als wäre sie im siebzehnten Jahrhundert geboren. Ich habe keine Ahnung, was diese sogenannte Tour eigentlich zu bedeuten hat.«

»Das ist die Fünf-Stunden-Exkursion«, erklärte Jason korrekt, nachdem er die chinesischen Schriftzeichen gelesen hatte, die auf der Plakette standen, die der Mann am Revers trug. »Nach dem Tian-An-Men-Platz besuchen wir die Ming-Gräber, und dann fahren wir hinaus, um von der Großen Mauer aus den Sonnenuntergang zu sehen.«

»Du liebe Güte, die Große Mauer habe ich *gesehen*! Mein Gott, das war der erste Ort, an den mich alle zwölf Bürokraten von der Handelskommission geschleppt haben, wobei sie endlos schnatterten und mir durch den Dolmetscher immer wieder mitteilen ließen, dies sei ein Zeichen ihrer Ausdauer. *Scheiße!* Wenn die Arbeit hier nicht so unglaublich billig wäre und die Gewinne so außergewöhnlich –«

»Ich bin auch Geschäftsmann, aber auf ein paar Tage auch Tourist. Ich bin in der Korbwarenbranche. Darf ich fragen, in welcher Branche Sie tätig sind?«

»Stoffe, was denn sonst? Es sei denn, Sie denken an Elektronik oder Öl oder Kohle oder Parfüm – sogar Korbwaren.« Der Geschäftsmann gestattete sich ein überlegenes, aber wissendes Lächeln. »Ich sage Ihnen, diese Leute sitzen hier auf einem ungeheuren Reichtum und haben nicht die leiseste Ahnung, was sie damit anfangen können.«

Borowski musterte den großen Franzosen scharf. Er dachte an Echo und einen französischen Aphorismus, der besagte, daß die Dinge, je mehr sie sich änderten, desto mehr dieselben blieben. *Gelegenheiten werden sich anbieten. Erkenne sie, nutze sie.* »Wie ich schon sagte«, fuhr Jason fort und blickte wieder auf das Chaos auf den Treppen. »Ich bin auch Geschäftsmann mit ein paar Tagen freier Zeit – schließlich kann ich die Spesen ja von der Steuer absetzen –, aber ich bin hier in China viel herumgereist und kenne die Sprache ganz gut.«

»Was man mit Korbwaren alles erreichen kann«, sagte der Pariser sarkastisch.

»Unser Spitzenprodukt ist an der Côte d'Azur führend und im Norden auch. Die Familie Grimaldi zählt zu unseren Kunden.« Borowski ließ die Treppe nicht aus den Augen.

»Sie beschämen mich, Geschäftsfreund . . .« Jetzt würdigte der Franzose Jason zum erstenmal eines Blickes.

»Und ich kann Ihnen jetzt sagen«, erklärte Borowski, »daß man keine Besucher mehr in Maos Grab kommen lassen wird und daß man jeden Teilnehmer an einer Tour in die Umgebung wahrscheinlich hier festhalten wird.«

»Mein Gott, *warum*?«

»Offensichtlich ist dort drinnen etwas Schreckliches geschehen, die Wachen schreien etwas von ausländischen Verbrechern . . . Haben Sie nicht gesagt, man habe Sie dieser Gruppe *zugeteilt*, Sie gehörten aber eigentlich gar nicht dazu?«

»Ja, darauf läuft es hinaus.«

»Anlaß, um Spekulationen anzustellen, nicht wahr? Man wird Sie fast mit Sicherheit festhalten.«

»*Unvorstellbar!*«

»Das ist China –«

»Aber das *geht doch nicht*! Millionen und Abermillionen von Francs stehen auf dem Spiel! Ich hab mich dieser *schrecklichen* Gruppe doch nur angeschlossen, weil –«

»Ich empfehle Ihnen, hier wegzugehen, Geschäftsfreund. Sagen Sie, Sie hätten einen kleinen Spaziergang gemacht. Geben Sie mir Ihre Identifizierungsplakette, und ich beseitige sie für Sie –«

»*Das* steht also auf dieser Plakette!«

»Ihr Herkunftsland und Ihre Paßnummer stehen darauf. Auf diese Weise haben die Sie unter Kontrolle, während Sie an einer Tour teilnehmen.«

»Ich stehe *ewig* in Ihrer Schuld!« schrie der Geschäftsmann und riß sich die Plastikplakette vom Revers. »Wenn Sie je nach Paris kommen –«

»Ich verbringe den größten Teil meiner Zeit mit dem Fürsten und seiner Familie in –«

»Aber *natürlich*! – Nochmals, meinen herzlichen Dank!«

Der Franzose, der so ganz anders war als Echo und ihm doch so glich, entfernte sich eilig; seine gutgekleidete Gestalt war nicht zu übersehen, wie er auf das Himmlische Tor zuging – ebenso auffällig wie das falsche Opfer, das einen Jäger in die Falle gelockt hatte. Borowski befestigte die Plakette an seinem Revers und wurde somit Teil einer offiziellen Tour; das war seine Chance, die Tore des Tian-An-Men-Platzes zu passieren. Nachdem man die Gruppe hastig vom Mausoleum zur Großen Halle des Volkes geführt hatte, fuhr der Bus durch das Nördliche Tor; Jason sah durch das Fenster das erregte Gesicht des offenbar einem Schlaganfall nahen französischen Geschäftsmanns, der sich mit der Polizei von Beijing herumstritt und verlangte, man solle ihn passieren lassen. Inzwischen hatte man offenbar Fragmente von Berichten über das empörende Geschehen zusammengefügt. Die Nachricht verbreitete sich. Ein Weißer hatte den Sarkophag und den geheiligten Leichnam des Vorsitzenden Mao auf schreckliche Weise entweiht. Ein weißer Terrorist aus einer Reisegruppe, ohne Plakette an der Kleidung. Ein Wachmann auf der Treppe hatte einen solchen Mann gemeldet.

»Mich dünkt, ich könne mich entsinnen«, sagte die Führerin der Gruppe in altmodischem Französisch. Sie stand neben dem Standbild eines zornigen Löwen an der Straße der Tiere, wo riesige steinerne Abbilder von Katzen, Pferden, Elefanten und wilden mythischen Tieren die Straße säumten und das letzte Stück des Zugangs zu den Grabgemächern der Ming-Dynastie schützten. »Doch meine Erinnerung versagt, wenn Euer Hochwohlgeboren Gebrauch unserer Sprache betroffen ist. Und ohne leisesten Zweifel in meiner Seele scheint mir, daß Ihr eben dieses soeben tatet.«

Sie hat französische Literatur studiert und spricht, als wäre sie im siebzehnten Jahrhundert geboren ... Ein verärgerter Geschäftsmann, der ohne Zweifel jetzt noch viel verärgerter war.

»Das habe ich auch vorher nicht«, erwiderte Borowski auf Mandarin, »Weil Sie mit anderen zusammen waren und ich nicht auffallen wollte. Aber lassen Sie uns jetzt Ihre Sprache sprechen.«

»Sie sprechen sehr gut.«

»Ich danke Ihnen. Dann erinnern Sie sich jetzt also, daß man mich in letzter Minute Ihrer Gruppe hinzugefügt hat?«

»Tatsächlich hat der Geschäftsführer des Beijing-Hotels mit meiner Vorgesetzten gesprochen, aber ja, jetzt erinnere ich mich.« Die Frau lächelte und zuckte die Achseln. »In Wahrheit erinnere ich mich nur, weil es ja eine so große Gruppe ist, daß ich einem großen Mann seine Gruppenplakette gegeben habe. Das habe ich jetzt vor Augen. Sie werden zusätzlich dafür bezahlen müssen, man wird das auf Ihre Hotelrechnung setzen. Es tut mir leid, aber Sie haben das Pauschalprogramm nicht im voraus gebucht.«

»Nein, das ist richtig, weil ich Geschäftsmann bin und Verhandlungen mit Ihrer Regierung führe.«

»Mögen sie gut verlaufen«, sagte die Führerin mit ihrem undurchdringlichen asiatischen Lächeln. »Manche haben Erfolg, manche nicht.«

»Ich möchte darauf hinaus, daß ich vielleicht ein wichtiges Gespräch verpasse«, sagte Jason und erwiderte ihr Lächeln. »Ich spreche Ihre Sprache viel besser, als ich Ihre Schrift lesen kann. Vor ein paar Minuten fiel mir etwas ein, und mir wurde klar, daß ich in etwa einer halben Stunde im Beijing-Hotel sein muß, wo eine Besprechung stattfindet. Wie schaffe ich das?«

»Dazu brauchen Sie eine Fahrgelegenheit. Ich werde Ihnen aufschreiben, was Sie brauchen, und das können Sie den Wachen am *Dahongmen* zeigen –«

»Dem Großen Roten Tor?« unterbrach Borowski. »Dem mit den Bögen?«

»Ja. Dort gibt es Busse, die Sie nach Beijing zurückbringen. Vielleicht verspäten Sie sich, aber soweit ich weiß, ist es durchaus normal, daß sich auch die Leute von der Regierung verspäten.« Sie holte ein Notizbuch und einen dünnen Kugelschreiber aus der Tasche ihrer Mao-Jacke.

»Man wird mich nicht aufhalten?«

»Wenn man es tut, dann bitten Sie die Leute, die Sie aufhalten, sie sollen die Leute von der Regierung anrufen«, sagte die Führerin, schrieb ein paar Zeilen in chinesischen Schriftzeichen auf das Blatt, riß es dann ab und gab es ihm.

»Das ist nicht Ihre Gruppe!« bellte der Busfahrer im Mandarin der unteren Schicht, schüttelte dabei den Kopf und deutete mit dem Zeigefinger auf Jasons Revers. Der Mann rechnete nicht damit, daß das, was er sagte, auf den Touristen irgendwelchen Eindruck machen würde, und unterstrich das Gesagte daher mit übertriebenen Gesten und schriller Stimme. Es war auch offenkundig, daß er darauf hoffte, einer seiner Vorgesetzten unter den Bögen des Großen Roten Tores werde seine Aufmerksamkeit bemerken. Und einer tat das auch.

»Gibt es ein Problem?« fragte ein Soldat und kam mit schnellen Schritten auf den Bus zu, indem er sich seinen Weg durch die Touristenschar hinter Borowski bahnte.

Gelegenheiten werden sich anbieten . . .

»Es gibt kein Problem«, sagte Jason schroff, beinahe arrogant, auf chinesisch, zog den Zettel von seiner Führerin hervor und drückte ihn dem jungen Offizier in die Hand. »Es sei denn, Sie wollen die Verantwortung dafür übernehmen, daß ich eine wichtige Besprechung mit einer Delegation der Handelskommission versäume, deren militärischer Leiter ein General Liang Soundso ist.«

»Sie sprechen die chinesische Sprache.« Verblüfft blickte der Soldat vom Zettel auf.

»Ich würde sagen, das ist offenkundig. General Liang sagt das auch.«

»Ich verstehe Ihren Zorn nicht.«

»Vielleicht werden Sie General Liang besser verstehen«, unterbrach Borowski.

»Ich kenne keinen General Liang, Sir, aber es gibt ja schließlich so viele Generäle. Haben Sie sich über die Tour geärgert?«

»Ich ärgere mich über die Idioten, die mir gesagt haben, es handle sich um einen dreistündigen Ausflug, wo sich jetzt herausstellt, daß es *fünf* Stunden sind! Wenn ich diese Besprechung wegen der Unfähigkeit dieser Leute verpasse, wird es ein paar *sehr* erregte Mitglieder der Kommission geben, darunter auch einen mächtigen General der Volksarmee, der großes Interesse daran hat, gewisse Käufe in Frankreich zu tätigen.« Jason hielt inne, hob die Hand und fuhr dann schnell mit verbindlicher Stimme fort: »Wenn ich andererseits rechtzeitig hinkomme, werde ich ganz bestimmt jeden – namentlich – lobend erwähnen, der mir dabei behilflich ist.«

»*Ich* werde Ihnen helfen, Herr!« sagte der junge Offizier mit leuchtenden Augen. »Dieser kranke Walfisch von einem Bus würde mehr als eine Stunde brauchen, und auch das nur, wenn dieser armselige Fahrer nicht von der Straße abkommt. Ich habe ein viel schnelleres Fahrzeug zur Verfügung und einen sehr guten Fahrer, der Sie geleiten wird. Ich würde es selbst tun, aber ich darf meinen Posten nicht verlassen.«

»Ich werde Ihren Diensteifer bei dem General zu rühmen wissen.«

»Das ist mir angeboren, Sir. Mein Name ist – «

»Ja, geben Sie mir Ihren Namen. Schreiben Sie ihn auf diesen Zettel.«

Borowski saß in der von geschäftigem Treiben erfüllten Halle im Ostflügel des Beijing-Hotels. Eine halb zusammengefaltete Zeitung bedeckte sein Gesicht, die er so hielt, daß er selbst die Eingangstüren sehen konnte. Er wartete, hielt nach Jean Louis Ardisson aus Paris Ausschau. Es war für Jason nicht schwierig gewesen, seinen Namen zu erfahren. Vor zwanzig Minuten war er an den Touristenschalter gegangen und hatte in seinem besten Mandarin zur Angestellten dort gesagt: »Tut mir leid, Sie belästigen zu müssen, aber ich bin der Chefdolmetscher für sämtliche französische Delegationen, die hier mit Ihrer Regierung verhandeln, und fürchte, daß ich eines meiner verirrten Schafe verloren habe.«

»Sie müssen ein guter Dolmetscher sein. Sie sprechen ausgezeichnet Chinesisch. Was ist mit Ihrem . . . verirrten Schaf passiert?« Die Frau gestattete sich ein leichtes Kichern über seine Formulierung.

»Das weiß ich nicht genau. Wir saßen in der Cafeteria beim Kaffee und wollten uns gerade seinen Terminplan ansehen, als er plötzlich auf die Uhr sah und sagte, er würde mich später anrufen. Er wollte einen der Fünf-Stunden-Ausflüge mitmachen und hatte sich offenbar bereits verspätet. Für mich war das etwas unerfreulich, aber ich weiß ja schließlich, wie es ist, wenn die Touristen in Peking ankommen. Sie sind überwältigt.«

»Ja, ich glaube schon«, nickte die Angestellte. »Aber was können wir für Sie tun?«

»Ich muß wissen, wie sein Name geschrieben wird, ob er einen Vornamen hat oder zwei – alle Einzelheiten eben, die auf den Regierungspapieren enthalten sein müssen, die ich für ihn ausfüllen werde.«

»Aber wie können wir Ihnen helfen?«

»Er hat das in der Cafeteria liegenlassen.« Jason hielt ihr die Plakette des französischen Geschäftsmannes hin. »Ich weiß nicht, wie er es überhaupt geschafft hat, mit der Gruppe mitzukommen.«

Die Frau lachte und griff unter ihren Tresen nach dem Journal. »Man hat ihm gesagt, wo die Busse abfahren, und die Führerin hat eine Liste. Diese Dinger fallen die ganze Zeit herunter, und sie hat ihm sicher eine Ersatzplakette gegeben.« Die Angestellte nahm die Plakette und blätterte in ihrem Buch, während sie weitersprach. »Ich sage Ihnen, die Idioten, die diese Plaketten herstellen, sind das Geld nicht wert, das man ihnen bezahlt. All diese präzisen Vorschriften, diese strengen Regeln, und wir sehen am Anfang immer so dumm aus. *Wer* ist *wer*?« Die Frau hielt inne und deutete mit dem Finger auf eine Eintragung in dem Journal. »Bei allen Geistern, die Unglück bringen«, sagte sie leise und sah zu Borowski auf. »Ich weiß nicht, ob Ihr Schaf verirrt ist, aber ich kann Ihnen sagen, daß es dauernd blökt. Er hält sich für etwas ganz Besonderes und war sehr unfreundlich. Als man ihm sagte, daß kein französisch sprechender Chauffeur zur Verfügung stehe, betrachtete er das als Beleidigung der Ehre seiner Nation und seiner eigenen – die ihm noch wichtiger war. Hier, lesen Sie den Namen. Ich kann ihn nicht aussprechen.«

»Vielen Dank«, sagte Jason.

Anschließend war er zu einem Haustelefon gegangen, das die Aufschrift *English* trug, und hatte die Vermittlung gebeten, ihn mit Mr. Ardissons Zimmer zu verbinden.

»Sie können selbst wählen, Sir«, sagte der Mann in der Vermittlung mit unverhohlenem Triumph über den technischen Fortschritt in der Stimme. »Es ist Zimmer eins-sieben-vier-drei. Ein sehr schönes Zimmer. Schöner Ausblick auf die Verbotene Stadt.«

»Vielen Dank.« Borowski hatte die Nummer gewählt. Niemand hatte sich gemeldet. Monsieur Ardisson war noch nicht zurückgekehrt. So wie die Dinge lagen, würde er vielleicht noch eine ganze Weile nicht zurückkehren. Trotzdem, ein Schaf, das dauernd blökte, würde nicht stumm bleiben, wenn seine Würde beeinträchtigt oder seine Geschäfte gefährdet waren. Jason beschloß zu warten. Langsam nahm sein Plan Umrisse an. Es war eine verzweifelte Strategie, die nur auf Möglichkeiten beruhte, aber es war seine letzte Chance. Er kaufte sich am Zeitungsstand ein französisches Magazin, das bereits einen Monat alt war, und setzte sich. Plötzlich fühlte er sich müde und hilflos.

Das Gesicht Maries drängte sich auf David Webbs inneren Bildschirm, und dann erfüllte der Klang ihrer Stimme sein Bewußtsein, hallte in seinen Ohren nach, hinderte ihn am Denken und erzeugte einen bohrenden Schmerz in seiner Stirn. Jason Borowski mußte seine ganze Kraft einsetzen, um das Bild loszuwerden. Der Bildschirm wurde wieder dunkel, und ein schroffer Befehl, den eine eiskalte Stimme sprach, hallte in sein inneres Ohr. *Hör auf! Jetzt ist keine Zeit dafür. Konzentriere dich auf das, woran du denken mußt. Sonst nichts!*

Jasons Blick schweifte immer wieder ab und kehrte zum Eingang zurück. Die Gäste in der Halle des Ostflügels waren von internationaler Herkunft, ein Gemisch von Sprachen, von Kleidung aus der Fifth und der Madison Avenue, aus der Savile Row, der Rue St. Honoré und der Via Condotti und den etwas gedeckteren Farben, die für Deutschland und die skandinavischen Länder typisch waren. Die Gäste schlenderten in die hell beleuchteten Läden, wunderten sich über die Apotheke, die nur chinesische Arzneimittel verkaufte, und drängten sich um die Souvenirläden neben einer großen Reliefkarte der Welt, die eine ganze Wand bedeckte. Hier und da trat jemand mit Gefolge durch die Pendeltüren, und dann verbeugten sich beflissene Dolmetscher und übersetzten zwischen uniformierten Regierungsbeamten, die sich alle Mühe gaben, leger zu wirken, und müden Geschäftsleuten von der anderen Seite des Globus, deren Augen noch vom Jet-lag glasig waren. Dies mochte

Rotchina sein, aber das Zeremoniell der Verhandlung war älter als der Kapitalismus, und die Kapitalisten, die sich ihrer Ermüdung bewußt waren, würden erst dann wieder über Geschäfte sprechen, wenn sie klar denken konnten. Bravo Adam Smith und David Hume.

Da war er! Jean Louis Ardisson wurde von nicht weniger als vier chinesischen Bürokraten durch die Tür geleitet, und alle waren sichtlich darum bemüht, ihn zu besänftigen. Einer eilte voraus, zum Spirituosengeschäft in der Halle, während die anderen ihn am Aufzug aufhielten und dauernd über den Dolmetscher auf ihn einschnatterten. Jetzt kam der Mann, der vorausgeeilt war, mit einer Plastiktüte zurück, die unter dem Gewicht einiger Flaschen zu reißen drohte. Alle lächelten und verbeugten sich, als die Aufzugstüren sich öffneten. Jean Louis Ardisson nahm seinen Tribut entgegen und trat in die Liftkabine, den Chinesen zunickend, als die Türen sich schlossen. Borowski blieb sitzen und sah auf die Anzeigetafel, während die Lift nach oben fuhr. *Vierzehn, fünfzehn, sechzehn.* Jetzt hatte die Kabine das oberste Stockwerk erreicht, auf dem Ardissons Zimmer lag. Jason stand auf und ging zu den Haustelefonen. Er sah auf den Sekundenzeiger seiner Uhr; er konnte die Zeit nur abschätzen, aber ein Mann in erregtem Zustand würde nicht langsam zu seinem Zimmer schlendern, sobald er die Liftkabine verlassen hatte. Das Zimmer verkörperte für ihn Frieden, die Erleichterung des Alleinseins nach mehreren Stunden der Anspannung und der Panik. In einem fremden Land von der Polizei verhört zu werden, war für jeden beunruhigend, und dann ganz besonders erschreckend, wenn zu dem Wissen, daß man in einem Land war, wo Leute häufig ohne Erklärung verschwanden, noch eine unverständliche Sprache und fremdartige Gesichter kamen. Nach einem solchen Schreckenserlebnis würde ein Mann sein Zimmer betreten und vor Furcht und Erschöpfung zitternd zusammenbrechen, sich eine Zigarette nach der anderen anzünden, vergessen, wo er die letzte hingelegt hatte, ein paar starke Drinks nehmen, schnell hintereinander, damit sie schneller wirkten, und dann nach dem Telefon greifen, um sein schreckliches Erlebnis einem Freund mitzuteilen, in der unbewußten Hoffnung, die Nachwirkung dadurch zu lindern, daß er sie mit jemandem teilte. Borowski durfte zulassen, daß Ardisson zusammenbrach und so viel Wein oder Whisky in sich hineinschüttete, wie er vertragen konnte, aber er durfte ihm nicht erlauben zu telefonieren. Er durfte das Schreckliche niemandem mitteilen, der Schrecken durfte nicht nachlassen. Vielmehr mußte Ardissons Schrecken noch verstärkt werden, in einem Maße verstärkt, daß er paralysiert war, Angst um sein Leben hatte, wenn er das Zimmer verließ. Siebenundvierzig Sekunden waren verstrichen, jetzt war Zeit, ihn anzurufen.

»*Allo?*« Die Stimme klang gequält, atemlos.

»Ich werde schnell sprechen«, sagte Jason leise auf französisch. »Bleiben Sie, wo Sie sind, und benutzen Sie das Telefon nicht. In genau acht

Minuten werde ich an Ihre Tür klopfen, zweimal schnell und dann noch einmal. Lassen Sie mich ein, aber niemanden vor mir. Ganz besonders kein Zimmermädchen und keinen Hoteldiener.«

»Wer *sind* Sie?«

»Ein Landsmann, der mit Ihnen sprechen muß. Um Ihrer eigenen Sicherheit willen. Acht Minuten.« Borowski legte auf und kehrte zu seinem Sessel zurück, zählte die Minuten ab und kalkulierte, wieviel Zeit ein Aufzug brauchen würde, um mit der üblichen Zahl von Passagieren von einem Stockwerk zum nächsten zu gelangen. Vom betreffenden Stockwerk aus reichten dreißig Sekunden, um jedes Zimmer zu erreichen. Sechs Minuten verstrichen, dann stand Jason auf, nickte einem verwirrten Fremden zu, der neben ihm saß, und ging auf die Tür eines Aufzugs zu, dessen Anzeigetafel erkennen ließ, daß er als nächster die Halle erreichen würde. Acht Minuten waren die ideale Zeit, um ein Opfer in Spannung zu versetzen; fünf waren zu knapp, nicht lang genug für das richtige Maß an Spannung. Sechs waren besser, aber sie verstrichen zu schnell. Acht andererseits schufen jene zusätzlichen Momente der Angst, die die Widerstandskraft des Opfers lähmten. Der Plan hatte in Borowskis Bewußtsein noch nicht ganz Gestalt angenommen. Nur sein Ziel war kristallklar. Ihm stand sonst nichts mehr zur Wahl, und jeder Instinkt in ihm drängte ihn, den Plan auszuführen. Delta eins wußte, wie der Verstand eines Asiaten arbeitete. In einer Hinsicht hatte sich das seit Jahrhunderten nicht geändert. Geheimhaltung war zehntausend Tiger wert, wenn nicht ein Königreich.

Er stand vor der Tür von Zimmer 1743 und sah auf die Uhr. Exakt acht Minuten. Er klopfte zweimal, hielt inne und klopfte dann noch einmal. Die Tür ging auf, und ein erschrockener Ardisson starrte ihn an.

»*C'est vous!*« schrie der Geschäftsmann und fuhr sich mit der Hand an den Mund.

»*Oui*«, sagte Jason lakonisch und trat ein und schloß die Tür hinter sich. »Wir müssen miteinander sprechen«, fuhr er fort. »Ich muß wissen, was geschehen ist.«

»*Sie!* Sie waren auch an diesem schrecklichen Ort. Wir haben miteinander geredet. Sie haben mir meine Plakette genommen! Sie waren schuld an *allem!*«

»Haben Sie mich erwähnt?«

»Das habe ich nicht *gewagt*. Das hätte so ausgesehen, als ob ich etwas Ungesetzliches getan hätte – indem ich jemand anderem meinen Ausweis gab. Wer *sind* Sie? Warum sind Sie *hier*? Für einen Tag haben Sie mir genug Ärger bereitet! Ich denke, Sie sollten gehen, Monsieur.«

»Erst wenn Sie mir genau gesagt haben, was geschehen ist.« Borowski ging durch das Zimmer und setzte sich in einen Sessel, neben dem ein rotes Lacktischchen stand. »Ich muß das unbedingt wissen.«

»Ich muß es Ihnen aber nicht unbedingt sagen. Sie haben kein Recht, hier hereinzukommen, es sich bequem zu machen und mir Befehle zu erteilen.«

»Ich fürchte, ich habe dieses Recht doch. Wir waren eine geschlossene Gruppe, und Sie haben sich hineingedrängt.«

»Man hat mich dieser verdammten Gruppe *zugeteilt*!«

»Auf wessen Anweisung?«

»Auf die des Concierge, oder wie auch immer Sie diesen Idioten dort unten nennen.«

»Nicht er. Ein Höhergestellter. Wer war es?«

»Woher soll *ich* das wissen? Ich habe nicht die leiseste Ahnung, wovon Sie reden.«

»Sie sind weggegangen.«

»Mein Gott, *Sie* haben mir doch *gesagt*, daß ich weggehen soll!«

»Ich habe Sie auf die Probe gestellt.«

»Auf die Probe . . .? Das ist unglaublich!«

»Glauben Sie«, sagte Jason, »wenn Sie die Wahrheit sagen, werden wir Ihnen nichts tun.«

»Nichts tun?«

»Wir bringen keine Unschuldigen um, nur den Feind.«

»Umbringen . . . den *Feind*?«

Borowski griff unter sein Jackett, zog die Pistole aus dem Gürtel und legte sie auf den Tisch. »So, und jetzt überzeugen Sie mich davon, daß Sie nicht der Feind sind. Was geschah, nachdem Sie sich von uns getrennt hatten?«

Benommen taumelte Ardisson gegen die Wand, und seine angsterfüllten, aufgerissenen Augen hingen wie gebannt an der Waffe. Ich schwöre bei allen Heiligen, Sie sprechen mit dem falschen Mann«, flüsterte er.

»Überzeugen Sie mich davon.«

»*Wovon?*«

»Von Ihrer Unschuld. Was geschah?«

»Ich . . .«, begann der verängstigte Geschäftsmann. »Ich fing unten auf dem Platz an, über das nachzudenken, was *Sie* gesagt hatten – daß in Maos Grabmal etwas Schreckliches geschehen sei, daß die chinesischen Wachen etwas von ausländischen Verbrechern schrien und daß man die Leute aufhalten würde – ganz besonders jemanden wie mich, der eigentlich gar nicht zu der Reisegruppe gehörte . . . Also bin ich gerannt – mein *Gott*, ich durfte unter *keinen Umständen* in eine solche Situation geraten! Es geht um Millionen von Francs, nur die Hälfte der Kosten, die Singapur verlangt, Gewinne, wie sie in der Modebranche unerhört sind! Schließlich steht ein ganzes *Konsortium* hinter mir!«

»Also sind Sie gerannt, und die haben Sie aufgehalten«, unterbrach ihn Jason, bemüht, die Belanglosigkeiten aus dem Wege zu schaffen.

»*Ja!* Die haben so schnell geredet, daß ich kein Wort verstand, das sie sagten, und es dauerte eine Stunde, bis sie einen Beamten fanden, der französisch sprach!«

»Warum haben Sie denen nicht einfach die Wahrheit gesagt? Daß Sie zu unserer Gruppe gehörten.«

»Weil ich von dieser verdammten Gruppe weggerannt war, und weil ich *Ihnen* meine verdammte Plakette gegeben hatte! Wie würde *das* denn für diese verdammten Barbaren aussehen, die in jedem weißen Gesicht einen faschistischen *Verbrecher* sehen?«

»Die Chinesen sind keine Barbaren, Monsieur«, sagte Borowski sanft. Und dann brüllte er plötzlich. »Nur die politische Philosophie ihrer Regierung ist *barbarisch*! Ohne die Gnade des *allmächtigen Gottes*, nur mit dem Segen *Satans*!«

»Wie bitte?«

»Später vielleicht«, erwiderte Jason, dessen Stimme plötzlich wieder ruhig geworden war. »Dann kam also ein Beamter, der französisch sprach. Was geschah dann?«

»Ich habe ihm gesagt, daß ich einen Spaziergang gemacht hätte – auf *Ihren* Rat hin, Monsieur. Und daß mir plötzlich eingefallen sei, daß ich ein Gespräch aus Paris erwartete, und daß ich deshalb zum Hotel zurückeilen wollte, womit erklärt sei, weshalb ich gelaufen sei.«

»Ganz plausibel.«

»Nicht für den Beamten, Monsieur. Er begann mich zu beschimpfen, wobei er ausgesprochen beleidigend wurde. Ich möchte bloß wissen, was in Gottes Namen in diesem Mausoleum passiert ist!«

»Eine wunderbare Arbeit, Monsieur«, antwortete Borowski mit großen Augen.

»Wie bitte?«

»Später vielleicht. Der Beamte hat Sie also beleidigt?«

»Und wie! Aber als er schließlich die Pariser Mode als eine dekadente, bourgeoise Industrie angriff, ging er zu weit! Ich meine, schließlich *bezahlen* wir für ihre verdammten Stoffe.«

»Was haben Sie also getan?«

»Ich habe die Liste mit den Namen meiner Geschäftspartner immer dabei. Einige davon sind ziemlich wichtig, wie ich verstanden habe. Das müssen sie wohl auch sein, wenn man bedenkt, um welche Beträge es geht. Ich bestand darauf, daß der Beamte sich mit ihnen in Verbindung setzt, und weigerte mich – und *wie* ich mich geweigert habe – irgendwelche weiteren Fragen zu beantworten, bis wenigstens einige von diesen Leuten bei mir wären. Nach weiteren *zwei* Stunden kamen sie, und ich kann Ihnen sagen, *da* hat sich einiges geändert! Sie haben mich in einem chinesischen Vehikel, das sie für eine Limousine halten, hierher zurückgebracht – verdammt eng für einen Mann meiner Größe und vier Begleiter. Und was noch schlimmer ist, sie sagten mir, unsere abschließende Besprechung sei noch einmal verschoben worden. Sie wird nicht morgen früh, sondern erst am Abend stattfinden. Was ist das denn für eine Zeit, um *Geschäfte* zu besprechen?« Ardisson stieß sich von der Wand ab. Sein Atem ging jetzt schwer, und er sah den anderen flehend an. »Das ist alles, was es zu sagen gibt, Monsieur. Sie haben wirklich den falschen Mann. Ich habe hier mit niemandem außer meinem Konsortium zu tun.«

»Das *sollten* Sie aber!« rief Jason anklagend und hob dabei erneut die Stimme. »Mit den Gottlosen Geschäfte zu machen heißt, das Werk *des Herrn* besudeln!«

»Wie bitte?«

»Sie haben mich zufriedengestellt«, sagte das Chamäleon. »Sie sind einfach ein Mißgriff.«

»Ein was?«

»Ich will Ihnen jetzt *sagen*, was im Mausoleum Mao Zedong geschehen ist. Das waren *wir*. Wir haben den Kristallsarg und die Leiche dieses abstoßenden Ungläubigen zerschossen!«

»Sie haben *was?*«

»Und wir werden fortfahren, die Feinde Christi zu vernichten, wo auch immer wir sie finden! Wir werden seine Botschaft der Liebe in die Welt zurückbringen, und wenn wir dazu jeden krankhaften Untermenschen umbringen müssen, der anders denkt! Dies wird wieder eine *christliche* Welt sein oder gar keine!«

»Aber es muß doch einen Spielraum für Verhandlungen geben. Denken Sie doch an das Geld, an Spenden.«

»Nicht vom Satan!« Borowski stand auf, nahm die Waffe und schob sie sich in den Gürtel. Dann knöpfte er sein Jackett zu und zupfte es sich zurecht, als wäre es ein Uniformrock. Er ging auf den verwirrten Geschäftsmann zu. »Sie sind nicht der Feind, aber Sie stehen ihm nahe, Monsieur. Ihre Brieftasche, bitte, und Ihre Geschäftspapiere, und die Namen der Leute, mit denen Sie verhandeln.«

»Geld . . .?«

»Wir nehmen keine Spenden. Wir brauchen sie nicht.«

»Warum *dann*?«

»Zu Ihrem Schutz ebenso wie zu dem unseren. Unsere Zellen hier müssen die einzelnen Individuen überprüfen, um zu sehen, ob man Sie jetzt als Strohmann benutzt oder nicht. Es gibt Hinweise darauf, daß man uns infiltriert hat. Man wird Ihnen morgen alles zurückgeben.«

»Ich muß wirklich protestieren –«

»Tun Sie es nicht«, unterbrach ihn das Chamäleon, griff unter das Jackett und ließ die Hand dort liegen. »Sie haben gefragt, wer ich bin, ja? Nun, nachdem unsere Feinde die Dienste von Organisationen wie der PLO, der Roten-Armee-Fraktionen und der Fanatiker des Ayatollah benutzen, mag es genügen, wenn ich sage, daß wir unsere eigenen Brigaden aufgestellt haben. Wir wollen keine Gnade und gewähren auch keine. Dieser Kampf geht bis zum Tode.«

»Mein Gott!«

»In seinem Namen kämpfen wir. Verlassen Sie dieses Zimmer nicht. Bestellen Sie sich Ihre Mahlzeiten beim Zimmerservice. Rufen Sie weder Ihre Kollegen noch Ihre Verhandlungspartner hier in Beijing an. Mit anderen Worten, halten Sie sich versteckt und beten Sie darum, daß alles gutgeht. Ich muß Ihnen offen sagen, daß ich selbst verfolgt worden bin, und wenn bekannt wird, daß ich Sie in Ihrem Zimmer aufgesucht habe, werden Sie einfach verschwinden.«

»*Unglaublich . . .!*« Ardissons Augen wurden plötzlich glasig, und er begann am ganzen Körper zu zittern.

»Ihre Brieftasche und Ihre Papiere, bitte.«

Jason legte das ganze Sortiment von Ardissons Papieren vor, darunter auch die Liste seiner chinesischen Verhandlungspartner, und mietete im Namen von Ardissons Konsortium einen Wagen. Dem erleichterten Disponenten im China International Travel Service an der Chaoyangmen-Straße machte er klar, daß er Mandarin lesen und sprechen konnte und daher keinen Fahrer benötigte, da der Mietwagen ja von einem der chinesischen Beamten gelenkt werden würde. Der Disponent sagte ihm, daß der Wagen um neunzehn Uhr am Hotel vorfahren werde. Wenn alles klappte, würde er vierundzwanzig Stunden Zeit haben, sich in Beijing frei bewegen zu können. Die ersten zehn dieser Stunden würden ihm sagen, ob eine in tiefster Verzweiflung entwickelte Strategie ihn aus der Dunkelheit herausführen oder Marie und David Webb in den Abgrund stürzen würde. Aber Delta eins wußte, wie Asiaten dachten. In einer Hinsicht hatte sich daran seit vielen Jahrhunderten nichts geändert. Geheimhaltung war zehntausend Tiger wert, wenn nicht ein Königreich.

Borowski ging zum Hotel zurück und hielt sich unterwegs kurz im Einkaufsviertel von Wang Fu Jing auf, das hinter dem Ostflügel des Hotels lag. Im größten Kaufhaus besorgte er sich, was er an Kleidung und Gerätschaften brauchte. Dann fand er ein Geschäft, das sich Tuzhan Menshibu nannte, eine Druckerei, wo er sich das am amtlichsten aussehende Briefpapier auswählte, das er finden konnte. (Zu seiner großen Überraschung und Freude standen auf Ardissons Liste gleich zwei Generäle, und warum auch nicht? Die Franzosen stellten die Exocet her, und wenn es sich auch dabei nicht gerade um Haute Couture handelte, so stand dieses Produkt doch auf der Einkaufsliste aller Militärs an oberster Stelle.) Schließlich kaufte er sich in einem Schreibwarenladen eine Kalligraphiefeder und eine Karte von Beijing und seiner Umgebung sowie eine weitere Karte, die die Straßen zeigte, die von Beijing in die südlichen Städte führten.

Er trug seine Einkäufe ins Hotel zurück, setzte sich dort an einen Schreibtisch in der Halle und begann mit seinen Vorbereitungen. Zuerst schrieb er einen kurzen Vermerk in chinesischer Sprache, die den Fahrer des Mietwagens von aller Verantwortung dafür freisprach, daß er den Wagen dem Ausländer übergeben hatte. Das Blatt trug die Unterschrift eines Generals und lief auf einen Befehl hinaus. Dann breitete er die Karte vor sich aus und markierte eine kleine grüne Fläche am nordwestlichen Stadtrand von Beijing.

Das Jing-Shan-Vogelreservat.

Geheimhaltung war zehntausend Tiger wert, wenn nicht ein Königreich.

25

Das Schrillen des Telefons ließ Marie aus dem Stuhl hochfahren. Sie rannte durchs Zimmer und nahm den Hörer ab. »Ja?«

»Mrs. Austin, nehme ich an.«

»*Mo?* . . . Mo Panov! Dem Himmel sei Dank.« Marie schloß dankbar und erleichtert die Augen. Seit sie mit Alexander Conklin gesprochen hatte, waren fast dreißig Stunden vergangen, und das Warten und die Anspannung und ganz besonders ihre Hilflosigkeit hatten sie an den Rand des Wahnsinns getrieben. »Alex hat gesagt, er wolle Sie bitten, mit ihm zu kommen. Er dachte, Sie würden es tun.«

»Gedacht hat er das? Gab es daran Zweifel? Wie fühlen Sie sich, Marie? Und ich erwarte nicht, daß Sie jetzt sagen: großartig.«

»Ich bin dabei, verrückt zu werden, Mo. Ich gebe mir die größte Mühe, dagegen anzukämpfen, aber ich *werde* verrückt!«

»Solange Sie noch nicht am Ende der Reise angelangt sind, würde ich sagen, Sie sind eine erstaunliche Frau, und nachdem ich weiß, wie Sie dagegen ankämpfen, kann ich das nur noch unterstreichen. Aber psychologische Aufrüstung brauchen Sie ja jetzt nicht von mir. Ich wollte bloß einen Vorwand, um wieder einmal Ihre Stimme zu hören.«

»Um herauszufinden, ob ich bereits ein Wrack bin und nur noch zusammenhanglos plappere«, sagte Marie sanft, und es war keine Frage, sondern eine Feststellung.

»Wir haben zusammen zu viel durchgemacht, als daß ich Ihnen jetzt mit billigen Ausflüchten kommen dürfte – damit hätte ich bei Ihnen ja doch kein Glück. Was Sie mir ja gerade bewiesen haben.«

»Wo ist Alex?«

»Er spricht in der Zelle neben mir; er hat mich gebeten, Sie anzurufen. Anscheinend will er mit Ihnen sprechen, solange er noch an der anderen Leitung ist . . . Warten Sie eine Sekunde. Jetzt nickt er mir zu. Die nächste Stimme, die Sie hören werden, et cetera, et cetera.«

»Marie?«

Alex? Ich danke Ihnen, daß Sie kommen –«

»Ihr Mann würde jetzt sagen: ›Dafür ist jetzt keine Zeit.‹ Was hatten Sie an, als die Sie das letzte Mal gesehen haben – als Sie ihnen entkommen sind?«

»Ich bin ihnen zweimal entkommen. Das zweite Mal in Tuen Mun.«

»Nicht da«, unterbrach Conklin. »Da war es nur eine kleine Gruppe, und es herrschte zuviel Durcheinander – wenn ich mich richtig an das erinnere, was Sie gesagt haben. Da haben Sie nur ein paar Ledernacken gesehen. *Hier*, hier in Hongkong. Das muß die Beschreibung sein, von der die ausgehen. Was hatten Sie da an?«

»Lassen Sie mich nachdenken. Im Krankenhaus —«

»Später«, unterbrach sie Alex. »Sie haben da erwähnt, daß Sie die Kleider gewechselt und ein paar Sachen gekauft hätten. Das kanadische Konsulat, Staples' Wohnung. Können Sie sich erinnern?«

»Du großer Gott, daß *Sie* sich da erinnern können!«

»Kein Geheimnis, ich mache mir Notizen. Das ist eine Nebenwirkung des Alkohols. Schnell, Marie, nur ungefähr, was hatten Sie an?«

»Einen Faltenrock – ja, einen grauen Faltenrock, das war's. Und eine blaue Bluse mit hohem Kragen —«

»Das wollen Sie wahrscheinlich umtauschen —«

»Was?«

»Lassen Sie nur. Was noch?«

»Oh, einen Hut, einen ziemlich breitkrempigen Hut, um mein Gesicht zu bedecken.«

»*Gut.*«

»Und eine nachgemachte Gucci-Handtasche, die ich mir auf der Straße gekauft hatte. Oh, und Sandalen, um kleiner zu wirken.«

»Ich brauche die Größe. Ich bleibe bei Absätzen. Ausgezeichnet, mehr brauche ich nicht.«

»*Wozu*, Alex? Was machen Sie?«

»Lassen Sie mich nur. Ich weiß ganz genau, daß die Paßcomputer des Außenministeriums mich registriert haben, und bei meinem athletischen Gang könnte mich selbst ein Warzenschwein im Zoll entdecken. Die haben zwar keine Ahnung, aber ihre Befehle, und ich möchte wissen, wer sonst noch auftaucht.«

»Ich weiß nicht, ob ich das verstehe.«

»Das erkläre ich Ihnen später. Bleiben Sie, wo Sie sind. Wir kommen zu Ihnen, so schnell wir uns hier unbemerkt aus dem Staub machen können. Es kann also eine gute Stunde dauern.«

»Was ist mit Mo?«

»Der muß bei mir bleiben. Wenn wir uns jetzt trennen, werden sie ihm im besten Fall folgen und im schlimmsten Fall ihn festnehmen.«

»Und was ist mit Ihnen?«

»Mich werden die nicht anrühren, nur scharf überwachen.«

»Sie sind aber zuversichtlich.«

»Ich bin wütend. Die können nicht wissen, was ich hinterlassen habe oder bei wem oder welche Instruktionen ich für den Fall gegeben habe, daß es zu einer Unterbrechung irgendwelcher vorher arrangierter Telefonanrufe kommt. Für die bin ich im Augenblick eine laufende – hinkende – Megabombe, die ihre ganze Operation auffliegen lassen könnte, was auch immer das im Augenblick ist.«

»Ich weiß, Sie werden jetzt sagen, dafür ist keine Zeit, Alex. Aber ich muß Ihnen etwas sagen. Ich bin nicht sicher, warum, aber ich muß einfach. Ich glaube, was David in bezug auf Sie so besonders weh getan und ihn wütend gemacht hat, war, daß er Sie für den Besten in der ganzen Branche hielt. Immer wieder, wenn er einen Schluck trank oder seine Gedanken zu schweifen begannen – wodurch wieder eine Tür für ihn aufgestoßen wurde –, schüttelte er traurig den Kopf oder schlug einfach mit der Faust auf den Tisch und fragte sich, *warum*? ›Warum?‹ sagte er dann. ›Dazu war er viel zu gut . . . Er war der Beste.‹ «

»Ich war Delta nicht gewachsen. Das war keiner. Niemals.«

»Auf mich wirken Sie aber schrecklich gut.«

»Weil ich nicht aus der Kälte komme, sondern in sie hinausgehe, und mit einem besseren Grund, als ich ihn je in meinem Leben hatte.«

»Seien Sie vorsichtig, Alex.«

»Sagen Sie *denen*, daß sie vorsichtig sein sollen.« Conklin legte auf, und Marie merkte, wie ihr langsam die Tränen über die Wangen rollten.

Morris Panov und Alex verließen den Andenkenladen im Bahnhof von Kowloon und gingen auf die Rolltreppe zu, die in die untere Ebene zu den Gleisen 5 und 6 führte. Mo, der Freund, war durchaus bereit, die Instruktionen seines ehemaligen Patienten zu befolgen. Aber Panov, der Psychiater, mußte seine Diagnose loswerden.

»Kein Wunder, daß ihr alle so beknackt seid«, sagte er, einen ausgestopften Pandabären unter dem Arm und ein buntes Magazin in der Hand. »Doch kommen wir zur Sache. Wenn wir die Treppe hinuntergehen, dann gehe ich nach rechts, also zu Gleis 6, und dann auf der linken Seite weiter, auf den Schluß des Zuges zu, der in wenigen Minuten eintreffen soll. Soweit korrekt?«

»Korrekt«, antwortete Conklin, dem Schweißtropfen auf die Stirn getreten waren, während er neben dem Arzt herhinkte.

»Ich warte dann an der letzten Säule und halte das stinkende, ausgestopfte Tier da unterm Arm, während ich mir dieses Pornomagazin ansehe, bis eine Frau auf mich zukommt.«

»Wieder richtig«, sagte Alex als sie die Rolltreppe betraten. »Der Panda ist ein ganz übliches Geschenk. Besucher aus dem Westen lieben ihn. Betrachten Sie ihn als ein Geschenk für Ihr Kind. Und das Pornomagazin gehört einfach mit zu dem Erkennungszeichen. Panda und Bilder von nackten Frauen passen normalerweise nicht zusammen.«

»Im Gegenteil, Sigmund Freud wäre da ganz anderer Ansicht.«

»Ein Punkt für die Klapsmühle. Tun Sie einfach, was ich sage.«

»Was Sie sagen? *Was* ich der Frau sagen soll, haben Sie mir bis jetzt noch nicht gesagt.«

»Wie wär's mit ›Nett, Sie kennenzulernen‹ oder ›Wie geht's dem Kleinen?‹ Ganz egal. Geben Sie ihr den Panda und kommen Sie dann so schnell wie möglich wieder hierher zur Rolltreppe. Aber laufen Sie auf keinen Fall.«

Sie hatten inzwischen den Bahnsteig erreicht, und Conklin tippte Panov am Ellbogen an und dirigierte den Arzt nach rechts. »Sie machen das schon richtig, Chef. Tun Sie einfach, was ich gesagt habe. Es wird schon alles klappen.«

»Das läßt sich von dem Platz aus, auf dem ich gewöhnlich sitze, leichter sagen.«

Panov ging ans Ende des Bahnsteigs, während der Zug aus Lo Wu in die Station brauste. Er stand bei der letzten Säule und hielt den schwarzweißen Panda unter den Arm geklemmt, während die Passagiere zu Hunderten aus den geöffneten Türen des Zuges strömten. Das Magazin schlug er auf und starrte hinein. Als es dann geschah, war er perplex.

»Sie müssen Harold sein!« rief eine laute Falsettstimme, und eine große Person mit auffälligem Make-up unter einem weichen, breitkrempigen Hut, die einen grauen Faltenrock trug, schlug ihm auf die Schulter. »Sie würde ich doch *überall* erkennen, Liebster!«

»Nett, daß Sie da sind. Wie geht's dem Kleinen?« Morris brachte kaum ein Wort heraus.

»Wie geht's *Alex*?« erwiderte die Stimme leise, jetzt plötzlich in einem männlichen Baß. »Ich stehe in seiner Schuld und pflege meine Schulden zu bezahlen. Verrückt! Hat er denn noch alle Tassen im Schrank?«

»Ich weiß nicht, ob das überhaupt einer von euch hat«, sagte der verblüffte Psychiater.

»*Schnell*«, sagte die fremde Gestalt. »Die kommen näher. Geben Sie mir den Panda, und wenn ich zu laufen anfange, dann tauchen Sie in der Menge unter und verschwinden hier! *Geben* Sie ihn mir!«

Panov tat wie ihm geheißen und beobachtete, daß einige Männer sich jetzt ihren Weg durch die Menge bahnten und auf sie zukamen. Plötzlich rannte der dick geschminkte Mann in Frauenkleidern hinter die Säule und kam auf der anderen Seite wieder hervor. Er schlüpfte aus den hochhackigen Schuhen, umkreiste die Säule erneut und rannte dann wie ein Footballspieler mitten in die Menge am Zug hinein, vorbei an einem Chinesen, der ihn zu packen versuchte, unter dem Arm eines anderen durch und vorbei an verblüfften Gesichtern. Hinter ihm nahmen ein paar Männer die Verfolgung auf, was ihnen allerdings von den ungehaltenen Passagieren nicht leicht gemacht wurde, die ihre Koffer und Taschen dazu benutzten, ihnen den Weg zu versperren. Irgendwie geriet in dem Durcheinander der Panda in die Hände einer großen Weißen, die einen auseinandergefalteten Fahrplan in der Hand hielt. Zwei gut gekleidete Chinesen packten die Frau; sie stieß einen Schrei aus; die zwei sahen sie an, riefen einander etwas zu und rannten weiter.

Morris Panov tat wieder, was man ihm aufgetragen hatte: Er mischte sich rasch unter die aussteigenden Passagiere auf der gegenüberliegenden Seite des Bahnsteigs und ging mit schnellen Schritten an Gleis 5 entlang zu der Rolltreppe, wo sich eine Schlange gebildet hatte. Eine Schlange war da, aber kein Alex Conklin! Bemüht, nicht in Panik zu geraten, verlangsamte Mo seine Schritte, ging aber weiter, sich immer wieder umsehend und die Menschenmenge absuchend.

Was war passiert? Wo war der CIA-Mann?

»*Mo!*«

Panov fuhr nach links herum, der kurze Ruf war für ihn gleichzeitig Erleichterung und Warnung gewesen. Conklin hatte sich halb hinter eine Säule gestellt, die zehn Meter hinter der Rolltreppe stand. Seine schnellen Gesten signalisierten, daß er bleiben mußte, wo er war, und daß Mo vorsichtig und langsam zu ihm kommen solle. Panov bemühte sich, wie jemand zu wirken, der nicht gern Schlange stand, der lieber wartete, bis sich die Menge aufgelöst hatte, ehe er die Rolltreppe betrat. Er wünschte sich jetzt, er wäre Raucher oder hätte wenigstens das Pornomagazin nicht auf die Gleise geworfen; dann hätte er jetzt etwas zu tun gehabt. So verschränkte er eben die Hände hinter dem Rücken und schlenderte über den leeren Teil des Bahnsteigs, wobei er sich zweimal umsah und die Schlange betrachtete. Jetzt erreichte er die Säule, glitt hinter sie und stöhnte erschreckt auf.

Zu Conklins Füßen lag ein mit einem Regenmantel bekleideter Mann in mittleren Jahren, dem Conklin den Klumpfuß auf den Rücken gesetzt hatte. »Sie sollen Matthew Richards kennenlernen, Doktor. Matt ist ein alter Asienhase – damals in Saigon sind wir einander das erstemal begegnet. Da war er natürlich jünger und schneller. Aber das waren wir ja wohl alle einmal.«

»Um Gottes will, Alex, lassen Sie mich aufstehen!« bettelte Richards und schüttelte den Kopf, so gut er das in seiner augenblicklichen Lage konnte. »Mein Schädel tut höllisch weh! Womit haben Sie mich niedergeschlagen, mit einer *Brechstange*?«

»Nein, Matt. Mit dem Schuh, der zu meinem kaputten Fuß gehört. Schwer, was? Und das mit dem Aufstehenlassen – Sie wissen ganz genau, daß ich das nicht kann, solange Sie meine Fragen nicht beantworten.«

»Herrgott, ich *habe* sie doch beantwortet! Ich bin doch bloß ein kleiner Beamter und nicht der Chef. Irgendwer von der Regierung wollte, daß Sie überwacht werden. Und dann kam noch eine Anweisung vom Außenministerium, die *ich* aber nicht gesehen habe!«

»Ich habe Ihnen doch gesagt, daß es mir schwerfällt, das zu glauben. Sie sind hier doch bloß eine kleine Einheit; jeder sieht alles. Seien Sie vernünftig, Matt, wir kennen uns lange genug. Wie lautete die Anweisung vom Außenministerium?«

»Das *weiß ich nicht.* Die Anweisung war nur für den Chef.«

Conklin blickte Panov an. »Die älteste Ausrede, die es gibt. Das machen wir immer so, wenn es Ärger mit anderen Regierungsstellen gibt. ›Was weiß *ich* denn schon? Fragen Sie den Chef.‹ Auf die Weise haben wir immer eine reine Weste, weil keiner sich mit einem Chef anlegen will. Sehen Sie, die Chefs haben einen direkten Draht nach Langley, und je nachdem, was für ein Knilch gerade im Oval Office sitzt, hat Langley einen direkten Draht ins Weiße Haus. Alles sehr politisch, kann ich Ihnen sagen, und nichts mit Geheimdienst und so.«

»Hochinteressant«, sagte Panov und starrte den am Boden liegenden Mann an und wußte nicht, was er noch sagen sollte. Er war nur dankbar dafür, daß der Bahnsteig jetzt praktisch leer war und die Säule im Schatten lag.

»*Keine* Ausrede!« schrie Richards und mühte sich ab, sich unter Conklins schwerem Stiefel hervorzuwinden. ›Jesus! Ich sage Ihnen die Wahrheit! Im nächsten Februar gehe ich in Pension! Warum sollte ich mir den Ärger mit Ihnen oder *sonst jemandem* im Hauptquartier einhandeln wollen?«

»O Matt, armer Matt, Sie waren nie der Beste oder der Schlaueste. Sie haben sich gerade die eigene Frage beantwortet. Sie freuen sich genau wie ich auf Ihre Pension und wollen keine Wellen mehr machen. Ich stehe auf der Überwachungsliste, und Sie wollen Ihren Auftrag nicht versauen. Okay, Kumpel, ich werde denen telegrafieren, daß man Sie nach Mittelamerika versetzt, bis Ihre Zeit um ist – wenn Sie so lange durchhalten.«

»Hören Sie doch auf!«

»Man muß sich das einmal vorstellen, von einem Krüppel auf einem überfüllten Bahnsteig überwältigt zu werden. Wahrscheinlich lassen die Sie danach ganz alleine ein paar Häfen verminen.«

»Ich *weiß* überhaupt nichts!«

»Wer sind die Chinesen?«

»Ich sage Ihnen –«

»Polizei ist das nicht, wer dann?«

»Regierung –«

»Welche Abteilung? Das mußten die Ihnen sagen – das mußte Ihnen der Chef sagen. Er konnte ja schließlich nicht erwarten, daß Sie blindlings arbeiten.«

»Das ist es ja gerade, wir *arbeiten blindlings*! Das einzige, was er uns gesagt hat, ist, daß Washington sie ganz oben freigegeben hat. Er hat geschworen, das sei alles, was *er selbst* wisse! Was zum Teufel sollen wir denn machen?«

»Also ist keiner verantwortlich, weil keiner etwas weiß. Wäre ja reizend, wenn es Rotchinesen wären, die einen Überläufer aufgabeln wollen, nicht wahr?«

»Der Chef ist verantwortlich. Da müßte *er* dann den Kopf hinhalten.«

»Oh, jetzt kommt die allerhöchste Moral. ›Wir befolgen nur Befehle, Herr General‹ und ›Herr General weiß natürlich auch nicht mehr, weil er seinerseits Befehle befolgt.‹« Alex machte eine Pause und kniff die Augen zusammen. »Da war ein Mann, ein großer Bursche, der wie ein chinesischer Supermann aussieht.« Conklin hielt inne. Richards Kopf zuckte plötzlich, ebenso wie sein Körper. »Wer ist das, Matt?«

»Das weiß ich nicht . . . genau.«

»*Wer?*«

»Ich hab ihn gesehen, das ist alles. Der ist ja schwer zu übersehen.«

»Das ist nicht alles. Weil er schwer zu übersehen ist *und* wenn man bedenkt, wo Sie ihn gesehen haben, haben Sie Fragen gestellt. Was haben Sie erfahren?«

»*Kommen Sie, Alex!* Das ist Gerede, nichts Konkretes.«

»Ich liebe Gerede. Raus mit der Sprache, Matt! Oder dieses häßliche, schwer Ding an meinem Fuß könnte Ihnen das Gesicht zertreten. Sehen Sie, ich habe keine Kontrolle darüber, es hat seinen eigenen Willen, und es mag Sie nicht. Es kann sehr feindselig sein, selbst mir gegenüber.« Mit einiger Mühe hob Conklin plötzlich seinen Klumpfuß und ließ ihn zwischen Richards' Schulterblätter herunterfallen.

»*Herrgott!* Sie brechen mir das Rückgrat!«

»Nein, ich glaube, es will Ihnen das Gesicht zertreten. Wer *ist* es, Matt?« Wieder schnitt Alex eine Grimasse und hob seinen Klumpfuß und senkte ihn am Schädel des CIA-Mannes.

»Also *gut!* Man weiß nichts Genaues, aber es heißt, er sei ein ganz hohes Tier bei Crown CI.«

»Crown CI«, erklärte Conklin zu Morris Panov gewandt, »heißt British Counter Intelligence hier in Hongkong, also Spionageabwehr. Und folglich bekommen sie ihre Befehle direkt aus London.«

»Sehr aufschlußreich«, sagte der Psychiater ebenso verwirrt wie erschüttert.

»Allerdings«, pflichtete Alex ihm bei. »Dürfte ich Ihre Krawatte haben, Doktor?« fragte Conklin und fing an, die seine aufzuknoten. »Ich ersetze sie Ihnen aus meinem Fonds für unvorhergesehene Ausgaben, weil wir jetzt nämlich einen neuen Ansatzpunkt haben. Ich bin offiziell im Einsatz. Langley unterstützt allem Anschein nach – mit Matthews Gehalt und seinem Einsatz – etwas, bei dem es um eine Abwehroperation eines Verbündeten geht. Als Staatsbeamter, dem auch Verschlußsachen zugänglich sind, sollte ich da nicht beiseite stehen. Ihre Krawatte brauche ich auch, Matt.«

Zwei Minuten später lag Richards mit gefesselten Füßen und Händen und einem Knebel im Mund hinter der Säule.

»Wir können jetzt los«, sagte Alex mit einem Blick den Bahnsteig entlang. »Sie sind alle hinter unserem Köder her, der unterdessen bereits auf halbem Wege nach Malaysia ist.«

»Wer war sie – *er*? Ich meine, eine Frau war er ganz sicherlich nicht.«

»Ich will ja nichts gegen Frauen sagen, aber eine Frau hätte es wahrscheinlich nicht geschafft, hier herauszukommen. Er schon, und er hat die anderen mitgenommen – hinter sich hergezogen. Er ist über das Geländer der Rolltreppe gesprungen und hat sich hinaufgearbeitet. Gehen wir. Keiner wird uns folgen.«

»Aber wer *ist* er?« ließ Panov nicht locker, als sie um die Säule herum auf die Rolltreppe und die paar Nachzügler zugingen, die noch eine kurze Schlange bildeten.

»Wir haben ihn gelegentlich hier drüben eingesetzt, hauptsächlich als Beobachter der abgelegenen Grenzanlagen, wo er sich auskennt, weil er mit seiner Ware an ihnen vorbei muß.«

»Rauschgift?«

»Wir würden ihn nie anfassen; er ist ein Spitzenmann in seinem Gewerbe, er schiebt mit gestohlenem Gold und Schmuck zwischen Hongkong, Macao und Singapur. Ich glaube, er ist ein Opfer seiner Vergangenheit. Vor ein paar Jahren haben sie ihm seine Medaillen weggenommen, wegen unehrenhaften Verhaltens. Er hat mal für ein paar recht unappetitliche Fotos Modell gestanden, als er noch auf dem College war und Geld brauchte. Später tauchten die Fotos durch einen schmierigen Verleger wieder auf. Und man hat ihn damit ruiniert.«

»Das Pornomagazin von vorhin!« rief Mo aus, als sie beide die Rolltreppe betraten.

»So was in der Art, ja.«

»Was für Medaillen waren das denn?«

»Olympiade sechsundsiebzig. Leichtathletik. Hürdenlauf.«

Panov starrte Alexander sprachlos an, als sie auf der Rolltreppe nach oben fuhren, dem Ausgang entgegen. Auf der gegenüberliegenden Rolltreppe tauchte jetzt eine Schar von Arbeitern mit breiten Besen auf. Alex machte eine ruckartige Kopfbewegung auf sie zu, schnippte mit den Fingern seiner rechten Hand und deutete dann mit dem Daumen in Richtung auf die Ausgangstür oben. Die Botschaft war klar. In wenigen Augenblicken würde man hinter einer Säule einen gefesselten CIA-Agenten finden.

»Das muß der sein, den sie den Major nennen«, sagte Marie, die Conklin gegenüber in einem Sessel Platz genommen hatte, während Morris Panov neben ihr kniete und ihren linken Fuß untersuchte. »*Autsch!*« schrie sie und zog das Bein zurück. »Tut mir leid, Mo.«

»Keine Ursache«, sagte der Arzt. »Das ist eine häßliche Prellung im Mittelfuß. Sie müssen ganz schön hingefallen sein.«

»Sogar ein paarmal. Verstehen Sie etwas von Füßen?«

»Im Augenblick fühle ich mich in der Fußpflege wohler als in der Psychiatrie. Leute wie Sie leben ja in einer Welt, die meinen Beruf ins Mittelalter verbannen möchte – dabei stecken die meisten von uns ohnehin noch dort, wir sind in unserer Ausdrucksweise bloß cleverer.« Panov blickte zu Marie auf, und seine Augen wanderten zu ihrem streng frisierten Haar mit den grauen Strähnen. »Man hat Sie ärztlich gut versorgt, ehemaliger Rotschopf. Bloß das Haar ist scheußlich.«

»Ausgezeichnet ist es«, verbesserte Conklin.

»Wie wollen Sie das denn wissen? Sie waren mein Patient.« Mo wandte sich wieder ihrem Fuß zu. »Beide heilen ordentlich – die Blasen und die Schnitte, meine ich, die Prellung wird länger dauern. Ich werde mir später ein paar Sachen besorgen und den Verband wechseln.« Panov stand auf und zog sich einen Stuhl von dem kleinen Schreibtisch heran.

»Dann wohnen Sie also hier?« fragte Marie.

»Ein paar Zimmer weiter«, sagte Alex. »Ich konnte keines der beiden Zimmer neben dem Ihren bekommen.«

»Und wie haben Sie das fertiggebracht?«

»Geld. Das hier ist Hongkong, und hier gehen dauernd Reservierungen verloren, besonders wenn die Leute nicht da sind . . . Aber kehren wir zu dem Major zurück.«

»Sein Name ist Lin Wenzu. Catherine Staples hat mir gesagt, daß er beim englischen Geheimdienst ist. Sein Englisch hört sich absolut überzeugend an.«

»War sie sich da *sicher*?«

»Und ob. Sie hat gesagt, daß er als der beste Geheimdienstmann in Hongkong gilt, und das schließt alle ein, vom KGB bis zur CIA.«

»Das ist plausibel. Er heißt Lin und nicht Iwanowitsch oder Jo Smith. Man schickt einen talentierten Eingeborenen nach England, erzieht und bildet ihn dort aus, bringt ihn dann zurück und überträgt ihm einen verantwortungsvollen Regierungsposten. Übliche Kolonialpolitik, besonders im Polizeiwesen und wenn es um Sicherheit geht.«

»Vom psychologischen Standpunkt aus betrachtet, ja«, fügte Panov hinzu und setzte sich. »Auf die Weise gibt es weniger Ressentiments, und man schlägt so eine weitere Brücke zu der ausländischen Gemeinschaft der Regierten.«

»Verstehe«, sagte Alex und nickte. »Aber etwas fehlt noch; die Stücke passen nicht zusammen. Auf der einen Seite gibt London für eine Geheimoperation, die von Washington ausgeht, grünes Licht – jedenfalls müssen wir nach allem, was wir bis jetzt erfahren haben, davon ausgehen – und auf der anderen Seite leiht MI-6 uns seine hiesigen Leute, und das in einer Kolonie, die immer noch von Großbritannien beherrscht wird.«

»Warum also?« fragte Panov.

»Dafür gibt es nicht nur einen Grund. Einmal trauen sie uns nicht – oh, nicht daß sie etwa unseren Absichten mißtrauen, nur unserem Sachverstand. Zum anderen: Warum sollen sie das Risiko eingehen, ihr Personal in Untergrundoperationen aufs Spiel zu setzen, die von einem amerikanischen Bürokraten organisiert werden, der keinerlei Erfahrungen vor Ort hat? Das ist es, womit ich nicht klarkomme, und unter normalen Umständen würde London sich keinesfalls darauf einlassen.«

»Ich nehme an, Sie sprechen von McAllister«, sagte Marie.

»Ja, da können Sie Gift darauf nehmen.« Conklin schüttelte den Kopf und atmete dabei tief. »Ich habe recherchiert, und ich kann Ihnen sagen, daß er in diesem ganzen Scheißspiel entweder der stärkste oder der schwächste Faktor ist. Ich vermute letzteres. Er hat ein eiskaltes Gehirn, wie McNamara, bevor er zum Zweifler wurde.«

»Jetzt hören Sie mit dem Quatsch auf«, sagte Mo Panov. »Solche Reden sollten Sie mir überlassen. Was wollen Sie sagen, klipp und klar?«

»Ich meine, Doktor, daß Edward Newington McAllister ein Kaninchen ist. Beim ersten Anzeichen von Gefahr stellt er seine Ohren auf und huscht davon. Er ist ein Analytiker und einer der besten, die es gibt, aber er ist *nicht* dazu qualifiziert, einen Einsatz zu übernehmen, geschweige denn zu leiten, und Sie sollten nicht einmal im Traum daran denken, daß er der Stratege hinter einer größeren Geheimoperation sein könnte. Man würde ihn auslachen, glauben Sie mir.«

»Auf David und mich hat er aber durchaus überzeugend gewirkt«, unterbrach Marie.

»Weil man ihm ein Drehbuch geliefert hat. ›Sie müssen das Subjekt heiß machen‹, hat man ihm gesagt. ›Halten Sie sich eng an die komplizierte Dramaturgie, die dem Subjekt Schritt für Schritt klarer werden wird‹, und in Bewegung setzen mußte er sich ja, weil Sie verschwunden waren.«

»Und wer hat das Drehbuch geschrieben?« fragte Panov.

»Wenn ich das wüßte. Niemand, mit dem ich in Washington gesprochen habe, weiß es, und da waren auch Leute darunter, die es eigentlich wissen sollten. Und sie haben nicht gelogen; nach all den Jahren habe ich dafür ein Gespür. Das Ganze ist so voll von Widersprüchen, daß Treadstone einundsiebzig im Vergleich dazu wie Amateurarbeit aussieht – und das war es ganz sicher nicht.«

»Catherine hat etwas zu mir gesagt«, unterbrach Marie. »Ich weiß nicht, ob uns das weiterhilft oder nicht, aber es ist bei mir haften geblieben. Sie hat gesagt, ein Mann sei nach Hongkong gekommen, sie nannte ihn einen ›Staatsmann‹, jemand, der ›weit mehr als ein Diplomat sei‹ oder so ähnlich. Sie dachte, es könnte da eine Verbindung geben mit all dem, was geschehen ist.«

»Und sein Name?«

»Den hat sie mir nicht gesagt. Später, als ich McAllister mit ihr zusammen auf der Straße sah, habe ich angenommen, daß er das ist. Aber vielleicht stimmt das gar nicht. Der Analytiker, den Sie gerade beschrieben haben, und der nervöse Mann, der mit David und mir gesprochen hat, ist wohl kaum ein Diplomat, geschweige denn ein Staatsmann. Es muß also jemand anders gewesen sein.«

»Wann hat sie das zu Ihnen gesagt?« fragte Conklin.

»Vor drei Tagen, als sie mich in ihrem Apartment in Hongkong versteckte.«

»*Bevor* sie Sie nach Tuen Mun brachte?« Alex beugte sich im Sessel vor.

»Ja.«

»Und sie hat ihn nicht noch einmal erwähnt?«

»Nein, und als ich nachfragte, hat sie gesagt, es sei sinnlos, wenn wir – sie oder ich – uns Hoffnungen machten. Sie müsse noch graben, so hat sie es ausgedrückt.«

»Und damit haben Sie sich *zufriedengegeben*?«

»Ja, weil ich noch glaubte, ich würde begreifen. Ich hatte da keinen Anlaß, an ihr zu zweifeln. Sie ging ein großes persönliches und berufliches Risiko ein, indem sie mir half – indem sie mir glaubte, ohne sich konsularischen Rat zu holen, was andere vielleicht getan hätten, einfach um sich selbst zu schützen. Denn was ich ihr sagte, war doch geradezu unerhört – schließlich ging es um ein Lügengewebe des amerikanischen Außenministeriums, verschwundene Leibwächter des Geheimdienstes, und das konnte auch denen ganz oben nicht verborgen geblieben sein. Jemand mit weniger Format hätte sich da herausgehalten.«

»Lassen wir einmal die Dankbarkeit beiseite«, sagte Conklin mit sanfter Stimme. »Sie hat Informationen zurückgehalten, auf die Sie ein Recht hatten. *Herrgott*, nach allem, was Sie und David durchgemacht haben –«

»Sie irren, Alex«, unterbrach Marie leise. »Ich habe Ihnen gesagt, ich *dachte*, ich hätte sie begriffen, aber das ist nicht alles. Das Grausamste, was man einem Menschen antun kann, der von Panik erfüllt ist, ist doch, ihm falsche Hoffnungen zu machen. Wenn dann das Erwachen kommt, ist es unerträglich. Glauben Sie mir, ich habe über ein Jahr mit einem Mann gelebt, der verzweifelt nach Antworten suchte. Er hat eine ganze Menge gefunden, aber die, denen er nachgegangen ist und die sich dann als falsch erwiesen, haben ihn fast umgebracht.«

»Sie hat recht«, sagte Panov und nickte und sah Conklin an. »Und ich glaube, das wissen Sie auch.«

»Nun ja.« Alex zuckte die Schultern und schaute auf die Uhr. »Jedenfalls ist jetzt Zeit für Catherine Staples.«

»Man wird sie beobachten, *bewachen*!« Marie beugte sich in ihrem Sessel vor, und ihr Ausdruck war besorgt, ihre Augen blickten fragend. »Man wird annehmen, daß Sie beide meinetwegen hierhergekommen sind und ich Ihnen etwas über sie gesagt habe. Sie werden erwarten, daß Sie zu ihr gehen. Man wird auf Sie warten. Wenn sie zu dem imstande waren, was sie bis jetzt getan haben, könnten sie Sie töten!«

»Nein, das könnten sie nicht«, sagte Conklin, stand auf und hinkte zum Telefon am Nachttisch. »Dazu sind sie nicht gut genug«, fügte er dann ruhig hinzu.

»Sie sind doch erledigt!« flüsterte Matthew Richards hinter dem Steuer des kleinen Wagens, der gegenüber von Catherine Staples' Appartement parkte.

»Sehr dankbar sind Sie nicht gerade, Matt«, sagte Alex, der neben dem CIA-Mann im Schatten saß. »Nicht nur, daß ich kein Telegramm abgeschickt habe, ich habe auch zugelassen, daß Sie meine Überwachung wieder aufnehmen. Sie sollten mir danken, nicht mich beleidigen.«

»Scheiße!«

»Was haben Sie denn denen im Büro erzählt?«

»Was wohl? Niedergeschlagen hat man mich, zum Teufel.«

»Wie viele waren es denn?«

»*Wenigstens fünf Halbstarke.* Zhongguo ren.«

»Und wenn Sie sich gewehrt hätten, dann wäre es zu einem Tumult gekommen, und dann hätte ich Sie vielleicht entdecken können.«

»Genau so«, antwortete Richards leise.

»Und als ich Sie anrief, war das natürlich einer der Leute von der Straße, die Sie auf Ihrer privaten Lohnliste stehen haben, und der hat einen weißen Mann gesehen, der hinkt.«

»Bingo.«

»Vielleicht befördert man Sie sogar.«

»Ich will bloß raus.«

»Kommt alles.«

»Aber nicht so.«

»Dann ist also der alte Havilland persönlich hier aufgetaucht.«

»Das haben Sie nicht von mir gehört! Das stand in der Zeitung.«

»Vom Haus in Victoria Peak stand nichts in der Zeitung, Matt.«

»Jetzt machen Sie aber einen Punkt! Sie sind nett zu mir, und ich bin nett zu Ihnen. Nichts davon, daß ich von einem Krüppel fertiggemacht wurde und dafür eine Adresse rausrückte. Außerdem würde ich das abstreiten. Sie haben das von Garden Road bekommen. Das ganze Konsulat redet davon, das ist einem Ledernacken zu verdanken, weil der Bursche sauer war.«

»Havilland«, sinnierte Alex. »Das paßt. Der ist bei den Briten Liebkind, redet sogar wie die . . . Mein Gott, ich hätte die Stimme erkennen müssen!«

»Die Stimme?« fragte Richards verwirrt.

»Am Telefon. Wieder eine Szene aus dem Drehbuch. Das war *Havil-*

land! Er hätte nie zugelassen, daß das ein anderer tut! ›Wir haben sie *verloren*‹. O Gott, und ich hab mich hereinlegen lassen!«

»Wieso denn?«

»Vergessen Sie's.«

»Mit Vergnügen.«

Ein Auto verlangsamte seine Fahrt und hielt dann vor Staples' Appartementhaus. Eine Frau stieg aus, und als Conklin sie im Schein der Straßenbeleuchtung sah, wußte er, wer sie war. Catherine Staples. Sie nickte dem Fahrer zu, drehte sich um und ging auf die Glastüren der Eingangshalle zu.

Plötzlich erfüllte das Brausen einer hochtourigen Maschine die ruhige Straße. Eine schwarze Limousine schoß irgendwo hinter ihnen aus dem Dunkel und kam mit quietschenden Bremsen neben Catherines Wagen zum Stehen. Eine Salve von Explosionen donnerte los. Glas zersplitterte auf der Straße und auf der anderen Seite des Trottoirs, als die Seitenfenster des parkenden Autos und die Türen des Appartementhauses zersplitterten und der Fahrer und Catherine Staples im Kugelhagel zerfetzt wurden.

Mit quietschenden Reifen raste die schwarze Limousine in die Dunkelheit davon, Blut und Fleischfetzen hinterlassend.

»Herrgott!« brüllte der CIA-Mann.

»Wir müssen hier weg«, befahl Conklin.

»*Wohin?* Um Himmels willen, *wohin*?«

»Victoria Peak.«

»Haben Sie den Verstand verloren?«

»Nein, aber jemand anders. Ein aristokratischer Kaffer ist hereingelegt worden. *Gelinkt* hat man den. Und der wird es als erster von mir hören. *Los jetzt!*«

26

Borowski hielt die schwarze *Shanghai*-Limousine auf der dunklen, von Bäumen gesäumten Straße an. Wenn die Karte stimmte, hatte er jetzt das Osttor des Sommerpalastes passiert – das heißt, eigentlich waren es mehrere alte kaiserliche Villen in einer Parkanlage, die vom Kunming-See beherrscht wurde. Er war in nördlicher Richtung am Ufer entlanggefahren, bis die vielfarbigen Lichter der Lustgärten verblichener Kaiser am Horizont verblaßt und der Dunkelheit der Landstraße gewichen waren. Er schaltete die Scheinwerfer aus, stieg aus dem Wagen und trug das, was er gekauft hatte und was jetzt in einem wasserdichten Beutel verwahrt war, zu den Bäumen an der Straße und grub den Absatz in den Boden. Die Erde war weich, und das erleichterte sein Vorhaben, denn er mußte mit der Möglichkeit rechnen, daß man seinen Mietwagen durchsuchte. Er griff in den Beutel und holte ein Paar feste Handschuhe und ein Jagdmesser mit einer langen Klinge heraus. Er kniete nieder und grub ein Loch, das tief genug war, um den Beutel darin zu verbergen; er ließ es offen, nahm sich das Messer und schnitt eine Kerbe in den Stamm des nächststehenden Baumes, so daß das weiße Holz unter der Rinde sichtbar wurde. Dann verwahrte er Messer und Handschuhe in dem Beutel und deckte ihn mit Erde zu. Er ging zum Wagen zurück, warf einen Blick auf das Armaturenbrett und ließ den Motor an. Wenn die Entfernungsangaben auf der Karte ebenso genau waren wie ihre Angaben bezüglich der für Privatpersonen gesperrten Zonen in und um Beijing, dann war die Einfahrt zum Jing-Shan-Reservat nur noch einen knappen Kilometer entfernt und mußte hinter der nächsten Straßenbiegung liegen.

Die Landkarte war korrekt. Zwei Scheinwerferbalken strahlten das hohe, grüne Stahltor unter einer riesigen Tafel an, auf die bunte Vögel gemalt waren; das Tor war verschlossen. In einem kleinen, verglasten Verschlag rechts davon saß ein einzelner Wachmann. Als er Jasons näher kommende Scheinwerferbündel sah, sprang er auf und rannte heraus. Es war schwer festzustellen, ob der Mann nun eine Uniform trug oder nicht, jedenfalls war keine Waffe zu sehen.

Borowski fuhr dicht an das Tor heran, stieg aus und ging auf den Chinesen zu, wobei er überrascht feststellte, daß der Mann Ende Fünfzig oder Anfang Sechzig war.

»*Bei tong, bei tong!*« begann Jason, ehe der Posten etwas sagen konnte, und entschuldigte sich damit für die Störung. »Ich habe Schreckliches hinter mir«, fuhr er fort und zog die Liste mit den Verhandlungspartnern des Franzosen aus der Innentasche. »Ich hätte vor dreieinhalb *Stunden* hier sein sollen, aber der Wagen ist nicht gekommen, und ich konnte Mister . . .« Er wählte den Namen eines Textilministers von der Liste – »Wang Xu nicht erreichen, und bestimmt ist er ebenso ärgerlich wie ich!«

»Sie sprechen unsere Sprache«, sagte der Posten verwirrt. »Sie haben einen Wagen ohne Fahrer.«

»Der Minister hat das gestattet. Ich bin schon oft in Beijing gewesen. Wir sollten heute zusammen zu Abend essen.«

»Hier gibt es kein Restaurant.«

»Hat er vielleicht eine Nachricht für mich hinterlassen?«

»Niemand hinterläßt hier irgend etwas, nur verlorene Gegenstände. Ich habe einen sehr hübschen japanischen Feldstecher, den ich Ihnen billig verkaufen könnte.«

Es geschah. Hinter dem Tor, etwa dreißig Meter im Inneren des Geländes, sah Borowski im Schatten eines hohen Baumes einen Mann mit einem langen Uniformrock – vier Taschen – ein *Offizier.* Er trug einen breiten Gürtel mit einem dicken Halfter an der Hüfte. Eine Waffe.

»Tut mir leid, ich brauche keinen Feldstecher.«

»Als Geschenk vielleicht?«

»Ich habe nur wenige Freunde, und meine Kinder sind Diebe.«

»Sie sind ein bedauernswerter Mann. Es gibt nichts außer Kindern und Freunden – und natürlich den Geistern.«

»Jetzt will ich aber wirklich den *Minister* erreichen. Wir verhandeln über Millionen von *Renminbi*!«

»Der Feldstecher kostet nur ein paar Yuan.«

»Also *gut*! Wieviel?«

»Fünfzig.«

»Dann holen Sie ihn«, sagte das Chamäleon ungeduldig und griff in die Tasche. Als der Posten in sein Wachhäuschen zurückeilte, schweifte sein Blick über den grünen Zaun. Der chinesische Offizier hatte sich ein Stück tiefer in den Schatten zurückgezogen, beobachtete aber das Tor immer noch. Jasons Herz schlug wie wild, und das Pochen in seiner Brust klang wie Paukenschläge – so wie es in den Tagen von Medusa so oft gewesen war. Er hatte eine Strategie durchschaut. Delta wußte, wie Asiaten dachten. *Geheimhaltung.* Die einsame Gestalt im Schatten bestätigte das natürlich noch nicht, aber sie widerlegte seine Gedanken auch nicht.

»Da schauen Sie, ist das nicht ein herrliches Glas!« rief der Posten, der mit dem Feldstecher in der Hand jetzt zum Zaun zurückgelaufen kam. »Einhundert Yuan.«

»Sie haben fünfzig gesagt!«

»Da habe ich mir die Linsen nicht angesehen. Ein ganz hochwertiges Stück. Geben Sie mir das Geld, dann werfe ich das Glas über den Zaun.«

»Also, meinetwegen«, sagte Borowski, im Begriff, das Geld durch den Maschenzaun zu schieben. »Aber unter einer Bedingung, *Dieb.* Wenn Sie über mich befragt werden sollten, möchte ich keine Ungelegenheiten haben.«

»Befragt? Das ist doch unsinnig. Hier ist doch außer mir niemand.«
Delta hatte recht.

»Wenn aber doch, dann muß ich darauf bestehen, daß Sie die Wahrheit sagen! Ich bin Geschäftsmann aus Frankreich und muß unbedingt diesen Textilminister sprechen, weil mein Wagen sich auf unverzeihbare Weise verspätet hat. Ich will keine Ungelegenheiten!«

»Wie Sie wünschen. Jetzt das Geld, bitte.«

Jason schob die Yuan-Scheine durch den Zaun; der Posten stopfte sie sich in die Tasche und warf den Feldstecher über das Tor. Borowski fing ihn auf und sah den Chinesen bittend an. »Haben Sie denn gar keine Ahnung, wohin der Minister gegangen sein könnte?«

»Ja, und das wollte ich Ihnen auch gerade sagen, ohne dafür Geld zu verlangen. So bedeutende Männer wie Sie und er würden ohne Zweifel in das Speiserestaurant Ting Li Guan gehen. Das ist bei reichen Ausländern und den mächtigen Männern unserer Regierung sehr beliebt.«

»Wo ist das?«

»Im Sommerpalast. Sie sind daran vorbeigefahren. Fahren Sie fünfzehn, zwanzig Kilometer zurück, dann sehen Sie das große *Dong-An-
Men*-Tor. Die Fremdenführer dort werden Ihnen den Weg weisen, aber
Sie müssen Ihre Papiere vorzeigen, Herr. Sie reisen auf sehr ungewöhnliche Art.«

»Danke!« schrie Jason und rannte zum Wagen zurück. »*Vive la
France!*«

»Wie schön«, sagte der Posten, zuckte die Achseln und ging in sein
Häuschen zurück, wo er sein Geld zählte.

Der Offizier ging leise auf das Wachhäuschen zu und klopfte ans Glas.
Der Nachtwächter sprang erstaunt auf und öffnete die Tür.

»Oh, Sie haben mich erschreckt! Ich sehe, daß man Sie eingeschlossen
hat. Vielleicht sind Sie auf einer unserer schönen Ruhebänke eingeschla-
fen. Wie unangenehm. Ich werde das Tor sofort öffnen!«

»Wer war dieser Mann?« fragte der Offizier ruhig.

»Ein Ausländer. Ein französischer Geschäftsmann, der Pech gehabt
hat. So wie ich ihn verstanden habe, hätte er sich vor Stunden hier mit
dem Textilminister treffen sollen und dann gemeinsam mit ihm zu
Abend essen. Aber sein Wagen hat sich verspätet. Er war sehr aufgeregt.
Er will keine Ungelegenheiten haben.«

»Welcher Textilminister?«

»Minister Wang Xu, hat er, glaube ich gesagt.«

»Warten Sie bitte draußen.«

»Selbstverständlich. Und das Tor?«

»In ein paar Minuten.« Der Offizier griff nach dem Telefon auf der
kleinen Theke und wählte. Sekunden später sagte er: »Kann ich die
Nummer eines Textilministers namens Wang Xu haben . . .? . . . danke.«
Der Offizier drückte die Gabel nieder, ließ sie los und wählte erneut.
»Minister Wang Xu, bitte?«

»Ja, am Apparat«, sagte eine etwas unfreundliche Stimme am anderen
Ende der Leitung. »Wer spricht?«

»Ein Angestellter im Büro der Handelskommission, Herr Minister.
Wir führen eine Routineüberprüfung durch, ein französischer Geschäftsmann, der Sie als Referenz angegeben hat – «

»Doch nicht wieder dieser Idiot *Ardisson*! Was hat er denn jetzt wieder
gemacht?«

»Sie kennen ihn, Herr Minister?«

»Ja, leider! Dauernd will der etwas Besonderes! Der bildet sich ein,
sein Stuhlgang duftet nach Lilien.«

»Sollten Sie heute abend mit ihm essen, Herr Minister?«

»Mit dem essen? Wer weiß, was ich heute nachmittag alles gesagt
habe, bloß um ihn zum Schweigen zu bringen! Natürlich hört er nur,

was er hören will, und sonst nichts. Andererseits ist es durchaus möglich, daß er meinen Namen benutzt hat, um einen Tisch zu bekommen. Ich sage Ihnen ja, dauernd Sonderwünsche! Geben Sie ihm, was er will. Er ist verrückt, aber ganz harmlos. Wenn die Idioten, die er vertritt, nicht so viel für drittklassigen Stoff zahlen würden, dann würden wir ihn mit der nächsten Maschine nach Paris zurückschicken. Und jetzt belästigen Sie mich nicht mehr, ich habe Gäste.« Der Minister legte abrupt auf.

Beruhigt ließ der Armeeoffizier den Hörer auf die Gabel fallen und ging zu dem Nachtwächter hinaus. »Sie haben recht gehabt«, sagte er.

»Der Ausländer war sehr erregt und ganz durcheinander.«

»Wie ich gehört habe, ist das bei ihm der Normalzustand.« Der Offizier machte eine kurze Pause und fügte dann hinzu: »Sie können jetzt das Tor öffnen.«

»Selbstverständlich.« Der Mann griff in die Tasche und zog einen Schlüsselbund heraus. Dann hielt er in der Bewegung inne und sah den Offizier an. »Ich sehe aber keinen Wagen. Bis zum nächsten öffentlichen Verkehrsmittel sind es viele Kilometer. Der Sommerpalast ist der erste – «

»Ich habe nach einem Wagen telefoniert. Er soll in zehn bis fünfzehn Minuten hier sein.«

»Dann werde *ich* leider nicht mehr hier sein. Ich sehe schon die Fahrradlampe meiner Ablösung dort unten an der Straße. Mein Dienst ist in fünf Minuten zu Ende.«

»Vielleicht werde ich hier warten«, sagte der Offizier, ohne auf die Worte des Nachtwächters einzugehen. »Vom Norden kommen Wolken herein. Wenn sie Regen bringen, könnte ich mich im Wachhäuschen unterstellen, bis mein Wagen kommt.«

»Ich sehe keine Wolken.«

»Ihre Augen sind eben auch nicht mehr das, was sie einmal waren.«

»Wie wahr.« Das Schrillen einer Fahrradglocke hallte durch die Nacht. Die Ablösung des Nachtwächters trat an den Zaun, als dieser gerade das Tor aufsperrte. »Diese jungen Leute machen einen Lärm, als wären sie Geister vom Himmel.«

»Ich möchte Ihnen noch gerne etwas sagen«, sagte der Offizier mit scharfer Stimme, so daß der Nachtwächter unwillkürlich stehenblieb. »Ich möchte auch keine Ungelegenheiten haben, ebensowenig wie der Ausländer, bloß weil ich an diesem herrlichen Ort ein wenig geschlafen habe. Gefällt Ihnen Ihre Arbeit hier?«

»Und wie.«

»Und die Gelegenheit, Dinge wie japanische Feldstecher zu verkaufen, die man Ihnen in Verwahrung gegeben hat?«

»Wie bitte?«

»Mein Gehör ist sehr scharf, und Ihre Stimme laut.«

»Wie bitte?«

»Sagen Sie nichts von mir, und ich werde nichts von Ihren unmoralischen Aktivitäten sagen, die Ihnen ohne Zweifel sehr viel Ärger eintragen würden. Ihr Verhalten ist zutiefst tadelnswert.«

»Ich habe Sie nie *gesehen*, Herr Offizier! Das schwöre ich bei den Geistern in meiner Seele!«

»In der Partei hält man nichts von solchen Schwüren.«

»Dann schwöre ich bei allem, was Sie wollen!«

»Öffnen Sie das Tor und verschwinden Sie.«

»Zuerst mein Fahrrad, Herr Offizier!« Der Nachtwächter rannte am Zaun entlang und griff sich sein Fahrrad. Er nickte seiner Ablösung erleichtert zu, als er ihm den Schlüsselbund zuwarf. Dann schwang er sich in den Sattel und fuhr eilig die Straße hinunter.

Der zweite Nachtwächter schlenderte, sein Fahrrad an der Lenkstange schiebend, durch das Tor. »Können Sie sich das vorstellen?« sagte er zu dem Offizier. »Der Sohn eines Kriegsherrn der Kuomintang übernimmt die Arbeit eines schwachsinnigen Bauern, der uns in der Küche bedient hätte.«

Borowski entdeckte die weiße Kerbe in dem Baumstamm und lenkte die Limousine zwischen zwei Fichten von der Straße herunter. Er schaltete das Licht ab und stieg aus. Schnell brach er ein paar Zweige ab, um den Wagen in der Dunkelheit zu tarnen. Instinktiv hatte er schnell gearbeitet, dennoch beunruhigte ihn, daß nur wenige Sekunden nach dem Tarnen der Limousine unten auf der Straße nach Beijing Scheinwerfer auftauchten. Er kniete im Unterholz nieder, sah zu, wie der Wagen vorbeibrauste, und stellte verblüfft fest, daß auf seinem Dach ein Fahrrad festgeschnallt war, und wurde unruhig, als kurz darauf das Motorengeräusch verstummte; der Wagen hatte hinter der Straßenbiegung angehalten. Besorgt, daß ein geschultes Auge seinen Wagen entdeckt haben und der Mann jetzt zu Fuß zurückkommen könnte, rannte Jason quer über die Straße in das dichte Unterholz dahinter. Er hetzte von Fichte zu Fichte bis zur Kurve, wo er erneut niederkniete und jeden Fußbreit seiner Umgebung untersuchte und auf Geräusche lauschte, die nicht zu der verlassenen Landstraße paßten.

Nichts. Und dann, nach langem Warten, doch etwas. Und als er sah, was es war, konnte er sich einfach keinen Reim darauf machen. Der Mann auf dem Fahrrad mit der dynamobetriebenen Lampe fuhr die Straße mit einem Tempo herauf, als ginge es um sein Leben. Als er näher kam, erkannte Borowski, daß es der Nachtwächter war . . . auf einem Fahrrad . . . Und auf dem Dach des Wagens, der hinter der Kurve angehalten hatte, war ein Fahrrad festgeschnallt gewesen. War es für den Nachtwächter bestimmt gewesen? Natürlich nicht; der Wagen wäre bis zum Tor weitergefahren . . . Ein zweites Fahrrad? Ein zweiter Nachtwächter – und der mit einem Fahrrad? *Natürlich:* Wenn zutraf, was er annahm, würde der Wachmann am Tor ausgetauscht werden, würde man einen Verschwörer an seine Stelle bringen.

Jason hatte gewartet, bis die Fahrradbeleuchtung des Nachtwächters zu einem winzigen Punkt in der Ferne zusammengeschrumpft war, und rannte dann auf die Straße zurück zu seinem Wagen und dem Baum mit der Kerbe. Er grub seinen Beutel aus und begann, sein Handwerkszeug zu sortieren. Er zog sein Jackett und das weiße Hemd aus und schlüpfte in einen schwarzen Rollkragenpullover; dann schnallte er die Scheide des Jagdmessers an den Gürtel seiner dunklen Hose und steckte auf der anderen Seite die Pistole, die mit einem Schuß geladen war, hinein. Dann hob er die zwei mit einem meterlangen Stück dünnem Draht verbundenen Spulen auf und dachte, daß dieses Tötungsinstrument weit besser war als das, was er sich in Hongkong angefertigt hatte. Wenn irgend etwas, was er in jener fernen Vergangenheit bei Medusa gelernt hatte, auch nur den geringsten Wert hatte, war er jetzt seinem Ziel viel näher. Er rollte den Draht gleichmäßig auf die beiden Spulen und schob sie vorsichtig in die rechte Hüfttasche. Dann hob er die kleine Taschenlampe auf und steckte sie sich an seine rechte Vordertasche. Jetzt war ein langes Band übergroßer chinesischer Knallfrösche an der Reihe; er hatte sie mit einem Gummiband zusammengehalten und verwahrte sie mit drei Streichholzbriefchen und einer kleinen Kerze in der linken Vordertasche. Am schwierigsten unterzubringen war ein Drahtschneider von der Größe einer Zange. Er schob sie mit dem Kopf voraus in die linke Hüfttasche, so daß sich die zwei kurzen Handgriffe gegen den Stoff preßten und das Werkzeug festhielten. Schließlich griff er nach einem eng zusammengewickelten Haufen Kleider, und zwar so eng gewickelt, daß das Ganze nicht umfangreicher war als ein Nudelholz. Das drückte er sich gegen die Wirbelsäule, zog das Gummiband um seine Hüfte und verhakte die Schließen ineinander. Vielleicht würde er die Kleider nie brauchen, aber er durfte nichts dem Zufall überlassen – dazu war er zu nahe am Ziel!

Ich werde ihn bekommen, Marie! Ich schwöre dir, ich hole ihn mir, und dann werden wir wieder unser Leben haben. Ich bin es, David, und ich liebe dich so! Ich brauche dich so!

Hör auf damit! Es gibt keine Leute, nur Ziele. Keine Emotionen, nur Zielpersonen und Männer, die eliminiert werden müssen, weil sie im Wege stehen. Ich brauch dich nicht, Webb. Du bist weich, und ich verachte dich. Du mußt auf Delta hören – auf Jason Borowski!

Der Killer, der gezwungenermaßen ein Killer geworden war, vergrub den Beutel mit seinem weißen Hemd und der Tweedjacke und richtete sich zwischen den Fichten auf. Seine Lungen schwollen bei dem Gedanken an das an, was ihm bevorstand. Ein Teil von ihm war unsicher und verängstigt, der andere wütend und eiskalt.

Jetzt setzte Jason sich in Bewegung, ging in nördlicher Richtung auf die Kurve zu, dabei den Schutz jedes einzelnen Baumes ausnützend, so wie er das vorher auch getan hatte. Er erreichte den Wagen, der mit dem auf dem Dach festgeschnallten Fahrrad an ihm vorbeigefahren war; er parkte am Straßenrand, und unter der Windschutzscheibe war ein großes Schild festgeklebt. Er schob sich näher heran und las die chinesischen Schriftzeichen und lächelte dabei.

Dies ist ein defektes Dienstfahrzeug der Regierung. Es ist streng verboten, sich an diesem Fahrzeug zu schaffen zu machen. Diebstahl wird streng bestraft.

In der linken unteren Ecke war in kleinerer Schrift zu lesen: *Volksdruckkerei Nummer 72. Shanghai.* Wieviel Hunderttausende solcher Schilder waren von der Druckerei Nummer 72 wohl hergestellt worden? Vielleicht galten sie als Garantiescheine, und mit jedem Fahrzeug wurden zwei geliefert.

Er zog sich wieder in den Schatten zurück und ging weiter, bis er die freie Stelle vor dem im Scheinwerferlicht daliegenden Tor erreicht hatte. Seine Augen folgten dem grünen Zaun. Auf der linken Seite verschwand er in der Finsternis des Waldes. Auf der rechten reichte er vielleicht siebzig Meter über das Wachhäuschen hinaus, vorbei an einem Parkplatz mit numerierten Stellflächen für die Touristenbusse und Taxis, und bog dahinter scharf nach Süden ab. Wie er das nicht anders erwartet hatte, war ein Vogelreservat in China umzäunt, um Diebe abzuhalten. Wie d'Anjou es formuliert hatte: »Vögel werden in China seit Jahrhunderten verehrt. Sie gelten als Delikatesse, sowohl für das Auge als auch für den Gaumen.« Echo. Echo war verschwunden. Er fragte sich, ob d'Anjou gelitten hatte . . . *Keine Zeit.*

Stimmen! Borowskis Kopf fuhr zu dem Tor herum. Der chinesische Offizier und ein anderer, viel jüngerer Wachmann – nein, jetzt handelte es sich ganz eindeutig um einen Soldaten – kamen hinter dem Wachhäuschen hervor. Der jüngere Mann schob ein Fahrrad neben sich her, und der Offizier hielt sich ein kleines Funkgerät ans Ohr.

»Kurz nach neun Uhr werden die ersten eintreffen«, sagte er jetzt, ließ das Gerät sinken und schob die Antenne zurück.

»Sieben Fahrzeuge in Abständen von drei Minuten.«

«Und der Lastwagen?«

»Wird das letzte Fahrzeug sein.«

Der Wachposten sah auf die Uhr. »Vielleicht sollten Sie dann den Wagen holen. Wenn ein Kontrollanruf kommt, weiß ich Bescheid.«

»Gute Idee«, nickte der Offizier, hängte sich das Funkgerät an den Gürtel und griff nach der Lenkstange des Fahrrads.

»Mir gehen diese bürokratischen Weiber, die wie die Hunde bellen, auf die Nerven.«

»Trotzdem müssen Sie Geduld mit ihnen haben«, lachte der junge Wachposten. »Und dann müssen Sie sich die Einsamen, die Häßlichen heraussuchen und sie gut bedienen, zwischen den Beinen. Stellen Sie sich nur vor, wenn die Ihnen ein schlechtes Zeugnis ausstellen würden? Dann könnten Sie diesen herrlichen Posten verlieren.«

»Sie meinen diesen schwachköpfigen Bauern, den Sie abgelöst haben –«

»Nein, nein«, fiel ihm der Posten ins Wort. »Die suchen sich die Jüngeren heraus, die gut aussehen, Leute wie mich. Nach unseren Fotos natürlich. Er ist anders; der zahlt ihnen Yuan aus seinen Verkäufen von Fundsachen. Manchmal frage ich mich, ob er überhaupt etwas verdient.«

»Mir fällt es manchmal schwer, euch Zivilisten zu verstehen.«

»Das darf ich vielleicht verbessern, Herr Oberst. Im wahren China bin ich ein Hauptmann in der Kuomintang.«

Diese Bemerkung verblüffte Jason. Was er gehört hatte, war unglaublich! *Im wahren China bin ich ein Hauptmann in der Kuomintang. Im wahren China? Taiwan? Du großer Gott, hat es angefangen? Der Krieg der beiden China? Ging es diesen Männern darum? Wahnsinn!* Eine ungeheure Metzelei! Der ganze Pazifikraum würde in Flammen stehen! Herrgott! War er auf seiner Jagd nach einem Killer auf das *Undenkbare* gestoßen?

Das war einfach zuviel, zu aufwühlend, zu beängstigend. Er mußte jetzt ganz schnell handeln, für Denken war jetzt keine Zeit. Er blickte auf das Leuchtzifferblatt seiner Uhr. Es war 20.54 Uhr. Er wartete, bis der Armeeoffizier an ihm vorbeigeradelt war, und arbeitete sich dann vorsichtig und lautlos durch das Blattwerk, bis er den Zaun sah. Er ging auf ihn zu, holte die Taschenlampe heraus und ließ sie zweimal kurz aufblitzen, um die Ausmaße des Zauns zu beurteilen zu können. Sie waren ungewöhnlich. Er war an die vier Meter hoch und neigte sich oben mit seinem Stacheldraht nach außen wie ein Gefängniszaun nach innen. Er griff in seine Hüfttasche, drückte die Handgriffe zusammen und holte den Drahtschneider heraus. Dann tastete er mit der linken Hand in die Finsternis, bis er die unterste Drahtreihe gefunden hatte, und setzte sein Werkzeug an.

Wäre David Webb nicht so verzweifelt und Jason Borowski nicht so wütend gewesen, hätte er es nicht geschafft. Das war kein gewöhnlicher Zaun; der Draht war wesentlich stärker, als man ihn irgendwo sonst für Umfriedungen der gewalttätigsten Verbrecher benutzte. Jason mußte für jeden einzelnen Schneidevorgang seine ganze Kraft einsetzen und den Drahtschneider ein paarmal betätigen, bis das Metall schließlich brach. Und jeder einzelne Schneidevorgang kostete wertvolle Minuten.

Wieder sah Borowski auf sein Leuchtzifferblatt. 21.06 Uhr. Er stemmte die Füße gegen den Boden, preßte die Schultern gegen den Drahtzaun und drückte das etwa einen halben Meter hohe Drahtrechteck nach innen. Er kroch hinein, schweißüberströmt, und lag jetzt schwer atmend auf dem Boden. *Keine Zeit. 21.08 Uhr.*

Unsicher richtete er sich auf die Knie auf, schüttelte den Kopf, um Klarheit in seine Gedanken zu bekommen, und setze sich nach rechts in

Bewegung, hielt sich am Zaun fest, bis er die Ecke vor dem Parkplatz erreicht hatte. Das von Scheinwerfern angeleuchtete Tor lag siebzig Meter links von ihm.

Plötzlich tauchte das erste Fahrzeug auf. Es war eine russische Zia-Limousine, Baujahr Ende der Sechziger. Sie bog jetzt in den Parkplatz ein, auf die erste Position rechts neben dem Wachhäuschen. Sechs Männer stiegen aus und gingen in militärischem Gleichschritt auf den Haupteingang des Vogelreservats zu. Sie verschwanden in der Finsternis, und die Lichtkegel ihrer Taschenlampen beleuchteten ihren Weg. Jason sah ganz genau hin; den Weg würde er auch einschlagen.

Drei Minuten später, genau nach Plan, fuhr ein zweiter Wagen durch das Tor und parkte neben dem Zia. Drei Männer stiegen aus dem Fond, während der Fahrer und der Beifahrer miteinander redeten. Wenige Sekunden später stiegen auch sie aus, und Borowski mußte sich zusammenreißen, die Beherrschung nicht zu verlieren, als sein Blick den großen, schlanken Menschen erfaßte, der sich katzengleich bewegte, wie er jetzt an dem Wagen entlang zu dem Fahrer ging. Das war der Killer! Das Chaos am Kai-tak-Flughafen hatte die komplizierte Falle in Beijing notwendig gemacht. Wer auch immer auf diesen Killer Jagd machte, mußte schnell gefangen und zum Schweigen gebracht werden. Informationen mußten durchsickern und den Schöpfer des Killers erreichen – und wer kannte die Taktiken dieses Lohnkillers besser als der, der sie ihm beigebracht hatte? Wer war mehr auf Rache aus als der Franzose? Wer sonst war imstande, den anderen Jason Borowski ausfindig zu machen? D'Anjou war der Schlüssel, und der Kunde dieses – des falschen – Jason Borowski wußte es.

Und Jason Borowskis Instinkte – ein Produkt von Medusa, woran er sich schmerzhaft erinnerte – waren richtig. Als die Falle im Mao-Mausoleum so katastrophal versagt hatte, die Entweihung eines Heiligtums, die die ganze Republik erschütterte, hatte sich der Elitezirkel der Verschwörer schnell neu gruppieren müssen, unter strengster Geheimhaltung, da sie sich einer Krise ohnegleichen ausgesetzt sahen; jetzt war keine Zeit zu verlieren, die nächsten Schritte zu überlegen.

Aber Geheimhaltung war unerläßlich. *Im wahren China bin ich ein Hauptmann der Kuomintang.* Herrgott! War das *möglich*?

Geheimhaltung. Für ein verlorenes Königreich? Gab es irgendeinen Ort, wo man es besser finden konnte als in den unberührten Weiten idyllischer staatlicher Vogelreservate, die von mächtigen Maulwürfen der Kuomintang in Taiwan kontrolliert wurden? Eine Strategie, die aus Verzweiflung geboren war, hatte Borowski die Augen geöffnet.

Keine Zeit! Das ist nicht deine Sache! Nur er!

Achtzehn Minuten später waren die sechs Automobile eingetroffen, die Insassen ausgestiegen und hatten sich irgendwo im finsteren Wald des Vogelreservats ihren Kollegen angeschlossen. Schließlich, seit der

Ankunft der russischen Limousine waren einundzwanzig Minuten verstrichen, rumpelte ein mit einer Segeltuchplane abgedeckter Lastwagen durchs Tor, beschrieb einen weiten Bogen und parkte neben der letzten Limousine, keine zehn Meter von Jason entfernt. Erschreckt sah er zu, wie gefesselte und geknebelte Männer und Frauen von der Ladefläche gestoßen wurden; sie stürzten ohne Ausnahme, rollten über den Boden und stöhnten vor Schmerzen. Dann sah er, wie am Ende der Ladefläche ein Mann sich wehrte, gegen seine Bewacher ankämpfte und nach den zwei Männern trat, die ihn festhielten und schließlich doch auf den kiesbedeckten Parkplatz hinunterwarfen. Das war kein Chinese ... Borowski erstarrte. Es war *d'Anjou!* In dem schwachen Licht konnte er erkennen, daß Echos Gesicht verschrammt, daß seine Augen angeschwollen waren. Als der Franzose sich mühsam aufrichtete, knickte ihm immer wieder das linke Bein ein, und doch ließ er sich von seinen Häschern nicht unterkriegen; er blieb trotzig stehen.

Du mußt dich rühren! Etwas tun! Was? *Medusa – wir hatten Signale.* Was für Signale waren das? O Gott! Steine, Stöcke, Felsbrocken ... *Kies!* Wirf etwas, um ein Geräusch zu erzeugen, ein schwaches Geräusch, das ablenkt und alles mögliche sein könnte – weit weg, so weit wie möglich weg! Und dann der nächste Schritt. *Schnell!*

Jason ließ sich im Schatten des Zaunes auf die Knie nieder. Er hob eine Handvoll Kies auf und warf ihn über die Köpfe der sich mühsam aufrichtenden Gefangenen. Das kurze Klappern auf den Dächern einiger Wagen ging unter den erstickten Schreien der gefesselten Gefangenen verloren. Borowski warf noch einmal, diesmal ein paar Steine mehr. Der Bewacher, der neben d'Anjou stand, sah in die Richtung, in der die Steinchen herunterfielen, tat die kleine Ablenkung aber gleich wieder ab, als seine Aufmerksamkeit sich einer Frau zuwandte, die sich aufgerichtet hatte und jetzt auf das Tor zurannte. Er eilte auf sie zu, packte sie am Haar und riß sie in die Gruppe zurück. Wieder griff Jason nach Kieselsteinen.

Und dann hielt er inne. D'Anjou war zu Boden gefallen, sein Gewicht ruhte auf seinem rechten Knie, und seine gefesselten Hände stützten ihn. Er beobachtete den jetzt abgelenkten Bewacher und drehte sich langsam in Richtung auf Borowski herum. Medusa war nie weit von Echo entfernt – er hatte sich *erinnert.* Schnell hob Jason die Hand, so daß seine Handfläche sichtbar wurde, einmal, *zweimal.* Der schwache Widerschein des Lichts von seiner Handfläche reichte aus; der Blick des Franzosen wanderte zu ihm herüber. Borowski schob den Kopf im Schatten vor. Echo sah ihn! Ihre Augen begegneten sich. D'Anjou nickte und wandte sich dann ab und richtete sich mühsam und schmerzgekrümmt auf, als der Bewacher zurückkehrte.

Jason zählte die Gefangenen. Es waren, Echo mit eingerechnet, zwei Frauen und fünf Männer. Jetzt wurden sie von ihren Bewachern, die beide Schlagstöcke vom Gürtel genommen hatten und sie jetzt dazu benutzten, den Gefangenen Beine zu machen, auf den Weg vor dem Parkplatz getrieben. D'Anjou stürzte. Sein linkes Bein sackte ein, so daß er beim Fallen zur Seite gedreht wurde. Borowski beobachtete ihn scharf; an dem Sturz war etwas Eigenartiges. Dann begriff er. Die Finger des Franzosen spreizten sich. Jetzt deckte er die Bewegung mit seinem Körper ab und hob zwei Hände Kies auf, und als einer der Bewacher näher kam und ihn hochzog, blickte d'Anjou wieder kurz in Jasons Richtung. Das war ein Signal. Echo würde die Steinchen fallen lassen, um so Borowski eine Spur zu liefern, der er folgen konnte.

Die Gefangenen wurden nach rechts getrieben, aus der kiesbedeckten Zone hinaus, währen der junge Wachmann, der »Hauptmann in der Kuomintang«, das Tor versperrte. Jason rannte hinter dem Zaun hervor in den Schatten, den der Lastwagen bot, zog das Jagdmesser aus der Scheide, kauerte neben der Motorhaube nieder ... sah zu dem Wachhäuschen hinüber. Der Posten stand jetzt vor der Tür und sprach in sein Funkgerät. Das Gerät mußte weg. Und der Mann auch.

Feßle ihn. Kneble ihn.

Töte ihn! Du darfst keine unnötigen Risiken eingehen. Hör auf mich!

Borowski ließ sich zu Boden fallen und trieb das Jagdmesser in den linken Vorderreifen des Lastwagens und rannte dann, während die Luft aus dem Reifen entwich, nach hinten und tat dort das gleiche. Dann rannte er um den Lastwagen herum und auf den nächsten Wagen zu. Geduckt jede Schattenpartie ausnutzend, schlitzte er die anderen Reifen des Lkws und die auf der linken Seite der Limousine auf. Das machte er an der ganzen Fahrzeugreihe, bis auf den russischen Zia, der keine zehn Meter vom Wachhäuschen stand. Jetzt war der Posten dran.

Feßle ihn —

Töte ihn! Du darfst nichts dem Zufall überlassen, nur so kommst du zu deiner Frau zurück!

Lautlos öffnete Jason die Tür des russischen Wagens, griff hinein und löste die Handbremse. Dann schloß er die Tür ebenso leise und schätzte den Abstand von der Motorhaube bis zum Zaun ab; es waren ungefähr zweieinhalb Meter. Er packte den Fensterrahmen und lehnte sich mit seinem ganzen Gewicht vorwärts, das Gesicht zu einer Grimasse verzerrt, als der schwere Wagen sich in Bewegung setzte. Er versetzte dem Fahrzeug einen letzten Stoß und war schon vor dem danebenstehenden Wagen, als die Limousine gegen den Zaun krachte. Er duckte sich und griff in die rechte Hüfttasche.

Als der verblüffte Posten das Krachen hörte, rannte er um sein Wachhäuschen herum auf den Parkplatz, blickte verblüfft nach allen Seiten und starrte dann den wieder zum Stillstand gekommenen Zia an. Er schüttelte fassungslos den Kopf und ging zur Tür hinüber.

Borowski sprang aus der Finsternis vor. Er hielt die Spulen in beiden

Händen, ließ den Draht über den Kopf des Postens fliegen. Keine drei Sekunden, und es war vorbei. Die Schlinge war tödlich; der Hauptmann der Kuomintang war tot.

Jason zog das Funkgerät von seinem Gürtel und durchsuchte die Kleider des Mannes. Es war immer möglich, etwas Wertvolles zu finden. Und da war es auch! Zuerst eine Pistole, nicht besonders überraschend. Vom selben Kaliber wie die, die er einem anderen Verschwörer in Maos Mausoleum abgenommen hatte. Spezielle Waffen für spezielle Leute, ein weiteres Erkennungszeichen: einheitliche Bewaffnung. Statt einem Schuß verfügte er jetzt über neun, dazu noch über den Schalldämpfer, der verhindert hatte, daß die Ruhe der verehrten Toten in einem verehrten Mausoleum gestört wurde. Und dann fand er noch eine Brieftasche mit Geld und einem Ausweis der Volkssicherheitskräfte. Die Verschwörer hatten Kollegen in hohen Positionen. Borowski rollte die Leiche unter die Limousine und schlitzte ihre Reifen auf. Die schwere Limousine sackte zu Boden. Die Ruhestätte des Hauptmanns von der Kuomintang war sicher und ungestört.

Jason rannte zu dem Wachhäuschen hinüber und überlegte, ob er die Scheinwerfer ausschießen sollte oder nicht, und entschied sich schließlich dagegen. Wenn er überlebte, würde er das Licht brauchen, wenn – *wenn?* Er *mußte* überleben!

Marie!

Er ging hinein, kniete sich hinter das Fenster und holte die Patronen aus der Pistole des Postens und schob sie in die eigene Waffe. Dann sah er sich nach Einsatzplänen oder Instruktionen um; neben dem Schlüsselbund an einem Wandhaken hing eine Einsatzliste. Er schnappte sich die Schlüssel.

Ein Telefon klingelte! Das Schrillen der Glocke hallte ohrenzerreißend von den Glaswänden des Wachhäuschens wider. *Falls ein Kontrollanruf kommt, weiß ich Bescheid. Ein Hauptmann der Kuomintang.* Borowski stand auf, nahm das Telefon von der Theke und duckte sich wieder, hielt die Hand über die Sprechmuschel.

»*Jin Shan*«, sagte er heiser. »*Ja?*«

»Hallo, mein Schmetterling«, antwortete eine Frauenstimme, in, wie Jason fand, recht unkultiviertem Mandarin.

»Wie geht es heute deinen Vögeln?«

»Denen geht es gut, aber mir nicht.«

»Du klingst auch ganz fremd. Ich spreche doch mit Wo, oder nicht?«

»Ja, bloß daß ich mich schrecklich erkältet habe und mich die ganze Zeit übergeben muß und alle zwei Minuten aufs Klo rennen. Ich kann nichts bei mir behalten.«

»Wird das morgen vorbei sein? Ich möchte mich nicht anstecken.«

Du mußt die Einsamen bedienen, die Häßlichen . . .

»Ich will dich unbedingt sehen –«

»Du wirst zu schwach sein. Ich rufe dich morgen nacht an.«

»Mein Herz verkümmert wie eine sterbende Blume.«

»Kuhdung!« Die Frau legte auf.

Während des Gesprächs waren Jasons Blicke zu einer schweren Kette gewandert, die in der Ecke des Wachhäuschens lag. Er begriff. In China, wo so viele mechanische Gegenstände versagten, diente die Kette als Sicherheit, falls das Torschloß nicht funktionieren sollte. Auf den Kettengliedern lag ein ganz gewöhnliches stählernes Vorhängeschloß. Einer der Schlüssel in dem Bund sollte in das Schloß passen, dachte er, und probierte einige aus, bis das Schloß aufsprang. Er packte die Kette und wollte schon ins Freie rennen, blieb dann aber stehen, drehte sich um und riß die Telefonschnur aus der Wand. Noch ein mechanischer Gegenstand, der nicht funktionieren würde.

Am Tor wand er die Kette in ihrer ganzen Länge um die Mitte der zwei Pfosten, bis nur noch eine Masse aus Stahlgliedern zu sehen war. Er drückte vier Kettenglieder zusammen, schob den Bügel des Schlosses hinein und drückte es zu. Die ganze Kette war jetzt straff gespannt, und auch eine Kugel, die man in diese Metallmasse feuerte, würde sie keineswegs zerfetzen, sondern eher abprallen und den Schützen und das Leben aller Umstehenden gefährden. Er drehte sich um und eilte, stets im Schatten bleibend, auf dem mittleren Weg davon.

Der Weg war dunkel. Das dichte Gehölz verschluckte den vom beleuchteten Tor zurückgeworfenen Lichtschein, nur am Himmel war noch Licht zu sehen. Er hielt die Taschenlampe in der linken Hand zu Boden gerichtet und entdeckte alle zwei Meter ein Steinchen: kleine Verfärbungen auf dem dunklen Boden in gleichmäßigem Abstand. D'Anjou hatte die Steinchen wahrscheinlich mit Daumen und Zeigefinger glattgerieben, um den Schmutz des Parkplatzes zu entfernen, damit sie besser zu sehen waren. Echo hatte seine Geistesgegenwart nicht verloren.

Plötzlich waren da zwei Steine, nicht einer, und nur wenige Zentimeter voneinander getrennt. Jason blickte auf, kniff die Augen im winzigen Lichtkegel seiner Taschenlampe zusammen. Die zwei Steine waren kein Zufall, sondern wieder ein Signal. Der Hauptweg setzte sich geradeaus fort, aber der, den die Gefangenen hatten einschlagen müssen, bog scharf nach rechts ab. Zwei Steine bedeuteten eine Abzweigung.

Und dann änderte sich plötzlich der Abstand zwischen den Steinen. Immer weiter auseinander lagen sie, und gerade als Borowski glaubte, es kämen keine mehr, sah er noch einen. Und dann lagen wieder zwei auf dem Boden, markierten wieder eine Abzweigung. D'Anjou wußte, daß ihm die Steine ausgingen, und hatte deshalb seine Methode geändert. Jason begriff. Solange die Gefangenen ihren Weg beibehielten, würden jetzt keine Steine mehr kommen, aber bei jeder Abzweigung deuteten zwei Kieselsteine in die richtige Richtung.

Er arbeitete sich an kleinen Sumpfpartien vorbei, tief in die Felder hinein und wieder aus ihnen heraus, und überall war das Flattern von Flügeln und das Kreischen aufgestörter Vögel zu hören, wenn sie in den mondhellen Himmel aufstiegen. Schließlich war da nur noch ein schmaler Pfad, der in eine Art Schlucht hinunterführte.

Er blieb stehen und knipste die Taschenlampe aus. Weiter unten, etwa dreißig Meter weg, war das Glühen einer Zigarette zu sehen. Der Lichtpunkt bewegte sich langsam auf und ab, ein Mann, der nicht gerade vorsichtig war, aber der nicht zufällig dort stand. Und dann spähte Jason in die Finsternis dahinter – durch das dichte Blattwerk der Schlucht waren unregelmäßige Lichter zu sehen. Fackeln vielleicht? Natürlich, das war es, Fackeln. Er hatte sein Ziel erreicht. Dort unten in der Schlucht, hinter dem Posten mit seiner Zigarette, war der Versammlungsplatz.

Borowski zwängte sich in das dichte Unterholz zur Rechten des Weges. Bald mußte er feststellen, daß die lianenartigen Gewächse wild gewachsen und im Lauf der Jahre ineinander verwoben wie Fischernetze waren. Sie auseinanderzureißen oder zu zerbrechen würde Lärm machen, der nicht zu den normalen Geräuschen des Vogelreservats paßte. Das Knicken von Zweigen klang anders als das Flattern von Vogelschwingen oder das Kreischen aufgestörter Bewohner des Reservats. Er griff nach seinem Messer und wünschte, die Klinge wäre länger. Er brauchte für die paar Meter fast zwanzig Minuten, um sich lautlos einen Pfad bis zu dem Posten zu bahnen.

»*Mein Gott!*« Jason hielt den Atem an und unterdrückte einen Schrei. Er war ausgeglitten; das glitschige, zischende Geschöpf unter seinem linken Fuß war wenigstens eineinhalb Meter lang. Jetzt wand es sich um sein Bein, und er packte in seinem Schrecken danach, zog es von seinem Fleisch und schnitt es mit dem Messer auseinander. Die Schlange schlug ein paar Sekunden wild um sich, dann ließen ihre Zuckungen nach; sie war tot und entrollte sich zu seinen Füßen. Er schloß die Augen und schauderte, ließ einen Augenblick verstreichen. Dann kauerte er sich wieder nieder und kroch näher an den Posten heran, der sich gerade wieder eine Zigarette anzündete, oder besser gesagt, versuchte, sie mit einem Streichholz nach dem anderen anzuzünden, von denen keines Feuer fing.

»*Ma de shizi, shizi!*« stieß er halblaut hervor, die Zigarette im Mund.

Borowski kroch weiter, schnitt die letzten paar dicken Halme weg, bis er nur noch zwei Meter von dem Mann entfernt war. Er schob das Jagdmesser in die Scheide und griff wieder in die Hüfttasche nach seinen Drahtspulen. Kein Messerstich durfte dem Mann noch einen Schrei erlauben; ein konvulsivischer letzter Atemzug war das einzig gegebene Ende.

Er ist ein menschliches Wesen! Ein Sohn, ein Bruder, ein Vater!

Er ist der Feind. Unser Ziel. Das ist alles. Marie gehört dir, nicht denen.

Jason Borowski stürzte sich aus dem Gras vorwärts, als der Mann den ersten Zug inhalierte. Der Rauch quoll aus seinem weit aufgerissenen

Mund. Die Drahtschlinge spannte sich, und dann stürzte der Mann mit durchschnittener Luftröhre ins Unterholz, schlaff und tot.

Jason riß den blutigen Draht zurück, wischte ihn im Gras ab, rollte die Spulen zusammen und stopfte sie wieder in die Tasche. Er zerrte die Leiche tiefer ins Unterholz, weg vom Weg, und durchsuchte die Taschen des Postens. Das erste, was er fand, fühlte sich wie ein Bündel zusammengefaltetes Toilettenpapier an, in China eine Mangelware. Er zog die Taschenlampe vom Gürtel, hielt die Hand darüber und betrachtete erstaunt seinen Fund. Das Papier war zusammengefaltet und weich, aber es handelte sich nicht um Toilettenpapier. Es war Geld, Tausende von Yuan, mehr als die meisten Chinesen in Jahren verdienten. Der Posten am Tor, der ›Hauptmann der Kuomintang‹, hatte auch Geld gehabt – mehr als Jason für normal hielt –, aber bei weitem nicht so viel wie dieser. Als nächstes kam eine Brieftasche mit Fotos von Kindern, die Borowski schnell wieder zurücksteckte, ein Führerschein und ein Ausweis für ein *Mitglied der Volkssicherheitskräfte!* Jason zog das Papier heraus, das er der Brieftasche des ersten Postens entnommen hatte, und legte die beiden Ausweise nebeneinander auf den Boden. Sie waren identisch. Er faltete beide zusammen und steckte sie in die Tasche. Der letzte Gegenstand war ebenso verblüffend wie interessant. Es war ein Passierschein, der seinem Besitzer den Zugang zu den Freundschaftsläden erlaubte, jenen Geschäften, die für ausländische Reisende eingerichtet waren und zu denen Chinesen, abgesehen von höchsten Regierungsbeamten, keinen Zutritt hatten. Wer auch immer diese Männer hier waren, dachte Borowski, sie waren eine seltsame elitäre Gruppe. Untergeordnete Posten trugen Unsummen Geld bei sich und genossen Privilegien, wie sie eigentlich nur wesentlich höheren Rangstufen zukamen, und hatten Ausweise der Geheimpolizei. Wenn es wirklich Verschwörer waren – und alles, was er von Shenzen bis zu diesem Vogelreservat gehört hatte, schien das zu bestätigen –, dann reichte diese Verschwörung weit in die Hierarchie von Beijing hinein. *Keine Zeit! Das betrifft dich nicht!*

Die Waffe, die der junge Mann umgeschnallt hatte, war, wie zu erwarten, der ähnlich, die in seinem Gürtel steckte, oder jener, die er am Jing-Shan-Tor in den Wald geworfen hatte. Es war eine hochwertige Waffe, und Waffen waren Symbole. Eine Präzisionswaffe war ebenso ein Statussymbol wie eine teure Uhr, von der es zwar Nachahmungen gibt, die ein geschulter Blick aber sofort durchschaute. Eine solche Waffe konnte man herzeigen, um seinen Status unter Beweis zu stellen. Sie war das Erkennungzeichen einer Elite. *Keine Zeit! Das geht dich nichts an! Weiter!*

Jason entlud die Pistole, steckte die Munition ein und warf die Waffe in den Wald. Dann kroch er auf den Weg hinaus und ging langsam und lautlos auf die flackernden Lichter hinter der Wand aus hohen Bäumen zu.

Was er sah, war keine Schlucht. Es war ein riesiger Krater aus prähistorischen Zeiten, eine Wunde, die bis in die Eiszeit zurückreichte und noch nicht geheilt war. Vögel flatterten darüber, neugierig und erschreckt; aufgestörte Eulen schrien mißtönend. Borowski stand am Rand des Abhangs und blickte zwischen den Bäumen auf die fackelbeleuchtete Versammlung. David Webb stöhnte, hätte sich am liebsten übergeben, aber ein eiskalter Befehl hielt ihn davon ab.

Hör auf. Beobachte. Finde heraus, womit wir es zu tun haben.

An einem kräftigen Ast hing ein Gefangener an einem Seil, das mit seinen gefesselten Handgelenken verbunden war, die Arme über sich ausgestreckt, die Füße wenige Zoll vom Boden. Seiner Kehle entrangen sich trotz des Knebels im Mund unartikulierte Laute. Seine Augen flakkerten wild.

Ein schlanker Mann mittleren Alters in langen Hosen und Mao-Jacke stand vor dem sich heftig windenden Körper. Seine rechte Hand umschloß das juwelenbesetzte Heft eines dünnen Schwertes, dessen Spitze in der Erde steckte. David Webb erkannte die Waffe. Es handelte sich um das Zeremonienschwert eines Kriegsherrn aus dem vierzehnten Jahrhundert, einer brutalen Kaste von Militaristen, die Dörfer und Städte und ganze Landstriche vernichtet hatten, die auch nur im Verdacht standen, sich dem Willen der Yuan-Kaiser zu widersetzen. Doch diese Schwerter wurden nicht nur für Zeremonien, sondern auch für ganz brutale Zwecke gebraucht. David spürte eine Welle der Übelkeit in sich aufsteigen, als er die Szene unter sich beobachtete.

»*Hört mir zu!*« schrie der schlanke Mann und drehte sich zu seinen Zuhörern herum. Seine Stimme klang schrill, aber entschlossen, und zwang die Zuhörer in in ihren Bann. Borowski kannte ihn nicht, aber sein Gesicht war nicht zu vergessen. Das kurzgestutzte graue Haar, die hageren, bleichen Züge – und ganz besonders sein Blick, Jason konnte seine Augen nicht deutlich erkennen, aber der Feuerschein der Fackeln spiegelte sich in ihnen. Und diese Augen loderten ebenso.

»Die Nächte des Großen Schwertes *beginnen!*« schrie der schlanke Mann. »Und sie werden sich fortsetzen, Nacht für Nacht, bis alle, die uns verraten würden, zur Hölle geschickt sind! Jedes einzelne dieser giftigen Insekten hat sich an unserer heiligen Sache versündigt, hat Verbrechen begangen, die zu dem großen Verbrechen führen könnten, die nach dem Schwert verlangen.« Er wandte sich dem gefesselten Gefangenen zu. »*Du!* Die Wahrheit, und nichts als die Wahrheit! Kennst du die Langnase?«

Der Gefangene schüttelte den Kopf, und wieder drang ein unterdrücktes Stöhnen aus seiner Kehle.

»*Lügner!*« schrillte eine Stimme aus der Menge. »Er war heute nachmittag am Tian An Men!«

Er hat gegen das wahre China gesprochen!« schrie ein anderer. »Ich habe ihn im Hua-Gong-Park bei den jungen Leuten gehört!«

»Und im Kaffeehaus an der Xidan Bei!«

Der Gefangene zuckte zusammen, und seine geweiteten Augen starrten erschreckt in die Menge. Borowski begriff. Der Mann hörte hier Lügen und wußte nicht warum, aber Jason wußte es. Die Inquisition tagte; ein Unruhestifter, oder ein Mann mit Zweifeln, wurde im Namen eines größeren Verbrechens eliminiert. *Die Nächte des Großen Schwertes beginnen – Nacht für Nacht!* Eine Schreckensherrschaft im kleinen, blutigen Reich inmitten eines riesigen Landes, wo jahrhundertelang blutrünstige Kriegsherren gewütet hatten.

»Das hat er getan?« schrie der hagere Redner. »Das hat er *gesagt*?«

Ein fanatisches Stimmengewirr erfüllte die Schlucht.

»Am Tian An Men . . .!«

»Er hat mit der Langnase gesprochen . . .!«

»Er hat uns alle verraten . . .!«

»Er will unseren Tod, unsere Niederlage . . .!«

»Er spricht gegen unsere Führer, will ihren Tod . . .!«

»Sich gegen unsere Führer zu stellen«, sagt der Mann mit dem Schwert ruhig, aber immer lauter werdend, »heißt, sie in den Schmutz ziehen. Das ist eine Sünde gegen die Gabe des Lebens. Wer sich dagegen versündigt, verdient nicht zu leben.«

Der gefesselte Mann bäumte sich wieder auf, so daß er an seinem Seil zu schwanken begann, und sein Stöhnen wurde lauter und mischte sich in das der anderen Gefangenen, die angesichts der bevorstehenden Exekution vor dem Sprecher knien mußten. Nur einer versuchte immer wieder, sich aufzurichten, und wurde von dem Wächter, der neben ihm stand, immer wieder niedergedrückt. Das war Philippe d'Anjou. Echo sandte eine weitere Nachricht zu Delta, aber Jason Borowski konnte sie nicht verstehen.

». . . dieser kranke, undankbare Heuchler, dieser Lehrer der Jungen, den wir wie einen Bruder unter uns aufgenommen haben, weil wir die Worte glaubten, die er sprach – so mutig sprach, wie wir dachten, im Gegensatz zu denen, die unser Mutterland quälen – , ist mehr als ein *Verräter*. Seine Worte sind *hohl*. Er ist ein verschworener Begleiter der verräterischen Winde, und die würden ihn zu unseren Feinden tragen, zu denen, die Mutter China quälen! Vielleicht wird der Tod ihm die Läuterung bringen!« Der Redner zog das Schwert aus dem Boden und hob es über seinen Kopf.

Und auf daß sein Same sich nicht verbreite. David Webb, der Gelehrte, erinnerte sich an die Worte des alten Rituals und hätte am liebsten die Augen geschlossen, hätte ihm das sein anderes Ich nicht verboten. *Zerstören wir den Quell, dem der Same entspringt, und beten wir zu den Geistern, auf daß sie alles das zerstören mögen, in das er hier auf Erden eingedrungen ist.*

Das Schwert fuhr herunter und hackte die Genitalien des schreienden, sich windenden Körpers ab.

Und auf daß seine Gedanken sich nicht verbreiten mögen und die Unschuldigen und die Schwachen verseuchen, beten wir zu den Geistern, auf daß sie sie zerstören mögen, wo immer sie sind, so wie wir hier den Quell zerstören, dem sie entspringen.

Jetzt beschrieb das Schwert einen waagrechten Bogen und durchschnitt den Hals des Gefangenen. Der zuckende Körper fiel in einem Schwall von Blut zu Boden, und der schlanke Mann mit den lodernden Augen hieb mit dem Schwert auf den abgeschlagenen Kopf, bis keine Ähnlichkeit mit einem menschlichen Gesicht mehr zu erkennen war.

Der Rest der entsetzten Gefangenen erfüllte die Schlucht mit Klagegeschrei und wand sich auf dem Boden, bettelte um Gnade. Nur einer nicht. D'Anjou richtete sich auf und starrte stumm den Mann mit dem Schwert an. Der Wächter ging auf ihn zu und sagte etwas, worauf der Franzose sich halb herumdrehte und ihm ins Gesicht spuckte. Der Posten fuhr, vielleicht benommen von dem, was er eben mit angesehen hatte, zurück. Was *tat* Echo da? *Was war seine Botschaft?*

Dann blickte Borowski zu dem Henker mit dem hageren Gesicht und dem kurz gestutzten grauen Haar hinüber. Jetzt wischte er die lange Klinge seines Schwertes mit einem weißen Seidentuch ab, währen Helfer die Leiche und die Überreste des Schädels des Gefangenen entfernten. Er deutete auf eine auffällig attraktive Frau, die jetzt von den zwei Wachen zu dem Seil hinübergezerrt wurde. Ihre Haltung war aufrecht, trotzig. Delta studierte das Gesicht des Henkers. Unter den irre flammenden Augen war der dünne Mund des Mannes zu einem schmalen Schlitz verzerrt. Er lächelte.

Er war ein toter Mann. Irgendwann, irgendwo würde er sterben. Vielleicht heute noch. Ein Henker, ein blutbesudelter blinder Fanatiker, der den Osten in einen unvorstellbaren Krieg stürzen wollte – China gegen China, und der Rest der Welt würde folgen.

Heute nacht!

27

»Die Frau ist ein Kurier, eine Person, der wir unser *Vertrauen* geschenkt haben«, fuhr der Redner fort, und seine Stimme schwoll dabei langsam an, wie die eines Sektenpredigers, der das Evangelium der Liebe verkündet, während er das Werk des Teufels vor Augen hat. »Ein Vertrauen, das nicht verdient, sondern guten Glaubens gegeben wurde, denn sie ist die Frau eines der Unseren, eines tapferen Soldaten, eines erstgeborenen Sohns einer angesehenen Familie des wahren China. Ein Mann, der, während ich hier spreche, sein Leben aufs Spiel setzt, um unsere Feinde im Süden zu infiltrieren. Auch er hat ihr vertraut . . . und sie hat sein Vertrauen *verraten*. Sie hat ihren tapferen Mann *verraten*, uns *alle* verraten! Sie ist nichts als eine *Hure*, die mit dem *Feind* schläft! Und während sie ihre Begierde befriedigt – wie viele Geheimnisse hat sie dabei enthüllt, wie tief reicht ihr Verrat? Ist sie vielleicht die Kontaktperson der Langnasen hier in Beijing? Ist sie es, die unseren Feinden sagt, worauf sie achten, was sie erwarten sollen? Wie sonst hätte es zu dem schrecklichen Tag kommen können? Unsere erfahrensten Männer haben unseren Feinden eine Falle gestellt, der sie erlegen wären, und dann wären wir frei gewesen von den Verbrechern aus dem Westen, die glauben, sich nur dadurch Reichtümer verschaffen zu können, indem sie vor denen im Staub liegen, die China quälen und peinigen. Man hat mir berichtet, daß sie heute morgen am Flughafen war. Am *Flughafen!* Wo die Falle ihren Anfang nahm! Hat sie ihren geilen Körper einem unserer Getreuen hingegeben, ihn vielleicht unter Drogen gesetzt? Hat er ihr vielleicht in berauschtem Zustand gesagt, was sie tun sollte, was sie unseren Feinden sagen sollte? Was hat diese Hure *getan*?«

Ein abgekartetes Spiel, dachte Borowski. Eine Anklage, die sich so sehr über die Fakten und die damit in Verbindung stehenden Erkenntnisse hinwegsetzte, daß selbst ein Gerichtshof in Moskau einen solchen Marionettenankläger mit Schimpf und Schande davongejagt hätte. *Die Herrschaft des Schreckens in dem Stamm der Kriegsherren hielt an. Es gilt, die Ungetreuen auszumerzen und die Verräter zu finden und jeden zu töten, der auch nur entfernt des Verrats verdächtig ist.*

Unter den Zuhörern erhob sich leise, aber immer lauter werdend, der Ruf »Hure!« und »Verräterin!«, während die gefesselte Frau versuchte, sich den zwei Wachen zu entwinden. Der Redner hob die Hände, um sich Ruhe zu verschaffen, die sofort eintrat.

»Ihr Liebhaber war ein verabscheuungswürdiger Journalist der Xinhua-Nachrichtenagentur, jenes verlogenen Organs des abscheulichen Regimes. Ich sage ›war‹, weil diese widerwärtige Kreatur seit einer Stunde tot ist, durch den Kopf geschossen. Man hat ihm die Kehle durchgeschnitten, damit alle wissen, daß auch er ein Verräter war! Ich selbst habe mit dem Mann dieser Hure gesprochen, weil ich ihm Ehre erweise. Er hat mich angewiesen, so zu handeln, wie es die Geister unserer Ahnen verlangen. Er will nichts mehr mit ihr zu tun haben –«

»*Aiyaaa!*« Mit der Kraft der Verzweiflung riß die Frau sich den Knebel vom Mund. »*Lügner!*« schrie sie. »*Mörderbrut!* Ihr habt einen anständigen Mann umgebracht, und ich habe *niemanden* verraten! *Mich* hat man verraten! Ich war nicht am Flughafen, und das wissen Sie auch! Ich habe diese Langnase nie gesehen, und auch das wissen Sie! Ich wußte nichts von dieser Falle für westliche Verbrecher, und Sie können die Wahrheit in meinem Gesicht lesen! Wie hätte ich davon wissen können?«

»Indem du mit einem ergebenen Diener unserer Sache gehurt hast und ihn verdorben, ihn unter *Drogen* gesetzt hast! Indem du dich ihm hingegeben hast und so lange mit ihm Unzucht getrieben hast, bis die Kräuter ihn *wahnsinnig* gemacht haben!«

»*Du* bist wahnsinnig! Du sagst diese Dinge, diese *Lügen*, weil du meinen Mann nach Süden geschickt hast und viele Tage zu mir gekommen bist, zuerst mit Versprechungen, dann mit Drohungen. Ich sollte dir zu *Diensten* sein. Das sei meine Pflicht, hast du gesagt! Du bist bei mir gelegen, und ich habe Dinge erfahren –«

»Weib, du *widerst mich an*! Ich bin zu dir gekommen und habe dich angefleht, deinen Mann und unsere Sache nicht zu entehren! Deinen Liebhaber aufzugeben und Vergebung zu suchen.«

»Eine *Lüge*! Männer sind zu dir gekommen, Taipans aus dem Süden, die mein Mann dir geschickt hat, Männer, die man in deinem hohen Haus nicht sehen durfte. Sie kamen insgeheim in die Läden unter meiner Wohnung, der Wohnung einer sogenannten ehrenwerten Witwe – eine weitere Lüge, die du mir und meinem Kind angehängt hast!«

»*Hure!*« kreischte der Mann mit dem Schwert und den fanatischen Augen.

»*Lügner!*« schrie die Frau zurück. »Wie du hat auch mein Mann viele Frauen, und ich bin ihm gleichgültig! Er schlägt mich, und du sagst mir, das sei sein Recht, weil er ein großer Sohn des wahren China ist! Und ich trage Botschaften von einer Stadt zur anderen, die mir Folter und Tod eintragen würden, wenn man sie bei mir fände, und ernte dafür nur Schmähungen und bekomme nicht einmal Geld für die Bahnfahrt, weil du sagst, es sei meine *Pflicht*! Wovon soll denn meine Tochter satt werden? Meine Tochter – das Kind, das dein großer Sohn Chinas nicht kennen will, weil er nur Söhne wollte!«

»Die Geister wollten dir keine Söhne gewähren, weil sie *Weiber* geworden wären, die einem großen Haus Chinas Schande gebracht hätten! *Du* bist die Verräterin! Du bist zum Flughafen gegangen und hast Verbindung mit unseren Feinden aufgenommen und damit zugelassen, daß ein Verbrecher entkam! Dir wäre es gleichgültig, wenn wir tausend Jahre versklavt wären –«

»Und du würdest uns auf zehntausend Jahre zu Vieh machen!«

»Du weißt nicht, was Freiheit ist, Weib!«

»*Freiheit?* Aus deinem Mund? Du willst mir einreden – willst *uns* einreden –, du würdest uns die Freiheiten zurückgeben, die unsere Eltern und Großeltern in dem wahren China hatten, aber *welche* Freiheiten, du *Lügner*? Die Freiheit, die blinden Gehorsam verlangt, die meinem Kind den Reis nimmt, einem Kind, das sein Vater verleugnet, weil er nur an *Herren* glaubt – Kriegsherren, Herren der Erde! *Aiya!*« Die Frau wandte sich der Menge zu. »*Ihr!*« schrie sie. »Ihr *alle!* Ich habe euch nicht verraten, und unsere Sache auch nicht. Aber ich habe vieles gelernt. Es war nicht so, wie dieser große Lügner sagt! Es *gibt* viel Leid und Tyrannei,

wie wir alle wissen, aber auch *früher* hat es Leid gegeben und Tyrannei!
. . . Mein Liebhaber war kein böser Mensch, kein blinder Gefolgsmann
des Regimes, sondern ein gebildeter Mann, ein sanftmütiger Mann, einer
der an das *ewige* China glaubte! Er wollte die Dinge, die auch *wir* wollen!
Er verlangte nur Zeit, um all das Böse zu korrigieren, das die alten Männer in den Komitees verseucht hatte, die uns führen. Vieles wird sich ändern, hat er mir gesagt. Einiges spürt man bereits. *Jetzt*! . . .Laßt nicht zu,
daß der Lügner mir das antut! Laßt nicht zu, daß er es *euch* antut!«

»*Hure! Verräterin!*« Die Klinge zischte durch die Luft und enthauptete
die Frau. Ihr kopfloser Körper fiel nach links, ihr Kopf nach rechts, und
aus beiden spritzte das Blut. Dann ließ der Erweckungsprediger das
Schwert herunterfahren, als wollte er ihre Überreste in Stücke zerhak-
ken, aber das Schweigen, das sich über die Menge gesenkt hatte, lastete
schwer und drückend. Er hielt inne; er hatte den Faden verloren. Aber er
knüpfte gleich wieder daran an. »Mögen die geheiligten Geister unserer
Ahnen ihr Frieden und Läuterung gewähren!« schrie er, und seine
Augen schweiften über die Menge, starrten jeden einzelnen an. »Denn
ich beende ihr Leben nicht aus Haß, sondern voll Mitgefühl für ihre
Schwäche. Sie wird Frieden und Vergebung finden. Die Geister werden
verstehen – aber *wir* müssen hier im *Mutterland* verstehen! Wir dürfen
keinen Fußbreit von unserem Weg zum Ziel abweichen – wir müssen
stark sein! Wir müssen –«

Borowski hatte genug von diesem Wahnsinnigen. Er war der fleisch-
gewordene Haß. Und er war ein toter Mann. Irgendwann, irgendwo
würde er sterben. Vielleicht heute noch – wenn möglich, *heute*!

Delta zog das Messer aus der Scheide und bewegte sich nach rechts,
kroch durch das dichte Unterholz. Sein Pulsschlag war seltsam ruhig,
und in ihm wuchs eine wütende Erkentnis – David Webb war verschwunden. Es gab so viele Dinge, an die er sich aus jenen wolkenver-
hüllten, fernen Tagen nicht erinnern konnte, aber es gab auch viel, das
für ihn jetzt wieder Gestalt annahm. Die Einzelheiten waren noch unklar, nicht aber seine Instinkte. Impulse lenkten ihn, und er war eins mit
der Finsternis des Waldes. Der Dschungel war sein Verbündeter, denn
er hatte ihn schon früher beschützt, ihn in jenen Tagen gerettet, an die er
sich nicht klar erinnern konnte. Die Bäume und die Lianen und das Unterholz waren seine Freunde; er bewegte sich zwischen ihnen wie eine
Wildkatze, mit sicherem Fuß und lautlos.

Er bog in der uralten Schlucht nach links und begann den Abstieg, den
Blick die ganze Zeit auf den Baum gerichtet, wo der Killer so lässig
stand. Der Redner hatte inzwischen seine Vorgehensweise geändert und
sich damit auf die veränderte Stimmung in seinem Publikum eingestellt.
Jetzt die tote Frau in Stücke zu hacken wäre falsch gewesen, und er war
ein Meister seiner Kunst, ein begnadeter Redner, der wußte, wann er
Liebe predigen mußte und wann ewige Verdammnis.

Ein paar Helfer hatten schnell die Spuren des gewaltsamen Todes der Frau entfernt, und die zweite Frau wurde mit einer Geste des zeremoniellen Schwertes herbeigewinkt. Sie war höchstens achtzehn, ein hübsches Mädchen, und während sie nach vorne gezerrt wurde, weinte sie und übergab sich.

»Deine Tränen sind überflüssig, Kind«, sagte der Redner mit seiner väterlichen Stimme. »Es war stets unsere Absicht, dich zu verschonen, weil man dir Pflichten abverlangt hat, für die du zu jung warst, weil dir das Privileg zuteil wurde, Geheimnisse zu erfahren, die dein Verständnis übersteigen. Die Jugend spricht häufig, wenn sie schweigen sollte . . . Man hat dich in der Gesellschaft von zwei Brüdern aus Hongkong gesehen – aber nicht *unseren* Brüdern. Männer, die für die ehrlose englische Krone arbeiten, jene dekadente, geschwächte Regierung, die das Mutterland an die verkauft hat, die uns quälen. Sie haben dir billigen Tand gegeben, hübschen Schmuck und Rouge für deine Lippen, und französisches Parfüm aus Kowloon. Jetzt sprich, Kind, was hast du *ihnen* gegeben?«

Das junge Mädchen, dem immer noch Erbrochenes durch den Knebel sickerte, schüttelte wild den Kopf; Tränen strömten ihr übers Gesicht.

»Sie hatte die Hand unter dem Tisch und zwischen den Beinen eines Mannes, das war in einem Café am Guangquem!« schrie einer aus der Menge.

»Das war eines der Schweine, die für die Briten arbeiten!« fügte ein anderer hinzu.

»*Jugend* läßt sich leicht verführen«, sagte der Redner und sah den Mann an, der gesprochen hatte, und seine Augen blitzten, als wolle er Schweigen gebieten. »In unseren Herzen ist Vergebung für die Verführten – solange die Verführung nicht zum Verrat führt.«

»Sie war am Ti-An-Men-Tor . . .!«

»Sie war *nicht* am Tian An Men, das habe ich *selbst* festgestellt!« schrie der Mann mit dem Schwert. »Deine Information ist falsch. Die einzige Frage, die noch bleibt, ist ganz einfach, *Kind*! Hast du von uns *gesprochen*? Könnte es sein, daß deine Worte zu unseren Feinden gelangt sind? Hier oder im Süden?«

Das Mädchen wand sich auf dem Boden, und ihr ganzer Körper schwankte verzweifelt hin und her, als könne sie so die Anklage von sich abschütteln.

»Ich akzeptiere deine Unschuld, so wie ein Vater das würde, aber nicht deine Unvernunft, Kind. Du bist zu unvorsichtig in der Wahl deines Umgangs, in der Gier nach Tand. Wenn die nicht uns dienen, können sie gefährlich sein.«

Das Mädchen wurde einem fettleibigen, selbstgefällig blickenden Mann in mittleren Jahren zur »Unterweisung und Meditation« in Gewahrsam gegeben. Der Gesichtsausdruck des älteren Mannes ließ klar erkennen, daß er seinen Auftrag viel umfassender interpretieren würde, als der Redner das vorgeschrieben hatte. Und wenn er mit ihr fertig war, einer Kindfrau, die der nach jungen Mädchen gierenden Hierarchie Beijings Geheimnisse entlockt hatte –, einer Hierarchie, die getreu den Worten Maos glaubte, solche Verbindungen würden ihre Lebenszeit verlängern –, würde sie verschwinden.

Zweien der drei noch verbleibenden Chinesen wurde buchstäblich der Prozeß gemacht. Die erste Anklage lautet auf Drogenhandel an der Achse Shanghai–Beijing. Ihr Verbrechen lag freilich nicht in der Verteilung von Narkotika, sondern darin, daß sie die Profite für sich behalten und riesige Geldsummen auf persönliche Konten bei zahlreichen Banken von Hongkong eingezahlt hatten. Einige der Zuhörer traten vor, um das Beweismaterial zu erhärten, mit der Erklärung, daß sie als nachgeordnete Verteiler den zwei »Bossen« große Bargeldsummen übergeben hätten, die nie in den geheimen Büchern der Organisation aufgezeichnet worden waren. Das war die erste Anklage, aber nicht die wichtigste. Die trug jetzt der Redner in seiner hohen Singsangstimme vor.

»Ihr reist in den Süden, nach Kowloon. Einmal, zweimal, häufig sogar *dreimal* pro Monat. Der Flughafen Kai-tak . . . *du*!« schrie der Eiferer mit dem Schwert und deutete auf den Gefangenen zu seiner Linken. »Du bist heute nachmittag zurückgeflogen. Du warst gestern in Kowloon. Gestern *nacht*! Kai-tak! Wir sind gestern nacht in Kai-tak *verraten* worden!« Der Redner ging mit langsamen, unheilverheißenden Schritten aus dem Licht der Fackeln auf die zwei versteinerten Männer zu, die vorne knieten. »Eure Ergebenheit dem Geld gegenüber ist größer als eure Ergebenheit für unsere Sache«, dröhnte er jetzt wie ein besorgter, aber zorniger Patriarch. »Brüder im Blut und Brüder im Diebstahl. Wir wissen das schon seit vielen Wochen, wissen es, weil in eurer Habgier soviel Angst war. Euer Geld mußte sich vermehren, so wie Ratten in der Gosse, und deshalb seid ihr zu den verbrecherischen Triaden in Hongkong gegangen! Wie emsig, wie unternehmerisch und doch wie unglaublich dumm! Glaubt ihr etwa, daß wir diese Triaden nicht kennen, oder sie uns? Glaubt ihr, daß es nicht Bereiche gibt, wo sich unsere Interessen treffen könnten? Glaubt ihr, daß die weniger *Abscheu* für Verräter empfinden als *wir*?«

Die zwei gefesselten Brüder warfen sich flehend auf die Knie, und aus ihren geknebelten Mündern klangen unartikulierte Laute, Bitten um Gehör. Der Redner ging auf den Gefangenen zu seiner Linken zu und riß den Knebel herunter, so daß die Schnur dem Mann ins Fleisch schnitt.

»Wir haben *niemanden* verraten, großer Herr!« kreischte er. »*Ich* habe niemanden verraten! Ich war in Kai-tak, *ja*, aber nur in der Menge. Um zu *beobachten*, Herr! Um mich daran zu erfreuen!«

»Mit wem hast du gesprochen!«

»Mit niemanden, großer Herr! O ja, mit dem Angestellten der Fluggesellschaft. Um meinen Flug für den nächsten Morgen zu bestätigen, Herr, das war alles! Ich schwöre es bei den Geistern unserer Ahnen. Denen meines jungen Bruders und den meinen, Herr.«

»Das Geld. Was ist mit dem Geld, das du *gestohlen* hast?«

»Nicht gestohlen, großer Herr. Ich *schwöre* es! Wir glaubten in unseren stolzen Herzen – Herzen, die unsere große Sache stolz gemacht hat – , daß wir das Geld zum Vorteil des wahren China gebrauchen konnten! Jeder Yuan unseres Gewinns sollte der *Sache* zurückgegeben werden!«

Die Menge grölte, und immer wieder waren die Rufe »Verrat!« und »Dieb« zu hören. Der Redner hob die Arme, worauf wieder Stille eintrat.

»Mögen alle es erfahren«, sagte er langsam und immer lauter werdend. »Diejenigen in unserer wachsenden Schar, die vielleicht Gedanken an Verrat hegen, mögen *gewarnt* sein. In uns ist keine Gnade, weil man auch uns keine Gnade erwiesen hat. Unsere Sache ist rechtschaffen und rein, und der bloße Gedanke an Verrat ist widerwärtig. Verbreitet das. Ihr wißt nicht, wer wir sind oder wo wir sind – ob ein Beamter in einem Ministerium oder ein Angehöriger der Sicherheitspolizei. Wir sind nirgendwo und doch überall. Diejenigen, die schwanken und zweifeln, sind tot . . . Die Verhandlung gegen diese stinkenden Hunde ist vorüber. Jetzt liegt es bei euch, meine Kinder.«

Das Urteil war schnell und einstimmig: schuldig im ersten Punkt, wahrscheinlich im zweiten. Die Strafe: Der eine Bruder würde sterben, der andere leben und nach Hongkong zurückgebracht werden, wo man das Geld abholen würde. Wer leben und wer sterben sollte, sollte nach dem alten *Yi-zang-li*-Ritual entschieden werden, wörtlich »ein Begräbnis«. Jeder der beiden Männer bekam ein Messer mit rasiermesserscharfer, gezackter Klinge. Gekämpft werden sollte in einem Kreis, der zehn Schritte durchmaß. Die beiden Brüder standen einander gegenüber, und das wilde Ritual begann, als der eine verzweifelt zustieß und der andere dem Angriff auswich, wobei seine Klinge das Gesicht des Angreifers aufriß.

Das Duell in dem tödlichen Kreis und die primitiven Reaktionen der Zuschauer darauf überdeckten alle Geräusche, die Borowski verursachte, der sich für schnelles Handeln entschieden hatte. Er rannte jetzt durch das Unterholz, brach Zweige ab und wischte das hohe Gras aus dem Weg, bis er nur noch sechs Meter hinter dem Baum war, wo der Killer stand. Er würde zurückkehren und sich noch näher an ihn heranarbeiten, aber zuerst kam d'Anjou. Echo mußte wissen, daß er da war.

Der Franzose und der letzte männliche chinesische Gefangene standen am rechten Rand des Kreises, von zwei Posten bewacht. Jason kroch vor, während die Menge die zwei Gladiatoren abwechselnd brüllend schmähte und anfeuerte. Einer der Kämpfer – beide waren jetzt über und über mit Blut verschmiert – hatte seinem Gegner einen fast tödlichen Stich mit dem Messer versetzt, aber das Leben, das er beenden wollte, wollte nicht aufgeben. Borowski war höchstens noch zwei Meter oder drei Meter von d'Anjou entfernt; er tastete auf dem Boden herum und hob einen heruntergefallenen Zweig auf. Als die Menge wieder aufbrüllte, knickte er ihn zweimal ab. Von den drei Stücken, die er in der Hand hielt, streifte er das Laub ab und hatte jetzt drei einigermaßen gerade Stöcke in der Hand. Er zielte und warf den ersten in einem flachen Bogen, so daß er dem Franzosen vor die Beine fiel. Der zweite traf Echo in der Kniekehle. D'Anjou nickte zweimal, um Delta zu verstehen zu geben, daß er seine Anwesenheit bemerkt hatte. Dann tat der Franzose etwas Seltsames. Er bewegte langsam den Kopf vor und zurück. Echo versuchte, ihm etwas zu sagen. Dann knickte plötzlich d'Anjous linkes Bein ein, und er fiel zu Boden. Der Posten zu seiner Rechten riß ihn unsanft in die Höhe, konzentrierte sich aber dann gleich wieder auf den blutigen Kampf der zwei Brüder.

Wieder schüttelte Echo langsam den Kopf und starrte dann nach links, den Blick auf den Killer gewandt, der ein paar Schritte nach vorne getreten war, um das tödliche Duell besser sehen zu können. Und dann drehte er den Kopf wieder herum und starrte jetzt den Fanatiker mit dem Schwert an.

Wieder brach d'Anjou zusammen, kam aber diesmal von selbst auf die Beine, ehe der Posten ihn berühren konnte. Im Aufstehen schob er die schmalen Schultern vor und zurück. Borowski atmete tief und schloß dann die Augen in einem kurzen Augenblick der Trauer, mehr konnte er sich nicht gestatten. Die Botschaft war klar. Echo schaltete sich selbst aus und forderte Delta auf, sich den Killer vorzunehmen – und dabei den fanatischen Henker umzubringen. D'Anjou wußte, daß er zu mitgenommen, zu schwach war zum Fliehen. Er wäre nur ein Klotz am Bein gewesen, und der Killer hatte Vorrang . . . Marie hatte Vorrang. Echos Leben war vorüber. Aber der Tod des fanatischen Henkers würde sein Bonus sein, jenes Henkers, der auch ihn hinrichten würde.

Ein ohrenbetäubender Schrei füllte die Schlucht: Totenstille legte sich über die Menge. Borowskis Kopf fuhr nach links herum, wo er über die Zuschauer hinausblicken konnte. Was er sah, war ebenso widerwärtig wie das, was er in den letzten Minuten gesehen hatte. Der Fanatiker hatte einem der Kämpfer sein zeremonielles Schwert in den Nacken getrieben; jetzt zog er es heraus, während die blutbesudelte Leiche zusammenbrach und auf dem Boden liegenblieb. Dann hob der Priester des Todes den Kopf und sprach: »*Arzt!*«

»Ja, Herr?« sagte eine Stimme aus der Menge.

»Kümmere dich um den Überlebenden. Flicke ihn für seine bevorstehende Reise nach dem Süden so gut du kannst zusammen. Wenn ich zuließe, daß das hier fortgesetzt wird, dann wären am Ende beide tot und der Zugang zu unserem Geld versperrt. Diese Familien bringen Jahre der Feindseligkeit ins *Yi zang li!* Schafft seinen Bruder weg und werft ihn mit den anderen in die Sümpfe. Sie alle werden Aas, Futter für die Vögel sein.«

»Ja, Herr.« Ein Mann mit einer schwarzen Arzttasche trat in den Kreis, während man die Leiche wegschleppte und am anderen Ende der Dunkelheit eine Tragbahre auftauchte. Alles war geplant, alles vorbereitet worden. Der Arzt gab dem stöhnenden, blutüberströmten überlebenden Bruder eine Spritze in den Arm, worauf dieser aus dem Kreis des Todes weggeschleppt wurde. Der Redner wischte sein Schwert mit einem Seidentuch ab, deutete dann mit einer Kopfbewegung auf die zwei noch verbliebenen Gefangenen.

Benommen sah Borowski zu, wie der Chinese neben d'Anjou in aller Ruhe die zum Schein gefesselten Hände voneinander löste, sich an den Hals griff und das Tuch losband, das den Knebel in seinem Mund festgehalten und ihm nur kehlige Stöhnlaute gestattet hatte. Der Mann ging auf den Redner zu und sprach mit erhobener Stimme sowohl zu seinem Anführer als auch zu dessen Gefolgsleuten. »Er sagt nichts und verrät nichts, und doch beherrscht er unsere Sprache fließend und hatte hinreichend Gelegenheit, zu mir zu sprechen, ehe wir auf den Wagen gebracht wurden und man uns den Knebel angelegt hat. Selbst da habe ich noch mit ihm geredet, indem ich meinen Knebel lockerte und mich erbot, das auch bei ihm zu tun. Er weigerte sich. Er ist hartnäckig und auf seine korrupte Art tapfer, aber ich bin sicher, daß er etwas weiß, was er uns nicht sagen will.«

»*Tong ku, tong ku!*« hallte es aus der Menge, eine Aufforderung, ihn zu foltern, aber der falsche Gefangene schüttelte den Kopf. »Er ist alt und gebrechlich und würde sofort wieder das Bewußtsein verlieren, wie das auch schon vorher geschehen ist«, meinte er. »Deshalb schlage ich mit Erlaubnis unseres Führers folgendes vor.«

»Wenn Aussicht auf Erfolg besteht, was immer du wünschst«, sagte der Mann mit dem Schwert.

»Wir haben ihm die Freiheit angeboten, falls er uns sagt, was er weiß, aber er vertraut uns nicht. Er hat zu lange mit den Marxisten zu tun gehabt. Ich schlage vor, daß wir ihn zum Flughafen von Beijing bringen und meine Verbindungen nutzen, um ihm einen Platz in der nächsten Maschine nach Kai-tak zu besorgen. Ich werde ihn durch die Kontrollen bringen, und ehe er mit seinem Ticket an Bord geht, will ich nichts von ihm als die Information. Gibt es einen größeren Vertrauensbeweis? Wir sind dann inmitten unserer Feinde, und wenn das Gesetz sein Gewissen wirklich so beleidigt, braucht er bloß die Stimme zu erheben. Er hat mehr gesehen und gehört als jeder, der jemals lebend von uns gegangen ist. Die Zeit mag kommen, wo wir wahre Verbündete werden, aber zuerst braucht es Vertrauen.«

Der Redner musterte das Gesicht des Mannes, der gesprochen hatte, dann wanderte sein Blick zu d'Anjou hinüber, der aufrecht dastand und ausdruckslos zugehört hatte. Dann drehte sich der Mann mit dem blutbefleckten Schwert um und sprach den Meuchelmörder am Baum an, wechselte plötzlich ins Englische über. »Wir haben angeboten, diesen unbedeutenden Manipulator zu verschonen, falls er uns sagt, wo sein Gefährte zu finden ist. Stimmen Sie zu?«

»Der Franzose wird Sie belügen!« sagte der Killer mit ausgeprägtem britischem Akzent und trat einen Schritt vor.

»Welchem Zweck sollte das dienen?« fragte der Redner. »Er hat sein Leben, seine Freiheit. Andere interessieren ihn kaum, das beweist seine ganze Akte hinlänglich.«

»Da bin ich nicht sicher«, sagte der Engländer. »Sie haben in einer Gruppe, die sich Medusa nannte, zusammengearbeitet. Er redete die ganze Zeit davon. Diese Gruppe hatte Regeln – einen Verhaltenskodex, könnte man sagen. Er wird lügen.«

»Medusa bestand aus Abschaum, aus Männern, die ihre Brüder töten würden, wenn sie damit das eigene Leben retten könnten.«

Der Meuchelmörder zuckte die Achseln. »Sie haben mich nach meiner Meinung gefragt«, sagte er. »Das ist sie.«

»Laßt uns den fragen, dem wir Gnade gewähren wollen.« Der Redner ging wieder ins Mandarin über und erteilte Befehle, während der Meuchelmörder zu dem Baum zurückging und sich eine Zigarette anzündete. D'Anjou wurde nach vorne gebracht. »Bindet ihm die Hände los, er kann uns nicht entkommen. Und nehmt ihm den Knebel aus dem Mund. Mann soll ihn hören. Zeigt ihm, daß wir fähig sind . . . Vertrauen zu zeigen.«

D'Anjou schüttelte die Hände aus und griff sich dann mit der rechten Hand an dem Mund und massierte ihn. »Ihr Vertrauen ist ebenso mitfühlend und überzeugend wie die Art, in der Sie Gefangene behandeln«, sagte er auf englisch.

»Das hatte ich vergessen.« Der Redner hob die Brauen. »Sie verstehen uns, nicht wahr?«

»Besser als Sie glauben«, erwiderte Echo.

»Gut. Ich ziehe es vor, englisch zu sprechen. In gewissem Sinne ist das etwas nur zwischen uns, nicht wahr?«

»Zwischen uns ist nichts. Ich verhandele nicht gern mit Fanatikern. Die sind so unberechenbar.« D'Anjou warf dem Killer an dem Baum einen Blick zu. »Ich habe natürlich Fehler gemacht. Aber irgendwie glaube ich, daß einer davon in Ordnung gebracht werden wird.«

»Sie können leben«, sagte der Redner

»Wie lange?«

»Länger als heute nacht. Der Rest liegt bei ihnen, bei Ihrer Gesundheit und Ihren Fähigkeiten.«

»Nein, das ist nicht wahr. Wenn ich in Kai-Tak aus dem Flugzeug steige, ist alles vorbei. Sie werden mich nicht verfehlen, so wie letzten

Abend. Diesmal wird es keine Sicherheitskräfte geben, keine kugelsicheren Limousinen. Nur einen Mann, der das Terminal verläßt, und einen anderen mit einer Schalldämpferpistole oder einem Messer. Wie Ihr wenig überzeugender Mit-›Gefangener‹ es ausdrückte, ich bin heute nacht hier gewesen. Ich habe gesehen und gehört, und was ich gesehen und gehört habe, ist mein Todesurteil . . . Übrigens, falls er sich wundert, weshalb ich ihm nicht vertraut habe, können Sie ihm sagen, daß er viel zu auffällig, viel zu eifrig war – und dann der plötzlich gelockerte Knebel. Wirklich! Er würde nie mein Schüler werden können. Wie Sie verfügt er über salbungsvolle Worte, aber im Grunde ist er dumm.«

»Wie *ich*?«

»Ja, und für Sie gibt es keine Entschuldigung. Sie sind ein gebildeter Mann, jemand, der die Welt bereist hat – das merkt man an ihrer Sprache. Wo haben Sie studiert? Oxford? Oder war es Cambridge?«

»Die London School of Economics«, sagte Sheng Chou Yang, unfähig, sich Einhalt zu gebieten.

»Sehr gut – eine gute Schule, würde man in England sagen. Trotzdem sind Sie hohl, ein Clown. Sie sind kein Wissenschaftler, nicht einmal ein Student, nur ein Radikaler, ohne Sinn für die Realität. Sie sind ein Narr.«

»Sie *wagen* es, das mir zu sagen?«

»*Kai sai zuan*«, sagte Echo, zu der Menge gewandt. »*Shenjing bing!*« fügte er lachend hinzu und erklärte der Menge damit, er spreche hier mit einem übergeschnappten Schwachkopf.

»Hören Sie damit auf!«

»*Wei shemme?*« – warum – fuhr der Franzose dann in chinesischer Sprache fort, damit die Menge jedes Wort hören und verstehen konnte. »Sie führen diese Leute in den Abgrund, und das wegen Ihrer Wahnvorstellung, Sie könnten Blei in Gold verwandeln? Pisse in Wein! Aber wie diese bedauernswerte Frau gesagt hat – *wessen* Gold, *wessen* Wein? Für *Sie* oder für *die da*?« D'Anjou deutete auf die Menge.

»Ich *warne* Sie!« schrie Sheng auf englisch.

»*Hört ihr!*« schrie Echo heiser auf Mandarin. »Er will nicht in eurer Sprache mit mir sprechen! Er *versteckt* sich vor euch! Dieser säbelbeinige kleine Mann mit dem großen Schwert – soll das ausgleichen, was ihm fehlt? Zerhackt er Frauen deshalb mit seiner Klinge, weil er sonst nichts hat, womit er sie beeindrucken kann? Und seht euch doch diesen Wasserkopf an –«

»*Genug!*«

». . . und die Augen eines ungezogenen, *häßlichen* Kindes! Wie ich sagte, er ist nicht mehr als ein übergeschnappter Schwachkopf. Warum vergeudet ihr eure Zeit mit ihm? Er wird Euch dafür nur Pisse geben, keinen Wein!«

»An Ihrer Stelle würde ich damit aufhören«, sagte Sheng und trat mit seinem Schwert vor. »Die töten Sie, ehe ich das tue.«

»Irgenwie bezweifle ich das«, antwortete d'Anjou auf englisch. »Ihre Wut behindert Ihr Gehör, Sie Windbeutel. Haben Sie das Gelächter nicht gehört? Ich schon.«

»*Gou le!*« brüllte Sheng Chou Yang und befahl Echo, still zu sein. » Sie werden uns Informationen geben, die wir haben müssen«, fuhr er fort, und sein schrilles Chinesisch war das Bellen eines Mannes, der es gewöhnt ist, daß man ihm gehorcht. »Jetzt ist Schluß mit dem Spielchen. Wir werden uns das nicht länger bieten lassen! Wo ist der Killer, den Sie aus Macao mitgebracht haben?«

»Dort drüben«, sagte d'Anjou und deutete mit einer Kopfbewegung auf den Meuchelmörder.

»Nicht *er*! Der, der vor ihm war. Dieser Wahnsinnige, den Sie aus dem Grab zurückgeholt haben, um Sie zu rächen! Wo ist Ihr Treffpunkt? Wo wollen Sie zusammenkommen? Ihr Stützpunkt hier in Beijing, wo *ist* er?«

»Es gibt keinen Treffpunkt«, antwortete Echo wieder auf englisch. »Keine Basis für unsere Operationen und keine Pläne für ein Treffen.«

»Es hat Pläne gegeben! Ihr bereitet euch immer auf Notfälle vor. Auf diese Weise überlebt ihr!«

»Haben wir überlebt. Vergangenheit, fürchte ich.«

Sheng hob das Schwert. »Sie werden es uns jetzt sagen oder sterben – auf sehr unangenehme Weise, Monsieur.«

»Soviel will ich Ihnen sagen. Wenn er jetzt meine Stimme hören könnte, würde ich ihm erklären, daß *Sie* derjenige sind, den er umbringen muß. Denn Sie sind der Mann, der ganz Asien vernichten wird, bis Millionen im Blut ihrer Brüder ertrunken sind. Er muß sich um seine eigenen Angelegenheiten kümmern, das verstehe ich, aber selbst mit meinem letzten Atemzug würde ich ihm sagen, daß *Sie* mit dazugehören! Ich würde ihm raten, zu *handeln. Schnell!*«

Von d'Anjous Worten förmlich hypnotisiert, zuckte Borowski zusammen, als hätte ihn der Schlag getroffen. Echo sandte ein letztes Signal! *Handle! Jetzt!* Jason griff in die linke Tasche und zog heraus, was er dort verstaut hatte, während er schnell durch das Unterholz kroch, bis er einen großen Felsbrocken fand, der fast einen Meter aus dem Boden ragte. Der Wind kam immer noch von hinten, und der Felsbrocken war groß genug, ihm Deckung zu bieten. Als er sich in Bewegung setzte, konnte er d'Anjous Stimme noch hören; sie war schwach und zittrig, aber dennoch trotzig. Echo fand in sich letzte Kraftreseven, die nicht nur ausreichten, ihn in seinen letzten Minuten zu stützen, sondern auch, um Delta die wenigen Augenblicke zu verschaffen, die er brauchte.

». . . seien Sie nicht voreilig, *mon général* Dschingis-Khan, oder wer immer Sie sonst sein mögen. Ich bin ein alter Mann, und Ihre Söldner haben gute Arbeit geleistet. Wie Sie schon selbst festgestellt haben, habe ich keine Zukunft mehr. Andererseits bin ich gar nicht sicher, ob ich dort hinwill, wo Sie mich hinschicken wollen . . . Wir waren nicht schlau genug, die Falle zu erkennen, die Sie uns gestellt haben, sonst wären wir ganz bestimmt nie in diese Falle hineingestolpert. Warum glauben Sie also, wir seien schlau genug gewesen, einen Treffpunkt zu verabreden?«

»*Weil* Sie in die Falle gegangen sind«, sagte Sheng Chou Yang ruhig. »Sie sind – *er* ist dem Mann aus Macao ins Mausoleum gefolgt. Dieser Wahnsinnige muß damit gerechnet haben, wieder lebend herauszukommen, Sie müssen also sowohl das Chaos als auch einen Treffpunkt einkalkuliert haben.«

»Oberflächlich betrachtet, klingt das recht logisch –«

»*Wo?*« schrie Sheng.

»Was bieten Sie?«

»Ihr *Leben!*«

»O ja, das haben Sie schon erwähnt.«

»Ihre Zeit läuft ab.«

»Ich werde *wissen*, wann es für mich an der Zeit ist, Monsieur!«

Eine letzte Botschaft. Delta verstand.

Borowski riß ein Streichholz an, schützte die Flamme mit der Hand und zündete die dünne Wachskerze an, nachdem er die Zündschnur einen halben Zentimeter unter der Spitze festgedrückt hatte. Er kroch schnell tiefer ins Unterholz und rollte dabei die Schnur auf, die zu den Feuerwerkskörpern führte. Jetzt war er am Ende angelangt und ging wieder auf den Baum zu.

» . . .welche Garantie habe ich für mein Leben?« beharrte Echo, dem das Ganze perverses Vergnügen bereitete, ein Schachmeister, der den eigenen unabwendbaren Tod plante.

»Die Wahrheit«, sagte Sheng. »Das ist alles, was Sie brauchen.«

»Aber mein ehemaliger Schüler sagt Ihnen, daß ich lüge – so wie Sie den ganzen Abend gelogen haben.« D'Anjou wiederholte, was er gesagt hatte, auf Mandarin. »*Liao jie?*« sagte er zu den Zuschauern und fragte, ob sie verstanden hätten.

»Hören Sie auf damit!«

»Sie wiederholen sich pausenlos. Sie müssen sich das wirklich abgewöhnen. Es ist so ermüdend.«

»Meine Geduld ist am Ende! *Wo* ist dieser *Verrückte*?!«

»In Ihrem Beruf, *mon général*, ist Geduld nicht nur eine Tugend, sondern auch eine Notwendigkeit.«

»*Aufhören!*« schrie der Meuchelmörder und setzte damit alle in Erstaunen. »Der hält Sie nur hin! Er *spielt* mit Ihnen! Ich *kenne* ihn!«

»Welchen Grund sollte er dafür haben?« fragte Sheng mit erhobenen Schwert.

»Ich weiß nicht«, sagte der Brite. »Es gefällt mir nur nicht, und das reicht mir als Grund!«

Drei Meter hinter dem Baum sah Delta auf das Leuchtzifferblatt seiner

Uhr und konzentrierte sich auf den Sekundenzeiger. Er hatte die Brenn-
dauer der Kerze im Wagen abgemessen, und jetzt war es soweit. Er
schloß die Augen, scharrte etwas Erde zusammen und warf sie hoch, so
daß sie rechts von d'Anjou herunterfallen mußte.

Als Echo das Geräusch hörte, hob er die Stimme, so laut er konnte.
»*Mit Ihnen einen Handel machen?*« schrie er. »*Eher würde ich mit dem Erzen-
gel der Finsternis einen Handel machen! Das muß ich vielleicht noch, aber
vielleicht auch nicht, weil ein barmherziger Gott wissen wird, daß Sie
Sünden begangen haben, die die meinen weit in den Schatten stellen,
und ich verlasse diese Erde mit dem einzigen Wunsch, Sie mitzunehmen!
Ganz abgesehen von Ihrer widerwärtigen Brutalität, mon général, Sie
sind ein alberner Hohlkopf, ein grausamer Witz der Geschichte! Kommen Sie, sterben Sie mit mir, General Dung!*«

Mit den letzten Worten warf d'Anjou sich auf Sheng Chou Yang,
krallte nach seinem Gesicht und spuckte ihm in die aufgerissenen
Augen. Sheng sprang zurück und schwang sein Schwert, schmetterte
dem Franzosen die Klinge gegen den Kopf. Echo starb barmherzig
schnell.

Es ging los! Ein Stakkato von Explosionen erfüllte die Schlucht, hallte
durch die Wälder, schwoll an, während die verblüffte Menge entsetzt
reagierte. Männer warfen sich zu Boden, andere suchten hinter Bäumen
und im Unterholz Deckung, Schreckensschreie hallten durch die Nacht.

Der Meuchelmörder kauerte hinter dem Baustamm, geduckt, eine
Waffe in der Hand. Borowski – den Schalldämpfer an der Pistole – ging
auf den Killer zu und stellte sich hinter ihm auf. Er zielte und feuerte,
fegte dem Meuchelmörder die Waffe aus der Hand und zog eine Blutspur über dessen Daumen und Zeigefinger. Der Killer fuhr mit aufgerissenen Augen herum, mit offenem Mund. Jason feuerte erneut, diesmal
streifte die Kugel den Backenknochen des Mannes.

»Umdrehen!« befahl Borowski und drückte dem Engländer den Pistolenlauf in das linke Auge. »So, und jetzt packen Sie diesen Baum! *Packen*
sollen Sie ihn! Mit beiden Armen, fest, *ganz fest*!« Jason rammte dem Killer die Waffe in den Nacken und spähte um den Baumstamm herum. Ein
paar von den Fackeln, die die Chinesen in den Boden gesteckt hatten,
waren jetzt herausgerissen und ausgelöscht worden.

Aus dem Wald hallte jetzt eine weiter Folge von Explosionen herüber.
In Panik geratene Männer begannen, in Richtung auf den Lärm zu
feuern. Das Bein des Meuchelmörders bewegte sich! Dann seine rechte
Hand! Borowski feuerte zwei Schüsse in den Baum; die Kugeln fetzten
die Rinde einen knappen Zentimeter vom Schädel des Mannes weg. Er
packte den Baumstamm fester, und sein Körper wurde starr.

»Lassen Sie den Kopf ganz links!« befahl Jason. »Noch eine Bewegung, und ich blase ihn weg!« *Wo war er? Wo war der fanatische Henker mit
dem Schwert? Soviel war Delta Echo schuldig. Wo . . . da!* Der Mann mit den

fanatischen Augen richtete sich jetzt vom Boden auf, blickte nach allen Seiten, schrie Befehle. Jason trat einen Schritt vor und hob die Pistole. Jetzt bewegte sich der Kopf des Sektierers nicht mehr. Ihre Blicke begegneten sich. Borowski feuerte, und im selben Augenblick zog Sheng einen Wächter vor sich. Der Soldat zuckte nach hinten, sein Hals knickte unter dem Aufprall der Kugel ab. Sheng hielt die Leiche fest, benutzte sie als Schild, während Jason noch zwei weitere Schüsse abgab, die aber nur die Leiche des Wächters zum Zucken brachten. Er konnte es nicht tun! Wer auch immer dieser Wahnsinnige war, der Leichnam eines Soldaten schützte ihn! Delta konnte nicht tun, was Echo von ihm verlangt hatte! General *Dung* würde überleben! Tut mir leid, Echo! *Keine Zeit! Handle! Echo war nicht mehr. . . Marie!*

Der Meuchelmörder drehte den Kopf etwas zur Seite, versuchte, etwas zu sehen. Borowski drückte ab. Baumrinde flog dem Killer ins Gesicht, als er die Hände hochriß, um seine Augen zu schützen, und dann den Kopf schüttelte, um wieder sehen zu können.

»Weg da!« befahl Jason und packte den Engländer am Hals, drehte ihn herum, auf den Weg zu, den er sich durch das Unterholz gebahnt hatte, als er in die Schlucht hinuntergerannt war. »Sie kommen mit!«

Eine dritte Folge von Feuerwerkskörpern, diesmal noch tiefer im Wald, explodierte, so daß es wie schnelle, sich überlagernde Feuerstöße klang. Sheng Chou Yang schrie hysterisch und befahl seinen Gefolgsleuten, in zwei Richtungen zu gehen, auf den Baum zu und auf den Ursprung der Detonationen. Die Explosionen hörten auf, als Borowski seinen Gefangenen in das Gestrüpp stieß und ihm befahl, sich flach hinzulegen, wobei Jason ihm den Fuß in den Nacken drückte. Borowski kauerte nieder, tastete den Boden ab; er hob drei Steine auf und warf sie nacheinander an den Männern vorbei, die die Umgebung des Baumes absuchten. Das Ablenkungsmanöver wirkte.

»Nali«

»Shu ner!«

»Bu! Caodi ner!«

Sie bewegten sich weiter, die Waffen schußbereit. Einige rannten voraus, stürtzten sich in das Unterholz. Andere schlossen sich an, als die vierte und letzte Feuerwerkskanonade ertönte. Trotz der Entfernung waren die Detonationen ebenso laut oder sogar noch lauter als die vorangegangenen. Es war die letzte Phase, der Höhepunkt der ganzen Aktion.

Delta wußte, daß ihm jetzt nur noch Minuten zur Verfügung standen, und wenn je ein Wald ein Freund gewesen war, dann mußte dieser das jetzt sein. In wenigen Augenblicken, Sekunden vielleicht, würden die Männer die Überreste der explodierten Feuerwerkskörper auf dem Boden finden. Sie würden dann wissen, was sie genarrt hatte, und eine hysterische Hetzjagd zum Tor würde einsetzen.

»Los!« befahl Borowski, packte den Gefangenen an den Haaren, zerrte ihn in die Höhe und trieb ihn nach vorne. »Vergessen Sie nicht, Sie mieses Schwein, es gibt keinen Trick, den Sie gelernt haben, den ich nicht perfekt beherrsche, und das gleicht unseren Altersunterschied spielend aus! Wenn Sie in die falsche Richtung sehen, haben Sie anstatt von Augen nur noch zwei Einschußlöcher im Kopf! Weiter jetzt!«

Als sie durch die Schlucht rannten, griff Borowski in die Tasche und holte eine Handvoll Patronen heraus. Während der Meuchelmörder vor ihm rannte und sich atemlos die Augen rieb und sich das Blut von der Wange wischte, zog Jason den Ladestreifen aus seiner Pistole, füllte ihn auf und ließ das Magazin wieder in den Kolben schnappen. Als der Killer das Geräusch hörte, fuhr sein Kopf herum, aber dann begriff er gleich, daß es schon zu spät war; die Waffe war wieder schußbereit. Borowski feuerte und riß dem Killer das Ohr auf. »Ich habe Sie gewarnt«, sagte er, und sein Atem ging laut, aber regelmäßig. »Wo ist es Ihnen am liebsten? Mitten in die Stirn?« Er hob die Waffe.

»Du großer Gott, dieser Henker hat recht gehabt!« schrie der Brite und hielt sich das Ohr. »Sie *sind* wahnsinnig!«

»Und Sie sind tot, wenn Sie sich nicht bewegen. *Schneller!*«

Sie erreichten die Leiche des Postens, der den schmalen Weg zu der Schlucht bewacht hatte. »Nach rechts!« befahl Jason.

»Wo denn, Herrgottsakrament? Ich kann nichts *sehen!*«

»Es gibt einen Weg. Sie werden das schon merken. *Weiter!*«

Sobald sie auf dem Wegenetz des Vogelreservats angelangt waren, rammte Borowski dem Meuchelmörder immer wieder die Pistole gegen die Wirbelsäule und zwang den Killer, schneller zu laufen, *schneller!* Einen Augenblick lang kehrte David Webb zurück, und ein dankbarer Delta hieß ihn willkommen. Webb war ein Läufer, ein trainierter Läufer, aus Gründen, die weit in die Vergangenheit reichten, über Jason Borowski hinaus, in die Zeiten von Medusa. Die körperliche Anstrengung, der Schweiß und der Wind im Gesicht machten David jeden Tag das Leben leichter, und im Augenblick atmete Jason Borowski zwar angestrengt, aber bei weitem nicht so gequält wie der jüngere Brite vor ihm.

Delta sah den Lichtschein am Himmel – das Tor. Höchstens noch fünfhundert Meter! Er feuerte einen Schuß zwischen die stampfenden Beine des Briten. »Ich will, daß Sie *schneller* rennen!« sagte er mit kontrollierter Stimme, so als würde ihm die Strapaze nichts ausmachen.

»*Herrgott!* Ich kann nicht! Ich bekomme keine *Luft* mehr!«

»Durchatmen«, befahl Jason.

Plötzlich hörten Sie in der Ferne hinter sich die hysterischen Schreie von Männern, die ihr fanatischer Führer anwies, zum Tor zu eilen, um dort einen Eindringling zu finden und zu töten, der so gefährlich war, daß ihr Leben und ihr ganzes Schicksal auf dem Spiel standen. Sie hatten also die ausgebrannten Feuerwerkskörper gefunden und versucht,

Funkverbindung mit dem Wachhäuschen aufzunehmen, aber dort hatte sich niemand gemeldet. *Findet ihn! Haltet ihn! Tötet ihn!*

»Falls Sie auf irgendwelche dumme Gedanken kommen sollten, Major, dann vergessen Sie die!« schrie Borowski.

»*Major?*« sagte der Killer mit halberstickter Stimme und rannte weiter.

»Sie sind für mich ein offenes Buch, und mir wird schlecht von dem, was ich gelesen habe! Sie haben zugesehen, wie man d'Anjou wie ein Schwein abgeschlachtet hat. Und Sie haben gegrinst, Sie Scheißkerl.«

»Er wollte sterben! Er wollte mich umbringen!«

»Ich werde *Sie* umbringen, wenn Sie zu laufen aufhören. Aber vorher schlitze ich Sie auf, von den Eiern bis zur Kehle, und zwar so langsam, daß Sie sich wünschten, Sie wären mit dem Mann gestorben, der Sie geschaffen hat.«

»Was für eine Wahl habe ich denn? Sie werden mich sowieso umbringen!«

»Vielleicht auch nicht. Denken Sie darüber nach, vielleicht schenke ich Ihnen das Leben. Denken Sie nur nach!«

Der Meuchelmörder rannte schneller. Sie hetzten über das letzte Stück Weg und rannten auf das hell erleuchtete Tor zu.

»Der Parkplatz!« schrie Jason. »Ganz rechts hinten!« Borowski hielt inne. »Halt!« Der Meuchelmörder blieb verwirrt stehen. Jason holte seine Taschenlampe heraus und zielte dann mit seiner Pistole. Im Rükken des Killers stehend, gab er fünf Schüsse ab, wovon nur einer sein Ziel verfehlte. Die Scheinwerfer explodierten; plötzlich senkte sich Dunkelheit über das Tor, und Borowski rammte dem Killer die Pistole ins Genick. Er knipste die Taschenlampe an und richtete ihren Lichtkegel auf das Gesicht des Killers. »Ich habe die Lage unter Kontrolle, Major«, sagte er. »Die Operation wird fortgesetzt. *Weiter*, Dreckskerl!«

Als sie über den abgedunkelten Parkplatz rannten, stolperte der Killer und fiel zu Boden. Jason feuerte im Schein der Taschenlampe zweimal; die Kugeln prallten neben dem Kopf des Briten ab. Er richtete sich auf und rannte weiter, vorbei an den Limousinen und dem Lkw am Rand des Parkplatzes.

»Der Zaun!« schrie Borowski halblaut. »Da hinüber.« Am Ende der Kiesfläche kam sein nächster Befehl: »Auf Hände und Knie – und schauen Sie nach *vorne*! Wenn Sie sich umdrehen, ist das das letzte, was Sie zu sehen bekommen. Und jetzt kriechen Sie!« Der Killer erreichte die Öffnung im Zaun. »Da *durch*!« sagte Jason, griff erneut in die Tasche, um Patronen herauszuholen und zog lautlos das Magazin der Pistole heraus. »*Halt!*« flüsterte er, als der andere halb durch war. Er füllte den Ladestreifen in der Dunkelheit auf und ließ das Magazin dann einschnappen. »Nur für den Fall, daß Sie gezählt haben«, sagte er. »Und jetzt hier durch, und dann kriechen Sie noch ein Stück weiter. Schnell!«

Während der Meuchelmörder unter dem hochgebogenen Draht

durchkroch, duckte sich Borowski und schob sich nur wenige Zoll hinter ihm durch. Damit hatte der Brite nicht gerechnet, denn er fuhr herum und richtete sich halb auf. Er blickte in den Lichtstrahl der Taschenlampe, der die auf seinen Kopf gerichtete Waffe beleuchtete. »Ich hätte es genauso gemacht«, sagte Jason und stand auf. »Ich hätte dasselbe gemacht. Und jetzt gehen Sie zu dem Zaun zurück, greifen unten durch und biegen das Stück wieder gerade. *Schnell!*«

Der Brite tat, was ihm befohlen war. Er hatte einige Mühe, das dicke Drahtgeflecht wieder herunterzubiegen. Als er fertig war, sagte Borowski: »Das reicht jetzt. Richten Sie sich auf und gehen Sie geradeaus und bahnen sich mit den Schultern den Weg. Meine Lampe ist auf Ihre Hände gerichtet. Sobald Sie sie voneinander lösen, bringe ich Sie um. Drücke ich mich klar aus?«

»Sie glauben, ich würde Ihnen einen Ast ins Gesicht schnellen lassen.«

»*Ich* würde das tun.«

»Sie drücken sich klar aus.«

Sie erreichten die Straße vor dem in gespenstischer Dunkelheit daliegenden Tor. Die Rufe in der Ferne waren jetzt deutlich zu hören, die Vorhut rückt näher. »Die Straße hinunter«, sagte Jason. »Laufen Sie!«.

Drei Minuten später knipste er die Taschenlampe an. »*Halt!*« rief er. »Dieser grüne Haufen dort drüben, können Sie ihn sehen?«

»Wo?« fragte der andere atemlos.

»Meine Lampe ist darauf gerichtet.«

»Das sind Äste, Zweige von Fichten.«

»Ziehen Sie sie weg. *Schnell!*«

Der Brite begann, die Zweige wegzuziehen, so daß in wenigen Augenblicken die schwarze *Shenghai*-Limousine sichtbar wurde. Jetzt war Zeit für seinen Beutel. Borowski sagte: »Folgen Sie dem Strahl meiner Lampe zu der Stelle links von der Motorhaube.«

»Was ist da?«

»Der Baum mit der weißen Kerbe am Stamm. Sehen Sie ihn?«

»Ja.«

»Darunter, ungefähr einen halben Meter davor, ist weiche Erde. Und darunter liegt ein Beutel. Den graben Sie jetzt aus.«

»Ein Scheißperfektionist, was?«

»Sind *Sie* das nicht auch?«

Ohne Antwort zu geben, fing der Killer mürrisch zu graben an und zog den Beutel aus dem Boden. Mit den Gurten in der rechten Hand trat er vor, als wollte er den Beutel übergeben. Dann schwang er ihn plötzlich, so daß er schräg von unten Jasons Waffe und die Taschenlampe treffen sollte, während er sich nach vorne stürzte, die Finger gespreizt wie die Krallen einer riesigen Raubkatze.

Darauf war Borowski vorbereitet. Das war genau der Augenblick, den *er* benutzt hätte, um sich den Vorteil zu verschaffen, um die paar Sekunden zu gewinnen, die er brauchte, um in die Finsternis zu rennen. Er trat einen Schritt zurück und schmetterte dem Mann die Pistole über den Schädel, als der an ihm vorbeirannte. Dann rammte er ihm das Knie ins Kreuz und packte den rechten Arm des Meuchelmörders, die Taschenlampe mit dem Mund festhaltend.

»Ich habe Sie *gewarnt*‹«, sagte Jason und riß den Killer am rechten Arm hoch. »Aber ich *brauche* Sie auch. Also kommen Sie mit dem Leben davon, und es gibt nur eine kleine ärztliche Behandlung – mit einer Kugel.« Er setzte den Lauf seiner Pistole schräg am Armmuskel des Briten an und drückte ab.

»*Heiland!*« schrie der Killer, als der Schuß widerhallte und das Blut aufspritzte.

»Kein Knochen kaputt«, sagte Delta. »Nur Muskelgewebe, und Sie können den Arm jetzt vergessen. Sie haben Glück, daß ich ein barmherziger Mensch bin. In dem Beutel ist Gaze, Pflaster und Jod. Sie können sich selbst zusammenflicken, Major. Dann werden Sie fahren. Sie werden mein Chauffeur in der Volksrepublik sein. Sehen Sie, ich werde nämlich auf dem Rücksitz Platz nehmen und Ihnen die Pistole an die Schläfe halten. Und ich habe eine Karte. An Ihrer Stelle würde ich sehr sorgfältig fahren.«

Zwölf von Sheng Chou Yangs Männern rannten ans Tor, und nur vier von ihnen hatten Taschenlampen.

»*Wei shemme? Cuo wu!*«

»*Mefan! Feng kuang!*«

»*You mao bing!*«

»*Wei fan!*«

Ein Dutzend schreiender Stimmen hallte plötzlich durch die stille Nacht, allem und jedem die Schuld gebend. Das Wachhäuschen wurde überprüft, man stellte fest, daß die Schalter und das Telefon nicht mehr funktionierten und nirgends ein Posten zu sehen war. Ein paar musterten die Kette, die Jason um das Schloß des Tores geschlungen hatte, und erteilten den anderen Befehle. Da niemand hinaus konnte, vermuteten sie, daß die Gejagten sich noch im Innern des Reservats befinden mußten.

»*Biao!*« schrie der Chinese, der versucht hatte, d'Anjou auszuhorchen, »*Quan bu zai zehli!*« schrie er dann und befahl den anderen, die Lampen aufzuteilen und den Parkplatz, den Wald in der Umgebung und die Sümpfe dahinter abzusuchen. Die Jäger schwärmten aus, rannten wild mit den Pistolen herumfuchtelnd in verschiedenen Richtungen über den Parkplatz davon. Sieben weitere Männer erschienen, von denen nur einer eine Taschenlampe hatte. Der falsche Gefangene verlangte sie, erklärte den Neuankömmlingen, welche Situation er vorgefunden hatte, und forderte sie auf, einen weiteren Suchtrupp zu bilden. Jemand wandte ein, daß die Lampe dazu nicht reichte, worauf der Mann ein paar wilde Flüche ausstieß und allen, außer sich selbst, unglaubliche Dummheit vorwarf.

Jetzt erschienen die letzten Verschwörer mit flackernden Fackeln aus der Schlucht, angeführt von Sheng Chou Yang mit dem Schwert in der Scheide. Der Mann, den sie als Gefangenen eingeschleust hatten, zeigte ihm die abgeschlossene Kette und schilderte ihm die Lage.

»Sie denken nicht richtig«, sagte Sheng, mit seiner Geduld am Ende. »Sie gehen das falsch an! Diese Kette ist hier nicht von einem unserer Leute angebracht worden, um den oder die Verbrecher hier festzuhalten. Nein, das soll uns Zeit kosten, *wir* sollen hier eingesperrt bleiben!«

»Aber es gibt doch zu viele Hindernisse –«

»Alles bedacht!« schrie Sheng Chou Yang erregt. »Muß ich mich denn wiederholen? Diese Leute sind aufs Überleben aus. Sie sind in diesem Bataillon von Kriminellen, das sich Medusa nannte, am Leben geblieben, weil sie an alles gedacht haben! Sie sind nach draußen *geklettert!*«

»Unmöglich«, wandte der Jüngere ein. »Dieser Stacheldraht ist elektrisch geladen. Jedes Gewicht, das dreißig Pfund übersteigt, löst sofort den Strom aus. Auf diese Weise passiert den Vögeln und Tieren nichts.«

»Dann haben sie die Stromquelle gefunden und abgeschaltet!«

»Die Schalter sind *innerhalb* und wenigsten fünfundsiebzig Meter vom Tor entfernt im Boden versteckt. Selbst ich weiß nicht genau, wo sie sind.«

»Schicken Sie jemanden hinauf«, befahl Sheng.

Sein Untergebener sah sich um. Ein paar Meter entfernt redeten zwei Männer leise miteinander. Vermutlich hatten sie das hitzige Gespräch mit angehört. »*Du*«, sagte Shengs Untergebener und wies auf den Mann zur Linken.

»Herr?«

»Steig auf den Zaun.«

»Ja, Herr!« der junge Mann rannte auf den Zaun zu und sprang hinauf, klammerte sich an dem Drahtgeflecht fest und kletterte schnell nach oben. Er erreichte den höchsten Punkt und beugte sich über den Stacheldraht. »*Aiyaaa!*«

Ein statisches Knacken, blendende, blauweiße Blitze zuckten. Starr und steif, Haar und Augenbrauen bis auf die Wurzeln versengt, fiel der Mann rückwärts nach unten und prallte wie ein Stein auf den Boden. Die Lichtbündel aus zwei Taschenlampen richteten sich auf ihn. Der Mann war tot.

»Der *Lastwagen*«, schrie Sheng. »Das ist doch *idiotisch!* Holt den Lastwagen heraus und brecht durch! Tut, was ich sage. *Sofort!*«

Zwei Männer rannten zum Parkplatz, und binnen Sekunden dröhnte die schwere Maschine des Lkws durch die Nacht. Zahnräder knirschten, als der Rückwärtsgang eingelegt wurde, dann schob sich der schwere

Lastwagen ein Stück nach hinten, und sein ganzes Fahrgestell zitterte, bis er wieder schwerfällig zum Stillstand kam. Die aufgeschlitzten Reifen drehten sich, und schwarzer Rauch kräuselte sich in die Höhe. Sheng Chou Yangs Augen blickten grimmig, als er begriff.

»Die *anderen*!« schrillte er. »Laßt die anderen an! *Alle!*«

Ein Wagen nach dem anderen wurde angelassen, und einer nach dem anderen erwies sich als bewegungsunfähig. Sheng rannte wütend zum Tor, riß eine Pistole heraus und feuerte zweimal auf die Kette. Ein Mann rechts von ihm stieß einen Schrei aus und griff sich, zu Boden stürzend, an die blutende Stirn. Sheng hob sein Gesicht in den dunklen Himmel und brüllte einen urwelthaften Schrei des Protestes hinaus. Dann riß er sein Schwert heraus und begann auf das mit einer Kette versperrte Schloß des Tores einzudreschen. Er hätte nichts Sinnloseres tun können.

Die Klinge zerbrach.

28

»Da ist das Haus, das mit der hohen Mauer«, sagte CIA-Agent Matthew Richards, während er den Wagen in Victoria Peak bergauf lenkte. »Nach unseren Informationen wimmelt das Grundstück von Ledernacken, und es wäre für mich verflucht unangenehm, wenn man mich mit *Ihnen* hier sehen würde.«

»Ich habe so das Gefühl, Sie wollen noch ein paar Dollar Schulden mehr bei mir machen«, sagte Alex Conklin, beugte sich vor und spähte durch die Windschutzscheibe. »Darüber ließe sich reden.«

Ich will da einfach nicht *hineingezogen werden*, Herrgott! Und Dollars habe ich keine.«

»Armer Matt, trauriger Matt. Sie nehmen das alles zu wörtlich.«

»Ich weiß nicht, wovon Sie reden.«

»Ich bin auch nicht sicher, ob ich das weiß, aber fahren sie einfach an dem Haus vorbei, als ob Sie irgendwo anders hin wollten. Ich sage Ihnen, wann Sie anhalten müssen und mich aussteigen lassen.«

»Das werden Sie?«

»Unter gewissen Umständen. Die Dollars.«

«O Scheiße.«

»Die sind gar nicht so schwer zu bekommen, und vielleicht verlange ich sie gar nicht zurück. So wie ich die Dinge jetzt sehe, will ich auf Eis bleiben und unsichtbar. Mit anderen Worten, ich will meinen Mann drinnen haben. Ich werde Sie jeden Tag ein paarmal anrufen und fragen, ob unsere Verabredung zum Mittagessen oder zum Abendessen noch gültig ist oder ob ich Sie beim Rennen im Happy Valley sehe –«

»Nicht *dort*«, unterbrach Richards.

»Na schön, dann eben im Wachsfigurenkabinett – alles, was mir gerade einfällt, nur nicht die Rennbahn. Wenn Sie sagen, ›nein, ich habe keine Zeit‹, dann wird mir das sagen, daß man mir noch nicht nähergerückt ist. Wenn Sie ›ja‹ sagen, dann verschwinde ich.«

»Ich weiß nicht einmal, wo Sie wohnen! Sie haben mir gesagt, ich soll Sie an der Ecke Granville/Carnarvon abholen.«

»Ich vermute, daß man Ihre Einheit einsetzen wird, um die Verbindung sauberzuhalten. Damit hat man auch die Verantwortung dort, wo sie hingehört. Die Briten werden darauf bestehen. Die lassen sich ganz bestimmt nicht darauf ein, als die Dummen dazustehen, wenn Washington Mist baut. Die Briten haben es hier zur Zeit ohnehin nicht leicht, also sorgen die dafür, daß ihr Arsch sauberbleibt.« Sie fuhren an dem Tor vorbei, Conklin musterte den viktorianischen Eingang.

»Alex, ich schwöre Ihnen, ich habe *keine Ahnung*, wovon Sie reden.«

»Das ist sogar noch besser. Also, wie steht's? Sind Sie mein Guru dort drinnen?«

»Zum Teufel, ja. Ich kann die Ledernacken auch nicht leiden.«

»Schön. Dann halten Sie hier. Ich steige aus und gehe zu Fuß zurück. Falls man mich fragt, bin ich mit der Straßenbahn zum Peak gefahren, hab mir ein Taxi zum falschen Haus genommen und bin dann den Rest des Weges zu Fuß gegangen. Sind Sie jetzt zufrieden, Matt?«

»Begeistert«, sagte der Agent und blickte finster, als er den Wagen zum Stehen brachte.

»Sie sollten gründlich ausschlafen. Saigon liegt jetzt ein gutes Stück zurück, und je älter wir werden, desto mehr Schlaf brauchen wir.«

»Ich habe gehört, Sie hätten angefangen zu saufen. Das stimmt doch nicht, oder?«

»Sie haben das gehört, was Sie hören sollten«, erwiderte Conklin ausdruckslos. Diesmal konnte er allerdings beide Finger kreuzen, ehe er etwas schwerfällig aus dem Wagen stieg.

Ein kurzes Klopfen, und die Tür flog auf. Havilland blickte verblüfft auf, als Edward McAllister mit aschfahlem Gesicht in das Zimmer gestürzt kam. »Conklin ist am Tor«, sagte der Staatssekretär. »Er besteht darauf, Sie zu sprechen, und sagt, er würde, wenn nötig, die ganze Nacht dort warten. Und dann hat er noch gesagt, daß er auf der Straße Feuer machen würde, um sich warm zu halten, wenn es kühl werden sollte.«

»Krüppel oder nicht, er ist immer noch derselbe Angeber«, sagte der Botschafter.

»Das kommt völlig unerwartet«, fuhr McAllister fort und rieb sich die rechte Schläfe. »Wir sind nicht auf eine Konfrontation vorbereitet.«

»Scheint nur, daß wir keine Wahl haben. Das ist eine öffentliche Straße, und falls unsere Nachbarn unruhig werden, ist das Sache der Feuerwehr.«

»Er würde doch ganz sicher nicht –«

»Er würde ganz sicher«, unterbrach ihn Havilland. »Lassen Sie ihn herein. Das ist nicht nur unerwartet, das ist äußerst ungewöhnlich. Er hatte nicht genug Zeit, seine Fakten in die richtige Reihenfolge zu bringen oder einen Angriff zu organisieren, der ihm einen Vorteil verschafft. Er zeigt ganz offen, daß er interessiert ist, und das tut ein Mann wie er angesichts seiner jahrzehntelangen Erfahrung in dubiosen Operationen nicht ohne weiteres. Das ist viel zu gefährlich. Er selbst hat einmal einen Mann auf die Abschußliste gesetzt.«

»Wir können doch davon ausgehen, daß er mit der *Frau* in Verbindung ist«, protestierte der Staatssekretär und ging auf das Telefon auf dem Tisch des Botschafters zu. »Damit hat er doch alle Fakten, die er braucht!«

»Nein, die hat er nicht. Sie hat sie auch nicht.«

»Und Sie«, sagte McAllister, die Hand am Telefonhörer. »Wie kommt es, daß er weiß, daß er zu *Ihnen* muß?«

Havilland grinste grimmig. »Dazu braucht er bloß zu hören, daß ich in Hongkong bin. Außerdem haben wir miteinander geredet, und ich bin sicher, daß er daraus die richtigen Schlüsse gezogen hat.«

»Aber dieses *Haus*?«

»Das wird er uns nie sagen. Conklin ist ein alter Hase, Herr Staatssekretär, und verfügt über Kontakte, die wir nicht einmal ahnen. Und was ihn hierherführt, wird er uns ja erst sagen, wenn wir ihn hereinlassen, nicht wahr?«

»Allerdings.« McAllister nahm den Hörer ab und wählte eine dreistellige Nummer. »Wachoffizier? ... Lassen Sie Mr. Conklin ein; durchsuchen Sie ihn nach Waffen und bringen Sie ihn persönlich in das Büro im Ostflügel ... *Was* hat er? ... Lassen Sie ihn sofort herein, und machen Sie das verdammte Ding aus!«

»Was ist passiert?« fragte Havilland.

»Er hat auf der anderen Straßenseite Feuer gemacht.«

Alexander Conklin hinkte in den prunkvoll ausgestatteten viktorianischen Raum, während der Offizier die Tür hinter ihm schloß. Havilland erhob sich aus seinem Sessel und kam ihm mit ausgestreckter Hand um den Schreibtisch herum entgegen.

»Mr. Conklin?«

»Kein Händedruck, Herr Botschafter. Ich will mich nicht anstecken.«

»Ich verstehe. Ihr Zorn schließt Höflichkeiten aus?«

»Ich will mir wirklich nichts einfangen. An Ihnen ist etwas oberfaul. Sie haben sich da irgend etwas geholt. Eine schlimme Krankheit, glaube ich.«

»Und was ist das für eine Krankheit?«

»Der Tod.«

»So melodramatisch? Lassen Sie das, Mr. Conklin, das ist unter Ihrer Würde.«

»Nein, das ist mir ernst. Vor nicht einmal zwanzig Minuten habe ich gesehen, wie jemand umgebracht wurde, auf der Straße niedergemäht, mit dreißig oder vierzig Kugeln im Leib. Sie wurde gegen die Glastür ihres Appartementhauses geschleudert, und ihr Fahrer wurde im Wagen abgeknallt. Ich sage Ihnen, das sieht schrecklich aus, mit Glassplittern und Blut auf –«

Havillands Augen waren vor Schrecken groß geworden, aber McAllisters hysterische Stimme unterbrach den CIA-Mann mitten im Satz. »Sie? War es die *Frau*?«

»*Eine* Frau«, sagte Conklin und wandte sich dem Staatssekretär zu, den er bisher noch nicht zur Kenntnis genommen hatte. »Sind Sie McAllister?«

»Ja.«

»Ihnen gebe ich auch nicht die Hand. Sie hatte mit Ihnen beiden zu tun.«

»Webbs Frau ist *tot*?« schrie der Staatssekretär, der immer noch wie vom Schlag gerührt dastand.

»Nein, aber vielen Dank für die Bestätigung.«

»Du lieber Gott!« rief Havilland. »Es war Catherine Staples.«

»Geben Sie dem Mann eine Scherzzigarre. Und nochmals vielen Dank für die zweite Bestätigung. Haben Sie vor, in nächster Zeit mit dem Hochkommissar des kanadischen Konsulats zu Abend zu essen? Ich wäre gern dabei – bloß um dem berühmten Botschafter Havilland bei der Arbeit zusehen zu können. Heiliges Kanonenrohr, ich wette, wir untergeordneten Typen könnten da eine ganze Menge lernen.«

»Halten Sie den *Mund*, Sie verfluchter *Vollidiot*!« schrie Havilland, ging um den Schreibtisch zurück und ließ sich in den Sessel fallen. Dann lehnte er sich zurück und schloß die Augen.

»Genau das werde ich *nicht* tun«, sagte Conklin und trat vor, wobei er mit seinem Klumpfuß heftig aufstampfte. »Sie sind *verantwortlich*, . . . *Sir*!« Der CIA-Mann beugte sich vor und hielt sich an der Schreibtischkante fest. »Ebenso wie Sie für das verantwortlich sind, was David und Marie Webb zugestoßen ist! Zum *Teufel*, für wen halten Sie sich eigentlich? Ich habe einiges hinter mir, aber so viel Scheiße auf einem Haufen habe ich noch nie gesehen. Wie Sie sich nur nicht schämen, aus Menschen verängstigte Marionetten zu machen, die nach Ihrer verdammten Pfeife tanzen! Ich wiederhole, Sie aristokratischer Scheißkaffer, für wen zum Teufel halten Sie sich eigentlich?«

Havilland öffnete die Augen zu einem schmalen Schlitz weit und beugte sich vor. Sein Ausdruck war der eines alten Mannes, der bereit war, jederzeit zu sterben, wenn bloß der Schmerz nachlassen würde. Aber gleichzeitig loderte eine kalte Wut in seinen Augen, die Dinge sahen, die anderen verschlossen blieben. »Würde es Ihnen weiterhelfen, wenn ich Ihnen sagte, daß Catherine Staples im wesentlichen genau dasselbe zu mir gesagt hat?«

»Das würde es bestätigen!«

»Und doch ist sie umgebracht worden, weil sie auf unsere Seite übergewechselt ist. Das hat ihr keinen Spaß gemacht, aber nach ihrer Meinung gab es keine Alternative dazu.«

»Noch eine *Marionette*?«

»Nein, ein menschliches Wesen mit einem erstklassigen Verstand, eine Frau, die begriff, womit wir es zu tun haben. Ich bedaure ihren Verlust zutiefst – und die Art und Weise, wie sie gestorben ist –, und zwar mehr, als Sie sich vorstellen können.«

»Ist es ihr Verlust, *Sir*, oder die Tatsache, daß man Ihre hochheilige Operation durchschaut hat?«

»Wie können Sie das *wagen*?« Havilland sagte das mit tiefer, eisiger Stimme, erhob sich und starrte den CIA-Mann an. »Sie kommen reichlich spät auf die Idee, den Moralapostel zu spielen, Mr. Conklin. Ausgerechnet Sie müssen das zu mir sagen. Wenn es nach Ihrem Kopf gegangen wäre, gäbe es keinen David Webb und keinen Jason Borowski. *Sie* waren es, der ihn auf die Abschußliste gesetzt hat, sonst niemand. Sie haben seine Exekution geplant, und beinahe wäre es Ihnen gelungen.«

»Für den Fehler habe ich bezahlt. *Herrgott*, und wie ich dafür bezahlt habe!«

»Und ich vermute, Sie bezahlen immer noch dafür, sonst wären Sie jetzt nicht in Hongkong«, sagte der Botschafter und nickte langsam. Seine Stimme hatte inzwischen wieder einen einigermaßen normalen Tonfall angenommen. »Jetzt stecken Sie Ihre Kanone weg, Mr. Conklin, dann werde ich dasselbe tun. Catherine Staples hat wirklich verstanden, was ich ihr klargemacht habe, und wenn ihr Tod eine Bedeutung hat, dann sollten wir versuchen, die Bedeutung zu finden.«

»Ich habe nicht die leiseste Ahnung, wo man da mit Suchen anfangen muß.«

»Sie werden alles erfahren . . . wie Catherine Staples das erfahren hat.«

»Vielleicht sollte ich das gar nicht hören.«

»Ich habe keine Wahl, als darauf zu bestehen, daß Sie mir zuhören.«

»Ich glaube, Sie haben mir nicht zugehört. Ihre Operation ist enttarnt! Die Staples ist getötet worden, weil man annahm, daß sie über Informationen verfügte, die es erforderlich machten, sie zum Schweigen zu bringen. Um es kurz zu sagen, der Maulwurf, den Sie hier sitzen haben, hat Catherine Staples und Sie zusammen gesehen. Die kanadische Verbindung wurde hergestellt, ein Befehl erteilt, und Sie lassen sie ohne Schutz herumlaufen!«

»Haben Sie Angst um Ihr Leben?« fragte der Botschafter.

»Dauernd«, erwiderte der CIA-Mann. »Und im Augenblick mache ich mir um noch jemanden Sorgen.«

»Webb?«

Conklin schwieg ein paar Augenbicke und musterte das Gesicht des Diplomaten. »Wenn das zutrifft, was ich glaube«, sagte er dann leise. »Es gibt nichts, was ich für Delta tun könnte, was er nicht besser selbst kann. Aber wenn er es nicht schafft, dann weiß ich, worum er mich bitten würde. Daß ich Marie schütze. Und das kann ich am besten, indem ich Sie bekämpfe und Ihnen nicht zuhöre.«

»Und wie beabsichtigen Sie, gegen mich zu kämpfen?«

»Auf die einzige Art und Weise, auf die ich mich verstehe. Unter der Gürtellinie und mit schmutzigen Methoden. Ich werde dafür sorgen, daß in allen dunklen Ecken in Washington bekannt wird, daß Sie diesmal zu weit gegangen sind, daß Sie die Dinge aus dem Griff verloren haben, daß Sie vielleicht in Ihrem Alter ein bißchen verrückt geworden sind. Ich habe Maries Bericht und den von Mo Panov –«

»*Morris* Panov?« unterbrach Havilland vorsichtig. »Webbs Psychiater?«

»Jetzt kriegen Sie noch eine Scherzzigarre. Und zu guter Letzt kann ich zur Geschichte auch etwas beitragen. Übrigens, um Ihrem Gedächtnis auf die Sprünge zu helfen, ich bin es, der mit David gesprochen hat, ehe er hierherkam. Das alles zusammengenommen, in Verbindung mit dem brutalen Mord an einer Beamtin des kanadischen Konsulats, würde sich recht interessant anhören, und interessanter Lesestoff wäre es auch, als beeidete Aussagen sorgfältig verbreitet natürlich.«

»Wenn Sie das tun, setzen Sie *alles* aufs Spiel.«

»Ihr Problem, nicht meines.«

»Dann würde ich wiederum keine Wahl haben«, sagte der Botschafter, und wieder klang seine Stimme ebenso eisig, wie seine Augen blickten. »So wie Sie einmal einen Befehl erteilt haben, einen Mann auf die Abschußliste zu setzen, würde ich mich gezwungen sehen, dasselbe zu tun. Sie würden dieses Haus nicht lebend verlassen.«

»O mein *Gott*!« flüsterte McAllister.

»Das wäre das Dümmste, was Sie tun könnten«, sagt Conklin, ohne den Blick von Havilland zu lösen. »Sie wissen nicht, was ich hinterlassen habe, und auch nicht, bei wem. Oder was an die Öffentlichkeit getragen würde, wenn ich nicht innerhalb bestimmter Zeiten mit ganz bestimmten Leuten Verbindung aufnehme und so weiter. Sie sollten mich nicht unterschätzen.«

»Wir haben schon daran gedacht, daß Sie uns mit einer solchen Taktik kommen würden«, sagte der Diplomat und ließ den CIA-Mann stehen und kehrte zu seinem Sessel zurück. »Sie haben auch noch etwas anderes hinterlassen, Mr. Conklin. Um es höflich auszudrücken, wenn auch vielleicht zutreffend, so war bekannt, daß Sie unter einer chronischen Krankheit litten, die sich Alkoholismus nennt. In Erwartung Ihrer bevorstehenden Pensionierung und in Anerkennung Ihrer Leistungen in der Vergangenheit hat man von Disziplinarmaßnahmen abgesehen, Ihnen aber auch keine Verantwortung mehr übertragen. Man hat Sie einfach toleriert, ein nutzloses Relikt, das ohnehin bald den Dienst quittieren würde, ein Trunkenbold, dessen paranoide Ausbrüche Ihren Kollegen viel Gesprächsstoff geliefert haben. Was auch immer an die Oberfläche geschwemmt würde, aus welcher Quelle auch immer, würde als das zusammenhanglose Geschwätz eines verkrüppelten, psychopathischen Alkoholikers eingestuft werden.« Der Botschafter lehnte sich in seinem Sessel zurück, die Ellenbogen aufgestützt und die langen Finger der rechten Hand abgeknickt. »Sie sind zu bedauern, Mr. Conklin, nicht zu tadeln. Das Ineinandergreifen der Ereignisse könnte durch Ihren Selbstmord dramatisiert werden –«

»*Havilland!*« schrie McAllister erschrocken.

»Bleiben Sie ganz ruhig, Herr Staatssekretär«, sagte der Diplomat. »Mr. Conklin und ich wissen, wo wir herkommen. Wir haben das beide schon durchgemacht.«

»Nur mit dem Unterschied«, wandte Conklin ein, dessen Blick Havilland noch immer nicht losgelassen hatte. »Mir hat dieses Spiel nie Vergnügen bereitet.«

»Glauben Sie denn, *mir*?« Das Telefon klingelte. Havillands Hand schoß vor, packte es. »Ja?« Der Botschafter lauschte, runzelte die Stirn, starrte zum Fenster hinüber. »Wenn ich nicht schockiert klinge, Major, dann, weil die Nachricht mich schon vor ein paar Minuten erreicht hat. . . . nein, nicht die Polizei, sondern ein Mann, den Sie heute abend kennenlernen sollen. Sagen wir in zwei Stunden, wäre das recht? . . . er ist jetzt einer von uns.« Havilland hob den Blick, sah Conklin an. »Es gibt Leute, die sagen, er sei besser als die meisten von uns, und ich muß einräumen, daß seine Leistungen in der Vergangenheit dafür sprechen. . . . ja, das ist er. . . . ja, das werde ich ihm sagen. . . . was? *Was* haben Sie gesagt?« Wieder sah der Diplomat zum Fenster hinüber, und sein Blick wurde finster. »Die haben sich schnell Deckung besorgt, nicht wahr? Zwei Stunden, Major.« Havilland legte auf und stützte beide Ellenbogen auf den Tisch, faltete die Hände. Er atmete tief, ein alter Mann, der seine Gedanken sammelte und im Begriff war zu sprechen.

»Sein Name ist Lin Wenzu«, sagte Conklin und verblüffte damit Havilland ebenso wie McAllister. »Er ist vom MI-6. Er ist Chinese und in England erzogen und gilt so ziemlich als der beste Geheimdienstmann in der Kronkolonie. Sein einziges Handicap ist seine Größe. Man entdeckt ihn leicht.«

»*Wo* –?« McAllister trat einen Schritt auf den CIA-Mann zu.

»Ein kleines Vögelchen . . .«, sagte Conklin.

»Ein rothaariger Kardinalsvogel, nehme ich an«, sagte der Diplomat.

»Nein, nicht mehr«, erwiderte Alex.

»Ich verstehe.« Havilland löste die Hände voneinander und ließ die Arme auf den Schreibtisch sinken. »Er kennt Sie auch.«

»Kein Wunder. Er war an dem Einsatz im Bahnhof von Kowloon beteiligt.«

»Er hat mir aufgetragen, Ihnen zu gratulieren, Ihnen zu sagen, Ihr Sprinter sei ihnen entkommen.«

»Der Mann ist gut.«

»Er weiß, wo er zu finden ist, will aber keine Zeit vergeuden.«

»Noch besser. Vergeudung ist Vergeudung. Er hat Ihnen noch etwas anderes gesagt, und da ich Ihre schmeichelhafte Äußerung über meine Vergangenheit gehört habe, hätte ich das gerne auch gewußt.«

»Dann werden Sie mich also anhören?«

»Oder in einer Kiste hinausgetragen werden? Oder mehrere Kisten? Welche Wahl habe ich denn?«

»Ja, ganz richtig«, sagte der Diplomat. »Das müßte ich wohl tun, wissen Sie.«

»Ich weiß, daß *Sie* das wissen, Herr General.«

»Jetzt werden Sie beleidigend.«

»Sie auch. Was hat Ihnen der Major gesagt?«

»Ein Terroristen-Tong aus Macao hat die South China News Agency angerufen und die Verantwortung für die Morde übernommen. Nur daß sie gesagt haben, das mit der Frau sei ein Versehen gewesen, die Zielperson sei der Fahrer gewesen. Er habe vor zwei Wochen als Mitglied der verhaßten britischen Sicherheitspolizei einen ihrer Anführer in Wanchai erschossen. Die Information ist korrekt. Wir hatten ihn Catherine Staples als Schutz zugeteilt.«

»Das ist eine Lüge!« schrie Conklin. »*Sie* war das Ziel!«

»Lin sagt, es sei Zeitvergeudung, einer falschen Quelle nachzugehen.«

»Dann weiß er es also?«

»Daß man uns infiltriert hat?«

»Was zum Teufel denn *sonst*?« sagte der CIA-Mann erregt.

»Er ist ein stolzer *Zhongguo ren* und hat einen brillanten Verstand. Er schätzt den Mißerfolg in keiner Form, ganz besonders jetzt nicht. Ich nehme an, er hat die Jagd aufgenommen . . . Setzen Sie sich, Mr. Conklin. Wir haben viel zu besprechen.«

»Ich kann das einfach nicht *glauben*!« stieß McAllister im Flüsterton aus. »Sie reden da von Morden, von Zielen, von Abschußlisten . . . von einem vorgetäuschten *Selbstmord* – und das Opfer steht hier und spricht von seinem eigenen *Tod*, als würden Sie über den Dow-Jones-Aktienindex reden oder über eine Speisekarte in einem Restaurant! Was *sind* Sie bloß für Menschen?«

»Das habe ich Ihnen doch gesagt, Herr Staatssekretär«, sagte Havilland mit sanfter Stimme. »Männer, die tun, was andere nicht tun wollen, können oder dürfen. Daran ist nichts Mystisches, und es gibt auch keine diabolischen Universitäten, auf denen man uns ausgebildet hat, keinen zwanghaften Drang zur Vernichtung. Wir sind in diese Bereiche hineingedriftet, weil Lücken zu füllen waren und es nur wenige Kandidaten gab. Das alles ist recht zufällig, denke ich. Und wenn es sich dann wiederholt, dann findet man entweder heraus, daß man Nerven dafür hat oder nicht – denn jemand muß es tun. Würden Sie mir da zustimmen, Mr. Conklin?«

»Das ist doch Zeitvergeudung.«

»Nein, das ist es nicht«, korrigierte der Diplomat. »Erklären Sie es Mr. McAllister. Glauben Sie mir, er ist wertvoll, und wir brauchen ihn. Er muß uns verstehen.«

Conklin sah den Staatssekretär mit erbarmungsloser Miene an. »Er braucht keine Erklärung von mir, er ist Analytiker. Er sieht alles ebenso klar wie wir, wenn nicht klarer. Er weiß genau, was dort unten in den Tunnels vor sich geht. Er will es nur nicht zugeben. Und die leichteste Art, sich da herauszuhalten, ist, so zu tun, als wäre man schockiert. Man hüte sich in jeder Phase dieses Gewerbes vor dem scheinheiligen Intellekt. Das, was solche Leute an Verstand einbringen, machen sie mit verlogenen Anklagen wieder kaputt. Er ist wie ein Priester in einem Hurenhaus, der Material für eine Predigt sammelt, die er schreiben wird, wenn er nach Hause geht und sich selbst befriedigt.«

»Sie hatten recht«, sagte McAllister und wandte sich zur Tür. »Das ist Zeitvergeudung.«

»Edward?« Havilland, der über den verkrüppelten CIA-Mann sichtlich verärgert war, rief dem Staatssekretär mitfühlend zu: »Wir können uns die Leute, mit denen wir umgehen, nicht immer aussuchen, und das ist jetzt offenbar der Fall.«

»Ich verstehe«, sagte McAllister kühl.

»Nehmen Sie die Leute unter die Lupe, die zu Lins Stab gehören«, fuhr der Botschafter fort. »Es kann allerhöchstens zehn oder zwölf geben, die über uns Bescheid wissen. Helfen Sie ihm. Er ist Ihr Freund.«

»Ja, das ist er«, sagte der Staatssekretär und ging hinaus.

»War das *nötig*?« herrschte der Botschafter Conklin an.

»Ja, das war es. Wenn Sie mich davon überzeugen können, daß das, was Sie getan haben, der einzige Weg war, den Sie einschlagen konnten – was ich bezweifle –, oder wenn mir keine Lösung einfällt, die Marie und David lebend zu uns zurückbringt, jetzt einmal ohne Rücksicht darauf, ob sie dann noch bei klarem Verstand sind, dann werde ich mit Ihnen zusammenarbeiten müssen. Die andere Alternative, die Sie mir aufgezeigt haben, ist für mich nicht akzeptabel, aus mehreren Gründen, im wesentlichen persönliche, aber auch, weil ich es den Webbs schuldig bin, ihnen zu helfen. Sind wir soweit einig?«

»Wir arbeiten zusammen, so oder so. Schachmatt.«

»Und angesichts dieser Erkenntnis möchte ich, daß dieser Scheißkerl McAllister, dieses *Unschuldslamm*, weiß, woher *ich* komme. Er steckt ebenso tief drinnen wie jeder andere von uns, und ich möchte, daß sein Intellekt auch in den Dreck taucht und jede Chance und jede Möglichkeit ausfindig macht. Ich möchte wissen, wen wir umbringen sollten – auch diejenigen, die nur entfernt in Frage kommen –, um unsere Verluste zu verringern und die Webbs herauszuholen. Ich möchte, daß er weiß, daß er seine Seele nur retten kann, indem er etwas leistet. Wenn wir versagen, versagt *er* auch, und dann kann er nicht zurückgehen und wieder Sonntagsschule halten.«

»Sie sind zu streng mit ihm.«

»Wer, glauben Sie denn, daß den Ausführenden sagt, was sie tun müssen? Wer sagt es *uns* denn? Die Paladine im Kongreß? Diese blinden Mäuse?«

»Noch mal schachmatt. Sie sind so gut wie Ihr Ruf. Er hat uns zum Durchbruch verholfen. Deshalb ist er hier.«

»Jetzt reden Sie, *Sir*«, sagte Conklin und richtete sich kerzengerade im Sessel auf. Sein Klumpfuß stand in einem seltsamen Winkel ab. »Ich möchte Ihre Geschichte hören.«

»Zuerst die Frau. Webbs Frau. Geht es ihr gut? Ist sie in Sicherheit?«

»Die Antwort auf Ihre erste Frage ist so klar, daß ich mich wirklich wundere, wie Sie sie stellen können. Nein, es geht ihr nicht gut. Ihr Mann ist verschwunden, und sie weiß nicht, ob er noch am Leben ist. Was die zweite betrifft, ja, sie ist in Sicherheit. Bei mir, nicht bei Ihnen. Ich kann mich bewegen, und ich kenne mich hier aus. Sie müssen hier bleiben.«

»Wir sind *verzweifelt*«, bettelte der Diplomat. »Wir brauchen sie.«

»Sie sind außerdem infiltriert worden und scheinen das immer noch nicht zu begreifen. Dieser Gefahr will ich sie nicht aussetzen.«

»Dieses Haus ist eine Festung!«

»Ein korrupter Koch reicht aus. Ein Irrer auf einem Treppenabsatz.«

»Conklin, hören Sie mir zu! Wir haben bei der Paßkontrolle nachgefragt – alles paßt ins Bild. Er ist es, das wissen wir. Webb ist in Beijing. *Jetzt*. Er wäre nicht dort hingegangen, wenn er nicht hinter dem Ziel her wäre – dem *einzigen* Ziel. Wenn Ihr Delta irgendwie – und Gott allein *weiß*, wie – mit der Ware herauskommt und seine Frau nicht an Ort und Stelle ist, dann bringt er den einzigen Verbindungsmann um, den wir *haben müssen*! Und ohne diesen Verbindungsmann sind wir verloren. Wir alle.«

»Das war also von Anfang an das Drehbuch. *Reductio ad absurdum*. Jason Borowski jagt Jason Borowski.«

»Ja. So einfach, daß es weh tut. Aber ohne die sich steigernden Komplikationen wäre er nie damit einverstanden gewesen. Er würde dann immer noch in diesem alten Haus in Maine sitzen und über seinen Papieren brüten. Dann hätten wir unseren Jäger nicht.«

»Sie sind *wirklich* ein Schweinehund«, sagte Conklin langsam und mit weicher Stimme, aus der eine gewisse Bewunderung herausklang. »Und Sie waren überzeugt davon, daß er immer noch dazu imstande ist? Daß er immer noch mit dieser Art von Asien zu Rande kommt, so wie vor Jahren als Delta?«

»Er wird alle drei Monate gründlich von einem Arzt untersucht, das ist ein Teil des Schutzprogramms der Regierung. Er befindet sich in erstklassiger Kondition – wie ich höre, hat das mit seinem zwanghaften Lauftraining zu tun.«

»Fangen Sie ganz vorne an.« Der CIA-Mann machte es sich im Sessel bequem. »Ich will es Schritt für Schritt hören, weil ich glaube, daß die Gerüchte stimmen. Ich befinde mich in der Gesellschaft eines beschissenen Superhirns.«

»Kaum, Mr. Conklin«, sagte Havilland. »Wir tappen alle im dunkeln. Ich will natürlich Ihre Meinung hören.«

»Die sollen Sie hören. Fangen Sie an.«

»Also gut. Ich werde mit einem Namen beginnen, den Sie sicherlich erkennen. Sheng Chou Yang. Kommentar?«

»Er ist ein zäher Verhandlungspartner, und ich nehme an, unter seinem jovialen Äußeren ein eiskalter Hund. Trotzdem ist er einer der vernünftigsten Männer in Beijing. Es sollte ein paar tausend wie ihn geben.«

»Wenn das der Fall wäre, dann wäre die Gefahr, daß es im Fernen Osten zu einem Holocaust kommt, noch tausendmal größer.«

Lin Wenzu schlug mit der Faust so heftig auf den Tisch, daß die neun Fotografien, die vor ihm aufgereiht waren, durcheinanderflogen und die Zusammenfassungen der Personalakten hochsprangen. *Welcher?* Jeder war gründlich in London untersucht, der Hintergrund jedes einzelnen überprüft, noch einmal überprüft und ein drittes Mal überprüft worden; für Irrtum war kein Raum mehr. Das waren nicht einfach gut geschulte *Zhongguo ren*, die den bürokratischen Auswahlprozeß durchlaufen hatten, sondern die Produkte einer intensiven Suche nach den klarsten Denkern in der Verwaltung – und in einigen Fällen auch außerhalb –, die möglicherweise für diesen heikelsten aller Dienste rekrutiert werden konnten. Lin hatte seit langer Zeit dafür gesorgt, daß das Menetekel unübersehbar war – und eine erstklassige Spezialeinheit, aufgestellt in der Kronkolonie und aus Chinesen bestehend, könnte schon vor 1997 ihre erste Verteidigungslinie bilden, und im Falle ihrer Übernahme auch nachher. Die Briten *mußten* die Führung im Bereich der Geheimdienstoperationen aufgeben, und dies aus Gründen, die London ebenso klar wie unangenehm waren: Der Westen war nie imstande, die ganz besonderen Feinheiten des asiatischen Denkens zu begreifen, und dies war nicht die Zeit, um aufgrund irreführender oder schlecht ausgewerteter Informationen weitreichende Entscheidungen zu treffen. London mußte wissen – der Westen mußte wissen, wie die Dinge standen ... Um Hongkongs willen und um des ganzen Pazifikraums willen.

Nicht daß Lin geglaubt hätte, seine wachsende Zahl von Informanten sei für die politischen Entscheidungen lebenswichtig, keineswegs. Aber von einem war er felsenfest überzeugt: Der Geheimdienst der Kronkolonie mußte mit Leuten besetzt sein, die optimal für ihre Aufgabe geeignet waren, und diese Forderung schloß Veteranen, und wären sie noch so brillant, der europäisch orientierten britischen Geheimdienste aus. Zuallererst sahen sie sich alle ähnlich und waren weder mit der Umgebung noch der Sprache vertraut. Und so kam es, daß man Lin Wenzu nach Jahren der Arbeit, in denen er seinen Wert immer wieder unter Beweis gestellt hatte, nach London gerufen hatte, wo ihn eisig blickende Spezialisten drei Tage lang ins Kreuzverhör genommen hatten. Am Morgen des vierten Tages war das Eis dann gebrochen; man hatte die Empfehlung ausgesprochen, dem Major die Befehlsgewalt und weitreichende Vollmachten für die Sektion Hongkong zu übertragen. In den Jahren, die seitdem verstrichen waren, hatte er sich des Vertrauens der Kommission würdig erwiesen, daß wußte er. Ebensogut wußte er aber, daß er jetzt, in der wichtigsten Operation seines beruflichen und persönlichen Lebens, versagt hatte. Seinem Kommando unterstanden achtunddreißig Beamte, und daraus hatte er für diese außergewöhnliche, *verrückte* Operation neun ausgewählt – handverlesen. Verrückt, bis er die außergewöhnliche Erklärung des Botschafters gehört hatte. Diese neun waren die Besten in seiner Organisation. Jeder von ihnen war, falls sein Führer ausfallen sollte, fähig, den Befehl zu übernehmen. Und er hatte versagt. Einer der handverlesenen Neun war ein Verräter.

Es war sinnlos, die Akten noch einmal zu studieren. Irgendwelche Unstimmigkeiten, auf die er vielleicht gestoßen wäre, hätten ausführliche Recherchen erfordert; schließlich waren sie ja bisher seinem erfahrenen Auge ebenso entgangen wie dem Londons. Jetzt war nicht die Zeit für komplizierte Analysen oder die qualvoll langsame Erforschung von neun Menschenleben. Er hatte nur eine Wahl. Ein frontaler Angriff auf jeden Mann, und das Wort ›frontal‹ war der Kern seines Planes. Wenn er die Rolle eines Taipans spielen konnte, dann war er auch imstande, die Rolle eines Verräters zu übernehmen. Er begriff, daß sein Plan nicht ohne Risiko war – ein Risiko, das weder London noch die Amerikaner, ganz speziell Havilland, zugelassen hätten. Trotzdem mußte er es eingehen. Wenn er versagte, würde Sheng Chou Yang von dem geheimen Krieg erfahren, der gegen ihn geführt wurde, und seine Gegenmaßnahmen konnten katastrophal sein. Aber Lin Wenzu hatte nicht die Absicht zu versagen. Und wenn der Mißerfolg unvermeidlich war, dann würde auch sonst nichts mehr wichtig sein, zuallerletzt sein Leben.

Der Major griff nach seinem Telefon. Er drückte den Knopf auf der Konsole, der ihn mit dem Fernmeldeoffizier in dem voll computerisierten Kommunikationszentrum von MI-6 verband.

»Ja, Sir?« meldete sich die Stimme aus dem abhörsicheren Raum.

»Wer von Libelle hat noch Dienst?« fragte Lin und bezog sich damit auf die neunköpfige Eliteeinheit.

»Zwei, Sir. Wagen drei und sieben, aber die übrigen kann ich in wenigen Minuten erreichen. Fünf haben sich gemeldet – sie sind zu Hause –, zwei haben Telefonnummern hinterlassen. Einer ist bis halb zwölf im Pagoda-Kino und wird anschließend in seine Wohnung zurückkehren, kann aber bis dahin über seinen Piepser erreicht werden. Der andere ist mit seiner Frau und ihrer Familie im Jachtclub in Aberdeen. Sie wissen ja, sie ist Engländerin.«

Lin lachte leise. »Ich wette, er wird die Rechnung dann auf unser jämmerlich bescheidenes Spesenkonto setzen.«

»Geht das denn, Herr Major? Wenn ja, würden Sie mich dann auch für Libelle in Betracht ziehen, was immer das auch sein mag?«

»Werden Sie nicht frech.«

»Tut mir leid, Sir –«

»Das war nicht ernst gemeint, junger Mann. Ich werde Sie nächste Woche auf eigene Rechnung zum Abendessen einladen. Sie arbeiten ausgezeichnet, und ich verlasse mich auf Sie.«

»Danke, Sir!«

»Ich habe zu danken.«

»Soll ich mit Libelle Kontakt aufnehmen und Alarm geben?«

»Sie können mit jedem einzelnen Kontakt aufnehmen, aber geben Sie keinen Alarm. Sie sind alle überarbeitet und haben seit ein paar Wochen keine richtige Freizeit mehr gehabt. Sagen Sie jedem, daß ich nach wie vor Berichte über Standortwechsel bekommen möchte, daß wir aber, sofern nicht gegenteilige Weisung ergeht, die nächsten vierundzwanzig Stunden sicher sind. Die Männer in Wagen drei und sieben dürfen nach Hause fahren, aber nicht in die Territories. Sagen Sie ihnen, ich hätte gesagt, sie sollten sich alle einmal gründlich ausschlafen oder tun, wozu sie sonst Lust haben.«

»Ja, Sir. Das wird sie bestimmt freuen, Sir.«

»Ich selbst nehme mir Wagen vier und fahre damit etwas herum. Könnte sein, daß Sie von mir hören. Bleiben Sie wach.«

»Selbstverständlich, Major.«

»Und das Abendessen behalten wir im Auge, junger Mann.«

»Wenn Sie gestatten, Sir«, sagte der begeisterte Fernmelder, »ich weiß, daß ich damit für uns alle spreche. Keiner von uns möchte für irgend jemand anderen arbeiten als für Sie.«

»Vielleicht noch ein Abendessen.«

Lin parkte vor einem Appartementhaus an der Yun Ping Road und holte das Mikrofon aus der Halterung unter dem Armaturenbrett. »Hier Libelle null.«

»Ja, Sir?«

»Schalten Sie mich auf eine direkte Telefonleitung mit einem Zerhakker. Daß wir auf Zerhacker sind, merke ich doch, wenn ich auf meiner Seite das Echo höre, oder?«

»Natürlich, Sir.«

Der Major drückte die Tasten; dann war das Klingeln zu hören, und eine Frauenstimme meldete sich.

»Ja?«

»Mr. Zhou. *Kuai!*« sagte Wenzu hastig, indem er die Frau anwies, sich zu beeilen.

»Selbstverständlich«, antwortete sie auf kantonesisch.

»Hier Zhou«, sagte der Mann.

»*Xun su! Xiaoxi!*« Lin sprach in kehligem Flüsterton; es sollte verzweifelt klingen. »Sheng! Sofort kontakten! Saphir ist verschwunden!«

»*Was? Wer spricht denn?*«

Der Major drückte die Gabel nieder und betätigte dann einen Knopf rechts vom Mikrofon. Die Vermittlung meldete sich sofort. »Ja, Libelle?«

»Schalten Sie meine Privatleitung ebenfalls auf Zerhacker, und legen Sie alle Anrufe hierher. Sofort! Dabei bleibt es, bis ich gegenteilige Anweisung gebe. *Verstanden?*«

»Ja, Sir«, sagte der junge Mann in der Zentrale etwas verwirrt.

Lins Telefon summte, und er hob ab. »Ja?« antwortete er beiläufig und gab vor, ein Gähnen zu unterdrücken.

»Herr Major, hier ist Zhou! Ich hatte gerade einen sehr seltsamen Anruf. Ein Mann hat angerufen – es klang so, als wäre er verletzt – und sagte, ich soll jemanden kontakten, der Sheng heißt. Ich sollte sagen, Saphir sei *verschwunden.*«

»*Saphir?*« sagte der Major, plötzlich hellwach. »Sagen Sie niemandem etwas, Zhou! Verdammte Computer – ich weiß nicht, wie es dazu kommen konnte, aber der Anruf war für mich bestimmt, hat nichts mit Libelle zu tun. Ich wiederhole, sagen Sie niemandem etwas!«

»Verstanden, Sir.«

Lin ließ den Motor an und fuhr ein paar Straßen nach Westen zur Tanlung Street. Dort wiederholte er die Übung, und wieder kam der Anruf über seine Privatleitung.

»Herr *Major?*«

»Ja?«

»Mich hat gerade jemand angerufen, der so klang, als ob er *stirbt!* Er wollte, daß ich . . .«

Die Erklärung war dieselbe: Jemand hatte einen gefährlichen Fehler begangen, etwas, was Libelle nicht betraf. Niemand sollte davon erfahren.

Lin rief drei weitere Nummern an, jedesmal vor der Wohnung des Betreffenden. Das Ergebnis war in jedem einzelnen Fall negativ; jeder rief ihn Augenblicke nach dem Gespräch an, und keiner hatte seine Wohnung verlassen, um zu irgendeinem öffentlichen Telefon zu laufen. Der Major wußte nur eines sicher. Wer auch immer der Verräter war, er würde unter keinen Umständen das Telefon in seiner Wohnung benutzen, um den Kontakt herzustellen. Die Telefonrechnungen enthielten die Nummern aller geführten Gespräche, und alle Rechnungen wurden der Abteilung zur Überprüfung eingereicht. Das war eine Routinemaßnahme, die von den Agenten sehr begrüßt wurde. MI-6 übernahm die Kosten aller Gespräche, auch der privaten.

Die zwei Männer in Wagen drei und sieben hatten sich im Hauptquartier gemeldet, als er das fünfte Gespräch führte. Einer war im Haus seiner Freundin und hatte erklärt, daß er nicht beabsichtige, es die nächsten vierundzwanzig Stunden zu verlassen. Er hatte den Mann in der Zentrale gebeten, alle ›dringenden Anrufe von Klienten‹ entgegenzunehmen und jedem zu sagen, daß seine Vorgesetzten ihn in die Antarktis geschickt hätten.

Negativ. Doppelagenten verhielten sich nicht so, sie machten auch keine Witze. Sie verrieten auch niemals Ort und Identität eines Briefkastens. Beim zweiten sah es, falls das überhaupt möglich war, noch negativer aus. Er teilte der Zentrale mit, daß er zur Verfügung stehe, für größere oder kleinere Probleme, innerhalb und außerhalb Libelle, und erbot sich sogar, Dienst in der Fernmeldezentrale zu machen. Seine Frau hatte vor wenigen Tagen Drillingen das Leben geschenkt, und er vertraute dem Telefonisten mit einem Anflug von Panik in der Stimme an, daß er bei der Arbeit mehr Ruhe habe als zu Hause. *Negativ.*

Sieben geprüft und sieben negativ. Blieben ein Mann im Pagoda-Kino, wo er weitere vierzig Minuten sein würde, und der andere im Jachtclub in Aberdeen.

Sein Funktelefon summte, eindringlich, wie es ihm schien, oder war das nur seine eigene Unruhe. »Ja?«

»Ich habe gerade eine Nachricht für Sie entgegengenommen, Sir«, sagte der junge Mann. »»Adler an Libelle null. Dringend. Melden.‹«

»Danke.« Lin sah auf die Uhr am Armaturenbrett. Er hätte sich bereits vor fünfunddreißig Minuten mit Havilland und dem legendären Alexander Conklin treffen sollen. »Junger Mann?« sagte Lin und hob das Mikrofon wieder an die Lippen.

»Ja, Sir?«

»Ich habe keine Zeit für den besorgten, aber im Augenblick nicht so wichtigen ›Adler‹, doch ich möchte ihn nicht beleidigen. Er wird zurückrufen, wenn ich mich nicht melde, und ich möchte, daß Sie ihm erklären, es sei Ihnen nicht gelungen, mich zu erreichen. Anschließend werden Sie mich natürlich sofort verständigen.«

»Wird mir ein Vergnügen sein, Herr Major.«

»Wie bitte?«

»Der ›Adler‹ war sehr ungehalten. Er schrie etwas von Verabredungen, die man gefälligst einhalten sollte, wenn man schon zugesagt habe, und . . .«

Lin hörte sich den Bericht an und nahm sich vor, falls er die Nacht überlebte, ein Gespräch mit Edward McAllister über gute Manieren am Telefon zu führen, ganz besonders in Krisenzeiten. Zucker erzeugt freundliche Miene, Salz nur Grimassen.

»Ja, ja, ich verstehe, junger Mann. Wie unsere Vorfahren vielleicht gesagt hätten, möge der Schnabel des Adlers in seinem After steckenbleiben. Tun Sie nur, was ich sage, und unterdessen – in fünfzehn Minuten von jetzt an – nehmen Sie mit unserem Mann im Pagoda-Kino Verbindung auf. Wenn er sich meldet, geben Sie ihm meine Geheimnummer, und schalten Sie sie auf diese Frequenz, natürlich weiterhin mit Zerhakker.«

»Selbstverständlich, Sir.«

Lin jagte auf der Hennessy Road in östlicher Richtung am Southern Park vorbei zur Fleming Road, wo er nach Süden in die Johnston abbog und dann wieder in östlicher Richtung auf der Burrow Street zum Pagoda-Kino fuhr. Dort bog er in den Parkplatz ein und fuhr den für die Geschäftsleitung reservierten Platz an. Er steckte eine Polizeikarte an die Windschutzscheibe, stieg aus und rannte zum Eingang. Vor dem Schalter standen nur wenige Leute, die sich für die Mitternachtsvorstellung von *Wollust in Asien* interessierten, eine seltsame Wahl für den Agenten im Kino. Da er noch sechs Minuten Zeit hatte und auch um keine Aufmerksamkeit zu erwecken, stellte Lin sich geduldig hinter den drei Männern an, die vor dem Schalter warteten. Neunzig Sekunden später hatte er die Eintrittskarte. Er ging hinein, gab die Karte der Platzanweiserin und wartete, bis seine Augen sich der Dunkelheit und dem pornografischen Film auf der fernen Leinwand angepaßt hatten. Eine seltsame Wahl für den Mann, den er auf die Probe stellte, aber er hatte sich fest vorgenommen, sich keine Vorurteile zu gestatten und auf den Versuch zu verzichten, einen Verdächtigen gegen den anderen auszuwägen.

In diesem Fall war das ganz besonders schwierig. Nicht daß er den Mann besonders gut hätte leiden können, der jetzt irgendwo in dem abgedunkelten Zuschauerraum saß und mit den anderen Gästen die Sexualgymnastik der hölzernen ›Schauspieler‹ betrachtete. Tatsächlich mochte er den Mann *nicht*; was aber nichts daran änderte, daß er zu den Besten unter seinem Kommando gehörte. Der Agent war arrogant und unangenehm, aber zugleich war er ein tapferer Mann, der sich achtzehn Monate auf die Flucht aus Beijing vorbereitet hatte, und in diesen achtzehn Monaten war er in jeder Stunde, die er in der kommunistischen Hauptstadt verbracht hatte, in Lebensgefahr gewesen. Er war ein hochrangiger Offizier in den Sicherheitskräften der Volksrepublik gewesen und hatte Zugang zu höchst wichtigen Geheimdienstinformationen gehabt. In einer herzzerreißenden Opfergeste hatte er auf seiner Flucht nach dem Süden seine geliebte Frau und ein kleines Töchterchen zurückgelassen und sie mit einer verkohlten, von Kugeln zerfetzten Leiche geschützt, von der er sicher war, daß man die Leiche als seine Person identifizieren würde – ein Held Chinas, der von einer Bande von Halbstarken erschossen und verbrannt worden war. Mutter und Tochter waren in Sicherheit und erhielten eine Pension von der Regierung. Ihn hatte man, wie alle hochrangigen Überläufer, einer rigorosen Prüfung unterzogen, die dazu diente, potentielle Doppelagenten zu entlarven. Hier war ihm seine Arroganz zustatten gekommen. Er hatte in keiner Weise versucht, sich irgendwie sympathisch darzustellen; er war, was er war, und hatte das, was er getan hatte, zum Nutzen von Mutter China getan. Es lag ganz bei den Behörden, ob sie ihn mit allem, was er anzubieten hatte, akzeptieren – sonst würde er sich anderswo umsehen. Alles stimmte so, wie er es dargestellt hatte, mit Ausnahme des Wohlergehens seiner Frau und seines Kindes. Sie waren nicht so versorgt, wie der Überläufer das erwartet hatte. Deshalb steckte man ihr ohne Erklärung an ihrer Arbeitsstelle Geld zu. Man konnte ihr nichts sagen; wenn auch nur der geringste Verdacht aufkam, daß ihr Mann noch am Leben war, würde man sie foltern, um Informationen aus ihr herauszuholen, über die sie gar nicht verfügte. Das Profil eines solchen Mannes war nicht das Profil eines Doppelagenten, auch wenn er einen etwas eigenartigen Geschmack hatte, was Filme betraf.

Blieb noch der Mann in Aberdeen, und der war Lin ein Rätsel. Der Agent war älter als die anderen, ein schmächtiger Mann, der sich stets makellos kleidete, ein äußerst logisch denkender Mensch und ehemaliger Buchhalter, der sich so loyal gab, daß Lin ihn beinahe zu seinem Vertrauten gemacht hätte, sich aber dann doch zurückhielt, als er im Begriffe war, ihm Dinge zu offenbaren, die er besser für sich behielt. Vielleicht rührte diese besondere Zuneigung daher, daß er ihm vom Alter her nahestand . . . andererseits, was für eine hervorragende Tarnung für einen Maulwurf aus Beijing! Mit einer Engländerin verheiratet und durch seine Heirat Mitglied des reichen und exklusiven Jachtclubs. Alles stimmte bei ihm, er war geradezu ein Muster an Respektabilität. Für Lin schien es undenkbar, daß Sheng Chou Yang an einen solchen Mann hätte herantreten und ihn bestechen können . . . Nein, *unmöglich!* Vielleicht, überlegte der Major, sollte er doch umkehren und sich näher mit dem Agenten befassen, der gebeten hatte, ihn mit einer Dienstreise in die Antarktis zu entschuldigen. Oder mit dem geplagten Vater von Drillingen, der bereit war, sogar Telefondienst zu machen, nur um dem häuslichen Chaos zu entrinnen.

Nein! Lin Wenzu schüttelte den Kopf, als könne er sich damit von solchen unpassenden Gedanken freimachen. *Jetzt, hier. Konzentriere dich!* Er stand jetzt vor einer Treppe und traf seine Entscheidung. Er trat auf sie zu und ging die Stufen zum Balkon hinauf; der Projektionsraum lag unmittelbar vor ihm. Er klopfte an und trat ein, der billige, dünne Riegel gab unter seinem Körpergewicht sofort nach.

»*Ting zhi!*« schrie der Vorführer; er hatte eine Frau auf dem Schoß und die Hand unter ihrem Rock. Die junge Frau sprang mit einem Satz auf und drehte sich zur Wand.

»Kronpolizei«, sagte der Major und zeigte seinen Dienstausweis. »Sie haben von mir beide nichts zu befürchten, bitte, glauben Sie mir das.«

»Dazu ist auch kein Anlaß!« erwiderte der Vorführer. »Das ist ja nicht gerade ein Betsaal.«

»Darüber ließe sich streiten, aber eine Kirche ist es ganz bestimmt nicht.«

»Wir haben eine Lizenz und –«

»Ich widerspreche Ihnen ja nicht«, unterbrach Lin. »Die Krone bittet lediglich um eine Gefälligkeit, und es widerspricht sicherlich ihren Interessen nicht, uns diese Gefälligkeit zu erweisen.«

»Und die wäre?« fragte der Mann, stand auf und stellte verärgert fest, daß die Frau inzwischen durch die Tür gehuscht war.

»Halten Sie den Film an, sagen wir dreißig Sekunden lang, und schalten Sie die Beleuchtung ein. Sagen Sie den Zuschauern, daß der Film gerissen sei und repariert werden müsse.«

Der Vorführer zuckte zusammen. »Er ist doch schon fast abgelaufen! Das wird ein Geschrei geben!«

»Hauptsache, Sie machen Licht. *Tun Sie es!*«

Der Projektor kam pfeifend zum Stillstand; die Lichter flammten auf, und die Durchsage über den Lautsprecher erfolgte. Der Vorführer hatte recht, im Kino erhob sich Geschrei, einige Zuschauer fuchtelten wild mit den Armen und machten obszöne Handbewegungen. Unterdessen suchte Lin den Zuschauersaal ab – Reihe für Reihe.

Da war sein Mann ... *zwei* Männer – der Agent saß nach vorne gebeugt da und sprach mit jemandem, den Lin Wenzu noch nie gesehen hatte. Der Major sah auf die Uhr und wandte sich dann dem Vorführer zu. »Gibt es unten ein öffentliches Telefon?«

»Ja, wenn es funktioniert. Wenn es nicht kaputt ist.«

»Funktioniert es jetzt?«

»Das weiß ich nicht.«

»Wo ist es?«

»Unter der Treppe.«

»Lassen Sie den Film in sechzig Sekunden wieder anlaufen.«

»Sie sagten dreißig!«

»Ich habe es mir anders überlegt. Und Sie verdanken doch Ihren guten Job einer Lizenz, nicht wahr?«

»Das dort unten sind *Bestien*!«

»Schieben Sie einen Stuhl gegen die Tür«, sagte Lin beim Hinausgehen. »Der Riegel ist kaputt.«

In dem Raum unter der Treppe kam der Major an dem Telefon vorbei. Im Vorbeigehen riß er die Leitung aus der Wand und eilte dann nach draußen zu seinem Wagen. Dabei kam er an einer Telefonzelle vorbei, bog von seinem Weg ab und las die Nummer, merkte sie sich und eilte zum Wagen zurück. Er stieg ein und sah auf die Uhr, dann stieß er den Wagen zurück, fuhr auf die Straße hinaus und parkte in zweiter Reihe etwa fünfzig Meter weiter vorne. Er schaltete die Scheinwerfer ab und beobachtete den Eingang.

Eine Minute und fünfzehn Sekunden später kam der Überläufer aus Beijing heraus, blickte zuerst nach rechts und dann nach links, sichtlich erregt. Dann sah er, wonach er suchte, nachdem das Telefon im Kino nicht funktionierte. Die Telefonzelle auf der anderen Straßenseite. Lin wählte, während sein Untergebener auf die Zelle zurannte und die Tür aufriß. Der Apparat klingelte, ehe der Mann seine Münzen einwerfen konnte.

»*Xun su! Xiao Xi!*« flüsterte Lin und hustete dabei. »Ich habe gewußt, daß Sie das Telefon finden würden! *Sheng!* Sofort kontakten! Saphir ist *verschwunden*!« Er hängte das Mikrofon zurück, nahm aber die Hand nicht weg, da er jeden Augenblick den Anruf auf seiner Privatleitung erwartete.

Der kam nicht. Er drehte sich um und sah zu der Telefonzelle auf der anderen Straßenseite hinüber. Der Agent hatte eine Nummer gewählt, aber Lins Nummer war es nicht. Es erübrigte sich, nach Aberdeen zu fahren.

Der Major stieg aus dem Wagen, überquerte die Straße und ging auf die Telefonzelle zu. Er blieb im Dunkeln, bewegte sich langsam, bemüht, so wenig wie möglich mit seiner hünenhaften Gestalt aufzufallen, und verfluchte dabei im stillen, wie er das so oft tat, die Gene, die zu seiner Übergröße geführt hatten. Immer noch im Schatten bleibend, näherte er sich dem Telefon. Der Überläufer war noch zwei Meter von ihm entfernt, wandte Lin den Rücken zu und redete erregt und so laut, daß man ihn ohne Mühe hören konnte.

»Wer ist *Saphir*? Warum dieses *Telefon*? Warum gerade *ich*? . . . nein, ich habe es doch *gesagt*, er hat den Namen des Führers gebraucht! . . . ja, richtig, seinen *Namen*! Kein Code, kein Symbol! Das ist doch Wahnsinn!«

Lin Wenzu hatte alles gehört, was er hören mußte. Er zog seine Dienstpistole und trat schnell aus der Dunkelheit hervor.

»Der Film ist gerissen, und sie haben die Beleuchtung eingeschaltet! Mein Kontaktmann und ich –«

»Legen Sie auf!« befahl der Major.

Der Überläufer fuhr herum. »*Sie!*« schrie er.

Lin sprang den Mann an, und sein hünenhafter Körper preßte den Doppelagenten gegen die Wand der Telefonzelle, während er mit der linken Hand den Telefonhörer packte und ihn auf die Gabel schmetterte. »*Genug!*« schrie er.

Plötzlich spürte er die Messerklinge, die sich wie weißglühendes Eis in seinen Leib bohrte. Der Überläufer duckte sich, das Messer in der linken Hand, und Lin drückte ab. Die Explosion hallte über die stille Straße, während der Verräter zu Boden sank, die Kehle von der Kugel aufgerissen. Das Blut strömte über seine Kleider und besudelte den Asphalt unter seinen Füßen.

»*Ni made!*« fluchte eine Stimme zur Linken des Majors. Es war der zweite Mann, die Kontaktperson, die im Kino mit dem Überläufer gesprochen hatte. Er hob eine Waffe und feuerte, während der Major sich auf ihn stürzte, so daß sein hünenhafter, blutender Leib wie eine Mauer auf den Mann fiel. Lin spürte einen heißen Schmerz an der rechten Brustseite, aber der Killer hatte das Gleichgewicht verloren. Der Major feuerte seine Pistole ab, und der Mann stürzte, sich ans rechte Auge greifend. Er war tot.

Auf der anderen Straßenseite war der Pornofilm zu Ende gegangen, und die Menge wälzte sich mürrisch, zornig, unbefriedigt auf die Straße. Der schwerverwundete Lin nahm den Rest seiner ungeheuren Kräfte zusammen, hob die Leichen der zwei Verschwörer auf und zerrte sie zu seinem Wagen. Ein paar Leute aus dem Pagoda sahen ihm mit glasigen und desinteressierten Blicken zu. Was sie sahen, war eine Wirklichkeit, die sie nicht begreifen konnten. Sie lag außerhalb der engen Grenzen ihrer Phantasie.

Alex Conklin erhob sich aus dem Stuhl und hinkte schwerfällig und laut zu dem abgedunkelten Fenster. »Was zum *Teufel* soll ich denn sagen?« fragte er und wandte sich um und sah den Botschafter an.

»Daß ich angesichts der Umstände den einzig möglichen Weg eingeschlagen habe, Jason Borowski zu rekrutieren.« Havilland hob die Hand. »Ehe Sie antworten, sollte ich Ihnen fairerweise sagen, daß Catherine Staples mit mir nicht übereinstimmte. Sie war der Ansicht, daß ich unmittelbar an David Webb hätte appellieren sollen. Schließlich war er ein Fachmann für den Fernen Osten, ein Experte, der Verständnis für das haben sollte, was auf dem Spiel stand, und für die Tragödie, die daraus erwachsen konnte.«

»Sie war nicht bei Trost«, sagte Alex. »Er hätte Ihnen gesagt, Sie sollten sich Ihr Ansinnen gefälligst in den Hintern stecken.«

»Vielen Dank.« Der Diplomat nickte.

»Augenblick«, unterbrach Conklin. »Er hätte das nicht gesagt, weil er gedacht hätte, daß Sie unrecht haben, sondern weil er nicht glaubte, daß er das *tun* könnte. Was Sie getan haben – daß Sie ihm Marie weggenommen haben –, hat ihn gezwungen, in die Vergangenheit zurückzukehren und wieder jemand zu sein, den er vergessen wollte.«

»Oh?«

»Sie sind *wirklich* ein Scheißkerl.«

Sirenen heulten, erfüllten das große Haus und das ganze Grundstück mit ihrem Lärm, und Scheinwerferbündel zuckten durch die Fenster. Schüsse peitschten, Reifen quietschten. Der Botschafter und der CIA-Mann warfen sich zu Boden; in wenigen Sekunden war alles vorbei. Die beiden Männer standen wieder auf, als die Tür aufflog. Über und über mit Blut besudelt, taumelte Lin Wenzu herein. Unter den Armen hielt er zwei Leichen.

»Hier ist Ihr Verräter, Sir«, sagte der Major und ließ die Leichen fallen. »Und ein Kollege. Mit diesen beiden haben wir, glaube ich, Libelle von Sheng abgeschnitten –« Wenzus Augen drehten sich nach oben, bis das Weiße sichtbar wurde. Er stöhnte und fiel zu Boden.

»Ruft einen *Notarztwagen!*« schrie Havilland den Leuten zu, die sich unter der Tür versammelt hatten.

»Holt Verbandstoff, Pflaster, Handtücher, Jod – um Himmels willen, alles, was ihr *finden* könnt!« brüllte Conklin und hinkte hastig auf den gestürzten Chinesen zu. »Wir müssen die verdammte *Blutung* zum Stillstand bringen!«

29

Borowski saß auf dem Rücksitz, während die Schatten vorbeirasten. Der Mond schien hell; im Wageninneren wechselten Licht und Dunkelheit sich hektisch ab. Immer wieder, in unregelmäßigen Abständen, wenn sein Gefangener nicht darauf gefaßt war, beugte er sich vor und preßte ihm den Pistolenlauf in den Nacken. »Ein einziger Versuch, von der Straße abzukommen, und Sie haben eine Kugel im Schädel. Verstehen Sie mich?«

Und jedesmal kam dieselbe Antwort, mit geringer Abwandlung, in knappem militärischem Englisch. »Ich bin kein Idiot. Sie sitzen hinter mir und haben eine Waffe, und ich kann Sie nicht sehen.«

Jason hatte den Rückspiegel aus der Halterung gerissen, der Stiel war in seiner Hand ganz leicht abgeknickt. »Dann bin ich hier hinten Ihr Auge, denken Sie daran. Und zugleich bin ich das Ende Ihres Lebens.«

»Verstanden«, erwiderte der ehemalige Leiter eines Kommando-trupps Ihrer Majestät ausdruckslos.

Die Landkarte auf dem Schoß ausgebreitet, die Taschenlampe in der linken Hand, die Pistole in der rechten, studierte Borowski die Karte nach dem Süden. Und je mehr halbe Stunden verstrichen und Markie-rungspunkte an ihnen vorbeiflogen, desto klarer wurde Jason, daß die Zeit sein Feind war. Obwohl der rechte Arm des Killers nicht mehr kampftauglich war, wußte Borowski, daß er dem jüngeren Mann an Körperkraft und Ausdauer nicht gewachsen war. Die Ereignisse der letzten drei Tage hatten ihren Tribut gefordert, körperlich, geistig und – ob er sich das nun eingestehen wollte oder nicht – auch seelisch. Und wenn auch Jason Borowski sich das nicht einzugestehen brauchte, David Webb schrie es förmlich aus sich heraus. Der Wissenschaftler mußte in Schach gehalten werden, tief im Inneren, und seine Stimme durfte nicht laut werden.

Laß mich in Ruhe! Du kannst mir nicht helfen!

Immer wieder spürte Jason, wie ihm die Lider schwer wurden. Immer wieder riß er die Augen auf, kniff sich kräftig in das empfindliche Fleisch an der Innenseite seiner Schenkel oder grub sich die Nägel in die Lippen, damit es weh tat und die Erschöpfung zurückdrängte. Sein Zu-stand war ihm bewußt – nur einem wahnsinnigen Selbstmörder wäre es nicht bewußt gewesen –, und jetzt war weder die Zeit noch der Ort, um ihm mit einem Satz Linderung zu verschaffen, den er von Echo hatte. *Ruhe ist eine Waffe, vergiß das nie.* Vergiß es, Echo... tapferer Echo... Jetzt ist nicht die Zeit zum Ausruhen und kein Ort dafür.

Und indem er seine Einschätzung der eigenen Person akzeptierte, mußte er auch akzeptieren, wie er seinen Gefangenen einschätzte. Der Killer war hellwach; das merkte man an dem Geschick, mit dem er das Steuer lenkte, denn Jason verlangte Höchstgeschwindigkeit über die fremden, nicht vertrauten Straßen. Diese angespannte Wachheit war aus seinen dauernden Kopfbewegungen zu erkennen, und in seinen Augen, jedesmal, wenn Borowski sie sah, und er sah sie häufig, jedesmal, wenn er dem Meuchelmörder Befehl gab, langsamer zu werden und nach einer Seitenstraße zur Linken oder zur Rechten Ausschau zu halten. Der Brite drehte sich dann jedesmal im Sitz herum – und der Anblick seiner so vertrauten Züge war jedesmal für Jason ein Schock – und fragte, ob die Straße vor ihnen die war, die seine ›Augen‹ wollten. Überflüssige Fra-gen; der Killer war ständig bemüht, sich ein Urteil über den körperlichen und geistigen Zustand seines Bewachers zu bilden. Er war ein ausgebil-deter Killer, eine tödliche Maschine, und wußte sehr wohl, daß das Überleben davon abhing, sich einen Vorteil über den Feind zu verschaf-fen. Er wartete, beobachtete, stellte sich auf den Moment ein, wo die Augen seines Feindes sich jenen kurzen Moment lang schlossen oder wo vielleicht plötzlich die Waffe zu Boden fiel oder der Kopf seines Feindes sich eine Sekunde lang zurücklehnte. Dies waren die Zeichen, auf die er wartete, die Sekundenbruchteile, aus denen er Kapital schlagen konnte. Borowskis Verteidigung hing daher von seinem wachen Verstand ab, davon, daß er das Unerwartete tat und das psychologische Gleichgewicht zu seinen Gunsten erhalten blieb. Aber wie lange konnte das dauern – wie lange konnte er durchhalten?

Die Zeit war sein Feind, und der Meuchelmörder vor ihm ein zweitrangiges Problem. In seiner Vergangenheit – jener Vergangenheit, an die er sich nur vage erinnerte – hatte er öfter mit Männern wie diesem Briten zu tun gehabt, hatte sie manipuliert, weil sie menschliche Wesen waren, die den Winkelzügen seiner Phantasie unterlegen waren. *Herrgott*, darauf lief es hinaus! So einfach, so logisch – und er war so müde . . . Sein *Verstand*. Sonst war ihm nichts geblieben! Er mußte fortfahren zu *denken*, mußte fortfahren, seine Phantasie anzustacheln. *Denke. Handle*. Tu das *Unerwartete*!

Er schraubte den Schalldämpfer von seiner Waffe, richtete ihren Lauf auf das geschlossene rechte Vorderfenster und drückte ab. Die Explosion waren ohrenbetäubend, hallte durch das Wageninnere, als das Glas zersplitterte und in die Nachtluft hinausflog.

»Was zum Teufel soll *das* jetzt wieder?« schrie der Killer und klammerte sich am Steuer fest, um nicht die Herrschaft über den Wagen zu verlieren.

»Um Ihnen eine Lektion über das Gleichgewicht beizubringen«, antwortete Jason. »Sie sollten verstehen, daß ich aus dem Gleichgewicht geraten bin. Der nächste Schuß könnte Ihren Schädel zerschmettern.«

»Ein Irrer sind Sie, ein beschissener *Irrer*!«

»Freut mich, daß Sie das begreifen.«

Die Landkarte. Zu den zivilisierten Eigenschaften einer chinesischen Straßenkarte gehörte – und es entsprach wohl der Qualität der in China gebauten Fahrzeuge –, daß jede Tankstelle an den Hauptstraßen, die vierundzwanzig Stunden am Tage geöffnet war, mit einem Sternchen gekennzeichnet war. Man brauchte nur darüber nachzudenken, welche Verwirrung entstehen konnte, wenn militärische und sonstige amtliche Fahrzeuge plötzlich nicht mehr funktionierten, um zu begreifen, wie notwendig das war. Für Borowski war es ein Geschenk des Himmels.

»Etwa vier Meilen von hier ist eine Tankstelle«, sagte er zu dem Meuchelmörder – zu *Jason Borowski*, überlegte er. »Halten Sie dort an, und tanken Sie, und sagen Sie kein Wort – was sowieso sehr unvernünftig wäre, weil Sie ja die Sprache nicht sprechen.«

»Sie tun das wohl?«

»Deshalb bin ich das Original und Sie die Fälschung.«

»Geschenkt, Mr. *Original*!«

Jason schoß wieder und fegte damit den Rest der Fensterscheibe weg. »Die *Fälschung*!« schrie er so laut, daß er den Fahrtwind übertönte. »Denken Sie daran.«

Zeit war der Feind.

Er nahm in Gedanken Inventur dessen auf, was er hatte, und es war nicht viel. Geld war seine wichtigste Munition; er verfügte über mehr, als hundert Chinesen in hundert Leben verdienen konnten, aber Geld allein war nicht die Antwort. Nur Zeit. Wenn er auch nur die geringste Chance hatte, das riesige China zu verlassen, dann war das auf dem Luftwege, nicht auf dem Lande. So lange würde er nicht durchhalten. Wieder studierte er die Karte. Es würde dreizehn bis fünfzehn Stunden dauern, Shanghai zu erreichen – *falls* der Wagen so lange durchhielt und falls *er* so lange durchhielt. Und wenn *sie* an den Polizeikontrollen vorbeikamen; inzwischen wurde mit Sicherheit nach einem Westler oder nach zwei Westlern gesucht. Man würde sie festnehmen – sie *beide* würde man festnehmen. Und selbst wenn sie Shanghai mit den relativ laschen Flughafenkontrollen erreichten, wie viele Komplikationen würden sich dort trotzdem noch ergeben?

Eine Möglichkeit hatte er – es gab immer Möglichkeiten. Es war verrückt, aber ihm blieb nichts anderes übrig.

Die Zeit war der Feind. Tu es. Eine andere Wahl gibt es nicht.

Er tippte auf ein kleines Symbol am Rand der Stadt Jinan. Ein Flughafen.

Dämmerung. Überall Feuchtigkeit. Die Erde, das hohe Gras und der Drahtzaun glitzerten im Morgentau. Die einzige Piste dahinter war ein glänzender schwarzer Strich, der quer über das kurz gestutzte Feld ging, halb grün vom Tau, halb stumpf braun von der sengenden Sonne, die gestern auf das Feld heruntergebrannt hatte. Die *Shanghai*-Limousine stand ein gutes Stück von der Flughafenzubringerstraße entfernt, wieder mit Laub getarnt. Der Brite war wieder bewegungsunfähig gemacht, diesmal an den Daumen. Jason hatte dem Meuchelmörder die Pistole gegen die rechte Schläfe gepreßt und ihm befohlen, die Drahtspulen in doppelten Ziehknoten um jeden Daumen zu winden, und hatte die Spulen dann mit seinem Drahtschneider durchgeknipst, den Draht nach hinten geführt und dem Killer die zwei verbliebenen Stücke um die Handgelenke gewunden. Bei jedem noch so leichten Druck, zum Beispiel, wenn der Killer die Hände verdrehte oder voneinander löste, schnitt der Draht tiefer ins Fleisch ein.

»An Ihrer Stelle wäre ich vorsichtig«, sagte Borowski. »Können Sie sich vorstellen, wie es wäre, keine Daumen zu haben? Oder sich die Handgelenke durchzuschneiden?«

»Scheißperfektionist!«

»Da können Sie Gift drauf nehmen.«

Auf der anderen Seite des Flughafens wurde jetzt in einem einstöckigen Gebäude mit einer Reihe kleiner Fenster ein Licht eingeschaltet. Es war eine Art Baracke, einfach und funktionell. Dann flammten weitere Lichter auf – nackte Glühbirnen, kaltes, bläuliches Licht. Eine Baracke. Jason griff nach dem Beutel; er löste die Riemen und legte die Kleidungsstücke im Gras aus. Da war eine weite Mao-Jacke, eine zerdrückte, voluminöse Hose und eine Schirmmütze aus Stoff, die man zu solchen Kleidern zu tragen pflegte. Er stülpte sich die Mütze über und schlüpfte in die Jacke, knöpfte sie über seinem dunklen Pullover zu und stand dann auf, zog sich die weiten Hosen über die eigenen. Ein Stoffgürtel hielt sie fest. Er strich die voluminöse Jacke über der Hose zurecht und wandte sich dann seinem Gefangenen zu, der ihn erstaunt und neugierig beobachtete.

»Hinüber zum Zaun«, sagte Jason, bückte sich und griff in den Beutel. »Auf die Knie, und lehnen Sie sich dagegen«, fuhr er fort und holte ein einhalb Meter langes Stück dünne Nylonschnur heraus. »Drücken Sie das Gesicht gegen den Zaun. Die Augen nach vorne! Schnell!«

Der Killer tat wie geheißen, obwohl seine Hände dabei schmerzten, die er in gefesseltem Zustand zwischen seinem Körper und dem Zaun halten mußte; das Gesicht preßte er gegen das Drahtgeflecht. Borowski trat hinter ihn und fädelte die Schnur auf der rechten Seite des Killers durch den Zaun, zog sie über das Gesicht des Killers und schlang sie dann hinten durch. Er zog sie straff und verknotete sie im Genick des Mannes. Das alles war so verblüffend schnell gegangen, daß der ehemalige Offizier kaum ein Wort herausbekam, ehe ihm klar war, was geschehen war.

»Was zum *Teufel* machen Sie – o *Gott*!«

»Wie dieser Irre zu d'Anjou sagte, ehe er ihm den Kopf abschlug, Sie bleiben hier, Major.«

»Sie lassen mich hier?« fragte der Killer verblüfft.

»Reden Sie keinen Blödsinn. Wir sind wie Zwillinge. Wo ich hingehe, werden auch Sie hingehen. Tatsächlich sogar Sie zuerst.«

»*Wohin?*«

»Durch den Zaun«, sagte Jason und holte den Drahtschneider aus dem Beutel. Er schnitt um den Körper des Meuchelmörders herum und stellte erleichtert fest, daß der Draht bei weitem nicht so dick wie der war, der das Vogelreservat eingezäunt hatte. Als er fertig war, trat Borowski zurück, hob den rechten Fuß, setzte ihm dem Killer zwischen die Schulterblätter und stieß zu. Mann und Zaun fielen auf der anderen Seite ins Gras.

»*Herrgott!*« schrie der Killer gequält auf. »Verdammt komisch, wie?«

»Ich komme mir gar nicht komisch vor«, erwiderte Jason. »Alles, was ich hier tue, ist kein bißchen komisch. Stehen Sie jetzt auf, und zwar hübsch leise.«

»Um Himmels willen, ich bin doch an dem verdammten Zaun angebunden!«

»Der ist lose. Stehen Sie auf, und drehen Sie sich um.« Der Mann rappelte sich schwerfällig auf. Borowski musterte seine Arbeit. Der Maschendraht am Oberkörper des Killers sah tatsächlich komisch aus. Aber der Grund für sein Handeln war alles andere als komisch. Nur solange er den Meuchelmörder sicher vor Augen hatte, gab es kein Risiko für ihn. Jason konnte das, was er nicht sehen konnte, nicht unter Kontrolle halten, und was er nicht sehen konnte, konnte ihn das Leben kosten . . . Und was noch viel wichtiger war, das Leben von David Webbs Frau – und von David Webb. *Komm mir nicht zu nahe! Misch dich nicht ein! Wir haben es ja fast geschafft!*

Borowski griff nach der Schnur und riß die Schlinge auf, behielt ein Ende der Schnur in der Hand. Das Stück Zaun fiel herunter, und ehe der Meuchelmörder reagieren konnte, warf Jason die Schnur um seinen Kopf herum, hob sie dabei etwas an, so daß die Leine sich im Mund des Killers verfing. Er zog daran, spannte die Schnur und zwängte damit die Kinnladen seines Gefangenen auf, bis sein Mund wie ein dunkles, von einer Reihe weißer Zähne umgebenes Loch war. Seiner Kehle entrangen sich unartikulierte Laute.

»Das habe ich nicht erfunden, Major«, sagte Borowski und verknotete die dünne Nylonschnur so, daß die restlichen siebzig Zentimeter locker herunterhingen. »Ich habe d'Anjou und die anderen gesehen. Die konnten nicht reden, nur an dem würgen, was sie erbrochen hatten. Sie haben sie auch gesehen und haben gegrinst. Wie fühlen Sie sich jetzt, Major? . . . oh, ich hab ja vergessen, daß Sie nicht antworten können, oder?« Er stieß den Mann nach vorne, packte ihn dann an der Schulter und schob ihn nach links. »Wir schleichen uns um das Ende der Piste herum«, sagte er. *»Los jetzt!«*

Während sie, immer im Schutz der Dunkelheit, am äußersten Rand um das Flughafengelände herumschlichen, sah sich Jason die relativ primitive Anlage genau an. Hinter der Baracke war ein kleines, rundes Gebäude mit viel Glas, in dem aber kein Licht brannte, abgesehen von einem einzigen Scheinwerfer mitten auf dem Dach, der ein rechteckiges Gebilde beleuchtete. Bei dem Gebäude mußte es sich um den Terminal von Jinan handeln, dachte er; das schwach beleuchtete Gebilde darauf war vermutlich der Kontrollturm. Links von der Baracke, wenigstens sechzig Meter im Westen, gab es einen dunklen, offenen Wartungshangar mit ein paar riesigen Rolleitern, die in der Nähe der weiten Tore standen und in denen sich das Licht der frühen Morgensonne spiegelte. Der Hangar war sichtlich verlassen, die Mannschaft hielt sich noch in ihren Quartieren auf. Am südlichen Rand des Flugfeldes, zu beiden Seiten der Piste und von seinem augenblicklichen Standort aus kaum zu erkennen, standen fünf Flugzeuge, lauter Propellermaschinen, keine davon besonders eindrucksvoll. Beim Flughafen von Jinan handelte es sich um ein zweitklassiges, möglicherweise sogar drittklassiges Landefeld, das ohne Zweifel eines Tages mehr Bedeutung bekommen würde, wie so viele Flughäfen in China, jetzt, wo ausländisches Kapital zur Verfügung stand. Aber es würde noch lange dauern, bis dieser jämmerliche Provinzflugplatz internationales Niveau erreichen würde.

»Wir gehen in den Hangar«, flüsterte Jason und stieß den Killer von hinten an. »Und denken Sie daran, wenn Sie das leiseste Geräusch von sich geben, werde ich Sie gar nicht umzubringen brauchen – das werden die erledigen. Und ich werde meine Fluchtchance bekommen, weil Sie mir die verschaffen werden. Daran sollten Sie nicht zweifeln. *Runter* jetzt.«

Dreißig Meter entfernt kam jetzt ein Wachposten aus dem finsteren Bau; er hatte einen Karabiner über der Schulter hängen und streckte die Arme, um wohlig zu gähnen. Borowski wußte, daß dies der Augenblick zum Handeln war; ein besserer würde sich nicht bieten. Sein Gefangener lag ausgestreckt auf dem Boden, die mit Draht gefesselten Hände unter sich, den weit aufgerissenen Mund gegen die Erde gepreßt. Jason griff nach der Nylonschnur, packte den Killer an den Haaren, riß seinen Kopf in die Höhe und schlang ihm die Leine zweimal um den Hals. »Eine Bewegung, und Sie *ersticken*«, flüsterte Borowski und stand auf.

Er rannte lautlos zur Hangarwand, eilte dann an die Ecke und spähte herum. Der Wachposten hatte sich kaum bewegt. Dann begriff Jason – der Mann urinierte. Bestens. Das kam ihm zupaß. Borowski trat einen Schritt von dem Gebäude zurück, stemmte den rechten Fuß ins Gras und rannte los. Seine Waffe war eine starre rechte Hand, der ein weit ausschwingender linker Fuß vorausging, der den Posten am Wirbelsäulenansatz traf. Der Mann brach bewußtlos zusammen. Jason zerrte ihn zur Hangarecke zurück und dann durchs Gras zu der Stelle, wo sein gefesselter Gefangener reglos lag und sich nicht zu bewegen wagte.

»Jetzt lernen Sie etwas, Major«, sagte Borowski, packte den Killer wieder an den Haaren und zog ihm die Nylonschnur vom Hals. Die Tatsache, daß die Schnur den Mann ebensowenig erwürgt hätte wie eine Wäscheleine, die man einem Menschen lose um den Hals bindet, verriet Delta etwas. Sein Gefangener konnte unter starkem Streß nicht logisch denken. Das mußte er sich merken. »Aufstehen«, befahl Jason. Der Mann gehorchte, schnappte mit weit aufgerissenem Mund nach Luft, und seine Augen blickten wütend und haßerfüllt. »Denken Sie an Echo«, sagte Borowski, und sein Blick erwiderte den Haß des Killers. »Entschuldigen Sie, ich meine d'Anjou. Der Mann, der Ihnen Ihr Leben zurückgegeben hat – *ein* Leben jedenfalls, das Ihnen offenbar gut gefällt. Ihr Pygmalion, *alter Junge*! . . . und jetzt hören Sie mir zu, und hören Sie mir gut zu. Möchten Sie, daß ich Ihnen die Schnur abnehme?«

»Ooohh!« stöhnte der Killer und nickte.

»Und Ihnen die Daumen freimache?«

»Ooohh, ooohh!«

»Sie sind kein Guerilla, Sie sind ein Gorilla«, sagte Jason und zog die Automatik aus dem Hüftgürtel. »Aber wie wir früher zu sagen pflegten – vor Ihrer Zeit, alter *Junge* –, es gibt da gewisse ›Bedingungen‹. Sehen Sie, entweder kommen wir beide lebend hier raus, oder wir verschwinden, und unsere sterblichen Überreste werden einem chinesischen Feuer überantwortet, keine Vergangenheit, keine Gegenwart – und ganz bestimmt kein Nachruf auf unsere Verdienste um die Gesellschaft . . . Wie ich sehe, langweile ich Sie. Tut mir leid, dann vergessen Sie die ganze Geschichte.«

»*Ooohh!*«

»Okay, wenn Sie darauf bestehen. Natürlich werde ich Ihnen keine Waffe geben, und wenn ich sehe, daß Sie versuchen, sich eine zu schnappen – und ich werde es merken, wenn Sie das versuchen –, sind Sie tot. Aber wenn Sie sich manierlich benehmen, dann könnte es sein – *könnte*, habe ich gesagt –, daß wir entkommen. Was ich Ihnen damit wirklich sagen möchte, Mr. *Borowski*, ist, daß Ihr Klient hier drüben, wer auch immer er sein mag, ebensowenig zulassen kann, daß Sie überleben, wie er das *bei mir* zulassen kann. Verstehen Sie? Kapiert?«

»*Oooohh!*«

»Und noch eines«, fügte Jason hinzu und zog an der Schnur, worauf diese von der Schulter des Killers herunterfiel. »Das ist Nylon oder Polyurethan oder wie auch immer Sie das nennen. Wenn es verbrennt, dann schwillt das Zeug an wie ein Marshmallow; unmöglich aufzuknoten. Das hängt dann an Ihren Knöcheln, und die beiden Knoten schwellen zu Zement an. Sie werden dann eine Schrittweite von ungefähr eineinhalb Metern haben – nur weil ich ein Perfektionist bin. Drücke ich mich klar aus?«

Der Brite nickte, und Borowski sprang nach rechts, trat dem Killer in die Kniekehlen, so daß er zu Boden fiel und seine gefesselten Daumen zu bluten begannen. Jason kniete nieder und bohrte dem Killer die Pistole, die er in der linken Hand hielt, in den Mund, während die Finger seiner rechten Hand den Knoten im Nacken lösten.

»*Allmächtiger* Gott!« schrie der Killer, als die Schnur herunterfiel.

»Ich bin froh, daß Sie ein religiöser Mensch sind«, sagte Borowski, ließ die Waffe fallen, schlang dem Killer blitzschnell die Schnur um die Knöchel und sicherte sie jedesmal mit einem Knoten; dann schnippte er sein Feuerzeug an und setzte die Enden in Brand. »Das werden Sie vielleicht brauchen.« Er hob die Pistole auf, hielt sie dem Killer an die Stirn und wickelte den Draht von den Handgelenken seines Gefangenen. »Nehmen Sie sich den Rest selbst ab«, befahl er. »Vorsichtig mit den Daumen, die sind verletzt.«

»Mein rechter Arm ist auch kein Zuckerlecken!« sagte der Engländer und mühte sich ab, den Draht abzustreifen. Als seine Hände frei waren, bewegte er sie ein paarmal auf und ab und saugte sich dann das Blut von seinen Wunden. »Haben Sie Ihren Zauberkasten, Mr. *Borowski*?«

»Stets griffbereit«, erwiderte Jason. »Was brauchen Sie?«

»Heftpflaster. Meine Finger bluten.«

Borowski griff hinter sich nach dem Beutel, zog ihn nach vorne und ließ ihn vor dem Killer fallen, wobei er die ganze Zeit die Pistole auf seinen Kopf gerichtet hielt. »Suchen Sie. Die Rolle müßte ganz obenauf liegen.«

»Hab sie«, sagte der andere, holte das Heftpflaster heraus und wand es sich schnell um die Daumen. »Richtig beschissen, einem so etwas anzutun«, meinte er, als er fertig war.

»Denken Sie an d'Anjou«, sagte Jason ausdruckslos.

»Der *wollte* sterben, um Himmels willen! Was zum Teufel hätte *ich* da machen sollen?«

»Nichts. Weil Sie nichts sind.«

»Nun, dann wäre ich ja so etwas Ähnliches wie *Sie*, nicht wahr, Freundchen? Er hat mich ja nach *Ihnen* geformt!«

»Dazu haben Sie nicht das Talent«, sagte Jason Borowski. »Da fehlt viel. Sie können nicht logisch denken.«

»Was soll *das* jetzt wieder bedeuten?«

»Denken Sie darüber nach.« Delta richtete sich auf. »Aufstehen«, befahl er.

»Sagen Sie«, meinte der Brite, stieß sich vom Boden ab und starrte die Waffe an, die auf seinen Kopf gerichtet war. »Warum *ich*? Warum sind Sie je aus dem Geschäft ausgestiegen?«

»Weil es nie mein Geschäft war.«

Plötzlich schweiften Scheinwerferbalken – einer nach dem anderen – über das Feld, dann flammten gelbe Markierungslichter entlang der Rollbahn auf. Männer rannten aus der Baracke, ein paar auf den Hangar zu, andere hinter den Bau, wo plötzlich die Motoren unsichtbarer Fahrzeuge aufheulten. Die Lichter des Terminals flammten auf; überall herrschte jetzt rege Aktivität.

»Nehmen Sie ihm das Jackett und die Mütze ab«, befahl Borowski und deutete mit der Pistole auf den bewußtlosen Posten. »Ziehen Sie sie an.«

»Die werden mir nicht passen!«

»Sie können sie ja in Savile Row ändern lassen. *Los jetzt!*«

Der Killer tat, wie ihm befohlen war, wobei sein rechter Arm ihn so behinderte, daß Jason ihm den Ärmel halten mußte. Dann rannten beide Männer zu der Hangarwand hinüber, wobei Borowski den anderen mit seiner Waffe immer wieder anstieß.

»Sind wir uns einig?« fragte Borowski im Flüsterton und sah das Gesicht an, das dem seinen, so wie es vor ein paar Jahren gewesen war, so sehr glich. »Wir kommen hier raus, oder wir sterben!«

»Verstanden«, antwortete der Killer. »Dieser beschissene Schreihals mit seinem blutigen Angeberschwert ist wahnsinnig. Ich will da raus!«

»Das war aber nicht die Reaktion, die ich auf Ihrem Gesicht gesehen habe.«

»Wenn man mir das angesehen hätte, dann wäre dieser Verrückte auf mich losgegangen!«

»Wer ist es?«

»Ich habe nie einen Namen zu hören bekommen. Nur ein paar Verbindungen, über die man ihn erreichen konnte. Die erste war ein Mann in der Garnison von Guangdong namens Soo Jiang – «

»Den Namen habe ich gehört. Man nennt ihn das Schwein.«

»Wahrscheinlich zu Recht, aber ich weiß es nicht.«

»Und was dann?«

»Man hinterläßt am Tisch fünf im Casino in Macao eine Nummer – «

»Das Kam-pek in Macao«, unterbrach Jason. »Was kommt dann?«

»Ich rufe die Nummer an und spreche französisch. Dieser Soo Jiang ist einer der wenigen Schlitzaugen, die die Sprache verstehen. Er setzt den Zeitpunkt für das Zusammentreffen fest; immer an demselben Ort. Ich gehe über die Grenze zu einem Feld in den Bergen, und dann kommt ein Hubschrauber, und jemand nennt mir den Namen des Ziels. Und ich bekomme die Hälfte des Geldes für den Auftrag . . . *Da!* Jetzt kommt er! Er biegt zum Anflug ein.«

»Ich habe meine Pistole an Ihrem Kopf.«

»Verstanden.«

»Hat man Ihnen in Ihrer Ausbildung auch beigebracht, eines dieser Dinger zu fliegen?«

»Nein. Nur wie man aus ihnen herausspringt.«

»Das wird uns nichts nützen.«

Das Flugzeug schwebte mit roten Positionslichtern an den Flügelspitzen aus dem heller werdenden Himmel herein und auf die Landepiste zu. Jetzt setzte es glatt auf, rollte an das Ende der Asphaltbahn, bog nach rechts ab, auf den Terminal zu.

»*Kai guan gi you!*« schrie eine Stimme aus dem Hangar, und dann deutete der Mann auf die drei Treibstoffwagen, die seitlich aufgereiht waren, und erklärte, welcher eingesetzt werden sollte.

»Die tanken auf«, sagte Jason. »Die Maschine startet wieder. Sehen wir zu, daß wir an Bord kommen.«

Der Killer drehte sich um, und sein Gesicht – jenes *Gesicht* – flehte. »Um Himmels willen, geben Sie mir ein Messer, *irgend etwas*!«

»Nichts.«

»Ich kann *helfen*!«

»Das ist jetzt meine Veranstaltung, Major, nicht die Ihre. Wenn Sie ein Messer hätten, würden Sie mir den Bauch aufschlitzen. Kommt nicht in Frage, alter *Junge*.«

»*Da long xia!*« rief dieselbe Stimme vom Hangar herüber und stellte damit einen wenig schmeichelhaften Vergleich zwischen gewissen Regierungsbeamten und großen Krebsen an. »*Fang song*«, fuhr er fort und erklärte dann allen, daß sie sich ruhig Zeit lassen könnten, daß die Maschine vom Terminal wegrollen würde und daß der erste der drei Tankwagen zu ihm hinausfahren sollte. Die Beamten stiegen aus, das Flugzeug machte kehrt und rollte wieder über die Piste zurück, während der Tower dem Piloten Anweisung gab, wo er auftanken sollte. Jetzt setzte sich der Tankwagen in Bewegung; Männer sprangen herunter und begannen, Schläuche herauszuziehen.

»Das wird etwa zehn Minuten dauern«, sagte der Killer. »Das ist die chinesische Version einer etwas modernisierten DC 3.«

Das Flugzeug kam zum Stillstand, und die Motoren verstummten, als Rolleitern an die Tragflächen geschoben wurden und Männer über die Leitern hinaufkletterten. Die Treibstofftanks wurden geöffnet und die Schläuche unter dauerndem Geschnatter der Wartungsmannschaft eingeschoben. Plötzlich öffnete sich die Tür in der Mitte des Rumpfs wieder, und eine Stahltreppe klappte heraus. Zwei Männer in Uniform kamen herunter.

»Der Pilot und der Copilot«, sagte Borowski, »und die wollen sich nicht nur die Beine vertreten. Die überprüfen jede Kleinigkeit, die diese Leute machen. Wir werden sehr sorgfältig auf den Zeitpunkt achten, Major, und wenn ich sage los, dann *bewegen* Sie sich.«

»Genau auf die Luke zu«, nickte der Killer. »Wenn der zweite Typ die erste Stufe betritt.«

»Ja, ungefähr so.«

»Ablenkungsmanöver?«

»Wie denn?«

»Ihres gestern nacht war recht nett. Sie haben da ein Feuerwerk veranstaltet wie an Ihrem Nationalfeiertag.«

»Geht nicht. Außerdem habe ich alles verbraucht. Warten Sie mal. Der Tankwagen.«

»Wenn Sie den hochjagen, geht das Flugzeug mit in die Luft. Außerdem könnten Sie den Zeitpunkt nicht so genau festlegen, daß diese Typen gerade an Bord gehen.«

»Nicht *den* Tankwagen«, sagte Jason und schüttelte den Kopf und blickte an dem Killer vorbei. »Der dort drüben.« Borowski deutete auf den vorderen der zwei roten Wagen, der etwa dreißig Meter entfernt war. »Wenn der in die Luft fliegen würde, dann wäre Punkt eins auf der Tagesordnung, diese Maschine hier rauszuholen.«

»Und wir wären viel näher dran als jetzt. Machen wir's.«

»Nein«, korrigierte Jason. »Sie machen das. Und zwar genau, wie ich es Ihnen sage, mit meiner Pistole am Schädel. *Los!*«

Sie rannten auf den Tankwagen zu, wobei das schwache Licht und der Betrieb, der rings um das Flugzeug herrschte, ihnen Deckung boten. Der Pilot und der Copilot leuchteten die Motoren mit ihren Taschenlampen an und hielten die Wartungscrew mit ungeduldigen Befehlen auf Trab. Borowski befahl dem Killer, sich vor ihm niederzukauern, während er über dem offenen Tragebeutel kniete und die Rolle Gazestoff herausrollte. Er holte das Jagdmesser aus dem Gürtel, zog ein Stück Schlauch aus der Halterung, ließ es auf den Boden fallen und griff mit der rechten Hand an die Stelle, wo der Schlauch in den Tank einmündete.

»Beobachten Sie sie«, befahl er dem Killer. »Wie lange noch? Und ganz langsam, Major. Ich lasse Sie nicht aus den Augen.«

»Ich habe Ihnen gesagt, daß ich hier *raus* will. Ich baue bestimmt keinen Mist!«

»Sicher wollen Sie raus, aber ich hab so das Gefühl, daß Sie das lieber alleine angehen würden.«

»Der Gedanke ist mir nie in den Sinn gekommen.«

»Dann sind Sie nicht der richtige Mann für mich.«

»Vielen Dank.«

»Nein, das war mir ernst. *Mir* wäre das in den Sinn gekommen . . . Wie lange noch?«

»Zwischen zwei und drei Minuten, schätze ich.«

»Und wie gut ist Ihre Schätzung?«

»Runde zwanzig Einsätze in Oman, Yemen und umliegende Ortschaften. Flugzeuge, die dem hier von der Konstruktion und von den Motoren her ähnlich waren. Ich weiß Bescheid, Kollege. Das ist ein alter Hut. Zwei bis drei Minuten, ganz bestimmt nicht mehr.«

»Gut. Dann kommen Sie her.« Jason stach den Schlauch mit dem Messer an und schnitt eine Kerbe, die tief genug war, um einen gleichmäßigen Kerosinstrom austreten zu lassen, aber doch so wenig, daß die Pumpe kaum arbeiten mußte. Er richtete sich auf und hielt den Killer mit seiner Pistole in Schach, während er ihm mit der anderen Hand die Rolle Gazestoff reichte. »Reißen Sie etwa zwei Meter ab, und tränken Sie das mit dem Treibstoff.« Der Killer kniete nieder und führte Borowskis Anweisung aus. »Jetzt«, fuhr Jason fort, »stopfen Sie das Ende in den Schlitz, wo ich den Schlauch angeschnitten habe. Weiter – *weiter*. Nehmen Sie den Daumen!«

»Mein Arm ist nicht mehr das, was er einmal war!«

»Aber Ihre linke Hand. Drücken Sie *kräftiger*!« Borowski sah schnell zu dem Flugzeug hinüber, das aufgetankt wurde – das jetzt aufgetankt war. Der Brite hatte richtig geschätzt. Die Männer kletterten jetzt von den Tragflächen und rollten die Schläuche zurück in den Tankwagen. Und dann nahmen der Pilot und der Copilot die letzte Prüfung vor. In weniger als einer Minute würden sie zur Luke gehen! Jason griff in die Tasche, holte Streichhölzer heraus und warf sie dem Killer hin, wobei er die Waffe auf seinen Kopf richtete. »Anzünden. *Jetzt*!«

»Das geht hoch wie eine Stange Nitro! Und wir fliegen beide mit in die Luft, vor allem *ich*!«

»Nicht, wenn Sie es richtig machen! Legen Sie die Gaze auf das Gras, das ist feucht –«

»Und hemmt das Feuer –?«

»Schnell! *Tun* Sie's!«

»Gemacht!« Die Flamme züngelte vom Ende des Gazestreifens hoch, fiel aber gleich wieder zurück und fraß sich langsam an dem Stoffstreifen entlang. »Scheißperfektionist«, sagte der Killer halblaut, während er sich aufrichtete.

»Und jetzt vor mich«, befahl Borowski, während er sich den Beutel an den Gürtel hängte. »Gehen Sie geradeaus. Machen Sie sich kleiner und ziehen Sie die Schultern ein, so wie Sie es in Lo Wu getan haben.«

»Herr und Heiland! *Sie* waren –?«

»*Los!*«

Der Tankwagen entfernte sich langsam im Rückwärtsgang von dem Flugzeug, bog dann nach vorne um die Rolleitern herum, fuhr nach links an der Stelle vorbei, wo der erste rote Tankwagen parkte ... und kreiste erneut, jetzt nach *rechts*, hinter die *beiden* stehenden Wagen, um schließlich neben dem anzuhalten, an dem die Lunte brannte. Jason blickte wie gebannt auf den brennenden Streifen. Jetzt war dort eine kräftige Flamme hochgesprungen! Ein einziger Funke, der durch das Ventil übersprang, und der Tank würde explodieren und die beiden anderen Tankwagen mit weißglühenden Splittern ihrerseits in Brand setzen. Jeden Augenblick war es soweit!

Der Pilot winkte dem Copiloten zu. Gemeinsam gingen sie zur Einstiegluke.

»*Schneller!*« schrie Borowski. »Richten Sie sich darauf ein, loszurennen!«

»*Wann?*«

»Das werden Sie dann schon wissen. Ziehen Sie die Schultern ein! *Bükken* sollen Sie sich, verdammt noch mal!« Sie bogen nach rechts auf das Flugzeug zu, quer durch eine Gruppe Wartungstechniker, die jetzt zum Hangar zurückgingen.

»*Gongju ne?*« rief Jason und tadelte damit einen Kollegen, daß er einen wertvollen Werkzeugkasten beim Flugzeug hatte stehenlassen.

»*Gong ju?*« rief der Mann, packte Borowski am Arm und hob seinen Werkzeugkasten auf. Ihre Blicke begegneten sich, und der Mechaniker erschrak, sein Gesicht verzerrte sich. »*Tian a!*« schrie er.

Und dann passierte es. Der Tankwagen explodierte, zerplatzte förmlich, stieß nach allen Seiten Feuersäulen aus, und heiße Metallstücke spritzten herum. Die Mechaniker schrien auf und rannten nach allen Richtungen davon, die meisten auf den Schutz bietenden Hangar zu.

»*Jetzt los!*« schrie Jason. Doch der Brite brauchte diese Aufforderung nicht; beide Männer rasten auf das Flugzeug und die Lukentür zu, wo der Pilot, der bereits hineingeklettert war, erstaunt heraussah, während der Copilot wie erstarrt auf der Leiter stand. »*Kuai!*« brüllte Borowski, der sein Gesicht im Schatten hielt und den Kopf des Killers auf der Metalltreppe nach unten drückte. »*Jiu fei ji . . .!*« fügte er schreiend hinzu, dem Piloten ratend, um der Sicherheit des Flugzeugs willen die Feuerzone zu verlassen – daß er ein Wartungstechniker sei und die Luke abdichten werde.

Jetzt ging ein zweiter Tankwagen hoch, und die gegeneinander gerichteten Explosionskräfte erzeugten eine vulkanartige Eruption aus Feuer und heißem Metall.

»Sie haben recht!« schrie der Pilot auf chinesisch, packte seinen Copiloten am Hemd und zerrte ihn hinein; beide rannten den schmalen Laufgang zum Flugdeck nach vorne.

Das war der *Augenblick*, dachte Jason. *Aber war er das?* »Hinein!« befahl er dem Killer, während der dritte Tankwagen hochging.

»Geht *klar*!« schrie der Brite, hob den Kopf und richtete sich auf, um auf die Treppe zu springen. Dann, als eine weitere ohrenbetäubende Explosion über das Flugfeld hallte und die Motoren des Flugzeugs zu brausen begannen, fuhr er auf der Leiter herum, und sein rechter Fuß schoß auf Borowskis Unterleib zu, während seine Hand vorzuckte, um die Waffe abzulenken.

Jason war vorbereitet. Er schmetterte dem Killer den Pistolenlauf über den Knöchel und riß die Waffe dann hoch, hieb sie ihm gegen die Schläfe; ein Blutstrom schoß aus der Wunde, während der Killer zurücktaumelte. Borowski sprang die Stufen hinauf und stieß den Bewußtlosen mit den Füßen über den Stahlboden nach hinten. Er riß die Luke zu, hieb auf die Verriegelung und sicherte die Tür. Das Flugzeug begann jetzt zu rollen, bog nach links ab, um dem Flammeninferno auszuweichen. Jason riß sich den Beutel vom Gürtel, holte ein Stück Nylonschnur heraus und fesselte den Killer mit den Handgelenken an zwei weit auseinanderliegende Sitzlehnen. Er konnte sich unmöglich selbst befreien – wenigstens hätte Borowski nicht gewußt, wie –, aber trotzdem und für den Fall, daß er sich irrte, schnitt Jason die Schnur, die an den Fußknöcheln des Killers hing, ab, schob ihm die Beine auseinander und band seine Füße ebenfalls an zwei durch den Mittelgang getrennten Sitzen fest.

Dann richtete er sich auf und ging nach vorne zum Flugdeck. Die Maschine war jetzt auf der Startbahn angelangt und raste über das schwarze Asphaltband; plötzlich wurden die Motoren gedrosselt. Die Maschine hielt vor dem Terminal an, wo sich die Gruppe von Beamten gesammelt hatte und zu dem Flammenmeer hinüberblickte, das vielleicht einen halben Kilometer entfernt loderte.

»*Kai ba!*« sagte Borowski und drückte dem Piloten den Lauf seiner Pistole gegen den Hinterkopf. Der Copilot fuhr in seinem Sitz herum. Jason verlagerte sein Gewicht etwas, um bequemer stehen zu können, und sagte in deutlichem Mandarin: »Achten Sie auf Ihre Anzeigen und bereiten Sie den Start vor, dann geben Sie mir Ihre Karten.«

»Die geben uns nicht frei!« schrie der Pilot. »Wir sollen fünf Kommissare mitnehmen!«

»Wohin?«

»Baoding.«

»Das ist im Norden«, sagte Borowski.

»Nordwest«, verbesserte der Copilot.

»Gut. Fliegen Sie nach Süden.«

»Das wird nicht gestattet werden!« schrie der Pilot.

»Ihre erste Pflicht ist es, das Flugzeug zu retten. Sie wissen nicht, was dort draußen vor sich geht. Es könnte Sabotage sein, eine Revolte, ein Aufstand. Tun Sie, was ich Ihnen sage, sonst sind Sie beide tot. Mir ist das wirklich gleichgültig.«

Der Kopf des Piloten fuhr herum, und er blickte zu Jason auf. »Sie sind ein Westler! Sie sprechen chinesisch, aber Sie sind kein Chinese! Was *tun Sie hier*?«

»Ich beschlagnahme dieses Flugzeug. Sie haben noch genügend Startbahn übrig. *Starten Sie! Süden!* Und geben Sie mir die Karten.«

Die Erinnerungen stellten sich wieder ein. Entfernte Geräusche, entfernte Bilder, entfernter Donner.

»Schlangenweib, Schlangenweib! Bitte antworten! Nennen Sie Ihre Sektorkoordinaten.«

Sie hatten Kurs auf Tam Quan, und Delta war nicht bereit, das Schweigen zu brechen. Er wußte, wo sie waren, und das war alles, worauf es ankam. Kommando Saigon konnte zum Teufel gehen, er würde den nordvietnamesischen Abhörposten keinen Hinweis geben, wohin sie unterwegs waren.

»Wenn Sie nicht antworten wollen oder können, Schlangenweib, dann bleiben Sie unter sechshundert Fuß! Hier spricht ein Freund, ihr Arschlöcher! Ihr habt hier unten nicht viele! Oberhalb von sechsfünfzig erfaßt euch ihr Radar.«

Das weiß ich, Saigon, und mein Pilot weiß es, selbst wenn es ihm nicht paßt, aber ich werde trotzdem die Funkstille nicht brechen.

»Schlangenweib, wir haben euch völlig verloren! Kann einer von euch Schwachköpfen auf diesem Einsatz eine Flugkarte lesen?«

Ja, ich kann das sehr gut, Saigon. Glaubt ihr, ich würde mit meinem Team in den Einsatz gehen und irgendeinem von euch vertrauen? Verdammt noch mal, das dort unten ist mein Bruder! Ich bin für euch nicht wichtig, aber er ist es!

»Sie sind verrückt!« schrie der Pilot. »Bei allen Geistern, dies ist eine schwere Maschine, und wir sind nur knapp über den Baumwipfeln!«

»Dann halten Sie die Nase oben«, sagte Borowski, der eine Karte studierte. »Tauchen Sie ab und sehen Sie zu, daß Sie Höhe bekommen, das ist alles.«

»Das ist aber auch verrückt!« schrie der Copilot. »Eine falsche Bö in dieser Höhe, und wir landen im Wald! Dann sind wir *erledigt*!«

»In den Wetterberichten über Funk heißt es, daß nicht mit Turbulenzen gerechnet wird –«

»Das ist *oben*«, kreischte der Pilot. »Sie verstehen nicht, was für Risiken das bedeutet! Nicht hier *unten*!«

»Wie lautete der letzte Bericht aus Jinan?« fragte Jason, der diesen Bericht sehr wohl kannte.

»Sie haben versucht, diesen Flug nach Baoding anzupeilen«, sagte der Offizier. »Das ist ihnen in den letzten drei Stunden nicht gelungen. Jetzt suchen sie die Hengshui-Berge ab . . . Bei den Großen Geistern, warum sage ich das *Ihnen*? Sie haben die Berichte doch *selbst* gehört! Sie sprechen besser chinesisch als meine Eltern, und das waren gebildete Leute!«

»Zwei Pluspunkte für die Luftstreitkräfte der Volksrepublik. . . . okay, wenden Sie in zweieinhalb Minuten um hundertsechzig Grad, und steigen Sie auf tausend Fuß. Dann sind wir über Wasser.«

»Dann sind wir auch in Reichweite der Japaner! Die werden uns abschießen!«

»Hängen Sie eine weiße Flagge raus – oder noch besser, ich gehe ans Funkgerät. Ich lasse mir etwas einfallen. Vielleicht geleiten die uns sogar nach Kowloon.«

»*Kowloon!*« kreischte der Copilot. »Man wird uns *erschießen*!«

»Durchaus möglich«, nickte Borowski. »Aber ich werde das nicht tun«, fügte er hinzu. »Sie müssen nämlich wissen, daß ich ohne Sie dort ankommen muß. Ich kann Sie nicht in meine Pläne einbeziehen. Das geht nicht.«

»Was Sie da sagen, gibt *überhaupt* keinen Sinn!« sagte der verzweifelte Pilot.

»Sie wenden einfach um hundertsechzig Grad, wenn ich es sage.« Jason studierte den Geschwindigkeitsanzeiger, berechnete die Knoten auf der Karte und kalkulierte die geschätzte Distanz, die er wollte. Durch das Fenster sah er, wie unten die Küste Chinas hinter ihnen zurücksank. Er sah auf die Uhr; neunzig Sekunden waren verstrichen. »Jetzt wenden, Kapitän«, sagte er.

»Das hätte ich sowieso getan!« schrie der Pilot. »Ich bin kein Kamikaze. Ich fliege nicht in den eigenen Tod.«

»Nicht einmal für Ihre Regierung?«

»Das zuallerletzt.«

»Die Zeiten ändern sich«, sagte Borowski, der sich wieder auf die Flugkarte konzentrierte. »Und die Dinge.«

»*Schlangenweib, Schlangenweib! Aufgeben! Wenn Sie mich hören können, dann verschwinden Sie dort und kehren Sie zum Basislager zurück. Sie haben keine Chance. Können Sie mich hören? Aufgeben!*«

»Was wollen Sie machen, Delta?«

»Fliegen Sie weiter, Mister. In drei Minuten können Sie hier aussteigen.«

»Und was ist mit Ihnen und Ihren Leuten?«

»Wir werden es schaffen.«

»Sie sind ein Selbstmörder, Delta.«

»Das müssen gerade Sie mir sagen . . . also gut, überprüfen Sie alle Ihre Fallschirme und halten Sie sich zum Aussteigen bereit. Jemand soll Echo helfen, legt ihm die Hand um die Reißleine.«

»Déraisonable!«

Ihre Fluggeschwindigkeit blieb gleichmäßig bei 370 Meilen pro Stunde. Die Route, die Jason gewählt hatte – sie flogen in geringer Höhe über die Meerenge von Formosa, vorbei an Longhai und Shantou an der chinesischen Küste und an Hsinchu und Fengshan auf Taiwan –, betrug etwas mehr als 1435 Meilen. Die Schätzung von etwa vier Stunden war daher vernünftig. Die Inseln im Norden von Hongkong würden in weniger als einer halben Stunde in Sicht kommen.

Zweimal waren sie während ihres Fluges über Funk angerufen worden, einmal von der nationalchinesischen Garnison auf Quemoy, das andere Mal von einer Streifenmaschine mit Heimatflughafen Raoping. Borowski übernahm beide Male das Funkgerät und erklärte beim erstenmal, sie befänden sich auf einem Sucheinsatz nach einem havarierten Schiff, das taiwanesische Ware zum Festland bringen sollte, während er beim zweitenmal mit etwas drohendem Unterton erklärte, daß sie den Volkssicherheitskräften angehörten und die Küste nach Schmuggelschiffen absuchten, die ohne Zweifel den Raoping-Streifen entwischt waren. Bei dem zweiten Funkgespräch gab er sich nicht nur unangenehm arrogant, sondern benutzte auch den Namen und die – streng geheime – Erkennungsnummer eines toten Verschwörers, der unter einer russischen Limousine im Jing-Shan-Vogelreservat lag. Ob man ihm glaubte oder nicht, war für ihn in beiden Fällen belanglos. Niemand hatte Lust, sich einzumischen. Das Leben war auch so schon kompliziert genug.

Jedesmal, wenn Geräusche aus dem Funkgerät kamen und Verbindungen mit Linienmaschinen verrieten, fing der Pilot zu zittern an. »Ob Sie es nun wissen oder nicht, ich habe keinen Flugplan. Wir könnten auf Kollisionskurs mit einem Dutzend verschiedener Flugzeuge sein!«

»Dazu fliegen wir zu tief«, sagte Borowski, »und die Sicht ist ausgezeichnet. Ich habe Vertrauen zu Ihren Augen, Sie werden schon nicht irgendwo anrempeln.«

»Sie sind *wahnsinnig*!« schrie der Copilot.

»Im Gegenteil. Ich bin im Begriff, in die Welt der Vernunft zurückzukehren. Wo ist Ihre Ausrüstung für den Notfall? Ich kann mir nicht vorstellen, daß es so etwas bei Ihnen nicht gibt.«

»Was zum Beispiel?« fragte der Pilot.

»Schlauchboote, Signalgeräte . . . Fallschirme.«

»Große *Geister*!«

»Wo?«

»Ganz hinten im Flugzeug, die Tür rechts neben der Bordküche.«

»Das ist alles für die Beamten«, fügte der Copilot mürrisch hinzu. »Wenn es Probleme gibt, kriegen *die* immer alles, was sie brauchen.«

»Das ist vernünftig«, sagte Borowski. »Wie würden Sie es denn machen?«

»Sie sind wahnsinnig.«

»Ich gehe jetzt nach hinten, meine Herren, aber meine Pistole ist weiterhin auf Sie gerichtet. Bleiben Sie auf Kurs, Kapitän. Ich bin sehr erfahren und sehr feinfühlig. Ich spüre die kleinste Kursabweichung, und wenn ich das tue, sind wir alle tot. Verstanden?«

»Sie sind *irre*!«

»Das müssen gerade Sie mir sagen.« Jason drehte sich um und ging nach hinten, stieg über seinen festgebundenen Gefangenen hinweg, der inzwischen alle Versuche aufgegeben hatte, sich zu befreien. Die Wunde an seiner linken Schläfe war von verkrustetem Blut bedeckt. »Wie steht's denn, Major?«

»Ich habe einen Fehler gemacht. Was wollen Sie sonst noch?«

»Sie lebend nach Kowloon bringen, das wünsche ich mir.«

»Damit irgendein Scheißkerl mich vor ein Erschießungskommando stellen kann?«

»Das liegt bei Ihnen. Da ich anfange, Ordnung in die Dinge zu bringen, könnte sogar irgendein Scheißkerl auf die Idee kommen, Ihnen einen Orden zu verleihen, wenn Sie Ihr Blatt so spielen, wie Sie sollten.«

»Sie verstehen sich großartig auf geheimnisvolle Andeutungen, Borowski. Was soll *das* jetzt wieder bedeuten?«

»Wenn Sie Glück haben, werden Sie's erfahren.«

»Vielen Dank!« schrie der Engländer.

»*Mir* brauchen Sie nicht zu danken. Auf die Idee haben Sie mich gebracht. Ich habe Sie gefragt, ob man Ihnen bei Ihrer Ausbildung beigebracht hatte, wie man eines dieser Dinger fliegt. Erinnern Sie sich daran, was Sie mir gesagt haben?«

»Was?«

»Sie haben gesagt, Sie wüßten nur, wie man aus ihnen herausspringt.«

»*Scheiße!*«

Der Killer saß mit festgeschnalltem Fallschirm, gefesselt, aufrecht zwischen zwei Sitzen, die Beine und Hände zusammengebunden und die rechte Hand an die Reißleine gefesselt.

»Sie sehen aus wie ans Kreuz geschlagen, Major, nur daß Sie dazu die Arme ausstrecken müßten.«

»Würden Sie um Himmels willen so reden, daß man Sie *versteht*?«

»Verzeihen Sie mir. Mein anderes Ich versucht sich auszudrücken. Machen Sie bloß keine Dummheiten, weil Sie nämlich durch die Luke fliegen! Haben Sie gehört? *Verstanden?*«

»Verstanden.«

Jason ging zum Flugdeck, setzte sich, nahm sich die Karte und fragte den Flugoffizier: »Nun, wie steht's?«

»Hongkong in sechs Minuten, wenn wir nicht ›mit jemandem zusammenrempeln‹.«

»Ich habe volles Zutrauen zu Ihnen, aber wir können nicht auf Kai-tak landen – auch wenn Sie überlaufen wollen. Fliegen Sie nach Norden, in die New Territories.«

»*Aiya!*« kreischte der Pilot. »Da müssen wir durchs *Radar*! Diese verrückten Gurkhas feuern auf alles, was nur entfernt nach Festland aussieht!«

»Nicht, wenn die Sie nicht ausmachen, Kapitän. Bleiben Sie bis zur Grenze unter sechshundert Fuß, und überfliegen Sie die Berge dann bei Lo Wu. Dann können Sie Funkkontakt mit Shenzen herstellen.«

»Und was, im Namen der Geister, soll ich *sagen*?«

»Daß man Sie entführt hat, ganz einfach. Sehen Sie, ich darf nicht zulassen, daß Sie mit mir in Zusammenhang gebracht werden. Wir können nicht in der Kronkolonie landen. Damit würden Sie einen schüchternen Mann ins Rampenlicht rücken – und seinen Begleiter.«

Die Fallschirme öffneten sich knatternd über ihnen, und die zwanzig Meter lange Schnur, die sie an den Hüften miteinander verband, spannte sich im Wind, während das Flugzeug nach Norden jagte, auf Shenzen zu.

Sie landeten in einem Fischzuchtteich südlich von Lok Ma Chau. Borowski zog die Schnur ein und zerrte damit den gefesselten Briten zu sicher heran, während die Besitzer der Fischzucht am Ufer ein fürchterliches Geschrei anstimmten. Jason zeigte ihnen Geld – mehr Geld, als die beiden – Mann und Frau – in einem Jahr verdienen konnten.

»Wir sind *Überläufer*!« rief er. »*Reiche* Überläufer! Wen *stört das*?«

Es störte niemanden, zuallerletzt die Besitzer des Fischzuchtteiches. »*Mgoi! Magoissaai!*« wiederholten sie immer wieder und dankten den fremden, rosafarbenen Geschöpfen, die vom Himmel gefallen waren, während Borowski den Killer aus dem Wasser zerrte.

Nachdem er die chinesischen Kleidungsstücke weggeworfen und dem Killer die Hände auf dem Rücken gefesselt hatte, erreichten Borowski und sein Gefangener die Straße, die nach Süden, nach Kowloon, führte. Ihre nassen Kleider trockneten schnell in der Sonne, aber so, wie sie aussahen, hatten sie bei den wenigen Fahrzeugen, die unterwegs waren, und den noch wenigeren, die bereit waren, Anhalter mitzunehmen, kaum eine Chance. Dieses Problem mußte gelöst werden. Schnell und sauber. Jason war erschöpft. Er konnte kaum gehen, und seine Konzentration begann nachzulassen. Ein Fehltritt, und er konnte das Spiel verlieren – aber er durfte es nicht verlieren! Nicht *jetzt*!

Bauern, hauptsächlich alte Frauen, trotteten am Straßenrand; die übergroßen, breitkrempigen schwarzen Hüte schützten die ausgemergelten Gesichter vor der Sonne. Die meisten trugen eine Art Joch auf den alten Schultern, an dem Körbe mit Obst oder Gemüse hingen. Ein paar musterten die heruntergekommen wirkenden Weißen, aber nur kurz; ihre Welt hielt nichts von Überraschungen. Es reichte, wenn man überlebte; ihre Erinnerungen waren ausgeprägt.

Erinnerungen. *Studiere alles. Du wirst etwas finden, was du nutzen kannst.*

»Da hinunter«, sagte Borowski zu dem Killer. »Neben die Straße.«

»Was? *Warum?*«

»Weil Sie keine drei Sekunden mehr leben, wenn Sie es nicht tun.«

»Ich habe geglaubt, daß Sie mich in Kowloon lebend brauchen.«

»Notfalls tut es auch Ihre Leiche. *Hinunter!* Auf den *Rücken!* Übrigens, Sie können schreien, so laut Sie wollen, es wird Sie doch keiner verstehen. Vielleicht helfen Sie mir damit sogar.«

»Herrgott, *wie denn?*«

»Sie haben einen traumatischen Schock.«

»*Was?*«

»Hinunter! *Jetzt!*«

Der Killer ließ sich auf den Asphalt sinken, wälzte sich auf den Rücken und starrte in die grelle Sonne. Sein Brustkasten hob und senkte sich, und sein Atem ging schwer. »Ich habe den Piloten gehört«, sagte er. »Sie sind wirklich ein beschissener Irrer!«

»Jedem seine eigene Auslegung, Major.« Plötzlich drehte Jason sich auf der Straße herum und schrie auf die Bauernfrauen ein. »*Jiuming!*« schrie er. »*Ring bang mang!*« Er flehte die uralten Überlebenskünstlerinnen an, seinem verletzten Begleiter zu helfen, der sich entweder das Rückgrat gebrochen oder ein paar Rippen eingedrückt hatte. Er griff in seinen Beutel und holte Geld heraus, erklärte, daß es auf jede Minute ankomme, daß er dringend ärztliche Hilfe brauche. Wenn Sie ihn unterstützen könnten, sei ihm ihre Freundlichkeit viel Geld wert.

Sofort kamen die Bäuerinnen angerannt, die Augen nicht auf den Patienten, sondern auf das Geld gerichtet. Ihre Hüte flogen im Wind, und ihre Körbe waren plötzlich vergessen.

»*Na gunzi lai!*« schrie Borowski und verlangte Schienen oder Stöcke für den Verletzten.

Die Frauen rannten in die Felder und kamen sofort mit langen Bambusschößlingen zurück, aus denen sie die Stäbe herausschälten, die dem armen, schmerzgequälten Mann Erleichterung verschaffen würden, wenn man ihn damit schiente. Und nachdem sie eben das bewerkstelligt hatten, dabei die ganze Zeit ihr Mitgefühl hinauskreischend und ohne auf die Proteste des Patienten zu achten, die dieser auf englisch hinausbrüllte, nahmen sie Borowskis Geld und gingen ihrer Wege.

Nur eine nicht. Sie entdeckte einen Lastwagen, der aus dem Norden herannahte.

»*Duo shao quian?*« sagte sie an Jasons Ohr gebeugt und fragte, wieviel er bezahlen würde.

»*Ni shuo ne*«, antwortete Borowski und sagte, sie solle einen Preis nennen.

Das tat sie, und Delta war einverstanden. Mit ausgestreckten Armen trat die Frau auf die Straße hinaus, und der Wagen hielt an. Eine zweite Verhandlung mit dem Fahrer schloß sich an, und dann wurde der Killer mitsamt den Bambusschienen der Länge nach auf die Ladepritsche gehievt. Jason kletterte hinter ihm her.

»Wie fühlen Sie sich, Major?«

»Diese Kiste wimmelt ja von beschissenen Enten!« schrie der Killer und starrte die Stapel von Holzkäfigen ringsum an, von denen ein übelkeitserregender, überwältigender Geruch ausging.

Eines der Flügeltiere wählte in seiner unendlichen Weisheit diesen Augenblick, um dem Killer eine Ladung Kot ins Gesicht zu spritzen.

»Nächster Halt Kowloon«, sagte Jason Borowski und schloß die Augen.

30

Das Telefon klingelte. Marie fuhr im Sessel herum, aber Mo Panov hob beschwichtigend die Hand. Der Arzt ging durch das Hotelzimmer, nahm den Hörer von dem Apparat neben dem Bett ab. »Ja?« sagte er leise. Dann runzelte er die Stirn und sah dann, als wäre ihm plötzlich klargeworden, daß sein Ausdruck seine Patientin beunruhigen könnte, zu Marie hinüber und schüttelte den Kopf. »Schön«, meinte er schließlich. »Wir bleiben hier, bis wir von Ihnen hören, aber ich muß Sie fragen, Alex, und das dürfen Sie mir nicht übelnehmen: Hat man Sie mit Drinks angefüllt?« Panov zuckte zusammen und hielt den Hörer von sich weg. »Meine einzige Antwort darauf ist, daß ich zu liebenswürdig und zu erfahren bin, *Sie* mit Schimpfnamen zu belegen. Wir sprechen uns später.« Er legte auf.

»Was ist passiert?« rief Marie.

»Weit mehr, als er mir sagen konnte, aber es hat genügt.« Der Psychiater hielt inne und blickte auf Marie herab. »Catherine Staples ist tot. Sie ist vor ein paar Stunden vor ihrem Appartementhaus erschossen worden –«

»Du lieber Gott«, flüsterte Marie.

»Dieser hünenhafte Abwehroffizier«, fuhr Panov fort. »Der, den wir auf dem Bahnhof gesehen haben, den Sie den Major nannten und den Catherine Staples als einen Mann namens Lin Wenzu identifiziert hat – «

»Was ist mit ihm?«

»Er ist schwer verwundet und liegt in sehr kritischem Zustand im Krankenhaus. Von dort aus hat Conklin angerufen, von einem Automaten im Krankenhaus.«

Marie musterte Panovs Gesicht. »Zwischen Catherines Tod und Lin Wenzu gibt es doch einen Zusammenhang, oder?«

»Ja. Die Ermordung von Catherine Staples läßt klar erkennen, daß die Operation infiltriert worden ist – «

»*Welche* Operation? Und von *wem*?«

»Alex hat gesagt, das würde er uns alles später erklären. Jedenfalls scheint der Siedepunkt erreicht zu sein. Dieser Lin hat möglicherweise sein Leben dafür gegeben, um die Infiltration auszuschalten – ›sie zu neutralisieren‹, wie Conklin es formuliert hat.«

»O Gott«, schrie Marie mit aufgerissenen Augen und einer Stimme, in der Hysterie mitklang. »*Operationen! Infiltrationen! Neutralisieren*, Lin, selbst *Catherine* – eine Freundin, die mich verraten hat –, ich will nichts von diesen Dingen *wissen*! Was ist mit *David*?«

»Es heißt, er sei in China.«

»Du lieber Gott, die haben ihn *umgebracht*!« schrie Marie und sprang auf.

Panov eilte auf sie zu und hielt sie an den Schultern fest. Er packte fester zu, zwang sie, ihn anzusehen. »Lassen Sie sich von mir sagen, was Alex mir gesagt hat . . . hören Sie mir zu!«

Langsam, atemlos, so als bemühte sie sich, in ihrer Verwirrung und Erschöpfung einen Augenblick der Klarheit zu finden, stand Marie reglos da und starrte den Psychiater an. »Was?« flüsterte sie.

»Er sei in gewisser Weise froh darüber, daß David dort oben ist – oder dort draußen –, weil er seiner Ansicht nach dort eine bessere Überlebenschance hat.«

»Und das *glauben* Sie?« schrie David Webbs Frau. Tränen traten ihr in die Augen.

»Vielleicht«, sagte Panov und nickte. Dann fuhr er mit leiser Stimme fort: »Conklin wies darauf hin, daß David hier in Hongkong auf einer überfüllten Straße erschossen oder niedergestochen werden könnte – Menschenmengen, so sagte er, seien gleichzeitig ein Feind und ein Freund. Fragen Sie mich nicht, wo diese Leute ihre Redewendungen herhaben, ich weiß es nämlich nicht.«

»Was zum *Teufel* wollen Sie mir damit *klarmachen*?«

»Was Alex mir gesagt hat. Er sagte, sie hätten ihn dazu gezwungen, wieder der zu sein, den er vergessen wollte. Und dann sagte er, es habe nie jemanden gegeben, der ›Delta‹ gleichgekommen sei. ›Delta‹ sei der

Beste gewesen, den es je gegeben habe . . . David Webb *war* ›Delta‹, Marie. Ganz gleich, was er auch aus seiner Erinnerung verdrängen wollte, er *war Delta*, Jason Borowski kam später, eine Ausgeburt des Schmerzes, den er sich selbst zufügen mußte. Aber alles, was er gelernt hat, seine Fähigkeiten, seine Geschicklichkeit, hat er sich als *Delta* erworben . . . In mancher Hinsicht kenne ich Ihren Mann ebensogut, wie Sie ihn kennen.«

»In der Hinsicht sicherlich wesentlich besser«, sagte Marie und lehnte den Kopf an Morris Panovs Brust. »Es hat so viele Dinge gegeben, über die er nicht sprechen wollte. Er hatte zu viel Angst, oder er schämte sich zu sehr . . . O *Gott*, Mo! Wird er zu mir zurückkommen?«

»Alex glaubt, daß Delta zurückkommen wird.«

Marie löste sich von dem Psychiater und sah ihm in die Augen; ihr tränenverhangener Blick war starr. »Was ist mit *David*?« fragte sie so leise, daß man es kaum hören konnte. »Wird *er* zurückkommen?«

»Das kann ich nicht beantworten. Ich wünschte, ich könnte das, aber ich kann es nicht.«

»Ich verstehe.« Marie ließ Panov los und ging ans Fenster, blickte auf die Menschenmengen hinunter, die sich durch die überfüllten, grell beleuchteten Straßen drängten. »Sie haben Alex gefragt, ob er getrunken habe, Mo. Warum haben Sie das getan, Mo?«

»Das hat mir in dem Augenblick leid getan, als es heraus war.«

»Weil Sie ihn beleidigt haben?« fragte Marie und drehte sich zu dem Psychiater herum.

»Nein. Weil ich wußte, daß Sie es gehört haben und daß Sie eine Erklärung verlangen würden. Und die kann ich Ihnen nicht verweigern.«

»Nun?«

»Das war das letzte, was er zu mir gesagt hat – eigentlich sogar zwei Dinge. Er sagte, Sie hätten wegen Catherine Staples unrecht –«

»*Unrecht?* Ich habe es doch selbst erlebt. Es *gesehen*. Ich habe ihre *Lügen* gehört!«

»Sie hat versucht, Sie zu schützen, ohne Sie in Panik zu versetzen.«

»Das sind nur noch *mehr* Lügen! Und was war das andere?«

Panov rührte sich nicht von der Stelle, und als er sprach, sah er Marie voll in die Augen. »Alex sagte, daß das alles zwar verrückt wirke, in Wahrheit aber gar nicht so verrückt sei.«

»Mein Gott, die haben *ihn* umgedreht!«

»Nicht ganz. Er wird denen nicht sagen, wo Sie sind – wo wir sind. Er hat mir gesagt, wir sollten uns bereithalten, Minuten nach seinem nächsten Anruf hier auszuziehen. Er kann das Risiko nicht eingehen, hierher zurückzukommen. Er hat Angst, daß man ihm folgen könnte.«

»Also fliehen wir wieder – ohne ein Ziel, mit der einzigen Aussicht, uns erneut verstecken zu müssen. Und plötzlich ist an unserem Panzer etwas faul. Unser verkrüppelter Sankt Georg, der Drachentöter, macht sich jetzt plötzlich mit den Drachen gemein.«

»Das ist nicht fair, Marie. Das hat er nicht gesagt und ich auch nicht.«

»*Blödsinn*, Doktor! Das dort draußen ist mein Mann oder dort *droben*! Die setzen ihn ein, bringen ihn um, ohne uns zu sagen, warum! Oder vielleicht – *vielleicht* – überlebt er sogar, weil er das, was er tut – *getan hat* –, so schrecklich gut kann, obwohl er das so verabscheut hat, aber was wird dann von dem Mann noch übrig sein und von seinem Verstand? Sie sind der Fachmann, Herr Doktor! Was wird dann noch übrig sein, wenn all die Erinnerungen auf ihn einstürmen? Und das müssen sie wohl, sonst überlebt er nämlich nicht!«

»Ich habe Ihnen schon gesagt, darauf kann ich keine Antwort geben.«

»Oh, Sie sind wirklich *großartig*, Mo! Alles, was Sie haben, sind sorgfältig abgewogene Hypothesen und Meinungen, aber keine *Antwort*, nicht einmal Vermutungen. Sie *verstecken* sich! Rechtsanwalt hätten Sie werden müssen! Sie haben den Beruf verfehlt!«

»Ich habe eine Menge falsch gemacht, und das Flugzeug nach Hongkong hätte ich auch beinahe verpaßt.«

Marie stand reglos und wie vom Donner gerührt da. Dann brach sie in Tränen aus und rannte auf Panov zu, umarmte ihn. »O Gott, es tut mir furchtbar leid, Mo! Sie müssen mir verzeihen, bitte, *verzeihen* Sie mir!«

»Ich bin derjenige, der sich entschuldigen sollte«, sagte der Psychiater. »Das war billig.« Er strich ihr über das Haar, das graue Haar mit den weißen Strähnen. »Herrgott, ich kann diese Perücke nicht mehr ertragen!«

»Das ist keine Perücke, Herr Doktor.«

»Ich bin kein Kosmetiker.«

»Nur Fußpfleger.«

»Die sind auch einfacher zu pflegen als Köpfe, das können Sie mir glauben.«

Das Telefon klingelte. Marie holte tief Luft, und Panov stockte der Atem. Dann drehte er sich langsam zu dem schrill klingelnden Apparat herum.

»Wenn Sie das noch einmal versuchen, oder so etwas Ähnliches, sind Sie *tot*!« brüllte Borowski und griff sich an den Handrücken, wo die Haut bereits anfing, sich zu verfärben. Der Killer hatte sich mit den gefesselten Händen gegen die Tür des billigen Hotels geworfen und Jasons linke Hand im Türrahmen festgeklemmt.

»Was zum Teufel *erwarten* Sie eigentlich von mir?« brüllte der ehemalige Kommandotruppführer zurück. »Daß ich sanftmütig in die Nacht hinausgehe und meinem Erschießungskommando zulächle?«

»Gedanken lesen können Sie also auch«, sagte Borowski und sah zu, wie der Killer sich die Stelle unter dem Brustbein hielt, wo ihn Jasons rechter Fuß getroffen hatte. »Vielleicht ist es Zeit, Sie zu fragen, warum Sie in der Branche sind, der ich nie richtig angehört habe. *Warum* also, Major?«

»Interessiert Sie das wirklich, Mr. Original?« knurrte der Killer und ließ sich in einen ziemlich abgewetzten Sessel fallen. »Dann bin ich wohl an der Reihe, die Frage nach dem Warum zu stellen.«

»Vielleicht weil ich mich selbst nie verstanden habe«, sagte David Webb. »Ich sehe das ganz rational.«

»Oh, ich weiß alles über Sie! Das gehörte mit zu der Ausbildung, die mir der Franzose verpaßt hat. Der große Delta war meschugge! Seine Frau und seine Kinder sind von einem Tiefflieger an einem Ort namens Phnom Penh im Wasser abgeknallt worden. Dieser ach so kultivierte *Gelehrte* verlor den Verstand, und es ist eine Tatsache, daß keiner ihn unter Kontrolle halten konnte, und das wollte auch keiner, weil er und die Teams, die er angeführt hat, mehr Schaden angerichtet haben als alle militärischen Einsätze zusammengenommen. In Saigon hieß es, Sie seien ein Selbstmordkommando gewesen, und von Saigons Standpunkt aus konnte denen das nur recht sein. Die wollten, daß Sie und das Pack unter Ihrem Kommando ins Gras beißen. Die waren nie daran interessiert, daß Sie zurückkamen, lästig waren Sie denen und unangenehm!«

Schlangenweib, Schlangenweib, . . . hier spricht ein Freund, ihr Arschlöcher! Ihr habt hier unten nicht viele davon . . . Aufgeben! Ihr habt keine Chance!

»Ich weiß, oder ich glaube zumindest, daß ich darüber Bescheid weiß«, sagte Webb. »Ich hatte nach Ihren Motiven gefragt.«

Die Augen des Killers weiteten sich, und er starrte seine gefesselten Handgelenke an. Als er dann sprach, kam seine Stimme ganz leise, nur ein Flüstern. Eine Stimme, die wie ihr eigenes Echo klang, unwirklich. »Weil ich *geistesgestört* bin, Sie Scheißkerl! Das weiß ich schon seit meiner Kindheit. Die häßlichen finsteren Gedanken, die Messer, die ich Tieren in den Leib stieß, nur um ihre Augen und ihre Münder zu beobachten. Die Nachbarstochter habe ich vergewaltigt, die Tochter des Pfarrers, weil ich wußte, daß sie nichts verraten durfte, und dann habe ich ihr auf der Straße aufgelauert und sie zur Schule begleitet. Elf Jahre war ich damals alt. Und später, in Oxford, habe ich einen Jungen unter Wasser gedrückt, dicht unter die Wasseroberfläche, bis er ertrank – um *seine* Augen zu sehen und *seinen* Mund. Und dann ging ich wieder in die Klasse zurück, um mich in all dem Unsinn hervorzutun und gute Noten zu bekommen, wie es jeder Idiot kann, der genügend Verstand hat, sich unterzustellen, wenn's regnet. *Dort* war ich der richtige Typ, so wie es dem Sohn meines Vaters gebührte.«

»Und Sie haben nie versucht, sich helfen zu lassen?«

»Mir *helfen* zu lassen? Mit einem Namen wie Alcott-Price?«

»*Alcott* – –?« Borowski starrte seinen Gefangenen an. »*General* Alcott-Price? Montgomerys Wunderknabe im Zweiten Weltkrieg? ›Schlächter Alcott‹, der Mann, der den Flankenangriff in Tobruk geführt hat und später wie eine Dampfwalze Italien und Deutschland überrollte? Englands *Patton*?«

»Damals war ich noch nicht am Leben, Herrgott! Ich war das Kind seiner dritten Frau – vielleicht auch seiner vierten, so genau weiß ich das nicht. In der Beziehung war er groß – Frauen, meine ich.«

»D'Anjou hat gesagt, Sie hätten ihm nie Ihren richtigen Namen verraten.«

»Und da hat er verdammt recht! Der *General* in seinem ach so eleganten Club in St. James, mit dem Cognacschwenker in der Hand, hatte ja gesagt, was geschehen sollte. ›Bringt ihn um! Bringt dieses verdorbene Vieh um und sorgt dafür, daß nichts bekannt wird. Er ist kein *Stück* von mir, die Frau war eine Hure!‹ Aber ich *bin* ein Stück von ihm, und das weiß er auch. Er weiß ganz genau, was mir Spaß macht, dieser sadistische Schweinehund, und wir haben beide eine ganze Anzahl von Auszeichnungen dafür eingeheimst, daß wir das getan haben, was wir am liebsten tun.«

»Dann wußte er es also? Das mit Ihrer Kindheit, meine ich.«

»Er wußte es . . . Er weiß es. Er hat dafür gesorgt, daß ich nicht nach Sandhurst kam – das ist unsere beste Kadettenschule, falls Sie das nicht wissen –, weil er nicht wollte, daß ich seiner heißgeliebten Armee zu nahe kam. Er hätte fast einen Schlaganfall bekommen, als ich in die Armee eintrat. Und ich weiß ganz genau, daß er keine Nacht ruhig schläft, solange ihm nicht gemeldet wird, daß ich erledigt bin – tot, und alle Spuren verwischt.«

»Warum sagen Sie *mir*, wer Sie sind?«

»Ganz einfach«, erwiderte der ehemalige Kommandotruppführer, und seine Augen bohrten sich in die Jasons. »So wie ich das verstehe, wird, ganz gleich, wie die Sache läuft, nur einer von uns es schaffen. Ich werde mich verdammt anstrengen, um dafür zu sorgen, daß ich das bin, das habe ich Ihnen gesagt. Aber vielleicht schaffe ich es nicht – Sie sind ja nicht gerade ein Amateur –, und wenn ich es nicht schaffe, dann haben Sie einen Namen, mit dem Sie die ganze beschissene Welt schockieren können. Und außerdem können Sie vielleicht noch ein Vermögen damit machen, mit Buch- und Filmrechten und all dem Zeug.«

»Damit der General den Rest seines Lebens friedlich schlafen kann.«

»*Schlafen?* Das Hirn wird er sich wahrscheinlich aus dem Schädel pusten! Sie haben mir nicht zugehört. Ich habe gesagt, er will es leise hören, will hören, daß alle Spuren beseitigt sind und daß kein Name an die Öffentlichkeit dringt. Aber auf die Weise wird *nichts* beseitigt. Auf diese Weise hängt alles raus, wie Maggies Unterhosen, die ganze widerwärtige Scheiße, und ich entschuldige mich nicht dafür, alter Junge. Ich *weiß*, was ich bin, ich akzeptiere es. Manche Leute sind einfach anders. Wir wollen sagen, wir sind antisozial, um es so zu formulieren; krankhaft gewalttätig wäre ein anderer Ausdruck dafür – und verkommen noch ein anderer. Der einzige Unterschied ist, daß ich intelligent genug bin, es zu wissen.«

»Und es zu akzeptieren«, sagte Borowski leise.

»Es zu genießen! Mich geradezu daran zu berauschen! Und – sehen wir es doch einmal so. Wenn ich verliere und die Geschichte bekannt wird, wie viele praktizierende Antisoziale könnten denn daran Freude haben? Wie viele Männer, die *anders* sind, würden sich ein Vergnügen daraus machen, meinen Platz einzunehmen, so wie ich den Ihren eingenommen habe? Diese verdammte, blutige Welt wimmelt von Jason Borowskis. Man braucht ihnen bloß ein Ziel zu geben, eine Idee, und schon kommen sie gerannt. Das war die geniale Erkenntnis des Franzosen, können Sie das nicht sehen?«

»Ich kann nur Abschaum sehen, sonst nichts.«

»Sie sehen gar nicht so schlecht. Das wird der General auch sehen – ein Abbild seiner selbst –, und er wird damit leben müssen, daran ersticken müssen.«

»Wenn er Ihnen nicht helfen wollte, hätten Sie sich selbst helfen sollen, sich irgendeine Aufgabe suchen. Sie sind so intelligent, das zu wissen.«

»Und auf all den Spaß verzichten, all die Aufregung? Unvorstellbar, alter Junge! Nein, so einer wie ich sucht sich ein Himmelfahrtskommando, hofft, daß es zu einem Unfall kommt, der dem Ganzen ein Ende macht, ehe sie einen als das erkennen, was man wirklich ist. Himmelfahrtskommandos habe ich genug gefunden bei der Truppe, bei der ich war, aber der Unfall ist nie passiert. Unglücklicherweise wächst man im Kampf immer über sich selbst hinaus, nicht wahr? Wir überleben, einfach deswegen, weil ein anderer nicht will, daß wir überleben. . . . und dann ist da natürlich der Alkohol, der gibt uns Selbstvertrauen, ja selbst den Mut, die Dinge zu tun, von denen wir nicht sicher sind, ob wir sie tun können.«

»Nicht bei der Arbeit.«

»Natürlich nicht. Aber die Erinnerungen an den Suff sind noch da. An den Mut, den man sich angetrunken hat. Im Suff weiß man, daß man es *schafft*.«

»Falsch«, sagte Jason Borowski.

»Nicht ganz«, wandte der Killer ein. »Sie beziehen Stärke aus dem, was Sie können.«

»Es gibt immer zwei Menschen«, sagte Jason. »Den, den Sie kennen, und den anderen, den Sie nicht kennen – oder nicht kennen wollen.«

»Falsch!« wiederholte der Killer. »Den *gäbe* es nicht, wenn ich nicht meinen Nervenkitzel wollte, machen Sie sich da ja nichts vor. Und noch etwas, Mr. Original. Sie wären besser beraten, wenn Sie mir eine Kugel durch den Kopf jagten, denn ich werde Sie fertigmachen, wenn ich kann. Ich werde Sie umbringen, wenn ich kann.«

»Sie verlangen von mir, daß ich das zerstöre, womit Sie nicht leben können.«

»Hören Sie auf mit dem Scheiß, Borowski! Ich weiß nicht, wie das bei

Ihnen ist, aber *ich* habe meinen Spaß! Und den *will ich*! Ohne den will ich nicht leben!«

»Jetzt haben Sie mich gerade wieder darum gebeten.«

»Sie sollen aufhören, verdammter Scheißkerl!«

»Und schon wieder.«

»*Aufhören!*« Der Killer stürzte sich aus dem Sessel. Jason trat zwei Schritte vor, und wieder zuckte sein rechter Fuß nach vorne, krachte dem Killer gegen die Rippen und ließ ihn in den Sessel zurücktaumeln. Alcott-Price schrie schmerzerfüllt auf.

»Ich werde Sie nicht umbringen, Major«, sagte Borowski leise. »Aber ich werde Sie dazu bringen, daß Sie sich wünschen, Sie wären tot.«

»Einen letzten Wunsch sollten Sie mir gewähren«, würgte der Killer heraus und hielt sich mit den gefesselten Händen die Brust. »Das habe selbst ich meinen Opfern gewährt . . . Ich kann eine unerwartete Kugel ertragen, aber nicht die Garnison von Hongkong. Die würden mich spät in der Nacht hängen, wenn keiner dabei ist, nur um es amtlich zu machen, so wie es in den Vorschriften steht. Die würden mir ein dickes Seil um den Hals legen und mich auf eine Plattform stellen. Und das kann ich nicht *ertragen*!«

Delta wußte, wann der Zeitpunkt da war, die Gangart zu wechseln. »Ich habe Ihnen schon einmal gesagt«, meinte er ruhig, »daß es bei Ihnen gar nicht so weit zu kommen braucht. Ich habe mit den Briten in Hongkong nichts zu tun.«

»Sie haben *was*?«

»Sie haben das angenommen, aber ich habe das nie gesagt.«

»Sie *lügen*!«

»Dann sind Sie weniger talentiert, als ich gedacht habe, und dabei habe ich gar nicht mit viel gerechnet.«

»Ich *weiß*. Ich kann nicht *logisch* denken!«

»Das können Sie ganz bestimmt nicht.«

»Dann sind Sie ein Lohnkiller – das, was man bei Ihnen in Amerika einen Kopfgeldjäger nennt –, aber Sie arbeiten privat und auf eigene Faust.«

»In gewissem Sinne, ja. Und ich kann mir gut vorstellen, daß der Mann, der mich hinter Ihnen hergeschickt hat, Sie anheuern und nicht umbringen möchte.«

»Herr und Heiland –«

»Und mein Preis war hoch. Sehr hoch.«

»Dann sind Sie in der Branche.«

»Nur dieses eine Mal. Es war ein Angebot, das ich nicht ablehnen konnte. Legen Sie sich auf das Bett.«

»Was?«

»Sie haben mich gehört.«

»Ich muß aufs Klo.«

»Bitte schön«, erwiderte Jason und ging zur Badezimmertür und öffnete sie. »Das ist nicht gerade mein Lieblingssport, aber ich werde Sie beobachten.« Alcott-Price erleichterte sich, während Borowski die Waffe auf ihn gerichtet hielt. Als er fertig war, trat er wieder in das kleine, schäbige Zimmer in dem billigen Hotel südlich von Mongkok.

»Das Bett«, sagte Borowski erneut und gestikulierte mit der Pistole. »Legen Sie sich flach hin, und spreizen Sie die Beine.«

»Die Schwuchtel unten am Empfang würde ihre Freude an *diesem* Gespräch haben.«

»Sie können ihn ja nachher anrufen, wenn Sie Zeit haben. Hinlegen. *Schnell!*«

»Sie haben es immer eilig –«

»Eiliger, als Sie je verstehen werden.« Jason hob den Beutel auf und stellte ihn auf das Bett. Er holte die Nylonschnüre heraus, während der geisteskranke Killer auf die schmutzige Überdecke kroch. Neunzig Sekunden später waren die Knöchel des Briten an den hinteren Metallfedern des Bettes festgebunden, und um seinen Hals lag eine dünne weiße Schnur, die straff und gespannt zum Vorderteil des Bettes führte. Schließlich zog Borowski das Kopfkissen ab und band dem Major den Überzug um den Kopf, so daß seine Augen und Ohren bedeckt waren und er nur den Mund zum Atmen frei hatte. Mit auf dem Rükken zusammengebundenen Handgelenken war der Killer wieder bewegungsunfähig. Aber jetzt begann sein Kopf plötzlich ruckartig zu zucken, und sein Mund spannte sich bei jedem Krampf, der ihn schüttelte. Äußerste Angst hatte Exmajor Alcott-Price übermannt. Jason nahm das leidenschaftslos zur Kenntnis.

Das schäbige Hotel, das er ausfindig gemacht hatte, verfügte nicht über die Annehmlichkeit eines Telefons. Die einzige Art und Weise, mit der Umwelt in Verbindung zu treten, war ein Klopfen an der Tür, was entweder bedeutete, daß die Polizei davor stand, oder ein mißtrauischer Hotelangestellter den Gast darüber informieren wollte, daß eine weitere Tagesmiete fällig war, falls er das Zimmer noch benötige. Borowski ging an die Tür, trat lautlos in den schmutzigen Flur hinaus und begab sich zu dem Telefonautomaten, von dem man ihm gesagt hatte, daß er sich am Ende des Korridors befand.

Er hatte sich die Telefonnummer eingeprägt und auf den Augenblick gewartet – gebetet, wenn das möglich gewesen wäre –, wo er sie wählen würde. Er schob eine Münze in den Schlitz und wählte. Sein Atem ging stoßweise, das Blut stieg ihm in den Kopf. »*Schlangenweib!*« sprach er ins Telefon und zog das Wort in die Länge. »*Schlangenweib, Schlangen . . .!*«

»*Qing, qing*«, unterbrach ihn eine unpersönliche Stimme, die schnell chinesisch sprach. »Der Telefondienst ist kurzzeitig gestört, mehrere Telefone in diesem Amtsbezirk sind außer Betrieb. Wir nehmen an, daß die Anlage in Kürze wieder funktionieren wird. Dies ist eine Bandaufzeichnung . . . *Qing, qing* –«

Jason legte den Hörer auf, und tausend zersplitternde Gedanken kollidierten wie Glasscherben in seinem Bewußtsein. Er ging schnell den schwach beleuchteten Korridor zurück und kam an einer Prostituierten vorbei, die in einer Türnische Geld zählte. Sie lächelte ihm zu, griff sich mit beiden Händen an die Bluse; er schüttelte den Kopf und rannte in sein Zimmer. Dort wartete er eine Viertelstunde ruhig am Fenster und lauschte den kehligen Lauten, die sein Gefangener ausstieß. Dann kehrte er zur Tür zurück und trat wieder lautlos in den Korridor. Er ging ans Telefon, steckte Geld in den Schlitz und wählte.

»*Qing* –« Er knallte den Hörer auf die Gabel; seine Hände zitterten, an seinen Kinnladen traten Muskelstränge hervor, und er dachte an die ans Bett gefesselte ›Ware‹, die er zurückgebracht hatte, um sie gegen seine Frau einzutauschen. Er nahm den Hörer zum drittenmal auf, schob die letzte Münze, die er hatte, in den Schlitz und wählte Null. »Fernamt«, begann er auf chinesisch. »Das ist äußerst dringend! Ich muß unbedingt die folgende Telefonnummer erreichen.« Er gab sie ihr, und seine Stimme klang dabei fast schrill. »Ich habe eine Tonbandaufzeichnung gehört, wonach die Leitung gestört ist, aber es ist *sehr dringend* –!«

»Einen Augenblick bitte. Ich versuche, Ihnen zu helfen.« Dann folgte Schweigen, und jede Sekunde war von einem immer lauter werdenden Echo in seiner Brust erfüllt, in der es trommelte wie eine Kesselpauke. Seine Schläfen pochten; sein Mund war trocken, seine Kehle ausgedörrt – brannte wie vom Fieber.

»Die Leitung ist im Augenblick unterbrochen«, sagte eine zweite Frauenstimme.

»Die *Leitung? Jene* Leitung?«

»Ja, so ist es.«

»Nicht ›mehrere Telefone‹ in dem Amtsbereich?«

»Sie haben sich nach einer ganz speziellen Nummer erkundigt, mein Herr. Von anderen Nummern weiß ich nichts. Wenn Sie sie mir nennen wollen, werde ich sie gern für Sie überprüfen.«

»In der Tonbandansage hieß es ganz eindeutig, *mehrere* Telefone, und doch sagen Sie, *eine* Leitung! Wollen Sie damit sagen, daß Sie keinen . . . Mehrfachdefekt . . . bestätigen können?«

»Einen was?«

»Ob *mehrere* Telefone nicht funktionieren! Sie haben doch Computer. Da kann man Störungen feststellen. Ich habe der anderen Dame schon gesagt, daß es *sehr dringend* ist!«

»Wenn es sich um einen Krankheitsfall handelt, rufe ich Ihnen gern einen Notarztwagen. Wenn Sie mir bitte Ihre Adresse nennen wollen –«

»Ich möchte wissen, ob mehrere Telefone nicht funktionieren oder nur *eines*! Ich *muß* das *wissen*!«

»Das wird einige Zeit in Anspruch nehmen. Es ist nach neun Uhr abends, und die Störungsstelle arbeitet mit reduzierter Belegschaft – «

»Aber die können Ihnen doch sagen, ob es ein Flächenproblem ist, *verdammt* noch mal!«

»Bitte, mein Herr, man bezahlt mich nicht dafür, daß ich mich beleidigen lasse.«

»Tut mir leid, wirklich, es tut mir *leid*! . . . Adresse? Ja, die Adresse! Nennen Sie mir die Adresse der Nummer, die ich Ihnen gegeben habe!«

»Die ist nicht registriert.«

»Aber Sie *haben* sie!«

»Nein, ich habe sie nicht. Die Datenschutzvorschriften in Hongkong sind sehr strikt. Auf meinem Bildschirm steht nur ›nicht registriert‹.«

»Ich wiederhole! Es geht hier *wirklich* um Leben und Tod!«

»Dann lassen Sie mich mit einem Krankenhaus sprechen. . . . oh, warten Sie bitte, Sie hatten recht. Ich kann jetzt auf dem Bildschirm erkennen, daß die letzten drei Stellen der Nummer, die Sie mir gegeben haben, elektronisch ineinander übergehen, das heißt, die Störungsstelle ist im Augenblick damit beschäftigt, das Problem zu beheben.«

»Und die geographische Lage?«

»Die erste Ziffer ist 5, deshalb ist es auf der Insel Hongkong.«

»Etwas *genauer*! Wo auf der Insel?«

»Aus den Telefonnummern kann man keine Straßen oder Orte herauslesen. Ich fürchte, ich kann Ihnen nicht weiterhelfen. Es sei denn, Sie möchten mir Ihre Adresse nennen, damit ich einen Notarztwagen schicken kann.«

»Meine Adresse . . .?« sagte Jason verwirrt und erschöpft, am Rande der Panik. »Nein«, fuhr er dann fort. »Ich glaube nicht, daß ich das tun werde.«

Edward Newington McAllister beugte sich über den Schreibtisch, als die Frau den Hörer auflegte. Sie war sichtlich mitgenommen und leichenblaß geworden. Das Telefonat hatte ihr schwer zugesetzt. Der Staatssekretär legte seinen Hörer auf der anderen Seite des Schreibtisches auf; er hielt einen Bleistift in der rechten Hand, und auf dem Notizblock vor ihm stand eine Adresse. »Sie waren wunderbar«, sagte er und tätschelte den Arm der Frau. »Wir haben es geschafft, wir haben *ihn*. Sie haben ihn lang genug aufgehalten – länger, als er das in den alten Tagen zugelassen hätte –, die Peilung ist bestätigt. Zumindest das Gebäude, und das reicht. Ein Hotel.«

»Er spricht ausgezeichnet Chinesisch. Und er hat mir nicht vertraut.«

»Das hat nichts zu bedeuten. Wir werden das Hotel umstellen. Jeden Eingang und Ausgang. Es liegt an einer Straße, die Shek Lung heißt.«

»Unterhalb vom Mongkok, genauer gesagt in Yau Ma Ti«, sagte die Dolmetscherin. »Es gibt wahrscheinlich nur einen Eingang, durch den ohne Zweifel jeden Morgen der Abfall getragen wird.«

»Ich muß Havilland im Krankenhaus erreichen. Er hätte nicht dort hingehen dürfen!«

»Auf mich hat er einen sehr besorgten Eindruck gemacht«, meinte die Dolmetscherin.

»Letzte Worte«, sagte McAllister und wählte. »Wichtige Informationen von einem Sterbenden. Das ist zulässig.«

»Ich kann Sie alle nicht verstehen.« Die Frau stand auf, und der Staatssekretär ging um den Schreibtisch herum und nahm den Platz ein, den sie freigemacht hatte. »Ich kann Ihre Anweisungen befolgen, aber ich verstehe Sie nicht.«

»Du lieber Gott, das hätte ich fast vergessen. Sie müssen jetzt gehen. Was ich zu besprechen habe, ist streng geheim . . . Wir wissen das, was Sie getan haben, sehr zu schätzen, und ich kann Sie unserer Dankbarkeit versichern. Sie werden auch eine Prämie bekommen. Aber ich muß Sie jetzt leider bitten zu gehen.«

»Sehr gerne, Sir«, sagte die Dolmetscherin. »Und das mit der Dankbarkeit können Sie vergessen, aber bitte die Prämie nicht. So viel habe ich in Wirtschaftskunde auf der Universität von Arizona gelernt.« Die Frau ging.

»Dringender *Notfall*. Polizei!« schrie McAllister förmlich ins Telefon. »Den Botschafter bitte. Es ist sehr dringend. Nein, nein, keinen Namen, vielen Dank, holen Sie ihn an ein Telefon, wo er ungestört sprechen kann.« Der Staatssekretär rieb sich die linke Schläfe, bis Havilland sich meldete.

»Ja, Edward?«

»Er hat *angerufen*. Es hat *geklappt*. Wir wissen jetzt, wo er *ist*! Ein Hotel im Yau Ma Ti.«

»Lassen Sie es umstellen, aber unternehmen Sie nichts! Conklin muß verstehen, was wir vorhaben. Wenn er Unrat wittert oder das, was er dafür hält, wird er aussteigen. Und wenn wir die Frau nicht haben, dann bekommen wir auch unseren Killer nicht. Um Himmels willen, passen Sie auf, daß ja nichts schiefgeht, Edward! Sonst könnte leicht jemand auf die Abschußliste kommen.«

»Ich bin solche Worte nicht gewöhnt, Mr. Ambassador.«

Am anderen Ende der Leitung trat eine Pause ein; als Havilland dann wieder sprach, war seine Stimme kalt. »O doch, Edward, das sind Sie sehr wohl. Sie protestieren zuviel, in dem Punkt hatte Conklin recht. Sie hätten am Anfang nein sagen können, in Sangre de Cristo in Colorado. Da hätten Sie aussteigen können, aber das haben Sie nicht getan, das konnten Sie nicht. In mancher Hinsicht sind Sie wie ich – natürlich ohne ein paar zufällige Pluspunkte zu meinen Gunsten. Wir denken und kombinieren, und unsere Manipulationen sind unser Lebenselixier. Und bei jedem Zug in dem Schachspiel mit Menschen, das wir spielen, schwillt uns vor Stolz der Kamm – in einem Spiel, wo jeder Zug schreckliche Folgen für irgend jemanden haben kann –, weil wir an etwas glauben. Das wirkt wie ein Rauschgift, und die Sirenengesänge sind in Wirklichkeit eine Verneigung vor unserem Ego. Unser überlegener Intellekt verschafft uns unsere Macht. Geben Sie es ruhig zu, Edward, ich habe das auch zugegeben. Ich will noch einmal sagen, was ich schon gesagt habe: Jemand muß es tun.«

»Von Vorträgen zur Unzeit halte ich erst recht nichts«, sagte McAllister.

»Ich werde Ihnen keinen mehr halten. Tun Sie einfach, was ich Ihnen gesagt habe. Sichern Sie alle Ausgänge dieses Hotels, aber sagen Sie jedem Mann, daß er keine weiteren Schritte unternehmen soll. Wenn Borowski irgendwohin geht, ist ihm diskret zu folgen, aber er darf unter keinen Umständen angerührt werden. Wir *müssen* die Frau haben, ehe der Kontakt hergestellt wird.«

Morris Panov nahm den Hörer ab. »Ja?«

»Es ist etwas geschehen.« Conklin redete schnell und leise. »Havilland hat den Warteraum verlassen, um ein dringendes Telefonat entgegenzunehmen. Ist bei Ihnen irgend etwas?«

»Nein, nichts. Wir haben nur miteinander gesprochen.«

»Ich bin beunruhigt. Havillands Leute könnten Sie gefunden haben.«

»Du lieber Gott, *wie denn?*«

»Indem sie sich in jedem Hotel in der Kronkolonie nach einem weißen Mann erkundigt haben, der hinkt, ganz einfach.«

»Sie haben den Mann am Empfang dafür bezahlt, daß er den Mund hält. Sie haben gesagt, es handle sich um eine vertrauliche geschäftliche Besprechung – etwas völlig Normales.«

»Die können auch bezahlen und sagen, es handle sich um eine vertrauliche Angelegenheit der Regierung. Dreimal dürfen Sie raten, wer da den Vorrang bekommt.«

»Ich glaube, Sie sehen zu schwarz«, wandte der Psychiater ein.

»Mir ist egal, was Sie glauben, Doktor, nur sehen Sie zu, daß Sie dort verschwinden. Sofort. Vergessen Sie Maries Gepäck – falls sie welches hat. Verschwinden Sie so schnell wie möglich.«

»Und wohin sollen wir gehen?«

»Wo viele Leute sind, aber wo ich Sie finden kann.«

»Ein Restaurant?«

»Das ist zu lange her, die wechseln hier ja alle zwanzig Minuten die Namen. Hotels kommen auch nicht in Frage; die lassen sich zu leicht überwachen.«

»Wenn Sie recht haben, Alex, dann vergeuden Sie aber jetzt Zeit –«

»Ich muß *nachdenken!* . . . also gut, nehmen Sie sich ein Taxi zur Nathan Road, dort, wo sie die Salisbury kreuzt – haben Sie das? *Nathan* und *Salisbury.* Sie werden das Peninsula-Hotel sehen, aber gehen Sie nicht hinein. Der Straßenzug, der von dort nach Norden führt, nennt sich die Goldene Meile. Gehen Sie auf der rechten Seite auf und ab, der *Ostseite*, aber nicht weiter als vier Kreuzungen. Ich komme sobald wie möglich dorthin.«

»In Ordnung«, sagte Panov. »Nathan und Salisbury, in nördlicher Richtung auf der rechten Seite bis zur vierten Kreuzung. Alex, Sie sind auch ganz sicher, daß Sie recht haben, oder?«

»Aus zwei Gründen«, antwortete Conklin. »Zunächst einmal hat Havilland mich nicht aufgefordert, mitzukommen, um herauszufinden, um was für einen ›dringenden Notfall‹ es sich handelte – und das entspricht nicht unserer Vereinbarung. Und wenn der Notfall nicht Sie und Marie sind, dann bedeutet das, daß Webb Kontakt aufgenommen hat. Wenn das der Fall ist, will ich mein einziges Unterpfand nicht aus der Hand geben, und das ist Marie. Nicht ohne sichere Garantien. Nicht bei Botschafter Raymond Havilland. Und jetzt verschwinden Sie!«

Irgend etwas stimmte nicht! Aber was! Borowski war in das schmutzige Hotelzimmer zurückgekehrt, stand jetzt am Fußende des Bettes und beobachtete seinen Gefangenen, dessen Zuckungen noch stärker geworden waren, dessen gestreckter Körper krampfartig auf jede nervöse Bewegung reagierte. Was *war* es? Warum hatte ihn das Gespräch mit dem Mädchen vom Fernamt so beunruhigt? Sie war höflich und hilfsbereit gewesen; sogar seine Beleidigung hatte sie hingenommen. Was also war es? . . . plötzlich drängten sich Worte aus einer weit zurückliegenden Vergangenheit in sein Bewußtsein. Worte, die er vor Jahren zu einer Frau vom Fernamt, einer Frau ohne Gesicht, nur mit einer reizbaren Stimme, gesagt hatte.

Ich habe Sie nach der Nummer des iranischen Konsulats gefragt.

Die steht im Telefonbuch. Wir haben hier alle Hände voll zu tun und für solche Anfragen keine Zeit. Fragen Sie meinetwegen die Auskunft. Klick. Leitung tot.

Das war es! Die Leute beim Fernamt in Hongkong galten als die unfreundlichsten der Welt. Sie vergeudeten keine Zeit, ganz gleich, wie hartnäckig der Kunde auch war. Die viele Arbeit in dieser überfüllten, hektischen Finanzmetropole ließ das einfach nicht zu. Und doch hatte die Frau geradezu eine Engelsgeduld gehabt . . . *Von anderen Nummern weiß ich nichts. Wenn Sie sie mir nennen wollen, werde ich sie gern für Sie überprüfen . . . Es sei denn, Sie möchten mir Ihre Adresse nennen . . .* Die Adresse! Und ohne richtig über die Frage nachzudenken, hatte er instinktiv geantwortet: *Nein, ich glaube nicht, daß ich das tun werde.* Und tief in seinem Inneren hatten Alarmglocken geschrillt.

Eine *Peilung*! Sie hatten ihn hingehalten, ihn lange genug an der Leitung festgehalten, um sein Gespräch auf elektronischem Wege anzupeilen! Öffentliche Telefone ausfindig zu machen war besonders schwierig,

Man mußte zuerst die Umgebung feststellen; anschließend den genauen Punkt oder das Gebäude, und schließlich den Apparat selbst, aber das war nur eine Frage von Minuten und Minutenbruchteilen zwischen dem ersten Schritt und dem letzten. War er lange genug an der Leitung geblieben? Und wenn ja, wie weit waren sie gekommen? Die Umgebung? Das Hotel? Der Telefonautomat selbst? Jason versuchte, sein Gespräch mit der Frau zu rekonstruieren. Verzweifelt und doch mit aller Präzision, derer er fähig war, versuchte er, sich den Rhythmus ihrer Worte zu vergegenwärtigen, ihrer Stimme, und erkannte, daß sie jedesmal, wenn er schneller gesprochen hatte, langsamer geworden war. *Das wird einige Zeit in Anspruch nehmen . . . Nein, ich habe sie nicht, Sir. Die Datenschutzvorschriften in Hongkong sind sehr strikt* – ein Vortrag! *Oh, warten Sie bitte. Sie hatten recht . . . ich kann jetzt auf dem Bildschirm erkennen . . .* Eine Erklärung, die ihn besänftigen sollte und Zeit in Anspruch nahm. *Zeit!* Wie hatte er das nur *zulassen* können? Wie *lange . . .?* Neunzig Sekunden – allerhöchstens zwei Minuten. Sein Zeitgefühl war stark ausgeprägt. Zwei Minuten also. Das reichte, um eine Umgebung festzustellen, möglicherweise auch einen Ort zu bestimmen, aber angesichts der Hunderttausende von Meilen Telefonleitungen reichte es wahrscheinlich nicht, um ein ganz bestimmtes Telefon zu orten. Aus irgendeinem Grund drängten sich ihm Bilder von Paris auf und dann die verschwommenen Umrisse von Telefonzellen und wie er und Marie von einer zur anderen rasten, durch die blendenden Straßen von Paris, und wie sie dort nicht anpeilbare Anrufe tätigten, in der Hoffnung, das Rätsel zu lösen, das Jason Borowski war. *Vier Minuten. So lange dauert es, aber wir müssen aus dem Viertel verschwinden! Das haben die nämlich inzwischen!*

Die Männer des Taipan – wenn es diesen hünenhaften Taipan überhaupt *gab* – hatten möglicherweise das Hotel herausgefunden, aber daß sie auch den Apparat oder das Stockwerk kannten, war höchst unwahrscheinlich. Und dann war da noch eine weitere Zeitspanne in Betracht zu ziehen, die ihm nutzen würde, wenn er schnell handelte. Wenn man das Hotel herausgefunden hatte, dann würden die Jäger einige Zeit brauchen, um den Süden Mongkoks zu erreichen, immer vorausgesetzt, daß sie auf der Insel Hongkong waren, worauf ja die erste Ziffer der Telefonnummer deutete. Alles kam jetzt auf höchste Geschwindigkeit an. *Schnell.*

»Die Augenbinde bleibt, Major, aber Sie ziehen um«, sagte er zu dem Killer, während er schnell den Knebel und die Knoten löste, die ihn mit den Matratzenfedern verbanden, und die drei Stück Nylonschnur zusammenrollte und sie in das Jackett des Killers stopfte.

»*Was?* Was haben Sie gesagt?«

»So ist's noch besser«, sagte Borowski mit lauter Stimme. »Stehen Sie auf, wir machen einen Spaziergang.« Jason griff nach seinem Beutel, öffnete die Tür und sah sich im Korridor um. Ein Betrunkener taumelte in ein Zimmer links von ihm und knallte die Tür zu. Auf der rechten Seite war der Korridor leer, bis zu dem Telefonautomaten und dem Feuerausgang dahinter. »*Bewegen* Sie sich«, befahl Borowski und gab seinem Gefangenen einen Stoß.

Eine Versicherungsgesellschaft hätte die Feuertreppe auf den ersten Blick abgelehnt. Das Metall war verrostet, und das Geländer gab nach. Wenn man vor einem Feuer fliehen wollte, wäre sicherlich ein verräuchertes Treppenhaus vorzuziehen gewesen. Trotzdem, es kam nur darauf an, daß sie bis zur Straße hinunterklettern konnten, ohne daß die Leiter zusammenbrach. Jason packte den Killer am Revers und führte ihn die ächzenden Metallsprossen hinunter, bis sie den Absatz im ersten Stock erreicht hatten. Die Leiter darunter war völlig verrottet, aber die Halterung reichte halb bis zu der Gasse darunter. Bis zum Pflaster waren es höchstens zwei Meter, und das war nach unten leicht zu schaffen – und was noch wichtiger war, auch wenn man wieder hinauf wollte.

»Schlafen Sie gut«, sagte Borowski, zielte in dem schwachen Licht und schmetterte dem Killer die Faust ins Genick. Der Brite brach auf dem Treppenabsatz zusammen, und Borowski holte die Schnüre heraus, fesselte den Killer ans Geländer und zerrte zuletzt den Kopfkissenbezug heraus und band ihn seinem Gefangenen um den Mund. Die nächtlichen Geräusche von Yau Ma Ti und aus dem nahen Mongkok würden leicht etwaige Schreie übertönen – falls Alcott-Price aufwachte, ehe Jason ihn weckte, was höchst zweifelhaft war.

Borowski stieg das letzte Stück Leiter hinunter und ließ sich, nur Sekunden bevor drei junge Männer auftauchten, in die schmale Gasse fallen. Sie kamen von der überfüllten Straße her um die Ecke gerannt und duckten sich atemlos in eine Türnische, während Jason auf die Knie gekauert wartete – für sie unsichtbar, wie er hoffte. Hinter dem Eingang zu der Gasse rannte eine weitere Gruppe junger Leute vorbei, schreiend vor Wut. Die drei jungen Männer lösten sich aus der Türnische und rannten hinaus, in die entgegengesetzte Richtung, aus der ihre Verfolger gekommen waren. Borowski stand auf und ging mit schnellen Schritten zur Mündung der Gasse und sah sich nach der Feuerleiter um. Von hier aus war sein Gefangener nicht zu sehen.

Er stieß mit zwei Männern zusammen, die hastig herangerannt kamen. Er prallte von ihnen ab und drückte sich gegen die Wand; vermutlich gehörten die jungen Männer zu den Verfolgern der letzten drei, die sich in der Türnische versteckt hatten. Einer hielt drohend ein Messer in der Hand. Das hatte Jason gerade noch gefehlt, das konnte er jetzt nicht brauchen. Ehe der junge Mann merkte, wie ihm geschah, packte Borowski das Handgelenk des jungen Mannes und drehte es herum. Die Klinge fiel ihm aus der Hand, und er stieß einen schrillen Schmerzensschrei aus.

»*Verschwindet* hier!« schrie Jason in schroffem Kantonesisch. »Eure

Gang hat hier nichts verloren! Wenn wir euch noch mal hier erwischen, dann schicken wir euren Müttern eure Leichen hübsch verpackt. Haut ab!«

»Aiya!«

»Wir sind hinter Dieben her! Solche aus dem Norden. Die stehlen, die –«

»Haut ab!«

Die jungen Männer liefen weg, tauchten in der überfüllten Straße des Yau Ma Ti unter. Borowski schüttelte seine Hand, die Hand, die der Killer im Hotel gegen den Türrahmen gequetscht hatte. Vor lauter Anspannung hatte er den Schmerz vergessen; so ließ er sich am besten ertragen.

Er blickte auf, als er das Geräusch hörte – Geräusche. Zwei dunkle Limousinen kamen die Shek Lung Street heruntergerast und hielten vor dem Hotel an. Sie sahen eindeutig nach Dienstwagen aus. Jason sah beunruhigt zu, wie aus jedem Wagen Männer stiegen, zwei aus dem ersten, drei aus dem dahinter.

O Gott, Marie! Wir werden verlieren! Ich habe uns umgebracht – Herrgott, ich habe uns umgebracht!

Er erwartete, daß die fünf Männer ins Hotel rannten, den Mann am Empfang verhörten, Stellung bezogen und handelten. Sie würden erfahren, die Gäste auf Zimmer 301 seien wahrscheinlich noch oben; man habe sie nicht weggehen sehen. In nicht einmal einer Minute würde das Zimmer aufgebrochen werden, und Sekunden später würde man die Feuertreppe entdecken! Würde er es schaffen? Würde er wieder hinaufklettern können, den Killer losschneiden, ihn in die Gasse herunterholen und entkommen können? Das mußte er! Er sah sich noch einmal um, ehe er zur Leiter zurückrannte.

Dann hielt er inne. Irgend etwas stimmte hier nicht – da war etwas Unerwartetes, völlig Unerwartetes. Der erste Mann aus dem vorderen Wagen hatte sein Jackett ausgezogen – Kleidungsvorschrift – und seine Krawatte gelöst. Jetzt fuhr er sich mit der Hand durchs Haar, brachte es in Unordnung und ging – mit unsicheren Schritten? – auf den Eingang des baufälligen Hotels zu. Seine vier Begleiter schwärmten aus, blickten zu den Fenstern hinauf, zwei nach rechts, zwei nach links, auf die Gasse zu – auf ihn zu. Was ging hier vor? Diese Männer handelten nicht amtlich. Sie benahmen sich wie Verbrecher, wie Mafiosi, die ein Opfer umstellten, die eine Falle stellten, aber nicht auffallen wollten. Du großer Gott, sollte Alex Conklin unrecht gehabt haben, damals auf dem Dulles-Flughafen in Washington?

Du kannst es immer noch. Halte dich an das Drehbuch. Du kannst das, Delta!

Keine Zeit. Jetzt war keine Zeit mehr zum Überlegen. Er durfte die wertvollen Sekunden nicht damit vergeuden, über die Existenz oder

Nichtexistenz eines hünenhaften Taipans nachzudenken, der ohnehin zu operettenhaft wirkte, als daß er hätte echt sein können. Die zwei Männer, die auf ihn zustrebten, hatten jetzt die Gasse entdeckt. Sie fingen zu laufen an – auf die Gasse zu, auf die ›Ware‹ zu, auf die Vernichtung und den Tod von allem, was Jason in dieser verkommenen Welt wichtig war, dieser Welt, die er liebend gerne verlassen hätte, wenn nicht Marie gewesen wäre.

Die Sekunden tickten dahin, in Millisekunden vorausberechneter Gewalt, die er gleichzeitig akzeptierte und verabscheute. David Webb wurde zum Schweigen gebracht, und Jason Borowski übernahm erneut die Befehlsgewalt. *Laß mich in Ruhe! Verschwinde! Das ist alles, was uns noch bleibt!*

Der erste Mann fiel um, mit zerschmettertem Brustkorb, zum Schweigen gebracht mit einem Schlag gegen die Kehle. Dem zweiten Mann wurde eine Vorzugsbehandlung zuteil. Es war lebenswichtig, daß er bei Bewußtsein blieb, das, was folgte, wach in sich aufnahm. Er zerrte beide Männer in die tiefsten Schatten der Gasse, zerfetzte ihnen mit dem Messer die Kleider, fesselte sie an Armen und Füßen und knebelte sie mit den Kleiderfetzen.

Dann drückte Borowski den zweiten Mann zu Boden, preßte ihm die Arme mit dem Knie gegen den Leib und setzte sein Messer unter dem linken Auge an und verkündete ihm sein Ultimatum. »Meine *Frau!* Wo *ist sie? Jetzt gleich!* Oder Sie verlieren Ihr Auge, und dann das andere auch! Ich schneide Sie in Stücke, *jung gwo*, glauben Sie mir!« Er riß dem Mann den Knebel aus dem Mund.

»Wir sind nicht Ihr Feind, *Zhangu!*« schrie der Asiate auf englisch und gebrauchte das kantonesische Wort für Ehemann. »Wir haben uns bemüht, sie zu finden! Wir suchen überall!«

Jason starrte den Mann an, und das Messer zitterte in seiner Hand, seine Schläfen pochten wie wild. Sein persönliches Universum war im Begriff zu explodieren, der Himmel würde gleich Feuer und Schmerz auf ihn herunterregnen lassen, so viel, daß es seine Vorstellung überstieg. »*Marie!*« schrie er gequält. »Was habt ihr mit ihr gemacht? Man hat mir doch eine *Garantie* gegeben! Ich bringe die Ware heraus, und man gibt mir meine Frau zurück! Ich sollte ihre Stimme am Telefon hören, aber das Telefon *funktionierte* nicht! Statt dessen peilte man mich an, und plötzlich sind *Sie* hier und meine Frau *nicht!* Wo *ist* sie?!«

»Wenn wir das wüßten, wäre sie hier bei uns.«

»*Lügner!*« schrie Borowski.

»Ich lüge Sie nicht an, Sir, und Sie dürfen mich nicht umbringen, bloß weil ich Ihnen die Wahrheit sage. Sie ist aus dem Krankenhaus entkommen –«

»Dem Krankenhaus?«

»Sie war krank. Der Arzt hat darauf bestanden. Ich war *dort*, vor ihrem Zimmer, habe sie bewacht! Sie war schwach, aber sie ist entkommen –«

»O Gott! Krank? *Schwach*? Allein in *Hongkong*? Mein Gott, ihr habt sie umgebracht.«

»Nein, Sir. Wir hatten Anweisung, dafür zu sorgen, daß ihr nichts fehlte –«

»*Sie* hatten Anweisung«, sagte Jason Borowski, und seine Stimme war ausdruckslos und kalt. »Aber nicht Ihr Taipan. Er hat andere Anweisungen befolgt, Anweisungen, wie sie zuvor in Zürich und in Paris gegeben wurden und an der Einundsiebzigsten Straße in New York. Ich habe das erlebt – *wir* haben das erlebt. Und jetzt habt ihr sie umgebracht. Ihr habt mich benutzt, so wie ihr mich früher benutzt habt, und als ihr gedacht habt, es sei vorbei, habt ihr sie mir weggenommen. ›Was macht schon der Tod einer weiteren Tochter aus?‹ Schweigen ist alles.« Plötzlich packte Jason das Gesicht des Mannes mit der linken Hand, während die rechte das Messer umfaßt hielt. »Wer ist der Hüne? Raus mit der Sprache, oder ich steche zu! Wer ist der *Taipan*?«

»Er ist kein Taipan! Er ist von den Briten ausgebildet und geschult, ein Offizier, der in der Kronkolonie großes Ansehen genießt. Er arbeitet mit Ihren Landsleuten zusammen, den Amerikanern. Er ist vom Geheimdienst.«

»Natürlich . . . es war von Anfang an ganz genauso. Nur daß es diesmal nicht der Schakal war, sondern *ich*. Man hat mich auf dem Schachbrett herumgeschoben, bis ich keine Wahl mehr hatte, als mich selbst zu jagen – einen Abklatsch meiner selbst, einen Mann, der sich Borowski nannte. Wenn er ihn hat, dann bringt ihn um, bringt beide um. Sie wissen zuviel.«

»*Nein!*« schrie der Asiate schwitzend und mit geweiteten Augen, starrte das Messer an, das sich in sein Fleisch bohrte. »Man sagt uns sehr wenig, aber davon habe ich *nichts* gehört!«

»Was machen Sie dann hier?« fragte Jason schroff.

»Überwachung, das *schwöre* ich! Das ist alles!«

»Bis die Revolverhelden anrücken?« sagte Borowski eisig. »Damit eure adretten Anzüge sauber bleiben, kein Blut an eure Hemden kommt, und damit es keine Spuren gibt, die zu diesen namenlosen, gesichtslosen Leuten führen, für die Sie arbeiten.«

»Nein, das stimmt nicht! So sind wir nicht, und unsere Vorgesetzten sind auch nicht so!«

»Ich habe Ihnen doch gesagt, ich kenne das alles. Sie sind so, glauben Sie mir . . . Und jetzt werden Sie *mir* etwas sagen. Was auch immer das alles zu bedeuten hat, es ist schmutzig und niederträchtig und abgesichert bis zum Gehtnichtmehr. Niemand führt eine solche Operation ohne einen getarnten Stützpunkt. Wo ist dieser Stützpunkt?«

»Ich verstehe Sie nicht.«

»Das Hauptquartier oder Basislager oder ein abgeschottetes Haus oder ein Kommandozentrum – wie zum Teufel es auch immer heißt. Wo *ist es?*«

»Bitte, ich kann nicht –«

»Sie *können.* Sie *werden* . . . denn wenn Sie es nicht tun, steche ich Ihnen die Augen aus. *Jetzt!*«

»Ich habe eine Frau, *Kinder!*«

»Die hatte ich auch. Ich verliere gleich die Geduld.« Jason hielt inne, lockerte den Druck seines Messers leicht. »Außerdem, wenn Sie so sicher sind, daß Sie recht haben – daß Ihre Vorgesetzten nicht das sind, was ich behaupte, welchen Schaden können Sie dann schon anrichten? Man kann sich doch arrangieren?«

»*Ja!*« schrie der verängstigte Mann. »Arrangieren! Es sind gute Menschen. Die werden Ihnen nichts tun!«

»Dazu werden sie auch keine Chance haben«, flüsterte Borowski.

»Was, Sir?«

»Nichts. Wo *ist* es? Wo ist dieses ach so geheime Hauptquartier? *Schnell!*«

»Victoria Peak!« sagte der zu Tode erschrockene und vor Angst fast versteinerte Geheimdienstler. »Das zwölfte Haus auf der rechten Seite mit hohen Mauern . . .«

Borowski hörte sich die Beschreibung eines abgeschotteten Hauses an, eines ruhigen, von Streifen bewachten Grundstücks in einem wohlhabenden Viertel.

Es hörte sich an, was er hören mußte; sonst brauchte er nichts. Dann schlug er dem Mann den schweren Griff seines Messers gegen den Schädel, stopfte ihm den Knebel wieder in den Mund und richtete sich auf.

Er sah die Feuertreppe hinauf, betrachtete die kaum erkennbaren Umrisse seines Gefangenen.

Sie wollten Jason Borowski haben und waren dafür zum Morden bereit.

Sie würden zwei Jason Borowskis bekommen und ihrer Lügen wegen sterben.

31

Havilland stellte sich Conklin im Korridor des Krankenhauses vor dem Einsatzraum, den die Polizei sich eingerichtet hatte. Der Diplomat hatte sich dazu entschlossen, in der überlaufenen, weißgetünchten Halle mit dem CIA-Mann zu sprechen, eben *weil* dort so reger Betrieb herrschte – Schwestern und Assistenzärzte, Chirurgen und Internisten, sie alle waren auf den Korridoren in beständiger Bewegung, sprachen miteinander und benutzten Telefone, die dauernd zu klingeln schienen. Unter diesen Umständen würde sich Conklin mit hoher Wahrscheinlichkeit nicht auf eine laute, hitzige Auseinandersetzung einlassen; der Botschafter konnte seine Argumente unter diesen Umständen besser vortragen.

»Borowski hat Verbindung mit uns aufgenommen«, sagte Havilland.

»Gehen wir hinaus«, sagte Conklin.

»Das geht nicht«, erwiderte der Diplomat. »Lin kann jeden Augenblick sterben, es kann aber auch sein, daß man uns gleich zu ihm läßt. Auf die Chance dürfen wir nicht verzichten.«

»Dann gehen wir wieder hinein.«

»In dem Raum sind noch fünf Leute. Sie wollen genausowenig wie ich, daß die uns hören.«

»*Herrgott*, Sie haben auch auf alles eine Antwort, wie?«

»Ich muß an uns alle denken. Nicht nur an ein paar Leute, sondern uns *alle*.«

»Was wollen Sie von mir?«

»Die Frau natürlich, das wissen Sie.«

»Das weiß ich – natürlich. Und was bieten Sie?«

»Mein Gott, *Jason Borowski*!«

»Ich will David Webb. Ich will Maries Mann. Ich will wissen, daß er lebt und daß es ihm gutgeht und daß er in Hongkong ist. Ich möchte ihn mit eigenen Augen sehen.«

»Das ist unmöglich.«

»Dann sollten Sie mir sagen, warum das unmöglich ist.«

»Ehe er sich zeigt, erwartet er, daß er binnen dreißig Sekunden nach der Kontaktaufnahme mit seiner Frau sprechen kann. So lautet die Vereinbarung.«

»Aber Sie sagten doch gerade, er hätte Kontakt *hergestellt*!«

»Er schon. Aber wir nicht. Das konnten wir uns ohne Marie Webb am Telefon nicht leisten.«

»Jetzt komme ich nicht mehr mit!« sagte Conklin ärgerlich.

»Er hatte Bedingungen gestellt, so ähnlich wie die Ihren, was durchaus verständlich ist. Sie haben beide – «

»*Was für* Bedingungen?« unterbrach ihn der CIA-Mann.

»Sein Anruf bedeutete, daß er den Mann hatte – das war die bilaterale Übereinkunft.«

»Herr und Heiland! ›*Bilateral*‹?«

»Beide Seiten hatten sich damit einverstanden erklärt.«

»Ich weiß, was das bedeutet! Sie wollen mich einfach verarschen, sonst nichts.«

»Schreien Sie nicht so . . . Für den Fall, daß wir seine Frau nicht binnen dreißig Sekunden ans Telefon holen könnten, sollten wir am Telefon einen Schuß hören, und der Schuß würde bedeuten, daß der Killer tot ist, daß Borowski ihn umgebracht hatte.«

»Der gute alte Delta.« Conklins Lippen verzogen sich zu einem schwachen Lächeln. »Der hat noch nie einen Trick ausgelassen. Und ich nehme an, da kommt noch was, habe ich recht?«

»Ja«, sagte Havilland grimmig. »Ein Übergabepunkt ist zwischen beiden Seiten zu vereinbaren –«

»Nicht bilateral?«

»Halten Sie den Mund! . . . Er will sehen, wie seine Frau allein auf ihn zukommt, ohne fremde Hilfe. Wenn er zufrieden ist, wird er mit seinem Gefangenen hervortreten, wahrscheinlich mit der Pistole am Kopf des Gefangenen, und dann wird der Austausch durchgeführt werden. Vom ersten Kontakt bis zum Austausch soll alles innerhalb weniger Minuten ablaufen, jedenfalls darf es nicht mehr als eine halbe Stunde dauern.«

»Ja, damit keiner von außen her irgend etwas unternehmen kann.« Conklin nickte. »Aber wenn Sie nicht geantwortet haben, woher wissen Sie dann, daß er Kontakt aufgenommen hat?«

»Lin hat die Telefonleitung angezapft und nach Victoria Peak geschaltet. Borowski wurde erklärt, die Leitung sei im Augenblick unterbrochen, und als er versuchte, sich das bestätigen zu lassen – was er unter den gegebenen Umständen ja mußte –, hat man ihn mit dem Peak verbunden. Wir haben ihn so lange hingehalten, bis wir den Standort des Telefonautomaten anpeilen konnten, den er benutzte. Wir wissen, wo er ist. Unsere Leute sind jetzt zu ihm unterwegs und haben Anweisung, sich unauffällig zu verhalten. Wenn er etwas riecht oder sieht, wird er unseren Mann umbringen.«

»Angepeilt?« Alex musterte mit finsterer Miene das Gesicht des Diplomaten. »Er hat sich von Ihnen so lange hinhalten lassen, daß *dafür* Zeit war?«

»Er ist außer sich vor Sorge, darauf haben wir gebaut.«

»Webb vielleicht«, sagte Conklin. »Nicht Delta. Nicht wenn er darüber nachdenkt.«

»Er wird wieder anrufen«, beharrte Havilland. »Er hat keine Wahl.«

»Vielleicht. Vielleicht aber auch nicht. Wie lange liegt sein letzter Anruf zurück?«

Der Botschafter sah auf die Uhr. »Zwölf Minuten.«

»Und der erste?«

»Etwa eine halbe Stunde.«

»Und Sie erfahren es jedesmal, wenn er anruft?«

»Ja. Die Information wird an McAllister weitergeleitet.«

»Stellen Sie fest, ob Borowski es wieder versucht hat.«

»Warum?«

»Weil er, wie Sie das ausgedrückt haben, außer sich vor Sorge ist und weiterhin anrufen wird. Er kann nicht anders.«

»Was wollen Sie damit sagen?«

»Daß Sie möglicherweise einen Fehler gemacht haben.«

»Wo? Wie?«

»Das weiß ich nicht, aber eines *weiß* ich: Ich kenne Delta.«

»Was könnte er tun, ohne uns zu erreichen?«

»Töten«, sagte Alex leise.

Havilland drehte sich um, blickte den überfüllten Korridor hinunter und ging auf den Empfangstisch der Etage zu. Er sprach kurz mit einer Schwester; die nickte und griff nach einem Telefonhörer. Er sprach nicht lange und legte dann auf. Als er zu Conklin zurückkehrte, war seine Stirn gefurcht. »Seltsam«, meinte er. »McAllister hat dasselbe Gefühl wie Sie. Edward hat erwartet, daß Borowski alle fünf Minuten anrufen würde, *mindestens* alle fünf Minuten.«

»Oh?«

»Er muß davon ausgehen, daß die Leitung jeden Augenblick wieder funktionieren könnte.« Der Botschafter schüttelte den Kopf, als könne er damit abtun, was ihm unwahrscheinlich erschien. »Wir sind alle viel zu angespannt. Es könnte eine ganze Anzahl von Erklärungen geben, angefangen damit, daß er kein Kleingeld hat, bis zu Verdauungsstörungen.«

Die Tür zur Intensivstation ging auf, und der britische Arzt sah heraus. »Herr Botschafter?«

»Lin?«

»Ein ungewöhnlicher Mann. Was er mitgemacht hat, würde ein Pferd umbringen. Aber andererseits haben beide etwa die gleiche Größe, und ein Pferd hat keinen Überlebenswillen.«

»Dürfen wir zu ihm?«

»Das hätte keinen Sinn, er ist noch bewußtlos – manchmal bewegt er sich, aber er kann nicht zusammenhängend reden. Jede Minute Ruhe, ohne daß er einen Rückfall bekommt, ist ein Fortschritt.«

»Es ist Ihnen klar, wie dringend wir ihn sprechen müssen, ja?«

»Ja, Mr. Havilland, das ist mir klar. Vielleicht klarer, als Sie denken. Sie wissen, daß ich für das Entkommen der Frau verantwortlich war –«

»Ja, das weiß ich«, sagte der Diplomat. »Man hat mir aber auch gesagt, daß sie, wenn sie Sie täuschen konnte, wahrscheinlich auch den besten Internisten in der Mayo-Klinik getäuscht hätte.«

»Das kann ich nicht beurteilen, aber ich halte mich eigentlich schon für kompetent. Aber in dem Fall komme ich mir wie ein Idiot vor. Ich werde alles tun, was in meiner Macht steht, um Ihnen und meinem guten Freund Major Lin zu helfen. Wenn er die nächste Stunde überlebt, glaube ich, daß er eine Chance hat. Und wenn es dazu kommt, werde ich dafür sorgen, daß Sie mit ihm reden können, solange Sie sich auf knappe und einfache Fragen beschränken. Wenn ich glaube, daß er einen schweren Rückfall hat und nicht mehr zu retten ist, werde ich Sie ebenfalls rufen.«

»Ein fairer Vorschlag, Herr Doktor. Vielen Dank.«

»Das ist das mindeste, was ich tun kann. Wenzu würde es genauso wollen. Ich gehe jetzt wieder zu ihm.«

Das Warten begann. Havilland und Alex Conklin kamen ebenfalls zu einer bilateralen Übereinkunft. Wenn Borowski das nächstemal versuchte, *Schlangenweib* zu erreichen, sollte ihm gesagt werden, daß die Leitung in zwanzig Minuten wieder funktionieren würde. In der Zeit würde Conklin in das Haus am Victoria Peak gebracht werden und sich darauf vorbereiten, das Gespräch zu führen. Er würde den Austausch einleiten und David sagen, daß Marie in Sicherheit sei und sich bei Morris Panov befinde. Die beiden Männer kehrten in den Vorraum der Intensivstation zurück und setzten sich einander gegenüber, und mit jeder lautlos verstreichenden Minute wuchs die Belastung.

Doch die Minuten dehnten sich zu Viertelstunden und die in eine ganze Stunde. Dreimal rief der Botschafter McAllister an, um nachzufragen, ob man etwas von Jason Borowski gehört habe. Nichts. Zweimal kam der englische Arzt heraus, um über Lins Zustand zu berichten. Der war unverändert, eine Tatsache, aus der sie Hoffnung schöpften. Einmal klingelte das Telefon, und die Köpfe von Havilland und Conklin fuhren zu der Schwester herum, die sich ganz ruhig meldete. Der Anruf war nicht für den Botschafter. Die Spannung nahm zu, und jedesmal, wenn sich die beiden Männer ansahen, las jeder in den Augen des anderen dieselbe Botschaft. *Etwas stimmte nicht. Etwas war schiefgegangen.* Ein chinesischer Arzt kam heraus und trat zu zwei Leuten, die hinten warteten, eine junge Frau und ein Priester; er redete leise auf sie ein. Die Frau stieß einen Schrei aus und fiel dann schluchzend dem Priester in die Arme. Es gab wieder eine Polizistenwitwe mehr. Sie wurde weggeführt, damit sie ihren Mann ein letztes Mal sah.

Stille.

Wieder klingelte das Telefon, und wieder starrten der Diplomat und der CIA-Mann zum Empfangstisch hinüber.

»Herr Botschafter«, sagte die Schwester, »für Sie. Der Herr sagt, es sei sehr dringend.« Havilland stand auf, ging zu ihr hinüber, nickte ihr dankend zu und griff nach dem Hörer.

Was auch immer es war, jetzt war es geschehen. Conklin beobachtete den Diplomaten; er hätte es nie für möglich gehalten, ihn jemals so zu Gesicht zu bekommen. Havilland wurde plötzlich aschfahl; die schmalen, normalerweise verkniffenen Lippen öffneten sich, die dunklen Augenbrauen schoben sich in die Höhe, und seine Augen wurden groß und glasig. Dann drehte er sich um und sprach mit kaum hörbarer Stimme zu Alex; es war das Flüstern der Angst.

»Borowski ist verschwunden. Sein Gefangener auch. Man hat zwei der Männer gefunden, gefesselt und schwer verletzt.« Er wandte sich wieder dem Telefon zu, und seine Augen verengten sich, während er zuhörte. »Großer Gott im Himmel!« rief er aus und drehte sich zu Conklin zurück.

Der CIA-Mann war nicht da.

David Webb war verschwunden, nur Jason Borowski blieb. Und doch war er gleichzeitig mehr und weniger als der Mann, der Carlos den Schakal gejagt hatte. Er war Delta, das Raubtier, das nur noch auf Rache aus war. Rache für ein Stück seines Lebens, ein Stück von unschätzbarem Wert, das man ihm wieder weggenommen hatte. Und wie ein rachsüchtiges Raubtier bewegte er sich in einer Art Trance, und jede Entscheidung war präzise, jede Bewegung tödlich. Er wollte jetzt nur noch töten; sein Menschenhirn war das eines Tieres geworden.

Er wanderte durch die schmutzigen Straßen des Yau Ma Ti, seinen Gefangenen im Schlepptau, gefesselt, und fand, was er suchte, zahlte Tausende von Dollar für Dinge, die nur einen Bruchteil davon wert waren. Und die Nachricht von dem seltsamen Mann und seinem noch seltsameren stummen Begleiter, der gefesselt war und um sein Leben fürchtete, sprach sich nach Mongkok herum. Andere Türen öffneten sich ihm, Türen, die Schmugglern vorbehalten waren, und die Nachricht über diesen Besessenen, der Tausende bei sich trug, war begleitet von übertriebenen Warnungen.

Er ist ein Besessener, ein Irrer, und er ist weiß und wird schnell töten. Es heißt, er habe zwei Männern, die unehrlich zu ihm waren, die Kehlen aufgeschlitzt. Es geht die Rede, ein Zhongguo ren sei erschossen worden, weil er ihn betrogen hat und das nicht geliefert, was er versprochen hatte. Er ist verrückt. Gebt ihm, was er will. Er zahlt mit harten Dollars. Wen interessiert das schon? Es ist nicht unser Problem. Laßt ihn kommen. Laßt ihn gehen. Nehmt einfach sein Geld.

Als es Mitternacht war, hatte Delta das Werkzeug, das er für sein tödliches Vorhaben brauchte. Für ihn zählte jetzt nur noch der Erfolg. Er *mußte* erreichen, was er sich vorgenommen hatte. Er mußte töten.

Wo war Echo? Er brauchte Echo. Der alte Echo war sein Maskottchen!

Echo war tot. Ein Wahnsinniger hatte ihn erschlagen, mit einem Zeremonienschwert in einem friedlichen Wald der Vögel. Erinnerungen.

Echo.

Marie.

Ich werde sie umbringen, weil sie dir das angetan haben!

Er hielt ein zerbeultes Taxi in Mongkok an, zeigte dem Fahrer ein paar Geldscheine und forderte ihn auf auszusteigen.

»Ja, was ist, Sir?« fragte der Mann in gebrochenem Englisch.

»Was ist Ihr Wagen wert?« sagte Delta.

»Ich nicht verstehen.«

»Wie viel? *Geld?* Für Ihren *Wagen?*«

»Du *feng kuang!*«

»*Bu!*« schrie Delta und sagte dem Fahrer damit, daß er nicht geistesgestört sei. »Wieviel wollen Sie für Ihren Wagen?« fuhr er auf chinesisch fort. »Morgen früh können Sie sagen, man hätte ihn gestohlen. Die Polizei wird ihn finden.«

»Der Wagen ist meine einzige Einkommensquelle, und ich habe eine große Familie! Sie sind verrückt!«

»Wie wäre es mit viertausend Dollar, amerikanische Dollar?«

»*Aiya.* Nehmen Sie ihn!«

»*Kuai!*« sagte Jason, forderte den Mann auf, sich zu beeilen. »Helfen Sie mir mit diesem Kranken. Er hat die Schüttelkrankheit, und man muß ihn festbinden, damit er sich nicht verletzt.«

Der Besitzer des Taxis half Jason, den Killer auf den Rücksitz zu legen, ohne dabei den Blick von den großen Scheinen zu wenden, die Borowski in der Hand hielt; er hielt den Mann fest, als Delta dem Gefangenen die Nylonschnüre um Knöchel, Knie und Ellbogen schlang und ihn erneut mit den Stoffetzen knebelte, die er aus dem Kopfkissenbezug gerissen hatte, und ihm die Augen verband. Da er nicht verstand, was chinesisch geschrien wurde, konnte der Gefangene nur passiven Widerstand leisten. Es war nicht nur der Schmerz, den ihm die gefesselten Handgelenke bereiteten, es war noch etwas, was ihm klar wurde, wenn er den Mann anstarrte, in dessen Gewalt er sich befand. An Jason Borowski hatte sich eine Veränderung vollzogen; er war in eine andere Welt gegangen, eine viel dunklere Welt. In seinen Augen stand der Tod.

Als sie durch den überfüllten Tunnel von Kowloon zur Insel Hongkong hinüberfuhren, bereitete Delta sich auf den Angriff vor, machte sich ein Bild von den Hindernissen, die ihm im Wege stehen würden, und überlegte sich die Gegenmaßnahmen, die er ergreifen würde. Er bereitete sich auf das Schlimmste vor.

Er hatte in den Dschungeln von Tam Quan dasselbe getan. Da war nichts, was er nicht in Betracht gezogen hatte, und er hatte sie alle herausgebracht – alle, bis auf einen. Ein Stück Dreck, einen Mann, der keine Seele hatte, nur Gier nach Gold. Einen Verräter, der das Leben seiner Kameraden für einen kleinen Vorteil verkaufte. Dort hatte alles angefangen. Im Dschungel von Tam Quan. Delta hatte das Stück Dreck hingerichtet, hatte ihm eine Kugel in den Kopf gejagt, während dieses Stück Dreck über Funk dem Vietcong ihre Position durchgab. Das Stück Dreck war ein Mann von Medusa, der Jason Borowski hieß und den er im Dschungel von Tam Quan liegenließ, damit er dort verfaulte. Das war der Anfang des Wahnsinns gewesen. Und doch hatte Delta sie alle herausgebracht, darunter auch einen Bruder, an den er sich nicht erinnern konnte. Durch zweihundert Meilen feindliches Territorium hatte er sie gebracht, weil er das Wahrscheinliche bedacht und sich das Unwahrscheinliche vorgestellt hatte – wobei letzteres für ihr Entkommen viel wichtiger war, weil sein Verstand auf das Unerwartete vorbereitet war. Jetzt war es dasselbe. Es gab nichts, was ein abgeschottetes Haus am Victoria Peak gegen ihn ins Feld führen konnte, dem er nicht gewachsen war, das er nicht überwinden konnte. Der Tod würde dem Tod antworten.

Er sah die hohen Mauern um das Grundstück und fuhr einfach weiter, ganz langsam, wie ein Gast oder ein Tourist das tun würde, der sich auf der Straße nicht auskannte. Er entdeckte das Glas der versteckten Scheinwerfer und registrierte den Stacheldraht auf der Mauer. Auch die zwei Wachposten hinter dem mächtigen Tor nahm er zur Kenntnis. Sie hielten sich im Schatten auf, aber das Tuch ihrer Uniformjacken – Uniformen der Ledernacken – reflektierte das wenige Licht; ein Fehler, das Tuch hätte geschwärzt werden müssen, oder man hätte sie weniger militärisch einkleiden müssen. Für ein geübtes Auge war das abgeschottete Haus nicht zu verkennen. Für den Ungeübten war es ganz eindeutig die Residenz eines wichtigen Diplomaten, eines Botschafters vielleicht, der wegen der gefährlichen Zeiten schutzbedürftig war. Der Terrorismus herrschte überall; man mußte sich vor Geiselnahmen schützen, sich verteidigen. Bei Sonnenuntergang wurden Cocktails serviert, zum leisen Gelächter der Elite, die die Regierungen beeinflußte, aber draußen waren die Gewehre bereit, wurden gespannt, wenn die Dunkelheit sich senkte, waren schußbereit. Delta begriff. Deshalb hatte er seinen vollen Beutel dabei.

Er lenkte den zerbeulten Wagen an den Straßenrand. Es war nicht nötig, ihn hier zu tarnen; er würde nicht zurückkommen. Es war ihm gleichgültig. Er hatte Marie verloren; alles war aus. Welche Leben er auch immer geführt hatte, sie waren zu Ende. David Webb. Delta. Jason Borowski. Sie waren die Vergangenheit. Er wollte nur Frieden. Der Schmerz war unerträglich geworden. Frieden. Aber zuerst mußte er töten. Seine Feinde, Maries Feinde. All den Feinden der Männer und Frauen überall auf der Welt, die von den namenlosen, gesichtslosen Manipulator getrieben wurden, würde eine Lektion erteilt werden. Natürlich nur eine kleine, belanglose Lektion, denn nachher würden die Experten geschönte Erklärungen liefern, die durch gestelzte Wortwahl und Halbwahrheiten plausibel gemacht wurden. Lügen.

Verdrängt die Zweifel, schaltet die Fragen aus, regt euch genauso auf wie die Bevölkerung und marschiert zum Trommelklang des Konsens. Das Ziel ist die Hauptsache, und die belanglosen Spieler sind nichts als notwendige Größen in den tödlichen Gleichungen. Benutzt sie, saugt sie aus, bringt sie um, wenn es sein muß, aber sorgt dafür, daß die Arbeit getan wird, weil wir das sagen. Wir sehen Dinge, die andere nicht sehen können. Stellt uns keine Fragen. Ihr habt keinen Zugang zu unserem Wissen.

Jason stieg aus dem Wagen, öffnete die Hintertür und durchschnitt mit seinem Messer die Fesseln an den Knöcheln und den Knien des Killers. Dann nahm er ihm die Augenbinde ab, ließ den Knebel aber, wo er war. Er packte seinen Gefangenen an der Schulter und –

Der Schlag war lähmend! Der Killer fuhr herum, schmetterte Borowski das rechte Knie in die linke Niere und ließ die ineinander verschlungenen, gefesselten Hände gegen Jasons Kehle krachen, während Delta sich zusammenkrümmte. Ein zweites Mal traf Borowski sein Knie in die Rippen; er fiel zu Boden, während der Killer auf die Straße hinausrannte. *Nein. Das darf nicht geschehen! Ich brauche seine Pistole, seine Treffsicherheit. Das gehört zur Strategie!*

Delta richtete sich auf, obwohl der Schmerz in der Brust und in der Nierengegend ihn zu sprengen drohte, und stürzte hinter der rennenden Gestalt her. In wenigen Sekunden würde die Dunkelheit den Killer umhüllen! Der Mann von Medusa rannte schneller, hatte den Schmerz vergessen, konzentrierte sich mit dem Teil seines Bewußtseins, der noch funktionierte, ganz auf die rennende Gestalt vor ihm. Schneller, *schneller!* Plötzlich kamen unten vom Hügel Scheinwerferbündel heraufgeschossen, erfaßten den laufenden Mann. Der Killer warf sich zur Seite, um dem Licht auszuweichen. Borowski blieb bis zum letzten Augenblick auf der rechten Seite des Asphalts, er wußte, daß er wertvolle Meter gewann, während der Wagen vorbeiraste. Jetzt stolperte der Killer auf dem weichen Straßenrand, er konnte die Arme nicht gebrauchen; schnell, unsicher, kroch er auf den Asphalt zurück, richtete sich auf und begann wieder zu laufen. Doch es war zu spät. Delta warf sich auf seinen Gefangenen, trieb ihm die Schulter in den Rücken; beide Männer gingen zu Boden. Das kehlige Brüllen, das der Killer ausstieß, war wie der Schrei eines wütenden Tieres. Jason drehte seinen Gefangenen um und trieb ihm brutal das Knie in den Leib.

»Hör mir zu, du Abschaum!« sagte er atemlos, und der Schweiß rann ihm über das Gesicht. »Ob Sie sterben oder nicht, ist mir gleichgültig. In ein paar Minuten interessieren Sie mich nicht mehr. Aber bis dahin sind Sie Teil des Planes, *meines* Planes! Und ob Sie dann sterben oder nicht, wird von Ihnen abhängen, *nicht* von mir. Ich gebe Ihnen eine Chance, und das ist mehr, als Sie je für eines Ihrer Opfer getan haben. Und jetzt stehen Sie *auf!* Tun Sie, was ich Ihnen sage, oder ich puste Ihnen Ihre Chance mit Ihrem Schädel weg – und das ist genau das, was ich *denen* versprochen habe.«

Sie hatten inzwischen den Wagen wieder erreicht und blieben stehen. Delta hob seinen Beutel auf, entnahm ihm die Pistole, die er aus Beijing mitgebracht hatte, und zeigte sie dem Killer. »Auf dem Flughafen in Jinan haben Sie mich um eine Waffe angebettelt, erinnern Sie sich?« Der Killer nickte; seine Augen waren geweitet, sein Mund von dem Knebel auseinandergezerrt. »Sie gehört Ihnen«, fuhr Jason Borowski mit ausdrucksloser Stimme fort. »Sobald wir über der Mauer dort vorn sind – Sie vor mir –, gebe ich sie Ihnen.« Der Killer runzelte die Stirn, seine Augen verengten sich. »Das habe ich vergessen«, sagte Delta. »Sie konnten es ja nicht sehen. Dort vorn, vielleicht fünfhundert Fuß die Straße hinauf, ist ein abgeschottetes Haus. Wir gehen hinein. Ich bleibe dort und erledige jeden, den ich erledigen kann. Sie? Sie haben neun Schuß, und ich gebe Ihnen noch einen Bonus dazu.« Delta nahm ein Paket Plastiksprengstoff aus Mongkok aus seinem Beutel und zeigte es seinem Gefangenen. »So wie ich die Lage einschätze, schaffen Sie es unmöglich zurück über die Mauer; die würden Sie umlegen. Also ist ihr einziger Fluchtweg durch das Tor; das liegt irgendwo schräg rechts von Ihnen. Um dorthin zu kommen, müssen Sie sich den Weg freischießen. Der Zünder an der Bombe läßt sich auf zehn Sekunden einstellen. Sie können es machen, wie Sie wollen, mir ist es egal. *Kapiert?*«

Der Killer hob die gefesselten Hände und deutete auf den Knebel. Die Laute, die aus seiner Kehle drangen, ließen erkennen, daß Jason seine Arme befreien und den Knebel entfernen sollte.

»An der Mauer«, sagte Delta. »Wenn ich fertig bin, schneide ich Ihnen die Fesseln durch. Aber wenn Sie versuchen, den Knebel herauszunehmen, ehe ich es Ihnen sage, ist Ihre Chance dahin.« Der Killer starrte ihn an und nickte.

Jason Borowski und sein Gefangener gingen die Straße am Victoria Peak hinauf auf das abgeschottete Haus zu.

Conklin hinkte die Krankenhaustreppe hinunter, so schnell er das konnte, hielt sich an dem Geländer in der Mitte fest und sah sich verzweifelt nach einem Taxi in der Zufahrt um. Doch da war keines; nur eine Schwester war zu sehen, die allein dastand und im Schein der Außenbeleuchtung die *South China Times* las. Sie blickte immer wieder auf und sah zum Eingang des Parkplatzes hinüber.

»*Entschuldigen* Sie, Miß«, sagte Alex atemlos. »Sprechen Sie englisch?«

»Ein wenig«, erwiderte die Frau, die offensichtlich sein Hinken und seine erregte Stimme registriert hatte. »Haben Sie Schwierigkeiten?«

»Große Schwierigkeiten. Ich muß ein Taxi finden. Ich habe es sehr eilig, muß jemanden erreichen und kann das nicht telefonisch tun.«

»Man wird Ihnen am Empfang eines rufen. Die rufen mir jeden Abend eines, wenn ich weggehe.«

»Sie warten . . .«

»Hier kommt es«, sagte die Frau, als die Scheinwerfer um die Ecke bogen.

»*Miß!*« rief Conklin. »Das ist sehr dringend. Ein Mann liegt im Sterben, und ein weiterer stirbt vielleicht, wenn ich ihn nicht erreiche! *Bitte,* darf ich –«

»*Bie zhaoji*«, rief die Schwester und sagte damit, er solle sich beruhigen. »Sie sind in Eile, ich nicht. Nehmen Sie mein Taxi. Ich bestelle mir ein anderes.«

»Danke«, sagte Alex, als das Taxi am Randstein anhielt. »*Danke!*« sagte er noch einmal, öffnete die Tür und stieg ein. Die Frau nickte freundlich, zuckte dann die Achseln und ging wieder die Treppe hinauf. Die zwei Flügel der Glastüre oben flogen auf, und Conklin sah durch das Rückfenster, wie die Schwester fast mit zwei von Lins Männern zusammengestoßen wäre. Einer hielt sie auf und sagte etwas; der andere rannte weiter und spähte mit zusammengekniffenen Augen in die Dunkelheit hinaus. »Schnell!« sagte Alex zu dem Fahrer, als sie das Tor passierten. »*Kuai diar*, falls das stimmt.«

»Ja, geht schon«, antwortete der Fahrer müde in fließendem Englisch. »›Schnell‹ ist aber besser.«

Die Mündung der Nathan Road war der Zugang zur farbenfrohen Welt der Goldenen Meile. Die grellbunt flammenden Lichter, die tanzenden, flackernden, schimmernden Lichter waren die Mauern dieser überfüllten Straßenschlucht, wo die Käufer auf die Suche gingen und die Verkäufer mit schrillen Rufen Aufmerksamkeit verlangten. Das war der Bazar aller Bazare, und ein Dutzend Sprachen und Dialekte wetteiferten um das Gehör der gierigen Massen. Hier in diesem konzentrierten Chaos des Kommerz stieg Alex Conklin aus dem Taxi. Mühsam ausschreitend, von seinem Klumpfuß behindert, eilte er die Ostseite der Straße hinauf, und seine Augen schweiften wie die einer zornigen Wildkatze, die im Revier der Hyänen ihre Jungen sucht.

Er kam zur vierten Kreuzung, der *letzten* Kreuzung. Wo waren sie? Wo waren der schlanke Panov und die hochgewachsene, auffällige Marie mit den kastanienbraunen Haaren? Seine Instruktionen waren klar gewesen, *unzweideutig*. Bis zur vierten Kreuzung im Norden, auf der rechten Seite, der *Ost*seite. Mo Panov hatte sie wiederholt ... *O Gott!* Er hatte nach zwei Menschen Ausschau gehalten, von denen einer wie Hunderte von Männern auf diesem überfüllten Straßenabschnitt aussah. Aber sein Blick hatte nach einer hochgewachsenen rothaarigen Frau gesucht – die sie nicht mehr war! Ihr Haar war *grau* gefärbt worden, mit *weißen* Strähnen! Alex eilte zurück auf die Salisbury Road zu, und jetzt waren seine Augen auf das eingestimmt, was er suchen sollten nicht auf das, was seine schmerzlichen Erinnerungen ihm vorgegaukelt hatten.

Da *waren* sie! Am Rand einer Menge, die einen Straßenverkäufer umgab, dessen Karren mit Seidenstoffen aller Art und aller Marken vollgehäuft war – halbwegs echter Seide, aber mit gefälschten Markennamen.

»Kommen Sie mit!« sagte Conklin und packte sie beide am Arm.

»*Alex!*« rief Marie.

»Alles in Ordnung?« fragte Panov.

»Nein«, sagte der CIA-Mann. »Nichts ist in Ordnung.«

»Es ist *David*, nicht wahr?« Marie packte Conklins Arm.

»Nicht jetzt. Schnell. Wir müssen hier weg.«

»Sind sie *hier*?« stieß Marie hervor, und ihr grauhaariger Kopf blickte nach rechts und links. In ihren Augen stand Angst.

»Wer?«

»Ich *weiß* nicht«, schrie sie, um den Lärm der Menge zu übertönen.

»Nein, *sie sind* nicht hier«, sagte Conklin. »Kommen Sie, ein Taxi erwartet uns am Peninsula-Hotel.«

Die drei gingen die Nathan Road hinunter, was Alex – wie Marie und

Morris Panov erkannten – sichtliche Mühe bereitete. »Wir können doch langsamer gehen, oder?« fragte der Psychiater.

»Nein, das *können wir nicht*.«

»Sie haben Schmerzen«, sagte Marie.

»Lassen Sie das! Alle *beide*. Ich kann mit diesem Scheißdreck nichts anfangen.«

»Dann sagen Sie uns doch, was *geschehen ist*!« schrie Marie, während sie eine mit Karren überfüllte Straße überquerten, denen sie ausweichen mußten, ebenso wie den Touristen dazwischen, die sich aufgemacht hatten, um auf der Goldenen Meile den großen Schnapp zu machen.

»Da ist das Taxi«, sagte Conklin, als sie sich der Salisbury Road näherten. »Schnell. Der Fahrer weiß, wo wir hin müssen.«

Als sie im Taxi saßen, Panov zwischen Marie und Alex, packte sie Conklins Arm. »Es *ist* doch David, oder?«

»Ja. Er ist zurück. Er ist hier in Hongkong.«

»Dem *Himmel* sei Dank.«

»Das hoffen Sie. Das hoffen wir.«

»Was hat das zu bedeuten?« fragte der Psychiater scharf.

»Etwas ist schiefgegangen. Das Drehbuch ist im Eimer.«

»Herrgott noch mal!« explodierte Panov. »Würden Sie bitte *englisch* sprechen.«

»Er meint«, sagte Marie und starrte den CIA-Mann an, »daß David entweder etwas getan hat, was er nicht hätte tun sollen, oder etwas *nicht* getan hat, was er hätte tun sollen.«

»So könnte man es ausdrücken.« Conklins Augen wanderten nach rechts, zu den Lichtern von Victoria Harbour hinüber und der Insel Hongkong dahinter. »Ich konnte einmal Deltas Schritte berechnen, gewöhnlich sogar, ehe er sie tat. Und dann, später, als er Borowski war, konnte ich ihm auf den Fersen bleiben, wenn andere das nicht konnten, weil ich seine Alternativen kannte und wußte, für welche er sich entscheiden würde. Bis er durchdrehte und niemand mehr etwas vorhersagen konnte, weil er die Verbindung mit dem Delta verloren hatte, der in ihm steckte. Aber Delta ist jetzt zurückgekommen, und wie es vor so langer Zeit so oft geschah, haben seine Feinde ihn unterschätzt. Ich hoffe, daß ich unrecht habe – *Herrgott*, ich hoffe, ich habe *unrecht*!«

Dem Killer die Pistole in den Nacken pressend, arbeitete Delta sich lautlos durch das Unterholz vor der hohen Mauer. Sein Gefangener sträubte sich; sie waren jetzt auf drei Meter an den Eingang herangerückt. Delta trieb dem Mann die Waffe ins Fleisch und flüsterte: »Es gibt keine Tretfallen an der Mauer oder auf dem Boden. Sonst würden die Baumratten sie alle paar Sekunden auslösen und die Scheinwerfer einschalten. Weiter! Ich sage Ihnen schon, wann Sie stehenbleiben müssen.«

Der Befehl kam, als sie nur noch einen reichlichen Meter vom Tor entfernt waren. Delta packte seinen Gefangenen am Kragen und riß ihn herum, ohne die Pistole von seinem Hals zu nehmen. Dann griff der Mann von Medusa in die Tasche, holte einen Klumpen Plastiksprengstoff heraus und streckte den Arm, soweit er konnte, auf das Tor zu. Er drückte den Klebestreifen des Päckchens gegen die Mauer; den winzigen digitalen Zeitzünder im weichen Innenteil der Sprengladung hatte er auf sieben Minuten gestellt, weil sieben eine Glückszahl war, und damit er und der Killer Zeit hatten, sich hundert Meter weit zu entfernen. »Los!« flüsterte er.

Sie bogen um die Mauerecke und schoben sich dann an der Wand entlang bis zur Mitte, zu einem Punkt, wo man im Mondlicht das Ende der Mauer erkennen konnte. »Warten Sie hier«, sagte Delta und griff in den Beutel, den er sich wie einen Patronengurt um die Brust gebunden hatte. Er holte einen rechteckigen schwarzen Kasten heraus, der zwölf Zentimeter lang, acht hoch und fünf tief war. An dem Kasten hing ein aufgerollter, zwölf Meter langer dünner Plastikschlauch. Bei dem Gerät handelte es sich um einen batteriebetriebenen Lautsprecher; den stellte er jetzt auf die Mauer und legte hinten an dem Kasten einen Schalter um; ein rotes Licht leuchtete auf. Er rollte den dünnen Schlauch ab und stieß den Killer nach vorne. »Noch sechs oder sieben Meter«, sagte er. Jetzt erreichten sie die Stelle, die Delta brauchbar erschien. Die Äste einer Trauerweide reichten über die Mauer und hingen nach unten durch. Deckung. »Hier!« flüsterte er schroff und brachte den Killer zum Stehen, indem er ihn an der Schulter packte. Er holte den Drahtschneider aus seinem Beutel und stieß den Killer gegen die Mauer; jetzt standen sie einander gegenüber. »Ich schneide jetzt die Fesseln durch, aber Sie sind noch nicht frei. Ist das klar?« Der Brite nickte, und Delta durchschnitt die Schnüre zwischen den Ellbogen und den Handgelenken seines Gefangenen, hielt dabei aber die ganze Zeit die Pistole auf den Kopf des Mannes gerichtet. Er trat zurück und beugte das rechte Bein vor dem Killer nach vorne, während er ihm den Drahtschneider reichte. »Stellen Sie sich auf mein Bein und schneiden Sie den Stacheldraht durch. Wenn Sie ein Stück hochspringen und daruntergreifen, erreichen Sie ihn. Aber keine Dummheiten. Sie haben noch keine Pistole, wohl aber ich, und Sie haben ja wahrscheinlich inzwischen mitgekriegt, daß ich keine Rücksicht nehme.«

Der Gefangene tat, wie ihm aufgetragen war. Er brauchte nicht hochzuspringen; der linke Arm des Briten glitt zwischen dem Stacheldraht durch, und seine Hand krallte sich oben an der Mauer fest. Er durchschnitt den Draht lautlos, hielt ihn mit einer Hand fest, um das Geräusch zu mindern. Sie hatten jetzt eine Öffnung, die eineinhalb Meter breit war. »Klettern Sie hinauf«, sagte Delta.

Das tat der Brite, und als sein linkes Bein sich über die Mauer schwang, sprang Delta in die Höhe, packte die Hosen des Killers und zog sich selbst an der Mauer hoch, schwang das linke Bein darüber. Jetzt saß er rittlings neben dem Killer auf der Mauer.

»Gut gemacht, Major Alcott-Price«, sagte er, ein kleines, rundes Mikrofon in der Hand und mit der anderen die Waffe auf den Kopf des Killers richtend. »Jetzt dauert es nicht mehr lange. An Ihrer Stelle würde ich das Terrain genau studieren.«

Von Conklin zur Eile gedrängt, jagte der Fahrer sein Taxi die Straße zum Victoria Peak hinauf. Sie passierten einen stehengebliebenen Wagen am Straßenrand; in der eleganten Umgebung wirkte er irgendwie deplaziert, und Alex schluckte, als er ihn sah, und fragte sich voller Angst, ob der Wagen wirklich defekt war, wie es schien. »Das ist das Haus!« schrie der CIA-Mann. »Um Himmels willen, *schnell*! Hinauf zur –«

Er brachte den Satz nicht zu Ende, konnte ihn nicht zu Ende sprechen. Vor ihnen erfüllte eine dröhnende Explosion die Nacht. Feuer und Steinbrocken flogen nach allen Richtungen davon, als zuerst ein großer Teil der Mauer zusammenbrach und dann das mächtige eiserne Tor in gespenstisch wirkendem Zeitlupentempo hinter den Flammen nach vorne fiel.

»Großer Gott, ich hatte recht«, sagte Alexander Conklin leise zu sich. »Delta ist zurückgekehrt. Er will sterben. Er *wird* sterben.«

32

»Jetzt noch *nicht*«, schrie Jason Borowski, als die Mauer hinter dem parkähnlichen, mit Flieder- und Rosenbüschen bestandenen Garten auseinanderflog. »Ich sage es Ihnen, wenn Sie springen sollen«, fügte er leise hinzu und hielt das kleine, runde Mikrofon in der anderen Hand.

Der Killer gab einen unartikulierten Laut von sich; seine Instinkte waren geweckt, der Drang, der ihn zum Töten trieb, war ebenso stark wie der zum Überleben, und einer hing vom anderen ab. Er schwebte am Rande des Wahnsinns; nur Deltas Waffe hinderte ihn an einem verrückten Angriff. Er war immer noch ein Mensch, und der Versuch, am Leben zu bleiben, war besser, als den Tod hinzunehmen. Aber wann, *wann*? Alcott-Prices Gesicht fing wieder zu zucken an; seine Unterlippe bewegte sich krampfhaft, während die Schreie und Rufe der erschrocken herumrennenden Männer den Garten erfüllten. Die Hände des Killers zitterten, während er Delta im schwachen, pulsierenden Licht der fernen Flammen anstarrte.

»Sie sollten nicht einmal daran denken«, sagte der Mann von Medusa. »Eine Bewegung, und Sie sind tot. Sie haben mich studiert, also wissen Sie, daß ich keinen Pardon gebe. Sie werden ganz genau das tun, was ich sage. Schwingen Sie Ihr Bein über die Mauer und halten Sie sich bereit, dann zu springen, wenn ich es Ihnen sage. Nicht vorher.« Ohne Warnung führte Borowski plötzlich das Mikrofon an seine Lippen und legte einen Schalter um. Als er sprach, hallte seine verstärkte Stimme gespenstisch über das Grundstück. Ein Ton, der an den Donner der Explosion erinnerte, und durch seine ruhige Redeweise und seine eisige Stimme unheilverheißender klang.

»Achtung, *Ledernacken*. Geht in Deckung und haltet euch hier raus. Das ist nicht euer Kampf. Ihr braucht nicht für die Männer zu sterben, die euch hierhergebracht haben. Für die seid ihr nicht mehr wert als Dreck. Ihr seid ersetzbar – so wie ich das war. Ihr seid einzig und allein hier, um Killer zu schützen. Der einzige Unterschied zwischen euch und mir ist die Tatsache, daß die mich benutzt haben, aber jetzt wollen sie mich umbringen, weil ich weiß, was sie getan haben. Sterbt nicht für diese Männer, sie sind es nicht wert. Ich gebe euch mein Wort, daß ich nicht auf euch schießen werde, wenn ihr nicht auf mich schießt, und dann habe ich keine Wahl. Aber hier ist noch ein Mann, der keinen Handel mit euch schließen wird –«

Ein Feuerstoß peitschte, zerfetzte den Lautsprecher, aus dem die Stimme über den Garten hallte. Delta war darauf vorbereitet; er hatte damit gerechnet. Einer der gesichtslosen, namenlosen Manipulatoren hatte einen Befehl erteilt, und der war ausgeführt worden. Er griff in seinen Beutel und holte einen Tränengaswerfer heraus. Man konnte damit auf fünfzig Meter Distanz schwere Glasscheiben zerschmettern; er zielte und drückte ab. In dreißig Meter Entfernung zersprang ein Erkerfenster, und eine Gaswolke quoll in den Raum. Er konnte hinter der zersprungenen Scheibe Gestalten laufen sehen, Lampen und Lüster wurden ausgelöscht, und an ihre Stelle traten Scheinwerfer, die unter den Dachsparren des großen Hauses und in den Bäumen angebracht waren. Plötzlich war das ganze Grundstück in blendendweißes Licht gehüllt. Die Äste des überhängenden Baumes würden wie ein Magnet sein, auf den sich Augen wie Waffen richteten; er begriff, daß nichts, was er sagen konnte, ausreichen würde, um die Befehle zu widerrufen. Er hatte das, was er gesagt hatte, als ehrliche Warnung gemeint, als eine Art Balsam für den Rest an Gewissen in einem kaum mehr denkfähigen, kaum mehr fühlenden Racheroboter. Ihm war vage bewußt, daß er diese jungen Leute, die man gerufen hatte, um dem paranoiden Ego der Drahtzieher zu dienen, nicht umbringen wollte – dergleichen hatte er vor Jahren in Saigon zuviel gesehen. Er wollte nur den Tod jener Männer im Haus, und er war fest entschlossen, sie umzubringen. Jason Borowski würde sich nicht davon abbringen lassen. Sie hatten ihm alles genommen, und jetzt würde er sein persönliches Konto ausgleichen. Für den Mann von Medusa war die Entscheidung gefallen – er war jetzt wie eine Marionette am Faden seines Zorns, und abgesehen von jenem Zorn war sein Leben vorbei.

»*Springen Sie!*« flüsterte Delta, schwang das rechte Bein über die Mauer und drückte den Killer zu Boden. Er folgte ihm, während der noch im Sprung war, und packte ihn an der Schulter, als sich der Killer verblüfft – die Arme ausgestreckt und auf den Knien kauernd – im Gras aufrichtete. Borowski zerrte ihn hinter ein Spalier, das über und über mit Bougainvillea bewachsen war, die fast zwei Meter hoch wucherte. »Ihre Pistole, Major«, sagte der echte Jason Borowski. »Meine ist auf *Sie* gerichtet, vergessen Sie das nicht!«

Der Brite packte mit einer Hand die Waffe und riß sich mit der anderen den Knebel vom Mund. Er hustete, spuckte Speichel aus, als ein wilder Feuerstoß Blätter und Zweige von der Mauer wegfetzte. »Viel ausgerichtet hat Ihr kleiner Vortrag nicht, *wie*?«

»Das hatte ich auch nicht erwartet. In Wahrheit wollen die nämlich *Sie*, nicht mich. Sehen Sie, ich bin nämlich jetzt *wirklich* ersetzbar. So hatten die das von Anfang an geplant. Ich hole Sie heraus und bin tot. Meine Frau ist tot. Wir wissen zuviel. Sie, weil sie erfahren hat, was das für Leute waren – das mußte sie, sie war der Köder –, ich, weil sie wußten, daß ich mir in Beijing einiges zusammenreimen würde. Sie stecken da mitten in einem Blutbad, Major. Eine Megabombe, die den ganzen Pazifikraum in Stücke reißen kann und das auch wird, wenn nicht ein paar vernünftige Köpfe in Taiwan diese verrückten Klienten, die Sie sich da angelacht haben, isolieren und ausmerzen. Nur daß mir das jetzt scheißegal ist. Spielen Sie Ihre gottverfluchten Spiele, und jagen Sie sich selbst in die Luft. Ich will jetzt nur noch in dieses Haus hinein.«

Eine Gruppe Ledernacken griff die Mauer an, lief mit schußbereiten Karabinern an ihr entlang. Delta zog ein zweites Päckchen Plastiksprengstoff aus dem Beutel, stellte den Miniaturzünder auf zehn Sekunden und warf das Päckchen, so weit er konnte, in Richtung auf die hintere Gartenmauer, von den Wachen weg. »Kommen Sie!« befahl er dem Killer und rammte ihm die Waffe ins Kreuz. »Sie vorne! Diesen Weg hinunter. Näher zum Haus.«

»Geben Sie mir eines von diesen Dingern! Ein Sprengstoffpäckchen!« Ich glaube nicht, daß ich das tun werde.«

»*Herrgott*, Sie haben mir Ihr *Wort* gegeben!«

»Dann habe ich entweder gelogen oder es mir anders überlegt.«

»*Warum?* Ihnen kann das doch egal sein!«

»Es ist mir aber nicht egal. Ich wußte nicht, daß hier so viele junge Leute sind. Zu viele junge Leute, fast noch Kinder. Mit einem Päckchen Sprengstoff könnten Sie zehn von denen erledigen und noch eine ganze Menge mehr verstümmeln.«

»Die beschissene christliche Nächstenliebe fällt Ihnen reichlich spät ein!«

»Mit Nächstenliebe hat das nichts zu tun. Ich weiß, wen ich haben will und wen nicht. Und Kinder in gebügelten GI-Pyjamas will ich nicht. Ich will die Männer in dem Haus – «

Die Explosion hallte in etwa zehn Meter Entfernung aus dem hinteren Teil des Gartens. Bäume und Erde, Büsche und ganze Blumenbeete flogen in die Luft – ein Panorama aus Grün und Braun und verschiedenen Farbtupfern in der grauen Rauchwolke, die von den heißen, weißen Scheinwerfern angestrahlt wurde. *»Weiter!«* flüsterte Delta. »Dort hinüber. Das ist etwa zwanzig Meter vom Haus, und es gibt dort zwei Türen –« Borowski schloß in hilflosem Zorn die Augen, als eine Folge scheinbar endloser Feuerstöße aus Karabinern aus dem hinteren Teil des Gartens herüberhallte. *Sie waren Kinder. Sie feuerten blindlings aus Angst und töteten imaginäre Dämonen, aber keine Ziele. Und sie wollten nicht hören.*

Eine weitere Gruppe von Ledernacken, diesmal offensichtlich unter der Führung eines erfahrenen Offiziers, ging vor dem großen Haus in Stellung, umringte es, baute sich mit schußbereiten Waffen auf. Jetzt hatten die Drahtzieher ihre Leibwache ausgeschickt. Nun gut. Wieder griff Delta in seinen Beutel, suchte in seinem Arsenal herum und holte eine der zwei Brandbomben heraus, die er in Mongkok gekauft hatte. Oben ähnelten sie einer Handgranate – rund, aber mit einer Plastikabdeckung. Aber der Sockel war ein Handgriff, etwa zehn Zentimeter lang, so daß man die Bombe weiter und mit größerer Zielsicherheit werfen konnte. Der Trick lag im richtigen Wurf, der Treffsicherheit und dem Zeitpunkt. Sobald man nämlich einmal die Plastikkappe abgezogen hatte, würde der eigentliche Bombenkörper mittels eines blitzschnell hart werdenden Klebstoffs an jeder Oberfläche haften bleiben. Bei der Explosion schoß dann eine Chemikalie nach allen Richtungen hinaus, verlängerte die Flammen und fraß sich in jede poröse Oberfläche hinein. Vom Abnehmen der Plastikabdeckung bis zur Explosion waren es fünfzehn Sekunden. Die Fassade des großen Hauses bestand, wie bei viktorianischen Bauten üblich, aus Holz über einem imposanten Sockel aus Stein. Delta schob den Killer in einen Rosenbusch, riß die Plastikkappe ab und schleuderte die Feuerbombe gegen die Holzfassade links über den Verandatüren in etwa zehn Meter Entfernung. Sie blieb am Holz haften, und dann hieß es, die Sekunden abwarten, während das Karabinerfeuer – jetzt zögernd, immer schwächer werdend – ganz verstummte.

Die Hauswand flog auseinander. Ein gähnendes Loch ließ ein viktorianisches Schlafzimmer erkennen, mit Himmelbett und fein gearbeitetem englischem Mobiliar. Die Flammen breiteten sich sofort aus, schossen wie feurige Speichen von einer Mittelnabe davon, rasten über die Holzverschalung und ins Innere des Hauses.

Ein Befehl wurde erteilt, dann ertönte wieder Karabinerfeuer, peitschten Kugeln die Blumenbeete, Kommandos und Gegenkommandos ertönten, und schließlich tauchten zwei Offiziere auf, Pistolen in der Hand. Einer umrundete den Kreis von Wächtern, überprüfte ihre Positionen und ihre Waffen, sah sich jeden einzelnen an. Der andere eilte auf die Seitenmauer zu und folgte dem Weg, den die erste Gruppe genommen hatte, sah immer wieder auf die innere Flanke, die Blumenrabatten. Unter der Weide blieb er stehen und untersuchte zuerst die Mauer, dann das Gras. Er hob den Kopf und blickte zu der Bougainvillea-Laube hinüber. Jetzt hielt er seine Waffe mit beiden Händen und ging auf die Laube zu.

Delta beobachtete den Soldaten durch die Büsche. Seine Waffe bohrte sich immer noch in den Rücken des Killers. Er holte ein weiteres Sprengstoffpäckchen aus dem Beutel, stellte den Zünder ein und warf den Sprengkörper über die Büsche zu der Seitenmauer. »Gehen Sie dort durch!« befal Borowski, riß den Killer an der Schulter herum und schickte ihn in die Büsche zur Linken. Jason hetzte hinter ihm her, drückte ihm den Lauf der Pistole gegen den Kopf und brachte ihn zum Stehen, als er nach dem Beutel greifen wollte. »Nur noch ein paar Minuten, Major, dann sind Sie frei.«

Die vierte Explosion riß ein zwei Meter langes Stück aus der Seitenmauer, und die Ledernacken eröffneten das Feuer auf die auseinanderbröckelnden Steine, als erwarteten sie, daß gleich feindliche Truppen durch die Bresche hereinstürmen würden. In der Ferne, auf den Straßen von Victoria Peak, heulten Sirenen wie im Kontrapunkt zu dem Kampflärm im Garten. Delta zog sein vorletztes Sprengstoffpäckchen heraus, stellte den Zünder auf neunzig Sekunden und schleuderte es zur Ecke der hinteren Mauer, wo zur Zeit niemand war. Das war der Anfang seines letzten Ablenkungsmanövers, der Rest würde eiskalte Mathematik sein. Er griff sich den Tränengaswerfer, schob eine Ladung ein und befahl seinem Gefangenen: »Umdrehen.« Der Brite befolgte den Befehl und sah sich jetzt Borowskis Pistolenlauf gegenüber, der auf seine Augen zielte. »Nehmen Sie das«, sagte Delta. »Sie können es mit einer Hand halten. Wenn ich es Ihnen sage, dann werfen Sie es auf die Steinmauer rechts von den Verandatüren. Das Gas wird sich ausbreiten und die meisten dieser Kinder blenden. Sie werden nicht schießen können, also vergeuden Sie keine Munition, soviel haben Sie nicht.«

Der Killer gab nicht gleich Antwort, sondern hob die Waffe, bis sie auf gleicher Höhe mit der Borowskis war, und zielte auf Jasons Kopf. »So, jetzt stehen die Chancen gleich, Mr. Original«, sagte er. »Ich habe Ihnen gesagt, daß ich eine Kugel in den Kopf ertragen könnte, darauf warte ich schließlich seit Jahren. Aber irgendwie kann ich mir nicht vorstellen, daß Sie den Gedanken ertragen könnten, nicht in dieses Haus zu kommen.« Plötzlich brüllten ein paar Stimmen auf, dann knatterte eine weitere Salve, und eine Gruppe Ledernacken rannte auf die eingestürzte Seitenmauer zu. Delta beobachtete, wartete auf den Augenblick, wo die Konzentration des Killers den Bruchteil einer Sekunde lang nachlassen würde. Aber der Augenblick kam nicht. Statt dessen fuhr der Killer ruhig mit angespannter, aber kontrollierter Stimme fort, während er Jason Borowski anstarrte: »Die müssen eine Invasion erwarten. Im Zweifelsfalls immer angreifen, solange nur die Flanken gedeckt sind, stimmt es nicht, Mr. Original? . . . leeren Sie Ihre Wundertüte aus, Delta. Delta stimmt doch, nicht wahr?«

»Da ist nichts mehr.« Borowski zog den Hahn seiner Pistole zurück. Der Killer tat das gleiche.

»Dann wollen wir doch mal nachsehen«, sagte der Killer, und seine linke Hand schob sich langsam vor und berührte den Beutel, den Delta sich umgeschnallt hatte. Ihre Augen ließen einander nicht los. Der Killer betastete die Tasche, drückte den Stoff an einigen Stellen ein. Dann zog er – wieder ganz langsam – die Hand zurück. »Unter den Geboten aus dem dicken Scheißbuch ist keins, wo was übers Lügen drinsteht, stimmt's? Mal abgesehen von falschem Zeugnis, und das ist natürlich nicht dasselbe. Sie scheinen das gründlich beherzigt zu haben. Da drinnen ist noch eine kleine Maschinenpistole mit mindestens drei Ladestreifen. So wie die sich anfühlen, würde ich die auf je fünfzig Schuß schätzen.«

»Vierzig, um es genau zu sagen.«

»Das ist eine Menge. Mit dem kleinen Monster könnte ich hier rauskommen. Her *damit*! Oder einer von uns beiden beißt ins Gras. Sofort.«

Die fünfte Explosion ließ den Boden erzittern; der verblüffte Killer blinzelte. Das reichte. Borowskis Hand schoß in die Höhe, lenkte die Waffe des Killers ab, und dann krachte seine schwere Pistole mit der Gewalt eines Hammerschlags gegen die linke Schläfe des Killers.

»Verdammtes Arschloch!« schrie der Killer heiser, während er zu Boden stürzte, Jasons Knie auf seinem Handgelenk, die Pistole seinem Griff entfallen.

»Sie betteln doch dauernd um einen schnellen Abgang, Major«, sagte Borowski, als der Höllenlärm auf dem Grundstück seinen Höhepunkt erreichte. Der Trupp Ledernacken, der die eingestürzte Seitenmauer angegriffen hatte, erhielt Befehl, den hinteren Teil des Gartens anzugreifen. »Sie können sich wirklich nicht leiden, was? Aber Sie haben eine gute Idee gehabt. Ich werde meine Wundertüte leeren.«

Borowski schnallte die Riemen auf und drehte den offenen Beutel um. Der Inhalt fiel ins Gras; die Flammen des sich beständig ausbreitenden Feuers im Obergeschoß des Hauses beleuchteten ihn. Eine Brandbombe und ein Sprengstoffpäckchen war noch übrig und, wie der Killer richtig ertastet hatte, eine Maschinenpistole, die nur noch einen Skelettkolben und einen Ladestreifen benötigte, um schußbereit zu sein. Er ließ den Kolben einschnappen, rammte einen der vier Ladestreifen hinein und steckte sich die restlichen drei in den Gurt. Dann löste er die Feder des Tränengaswerfers, schob eine Ladung hinein und stellte den Mechanismus nach. Der Werfer war schußbereit – *um das Leben von Kindern zu ret-*

ten, Kindern, die alt gewordene Drahtzieher in den Tod schicken wollten, weil ihr Ego es verlangte. Blieb noch die Brandbombe. Er wußte, wo die hin sollte. Er hob sie auf, riß die Plastikverkleidung ab und warf sie mit aller Kraft, die ihm zur Verfügung stand, auf einen dreieckigen Erker über den Verandatüren. Sie blieb am Holz haften. Das war der Augenblick. Er betätigte den Abzug des Tränengaswerfers, worauf der Gaskanister gegen das Steinfundament rechts von den französischen Türen geschleudert wurde. Er explodierte, prallte von der Mauer ab und fiel zu Boden; die Dämpfe breiteten sich sofort aus, Gaswolken wallten auf und brachten die Männer, die von ihnen erfaßt wurden, zum Husten und Würgen. Sie ließen ihre Waffen nicht los, rieben sich aber mit der freien Hand die anschwellenden, tränenden Augen und hielten sich die entzündeten Nasen zu.

Die zweite Brandbombe explodierte, fetzte die elegante viktorianische Fassade über den Verandatüren weg, ließ die Glasscheiben zersplittern. Ganze Mauerteile stürzten in die gefliste Diele hinunter. Flammen züngelten bis zu den Dachschindeln hinauf und erfaßten drinnen Gardinen und Polsterung. Die Ledernacken flohen vor der Explosion und den Flammen und rannten in die Tränengaswolken hinein. Ein paar ließen jetzt die Karabiner fallen, alle rannten wirr durcheinander, stießen einander an, versuchten, den Gaswolken zu entkommen, husteten, würgten, suchten Erleichterung.

Delta richtete sich auf und stand jetzt halb geduckt da, die Maschinenpistole in der Hand, und riß den Killer neben sich in die Höhe. Jetzt war der Zeitpunkt da; das Chaos war vollkommen. Die wirbelnden Gaswolken vor den zerschmetterten Verandatüren wurden von der Hitze der Flammen aufgesogen; das Gas würde sich schnell verteilen. Und sobald er drinnen war, würde seine Suche nur Augenblicke dauern. Die Führer einer Geheimoperation, für die ein abgeschottetes Haus auf fremdem Boden nötig war, würden sich aus zwei Gründen innerhalb der schützenden Grenzen des Hauses selbst aufhalten. Der erste Grund war, daß es unmöglich war, Umfang und Verteilung der angreifenden Kräfte richtig abzuschätzen, so daß die Gefahr, draußen gefangengenommen oder getötet zu werden, zu groß war. Der zweite Grund war praktischer Natur: Es galt, Papiere zu vernichten, zu verbrennen, nicht zu zerreißen, wie sie in Teheran gelernt hatten. Direktiven, Akten, Berichte, Hintergrundmaterial, das alles mußte in Flammen aufgehen. Die Sirenen vom Victoria Peak wurden lauter, rückten näher, die wilde Jagd, die steile Straße hinauf, näherte sich ihrem Ende.

»Das ist jetzt der Countdown«, sagte Borowski und stellte den Zünder seines letzten Sprengstoffpäckchens ein. »Ich werden Ihnen das hier nicht geben, aber es zu unser beider Vorteil einsetzen. Dreißig Sekunden, Major Alcott-Price.« Jason schleuderte das Päckchen in weitem Bogen und so weit er konnte auf die rechte, vordere Mauer zu.

»Meine *Waffe*! Herrgott, geben Sie mir die Pistole!«

»Die liegt auf dem Boden. Unter meinem Fuß.«

Der Killer ging auf die Knie. »Lassen Sie sie los!«

»Sobald ich will – und ich *werde* wollen. Aber wenn Sie jetzt versuchen, sie wegzunehmen, werden Sie als nächstes eine Zelle in der Garnison von Hongkong sehen und – wie Sie gesagt haben – ein Schafott, ein dickes Seil und einen Henker, und das alles in Ihrer unmittelbaren Zukunft.«

Der Killer blickte von Panik erfüllt auf. »Sie gottverdammter *Lügner*! Sie haben *gelogen*!«

»Ja, das tue ich häufig. Sie nicht?«

»Sie haben *gesagt* –«

»Ich weiß, was ich gesagt habe. Ich weiß auch, weshalb Sie hier sind und weshalb Sie statt neun Patronen drei haben.«

»*Was?*«

»Sie sind mein Ablenkungsmanöver, Major. Wenn ich Sie mit der Pistole freilasse, werden Sie auf das Tor zurennen oder auf ein Loch in der Mauer – wohin auch immer Sie wollen. Die werden versuchen, Sie aufzuhalten. Sie werden das Feuer natürlich erwidern, und während die sich auf Sie konzentrieren, komme ich hinein.«

»*Sie Schwein!*«

»Das tut weh, aber andererseits kann ich sowieso nichts mehr empfinden, das macht also nichts. Ich muß einfach dort hinein –«

Die letzte Explosion ließ einen zurechtgestutzten Baum in die Luft fliegen; seine Wurzeln krachten gegen ein schon geschwächtes Stück der Mauer, Ziegelsteine fielen herunter, die Mauer selbst brach zusammen, und im Mittelpunkt des Aufpralls bildete sich eine Lücke, die wie ein V aussah. Ledernacken von der Gruppe am Tor rannten nach vorne.

»*Jetzt!*« brüllte Delta und richtete sich zu seiner ganzen Größe auf.

»Die *Pistole*! Lassen Sie *los*!«

Und Jason Borowski erstarrte. Er konnte sich nicht bewegen – nur daß irgendein Instinkt ihn dazu veranlaßte, dem Killer das Knie gegen den Hals zu schmettern, so daß der erneut zu Boden fiel. Ein Mann war hinter den zersplitterten Glastüren zur brennenden Diele aufgetaucht. Sein Gesicht war von einem Taschentuch bedeckt, aber man konnte deutlich sehen, daß er hinkte. Er *hinkte*! Mit ihrem Klumpfuß trat die schemenhaft erkennbare Gestalt den Rahmen der Verandatüren zur Seite und ging schwerfällig die drei Stufen zu dem kleinen, mit Steinplatten belegten Vorhof hinunter, an den sich einmal ein eleganter Park angeschlossen hatte. Er quälte sich vor und schrie, so laut er konnte, befahl den Wachen, die ihn hören konnten, das Feuer einzustellen. Die Gestalt brauchte das Taschentuch nicht wegzunehmen, Delta kannte das Gesicht. Es war das Gesicht seines *Feindes*. *Er war in Paris, auf einem Friedhof außerhalb von Paris. Alexander Conklin war gekommen, um ihn zu töten. Er stand auf der Abschußliste.*

»*David!* Ich bin's, Alex. Tu es *nicht!* Hör *auf!* *Ich* bin es, David! Ich bin hier, um dir zu helfen!«

»Du bist hier, um mich zu *töten!* Du bist nach Paris gekommen, um mich zu töten, und in New York hast du es wieder versucht! *Treadstone einundsiebzig!* Du hast ein kurzes Gedächtnis, du Schwein!«

»Und du hast *gar kein* Gedächtnis, *verdammt!* Du bist *Delta* geworden, das wollten die! Ich kenne die ganze Geschichte, David. Ich bin hierhergeflogen, weil wir alles durchschaut haben! Marie, Mo Panov und ich! Wir sind alle hier. Marie ist in Sicherheit!«

»*Lügen!* Tricks! Ihr alle, ihr habt sie *umgebracht.* Ihr hättet sie in Paris auch umgebracht, aber da habe ich euch nicht an sie herangelassen! Ich habe sie von euch *ferngehalten!*«

»Sie ist nicht tot, David! Sie *lebt!* Ich kann sie zu dir bringen! Jetzt *gleich!*«

»Noch mehr *Lügen!*« Delta duckte sich und betätigte den Abzug, gab einen Feuerstoß auf den Vorhof ab, so daß die Kugeln in die brennende Diele hineinspritzten, aber aus Gründen, die er nicht begriff, mähten sie den Mann vor ihm nicht nieder. »Du willst mich aufhalten, damit du den Befehl erteilen kannst und ich tot bin. Klappt nicht, *Vollzugsbeamter!* Ich gehe jetzt hinein! Ich will die stummen Männer, die sich hinter dir verstecken!

Sie sind *da!* Ich *weiß,* daß sie da sind!« Borowski packte den gestürzten Killer und zog ihn in die Höhe, reichte ihm die Pistole. »Du wolltest einen Jason Borowski, er gehört *dir!* Ich lasse ihn jetzt zwischen den Rosen los. Bring ihn um, während ich *dich* umbringe!«

Halb von Sinnen, halb zum Überleben entschlossen, warf sich der Killer nach vorne, auf die Büsche zu, weg von Borowski. Er rannte zuerst den Weg hinunter, machte aber sofort kehrt, als er sah, daß im Nord- und Südbereich der Mauer Ledernacken Stellung bezogen hatten. Wenn er sich an der Ostseite des Gartens blicken ließ, stand er zwischen zwei Feuern. Eine Bewegung, und er war ein toter Mann.

»Ich habe keine *Zeit* mehr, Conklin!« brüllte Borowski. *Warum war er nicht imstande, den Mann zu töten, der ihn verraten hatte? Drück doch ab! Töte den letzten von Treadstone einundsiebzig. Töte, töte! Was hielt ihn ab?*

Der Killer warf sich über das Blumenbeet, packte den warmen Lauf von Borowskis Maschinenpistole, riß die Waffe nach unten und richtete gleichzeitig die eigene Waffe auf Jason und feuerte. Die Kugel streifte Borowskis Stirn, und er riß wütend den Abzug der Maschinenpistole durch. Kugeln donnerten in die Erde, ließen den Boden erzittern. Er packte die Pistole des Engländers, drehte sie herum. Der verletzte rechte Arm des Killers war dem Mann von Medusa nicht gewachsen. Die Waffe entlud sich, während Borowski sie dem anderen wegriß. Der Brite fiel ins Gras, wissend, daß er verloren hatte.

»*David!* Um Himmels willen, hör mir *zu!* Du *mußt –*«

»Hier gibt es keinen *David*!« schrie Jason und rammte dem Killer das Knie in die Brust. »Mein rechtmäßiger Name ist Borowski, gezeugt von Delta und Medusa! Das *Schlangenweib! Erinnerst du dich?*«

»Wir müssen reden!«

»Wir müssen *sterben! Du* mußt sterben! Die Männer da drinnen sind mein Kontrakt mit mir selbst, mit *Marie! Sie* müssen sterben!«

Borowski packte den Killer am Revers und zog ihn in die Höhe. »Ich wiederhole, er ist euer Jason Borowski! Er gehört dir!«

»Nicht *schießen*! Bitte!« brüllte Conklin, während die verwirrten Überreste der drei Trupps von Ledernacken langsam näher rückten und die Fahrzeuge der Polizei von Hongkong mit schrillenden Sirenen an dem demolierten Tor anhielten.

Der Mann von Medusa rammte dem Killer die Schulter in den Rükken, stieß ihn in den Schein der lodernden Flammen und der Scheinwerfer. »Da ist er! Ihn habt ihr *gewollt*!«

Ein Feuerstoß peitschte, als der Killer davontaumelte, sich sofort zu Boden warf und sich wegwälzte, um den Kugeln zu entgehen.

»Aufhören! Nicht *er*! Um Himmels willen, nicht schießen. Ihr dürft ihn nicht *töten*!«

»Nicht *ihn*?« brüllte Jason Borowski. »Nicht *ihn*? Nur *mich*! Stimmt das etwa nicht, du Scheißkerl? Und jetzt wirst *du* sterben! Für *Marie*, für *Echo*, für uns *alle*!«

Er drückte den Abzug der Maschinenpistole durch, aber die Kugeln wollten immer noch nicht ihr Ziel treffen! Er wirbelte herum, richtete die tödliche Waffe auf die zwei näher rückenden Trupps von Ledernacken. Wieder gab er ein paar Feuerstöße ab, kauerte sich nieder, duckte sich, suchte hinter den Rosen Deckung. Und doch hatte er den Lauf der Waffe über ihre Köpfe gerichtet! Warum? Diese Kinder konnten ihn nicht aufhalten. Aber diese Kinder in ihren gebügelten GI- Uniformen sollten auch nicht für die Drahtzieher *sterben*. Er mußte in das Haus. Jetzt! Er durfte keinen Augenblick mehr vergeuden. *Jetzt* mußte er hinein.

»*David*!« Eine Frauenstimme. O Gott, eine *Frauen*stimme! »David, David, *David*!« Eine Gestalt in weitem Rock kam aus dem Haus gerannt. Sie packte Alexander Conklin und stieß ihn weg. Jetzt stand sie allein im Hof. »*Ich* bin es, David! Ich bin *hier*! Ich bin in *Sicherheit*! Alles ist *gut*, mein Liebster!«

Wieder ein Trick, wieder eine Lüge. Es war eine alte Frau mit grauem Haar, mit weißem Haar! »Gehen Sie mir aus dem Weg, Lady, sonst muß ich Sie töten. Sie sind wieder nur eine Lüge, ein *Trick*!«

»David, *ich* bin es! Kannst du mich nicht *hören* –«

»*Sehen* kann ich Sie! Ein *Trick*!«

»*Nein*, David!«

»Ich heiße nicht David. Ich habe Ihrem Freund schon gesagt, daß es hier keinen David gibt!«

»*Nicht!*« schrie Marie, schüttelte verzweifelt den Kopf und rannte vor ein paar Ledernacken weg, die jetzt aus dem Gras gekrochen waren, weg von den wirbelnden, sich langsam verziehenden Gaswolken. Sie waren auf den Knien, konnten Borowski deutlich sehen und begannen, ihre Karabiner auf ihn zu richten. Marie stellte sich zwischen die sich langsam erholenden Wachen und ihr Ziel. »Habt ihr ihm noch nicht *genug* angetan? Um Himmels willen, kann denn keiner die *aufhalten*!«

»Damit so ein Schweinehund von einem *Terroristen* uns in die Luft jagt?« schrie eine jugendliche Stimme von der vorderen Mauer.

»Er ist nicht das, was Sie *denken*! Was auch immer er ist – die Leute dort drinnen haben ihn dazu *gemacht*! Sie haben ihn doch gehört. Er wird nicht auf Sie feuern, wenn Sie nicht schießen!«

»Er hat bereits gefeuert!« brüllte ein Offizier.

»Sie *stehen* aber doch noch!« brüllte Alex Conklin vom Rand des Innenhofs zurück. »Und der ist ein besserer Schütze, und zwar mit mehr Waffen als irgendeiner hier! Das sollten Sie überlegen!«

»Ich *brauche* dich nicht«, donnerte Jason Borowski und gab wieder einen Feuerstoß auf die brennende Wand des Hauses ab.

Plötzlich war der Killer aufgesprungen, duckte sich kurz und warf sich auf den Ledernacken in seiner Nähe, einen jungen Mann ohne Mütze, der immer noch hustete. Der Killer packte seinen Karabiner, trat ihm gegen den Schädel und feuerte die Waffe auf den ihm am nächsten stehenden Ledernacken ab, worauf der zurücktaumelte und sich den Leib hielt. Der Killer fuhr herum; er entdeckte einen Offizier mit einer Maschinenpistole, ähnlich der, die Borowski in der Hand hielt; er schoß ihm ins Genick und entriß dem Stürzenden die Waffe. Er brauchte nur den Bruchteil einer Sekunde, um seine Chancen abzuwägen. Dann riß er die Maschinenpistole unter dem linken Arm hoch. Delta sah zu und wußte instinktiv, was der Killer tun würde, wußte zugleich, daß jetzt sein Ablenkungsmanöver anlaufen würde.

Und der Killer handelte wie erwartet. Er feuerte wieder, gab einen Schuß nach dem anderen auf die Reihen der jungen, unerfahrenen Ledernacken an der vorderen Mauer ab, raste im Zickzack über den kurzen Rasenstreifen auf die schulterhohen Blumenrabatten auf Borowskis linker Seite zu. Das war sein einziger Fluchtweg, die am wenigsten beleuchtete eingestürzte rechte Mauer.

»Haltet ihn auf!« schrie Conklin und hinkte schnell über die Platten des Innenhofs. »Aber nicht *schießen*! Ihr dürft ihn nicht töten! Um Himmels willen, *nicht* töten!«

»Blödsinn!« rief einer der Ledernacken von der linken Mauer. Der Killer hetzte geduckt und im Zickzack, die Waffe auf Repetierfeuer geschaltet, auf die zerbrochene Mauer zu, hielt die Ledernacken mit schnellen Feuerstößen in Schach. Jetzt war der Ladestreifen seines Karabiners leergeschossen; er warf die Waffe weg, riß die mörderische Maschinenpistole hoch und setzte zur letzten Etappe seines Rennens auf die Mauer zu an, feuerte unablässig auf die Ledernacken, die sich zu Boden geworfen hatten. Jetzt war er angelangt! Die Dunkelheit dahinter war sein Fluchtweg!

»Du beschissenes Arschloch!« Das war der Schrei eines Teenagers, eine noch brüchige Stimme, gequält, aber nichtsdestoweniger tödlich. »Du hast meinen *Kumpel* umgebracht! Und jetzt muß du dran *glauben*, du *Scheißer*!«

Ein junger schwarzer Ledernacken sprang auf, von seinem toten weißen Kameraden weg, und feuerte vier Schüsse ab.

Ein qualvoll langgezogener, hysterischer Schrei ertönte, ein Schrei, in dem sich Hohn und Herausforderung mischten. Es war der Schrei des Todes; der Killer, die Augen vor Haß geweitet, fiel zu Boden. Major Alcott-Price war tot.

Borowski setzte sich in Bewegung, die Waffe erhoben. Marie rannte an den Rand des Plattenbelags, war jetzt nur noch ein oder zwei Meter von ihm entfernt. »Tu es *nicht*, David!«

»Ich bin nicht *David*, Lady. Fragen Sie doch Ihren Freund hier, das Dreckstück, wir kennen uns schon lange. Aus dem Weg!« *Warum konnte er sie nicht töten? Ein Schuß, und er war frei, würde das tun können, was er tun mußte! Warum?*

»Also gut!« schrie Marie, ohne von der Stelle zu weichen. »Es gibt als keinen David, okay? Du bist Jason Borowski. Du bist *Delta*! Du bist alles, was du sein willst, aber du gehörst auch *mir*! Du bist mein *Mann*!« Auf die Wachen, die das hörten, wirkte das wie ein Blitzschlag. Die Offiziere hoben die Hände – der in der ganzen Welt gültige Befehl, das Feuer einzustellen –, und sie und ihre Männer starrten erstaunt auf die Szene, die sich ihnen darbot.

»Ich *kenne* Sie nicht!«

»Das ist meine Stimme. Du kennst sie, Jason.«

»Ein *Trick*! Eine Schauspielerin! Eine *Lüge*! Das wäre nicht das erste Mal.«

»Und wenn ich anders aussehe, dann deinetwegen, *Jason Borowski*!«

»Gehen Sie mir aus dem Weg, sonst sind Sie *tot*!«

»Du hast mir das in *Paris* beigebracht! An der Rue de Rivoli, das Hotel Meurice, der Zeitungsstand an der Ecke. Kannst du dich nicht erinnern? Die Zeitungen mit der Geschichte aus Zürich, mein Foto auf allen Titelblättern! Und das kleine Hotel am Montparnasse, der Portier, der die Zeitung las und mein Bild sah! Du hattest solche Angst, daß du zu mir gesagt hast, ich soll hinausrennen . . . Das *Taxi*! Erinnerst du dich an das Taxi? Auf dem Weg nach Issy-les-Moulineaux – den Namen werde ich nie vergessen. ›Du mußt dein Haar verändern‹, hast du gesagt. ›Kämm es nach oben oder nach hinten!‹ Du hast gesagt, es sei dir egal, was ich tun würde, solange ich es nur *veränderte*! Du hast mich gefragt, ob ich einen Augenbrauenstift hätte – du hast mir gesagt, ich solle meine Brauen dicker machen, länger! *Deine* Worte, Jason! Wir rannten um unser Leben, und du wolltest, daß ich *anders* aussah, ich sollte jede Ähnlichkeit mit dem Foto vertuschen, dem Foto, das in ganz Europa verbreitet wurde! Ich mußte zu einem Chamäleon werden, weil Jason Borowski ein Chamäleon war. Er mußte es der Frau beibringen, die er liebte, seiner Frau! Das ist alles, was ich *getan* habe, Jason!«

»*Nein!*« schrie Delta und zog das Wort zu einem Schrei in die Länge, und die Nebel der Verwirrung hüllten ihn ein, trieben ihn an den Rand der Panik. Da waren die Bilder! Rue de Rivoli, der Montparnasse, das Taxi. *Hör mir zu. Ich bin ein Chamäleon, das man Cain nennt, und ich kann dich viele Dinge lehren, die ich dich nicht lehren möchte, aber das muß ich. Ich kann meine Farbe verändern und mich dem Wald anpassen, ich kann mich mit dem Wind bewegen, indem ich ihn wittere. Ich kann mich in Dschungeln zurechtfinden, natürlichen Dschungeln und solchen, die Menschen gemacht haben. Alpha, Bravo, Charlie, Delta ... Delta ist für Charlie und Charlie ist für Cain. Ich bin Cain. Ich bin der Tod. Und ich muß dir sagen, wer ich bin, und dich verlieren.*

»Also *erinnerst* du dich!« schrie David Webbs Frau.

»Ein Trick! Die Drogen – ich habe die Worte gesagt. Die haben Ihnen die Worte *beigebracht*! Sie sollen mich *aufhalten*!«

»Gar nichts haben sie mir beigebracht! Ich will *nichts* von denen. Ich will nur meinen Mann! Ich bin *Marie*!«

»Eine Lüge sind Sie! Die haben sie *getötet*!« Delta betätigte den Abzug, und der Feuerstoß ließ die Erde um Maries Füße aufspritzen. Schnell hoben sich Karabiner in Feuerstellung.

»*Nicht!*« schrie Marie und riß den Kopf in die Höhe, sah die Ledernakken mit funkelnden Augen an, und ihre Stimme war ein Befehl. »Also gut, Jason, wenn du mich nicht erkennst, dann will ich nicht leben. Deutlicher kann ich es nicht sagen, mein Liebster. Deshalb verstehe ich auch, was du tust. Du wirfst dein Leben weg, weil ein Teil von dir, der dich jetzt ganz beherrscht, denkt, es gäbe mich nicht mehr, und du nicht ohne mich leben willst. Ich kann das sehr gut verstehen, weil ich auch nicht ohne dich leben will.« Marie ging ein paar Schritte über das Gras und blieb reglos stehen.

Delta hob die Maschinenpistole, und das Korn auf dem Lauf richtete sich auf das graue Haar mit den weißen Strähnen. Sein Zeigefinger schloß sich um den Abzug. Und dann begann plötzlich, ohne daß er das wollte, seine rechte Hand zu zittern, und dann die linke. Die mörderische Waffe begann zu zucken, zuerst langsam, dann schneller, und Borowskis Kopf schwankte krampfartig; das Zittern breitete sich aus.

In der Menge, die sich um die rauchenden Überreste des Tors und des Wachhäuschens gebildet hatte, begann sich etwas zu bewegen. Ein Mann versuchte, sich Zutritt zu verschaffen; zwei Ledernacken hielten ihn fest. »Laßt mich durch, ihr gottverdammten Idioten! Ich bin Arzt, *sein* Arzt!« Mit fast übermenschlicher Gewalt riß Morris Panov sich los und rannte quer über den Rasen in das grelle Licht der Scheinwerfer. Sechs Meter vor Borowski blieb er stehen. Delta begann zu stöhnen; das Geräusch und der Rhythmus waren barbarisch. Jason Borowski ließ die Waffe fallen . . . und David Webb fiel auf die Knie, weinte. Marie eilte auf ihn zu.

»*Nicht!*« befahl Panov mit leiser Stimme und doch eindringlich, brachte Webbs Frau zum Stehen. »Er muß zu Ihnen kommen. Er muß.«

»Er *braucht* mich!«

»Aber nicht auf die Weise. Er muß Sie erkennen. *David* muß Sie erkennen und seinem anderen Ich befehlen, ihn freizulassen. Das könnten Sie nicht für ihn tun. Er muß es für sich selbst tun.«

Stille. Scheinwerfer. Feuer.

Und wie ein verängstigtes Kind hob David Webb den Kopf, und die Tränen strömten ihm über die Wangen. Langsam, unter Schmerzen, richtete er sich auf und lief in die Arme seiner Frau.

33

Sie waren jetzt in dem abgeschotteten Haus, in dem Kommunikationszentrum mit den weißen Wänden – in einer antiseptischen Zelle, die zu einem futuristischen Laborkomplex gepaßt hätte. Weißgesichtige Computer ragten über den weißen Theken zur Linken auf, Dutzende schmaler, dunkler, rechteckiger Münder mit Digitalanzeigen als Zähnen und ausdruckslosen Gesichtern, auf denen grüne Zahlen auf und ab tanzten. Zur Rechten stand ein weißer Konferenztisch auf dem weißgekachelten Boden, und die einzige Abweichung vom antiseptischen Weiß waren ein paar schwarze Aschenbecher. Die Spieler hatten rings um den Tisch Platz genommen. Man hatte die Techniker weggeschickt, alle Systeme in Wartestellung versetzt, nur der Red-Alert für Notfälle, eine acht mal zwanzig Zentimeter große Tafel auf dem Computer in der Mitte, blieb aktiv; vor der verschlossenen Tür wartete ein Operator für den Fall, daß die beunruhigenden roten Lichter aufleuchten sollten. Außerhalb dieses geheiligten, isolierten Raumes löschte die Feuerwehr von Hongkong die letzten schwelenden Spuren des Brandes, während die Polizei die erschrockenen Bewohner aus den umliegenden Anwesen von Victoria Peak beruhigte – von denen viele überzeugt waren, daß Armageddon gekommen sei, in Gestalt eines Angriffs vom Festland –, indem sie jedem sagten, die schrecklichen Ereignisse seien das Werk eines geistesgestörten Verbrechers, den inzwischen Sondereinheiten der Regierung getötet hätten. Doch das reichte nicht aus, die skeptischen Bewohner des exklusiven Viertels zu beruhigen. Ihre Welt war ohnehin bedroht, und sie wollten Beweise. Deshalb wurde die Leiche des Meuchelmörders auf einer Bahre an den neugierigen Zuschauern vorbeigetragen, die Plane ein Stück zur Seite gezogen, so daß man den von Kugeln durchbohrten, blutüberströmten Leichnam sehen konnte. Erst jetzt kehrten die Reichen vom Victoria Peak in ihre Villen zurück, und mancher von ihnen überlegte schon jetzt im stillen, ob er Schadenersatzansprüche an seine Versicherung stellen könne.

Die Spieler saßen auf weißen Plastikstühlen, lebende, atmende Roboter, die auf ein Signal warteten; keiner von ihnen hatte den Mut oder die Energie, den Anfang zu machen. In ihre Erschöpfung mischte sich die Angst vor gewaltsamem Tod, zeichnete ihre Gesichter – alle, mit Ausnahme eines einzigen. Auch in sein Gesicht hatte die Erschöpfung tiefe Furchen eingegraben, aber in seinem Blick war keine Furcht, nur Verwirrung. Er begriff immer noch nicht ganz, was eigentlich geschehen war. Noch vor Minuten hatte der Tod für ihn keinen Schrecken mehr besessen; er war dem Leben vorzuziehen. Jetzt, da seine Frau neben ihm saß und seine Hand hielt, konnte er spüren, wie tief in ihm der Zorn anschwoll, in den Tiefen seines verwirrten Bewußtseins aufwallte und nach oben drängte, wie weit entfernter Donner über einem See, wenn ein Sommergewitter naht.

»Wer hat uns das angetan?« sagte David Webb mit einer Stimme, die kaum lauter als ein Flüstern war.

»Ich«, antwortete Havilland, am Ende des rechteckigen weißen Tisches. Der Botschafter beugte sich langsam vor und erwiderte Webbs tödlich starren Blick. »Wenn ich jetzt vor Gericht stünde, würde ich auf mildernde Umstände plädieren müssen.«

»Und die wären?« fragte David mit monotoner Stimme.

»Zunächst wäre da die Krise zu erwähnen«, sagte der Diplomat. »Zum zweiten Sie.«

»Das müssen Sie erklären«, unterbrach Alex Conklin vom anderen Ende des Tisches her und sah Havilland an. Webb und Marie saßen links von ihm, vor der weißen Wand, Morris Panov und Edward McAllister ihnen gegenüber. »Und lassen Sie nichts aus«, fügte der CIA-Mann hinzu.

»Das ist nicht meine Absicht«, sagte der Botschafter, ohne den Blick von David zu wenden. »Die Krise ist echt, die Katastrophe steht unmittelbar bevor. Eine Gruppe von Fanatikern in Beijing hat eine Verschwörung angezettelt; der Anführer ist ein Mann, der in der Hierarchie seiner Regierung einen so fest verwurzelten Platz hat und als Philosophenfürst so verehrt wird, daß es unmöglich ist, ihn bloßzustellen. Niemand würde es glauben. Jeder, der den Versuch machte, würde zum Paria werden. Schlimmer noch, der bloße Versuch würde zu einem solchen Aufschrei der Empörung führen, daß Beijing sich beleidigt und argwöhnisch zurückziehen würde und zu keinerlei Verhandlungen mehr bereit wäre. Wenn aber andererseits die Verschwörung nicht zerschlagen wird, dann wird sie die Verträge von Hongkong zunichte machen und damit die Kronkolonie in den Abgrund stürzen. Die sofortige Besetzung durch die Volksrepublik würde die Folge sein. Ich brauche Ihnen nicht zu sagen, was das bedeuten würde – wirtschaftliches Chaos, Gewalt, Blutvergießen und ohne Zweifel Krieg. Wie lange würde es möglich sein, solche Feindseligkeiten einzudämmen, bis andere Nationen sich gezwungen sähen, Partei zu ergreifen? Das Risiko ist unvorstellbar.«

Stille. Blicke, die sich nicht losließen.

»Fanatiker der Kuomintang«, sagte David mit ausdrucksloser und kalter Stimme. »China gegen China. Der Schlachtruf, den die Wahnsinnigen schon seit vierzig Jahren brüllen.«

»Aber nur brüllen, Mr. Webb. Worte, Gerede, aber keine Taten, keine Anschläge, keine Strategien.« Havilland verschränkte die Hände auf dem Tisch und atmete tief. »Und die gibt es jetzt. Die Strategie liegt vor. Eine so heimtückische, raffinierte Strategie, die so gründlich durchdacht ist, daß sie glauben, sie könne nicht scheitern. Aber natürlich wird sie scheitern, und dann wird die Welt sich einer geradezu katastrophalen Krise gegenübersehen. Sie könnte durchaus die allerletzte Krise auslösen, eine Krise, die wir nicht überleben können. Der Pazifikraum würde ganz bestimmt nicht überleben.«

»Damit sagen Sie mir nichts, was ich nicht selbst gesehen hätte. Sie haben alle wichtigen Stellen unterwandert und gewinnen wahrscheinlich immer noch Anhänger dazu, aber trotzdem sind sie Fanatiker, eine Randgruppe. Und wenn die anderen genauso sind wie der Irre, den ich gesehen habe, dann würde man sie alle auf dem Tian-An-Men-Platz aufhängen. Man könnte die Exekution über Fernsehen übertragen, und sogar die Gegner der Todesstrafe würden es billigen. Er war – er *ist* – ein Sadist, ein Schlächter. Schlächter sind keine Staatsmänner. Man nimmt sie nicht ernst.«

»Hitler hat man ernst genommen, damals, neunzehnhundertdreiunddreißig«, meinte Havilland. »Und den Ayatollah Khomeini vor erst ein paar Jahren auch. Aber offenbar wissen Sie nicht, wer der wahre Rädelsführer ist. Er würde sich niemals zeigen, unter gar keinen Umständen, wenn auch nur die entfernteste Chance bestünde, daß Sie *ihn* sehen könnten. Trotzdem kann ich Ihnen versichern, daß er ein Staatsmann ist und sehr ernst genommen wird. Aber, um es noch einmal zu sagen, sein Ziel ist nicht Peking. Es ist Hongkong.«

»Ich habe gesehen, was ich gesehen habe, und gehört, was ich gehört habe, und es wird lange dauern, bis ich das werde vergessen können . . . Sie brauchen mich nicht, Sie haben mich *nie* gebraucht. Sie müssen diese Leute nur *isolieren*, dafür sorgen, daß das Zentralkomitee erfährt, was gespielt wird, und Taiwan auffordern, sie fallenzulassen – und Taiwan wird das tun! Die Zeiten haben sich geändert. Taiwan will ebensowenig einen Krieg wie Beijing.«

Der Botschafter musterte den Mann von Medusa und bemühte sich, abzuschätzen, wieviel David wußte. Er begriff, daß Webb in Beijing etliches gesehen hatte, woraus er eigene Schlüsse ziehen konnte, aber nicht so viel, daß er begriff, worum es bei der Hongkong-Verschwörung ging. »Dazu ist es zu spät. Das Spiel ist schon im Gang. Verrat auf der höchsten Ebene der Regierung Chinas, Verrat an die verachteten Nationalchinesen, denen man unterstellt, finanziell mit dem Westen unter einer Decke zu stecken. Selbst die ergebenen Anhänger von Deng Xiaoping könnten einen solchen Schlag gegen Beijings Stolz nicht hinnehmen, einen derartigen Gesichtsverlust vor der ganzen Welt – die Rolle eines hereingelegten Tölpels. Wir würden es auch nicht einfach hinnehmen können, wenn bekannt würde, daß General Motors, IBM und die New Yorker Börse von Verrätern Amerikas geführt wurden, ausgebildet von den Sowjets, von Verrätern, die Milliarden in Projekte gesteckt haben, die dem nationalen Interesse zuwiderlaufen.«

»Die Analogie stimmt«, unterbrach McAllister, die Finger gegen die rechte Schläfe gedrückt. »Alles zusammengenommen ist es nämlich genau das, was Hongkong für die Volksrepublik sein wird – das und noch hunderttausendmal mehr. Aber es gibt noch ein anderes Element, und das ist ebenso beunruhigend wie alles andere, was wir bis jetzt erfahren haben. Das möchte ich jetzt darlegen – in meiner Position als Analytiker, als jemand, dessen Aufgabe es ist, die Reaktionen von Gegnern und potentiellen Gegnern zu kalkulieren –«

»Machen Sie es kurz«, unterbrach Webb. »Sie reden zuviel und reiben sich zuviel den Kopf, und ich mag Ihre Augen nicht. Sie haben Augen wie ein toter Fisch. Sie haben in Maine zuviel geredet. Sie sind ein Lügner.«

»Ja. Ja, ich verstehe, was Sie sagen und warum Sie es sagen. Aber ich bin ein anständiger Mann, Mr. Webb. Ich glaube an Anstand.«

»Ich nicht. Nicht mehr. Fahren Sie fort. Das ist alles ungeheuer interessant, und ich verstehe kein Wort, weil bis jetzt kein gottverfluchter Satz mit Sinn und Verstand gesagt worden ist. Was haben Sie für einen Beitrag zu geben, Sie Lügner?«

»Ich meine den Faktor des organisierten Verbrechertums.« McAllister schluckte, als David die Beleidigung wiederholte, brachte seine Worte aber doch so vor, als erwarte er, daß jeder begreife. Als er nur verständnislose Blicke erntete, fügte er hinzu: »Die *Triaden*!«

»Mafia auf asiatisch«, sagte Marie, ohne den Blick von dem Staatssekretär zu wenden. »Kriminelle Bruderschaften.«

McAllister nickte. »Rauschgift, illegale Einwanderung, Glücksspiel, Prostitution, Geldverleih – das ganze Spektrum.«

»Und mehr«, fügte Marie hinzu. »Sie haben sich ein eigenes Wirt-

schaftssystem aufgebaut. Sie besitzen Banken – natürlich durch Strohmänner getarnt – in ganz Kalifornien, Oregon, dem Staate Washington
und auch in meinem Land, in British Columbia. Sie waschen Millionen-
summen von Geld, jeden Tag tun sie das, durch Transaktionen ins Ausland.«

»Was die Krise nur noch verschlimmert«, sagte McAllister eifrig.

»Warum?« fragte David. »Worauf wollen Sie hinaus?«

»*Verbrechen*, Mr. Webb. Die Führer der Volksrepublik haben dem Verbrechen einen erbitterten Kampf angesagt. Wir haben Berichte darüber,
daß in den letzten drei Jahren über hunderttausend Hinrichtungen stattgefunden haben, wobei kaum ein Unterschied zwischen kleineren Vergehen und schweren Straftaten gemacht wird. Das paßt zu dem Regime
– der Herkunft des Regimes. Alle Revolutionsregimes halten sich für
einen Ausbund an Tugend; daß ihre Sache sauber bleibt, ist das allerwichtigste. Beijing ist zwar bereit, sich ideologisch anzupassen, um Nutzen aus den westlichen Märkten zu ziehen, wenn es um das organisierte
Verbrechen geht, versteht Beijing überhaupt keinen Spaß.«

»Das klingt ja, als ob das alles miteinander Paranoiker wären«, warf
Panov ein.

»Das sind sie auch. Etwas anderes können sie sich gar nicht leisten.«

»Aus ideologischen Gründen?« fragte der Psychiater skeptisch.

»Der Einwohnerzahl wegen, Doktor. Daß die Revolution sauber bleiben soll, ist ein Vorwand. In Wirklichkeit haben sie Angst, weil das Land
riesengroß, ungeheuer dicht besiedelt ist und gigantische Ressourcen
hat. Mein Gott, wenn sich da das organisierte Verbrechen breitmachte –
und bei einer Milliarde Menschen sollten Sie nicht einmal einen Moment
lang glauben, daß es dafür nicht genügend Interessenten gäbe –, könnte
China eine *Nation* von Triaden werden. Marktflecken, Dörfer, ganze
Städte könnten in ›Familien‹-Territorien aufgeteilt werden, die alle vom
westlichen Kapital und der westlichen Technik profitieren. Es würde
eine Schwemme illegaler Exporte geben, die die ganze Welt überfluten
würde. Rauschgift von zahllosen Hügeln und Feldern, die man unmöglich überwachen könnte, Waffen aus Fabriken, die sonst das Militär beliefern – Textilien aus Untergrundspinnereien, die gestohlene Maschinen und Bauernarbeit einsetzen würden und damit die Industrien im
Westen vernichten würden. *Verbrechen*.«

»Das wäre ein großer Sprung nach vorne, wie ihn in den letzten vierzig Jahren niemand geschafft hat«, sagte Conklin.

»Wer hätte es auch gewagt, den Versuch zu unternehmen?« fragte
McAllister. »Wenn man dafür hingerichtet werden kann, daß man fünfzig Yuan gestohlen hat, wer wagt es da, es auf hunderttausend abzuse-
hen? Dazu braucht es Protektion, Organisation und Helfershelfer in hoher Position. Das ist es, was Beijing fürchtet, und daher dieser
Verfolgungswahn. Die Führer der Volksrepublik haben panische Angst

vor Korruption auf den oberen Etagen der Hierarchie. Das könnte zu einer Erosion der politischen Infrastruktur führen. Die Führer würden die Kontrolle verlieren, und *das* werden sie nicht riskieren. Ich wiederhole, solche Ängste *sind* paranoid, aber für die chinesische Führung sind sie schrecklich real. Jede leiseste Andeutung, daß mächtige kriminelle Gruppierungen im Verein mit Verschwörern aus dem Inneren den Versuch unternehmen, ihre Wirtschaft zu infiltrieren, würde für sie ausreichen, die Verträge zu brechen und ihre Truppen nach Hongkong zu schicken.«

»Der Schluß, den Sie ziehen, liegt auf der Hand«, sagte Marie. »Aber wo ist die Logik? Wie könnte das geschehen?«

»Es geschieht bereits, Mrs. Webb«, antwortete Botschafter Havilland. »Und deshalb haben wir Jason Borowski gebraucht.«

»Jetzt sollte jemand einmal am Anfang beginnen«, sagte David.

Das tat der Diplomat. »Es begann vor über dreißig Jahren, als ein hochintelligenter junger Mann aus Taiwan in das Land seiner Väter zurückgeschickt wurde, wo man ihm einen neuen Namen, eine neue Familie gab. Es war ein langfristig angelegter Plan, der in Fanatismus und Rachsucht wurzelte . . .«

Webb lauschte der unglaublichen Geschichte von Sheng Chou Yang. Jede Einzelheit, jede Tatsache war überzeugend, weil es keinen Grund mehr gab für Lügen. Siebenundzwanzig Minuten später, als er geendet hatte, griff Havilland nach einem schwarzen Aktendeckel. Er klappte ihn auf, so daß ein Stapel von etwa siebzig zusammengehefteten Seiten zu sehen war, schloß ihn wieder und legte den Ordner vor David. »Das hier ist alles, was wir wissen, alles, was wir erfahren haben – Details, Einzelheiten, alles, was ich Ihnen gesagt habe. Der Bericht darf dieses Haus nur in Form von Asche verlassen, aber Sie können ihn gerne lesen. Wenn Sie irgendwelche Zweifel oder Fragen haben, dann schwöre ich Ihnen, daß ich jeden Hebel in unserer Regierung in Bewegung setzen werde – angefangen beim Oval Office bis zum Nationalen Sicherheitsrat –, um Sie zufriedenzustellen. Das bin ich Ihnen schuldig.« Der Diplomat hielt inne und fixierte Webb. »Vielleicht haben wir kein Recht, das von Ihnen zu verlangen, aber wir brauchen Ihre Hilfe. Wir brauchen alle Informationen, die Sie uns geben können.«

»Damit Sie jemanden hineinschicken können, um diesen Sheng Chou Yang zu erledigen.«

»Darauf läuft es im wesentlichen hinaus. Aber in Wirklichkeit ist es viel komplizierter. Wir müssen unsichtbar bleiben. Niemand darf sehen oder auch nur entfernt ahnen, daß *wir* etwas unternehmen. Sheng hat sich hervorragend getarnt. Beijing sieht in ihm einen Mann mit einer Vision, einen großen Patrioten, der wie ein Sklave für Mutter China arbeitet; sozusagen einen Heiligen. Es ist unmöglich, an ihn heranzukommen. Die Leute um ihn, seine Adjutanten, seine Leibwachen, sind eine Schutztruppe, deren Loyalität einzig und allein seiner Person gilt.«

»Deshalb wollten Sie den Mann, der in die Maske Davids geschlüpft war«, unterbrach Marie. »Er ist Ihr Bindeglied zu Sheng.«

»Wir wußten, daß er Aufträge von ihm angenommen hat. Sheng mußte – *muß* – seine Opposition ausschalten, ebenso diejenigen, die sich in ideologischer Hinsicht gegen ihn stellen, wie jene anderen, die er aus seinen Operationen ausschließen will.«

»Dieser letztgenannten Gruppe«, unterbrach McAllister, »gehören die Anführer rivalisierender Triaden an, denen Sheng nicht vertraut und denen die Fanatiker der Kuomintang nicht vertrauen. Wenn sie bemerken würden, daß sie hinausgedrängt werden sollen, dann würde es zu einem Bandenkrieg kommen, das weiß er, und einen solchen Krieg könnte Sheng ebensowenig dulden wie die Briten, wo doch Beijing vor der Haustüre steht. In den letzten zwei Monaten sind sieben Anführer von Triaden getötet worden, und ihre Organisationen wurden zerschlagen.«

»Der neue Jason Borowski war Shengs perfekte Lösung«, fuhr der Botschafter fort. »Ein bezahlter Meuchelmörder ohne politische oder nationale Bindungen, so daß man die Morde nicht mit China in Verbindung bringen konnte.«

»Aber er ist doch nach *Beijing* gegangen«, wandte Webb ein. »Ich habe ihn doch nach dort verfolgt. Selbst wenn das Ganze als Falle für mich anfing –«

»Eine Falle für *Sie*?« rief Havilland aus. »Die wußten über Sie Bescheid?«

»Vor zwei Tagen habe ich meinen Nachfolger von Angesicht zu Angesicht gesehen, auf dem Flughafen. Wir wußten beide, wer der andere war – es war unmöglich, das zu übersehen. Er hat das bestimmt nicht geheimgehalten und die Schuld für einen fehlgeschlagenen Auftrag auf sich genommen.«

»Das waren *Sie*«, unterbrach McAllister. »Ich habe es gewußt!«

»Sheng und seine Leute wußten das auch. Ich war der neue Revolverheld in der Stadt und mußte aus dem Weg geräumt werden. Sie konnten das Risiko nicht eingehen, daß ich noch mehr erfuhr. Und so wurde noch in derselben Nacht eine Falle ausgedacht und für mich aufgestellt.«

»*Heiland!*« rief Conklin aus. »Ich habe in Washington gelesen, was in Kai-tak geschehen ist. In den Zeitungen stand, man nehme an, es handle sich um einen Anschlag von Rechtsterroristen. Um die Kommunisten aus dieser Hochburg des Kapitalismus herauszuhalten. Das warst *du*?«

»Beide Regierungen mußten sich etwas für die Weltpresse einfallen lassen«, fügte der Staatssekretär hinzu. »Ebenso wie wir etwas über heute nacht sagen müssen –«

»Ich möchte auf folgendes hinaus«, sagte David, indem er McAllister völlig ignorierte. »Dieser Sheng hat den Killer kommen lassen, ihn dazu benutzt, mir eine Falle zu stellen, und ihn dadurch zum Teil des inneren Kreises gemacht. Das widerspricht jeder Erfahrung – als Klient hält man Distanz zu einem bezahlten Killer.«

»Nur wenn man damit rechnet, daß er lebend davonkommt«, erwiderte Havilland und sah den Staatssekretär an. »Edwards Theorie ist – und der schließe ich mich an –, daß geplant war, den Mann nach Erledigung des letzten Auftrags oder, falls man zu der Ansicht gelangte, daß er zuviel wußte und er daher zur Last geworden war – bei Entgegennahme einer Zahlung zu töten – natürlich in der Meinung, er würde einen weiteren Auftrag erhalten. Auf die Weise hätte man alle Spuren verwischt. Die Ereignisse in Kai-tak haben ohne Zweifel sein Todesurteil besiegelt.«

»Er war nicht intelligent genug, das zu erkennen«, sagte Jason Borowski. »Er konnte nicht logisch denken.«

»Woher wissen Sie das?« fragte der Botschafter.

»Unwichtig«, antwortete Webb und starrte wieder den Diplomaten an. »Also war alles, was Sie mir gesagt haben, zum Teil die Wahrheit und zum Teil Lüge. Hongkong steht auf dem Spiel, aber nicht aus den Gründen, die Sie mir genannt hatten.«

»Die Wahrheit war unsere Glaubwürdigkeit, das mußten Sie akzeptieren. Die Lügen dienten dazu, Sie zu rekrutieren.« Havilland lehnte sich in seinen Sessel zurück. »Und ehrlicher kann ich nicht sein.«

»Schweine!« sagte Webb mit leiser, eisiger Stimme.

»Meinetwegen«, nickte Havilland. »Aber wie ich schon vorher erwähnte, es gab mildernde Umstände, ganz speziell zwei solche Umstände. Die Krise und Sie.«

»Und?« sagte Marie.

»Lassen Sie mich Sie fragen, Mr. Webb . . . Mrs. Webb. Wenn wir zu Ihnen gekommen wären und Ihnen unser Problem geschildert hätten, wären Sie dann bereit gewesen, uns zu helfen? Wären Sie aus freien Stücken wieder Jason Borowski geworden?«

Schweigen. Alle sahen David an, während sein Blick ausdruckslos über den Tisch wanderte und schließlich an dem Aktendeckel hängenblieb. »Nein«, sagte er leise. »Ich habe kein Vertrauen zu Ihnen.«

»Das wußten wir«, meinte Havilland und nickte wieder. »Aber von unserem Standpunkt aus mußten wir Sie rekrutieren. Sie waren fähig, etwas zu tun, wozu sonst niemand imstande war, und da Sie es getan haben, behaupte ich, daß diese Einschätzung korrekt war. Der Preis dafür war schrecklich, das unterschätzt niemand, aber wir meinten – ich meinte –, daß es keine andere Wahl gab. Die Zeit arbeitete gegen uns – arbeitet immer noch gegen uns.«

»Ganz genauso wie vorher«, sagte Webb. »Der Major ist tot.«

»Der Major?« McAllister beugte sich vor.

»Ihr Lohnkiller, Ihr Meuchelmörder, der falsche Jason Borowski. Was Sie uns angetan haben, war umsonst.«

»Nicht unbedingt«, wandte Havilland ein. »Das hängt jetzt davon ab, was Sie uns sagen können. Daß es hier oben *einen* Toten gegeben hat, wird morgen Schlagzeilen machen, das können wir nicht verhindern, aber Sheng kann nicht wissen, *wer* gestorben ist. Es sind keine Fotos gemacht worden, es war zu dem Zeitpunkt keine Presse hier, und die Reporter, die inzwischen eingetroffen sind, sind von der Polizei vom Grundstück ferngehalten worden. Wir können die Information kontrollieren, die hinausgeht, indem wir selbst sie liefern.«

»Was ist mit der Leiche?« fragte Panov. »Es gibt da Vorschriften . . .«

»Von MI-6 außer Kraft gesetzt«, sagte der Botschafter. »Das hier ist immer noch britisches Territorium, und die Verbindungen zwischen London, Washington und dem Amtssitz des Gouverneurs sind schnell gelaufen. Das Gesicht des Toten war zu verstümmelt, als daß jemand eine Beschreibung hätte liefern können, und seine Überreste befinden sich in Gewahrsam, für niemanden zugänglich. Edward hat da verdammt schnell gehandelt.«

»Da sind immer noch David und Marie«, beharrte der Psychiater. »Zu viele Leute haben sie gesehen, sie gehört.«

»Genau sehen und hören konnten sie nur ein paar Ledernacken«, sagte McAllister. »Das ganze Kontingent wird in einer Stunde nach Hawaii zurückgeflogen, darunter auch zwei Tote und sieben Verwundete. Sie haben das Gelände bereits verlassen und befinden sich auf dem Flughafen. Es war ein solches Chaos mit soviel Panik. Die Polizei und die Feuerwehr waren anderweitig beschäftigt; im Garten war niemand von denen. Wir können sagen, was wir wollen.«

»Das scheint sich bei Ihnen zu einer Gewohnheit entwickelt zu haben«, bemerkte Webb.

»Sie haben gehört, was der Botschafter gesagt hat«, sagte der Staatssekretär und wich dabei Davids Blick aus. »Wir hatten nicht das Gefühl, eine Wahl zu haben.«

»Seien Sie ruhig sich selbst gegenüber fair, Edward.« Wieder sah der Botschafter Webb an, während er mit dem Staatssekretär sprach. »*Ich* war der Meinung, daß wir keine andere Wahl hätten. Sie haben heftige Einwände erhoben.«

»Ich hatte unrecht«, sagte McAllister mit fester Stimme, als der Diplomat schließlich den Blick zu ihm wandern ließ. »Aber das ist ohne Belang«, fuhr er dann schnell fort. »Wir müssen jetzt entscheiden, was wir sagen werden. Das Konsulat kann sich kaum vor Anrufen der Presse retten.«

»Das *Konsulat*?« unterbrach Conklin. »Und das soll ein abgeschottetes Haus sein!«

»Es war keine Zeit, zur Tarnung einen entsprechenden Mietvertrag abzuschließen«, sagte der Botschafter. »Wir haben uns bemüht, so wenig wie möglich durchsickern zu lassen, und haben uns einen Vorwand ausgedacht. Soweit uns bekannt ist, hat niemand Fragen gestellt, aber in dem Polizeibericht mußten der Eigentümer und der Mieter genannt werden. Welchen Kommentar gibt das Konsulat denn ab, Edward?«

»Einfach, daß die Situation noch nicht hinreichend geklärt ist. Sie warten auf uns, aber viel länger können sie die Presse nicht mehr hinhalten. Es ist besser, wenn wir etwas vorbereiten, als wenn wir den Spekulationen Tür und Tor öffnen.«

»Unbedingt!«, pflichtete Havilland ihm bei. »Ich vermute, das bedeutet, daß Sie sich bereits etwas überlegt haben.«

»Nicht gerade originell, aber es könnte uns helfen, wenn ich Mr. Webb richtig verstanden habe.«

»Wenn Sie was verstanden haben?«

»Sie haben von einem Major gesprochen. Der Killer war Offizier?«

»Ja, früher. Ein Offizier, und darüber hinaus geistesgestört. Ein krankhafter Mörder, um es genau zu sagen.«

»Haben Sie seinen Namen erfahren, seine Identität?«

David sah den Staatssekretär scharf an, und Alcott-Prices triumphierende Worte kamen ihm in den Sinn . . . *Wenn ich verliere und die Geschichte bekannt wird, wie viele praktizierende Antisoziale könnten denn daran Freude haben? Wie viele Männer, die ›anders‹ sind, würden sich ein Vergnügen daraus machen, meinen Platz einzunehmen, so wie ich den Ihren eingenommen habe? Diese verdammte blutige Welt wimmelt von Jason Borowskis. Man braucht ihnen bloß ein Ziel zu geben, eine Idee, und schon kommen sie gerannt . . .* »Ich habe nie herausgefunden, wer er war«, sagte Webb.

»Trotzdem war er jedenfalls ein ehemaliger Offizier.«

»Das stimmt. Bei einem britischen Kommandotrupp.«

»Er war also Brite?«

»Ja.«

»Dann werden wir eine Geschichte verbreiten, die eben das ausdrücklich leugnet. Kein Engländer, keine Militärakte – genau die entgegengesetzte Richtung.«

»Ein weißer Amerikaner männlichen Geschlechts«, sagte Conklin leise und sah den Staatssekretär mit so etwas wie Respekt an. »Geben Sie ihm einen Namen und einen Hintergrund aus einer abgeschlossenen Akte. Vorzugsweise irgendein Strolch aus der Gosse, ein Psychopath, kaputt, der in seinem Wahn auf irgend jemand hier oben losgegangen ist.«

»So etwas Ähnliches, aber vielleicht nicht ganz«, sagte McAllister verlegen, als wolle er dem erfahrenen CIA-Mann nicht widersprechen. Vielleicht auch aus einem anderen Grund. »Weißer männlichen Geschlechts, ja, Amerikaner, ja. Und ganz sicher ein Mann unter einem zwanghaften Drang, der ihn antrieb zu morden, der seine Wut auf ein ganz bestimmtes Ziel lenkte – so wie Sie sagen – hier oben.«

»Auf wen?« fragte David.

»Auf mich«, erwiderte McAllister, und seine Augen bohrten sich in die Webbs.

»Und das heißt, *ich*«, sagte David. »Ich bin jener *Mann*, jener Mann, der unter *zwanghaftem* Drang handelt.«

»Ihr Name würde nicht fallen«, fuhr der Staatssekretär ruhig, fast kühl fort. »Wir könnten einen staatenlosen Amerikaner erfinden, der jahrelang überall im Fernen Osten von den Behörden gesucht wurde, wegen Verbrechen aller Art, angefangen bei mehrfachem Mord bis zum Rauschgifthandel. Wir werden sagen, ich hätte mit der Polizei in Hongkong, Macao, Singapur, Japan, Malaysia, Sumatra und den Philippinen zusammengearbeitet. Damit hätte ich bewirkt, daß sein Geschäft praktisch aufflog und er Millionen verlor. Er erfährt, daß ich wieder hier und auf dem Victoria Peak stationiert bin. Und er geht auf mich los, auf mich, den Mann, der ihn ruiniert hat.« McAllister hielt inne, drehte sich zu David herum. »Da ich einige Jahre hier in Hongkong verbracht habe, kann ich mir kaum vorstellen, daß Beijing mich übersehen hat. Ich bin überzeugt, daß es eine Akte über einen Analytiker gibt, der sich während seines Einsatzes hier eine Anzahl Feinde verschafft hat. Ich *habe* mir Feinde gemacht, Mr. Webb. Das war mein Beruf. Wir waren bemüht, unseren Einfluß in diesem Teil der Welt auszuweiten, und jedesmal, wenn Amerikaner in irgendwelche kriminellen Aktivitäten verwickelt waren, habe ich mir redlich Mühe gegeben, den Behörden dabei behilflich zu sein, sie dingfest zu machen, oder zumindest dafür zu sorgen, daß sie Asien verließen. Wie hätten wir besser unsere guten Absichten zeigen können, als indem wir unseren eigenen Leuten das Handwerk legten? Das war auch der Grund, weshalb man mich nach Washington zurückbeordert hat. Und indem wir meinen Namen benutzen, verschaffen wir der Geschichte eine gewisse Authentizität, die Sheng Chou Yang nicht entgehen wird. Sehen Sie, wir kennen einander. Er wird über ein Dutzend Möglichkeiten nachdenken; hoffentlich auch die richtige, aber keine, die auch nur entfernt mit einem britischen Major in Beziehung steht.«

»Wobei die richtige Spekulation die wäre«, unterbrach Conklin leise, »daß hier seit etlichen Jahren niemand mehr etwas von dem ersten Jason Borowski gehört hat.«

»Genau.«

»Also bin *ich* die Leiche unter Gewahrsam«, sagte Webb, »an die man keinen heranläßt.«

»Ja, die könnten Sie sein«, sagte McAllister. »Sehen Sie, wir wissen nicht, was Sheng weiß, wieviel er in Erfahrung gebracht hat. Jedenfalls muß für ihn zweifelsfrei feststehen, daß der Tote *nicht* sein Killer ist.«

»Womit einem weiteren Mann in seiner Maske der Weg offengehalten wird, dorthin zurückzukehren und Sheng in die Falle zu locken«, fügte Conklin voll Respekt hinzu. »Ich muß den Hut vor Ihnen ziehen, Mr.

McAllister. Sie sind zwar ein Schweinehund, aber Sie verstehen sich auf Ihr Handwerk.«

.»Sie würden in die Schußlinie geraten, Edward«, sagte Havilland und sah dabei den Staatssekretär aufmerksam an. »Das habe ich nie von Ihnen verlangt. Sie haben wirklich Feinde.«

»Ich möchte es aber so machen, Herr Botschafter. Sie beschäftigen mich, damit ich Sie, so gut ich kann, berate, und nach meiner festen Überzeugung ist das die sicherste Methode. Wir brauchen eine dichte Nebelwand. Und die kann mein Name liefern – für Sheng. Der Rest läßt sich irgendwie mit mehrdeutigen Formulierungen kaschieren, Formulierungen, die jeder, den wir erreichen wollen, verstehen wird.«

»Also gut«, sagte Webb und schloß plötzlich die Augen.

»David –« Marie berührte sein Gesicht.

»Tut mir leid.« Webb griff nach dem Aktendeckel, der vor ihm lag, und schlug ihn dann auf. Auf dem ersten Blatt war eine Fotografie zu sehen, darunter in Druckbuchstaben ein Name. Der Name lautete Sheng Chou Yang, aber das war keine Überraschung. Es war *das Gesicht*. Es war das Gesicht des *Schlächters*! Des Wahnsinnigen, der Frauen und Männer mit seinem juwelenbesetzten Zeremonienschwert zerhackte, der Brüder dazu zwang, mit rasiermesserscharf geschliffenen Messern gegeneinander zu kämpfen, bis einer den anderen tötete, der das Leben des tapferen, gemarterten Echo mit einem Schwertstreich nahm. Borowski hörte zu atmen auf, und die unvorstellbare Grausamkeit brachte sein Blut in Wallung, als diese schrecklichen Bilder ihm wieder vor Augen traten. Während er die Fotografie anstarrte, drängte sich ihm der Anblick Echos auf, d'Anjous, der sein Leben wegwarf, um Delta zu retten. Delta wußte, daß es Echos Tod zuzuschreiben war, daß er den Killer hatte fangen können. Echo war mutig gestorben, trotzig, hatte seinen schrecklichen Tod hingenommen, auf daß ein anderer Mann von Medusa nicht nur fliehen konnte, sondern auch, um mit dieser letzten Geste auszudrücken, daß der Wahnsinnige mit dem Schwert getötet werden mußte!

»Das«, flüsterte Jason Borowski, »ist der Sohn Ihres unbekannten Taipan?«

»Ja«, sagte Havilland.

»Ihr *verehrter* Philosophenfürst? Der chinesische Heilige –?«

»Ja, der ist es.«

»Dann haben Sie sich *geirrt*! Er hat sich gezeigt! *Herrgott*, und wie er sich gezeigt hat!«

Der Botschafter war völlig perplex. »Sind Sie sicher?«

»Und ob.«

»Dann müssen das außergewöhnliche Umstände gewesen sein«, sagte McAllister verblüfft. »Und das bestätigt auch, daß der falsche Borowski nie lebend aus China herausgekommen wäre. Trotzdem, der Grund dafür muß ja ein wahres Erdbeben gewesen sein!«

»Das war es auch. Niemand außerhalb Chinas wird je davon erfahren. Maos Mausoleum wurde zu einer Schießbude. Das war ein Teil der Falle, und sie haben verloren. Echo hat auch verloren.«

»Wer?« fragte Marie, die immer noch seine Hand festhielt.

»Ein Freund.«

»Maos *Mausoleum*?« wiederholte Havilland. »Wie ungeheuerlich!«

»Ganz und gar nicht«, sagte Borowski. »Wie raffiniert. Der letzte Ort in China, an dem jemand einen Angriff erwarten würde. Er geht hinein und meint, er sei der Verfolger, der sein Opfer verfolgt und damit rechnet, es hier zu fangen. Das Licht ist schwach, er ist unaufmerksam. Und die ganze Zeit ist *er* das Opfer, gejagt, isoliert, in der Falle. Raffiniert.«

»Sehr *gefährlich* für die Jäger«, sagte der Botschafter. »Für Shengs Leute. Nur eine falsche Bewegung, und es wäre ihr Ende gewesen. *Wahnsinn*!«

»Falsche Bewegungen waren nicht möglich. Sie hätten ihre eigenen Leute getötet, wenn ich das nicht getan hätte. Das verstehe ich jetzt. Als alles schiefging, verschwanden sie einfach. Mit Echo.«

»Zurück zu Sheng. *Bitte*, Mr. Webb.« Havilland wirkte selbst wie ein Besessener, und seine Augen flehten David an. »Sagen Sie uns, was Sie gesehen haben, was Sie wissen.«

»Er ist ein Ungeheuer«, sagte Jason leise, und seine Augen starrten glasig die Fotografie an. »Eine Ausgeburt der Hölle, ein Savonarola, der martert und tötet – Männer, Frauen, Kinder – und dabei lächelt. Er hält Predigten wie ein Prophet, der zu Kindern spricht, aber darunter ist er ein Verrückter, der seine Bande von Besessenen mit schierem Terror beherrscht. Diese Bewacher, von denen Sie sprachen, diese ihm persönlich ergebenen Männer, sind keine Soldaten, es sind Söldner, sadistische Schläger, die ihr Handwerk von einem Meister gelernt haben. Er ist Auschwitz, Dachau und Bergen-Belsen, alles in einem. Gott steh uns bei, wenn er je an die Macht gelangen sollte.«

»Das kann er, Mr. Webb« sagte Havilland leise, und sein entsetzter Blick war fest auf Jason Borowski gerichtet. »Und das wird er. Sie haben gerade einen Sheng Chou Yang beschrieben, den die Welt nie gesehen hat, und in diesem Augenblick ist er der mächtigste Mann in China. So wie Adolf Hitler als Sieger in den Reichstag marschierte, wird Sheng ins Zentralkomitee marschieren und alle Mitglieder zu Marionetten machen. Was Sie uns erzählt haben, ist viel katastrophaler als alles, was wir uns je vorgestellt haben – China gegen China . . . Und danach Armageddon. Großer Gott!«

»Er ist eine Bestie«, flüsterte Jason heiser. »Er muß töten wie ein Raubtier, aber aus reiner Mordlust. Er tötet zum Vergnügen.«

»Was Sie da sagen, sind *Gemeinplätze*.« McAllister unterbrach ihn fast brutal, aber eindringlich. »Wir müssen mehr wissen – *ich* muß mehr wissen!«

»Er hat eine Versammlung einberufen.« Borowski sprach wie im Traum, sein Kopf schwankte dabei leicht, und seine Augen hingen wie gebannt an der Fotografie. »Das war die erste Nacht des Großen Schwertes, wie er sagte. Es gab einen Verräter, sagte er. Eine solche Versammlung konnte nur ein Irrer veranstalten. Überall Fackeln, draußen auf dem Lande, eine Stunde von Peking entfernt, in einem Vogelreservat – können Sie sich das *vorstellen*? Ein *Vogel*reservat – und er hat wirklich das getan, was ich gesagt habe. Er hat einen Mann getötet, der an Seilen hing, hat mit seinem Schwert auf den schreienden Körper eingeschlagen. Und dann eine Frau, die ihre Unschuld beteuerte, und er hat ihr den Kopf abgeschlagen – den *Kopf*! Vor *allen*! Und dann zwei Brüder . . .«

»Ein *Verräter*?« flüsterte McAllister. »Hat er einen *gefunden*? Hat jemand gestanden? Gibt es so etwas wie einen Gegenaufstand?«

»Hören Sie *auf*!« schrie Marie.

»Nein, Mrs. Webb! Er durchlebt das jetzt aufs neue. Sehen Sie ihn doch an. Sehen Sie das nicht? Er ist *dort*.«

»Ich fürchte, unser Kollege hat recht, Marie«, sagte Panov leise und sah Webb an. »Er schwankt hin und her, versucht, in die Realität zurückzufinden. Es ist schon in Ordnung. Lassen Sie ihn nur. Es könnte uns allen viel Zeit sparen.«

»Quatsch!«

». . . da war kein Verräter, keiner, der sprach, nur die Frau, die an ihm gezweifelt hatte. Er hat sie getötet. Und dann herrschte Stille, eine schreckliche Stille. Er warnte alle, sagte allen, sie wären überall und doch gleichzeitig unsichtbar. In den Ministerien, der Sicherheitspolizei, überall . . . und dann hat er Echo umgebracht, aber Echo wußte, daß er sterben mußte. Er wollte schnell sterben, weil er ohnehin nicht mehr lange leben konnte. Nachdem sie ihn gefoltert hatten, wußte er, daß er keine Chance mehr hatte. Trotzdem, er hat mir Zeit verschafft . . .«

»Wer ist Echo, David?« fragte Morris Panov. »Bitte, sagen Sie es uns.«

»Alpha, Bravo, Charlie, Delta, Echo . . . Foxtrott – «

»Medusa«, sagte der Psychiater. »Das ist Medusa, nicht wahr? Echo war bei Medusa.«

»Er war in Paris. Der Louvre. Er hat versucht, mir das Leben zu retten, aber ich habe das seine gerettet. Das war in Ordnung, das war richtig. Er hat dafür vor Jahren meines gerettet. ›Ruhe ist eine Waffe‹, sagte er. Er hat die anderen um mich herum aufgestellt und mich zum Schlafen gezwungen. Und dann entkamen wir dem Dschungel.«

»›Ruhe ist eine Waffe‹ . . .«, sagte Marie leise, schloß die Augen und drückte die Hand ihres Mannes. Tränen liefen ihr über die Wangen. »O *Gott*!«

». . . Echo sah mich im Wald. Wir benutzten die alten Signale, die wir früher schon benutzt hatten, Jahre davor. Er hatte das nicht vergessen. Keiner von uns vergißt das je.«

»Sind wir auf dem Land, in dem Vogelreservat, David?« fragte Panov und packte McAllister an der Schulter, um ihn davon abzuhalten, Webb jetzt zu unterbrechen.

»Ja«, erwiderte Jason Borowski, und seine Augen wirkten jetzt blicklos. »Wir wissen es beide. Er wird sterben. So einfach, so klar. Sterben. Tod. Nicht mehr. Nur Zeit kaufen, wertvolle Minuten. Dann schaffe ich es vielleicht.«

»Was schaffen Sie – *Delta*?« Panov zog den Namen in die Länge, leise und betont.

»Dann erledige ich den Unmenschen. Den Schlächter. Er verdient es nicht zu leben; er hat kein *Recht* zu leben. Er tötet zu leicht – und lächelt dabei. Echo hat es gesehen. Ich habe es gesehen. Und jetzt *geschieht* es – alles geschieht gleichzeitig. Die Explosionen im Wald, alle rennen, schreien, jetzt *kann* ich es tun! Ganz einfach . . . Er *sieht* mich! Er *starrt* mich an! Er weiß, daß ich sein Feind bin! Ich *bin* dein Feind, *Schlächter*! Ich bin das letzte Gesicht, das du *sehen* wirst! . . . Was habe ich falsch gemacht? Irgend etwas *stimmt nicht*! Er schützt sich! Er zieht jemand vor sich. Ich muß hinaus! Ich kann es nicht *tun*!«

»Sie *können* nicht oder Sie *wollen* nicht?« fragte Panov und beugte sich vor. »Sind Sie Jason Borowski oder sind Sie David Webb? Wer *sind* Sie?«

»*Delta!*« schrie das Opfer, und sein Ausbruch ließ alle am Tisch zusammenfahren. »Ich bin *Delta*! Ich bin *Borowski*! Cain ist für *Delta*, und Carlos ist für *Cain*!« Das Opfer, wer auch immer er in diesem Augenblick war, sackte in dem Stuhl zusammen. Dann war es still.

Es dauerte einige Minuten – niemand wußte, wie lange, niemand achtete darauf –, bis der Mann, der seine eigene Identität nicht mehr finden konnte, den Kopf hob. »Es tut mir leid«, sagte David Webb. »Ich weiß nicht, was mit mir los war. Es tut mir leid.«

»Sie brauchen sich nicht zu entschuldigen, David«, sagte Panov. »Sie sind zurückgegangen. Das ist schon verständlich. Es ist in Ordnung.«

»Ja, ich bin zurückgegangen. Verrückt, nicht wahr?«

»Ganz und gar nicht«, sagte der Psychiater. »Das ist ganz natürlich.«

»Ich *muß* zurückgehen, das ist doch auch verständlich, oder nicht, Mo?«

»*David!*« schrie Marie und griff nach ihm.

»*Ich muß*«, sagte Jason Borowski und hielt vorsichtig ihre Handgelenke fest.

»Das kann sonst keiner, so einfach ist das. Ich kenne die Codes, und ich weiß den Weg . . . Echo hat sein Leben für meines gegeben, weil er glaubte, daß ich es tun würde. Daß ich den Schlächter töten würde. Und ich habe versagt. Aber diesmal werde ich nicht versagen.«

»Und was ist mit *uns*?« Marie klammerte sich an ihm fest, und ihre

Stimme hallte von den weißen Wänden wider. »Bedeuten *wir* denn gar nichts?«

»Ich komme zurück, das verspreche ich dir«, sagte David, schob ihre Arme von sich und sah ihr in die Augen. »Aber ich muß dorthin zurück, kannst du das nicht verstehen?«

»Für *diese* Leute? Diese *Lügner*!«

»Nein, nicht für sie. Für jemanden, der leben wollte – mehr als alles andere. Du hast ihn nicht gekannt; er war ein Überlebenstyp. Aber er wußte, daß sein Leben nicht den Preis meines Todes wert war. Ich mußte leben und das tun, was ich tun mußte. Ich mußte leben und zu dir zurückkommen, das wußte er auch. Er hat sich die Gleichung angesehen und seine Entscheidung getroffen. Irgendwann kommt für uns alle der Augenblick, wo wir diese Entscheidung treffen müssen.«

Borowski drehte sich zu McAllister herum.

»Gibt es hier jemanden, der ein Foto von einer Leiche machen kann?«

»Von wessen Leiche?« fragte der Staatssekretär.

»Von meiner«, sagte Jason Borowski.

34

Das grausige Foto wurde auf dem weißen Konferenztisch gemacht. Morris Panov gab, wenn auch ungern, Regieanweisungen. Ein blutbeflecktes weißes Laken bedeckte Webbs Körper; man hatte es ihm schräg über den Hals gelegt, so daß das blutüberströmte Gesicht gut zu erkennen war.

»Entwickeln Sie den Film so schnell wie möglich, und bringen Sie mir die Kontaktabzüge«, wies Conklin an.

»Zwanzig Minuten«, sagte der Techniker und eilte zur Tür, während McAllister den Raum betrat.

»Was gibt es Neues?« fragte David und setzte sich auf den Tisch. Marie wischte ihm das Gesicht mit einem warmen, feuchten Tuch ab.

»Die Presseleute des Konsulats haben die Medien verständigt«, erwiderte der Staatssekretär. »Sie haben gesagt, sie würden in etwa einer Stunde eine Erklärung abgeben, sobald alle Fakten zur Verfügung stehen. Im Augenblick sind sie gerade damit beschäftigt, die Erklärung zusammenzuschustern. Ich habe ihnen die Rahmenhandlung geliefert und ihnen erlaubt, meinen Namen zu benutzen. Die werden jetzt ihren üblichen diplomatischen Schmus dazutun und uns das Ganze noch einmal vorlesen, ehe sie es freigeben.«

»Irgendwas Neues über Lin?« fragte der CIA-Mann.

»Eine Nachricht vom Arzt. Sein Zustand ist immer noch kritisch, aber er hat sich nicht verschlechtert.«

»Was ist mit der Presse dort draußen?« fragte Havilland. »Die müssen wir über kurz oder lang hereinlassen. Je länger wir warten, desto eher meinen die, daß wir hier was vertuschen wollen. Das können wir uns aber auch nicht leisten.«

»Da haben wir noch etwas Zeit«, sagte McAllister. »Ich habe ihnen ausrichten lassen, die Polizei sei – unter großem persönlichem Risiko – damit beschäftigt, das Gelände nach noch nicht detonierten Sprengkörpern abzusuchen. Unter solchen Umständen haben sogar Reporter eine Engelsgeduld. Übrigens habe ich dem Konsulat gesagt, sie sollen in der Presseerklärung hervorheben, der Mann, der das Haus angegriffen hat, sei offensichtlich ein Sprengstoffspezialist gewesen.«

Jason Borowski, einer der fähigsten Sprengstoffspezialisten, die Medusa hervorgebracht hatte, sah McAllister an. Der wandte den Blick ab. »Ich muß hier raus«, sagte Jason. »Ich muß so schnell wie möglich nach Macao.«

»*David*, um Himmels willen!« Marie stand vor ihrem Mann und starrte ihn an. Ihre Stimme war leise und eindringlich.

»Mir wäre es doch auch lieber, wenn das nicht sein müßte«, sagte Webb und stieg vom Tisch. »Wirklich, das wäre mir lieber«, wiederholte er mit leiser Stimme. »Aber es geht nicht anders. Ich muß hin. Ich muß mich an Shengs Fersen heften, ehe die Geschichte über das hier morgen in allen Zeitungen steht, ehe dieses Foto erscheint und die Nachricht bestätigt, die ich durch Kanäle zu ihm sende, von denen er überzeugt ist, daß keiner sie kennt. Er muß glauben, daß ich sein Lohnkiller bin, der Mann, den er umbringen wollte, und nicht der Jason Borowski von Medusa, der ihn in jener Waldschlucht zu töten versuchte. Er muß Nachricht von mir erhalten – von dem, für den er mich hält –, ehe er irgendwelche anderen Informationen bekommt. Weil die Information, die ich ihm zukommen lasse, das letzte ist, was er hören will. Alles andere wird ihm dann belanglos vorkommen.«

»Der Köder«, sagte Alex Conklin. »Wenn man ihm zuerst die kritische Information zukommen läßt und die Tarnung funktioniert, weil er verblüfft ist, dann akzeptiert er die gedruckte offizielle Version, ganz besonders das Foto in den Zeitungen.«

»Was werden Sie ihm sagen?« fragte der Botschafter, wobei sein Tonfall keinen Zweifel daran ließ, daß er gar nicht von der Aussicht begeistert war, die Kontrolle über diese besonders finstere Geheimoperation zu verlieren.

»Was Sie mir gesagt haben. Einen Teil Wahrheit und einen Teil Lüge.«

»Bitte deutlicher, Mr. Webb«, sagte Havilland mit fester Stimme. »Wir stehen tief in Ihrer Schuld, aber –«

»Sie stehen so tief in meiner Schuld, daß Sie mich nicht *bezahlen* können!« herrschte Jason Borowski ihn an. »Es sei denn, Sie jagen sich hier vor mir eine Kugel in den Schädel.«

»Ich kann Ihnen die Wut nachfühlen, aber ich muß trotzdem darauf bestehen. Sie werden nichts tun, was das Leben von fünf Millionen Menschen gefährdet oder die vitalen Interessen der Vereinigten Staaten.«

»Ich bin froh, daß Sie die richtige Reihenfolge gewählt haben – wenigsten dieses eine Mal. Also schön, Herr Botschafter, ich sage es Ihnen. Ich hätte es Ihnen schon vorher gesagt, wenn Sie den Anstand besessen hätten, den *Anstand*, zu mir zu kommen und ehrlich zu sein. Es überrascht mich, daß Ihnen das nie in den Sinn gekommen ist – nein, überrascht ist das falsche Wort, es erschüttert mich –, aber das sollte es wahrscheinlich nicht. Sie glauben an Ihre Manipulationen, an all die äußeren Symbole Ihrer leisen Macht . . . Wahrscheinlich glauben Sie, Sie hätten das alles verdient, weil Sie so verflucht clever sind. Sie sind alle gleich. Sie genießen es, wenn die Dinge kompliziert sind und *Sie* sie erklären können – und deshalb haben Sie einfach keinen Sinn dafür, daß manchmal der gerade, einfache Weg sehr viel wirksamer ist.«

»Ich warte darauf, aufgeklärt zu werden«, sagte Havilland kalt.

»Also gut«, sagte Borowski. »Ich habe mir Ihre großspurigen Erklärungen sehr genau angehört. Sie haben sich große Mühe gegeben, uns zu *erklären*, warum niemand offiziell an Sheng herantreten und ihm das sagen konnte, was Sie wußten. Und Sie hatten auch recht. Er hätte Sie ausgelacht oder Ihnen ins Gesicht gespuckt oder Ihnen gesagt, Sie könnten ihn mal. Bestimmt hätte er das getan. Schließlich verfügt er über genügend Macht. Wenn Sie Ihre ›empörenden‹ Anklagen nicht fallenlassen, sorgt er einfach dafür, daß Beijing sich nicht an die Hongkong-Verträge hält. Und dann verlieren Sie. Und wenn Sie andererseits versuchen, ihn zu übergehen, dann viel Glück. Dann verlieren Sie nämlich auch. Sie haben keine Beweise, nur das Wort von ein paar toten Männern, denen man die Kehle durchgeschnitten hat. Mitglieder der Kuomintang, die alles sagen würden, um Parteifunktionäre in der Volksrepublik in Mißkredit zu bringen. Er lächelt nur und läßt Sie ohne ein Wort wissen, daß es für Sie besser wäre, sein Spiel mitzuspielen. Sie andererseits sind der Ansicht, daß Sie das nicht können, weil die Risiken zu groß sind – wenn Sheng hochgeht, geht der ganze Pazifikraum hoch. Auch in dem Punkt hatten Sie recht – wenn auch mehr aus den Gründen, die ›Edward‹ uns geliefert hat, als aus denen, die Sie genannt haben. Beijing könnte möglicherweise etwas Korruption und ein paar Provisionen als eine kleine Konzession an die menschliche Habgier übersehen, aber es würde ganz bestimmt nie zulassen, daß eine sich ausdehnende chinesische Mafia sich in seiner Industrie oder unter seinen Arbeitskräften oder gar in seiner Regierung einnistet. Wie ›Edward‹ gesagt hat, könnte sie das ihre Jobs kosten –«

»Ich warte immer noch, Mr. Webb«, sagte der Diplomat.

»Okay. Sie haben mich rekrutiert, aber Sie haben die Lektion von Treadstone einundsiebzig vergessen. Man muß einen Meuchelmörder ausschicken, um einen Meuchelmörder zu fangen.«

»Das ist das *einzige*, was wir nicht vergessen haben«, unterbrach ihn der Diplomat, jetzt erstaunt. »Wir haben *alles* darauf abgestellt.«

»Aber aus den falschen Gründen«, sagte Borowski scharf. »Es gab eine bessere Möglichkeit, an Sheng heranzutreten und ihn so herauszulokken, daß man ihn töten konnte. *Mich* hätten Sie dazu nicht gebraucht. *Meine Frau* auch nicht! Aber das konnten Sie nicht erkennen. Ihr Superhirn mußte alles komplizieren.«

»*Was* konnte ich nicht erkennen, Mr. Webb?«

»Daß man einen Verschwörer schicken kann, um einen Verschwörer zu fangen. Inoffiziell . . . Dazu ist es jetzt zu spät, aber das hätte ich Ihnen geraten.«

»Ich bin nicht sicher, daß Sie mir alles gesagt haben.«

»Ein Teil Wahrheit, ein Teil Lüge – Ihre eigene Strategie. Ein Kurier wird zu Sheng geschickt, vorzugsweise ein seniler alter Mann, den man über einen Strohmann bezahlt und über Telefon informiert hat. Ohne feststellbare Quelle. Er überbringt eine mündliche Nachricht, nur für Shengs Ohren, nichts Schriftliches. Die Nachricht enthält gerade so viel Wahrheit, daß Sheng wie gelähmt ist. Nehmen wir beispielsweise an, der Mann, der die Nachricht schickt, wäre jemand in Hongkong, der Millionen verlieren würde, falls Shengs Plan scheitert, ein Mann, der so intelligent und so verängstigt ist, daß er seinen Namen nicht nennt. Die Nachricht könnte Anspielungen auf undichte Stellen oder auf Verräter in den entsprechenden Firmen enthalten oder auf Triaden, die man ausgeschlossen hat und die sich jetzt zusammenrotten, weil sie auch beteiligt sein möchten – all die Dinge, von denen Sie sicher sind, daß sie geschehen werden. Die Wahrheit. Sheng muß der Nachricht nachgehen, er kann es sich nicht leisten, das nicht zu tun. Kontakte werden hergestellt und ein Zusammentreffen arrangiert. Der Verschwörer in Hongkong ist genauso darauf aus, sich zu schützen, wie Sheng selbst, und ebenso mißtrauisch, verlangt also einen neutralen Treffpunkt. Und der wird zur Falle ausgebaut.« Borowski hielt inne und sah McAllister an. »Selbst ein drittklassiger Sprengstoffspezialist könnte Ihnen zeigen, wie man so etwas macht.«

»Sehr schnell und sehr professionell«, sagte der Botschafter. »Nur mit einem einzigen unübersehbaren Schwachpunkt. Wo finden wir in Hongkong einen solchen Verschwörer?«

Jason Borowski sah den Diplomaten an, und sein Gesichtsausdruck grenzte an Verachtung. »Sie erfinden ihn«, sagte er. »Das ist die Lüge.«

Havilland und Alex Conklin waren allein in dem Raum mit den weißen Wänden. Sie saßen sich an den beiden Enden des Konferenztisches gegenüber und schauten sich an. McAllister und Morris Panov waren in das Büro des Staatssekretärs gegangen, um sich an zwei Telefonen das erfundene Profil eines amerikanischen Killers anzuhören, mit dem das

Konsulat die Presse abspeisen sollte. Panov hatte sich bereit erklärt, die psychiatrische Fachterminologie beizusteuern, damit alles ganz amtlich klang. David Webb hatte darum gebeten, mit seiner Frau allein sein zu dürfen, bis er gehen mußte. Man hatte sie in ein Zimmer im Obergeschoß gebracht; dabei war niemandem aufgefallen, daß es sich um ein Schlafzimmer handelte. Es war einfach eine Tür, die in ein leeres Zimmer auf der Südseite des alten viktorianischen Hauses führte, abseits von den klatschnassen Männern und Trümmern an der Nordseite. McAllister hatte geschätzt, daß Webb in höchstens fünfzehn Minuten würde abfahren müssen. Jason Borowski und der Staatssekretär würden von einem Wagen zum Kai-tak-Flughafen gebracht werden. Weil Eile geboten war und weil die Tragflügelboote nur bis 21.00 Uhr verkehrten, würde sie ein Rettungshubschrauber nach Macao fliegen, wo alle Papiere vorbereitet waren, so daß sie dringend benötigte Arzneimittel in das Kiang-Wu-Krankenhaus an der Rua Coelho Do Amaral bringen konnten.

»Es hätte nie geklappt, das wissen Sie«, sagte Havilland und sah Conklin an.

»Was hätte nicht geklappt?« fragte der Mann von Langley, den der Diplomat aus tiefen Gedanken gerissen hatte. »Was David Ihnen gesagt hat?«

»Sheng hätte sich nie bereit erklärt, sich mit jemandem zu treffen, den er nicht kannte, mit jemandem, der sich nicht zu erkennen gab.«

»Das kommt darauf an, wie man es ihm verkauft. So ist das bei solchen Dingen immer. Wenn die kritische Information wirklich umwerfend ist und die Fakten authentisch sind, hat der Betreffende keine große Wahl. Er kann den Boten nicht befragen – der weiß nämlich nichts –, also muß er zur Quelle gehen. Webb hatte schon recht, er kann sich einfach nicht leisten, das nicht zu tun.«

»Webb?« fragte der Botschafter ausdruckslos und hob die Brauen.

»Borowski, Delta. Wer zum Teufel weiß das schon? Die Strategie ist gut.«

»Zu viele Fehlkalkulationen sind dabei möglich, zu viele falsche Bewegungen, wenn eine Seite einfach eine Partei erfindet, die es gar nicht gibt.«

»Sagen Sie das Jason Borowski.«

»Da waren die Umstände anders. Treadstone hatte einen *agent provocateur*, der großes Interesse daran hatte, Jagd auf den Schakal zu machen. Einen vom Haß Besessenen, der sich für ein extremes Risiko entschied, weil er dafür ausgebildet war und zu lange mit der Gewalt gelebt hatte, als daß er hätte aufgeben können. Er wollte nicht aufgeben. Es gab sonst keinen Platz für ihn.«

»Eine rein akademische Frage«, sagte Conklin, »aber ich glaube nicht, daß Sie in einer besonders guten Position sind, sich darüber mit ihm herumzustreiten. So wie Sie ihn ausgeschickt haben, standen alle Chancen gegen ihn, und er kommt mit dem Meuchelmörder im Schlepptau zurück – und findet *Sie*. Wenn er gesagt hat, daß man es auch anders hätte machen können, hat er wahrscheinlich recht, und Sie können das nicht widerlegen.«

»Das nicht«, meinte Havilland, stützte die Ellbogen auf den Tisch und funkelte den CIA-Mann an, »aber ich kann behaupten, daß das, was wir getan haben, wirklich *funktioniert* hat. Den Killer haben wir verloren, dafür aber haben wir einen *Provokateur* gewonnen, der nicht nur willig ist, sondern geradezu besessen. Er war von Anfang an die beste Wahl, aber wir haben nie auch nur einen Augenblick daran gedacht, daß man ihn dazu bringen könnte, den Auftrag von sich aus selbst zu übernehmen. Jetzt läßt er keinen anderen heran; er geht selbst und besteht sogar auf seinem Recht, es zu tun. Also hatten wir am Ende doch recht – ich hatte recht. Man setzt die Kräfte in Bewegung, auf Kollisionskurs, beobachtet alles, ist bereit abzubrechen, wenn nötig sogar zu töten, weiß aber gleichzeitig, daß die Lösung um so näher ist, je größer die Komplikationen werden und je gefährlicher. Am Ende schaffen sie sich – in ihrem Haß, ihrem Argwohn, ihrer Leidenschaft – ihre eigene Gewalt, und dann wird der Auftrag erledigt. Es mag sein, daß man dabei die eigenen Leute verliert, aber man muß den Verlust abwägen gegen den Nutzen, den es bringt, den Feind aus dem Gleichgewicht zu bringen, ihn zu enttarnen.«

»Gleichzeitig aber riskieren Sie, daß Sie sich selber enttarnen, wo Sie doch sagten, daß Sheng nicht merken darf, daß Sie die Hand im Spiel haben.«

»Wieso?«

»Weil wir noch nicht am Ende sind. Nehmen wir an, Webb schafft es nicht. Nehmen wir an, er wird gefangen, und Sie können Gift darauf nehmen, daß der Befehl besteht, ihn lebend festzunehmen. Wenn ein Mann wie Sheng merkt, daß man ihn in die Falle locken will, wird er wissen wollen, wer dahintersteckt. Wenn es dann nicht ausreicht, ihm einen Fingernagel auszureißen oder auch alle zehn – und das würde wahrscheinlich nicht reichen –, dann setzen die ihn bis zum Stehkragen unter Drogen und finden am Ende heraus, woher er kommt. Er hat alles gehört, was Sie ihm gesagt haben –«

»Bis zu dem Punkt, an dem die Regierung der Vereinigten Staaten unter keinen Umständen hineingezogen werden darf«, unterbrach ihn der Diplomat.

»Das ist richtig, aber er wird nichts dagegen tun können. Unter entsprechenden Drogen wird er alles sagen. Daß Sie dahinterstecken. Und dann *ist* Washington involviert.«

»Durch wen?«

»Durch Webb, zum Teufel! Durch Jason Borowski, wenn Sie wollen.«

»Durch einen Mann, von dem bekannt ist, daß er geistig gestört war, einen Mann, von dem man weiß, daß er immer wieder zu Aggressionen und zur Selbsttäuschung neigt? Einen paranoiden Schizophrenen, von dem Telefonaufzeichnungen existieren, die ganz deutlich das Krankheitsbild eines Geistesgestörten zeigen, eines Mannes, der verrückte Anklagen verbreitet und denen, die ihm zu helfen versuchten, wilde Drohungen entgegengeschleudert hat?« Havilland machte eine kurze Pause und fügte dann mit leiser Stimme hinzu: »Nein, Mr. Conklin, ein solcher Mann spricht nicht für die Regierung der Vereinigten Staaten. Wie könnte er das? Wir haben überall nach ihm gesucht. Er ist eine Zeitbombe, unvernünftig, ein Spielball von Wahnvorstellungen, wittert überall Verschwörungen. Wir wollen ihn zurückhaben, um ihn therapeutisch behandeln zu können. Außerdem vermuten wir, daß er das Land wegen seiner Aktivitäten in der Vergangenheit mit einem illegalen Paß verlassen hat –«

»Therapeutisch behandeln . . .?« unterbrach Alex fassungslos. »*Aktivitäten* in der Vergangenheit?«

»Natürlich, Mr. Conklin. Wenn es notwendig ist, sind wir bereit, zuzugeben, daß er früher einmal für die Regierung tätig war und im Zuge dieser Tätigkeit schweren Schaden genommen hat. Aber es ist doch ganz ausgeschlossen, daß er in irgendeiner Weise offiziellen Status hat. Wie könnte er auch? Diese tragische Gestalt, dieser gewalttätige Mann ist möglicherweise für den Tod seiner Frau verantwortlich, von der er behauptet, daß sie verschwunden ist.«

»*Marie?* Sie würden *Marie* benutzen?«

»Wir würden das müssen. Sie ist in den Akten verzeichnet, in den Aussagen, die freiwillig von Männern geliefert wurden, die Webb psychiatrisch behandelt haben.«

»*Großer* Gott!« flüsterte Alex wie gebannt von den kalten, präzisen Worten des alten Mannes. »Sie haben ihm alles gesagt, weil Sie sich selbst geschützt hatten. Selbst wenn man ihn fängt, könnten Sie sich mit offiziellen Aufzeichnungen schützen, mit psychiatrischen Auswertungen – Sie könnten ihn fallenlassen! O Gott, Sie *Schwein*.«

»Ich habe ihm die Wahrheit gesagt, weil er es sicherlich gemerkt hätte, wenn ich wieder versucht hätte, ihn anzulügen. McAllister ist natürlich noch weitergegangen, indem er den Faktor des organisierten Verbrechens betonte – einen Faktor, der zwar zutrifft, der aber von so empfindlicher Natur ist, daß ich es vorziehen würde, davon nichts zu erwähnen. Alle würden das. Aber schließlich habe ich auch *Edward* nicht alles gesagt. Er verfügt noch nicht über genügend Distanz zwischen seinen ethischen Vorstellungen und den Anforderungen seines Berufs. Wenn er einmal soweit ist, könnte er meinen Platz einnehmen, aber ich glaube nicht, daß er dazu fähig ist.«

»Sie haben David alles gesagt für den Fall, daß er der Gegenseite in die Hand fällt«, fuhr Conklin fort, ohne Havilland zuzuhören. »Wenn er

Sheng nicht umbringen kann, dann *wollen* Sie, daß man ihn festnimmt. Sie *rechnen* auf die Amphetamine und das Skopolamin. Die *Drogen!* Dann wird Sheng die Nachricht bekommen, daß uns seine Verschwörung bekannt ist, und er wird sie *inoffiziell* bekommen, nicht von uns, sondern von einem Geisteskranken ohne offizielle Rückendeckung. *Herrgott!* Das ist eine Variation von dem, was Webb Ihnen *gesagt* hat!«

»Inoffiziell«, pflichtete der Diplomat ihm bei. »Auf die Weise läßt sich so viel erreichen. Keine Konfrontationen, ganz glatt.«

»Wenn man vom Leben eines Mannes absieht!« schrie Alex. »Er wird sterben. Er *muß* sterben, und zwar vom Standpunkt beider Seiten aus.«

»Das ist der Preis, Mr. Conklin, falls er bezahlt werden muß.«

Alex wartete, als rechne er damit, daß Havilland weitersprach. Aber da kam nichts, nur der bohrende Blick der starken, traurigen Augen. »Das ist alles, was Sie zu sagen haben? Daß das der Preis ist – wenn er bezahlt werden muß?«

»Die Einsätze sind viel höher, als wir uns vorgestellt haben – weit höher. Das wissen Sie ebensogut wie ich. Machen Sie also kein so erschüttertes Gesicht.« Der Botschafter lehnte sich in seinem Sessel zurück, er wirkte dabei etwas steif. »Sie haben auch schon solche Entscheidungen getroffen, solche Berechnungen angestellt.«

»Nicht so. Niemals so! Man schickt seine Leute hinaus und kennt die Risiken, aber man baut nicht einen Mann auf dem Schlachtfeld auf und schneidet ihm den Rückzug ab! Da war er noch besser dran, als er glaubte – *glaubte* –, er würde den Killer bringen, um seine Frau zurückzubekommen!«

»Diesmal geht es um ein anderes Ziel. Ein unendlich viel wichtigeres.«

»Ich *weiß* das. Dann *schicken* Sie nicht ihn! Dann beschaffen Sie sich die Codes und schicken einen *anderen!* Einen, der nicht vor Erschöpfung halb tot ist!«

»Erschöpft oder nicht, er ist der beste Mann für diesen Einsatz und besteht darauf, ihn zu übernehmen.«

»Weil er nicht weiß, was Sie *getan* haben! Wie Sie ihn eingeengt haben, wie Sie ihn zu einem Boten gemacht haben, der sterben muß!«

»Ich hatte keine Wahl. Sie haben es ja selbst gesagt, er hat mich gefunden. Ich mußte ihm die Wahrheit sagen.«

»Dann, und ich wiederhole, dann sollten Sie einen *anderen* schicken! Ein Killerteam, das von einem Strohmann angeheuert ist, ohne Verbindung zu uns, ein Team, das einfach für einen professionellen Mord bezahlt wird, dessen Ziel Sheng ist. Webb weiß, wie man an Sheng herankommt, das hat er Ihnen gesagt. Ich werde ihn überreden, daß er Ihnen die Codes gibt, und Sie kaufen ein *Killer*team!«

»Sie stellen uns wohl mit den Ghadafis dieser Welt auf eine Stufe?«

»Das ist so kindisch, daß mir die Worte fehlen –«

»Vergessen Sie's«, unterbrach Havilland. »Wenn man je eine Spur fände, die zu uns führt – und das *könnte* man –, müßten wir unsere Raketen auf China abschießen, ehe die etwas auf uns werfen können. Unvorstellbar.«

»Was Sie hier tun, ist unvorstellbar!«

»Es gibt wichtigere Prioritäten als das Überleben eines einzelnen Individuums, Mr. Conklin, und ich kann nur wiederholen, daß Sie das ebensogut wissen wie ich. Das war Ihr Beruf – wenn Sie mir das bitte verzeihen wollen –, aber der vorliegende Fall liegt auf einer höheren Ebene als alles, was Sie bisher erlebt haben. Nennen wir es eine geopolitische Ebene.«

»Sie Arschloch!«

»Jetzt kommen Ihre Schuldgefühle ans Licht, Alex – wenn ich Sie Alex nennen darf –, sonst würden Sie mich nicht persönlich beleidigen. *Ich habe niemals Jason Borowski auf die Abschußliste gesetzt.* Meine größte Hoffnung ist, daß er Erfolg hat, daß es ihm gelingt, Sheng zu töten. Wenn das geschieht, ist er frei; China, der ganze Ferne Osten, ist ein Ungeheuer los, und der Welt wird ein chinesisches Sarajewo erspart. Das ist *meine* Aufgabe, Alex.«

»Dann *sagen* Sie es ihm wenigstens! *Warnen* Sie ihn!«

»Das kann ich nicht. Ebensowenig wie Sie das in meiner Lage könnten. Man sagt einem *tueur à gages* – «

»Würden Sie mir das übersetzen, Sie elegantes Arschloch?«

»Ein Mann, den man auf Killermission schickt, muß Zuversicht haben, muß auf seine Überzeugungen vertrauen können. Er darf keine Sekunde über seine Motive oder seine Gründe nachdenken. Er darf überhaupt keine Zweifel haben. Gar keine. Er muß völlig von seiner Aufgabe besessen sein. Das ist seine einzige Chance für den Erfolg.«

»Und wenn er keinen Erfolg hat? Wenn er umgebracht wird?«

»Dann fangen wir so schnell wie möglich wieder von vorne an und setzen jemand anderen ein. McAllister wird in Macao bei ihm sein und die Codes erfahren, mit denen man Sheng erreichen kann. Borowski hat sich damit einverstanden erklärt. Wenn es zum Schlimmsten kommt, könnten wir ja seine Theorie mit dem erfundenen Verschwörer ausprobieren. Er sagt, dafür sei es jetzt zu spät, aber er könnte sich ja irren. Sie sehen, ich schrecke keineswegs davor zurück, etwas dazuzulernen, Alex.«

»Sie schrecken vor gar nichts zurück«, sagte Conklin zornig und stand auf. »Aber Sie haben etwas vergessen – etwas vergessen, was Sie zu David gesagt haben. Das Ganze enthält einen unübersehbaren Fehler.«

»Und der wäre?«

»Ich werde nicht zulassen, daß Sie damit durchkommen.«

Alex hinkte zur Tür. »Man kann von einem Mann eine ganze Menge verlangen, aber dann kommt einmal ein Punkt, wo man nicht noch mehr von ihm verlangen kann. Sie sind *erledigt*, Sie elegantes Arschloch. Webb wird die Wahrheit erfahren, die *ganze* Wahrheit.«

Conklin öffnete die Tür. Er sah sich dem Rücken eines hochgewachsenen Ledernacken gegenüber, der eine präzise Kehrtwendung vollführte und den Karabiner präsentierte, als die Tür aufging.

»Aus dem Weg, Soldat«, sagte Alex.

»Tut mir leid, *Sir*!« bellte der Ledernacken, und seine Augen blickten glasig durch den CIA-Mann hindurch.

Conklin drehte sich zu dem Diplomaten hinter den Schreibtisch um. Havilland zuckte die Achseln. »Vorschrift«, sagte er.

»Ich hab gedacht, diese Leute wären jetzt hier weg. Ich hab gedacht, man hätte sie zum Flughafen gebracht.«

»Die, die Sie gesehen haben, sind auch dort. Die hier kommen aus dem Konsulat. Downing Street hat dankenswerterweise ein paar Vorschriften gelockert, und so ist das hier jetzt offiziell US-Territorium. Wir haben Anspruch auf militärischen Schutz.«

»Ich will Webb sprechen!«

»Das geht jetzt nicht. Er muß gleich weg.«

»Für wen *zum Teufel* halten Sie sich eigentlich?«

»Ich heiße Raymond Oliver Havilland. Ich bin Sonderbotschafter und im Auftrag der Regierung der Vereinigten Staaten von Amerika tätig. In Krisenzeiten sind meine Anweisungen ohne Widerspruch auszuführen. Dies ist eine Krise. Sie können mich am Arsch lecken, Alex.«

Conklin schloß die Tür und ging schwerfällig zu seinem Sessel zurück. »Was kommt jetzt als nächstes, Herr *Botschafter*? Bekommen wir alle drei eine Kugel in den Schädel, oder ziehen Sie eine Lobotomie vor?«

»Ich bin sicher, daß wir uns verständigen können.«

Sie hielten einander fest. Marie wußte, daß er nur zum Teil er selbst war. Alles war wieder wie in Paris, als sie einen verzweifelten Mann namens Jason Borowski gekannt hatte, der versuchte, am Leben zu bleiben, aber nicht sicher war, ob er es schaffen würde oder es überhaupt versuchen sollte. Ein Mann, dessen Selbstzweifel für ihn in mancher Hinsicht ebenso lebensgefährlich waren wie seine Feinde, die ihn umbringen wollten. Aber es war nicht ganz so wie in Paris, diesmal gab es keine Selbstzweifel, keine fieberhaft erdachten Taktiken, um den Verfolgern zu entkommen, kein verzweifeltes Rennen, um die Jäger ihrerseits in die Falle zu locken. Was sie an Paris erinnerte, war eher die Distanz, die sie zwischen ihm und sich spürte. David versuchte, an sie heranzukommen – David, der großzügige, einfühlsame David –, aber Jason Borowski wollte ihn nicht loslassen. Diesmal war Jason der Jäger, nicht der Gejagte, und das stärkte seine Willenskraft.

»Warum, David? *Warum*?«

»Das habe ich dir gesagt. Weil ich es kann. Weil ich es muß. Weil es getan werden muß.«

»Das ist keine Antwort, mein Liebling.«

»Also gut.« Webb löste sich von seiner Frau, schob sie ein Stück von sich weg, hielt sie an den Schultern fest, sah ihr in die Augen. »Ich tue es für uns.«

»Für *uns*?«

»Ja. Sonst würde ich diese Bilder mein Leben lang immer vor mir sehen. Sie würden immer wieder zurückkehren und mich zerstören, weil ich dann wüßte, was ich hinter mir zurückgelassen habe, und damit könnte ich nicht fertig werden, und dann würde ich abstürzen und dich mitreißen, weil du bei aller Intelligenz nicht genug Verstand hast, rechtzeitig abzuspringen.«

»Lieber stürze ich mit dir ab, als ohne dich zu leben. Versteh mich recht: Für mich ist die Hauptsache, daß du am Leben bleibst.«

»Das ist kein Argument.«

»Aber immerhin etwas, worüber du nachdenken solltest.«

»Ich werde nur sagen, was zu tun ist, nicht selbst handeln.«

»Was zum Teufel soll das jetzt wieder bedeuten?«

»Ich möchte, daß Sheng erledigt wird, umgebracht, das ist mein absoluter Ernst. Er verdient es nicht, weiter zu leben, aber ich werde ihn nicht persönlich erledigen –«

»Spiel nicht den lieben Gott, das paßt nicht zu dir!« unterbrach ihn Marie scharf. »Laß doch andere darüber entscheiden. Halt du dich raus und bring dich in Sicherheit.«

»Du hast mir nicht richtig zugehört. Ich war dort und habe ihn gesehen – ihn gehört. Er verdient es nicht, daß er weiterlebt. Er hat das Leben als ein wertvolles Geschenk bezeichnet. Darüber läßt sich streiten, je nachdem, um was für ein Leben es sich handelt, aber für ihn bedeutet Leben überhaupt nichts. Er will töten – vielleicht muß er das, ich weiß es nicht; da mußt du Panov fragen –, das steht in seinen Augen geschrieben. Er ist Hitler und Mengele und Dschingis-Khan . . . der Kettensägenmörder – was auch immer, aber er muß weg. Und ich muß dafür sorgen, daß er verschwindet.«

»Aber *warum*?« flehte Marie. »Du hast mir immer noch nicht geantwortet!«

»Das habe ich, aber du hast mir nicht zugehört. Ich würde ihn so oder so jeden Tag sehen, seine Stimme hören. Ich würde ihn dabei beobachten, wie er mit von Schrecken gelähmten Menschen spielt, ehe er sie umbringt, sie *abschlachtet*. Versuche doch zu verstehen. *Ich* habe es versucht und bin kein Experte dafür, aber ich habe einiges über mich gelernt. Nur ein Idiot lernt nichts über sich selbst. Es sind die Bilder, Marie, die verdammten *Bilder*, die immer wiederkehren, Türen, die sich öffnen – Erinnerungen, von denen ich nichts wissen will, die ich aber doch nicht loswerde. Einfach ausgedrückt, ich kann das nicht mehr ertragen. Ich kann nicht zulassen, daß meine Sammlung von Schreckensbildern sich vergrößert. Siehst du, ich will, daß es besser wird – ich erwarte nicht, daß ich wieder ganz gesund werde, doch damit könnte ich leben –, aber ich will auf keinen Fall wieder in diese Hölle zurück. Um unser beider willen.«

»Und du meinst, du wirst diese Bilder los, wenn du für den Tod eines Menschen sorgst?«

»Ich glaube, das wird helfen, ja. Alles ist relativ, und ich wäre nicht hier, wenn Echo nicht sein Leben weggeworfen hätte, damit ich leben kann. So was auszusprechen ist ein bißchen aus der Mode, aber wie die meisten Menschen habe auch ich ein Gewissen. Vielleicht ist es auch Schuldgefühl, weil ich überlebt habe. Ich muß es einfach tun.«

»Du hast dich selbst davon überzeugt?«

»Ja, das habe ich. Ich bin am besten dafür ausgerüstet.«

»Und du sagst, du gibst nur die Anweisungen, führst sie nicht selber aus?«

»Anders möchte ich es nicht haben. Ich komme zurück, weil ich noch ein langes Leben mit dir zusammen führen möchte, Lady.«

»Und was für eine Garantie bekomme ich? Wer wird denn die Anleitungen *ausführen*?«

»Der Zuhälter, der uns in all das hineingeritten hat.«

»Und wer ist der Zuhälter?«

»McAllister. Der Mann, der an Anstand glaubt und so lange ein scheinheiliges Gesicht macht, bis die Herren an der Macht von ihm verlangen, daß er als Zuhälter auftritt. Wahrscheinlich wird er Havilland zu Hilfe rufen, und das soll mir recht sein. Zu zweit werden sie es schaffen.«

»Aber *wie?*«

»Es gibt Männer – und Frauen –, die bereit sind zu töten, wenn nur der Preis hoch genug ist. Diese Leute haben vielleicht kein Ego wie der legendäre Jason Borowski oder der reale Schakal Carlos, aber in diesem gottverfluchten, stinkenden Reich der Finsternis gibt es sie überall. Edward, dieser Zuhälter, hat uns gesagt, daß er sich überall im Fernen Osten Feinde gemacht hat, von Hongkong bis zu den Philippinen, von Singapur bis Tokio. Und alles im Namen Washingtons, das hier Einfluß wollte. Wenn man sich Feinde macht, weiß man, wer sie sind, und kennt die Signale, die man aussenden muß, um sie zu erreichen. Und das wird er jetzt tun, mit Hilfe von Havilland. Ich werde alles vorbereiten, aber irgendein anderer wird die Tat selbst begehen, und es ist mir völlig egal, wie viele Millionen es sie kostet. Ich werde aus der Ferne zusehen, um sicher zu sein, daß der Schlächter getötet wird, daß Echo das bekommt, was ihm zusteht, daß China ein Ungeheuer los wird, das es sonst in einen schrecklichen Krieg stürzen könnte – aber das ist alles, was ich tun werde. Zusehen. McAllister ahnt davon noch nichts. Aber er kommt mit mir.«

»Wer spricht jetzt?« fragte Marie. »David oder Jason?«

Ihr Mann machte eine Pause, dachte nach. »Borowski«, sagte er schließlich. »Es muß Borowski sein, bis ich zurück bin.«

»Und das *weißt* du?«

»Das akzeptiere ich. Ich habe keine andere Wahl.«

Ein leises, schnelles Klopfen an der Schlafzimmertür: »Mr. Webb. Ich bin's, McAllister. Es ist Zeit.«

35

Der Helikopter donnerte über die Wasserfläche von Victoria Harbour, vorbei an den Inseln im Südchinesischen Meer, auf Macao zu. Die Streifenboote der Volksrepublik waren über die Marinestation in Gongbei informiert worden; die tieffliegende Maschine würde auf ihrem Noteinsatz nicht beschossen werden. McAllister hatte Glück, ein hoher Parteifunktionär aus Peking war mit Blutungen im Zwölffingerdarm in das Kiang-Wu-Krankenhaus eingeliefert worden und brauchte rhesusnegatives Blut, das Mangelware war. *Laßt sie kommen, laßt sie gehen. Wenn der Funktionär ein Bauer aus den Bergen von Zhuhai wäre, würde man ihm das Blut einer Ziege geben und ihn hoffen lassen, daß alles gutgeht.*

Borowski und der Staatssekretär trugen die weißen Overalls und Mützen des Royal Medical Corps, ohne Rangabzeichen an den Ärmeln; sie waren einfach Überbringer von Blutkonserven für einen *Zhongguo ren* eines Regimes, das im Begriff war, das Empire noch weiter zu verkleinern. Alles in dem neuen Geist der Kooperation zwischen der Kronkolonie und ihren künftigen Herren und Meistern, korrekt und effizient ausgeführt. *Laßt sie kommen, laßt sie gehen. Das alles liegt noch eine Generation in der Zukunft und ist ohne Bedeutung für uns. Wir werden keinen Nutzen davon haben; den haben wir nie. Nicht von denen, nicht von denen oben.*

Man hatte den Parkplatz hinter dem Krankenhaus geräumt. Vier Scheinwerfer strahlten den Landepunkt an. Die Maschine senkte sich vorsichtig dem Beton entgegen. Die Scheinwerferbalken und das Dröhnen des Helikopters hatten vor dem Krankenhaustor an der Rua Coelho Do Amaral zu einem Menschenauflauf geführt. Ganz zweckmäßig, dachte Borowski, der aus der Luke hinunterblickte. Wenn der Hubschrauber dann in etwa fünf Minuten wieder abflog, würden hoffentlich noch mehr Zuschauer dasein. Das langsame Weiterrotieren der Drehflügel, die strahlenden Scheinwerfer und die Polizeisperre signalisierten die Ungewöhnlichkeit des Vorgangs. Ein Menschenauflauf war das beste, was er und McAllister sich erhoffen konnten; in dem Durcheinander würden sie unter den neugierigen Zuschauern untertauchen, Teil von ihnen werden, während zwei andere Männer in den weißen Overalls der königlichen Sanitäter ihre Rolle übernahmen und wieder zu der Maschine rannten, um nach Hongkong zurückzufliegen.

Jason mußte widerwillig McAllisters Geschick bewundern, mit dem er seine Schachfiguren bewegte. Er verstand sich wirklich darauf. In der augenblicklichen Krise war die Schachfigur ein Arzt im Kiang-Wu-Krankenhaus, der vor einigen Jahren Gelder aus dem Internationalen Währungsfonds in seine eigene Klinik am Almirante Sergio hatte fließen lassen. Da Washington einer der Sponsoren des Fonds war und McAllister den Arzt auf frischer Tat ertappt hatte, hätte er ihn auffliegen lassen können und hatte ihm das auch angedroht. Aber der Arzt hatte McAllister gefragt, wie er ihn denn ersetzen wolle – in Macao waren tüchtige Ärzte rar. Wäre es nicht besser, wenn der Amerikaner seine Unkorrektheit übersehen würde? Der Moralapostel in McAllister hatte klein beigegeben, aber er hatte sich diese Unkorrektheit gemerkt und nicht vergessen, daß der Arzt in seiner Schuld stand. Und an diesem Abend wurde diese Schuld nun beglichen.

»Kommen Sie!« schrie Borowski, richtete sich auf und griff nach einem der Blutkanister. »*Los!*«

McAllister klammerte sich an einer Haltestange auf der anderen Seite der Maschine fest, als der Helikopter hart auf dem Zementboden aufsetzte. Er war bleich, sein Gesicht zu einer Maske erstarrt. »Diese Dinger sind ja *widerlich*«, murmelte er. »Warten Sie bitte, bis wir stehen.«

»Das tun wir bereits. Sie haben den Zeitplan aufgestellt, Herr Analytiker. *Los.*«

Sie rasten über den Parkplatz auf eine Doppeltüre zu, die von zwei Schwestern aufgehalten wurde. Drinnen packte ein chinesischer Arzt in weißem Mantel, dem das unvermeidliche Stethoskop aus der Tasche hing, McAllister am Arm.

»Freut mich, sie wiederzusehen, Sir«, sagte er in fließendem Englisch, doch mit starkem Akzent. »Wenn auch unter eigenartigen Umständen –«

»So wie die *Ihren* vor drei Jahren«, unterbrach ihn der Analytiker scharf und atemlos und schnitt dem Arzt damit das Wort ab. »Wohin gehen wir?«

»Folgen Sie mir ins Blutlabor. Die Oberschwester wird die Siegel prüfen und die Quittungen unterschreiben. Anschließend folgen Sie mir bitte in ein anderes Zimmer, dort warten bereits die zwei Männer, die Ihre Rolle übernehmen. Geben Sie ihnen die Quittungen, tauschen Sie die Kleidung, dann werden sie gehen.«

»Was sind das für Leute?« fragte Borowski. »Wo haben Sie sie aufgetrieben?«

»Portugiesische Medizinalassistenten«, erwiderte der Arzt. »Junge Ärzte ohne Geld, die man uns aus Pedroso geschickt hat, damit sie hier ihr Praktikum absolvieren.«

»Wie haben Sie das denen erklärt?« drängte Jason, während sie den Korridor entlangeilten.

»Eigentlich gar nicht«, antwortete der Mann aus Macao. »Sie würden sagen ›Eine Hand wäscht die andere‹. Zwei britische Sanitäter, die eine Nacht hier verbringen wollen, und zwei überarbeitete Internisten, die sich eine Nacht in Hongkong verdient haben. Sie werden morgen früh mit dem Tragflügelboot zurückkommen, ohne etwas zu wissen oder zu ahnen. Sie werden ganz einfach froh sein, daß ein älterer Arzt ihre Bedürfnisse erkannt und ihnen geholfen hat.«

»Sie haben den richtigen Mann gefunden, Analytiker.«

»Er ist ein Dieb.«

»Und Sie ein Zuhälter.«

»Wie bitte?«

»Nichts. Gehen wir.«

Als die Kanister übergeben, die Siegel geprüft und die Quittungen unterschrieben waren, folgten Borowski und McAllister dem Arzt in ein verschlossenes Büro, in dem Medikamente aufbewahrt wurden und das eine zweite Tür zum Korridor hatte, die ebenfalls abgeschlossen war. Die zwei portugiesischen Internisten warteten vor den Glasschränken; der eine war etwas größer als der andere, und beide lächelten. Der Arzt stelle sie einander nicht vor, die zwei Portugiesen und die zwei ›Engländer‹ nickten einander nur kurz zu, worauf der Arzt, zum Staatssekretär gewandt, meinte: »Ihrer Beschreibung nach – nicht daß ich die Ihre gebraucht hätte – würde ich sagen, daß die Größe in etwa stimmt, nicht wahr?«

»Das geht in Ordnung«, erwiderte McAllister, während er und Jason aus ihren weißen Overalls schlüpften. »Die sind ohnehin etwas zu groß. Wenn die beiden schnell genug rennen und die Köpfe einziehen, klappt das. Sagen Sie ihnen, sie sollen die Anzüge und die Quittungen dem Piloten geben. Der wird uns eintragen, wenn er wieder in Hongkong ist.« Borowski und McAllister zogen sich dunkle, zerknautschte Hosen und weite Jacken an, dann reichten sie den Portugiesen ihre Overalls und Mützen. »Die sollen sich beeilen«, sagte McAllister. »Der Abflug ist in zwei Minuten vorgesehen.«

Der Arzt sagte etwas in gebrochenem Portugiesisch und wandte sich dann wieder dem Staatssekretär zu. »Der Pilot kann ohne die beiden nicht starten, Sir.«

»Alles ist auf die Minute geplant«, herrschte der ihn mit einer Stimme an, in der Furcht mitklang. »Wir können es nicht riskieren, daß jemand neugierig wird. Alles muß wie am Schnürchen gehen. *Schnell!*«

Die Portugiesen zogen sich die Reißverschlüsse zu; dann drückten sie sich die Mützen tief ins Gesicht und vergewisserten sich, daß sie die Quittungen für die Blutkonserven hatten. Während der Arzt den Amerikanern zwei orangefarbene Passagierscheine gab, erteilte er ihnen letzte Instruktionen. »Wir gehen gemeinsam hinaus; die Türe schließt automatisch. Ich werde meine jungen Kollegen an der Polizei vorbeibringen und mich noch einmal überschwenglich bei ihnen bedanken, dann können sie zum Flugzeug rennen. Sie gehen nach rechts und dann links in die Eingangshalle. Ich hoffe – ehrlich –, daß unser Beziehung, so angenehm sie war, damit jetzt beendet ist.«

»Was soll das ?« fragte McAllister und hob seinen Passierschein.

»Wahrscheinlich – hoffentlich – gar nichts. Aber falls man Sie aufhält, erklärt das Ihre Anwesenheit im Krankenhaus. Niemand stellt dann noch Fragen.«

»Warum? Was steht auf dem Schein?« Es gab einfach nichts, was der Analytiker ohne Erklärung hinnehmen konnte.

»Ganz einfach: daß Sie völlig mittellos sind und ich Sie großzügigerweise ohne Berechnung in meiner Klinik behandelt habe. Gegen Gonorrhöe, um genau zu sein. Natürlich enthält der Schein die Beschreibung Ihrer Person – Größe, Gewicht, Haar- und Augenfarbe, Nationalität. Ihre Beschreibung ist etwas ausführlicher, fürchte ich, da ich ja Ihrem Freund bisher nie begegnet war. Natürlich gibt es Duplikate in meinen Akten, und daß Sie das sind, ist ja nicht zu übersehen, Sir.«

»Was?«

»Sobald Sie auf der Straße sind, glaube ich, daß meine Schulden Ihnen gegenüber beglichen sind. Sind Sie da nicht auch meiner Ansicht?«

»*Gonorrhöe?*«

»Bitte, Sir, Sie haben doch selbst gesagt, daß wir uns beeilen müssen. Alles muß auf die Minute klappen.« Der Arzt öffnete die Tür, drängte die vier Männer hinaus und bog sofort mit den zwei Assistenten nach links ab, auf den Seitengang und den wartenden Helikopter zu.

»Gehen wir«, flüsterte Borowski, griff nach McAllisters Arm und zog ihn nach rechts.

»Haben Sie da noch Worte?«

»Sie haben gesagt, er sei ein Dieb.«

»Das war er. Das *ist* er!«

»Manchmal sollte man die Redensart, daß Stehlen von einem Dieb kein Diebstahl ist, nicht zu wörtlich nehmen.«

»Was soll *das* jetzt wieder bedeuten?«

»Ganz einfach«, sagte Jason Borowski und blickte auf den Analytiker neben sich herab. »Er hat Sie jetzt in der Hand. Bestechung, korrupte Amtsführung *und* Gonorrhöe.«

»Ach du liebe Güte.«

Sie standen ganz hinten in der Menschenmenge am Drahtzaun und sahen zu, wie der Helikopter von seinem Landeplatz in die Höhe donnerte und dann am Nachthimmel davonbrauste. Die Scheinwerfer erloschen; der Parkplatz war jetzt nur noch beleuchtet wie immer. Die meisten Polizisten stiegen in einen Mannschaftswagen; die wenigen, die zurückblieben, schlenderten zu ihren Posten zurück, und ein paar zündeten sich

Zigaretten an, wie um zu demonstrieren, daß alles vorbei war. Die Menge begann sich zu zerstreuen, und Fragen flogen hin und her. *Wer war das denn? Jemand sehr Wichtiges, wie? Was meinst du denn, daß passiert ist? Glaubst du, das erfahren wir je? Wen interessiert das schon? Wir haben ja unser Schauspiel gehabt, also gehen wir noch einen trinken, ja? Hast du diese Frau gesehen? Eine erstklassige Nutte, finde ich. Meinst du nicht auch? Das ist meine Cousine, du Schwein!*

Alles war vorbei.

»Hauen wir ab«, sagte Jason. »Wir müssen weiter.«

»Wissen Sie, Mr. Webb, Sie haben da zwei Befehle, die mir langsam auf die Nerven gehen. ›Ab‹ und ›weiter‹.«

»Beide sind aber genau richtig.« Sie überquerten die Do Amaral.

»Mir ist genauso klar wie Ihnen, daß wir uns beeilen müssen, nur daß Sie mir noch nicht erklärt haben, wo wir hingehen.«

»Das weiß ich schon«, sagte Borowski.

»Ich glaube, das wird auch langsam Zeit.« Im Weitergehen beschleunigte Borowski die Schritte. »Sie haben mich einen Zuhälter genannt«, fuhr der Staatssekretär fort.

»Das sind Sie auch.«

»Weil ich einverstanden damit war, was getan werden muß?«

»Weil die Sie benutzt haben. Die Kerle am Drücker haben Sie benutzt und werden Sie ohne Skrupel fallenlassen. Sie haben an Ihre Karriere gedacht, an Staatskarossen und Gipfelkonferenzen, und konnten dem nicht widerstehen. Sie waren bereit, mein Leben einfach wegzuschmeißen, ohne nach einer Alternative zu suchen – und genau dafür bezahlt man Sie. Sie waren bereit, das Leben meiner Frau aufs Spiel zu setzen, weil das Ihren Zwecken nutzte. Ein Dinner mit dem Rat der Vierzig, vielleicht sogar Ratsmitglied; vertrauliche Zusammenkünfte im Oval Office mit dem gefeierten Botschafter Havilland. Für mich heißt das, daß Sie ein Zuhälter sind. Man wird Sie, wiederhole ich, ohne Skrupel fallenlassen.«

Schweigen. Fast einen Häuserblock lang. »Und Sie glauben, ich weiß das nicht, Mr. Borowski?«

»Was?«

»Daß die mich fallenlassen.«

Wieder blickte Jason auf den Bürokraten an seiner Seite. »Das wissen Sie?«

»Natürlich. Ich gehöre nicht zu denen, und die wollen mich auch nicht bei sich haben. Oh, die Voraussetzungen dazu hätte ich und den Verstand, aber nicht den Leistungsdruck, unter dem die stehen. Ich mache mir nichts vor. Vor einer Fernsehkamera würde ich vor Aufregung erstarren – obwohl ich immer wieder erlebe, wie Idioten, die keine Kamerascheu haben, die albernsten Fehler machen. Sie sehen, ich kenne meine Grenzen. Und da ich nicht kann, was diese Leute können, muß ich tun, was für sie und für das Land das Beste ist. Ich muß für sie denken.«

»Sie haben für *Havilland* gedacht? Sie sind in Maine zu uns gekommen und haben mir meine *Frau* weggenommen! In Ihrem aufgeblasenen Hirn gab es keine Alternativen?«

»Keine, die mir eingefallen wäre. Keine, die alles so gründlich abgedeckt hätten wie Havillands Strategie. Der Meuchelmörder war die garantiert unsichtbare Verbindung zu Sheng. Wenn Sie imstande waren, ihn aufzuspüren und zu uns zu bringen, war das die Chance, Sheng herauszuholen.«

»Sie hatten mehr Zutrauen zu mir als ich selbst.«

»Wir hatten Zutrauen zu Jason Borowski. Zu Cain – zu dem Mann von Medusa, der sich Delta nannte. Sie hatten das stärkste Motiv, das man sich vorstellen kann: Sie wollten Ihre Frau zurückholen, die Frau, die Sie so lieben. Und es würde keinerlei Verbindung zu unserer Regierung geben –«

»Wir haben den Braten von Anfang an gerochen!« explodierte Borowski. *Ich* habe es gerochen und Conklin auch.«

»Riechen ist nicht schmecken«, wandte der Analytiker ein, während sie durch eine dunkle kopfsteingepflasterte Gasse eilten. »Sie wußten nichts Konkretes, das Sie hätten preisgeben können, kannten keinen Mittelsmann, der auf Washington deutete. Sie waren davon besessen, einen Killer zu finden, der sich als Sie ausgab, damit ein wütender Taipan Ihnen Ihre Frau zurückgeben würde – ein Mann, dessen eigene Frau angeblich von dem Meuchelmörder umgebracht worden war, der sich Jason Borowski nannte. Zuerst hielt ich das für Wahnsinn; aber dann habe ich die aberwitzige Logik des Ganzen durchschaut. Havilland hatte recht. Wenn es überhaupt einen Menschen gab, der den Meuchelmörder herbeischaffen und auf die Weise Sheng neutralisieren konnte, dann waren das Sie. Aber Sie durften keinerlei Verbindungen zu Washington haben. Deshalb mußte man Sie in ein solches Lügengespinst verstricken. Sonst hätten Sie normaler reagiert. Sie hätten zur Polizei gehen können oder den Regierungsbehörden, zu Leuten, die Sie von früher kannten, oder zu Stellen, an die Sie sich aus der Vergangenheit erinnerten –«

»Ich bin zu Leuten gegangen, die ich von früher kannte.«

»Und haben nichts erfahren, nur daß die Regierung Sie, je mehr Sie drohten, Ihr Schweigen zu brechen, um so eher wieder in ein Sanatorium stecken würde. Schließlich kamen Sie von Medusa und waren als Amnesiepatient bekannt, sogar als Schizophrener.«

»Conklin ging zu anderen –«

»Und erfuhr anfänglich nur so viel, daß wir rausfinden konnten, was er wußte, was er sich zusammengereimt hatte. Es heißt, er war einmal einer unserer besten Leute.«

»Das war er. Das ist er noch.«

»Von Ihnen hat er gesagt, Sie seien nicht zu retten.«

»Lange her. Unter den gegebenen Umständen hätte ich vielleicht dasselbe getan. Er hat in Washington eine ganze Menge mehr als ich erfahren.«

»Man hat ihn dazu gebracht, genau das zu glauben, was er glauben wollte. Das war einer der brillantesten Schachzüge Havillands. Vergessen Sie nicht, Alexander Conklin ist ein ausgebrannter, verbitterter Mann. Er empfindet alles andere als Liebe für die Welt, in der er sein Leben verbracht hat, und für die Leute, mit denen er dieses Leben geteilt hat. Man hat ihm gesagt, daß eine *mögliche* Geheimoperation *möglicherweise* schiefgelaufen war, daß *möglicherweise* die Regie feindliche Elemente übernommen hatten.« McAllister hielt inne, als sie aus der Gasse hervortraten und sich vorübergehend unter die nächtlichen Passanten mischten – überall blitzten bunte Lichter. »Es war eine geschickte Lüge, die ihn weit zurückwarf, können Sie das nicht erkennen?« fuhr der Analytiker fort. »Conklin war überzeugt, daß sich tatsächlich jemand anders eingeschaltet hatte, daß Ihre Lage hoffnungslos war und ebenso die Ihrer Frau, es sei denn, Sie spielten in dem *neuen* Stück mit.«

»So hat er es mir dargestellt«, sagte Jason mit gerunzelter Stirn. Er erinnerte sich an die Bar im Dulles-Flughafen und an die Tränen, die ihm in die Augen getreten waren. »Er hat mir gesagt, ich soll die Rolle laut Drehbuch weiterspielen.«

»Es blieb ihm nichts anderes übrig.« McAllister packte plötzlich Borowskis Arm und deutete mit einer Kopfbewegung auf eine dunkle Ladenfassade rechts von ihnen.

»Wir müssen reden.«

»Wir reden doch«, sagte der Mann von Medusa scharf. »Ich weiß, wohin wir gehen, und wir dürfen keine Zeit vergeuden.«

»Sie müssen sich die Zeit nehmen«, beharrte der Analytiker. Die Verzweiflung in seiner Stimme veranlaßte Borowski, stehenzubleiben und ihn anzusehen und ihm dann in die finstere Ladennische zu folgen. »Sie müssen verstehen, ehe Sie *irgend etwas* unternehmen.«

»Was muß ich verstehen? Die Lügen?«

»Nein, die Wahrheit.«

»Sie wissen doch gar nicht, was die Wahrheit ist«, sagte Jason.

»Doch, das weiß ich, vielleicht besser als *Sie*. Das ist mein Job. Havillands Strategie hätte sich als richtig erwiesen, wenn Ihre Frau nicht gewesen wäre. Sie ist geflohen, sie ist uns entkommen. Und damit war die Strategie im Eimer.«

»Das ist mir bekannt.«

»Dann ist Ihnen sicherlich auch bewußt, daß Sheng, ob er sie nun identifiziert hat oder nicht, von ihr weiß und ihre Bedeutung begreift.«

»Darüber habe ich nie nachgedacht.«

»Dann tun Sie es jetzt. In Lin Wenzus Einheit gab es einen Verräter, als diese Einheit und ganz Hongkong nach ihr suchten. Catherine Staples ist umgebracht worden, weil sie mit Ihrer Frau in Verbindung stand und weil man erkannte, daß sie durch diese mysteriöse Frau entweder bereits zuviel erfahren hatte oder etwas sehr Verhängnisvolles erfahren würde. Sheng hat mit Sicherheit Anweisung erteilt, jede auch nur mögliche Opposition auszuschalten. Wie Sie in Beijing selbst erlebt haben, ist er ein Fanatiker mit Paranoia.«

»Worauf wollen Sie hinaus?« fragte Borowski ungeduldig.

»Außerdem hat er einen brillanten Verstand, und seine Leute sind überall in der Kronkolonie.«

»Und?«

»Wenn die Morgenzeitungen und das Fernsehen die Nachricht bringen, wird er sich seine Gedanken machen und dann das Haus auf dem Victoria Peak und jeden Angehörigen von MI-6 auf Herz und Nieren untersuchen lassen, selbst wenn er das Anwesen daneben in seine Gewalt bringen und doch noch einmal den britischen Geheimdienst infiltrieren muß.«

»Verdammt noch mal, worauf wollen Sie *hinaus*?«

»Er wird Havilland finden und dann Ihre Frau.«

»*Und?*«

»Angenommen, das, was Sie vorhaben, scheitert? Angenommen, Sie kommen dabei um? Sheng wird keine Ruhe geben, solange er nicht alles erfahren hat, was es zu erfahren gibt. Der Schlüssel ist ohne Zweifel die Frau bei Havilland, die große Frau, nach der alle gesucht haben. Das *muß* sie sein. Wenn Ihnen irgend etwas zustößt, wird Havilland sie gehenlassen müssen. Und dann wird Sheng sie in seine Gewalt bringen – in Kaitak oder in Honolulu oder in Los Angeles oder New York. Glauben Sie mir, Mr. Webb, er wird so lange keine Ruhe geben, bis er sie hat. Er muß wissen, was gegen ihn gespielt wird, und sie *ist* der Schlüssel. Sonst gibt es niemanden.«

»Noch einmal, worauf wollen Sie hinaus?«

»Alles könnte aufs neue anfangen, nur diesmal mit viel schrecklicheren Folgen.«

»Das Drehbuch?« fragte Jason, und schreckliche Bilder aus der Schlucht in dem Vogelreservat drängten durch einen blutroten Schleier auf ihn ein.

»Ja«, sagte der Analytiker mit fester Stimme. »Nur daß diesmal Ihre Frau wirklich entführt würde, nicht nur als Teil der Strategie, um Ihre Mitwirkung zu erzwingen. Sheng würde dafür sorgen.«

»Nicht, wenn Sheng tot ist!«

»Aber das Risiko, daß unser Plan scheitert, besteht ja – das Risiko, daß er am Leben bleibt.«

»Sie versuchen hier etwas zu sagen und sprechen es nicht aus!«

»Also gut, dann will ich das jetzt tun. Als Killer sind Sie das Bindeglied zu Sheng, der, der an ihn heran kann, aber ich bin derjenige, der ihn herauslocken kann.«

»*Sie?*«

»Das war der Grund, weshalb ich der Botschaft gesagt habe, daß sie meinen Namen bei der Presseverlautbarung benutzen sollen. Sehen Sie, Sheng kennt mich, und ich habe sehr gut zugehört, als Sie Havilland Ihre Theorien erklärt haben. Er hat Ihnen die nicht abgenommen, und ich, offen gestanden, auch nicht. Sheng würde sich nicht zu einem Treffen mit einer unbekannten Person bereit finden, wohl aber zu einem Treffen mit jemandem, den er kennt.«

»Warum mit Ihnen?«

»Teils Wahrheit, teils Lüge«, sagte der Analytiker und wiederholte damit Borowskis Worte.

»Danke, daß Sie so aufmerksam zugehört haben. Aber jetzt müssen Sie mir das erklären.«

»Zuerst die Wahrheit, Mr. Webb oder Borowski oder wie Sie sonst genannt werden wollen. Sheng weiß sowohl, was ich für meine Regierung getan habe, und auch, daß ich ganz offensichtlich damit nicht vorwärtsgekommen bin. Ich bin ein intelligenter, aber unauffälliger, unbekannter Bürokrat, den man übergangen hat, weil mir jene Eigenschaften fehlen, die meinem Fortkommen förderlich wären, die dazu führen könnten, daß ich prominent werde und schließlich eine lukrative Stellung in der Privatwirtschaft bekomme. In gewisser Weise bin ich wie Alexander Conklin, ohne sein Alkoholproblem, aber nicht ohne ein gewisses Maß seiner Verbitterung. Ich war so gut wie Sheng, und das wußte er, und er hat es geschafft und ich nicht.«

»Eine rührende Beichte«, sagte Jason, wieder ungeduldig geworden. »Aber warum sollte er sich mit Ihnen treffen? Wie könnten Sie ihn herauslocken – so daß man ihn töten kann?«

»Weil ich ein Stück von seiner Hongkong-Beute haben möchte. Ich hätte gestern nacht ums Leben kommen können. Das war der letzte Schlag für meine Selbstachtung, und jetzt, nach all den Jahren, will ich etwas für mich selbst, für meine Familie. Das ist die Lüge.«

»Ich höre Ihnen zu. Aber was Sie sagen, ergibt keinen Sinn. Ich weiß nicht, worauf Sie hinauswollen.«

»Weil Sie nicht zwischen den Worten hören. Dafür bezahlt man mich, haben Sie das vergessen? . . . Ich habe es satt, ich komme nicht weiter, sehe keine Chancen mehr für mich. Man hat mich hierhergeschickt, um einem Gerücht aus Taiwan nachzugehen und es zu analysieren. An diesem Gerücht über eine wirtschaftliche Verschwörung in Peking schien mir etwas dran zu sein, und wenn es stimmte, konnte es in Peking dafür nur eine Quelle geben: einen alten Verhandlungspartner aus den chinesisch-amerikanischen Handelskonferenzen, die Macht, die hinter Chinas neuer Handelspolitik steht. Nichts dergleichen könnte ohne ihn geschehen. Also ging ich davon aus, daß im besten Fall so viel an dem Gerücht dran war, um mit ihm Verbindung aufzunehmen, *nicht* um das Ganze auffliegen zu lassen, sondern offiziell, um das Gerücht um den richtigen Preis zu *beseitigen*. Ich könnte sogar soweit gehen und sagen, ich könne nichts erkennen, was den Interessen meiner Regierung zuwiderläuft und ganz sicher nicht den meinen. Das Wesentliche ist jedenfalls, daß er sich mit mir treffen *müßte*.«

»Und was dann?«

»Dann würden Sie mir sagen, was zu tun ist. Sie haben doch gesagt, ein einfacher Agent wäre dazu imstande, warum also nicht ich? Nur daß ich nicht mit Sprengstoff umgehen kann, dafür bin ich nicht ausgebildet. Aber eben mit einer Waffe.«

»Sie würden umgelegt werden.«

»Das Risiko gehe ich ein.«

»Warum?«

»Weil es getan werden muß, in dem Punkt hat Havilland recht. Und in dem Augenblick, wo Sheng sieht, daß Sie nicht der Doppelgänger sind, sondern das Original, der, der versucht hat, ihn in diesem Vogelreservat zu töten, würden seine Leibwächter Sie abknallen.«

»Ich hatte nie vor, daß er mich sehen sollte«, sagte Borowski leise.

»Dafür hätten Sie sorgen sollen, aber nicht so.«

Im Schatten der dunklen Ladenfassade starrte McAllister den Mann von Medusa an. »Sie nehmen mich mit, nicht wahr?« fragte der Analytiker schließlich. »Zwingen mich, falls das notwendig sein sollte.«

»Ja.«

»Das habe ich mir gedacht. Sonst hätten Sie nicht so bereitwillig zugestimmt, daß ich mit Ihnen nach Macao gehe. Sie hätten mir sagen können, wie ich Sheng vom Flughafen aus erreiche, und verlangen, daß wir Ihnen eine bestimmte Zeitspanne geben, ehe wir handeln. Wir hätten uns auch daran gehalten, wir hatten viel zuviel Angst. Aber wie dem auch sei, Sie begreifen jetzt, daß Sie mich nicht zu zwingen brauchen. Ich habe sogar meinen Diplomatenpaß mitgebracht.« McAllister hielt einen Augenblick lang inne und fügte dann hinzu: »Und einen zweiten, den ich mir aus der Akte des Technikers besorgt habe – er gehört diesem Mann, der das Foto von Ihnen gemacht hat, das auf dem Tisch.«

»*Was* haben Sie?«

»Das technische Personal des Außenministeriums, das mit geheimen Vorgängen befaßt ist, muß seine Pässe abgeben. Das ist eine Sicherheitsmaßnahme und dient nur ihrem eigenen Schutz –«

»Ich habe *drei* Pässe«, unterbrach Jason. »Wie glauben Sie denn, daß ich mich sonst bewegen kann?«

»Wir wußten aus den Borowski-Akten, daß Sie wenigstens zwei hatten. Einen davon haben Sie auf dem Flug nach Peking benutzt, den, in dem steht, daß Sie braune Augen haben. Wie haben Sie das geschafft?«

»Ich habe eine Brille getragen mit Spezialglas. Von einem Freund mit einem eigenartigen Namen – und der ist besser als alle Ihre Leute.«

»O ja. Ein schwarzer Fotograf, der sich Cactus nennt. Tatsächlich war er auch für Treadstone tätig, daran haben Sie sich ja offensichtlich erinnert oder vielleicht daran, daß er Sie in Virginia besucht hat. Nach den Akten mußte man ihn gehenlassen, weil er mit Kriminellen zu tun hat.«

»Wenn Sie ihm ein Haar krümmen, mache ich Sie fertig.«

»Nicht nötig. Im Augenblick übertragen wir einfach eines der drei Fotos, das am besten zu der Beschreibung im Paß des Technikers paßt.«

»Das ist Zeitvergeudung.«

»Ganz und gar nicht. Diplomatenpässe bieten beträchtliche Vorteile, ganz besonders hier. Sie machen die zeitraubende Visabeschaffung überflüssig, und obwohl ich sicher bin, daß Sie über Quellen verfügen, sich ein Visum zu kaufen, ist es so einfacher. China will unser Geld, Mr. Borowski, *und* unsere Technologie. Man wird uns schnell über die Grenze lassen, und Sheng wird bei der Einwanderungsbehörde nachfragen und sich vergewissern können, daß ich der bin, der ich zu sein behaupte. Außerdem haben wir dann keinerlei Schwierigkeiten mit Verkehrsmitteln, und das könnte wichtig sein, je nach unseren diversen Telefongesprächen mit Sheng und seinen Mitarbeitern.«

»Unseren diversen *was*?«

»Sie werden in der entsprechenden Reihenfolge mit seinen Untergebenen sprechen. Ich werde Ihnen sagen, was Sie sagen müssen, aber wenn wir dann endgültig grünes Licht haben, werde *ich* mit Sheng Chou Yang sprechen.«

»Sie *spinnen*!« schrie Jason McAllister an. »Sie sind in diesem Geschäft ein *Amateur*!«

»In Ihrem Geschäft bin ich das tatsächlich. Aber nicht in meinem.«

»Warum haben Sie Havilland nichts von diesem großartigen Plan gesagt?«

»Weil er nicht zugestimmt hätte. Er hätte mich unter Hausarrest gestellt, weil er es mir nicht zugetraut hätte. Das meint er immer. Ich verkaufe mich schlecht. Ich eigne mich nicht für diese glatten Antworten, die so aufrichtig klingen, aber so jämmerlich nichtssagend sind. Aber hier geht es um etwas völlig anderes, und diese großspurigen Typen, die sich so großartig verkaufen, wissen das ganz genau, weil alles in ihr theatralisches Weltbild paßt. Abgesehen von wirtschaftlichen Fragen ist dies eine Verschwörung, um die Führung eines mißtrauischen, autoritären Regimes zu unterminieren. Und wer steht im Zentrum dieser Verschwörung, die scheitern *muß*? Wer sind diese Infiltratoren, denen Beijing so vertraut? Chinas überzeugteste Feinde – die eigenen Brüder aus der Kuomintang auf Taiwan. Und auch diesmal wird, um es vulgär auszudrükken, dann, wenn die Kacke am Dampfen ist, alle Welt ein Geschrei anstimmen von Verrat und einem gerechtfertigten ›inneren Umsturz‹, weil sie nicht anders *können*. Und dann wird es zu Gewalttaten kommen, zu ganz massiven.«

Jetzt starrte Borowski den Analytiker an; er war zum erstenmal betroffen. Und er erinnerte sich an Maries Worte, die sie in anderem Zusammenhang gesprochen hatte, die aber haargenau auf die augenblickliche Situation paßten. »Das ist keine Antwort«, sagte er. »Das ist ein Standpunkt, aber keine Antwort. Warum *Sie*? Ich hoffe, Sie tun das nicht, um Ihren Anstand zu beweisen. Das wäre unsinnig. Und sehr gefährlich.«

»Sie glauben mir vielleicht nicht«, sagte McAllister, runzelte die Stirn und blickte zu Boden. »Soweit es Sie und Ihre Frau betrifft, glaube ich, daß das ein Teil davon ist – ein kleiner Teil.« Dann hob er die Augen wieder und fuhr ruhig fort: »Aber der wesentliche Grund, Mr. Borowski, ist der, daß ich es leid bin, Edward Newington McAllister zu sein, vielleicht ein brillanter, aber ganz sicher ein belangloser Analytiker. Ich bin der Experte im Hintergrund, den man ruft, wenn die Dinge zu kompliziert werden, und der seine Schuldigkeit getan hat, wenn er seinen Senf dazu gibt. Vielleicht möchte ich bloß einen Augenblick im Rampenlicht stehen.«

Jason musterte sein Gegenüber in der dunklen Nische. »Vorhin haben Sie gesagt, es bestehe die Gefahr, daß mir nicht gelingt, was ich vorhabe, und ich bin in diesem Geschäft erfahren. Sie sind es nicht. Haben Sie über die Folgen nachgedacht, wenn *Ihr* Plan scheitert?«

»Ich glaube nicht, daß er das wird.«

»Sie glauben nicht, daß er das wird«, wiederholte Borowski leise. »Darf ich fragen, warum?«

»Weil ich ihn mir gründlich überlegt habe.«

»Das ist ja beruhigend.«

»Nein, wirklich«, protestierte McAllister. »Die Strategie ist ganz einfach: Ich muß mit Sheng allein sein. Mir kann das gelingen, Ihnen nicht. Ich brauche nur ein paar Sekunden – und eine Waffe.«

»Wenn ich das zuließe, weiß ich nicht, was mir mehr Angst machen würde: Ihr Erfolg oder Ihr Scheitern. Darf ich Sie daran erinnern, daß Sie Staatssekretär der Regierung der Vereinigten Staaten sind? Was ist, wenn man Sie erwischt? Dann gute Nacht, schöne Welt.«

»Darüber habe ich seit meiner Ankunft in Hongkong nachgedacht.«

»*Was* haben Sie?«

»Ich habe wochenlang gedacht, daß das die Lösung sein könnte, daß *ich* die Lösung sein könnte. Die Regierung ist abgesichert. Ich habe alles schriftlich am Victoria Peak hinterlassen, mit einer Kopie für Havilland und einer zweiten, die dem chinesischen Konsulat in Hongkong nach zweiundsiebzig Stunden zu übergeben ist. Vielleicht hat der Botschafter die seine schon gefunden. Sie sehen also, es gibt kein Zurück.«

»Was zum Teufel haben Sie *getan*?!«

»Ich habe etwas beschrieben, was auf einen persönlichen Racheakt an Sheng hinausläuft. Bei meiner Vorgeschichte und der Zeit, die ich hier verbracht habe, und Shengs bekanntem Hang zur Geheimnistuerei ist das Ganze sogar recht plausibel. Seine Feinde im Zentralkomitee jedenfalls werden sich darauf stürzen. Wenn ich ums Leben komme oder festgenommen werde, wird sich so viel Aufmerksamkeit auf Sheng richten, wird man trotz allen Leugnens so viele Fragen stellen, daß er nicht wagen wird, etwas zu unternehmen – falls er überlebt.«

»Gütiger Gott«, sagte Borowski.

»Es ist nicht nötig, daß Sie die Einzelheiten kennen. Im wesentlichen werfe ich ihm vor, daß er sein Wort gebrochen hat, daß er mich in Hongkong kaltgestellt hat, nachdem ich ihm jahrelang bei seinen Machenschaften geholfen habe. Er schaltet mich aus, weil er mich nicht mehr braucht und weiß, daß ich unmöglich etwas sagen kann, weil ich dann ruiniert wäre. Ich habe geschrieben, daß ich sogar Angst um mein Leben hätte.«

»*Vergessen* Sie es!« schrie Jason. »Vergessen Sie die ganze verdammte Geschichte! Das ist *verrückt*!«

»Sie gehen davon aus, daß ich scheitern werde. Oder daß man mich festnimmt. Ich glaube weder das eine noch das andere – Ihre Hilfe natürlich vorausgesetzt.«

Borowski atmete tief und senkte dann die Stimme. »Ich bewundere Ihren Mut, selbst Ihren unterschwelligen Sinn für Anstand, aber es gibt einen besseren Weg. Sie werden Ihren Augenblick im Rampenlicht bekommen, Mr. Analytiker, aber nicht so.«

»Wie dann?« fragte der Staatssekretär verwirrt.

»Ich habe gesehen, wie Sie arbeiten, und Conklin hat recht gehabt. Sie sind zwar ein Schweinehund, aber Sie verstehen sich auf Ihr Handwerk. Sie haben sich hier sechs Jahre mit schmutzigen Tricks befaßt und haben im Namen der gutnachbarlichen Zusammenarbeit Killer und Diebe und Zuhälter aufgespürt. Sie wissen, welchen Knopf man drücken muß, und wissen, wo die Leichen im Keller liegen. Sie haben sich sogar an einen Arzt hier in Macao erinnert, der Ihnen eine Gefälligkeit schuldig war, und ihn dazu gebracht, sich zu revanchieren.«

»Ach was. Solche Leute vergißt man nicht.«

»Finden Sie mir mehr solche. Finden Sie mir Leute, die für Geld töten. Sie und Havilland zusammen schaffen das. Sie werden ihn jetzt anrufen und ihm sagen, daß das meine Forderung ist. Er soll morgen früh eine Million – fünf Millionen, wenn es sein muß – hierher nach Macao überweisen, und dann will ich bis zum frühen Nachmittag eine Killereinheit hier haben, die bereit ist, nach China zu gehen. Ich werde die Arrangements treffen. Ich kenne einen Treffpunkt in den Bergen von Guangdong; dort gibt es Felder, die man leicht mit einem Hubschrauber erreichen kann, und Sheng und seine Unterführer haben sich früher dort mit dem Killer getroffen. Sobald er meine Nachricht bekommt, wird er sich aufmachen, das dürfen Sie mir glauben. Sie brauchen nur Ihren Teil zu erledigen. Denken Sie nach, wühlen Sie in Ihrem Gedächtnis herum, und lassen Sie sich drei oder vier erfahrene Killer einfallen. Sagen Sie ihnen, das Risiko sei gering und der Preis hoch. Das ist Ihr Augenblick im Rampenlicht, Mr. Analytiker. Das wär's doch für Sie – Sie haben dann Havilland für den Rest Ihres Lebens in der Hand. Er wird Sie zu seinem Ersten Berater machen, möglicherweise zum Außenminister, wenn Sie das wollen. Er kann es sich dann einfach nicht mehr leisten, Ihnen etwas abzuschlagen.«

»Unmöglich«, sagte McAllister leise, und sein Blick bohrte sich in Jasons Augen.

»Nun, vielleicht ist Außenminister etwas viel –«

»Was Sie da vorschlagen, ist unmöglich«, unterbrach ihn der Staatssekretär.

»Wollen Sie mir jetzt sagen, daß es keine solchen Leute gibt – dann lügen Sie nämlich wieder.«

»Sicher gibt es die. Ein paar kenne ich vielleicht schon, und noch ein paar dürften auf der Namensliste stehen, die Lin Ihnen gab, als er die Rolle des Taipan spielte. Aber mit denen will ich nichts zu tun haben. Selbst wenn Havilland mir den Befehl gäbe, würde ich mich weigern.«

»Dann wollen Sie Sheng nicht wirklich! Alles, was Sie gerade gesagt haben, war bloß wieder eine Lüge. *Lügner!*«

»Da irren Sie sich, ich *will* Sheng. Aber um Ihre Worte zu gebrauchen, nicht so.«

»Warum nicht?«

»Weil ich meine Regierung, mein Land, nicht in eine so kompromittierende Lage bringen möchte. Darin würde mir auch Havilland zustimmen. Killer anzuheuern ist zu gefährlich, dem kann man nachgehen, genauso wie dem Geld, mit dem man sie bezahlt. Da braucht bloß einer 'ne Wut zu kriegen oder sich aufzuspielen oder einen in der Krone zu haben – schon redet er, und Washington ist dran. Nein – ich muß da meinen eigenen Weg gehen. Denken Sie an die Kennedys, die vorhatten, die Mafia auf Castro anzusetzen. Wahnsinn . . . Nein, Mr. Borowski, ich fürchte, Sie müssen mit mir vorliebnehmen.«

»Ich muß mit gar niemandem vorliebnehmen! Ich kann Sheng erreichen; Sie *nicht*!«

»Komplizierte Vorgänge lassen sich gewöhnlich auf einfache Gleichungen zurückführen, wenn man bestimmte Fakten im Auge behält.«

»Was soll das heißen?«

»Daß wir die Sache auf meine Art durchführen.«

»Warum?«

»Weil Havilland Ihre Frau hat.«

»Sie ist bei *Conklin*! Bei Mo Panov! Er würde es nicht *wagen* –«

»Sie kennen ihn nicht«, unterbrach McAllister. »Er ist wie Sheng Chou Yang. Er schreckt vor nichts zurück. Wenn ich recht habe – und da bin ich sicher –, sind Ihre Frau, Conklin und Panov in dem Haus am Victoria Peak Dauergäste.«

»Dauergäste?«

»Hausarrest.«

»Dieses Schwein!« flüsterte Jason, und seine Kinnmuskeln spannten sich an.

»Also, und wie erreichen wir jetzt Beijing?«

Borowski antwortete mit geschlossenen Augen: »Ein Mann in der Garnison von Guangdong, er heißt Soo Jiang. Ich spreche französisch mit ihm, und er hinterläßt uns hier in Macao eine Botschaft. An einem Tisch im Casino.«

»Los!« sagte McAllister.

36

Das Telefon schrillte; die nackte Frau im Bett fuhr hoch. Der Mann neben ihr war sofort hellwach; jede Störung alarmierte ihn, besonders eine Störung mitten in der Nacht, oder genauer gesagt, am frühen Morgen. Der Ausdruck, den sein weiches, rundes Asiatengesicht annahm, ließ freilich erkennen, daß solche Störungen keineswegs selten waren, ihm nur auf die Nerven gingen. Er griff nach dem Telefon auf dem Nachttisch.

»Wei?« sagte er leise.

»Macao lai dianhuas«, erwiderte der Soldat in der Vermittlung Guangdong.

»Stellen Sie eine Zerhackerverbindung her und schalten Sie alle Tonbandgeräte ab.«

»Ist bereits geschehen, Oberst Soo.«

»Das will ich selber feststellen«, sagte Soo Jiang, setzte sich auf und griff nach einem kleinen, rechteckigen Gegenstand.

»Das ist nicht nötig, Herr.«

»Das hoffe ich um Ihretwillen.« Soo legte das Suchgerät über die Sprechmuschel und drückte einen Knopf. Wäre die Leitung angezapft gewesen, hätte er jetzt ein durchdringendes Pfeifen gehört. Aber kein Laut ertönte. »Sprechen Sie, Macao«, sagte der Oberst.

»Bonsoir, mon ami«, sagte die Stimme von Macao. Oberst Soo war sofort klar, wer da sprach. »Comment ça va?«

»Vous?« Erschrocken schwang Jiang die kurzen, dicken Beine unter dem Laken hervor und setzte sie auf den Boden. »Attendez!« Der Oberst wandte sich der Frau zu. »Du. Hinaus. Verschwinde«, befahl er auf kantonesisch. »Nimm deine Kleider und zieh dich draußen an. Laß die Tür offen, damit ich sehen kann, wie du gehst.«

»Sie schulden mir Geld!« flüsterte die Frau aufgebracht. »Geld für zweimal und für das, was ich unten getan habe!«

»Ich sorge dafür, daß dein Mann nicht entlassen wird, das reicht. Und jetzt verschwinde! Noch dreißig Sekunden, oder dein Mann fliegt.«

»Die nennen Sie das Schwein«, sagte die Frau, schnappte sich ihre Kleider und rannte zur Schlafzimmertür, wo sie sich noch einmal umdrehte und Jiang anfunkelte. »*Schwein!*«

»*Hinaus.*«

Sekunden später war Soo wieder am Telefon und fuhr in französischer Sprache fort. »Was ist *geschehen*? Die Berichte aus Beijing sind unglaublich! Und was man von dem Flugplatz in Shenzen hört, erst recht. Er hat Sie gefangengenommen!«

»Er ist tot«, sagte die Stimme aus Macao.

»*Tot?*«

»Von seinen eigenen Leuten erschossen, mit wenigstens fünfzig Kugeln im Leib.«

»Und *Sie?*«

»Man hat mir meine Geschichte geglaubt. Ich war eine unschuldige Geisel, die er auf der Straße aufgegriffen hat. Sie haben mich gut behandelt, mich sogar vor der Presse geschützt. Natürlich versuchen die jetzt alles herunterzuspielen, aber sie werden keinen Erfolg haben. Die Leute von den Zeitungen und vom Fernsehen waren überall, Sie werden also in den Morgenzeitungen davon lesen.«

»*Mon dieu*, und wo ist es *passiert?*«

»Am Victoria Peak. Das Anwesen gehört zum Konsulat, aber keiner weiß es. Deshalb muß ich den Chef erreichen. Ich habe etliches erfahren, was er wissen muß.«

»Sagen Sie das *mir*.«

Der ›Meuchelmörder‹ lachte spöttisch. »Ich verkaufe solche Informationen nur. Ich gebe sie nicht gratis ab – schon gar nicht an Schweine.«

»Das werde ich erledigen«, beharrte Soo.

»O ja, für meinen Geschmack nur zu gut.«

»Wen meinen Sie mit Chef?« fragte Oberst Soo Jiang, ohne auf die Bemerkung einzugehen.

»Ihren Häuptling, Ihre Nummer eins, den Hahn im Hühnerhof – ganz wie Sie wollen. Er war es doch in der Schlucht, der so viel geredet hat, oder? Der sein Schwert so schwungvoll gebraucht hat, der Korkenzieher, den ich vor der Verzögerungstaktik des Franzosen gewarnt habe –«

»Sie *wagen* es . . .? Das waren Sie?«

»Fragen Sie ihn doch. Ich habe ihm gesagt, daß etwas nicht stimmte, daß der Franzose ihn hinhält. Herrgott, ich habe dafür bezahlt, daß er nicht auf mich gehört hat! Er hätte diesen französischen Scheißer niedermachen sollen, als ich es ihm sagte! Und jetzt werden Sie ihm sagen, daß ich ihn sprechen möchte!«

»Selbst ich habe keinen Zugang zu ihm«, sagte der Oberst. »Ich kann nur Mittelsmänner erreichen über ihre Codenamen. Ihre wirklichen Namen kenne ich nicht –«

»Sie meinen die Männer, die nach Guangdong fliegen in die Hügel, um sich mit mir zu treffen und mir Aufträge zu erteilen?« unterbrach Borowski.

»Ja.«

»Mit denen will ich nicht sprechen!« explodierte Jason, der sich jetzt als sein eigener Doppelgänger gab. »Ich will mit dem *Mann* sprechen. Und ich kann ihm nur raten, daß er das auch möchte.«

»Sie werden zuerst mit anderen sprechen, aber selbst dafür muß es sehr gute Gründe geben. *Die* bestimmen, wann geredet werden soll, nicht andere. Das sollten Sie inzwischen wissen.«

»Also schön, Sie können der Kurier sein. Ich war fast drei Stunden mit den Amerikanern zusammen und habe mich, wie noch nie zuvor in meinem Leben, um Tarnung bemüht. Sie haben mich gründlich verhört, und ich habe ihnen offen geantwortet – brauche Ihnen wohl nicht zu sagen, daß ich im ganzen Territorium Leute habe, die, wenn nötig, einen Eid darauf ablegen, daß ich geschäftlich mit ihnen zu tun habe oder zu einer bestimmten Zeit mit ihnen zusammen war, ganz gleich, wer anruft –«

»Das brauchen Sie mir wahrlich nicht zu sagen«, unterbrach ihn Soo. »Bitte, geben Sie mir jetzt die Nachricht, die ich übermitteln soll. Sie haben mit den Amerikanern gesprochen. Und weiter?«

»Ich habe auch zugehört. Diese Yankees haben die dumme Angewohnheit, in Gegenwart Fremder zu offen miteinander zu reden.«

»Jetzt höre ich wieder den Briten. Die Stimme der Überlegenheit.«

»Wir tun das nicht, und Ihr Schlitzaugen tut das weiß Gott auch nicht.«

»Bitte, fahren Sie fort.«

»Der, der mich gefangengenommen hat, der Mann, den die Amerikaner dann abgeknallt haben, war selbst Amerikaner.«

»Und?«

»Wenn ich jemand töte, hinterlasse ich meine Visitenkarte. Einen Namen, der weit zurückreicht, Jason Borowski.«

»Das wissen wir. Und?«

»Er war das *Original*! Er war Amerikaner, und die waren seit fast zwei Jahren hinter ihm her.«

»*Und?*«

»Die glauben, Beijing habe ihn gefunden und angeheuert. *Jemand* in Beijing, der ihn dafür bezahlt hat, daß er einen Mann in jenem Haus tötet, einen wichtigen Mann. Borowski arbeitet für jeden ohne Vorbehalt.«

»Bitte drücken Sie sich deutlicher aus.«

»Dort waren nicht nur Amerikaner, sondern auch noch ein paar andere. Chinesen aus Taiwan, die keinen Zweifel daran ließen, daß sie die meisten Rädelsführer der Kuomintang-Verschwörung ablehnen. Sie waren zornig. Und auch beunruhigt, glaube ich.« Borowski hielt inne. Schweigen.

»Und?« drängte der Oberst.

»Und dann haben sie immer wieder einen Namen genannt – Sheng.«

»*Aiya!*«

»Das ist die Nachricht, die Sie übermitteln sollen, und ich erwarte in drei Stunden Antwort im Casino. Ich werde jemanden schicken, der sie abholt. Machen Sie also keine Dummheiten. Ich habe Leute dort, die ebenso leicht Rabatz machen können wie eine Sieben würfeln. Beim geringsten Anlaß sind Ihre Männer tot.«

»Wir erinnern uns an das, was vor ein paar Wochen in Tsim Sha Tsui geschah«, sagte Soo Jiang. »Fünf unserer Feinde in einem Hinterzimmer umgelegt, während es vorne im Varieté zu einer Prügelei kommt. Wir haben uns oft gefragt, ob der ursprüngliche Jason Borowski ebenso tüchtig wie sein Nachfolger war.«

»Das war er nicht.« *Erwähnen Sie die Möglichkeit, daß es Ärger im Casino gibt, falls Shengs Leute Sie in eine Falle locken wollen. Sagen Sie, ihre Männer werden dann tot sein. Sie brauchen nicht deutlicher zu werden. Das genügt denen . . . Der Analytiker hat gewußt, wovon er redet.* »Eine Frage«, sagte Jason, den das wirklich interessierte. »Wann haben Sie und die anderen denn erkannt, daß ich nicht das Original war?«

»Auf den ersten Blick«, erwiderte der Oberst. »Die Jahre hinterlassen ihre Spuren, nicht wahr? Der Körper mag beweglich bleiben, ja, sogar besser werden, wenn man ihn richtig pflegt, aber das Gesicht spiegelt die Zeit; das ist unvermeidbar. Ihr Gesicht konnte unmöglich das Gesicht des Mannes von Medusa sein. Das liegt mehr als fünfzehn Jahre zurück, und Sie sind bestenfalls Anfang Dreißig. Medusa hat keine Kinder rekrutiert. Sie waren eine Reinkarnation des Franzosen.«

»Das Codewort ist ›Krise‹, und Sie haben drei Stunden«, sagte Borowski und legte auf.

»Das ist doch *verrückt!*« Jason trat aus der offenen Glaszelle in dem rund um die Uhr offenen Postamt und sah McAllister an.

»Sie haben das sehr gut gemacht«, sagte der Analytiker und notierte sich etwas auf einen kleinen Block. »Ich werde jetzt zahlen.« Der Staatssekretär ging auf den Schalter zu, wo die Auslandsgespräche zu bezahlen waren.

»Sie haben nicht verstanden, worauf es mir ankommt«, fuhr Borowski fort, der neben McAllister herging. Seine Stimme klang leise, war rauh. »Das kann nicht funktionieren. Es ist zu ausgefallen. Das glaubt doch keiner.«

»Wenn Sie ein persönliches Treffen verlangt hätten, würde ich Ihnen recht geben. Aber das haben Sie ja nicht. Sie verlangen ja nur ein Telefongespräch.«

»Ich verlange von ihm, daß er sich preisgibt. Daß er selbst der Mittelpunkt des Schwindels ist!«

»Um Sie noch einmal zu zitieren«, sagte der Analytiker und griff nach seiner Rechnung und legte Geld auf die Theke, »er kann es sich nicht leisten, nicht zu reagieren. Er *muß*.«

»Er wird aber Bedingungen stellen, die wir nicht erfüllen können.«

»Da brauche ich natürlich Ihren Rat.« McAllister nahm sein Wechselgeld, nickte der Angestellten dankend zu und ging auf die Tür zu.

Jason ging neben ihm her. »Vielleicht kann ich Ihnen gar nichts raten.«

»Unter den gegebenen Umständen, meinen Sie«, sagte der Analytiker, als sie auf die überfüllte Straße hinaustraten.

»Was?«

»Die Strategie ist es gar nicht, die Sie so beunruhigt, Mr. Borowski, weil es ja im wesentlichen *Ihre* Strategie ist. Was Sie so wütend macht, ist, daß ich derjenige bin, der sie durchführt, nicht Sie. Sie glauben wie Havilland, daß ich das nicht kann.«

»Ich glaube, jetzt ist weder die Zeit noch die Gelegenheit, zu beweisen, daß Sie John Wayne oder Tom Mix sind! Wenn Ihr Plan scheitert, ist Ihr Leben meine geringste Sorge. Irgendwie ist mir China oder besser gesagt die ganze Welt wichtiger.«

»Mein Plan wird nicht scheitern. Ich habe Ihnen doch gesagt, daß ich, selbst wenn er scheitern würde, nicht verlieren kann. Sheng verliert, ganz gleich, ob er lebt oder nicht. Dafür wird in zweiundsiebzig Stunden das Konsulat in Hongkong sorgen.«

»Eine kalkulierte Selbstaufopferung kann ich nicht billigen«, sagte Jason. »Heldengehabe, das dem Helden etwas vormacht, hat nie Erfolg. Außerdem stinkt Ihre sogenannte Strategie geradezu nach Falle. Die werden das riechen!«

»Bloß, wenn *Sie* mit Sheng verhandeln würden und nicht ich. Sie sagen, das sei so ausgefallen, daß nur ein Amateur darauf käme. Ausgezeichnet. Wenn Sheng mich am Telefon hört, wird ihm alles sofort klar sein. Ich *bin* der verbitterte Amateur, der Mann, der noch nie im Feld tätig war, der erstklassige Bürokrat, den das System übergangen hat, dem er so gut dient. Ich weiß, was ich tue, Mr. Borowski. Sie brauchen mir bloß eine Waffe zu besorgen.«

Den Wunsch zu erfüllen bereitete keine Schwierigkeiten. Am Porto Interior von Macao an der Rua das Lorchas war d'Anjous Wohnung mit einem kleinen Waffenarsenal. Man brauchte sich bloß zu dieser Wohnung Zugang zu verschaffen und Waffen auszusuchen, die sich leicht zerlegen ließen, um damit die relativ lasche Grenzkontrolle in Guangdong mit Diplomatenpässen zu passieren. Trotzdem dauerte es über zwei Stunden, die richtige Waffe zu finden. Jason gab McAllister eine Pistole nach der anderen in die Hand und beobachtete den Analytiker dabei. Die schließlich ausgewählte Waffe war die kleinste in d'Anjous Arsenal, mit Schalldämpfer.

»Zielen Sie auf den Kopf, und wenigstens drei Kugeln in den Schädel. Alles andere wäre nicht mehr als ein Bienenstich.«

McAllister schluckte und starrte die Waffe an, während Jason die Waffen musterte und überlegte, welche wohl die größte Feuerkraft auf kleinstem Raum hatte. Schließlich wählte er für sich eine Maschinenpistole, die einen Ladestreifen mit dreißig Schuß aufnahm.

Die Waffen unter ihren Jacketts verborgen, betraten sie um 3.35 Uhr früh das nur schwach besuchte Kam-Pek-Casino und gingen ans Ende der langen Mahagonibar. Borowski nahm den Platz ein, den er auch das letztemal gehabt hatte. Der Staatssekretär setzte sich vier Hocker von ihm entfernt. Der Barkeeper erkannte den großzügigen Gast, der ihm vor ein paar Tagen fast einen Wochenlohn gegeben hatte. Er begrüßte ihn wie einen langjährigen Stammgast.

»*Nei hou a!*«

»*Mchoh La. Mgoi*«, sagte Borowski und gab damit zu verstehen, daß es ihm gutgehe und er sich guter Gesundheit erfreue.

»Der englische Whisky, nicht wahr?« fragte der Barkeeper, auf sein Gedächtnis vertrauend und in der Hoffnung, daß ihm das eine Belohnung eintragen würde.

»Ich habe Freunden im Casino des Lisboa gesagt, daß sie mit Ihnen reden sollten. Ich glaube, Sie sind der beste Barmann von ganz Macao.«

»Das *Lisboa*? Dort ist das große Geld! Ich danke Ihnen, Sir.« Der Barkeeper beeilte sich, Jason einen Drink einzugießen, der Cäsars Legionen umgehauen hätte. Borowski nickte wortlos, worauf der Mann sich etwas widerstrebend McAllister zuwandte. Jason registrierte, daß der Analytiker Weißwein bestellte, exakt bezahlte und sich den Betrag in sein Notizbuch aufschrieb. Der Barkeeper zuckte die Achseln, stellte dem unangenehmen Gast das Bestellte hin und ging zur Mitte der kaum frequentierten Bar, wobei er die ganze Zeit seinen Lieblingskunden im Auge behielt.

Schritt eins.

Er war *da*! Der gutgekleidete Chinese in dem schwarzen Schneideranzug, der Veteran der Kriegskünste, der nicht genügend schmutzige Tricks kannte, der Mann, mit dem er in einer Gasse gekämpft und der ihn in die Berge von Guangdong geführt hatte. Oberst Soo Jiang ging kein Risiko ein. Er setzte in dieser Nacht seine besten Leute ein.

Der Mann ging langsam an ein paar Spieltischen vorbei, als wolle er sich ein Bild verschaffen, die Bankhalter und die Spieler einschätzen und sich darüber klarwerden, wo er sein Glück versuchen sollte. Schließlich trat er an Tisch fünf, setzte sich und holte ein Bündel Geldscheine aus der Tasche. Zwischen den Geldscheinen steckte eine Nachricht, die *Krise* lautete, dachte Jason.

Zwanzig Minuten später schüttelte der makellos gekleidete Chinese den Kopf, steckte sein Geld wieder ein und stand auf. Er war die Verbindung zu Sheng! Er kannte sich sowohl in Macao als auch an der Grenze von Guangdong aus, und Borowski wußte, daß er mit diesem Mann Kontakt aufnehmen mußte, und zwar schnell! Er sah zuerst zu dem Barkeeper hinüber, der ans Ende der Bar gekommen war, um einem Kellner, der an den Tischen bediente, ein paar Cocktails herzurichten, und dann zu McAllister.

»*Analytiker!*« flüsterte er scharf. »Bleiben Sie hier!«

»Was machen Sie?«

»Meine Mutter besuchen, was denn sonst!« Jason glitt vom Hocker und ging zur Tür, auf den V- Mann zu. Als er an dem Barkeeper vorbeikam, sagte er auf kantonesisch: »Bin gleich wieder da.«

»Kein Problem, Sir.«

Draußen folgte Borowski dem Chinesen ein paar Straßen, bis der in eine schmale, schwach beleuchtete Seitengasse einbog und auf einen abgestellten Wagen zuging. Er würde sich mit niemandem treffen; er hatte die Botschaft überbracht und war im Begriff, zu verschwinden. Jason fing zu laufen an, und als der andere die Wagentür öffnete, tippte er ihm auf die Schulter. Der V-Mann wirbelte herum, duckte sich, und sein linker Fuß zuckte gefährlich vorwärts. Borowski sprang zurück und hob beide Hände in einer Geste des Friedens.

»Wir wollen das doch nicht ein zweites Mal aufführen«, sagte er in englischer Sprache, weil er sich erinnerte, daß der Mann in der Klosterschule Englisch gelernt hatte. »Ich habe von den Prügeln, die Sie mir vor einer Woche verpaßt haben, immer noch Schmerzen.«

»*Aiya! Sie!*« Der V-Mann hob die Hände, ebenfalls in einer Friedensgeste. »Sie erweisen mir Ehre, wo ich doch gar keine verdiene. In jener Nacht haben Sie mich besiegt, und aus dem Grund habe ich täglich sechs Stunden geübt, um besser zu werden . . . *damals* haben Sie mich besiegt. Nicht jetzt.«

»Wenn man Ihr Alter bedenkt und das meine, dann gebe ich Ihnen mein Wort, daß Sie nicht besiegt worden sind. Meine Knochen haben viel weher getan als die Ihren, und ich werde Ihre neue Form ganz bestimmt nicht auf die Probe stellen. Ich werde Ihnen viel Geld geben, aber nicht mit Ihnen kämpfen. Man nennt das Feigheit.«

»Nicht Sie, Sir«, sagte der Chinese und ließ die Hände sinken und grinste. »Sie sind sehr gut.«

»Doch ich, Sir«, erwiderte Jason. »Ich habe höllische Angst vor Ihnen. Und Sie haben mir einen großen Gefallen getan.«

»Sie haben mich gut bezahlt. Sehr gut.«

»Ich werde Sie jetzt noch besser bezahlen.«

»Dann war die Nachricht für *Sie*?«

»Ja.«

»Dann haben Sie den Platz des Franzosen eingenommen?«

»Der ist tot. Die Leute, die die Nachricht geschickt haben, haben ihn getötet.«

Der V-Mann sah ihn erstaunt an, vielleicht sogar betrübt. »Warum?« fragte er. »Er hat denen gute Dienste geleistet, und er war ein alter Mann, älter als Sie.«

»Vielen Dank.«

»Hat er seine Auftraggeber betrogen?«

»Nein, ihn hat man betrogen.«

»Die Kommunisten?«

»Kuomintang«, sagte Borowski und schüttelte den Kopf.

»*Dong wu!* Die sind nicht besser als die Kommunisten. Was wollen Sie von mir?«

»Wenn alles planmäßig läuft, ziemlich genau dasselbe, was Sie schon einmal getan haben. Aber diesmal möchte ich, daß Sie in der Nähe bleiben. Ich möchte ein Paar Augen anheuern.«

»Sie gehen in die Berge von Guangdong?«

»Ja.«

»Da brauchen Sie Hilfe beim Überqueren der Grenze?«

»Nicht, wenn Sie mir jemanden ausfindig machen können, der eine Fotografie aus einem Paß in einen anderen übertragen kann.«

»Das geschieht jeden Tag. Das können selbst Kinder.«

»Gut. Dann geht es nur noch darum, Ihre Augen anzuheuern. Die Sache ist etwas riskant, aber nicht sehr. Und sie ist mir zwanzigtausend amerikanische Dollar wert.«

»*Aiya*, ein *Vermögen!*« Der V-Mann hielt inne und musterte Borowskis Gesicht. »Das Risiko muß groß sein.«

»Wenn es Ärger gibt, dann erwarte ich, daß Sie durchkommen. Wir werden das Geld hier in Macao lassen, wo nur Sie Zugang dazu haben. Wollen Sie den Job, oder soll ich woanders fragen?«

»Dies sind die Augen eines Falken. Sie brauchen nicht weiter zu suchen.«

»Kommen Sie mit mir zum Casino zurück! Warten Sie draußen ein Stück weiter unten an der Straße, dann lasse ich die Nachricht abholen.«

Der Barkeeper war mit größtem Vergnügen bereit, Jasons Wunsch zu erfüllen. Beim Stichwort ›Krise‹ stutzte er, bis Borowski erklärte, daß es sich dabei um den Namen eines Rennpferdes handle. Er trug einen Drink zum Bankhalter an Tisch fünf und kehrte mit dem verschlossenen Umschlag unter seinem Tablett zurück. Jason hatte unterdessen die Spieltische in der Nähe beobachtet und nach neugierigen Blicken zwischen den dicken Rauchschwaden Ausschau gehalten, aber nichts Auffälliges gesehen. Das Tablett wurde wie vereinbart zwischen Borowski und McAllister auf die Theke gestellt. Jason klopfte eine Zigarette aus seinem Päckchen und schob dem Analytiker, der Nichtraucher war, ein Streichholzbriefchen über die Theke zu. Ehe der verblüffte Staatssekretär begriff, stand Borowski auf und ging zu ihm hinüber.

»Haben Sie Feuer, Mister?«

McAllister sah die Streichhölzer an, griff danach, riß eines heraus, strich es an und hielt ihm die Flamme hin. Als Jason zu seinem Platz zurückkehrte, hatte er den Umschlag in der Hand. Er öffnete ihn, nahm das Papier heraus und las in Schreibmaschinenschrift: Telefon Macao 32 61 443.

Er sah sich nach einem Telefonautomaten um, und in dem Augenblick wurde ihm klar, daß er in Macao nie ein Telefon benutzt hatte und daß er, selbst wenn es eine Gebrauchsanweisung gab, nicht mit den Münzen der portugiesischen Kolonie vertraut war. Es waren immer die Kleinigkeiten, die die größeren Dinge störten. Er gab dem Barkeeper ein Zeichen.

»Ja, Sir? Noch einen Whisky, Sir?«

»Die ganze nächste Woche nicht«, sagte Borowski und legte Hongkongdollar auf die Bar. »Ich muß jemanden hier in Macao anrufen. Sagen Sie mir, wo ein Telefon ist.«

»Ich würde niemals zulassen, daß ein Gentleman wie Sie ein gewöhnliches Telefon benutzt, Sir. Außerdem, unter uns, glaube ich, daß viele Gäste hier ansteckende Krankheiten haben.« Der Barkeeper lächelte. »Gestatten Sie, Sir. Ich habe ein Telefon hinter meiner Bar – für besondere Gäste.«

Ehe Jason protestieren oder danken konnte, stand ein Telefon vor ihm. Er wählte, während McAllister ihn anstarrte.

»*Wei?*« sagte eine Frauenstimme.

»Man hat mir gesagt, daß ich diese Nummer anrufen soll«, erwiderte Borowski in englischer Sprache. Der tote Meuchelmörder hatte nicht chinesisch gesprochen.

»Wir werden uns treffen.«

»Wir werden uns *nicht* treffen.«

»Wir bestehen darauf.«

»Schlagen Sie sich das aus dem Kopf. So gut sollten Sie mich kennen. Ich möchte mit dem Mann sprechen, und nur mit dem *Mann.*«

»Sie sind anmaßend.«

»Und Sie scheißdämlich. Wie der hagere Prediger mit dem großen Schwert, wenn er nicht mit mir spricht.«

»Sie *wagen* es –«

»Das habe ich schon einmal gehört«, unterbrach Jason sie scharf. »Die Antwort darauf ist: ja, ich wage es. Er hat entschieden mehr zu verlieren als ich. Er ist nur *ein* Kunde, und meine Liste wird länger von Tag zu Tag. Ich brauche ihn nicht, aber ich glaube, daß er im Augenblick mich braucht.«

»Nennen Sie mir einen überzeugenden Grund.«

»Ich nenne Gefreiten keine Gründe. Ich war einmal Major, wußten Sie das nicht?«

»Beleidigungen sind unnötig.«

»Dieses Gespräch auch. Ich rufe Sie in einer halben Stunde noch einmal an. Bieten Sie mir dann etwas Besseres, bieten Sie mir den *Mann.*

Und ob er es ist, werde ich wissen, weil ich dann ein oder zwei Fragen stellen werde, die nur er beantworten kann. *Ciao*, Lady.« Borowski legte auf.

»Was *machen* Sie?« flüsterte McAllister erregt, vier Hocker von ihm entfernt.

»Ich sorge dafür, daß Sie Ihren Auftritt im Rampenlicht bekommen, und hoffe nur, daß Sie Ihren Text gelernt haben. Wir gehen jetzt hier weg. Warten Sie fünf Minuten und folgen Sie mir dann. Biegen Sie nach der Tür rechts ab, und gehen Sie dann einfach geradeaus. Wir werden Sie erwarten.«

»*Wir?*«

»Da ist jemand, von dem ich möchte, daß Sie ihn kennenlernen. Ein alter Freund – ein junger Freund –, der Ihnen wahrscheinlich sympathisch sein wird. Er kleidet sich wie Sie.«

»*Noch* jemand? Sind Sie *wahnsinnig?*«

»Jetzt drehen Sie mir bloß nicht durch, Mr. Analytiker, vergessen Sie nicht, daß wir einander nicht kennen. Nein, ich bin nicht wahnsinnig. Ich habe mir nur gerade einen Helfer engagiert für den Fall, daß ich ihn brauchen sollte. Vergessen Sie nicht, Sie wollten meine Unterstützung in diesen Dingen.«

Die Vorstellung war kurz, und es wurden keine Namen gebraucht, aber daß McAllister von dem breitschultrigen, gutgekleideten Chinesen beeindruckt war, war nicht zu übersehen.

»Sind Sie leitender Angestellter einer der Firmen hier?« fragte der Analytiker, während sie auf die Nebenstraße zugingen, wo der Wagen des V-Mannes parkte.

»So könnte man es ausdrücken, ja, Sir. Nur daß ich meine eigene Firma habe, einen Kurierdienst für sehr wichtige Leute.«

»Aber wie hat *er* Sie denn gefunden?«

»Es tut mir leid, Sir, aber Sie werden sicher verstehen, daß derartige Informationen vertraulich sind.«

»Du *lieber* Gott«, murmelte McAllister und sah den Mann von Medusa an.

»Bringen Sie mich in zwanzig Minuten zu einem Telefon«, sagte Jason, der auf dem Vordersitz Platz genommen hatte. Der verwirrte Staatssekretär hatte sich nach hinten gesetzt.

»Dann haben die eine Zwischenstation eingeschaltet?« fragte der V-Mann. »Das haben sie mit dem Franzosen auch oft getan.«

»Und wie ist der mit ihnen umgegangen?« fragte Borowski.

»Er hat immer gesagt: ›Laß sie schwitzen.‹ Darf ich vorschlagen, daß Sie erst in einer Stunde telefonieren?«

»Geht in Ordnung. Gibt es hier in der Gegend ein Restaurant?«

»Gleich dort drüben in der Rua Mercadores.«

»Wir müssen etwas essen, und der Franzose hatte recht – er hatte immer recht. Laß sie schwitzen.«

»Zu mir war er sehr anständig«, sagte der V-Mann.

»Am Ende war er so etwas wie ein gesprächiger, wenn auch pervertierter Heiliger.«

»Ich verstehe nicht, Sir.«

»Das ist auch nicht notwendig. Aber ich lebe, und er ist tot, weil er eine Entscheidung getroffen hat.«

»Was für eine Entscheidung, Sir?«

»Zu sterben, damit ich leben kann.«

»Wie es in der Heiligen Schrift der Christen steht. Das haben die Nonnen uns gelehrt.«

»Kaum«, sagte Jason, den der Gedanke amüsierte. »Wenn es einen anderen Ausweg gegeben hätte, dann hätten wir den ergriffen. Aber es gab keinen. Er akzeptierte einfach die Tatsache, daß sein Tod *mein* Ausweg war.«

»Ich habe ihn gemocht«, sagte der V-Mann.

»Bringen Sie uns zu dem Restaurant.«

Edward McAllister hatte alle Mühe, sich zu beherrschen. Was er nicht wußte und worüber Borowski bei Tisch nicht reden wollte, ließ ihn vor Unruhe fast ersticken. Zweimal versuchte er, das Gespräch auf die ›Zwischenstation‹ und die augenblickliche Situation zu bringen, und zweimal schnitt Jason ihm das Wort ab und bedachte den Staatssekretär dabei mit einem finsteren Blick, während der V-Mann dankbar die Augen abwandte. Es gab gewisse Fakten, die der Chinese kannte, und andere, die er um seiner eigenen Sicherheit willen nicht kennen durfte.

»Ruhe und Nahrung«, sinnierte Borowski und holte das letzte Stückchen seines *tian-suan-on* vom Teller. »Der Franzose hat gesagt, das wären Waffen. Er hatte natürlich recht.«

»Ich würde sagen, daß er ersteres mehr gebraucht hat als Sie, Sir«, sagte der V-Mann.

»Mag sein, aber er hat Kriegsgeschichte studiert. Er behauptete, aus Übermüdung seien mehr Schlachten verloren worden als wegen Mangel an Waffen.«

»Das ist alles *sehr* interessant«, unterbrach McAllister scharf, »aber wir sind jetzt schon seit einer Weile hier, und ich bin sicher, daß wir etwas unternehmen sollten.«

»Werden wir auch, Edward. Wenn Sie nervös sind, dann überlegen Sie einmal, was die jetzt durchmachen. Der Franzose pflegte auch zu sagen, daß die Nerven des Feindes unsere besten Verbündeten seien.«

»Ihr Franzose geht *mir* allmählich auf die Nerven«, sagte McAllister gereizt.

Jason sah den Analytiker an und meinte ruhig: »Sagen Sie das nie wieder zu mir. Sie waren nicht dabei.« Borowski sah auf die Uhr. »Jetzt ist über eine Stunde vergangen. Suchen wir uns ein Telefon.« Er wandte sich zu dem V-Mann. »Ich werde Ihre Hilfe brauchen«, fügte er hinzu. »Sie stecken das Geld hinein. Ich wähle dann.«

»Sie haben gesagt, Sie würden in einer halben Stunde zurückrufen!« stieß die Frau am anderen Ende der Leitung hervor.

»Ich hatte andere Dinge zu erledigen. Ich habe noch mehr Klienten, und von Ihnen bin ich nicht gerade begeistert. Falls sich das zu einer Zeitvergeudung entwickeln sollte, habe ich anderes zu tun, und dann können Sie sich bei dem *Mann* verantworten, wenn der Taifun kommt.«

»Wie wäre das möglich?«

»Schluß jetzt, Lady! Geben Sie mir einen Koffer mit mehr Geld, als Sie je gesehen haben, dann könnte ich es Ihnen vielleicht sagen. Andererseits würde ich es wahrscheinlich doch nicht tun. Ich mag es, wenn hochgestellte Männer in meiner Schuld stehen. Sie haben jetzt noch zehn Sekunden, dann lege ich auf.«

»*Bitte*. Sie werden einen Mann treffen, der Sie zu einem Haus auf dem Guia-Hügel bringen wird, wo es hochmoderne Kommunikationsmittel –«

»Und wo ein halbes Dutzend von euren Gangstern mir den Schädel einschlägt, mich dann in ein Zimmer steckt, wo mich ein Arzt mit Drogen vollpumpt und Sie alles umsonst kriegen!« Borowskis Zorn war nur zum Teil gespielt; Shengs Leute benahmen sich wirklich wie die Amateure. »Jetzt will ich Ihnen einmal etwas über ein hochmodernes Kommunikationsmittel sagen. Das ist schlicht und einfach ein Telefon, und ich glaube nicht, daß es *Kommunikation* zwischen Macao und der Garnison von Guangdong gäbe, wenn Sie keine Zerhacker hätten. Natürlich haben Sie sie in Tokio gekauft, denn wenn Sie sie selbst gemacht hätten, würden sie wahrscheinlich nicht funktionieren! Einen solchen Zerhacker sollten Sie benutzen. Ich rufe Sie jetzt nur noch einmal an, Lady. Dann sollten Sie eine Nummer für mich haben. Die Nummer des *Mannes*.« Jason legte auf.

»Interessant«, sagte McAllister, der vielleicht einen Meter von ihm gestanden war und jetzt kurz zu dem chinesischen V-Mann hinübersah, der zum Tisch zurückgekehrt war. »Sie haben den Stock benutzt, wo ich eine Mohrrübe eingesetzt hätte.«

»Was hätten Sie?«

»Ich hätte betont, was für außergewöhnliche Informationen ich zu liefern habe. Statt dessen haben Sie gedroht, so als wollten Sie mit der anderen Seite gar nichts zu tun haben.«

»Verschonen Sie mich mit diesem Stuß«, antwortete Borowski und zündete sich eine Zigarette an, dafür dankbar, daß seine Hand nicht zitterte. »Zu Ihrer Aufklärung – ich habe beides getan. Die Drohung betont die Enthüllung, und das Ultimatum verstärkt beides.«

»Von Ihnen kann man etwas lernen«, sagte der Staatssekretär, und die Andeutung eines Lächelns wanderte über sein Gesicht. »Ich danke Ihnen.«

Der Mann von Medusa sah den Mann aus Washington scharf an. »Wenn dieses verdammte Ding funktioniert, schaffen Sie es dann, Analytiker? Können Sie die Knarre herausreißen und abdrücken? Wenn Sie das nämlich nicht können, sind wir beide tot.«

»Ich kann es«, sagte McAllister ruhig. »Für den Pazifikraum. Für die Welt.«

»Und für Ihren Auftritt im Rampenlicht.« Jason ging zum Tisch zurück. »Verschwinden wir jetzt hier. Ich will dieses Telefon nicht noch einmal benutzen.«

Die hektische Aktivität in der Villa von Sheng Chou Yang strafte die erhabene Ruhe des Jadeturmbergs Lügen. Dabei war die Unruhe nicht auf die Zahl der Leute zurückzuführen, denn es waren nur fünf, sondern auf die Hektik aller Akteure. Der Minister hörte zu, während seine Berater aus dem Garten hereinkamen und wieder hinauseilten, Nachrichten über die jüngste Entwicklung brachten und furchtsam ihren Rat anboten, den sie jedesmal sofort wieder zurückzogen, wenn ihr Führer das geringste Anzeichen von Mißbehagen erkennen ließ.

»Unsere Leute habe die Geschichte bestätigt, Herr!« rief ein uniformierter Herr in mittleren Jahren, der aus dem Haus gerannt kam. »Sie haben mit den Journalisten gesprochen. Alles ist so, wie der Meuchelmörder es beschrieben hat, und eine Fotografie des Toten ist an die Zeitungen verteilt worden.«

»*Beschaffen*«, sagte Sheng. »Sofort über Telex anfordern. Diese ganze Geschichte ist unglaublich.«

»Ist bereits veranlaßt«, sagte der Soldat. »Das Konsulat hat einen Attaché zu den South China News geschickt. Das Foto müßte in wenigen Minuten hier sein.«

»Unglaublich«, wiederholte Sheng leise, und sein Blick wanderte zu den Seerosen in den vier Teichen. »Die Symmetrie ist zu perfekt, die zeitliche Abstimmung zu perfekt, und das bedeutet, daß irgend etwas nicht vollkommen ist. Jemand hat ordnend eingegriffen.«

»Der Meuchelmörder?« fragte ein anderer Adjutant.

»Was sollte er damit bezwecken? Er hat doch keine Ahnung, daß er in dem Vogelreservat noch vor Ende der Nacht gestorben wäre. Er hat sich für privilegiert gehalten, aber wir haben ihn doch nur benutzt, um seinen Vorgänger in die Falle zu locken, den unser Mann bei MI-6 ausfindig gemacht hat.«

»Wer dann?« fragte ein anderer.

»Das ist es ja, *wer*? Alles ist gleichzeitig verlockend und doch so ungeschickt. Das ist alles zu durchsichtig, zu unprofessionell. Der Meuchelmörder muß, wenn er die Wahrheit spricht, glauben, daß er von mir nichts zu befürchten hat. Und doch droht er, setzt einen lukrativen Kunden aufs Spiel. Das tun Profis nicht, und das ist es, was mich so beunruhigt.«

»Dann vermuten Sie, daß eine dritte Partei eingeschaltet worden ist, Herr Minister?« fragte der dritte Adjutant.

»Wenn das so ist«, sagte Sheng, dessen Blick jetzt wie gebannt an einem einzigen Seerosenteich hing, »dann ist es jemand ohne Erfahrung oder mit der Intelligenz eines Ochsen. Ich verstehe das einfach nicht.«

»Er ist *da*, Herr!« rief ein junger Mann und kam mit einem Funkbild in der Hand in den Garten gerannt.

»*Schnell*, her damit!« Sheng packte das Blatt Papier und hielt es ans Licht. »Das ist er! Das Gesicht werde ich nie vergessen, solange ich *atme*! Alles freigeben. Sagen Sie der Frau in Macao, sie soll unserem Mörder die Nummer geben und das Gespräch elektronisch absichern. Mißerfolg ist jetzt gleichbedeutend mit *Tod*.«

»Sofort, Herr Minister!« Der junge Mann rannte ins Haus.

»Meine Frau, meine Kinder«, sagte Sheng Chou Yang nachdenklich. »Diese ganze Unruhe könnte sie stören. Würde einer von Ihnen bitte hineingehen und ihnen erklären, daß die Staatsgeschäfte mich von ihnen fernhalten?«

»Das ist mir eine Ehre, Herr«, sagte ein Adjutant.

»Sie leiden so unter der Last meiner Arbeit. Sie sind alle Engel. Eines Tages werden Sie belohnt werden.«

Borowski tippte dem V-Mann auf die Schulter und wies dann auf das beleuchtete Eingangsportal eines Hotels auf der rechten Straßenseite. »Wir nehmen uns dort ein Zimmer und suchen dann eine Telefonzelle am anderen Ende der Stadt. Okay?«

»Das ist klug«, sagte der Chinese. »Das Fernamt wimmelt von denen.«

»Und wir brauchen Schlaf. Der Franzose hat mir immer wieder gesagt, daß Ruhe auch eine Waffe sei. Herrgott, warum *wiederhole* ich mich die ganze Zeit?«

»Weil Sie besessen sind«, sagte McAllister vom Rücksitz aus.

»Das sagen ausgerechnet Sie. Lassen Sie das bleiben.«

Jason wählte die Nummer in Macao, die ein Relais in China auslöste und die Verbindung zu einem elektronisch gesicherten Telefon am Jadeturmberg herstellte. Während er das tat, sah er den Analytiker an. »Spricht Sheng Französisch?« fragte er schnell.

»Natürlich«, sagte der Staatssekretär. »Er verhandelt mit dem Quai d'Orsay und spricht die Sprache eines jeden, mit dem er verhandelt. Das ist eine seiner Stärken. Aber warum nicht Mandarin? Sie können es doch.«

»Aber der Major hat es nicht gekonnt, und wenn ich Englisch spreche, könnte er sich fragen, was aus dem britischen Akzent geworden ist. Das Französische wird das verdecken, wie bei Soo Jiang. Und dann werde ich außerdem noch wissen, ob es wirklich Sheng ist.« Borowski hielt ein Taschentuch über die Sprechmuschel, während er aus zweieinhalbtausend Kilometer Entfernung ein Echo des Klingelzeichens hörte. Die Zerhacker waren eingeschaltet.

»*Wei?*«

»*Comme le colonel, je préfère le français.*«

»*Shemma?*« rief die Stimme verblüfft.

»*Fawen*«, sagte Jason, das Wort, das auf Mandarin französisch bedeutete.

»*Fawen? Wo buhui!*« erwiderte der Mann aufgeregt und erklärte, er spreche nicht französisch. Der Anruf war erwartet worden. Und dann schaltete sich eine andere Stimme ein, im Hintergrund und zu leise, als daß man sie hätte hören können. Und dann war sie in der Leitung.

»*Pourquoi vouz parlez français?*« Das war Sheng! Gleichgültig, welche Sprache er gebrauchte. Borowski würde den Singsang des Redners nie vergessen. Das war der Fanatiker, der Diener eines gnadenlosen Gottes, der seine Zuhörer verführte, ehe er sie mit Feuer und Schwefel züchtigte.

»Sagen wir mal, daß mir dabei wohler ist.«

»Also gut. Was ist das für eine unglaubliche Geschichte, die Sie mir bringen? Dieser Wahnsinn und der Name, der erwähnt wurde?«

»Man hat mir auch gesagt, daß Sie Französisch sprechen«, unterbrach Jason.

Eine kurze Pause folgte, in der nur Shengs gleichmäßiger Atem zu hören war. »Sie wissen, wer ich bin?«

»Ich kenne einen Namen, der mir nichts bedeutet. Aber jemand anderem bedeutet er etwas. Jemand, den Sie vor Jahren gekannt haben. Er möchte mit Ihnen sprechen.«

»*Was?*« schrie Sheng. »*Verrat!*«

»Nichts dergleichen, und wenn, an Ihrer Stelle würde ich ihm zuhören. Er hat sofort alles durchschaut, was ich denen gesagt habe. Die anderen nicht, wohl aber er.« Borowski sah zu McAllister hinüber, der neben ihm stand; der Analytiker nickte, als wolle er damit ausdrücken, daß Jason überzeugenden Gebrauch von den Worten machte, die der Staatssekretär ihm geliefert hatte. »Er hat mich nur einmal angesehen und dann die richtigen Schlüsse gezogen. Aber schließlich war der Knabe, mit dem dieser Franzose früher mal gearbeitet hat, auch ganz schön zusammengeschossen; sein Kopf sah aus wie blutiger Blumenkohl.«

»Was haben Sie *getan*?«

»Ihnen wahrscheinlich den größten Gefallen, den Ihnen je jemand getan hat, und ich will dafür bezahlt werden. Da ist jetzt Ihr Freund. Er wird englisch sprechen.« Borowski reichte dem Analytiker das Telefon, worauf dieser sofort zu sprechen begann.

»Hier spricht Edward McAllister, Sheng.«

»*Edward* . . .?« Sheng Chou Yang war so verblüfft, daß er den Namen nicht ganz herausbrachte.

»Dieses Gespräch ist rein privat und offiziell nicht sanktioniert. Der Ort, an dem ich mich befinde, ist nicht registriert und unbekannt. Ich spreche einzig und allein zu meinem Nutzen – und dem Ihren.«

»Sie . . . verblüffen mich, mein alter Freund«, sagte der Minister langsam, hörbar um Beherrschung bemüht.

»Sie werden in den Morgenzeitungen darüber lesen, und die Nachrichten aus Hawaii berichten ohne Zweifel jetzt schon darüber. Das Konsulat wollte, daß ich auf ein paar Tage verschwinde – je weniger Fragen, desto besser –, und da wußte ich, mit wem ich gemeinsame Sache machen wollte.«

»Was ist geschehen, und *wie* sind Sie –«

»Die Ähnlichkeit war so offensichtlich, daß sie kein Zufall mehr sein konnte«, unterbrach ihn der Staatssekretär. »Ich nehme an, d'Anjou wollte die Legende so gründlich wie möglich ausschlachten, und da gehörte eben die äußerliche Ähnlichkeit für diejenigen dazu, die Jason Borowski in der Vergangenheit gesehen hatte. Meiner Ansicht nach eine überflüssige Ausschmückung, aber wirksam. In der Panik, die am Victoria Peak herrschte – und nachdem das Gesicht ja zur Unkenntlichkeit verstümmelt war –, hat sonst niemand die verblüffende Ähnlichkeit festgestellt. Aber andererseits hat auch keiner den anderen Borowski gekannt. Nur ich.«

»*Sie?*«

»Ich habe ihn aus Asien vertrieben, ich bin derjenige, den er in Hongkong umbringen wollte, und mit seinem perversen Sinn für Ironie und Rache beschloß er, das zu tun, indem er die Leiche Ihres Killers auf dem Victoria Peak liegenließ. Zu meinem Glück ließ sein Ego es nicht zu, daß er die Fähigkeiten Ihres Mannes richtig einschätzte. Als die Schießerei losging, hat ihn unser jetzt gemeinsamer Bundesgenosse überwältigt und in eine Maschinengewehrgarbe geworfen.«

»Edward, das kommt jetzt alles so schnell, ich kann das noch gar nicht fassen. Wer hat Jason Borowski zurückgebracht?«

»Offensichtlich der Franzose. Sein Schüler, der zugleich seine äußerst lukrative Einkommensquelle war, hatte sich selbständig gemacht. Er wollte Rache und wußte, wo der eine Mann zu finden war, der ihm dazu verhelfen konnte. Sein Kollege aus den Zeiten von Medusa, Jason Borowski, das Original.«

»*Medusa!*« flüsterte Sheng voller Abscheu.

»Trotz des schlechten Rufes, den die Leute hatten, gab es doch in gewissen Einheiten eine ungeheure Loyalität. Wenn man einem Menschen einmal das Leben gerettet hat, dann vergißt man das nicht.«

»Was hat Sie zu der *lächerlichen* Schlußfolgerung veranlaßt, daß ich mit dem Mann etwas zu tun haben könnte, den Sie einen Meuchelmörder nennen –«

»Bitte, Sheng«, unterbrach der Analytiker. »Für Dementis ist es jetzt zu spät. Wir *reden*. Aber ich will Ihre Frage beantworten. Es lag in dem Schema einiger seiner Morde. Es fing mit einem Vizepremier Chinas im Tsim Sha Tsui und vier weiteren Männern an. Alle waren Ihre Feinde. Und neulich in Kai-tak zwei Ihrer heftigsten Kritiker in der Delegation aus Beijing – Ziel einer Bombe. Und dann hat es auch Gerüchte gegeben; die gibt es in der Unterwelt immer. Es wurde von Nachrichten geflüstert, die zwischen Macao und Guangdong hin und her gingen, von mächtigen Männern in Beijing – von *einem* Mann mit ungeheurer Macht. Und schließlich war da noch die Akte . . . Wenn man das alles zusammenaddiert, wies es auf einen – auf *Sie*.«

»Die *Akte*? Was soll das, Edward?« fragte Sheng und täuschte Stärke vor. »Warum ist das ein inoffizielles, geheimes Gespräch zwischen uns?«

»Ich glaube, das wissen Sie.«

»Sie sind ein hochintelligenter Mann. Sie wissen genau, daß ich die Frage nicht stellen würde, wenn ich es wüßte.«

»Ein hochintelligenter Bürokrat, den man in den Hintergrund gedrängt hat. Sind Sie da nicht auch meiner Meinung?«

»Ich hatte tatsächlich erwartet, daß Sie es weiterbringen würden. Sie haben den sogenannten Unterhändlern während der Handelskonferenz das ganze Material und die Strategie geliefert. Und jeder weiß, daß Sie in Hongkong beispielhafte Arbeit geleistet haben. Als Sie Hongkong schließlich verließen, hatte Washington in der Kronkolonie mehr Einfluß als je zuvor.«

»Ich habe mich dazu entschlossen, meine Stellung aufzugeben, Sheng. Ich habe meiner Regierung zwanzig Jahre meines Lebens geopfert, aber ich will nicht für sie sterben. Ich werde nicht zulassen, daß man mich aus dem Hinterhalt abschießt oder meinen Wagen in die Luft sprengt. Ich werde nicht zur Zielscheibe von Terroristen werden, sei es nun hier oder im Iran oder in Beirut. Es ist Zeit, daß ich an mich selbst denke. Die Zeiten ändern sich, die Menschen ändern sich, und das Leben ist teuer. Meine Pension und meine Aussichten sind wesentlich weniger, als ich das eigentlich verdient hätte.«

»Da bin ich völlig Ihrer Ansicht, Edward, aber was hat das mit *mir* zu tun? Wir mußten gemeinsam Kompromisse ausarbeiten – waren sozusagen Gegner wie in einem Gerichtshof, aber auf keinen Fall Feinde in der Arena der Gewalt. Und was, im Namen des Himmels, soll dieser Unsinn, daß mein Name von Schakalen von der Kuomintang erwähnt würde?«

»Verschonen Sie mich mit diesem Stuß.« Der Analytiker sah zu Borowski hinüber. »Was auch immer unser gemeinsamer Kollege gesagt hat, die Worte waren die meinen, er hat sie nur ausgesprochen. Ihr Name ist auf dem Victoria Peak kein einziges Mal erwähnt worden, und beim Verhör Ihres Mannes waren auch keine Taiwanesen zugegen. Ich habe ihn das sagen lassen, weil diese Worte für Sie eine gewisse Bedeutung haben. Was Ihren Namen betrifft, so kennen den nur einige wenige – er steht in der Akte, die ich erwähnt habe, einer Akte, die in meinem Büro in Hongkong im Safe liegt. Sie trägt die Aufschrift ›Geheimhaltungsstufe eins‹. Es gibt nur eine Kopie dieser Akte, und die liegt in einem Safe in Washington und kann nur von mir freigegeben oder vernichtet werden. Wenn aber das Unerwartete eintreten sollte, sagen wir ein Flugzeugabsturz oder sagen wir, daß ich verschwinde – oder umgebracht werde –, dann würde diese Akte dem Nationalen Sicherheitsrat übergeben werden. Die Information in dieser Akte könnte sich, wenn sie in die falschen Hände gerät, für den ganzen Pazifikraum als katastrophal erweisen.«

»Ich muß wirklich sagen, daß mich Ihre offene, wenn auch unvollständige Information fasziniert, Edward.«

»Treffen Sie sich mit mir, Sheng. Und bringen Sie Geld mit, viel Geld – amerikanisches Geld. Unser Bundesgenosse sagt mir, daß es in Guangdong Hügel gibt, wo Ihre Leute sich mit ihm getroffen hätten. Treffen Sie sich morgen dort mit mir, zwischen zehn Uhr und Mitternacht.«

»Ich muß protestieren, mein Freund auf der Gegenseite. Sie haben mir keinen Ansporn geliefert.«

»Ich kann beide Exemplare jener Akte vernichten. Man hat mich hierhergeschickt, um einer Geschichte nachzugehen, die ihren Ursprung in Taiwan hat, einer Geschichte, die für unser aller Interesse so schädlich ist, daß schon die leiseste Andeutung zu einer Folge von Ereignissen führen könnte, die allen Angst und Schrecken einjagt. Ich glaube, daß an der Geschichte etliches dran ist, und wenn ich mich nicht täusche, dann kann man sie direkt zu meinem alten Gegenspieler während der chinesisch-amerikanischen Konferenz zurückverfolgen. Ohne ihn wäre so etwas nicht möglich gewesen . . . Dies ist mein letzter Auftrag, Sheng, und ein paar Worte von mir können diese Akte für immer verschwinden lassen. Ich gelange einfach zu dem Schluß, daß die Information völlig falsch ist, ein gefährliches Hetzmanöver, das Ihre Feinde in Taiwan sich ausgedacht haben. Die wenigen, die davon wissen, wollen genau das glauben, darauf gebe ich Ihnen mein Wort. Wenn ich auch nur ein Wort sage, wandert die Akte in den Reißwolf. Und ebenso die Kopie in Washington.«

»Sie haben mir immer noch nicht gesagt, warum ich Ihnen überhaupt *zuhöre!*«

»Der Sohn eines Taipan der Kuomintang müßte das wissen. Der Anführer einer Verschwörung in Beijing müßte es wissen. Ein Mann, der schon morgen früh in Ungnade fallen und geköpft werden könnte, wüßte es ganz bestimmt.«

Diesmal war die Pause lang, und die Atemzüge, die über die Leitung kamen, klangen unregelmäßig. Schließlich sprach Sheng.

»Die Hügel in Guangdong. *Er* weiß wo.«

»Nur ein Helikopter«, sagte McAllister. »Sie und der Pilot, sonst niemand.«

37

Finsternis. Die Gestalt in der Uniform eines Ledernacken der Vereinigten Staaten ließ sich im hinteren Teil des Parks am Victoria Peak von der Mauer fallen. Er kroch nach links, an einem Stück Drahtverhau vorbei, das ein weggesprengtes Mauerstück absichern sollte, und arbeitete sich stets im Schutz des Schattens quer über den Rasen auf die Hausecke zu. Er spähte durch die zerschmetterten Fenster ins Hausinnere auf die Überreste eines großen viktorianischen Arbeitszimmers. Vor den Glassplittern und den eingedrückten Fensterrahmen stand ein Ledernacken Wache; er hatte einen M-16-Karabiner ins Gras gestellt und hielt ihn am Lauf fest; eine .45er Pistole hatte er umgeschnallt. Daß er neben dem Karabiner noch die kleinere Waffe trug, war ein Zeichen für höchste Alarmstufe, das begriff der Eindringling und lächelte, als er sah, daß der Wachposten es nicht für nötig hielt, die M-16 in den Händen zu halten. Ledernacken mit schußbereiten Waffen wären ihm nicht gelegen gekommen. Auf die Weise konnte ein Gewehrkolben einem Menschen gegen den Schädel krachen, ehe der wußte, daß er in seiner Reichweite war. Der Eindringling wartete auf den geeigneten Augenblick, der kam, als der Brustkorb des Postens sich in einem langen Gähnen hob und seine Augen sich kurz schlossen, als er tief einatmete. Der Eindringling rannte um die Ecke, sprang hoch und warf dem Posten eine Drahtschlinge um den Hals. Sekunden später war es vorbei. Es war kaum ein Laut zu hören gewesen.

Der Killer ließ die Leiche einfach liegen, in diesem Teil des Gartens war es wesentlich dunkler als anderswo. Fast alle Scheinwerfer im hinteren Gartenteil waren bei den Explosionen kaputtgegangen. Er richtete sich auf und schob sich zur nächsten Ecke vor, wo er eine Zigarette herauszog und sie sich mit einem Gasfeuerzeug anzündete, wobei er schützend die Hand über die Flamme hielt. Dann trat er in das Scheinwerferlicht und schlenderte gelassen um die Ecke auf die breiten, angekohlten Verandatüren zu, wo ein zweiter Ledernacken auf der Treppe Wache hielt. Der Eindringling hielt die Zigarette in der linken Hand, hinter der er sein Gesicht versteckte, während er an der Zigarette sog.

»Wohl eine rauchen gegangen?« fragte der Posten.

»Mhm, hab nicht schlafen können«, sagte der Mann in einem Dialekt, der ihn als einen Mann aus dem Südwesten auswies.

»Diese Scheißpritschen sind für alles mögliche gemacht, bloß schlafen kann man darauf nicht. Brauchst dich bloß auf eine zu setzen, dann weißt du Bescheid . . . He, *Augenblick*! Wer zum Teufel bis *du* denn?«

Der Ledernacken bekam keine Chance, den Karabiner in Anschlag zu bringen. Der Eindringling machte einen Satz und trieb dem Posten das Messer mit tödlicher Akkuratesse in die Kehle und schnitt jeden Laut und jedes Leben damit ab. Dann zerrte der Killer die Leiche schnell um die Ecke und ließ sie im Schatten liegen. Er wischte sein Messer an der Uniform des Toten ab, steckte es sich wieder unter den Uniformrock, an der rechten Hüfte unter dem Gürtel, und kehrte zu den Verandatüren zurück. Er betrat das Haus.

Jetzt ging er durch den langen, nur schwach beleuchteten Korridor, an dessen Ende ein dritter Ledernacken vor einer breiten geschnitzten Tür stand. Der Posten ließ den Karabiner sinken und sah auf die Uhr. »Du kommst früh«, sagte er. »Ich soll erst in einer Stunde und zwanzig Minuten abgelöst werden.«

»Ich gehöre nicht zu dieser Einheit, Kumpel.«

»Bist du aus der Gruppe von Oahu?«

»Yeah.«

»Ich dachte, die hätten euch Witzbolde schleunigst hier weggeschafft und zurück nach Hawaii. So heißt es wenigstens.«

»Ein paar von uns haben Befehl bekommen, hierzubleiben. Wir sind jetzt unten im Konsulat. Dieser Typ, wie heißt der doch gleich, McAllister, hat uns die ganze Nacht lang verhört.«

»Das ist mal eine gottverflucht beschissene Geschichte, Kumpel!«

»Das kannst du laut sagen. Übrigens, wo hat denn dieser Knallkopf sein Büro? Er hat mich hier heraufgeschickt, damit ich ihm seine Spezialmischung Pfeifentabak bringe.«

»Das paßt zu dem. Kannst ihm ja eine Prise Hasch reintun.«

»Welches Büro?«

»Ich hab ihn vorher mit dem Arzt durch die erste Tür rechts gehen sehen. Dann später, ehe er weggegangen ist, ist er hier hineingegangen.« Der Wachposten deutete mit einer Kopfbewegung auf die Tür hinter sich.

»Wem gehört denn die Bude hier?«

»Ich weiß nicht, wie er heißt, aber er ist hier der große Macker. Die nennen ihn den Botschafter.«

Die Augen des Killers verengten sich. »Botschafter?«

»Yeah. Aber das ist hier alles im Eimer. Dieser Scheißverrückte hat hier alles in die Luft gepustet, aber der Safe ist noch intakt, deshalb bin ich hier, und noch einer, der draußen in den Tulpenbeeten Wache hält. Ich schätze, die haben ein paar Millionen für einen Sonderetat lockergemacht.«

»Oder für sonst etwas«, sagte der Eindringling leise. »Die erste Tür rechts, hm?« fügte er hinzu, drehte sich um und griff unter seinen Uniformrock.

»*Mal langsam*«, sagte der Ledernacken. »Warum haben die vom Tor nicht Bescheid gesagt?« Er griff nach dem Funkgerät, das er am Koppel trug. Tut mir leid, aber ich muß dich überprüfen lassen, Kumpel. Das ist Vorschrift –«

Der Killer warf sein Messer. Während es sich dem Posten in die Brust bohrte, warf er sich auf ihn und drückte ihm mit dem Daumen die Kehle ein. Dreißig Sekunden später öffnete er die Tür von Havillands Büro und zerrte den Toten hinein.

Sie gingen in völliger Dunkelheit über die Grenze; anstelle der zerknitterten, unauffälligen Kleider, die sie vorher angehabt hatten, trugen sie jetzt Staßenanzüge und Regimentskrawatten. Jeder hatte einen Attachékoffer bei sich, mit dem Diplomatensiegel gesichert, das für Grenzwachen tabu war. In Wahrheit enthielten die Koffer ihre Waffen und einige weitere Gegenstände, die Borowski aus d'Anjous Wohnung geholt hatte, nachdem McAllister das geheiligte Siegel rausgerückt hatte, das selbst die Volksrepublik respektierte – so lange wenigstens, wie China den Wunsch hatte, daß man seinem Personal im Auswärtigen Dienst dieselbe Höflichkeit erwies. Der V-Mann aus Macao, der den Namen Wong trug – den hatte er wenigstens genannt –, war von den Diplomatenpässen gebührend beeindruckt, hatte sich aber um der Sicherheit willen als auch wegen der zwanzigtausend Dollar, die für ihn, wie er behauptete, eine moralische Verpflichtung darstellten, dazu entschlossen, den Grenzübergang auf seine Weise vorzubereiten.

»Es ist nicht so schwierig, wie ich früher vielleicht behauptet habe, Sir«, erklärte Wong. »Zwei der Grenzwachen sind meine Vettern mütterlicherseits – möge die Seele meiner Mutter in Frieden ruhen –, und wir helfen einander. Ich tue mehr für sie als sie für mich, aber ich bin ja auch in der besseren Position. Sie essen besser als die meisten in der Stadt Zhuhai Shi, und beide haben Fernsehgeräte.«

»Wenn das Ihre Vettern sind«, sagte Jason, »warum waren Sie dann gegen die Uhr, die ich einem der beiden das letztemal gegeben habe? Sie haben gesagt, die sei zu teuer.«

»Weil er sie verkaufen wird, Sir, und ich möchte nicht, daß er verdorben wird. Er erwartet dann von mir zuviel.«

Und so, dachte Borowski, wurde die strengste Grenze der Welt bewacht. Aber wie dem auch sei, Wong bedeutete ihnen, um Punkt 20.55 Uhr durch das letzte Tor rechts zu gehen; er selbst würde ein paar Minuten später durch ein anderes Tor gehen. Ihre Pässe mit den roten Streifen wurden genau studiert; dann ließ man die geehrten Diplomaten, begleitet vom Lächeln des Vetters, schnell passieren. Die Präfektin der Provinzkontrolle von Zhuhai-Shi-Guangdong, die ihnen die Pässe zurückgab, hieß sie sofort in China willkommen. Es handelte sich um eine kleine, breitschultrige Frau, und Jason überlegte, daß er ihr nicht im Nahkampf würde gegenübertreten wollen. Sie sprach englisch mit ausgeprägtem Akzent, aber verständlich.

»Sie haben Regierungsgeschäfte in Zhuahai Shi?« fragte sie, und ihre umwölkten, irgendwie feindselig blickenden Augen straften ihr Lächeln Lügen. »Die Garnison von Guangdong vielleicht? Dort kann ich Ihnen einen Wagen besorgen.«

»Bu xiexie«, sagte der Staatssekretär ablehnend und ging wieder auf das Englische über, um der Höflichkeit seiner Gastgeberin Respekt zu erweisen. »Es handelt sich um eine Besprechung ohne große Bedeutung, die nur ein paar Stunden dauern wird, und wir werden noch im Laufe der Nacht nach Macao zurückkehren. Man wird hier Kontakt mit uns aufnehmen, also werden wir bei einer Tasse Kaffee darauf warten.«

»Darf ich Sie in mein Büro bitten?«

»Nein, danke. Ihre Leute werden nach uns im . . . *Kafie dian* – in dem Café suchen.«

»Dort drüben links, Sir. An der Straße. Nochmals willkommen in der Volksrepublik.«

»Wir werden Ihre Höflichkeit nicht vergessen«, sagte McAllister und verbeugte sich.

»Seien Sie bedankt«, erwiderte die stämmige Frau, nickte und entfernte sich.

»Mit Ihren Worten, Analytiker«, sagte Borowski, »das haben Sie sehr gut gemacht. Aber ich sollte vielleicht hinzufügen, daß sie nicht auf unserer Seite ist.«

»Natürlich nicht«, pflichtete der Staatssekretär ihm bei. »Sie hat Anweisung, jemand hier in der Garnison oder in Beijing anzurufen und zu bestätigen, daß wir die Grenze überschritten haben. Dieser Jemand wird mit Sheng Verbindung aufnehmen, und er wird wissen, daß ich es bin – und Sie. Niemand sonst.«

»Er sitzt bereits im Flugzeug«, sagte Jason, während sie langsam auf das schwach beleuchtete Café am Ende eines plattenbelegten Weges zugingen, der in die Straße einmündete. »Er ist hierher unterwegs. Übrigens, man wird uns folgen, das wissen Sie doch, oder?«

»Nein, das weiß ich nicht«, antwortete McAllister und sah Borowski kurz an. »Sheng wird vorsichtig sein. Ich habe ihm genügend Informationen gegeben, um ihn zu beunruhigen. Wenn er glaubte, daß es nur eine Akte gäbe – was zufälligerweise der Fall ist –, könnte er Risiken eingehen, in der Meinung, er könne sie mir abkaufen und mich dann umbringen. Aber er meint oder muß annehmen, daß es in Washington eine Kopie gibt. Er will, daß sie vernichtet wird. Er wird nichts unternehmen, um mich zu beunruhigen oder mich in Panik zu versetzen. Vergessen Sie nicht, ich bin der Amateur und bekomme schnell Angst. Ich kenne ihn. Er hat sich inzwischen alles zusammengereimt und trägt wahrscheinlich mehr Geld bei sich, als ich mir je erträumt habe. Natürlich geht er davon aus, daß er es zurückbekommt, sobald die Akten vernichtet sind und er mich umbringt. Sie sehen also, ich habe ein sehr gutes Motiv dafür, daß meine Mission nicht scheitert – oder keinen Erfolg hat, indem sie scheitert.«

Wieder starrte der Mann von Medusa den Mann aus Washington an. »Sie haben sich das alles wirklich gründlich überlegt, nicht wahr?«

»Sehr gründlich«, antwortete McAllister und blickte geradeaus. »Wochenlang, jede Einzelheit. Offen gestanden, hatte ich nicht gedacht, daß Sie beteiligt sein würden, weil ich dachte, Sie würden bis dahin tot sein. Aber ich wußte, daß ich Sheng erreichen konnte. Irgendwie – natürlich inoffiziell. Jede offizielle Begegnung, selbst ein vertrauliches Gespräch, würde nach protokollarischen Vorschriften ablaufen, und selbst wenn ich ihn unter vier Augen sprechen könnte, ohne seine Adjutanten, dürfte ich ihn nicht einmal anfassen. Sonst sähe das Ganze wie ein von der Regierung sanktionierter Mord aus. Ich habe überlegt, ihn direkt anzusprechen, sozusagen um der alten Zeiten willen, und dabei Worte zu gebrauchen, die eine Reaktion auslösen würden – so ähnlich, wie ich das gestern nacht getan habe. Wie Sie zu Havilland sagten, die einfachsten Wege sind gewöhnlich die besten. Wir neigen dazu, die Dinge zu komplizieren.«

»Zu Ihren Gunsten spricht, daß das häufig auch sein muß. Man darf sich schließlich nicht mit einer rauchenden Pistole in der Hand erwischen lassen.«

»Was für ein abgedroschener Ausdruck«, sagte der Analytiker und lachte spöttisch. »Was bedeutet er eigentlich? Daß man Sie in die Irre geführt hat, daß Sie einen belanglosen Fehler begangen haben, der doch Konsequenzen hatte? In der Politik geht es nicht darum, daß ein einzelner sich in eine peinliche Situation gebracht hat. Das Geschrei der Leute nach Rechtschaffenheit widert mich immer wieder an, wo die meisten doch gar keine Vorstellung davon haben, wie wir vorgehen müssen.«

»Vielleicht wollen die Leute hie und da einfach nur eine ehrliche Antwort.«

»Die können sie *nie* kriegen«, sagte McAllister, als sie auf die Tür des Cafés zugingen, »weil sie die nicht verstehen könnten.«

Borowski blieb vor der Tür stehen. »Sie sind blind«, sagte er, und sein Blick bohrte sich in den des Staatssekretärs. »Man hat mir auch keine ehrliche Antwort gegeben, geschweige denn eine Erklärung. Sie sind zu lange in Washington gewesen. Sie sollten es einmal mit ein paar Wochen Cleveland probieren oder mit Bangor, Maine. Das könnte Ihnen andere Perspektiven verschaffen.«

»Halten Sie mir keine Vorträge, Mr. Borowski. Weniger als sechsundvierzig Prozent unserer Bevölkerung sind daran interessiert, ihre Stimme bei der Wahl abzugeben – und bei dieser Wahl wird entschieden, welche Richtung unser Land einschlagen soll. Das bleibt alles uns überlassen – den Wichtigtuern und den professionellen Bürokraten. Wir sind alles, was ihr habt ... Können wir jetzt bitte hineingehen? Ihr Freund Mr. Wong hat gesagt, wir sollten nur kurz drin bleiben, Kaffee trinken und dann wieder auf die Straße gehen. Er hat gesagt, er würde uns in genau fünfundzwanzig Minuten treffen, und zwölf davon sind bereits verstrichen.«

»Zwölf? Nicht zehn oder fünfzehn, sondern zwölf?«

»Exakt.«

»Was tun wir, wenn er sich um zwei Minuten verspätet? Erschießen wir ihn dann?«

»Sehr komisch«, sagte der Analytiker und stieß die Tür auf.

Sie verließen das Café und traten hinaus auf das dunkle, abgetretene Pflaster an der Grenzstation von Guangdong. Da an der Grenze wenig Betrieb herrschte, waren höchstens ein Dutzend Leute zu sehen, die über die Grenze kamen und in der Finsternis verschwanden. Von den drei Straßenlampen in der unmittelbaren Umgebung funktionierte nur eine und verstrahlte ihr schwaches Licht. Die Sicht war schlecht. Fünfundzwanzig Minuten verstrichen, dehnten sich zu dreißig, wurden schließlich achtunddreißig. Jetzt sprach Borowski.

»Irgend etwas stimmt nicht. Er hätte inzwischen Kontakt aufnehmen sollen.«

»Zwei Minuten Verspätung, und wir erschießen ihn?« sagte McAllister, und dann mißfiel ihm sofort sein Versuch, witzig zu sein. »Ich meine, ich habe den Eindruck gewonnen, alles käme darauf an, ruhig zu bleiben.«

»Wenn es um zwei Minuten geht, aber nicht um fast fünfzehn«, erwiderte Jason. »Das ist nicht normal«, fügte er leise hinzu, wie im Selbstgespräch. »Andererseits könnte es ganz normal *abnormal* sein. Er möchte, daß wir Kontakt mit *ihm* aufnehmen.«

»Ich verstehe nicht –«

»Das brauchen Sie nicht. Gehen Sie einfach neben mir her, so als würden wir planlos dahinschlendern, um uns die Zeit zu vertreiben, bis man uns abholt. Wenn sie uns sieht, wird die Damenringkämpferin nicht überrascht sein. Chinesische Beamte kommen notorisch zu spät; sie haben das Gefühl, daß ihnen das einen Vorteil einbringt.«

»›Laß sie schwitzen?‹«

»Genau. Nur daß wir uns jetzt nicht mit dem treffen, der das gesagt hat. Kommen Sie, gehen wir nach links; dort ist es dunkler. Geben Sie sich ganz locker; reden Sie über das Wetter, irgend etwas. Nicken Sie, schütteln Sie den Kopf, zucken Sie die Achseln – lauter ganz unauffällige Bewegungen.«

Sie gingen etwa fünfzehn Meter weit, und dann geschah es. »*Kam Pek!*« Der Name des Casinos klang im Flüsterton aus den Schatten hinter einem verlassenen Zeitungsstand.

»*Wong?*«

»Bleiben Sie, wo Sie sind, und tun Sie so, als würden Sie sich unterhalten, aber hören Sie mir zu?«

»Was ist geschehen?«

»Man folgt Ihnen.«

»Zwei Punkte für einen superschlauen Bürokraten«, sagte Jason. »Haben Sie einen Kommentar, Herr Staatssekretär?«

»Das kommt unerwartet, ist aber nicht unlogisch«, antwortete McAllister. »Eine Sicherheitsmaßnahme vielleicht. Wie wir wissen, wimmelt es hier ja von falschen Pässen.«

»Aber die Ringerin hat uns doch schließlich überprüft.«

»Dann ist das vielleicht, um sicherzustellen, daß wir uns nicht mit der Art von Leuten zusammentun, die Sie gestern nacht vorgeschlagen haben«, flüsterte der Analytiker, so leise, daß der chinesische V-Mann ihn nicht hören konnte.

»Das wäre möglich.« Borowski hob die Stimme etwas, so daß der V-Mann ihn verstand. Er sah zu der Grenze hinüber. Dort war niemand zu sehen. »Wer folgt uns?«

»Das Schwein.«

»Soo?«

»Ganz richtig, Sir. Deshalb darf ich mich auch nicht blicken lassen.«

»Sonst noch jemand?«

»Niemand, den ich sehen könnte, aber ich weiß nicht, wer auf der Straße zu den Bergen wartet.«

»Ich werde ihn erledigen«, sagte der Mann von Medusa, der einmal Delta geheißen hatte.

»*Nein!*« wandte McAllister ein. »Er hat vielleicht Anweisung von Sheng, sicherzustellen, daß wir allein *bleiben*, daß wir uns nicht mit anderen treffen. Sie haben gerade selbst gesagt, daß das möglich sei.«

»Das könnte er nur, indem er selbst andere kontaktiert. Das kann er nicht . . . wenn er es nicht kann. Und Ihr alter *Freund* würde ganz bestimmt keinen Funkkontakt zulassen, solange er in einem Flugzeug oder einem Helikopter sitzt. Der könnte angepeilt werden.«

»Und wenn spezielle Signale verabredet sind – eine Leuchtrakete zum Beispiel, oder eine nach oben gerichtete Taschenlampe, um dem Posten zu sagen, daß alles klar ist?«

Jason sah den Analytiker an. »Sie denken wirklich alles zu Ende.«

»Es gibt eine Möglichkeit«, sagte Wong aus dem Schatten heraus, »und das ist ein Privileg, das ich mir selbst vorbehalten möchte, ohne Aufpreis.«

»Was für ein Privileg?«

»Ich werde das Schwein töten. Es wird in einer Art und Weise geschehen, die Sie nicht kompromittiert.«

»*Was?*« Der erstaunte Borowski wollte sich umdrehen.

»*Bitte*, Sir! Sie müssen geradeaus sehen.«

»Entschuldigung. Aber *warum*?«

»Er treibt wahllos Unzucht und bedroht die Frauen, die er beglückt, damit, daß sie und ihre Männer ihre Stellungen verlieren, und ihre Brüder und Vettern auch. In den letzten vier Jahren hat er über viele Familien Schande gebracht, darunter auch über die Familie meiner Mutter.«

»Warum hat man ihn nicht schon lange umgebracht?«

»Er ist immer mit bewaffneten Wachen unterwegs, selbst in Macao. Trotzdem sind schon einige Attentate auf ihn verübt worden. Aber die haben jedesmal zu Repressalien geführt.«

»Repressalien?« fragte McAllister leise.

»Leute wurden verhaftet, wiederum wahllos, und man warf ihnen vor, sie hätten Vorräte und Material aus der Garnison gestohlen. Die Strafe für derartige Verbrechen ist Tod durch Genickschuß in den Feldern.«

»Heiland«, murmelte Borowski. »Ich werde keine Fragen stellen. Sie haben Grund genug. Aber wie wollen Sie es anstellen?«

»Er hat diesmal keine Wachen bei sich. Vielleicht warten sie auf der Straße in die Berge auf ihn. Aber *jetzt* sind sie nicht bei ihm. Sie setzen sich in Bewegung, und wenn er Ihnen folgt, werde ich ihm folgen. Wenn er Ihnen nicht folgt, werde ich wissen, daß Ihre Reise nicht unterbrochen werden wird, dann werde ich nachkommen.«

»Nachkommen?« Borowski runzelte die Stirn.

»Nachdem ich das Schwein getötet habe und seine Schweineleiche an einem angemessenen und für ihn schändlichen Ort hinterlassen habe. Auf der Frauentoilette.«

»Und *wenn er uns folgt*?« fragte Jason.

»Dann wird sich mir eine Gelegenheit bieten, während ich für Sie die Augen offenhalte. Ich werde seine Wachen sehen, aber sie werden mich nicht sehen. Ganz gleich, was er tut, es wird einen Augenblick geben, wo er sich von seinen Wachen trennt, und wenn auch nur ein paar Schritte weit. Das wird reichen, und man wird dann annehmen, daß er Schande über einen seiner Männer gebracht hat.«

»Dann gehen wir jetzt.«

»Sie kennen den Weg, Sir.«

»Als ob ich eine Karte hätte.«

»Ich treffe mich mit Ihnen am Fuß des ersten Hügels hinter dem hohen Gras. Erinnern Sie sich?«

»Das wäre schwer, die Stelle zu vergessen. Ich hätte mir dort fast ein Grab in China eingehandelt.«

»Nach sieben Kilometern biegen Sie in den Wald ab, auf die Wiesen zu.«

»Das habe ich vor. Sie haben mich das gelehrt. Gute Jagd, Wong.«
»Danke, Sir, die werde ich haben. Grund genug dafür habe ich.«

Die zwei Amerikaner schritten über den ramponierten Platz, entfernten sich aus dem schwachen Licht und traten in völlige Dunkelheit. Eine korpulente Gestalt in Zivilkleidung beobachtete sie aus dem Schutz, den der Schatten eines Betontunnels ihm bot. Er sah auf die Uhr und nickte dann mit einem schwachen Lächeln zufrieden. Dann drehte Oberst Soo Jiang sich um und ging durch den Tunnel in den Gebäudekomplex des Grenzübergangs zurück – eiserne Tore, hölzerne Wachhäuschen und Stacheldraht in der Ferne, alles in stumpfgraues Licht getaucht. Die Präfektin der Zhuhai-Shi-Guangdong-Provinzkontrolle, die mit fast männlich wirkenden Schritten begeistert auf ihn zuging, begrüßte ihn.

»Das müssen sehr wichtige Männer sein, Oberst«, sagte die Präfektin mit einem Blick, der gar nicht feindselig wirkte, sondern eher blinde Verehrung ausdrückte. Und Furcht.

»Oh, das sind sie, das sind sie wirklich«, pflichtete der Oberst ihr bei.

»Das müssen sie ganz sicherlich sein, wenn sich ein so bedeutender Offizier wie Sie so um sie kümmert. Ich habe das Telefongespräch mit dem Mann in Guangzhou geführt, wie Sie das verlangt haben, und er hat mir gedankt, aber er hat nicht nach meinem Namen gefragt –«

»Ich werde dafür sorgen, daß er ihn erfährt«, unterbrach sie Jiang müde.

»Und ich werde dafür sorgen, daß nur meine besten Leute an den Toren sind, um sie zu begrüßen, wenn sie heute nacht nach Macao zurückkehren.«

Soo sah die Frau an. »Das ist nicht nötig. Man wird sie nach Beijing bringen, zu streng geheimen Konferenzen auf höchster Ebene. Meine Anweisung lautet, daß ich alle Aufzeichnungen entfernen muß, aus denen hervorgeht, daß sie die Grenze von Guangdong überquert haben.«

»*So* vertraulich ist das?«

»Ja, allerdings, Genossin. Es handelt sich um geheime Staatsgeschäfte, und Sie müssen dafür sorgen, daß sie selbst gegenüber Ihren engsten Vertrauten geheim bleiben. Ihr Büro bitte.«

»Sofort«, sagte die breitschultrige Frau und machte militärisch kehrt. »Ich habe Tee oder Kaffee, ja sogar britischen Whisky aus Hongkong.«

»Ach ja, britischen Whisky. Darf ich Sie begleiten, Genossin? Meine Arbeit ist beendet.«

Die beiden etwas grotesk wirkenden Gestalten, die in eine Wagneroper gepaßt hätten, marschierten in einer Art watschelndem Gleichschritt auf die schmutzige Glastür zum Büro der Präfektin zu.

»*Zigaretten!*« flüsterte Borowski und packte McAllister an der Schulter.
»*Wo?*«

»Dort vorne, etwas abseits von der Straße, links, im Wald!«

»Die habe ich nicht gesehen.«

»Sie haben auch nicht darauf geachtet. Wer dort raucht, hält die Hand darüber, aber sie sind trotzdem da. Die Baumrinde wird einen kurzen Augenblick lang beleuchtet, und dann ist sie wieder dunkel. Kein Rhythmus, unregelmäßig. Rauchende Männer. Manchmal glaube ich, daß die hier im Osten vom Rauchen noch besessener sind als von Sex.«

»Was tun wir jetzt?«

»Genau das, was wir jetzt auch tun, nur lauter.«

»*Was?*«

»Gehen Sie einfach weiter, und sagen Sie irgend etwas, was Ihnen gerade in den Sinn kommt, die werden das nicht verstehen. Sie haben sicher einmal *Hiawatha* auswendig gelernt oder *Horatio auf der Brücke* oder in Ihrer wilden Zeit auf dem College vielleicht *Aura Lee*. Sie brauchen nicht zu singen, sagen Sie einfach den Text auf. Das wird sie ablenken.«

»Aber *warum?*«

»Weil das genau das ist, was Sie vorhergesagt haben. Sheng vergewissert sich, daß wir uns niemandem anschließen, der ihm gefährlich werden könnte. Und in diese Sicherheit wollen wir ihn wiegen, okay?«

»Großer Gott! Und wenn jetzt einer von denen Englisch spricht?«

»Das ist unwahrscheinlich, aber wenn Ihnen das lieber ist, könnten wir ja auch ein Gespräch improvisieren.«

»Nein, darauf verstehe ich mich nicht. Ich mag keine Partys und keine gesellschaftlichen Veranstaltungen, ich weiß nie, was ich sagen soll.«

»Deshalb habe ich ja vorgeschlagen, daß Sie einen Text aufsagen. Und jedesmal, wenn Sie eine Pause machen, werde ich Sie unterbrechen. Nur los jetzt, sprechen Sie ganz beiläufig, aber schnell. Dies ist nicht der Ort für chinesische Gelehrte, die schnelles Englisch verstehen . . . Jetzt sind die Zigaretten ausgegangen. Sie haben uns entdeckt! *Los!*«

»O Gott . . . Also gut. Äh, äh . . . ›Auf O'Reillys Veranda, bei Whisky und Bier –‹ «

»Sehr gut!« sagte Jason und funkelte seinen Schüler an.

»Da dachte ich mir plötzlich, wär's denn nicht ergötzlich, die Tochter O'Reillys –«

»Aber Edward, Sie überraschen mich immer wieder aufs neue.«

»Das ist ein altes Lied unserer Verbindung«, flüsterte der Analytiker.

»*Was?* Ich kann Sie nicht *hören*, Edward, lauter.«

»Tatumta, tatumta, tatuta, tati, und Reilly, der alte –«

»Einfach klasse!« unterbrach ihn Borowski, als sie an dem Waldstück vorbeikamen, wo vor Sekunden Männer hinter Bäumen verborgen geraucht hatten. »Ich glaube, Ihr Freund wird durchaus Ihrer Ansicht sein. Sonst noch eine Idee?«

»Ich hab den Text vergessen.«

»Eine Idee, meinen Sie. Die fällt Ihnen sicher wieder ein.«

»Es hatte irgend etwas mit ›Reilly der Alte‹ zu tun . . . O ja, jetzt fällt es mir wieder ein. ›Und als dann der ganze Spaß endlich um war, kam Reilly . . . tatumta, tatumta – die Knarre im Arm‹, jetzt ist es mir wieder eingefallen.«

»Sie gehören wirklich in ein Museum, falls Ripley eines besitzt . . . Aber sehen Sie es einmal so, Sie können sich ja das ganze Projekt in Macao näher ansehen.«

»Was für ein Projekt . . . Da war noch ein so blödes Lied, das wir immer gegrölt haben. ›Hundert Flaschen Bier im Schrank, hundert Flaschen Bier. Und eine fällt unter –‹ O Gott, wie lang das her ist, richtig albern war das, und endlos – ›neunundneunzig Flaschen Bier im Schrank‹ –«

»Vergessen Sie's, jetzt können die uns nicht mehr hören.«

»Oh? Gott sei Dank!«

»Das klang ganz herrlich. Wenn einer dieser Witzbolde auch nur ein Wort Englisch verstanden hat, dann sind die jetzt noch konfuser als ich. Gut gemacht, Analytiker. Kommen Sie, gehen wir jetzt schneller.«

McAllister sah Jason an. »Sie haben das absichtlich getan, nicht wahr? Mich bedrängt, mich an etwas zu erinnern – irgend etwas –, weil Sie wußten, daß ich mich dann konzentrieren und nicht in Panik geraten würde.«

Borowski gab darauf keine Antwort; er traf einfach eine Feststellung. »Noch hundert Fuß, und dann gehen Sie allein weiter.«

»Was? Sie wollen mich allein lassen?«

»Auf zehn, vielleicht auch fünfzehn Minuten. Hier gehen Sie weiter, und halten Sie den Arm hoch, damit ich meinen Aktenkoffer daraufstützen und das verdammte Ding aufmachen kann.«

»Wo gehen Sie denn hin?« fragte der Staatssekretär, während der Aktenkoffer etwas unsicher auf seinem linken Arm ruhte. Jason klappte ihn auf, holte ein Messer mit langer Klinge heraus und schloß den Koffer wieder. »Sie dürfen mich jetzt nicht allein lassen!«

»Keine Sorge, niemand will Sie aufhalten – uns aufhalten. Wenn die das wollten, hätten sie es schon getan.«

»Sie meinen, das hätte ein Überfall sein können.«

»Ich habe mich auf Ihren analytischen Verstand verlassen und darauf, daß da keiner sein würde. Nehmen Sie den Koffer.«

»Aber was haben Sie –«

»Ich muß sehen, was dort hinten ist. Gehen Sie ruhig weiter.«

Der Mann von Medusa bog nach links ab und betrat an einer Straßenbiegung das Waldstück. Im schnellen Lauf, lautlos und instinktiv dem dichten Unterholz ausweichend, bewegte er sich in einem weiten Halbkreis nach rechts. Minuten später sah er das Glühen von Zigaretten und kroch jetzt wie eine große Katze auf die Gruppe von Männern zu, bis er nur noch drei Meter von ihnen entfernt war. Das schwache Mondlicht, das durch die Zweige zu ihm gefiltert wurde, reichte aus, sie zählen zu können. Es waren sechs, und jeder war mit einer leichten Maschinenpistole bewaffnet, die er am Schulterriemen trug ... Und da war noch etwas, etwas, das ihn verblüffte. Jeder der Männer trug die gutgeschnittene Uniform mit den vier Taschen, wie sie hohe Offiziere in der Armee der Volksrepublik trugen. Und nach den Gesprächsfetzen zu schließen, die er hören konnte, sprachen sie Mandarin, nicht Kantonesisch, wie es normalerweise Soldaten, ja selbst Offiziere der Garnison von Guangdong sprachen. Diese Männer waren nicht aus Guangdong. Sheng hatte seine Elitegarde eingeflogen.

Plötzlich schnippte einer der Offiziere sein Feuerzeug an und sah auf die Uhr. Borowski studierte das Gesicht über der Flamme. Er kannte es, und sein Anblick bestätigte seine Vermutung. Es war das Gesicht des Mannes, der versucht hatte, Echo auszuhorchen, indem er sich in jener schrecklichen Nacht als Gefangener auf dem Lastwagen ausgegeben hatte, der Offizier, den Sheng mit einem gewissen Maß von Achtung behandelt hatte. Ein cleverer Killer, mit weicher Stimme.

»*Xian zai*«, sagte der Mann und verkündete damit, daß der Augenblick gekommen sei. Er hob ein Funkgerät auf und sprach. »*Da li shi, da li shi!*« Er bellte es förmlich und rief seinen Verbindungsmann mit dem Codezeichen Marmor. »Sie sind allein, da ist sonst niemand. Wir werden jetzt weisungsgemäß handeln. Warten Sie das Signal ab.«

Die sechs Offiziere standen gleichzeitig auf, schoben sich die Waffen zurecht und traten ihre Zigaretten aus. Dann eilten sie auf den Weg zu.

Borowski entfernte sich auf Händen und Knien, sprang dann auf und rannte durch den Wald. Er mußte McAllister erreichen, ehe Shengs Leute ihn einholten und im Mondlicht sahen, daß er allein war. Wenn die Wachen unruhig wurden, könnten sie sonst ein anderes Signal aussenden – *Konferenz geplatzt*. Er erreichte die Straßenbiegung und rannte noch schneller, sprang über heruntergefallene Zweige, die andere gar nicht gesehen hätten, glitt zwischen Lianen und Sträuchern durch, mit denen andere nicht gerechnet hätten. In weniger als zwei Minuten sprang er lautlos dicht neben McAllister aus dem Wald.

»Du lieber Gott!« stöhnte der Staatssekretär.

»Seien Sie still!«

»Sie sind wahnsinnig!«

»Das sagen ausgerechnet Sie.«

McAllister reichte Jason stumm und mit zitternden Händen seinen Aktenkoffer. Nach ein paar Augenblicken fügte er hinzu: »Wenigstens ist das hier nicht explodiert.«

»Ich hätte Ihnen sagen sollen, daß Sie ihn nicht fallen lassen dürfen.«

»O *Gott*! ... Sollten wir nicht von der Straße verschwinden? Wong hat gesagt –«

»Das können Sie vergessen. Wir bleiben jetzt deutlich sichtbar, bis wir das Feld auf dem zweiten Hügel erreichen, und dann werden Sie besser zu sehen sein als ich. Schnell. Jetzt wird dann irgendein Signal gegeben werden, und das bedeutet, daß Sie wieder recht hatten. Ein Pilot wird Landefreigabe erhalten – aber nicht über Funk, nur durch ein Lichtsignal.«

»Wir sollen uns doch irgendwo mit Wong treffen. Am Fuß des ersten Hügels hat er, glaube ich, gesagt.«

»Wir werden ihm ein paar Minuten Zeit lassen, aber ich glaube, ihn können wir auch vergessen. Er wird das sehen, was ich gesehen habe, und ich würde dann an seiner Stelle so schnell wie möglich nach Macao zurückrennen, zu den zwanzigtausend Dollar, die dort auf mich warten, und behaupten, ich hätte mich verlaufen.«

»Was *haben* Sie denn gesehen?«

»Sechs Männer mit so viel Munition, daß sie einen ganzen Berg entlauben könnten.«

»Mein Gott, da kommen wir nie raus!«

»Sie sollten noch nicht aufgeben. Ich hatte mir das auch überlegt.« Borowski wandte sich McAllister zu und beschleunigte das Tempo. »Andererseits«, fügte er hinzu, und in seiner Stimme klang jetzt tödlicher Ernst, »das Risiko war immer da – wenn wir nach Ihrem Plan handeln.«

»Ja, ich weiß. Ich werde auch nicht durchdrehen. Ganz bestimmt nicht.« Jetzt war der Wald plötzlich zu Ende; der Weg führte quer durch hohe Wiesen. »Weshalb meinen Sie, daß diese Leute hier sind?« fragte der Analytiker.

»Zur Sicherheit, falls es eine Falle geben sollte, und das würde jeder in diesem Geschäft annehmen. Das habe ich Ihnen gesagt, und Sie wollten mir nicht glauben. Aber wenn einiges von dem stimmt, was Sie gesagt haben, und ich glaube, daß das der Fall ist, dann werden die sich nicht blicken lassen – um sicherzugehen, daß Sie nicht in Panik geraten und wegrennen. Wenn das der Fall ist, dann ist das unser Fluchtweg.«

»Wie denn?«

»Sie gehen nach rechts, quer über die Wiese«, erwiderte Jason, ohne damit die Frage zu beantworten. »Ich lasse Wong fünf Minuten Zeit, es sei denn, wir entdecken irgendwo ein Signal oder hören ein Flugzeug, aber keine Sekunde länger. Und auch nur deshalb so lange, weil ich wirklich das Augenpaar haben möchte, für das ich bezahlt habe.«

»Könnte er um diese Männer herumkommen, ohne gesehen zu werden?«

»Ja, falls er nicht schon nach Macao unterwegs ist.«

Sie erreichten das Ende der Wiese und damit den Ansatz des ersten Hügels, der mit Bäumen bestanden war. Borowski sah auf die Uhr und blickte dann zu McAllister hinüber. »Gehen wir dort hinauf, damit man uns nicht mehr sieht«, sagte er und wies auf die Bäume über ihnen. »Ich bleibe hier; Sie gehen weiter hinauf, aber nicht auf die Wiese, lassen Sie sich nicht sehen, halten Sie sich am Rand. Wenn Sie irgendwelche Lichter sehen oder ein Flugzeug hören, dann pfeifen Sie. Sie *können* doch pfeifen, oder?«

»Eigentlich nicht besonders gut. Als die Kinder noch klein waren und wir einen Hund hatten, einen Cockerspaniel –«

»Ach du *meine* Güte! Dann werfen Sie Steine, das werde ich hören. Los jetzt!«

»Ja, ich verstehe. *Los.*«

Delta – denn jetzt *war* er Delta – begann seine Wache. Immer wieder schoben sich tiefliegende Wolken vor die Mondsichel, und er mußte die Augen zusammenkneifen, damit ihm nichts entging, damit er bemerkte, wenn sich irgend etwas vor die monotone Silhouette der Wiese schob, wenn sich Grashalme bogen und sich auf den Hügel zu bewegten, auf *ihn* zu. Drei Minuten verstrichen, und er glaubte schon, das Ganze sei Zeitvergeudung, als plötzlich ein Mann zu seiner Rechten aus dem Gras heraustaumelte und auf das Unterholz zustrebte. Borowski ließ den Aktenkoffer los und zog das lange Messer aus dem Gürtel.

»*Kam Pek!*« flüsterte der Mann.

»*Wong?*«

»Ja, Sir«, sagte der V-Mann und ging um die Baumstämme herum, näherte sich Jason. »Sie begrüßen mich mit einem Messer?«

»Dort hinten gibt es ein paar andere Leute, und ich habe offengestanden nicht geglaubt, daß Sie auftauchen würden. Ich habe Ihnen gesagt, daß Sie aussteigen dürfen, falls das Risiko zu groß wird. Ich hatte nicht erwartet, daß das so früh passieren würde, aber ich hätte das akzeptiert. Was die dort tragen, sind recht eindrucksvolle Waffen.«

»Ich hätte die Situation ausnützen können, aber außer dem Geld haben Sie mir die Möglichkeit gegeben, etwas sehr Befriedigendes zu tun. Für mich und viele andere auch. Mehr Leute, als Sie sich vorstellen können, werden dankbar sein.«

»Soo, das Schwein?«

»Ja, Sir.«

»Warten Sie«, sagte Borowski erschrocken. »Warum sind Sie so sicher, daß die glauben werden, einer jener Männer hätte es getan?«

»Welche Männer?«

»Die Streife mit Maschinenpistolen dort hinten! Die sind nicht aus Guangdong, nicht aus der Garnison. Die sind aus *Beijing!*«

»Es ist in Zhuhai Shi geschehen. Am Tor.«

»Zur Hölle mit Ihnen! Jetzt haben Sie *alles* auffliegen lassen! Die haben auf Soo *gewartet!*«

»Wenn das so ist, Sir, wäre er sowieso nicht gekommen.«

»Warum?«

»Er war dabei, sich mit der Präfektin zu betrinken. Er hatte den Raum verlassen, um sich zu erleichtern, und da habe ich ihn gestellt.

Jetzt liegt er nebenan, in einer schmutzigen Frauentoilette, mit durchge-
schnittener Kehle und abgeschnittenen Genitalien.«

»Du lieber Gott . . . Dann ist er uns nicht gefolgt.«

»Nein, er machte auch keine Anstalten, das zu tun.«

»Ich verstehe – das heißt, nein, ich verstehe nicht. Man hat ihn heute
nacht ausgeschaltet. Das ist eine Operation von Beijing, und doch war er
der erste Kontaktmann hier unten –«

»Von solchen Dingen weiß ich nichts«, unterbrach ihn Wong.

»Oh, tut mir leid, davon können Sie nichts wissen.«

»Sie haben mich dafür bezahlt, daß ich die Augen offenhalte, Sir. Wohin soll ich sehen und was wollen Sie, daß ich tue?«

»Hatten Sie Schwierigkeiten, an der Streife auf der Straße vorbeizu-
kommen?«

»Nein. Ich habe sie gesehen, die mich nicht. Jetzt sitzen sie im Wald am
Wiesenrand. Falls Ihnen das hilft – der Mann mit dem Funkgerät hat
dem, den er erreicht hat, gesagt, er könne weggehen, sobald das Signal
kommt. Ich weiß nicht, was das bedeutet, aber ich nehme an, es betrifft
einen Helikopter.«

»Das nehmen Sie an?«

»Der Franzose und ich sind dem englischen Major eines Nachts hierher gefolgt. Deshalb wußte ich auch, wo ich Sie hinbringen mußte. Ein
Helikopter landete, und dann stiegen Männer aus, die sich mit dem Engländer trafen.«

»Das hat er mir auch gesagt.«

»Ihnen *gesagt*, Sir?«

»Lassen Sie nur. Bleiben Sie hier. Wenn diese Streife dort drüben her-
überkommen sollte, dann möchte ich das wissen. Ich bin oben auf der
Wiese vor dem zweiten Hügel, ganz rechts. Auf derselben Wiese, wo Sie
und Echo den Helikopter gesehen haben.«

»Echo?«

»Der Franzose.« Delta hielt inne, überlegte. »Sie dürfen kein Streich-
holz anzünden, nicht auf sich aufmerksam machen –« Plötzlich waren
Geräusche zu hören. Steine prasselten gegen Bäume. McAllister gab sein
Signal!

»Packen Sie sich ein paar Steine oder Holzstücke und werfen Sie sie in
den Wald zur Rechten. Das werde ich dann hören.«

»Ich stecke mir jetzt ein paar ein.«

»Ich habe nicht das Recht, Sie das zu fragen«, sagte Delta und hob seinen Aktenkoffer auf, »aber haben Sie eine Waffe?«

»Eine drei-siebenundfünfzig Magnum mit einem Gurt voll Munition,
die verdanke ich meinem Vetter mütterlicherseits. Möge der Heiland
meine Mutter in Frieden ruhen lassen.«

»Ich hoffe, Sie nie wiederzusehen, und für den Fall leben Sie wohl,
Wong. Ein Teil von mir ist vielleicht mit dem nicht einverstanden, was

Sie tun und was Sie sind. Aber Sie sind ein verdammt tüchtiger Mann. Und glauben Sie mir, das letztemal haben Sie mich wirklich geschlagen.«

»Nein, Sir, Sie haben mich besiegt. Aber ich würde es gern noch einmal versuchen.«

»*Vergessen* Sie's!« rief der Mann von Medusa und rannte den Hügel hinauf.

Wie ein riesenhafter, ungeheurer Vogel, dessen Unterleib in blendendem Licht pulsierte, senkte sich der Hubschrauber auf die Wiese herab. Wie verabredet, stand McAllister so, daß man ihn deutlich sehen konnte, und wie erwartet, richtete sich der Suchscheinwerfer des Helikopters auf ihn. Jason Borowski stand ebenfalls der Übereinkunft gemäß etwa vierzig Meter entfernt im Waldschatten – so daß man ihn sehen konnte, aber nicht deutlich. Die Drehflügel schwangen langsam aus und kamen knirschend und scharrend zum Stillstand. Die Stille, die jetzt herrschte, wirkte unheilverheißend. Die Tür öffnete sich, die Treppe wurde ausgefahren, und der schlanke, grauhaarige Sheng Chou Yang kam mit einer Aktentasche die Treppe herunter.

»Schön, Sie nach all den Jahren wiederzusehen, Edward«, rief der erstgeborene Sohn eines Taipan. »Möchten Sie den Hubschrauber untersuchen? Es ist so, wie Sie es verlangt haben – nur ich und mein vertrautester Pilot.«

»Nein, Sheng, das können Sie für mich tun!« schrie McAllister aus vielleicht dreißig Meter Entfernung, zog eine Sprühdose unter seinem Jackett hervor und warf sie zu dem Hubschrauber hinüber. »Sagen Sie dem Piloten, er soll auf ein paar Minuten herauskommen und die Kabine aussprühen. Wenn jemand in der Maschine ist, dann wird der schnell herauskommen.«

»Das paßt gar nicht zu Ihnen, Edward. Männer wie wir wissen, wann sie einander vertrauen können. Wir sind doch keine Narren.«

»Tun Sie, was ich sage, Sheng!«

»Natürlich.« Er erteilte dem Piloten einen Befehl, worauf der aus der Maschine trat. Sheng Chou Yang nahm die Sprühdose und sprühte das Innere des Hubschraubers mit dem Gas aus. Einige Minuten verstrichen, niemand kam heraus. »Sind Sie jetzt zufrieden, oder soll ich das verdammte Ding in die Luft jagen? Das würde keinem von uns etwas nützen. Kommen Sie, mein Freund, wir sind doch über solche Spielchen hinaus. Das waren wir immer.«

»Aber Sie sind geworden, was Sie sind. Ich bin geblieben, was ich war.«

»Das läßt sich ändern, Edward! Ich kann verlangen, daß Sie an all unseren Konferenzen teilnehmen. Ich kann dafür sorgen, daß Sie eine prominente Position einnehmen. Sie werden ein Stern am Himmel Ihres Außenministeriums sein.«

»Dann stimmt es also, wie? Alles, was in der Akte steht. Sie sind zurückgekommen. Die Kuomintang ist nach China zurückgekehrt –«

»Wir sollten leise miteinander reden, Edward.« Sheng blickte zu der Silhouette des Mannes hinüber, den er für einen Killer hielt, und deutete dann nach rechts. »Das ist eine Sache, die nur uns angeht.«

Borowski bewegte sich schnell, er rannte zu dem Hubschrauber hinüber, während die beiden Männer ihm den Rücken zukehrten. Als der Pilot in die Maschine kletterte, war der Mann von Medusa hinter ihm.

»*An jing!*« flüsterte Jason und befahl dem Mann, still zu sein. Er unterstrich den Befehl mit seiner Maschinenpistole. Ehe der verblüffte Pilot reagieren konnte, hatte Borowski ihm einen Streifen Stoff über den Kopf geworfen, ihn durch den verblüfften, aufgerissenen Mund gezogen und straff gespannt. Dann zog Jason eine lange, dünne Nylonschnur aus der Tasche und fesselte den Mann so an den Pilotensitz, daß er die Arme nicht bewegen konnte. Ein unvermuteter Start war unmöglich.

Borowski schob die Waffe wieder unter den Gürtel und kroch aus dem Helikopter. Das schwere Fluggerät versperrte ihm die Sicht auf McAllister und Sheng Chou Yang, was zugleich auch bedeutete, daß es ihnen die Sicht auf ihn versperrte. Er eilte zu seiner letzten Position zurück, wobei er sich mehrfach umsah und jederzeit bereit war, die Richtung zu ändern, falls die beiden Männer neben dem Flugzeug auftauchen sollten; der Helikopter bot ihm also Sichtschutz. Jetzt blieb er stehen, er war nahe genug; jetzt war es an der Zeit, sich unauffällig sehen zu lassen. Er holte eine Zigarette heraus und riß ein Streichholz an, zündete sie an. Dann schlenderte er, scheinbar ziellos, nach links, zu einer Stelle, von der aus er die beiden Gestalten auf der anderen Seite des Hubschraubers gerade noch sehen konnte. Er fragte sich, was zwischen den beiden Feinden wohl gesprochen werden mochte, und fragte sich, worauf McAllister wartete.

Tu es, Analytiker. Tu es jetzt! Das ist jetzt die beste Chance. Jeder Augenblick, den zu zögerst, ist verschenkt, und das kann zu Komplikationen führen! Verdammt, tu es!

Borowski erstarrte. Er hörte ein Geräusch – ein Stein, der in der Nähe der Stelle, wo er auf die Wiese hinausgetreten war, gegen einen Baumstamm prallte. Dann ein weiterer, viel näher, und noch einer, schnell danach. Eine Warnung Wongs. Shengs Streife überquerte jetzt das Feld.

Analytiker, auf die Weise sterben wir beide! Wenn ich jetzt hinüberrenne und schieße, dann kommen sechs Männer angerannt, mit mehr Waffengewalt, als wir bewältigen können! Um Himmels willen, tu es doch!

Der Mann von Medusa starrte Sheng und McAllister an; seine Nerven waren zum Zerreißen gespannt, und er machte sich Vorwürfe, daß er es so weit hatte kommen lassen. Tod durch das Versagen eines Amateurs, eines verbitterten Bürokraten, der seinen Augenblick im Rampenlicht wollte.

»*Kam Pek!*« Es war Wong! Er hatte sich durch den Wald geschlichen und war jetzt, von den Bäumen verborgen, hinter ihm.

»Ja? Ich habe die Steine gehört.«

»Das, was Sie jetzt hören, wird Ihnen nicht gefallen, Sir.«

»Was denn?«

»Die Streife kommt den Hügel heraufgekrochen.«

»Das ist ein Schutzmanöver«, sagte Jason, den Blick immer noch auf die zwei Gestalten im Feld gerichtet. »Es kann immer noch gutgehen. Sehr viel können die nicht sehen.«

»Ich bin nicht sicher, daß das jetzt etwas zu sagen hat, Sir. Die bereiten sich vor. Ich habe sie gehört – sie haben ihre Waffen entsichert.«

Borowski schluckte, und ein Gefühl der Hilflosigkeit, der Niederlage, ergriff von ihm Besitz. Aus Gründen, die ihm für den Augenblick unerklärlich waren, entstand eine umgekehrte Falle. »Sie verschwinden jetzt besser von hier, Wong.«

»Darf ich Sie etwas fragen? Sind das die Leute, die den Franzosen umgebracht haben?«

»Ja.«

»Und für die das Schwein Soo die letzten vier Jahre auf so widerliche Weise tätig war?«

»Ja.«

»Ich glaube, dann bleibe ich hier, Sir.«

Ohne ein Wort zu sagen, ging der Mann von Medusa zu seinem Aktenkoffer zurück. Er hob ihn auf und warf ihn in den Wald. »Öffnen Sie ihn«, sagte er. »Wenn wir hier rauskommen, können Sie den Rest Ihrer Tage im Casino verbringen, ohne Nachrichten zu überbringen.«

»Ich spiele nicht.«

»Doch, jetzt spielen Sie, Wong.«

»Haben Sie wirklich geglaubt, daß wir, die großen Kriegsherren des ältesten Reiches der größten Kulturnation, die die Welt je gekannt hat, dieses Reich ungewaschenen Bauern und ihren Nachkommen überlassen würden, die nur verabscheuungswürdige Gleichmacherei im Kopf haben?« Sheng stand vor McAllister und hielt seine Aktentasche mit beiden Händen fest. »Unsere Sklaven sollen sie sein, nicht unsere Herrscher.«

»Diese Art von Denken hat dazu geführt, daß Sie das Land verloren haben – Sie, die Führer, nicht das Volk. Das Volk hat man nicht gefragt. Wenn man das getan hätte, dann hätte es vielleicht Kompromisse gegeben, eine Einigung, und dann würde dieses Reich immer noch Ihnen gehören.«

»Mit marxistischen Tieren schließt man keine Kompromisse – und mit Lügnern auch nicht. So wie ich auch mit Ihnen keinen Kompromiß schließen werde, Edward.«

»Was sagen Sie da?«

Mit der linken Hand ließ Sheng den Aktenkoffer aufschnappen und holte die Akte heraus, die sein Beauftragter vom Victoria Peak gestohlen hatte. »Erkennen Sie das?« fragte er ruhig.

»Das *glaube* ich nicht!«

»Glauben Sie es ruhig, mein alter Widersacher. Ein wenig Geschicklichkeit kann alles bewirken.«

»Das ist *unmöglich*!«

»Die Akte ist hier. In meiner Hand. Und auf der ersten Seite steht ganz deutlich, daß es nur eine Kopie gibt, die nur mit Militäreskorte weitergegeben werden darf, Geheimhaltungsstufe eins. Meiner Ansicht nach haben Sie das richtig eingeschätzt, als wir miteinander telefonierten. Der Inhalt dieser Akte würde dazu führen, daß der ganze Pazifikraum in Flammen aufgeht. Der Krieg wäre unvermeidlich. Der rechte Flügel von Beijing würde gegen Hongkong marschieren – das, was man dort den rechten Flügel nennt, in Ihrem Teil der Welt würden Sie sie als Linke bezeichnen. Albern, nicht wahr?«

»Ich habe eine Kopie herstellen und nach Washington schicken lassen«, unterbrach ihn der Staatssekretär schnell.

»Das glaube ich nicht«, sagte Sheng. »Alle Diplomatensendungen, sei es nun über Telefon, über Computer oder über Kuriertasche, müssen vom höchsten Beamten freigegeben werden. Der berüchtigte Botschafter Havilland würde das nicht zulassen, und ohne seine Erlaubnis würde das Konsulat keinen Finger rühren.«

»Ich habe eine Kopie an das *chinesische* Konsulat geschickt!« schrie McAllister. »Sie sind *erledigt*, Sheng!«

»Wirklich? Wer glauben Sie denn, daß in unserem Konsulat in Hongkong *alle* Mitteilungen von *allen* außenliegenden Quellen erhält? Sparen Sie sich die Antwort, ich übernehme das für Sie. Einer unserer Leute.« Sheng hielt inne, und seine fanatischen Augen loderten plötzlich. »Wir sind *überall*, Edward! Wir werden unsere Nation zurückgewinnen, unser *Reich*!«

»Sie sind *wahnsinnig*. Das kann nicht funktionieren. Sie werden einen Krieg auslösen!«

»Dann wird es ein *gerechter* Krieg sein! Die Regierungen auf der ganzen Welt werden ihre Wahl treffen müssen. Herrschaft des einzelnen oder Herrschaft des Staates. Freiheit oder Tyrannei!«

»Zu wenige von euch haben Freiheit gewährt, und zu viele von euch waren Tyrannen.«

»Wir werden siegen – so oder so.«

»Mein Gott, das ist es also, was ihr wollt! Ihr wollt die Welt an den Abgrund treiben und sie zwingen, zwischen Vernichtung und Überleben zu wählen! Und ihr meint, ihr werdet bekommen, was ihr wollt, weil ihr glaubt, daß alle sich für das Überleben entscheiden! Diese Wirtschaftskommission, Ihre ganze Hongkong-Strategie ist erst der *Anfang*! Ihr wollt euer Gift über den ganzen Pazifikraum verbreiten! Sie sind ein Eiferer, ein Fanatiker, Sie sind *blind*! Können Sie denn nicht erkennen, was für tragische Konsequenzen – «

»Man hat uns unsere Nation *gestohlen*, und wir werden sie uns *zurückholen*! Man kann uns nicht aufhalten! Wir werden *marschieren*!«

»Doch, man *kann* Sie aufhalten«, sagte McAllister leise, und seine rechte Hand schob sich auf seine Jackentasche zu. »*Ich* werden Sie aufhalten.«

Plötzlich ließ Sheng seinen Aktenkoffer fallen, und eine Waffe wurde sichtbar. Er feuerte, während McAllister instinktiv zurückfuhr und sich an die Schulter griff.

»*Hinlegen*!« brüllte Borowski und rannte vor den Hubschrauber, in das grelle Licht seiner Scheinwerfer, und gab einen Feuerstoß ab. »Wegrollen, *wegrollen*! Wenn Sie sich bewegen können, dann wälzen Sie sich zur Seite.«

»*Sie*!« schrie Sheng, gab schnell zwei Schüsse auf den am Boden liegenden Staatssekretär ab und hob dann die Waffe und drückte wiederholt ab, zielte auf den im Zickzack auf ihn zurennenden Mann von Medusa.

»Für *Echo*!« brüllte Borowski aus vollem Hals. »Für die Menschen, die Sie abgeschlachtet haben! Für den Lehrer an dem Seil, den Sie hingemetzelt haben! Für die Frau, die Sie nicht aufhalten konnten – o *Gott*! Für jene zwei Brüder, aber ganz besonders für *Echo*, du Scheißkerl!« Ein kurzer Feuerstoß zuckte aus seiner Maschinenpistole – und verstummte dann, und so sehr er auch auf den Abzug drückte, kein Schuß wollte sich mehr lösen! Der Abzug hatte sich verklemmt! *Verklemmt!* Und Sheng wußte das; er richtete seine Waffe langsam auf Jason, während der die seine wegwarf und auf den Killer zuhetzte. Sheng feuerte, als Delta sich instinktiv nach rechts warf, das Messer aus dem Gürtel riß, vom Boden abfederte, die Richtung wechselte und sich abrupt auf Sheng stürzte. Das Messer fand sein Ziel, und der Mann von Medusa riß dem Fanatiker die Brust auf. Der Mann, der Hunderte getötet hatte und Millionen töten wollte, war tot.

Kein Laut drang an sein Ohr; es war, als schwebte er im Nichts, als wäre die Zeit stehengeblieben. Die Streife war jetzt aus dem Wald herausgerannt, Feuerstöße hallten durch die Nacht . . . Und jetzt waren hinter dem Hubschrauber ebenfalls Schüsse zu hören – Wong hatte den Aktenkoffer geöffnet und gefunden, was er brauchte. Zwei Soldaten der Streife stürzten zu Boden, die restlichen vier ließen sich fallen; einer kroch zum Wald zurück; er schrie etwas. Das Funkgerät! Er nahm mit andern Männern Verbindung auf, weiteren Soldaten! Wie weit waren sie entfernt? Wie *nahe*?

Prioritäten! Borowski rannte hinter den Hubschrauber, zu Wong hinüber, der am Waldrand neben einem Baum kauerte. »Da drinnen ist noch eine!« flüsterte der. »Geben Sie sie mir.«

»Sparen Sie mit Munition«, sagte Wong. »Es ist nicht mehr viel da.«

»Das weiß ich. Bleiben Sie hier und sorgen Sie dafür, daß die nicht hochkommen, schießen Sie ganz flach über den Boden.«

»Wo gehen Sie hin, Sir?«

»Ich schlage einen Bogen zwischen den Bäumen.«

»Das hätte mir der Franzose jetzt auch befohlen.«

»Er hätte recht gehabt. Er hatte immer recht.« Jason stürzte sich in den Wald hinein, das blutige Messer im Gürtel; seine Lungen drohten zu platzen, die Beine versagten ihm fast den Dienst, und seine Augen spähten in die nächtliche Dunkelheit. Er arbeitete sich, so gut er konnte, durch das dichte Laub, bemüht, möglichst wenig Geräusche zu erzeugen.

Ein *Knacken*! Zweige auf dem Boden, auf die jemand getreten war! Er sah die schemenhafte Silhouette einer Gestalt, die auf ihn zukam, und duckte sich hinter einen Baumstamm. Er wußte, wer das war – der Offizier mit dem Funkgerät, der Killer aus dem Vogelreservat von Beijing, ein erfahrener Nahkämpfer: Er suchte die Flanken. Was ihm fehlte, war Guerillaausbildung, und dieses Manko würde ihn das Leben kosten. Man trat im Wald nicht auf Zweige, die abbrechen konnten.

Jetzt schlich der Offizier geduckt an ihm vorbei. Jason sprang vor, sein linker Arm umschlang den Hals des Mannes, die Waffe, die er in der Hand hielt, schmetterte gegen den Schädel des Soldaten, und dann war wieder sein Messer an der Reihe. Borowski kniete über der Leiche nieder, steckte seine Waffe in den Gürtel und nahm dem Offizier die Maschinenpistole weg. Er fand zwei weitere Ladestreifen; jetzt standen seine Chancen besser. Es war sogar möglich, daß sie lebend hier herauskamen. Lebte McAllister noch? Oder hatte ein frustrierter Bürokrat für einen Augenblick im Rampenlicht mit ewiger Dunkelheit bezahlt? *Prioritäten!*

Er eilte um die Wiese herum bis zu der Stelle, wo er beim erstenmal auf die Wiese eingedrungen war. Wongs sporadische Schüsse sorgten dafür, daß die drei übriggebliebenen Männer von Shengs Elitestreife dort blieben, wo sie waren. Plötzlich veranlaßte ihn etwas, sich umzudrehen – ein Summen in der Ferne, ein heller Punkt, der ihm aufgefallen war. Und es war *beides*! Das Geräusch kam von einem auf hohen Touren laufenden Motor, der Lichtpunkt war ein Scheinwerferbalken, der den Nachthimmel absuchte. Über den Baumwipfeln unter sich konnte er ein Fahrzeug ausmachen – einen Lkw – mit einem Scheinwerfer, der auf der Ladepritsche angebracht war und von einer geübten Hand bedient wurde. Jetzt bog der Lkw von der Straße ab, das hohe Gras verdeckte ihn teilweise, nur noch der helle Scheinwerferbalken blieb sichtbar und bewegte sich immer schneller auf den Hügel zu, war jetzt noch höchstens zweihundert Meter unter ihm. Prioritäten. Er mußte sich bewegen!

»*Nicht schießen!*« brüllte Borowski und rannte los. Die drei Offiziere fuhren herum, und ihre Maschinenpistolen übersäten die Stelle, von die Stimme gekommen war, mit einem Kugelhagel.

Der Mann von Medusa trat hervor. Es war in wenigen Sekunden vorbei: Ein einziger Feuerstoß aus seiner Maschinenpistole mähte die drei Chinesen nieder.

»*Wong!*« schrie er und rannte auf die Wiese hinaus. »*Los*, kommen Sie *mit*!« Sekunden später war er bei McAllister und Sheng. Jason beugte sich über den Analytiker, der beide Arme bewegte, die rechte Hand ausgestreckt hatte und verzweifelt nach etwas griff. »Mac, können Sie mich *hören*?«

»Die *Akte*!« flüsterte der Staatssekretär. »Holen Sie bitte die *Akte*!«

»Was –?« Borowski sah zu der Leiche Sheng Chou Yangs hinüber und erblickte im schwachen Mondlicht das allerletzte, was er je hier zu sehen geglaubt hätte. Es war Shengs schwarzgeränderte Akte, eines der geheimsten, explosivsten Dokumente auf Erden. »Herr im Himmel!« sagte Jason leise und griff danach. »Hören Sie mir zu, Analytiker!« Borowski hob die Stimme, als Wong zu ihnen trat. »Wir müssen Sie jetzt bewegen, und das wird vielleicht weh tun, aber wir haben keine Wahl!« Er blickte zu Wong auf und fuhr fort: »Eine weitere Streife ist hierher unterwegs und rückt näher. Das ist ein Reservetrupp, der meiner Schätzung nach in zwei Minuten hier auftauchen wird. Beißen Sie jetzt die Zähne zusammen, Herr Staatssekretär. Es geht *los*!«

Gemeinsam schleppten Jason und Wong McAllister zum Hubschrauber.

Plötzlich schrie Borowski auf: »Herrgott, *warten* Sie! . . . *Nein*, gehen Sie weiter. *Sie* tragen ihn allein«, rief er dem V-Mann zu. »Ich muß noch einmal zurück!«

»*Warum?*« flüsterte der Staatssekretär gequält.

»Was *machen* Sie, Sir?« schrie Wong.

»Nahrung für revisionistische Gedanken!« schrie Jason geheimnisvoll und rannte zu Sheng Chou Yangs Leiche zurück. Als er sie erreicht hatte, bückte er sich und schob dem Toten einen flachen Gegenstand unter das Jackett. Dann richtete er sich auf und rannte zu dem Hubschrauber zurück, während Wong den Staatssekretär vorsichtig über zwei Sitze drapierte. Borowski sprang nach vorne, zog das Messer heraus, durchschnitt die Fesseln des Piloten und anschließend das Tuch, das er ihm über den Mund gebunden hatte. Der Pilot rang nach Luft und fing zu husten an, aber ehe der Anfall vorüber war, erteilte Jason bereits seine Befehle.

»*Kai feiji ba!*« schrie er.

»Sie können englisch sprechen«, keuchte der Pilot. »Ich spreche es fließend. Das war Bedingung.«

»*Starten*, Scheißkerl! *Sofort!*«

Der Pilot kippte ein paar Schalter um und ließ die Rotoren an, als ein Schwarm Soldaten, die man in den Scheinwerfern des Helikopters jetzt deutlich sehen konnte, auf die Wiese hinausstürzte. Die neue Streife sah sofort die fünf toten Männer von Shengs Elitegarde. Der ganze Trupp eröffnete das Feuer auf die sich langsam in den Himmel erhebende Maschine.

»Machen Sie, daß Sie hier sofort wegkommen!« brüllte Jason.

»Die Maschine ist gepanzert«, sagte der Pilot ruhig. »Dafür hat Sheng gesorgt. Selbst die Glasscheiben sind aus Panzerglas. Wo fliegen wir hin?«

»Hongkong!« schrie Borowski und stellte erstaunt fest, daß der Pilot, der die Maschine steil in den Himmel gerissen hatte, sich jetzt lächelnd zu ihm herumdrehte.

»Die großzügigen Amerikaner oder die wohlwollenden Briten werden mir doch sicherlich Asyl gewähren, Sir? Das ist ein Traum der Geister!«

»Da soll mich doch der Teufel holen«, sagte der Mann von Medusa, als sie die erste Schicht tiefhängender Wolken erreichten.

»Das war eine höchst wirksame Idee, Sir«, sagte Wong aus dem dunklen hinteren Teil des Hubschraubers. »Wie sind Sie darauf gekommen?«

»Es hat schon einmal funktioniert«, sagte Jason und zündete sich eine Zigarette an. »Die Geschichte – sogar die Geschichte der unmittelbaren Vergangenheit – wiederholt sich gewöhnlich.«

»Mr. Webb?« flüsterte McAllister.

»Was ist denn, Analytiker? Wie fühlen Sie sich?«

»Das ist jetzt nicht wichtig. Warum sind Sie umgekehrt – zurück zu Sheng?«

»Um ihm ein sehr schönes Abschiedsgeschenk zu hinterlassen. Ein Kontobuch. Ein Geheimkonto auf den Cayman-Inseln.«

»Was?«

»Es wird keinem etwas nützen. Die Namen und die Kontonummern sind herausgetrennt. Aber es wird trotzdem interessant sein, wie Peking darauf reagiert, nicht wahr?«

EPILOG

Edward Newington McAllister humpelte auf Krücken in die einst so eindrucksvolle Bibliothek des alten Hauses am Victoria Peak, deren weit ausladende Erkerfenster jetzt mit schweren Plastikbahnen abgedeckt waren und die auch sonst noch unübersehbare Spuren der Vernichtung zeigte. Botschafter Raymond Havilland sah zu, wie der Staatssekretär die Akte über Sheng auf seinen Schreibtisch warf.

»Ich glaube, das war Ihnen verlorengegangen«, sagte der Analytiker, legte die Krücken übereinander und ließ sich mit einiger Mühe in den Sessel sinken.

»Die Ärzte sagten mir, daß Ihre Verletzungen nicht kritisch seien«, meinte der Diplomat. »Das freut mich.«

»Das *freut* Sie? Für wen zum Teufel halten *Sie* sich denn eigentlich, daß Sie sich darüber freuen wie ein Schneekönig?«

»Das ist eine Redewendung – sie klingt zugegebenermaßen etwas arrogant –, aber ich meine das durchaus ernst. Was Sie getan haben, war außergewöhnlich. Ich hätte Ihnen das niemals zugetraut.«

»Das kann ich mir vorstellen.« Der Staatssekretär rutschte auf dem Sessel etwas zur Seite und schob die verletzte Schulter gegen das Rückenkissen des Sessels. »Tatsächlich habe ich es gar nicht getan. Das war *er*.«

»Aber Sie haben es ermöglicht, Edward.«

»Ich war nicht in meinem Element – meinem Revier sozusagen. Diese Leute tun Dinge, von denen wir nur träumen oder die wir uns auf einem Bildschirm ansehen und doch keinen Augenblick daran glauben, weil es so unerhört ist.«

»Wir würden keine solchen Träume haben oder uns von solchen Phantasien hypnotisieren lassen, wenn die Grundzüge dafür nicht im menschlichen Wesen steckten. Diese Leute tun das, was sie am besten können, so wie wir das tun, was wir am besten können. Jedem sein eigenes Revier, Herr Staatssekretär.«

McAllister starrte Havilland an, ohne jede Kompromißbereitschaft im Blick. »Wie ist das passiert? Wie ist Sheng an die *Akte* herangekommen?«

»Das ist eine andere Art von Revier. Ein Profi. Drei junge Männer sind getötet worden, auf schreckliche Weise. Ein absolut sicherer Safe erwies sich als nicht sicher genug.«

»Unentschuldbar!«

»Zugegeben«, sagte Havilland, lehnte sich vor und wurde plötzlich lauter. »Ebenso wie das, was *Sie* getan haben, unentschuldbar war! Für wen, in Gottes Namen, halten *Sie* sich eigentlich? Welches *Recht* hatten Sie, die Dinge selbst in die Hand zu nehmen – eine völlig *unerfahrene*

Hand? Sie haben jeden Eid verletzt, den Sie je im Dienst Ihrer Regierung abgelegt haben! Eine Entlassung reicht dafür nicht aus! Dreißig Jahre im Gefängnis wären Ihren Verfehlungen eher angemessen! Haben Sie denn eine Vorstellung, was da hätte passieren können? Ein Krieg, der den ganzen Pazifikraum – die ganze *Welt* – in die *Hölle* stürzen könnte!«

»Ich habe das getan, was ich getan habe, weil ich es konnte. Das ist eine Lektion, die ich von Jason Borowski gelernt habe, unserem Jason Borowski. Doch davon abgesehen, mein Rücktrittsgesuch liegt Ihnen vor, Herr Botschafter. Mit sofortiger Wirkung – es sei denn, Sie wollen Anklage erheben.«

»Und Sie *freilassen*?« Havilland sank in seinen Sessel zurück. »Machen Sie sich nicht lächerlich. Ich habe mit dem Präsidenten gesprochen, und er ist meiner Meinung. Sie werden Vorsitzender des Nationalen Sicherheitsrates.«

»Vorsitzender –? Das *kann* ich nicht!«

»Mit Dienstlimousine und allem Mist drum und dran.«

»Ich werde nicht wissen, was ich sagen soll!«

»Sie wissen, wie man *denkt*, und ich werde Ihnen zur Seite stehen.«

»O mein *Gott*!«

»Beruhigen Sie sich. Sie brauchen bloß auszuwerten und nachzudenken. Und dann denjenigen von uns, die sprechen, erklären, was wir sagen sollen. Dort liegt nämlich die wahre Macht, müssen Sie wissen. Nicht bei denjenigen, die sprechen, sondern bei denjenigen, die denken.«

»Das kommt alles so plötzlich, so – «

»Sie haben es *verdient*, Herr Staatssekretär«, unterbrach ihn der Diplomat. »Der menschliche Verstand ist etwas Wunderbares. Wir wollen ihn niemals unterschätzen. Übrigens, der Arzt hat mir gesagt, daß Lin Wenzu durchkommen wird. Er wird den linken Arm nicht mehr gebrauchen können, aber er wird am Leben bleiben. Ich bin sicher, daß Sie eine Empfehlung zur Weiterleitung an MI-6 in London haben werden. Man wird Ihren Wunsch respektieren.«

»Mr. und Mrs. Webb? Wo sind sie?«

»Inzwischen in Hawaii. Mit Dr. Panov und Mr. Conklin natürlich. Von mir halten die nicht viel, fürchte ich.«

»Herr Botschafter, Sie haben ihnen dazu auch wenig Anlaß gegeben.«

»Wahrscheinlich nicht, aber das ist auch nicht meine Aufgabe.«

»Ich glaube, ich verstehe. Jetzt wenigstens.«

»Ich hoffe, daß Ihr Gott mit Männern wie uns Erbarmen hat, Edward. Sonst möchte ich ihm nicht begegnen.«

»Es gibt immer Vergebung.«

»Wirklich? Dann lege ich, glaube ich, keinen Wert darauf, ihn kennenzulernen. Er würde sich doch nur als Schwindler entpuppen.«

»Warum?«

»Weil er eine Rasse hirnloser, blutrünstiger Wölfe auf die Welt losgelassen hat, die sich keinen Deut um das Überleben des Stammes scheren, nur um ihr eigenes. Das ist ja nicht gerade ein vollkommener Gott, oder?«

»Er *ist* vollkommen! Wir sind die Unvollkommenen.«

»Dann ist das alles für ihn nur ein Spiel. Er setzt seine Schöpfung in die Welt und sieht ihr zu seinem eigenen Vergnügen dabei zu, wie sie sich selbst in die Luft jagt. Er sieht dabei zu, wie wir uns selbst in die Luft jagen.«

»Es ist ja *unser* Sprengstoff, Herr Botschafter. Wir haben den freien Willen.«

»Aber in der Bibel steht doch, daß alles nach *seinem* Willen geschieht, oder nicht? *Sein* Wille geschehe.«

»Das ist eine Grauzone.«

»Perfekt! Eines Tages könnten Sie wirklich Außenminister werden.«

»Das glaube ich nicht.«

»Ich auch nicht«, nickte Havilland. »Aber bis dahin erledigen wir unsere Aufgabe – sorgen dafür, daß alles im Lot bleibt, und hindern die Welt daran, sich zu zerstören. Danken Sie den Geistern, wie man hier im Osten sagt, für Menschen wie Sie und mich und wie Jason Borowski *und* David Webb. Wir schieben die Stunde von Armageddon immer wieder einen Tag hinaus. Was geschieht denn, wenn wir nicht da sind?«

Ihr langes kastanienbraunes Haar fiel über sein Gesicht, und ihr Körper preßte sich gegen den seinen, ihre Lippen auf die seinen. David schlug die Augen auf und lächelte. Es war, als hätte es keinen Alptraum gegeben, der ihr Leben so brutal unterbrochen hatte, nichts, was sie an den Rand eines Abgrunds getragen hatte, in dem der Tod und unsagbarer Schrecken lauerten! Sie waren zusammen, und das behagliche Gefühl jener Realität erfüllte ihn mit tiefer Dankbarkeit. Das war mehr als genug für ihn – mehr, als er je für möglich gehalten hätte.

Er begann, für sich die Ereignisse der letzten vierundzwanzig Stunden zu rekonstruieren, sein Lächeln wurde breiter, und ein kurzes Lachen drang aus seiner Kehle. Die Dinge waren nie so, wie sie sein sollten, nie so, wie man es erwartete. Er und Mo Panov hatten auf dem Flug von Hongkong nach Hawaii viel zuviel getrunken, während Alex Conklin bei Eistee oder Mineralwasser blieb, oder was auch immer sonst frisch geheilte Trinker anderen demonstrierten – keine Vorhaltungen, einfach stilles Märtyrertum. Marie hatte den Kopf des berühmten Dr. Panov gehalten, während der angesehene Psychiater sich in der erdrückend engen Toilette der britischen Militärmaschine übergab, und hatte Mo dann mit einer Decke zugedeckt, als er in tiefen Schlaf sank. Anschließend hatte sie sanft, aber entschieden die amourösen Annäherungsversuche ihres Mannes zurückgewiesen, ihn dafür dann aber später entschädigt, als sie und ihr wieder nüchterner Partner fürs Leben im Hotel in Kahala angekommen waren. Eine grandiose, ans Delirium grenzende Nacht der Liebe, von der Jugendliche nur träumen und die die Schrecken des Alptraums weggespült hatte.

Alex? Ja, jetzt erinnerte er sich. Conklin hatte die erste Linienmaschine von Oahu nach Los Angeles und Washington genommen. »Dort gibt es Köpfe einzuschlagen«, hatte er es formuliert. »Und das habe ich auch vor.« Alexander Conklin hatte eine neue Mission in seinem kaputten Leben. Verantwortung nannte sie sich.

Mo? Morris Panov? Die Geißel der Psychologen und Scharlatane seines Berufes. Er befand sich im Zimmer nebenan und kurierte ohne Zweifel den gigantischsten Kater seines Lebens.

»Du hast gelacht«, flüsterte Marie mit geschlossenen Augen und drückte das Gesicht an seinen Hals. »Was ist denn so komisch?«

»Du, ich, wir – alles.«

»Ich muß wirklich sagen, daß dein Sinn für Humor nicht ganz der meine ist. Andererseits höre ich da, glaube ich, einen Mann namens David.«

»Was anderes wirst du in Zukunft auch nicht mehr hören!«

Es klopfte an der Tür, nicht an der Tür zum Korridor, sondern der zum Nachbarzimmer. Panov. Webb stieg aus dem Bett, ging schnell ins Badezimmer und griff sich ein Handtuch, das er sich um die Hüfte schlang. »Augenblick, Mo!« rief er und ging zur Tür.

Morris Panov, blaß, aber gefaßt, stand mit einem Koffer in der Hand da. »Darf ich den Tempel des Eros betreten?«

»Du bist ja schon drin, alter Freund.«

»Das will ich auch hoffen ... Einen wunderschönen Nachmittag, meine Liebe«, sagte der Psychiater zu Marie gewandt, die noch im Bett lag, und ging zu einem Stuhl an der Glastür, die auf den Balkon hinausführte und den Blick auf den Strand von Hawaii freigab. »Keine Umstände, auch nichts zu essen, und wenn du aufstehen willst, dann keine Sorge, ich bin schließlich Arzt, glaube ich.«

»Wie geht's dir, Mo?« Marie setzte sich auf und zog das Laken über sich.

»Viel besser als vor drei Stunden, aber davon verstehst du ganz bestimmt nichts. Du bist ja zum Verrücktwerden normal.«

»Du warst zu angespannt, du mußtest dich lockern.«

»Wenn Sie hundert Dollar die Stunde verlangen, reizende Lady, dann nehme ich eine Hypothek auf mein Haus auf und melde mich an für fünf Jahre Therapie.«

»Das hätte ich gerne näher definiert«, sagte David lächelnd und setzte sich Panov gegenüber. »Was soll der Koffer?«

»Ich reise ab. Ich habe schließlich Patienten in Washington und bilde mir ganz gern ein, daß die mich vielleicht brauchen.«

Eine Weile herrschte Schweigen im Zimmer, und David und Marie sahen Morris Panov an. »Was sagen wir jetzt, Mo?« fragte Webb. »Und wie sagen wir es?«

»Sagt gar nichts, überlaßt mir das Reden. Marie ist wehgetan worden, sie hat mehr leiden müssen, als dem Normalmaß entspricht. Aber das, was sie ertragen kann, geht auch über das Normalmaß hinaus, und deshalb wird sie damit fertig. Das Schlimme ist, daß wir von bestimmten Leuten eben das erwarten. Das ist unfair, aber so ist es eben.«

»Ich mußte überleben, Mo«, sagte Marie und sah ihren Mann an. »Ich mußte ihn zurückbekommen. Und so war es.«

»Und du, David. Du hast ein traumatisches Erlebnis durchgemacht, etwas, womit nur du fertig wirst, und du brauchst gar kein leeres Gewäsch von mir, um damit fertig zu werden. Du bist jetzt *du*, niemand sonst. Jason Borowski gibt es nicht mehr. Er kann nicht mehr zurückkommen. Bau dir dein Leben als David Webb auf – konzentriere dich auf Marie und David. Das ist alles, was es gibt, und alles, was es geben sollte. Und wenn jemals die Ängste zurückkommen sollten – das werden sie wahrscheinlich nicht, aber ich hätte nichts dagegen, wenn du selbst ein paar aufbauen würdest –, dann ruf mich an, und ich nehme die nächste Maschine nach Maine. Ich liebe euch beide, und Maries Rindfleischeintopf ist etwas ganz Besonderes.«

Sonnenuntergang, ein strahlender orangeroter Kreis über dem westlichen Horizont, der langsam im Pazifik versank. Sie gingen am Strand entlang, die Hände fest ineinander verschlungen, so nahe, daß sich ihre Körper berührten – so natürlich, so gut, so richtig.

»Was tut man, wenn man ein Stück von sich selbst haßt?« sagte Webb.

»Man akzeptiert es«, antwortete Marie. »Wir alle haben eine dunkle Seite unseres Wesens, David. Wir möchten das liebend gern leugnen, aber das können wir nicht. So ist das. Vielleicht können wir nicht ohne sie existieren. Und deine dunkle Seite ist eine Legende, die Jason Borowski heißt, aber das ist auch schon alles.«

»Ich verabscheue ihn.«

»Er hat dich zu mir zurückgebracht. Das ist das einzige, worauf es ankommt.«

Quellenverzeichnis:

Robert Ludlum DER BOROWSKI-BETRUG/The Bourne Identity
Copyright © 1980 by Robert Ludlum
Copyright © 1981 der deutschen Übersetzung by Hestia-Verlag
Aus dem Englischen von Heinz Nagel
Der Titel erschien bereits in der Allgemeinen Reihe mit der Band-Nr.
01/6417 in der 14. Auflage.

Robert Ludlum DIE BOROWSKI-HERRSCHAFT/The Bourne Supremacy
Copyright © 1986 by Robert Ludlum
Copyright © 1986 der deutschen Übersetzung by Hestia-Verlag
Aus dem Englischen von Heinz Nagel
Der Titel erschien bereits in der Allgemeinen Reihe mit der Band-Nr.
01/7705 in der 12. Auflage.

HEYNE BÜCHER

Eric Van Lustbader

Geheimnis, Terror und
atemberaubende Spannung
in der rätselhaft-grausamen
Welt des Fernen Ostens.

01/10573

HEYNE-TASCHENBÜCHER